古罗马文学史
HISTORIA LITTERARUM ROMANARUM

江澜 著

古罗马散文史

Historia
PROSARUM
Romanarum

华东师范大学出版社

华东师范大学出版社六点分社　策划

谨以此书献给我的父母江朝涂、柳作珍

目　录

弁　言

*

按照西方古典文论，例如亚里士多德的《诗学》（*Περὶ ποιητικῆς*），文学体裁（genus litterarum）分为有韵律（*ῥυθμός*）的诗歌（poema）和无韵律的散文（prosa）。

> ……而另一种艺术则只用语言来摹仿，或用不入乐的散文，或用入乐的"韵文"（亚里士多德，《诗学》，章1，1447a）。[①]

由此观之，在《古罗马戏剧史》（*Historia Dramatum Romanorum*）和《古罗马诗歌史》（*Historia Poematum Romanorum*）[即《古罗马文学史》（*Historia Litterarum Romanarum*）前两卷]分别记述古罗马文学中有韵律的戏剧（drama）与诗歌的历史

---

① 见罗锦鳞主编，《罗念生全集》卷一，上海：上海人民出版社，2004年，页21。

（historia 或 ἱστορία）以后，顺理成章的自然就是记述古罗马文学中无韵律的散文的历史：《古罗马散文史》（*Historia Prosarum Romanarum*）。

就西方古代文论中的体裁而言，古罗马文学中有韵律的诗［主要包括戏剧诗（scaena poema）、叙事诗（ἔπος 或 epos）和抒情诗（λυρική 或 lyrica）］不存在异议。有争议的是古罗马文学中无韵律的散文。争议不仅仅存在于格律方面：墨尼波斯杂咏究竟属于诗还是散文？演说辞是否应该有格律？其中，前者在《古罗马诗歌史》（*Historia Poematum Romanorum*）的相关章节里阐述，后者在本书（即《古罗马散文史》）的相关章节里阐述。更为重要的是，古罗马散文的争议还在于"文学（λόγων 或 litterae）"的概念中。古罗马时代的"文学"概念比现代要宽，① 除了狭义文学的"小说"，还包括演说辞（与修辞学作品）、② 历史纪事书和书信，以及形式为对话录或论著的术书作品，既包括农学、哲学、③ 宗教（religio）、④ 语言学、政治学、法学、建筑

---

① 参王焕生，《古罗马文学史·序言》，北京：人民文学出版社，2006 年，页 3。

② 修辞学作品属于术书作品，本应列入论著和对话录的范畴［*A Companion to Latin Literature*（《拉丁文学手册》），Stephen Harrison（哈里森）编，Blackwell Publishing 2007，页 223 以下］，但由于与演说辞关系密切，拙作把修辞学作品放到演说辞部分一起论述。

③ 古罗马的哲学主要扎根于产生于公元前 5 至前 4 世纪的古希腊哲学，例如柏拉图的哲学对话（见罗锦鳞主编，《罗念生全集》卷八，页 208 及下；哈里森，《拉丁文学手册》，页 223 以下）。因此，古罗马哲学家的原创性不强。譬如，诗人卢克莱修的思想源泉是伊壁鸠鲁哲学，共和国后期的西塞罗继承和发展柏拉图及其学园派、亚里士多德及其逍遥派和廊下派哲学，高举廊下派哲学大旗的还有白银时代的贤哲塞涅卡与哲人王奥勒留。不过，古罗马哲学并不是一点创见也没有。譬如，西塞罗提出兼容并包、去其糟粕取其精华的折中思想：适宜、合适、恰到好处。

④ 古罗马宗教首先扎根于古罗马民族本身，然后吸纳各民族的宗教元素。在转型时期，异教的哲学与基督教的教义之间展开竞争，涌现出一大批作家，包括基督教作家，例如德尔图良、费利克斯、西普利亚努斯、拉克坦提乌斯、安布罗西乌斯、奥古斯丁、哲罗姆和马赛的萨尔维安，也包括异教的作家，例如马尔克 （转下页注）

学、军事学、古物学、医学等方面的专科作品，又包括综合性的
百科全书。

一、　小说

从狭义的散文来看，古罗马散文少得可怜，似乎只有发轫于
公元前 3 世纪古希腊的传奇小说。1 世纪，古罗马才有虚构的小说
（fictiō，复数 fictiōnēs）。1 世纪 60 年代，佩特罗尼乌斯写《萨蒂
利孔》。2 世纪下半叶，阿普列尤斯写《变形记》或《金驴记》。
这两部小说的情节都非常可笑、低级下流和耸人听闻。这两个文
本都是虚构的故事，背景是现实中的下层社会生活，感兴趣的是
耸人听闻的主题，例如性、欺诈、偷盗、魔法和幽灵。这两个文
本叙述技巧相似，都主要采用第一人称，中间插入与主要情节间
接有关的离奇故事。两个文本都使用类似的文学结构，具有很高
的文学水准，因为大量影射古希腊和古拉丁文学名著，并且讽刺
性模仿叙事诗（epos）、古希腊浪漫小说等较高的文学类型，间杂
讽刺诗、铭辞、谐剧和拟剧等"低下的"类型，具有放松身心与
娱乐的功能（参《拉丁文学手册》，前揭，页 213 以下）。

二、　演说辞（与修辞学作品）①

用现代的眼光看，修辞学（rhetorica）与演说辞（oratio）

（接上页注）利努斯、叙马库斯、马克罗比乌斯、加比拉与普里斯基努斯。在这场激
烈的竞争中，基督教思想由起初的弱势地位逐渐取得占上风的强势地位，不过，由
弱变强的基督教思想是建立在兼容异教哲学——尤其是犹太教的《圣经·旧约》和
新柏拉图主义哲学——的基础之上的。宗教（religio, -onis，阴性）源于动词 religare
（连接）或 religere（复兴、控制），是人与神的共同体，参魏明德（Benoit Verman-
der）、吴雅凌编著，《古罗马宗教读本》，北京：商务印书馆，2012 年，页 42。

①　D. H. Berry（贝里）：*Oratory*（雄辩术），参《拉丁文学手册》，前揭，页
257 以下。

并不属于狭义的散文。但是，依据古典文艺理论，修辞学与演说辞又属于散文。罗念生认为，"所谓修辞学，指演说的艺术，也就是散文的艺术"（参《罗念生全集》卷八，前揭，页264和271）。

关于修辞学与演说的关系，亚里士多德有精辟的论述。譬如，"修辞术是论辩术的对应物"，但是在亚里士多德时代，"只有或然式证明才属于修辞术范围，其他一切都是附属的"（亚里士多德，《修辞学》卷一，章1，1354a），因而当时的修辞学已经沦为论辩术的分支。① 修辞术与演说术（ars ōrātōria）由此区分开来：演说术的功能是说服，而修辞术的功能是找出说服的方式。亚里士多德不仅把修辞术定义为"一种能在任何一个问题上找出可能说服方式的功能"（亚里士多德，《修辞学》卷一，章2，1355b，参《罗念生全集》卷一，前揭，页147和151），

---

① 王晓朝误认为演说术是修辞学的分支。但是依据古典诗学，修辞学起初等同于论辩术，在亚里士多德时代沦为论辩术的分支（亚里士多德，《修辞学》）。修辞学起源于古希腊的智者运动。"智者"的古希腊文 *Σοφιστής* 派生于形容词 *σοφός*（有智慧的）和名词 *Σοφία*（智慧），意为"有智慧的人"。当时，古希腊人（例如索福克勒斯）认为，有智慧的人就是"在公共生活的文明气氛中"能够用词语准确地表述、论证自己的思想的人。也就是说，要在公众场合阐述自己的见解，那是要有智慧的。因此，智者们大都倾心于修辞学的研究。譬如，聚集在雅典的普罗塔戈拉（Protagoras）、普罗狄科（Prodicus）、希庇亚（Hippias）（昆体良，《雄辩术原理》卷三，章1，节10）等不遗余力地开展修辞学的研究和实践，高尔吉亚（Gorgias）从事修辞学的教育活动。可见，语言技艺是智者的重要标志。不过，修辞学产生于"最早起步的人"恩培多克勒和"最早的教科书作者"科拉克斯（Corax）的时代，即巴门尼德之后的几十年间，证据就是关于修辞学的发明者的两种说法。其一，修辞学的发明者是恩培多克勒，主要依据是亚里士多德的《智者》中的论断。其二，修辞学发明人是公元前五世纪的两位西西里人科拉克斯和提西亚斯（Tisias；昆体良，《雄辩术原理》卷三，章1，节8；卷二，章17，节7）。提西亚斯的生平无从查考，但是科拉克斯的鼎盛年约公元前467年，与阿那克萨戈拉、恩培多克勒、芝诺等哲学家的生活年代相仿（参《罗念生全集》卷一，前揭，页147以下；《昆体良教育论著选》，任钟印选译，北京：人民教育出版社，2001年，页118和137-141）。

而且还指出，修辞学与政治关系密切。

> 修辞术实际上是论辩术的分支，也是伦理学的分支，[①]伦理学应当称为政治学。由于这个缘故，修辞术貌似政治学（亚里士多德，《修辞学》卷一，章 2，1356a，见《罗念生全集》卷一，前揭，页 152）。

从亚里士多德的论断可以得出两个推论：

第一，在古希腊，雄辩术先于修辞学产生。事实上，演说辞早已存在于叙事诗（如荷马的《奥德修纪》与《伊利亚特》）中。几个世纪以后，雄辩术的原则才被修辞学家理论化。

第二，在古希腊，最主要的散文就是诉讼演说与政治演说。其中，诉讼演说因为政治活动家参与民主运动而产生，政治演说因为富豪子弟谋求政治出路而产生（参《罗念生全集》卷八，前揭，页 208 及下）。

古罗马修辞学与演说辞根源于古希腊修辞学与演说辞，正如西塞罗所追溯的一样。如同在古希腊一样，在古罗马，演说辞在公元前 2 世纪修辞术理论抵达古罗马以前也已经产生，例如公元前 280 年盲人政治家阿皮乌斯·克劳狄乌斯发表的演说辞，而且还存在于叙事诗（如维吉尔的《埃涅阿斯纪》和卢卡努斯的《内战记》）和史书（如撒路斯特、[②] 李维或塔西佗的作品）中。

---

① 在欧洲文艺理论史上第一部系统的修辞学作品《修辞学》里，亚里士多德把科学分为 3 类：理论科学，例如数学、物理和哲学；实用科学，例如政治学和伦理学；以及创造性科学，例如诗学与修辞学，见“《修辞学》译者导言”，参《罗念生全集》卷一，前揭，页 132。

② 王以铸译为“撒路斯提乌斯”，拙作统称“撒路斯特”。

不过，由于民主运动高涨是在罗马共和国晚期，尤其是公元前 2 世纪中叶至公元前 1 世纪上半叶，古罗马修辞学与演说辞才有长足的发展。值得一提的是公元前 2 世纪的演说家老加图①与格拉古兄弟，公元前 1 世纪的修辞学家和演说家西塞罗，以及演说家恺撒。其中，"政治演说和诉讼演说是罗马文学的最高成就，主要演说家是西塞罗"（参《拉丁文学手册》，前揭，页258 以下；《罗念生全集》卷八，前揭，页 208 及下）。

此后，修辞学与演说辞衰落。尽管奥古斯都时期有一些艺术演说辞，尽管白银时代修辞学与演说辞有些复兴，出现比较有名的修辞学家老塞涅卡、昆体良、小普林尼与弗隆托，以及有名的演说家昆体良、小普林尼、弗隆托和阿普列尤斯。其中，昆体良写有论文《论演说术衰落的原因》（*De Causis Corruptae Eloquentiae*）、论著《雄辩术原理》和两本关于学校练习演说辞的集子《次要的练习演说辞》（*The Lesser Declamations*）（参 LCL 500 和501），包括《归于昆体良名下的次要练习演说辞》（*Minor Declamations ascribed to Quintilian*）和《归于昆体良名下的主要练习演说辞》（*Major Declamations ascribed to Quintilian*）。传世的帝政时期练习演说辞还有 4 篇，即《痛斥西塞罗》（*Invectiva in Ciceronem*，像撒路斯特的演说）、《痛斥撒路斯特》（*Invectiva in Sallustium*，像西塞罗的演说）、《流亡前一日》（*Pridie quam in exilium iret*，像西塞罗关于离开罗马去流亡的演说）和练习演说辞《控喀提林》（*Declamatio in Catilinam*，像西塞罗在虚构的控告喀提林中的演说），后者也称作"第五篇《控喀提林》（*Declamatio In Catilinam Quinta*，英译 *Fifth Catilinarian*）"，但不同于现存的中

---

① 参普鲁塔克，《老加图传》，参普鲁塔克，《希腊罗马名人传》上册，陆永庭等译，页 344 以下。

世纪的第五篇《控喀提林》。小普林尼和弗隆托写有颂辞（Pan-
egyricus），如小普林尼的《图拉真颂》。阿普列尤斯写有《辩护
辞》（*Apologia*），其 4 卷演说辞后来收于《英华集》。由于皇帝
的专制统治，演说局限于学校教学的练习演说辞，这些修辞学家
和演说家不可与西塞罗同日而语。

在转型时期，由于异教徒与基督徒之间的论争，修辞学与演
说辞再次复兴。既有基督教的护教家，如德尔图良、拉克坦提乌
斯和奥古斯丁，又有异教的辩护家，如叙马库斯。值得一提的
是，许多基督教教父都接受过异教的修辞学与演说术教育，并利
用受到的这种教育为基督教服务。譬如，奥古斯丁利用西塞罗的
修辞学布道。

三、　历史纪事书①

历史（historia）的希腊语为 ίστορία，意为"探索到的知识、
打听来的情况，以及细致的观察"。② 从文体来看，写历史，既
可以用韵文或诗，也可以用散文。事实上，不仅历史是诗歌的近
亲，正如昆体良认为的一样，而且历史叙事诗比散文纪事书出现
得更早些。③

关于历史与诗或者史家与诗人的分别，亚里士多德已有精辟
的论述：

> 史家与诗人的差别不在于一用散文，一用"韵

---

① 参《拉丁文学手册》，前揭，页 241 以下。
② 参刘小枫选编，《古典诗文绎读·西学卷·古代编》（上），邱立波、李世祥
等译，北京：华夏出版社，2008 年，页 161。
③ 参《撒路斯特与政治史学》（*Sallustius and Political History*），刘小枫编，曾
维术等译，黄汉林校，北京：华夏出版社，2010 年，页 81。

文"……两者的差别在于一叙述已发生的事，一描述可能发生的事。因此写诗这种活动比写历史更富有哲学意味，更被严肃地对待；因为诗描述的事带有普遍性，历史则叙述个别的事（《诗学》，章9，1415b，见《罗念生全集》卷一，前揭，页45）。

关于古罗马的史记，除了诗歌当中的叙事诗，还有属于散文范畴的历史纪事书。克劳斯（Christina Shuttleworth Kraus）把历史纪事书分为两类：史书（Historiography）与传记（Biography）。

从一开始，古罗马的史书就聚焦于生活、榜样男女的性格和事迹，包括好的和坏的，因而史书的目的似乎就是把纪念和教育联系起来：详述过去的"伟大业绩（res gestae）"，就是为了建构一种集体记忆，这种记忆轮替用作未来的预言者和指南。阿塞利奥（Sempronius Asellio，公元前2世纪）、撒路斯特（公元前85‐前35年）、李维（公元前59‐公元17年）、塔西佗（56‐120年）等史家本身已有这种意识，并反映在他们的史书作品中。

因为这种意识，历史（historia）或史书分为褒（laudatio）与贬（uituperatio）两类。其中，对人物进行褒或贬的史书——例如《罗马人民的业绩》（*Res Gestae Populi Romani*）——就衍变成为传记（古拉丁语vita；古希腊语βίος），如苏维托尼乌斯的《罗马十二帝王传》。在叙述历史的史书中也包含人物的传记。譬如，撒路斯特的《喀提林阴谋》中有喀提林的传记的段落。可见，传记只是史书类型的一个亚种。

不过，传记虽然属于史书，也像史书，但是有别于史书，正如普鲁塔克暗示的一样：

因为我写的不是历史（*ίστορία*），而是传记（*βίος*）。最显赫的业绩不一定总能表示美德或恶行（*κακία*），而往往一桩小事，一句话或一个笑谈，却比成千上万人阵亡的战役、更大规模的两军对垒，或著名的围城攻防战，更能清楚地显示人物的性格和趋向［普鲁塔克，《亚历山大传》（*Αλεξανδροσ* 或 *Alexander*），章 1，节 2］。①

与史书侧重写事不同，传记侧重写人，记述人从出生到死亡的一生中重要或有趣的事件，在事件或行动中揭示品性（*ήθος*）。揭示传主的品性是传记的主要目标。按照形式或结构，传记分为主题性传记（如苏维托尼乌斯的《罗马十二帝王传》）和编年性传记（如普鲁塔克的《对比列传》）。前者源自叙述诗人和哲人的亚历山大里亚的著作，后者归入亚里士多德或漫步学派的传统（达夫：导言）。② 从传记人物与作家之间的关系来看，传记又分为他人立写的传记和本人撰写的自传。譬如，奥古斯都本人写的《业绩》（*Res Gestae Diui Augusti*）就具有自传的性质。

古罗马历史纪事书有两个根源。古罗马历史纪事书有土生土长的元素，例如年代记（annales）。但更为重要的是，产生于公元前 5 至前 4 世纪的古希腊历史纪事书——如写《希腊波斯战争史》的希罗多德、写《伯罗奔尼撒战争史》的修昔底德、色诺

---

① 中文引自黄宏熙：普鲁塔克和《希腊罗马名人传》，页 13，见普鲁塔克，《希腊罗马名人传》上册，黄宏熙主编，陆永庭、吴彭鹏等译，北京：商务印书馆，1999 年。较读普鲁塔克，《希腊罗马名人传》第二册，习代岳译，长春：吉林出版集团有限责任公司，2009 年，页 1195。从英译本（LCL 99，页 224 及下）来看，黄宏熙主编的译本更忠实于原文。

② 参达夫（Tim Duff），《普鲁塔克的〈对比列传〉——探询德性与恶行》（*Plutarch's Lives*：*Exploring Virtue and Vice*），万永奇译，北京：华夏出版社额，2017 年，页 7、9-10。

芬（Xenophon）以及希腊化时期的历史学家（ἱστορικός 或 historicus）蒂迈欧（Timaeus）——不仅为古罗马史学家提供了典范的写作方式，而且还提供了一些重要的史料（参《罗念生全集》卷八，前揭，页 208 及下）。

在共和国中后期，历史纪事书作家有前古典散文家，例如写有真正的希腊与罗马文本的皮克托尔（Q. Fabius Pictor）与老加图，古典散文家①西塞罗，但更为重要的是编年纪作家、手记（commentarii）作家恺撒、真正的史书作家撒路斯特和传记作家奈波斯。总之，在古罗马，公元前 2 世纪中叶至公元前 1 世纪上叶历史散文取得可喜的成就，其中成就较高的是恺撒的《高卢战记》和撒路斯特的《历史》。

在奥古斯都时期，史学作品有文献，例如奥古斯都的报告文学和悼词（lāmentum），但更为重要的成就是波利奥、李维与特洛古斯的纪事书，其中李维的《建城以来史》成就最大。

在白银时代，历史散文出现繁荣。代表人物有维勒伊乌斯·帕特尔库卢斯、瓦勒里乌斯·马克西姆斯、库尔提乌斯·鲁孚斯、塔西佗、苏维托尼乌斯、阿庇安与弗洛鲁斯，其中塔西佗与苏维托尼乌斯的成就最高，影响最大。

在转型时期，也有些纪事书作品，包括基督教的殉道士传记，如《西利乌姆圣徒殉道纪》，也包括异教的《奥古斯都传记汇编》。此外，奥古斯丁的《忏悔录》具有一定的自传性质。

---

① 在《荷马的竞赛》中，尼采把古希腊诗歌划分为前荷马时期和后荷马时期，参《古典诗文绎读·西学卷·古代编》（上），前揭，页 2。对于古罗马散文而言，完全有理由划分为前西塞罗时代的前古典散文和开始于西塞罗时代的古典散文，因为西塞罗之于古罗马散文犹如荷马之于古希腊诗歌，都是空前绝后的最高标杆。

四、　书信①

书信（epistula 或 epistola）具有 4 个显著的特点。首先，依据爱德华兹（Catharine Edwards），信是在特定情况下书写的，是特定环境的产物，因此常常具有自发性和真挚性。书信的另一个特点是书信要求收信人，因此，正如阿尔特曼（William H. F. Altman）所观察的一样，读者的位置很突出：一方面，书信是作者与收信人之间的桥梁；另一方面，书信又让作者与收信人之间保留一定的距离。第三，书信作为一种类型具有特别的不确定性，正如罗森梅耶（Rosenmeyer）注意到的一样。此外，书信还是一个复杂的综合体，正如德里达（Derrida）断言的一样，"书信……不是一个类型，而是所有类型，文学本身"。事实上，书信的形式或者为诗体，或者为散文；书信的内容或者是私事，或者是公事，或者是理论探讨，或者是哲学思考；书信的读者或者为私人，或者为公众。

作为真正古罗马的文学类型，书信分为 3 类。第一类是完全真实的书信，例如公元前 1 世纪西塞罗的书信《致亲友》（*Ad Familiares*）、《致胞弟昆图斯》（*Ad Quintum Fratrem*）、《致阿提库斯》（*Ad Atticum*）和《致布鲁图斯》（*Ad Brutum*），2 世纪中叶弗隆托与奥勒留之间的书信往来，以及古罗马晚期基督教教父安布罗西乌斯、奥古斯丁、哲罗姆等写的《书信集》，这类书信真的需要邮寄给收件人，具有较高的史料价值。第二类是完全文学的书信，不再需要邮寄，除了诗体书信，如贺拉斯的《书札》（*Epistles*）和奥维德的《女子书简》（*Heroides*），以及马尔提阿

---

① Catharine Edwards（爱德华兹）：*Epistolography*（写信的技巧与原则），参《拉丁文学手册》，前揭，页 270 以下；James H. Mantinband（曼廷邦德），*Dictionary of Latin Literature*（《拉丁文学词典》），New York 1956，页 165 及下。

尔与斯塔提乌斯的诗体书信，还包括散文体的哲学信简，如小塞涅卡的《道德书简》（*Epistulae Morales*），这类书信的价值在于文学性、理论性和哲学性。第三类是半文学的书信，具有针对公众的观点，既要邮寄，又要出版，如小普林尼的《书信集》（*Epistulae*），这类书信既具有史料价值，又具有思想性和文学性。

五、 对话录与论著①

依据鲍威尔（J. G. F. Powell），古罗马的拉丁语说明文（古希腊语 τέχνη 或 *technē*）② 从古罗马文学开始就已存在。

依据说明文的内容，阿尔布雷希特（Michael von Albrecht）把说明文分为两种，即写给专家或有志于成为专家的人看的专业术书（Fachbuch，如文法与法律）和写给一般读者看的纪实术书（Sachbuch）。③ 在这些术书中，有的属于一般教育的学科，如文法和修辞学，有的属于专技教育的学科，如医学、农学和军事学；有的属于智慧（sapientia），如哲学，有的属于学识（doctrina），如法律；有的理论性强，如西塞罗的《论共和国》和《论法律》，有的实践性强，如瓦罗的《论农业》。从术书的目的和用途来看，不是为了娱乐，而是为了实用：有的作为系统的课本用于教学、自学或参考，属于专业文献（Fachliteratur），有的属于艺术文学（Kunstliteratur），如西塞罗的《论演说家》

① 　J. G. F. Powell（鲍威尔）：*Dialogues and Treatises*（对话录与论著），参《拉丁文学手册》，前揭，页 223 以下。

② 　本义"手艺、技能"；"艺术"，这里表示说明文，英译 expository prose。

③ 　德语 Sachbuch 既指纪实文学或事实文学，又指通俗的专业术书（Fachbuch）。可见，从书本身来看，两者的界限比较含糊。区分仅仅在于针对的阅读对象。参 Michael von Albrecht（阿尔布雷希特），*Geschichte der Römischen Literatur*（《古罗马文学史》），Bern 1992，页 452。

（*De Oratore*）。

从术书体裁的发展史来看，起初是作为基本形式的论文或论著（treatise），如老加图的《农业志》，后来发展成为详尽的对话录（dialogus），如西塞罗的《论演说家》，以及百科全书汇编，如老普林尼的《自然史》。

从社会的与历史的（ἱστορικός 或 historicus）角度看，术书作家分为职业的（如写《盖尤斯法学阶梯》的盖尤斯）和业余的（譬如，维特鲁威的职业不是建筑师，而是大炮检查员，克尔苏斯不是医生，而是百科全书作家）。

术书作品虽然萌芽于古罗马历史的早期，但初步发展于共和国中后期，其代表人物是公元前 2 世纪著有《农业志》（传世的第一部拉丁散文作品）和《训子篇》的老加图和文法家斯提洛。公元前 2 世纪开始逐渐向罗马推介，但公元前 1 世纪才成为显学的是两个互相关联的新题材：哲学与修辞学，其代表人物是西塞罗，他写有论著《致赫伦尼乌斯》、《论取材》（*De Inventione*）、《论演说家》、《论共和国》、《论法律》、《布鲁图斯》和《演说家》，对话录《霍尔滕西乌斯》（*Hortensius*）、《学园派哲学》、《论至善和至恶》、《论神性》、《论天意》或《论预言》（*De Divinatione*）、《论命运》（*De Fato*）、《图斯库卢姆谈话录》（*Tusculanarum Disputationum*）、《论荣誉》、《论老年》、《论友谊》、《论责任》、《切题》和《论演说术的分类》（*De Partitione Oratoria*）。在西塞罗以后，瓦罗是百科全书式散文家，沿着西塞罗《论老年》（*Cato Maior de Senectute*）和《论友谊》（*Laelius de Amicitia*）的传统，写作对话录《轶事集》（*Logistorici* 或 *Logistorico*），继承老加图《农业志》的传统写以对话录形式出现的论著《论农业》（*Res Rusticae*），继承文法家斯提洛的传统研究语文学，写《论拉丁语》（*De Lingua Laitna*）等，此外还写有为后来的克尔苏斯树立典范的《教养之书》(*Disciplinae*)。

古罗马术书高度发展于奥古斯都时期,其代表人物有维里乌斯·弗拉库斯(Marcus Verrius Flaccus,约公元前 55 - 公元 20 年)、希吉努斯(Gaius Iulius Hyginus)与维特鲁威,其中,著有《建筑十书》(*De Architectura*)的维特鲁威影响最大。

古罗马术书盛于白银时代,其代表人物有百科全书作家克尔苏斯与老普林尼,专科作家当中的修辞学家老塞涅卡、著有《雄辩术原理》的昆体良和著有《论演说家的对话录》的塔西佗、哲学家小塞涅卡、农学家克卢米拉、军事家弗龙蒂努斯、法学家盖尤斯与著有《阿提卡之夜》(*Noctes Atticae*)的古物学家革利乌斯(Aulus Gellius)。

尽管在转型时期古罗马术书已经衰落,可仍有不少作品传世。在修辞学与雄辩术论著方面,基督教教父——如德尔图良、费利克斯和奥古斯丁——利用异教的修辞学和雄辩术,进行布道和写辩护辞(见前述的"修辞学作品与演说辞")。在对话录方面,异教作家马克罗比乌斯著有《萨图尔努斯节会饮》,而基督教作家奥古斯丁用对话录的变体写《独语录》和《忏悔录》。其中,《独语录》与波爱修斯的《哲学的慰藉》一样,是奥古斯丁与自己的对话录,而《忏悔录》则是奥古斯丁与神的对话录。此外,异教作家加比拉著有百科全书《语文学与墨丘利的婚礼》(*De Nuptiis Philologiae et Mercurii*)。

* *

最后,要感谢许多曾经帮助我的好人,尤其是两位指导老师:刘小枫教授与阿尔布雷希特(Michael von Albrecht)教授。2003 年,在经历接踵而至的各种毁灭性打击以后,刘小枫先生鼓励绝境中的笔者撰写《古罗马文学史》(*Historia Litterarum Ro-*

manarum），并赠送和推荐一些图书资料，在提纲、内容和写作规范方面也给予了悉心指导。作为《古罗马文学史》（*Historia Litterarum Romanarum*）系列之一，拙作《古罗马散文史》（*Historia Prosarum Romanarum*）得以顺利完稿，自然与刘小枫教授的善意和辛劳分不开。而德国古典语文学专家阿尔布雷希特则通过电子邮件，非常耐心、毫无保留地为相隔万里的陌生提问者释疑解惑。

其次，要感谢华东师范大学出版社六点分社的倪为国先生的鼎力相助。

此外，还要感谢那些研究西方古典语文学、历史、哲学、宗教等方面的前辈，他们的研究成果或译著提供了研究的基础资料。其中，国外重要的资料较多，除了前述的阿尔布雷希特（Michael von Albrecht）主编的《古罗马文选》（*Römische Literatur in Text und Darstellung*）等，还有毕希纳（K. Büchner）的《古罗马文学史》（*Römische Literaturgeschichte*）、曼廷邦德（James H. Mantinband）的《拉丁文学词典》（*Dictionary of Latin Literature*）、哈里森（Stephan Harrison）的《拉丁文学手册》（*A Companion to Latin Literature*）、凯尔（H. Keil）编的《拉丁文法》（*Grammatici Latini*）、阿诺德（Arnold）的《罗马史》（*History of Rome*）、蒙森（Theodor Mommsen）的《罗马史》（*Römische Geschichte*）① 与《拉丁铭文集》（*Corpus of Latin Inscriptions*）、格兰特（Michael Grant）的《罗马史》（*History of*

① Theodor Mommsen（蒙森），*Römische Geschichte*（《罗马史》），［Kürzende Bearb. u. Darstellung von Leben u. Werk Theodor Mommsens：Hellmuth Günther Dahms. Übers. d. Begleittexte：Hans Roesch］.—Zürich：Coron-Verl.，［1966］；蒙森，《罗马史》卷一至三，李稼年译，北京：商务印书馆，1994/2004/2005 年；蒙森，《罗马史》，李斯等译，长春：时代文艺出版社，2006 年。

Rome)、科瓦略夫的《古代罗马史》、罗斯托夫采夫（M. Ros-
tovtzeff）的《罗马帝国社会经济史》（*The Social and Economic
History of Roman Empire*）、孟德斯鸠（Montesquieu）的《罗马盛
衰原因论》（*De Lla Grandeur des Romains et de leur décadence*）、吉
本的《罗马衰亡史》、布洛克（R. Bloch）的《罗马的起源》
（*The Origins of Rome*）、基弗的《古罗马风化史》、雷立柏
（Leopold Leed）的《拉丁语汉语简明词典》和《简明拉丁语教
程》（*Cursus Brevis Linguae Latinae*）、齐默尔曼的《希腊罗马神
话词典》、艾伦、格里诺等编订的《拉丁语语法新编》、克拉夫
特（Peter Krafft）的《古典语文学常谈》（*Orientierung Klassische
Philologie*）、海厄特的《古典传统》、詹金斯的《罗马的遗产》
与芬利（F. I. Finley）的《希腊的遗产》。国内的资料则较少，
除了前述的刘小枫著的《重启古典诗学》（*Poetíca Classíca Re-
tractata*）、编的《雅努斯：古典拉丁语文读本》、选编的《古典
诗文绎读·西学卷·古代编》（上、下）等，还有王焕生的《古
罗马文艺批评史纲》、《古罗马文学史》及其相关译著、王力的
《希腊文学·罗马文学》、郑振铎编的《希腊罗马的神话与传说》
与《希腊罗马神话与传说中的恋爱故事》、谢大任编的《拉丁语
汉语词典》、李雅书、杨共乐的《古代罗马史》、杨俊明的《古
罗马政体与官制史》以及罗念生、杨宪益、杨周翰、梁实秋、
王以铸、张竹明、徐奕春、吴飞、黄风等的译著。

江　澜
2018 年 3 月 4 日
广东外语外贸大学

第一编
萌芽时期

第一章　非文学散文

在古罗马文学的萌芽时期，广义的散文随着文学的出现和流行而萌芽。史料表明，在古罗马文学早期，有过多种形式的散文，例如年代记（annales）、释义书（commentarii）、演说辞、法律和契约。

第一节　年代记①

西塞罗借马·安东尼之口说，"历史的首要原则是不可有任何谎言，其次是不可有任何不真实，再次是写作时不可偏袒，不可怀怨"（《论演说家》卷二，章15，节62，页249-251）。

最早的史学作品是年代记（annales）和释义书（commentarii）。科瓦略夫认为，年代记是大祭司为了历法的目的而编制的，

---

① 参王焕生，《古罗马文艺批评史纲》，页12及下；王焕生，《古罗马文学史》，页16及下；李维，《建城以来史》（前言·卷一），页4和65；杨俊明，《古罗马政体与官制史》，页140及下；李雅书、杨共乐，《古代罗马史》，页34。

附在执政官或其他官吏名单之上，按编年顺序简要记录最重要的事件，它起源于公元前5世纪中叶，从公元前3世纪初起编制更加详细。而"大祭司释义书（commentarii pontificum）"是年代记的补充，包括礼拜性质的和法律性质的各种指令（《古代罗马史》，页13）。

不过，依据西塞罗和注疏家塞尔维乌斯（Servius）的记载，在早期，大祭司年复一年地将重要的国事记载下来，并把这些记事板收集起来，这就是"大年代记"（《论演说家》卷二，章12，节52，页239-241）。史学家李维称，大祭司的这种记事传统产生于罗马王政时期的第二位国王努玛（萨宾人）在位期间（《建城以来史》卷一，章20，节5），即公元前8至前7世纪之交。大年代记的编撰方式是这样的：大祭司在宅前立一块白色木板，每年初在上面表明命年官的姓名，然后记录该年发生的重要事情。记录的内容主要是与宗教直接有关的事项，例如神庙的奠基和修建、祭祀活动，同时也包含其他方面的一些事件，例如对外战争、凯旋仪式的举行、灾荒饥馑、日蚀和异兆，因此具有编年史的性质。除了大祭司的记事，前述的各种祭司组织都有自己的记事传统，例如"释义书"。尽管那些记事的规模和影响不能与大年代记相比，但是它们表明当时宗教记事的存在。这种宗教记事即"大年代记"。需要注意的是"大"的含义。辞疏家斐斯图斯说："所以称之为'大年代记'，并不是由于它们所具有的规模，而是由于它们为大祭司所撰"。4世纪注疏家塞尔维乌斯也有类似的解释（参塞尔维乌斯，《维吉尔〈埃涅阿斯纪〉笺注》卷一，行373）。

从较后的拉丁铭文来看，与年代记有关的早期史学作品还有职官表（即记录共和国高级官吏的名单）、凯旋表和历书，例如直到奥古斯都时代才编成的《执政官表》（*Fasti Consularis*）或

《卡皮托尔职官表》（*Capitolini*）、起源于罗慕路斯①时代、不过从公元前 2 世纪 30 至 20 年代起才比较可信的《凯旋表》（*Fasti Triumphales* 或 *Acta Triumphorum*）和公元前 1 世纪末、1 世纪初的《尤利乌斯年历》（*Fasti Anni Iuliani*，参科瓦略夫，《古代罗马史》，页 9）。

除了大祭司，一些高级官吏，如执政官、监察官、市政官等，也都有相应的政务记事传统。这就是"官方记事"。②

另外，古罗马还存在过私人记事。私人记事主要是一些贵族家庭的记事。虽然这些记事的内容偏重于家政，但是从另一个侧面表明古罗马历史记事的存在的广泛性。属于此列的史学作品还有在举行葬仪时为死者发表"称颂演说（laudationes funebres）"（参科瓦略夫，《古代罗马史》，页 13）。

由此看来，早期的大祭司、官员和私人似乎都在进行"年代记"的编撰工作，而且这些年代记也具备一定的史料价值。但是，无论是在内容上还是在形式上，当时的年代记都还算不上真正的史书作品，很少为后世史家利用。

第二节　演说辞

在废弃王政，建立共和以后，共和制的主要机构公民大会和元老院以及诉讼制度仍然保持相当的民主气氛。这些都为演说才能的发挥和运用提供了良好的条件和场所，使古罗马政治演说和诉讼演说很早便得到发展。公元前 338 年，罗马人在拉丁战争中俘获安提乌姆人的舰队，把船首装饰卸下，运回罗马，

---

① 参普鲁塔克，《罗慕路斯传》，参普鲁塔克，《希腊罗马名人传》上册，陆永庭等译，页 39 以下。

② 参蒙森，《罗马史》卷二，李稼年译，页 203 及下。

装饰罗马广场的演讲台。这表明，演说在古罗马所占的地位较高。

尽管没有流传下来，可当时的文录中确实存在过演说辞，并且流传很久。如西塞罗在《老加图论老年》（*Cato Maior de Senectute*，以下简称《论老年》）中说，阿皮乌斯本人的演说辞现仍存在（《论老年》，章6，节16）。西塞罗所说的演说辞是阿皮乌斯·克劳狄乌斯于公元前280年在元老院发表的，书面内容是反对与希腊雇佣军首领皮罗斯媾和。这标志着口头文学向书面文学的过渡。

此外，古罗马还存在过一种演说——葬礼演说，其内容近似悼亡曲，但风格更加夸张，更多伪饰，因而曾经受到西塞罗的批评。可以认为，葬礼演说是古希腊典礼演说在古罗马的早期的特殊表现形式。①

第三节　法　律②

在萌芽时期，除了年代记、演说辞，不可忽略的广义古罗马散文还有法律、条约等文字。罗马法的形成是罗马社会发展到一定阶段的产物。公元前6世纪中叶至公元前2世纪中叶是罗马的

---

①　参王焕生，《古罗马文学史》，页17及下；王焕生，《古罗马文艺批评史》，页13及下；《论老年·论友谊·论责任》，页11；*Loeb Classical Library*（《勒伯古典书丛》，简称LCL）154, founded by James Leob 1911, ed. by Jeffrey Henderson, Harvward Universtiy Press，页2以下，尤其是页8以下。

②　参LCL 329，页424以下；张生：十二铜表法评介，参《十二铜表法》，前揭，页2以下；塔西佗，《编年史》上册，关于塔西佗，页154；格兰特，《罗马史》，页64、67、70和86及下；布洛克，《罗马的起源》，页2和100；格罗索，《罗马法史》，页348；夏尔克，《罗马神话》，页102；杨俊明，《古罗马政体与官制史》，页129以下；李雅书、杨共乐，《古代罗马史》，页386以下；朱龙华，《罗马文化与古典传统》，页237。

公民法或市民法（ius civile）阶段。在这个时期，罗马法包括习惯法和成文法。

王政时代的司法状况是有据可查的。依据罗马神话传说，努玛（Numa Pompilius，公元前 715－前 673 年在位）把由自己颁布的一切宗教法令全让人书写成文："一部天命的法典"，交由大祭司保管。后来，高卢人入侵罗马，放火烧了这部法令。这种说法虽然不可信，但是从某种程度上表明，罗马王政时代的法律和宗教不可分离。事实上，"还有一些法律上的发现是图卢斯（Tullus Hostilius，公元前 673－前 641 年在位）和安库斯（Ancus Marcius，公元前 641－前 616 年在位）作出的。然而，最早制定法律的人却是塞尔维乌斯·图利乌斯（Servius Tullius，公元前 578－前 534 年在位）"（塔西佗，《编年史》卷三，章 26）。

在历史上，古希腊人和古罗马人声称他们保存着自王政时代以来名副其实的法律。

> 某个生活在王政末期的名叫帕皮里乌斯的人写了 1 部"王法"汇编，据法学家蓬波尼乌斯断定，这些法律是在此王或彼王的倡议下，由"人民大会"即"库里亚大会"投票通过的正式的库里亚法（见杨俊明，《古罗马政体与官制史》，页 33 以下；布洛克，《罗马的起源》，页 99）。

学界普遍认为，"王政法"不可能是经人民投票通过的真正的法律。所谓的《帕皮里乌斯法》（Lex Papiria，即 Lex Papiria de Dedicationibus，公元前 304 年左右制定）只是以帕皮里乌斯 [Publius (Sextus) Papirius，公元前 6 世纪的法学家] 之名出版的汇编。值得注意的是，这部法律汇编的存在是到了恺撒时代或西塞罗时代才第一次得到证实，① 最先引用它的作家是李维和丹尼斯。

如上所述，直到公元前 5 世纪中期，罗马的法律还不是成文法，而是习惯法。只有大祭司才是该法的保管者，而且贵族的习惯法和平民的习惯法有所不同。在这种情况下，司法带有宗法和宗教性，由元老、高官和祭司等贵族领导人掌握。平民有诉讼事件时，常因贵族滥用职权而受欺压。平民为争取自身的安全和财产的保障，早有编纂成文法的要求。据说，在公元前462 年，保民官哈尔萨（Gaius Terentilius Harsa）提出了编纂成文法的要求。

公元前 451 年，贵族才同意制订成文法，并责成一个由执政官（贵族）组成的十人委员会（decemviri legibus scribundis）参照 3 位考察人员从雅典带回的外国法律（参《十二铜表法》，前揭，页 83），把习惯法中的公法和私法归结为成文法，总共 10 表（李维，《建城以来史》卷三，章 34）。公元前 450 年平民占据第二次召集的十人委员会的一半（依据狄奥尼修斯，《罗马古事纪》卷十，58，平民仅有 3 个人），并补充了两表，然后把制订完成的这部法典镌刻在 12 块铜表上，并且在罗马广场公之于众。作为平民与贵族反复斗争的结果，② 《十二铜表法》（*XII Tabulae sive Lex XII Tabularum*）是流传至今的古罗马第一部成文法典。

遗憾的是，在公元前 390 年高卢人焚毁罗马的时候，《十二铜表法》原文也被毁灭了。传世的文字是根据古代作家——例如西塞罗、③ 李维（《建城以来史》）、乌尔比安（Ulpianus，

---

① http://en.wikipedia.org/wiki/Lex_ Papiria_ de_ dedicationibus.

② 古希腊人把制定法典当作政治妥协的手段，属于权宜之计。参格兰特，《罗马史》，页 64。

③ 例如《论法律》、《论共和国》、《论题》（*Topica*）、《论责任》或《论义务》（*De Officiis*）和《反腓力辞》（*Philippics*）。

170-228 年，《特殊条例集》）、特里沃尼安努士（Trivonianus，参《十二铜表法》第八表第二十条）、老普林尼［《自然史》（*Naturalis Historia*）］、马克罗比乌斯（《萨图尔努斯节会饮》）、斐斯图斯（Festus，《论词语的意义》，即《辞疏》）、革利乌斯（《阿提卡之夜》）、塔西佗（《编年史》）、加图《农业志》、法学家保罗（Julius Paulus，121-180 年，《断片》和《判决词》）、① 盖尤斯（《律例》，即《盖尤斯法学阶梯》）和优士丁尼（参《十二铜表法》第七表第十一条）、哥尔狄昂努斯（参《十二铜表法》第五表第九条 A）、戴克里先（Diocletianus，中译本原文为"狄俄克列提昂努斯"，参《十二铜表法》第五表第九条 B）、法学家蓬波尼乌斯（参《十二铜表法》第七表第九条 B）、演说家拉特罗（M. Porcius Latro，② 参《十二铜表法》第八表第二十六条）、马尔齐安（Marcianus，参《十二铜表法》第九表第五条）——的称引汇集而成的。

依据传世的文字，后世学者重构《十二铜表法》如下：第一表"审判引言、审判条例"；第二表"审判条例"（第一表的续写）；第三表"债务法"；第四表"父权法"；第五表"监护法"；第六表"获得物、占有权法"；第七表"土地权利法"；第八表"伤害法"；第九表"公共法"；第十表"神圣法"；第十

---

① 法学家保罗（Julius Paulus 或 Giuliu Paolo）是古罗马最伟大的法学家之一，维尔维狄乌斯·斯凯沃拉（Vervidius Sacaevola）的学生，极端多产的作家，写有专著和评论，例如 78 编《论告示》（*Ad edictum*）、16 编《论萨宾》（*Ad Sabinum*）、26 编《问题》（*Quaestionum*）、23 编《解答》（*Responsorum*）、《规则》（*Regulae*）、《法学阶梯》（*Institutiones*）和 5 编《论判决》（*Sententiae ad Filius*，关于子的见解），被《法学汇编》的编者采用（参格罗索，《罗马法史》，页 271 及下）。不过，保罗被古罗马皇帝埃拉加巴卢斯（Elagabalus，原名 Varius Avitus Bassianus，204-222 年）流放。

② 拉特罗是奥古斯都时期的演说家和老师，奥维德是拉特罗的学生。塞涅卡高度赞扬拉特罗的能力。

一表是对前5表的"补充条例";第十二表是对后5表的"补充条例"。

从传世的具体条文来看,《十二铜表法》具有3个显著的特点:第一,内容广泛,诸法合体,既有公法(如第九表)又有私法(如第四表),既有实体法(如第七表)又有程序法(如第一表、第二表);第二,强调程式的合法性,重要的法律行为都必须遵循繁琐的程式,例如第九表第六条规定"任何人未经审判,不得处以死刑[萨尔维安,《论管理神》(即《论神统治世界》)卷八,5]"(见《十二铜表法》,前揭,页48);第三,新旧法制并存,刑法与民法交错,既有比较原始的社会习惯法的残余"同态复仇",例如第八表第二条,又有较晚发展起来的一些立法"罚金赔偿",例如第八表第二条,既有氏族继承,例如第五表第五条,又有遗嘱自由,例如第五表第三条(见《十二铜表法》,前揭,页4及下)。

当然,《十二铜表法》也具有一些局限性。从法律的内容来看,《十二铜表法》有局限性。首先,在法理原则上,诸法不分。譬如,第三表第七条既可归诸于私法,又可以归诸于公法。第二,其中仍然残留了原始野蛮的习惯法条规。譬如,除了上述的同态复仇,违背人性的还有歧视残疾人的第四表第一条:"婴儿[被识别出]为特别畸形者,得随意杀之(西塞罗,《论法律》卷三,章8,节19)"(见《十二铜表法》,前揭,页13)。第三,《十二铜表法》具有明显的保守性和浓厚的形式主义色彩。譬如,虽然第七表第十一条在当时具有一定的合理因素,但是物品交易的形式性体现了古代社会经济和文化落后的实质。

从法律的主体来看,《十二铜表法》在保护对象方面存在不公和歧视。首先,法律的主体范围很小,《十二铜表法》保护的对象仅仅局限于罗马公民(cives Romani),而不包括没有罗马公民权的意大利人和行省（provincia，意为"委托"或"管辖"）居民。其次，这部成文法的核心本质是保护奴隶主的利益，明显歧视奴隶，例如自由人和奴隶因为受到人身伤害而获得的赔偿金额存在很大的差异（第八表第三条）。第三，立法虽然由平民推动，但是由贵族主导，因此，它不可避免地以保护贵族利益为主。

从法律理论来看，《十二铜表法》存在显著的瑕疵，譬如《十二铜表法》规定人民可以上诉，但是没有明确审判官和裁判官的权限，也没有限制执政官的强制权，直到公元前367年制定的《李锡尼法》，平民才能担任两名执政官中的一名。平民阶层获得了行政官的职位，才为平民进入立法和执法的元老院铺平了道路。《十二铜表法》甚至开历史的倒车，例如第十一表第一条规定，"禁止平民与贵族通婚"（西塞罗，《论共和国》卷二，章37，节63）。公元前445年，保民官卡努莱乌斯制订的法律《卡努莱乌斯法》（*Lex Canuleia*），才废除了贵族与平民不准通婚的禁令。公民内部在法律上（尽管只是书面意义上的）平等的标志是公元前287年《霍尔滕西乌斯法》（*Lex Hortensia*），因为这个法律规定平民大会享有最高立法权。

从法律实践来看，《十二铜表法》虽然保障平民不再受贵族任意横加的处罚，但是这种保障还不完整，从而导致平民与贵族之间存在事实上的不平等。譬如，尽管向人民颁布了法律的条文，可是大祭司仍然对诉讼的语言、诉讼的格式和吉凶日期（开庭日期）的确定严加保密。公元前304年，格·弗拉维（Cnaeus Flavius，曾任阿皮乌斯·克劳狄乌斯的秘书）当选市政官。格·弗拉维才把以前被大祭司密存的民事诉讼规则向公民公布，并在广场四周设置白板，上面写开庭的日子［李维，《建城以来史》（前言·卷一），章9，节16］。尽管如此，由于当时祭司（法学家）可以驾轻就熟地义务解释法律，直到公元前3世纪以前，祭司仍然把持着法律事务。这就导致一般平民在诉讼事务上处于完全被动的劣势，甚至毫无办法。直到公元前3世纪，更确切地说，公元前253年，① 平民出身的第一任大祭司克伦卡里乌斯（Titus Coruncarius）才将以前由大祭司掌握的《宗教法律一览表》（*La Tabula Pontificis*）公诸于世，并面向公民公开解答法律疑问，传授法律知识。此外，为了执法，公元前366年设立城市裁判官（praetor urbanus），公元前242年设立外事裁判官，分别处理国内、国际的法律事务。

从历史地位来看，《十二铜表法》是"一切公法和私法的渊源"（李维）和"人类智慧的完美体现"（西塞罗），是罗马法历史中独一无二的立法里程碑，对于罗马法的发展史具有重大意义。首先，虽然从整体上讲《十二铜表法》的核心是保护奴隶主私有制，例如第五表的私有财产权，继承法、遗嘱法等和第六表的契约法，但是不可忽视的是它标志着平民对贵族斗争的胜利，打破了贵族祭司对法律的垄断，无论是公布的法律条文还是严格的诉讼程序都极大地限制了贵族的专横。更为可喜的是，平民在该法规定的范围内还是取得同贵族平等的地位，例如第十二表第五条规定，"以后凡人民会议的所有决定都应具有法律效力（李维，《建城以来史》卷七，章17，节12）"（见《十二铜表法》，前揭，页56）。第二，《十二铜表法》打破了"法律神授"的宗教信条，标志着罗马法律从宗教走向世俗的进步。第三，《十二铜表法》关于法律诉讼程式的规定，法官和裁判官的区分，遗嘱继承和法定继承以及要式契约等内容都对后世罗马法产生深远的影响，奠定了整个罗马法体系的基础。

---

① 或为"公元前254年"。

《十二铜表法》自从拟定并颁布以后，直到优士丁尼编撰法典，在罗马史上都从未废除过。有些条款甚至一直保留下来，到罗马后期仍然有效。罗马人后来对这部古代法典有一种引以为傲的感情。《十二铜表法》的语言"言简意赅"，使用"格言般短句"，也成为后世法典语言的典范。

第四节　条　约①

在同邻邦或邻国的交往中，曾经签订一些成文的条约、协议等。保存下来最早的档案文献是第二个塔克文同伽比人签订的和约，写在一块盾牌的牛皮革面上，到奥古斯都时代还保存在奎里纳尔山的圣殿里。此外，保存下来的档案文献还有公元前493年执政官克西乌斯与拉丁人订立的和约、人民大会的一切立法条文、元老院的决议等。

公元前2世纪历史学家波吕比奥斯曾经提及，在共和国初年，即公元前508年，罗马人曾经同北非的迦太基人签订过一个划分势力范围和商业利益的条约（波吕比奥斯，《历史》卷三，24）。这份商业条约是由荷兰史学家尼布尔（Niebuhr，1770-1831年，著有《罗马史》3卷）②发现的（参爱克曼辑录，《歌德谈话录》，页117）。关于签约时间，德国的罗马史专家蒙森持不同的看法：公元前348年（《罗马史》卷三，章1）。

又如，依据公元前1世纪后半期历史学家狄奥尼修斯的称引，公元前493年，在面临沃尔斯克人（Volski）和埃魁人（Äquer）联合进攻的情况下，罗马人同拉丁人缔结过一个同盟

---

① 参王焕生，《古罗马文艺批评史》，页14及下；王焕生，《古罗马文学史》，页18；李雅书、杨共乐，《古代罗马史》，页346。

② 关于尼布尔的理论，参曼廷邦德，《拉丁文学词典》，页196及下。

条约（狄奥尼修斯，《罗马古事纪》卷六，章95）。

此外，公元前354年，罗马人与萨姆尼特人为防御高卢人的入侵曾缔结过一个同盟条约（科瓦略夫，《古代罗马史》，页148）。

第五节　阿皮乌斯·克劳狄乌斯[①]

关于阿皮乌斯·克劳狄乌斯（Appius Claudius Caecus）的生平，只有后世作家对他的为数不多的称引。阿皮乌斯·克劳狄乌斯出身于贵族家庭，是制定《十二铜表法》的主导者阿皮乌斯·克劳狄乌斯（参科瓦略夫，《古代罗马史》，页90及下）的玄孙，以高傲、固执和暴烈的性格而出名。尽管如此，从后来的政治生涯与文学成就来看，阿皮乌斯·克劳狄乌斯可能受到过良好的教育。

阿皮乌斯·克劳狄乌斯首先是一个政治家。公元前312年，阿皮乌斯·克劳狄乌斯曾任监察官。在任期内，阿皮乌斯·克劳狄乌斯修建了古罗马第一条水渠和第一条军用大道（科瓦略夫，《古代罗马史》，页109）。公元前272年，阿皮乌斯·克劳狄乌斯修建了罗马供水系统，即长约15公里的阿皮亚水道（Aqua Appia），把离阿尔诺河不远处的那些水源的饮用水引到罗马。阿皮乌斯·克劳狄乌斯修筑了闻名于世的阿皮亚大道：从罗马一直到拉丁姆沿海大城塔拉其那（Tarracina），再从此沿海岸向东南直达卡普阿。至公元前244年，这条国道已经远至布伦狄西乌姆（Brundisium）。

---

① 参LCL 154，页24-27和44以下；西塞罗，《论老年·论友谊·论责任》，页11和19及下；王焕生，《古罗马文学史》，页18及下；格罗索，《罗马法史》，页195；蒙森，《罗马史》卷二，李稼年译，页191及下和213；格兰特，《罗马史》。

更为重要的是，在监察官中，阿皮乌斯·克劳狄乌斯第一个着手审查元老的名单，并把获释奴隶的儿子们（富有市民和工商业集团代表）加了进去。尽管遭到显贵的激烈反对，阿皮乌斯·克劳狄乌斯还是继续掌权，直到公元前308年他第一次当选执政官。作为执政官，阿皮乌斯·克劳狄乌斯进行了另一个改革：每个公民均有权加入任何一个特里布斯并在他所愿意的地方登记自己的财产（科瓦略夫，《古代罗马史》，页108）。依据西塞罗的说法，可能在公元前297年，阿皮乌斯·克劳狄乌斯又第二次担任执政官（《论老年》，章6，节16）。

17年以后，即公元前280年，阿皮乌斯·克劳狄乌斯在元老院发表演说，反对与皮罗斯（Pyrrhos）的媾和。当时的局面是这样的：皮罗斯应南意大利的希腊移民地的要求，率领希腊雇佣军来意大利，以期阻挡罗马向南部地区的扩张；而元老院倾向于与皮罗斯媾和结盟。当时，阿皮乌斯·克劳狄乌斯年迈失明：

> 虽然既老又瞎，但仍然能指挥四个身强力壮的儿子和五个女儿，仍然是一家之主，所有那些门客也都听他的调遣。这是因为，他的心灵总是像一张拉满了弦的强弓一样绷得紧紧的，绝不因为年老而逐渐松懈（西塞罗，《论老年》，章11，节37，徐奕春译，见西塞罗，《论老年·论友谊·论责任》，页19及下）。

外号"克库斯"（Caecus，意为"盲者"）的阿皮乌斯·克劳狄乌斯毫不迟疑地发表演说，以示反对。恩尼乌斯曾在《编年史》中转述了阿皮乌斯·克劳狄乌斯的演说辞：

> 以前你们的心灵可一向坚韧刚毅，

为何如今失去理智，要改变主意（西塞罗，《论老年》，章6，节16，王焕生译，见王焕生，《古罗马文学史》，页19。参西塞罗，《论老年·论友谊·论责任》，页11）？

在文学受到轻视的罗马古代，阿皮乌斯·克劳狄乌斯的这篇演说辞却能在演说之后得以公开发表。这表明，当时肯定存在公之于世的会议记录。这篇演说辞的水准较高，因为阿皮乌斯·克劳狄乌斯"有准备的演讲者"（西塞罗，《布鲁图斯》，章14，节55，参 LCL 342，页54-55）。

除了演说辞，阿皮乌斯·克劳狄乌斯还写过诗。阿皮乌斯·克劳狄乌斯的《箴言集》采用萨图尔努斯诗行（versus saturnius），不仅总结了本人的生活经验，而且包含了当时普遍流行的一些生活格言，反映了罗马人的生活智慧。例如，"每个人都是自身幸福的缔造者"（王以铸译，参科瓦略夫，《古代罗马史》，页209）。这条传世的格言表明，在奴隶制经济发展的条件下，人的自我意识开始觉醒，开始认识自我价值。

此外，阿皮乌斯·克劳狄乌斯写过法学论著著有司法年历、《诉讼编》（*Liber Actionum*）、《论占有中断》（*De Usurpationibus*）、《论所有权》和语言学方面的论著。在语言学方面，阿皮乌斯·克劳狄乌斯力求使一些业已流行的语言现象规律化。这表明，当时人们对语言应用的要求提高了。值得一提的是，阿皮乌斯·克劳狄乌斯进行正字法改革，主张用 r 代替两个元音之间的 s，例如用 Valerius 替代 Valesius，而 arbosibus 演变为 arboribus（科瓦略夫，《古代罗马史》，页209）。[1]

尽管阿皮乌斯·克劳狄乌斯的著作都失传了，可从其他作家

---

[1]　拉丁语 arbor, arbororis，意为"树"、"船"和"花环"。

对他的称引来看，他在诗歌、散文等方面都取得了较高的成就，显示了他具有多方面的文学才能。在已知姓名的古罗马作家中，阿皮乌斯·克劳狄乌斯堪称第一位。

第二编
发轫时期①

　　①　主要参考阿尔布雷希特主编,《古罗马文选》卷二（*Römische Literatur in Text und Darstellung*, 5 Bde. Herausgeber:. Michael von Albrecht, Bd. 2: *Republikanische Zeit I: Prosa*. Herausgegeben von Anton D. Leeman. Stuttgart. 1985），页 7－18、52、230、256、349 和400；LCL 127，页306 以下；LCL 494，页300 及下；LCL 141；苏维托尼乌斯,《罗马十二帝王传》，张竹明等译，页28－30；王焕生,《古罗马文学史》，页156。

古罗马历史上的前 5 个世纪不存在古罗马文学（litterae），这是古罗马文学的一个显著特征。起初 5 个世纪的前半阶段，即王政时期（公元前 753－前 510 年），没有古罗马文学是可以理解的，因为古罗马文学并不具备发轫的条件。一方面，古罗马的权力几乎没有跨越拉丁姆地区的边界。另一方面，尽管前古典的古希腊文化已经影响到古罗马国家的边界：西西里的移民区（colōnia），意大利南部，直至坎佩尼亚，甚至通过埃特鲁里亚跨越了这个界限，可是在越来越希腊化的地中海地区内的古罗马飞地，这种影响遭到强烈抵制。在古罗马共和国时期的第一个世纪，这种抵制仍在持续。直到公元前 3 世纪，古罗马的权力才逐步影响整个意大利。总之，尚武、务农的古罗马人一直没有机会接触古希腊高度发达的文化，体会不到文化与文学的妙处。

　　虽然后来的资料有关于古代英雄颂歌、礼拜圣歌和农民闹剧的模糊报道，但是几乎没有用文字记录下来，也没有流传后世。当然，这并不意味着，在这些文学缺失的世纪里，压根就不存在古罗马文化，只是这种文化的表达方式与众不同。有决定意义的或许是一种极其强烈的对祖辈的训诫与习俗（instituta et mores maiorum）的感情。这种感情体现在对集体和个体的鲜明态度和坚定立场。这种鲜明的态度与坚定的立场决定性地影响了古希腊和后来的古罗马。元老院（senātus）像国王的会议一样，通过手持象征政法权力的束棒（fascēs，插有一柄斧头的一束棍棒）的护卫们（līctōrēs，单数 līctor）表明其因公的帝国（imperium）的市政机构（magistratus）。给人留下深刻印象的是仪式庄重的各种宗教节日与令人自豪的获胜军队的凯旋游行。此外，葬礼有祖先画像和悼词。这些早期的古罗马文化形式十分地道、独特。公众生活的排场与私人生活的简朴形成矛盾，就像西塞罗后来确切地表述的一样："古罗马民族憎恨个人的挥霍，不过懂得国家讲究排场的价值（odit populus Romanus privatam luxuriam, publicam magnificentiam diligit，引、译自《古罗马文选》卷二，前揭，页7及下）"［《为穆雷那辩护》（Pro Murena），章36，节76］。

在早期古罗马文化中，言语（verbum）没有发展成为文学（litterae）。这绝不意味着，言语（verbum）不起作用。恰恰相反。而且，言语（verbum）仍然是交际、劝说和有约束力的表达手段。礼拜仪式、政治顾问、法律和诉讼惯例里讲的言语（verbum）的魔法与心理教育的力量通过节奏、音调和内容的重复得到加强。最突出的运用形式就在于颂歌（carmen）。颂歌后来的意思是"歌曲"，但是，最初仅仅是有魔法与节奏的、宣叙调的散文（prosaicus）表达形式。老加图的《农业志》（De Agricultura）是拉丁文学中有文字记载的最早的散文（prosa）。其中，有一首致马尔斯的祈祷歌。马尔斯在名称上最初是一个农业神。这篇祈祷歌概括地介绍了颂歌（carmen）体裁：

父马尔斯，我向你祈祷，并恳求你：

热心而友好地对待

我、我的家庭和仆人。

因此我

命令，绕着我的耕地、地产和财产

让猪仔、羊羔和牛犊兜圈。

以便你让有形和无形的疾病远离，

防止成为孤儿和村庄荒芜，

根除大冰雹和雷雨风暴；

以便你让农作物、谷粒，

葡萄树蔓和树木

长好和长大（老加图，《农业志》，章141；译自 Paul Thielscher 的德译本）。[①]

　　有节奏的结构、概念重复和头韵（alliteration，源于拉丁语 ad + litera 或 littera）体现魔法的约束。古罗马农民相信，可以用这种约束影响各种神的力量。西塞罗或许用文学术语"ubertas（拉丁语：丰富、丰富多彩；冗长、罗唆）"来描述这个结论。不过，后来称之为"brevitas（拉丁语：简略、简洁、简短）"的、与之对立的语言应用也能取得类似的约束效果。譬如，古老的《十二铜表法》第八表第十二条的规定里就有最简明扼要的语言简洁的省略句：[②] "如果夜间行窃，（就地）被杀，则杀死（他）应认为是合法的（si nox furtum faxit, si im occisit, iure cae-

---

　　① 关于德文与拉丁文对照译本，见《古罗马文选》卷二，前揭，页 8 及下。另参加图，《农业志》，马香雪、王阁森译，北京：商务印书馆 1997，页 63 及下。

　　② "语言简洁的省略句"与西塞罗的"语言丰富（多彩）的圆周句"形成鲜明对比。

sus esto）"（参《十二铜表法》，前揭，页39；《古罗马文选》卷二，前揭，页9）。

　　甚至删去观点的逻辑上必需的成分也能给心灵施加强烈的影响。这种心灵的影响必然产生共鸣，即成为共同思想和共同经历。正是这样，才导致言语（verbum）使人刻骨铭心。极度的语言丰富（ubertas）及其反面即简明扼要的、"硬邦邦的"语言简洁（brevitas）后来属于拉丁文学最显著的特征。在语言丰富（ubertas）方面西塞罗是大师，而在语言简洁方面（brevitas）撒路斯特（Sallust，全名 C. Sallustius Crispus）和塔西佗是大师。塞涅卡绞尽脑汁地交替使用丰富的（cōpiōsus）语言和简洁的（brevis）语言。从逻辑与客观的观点来看，丰富的（cōpiōsus）语言揭示的太多，简洁的（brevis）语言揭示的太少。完全合适的表达形式很罕见，至少在文学方面。与之有关的或许是，在纯客观的描述和纯逻辑的推理方面，古罗马人比古希腊人差得太多。由于冠词和优雅、创造性的派生机械主义，古希腊人支配的语言更加适合细腻的描述和抽象的推断。在比较两种语言时，演说家和教育家昆体良断定：

> non possumus esse tam graciles；simus fortiores！subtilitate vincimur：valeamus pondere！proprietas penes illos est certior：copia vincamus！

　　如果我们罗马人没有那么娇小，那么我们就要更加强壮；如果我们缺乏细腻，那么我们就在毁打与排场中寻找我们的优点！如果别人表达更确切，那么我们就要以表达的丰富多彩取胜（昆体良，《雄辩术原理》卷十二，章10，节36，引、译自《古罗马文选》卷二，前揭，页9及下）！

在几个世纪的发展中，拉丁语是农民自豪的表达方式，在精神气质方面与古希腊语截然不同。古希腊语的早期发展是由优雅的贵族社会完成的。相反，共和国晚期的文化解放时在一定程度上显得像刹车轫履。古罗马意识到刹车轫履，并且用"拉丁语的匮乏（patrii sermonis egestas）"来描写卢克莱修。然而奇迹发生了：困境成为一种美德。古罗马伟大的作家正是在局限中表现为大师。尽管如此，这种局限还是极大地影响了拉丁语文学的发展进程。甚至最伟大的诗人维吉尔也认为，古罗马本来的文化使命和成就不是在艺术、文学或科学，而是在世界上建立了不起的社会秩序。在维吉尔的民族叙事诗《埃涅阿斯纪》中，安基塞斯为儿子埃涅阿斯预言（《埃涅阿斯纪》卷六，行847-853）：

> 这里还有其他一些人，我相信
>
> 有的将铸造出充满生机的铜像，造得比我们高明，
>
> 有的将用大理石雕出宛如真人的头像，
>
> 有的在法庭上将比我们更加雄辩，
>
> 有的将擅长用尺绘制出天体的运行图，并预言星宿的升降：
>
> 但是，罗马人，你记住，你应当用你的权威统治万国，这将是你的专长，
>
> 你应当确立和平的秩序，对臣服的人要宽大，对傲慢的人，通过战争征服他们！①

---

① 参阅维吉尔，《埃涅阿斯纪》，杨周翰译。南京：译林出版社，1999年，页170。诗行排列依据《古罗马文选》卷二，前揭，页11。

　　"其他一些人"自然是指古希腊人。维吉尔以典型的方式——即简洁的（brevis）方式——在希腊艺术、文学、哲学和科学里分别举出一个特殊的领域：雕刻、法庭演说辞和天文学。在维吉尔时代，古罗马共和国（res publica）的本来内部结构演变成为帝国主义世界秩序。在这首罗马激情的诗中，维吉尔似是而非地运用了一种诗歌体裁，即六拍诗行（hexameter）叙事诗（epos）。这种诗体就是一个半世纪以前古罗马人从古希腊人那里借鉴而来的。但是，维吉尔的诗歌（peoma）的思想和情绪高涨是在古希腊先辈那里不可想象的。维吉尔用他的独特诗歌才能效力于他的古罗马共和国。

　　拉丁语文学的似是而非就是拉丁语文学本身适应古希腊文学。所以，人们习惯把古罗马文学视为和理解为模仿作品，这是由来已久的。在我们现代，人们更愿意谈论竞赛性仿作（aemulatio），而不是谈论模仿（imitatio）。在《图斯库卢姆谈话录》（*Tusculan Disputations*，公元前45年）的引言中，西塞罗描述了从他的古罗马国家观点来看竞赛性仿作（aemulatio）的精神如何导致古罗马文学（litterae rōmānae）的逐渐产生。

　　在形式上，古希腊的修辞学（rhētorica）对古罗马文学产生了最重要的影响。在公元前2世纪里，罗马就已经有了古希腊修辞家（rhētor），他们传播尤其是希腊化时代形成的演说术（ēloquentia）学说。即使是在仇视希腊文化的老加图的身上，也可以发现演说术（ēloquentia）学说的影子。在公元前1世纪里，修辞学（rhētorica）严格按规定教授，也用拉丁语。在西塞罗那里，最能注意到通过修辞学（rhētorica）进行的知识与审美教育。

　　假如撇开在《古罗马戏剧史》（*Historia Dramatum Romanorum*）与《古罗马诗歌史》（*Historia Poematum Romanorum*）里已

经分别阐述、这里不再赘述的戏剧（drama）和叙事诗（epos）不说，那么可以断定，自古以来，在散文中只有政治集会的演说辞（ōrātiō）与法庭诉讼的演说辞才是古罗马生活的一个核心部分，因为在书面表达和传播有限的情况下，口头表达成为人们表达自己的心境、意向和情感的更为普遍和有效的手段，而共和制的基本机构元老院、公民大会和法庭为罗马人展现和发挥演说（ōrātiō）才能提供了广阔的天地和良好的场所。在和平时期，罗马人用语言为国家服务。因此，拉丁语中"说（dicere）"的概念比"写（scribere）"的概念用得广泛些，例如"立法（dicere leges）"、"任命（dicere）"、"审判（dicere ius）"和"统治权力（dicio 或 ditio）"。但是，自从老加图——即自从大约公元前200年——以来，演说术（ēloquentia）才达到一个较高的水平。当时，古希腊影响的分量也日益增加。自从老加图以来，演说辞（ōrātiō）就定期发表，并且作为文学类型存在。

老加图——肯定不是希腊教育的敌人，但是尽管如此，并且也许正是因为这样，他的内心才充满了古罗马民族文学为共和国服务的必要性——也被视为另一种文学类型的创始人：纪事书（historia）。西塞罗提及的第三种"最希腊化的"文学类型"哲学（philosophia）"是拉丁语散文里的晚产儿，在西塞罗本人使哲学（philosophia）复活之前，一直没有被人发掘。从此以后，演说术、历史编纂学和哲学（philosophia）就是最好的3种散文类型，正如从昆体良的《雄辩术原理》第十卷（90年）提出的拉丁语文学概况推出的结论一样（章1，节101以下）。

此外，古罗马人还精通技术应用方面的散文。老加图写了关于农业（agricultūra）的作品，他就是技术应用散文的第一个代表人物。但是，技术应用散文没有被视为真正意义上的文学，因为技术给人的感觉是不懂艺术。作品的构思相应地简单，在措辞方面也没有润色。

最重要的现代散文（prosaicus）文学类型"长篇小说（rōmānicus）"和"中篇小说（novellus）"在古希腊和古罗马都没有。尽管1世纪的佩特罗尼乌斯和2世纪的阿普列尤斯（Lucius Apuleius，约125－170年以后）写出了高水平的长篇小说（rōmānicus），也没有进入典范的文学。此时，占据虚构文学位置的是崇高而富有诗意的叙事诗（epos），不过在现代文学里叙事诗（epos）几乎绝迹。

拉丁语文学总体上的和共和国散文文学个体上的基本特征已经包含在前面的叙述里面了，或者由此而派生出来。这些基本特征就是传统主义、道德主义、实用主义、等级意识、劝说的式样、对激情的偏爱、社会和民族的关系。为了避免奴性模仿，与古希腊文学展开骄傲的、几乎挑衅性的竞赛体现在继续保持的影射技巧上。这就要求读者识别对古希腊"典范"的影射，同时尊重新的古罗马典范。在后来的古罗马发展过程中，先前的古罗马"典范"——某种文学类型的所有先辈在一定程度上都是典范——扮演了类似的角色。就此而言，毫无准备的现代读者只有尝试尽可能地站在古代读者的立场上才能理解这个结论。

接下来需要解释一下对共和国时期文学的时代划分，即把共和国时期文学时代分成前古典或者古风时代和古典时代。称之为古风时代或前古典的文学就是西塞罗以前——即大约公元前1世纪初以前——产生的古罗马文学。在前古典时代，普劳图斯与泰伦提乌斯（总共流传下来27部谐剧）以及帕库维乌斯与阿克基乌斯（只有一些肃剧的残篇流传下来）的戏剧在罗马甚至经历了繁荣时期，而安德罗尼库斯、奈维乌斯、特别是恩尼乌斯的叙事诗尚处于最有意思的试作阶段。当时经历了第一次繁荣的第三种诗歌类型就是典型的古罗马"讽刺诗（satura）"创作，其代表人物卢基利乌斯的作品很地道，可惜流传下来的只有一些残篇。在散文中，前古典几乎没有多产的。在当时的演说家、历史学家和技术应用散文作家中，只有一位散文作家擅长所有的 3 种文类。这位杰出的散文家就是加图（Marcus Porcius Cato 或 MarcusPorcius Cato Priscus），即"老加图（Cato Maior）"或者"监察官加图（Cato Censorius）"，有别于西塞罗的同时代人、廊下派"小加图（Cato Minor）"或"加图·乌提卡（Valerius Cato Uticensis）"。

在前古典时代，古罗马发展成为地中海地区的一个大国。无论是在西边的 3 次布匿战争（公元前 264－前 146 年），还是在东边的 3 次马其顿战争（公元前 214－前 167 年），都增强了古罗马面对古希腊世界时的民族自豪感和自信心。后来的古罗马人就把这个具有决定意义的战争的世纪视为古罗马历史上内政和道德的巅峰时期。

像已经注意到的一样，老加图首先致力于在文化和文学上保持古罗马民族特性，防止即将发生的希腊化。老加图的作品虽然保存最好，但是不会让人对公元前 2 世纪产生片面的看法。在有些最高的古罗马显贵圈子中，有些男人在面对古希腊文化时表现得比老加图更加开放。古罗马政治家提·弗拉米尼努斯（T. Quinctius Flamininus，公元前 230 左右－前 174 年）打败马其顿国王腓力（Philippos，拉丁语：马的爱好者；Φιλιππος，希腊语）时，这个"爱希腊者（Philhellene）"很兴奋地把古希腊城市解释为自由和独立（公元前 197 年）。在最后一次马其顿战争以后，胜利者鲍卢斯（L. Aemilius Paullus）让作为希腊人质被带到意大利的历史学家波吕比奥斯（Polybios，约公元前 200－前 118 年）住进他自己的家里，让波吕比奥斯当次子——因为过继给老斯基皮奥的儿子斯基皮奥收养而得名小斯基皮奥（后来成为著名统帅和政治家）——的老师和长期陪同人员。小斯基皮奥成为朋友圈——后来称作"斯基皮奥圈子"——的中心人物。除了波吕比奥斯以外，属于这个圈子的还有温和的廊下派哲学家帕奈提奥斯、希腊化谐剧诗人泰伦提乌斯以及很有教养的古罗马"智者（sapiens）"莱利乌斯和讽刺诗诗人卢基利乌斯。西塞罗认为，就是在这个圈子里，古罗马的 gravitas（庄严、庄重）与古希腊的细腻之间第一次产生了一定的和谐。在西塞罗的对话录（dialogus）①《论共和国》（De Re Publica）中，西塞罗为这个圈子立了一块理想化的碑。泰伦提乌斯的谐剧、波吕比奥斯"亲罗马"的纪事书（historia）和流传下来的卢基利乌斯的讽刺诗（satura）残篇为读者介绍了斯基皮奥圈子的思想作品的概况。可遗憾的是，这个时期的拉丁语散文流传下来的只有极少的残篇。这就很好地解释了在散文的发轫时期老加图逝世（公元前149 年）与西塞罗（生于公元前 106 年）之间没有文本是具有欺骗性的。甚至这也适用于演说术（ēloquentia）。作为这个时代唯一的散文类型，演说术（ēloquentia）肯定取得了巨大的进步。

公元前 2 世纪的最后几十年是灾难性政治斗争的开始。政治斗争逐渐演变为内战，最终促使第一古罗马帝国的建立。在这个政治混乱的年代，演说术（ēloquentia）正好能够繁荣。"贵族派（optimātēs）"构成寡头政治领导层，在元老院里获得最重要的支

---

① 拉丁对话录（dialogus）分为两种：诗体对话录（poeticus dialogus）与散文对话录（prosaicus dialogus）。恩尼乌斯与卢基利乌斯用诗体对话录（poeticus dialogus），普劳图斯与泰伦提乌斯时代流行。散文体对话录（prosaicus dialogus）始于布鲁图斯，他用拉丁散文对话录（prosaicus dialogus）写作 3 卷法律书。西塞罗完善散文对话录（prosaicus dialogus），写有《论共和国》、《论演说家》、《图斯库卢姆谈话录》、《论至善和至恶》、《论神性》等。塞涅卡写有对话录《论天意》、《论贤哲的坚强》、《论愤怒》、《论闲暇》、《论心灵的宁静》、《论幸福生活》、《论生命的短暂》和《劝慰辞》。此外，塔西佗著有《论演说家的对话录》，参曼廷邦德，《拉丁文学词典》，页 87。

持，而"平民派（populī）"是"民主"大众的领导人。按照古希腊和古罗马纪事书家的观点，二者之间的不和就是因为古罗马占领军在地中海地区毁灭迦太基（公元前 146 年）以后才成为可能的。按照这种观点，可以得出一个推论：内部的和睦只是在受到外部威胁时才实现的［恺撒，《内战记》（*De Bello Civili*）卷一，章 11］。格拉古兄弟——提比略（Tiberius，死于公元前 133 年）和盖尤斯（Gaius，死于公元前 121 年）——本身属于最高层的贵族，在与古希腊教育的紧密接触中受到这样的教育，即通过演说术（ēloquentia）吸引大众，并且煽动他们为民主变革而斗争。这种演说术（ēloquentia）还激发了西塞罗——在反对他们的政治观点的情况下——最高的钦佩。很遗憾，在这种演说术（ēloquentia）方面，传世的仅有寥寥无几的残篇。平民派（populī）的、常常是煽动性的演说术（ēloquentia）后期代表人物是马略（C. Marius；死于公元前 86 年）和罗马独裁统治的缔造者恺撒（死于 44 年）。关于马略的演说辞，可以参看历史学家撒路斯特的记述［《朱古达战争》（*De Bello Iugurthino* 或 *Bellum Iugurthinum*），章 89，节 6］。关于恺撒的演说辞，可以参看撒路斯特的《喀提林阴谋》。

　　贵族派（optimātēs）也有一些政治领导人，他们把事业首先建立在军事或者演说特长之上。仕途带来高昂的花费，但是也带来巨额的收入，尤其是意大利本土以外的行省统治。作为保守主义者，这些政治家捍卫传统的古罗马秩序（ōrdō，复数 ōrdinēs）、祖辈习俗（mores maiorum）、旧的共和国（res publica）和元老院政体。但事实上，这种秩序（ōrdō，复数 ōrdinēs）首先为他们提供发挥个人特长的舞台。几乎不受约束的个人主义是这个时代的特征。有些政治家骑墙于平民派（populī）和贵族派（optimātēs）之间，如庞培和后来的屋大维。屋大维以恺撒的继承人的身份出现，公元前 27 年作为奥古斯都成为第一个皇帝。

使这个时代如此吸引人的是，具有给人留下深刻印象的排场和风格的传统公共机构旷日持久地继续存在。这些公共机构的争斗是拯救和延续古罗马国家的唯一保证，不过，政治局势有时接近无政府主义的界限。

在这个混乱的时代，拉丁语和拉丁语文学是最重要的表达方式。无可争议的语言文学大师就是西塞罗。在西塞罗的政治生涯中，他把自己视为温和的贵族派（optimātēs）和国家的拯救者。西塞罗的政治生涯有巅峰和低谷。西塞罗自己总觉得，这些巅峰与低谷比实际更大。在他的敏感与不坚定方面，西塞罗与政治理想休戚与共。这种政治理想早就消失，成为幻想。但是，在理想人性（humanitas）方面，西塞罗对欧洲后来的发展产生了决定性的影响。在他的多方面天赋中，西塞罗代表了那个时代的整个思想生活。在各种各样的文学领域里，西塞罗都有杰作——不仅作为演说家（orator），也是慎重的修辞学理论家、启蒙哲学作家、吸引人的书信作家、有功的诗人和纪事书理论家。首先，西塞罗为古罗马人充分挖掘古希腊思想遗产，并且让古希腊风骨和古罗马风骨汇聚在一种内涵丰富的理想人性（humanitas）中。由于西塞罗写的拉丁语长期被视为最好的拉丁语，拉丁散文的古典时代被称作"西塞罗时代"，也是"拉丁文学的黄金时代（aurea Latinitas）"。

第一章　前古典散文

第一节　皮克托尔[①]

皮克托尔（Q. Fabius Pictor）生于约公元前 254 年，出生于一个贵族家庭。皮克托尔参加过罗马对高卢和利古里亚人的战争，在第二次布匿战争（公元前 218－前 202 年）的危难时刻也曾肩负国家重任：公元前 216 年罗马军队在坎奈（Cannae）战役中失败以后，皮克托尔曾被遣去得尔斐（Delphi）求问神示（阿庇安，《罗马史》卷七，章 5，节 27）。后来，皮克托尔成为元老，并以道德高尚闻名。

作为罗马显赫家族的成员，皮克托尔用希腊文写了《编年史》（*Annales*），试图通过这一部史著向希腊世界介绍罗马及其政策。这部迄今仅存片断的史著首先从特洛伊英雄埃涅阿斯开

---

① 参 LCL 113，页 48 及下；李维，《建城以来史》（前言·卷一），页 4 及下；科瓦略夫，《古代罗马史》，页 15－17 和 361；王焕生，《古罗马文学史》，页 85；王焕生，《古罗马文艺批评史纲》，页 273。

始，对王政时代作了详尽的描述，然后提供了罗马共和国时期的一些画面，最后详尽地描述了第一、二次布匿战争。李维认为，由于皮克托尔亲身参与第二次布匿战争，他的叙述富有权威性（《建城以来史》卷二十二，章7，节1）。

后来，皮克托尔的《编年史》被翻译成拉丁文，失传。而且，修辞学家和演说家弗隆托认为皮克托尔"紊乱（incondite，无章法）"（《致维鲁斯》卷一，封1，节2）。尽管如此，这部作品的历史地位很高，影响极大。首先，《编年史》被视为古罗马历史散文的开始，皮克托尔被视为"第一位罗马年代记作家"和古罗马第一位历史学家。在皮克托尔之后，出现了一批类似的作家，通称编年史家，因为他们仿效年代记，按年编写历史。不过这些作家也是用希腊语写作，不过内容比较简单，语言也比较枯燥。西塞罗认为他们"只是不作任何修饰地留下了有关时间、人物、地点和发生的事件的史志"（《论演说家》卷二，章12，节53-54，参西塞罗，《论演说家》，页241）。按照时代和著述风格不同，他们分为早期（约公元前2世纪前半叶）、中期（约公元前2世纪后半叶）和后期（公元前1世纪前半叶）。这些编年史作品未能直接留传下来，或者零散地见于其他作家的称引，或者隐没于其他作家的引用中。

其次，皮克托尔通过把神话与当代史联系在一起，这对罗马史的构思开创了一个传统。这个传统的继承者不仅有用希腊文写作的年代记作家阿里门图斯（L. Cincius Alimentus，公元前210年的行政长官，参加过第二次布匿战争，曾被汉尼拔俘虏）、奥·阿尔比努斯（A. Postumius Albinus）和阿西利乌斯（C. Acilius），而且还有同1世纪40年代用拉丁文写作的罗马史家赫米那（L. Cassius Hemina；第一位拉丁语年代记作家，他的作品一直叙述到公元前146年）、格·革利乌斯（Cn. Gellius；第一个放弃提要式写法、开始使用比较广泛的叙述的年代记作家，其作品至少有 97 卷）① 和皮索·福鲁吉（Lucius Calpurnius Piso Frugi，公元前 133 年的执政官和公元前 120 年的监察官，皮索·福鲁吉的作品为后代作家广泛引用）。

在拉丁语编年史家中，老加图占有特殊的地位，因为他被认为是第一位拉丁语散文编年史家。科瓦略夫认为，老加图可以真正地称为"第一位罗马历史学家"（《古代罗马史》，页 361）。

第二节　老加图②

一、生平简介

关于老加图（Cato Major，公元前 234－前 149 年）的生平，古代文献中的资料比较多，除了两篇传记，即普鲁塔克《传记集》（*Lives*，即《希腊罗马名人传》）里的《老加图传》（*Μαρχοσ Κατων*）和奈波斯《老加图传》，还有西塞罗的《老加图论老年》（*Cato Maior de Senectvte*）、李维的《建城以来史》、

---

① 文中古罗马人名"格（Cn.）"一律为"格奈乌斯（Cnaius 或 Gnaius）"的缩略语。

② 参 LCL 47，页 302 以下；LCL 112，页 178－181；LCL 113，页 44 及下、48 及下和 150 及下；LCL 127，页 306 及下；LCL 195，页 254 以下；LCL 200，页 10－31；LCL 403；LCL 494，页 336 及下；加图，《农业志》，页 2－4 和 23；王阁森：加图及其《农业志》，页 2－6 和 11－24；瓦罗，《论农业》，页 48；西塞罗，《论演说家》，页 603；《诗学·诗艺》，前揭，页 139；《昆体良教育论著选》，前揭，页 182；李维，《建城以来史》（前言·卷一），页 5；《古罗马文选》卷二，前揭，页 9、11、19－25、28 及下、32 及下、37－49、356、391、406 和 426；王焕生，《古罗马文学史》，页 87 及下；王焕生，《古罗马文艺批评史纲》，页 269 及下和 272 及下；安德烈，《古罗马的医生》，页 12 及下；科瓦略夫，《古代罗马史》，页 361 及下；格兰特，《罗马史》，页 125 和 127 及下；李雅书、杨共乐，《古代罗马史》，页 348 及下和 379；杨俊明，《古罗马政体与官制史》，页 145 及下。

阿庇安（Appian，95-165年）的《罗马史》等。

老加图出生于图斯库卢姆的一个殷实的平民家庭：世代为农。其中，老加图的曾祖父曾立战功，父亲也曾是勇敢的战士。后来，老加图的父亲迁居萨宾人的城市雷阿特，并购置田产。因此，老加图属于新贵。老加图［本姓"普里斯库斯"，加图是绰号，源于老加图的"精明强干"，因为罗马人通常把"聪慧精明的人"称为 catus（聪明；机灵），见普鲁塔克，《老加图传》，章1，节2］以先辈的勤耕善战为荣，所以少年时就在雷阿特的农村务农，17岁初就毅然从军。

作为农民和农学家，老加图十分重视实践，不仅自己曾经躬耕于庄园，而且要求庄头"要力求会干所有的农活，并且只要不疲惫，就常常去干"（《农业志》，章5）。老加图也大力提倡技术革新，例如在《农业志》中介绍和总结了关于作物栽培（特别是橄榄栽培）方面的许多新经验。作为庄园主，老加图又是一个精打细算的管理者和悭吝刻薄、残酷无情的奴隶主。在管理方面，老加图强化奴隶管理和监督劳动（《农业志》，章5、66-67和143），实行生产专业化和劳动协作（《农业志》，章1和10-11），并且与他重农轻商的思想不一致地进行商品生产和经济核算（《农业志》，章1-3、8-9和135）。这一切都是建立在剥削他人劳动的基础之上：以剥削奴隶（庄头、管家、御夫、御驴奴、牧猪奴、牧羊奴、园工奴等）为主（《农业志》，章10-11），剥削自由雇工（日工、建筑工、手工业工匠和分益农）为辅（《农业志》，章4-5、14-16和136-137），甚至把奴隶视同牲畜，出售"老奴"和"病奴"（《农业志》，章2）。

作为战士和将领，老加图"勇敢机智而又残酷无情"。青年时期，老加图参加过第二次布匿战争，参加过公元前209年法比乌斯·马克西姆斯（Fabius Maximus，公元前 233 年任执政官）①夺取塔伦图姆的战斗（普鲁塔克，《老加图传》，章 2，节 3）。公元前 195 年，时任执政官的老加图亲自率领罗马军队镇压西班牙反抗罗马统治的起义，并且在战斗中身先士卒，结果大获全胜，夺取了 400 个城镇，并因此荣获举行凯旋仪式的奖赏（普鲁塔克，《老加图传》，章 10，节 1－3；阿庇安，《罗马史》卷六，章 8，节 40）。公元前 191 年，在叙利亚战争（公元前 192－前 190 年）的温泉关（Thermopylae）战役中，老加图表现十分机智，大胜国王安提奥科领导的叙利亚军队（普鲁塔克，《老加图传》，章 13－14）。因此，老加图一直被罗马元老院视为忠于罗马国家利益的坚强战士的楷模而备受褒扬。

在居乡务农时，老加图以"布衣素食的简朴生活、勤勉严肃的性格和长于辞令的才华"而得到保守派贵族卢·瓦勒里乌斯·弗拉库斯（Valerius Flaccus，即 Lucius Valerius Flaccus，公元前 195 年任执政官）的赏识。在卢·瓦勒里乌斯·弗拉库斯的鼓励下，老加图弃农从政。依靠自己的品质和才干以及当权贵族的提携，出身低微的老加图在仕途步步高升，历任要职：财务官、平民市政官（公元前 199 年）、撒丁岛的行政长官、执政官、西班牙总督（公元前 194 年）、监察官（公元前 184 年）等，成为一名"新贵"（homo novus）。

在罗马政坛，老加图的形象是"顽固地保守共和传统，恪守古风古制"的卫道士。从政之初，老加图联合卢·瓦勒里乌斯·弗拉库斯、元老法比乌斯·马克西姆斯等保守派，反对以斯基皮奥家族为首的开明派。譬如，公元前 204 年初，任财政官的

①　普鲁塔克，《法比乌斯·马克西姆斯传》，参普鲁塔克，《希腊罗马名人传》上册，陆永庭等译，页 502 以下。

老加图便向元老院指控老斯基皮奥（Scipio Africanus Major，公元前205年任执政官）的军务过失（普鲁塔克，《老加图传》，章3，节5-8）。在公元前198年任撒丁岛的行政长官期间，老加图微服私访，廉洁奉公，曾下令驱逐高利贷者。在公元前195年任执政官期间，老加图维护限制妇女奢侈的奥皮乌斯法。公元前184年，老加图把老斯基皮奥的兄弟卢基乌斯·斯基皮奥（曾获得凯旋仪式的殊荣）逐出骑士阶层（普鲁塔克，《老加图传》，章18，节1）。同年，在任监察官后，老加图更加雷厉风行地反对奢侈腐化，制裁放荡行为，净化社会风气。譬如，老加图从元老院驱逐了17名元老。

在对外政策方面，老加图也十分严格地遵守传统：扩张，具有狭隘民族主义的侵略性质。作为政治家和元老，老加图支持对布匿人第三次宣战。"依我之见迦太基必须毁灭（Ceterum ceterum censeo Carthaginem esse delendam）"（普鲁塔克，《老加图传》，章27，节1），这是他在元老院进行的演说辞中的口头禅。[①] 此外，老加图明确反对那个时代越来越受到古希腊文化与社会的影响，但是与此同时，又敏锐地看到可用的古希腊技巧成就，例如在修辞领域。

> 他的文章中往往以希腊的情感和史实适当地加以润饰，而他的谚语和格言有很多也是从希腊文直译过来的（普鲁塔克，《老加图传》，章2，节4，见普鲁塔克，《希腊罗马名人传》上册，陆永庭等译，页346）。

[①] 政敌斯基皮奥·纳西卡则认为，"依我之见迦太基必须予以宽容"，见普鲁塔克，《老加图传》，章27，节1，参普鲁塔克，《希腊罗马名人传》上册，陆永庭等译，页373。

老加图的固执个性清楚地显现在他表达观点的形式与内容上。老加图一直是古罗马人的榜样。在这个榜样身上，古罗马人又看到了自己的特质。

二、作品评述

老加图的阅历十分丰富，学术兴趣也十分广泛，其研究主要涉及医学、文学、农学、演说、历史、风俗、军事和法律方面。老加图的著作多达7部，例如《论军事》(*De Re Militari*)。不过，流传至今的只有几个残篇。譬如，长诗《论风俗》(*Carmen De Moribus*)现在已经失传，只有后世作家的称引。革利乌斯在《阿提卡之夜》里保存了两个片段。在第一个残段里，老加图抨击当时的不良社会风气（革利乌斯，《阿提卡之夜》卷十一，章2，节2）：

> Avaritiam omnia vitia habere putabant；sumptuōsus, cupidus, elegans,[①] vitiosus, inritus qui habebatur, is laudabatur
>
> 　　他们认为，贪婪包含所有的罪恶；无论谁被认为是奢侈、野心勃勃、奢华、邪恶或者一无是处，就得到表扬（引、译自 LCL 200，页302及下）。

在第二个残段里，老加图赞扬罗马古代风俗（革利乌斯，《阿提卡之夜》卷十一，章2，节5）。

> Vestiri … in foro honeste mos erat, domi quod satis erat.
> Equos carius quam coquos emebant. Poeticae artis honos non er-

---

① 形容词 elegans 指穿的衣服和生活方式过度讲究和奢侈，可译为"华贵、奢华"。直到老加图时代，这个词就不是恭维，而是责备。直到西塞罗时代，这个词与"节俭、朴素"搭配，才具有"优美、漂亮"的含义。

at. Si quis in ea re studebat aut sese ad convivia adplicabat, "crassator" vocabatur

习俗是在集会的公共场所穿着得体，在家遮盖赤裸的身体。他们为马匹支出的比为烹调支出的多。诗歌艺术的名声并不存在。如果某人献身于诗歌艺术，或者让他自己频繁地参加宴会，他就被称作"痞子"（引、译自 LCL 200，页302－305）。

Nam vita … humana prope uti ferrum est. Si exerceas, conteritur; si non exerceas, tamen robigo interficit. Item homines exercendo videmus conteri; si nihil exerceas, inertia atque torpedo plus detrimenti facit quam exercitio.（革利乌斯，《阿提卡之夜》卷十一，章2，节6）

实际上，人生正如铁。如果你用它，它就被用坏；如果你不用，它仍然被锈蚀坏。同样，我们见到人们被辛苦工作弄得筋疲力尽，如果你不辛苦工作，惰性和麻痹比辛苦工作更加有害（引、译自 LCL 200，页304及下）。

由于本章节的标题是前古典散文，下面将重点评述老加图的散文作品。

（一）医学

老加图著有罗马最早的教育著作《儿童教育论》（De Liberis Educandis）。其中，老加图极力主张罗马人应该接受罗马传统的农业（agricultūra）、军事教育，大力反对希腊化的雄辩和哲学教育（参李雅书、杨共乐，《古代罗马史》，页374）。不过，老加图不仅在晚年学习希腊文，阅读希腊文书籍，而且还为他的儿子马尔库斯（Marcus）写一种百科全书，书名《致儿子马尔库斯》

（*Ad Marcum Filium*）或《训子篇》（*Ad Filium*），内容涉及医学、文学和演说术。

在医学方面，老加图诋毁当时在罗马安家、肯定不属于医生行业中最优秀代表人物的希腊医生。采用讽刺性夸张手法的诋毁是老加图的典型个性与态度。在《致儿子马尔库斯》残段 1（Jordan①），老加图把希腊医生设想为反对罗马人的身体存在的可怕阴谋，因而把警惕希腊医生同对希腊的思想与道德成就的普遍估价结合起来：文化占领罗马意味着他思想的死亡。老加图认为，希腊人是无用的和阴险的那种人，即没有庄重（gravitas）和忠诚（fides）的人。根据西塞罗，庄重和忠诚是古代罗马人最重要的和最有价值的品质。

马尔库斯，② 我的儿子，我会在适当的时候、适当的地点给你讲讲这些希腊人。我要告诉你雅典的杰出所在，并且让你知道，要说对他们的文学瞥一眼还是有益的话，也没有必要对其加以深入研究。我可以证明这是一个邪恶而难以训教的种族。你须明白，我的话是神喻的：这个民族将其科学带来之日，就是它要毁灭一切之时，③ 如果他们将其医生打发到这儿来，那就更糟了。他们发誓要用医学灭绝一切蛮族，并以付给报酬的办法来实现这个想法，以便骗取信任，从而随心所欲地杀死更多的人……我从来不让任何医生给你治病（老加图，《训子篇》，残段 1，见安德烈，《古罗马的

---

① H. Jordan 编，*M. Catonis praeter librum de re rustica quae extant*. Leipzig：Teubner，1860。

② 原译"马库斯"。为了统稿，略作修改。

③ 可能受到古罗马传说中希腊人用木马计攻破特洛伊（古罗马的祖源）的影响。

医生》，页 12 及下）。

老加图抵制希腊文明，包括希腊医学和医生，甚至警告儿子希腊人要用医学灭绝一切蛮族，并不允许任何医生为儿子治病（老加图，《训子篇》，残段 1；老普林尼，《自然史》卷二十九，章 14）。老普林尼也认为，被征服者希腊人凭借某种职业征服作为征服者的罗马人（《自然史》卷二十九，章 17）。后来，普鲁塔克驳斥了老加图的谬论（《老加图传》，章 23，节 5－6）。① 有点不可思议的是，在《农业志》中老加图论述家人与下人所需的治疗（《农业志》，章 126-157），并采用希腊医学术语，广泛涉及疾病名称、药物名称和检测名称。

（二）文学

考虑到文笔，从古典文学的角度看，老加图《致儿子马尔库斯》第一个残段（Jordan）不流畅（quid... et quod），但给人深刻印象。值得注意的是，老加图允许他的儿子阅读希腊文学：注重实际的罗马人甚至愿意向希腊学习。但是，老加图的儿子应当避免背诵和吸收希腊文学！此外，应该想到的是，当时在好些罗马贵族家庭里都已经习惯用希腊修辞学和哲学老师教育他们的子弟。尽管希腊修辞学和哲学的老师不止一次遭逐出罗马，可是在罗马的有些圈子里对古希腊文学的喜爱已经根深蒂固。第二次马其顿战争（公元前 200－前 197 年）的胜利者提·弗拉米尼努斯（T. Quinctius Flamininus）重新给予古希腊各国自由，迦太基的毁灭者小斯基皮奥同杰出的希腊哲学家帕奈提奥斯和历史学家波吕比奥斯打交道。一个重大事件就是一个由雅典最重要的哲学

_____

① 普鲁塔克，《希腊罗马名人传》上册，陆永庭等译，页 370；《希腊罗马名人传》第一册，习代岳译本，页 641 及下。

流派学园派、逍遥派和廊下派组成的希腊使团的来访。学园派的怀疑主义者卡尔涅阿德斯（Karneades）当时接连作报告，赞成或者反对正义作为国家和社会的基础。对于老加图和罗马元老院的多数人来说，这就成为攻击目标：用下一班船将先生们送回希腊（普鲁塔克，《老加图传》，章22）。

（三）农业：《农业志》

属于老加图向希腊学习的肯定不是哲学，尽管老加图受到希腊哲学的影响（普鲁塔克，《老加图传》，章2，节3）。在老加图眼里，甚至苏格拉底也是空谈家和使青年人变坏的人（普鲁塔克，《老加图传》，章23，节1）。较好的是演说术（普鲁塔克，《老加图传》，章2，节4），完全乐意学习的是农业（agricultūra）。《农业志》既是唯一保存下来的老加图的著作，又是拉丁文学中第一部完整地保存下来的散文作品，的确也是前古典时期唯一保存下来的散文作品。

大约公元前160年，老加图用拉丁文写作《农业志》。全书总共162章，约4万多字。[①] 王阁森认为，老加图的《农业志》看起来像农场主的随笔札记一样"杂乱无章"："忽此忽彼地转移话题，各项课题互相穿插，而不是就一个课题一论到底"；"前后重复，反复叙述"，实际上却"乱中有序"："《农业志》包括经济思想（农本、重农）、经济原则、庄园的基本建设、管理组织、农事历、生产程序、技术指导、生活安排等各个方面，应该看成是一部完整的农书，但各个部分又欠系统归纳和严谨安排。全书的引言、总论部分比较完整系统，农事历和日常杂务部分就显得杂乱"。

---

① 吴高君：略论加图《农业志》与古罗马农业科学，载于《世纪桥》，2007年第4期，页94。

据此，《农业志》可以划分为 5 个部分。第一部分是序言。在序言里，老加图表达了古代社会固有的农本思想。老加图认为，"最坚强的人和最骁勇的战士，都出生于农民之中。（农民的）利益来得最清廉、最稳妥，最不为人所疾视，从事这种职业的人，绝不心怀恶念"，所以"好农民"、"好庄稼人"成了好人的代名词。

第二部分，即章 1–13，总论购置田产的注意事项，巡视庄园和农事安排，庄园的建筑与设备，庄园管理人员的职责，因地制宜地安排作物种植，各种规模地产的人员与设备。

第三部分，即章 14–22，叙述庄园建设与设备制作。

第四部分，即章 23–53，叙述各季的农事安排。其中，章 23–36 叙述秋季的农事安排，包括收获葡萄，酿酒，饲料种植，积肥，收获橄榄，以及秋播；章 37–39 叙述冬季的农事安排，包括运肥，伐树，谷地锄耘，除草，拾柴堆柴，以及烧制石灰；章 40–53 叙述春季和夏季的农事安排，包括果树接枝，葡萄嫁接，修剪橄榄，栽植橄榄树苗，以及建立苗圃。

第五部分，即章 54–162，叙述农家日常杂务，包括加工饲料，配给奴隶饮食衣物，防治牲畜疫病，制作日常食品，饲养家禽，保存物品，防治人体疾病，与农事有关的宗教礼仪，买卖须知，包工合同与出租合同的订立等。

老加图像上层社会的许多罗马人一样，是个杰出的庄园主。在第二次布匿战争期间（公元前218–前201年），由于汉尼拔多年蹂躏意大利和农民服兵役，农业（agricultūra）大大地衰落。农业没有完全从这个破坏中恢复，首先因为从意大利以外的行省进口廉价的谷物。保守的老加图刚好把古代农业视为罗马的经济、社会和道德的支柱。因此，老加图不顾自己年事已高，献身于写作最详细的手册《农业志》。从这部作品的前言可以明显看出老加图的意图和观点。

在《农业志》的前言里，老加图把农业（agricultūra）同伴随罗马经济繁荣出现的另外两个行业——即贸易（第一位的是海上贸易）和银行业——进行比较，明显具有论战的倾向。在明晰划分的文本中，首先比较商业（视点在于风险）和高利贷者（视点是道德）与没有说、但是标题所指的农业。在交错配置的结果中发挥两种对比。在高利贷者的例子里，老加图对道德与法律的评价摆在了农业主的纯洁的对面。本身很能干的海上贸易商的冒险同士兵来源（对于保持共和国有利）的农民稳定、没有危险性和正直（诚信）经营作比较。老加图以他的表达"简洁（brevitas）"著名。然而在简短的序言里，最后一个句子以"回到主题"结束。这表明，老加图也有讲题外话的时候。

尽管"简洁（brevitas）"，可老加图并不讨厌强调性的重复，例如 3 次使用"exsistimare"、① "bonus"② 和"laudare"，③ 而放弃使用同义词（老加图，《农业志》，章 1，节 1-5）。

文本的韵律与古罗马的歌（carmina）类似。整体容易分成 2、3 或 4 个词汇的组。但是，文本的结构由别的因素决定。使用的两个价值标准取自希腊的修辞学。价值标准又存在于第一部用拉丁语撰写的修辞学著作，即无名氏（作者或为"西塞罗"）的《致赫伦尼乌斯》（*Rhetorica ad Herennium*，公元前 85 年左右）。在这本书里，议事性演说术（genus deliberativum）很在行的领域是政治会议，被描述为指向好处（utilitas）。这种好处是两方面的：在政治协商中好处在于"可靠（tutum）"和"正直

---

① 古拉丁语 exsistentia, exsisto，意为"存在"。
② 古拉丁语 bonus〈a, um〉，好，能干；合乎目的；勇敢，力量；善；好心，忠诚。
③ 古拉丁语 laudatio 意为"称颂"。

（honestum）"。这两个标准同样在老加图身上，尽管"可靠"只是出现在他的对立面（periculosum）。老加图肯定"浏览"过希腊的修辞学书籍，并从中受到一些益处。老加图的短序是一种微型议事性演说（deliberatio），含有他对罗马民族的建议。演说家老加图以后研究。首先看看这个农业技术员。在技术部分比在序言里老加图运用"文学"形式的努力少得多。

即使老加图的庄主一般也住在罗马，把农庄（villa rustica）里的业务托付给身为奴隶的庄头（vilicus）。但是，老加图会定期在他的庄园上视察工作。在《农业志》第二章，老加图就写出了他在这方面的表现（章2，节1-7）。

精明的老加图很清楚他在说什么。依据他的演说辞《论他的美德》（*Über seine Tugenden*）的描述，青年时期老加图在乡村，不仅艰苦劳作，而且很节制（残段69 Malcovati）。在《老加图传》第三章，普鲁塔克描述了老加图如何耕种：在太阳下半裸身体，在休息时与他的工人一起吃同一个面包，喝同一杯葡萄酒。在《农业志》第二章第一至七节，可以观察到，老加图如何不被庄头欺骗，无情地质问庄头，并且挡回所有的借口。这里与后来的罗马典范"理性人性"相距十万八千里：老的奴隶和老的牲畜应该同样地遭到排斥。西塞罗的同时代人瓦罗还把农业生产工具（instrumentum rusticum）分为奴隶（instrumentum vocale）、牲畜（semivocale）和工具（mutum）（瓦罗，《论农业》卷一，章17，节1）。用希腊语为老加图立传的普鲁塔克表达了老加图对待奴隶和牲畜的愤怒：人性要求人连他那衰老的畜生也要好好地关心（普鲁塔克，《老加图传》，章5）。"整个（罗马的农业）经济都被资本的力量的绝对无情所渗透"，蒙森在他的《罗马史》（3，852）里愤怒地断定。然而，这种尖锐性被冷静的幽默（revoca aequo animo）淡化了一些。

　　表面上看，文本的结构是随意安排的。但是，更仔细地看，读者就会认识到结构的很有把握：庄主抵达，第一次巡视，询问庄头（vilicus）工作的进展，反驳庄头的借口和托词，用结束警句——对于老加图和传统的农民智慧都是典型的——为今后的工作作出指示：出售收成和多余的东西。各个句子又具有韵律结构，多次重复。最重要的对比是老加图的手册与不到一个半世纪以后维吉尔在《农事诗》（*Georgica*）里描述的农业劳作。

　　在平时庄主不在的情况下，庄头管理庄园里的所有人。关于庄头的义务，老加图做出了一系列的指示（《农业志》，章5）。

　　句子结构简洁而朴实无华，又按照韵律进行划分。这让人想起《十二铜表法》里面简单明了的省略句：

　　　　si nox furtum faxit, si im occisit, iure caesus esto
　　　　如果夜间行窃，（就地）被杀，则杀死（他）应认为是合法的（引、译自《古罗马文选》卷二，前揭，页9和32）。

　　在这样的句子结构中，规定有规律地一个接一个排列。这些规定首先涉及维持工人的纪律和道德：道德和社会的规定显然在于为经济规定服务。接着是对庄头与庄主的关系，限制庄头在宗教事务中、与邻居的关系和向陌生人借贷方面的职权，以及对可疑人物（如寄生虫和预言家）的态度作出指示（《农业志》，章5，节2-4）。最后是关于庄头自己的工作的规定（《农业志》，章5，节5-6）。可以普遍地断定，在义务方面庄头类似于现代管理者。农业是一个善意的部门。在这个部门里，可以零星地看到罗马人作为世界帝国的国家管理者和建筑工程师的优点。

paci imponere morem,

parcere subiectis et debellare superbos

确立和平的秩序,

对臣服的人要宽大, 对傲慢的人, 通过战争征服他们
(《埃涅阿斯纪》卷六, 行 852 - 853, 引、译自《古罗马文
选》卷二, 前揭, 页 11 和 33)。

除了老加图的《农业志》, 后世还有两部关于农业的古典作
品。因此, 以典型的方式说明, 它们是古代技术文献中最有代表
性的分支。西塞罗的同时代人瓦罗对庄头及其全体部属的指示更
加人性化一些。克卢米拉 (作为塞涅卡的同时代人, 生活年代
比老加图晚了大约两百年) 的指示还要详细许多 (克卢米拉,
《论农业》卷一, 章 8)。比较首先表明, 老加图的权威性如何影
响后世的作家, 直至在细节方面。即使在非文学的体裁里, 罗马
的传统主义也在起作用。

老加图对乡村生活的任何热情都不值一提。然而, 有个例外
足够典型。老加图赞颂甘蓝的优点及其医药特质。老加图补充了
使用甘蓝的药方。这些药方可以促成另一种印象: 这部独特的作
品同时也用作烹饪书籍 (《农业志》, 章 156 - 157)。

有趣的是, 老加图推荐这种古代意大利的家庭常备药品的热
情和信心同他讥讽地警惕希腊医生之间的比较。但是, 这只是老
加图对希腊技术的态度的一个方面。在老加图关于农业是经济的
大产业方面的规定中存在许多东西。在这些东西里, 老加图把希
腊化世界的成就用来为作为地中海地区经济大国的罗马的崛起服
务。老加图绝不是一个目光短浅的保守主义者, 有足够的理智认
识到罗马的政治和经济地位在第二次布匿战争以后发生了本质的
变化。老加图的保守主义涉及到的是这种变化带来的道德和文化

方面的危险后果。

　　总之，在《农业志》里，老加图作为古罗马第一位农学专家和罗马农学的鼻祖，不仅明确地提出了管理奴隶制农业（agricultūra）的若干基本原则，而且还大约用了三分之一的篇幅详尽地介绍古罗马的农业技术，包括由土地、建筑、加工等诸方面的技术。这些知识可能有两个来源：第一，作为奴隶主，老加图长期经营、管理奴隶制庄园经济；第二，客观地总结古罗马奴隶时期或前期的劳动人民的经验。《农业志》中关于农业科学技术的论述反映了古罗马农业科学的发展水平：与原始社会时期的生产方式及其科学技术相比，古罗马经济技术水平进入了一个较高的文明阶段：奴隶制经济。因此，《农业志》为研究古罗马经济提供了重要的依据，是研究古罗马农业技术的一部重要史料。

　　当然，老加图的《农业志》也有一定的局限性。首先，作为古罗马贵族即奴隶主阶级利益的代言人，其《农业志》里必然反映出老加图的阶级局限性。譬如，奴隶主贵族阶级利用农业科学技术去剥削庄园中的奴隶，追求剩余产品的阶级实质。第二，由于当时经济发展和生产条件的规模窄小，老加图不可能较为深入地研究农业（agricultūra）、牧业和农产品加工业技术，老加图的《农业志》中仍然夹杂着求神、告天的思想，例如祈祷文《致马尔斯》。

　　尽管如此，作为已知的古罗马第一部关于农业的著述，老加图的《农业志》仍然具有很高的历史地位，对后世的农业发展与农业科学著述都产生了重要的影响。在古罗马的农业著述方面，老加图的继承人是瓦罗、克卢米拉等。奥勒留曾拜读老加图的《农业志》[《致奥勒留》（*Ad M. Caes.*）卷四，封6，节1]。即使在今天，老加图《农业志》对我们的科学研究工作和农业生产活动仍然有其重要的参考价值。

（四）演说：《为罗得岛人辩护》

老加图既是庄主，又是元老。在公元前 2 世纪的前半个世纪的罗马政治中，老加图扮演重要的、常常是决定性的角色。老加图在公共生活中的固执是史无前例的。老加图的"第二天性"是"谈话"。作为"热心的律师"（普鲁塔克，《老加图传》，章1，节4），老加图参与了不少于 44 次诉讼（老普林尼，《自然史》卷七，章 100），① 总是取得巨大成功，因为他"以聪慧和辩才著名"，是个"杰出的演说家"，被罗马人誉为德谟斯提尼（Δημοσθενησ 或 Demosthenes）② （普鲁塔克，《老加图传》，章4，节 1；阿庇安，《罗马史》卷六，章 8，节 39）。在演说方面，老加图颇得益于修昔底德，更多地得益于德谟斯提尼（普鲁塔克，《老加图传》，章2，节4）。但有人认为，老加图的辩才像吕西阿斯（普鲁塔克，《老加图传》，章7，节 2）。老加图的演说辞妙语连篇，例如"学问是苦根上长出来的甜果"，显得"既优雅而又雄壮，愉悦而令人激发，滑稽之中寓有严肃，简练而富于战斗性"［普鲁塔克，《老加图传》，章7，节1］。③ 科瓦略夫认为，老加图的语言虽然古老，却具有艺术性；老加图的演说特色是"表现力强、机智和敏慧"（《古代罗马史》，页 361）。

老加图的演说辞数量极多，在西塞罗时代还有 150 余篇（西塞罗，《布鲁图斯》，章 17，节 65，参 LCL 342，页 62–63），后来大部分都失传，仅存 80 个残段（科瓦略夫，《古代罗马史》，页 361）。其中，奥勒留曾提及老加图的一篇演说词标题《论美的特性》［De bonis Pulchrae；《致奥勒留》（Ad M. Caes.）

---

① 老加图在不下 50 次的政治起诉中获胜，参格兰特，《罗马史》，页 127。

② 关于古希腊演说家德谟斯提尼，见普鲁塔克，《德谟斯提尼传》，参 LCL 99，页 2 以下。

③ 参普鲁塔克，《希腊罗马名人传》上册，陆永庭等译，页 351。

卷四，封 5，节 2] 和《论他的费用》[*De Sumptu Suo*；《致奥勒留》(*Ad Antoninum Imp.*) 卷一，封 2，节 9]。在他的纪事书《史源》里，老加图插入一部分自己的演说辞，是"拉丁语演说术的开拓者"，或许是第一个罗马演说家——在老加图之前或许还有阿皮乌斯·克劳狄乌斯——并且流传后世。最著名的是公元前 167 年举行的演说《为罗得岛人辩护》(*Oratio pro Rhodiensibus*)。在罗马对马其顿国王开战时期，富饶而独立的希腊罗得岛 (Rhodos) 保持中立，尽管对马其顿表示同情。战争结束以后，罗马元老院的多数派致力于征服经济中心罗得岛，使之隶属于罗马的东部地中海地区。当罗得岛的使节出现在元老院并受到逼迫时，老加图为此发表演讲。在演说辞里老加图告诫罗马人：不可在顺利时骄纵过分，要待头脑清醒以后再做决定，并且倡导力量均衡的政策。15 年以后，老加图经常表达关于迦太基的相反意见 (ceterum censeo …)。我们会想，老加图对罗得岛采取不干涉政策的原因在哪里。显然，老加图当时认为，在没有或者尚未在东方得到支持的情况下，罗马应当保持谨慎。像在《农业志》的序言里一样，老加图的论证中存在"好处"(utilitas) 的两个视点：可靠 (tutum) 和正直 (honestum)。

在老加图《为罗得岛人辩护》163-169 那里，第一个句子就让人感到值得关注的语言冗长 (ubertas)，它与老加图平常倾向于语言简洁 (brevitas) 是有别的。给人印象深刻的罗唆符合演说辞的开端，像西塞罗也知道的一样。属于此列的节奏、两三次使用同义词、头韵 [如 transvorsum（横穿）trundere（挤）] 和音相近 [如 augescere（增长，增加）—crescere（生长，产生，形成；成长，长大；提高，增加，扩大）]。这里的冗长与后面论证的简洁之间的对比是引人注目的。与西塞罗的细腻艺术相比，这个结果是粗糙的 (primitiv)，但有力量，给人留下深刻印象。

主要思想是典型古代的，甚至与其说是罗马的，倒不如说是希腊的。在人类，幸运产生傲慢（希腊语 Hybris），使我们遭受诸神的妒忌、自己的欠考虑和迷惑，这的确是希腊肃剧和希罗多德（Herodot）的历史观的基本思想。在第二次布匿战争结束时（公元前 201 年），老斯基皮奥（Scipio Maior）拒绝消灭被打败的敌人。因此，罗马人由于害怕迦太基而保持团结，没有遭遇傲慢。类似的思想也体现在小斯基皮奥的希腊朋友、历史学家波吕比奥斯身上。在波吕比奥斯逗留罗马期间，老加图肯定也遇见了波吕比奥斯（普鲁塔克，《老加图传》，章 9，节 2–3）。公元前 168 年，即老加图为罗得岛人辩护的前一年，他自己的岳父鲍卢斯在马其顿战争结束时将波吕比奥斯带到罗马。几年以后，在第三次布匿战争以前，老加图同斯基皮奥·纳西卡开始争论可能发生的最终消灭迦太基。斯基皮奥·纳西卡抓住老加图在罗得岛事件中的论证，但没有取得成功。以后在历史学家撒路斯特那里会遇到类似的思想。

在结尾的地方，整个段落的语气最是充满信心，即便在元老当中，也是最符合一个具有最高权威的男人的。2 世纪的学者革利乌斯摘录这个片段，在修辞学方面进行分析，总结性地断言，老加图在这个片段里运用了"修辞学的所有武器和辅助工具（omnia disciplinarum rhetoricarum arma atque subsidia）"（《阿提卡之夜》卷六，章 3，节 52，参 LCL 200，页 30 及下）。整体也许可以说漂亮一些，但是并不是更加有力和更加生动。这个评价可能有些夸张。然而，老加图了解并且适度而又有节制地运用希腊修辞学，这是毫无疑义的。在老加图"浏览"的希腊书籍中，无疑还有修辞学作品。

在《致儿子马尔库斯》里，老加图也谈到演说术。出自这个段落的有两个重要的残段。第一个残段是定义演说家：

orator, Marce fili, est vir bonus dicendi peritus

儿子马尔库斯，演说家是在演说方面有经验的好人（残段 14）。①

乍看起来，这个定义相当无害，甚至幼稚可笑。但是我们应当想想，正是在希腊，演说术才是常常用来对付肆无忌惮的煽动者的武器。在老加图的眼里，卡尔涅阿德斯也是肆无忌惮的煽动者。希腊修辞学家把主要强调的重点放在修辞学理论，他们挖空心思把修辞学发展成为一个体系。而在老加图的定义中，实践经验是演说的本质。

第二个残段同样是论战的：

rem tene, verba sequentur

抓住事件，话语自然就会出来（残段 15）。②

希腊人的健谈总是引起罗马人极端生气。譬如，西塞罗多次把希腊人描述为漫无边际的空谈家。与此相比，老加图把关涉内容作为演说术的第一条件。许久以后，罗马演说家昆体良还因此夸赞老加图。

老加图本人也可以或者愿意既不在思想方面也不在演说方式方面摆脱希腊的影响。然而没有哪一个罗马人比老加图更加完全地坚持罗马风骨。类似的也适用于另一个领域：史学。老加图从事这个领域，并且以一个新的罗马文学形式纪事书的奠基人的身份出现。

---

① H. Jordan 编，*M. Catonis praeter librum de re rustica quae extant.* Leipzig：Teubner, 1860，页 80。

② 见 Jordan 编，*M. Catonis praeter librum de re rustica quae extant*，页 80。

（五）历史：《史源》

在老加图以前，罗马几乎还没有拉丁语历史编纂。大祭司每年以年代记的形式记录值得注意的大事：怪事（Prodigien）、日食、月食、物价上涨之类的。大约老加图死后 25 年，这些大事记才以 80 卷《大祭司年代记》（Annales Pontificum）的形式出版。但是公元前 200 年左右，罗马第一批历史学家皮克托尔和阿里门图斯采用希腊的地中海地区方言弗兰卡语（Lingua franca）写历史作品，或许是为了反驳希腊对罗马历史和政治的偏见。大约公元前 150 年，老加图才用他的 7 卷本《史源》（Origines）为拉丁语散文纪事书奠基。《史源》只有 143 个断片存留。

依据奈波斯的介绍，《史源》（亦译《创始纪》）记述罗马王政时期（卷一），第二、三卷介绍各个意大利城市的产生，第四卷记述第一次布匿战争，第五卷记述第二次布匿战争（奈波斯，《老加图传》，章 3，节 3）。其中，第四、五卷另有引言，除了叙述两次布匿战争，还叙述罗马的战争事迹，直至马其顿战争的胜利。最后两卷（卷六至七）写此后的事。从史记的时间范围来看，《史源》记述的史实上起于罗马城肇始，下止于公元前 149 年，即老加图所处的时代。因此，这部纪事书的性质是通史。从史记的地缘范围来看，《史源》所记载的历史不仅包括罗马，还涉及其他的古意大利城市。这是标题采用复数形式的根本原因，也是老加图的历史记述缺乏连贯性的原因。

尽管如此，老加图的《史源》还是比大祭司的"年代记"更加系统。老加图否定地忽略《大祭司年代记》（Libri Pontificum）（《史源》卷一，章 4，节 1，参 Jordan）：

> non lubet scribere, quod in tabula apud pontificem maximum est, quotiens annona cara, quotiens lunae aut solis lumine

caligo aut quid obstiterit

　　我没有兴趣写大祭司写在记事板上的东西：什么时候谷
物总是贵，什么时候雾或者别的东西遮住了日光和月光
（引、译自《古罗马文选》卷二，前揭，页44）。

在序言里，老加图解释了为什么自己觉得有义务写历史：

　　clarorum virorum atque magnorum non minus otii quam ne-
gotii rationem extare oportere

　　要求著名的大丈夫为后世解释私人的闲情逸致一点儿也
不比公共的事迹少（引、译自《古罗马文选》卷二，前揭，
页44）。

　　在过去和老加图所在的时代，历史编纂都是属于自己的业务
以外的休闲活动。甚至按照老加图的观点，休闲活动（otium）
也不是纯粹的私事：休闲活动也应当对共和国有益。以后在西塞
罗和撒路斯特的作品中也可以遇到类似的思想。

　　老加图的初衷是增强罗马和意大利的自尊心。对于老加图及
其追随者来说，罗马历史及其以道德为条件都是榜样和自己行动
的路线。"祖辈的习俗、训诫与事迹（mores，instituta et facta
maiorum）"① 是罗马最看重的，对它的记述与——在罗马各个大

---

　　① 古拉丁语 mōrēs 是复数名词的主格、四格或呼格，阳性名词单数是 mōs（风
俗；习惯；愿望；规律；方式；品行；性格），可译为"习俗"。单词 institūta 在这里
是中性名词复数的主格、四格或呼格，中性名词单数为 īnstitūtum（布置；习惯；指
示；方法；教育；用意），可译为"训诫"。单词 facta 在这里是复数名词主格、四格
或呼格，单数名词是 factum（行为；事实；事件），可译为"事迹"。形容词 māiōrum
是二格复数比较级，比较级单数主格为 māior（更大的；更伟大的；更老的；较强
的），可译为"祖辈的"。

户家庭的正厅里的并且在埋葬尸体时一起被带走的——祖先像所达到的效果一样。从接下来的一个残段可以推出，与许多杰出历史学家所赞颂的希腊史相比，不熟悉罗马史，老加图对此很气愤：罗马也有他的列奥尼达斯（Leonidas，斯巴达国王，意思是"像狮子一样勇猛"）！这个仿效希腊的人又是值得注意的。在这方面可以参阅撒路斯特《喀提林阴谋》（*Catilina*）的一篇文本，因为他不仅解释了老加图的意图，而且还可以尽量揭示老加图自己功绩中的局限性（撒路斯特，《喀提林阴谋》，章8）。

更加让人感到奇怪的是，古罗马民族主义者老加图接受罗马起源与希腊神话的联系，承认一些意大利人来自希腊的传说。譬如，阿布奥列金人来自阿开亚（Achaea），萨宾人来自斯巴达。

老加图"好使用复合句（multiiugis）"（弗隆托，《致维鲁斯》卷一，封1，节2）。老加图的叙述具有朴实无华和结构明晰（σαφήνεια）的魅力，但是缺乏后来的罗马纪事书典型的吸引人的戏剧性。像昆体良说的（《雄辩术原理》卷十二，章11，节23）一样，老加图在罗马总还是"历史纪事书的奠基人（historiae conditor）"。不过，昆体良可能也不敢把老加图同希腊的历史之父（pater historiae）希罗多德相提并论，因为李维才配得上这个荣誉（《雄辩术原理》卷十，章1，节101）。西塞罗及其同时代人都感到奇怪：为什么一直还没有配得上罗马的、具有罗马演说术的地位的拉丁语历史纪事书？

更加值得注意的是，老加图的《史源》记述的重点不是首领（如老斯基皮奥）做出的贡献，而是罗马平民所做出的贡献，因为老加图认为，"罗马人根本不同于希腊人"。"罗马不把国家的成就归于少数个人，而是归于一起生活和工作的各个民族的集体智慧"。"一些作家美化自己的家族"的做法是"罗马史学的真正遗憾"。

然而，《史源》的上述特点是没有后例的。由此观之，《史源》（*Libris Orignum* 或 *Origins*）除了采用拉丁语，成为第一部拉丁语散文体通史著作以外，在后世的纪事书作家中并未产生过影响。尽管如此，老加图还是不乏崇拜者，例如革利乌斯。革利乌斯称引了《史源》的一段。革利乌斯在残段的第一部分（《阿提卡之夜》卷三，章7，节3-17）采用间接引语，即转述老加图的记述，在第二部分（《阿提卡之夜》卷三，章7，节19）采用直接引语，即老加图本人的记述（参 LCL 195，页 256-259）。

三、历史地位与影响

从上述的生平简介和作品评述可以看出，老加图并不是完美无缺的人，也有自身的局限性。第一，为了维护奴隶主阶级的利益，无情地盘剥奴隶和雇工。第二，为了维护罗马和意大利的利益，带有狭隘的民族主义思想。第三，人格的二重性。譬如，一方面大力提倡重农轻商，另一方面却在自己的庄园进行商品生产；一方面蔑视高利贷者，另一方面却"热衷于放高利贷"，甚至放高利贷给奴隶（普鲁塔克，《老加图传》，章21，节5-8）；一方面坚守罗马人民农耕的纯朴性，另一方面却积极对外扩张；一方面蔑视希腊文化，另一方面却大量利用希腊人的资料（例如在《史源》里）；一方面道貌岸然地维护社会和家庭的道德风尚，另一方面却在发迹以后亲自鞭打伺候不周的奴隶（普鲁塔克，《老加图传》，章21，节3）。① 总之，老加图是整个古代最古怪最固执的人。不过，惟有他让我们深入了解古罗马人的本质。最后，我们注意到老加图原本不属于罗马社会的上层。老加图是新贵（homo novus），这对于批判这个"一头红发，一双犀

─────────────

① 参加图，《农业志》，加图及其《农业志》（王阁森），页6及下。

利的灰色眼睛"（普鲁塔克，《老加图传》，章 1，节 3）的男子
有不小的贡献。

尽管如此，老加图的历史地位仍然是不可动摇的，其影响也
是深刻的。罗马历史学家奈波斯称赞老加图是一位"熟练的农
人，富有经验的国家管理者，法学家，伟大的统帅，值得称赞的
演说家和强烈的著述爱好者"，并认为，尽管老加图老年才开始
学术研究，但他在所研究的领域都达到了很高的成就（奈波斯，
《老加图传》，章 3，节 1－2）。西塞罗也很崇敬老加图，把监察
官加图视为古罗马的道德楷模，称赞老加图是个杰出的市民、元
老院议员、统帅和演说家（《布鲁图斯》，章 17，节 65，参 LCL
342，页 62－63），对老加图的学术研究也给予了很高的评价
（《论演说家》卷三，章 33，节 135）：

> 没有什么那时候在我们国家里可以学习和研究的东西他
> 不知道，他没有研究过，没有撰述过（见西塞罗，《论演说
> 家》，页 603）。

在文学方面，贺拉斯在《诗艺》里称赞老加图"丰富了我
们祖国的语言"。在演说方面，革利乌斯认为，老加图的演说风
格是西塞罗那种崇尚词藻的先驱。虽然老加图对同时代的演说术
并不满意，但是西塞罗还是给予老加图的演说术很高的评价：

> 有谁在夸奖时比他更动人，谴责时比他更尖锐，使用格
> 言时比他更恰当，陈述和证明时比他更巧妙？（《布鲁图
> 斯》，章 17，节 65，译自 LCL 342，页 62－63）

不过，总体来讲，老加图的演说风格还是比较单调，所以很

快过时。在帝国时期，老加图的显得有些粗糙的语言才重新引起
人们的关注。昆体良告诫自己的学生不要受老加图的粗糙风格的
影响。而罗马皇帝阿德里安（76-138 年）① 很喜欢老加图的演
说辞，甚至认为在演说方面老加图高于西塞罗。弗隆托也认为，
老加图是最该模仿的典范（撒路斯特是老加图忠诚的模仿者）。
尽管由于老加图属于罗马的早期演说家，当时罗马欠缺对演说理
论的研究，对演说辞也不注重形式修饰，老加图的演说辞因而显
得简陋和粗糙，可这种与希腊阿提卡主义一致的原始质朴正是弗
隆托推崇老加图的理由（《致维鲁斯》卷二，封 1，节 20）。② 此
外，弗隆托还认为，老加图在民众集会上的讲演很严厉，在法庭
上很暴烈（infeste）③（《致维鲁斯》卷一，封 1，节 2）。

　　然而，老加图对后世影响最大的还是在农业（agricultūra）
方面。在古罗马历史上，论述农业或农事（georgica）的作家不
乏其人，例如塞奥弗拉斯图斯（Theophrastus，公元前 369-前
285 年）、瓦罗、萨塞尔纳（Saserna，约公元前 1 世纪）、维吉
尔、克卢米拉、老普林尼（23-79 年）和帕拉狄乌斯（Palladi-
us）。④ 其中，老加图不仅是比较早的一位，而且他的《农业志》
既是专门的农书，又是保存最完整的一部（在他之前的一些农
书大多佚失），因而具有重要的地位和意义。《农业志》不仅论
及农业，还涉及罗马人的建筑技术、手工业技术、医疗技术、宗

---

　　①　亦译"哈德良"，外号"勇帝"（117-138 年在位），参梁实秋译本，页 13。
　　②　此外，弗隆托多次提及老加图的演说［《论口才》，篇 4，节 2；《致奥勒
留——论演说术（下）》，节 2，参 LCL 113，页 80 以下；《致奥勒留》卷四，封 3，
节 2；卷二，封 4；卷二，封 3，参 LCL 112，页 4 及下和 116 及下］。
　　③　拉丁语 infestus 为形容词、副词，infesto 为动词，意为"骚动，不安；危险，
威胁，敌对；不安全"。
　　④　帕拉狄乌斯（Palladius）是常用的简称，全名 Rutilius Taurus Aemilianus Pal-
ladius，亦作 Palladius Rutilius Taurus Aemilianus，4 世纪作家。

教信仰、生活习俗等各个方面，特别是详细论及庄园的管理组织、阶级结构、剥削关系、奴隶主阶级的思想面貌和物质生活状况、奴隶阶级的处境与待遇等，为研究公元前 2 世纪的罗马和意大利的社会史提供了宝贵的文献资料。

《农业志》的手稿虽然留存下来，但已极其残缺不全。最早的是马尔齐安（Marcianus）的手抄本，曾经收藏于佛罗伦萨的圣马可（St. Mark）教堂，后来也佚失了。最后一个见到并使用这个手抄本的是佩特鲁斯·维克托里乌斯（Petrus Victorius，1499–1585 年），1541 年他根据抄本出版了一些罗马农学家的著作。在马尔齐安的抄本佚失以后，还存在这个抄本的副本和多种传抄本。后来，学者们借助于古典文献，对各种抄本进行长期而大量的考证、补白和校勘的工作，并出版了一些有价值的版本，例如盖斯奈尔（Gesner）的《农业作家》（*Sciptores Rei Rusticae*，1735 年），凯尔（Heinrich Keil）的《农业志》大型版本（editio maior，1884–1894 年）和高茨（George Goetz）的《老加图》[第二版，见《托伊布纳希腊罗马作家丛辑》（*Teubner Series*），1922 年]。现在，西方版本多以凯尔版本和高茨版本为蓝本。

第二章　古典散文：西塞罗①

第一节　生平简介

公元前106年1月3日（普鲁塔克，《西塞罗传》，章2，节

---

① 参《古罗马文选》卷二，前揭，页50以下；《古罗马文选》卷三，前揭，页437-439；LCL 30；LCL 40；LCL 99，页82及下、184及下和200以下；LCL 112，页6及下；LCL 113，页48及下；LCL 125，页18及下；LCL 127，页310-312和318及下；LCL 141；LCL 154，页103以下；LCL 158，页2以下；LCL 189；LCL 198，页2以下；LCL 200，页98以下；LCL 205 N、216 N和230 N；LCL 213，页2以下；LCL 221；LCL 240，页2以下；LCL 252，页3以下；LCL 268，页2以下；LCL 293，页2以下；LCL 309，页36以下；LCL 324，页2以下；LCL 342，页2以下；LCL 348，页2以下；LCL 349；LCL 386，页1以下；LCL 403，*Introduction*，页 vii 以下；LCL 447，页397以下；LCL 462 N，页1以下；LCL 491；LCL507；西塞罗，《演说家》，页14、44、71、113、122-125、210和227；西塞罗，《论演说家》，页3以下；西塞罗，《论演说家》，王焕生译，译本前言（马里奥·塔拉曼卡撰，张礼洪译），页6以下；西塞罗，《论演说术的分类》，页5；西塞罗，《布鲁图斯》，页59、191、276和279；西塞罗，《论神性》，页6、26及下、30和153以下；阿庇安，《罗马史》下卷，页104以下；《罗念生全集》卷六，前揭，页267以下；《罗念生全集》卷八，前揭，页292；王焕生，《论共和国》导读，页39、71和147；王焕生，《古罗马文学史》，页158-161和166以下；王焕生，《古罗马文艺批评史纲》，页 （转下页注）

1），① 西塞罗（Marcus Tullius Cicero）生于沃尔斯克（Volsci）地区的小乡镇阿尔皮努姆（Arpinum），即现在的阿尔皮诺（Arpino）——位于利里斯河（Liris）东岸，距离罗马 60 英里的东南方。公元前 188 年，该市居民获得公民权。西塞罗所属的氏族 Tullii 或许是沃尔斯克王图卢斯·阿提乌斯（Tullus Attius）② 的后裔之一。而公元前 107 至前 87 年期间 7 次当选执政官的马略（Caius Marius，公元前 157-前 86 年）是西塞罗（Cicero，古拉丁语"cicer"本义为"豌豆"，原本是西塞罗祖先的绰号）在故乡的姻亲之一，影响了演说家西塞罗的荣誉意识。演说家的祖父是一个有声望的市府官员，但思想比较传统，仇视希腊文化，不愿离开故土去罗马做官。演说家的父亲娶"出身高贵，品行

（接上页注）90 以下；西塞罗，《论共和国·论法律》，页 139 以下；西塞罗，《论老年·论友谊·论责任》，页 45-85 和 89-274；西塞罗，《论至善和至恶》，页 3 和 16 以下；西塞罗，《论至善和至恶》，中译本导言，页 9；西塞罗，《西塞罗散文》，郭国良译，杭州：浙江文艺出版社，2000 年，页 2、5 和 9 以下；《西塞罗的苏格拉底》，前揭，页 52-53、75 及下和 93 以下；《古典诗文绎读·西学卷·古代编》（下），前揭，页 64、66 及下、73 和 77-79；克里斯（Douglas Kries）：《论义务》一书的意图，李永晶译，见《古典诗文绎读·西学卷·古代编》（下），前揭，页 81、83-89 和 94；撒路斯特，《喀提林阴谋·朱古达战争》，页 37 和 187 以下；阿庇安，《罗马史》，下卷，页 277 以下；《昆体良教育论著选》，前揭，页 140；柏拉图，《文艺对话集》，页 66 以下；格里马尔，《西塞罗》，页 7、10、26 及下、29、39 及下、46-48、62-65、68-79、90、92-94、97 及下、100、103-109、112-114、116 及下、119-137 和 140-145；曼廷邦德，《拉丁文学词典》，页 1；詹金斯，《罗马的遗产》，页 28-30 和 331；沃格林，《希腊化、罗马和早期基督教》，谢华育译，上海：华东师范大学出版社，2007 年，页 165 以下；科瓦略夫，《古代罗马史》，页 605；杨俊明，《古罗马政体与官制史》，页 1 以下；李雅书、杨共乐，《古代罗马史》，页 372 以下、格兰特，《罗马史》，页 166 和 170；朱龙华，《罗马文化与古典传统》，页 133-134 和 137 及下；麦格拉思编，《基督教文学经典选读》，苏欲晓等译，北京：北京大学出版社，2004 年，页 236 以下；布克哈特，《意大利文艺复兴时期的文化》，页 136。

① 关于普鲁塔克《西塞罗传》（Κικερων）的章节数均依照 LCL 99，页 82 以下。

② 在莎士比亚的悲剧《科里奥兰》（Coriolanus）中托名图卢斯·奥菲迪乌斯（Tullus Aufidius）。

端正"的赫尔维娅（Helvia；普鲁塔克，《西塞罗传》，章1，节1－2）为妻，属于有教养的骑士阶层，思想比较开通，不再憎恶希腊文化，想到罗马当官，但由于身体孱弱而未能如愿（据说死于公元前64年）。父亲在家乡城市里有一个不大的庄园，所以家境比较殷实。为了让儿子受到良好的传统教育，演说家的父亲离开家乡，把16岁的西塞罗和比西塞罗小3岁的胞弟昆·西塞罗（Quintus Cicero）带到罗马。

在罗马，西塞罗遇到了一生的朋友阿提库斯（Titus Pomponius Atticus）——伊壁鸠鲁主义者、后来的银行家和西塞罗文章的编辑。在那里接受初等教育后，西塞罗便开始学习互为补充的修辞学和哲学，聆听希腊修辞学家和哲学家讲学。其中，最先影响西塞罗的是伊壁鸠鲁学派菲罗德姆斯（Philodemus，约公元前110－前40或前35年）的教诲和言辞能力。不过，雅典学园的校长、怀疑主义哲学家斐隆（公元前154或前153－前84或前83年）① 的讲座（普鲁塔克，《西塞罗传》，章3，节1）给西塞罗留下的印象最深刻。西塞罗住在斐隆别墅期间，上午练习口才（朗诵），下午在花园里辩论。在斐隆的调教下，西塞罗具有这样的倾向：对言辞美的崇拜和这种言辞能力在城邦中所产生的对国家和荣誉的热爱（参格里马尔，《西塞罗》，页23）。在青年时代，西塞罗跟随最有名的演说家是马·安东尼［M. Antonius，公元前143－前87年，后三头之一（triumvir）安东尼的祖父］和卢·克拉苏（L. Crassus，公元前140－前91年，公元前95年任执政官）。其中，马·安东尼偏重于演说实践，重视合适的原则，要求内容与形式都应当恰如其分。而卢·克拉苏基本保守共和党立场，在演说术方面强调理论的重要性，其演说辞的特点是

---

① 新柏拉图主义的前导，著有《论沉思生活》。

严肃中含机敏，雅致而雄辩。在此期间，西塞罗受到了实际的演说教育。这两位著名的演说家和西塞罗的法律老师（普鲁塔克，《西塞罗传》，章3，节1）、占卜官斯凯沃拉（Quintus Mucius Scaevola）都是西塞罗父亲的朋友。

西塞罗的第一次政治亮相是公元前80年为阿墨里努斯（Sex. Roscius Amerinus）进行法律辩护。案件是这样的：阿墨里努斯的父亲被人杀害，阿墨里努斯被他的族人控告弑亲。在诉讼辩护词《为阿墨里努斯辩护》（*Pro Roscio Amerino* 或 *Pro Sex. Roscio Amerino*）中，西塞罗攻击公元前82至前79年的独裁者苏拉的亲信、获释奴克里索格努斯（Chrysogonus），因为阿墨里努斯的族人与克里索格努斯狼狈为奸，企图攫取死者的巨额遗产。虽然西塞罗获得了辩护的胜利，但是由于案件涉及苏拉统治时期对反对派的掠夺和迫害，朋友劝西塞罗放弃律师事务。随后西塞罗就以（肺）健康和完善演说技巧为由离开罗马（普鲁塔克，《西塞罗传》，章3，节2-5）。①

公元前79年，西塞罗第一次前往希腊读大学。当时，这是一件新鲜事。在雅典，西塞罗听"第三学园派"哲学家、阿斯卡隆（Ascalon）人安提奥科（亦译"安条克"）——斐隆的接班人——6个月的课（普鲁塔克，《西塞罗传》，章4，节1）。与此同时，西塞罗和老演说家、叙利亚人德梅特里奥斯（Demetrios）练习演说。之后，西塞罗游历整个小亚细亚，向那里最重要的演说家学习。第一个学习对象是来自斯特拉托尼基（Stratonikeia）的卡里亚人（Carian）墨尼波斯（Menippos）。西塞罗认为，这位墨尼波斯是当时小亚细亚最好的演说家：讲话不矫揉造

---

① 在反对马西亚人（Marsian）的战争中，西塞罗在苏拉麾下服兵役，参普鲁塔克，《西塞罗传》，章3，节1。

作，不违背好的品味。小亚细亚最重要的演说术老师还有马格尼西亚（Magnes 或 Magnesia）的狄奥尼修斯（Dionysius 或 Dionys）、克尼多斯（Knidos）的埃斯库洛斯（Aischylos）和埃德雷米特（Adramyttion，小亚细亚海滨城市）的色诺克勒斯（Xenokles）。但是西塞罗并不满足，于是又到罗得岛，拜师廊下派哲学家珀西多尼乌斯（Poseidonios）。演说术老师阿波罗尼俄斯（Apollonius）——摩隆（Molon）的儿子——教授西塞罗在演说时约束青年时期自由不羁与奔放感情（普鲁塔克，《西塞罗传》，章 4，节 4）。两年的学习之旅使得西塞罗的演说风格"完全改变"：

> 我不再太激烈地鼓足我的嗓音，我的演讲方式现在似乎成熟，我的肺获得了力量，我的身体也有些强壮了（译自《古罗马文选》卷二，前揭，页 113）。

从西塞罗的演说术学习来看，他的演说成熟指的是较为折中，介于崇尚华丽的亚细亚风格与崇尚简朴的阿提卡风格之间。

公元前 77 年西塞罗返回罗马时，由于苏拉独裁被取消，政治气氛趋于活跃，所以西塞罗可以继续从事诉讼演说。西塞罗的演说为他赢得了声誉和人民的好感，成功地为他的仕途铺平了道路。公元前 76 年 12 月 5 日，西塞罗第一次当官：开始任西西里岛西部利利巴厄姆（Lilybaeum，位于今天的马尔萨拉和巴勒莫之间）的财政官（Quästur），主要职责是负责西西里向罗马的粮食（主要是小麦）供应（公元前 75 年）。与西塞罗尽职尽责和无私形成鲜明对比的是，公元前 73 至前 71 年任西西里岛总督的维勒斯（G. Verres）大肆压榨人民。哪里有压迫，哪里就有反抗。公元前 71 年末，西西里人民控告卸任的维勒斯，并请西塞

罗为他们辩护。于是，公元前 70 年西塞罗成为控诉公元前 74 年
的前裁判官（Proprätor）维勒斯的主诉人。由于维勒斯出身元老
家庭，在贵族派中有强大的庇护人，案件的审理受到种种阻挠。
尽管如此，西塞罗还是全力收集充分的证据，尽心书写法庭演说
辞《控维勒斯》（*In C. Verrem* 或 *In Verrem*），迫使维勒斯在开庭
审理第一阶段尚未结束时就选择罗马法的自动放逐权，匆忙逃离
罗马（普鲁塔克，《西塞罗传》，章 6-8）。可见，西塞罗的出庭
是一次有说服力的成功，成功的理由就是强力演说家和律师的声
誉。西塞罗的出庭与其说是当辩护人，倒不如说是当主诉人。西
塞罗心平气和地思考，就像他心平气和一样。这件诉讼案让西塞
罗赢得了巨大的政治声誉，使得他在公元前 70 年成功当选市政
官（Ädil）。市政官的职责是组织娱乐表演和戏剧演出，费用由
组织者自己提供。公元前 69 年，在财力并不雄厚的条件下，西
塞罗还是尽可能地恪尽职守，开展了 3 类娱乐活动，并把西西里
人出于感激运送给他的小麦分给了人民。

公元前 66 年，深孚众望的西塞罗轻松地当选裁判官。当时
由于在与（小亚细亚）庞托斯（Pontos）国王米特里达梯
（Mithridates）进行的战争中曾是元老院议员的贵族派统帅卢库
卢斯（Lucius Lucullus）① 受到元老院的限制，而继任者格拉布
里奥（Manius Glabrio）指挥不力，难以取胜（《论庞培的最高权
威》，章 9），保民官盖·曼尼利乌斯（Gaius Manilius）提出任命
有军事才能的民众派政治家庞培担当最高统帅。西塞罗发表他的
第一篇政治演说辞《论庞培的最高权威——致罗马人民》（*De
Imperio Cn. Pompei ad Quirites Oratio*）——简称《论庞培的最高

---

① 普鲁塔克，《卢库卢斯传》，参普鲁塔克，《希腊罗马名人传》上册，陆永庭
等译，页 406 以下。

权威》（*De Imperio Cn. Pompei*），又称《为盖·曼尼利乌斯法辩护》（*Pro Lege Manilia*），支持该提案。法案的通过拉近西塞罗与同乡庞培的关系（普鲁塔克，《西塞罗传》，章9）。

公元前64年7月29日，西塞罗凭借他那独立、实用的政治口号和演说声誉，击败昔日支持苏拉的破落贵族喀提林（其竞选纲领的核心取消债务旨在赢得破产农民、城市平民、破落贵族等社会阶层的支持），以百人团全票通过的绝对优势同另一位竞选人希普里达（Gaius Antonius Hybrida，演说家安东尼的儿子）当选罗马最高行政官执政官（普鲁塔克，《西塞罗传》，章10-11）。西塞罗试图通过协同政治（concordia ordinum）政策，即贵族（nobiles）与骑士阶层（equites）联盟，对抗平民派以及领导人恺撒和庞培，祛除政治极端化的危险。所以在任执政官期间，西塞罗做的一件大事就是代表贵族与骑士阶层的利益，反对由保民官鲁卢斯（Publius Servilius Rullus）提出的土地分配法案（阿庇安，《罗马史》卷十四，章2，节10-14；普鲁塔克，《西塞罗传》，章12），而该法案的幕后主使人是后来的前三头成员（triumvir）恺撒和克拉苏。

另一件大事就是粉碎喀提林阴谋。在小加图的提议下，西塞罗被人们尊为"国父"（阿庇安，《罗马史》卷十四，章1，节3-7）。肆无忌惮的政治冒险家喀提林（Lucius Sergius Catilina）在他第二次竞选执政官失败的秋天（第三次竞选的前夕）成为西塞罗最危险的敌人。西塞罗懂得用演说术的力量把喀提林逐出罗马。但是，喀提林团伙在埃特鲁里亚组建了一支军队，主要是苏拉的退伍老兵。得到消息后，西塞罗连续发表演说，揭露喀提林阴谋。在元老院通过特别决议、授权执政官全权处理以后，西塞罗逮捕并处死了返回罗马的其他喀提林阴谋首领（公元前63年12月5日），尽管遭到平民派特别是恺撒的强烈反对（阿庇安,《罗马史》卷十四,章 1,节 6)。以恺撒为首的平民派或许有理由认为,这是违法的。不久以后,喀提林及其军队被消灭(普鲁塔克,《西塞罗传》,章 14-23)。

西塞罗自我感觉是罗马的救世主。不过,西塞罗的这种态度后来遭致厄运,尤其是公元前 60 年"前三头(triumvirī,即恺撒、庞培与克拉苏,西塞罗称之为"有史以来最臭名昭著、最可耻、最可恶的联合")"在罗马占优势以后。公元前 58 年初,保民官克洛狄乌斯借口西塞罗未经法庭审判便处死喀提林分子违法,提出放逐西塞罗的法案(阿庇安,《罗马史》卷十四,章 3,节 15)。在求助无门的情况下,西塞罗不得不自愿流亡,被迫离开罗马,经由南意大利前往希腊,在马其顿东部的特萨洛尼克(Thessaloniki)安顿下来。在遭放逐一年半以后,罗马政治形势发生微妙的变化:庞培开始接近元老院,保民官弥洛(Titus An-nius Milo)积极支持召回西塞罗(阿庇安,《罗马史》卷十四,章 3,节 16)。在朋友们的努力下,公元前 57 年 8 月,元老院通过了召回西塞罗的决议。同年 9 月,西塞罗闻讯返回罗马(流亡 16 个月),受到人们热烈欢迎,国家也出资修复了遭到毁坏的罗马住宅和乡间庄园。不过,出乎西塞罗意外的是,他不再是罗马政治的主角了(普鲁塔克,《西塞罗传》,章 28-35)。

公元前 56 年秋,"前三头(triumvirī)"会聚意大利北部的小城卢卡,重新分配权力和利益。譬如,庞培和克拉苏任执政官,恺撒在诸省的总督任期再延长 5 年(阿庇安,《罗马史》卷十四,章 3,节 17)。此后,派别斗争更加剧烈,甚至无法按照法律程序选举官员。公元前 53 年克拉苏死于对帕提亚的战争(阿庇安,《罗马史》卷十四,章 3,节 18)以后,三足鼎立演变成了两强相争,罗马陷入了独裁的危险。在此期间,西塞罗不得不调整自己的社会参与方式。一方面,西塞罗要周旋于巨头们之间，忙于诉讼事务，为各种案件辩护。虽然在具有政治色彩的诉讼［《为塞斯提乌斯辩护》（*Pro Sestio*）和《为凯利乌斯辩护》（*Pro Caelio*）］中，西塞罗还多次当辉煌的演说家，但是在起诉杀死克洛狄乌斯的弥洛（阿庇安，《罗马史》卷十四，章3，节21以下）的诉讼中，西塞罗不能保护他的当事人免遭误判（公元前52年）（参《古罗马文选》卷二，前揭，页51）。另一方面，西塞罗又忙里偷闲，结合自己的实践，思考演说理论和国家问题，开始著书立说。公元前55年以后，西塞罗在文学创作——《论演说家》（*De Oratore*）、《论共和国》（*De Re Publica*）、《论法律》等——中寻找安慰，并且乐此不疲地夸耀自己在镇压喀提林阴谋中的功绩。

依据公元前52年庞培任执政官时通过的一项法律，西塞罗获得了基里基亚（Kilikien）行省总督的职位和一支常备作战部队的指挥权。尽管西塞罗担心，在关键时刻他若不在场，罗马会陷入他所预见的政治危机，尽管西塞罗也牵挂他的不幸的女儿，可西塞罗还是在公元前51年4月前往小亚细亚的基里基亚，赴任无足轻重的行省总督。7月31日，西塞罗抵达基里基亚。8月3日，西塞罗前往伊康（Iconium）——今科尼亚（Konya）——接管他的部队。西塞罗一如既往地尽职尽责。10月初，西塞罗向反叛的山地部落开战，取得了几次战役的胜利。从一封写给小加图的长信（西塞罗，《致亲友》卷十五，封4）来看，当月末西塞罗率军包围了宾德尼苏斯（Pindenissum），但是57天以后才攻克这个要塞。在统管行省期间，西塞罗还处理复杂的金融事务。譬如，西塞罗降低他的朋友布鲁图斯曾派人出面借给塞浦路斯岛萨拉米斯城（Salamis）的贷款的利息额，成功地使许多曾掠夺各自城邦财富的希腊行政官员退赃。尽管西塞罗管理十分成功，可他不想超过规定的任期，更担心帕提亚（安息）人的威胁会延长他对军队的指挥权，于是在公元前 51 年 10 月 1 日启程回罗马（普鲁塔克，《西塞罗传》，章 36）。

由于西塞罗取道雅典，从海路到佩特雷（Πάτρα 或 Patrai，今 Patras），公元前 51 年 11 月 24 日才抵达布伦迪西乌姆，所以回到罗马时已经是公元前 50 年 1 月 4 日。当时，罗马正处于恺撒与投奔元老党的庞培之间的内战前夕。1 月 7 日，元老院通过元老院最后令，将恺撒置于法律保护之外。在元老院拒绝按照卢卡协议任命恺撒为公元前 49 年执政官以后，1 月 12 日，恺撒率领征战高卢的军队渡过界河卢比孔河（Rubikon），正式拉开战争的序幕。统帅庞培率领共和军撤出罗马，同执政官和元老院一起驻扎在坎佩尼亚地区。尽管西塞罗也跟随庞培前往，可西塞罗本人不赞同统帅庞培放弃意大利、到东方去动员罗马帝国的兵力的计划。在 3 月庞培离开意大利到希腊的时候，西塞罗住在福尔米亚（Formiae）的别墅，被庞培委任一项军事指挥权，负责在居民中征兵和警戒海岸防御线。而西塞罗的妻子和女儿得到阿提库斯的经济帮助和保护，并由于西塞罗的许多友好表示而得以住在恺撒的营地。当庞培去布伦迪西乌姆，率军穿越亚得利亚海时，恺撒及其幕僚向西塞罗伸出橄榄枝。但是西塞罗不答应，荣誉和友谊令他依附于庞培。不过由于西塞罗的女婿多拉贝拉效忠于恺撒，是恺撒的代理人，西塞罗同意与恺撒会面。会见在恺撒从布伦迪西乌姆返回罗马的途中，最终因为西塞罗拒绝以恺撒加入日后的新元老院为条件继续内战，会见双方不欢而散。在极力斡旋失败后，西塞罗面临痛苦的政治方向抉择。经过长时间的犹豫以后，西塞罗于 6 月 7 日出海到塞萨洛尼基，投奔庞培的军营。但西塞罗很快发现自己的选择是错误的，因为庞培的军队指挥无力，军纪涣散。由于这个致命的弱点，公元前 48 年 8 月 9 日，庞培兵败希腊的法尔萨洛斯（Φάρσαλος、Pharsalos 或 Pharsalus）① 战役（阿庇安，《罗马史》卷十四，章 11，节 72 以下），庞培本人逃往埃及，并遭到杀害。庞培逃亡后，小加图建议西塞罗担任庞培余部的统帅。西塞罗的拒绝招致庞培长子及其朋友们判处的叛国罪罪名。在小加图的帮助和资助下，西塞罗逃出军营，返回意大利的布伦迪西乌姆。在那里，西塞罗陷入了家庭的烦恼：西塞罗投奔庞培不仅遭到弟弟昆·西塞罗的谴责，还得不到妻子泰伦提娅的原谅。公元前 47 年 9 月 25 日，恺撒与西塞罗在塔伦图姆会见。由于谈话友好，次月初西塞罗得以返回罗马（普鲁塔克，《西塞罗传》，章 37－39）。

公元前 46 年，在获悉罗马典型的廊下派哲人小加图在乌提卡城自杀身亡②以后，西塞罗写了一篇《小加图颂》（*Cato*），现已完全散失。不过，此文激发恺撒写作两卷本《反小加图》（*Anticatones* 或 *Anti-Cato*）（阿庇安，《罗马史》卷十四，章 14，节 99）。在文中，恺撒肯定了小加图的道德和西塞罗的文笔（普鲁塔克，《西塞罗传》，章 39）。他们的争论聚焦于一些公民生活观念的问题。

尽管恺撒友好对待西塞罗，可恺撒的专制（公元前 46－前 44 年）给西塞罗带来了耻辱的痛苦，使得西塞罗政治消极，甚至想放弃演说活动，完全献身于学术研究［麦克科马可（John R. Maccormack）：道德与政治——西塞罗如何捍卫罗马共和国，参《西塞罗的苏格拉底》，前揭，页 53］。或许由于这个原因，这个时期成为西塞罗写作的丰收时节。其中，重要的哲学文章有《布鲁图斯》（*Brutus*）和《演说家》（*Orator*），哲学著作——有

---

① 又名 Φάρσαλα 或 Farsala。

② 在恺撒淫威之下，小加图认为自杀是必要的，而西塞罗认为继续捍卫共和国与自由是必要的，参《西塞罗的苏格拉底》，前揭，页 52 及下。

利于希腊哲学在罗马知识阶层的传播——有《论至善和至恶》（*De Finibus Bonorum et Malorum*）、①《图斯库卢姆谈话录》、《论神性》、《学园派哲学》等。

恺撒被以布鲁图斯与卡西乌斯为首的共和派谋杀（公元前44年3月15日）以后，西塞罗重出罗马政坛，支持共和派，例如曾对大赦令发表一篇很长的颂词（阿庇安，《罗马史》卷十四，章19，节142）。然而，由于布鲁图斯、卡西乌斯等共和派首领缺乏政治远见，一方面不信任西塞罗，另一方面又忽视了恺撒的左右手安东尼和外甥屋大维的威胁，很快陷入被动的境地，不得不离开意大利。当年的执政官、恺撒派人物安东尼乘机攫取国家政权。随即，恺撒的继子屋大维从希腊军营返回罗马，要求享有合法的继承权。此时，西塞罗已经成为元老共和派的领袖人物，但受到安东尼的威胁（《安东尼致西塞罗》，公元前44年4月2日），②而安东尼与屋大维又开始内斗。在这种情势下，想利用屋大维的力量的西塞罗与因势单力薄而倾向于元老院的屋大维结盟，宣布安东尼为公敌，联合对抗安东尼（阿庇安，《罗马史》卷十五，章8，节50）。经过一段时间的战前准备，内战于年底爆发。公元前43年4月下旬，联军击溃安东尼的军队。在此期间，即从同年9月至次年4月，斗争激情高昂的西塞罗效法古希腊狄摩西尼抨击马其顿国王腓力，连续发表14篇《反腓力辞》（*Philippicae*），抨击恺撒的继承人安东尼（阿庇安，《罗马史》卷十五，章8，节52以下；普鲁塔克，《西塞罗传》，章42-45）

① 西塞罗，《论至善和至恶》，石敏敏译，北京：中国社会科学出版社，2005年。亦译《论善恶的极限》、《论道德目的》或《目的》。
② 参 Wilkinson（威尔金森）编，*Letters of Cicero*（《西塞罗书信集》），London 1966，页164；《西塞罗的苏格拉底》，前揭，页54。

但是，之后形势发生了逆转。首先，安东尼和统帅恺撒原有军队的雷必达（Marcus Aemilius Lepidus，亦译：勒皮杜斯）组成联军。接着，在当年 7 月，屋大维效法恺撒，以元老院拒绝推举他当执政官为由率军攻占罗马。在公元前 43 年 8 月当选执政官以后，屋大维宣布废除元老院通过的针对安东尼与雷必达的法案，也宣布恺撒的刺杀者不受法律保护。最后，屋大维、安东尼和雷必达于 9 月会晤，结成"后三头（triumvirī）"，共同对抗共和派，并拟定了公敌的名单（阿庇安，《罗马史》卷十六，章 1-2）。由于安东尼的坚持，西塞罗名列公敌名单中。于是，西塞罗闻讯逃离图斯库卢姆（Tusculum）庄园。公元前 43 年 12 月 7 日，[①] 西塞罗在逃往中被安东尼的追军杀害。西塞罗的头颅和双手被百夫长赫伦尼乌斯（Herennius）斩下，并且在安东尼的授意下，被钉在昔日西塞罗发表反对安东尼的演说的、位于罗马广场的讲坛上示众 [普鲁塔克，《西塞罗传》，章 46-49；阿庇安，《罗马史》卷十六，章 4，节 19-20；李维，《建城以来史》卷一百二十，残篇；塔西陀，《对话录》（Dialogus），章 17，节 2；老塞涅卡，《劝慰辞》（Suasoriae）篇 6，节 17]。即使在最后的年月里，西塞罗也有时间写内容丰富的哲学作品《论义务》。这是写给儿子马尔库斯——内战后曾任执政官（阿庇安，《罗马史》卷十六，章 6，节 51）——的。

第二节　修辞学作品

资料显示，真正的古罗马修辞学发轫于公元前 2 世纪：起初由古希腊学者讲授，后来由老加图、荷尔滕西乌斯等人

---

① 　或为公元前 43 年 9 月 13 日，参《西塞罗的苏格拉底》，前揭，页 55。

研究，他们阐述的是希腊化时期偏重技巧与规范的修辞学理论。这种修辞学理论遭到西塞罗的反对（《致赫伦尼乌斯》卷一，章1；卷四，章1-7）。在亚里士多德的修辞学理论的启发下，西塞罗提出了一些革新的办法，主张发挥修辞学的一般原理。

一、《致赫伦尼乌斯》

现有完整保存下来最古老的罗马修辞学著作是公元前1世纪的修辞学作品《致盖·赫伦尼乌斯①（论公共演讲的理论）》[Ad C. Herennium（De Ratione Dicendi）]，简称《致赫伦尼乌斯》或《修辞学——致赫伦尼乌斯》（Rhetorica ad Herennium），通称《第二修辞学》（Rhetorica Secunda）或《新修辞学》（Rhetorica Nova）。有些学者认为，这部著作虽然以手抄本的形式偶然入选西塞罗的文集，但是实际上是一个不出名的校长写的。这个校长可能是第一个按照古希腊教科书的典范发表拉丁语修辞学作品（约公元前85年）的古罗马人，甚至还有几个学者认为，其作者与修辞学家科尔尼菲基乌斯（Cornificius）同一。不过，西方学界的主导性意见是把《致赫伦尼乌斯》视为西塞罗的作品。

希腊教科书典范仅仅保存在少数残篇中。所幸，献给盖·赫伦尼乌斯（Caius Herennius）的4卷本《致赫伦尼乌斯》系统地介绍了古希腊学校修辞学的概况。在后来的古希腊社会和古罗马，修辞学校都是最重要的教育机构，在一定程度上扮演了后来大学的角色。作为古罗马第三级教育的专业学校即修辞学校很片面地只针对演说术培训。不过，在古代社会起重要作

---

① 文中古罗马人名"盖（C.）"一律为"盖尤斯（Gaius）"的缩略语。

用的正是讲辞（包括表态型、司法型和议事型），① 尤其是司法型（genus iudiciale）和议事型（genus deliberativum，见卷一，章 2，节 2）。

越来越系统化的演说术的 5 个部分渐渐产生了。第一个部分是取材（inventio），即素材的发现和处理。第二个部分是布局（dispositio）或构思（ordo），即把素材编排在一个演说辞中。演说辞主要包括 4 个部分，依次是引言（exordium）、叙述（narratio）、论证（argumentatio）——包括划分（divisio）、确证（confirmatio）和反驳（refutatio）——和结束语（conclusio）。第三个部分是风格（elocutio，章法），即写成文字，润色（ornatus）——尤其是修辞——是最重要的部分。第四个部分是讲稿的记忆（memoria）（记忆法）。最后的部分是表演（actio）或者演说（pronuntiatio），即借助于声音、表情和手势朗诵演说辞（卷一，章 2，节 3-章 3，节 4）。

引言（卷一，章 3，节 5-章 7，节 11）分为两种：开门见山式（prooimion，"短小的引句"或"单刀直入"，参亚里士多德，《修辞学》卷三，章 13－14，1414b）和巧妙式（ephodos，即通过隐瞒和掩饰，影响和改变结果，从而在完成讲话任务时取得优势）。

在演讲辞中，司法型是重要的类别。司法案例分为 4 种类型：高尚的（honestum）、可耻的（turpe）、可疑的（dubium，

---

① 亚里士多德把演说分为政治演说（原文本义为"审议式演说"）、诉讼演说（原文本义为为"司法演说"）和炫耀才华的典礼演说（原文本义为"炫耀式演说"，参昆体良，《雄辩术原理》卷三，章 4，节 13-14，参《昆体良教育论著选》，前揭，页 147 及下，因此可译为"表态性演说"），见亚里士多德，《修辞学》卷一，章 3，1358b，参《罗念生全集》卷一，前揭，页 157。亚里士多德认为，政治演说侧重于未来，用于劝说或劝阻；诉讼演说侧重于过去，用于控告或答辩；典礼演说（包括葬礼演说、落成典礼演说、节庆演说等）侧重于现在，用于谴责或表扬。

即部分高尚，部分可耻）和微不足道的（humile；卷一，章3，节5）。不同的司法案例类型有不同的引言。可疑的需要采用开门见山，微不足道的需要设法引起听众的注意，高尚的既可用开门见山，又可用巧妙，而可耻的需要采用巧妙，除非有通过攻击对手赢得听众的善意的办法。说服听众有4种方法：讨论自己、对手和听众的人格以及讨论事实本身（卷一，章4-5）。

必须采用巧妙的3种情况：案件是可耻的，听众业已疏离；听众业已被对手的演讲说服；前面的演讲已让听众疲倦。针对第一种情况，要考虑的不是行动，而是行为者，采用类比的方法；针对第二种情况，应当首先讨论对手的核心要点，应当从对手的一段陈述——尤其是最后的那段陈述——入手，表现出犹豫不决，并发出感叹；针对第三种情况，应当采用轻松愉快的话语，例如寓言、故事、讽刺、曲解词义、模棱两可、含沙射影、逗弄、故作天真、夸张、概括对手的论证、双关、突转、比较、趣闻、轶事、诗句，或者直接挑战对手，或者微笑和同意（卷一，章6）。

无论是开门见山，还是巧妙，都要达成共同的目的：使得听众专心听讲，乐意聆听和倾向于自己（卷一，章7）。

叙述（卷一，章8-9）主要分为两种：基于事实的叙述和基于人的叙述。其中，基于人的陈述应当表现出活生生的文体和人的各种各样的性格特征（章8）。而基于事实的陈述又分为3种：传说的、历史的和现实的。事实陈述具有3个基本特点：简洁、清晰和有理（章9）。

陈述事实以后，就要分析敌我意见的一致性和分歧性，然后划分（distributio）讨论的要点：列举（enumeratio）和说明（expositio）将要讨论的要点（不超过3个为宜），之后才转入论证（卷一，章10-17）：确证（confirmatio）和反驳（refutatio）。辩

护有 3 个类型：推测性的、法律性的和审判性的。其中，法律性
辩护分为文字与精神、冲突的法律、含义模糊、定义、移情和类
推。审判性辩护分为确定的和设想的。从法律性辩护和审判性辩
护都可以找到裁定的要点。

在第一卷讨论司法案例的类型、功能和方法以后，将在第二
卷里讨论最重要、最难的部分：取材（卷二，章 1）。

推测性辩护（卷二，章 2-8）包括 6 个部分：或然性、比
较、指证、假设性证明、后续行为和确证性证明（卷二，章 2）。
其中，或然性包括动机和生活方式（卷二，章 2-3）。比较的内
容包括罪行对当事人与他人的利害关系，进而指出当事人与罪行
有关或无关。指证有 6 种：地点、时间、时段、场合、成功的希
望和逃罪的希望（卷二，章 4）。假设性证明分成 3 个时期：犯
罪之前、犯罪之时和犯罪之后。后续行为指当事人有罪或无罪的
表征，如羞愧、支支吾吾和精神崩溃（卷二，章 5）。确证性证
明（卷二，章 6-8）有专门的论题（只有控方或辩方使用的论
题）和普通的论题（控辩双方都使用的论题：提出或反对证词、
刑讯逼供的证词、假设性证据和谣言）。

法律性辩护（卷二，章 9-13）包括宣读法律条文，说明立
法者的意图，指出法律的局限或废止，合理解释含义不清的条
文，正确定义术语，关注法律的一贯性和公正性等。

审判性辩护（卷二，章 14-17）关注行为的正义或非正义，
常采用比较的方法。审判性辩护分为转移罪责的辩护和认罪辩
护。其中，认罪辩护包括开脱罪责和请求怜悯。开脱罪责就是否
认行为的有意性，分为 3 种：必然、偶然和不知情。请求怜悯通
用的理由是人道、幸运、怜悯和事情的变化无常。

对于辩护者而言，应当提倡最完整和完善的论证，避免有缺
陷的论证，指出对手的论证有缺陷。其中，最完整和完善的论证

分为 5 个部分：命题、推论、推论的证明、修饰和总结陈词（卷二，章18-19）。而有缺陷的论证（卷二，章20-31）分为两种：恰当的、但可以被对手驳倒的论证和不需要驳斥的无效论证。有缺陷的包括命题（章20-22）、推论、推论的证明、修饰［包括明喻、举例、彰显（amplification，即使用警句的原则来激励听众）、前判等］和结束语（epilogoi，即收场白，包括总结陈词、彰显和恳求怜悯）。

第三卷讨论那些似乎是最好的规则，主要包括议事型和表态型（炫耀式）的题材、构思和记忆。

议事型的演讲（卷三，章2-5）与行为的选择有关。其中，商议问题的考察依据是对问题本身的解释。而提供咨询意见的演说家以利益（亚里士多德，《修辞学》卷一，章3，1358b）为目标是恰当的。政治商议的利益在于安全（包括实力和技巧或策略）与光荣（包括正确的——即按照美德和义务去做的——和值得赞扬的，即事发之际和事发之后会产生光荣的回忆的东西）。

表态型（炫耀式）的演讲（卷三，章6-8）包括赞扬和责备。其中，赞扬的主题包括外部环境（如权、钱、名和友谊）、身体属性（如健康和美貌）和品性（如美德）。演讲时，要选择能起最大作用的主题。

构思（卷三，章9-10）的目的是确定建构的题材的秩序。构思的方法有两种：从修辞学的原则中产生；适应具体环境产生。前者包括两种：用于整个演讲的，其顺序是引言、叙述（陈述）、划分、证明、反驳和结论（结束语）；用于个别论证的，其顺序是命题、推论、推论的证明、修饰和总结陈词。但是，有时为了适应具体情况而改变上述的秩序。

表演（卷三，章10-15）的能力用处最大，因为表演有着巨大的有用性。表演包括声音品质和身体动作。声音品质包括音量、稳定性和灵活性。其中，嗓音的灵活包括谈话的语调、争论的语调和增强的语调。谈话的语调包括庄严的、诙谐的、解释的和叙述的。争论的语调分为持续的和断续的。增强的语调包括劝告性的和哀婉动人的（章11‑14）。而身体动作包括姿势和风度（章15）。

记忆（卷三，章16‑24）分两类：天然的和人为的（技艺的产物）。其中，人为的记忆包括背景和形象。形象与对象相似，而相似限于两种：事情相似和词语相似。

第四卷讨论风格。风格分为3个层次：华丽型（gravis）、中间型（mediocris，介于华丽与简朴之间）和简朴型（adtenuata）。华丽型要求平稳而又讲究地安排那些给人深刻印象的词语，中间型要求使用较为低级、较为通俗的词语，简朴型要求使用日常最普通的语言，甚至可以使用标准语言中最流行的俚语（卷四，章8，节11，参 LCL 403，页252及下）。

恰当而完美的文笔应当具有3种性质：文雅（elegantia）、整齐的安排（compositio）和特色（dignitās）。文雅指写和说正确的拉丁语（latinitas），包括通过使用流行的术语（即日常生活中的习惯用语）和恰当的术语（指能够指称演讲主题专门特色的术语）实现的解释或说明（explanatio 或σαφήνεια）。整齐的安排由排列词语组成，应当避免元音频繁碰撞，避免打乱正常词序，避免长句。特色则分为言语修辞（verborum exornatio）和思想修辞（sententiarum exornatio；卷四，章12，节17‑章13，节18）。

词语修辞（卷四，章13，节19‑章34，节46）包括首语重复（repetitio）、句末重复（conversiō）、（综合）结论（conplexiō 或 complexiō："结合；综合；总结"）、翻译（trāductiō）、对照

或对比（contentiō）、顿呼（exclāmātiō）、疑问（interrogātiō）、演绎（ratiōcinātiō）、格言（sententia）、反证（contrārium）、冒号、从句或分句（membrum："片段；部分"）、逗号或短句（articulus："部分；节段"）、句号（continuātiō："连续不断"）、对仗或对偶（isocolon）、① 同形尾韵（homoeoptoton）、② 近似音尾韵（homoeoteleuton 或 ὁμοιοτέλευτον）、③ 双关语或文字游戏（adnominatio = agnōminātiō："附加名，别名；双关语，文字游戏"）、层进（gradātiō）、定义（dēfinītiō）、转换（trānsitiō）、修正（corrēctiō）、影射（occultātiō）、分离（disiūnctum）、连缀（coniūnctiō）、附加（adiunctiō："附加；限制"）、反复（conduplicatio）、④ 同义词复用或解释（interpretātiō）、互换（commūtātiō）、屈服（permissiō："许可，同意，准许"）、迟疑不决（dubitātiō："怀疑，考虑，踌躇"）、开拓（expedītiō："探险；特殊任务；派遣"）、连词省略（dissolūtum）、⑤ 说话中断法（praecīsiō）、结束语（conclūsiō："总结；概括"）、拟声、换称或代称（prōnōminātiō）、转喻（dēnōminātiō）、迂回或婉转（circumitiō，即迂回曲折的话语或婉转的说法）、换位（trānsgressiō）、夸张（superlātiō）、提喻法（intellectiō）、误用

---

① 单词 isocolon 指一个句子中的短语或从句具有相同的长度和类似的句法及节奏，相当于中文里的"对仗"或"对偶"。

② 单词 homoeoptoton 是在短语的结尾重复相同的词尾等的修辞手法，可译为"同形尾韵"。

③ 单词 homoeoteleuton 或 ὁμοιοτέλευτον 的本义是"词尾重复；近乎押韵"，在这里是"在后继的句子或台词结尾运用的发音相近的单词、音节和短语的修辞手法"，可译为"近似音尾韵"。

④ 包括连续反复与间隔反复，指在一个段落中多次重复使用一个单词。

⑤ 分词 dissolūtum，是完全被动分词 dissolutus（"松散的；拆毁的；无规律的；无力的"）的变化形式，源自动词 dissolvō："分隔；溶解；驳倒；支付；破坏；放松；解决"。

（abūsiō，指用词不当，修辞生硬且自相矛盾的误用，词形更改）、比喻（trānslātiō："比喻；转义；翻译"）和置换（permūtātiō："变换，转换；交换，互换"）。

思想修辞（卷四，章 35，节 47 - 章 43，节 56）包括划分（distribūtiō）、直白（licentia）、轻描淡写（dēminūtiō："减少；缩小；删除"）、生动描述、分叙（dīvīsiō："分开；分配；分类"）、堆砌（frequentātiō："频繁；屡次；频率"）、润色（expolītiō："修饰；润色；美化"）、谈话（sermōcinātiō，指意见分歧者之间的非正式意见交换）和激发（mōtī 或 mōtus，指讲话人用自己的情绪感染听众，使之打起精神）。

此外，论述方式（卷四，章 44，节 58 - 章 55，节 69）包括赘述（commorātiō："逗留；延搁"）、类比（similitudo）、例证（exemplum）、象征（imāgō）、对称排列（cōnfōrmātiō）、性格刻画（nōtatiō）和直观说明（dēmōnstrātiō）。

修辞学教育对古罗马文学产生了深刻的影响。作家与读众，两者都受到修辞学教育，通过修辞学影响了文学的创作或者评价。而且，修辞学的影响远远超越了古罗马时代。在中世纪、人文主义时代、甚至直到 18 世纪，学校里研究的正是修辞学作品《致赫伦尼乌斯》。反而言之，有一定的修辞学知识是我们理解那个时代文学的一个重要的、的确是决定性的因素。

二、《论取材》

大约在写作演说术作品《致赫伦尼乌斯》的同一时间里，即公元前 1 世纪 80 年代，更准确地说，公元前 86 年左右（参格里马尔，《西塞罗》，页 37），西塞罗书写了一部很类似的著作：它"与前述的《致赫伦尼乌斯》的第一、二卷的内容几乎完全相同，但是观点却是相对的"。当然，西塞罗的两卷《修辞学》

(*Rhetorici Libri Duo*)，通称《论取材》(*Qui Vocantur de Inventio-ne*，即 *De Inventione*）仅仅论述了演说体系的第一部分"取材"。

《论取材》总共两卷。其中，第一卷讨论了修辞学的本质、功能、目的、材料和组成部分，讨论争论的种类、取材的方法和案例的确定，讨论演讲的组成部分及其各部分的所有规则。第二卷专门讨论确证和驳斥的每一类案例的具体例子，提供一些创造性论证的想法（卷二，章3）。

第一卷的序言论述了演说术对于个人与国家的祸与福，以及后来西塞罗再三研究的相关问题（《论取材》卷一，章1，节1至章4，节5）。西塞罗认为：

> 人类不仅将许多国家的建立、很多战争的和解、最持久的联盟和最神圣的友谊归因于根本地提高的智力教育，而且还要归因于它们这一切都是通过辩才促成的（译自《古罗马文选》卷二，前揭，页61和63）。

所以，

> 假如没有辩才（eloquentia），智慧（sapientia）几乎不会对国家有益处；但是假如没有智慧，辩才通常只会对国家有太多损害，而绝不会有益处（译自《古罗马文选》卷二，前揭，页63）。

而一个人假如忽视追求思想道德的尽善尽美，一心一意地致力于辩才，就会成为无用之人，对祖国有害的人。但是，假如一个人不是把辩才用于扰乱、而是用于捍卫祖国的利益，那么他就适合于促成他自身的福利与公共的利益（《论取材》卷一，章1，节1）。从西塞罗的生平来看，他就是把辩才用于捍卫国家利益、促成自身福利与公共利益（τò συμφέϱον）的实践者。

接着，西塞罗论述了演说术的起源：在无知与谬误的原始社会里，一个非常伟大、非常聪明的人明白并开发人的潜力，然后依靠理智（ratio）与雄辩的语言，把像动物一样仅仅依靠体力的野蛮人驯服成善良的人（《论取材》卷一，章2，节2）。这种雄辩在城邦社会里得到了进一步发展：一种强大的、迷人的语言使得身体强健的人服从正义，放弃在漫长时间里依靠自然权利的力量形成的、大家都同意的习俗。后来在战争与和平的事业中，雄辩服务于人类的最高利益。而有德之人成为雄辩家（《论取材》卷一，章2，节3）；无德之人成为狡辩家（《论取材》卷一，章3，节4）。

之后，西塞罗指出，基于修辞学（rhetorica）的演说术（eloquentia）是政治学（civilis scientiae）的一个重要分支。演说的技巧（facultas）是以适宜说服（persuadere）听众的方式讲话，目的（finis）是用语言说服听众。事件（materia）是演说的主题。演说分为表态型（demonstrativo）、议事型（deliberativo）和司法型（iudiciali），组成部分包括取材（inventio）、构思（dispositio）、陈述（elocutio）、记忆（memoria）和表演（pronuntiatio）（《论取材》卷一，章5-7）。

诉讼中最初的冲突（conflictio）就是争端（constitutio）或争论（controversia）。争端分为推测性的（coniecturalis）、定义性的（definitiva）、定性的（generalis，行为的价值和性质）和转移的（translativa）（卷一，章8，节10-16）。争端是争论的前提和基础。争论的要点是事实（facti）、行为的定义（actionis）、定性（generis）和法律（nominis）。其中，定性包含合法（iustum）或非法（iniustum）、有用（untile）或无用（inutile）等，分为 4 类：审议（deliberativa）、表态或确证（demonstrativa）、公正（iuridiciale）和公平（negotiale）。审议与确证关涉证据。公正指司法程序的合法性。公平分为绝对的公平和被视为理所当然的公平。前者在自身中包含行为的正确性，后者需要向外界寻求某些辩护，分为 4 种：承认和逃避（concessio）、转移罪责（remotio criminis）、叙述犯罪的原因（relatio criminis）和比较（comparatio）。

争论的对象分为一般的推论和书面文件。其中，书面争论分为 5 种：实际话语与作者意图的之间的差别；法律条文间的不一致；写的文字有歧义；写的文字有遗漏；词义的前提（卷一，章 13，节 17）。

为了确定争端，要阐明案件的问题（quaestio）、理由（ratio）、判决的要点（iudicatio）和论证的基础或支撑（firmamentum）（卷一，章 13，节 18）。

依据技艺的规则，构思（dispositio）分为 6 个部分：引言（exordium，开场白）、陈述（narratio）、划分（partitio）、确证（confirmatio）、驳斥（reprehensio）和结束语（conclusio，收场白）。这与《致赫伦尼乌斯》里的说法略有不同：将那里的"论证"细化为这里的"划分"、"确证"和"驳斥"。

开场白（引言）分为两种：开门见山（principium）和巧妙暗示（insinuatio）。其中，开门见山就是直接用平实的语言赢得听众的好感、接受和关心的演说，往往运用于听众已经有善意的情况。而巧妙暗示就是通过掩饰和间接的方式不知不觉地潜入听众的心灵的演说，往往运用于听众有敌意的情况。总之，开场白的目的就是消除敌意，赢得善意（卷一，章 15，节 20 - 章 18，节 26）。

关于陈述（卷一，章 19，节 27 - 章 21，节 30），《论取材》

与《致赫伦尼乌斯》大致相同。陈述的对象分为虚构故事（fabula）、史实（historia）和有意思的证据（argumentum）。

划分（partitio）是阐明案件，确定争论的性质，分为两种：表明与对手的一致和分歧；有条不紊地简要阐释想讨论的问题。因此，划分必须具有简洁性（brevitas）、完整性（absolutio）和简明性（paucitas）（参《论取材》卷一，章 22，节 31－章 23，节 33）。

关于确证（卷一，章 24，节 34－章 41，节 77），《论取材》与《致赫伦尼乌斯》不同。西塞罗首先指出，"在争论中，一切命题都由人的属性或行为的属性来支持"。其中，人的属性包括名字、本性、生活方式、命运（包括好运与厄运）、习惯、情感、嗜好、意图、成就、偶然事件和话语。行为的性质包括行为本身、行为的完成（包括地点、时间、时机、方式和工具）、行为的附加属性（包括大于、等于或小于行为，与行为相似、相反或否定，以及与行为的属、种和结果有某些关联的事物）、行为的后果（包括确定行为名称，分清主要的行为者、发起者、赞同者或仿效者，与行为有关的法律、习俗、契约、裁决、知识、规矩，事件的性质和发生频率，人们对这个行为的态度等）。

所有的论证都来自于上述的命题，都得是可能的或无可辩驳的（卷一，章 29-30）。论证的方法有与例证（enumeratio）对应的归纳（inductio）和演绎或三段论（ratiocinatio）。

其中，归纳（inductio）有 3 条规则：第一，作为类比（comparatio）的基础，引入的命题必须是得到认可的真理；第二，将要通过归纳来加以证明的论点与先前提出的无可辩驳的论点必须相似（similitudo）；第三，一定不能让对话者察觉最初那些例证的目的，或这些例证会得出什么样的推论。因此，归纳分为 3 部分：第一部分由 1 个或多个相似的案例构成；第二部分是我们希望承认的观点；第三部分是为承认提供更多证据的推论，或者表明从中得出什么结果（卷一，章 33，节 53-54）。

而演绎分为 5 个部分：第一，大前提（propositio），是论证的基础；第二，关于大前提的确证（approbatio）；第三，小前提（assumptio），要求与大前提一致；第四，关于小前提的确证（approbatio）；第五，结论（complexio："综合；总结"）。也可以简化为 3 个部分，即大前提、小前提和结论（卷一，章 37，节 67）。

驳斥（卷一，章 42，节 78-章 51，节 96）的方法如下：一个或多个小前提（assumptio）没有得到认可；虽然认可它的假设，但由此得出的推论遭到否定；论证的形式显示是错误的；这个强大的论证遭遇同样强大甚或更加强大的论证（卷一，章 42，节 79）。

在离题（digressionem；章 51，节 97）之后是结束语（conclusio），包括 3 个部分：总结（enumeratio）、义愤（indignatio）和哀诉（conquestio，即引起怜悯和同情）（卷一，章 52，节 98-章 56，节 109）。

在第二卷里，首先是导言，阐明此书不拘一格的本质（章 1，节 1-章 3，节 10）。然后阐述第二卷的论题：适合于各个"争论的问题"与各种演说的论证（章 3，节 11-章 4，节 13）。之后阐述属于司法型的法庭辩论，包括关涉一般推理的案例——包括推测性案例（章 4，节 14-章 16，节 51）、定义性案例（章 17，节 52-章 18，节 56）、转移性案例（章 19，节 57-章 20，节 61）和定性（章 21，节 62-章 39，节 115）——和关涉文件解释的案例，包括不明确（章 40，节 116-章 41，节 120）、文字与意图（章 41，节 121-章 48，节 143）、法律冲突（章 49，节

144-节 147）、类比推理（章50，节 148-章51，节 153）和定义
（章51，节 153-154）。接着阐述的是属于议事型的政治演说
（章51，节 155-章58，节 176）和属于表态型的表态演说（章
58，节 176-章59，节 177）。最后是结论（章59，节 178）。

　　总体来看，西塞罗在《论取材》这部著作中对获取演说证
明材料的分类和叙述是图解性的，格式化的，材料完全取自希腊
教本（参《论取材》卷二，章2）。"在少年或青年时期"，西塞
罗根据读书笔记写成《论取材》。后来，西塞罗为发表这部"概
略性的，很粗糙"的作品表示遗憾。随着年龄的增长和经验的
丰富，西塞罗再写了1部"更为经心、更为完善的著作"（《论
演说家》卷一，章2，节 5），即《论演说家》。

三、《论演说家》

　　公元前55年初冬写成并于不久后出版的《论演说家》是西
塞罗的一部演说术代表作。从拉丁文标题 *Ad Quintum Fratrem Di-
alogi Tres：De Oratore*（《论演说家——致兄弟昆图斯的3篇对话
录》，即《论演说家》）来看，这部采用对话录的3卷本修辞学
著作是献给弟弟昆·西塞罗的，因为这部作品是西塞罗在弟弟鼓
励他利用闲暇时间写作的情况下，按照弟弟的意愿写出来的
（《论演说家》卷一，章1，节 1-4）。只有内容才是（演说术）
技巧性的。材料处理与形式给定符合最高的文学要求。

　　西塞罗为3卷各写了1篇引言，但是正文模仿柏拉图《斐
德若篇》（西塞罗，《论演说家》卷一，章7，节 28），[①] 采用对
话形式。对话的时间据说在公元前91年9月——即西塞罗青年

　　① 另参杨克勤：西塞罗与奥古斯丁的修辞学，收于刘小枫主编，《基督教文化
评论》(9)，贵阳：贵州人民出版社，1999年，页124、126。

时代，而且他不在场——举行的一个宗教节日期间。对话的地点是在卢·克拉苏（Lucius Licinius Crassus，莱利乌斯的女婿的女婿，曾任监察官和财务官，公元前95年任执政官）的图斯库卢姆庄园里。对话人物是几个杰出的演说家，包括主讲人卢·克拉苏及其政治同盟马·安东尼（公元前99年任执政官），参与整个对话的两位后起之秀（卷三，章8，节31）苏尔皮基乌斯（P. Sulpicius，保民官，死于利剑）和盖·科塔（C. Cotta，保民官，遭流放），此外参加部分对话的有占卜官斯卡沃拉（Quintus Mucius Scaevola，公元前117年任执政官，卢·克拉苏的岳父）、昆·卡图路斯（Quintus Lutatius Catulus，公元前152或前150-前87年，公元前102年任执政官，死于政治自杀）及其异父的兄弟（《论演说家》卷二，章89，节362）盖·尤利乌斯·恺撒（C. Julius Caesar）。[①] 值得一提的是，西塞罗的对话不像柏拉图的对话那样探索真理，而是表达被确定为真理的学说："只限于经过深入研究和讨论，学者们差不多意见一致地划归演说术的那一部分（《论演说家》卷一，章6，节22－23）"。作者让谈话人在放弃所有技巧性的细节和很自由地安排的情况下阐述演说术。

　　第一卷探讨演说术与教育的关系，并且回答这个问题：什么是演说家的理想典型？主讲人是杰出的演说家卢·克拉苏和马·安东尼。其中，科班出身（从理论到实践接受演说术教育）的卢·克拉苏提出演说家的理想典型：除了具有天赋［"语言的流利、嗓音的宏亮、肺量、筋力、整个面部和身体的结构和形态

---

　　① 即盖·尤利乌斯·恺撒·斯特拉波·沃皮斯库斯（Gaius Julius Caesar Strabo Vopiscus，约公元前130-前87年，公元前90年执政官卢·尤利乌斯·恺撒的弟弟，公元前88年成功竞选执政官），参LCL 348，*Introduction*，页xiv；西塞罗，《论演说家》，页210及下；杨克勤：西塞罗与奥古斯丁的修辞学，前揭书，页123。

等"(《论演说家》卷一，章 25，节 115)；"论辩家的敏锐，哲学家的思想，几乎如诗人般的词语，法学家的记忆，肃剧演员的嗓音，差不多是最杰出的演员的表演"(《论演说家》卷一，章 28，节 128)。见西塞罗，《论演说家》，页 81 和 89]，需要精通演说术（即演说的理论，例参《论演说家》卷一，章 31，节 137-章 32，节 148)，重视实践，尤其是勤奋练习（参《论演说家》卷一，章 33，节 149-章 34，节 1259)，以及掌握丰富的知识，尤其是哲学、法学、历史、文学等（参《论演说家》卷一，章 5；章 16，节 69-73；章 17，节 75-77；章 36，节 166 至章 46，节 202；章 51，节 219-章 54，节 233；卷二，章 12，节 51-章 15，节 64)。而在长期的实践中总结和积累演说经验的马·安东尼则提出反驳：卢·克拉苏的说法虽好，但不切实际。在马·安东尼看来，演说家无须掌握广博的知识，需要时可以向行家请教。当然，这并不是马·安东尼的真实想法。在第一卷的探讨时，马·安东尼只是为了赢得学生的信任而进行修辞式反驳，正如他在第二卷开始时声明的一样（卷二，章 10，节 40)，因为完善的演说家最杰出（卷二，章 8，节 33)。

当然，在第一卷里也论述演说术体系的各个方面：取材、构思、润色、记忆和表演（卷二，章 19，节 79)。就这方面来说，第二、三卷比第一卷更有技巧性。不过，这发生在不断引用非技巧性的、原则性的和常常是哲学性的思想要点（如逍遥派亚里士多德的思想）的情况下。总体而言，马·安东尼对修辞学校里的演说练习持批判态度。不过，马·安东尼不仅坦承自己论述的只是中等的演说家，而且还认同卢·克拉苏关于理想演说家的观点。

马·安东尼从演说术老师的角度谈理想演说家的培养。马·安东尼认为，首先要判断学生的资质（卷二，章 20，节 85)，即卢·克拉苏所说的天赋，接着告诉学生摹仿哪位演说家，采用什么摹仿方式，并要求在摹仿中超越所摹仿的演说模式或风格（卷二，章21，节89），然后是教给学生演说术的规则和技巧。

第一篇引言的开头与结尾总结了整部作品的基本思想，而且向我们解释了西塞罗的个人与政治处境以及西塞罗同作品的收件人昆·西塞罗的兄弟关系（《论演说家》卷一，章1，节1-章2，节5；章4，节16至章6，节23）。西塞罗让我们熟悉对话的时间、地点和人物的舞台布景（《论演说家》卷一，章7，节24-29）。在谈话的开端，主讲人与东道主卢·克拉苏给予演说术很高的赞扬，描述了演说术的广阔领域。法学家斯卡沃拉回答（《论演说家》卷一，章7，节29-章9，节35）。

在卢·克拉苏通过详细的谈论证明他的论点，两位年幼的演说家科塔与苏尔皮基乌斯催促年长的演说家们继续讨论——卢·克拉苏以典型的罗马方式假托这样一些理论的辩论感觉是非罗马的，而是希腊的！——以后，卢·克拉苏与马·安东尼详细讨论了法律知识对于演说家的意义。

翌日加入了两个新来者：昆·卢塔提乌斯·卡图路斯及其兄弟盖·尤利乌斯·恺撒（不是独裁者恺撒）。他们希望继续讨论。独特的引言讲述的是这样一些"希腊的"讨论在罗马环境里有多么值得追求。不过，有趣的是卢·克拉苏关于概念"蠢话"的题外话，这让我们想起老加图诋毁希腊人（《论演说家》卷二，章4，节17-18）。马·安东尼也认为，完美的演说家要尽可能地自然，不要有任何希腊人的东西（《论演说家》卷二，章36，节153）。

马·安东尼探讨演说术的领域，他没有把演说领域局限在诉讼与政治协商，即诉讼演说与政治演说，而是把演说领域扩展到一切用于表达的领域，例如历史和哲学。值得注意的是，纪事书写作是演说家活动范围。然而，关于这一点是在传统的专业手册里不可能找到的（《论演说家》卷二，章15，节62-64）。西塞罗的本意是成为罗马第一位伟大的纪事书作家，尽管西塞罗的《论共和国》回顾了古罗马的政治历史，《论取材》回顾了演说术的起源，《布鲁图斯》回顾了古希腊罗马演说术的历史，可是这个计划永远都没有实现。

在第二卷的主体部分，马·安东尼接管了第一卷里卢·克拉苏的主讲角色，他从实践的角度探讨取材（inventio），即找到合乎目的的证据与其他说服办法的理论。属于后者的非理性说服办法的是影响听众的情感与激情。对于西塞罗来说，正是在这种情绪化的影响是演说家的最大力量。在演说术里有两种情感，希腊术语称作伦理与激情（西塞罗，《论演说家》卷二，章43，节182-章44，节187）。

在第三卷里，卢·克拉苏又发言。由于之后不到一周，卢·克拉苏死于"肋部疼痛"，第三卷的谈话成为他的临终绝唱（西塞罗，《论演说家》卷三，章1，节1至章2，节8）。卢·克拉苏的任务是论述润色（elocutio），即语言外表，文笔。这样的安排是有道理的，因为润色的目的就是让演讲变得华美，而卢·克拉苏的风格正是华丽（马·安东尼的风格是平实，不适合阐述演讲的润色，参卷三，章4，节16；章6，节25）。

在演说术手册里，演说术体系的"润色"这个部分大多都是研究隐喻词或转义词（trope）和修辞手段，即避免"一般的"演说形式。西塞罗也遵循这个原则。在遣词方面，为了华美，演说家要采用罕见词（一般为古词，少量使用可以增强演说辞的崇高色彩）、新造词和隐喻词（转义词，可以经常用，会产生出人意料的效果）。在所有比喻和修辞格中，最重要的是隐喻（《论演说家》卷三，章38，节155-章41，节166）。在造句方面，采用圆周句，运用节律。

不过，在《论演说家》（*De Oratore*）里，西塞罗强调演说术的统一性（卷三，章6），尤其强调形式与内容、思维与言说以及哲学与演说术的统一。

首先，在润色方面，形式与内容的统一主要表现为演讲风格的恰当。卢·克拉苏认为，深思熟虑的演讲需要不同的风格，包括赞美的、诉讼的、讲座的、安慰的、抗议的、讨论的和历史叙述的。也就是说，不同的内容采用不同的风格。譬如，刑事诉讼辩护与民事诉讼辩护的风格不同（卷三，章55，节211）。而风格恰当的一个体现就是情感表达的恰当："愤怒要求用一种尖锐的、被激发的、反复中断的声音来表达"；"忧愁和悲伤要求用柔和的、饱满的、断断续续的、哀戚的声音去表达"；"恐惧要求低抑的、迟钝的、沮丧的声音来表达"；"体现力量要求紧张的、有力的、充满激情和严厉的声音"；"快乐要求用放开的、温和的、愉快的、不受压抑的声音来表达"；"忧烦要求用不含怜悯的、包含压抑的、忧郁的声音拉表达"（卷三，章58，节217-219）。

在思维与演说方面，智慧地思考和优美地语言表达紧密联系（西塞罗，《论演说家》卷三，章16，节60），把词语和思想分开就好像把身体和心灵分开："如果没有构想出，并且明确地形成思想，便不可能找到必要的词语修饰；如果没有词语照亮，任何思想也不可能闪烁光辉"（卷三，章6，节24）。所以，天才的演说家必定研究、聆听、阅读、思考、分析和讨论过人类生活的所有内容（卷三，章14，节54）。

在哲学与演说术方面，哲学是对世间万物的思考，而言语仅是这种思考的反映（《论演说家》卷三，章14，节55-章16，节61）。可见，与哲学相连的事情是流利的演讲得以产生的源泉

（卷三，章22，节82）。总之，哲学和演说术是源自共同的智慧领域的学问（卷三，章19，节69）。

在引人入胜的、你来我往的激烈讨论中浮现出西塞罗的观点：理想的演说家尽可能地与理想的人同一。演说家不仅应该是称职的律师，而且还更应该是国务活动家。在理想的演说家身上应当重新找到希腊的最佳文化遗产，具有独立的罗马特色。熟悉哲学与心理学、法学与希腊罗马历史绝对属于演说家的教育财富。

此外，值得一提的是，参与者的这些谈话与交往礼仪为我们呈现了罗马社会中知识分子上层的令人印象深刻的图像。

杨克勤认为，"书本的序言好像一个为持续的段落提供活水的泉源"。在序言里，西塞罗为演说者和修辞建立整套的理解模式。西塞罗有意识地把本质与范畴联系起来：修辞的本质是辩才，而修辞的范畴则是高级知识分子的训练技巧。一方面，修辞不能没有辩才，但辩才并不等于说服力或智慧，辩才作为修辞的本质，是指向更基本的事务；修辞不能缺少说服力，但同时包含了整全的沟通或演说的艺术。另一方面，由于修辞是"归纳了所有事情后的综合结果"，牵涉的面广，真正的演说者并不多。西塞罗把辩才和整全的学科技巧训练定位于合一（不可分割）与张力（并非完全一致，但却互有关联），这是有别于希腊的理解的。而辩才与熟练的技巧之关系在于后者培植演说者的辩才，而前者则贡献社会，并提供文明所需。在这方面，西塞罗沿用希腊传统，但存有"巧妙的差异"。这种差异使得西塞罗的罗马修辞学超越甚至吞没希腊修辞学。西塞罗式修辞的特色似乎在于他所关注的过程：从修辞的本质（卷一）到范畴（卷二至三）。修辞的本质揭示了言说能够清晰和有效之目的与效果，而修辞的范畴则涉及演说者的广博文化修养与技术性训

练（参杨克勤：西塞罗与奥古斯丁的修辞学，前揭书，页 126
以下）。

四、论战作品：《论最好的演说家》、《布鲁图斯》与《演说
家》

当西塞罗发表纲领性作品《论演说家》的时候，他还是无
可争议的罗马演说术大师。为数不多的几年以后，形势变了。新
一代演说家，即罗马阿提卡派演说家，拒绝西塞罗的方式。他们
认为，西塞罗的方式太感情奔放了。他们主张，以早期希腊的阿
提卡演说家为典范，演说简洁。于是，大约公元前 46 年，即在
《布鲁图斯》发表以后和《演说家》的创作期间，西塞罗写了
《论最好的演说家》（De Optimo Genere Oratorum，本义是《论最
好的演说家类型》）。这篇短论是西塞罗翻译古希腊演说家德谟
斯提尼（Demosthenes）的作品《金冠辞》（De Corona）或《为
克特西丰辩护》（Pro Ctesiphone）时写的导言。[①] 在这篇短论里，
西塞罗对那些阿提卡派演说家提出了批评，认为"最好的演说
家是这样的人，他的演说教导、愉悦和打动听众的心灵（Opti-
mus est enim orator qui dicendo animos audientium et docet et delectat
et permovet）"（《论最好的演说家》，章 1，节 3）。论战的背景是
雅典时代伟大的古典阿提卡主义辩才［吕西阿斯（Lysias，约公
元前 445-前 378 年）、德谟斯提尼等］与——因为起先在小亚细
亚受到促进而称作"亚细亚的"或"亚细亚主义的"——希腊
化时代较现代化的和较盛行的演说术之间的历史矛盾。罗马人觉

---

① 除了德谟斯提尼（也译狄摩西尼）的《金冠辞》（On the Crown）或《为克
特西丰辩护》，西塞罗还翻译雅典政治家与演说家埃斯基涅斯（Aeschines，约公元前
397-前 322 年）的演说辞《反克特西丰》（Against Ctesiphon）。译文并没有发表，或
许没有完成。参 LCL 386，页 349 及下。

得要恢复阿提卡演说家的典范，所以这个流派叫做 Attici（阿提卡派＝古典派），而这个流派称西塞罗"亚细亚主义者"。按照西塞罗的观点，这是错误的，因为阿提卡风格不是唯一的，而是有两种：一种是朴实而完美（subtile et politum）；另一种是宏大（ample）、华丽（ornate）和丰富（copiose）（《论最好的演说家》，章4，节12，参 LCL 386，页349 以下）。

　　在两部论战作品《布鲁图斯》与《演说家》（写于公元前46年）中，西塞罗试图证明他本人才是真正的阿提卡主义者，而那些所谓的阿提卡派（Attici）是太枯燥的、未加修饰的演说术的代表人物。两部作品的收件人都是西塞罗的朋友布鲁图斯（后来谋杀恺撒）。布鲁图斯显然赞同阿提卡主义。

　　公元前46年3至4月间（恺撒征战非洲时），西塞罗采用对话体写作《布鲁图斯》（Brutus，参 LCL 342，页1–293），总共97章，对话时间为某一天，对话地点是西塞罗家里的花园，对话人为西塞罗本人、布鲁图斯（Marcus Junius Brutus，曾用名 Quintus Servilius Caepio Brutus，公元前85–前42年）和阿提库斯（Titus Pomponius Atticus，公元前109–前32年）。在对霍尔滕西乌斯（Quintus Hortensius Hortalus，公元前114–前50年）寄托哀思以后，西塞罗巧妙地把话题从阿提库斯的《编年史》（Liber Annalis）引向对话的正题：修辞学中的演说术。在《布鲁图斯》中，西塞罗首先评述了希腊辩才的历史，包括演说术的诞生和起源、发展与传播（章7–13），接着评述罗马辩才的历史（章14–97）。西塞罗通过对话的形式，按照时间顺序列举和评述了自古代至作者所处时代的两百多位罗马演说家，不仅逐一惟妙惟肖地刻画个体演说家，而且还系统地理解那些演说家，指出了罗马演说术发展的脉络：老加图（Marcus Porcius Cato，公元前194年任执政官）以前的演说家属于罗马演说术的早期阶段，演说术

的发展完全是自发性的，代表人物是克特古斯（Marcus Cornelius
Cethegus，公元前 204 年任执政官）；老加图是罗马演说术发展
史上第一个自觉重视演说术的人；公元前 2 世纪后半叶小斯基皮
奥（Publius Cornelius Scipio Minor，公元前 147 年任执政官）的
挚友莱利乌斯（Gaius Laelius，公元前 140 年任执政官）和格拉
古兄弟（Gracchi）① 首先把演说术与哲学结合起来；马·安东尼
（Marcus Antonius，公元前 99 年任执政官）与卢·克拉苏（Luci-
us Licinius Crassus，公元前 95 年任执政官）则促进了罗马演说
术的高度发展；在控维勒斯的诉讼中西塞罗的对手和他后来的朋
友霍尔滕西乌斯倾向于亚细亚主义，表现出了巨大的演说才能和
努力，西塞罗由此提出理想的演说家是才能与博学的统一体；西
塞罗自己则是罗马拉丁语演说术的终点与顶峰。

　　文本回忆西塞罗本人青年时期的经历与学习演说术的过程
（《布鲁图斯》，章 91-92）。行文中洋溢着西塞罗反对阿提卡主
义者的辩解倾向。譬如，西塞罗强调抑制他那青年时期亚细亚主
义者的感情奔放，以此表明自己才领会了希腊演说术的精髓。又
如，西塞罗认为，罗马演说术虽然是希腊演说术的发展，但是罗
马演说已经超越了希腊演说术，至少从政治方面看，雄辩术已经
从雄辩术教师的学校走向广场大讲坛，使得雄辩术的历史与城邦
的兴衰联系更加紧密，这无疑是对阿提卡主义者盲目崇拜希腊演
说术的抨击。

　　总体上看，在历史性描述之外，这部作品还阐述了雄辩术的
美学价值，为美学的研究——包括说服要素方面的美学研究和雄
辩术本身的美学研究——开辟了一个广阔的领域。西塞罗认为，

---

　　① 指提比略·格拉古（Tiberius Graccus，公元前 133 年任保民官）和盖尤斯·
格拉古（Gaius Graccus，公元前 123 年任保民官）。

从哲学角度看，谈话人的外部世界及其谈话的实质之间的相互契合是一种道德。

另外，《布鲁图斯》还具有很高的文学价值：它是古罗马流传下来的唯一一部较为完整和系统的古罗马文学发展史的著作。值得一提的是，对恺撒谨慎细腻的评价（西塞罗，《布鲁图斯》，章 72，节 255；章 75，节 261，参 LCL 342，页 218 – 219 和 224 – 225）是特殊形式的文学批评证据。

《演说家》（*Orator*，参 LCL 342，页 295 – 509）写于公元前46 年夏天或下半年，在完成《布鲁图斯》（《演说家》，章 7）和《小加图颂》（阿庇安，《罗马史》卷十四，章 14，节 99）以后（《演说家》，章 10），是西塞罗最后一部修辞学著作。作品采用了第一人称的书信体，收信人为布鲁图斯（Marcus Junius Brutus）——身在恺撒统治下的罗马、继西塞罗之后雄辩术领域里的后起之秀。

全书总共 71 章。中心议题是《论演说家》中提出来的关于理想演说家的问题。西塞罗认为，关于理想演说家，人们只能凭借理智去把握，从来没有存在过，是不可企及的，但是可以凭借天赋与理智，依靠充分的学习与训练，可以非常接近于理想演说家。由此述及演说家的教育和培养。

在古代，演说家体系包含 5 个部分：取材（inventio）、素材的编排（collocatio）、演说的风格（elocutio）、记忆（memoria）和表演（actio）。不过，很少暗示记忆，只有少数几个段落阐述取材、编排和表演。四分之三的篇幅都在论述风格。可见，演讲风格是论述的重点。

西塞罗认为，在演说家必须考虑的 3 件事中，"要说些什么"——从演讲内容来看，表态性的（ἐπιδεικτικός 或 epideictic，最大的特点是富于词藻，炫耀技巧）演讲不如与公共生活中的论战有关的演讲（《演说家》，章 11，节 37），尤其是司法性演讲（如诉讼演说）与议事性演讲（如政治演说）——与"按什么次序说"相当基础，不需要太多的技艺和劳动，所以最重要的是如何表达，即"用什么方式和风格"（《演说家》，章 14，节 43）。演讲风格有 3 种：浮夸型（grandiloquus）、平实型（subtīlis）与介于二者之间的适中型（temperatus），而理想的演说家必须成功地使用所有风格（《演说家》，章 5，节 20 - 章 6，节 21）。

而"演讲方式分为两部分：表达和语言的运用。表达是一种身体语言，因为它由举止、手势，以及声音或话语组成"（《演说家》，章 17，节 55），而运用语言即讲话的最高能力是"雄辩（eloquntia）"（《演说家》，章 19，节 61），"雄辩的全部基础是智慧"，包括杰出的判断力和伟大的天赋，而雄辩的宗旨是说服，"说服是演说家全部德行的总括"。因此，理想的演说家必须最合理地运用这些表达元素。

之所以《演说家》重点阐述风格，是因为这部作品和《布鲁图斯》一样，带有一定的论战性质。作者借此机会为自己的演讲风格辩护，捍卫自己的演说家地位。西塞罗认为，一方面，罗马那些所谓的"阿提卡派"（Attici）演说家并没有真正弄明白什么是演讲的阿提卡风格（Attic，《演说家》，章 7，节 23）。阿提卡演说家的风格有好多种，其中，有以吕西阿斯（Lysias）为代表的简朴无华的风格和以德谟斯提尼（Demosthenes）为代表的凝练、朴实与崇高、庄重相结合的风格（章 9，节 29）。罗马阿提卡派模仿前者，而西塞罗倾向于模仿后者，并且批评罗马阿提卡派"只承继阿提卡演说家们的骨头，而放弃了血肉"。另一方面，西塞罗也批评罗马阿提卡派追求简朴时舍近求远而不学习老加图的古朴风格。

五、其他修辞学作品

除了上述的修辞学作品，西塞罗还写了《论演说术的分类》（*De Partitione Oratoria*）和《论题》（*Topica*；亦译《切题》）。

公元前 46 年末，西塞罗写作《论演说术的分类》，又称《演说术的划分》（*Partitiones Oratoriae*），目的是用它来教育当时大约 19 岁的儿子小西塞罗，所以采用对话的形式：儿子提问，父亲回答。而对话的场景没有具体说明，估计是在图斯库卢姆的庄园。全文以中期学园派的修辞学体系为基础，详细地论述演说的艺术。除序言（章 1）外，论文分为 3 个部分：第一部分，即第二至七章，叙述演讲者的个人才智（涉及素材和风格）和 5 种功能（即选材、布局、润色或风格、记忆和表演）；第二部分，即第八至十七章，叙述演讲的结构（章 8，节 27），包括引言（exordium，章 8，节 28）、陈述（narratio，章 9，节 31）、确认（confirmatio，章 9，节 33）或拒斥（reprehensio，章 12，节 44）和总结陈词（peroratio，章 15，节 52）；第三部分，即第十八至四十章，叙述需要处理的各种问题。最后得出结论：研习逻辑学与伦理学说构成演说家教育的核心部分（章 40，节 139）。总体而言，由于篇幅短，演说术的科学术语难免有时晦涩（参 LCL 349，页 306 以下）。

而小论著《论题》（*Topica*）总共 26 章，100 节。全文的中心议题是论题，即论证的领域，包括论证本身（《论题》，章 2），旨在为演说家在可能面临的各种情况下寻找论据提供一种技艺。

在引言里，西塞罗首先写对特巴提乌斯（Trebatius）① 的献

① 全名 Gaius Trebatius Testa，见西塞罗，《致亲友》卷七，封 5。

词。由此得知，《论题》的是公元前44年7月28日西塞罗穿越韦利亚（Velia）和雷焦卡拉布里亚（Reggio Calabria），打算前往雅典途中，应朋友、律师特巴提乌斯的多次请求而撰写的修辞学论文（《致亲友》卷七，封19）。之后，西塞罗宣称，这部作品将解释亚里士多德的《论题》（章1，节1-5）。

当然，由于时间的关系，西塞罗没有写创始人亚里士多德研究的辩证法（διαλεκτική），只写了论证的选材，即论题。西塞罗把论题或取材的艺术定义为论证的领域，并将论题分为内在论题和外在论题。其中，内在论题内在于讨论的主题的真实本质，是从主题整体、主题整体的部分、主题整体的意义和同正在研究的主题密切相关的事件衍生出来的论点。而外在论题则是从外部引入的，与主题无关，与主题隔得远（章2，节6-8）。接着，西塞罗先概述内在的论题，并为每种论题都列举一个简短的例子（章2，节9-章4，节23），然后才概述外在的论题（章4，节24）。

在承上启下的表明将详述论题（章4，节25）以后，西塞罗完整地分析内在的论题（章5，节26-章18，节71）。之后，西塞罗指出，外在的论题并不关涉法学，包括在内仅仅是由于完整性的缘故（章19，节72）。接着，西塞罗全面论述外在的论题（章19，节73-章20，节78）。演说的主题分两种：普遍命题和特例。其中，普遍命题被充分讨论，联系到普遍命题中产生的"问题"（status），关涉事实（sitne）、定义（quid sit）和定性（quale sit）（章21，节79-章22，节86）。某些论题适合普遍命题的每一种形式（章23，节87-90）。特例是公开辩论的、审议的或者表态的，其中，某些论题适合每一种情况（章24，节91-章25，节96）。

之后，西塞罗讨论演说的4个部分——即开场白、陈述、证明和总结——和合适的论题（章 26，节 97－章 26，节 99）。

　　最后，西塞罗得出结论：这部著作的内容比最初计划的多（章 26，节 100）。事实上，作者不仅以亚里士多德的《论题篇》（*τοπική* 或 *Topica*）为基础，而且还参照亚里士多德的《修辞学》（*Rhetorica*）第二卷第二十三章，不仅借鉴了其他希腊人（包括廊下派哲人）的修辞学著作，而且还添加了许多罗马法学的例证。此外，值得一提的是，西塞罗在《论演说家》（*De Oratore*）第二卷第 162－173 节谈及同样的主题（参 LCL 386，页 377 *以下*）。

　　总之，西塞罗在修辞历史中有很高的地位，主要是因为西塞罗带来不少修辞的变化。西塞罗的修辞是苏格拉底和亚里士多德修辞的综合创新点。西塞罗对修辞学的贡献在于将古希腊修辞学发扬光大，并使得罗马修辞学走向辉煌。对西塞罗而言，基于修辞学的演说术（《论取材》卷一，章 5，节 6，参 LCL 386，页 12－15）以说服为目标（《论义务》卷一，节 138）。而说服的钥匙就是修辞学的调适（《论义务》卷三，章 2，节 210－212；《论演说术的分类》，章 5，节 16，参 LCL 349，页 322－325），[①] 即改变他的演讲以适应他的环境，因为"一般性的规则，在演说中如同在生活中一样，要考虑适宜"。演讲的所有方面，包括内容、风格与传达，都必须与主题、说话者和听众协调。演讲者若想有效地在任何指定的情形下调适自己，就必须掌握整全的范围，包括修辞的 5 个部分材料，即亚里士多德认同的取材、布局、表达、记忆和传达。其中，创意是"修辞首先和最重要的部分"，在这方面西塞罗与亚里士多德、苏格拉底一样。不一样的是，西塞罗很重视修辞中的思考能力：思维能力与口才的关系

---

① 参西塞罗，《演说家》，页 24。

如同思想与身体的关系。西塞罗不同意苏格拉底与柏拉图将哲学
与修辞分割（《论义务》卷三，节 60-61；《论取材》卷一，节
1-2），因为真正的演说辞是由语言（verba）和素材（res，或事
件）组成的（《论演说家》卷三，章 5，节 19），或者演说家的
个人资源在于素材和语言（《论演说术的分类》，章 1，节 3，参
LCL 349，页 16 及下和 312 及下），即由言语的形式和内容所组
成。没有内容，口才的形式就会空洞（《论义务》卷一，节 17；
节 20；节 50-51）。形式与内容分离是不自然的。真正的智慧和
真正的口才是合二为一的（《论演说术的分类》，章 23，节 79，
参 LCL 349，页 368 及下；《布鲁图斯》，章 6，节 23 和章 29，
节 110，参 LCL 342，页 34 及下和 110 及下；《论义务》卷三，
节 54-56）。①

第三节　演说辞

作为罗马雄辩术之真正鼻祖的西塞罗，也是一位稳健的
演说家（小塞涅卡，《道德书简》，封 18：《论演说》，参塞
涅卡，《面包里的幸福人生》，页 86）。

西塞罗发表 100 多篇演说辞（ōrātiōnēs）。不过，现存的仅
有 58 篇。② 西塞罗的演说辞部分属于政治演说辞（genus delib-
erativum），部分属于法庭演说辞（genus iudiciale），即诉讼演说
辞的类型。诉讼演说辞又包括刑事诉讼演说辞和民事诉讼演
说辞。

---

① 参杨克勤：西塞罗与奥古斯丁的修辞学，前揭书，页 133 以下。
② 很遗憾，西塞罗时代其他有名的演说家的演说辞只传下来寥寥无几的残篇。
参格兰特，《罗马史》，页 166。

一、政治演说辞

西塞罗发表政治演说（genus deliberativum）的对象一般是元老院议员或罗马人民，所以演说地点一般是元老院或人民集会的广场讲坛，如《控喀提林》和《反腓力辞》。当然，有些政治演说辞是以法庭演说辞的形式出现的，如《为普·苏拉辩护》（*Pro Sulla* 或 *Pro P. Sulla*）、《关于住宅——致大祭司》（*De Domo Sua ad Pontifices*）、《为马·马尔克卢斯辩护》（*Pro Marcello* 或 *Pro M. Marcello*）、《为利加里乌斯辩护》（*Pro Ligario* 或 *Pro Q. Ligario*）和《为得伊奥塔罗斯辩护》（*Pro Rege Deiotaro* 或 *Pro Rege Deiotaro ad C. Caesarem*）。这些演说辞之所以归入政治演说辞，是因为这些法庭演说辞的政治性成分超过法律性成分。

从政治演说辞的内容来看，有的表示支持，例如《论庞培的最高权威》，有的表示反对，如《控皮索》（*In Pisonem*），有的表示感谢，如《致谢元老院》（*Post Reditum in Senatu*）和《致谢人民》（*Post Reditum ad Quirites*）。

（一）《论庞培的最高权威》

公元前66年，保民官盖·曼尼利乌斯（Gaius Manilius）提议把征讨米特里达梯的罗马军队的总指挥权转交民众派政治家庞培。时任裁判官的西塞罗虽然厌恶反对元老院，但还是从民族的利益出发，表示支持，于是写了第一篇严格意义上的政治性演说辞《论庞培的最高权威》。

西塞罗站在装饰着被俘获的敌舰的喙状舰首的广场讲坛上发表演讲。在长达24章的演讲辞里，在开场词引出主题"谈庞培独特超群的功绩"（章1）以后，西塞罗分析当前的敌我形势（章2，见《论庞培的最高权威》，前言，章1，节1-章2，节6）、战争的性质（章3-7）、战争的规模（章8-9）和指挥这场战争的统帅的合适人选（章10-23）。

西塞罗认为，目前敌强（两位强大的国王米特里达梯和提格拉尼斯向罗马的附属国和同盟者发动一系列危险的战争）我弱（卢库卢斯的继任者曼尼乌斯·格拉布里奥指挥不力，导致罗马军队受挫），所以为了捍卫罗马及其附属国和同盟者的利益，彻底征服敌人，必须展开大规模战争，而庞培就是指挥这场大规模正义战争的合适的统帅，因为庞培拥有一名完善的将军必须拥有的四种属性：战争知识（章10）、能力（章11-14）、威望（章15-16）和幸运（章16）。譬如，由于庞培不仅拥有人们通常认为一名将军适宜拥有的品质"忠于职守、临危不惊、行动坚定、反应敏捷、战术明智"（章11），而且还十分正直，在各个方面都有自制能力（章13-14），他在事业上取得丰功伟绩，尤其是战功显赫。此外，西塞罗还反驳那些反对任命庞培为最高统帅的理由（章17-23）。

在演说辞里，西塞罗将爱国主义和个人的切身利益结合起来，着重指出战争的经济后果：如果战争旷日持久，国家将走向灭亡（章2-9）。因此在结束语里，西塞罗表明支持盖·曼尼利乌斯的动议，并声明自己这样做不是为了个人的利益和名声，而是为了捍卫祖国（章24，见《论庞培的最高权威》，章24，节69-71）。

（二）《论土地法案》

接下来发表政治演讲的重要时间是西塞罗的执政官任期（公元前63年）内，因此都收录在《执政官的讲演录》里，包括3篇《论土地法案》（*De Lege Agraria Contra Rullum* 或 *De Lege Agraria*）、① 支持卢·奥托（Lucius Otho）的演说辞（卢·奥托

_____

① 由公元前63年平民保民官鲁路斯（Publius Servilius Rullus）提出。

曾使一项旨在为骑士在露天剧场第一排保留 14 个席位的法案通过，尽管该法案曾遭到人民的反对)、《为拉比里乌斯辩护》(*Pro Rabirio* 或 *Pro Rabirio Perduellionis Reo*)、①《关于被流放者子嗣的问题》、② 与同僚安东尼有关的演讲《反腓力辞》(*Philippics*)③ 和针对喀提林的声讨檄文《控喀提林》(*In Catilinam*，4篇)。

从公元前 64 年 12 月 10 日起，民众派筹划一项由保民官鲁卢斯——民众派政治家恺撒和克拉苏夺权的工具——提出的土地法案，其内容大致如下：选举一个十人委员会，拥有财政和司法大权，任期 5 年，负责在意大利境内建立移民区，首先在坎佩尼亚地区实施；资金来源于出售一大部分公共地产以及被兼并的原属各君主国治下的王室地产（例如马其顿的王家领地）和其他在西西里、西班牙、非洲等地的不动产（《论土地法案》篇 1，章 2；4）；作为战利品的钱财一律上缴十人委员会（章 4）。这个法案实际上是扩大了规模的格拉古兄弟计划。该法案不仅严重触动元老院议员的利益，而且十人委员会必将让元老院名存实亡。即便是民众派将领庞培也因为在东方作战而不能入选十人团，从而其利益受到威胁（《论土地法案》篇 2，章 9-10；22）。在这种情况下，贵族派执政官西塞罗清楚地认识到该项法案包含着一种专制的危险，一旦打破社会平衡，必然威胁共和政体，所以坚决抵制这项法案。

在西塞罗就职执政官的那一天，即公元前 63 年 1 月 1 日，西塞罗在元老院发表演讲，第一篇演说辞《论土地法案》(*De*

---

① 西塞罗例外地将刑事案辩护词收录，可能是因为他更重视这个案件的政治性。

② 旨在维护苏拉制定的禁止被流放者的子嗣谋取任何行政官位的措施。

③ 西塞罗将授予他的"大杂烩"绰号丢给了他的同僚安东尼。

Lege Agraria）残缺，现仅存其中的一小部分，即 9 章。西塞罗认为，这些土地是公共财产，是国家的税源，是通过战争获取的，是祖传下来用于装饰国家的，不能随心所欲地出售。西塞罗认为，保民官的法案有两个可疑的地方：西西里新扩展地区的土地是私人财产，受条约保护，不得出售；阿非利加的土地是国王们的财产，受条约保护，不得出售。假如出售这些土地，那么就是榨取各个行省、自由市、罗马的同盟者和朋友以及国王，这实际上是把魔爪伸向罗马人民的税源（章 4）。西塞罗指出，十人团自买自卖，实际上是从中渔利。

次日，西塞罗又向人民发表演讲。第二篇演说辞《论土地法案》共 37 章。在这篇演说辞里，西塞罗首先感谢罗马人民的一致赞同让自己担任执政官，并表示要做人民的执政官（章 1-4）。接着，西塞罗才开始逐一驳斥保民官鲁卢斯的土地法案。西塞罗认为，这个土地法案是个圈套，对人民有害而无益，实际上是以土地法案的名义建立他们的统治，包括国库、税收、所有行省、整个国家、友好王国、自由民族的 10 名国王，"想成为统治世界的 10 名君主"（章 5-6），因为十人团的选举程序不合法，既不是由人民投票选举，也不是由 35 个部族投票选举，完全是剥夺人民的自由（章 7-12），因为十人团拥有僭主的无限特权，肆无忌惮地出售土地，侵犯国家、同盟者和人民的财产，中饱私囊，甚至不把执政官西塞罗和将军庞培放在眼里，其后果就是损害国家的利益，例如税收，失去民心，失去友邦，让罗马帝国陷入灭亡的危险境地（章 13-35）。最后，西塞罗希望民众支持自己，反对土地法案，维护国家和人民的利益（章 36-37）。

在鲁卢斯答辩以后，西塞罗又发表演讲予以驳斥。第三篇演说辞《论土地法案》现存 4 章，另有 4 个残段［查理西乌斯（Charisius），《文法》（*Ars Grammatica*）卷一，节 95］。从现存的章节来看，西塞罗着重驳斥土地法案的第四十条。西塞罗指出，鲁卢斯的这条法案实际上是让少数人占有公共财产，侵占罗马人民的财产。所以，西塞罗要捍卫罗马人民的财产，反对鲁卢斯的土地法案。

（三）《控喀提林》

公元前63年9月，又一次竞选执政官失败的破落贵族喀提林（约前108–前62年）召集秘密会议，决定纠集一个贵族小集团和一些负债人（一些自治市的平民），试图武装政变（原定于10月27日，后来推迟到28日，即执政官选举日）。在喀提林同谋招募军队，筹划暴动过程中，库里乌斯（Quintus Curius）向情妇福尔维娅（Fulvia）泄露了阴谋的秘密。福尔维娅立即警告西塞罗。9月23日，执政官西塞罗向元老院议员们揭露喀提林阴谋，但并没有引起议员们的重视。于是，喀提林继续阴谋活动，并拟定了一个计划，其中包括刺杀西塞罗、武装暴动和占领普奈内斯特（Praeneste）。喀提林失道寡助，而西塞罗得道多助。10月20日晚，喀提林的同党克拉苏（Marcus Crassus）到西塞罗家，交出了一个陌生人寄存在他家的许多信件，通知收信人尽快离开罗马，因为严重的骚乱将发生。时任执政官的西塞罗及时获悉喀提林的这个阴谋计划，次日（10月21日）就在元老院出示了罪证。元老院通过了元老院最后令（《控喀提林》篇1，章3）。

然而，喀提林并不死心，11月6日在莱卡（Marcus Laeca）召开秘密会议，拟定放火与掠夺的阴谋，并决定11月8日拂晓时分派两位骑士（即盖乌斯·科尔涅利乌斯与瓦尔根特伊乌斯）去刺杀西塞罗。由于西塞罗得到线人预报，刺客未能得手（《控喀提林》篇1，章4）。11月8日一大早，西塞罗就召集元老院会议，发表了第一篇《控喀提林》（*In Catilinam*，参西塞罗，

《西塞罗散文》，页 151 以下）。在这篇长达 13 章的声讨檄文里，西塞罗历数喀提林的种种罪行，包括喀提林本人的堕落生活、对西塞罗本人的谋杀行为和企图颠覆共和国的阴谋活动。尽管喀提林罪大恶极，可是西塞罗仍然保持执政官的理智，为了共和国的利益，为了罗马人的生命和财产安全，为了彻底根治邪恶的病根（章 12-13），劝告出席元老院会议的喀提林带着同谋者，离开罗马城，即对喀提林采取放逐的惩罚。① 当时，喀提林在场并为自己辩护，但受到元老们的大声呵斥。喀提林见势不妙，当晚就逃往埃特鲁里亚，与同谋曼利乌斯指挥的部队会合。

次日（11 月 9 日），西塞罗发表第二篇声讨檄文《控喀提林》（13 章），针对指责和攻击，向人民解释他没有立刻处决喀提林的原因：一方面，有些人不相信西塞罗在演说中引以为豪和值得夸耀的那件事，有些人还为喀提林辩护，甚至索性愚蠢地站到喀提林的阵营去，另一方面，许多喀提林的同谋还留在罗马城内，他们随时会同外地的阴谋分子一起铤而走险，严重威胁着共和国和罗马人的安全，所以西塞罗放逐危险的敌人喀提林，看似放虎归山，实际上是先安定罗马城，然后向阴谋者公开宣战，以便最终将"这些污水（喻指国家敌人）排净"（章 1-7）。西塞罗分析敌我形势，认为自己作为执政官保持高度的警惕，正直的公民十分勇敢，人数众多，而且拥有强大的军队，共同保卫共和国，而阴谋者只是乌合之众。西塞路把阴谋者分为 5 类：负有巨额债务的有产者、苦于债务却依旧希望取得统治权的人、因为骄奢淫逸而陷入债务的移民地公民（如盖·曼利乌斯）、由于懒惰、经营不善或者挥霍无度而在陈年旧债下勉强活着、不曾出头

---

① 参撒路斯特，《喀提林阴谋·朱古达战争》，王以铸、催妙因译，附西塞罗：《反喀提林演说》4 篇，北京：商务印书馆，1996 年，页 156 以下。

的人和各种罪犯。不难看出，前4种人只是想免除债务，后1种人只是想逃脱法律的制裁，并不都是非造反不可的极端分子。针对这种现实情况，西塞罗采取分化敌人的策略：一方面威胁说将处死胆敢闹事的人，另一方面又说如果一切恢复正常秩序，谋反分子将得到宽大处理，不会血溅罗马城的土地（章8-12）。西塞罗还向人民保证他已经做好应对阴谋活动的准备，并把这种保证归功于诸神，建议公民向诸神祈祷，让罗马免受阴谋分子的侵犯（章13）（参撒路斯特，《喀提林阴谋·朱古达战争》，页172以下）。而喀提林到埃特鲁里亚的城镇费埃苏莱（Faesulae）进行反驳，并正式就任叛军统帅。此时，元老院已宣布喀提林为公敌，并让另一位执政官希普里达率领动员起来的军队去进攻叛军。

第三篇《控喀提林》（12章）与第二篇相同，都是向人民发表的，但与第一篇不同。由于当时没有把握对付阴谋分子，第一篇里较多排比和反问的句式，洋溢着西塞罗十分激动的情绪。而现在西塞罗拿到了阴谋分子的证据，发表演说时胸有成竹，情绪比较安定，所以第三篇里出现较多平铺直叙的句子。第三篇声讨檄文的主要内容是这样的：西塞罗收到情报，留在罗马的喀提林同党已经决定于12月16日晚在城内放火、刺杀西塞罗的同时发起暴动，然后把罗马献给喀提林领导的叛军。正在西塞罗苦于没有直接证据的时刻，阿洛布罗吉斯人（Allobroges）的使节到罗马控告行省的地方长官，但是未能得到元老院的受理。当使团愤然准备离开的时候，时任裁判官的阴谋者伦图卢斯·苏拉（Publius Cornelius Lentulus Sura）来造访，并许下大愿，其条件就是使团向叛军提供骑兵。西塞罗得知此事后，让人建议他们把协议写成文字，然后12月3日早晨3点钟左右在穆尔维斯桥（Mulvis pons）扣押踏上归途的使团成员，成功地搜得阴谋者们反叛的文字证据（章2-3）。最后，执政官西塞罗派人搜捕罪犯，搜查罪犯的寓所，然后将他们移交元老院，并把他们拘禁在元老院议员们的住宅里（章3-6）。值得一提的是，西塞罗除了感谢诸神的庇佑（章8-9）以外，大谈特谈自己的功绩，希望得到人民的认可、支持和保护（章11-12）。

　　究竟如何惩罚阴谋分子？尽管证据确凿，12月5日犹豫不决的西塞罗还是把这个问题交给了元老院会议（章3），所以和第一篇声讨檄文一样，第四篇《控喀提林》（11章）是在元老院发表的。关于惩罚阴谋分子的方法，存在两种意见。西拉努斯（Decimus Junius Silanus，公元前62年执政官）倾向于处决阴谋分子。但恺撒提出异议，认为"诸神并不把死亡规定为一种惩罚，而是一种自然的需要或摆脱劳苦与烦恼之后的安息"，因此哲学家和勇敢者都会心甘情愿地接受死亡，所以处决会让罪犯的身心都得到解脱，不是一种好的惩罚方式，而对重罪的绝妙惩罚是监禁以及终身监禁，没收罪犯的财产，并且任何人不得为他们翻案（西塞罗，《控喀提林》篇4，章4-5；撒路斯特，《喀提林阴谋》，章50-51）。之后，西塞罗发表了第四篇声讨檄文《控喀提林》，驳斥恺撒关于处决阴谋者很残酷的错误观点。西塞罗认为，他们要处决的阴谋分子企图推翻共和国，屠杀罗马公民，毁坏和掠夺公民的财产，他们不只是邪恶的公民，他们更是不共戴天的敌人，是不可救药的敌人，是国家和人民的敌人，所以对丧心病狂的阴谋者的仁慈就是对祖国和人民的犯罪，因此会背负最残酷的恶名（章6）。在小加图参与调节后，元老院议员最终同意处决人犯。当晚在卡皮托尔山的监狱里执行的处决使得罗马如释重负（撒路斯特，《喀提林阴谋》，章52）。

　　不过，对于西塞罗而言，收录在《执政官的讲演录》里的这四篇声讨檄文让他既获得热烈的喝彩，又招致了许多的怨恨，以至于西塞罗在执政官期满的时候要求发表自己的颂词也遭到拒绝，甚至有人煽动庞培回罗马对抗西塞罗。

（四）《为普·苏拉辩护》

或许由于经济拮据——以 350 万塞斯特尔斯（Sestrces）在帕拉丁购置了一所可以俯视罗马广场的漂亮住所——而负债，公元前 62 年西塞罗才为普·苏拉（Publius Cornelius Sulla）辩护，发表了演说辞《为普·苏拉辩护》（*Pro Sulla* 或 *Pro P. Sulla*）。

普·苏拉曾在公元前 66 年当选下一年的执政官，但是被落选的候选人提·曼利乌斯·托尔夸图斯（Titus Manlius Torquatus）的儿子指控在参选过程中行贿，经审判被判有罪，从而被剥夺了执政官的职位；后来普·苏拉又被公元前 65 年的执政官托尔夸图斯（Lucius Manlius Torquatus）指控参与了喀提林阴谋。普·苏拉感到身边都是快要爆发的仇恨，因此希望他的辩护人西塞罗和霍尔滕西乌斯为自己辩解。

在长达 33 章的辩护词里，西塞罗辩护说，假如普·苏拉确实参与了喀提林阴谋，那么他为普·苏拉辩护是不对的，但是他作为执政官参与了有关喀提林阴谋的调查（借此机会颂扬自己粉碎喀提林阴谋的功绩），发现没有人提及普·苏拉的名字，没有迹象、告发、证据和怀疑表明普·苏拉是喀提林的同谋（章 6），涉及普·苏拉的，没有人向西塞罗举报，没有人向西塞罗报信，没有人向西塞罗提出怀疑，没有人给西塞罗写过信（章 30），没有任何证据表明普·苏拉参与了喀提林阴谋，所以西塞罗为清白无辜、人品不错（章 25-28）的普·苏拉辩护，以此表现自己的仁慈与温和，这是无可指责的。

最后，普·苏拉被判无罪。

（五）《致谢元老院》与《致谢人民》

西塞罗的地位动摇从达米娅（希腊文 Damia）丑闻开始。在独裁官①恺撒的府邸举行善德女神狄娅（拉丁文 Bona Dea）节庆活动。青年克洛狄乌斯为见他的情妇、恺撒的妻子庞培娅（Pompeia）而来。在起诉这位民众党头目、恺撒的依从者的诉讼案中，西塞罗提供的证据足以让克洛狄乌斯受到惩处。但是由于法庭审判官被收买，克洛狄乌斯被无罪释放，从此以后成为西塞罗的死敌。

接着西塞罗又拒绝恺撒的执政官要求和土地法案。在为执政官同僚希普里达在马其顿行省任总督时的渎职行为辩护过程中，更是猛烈抨击恺撒。恼羞成怒的恺撒决定清除包括西塞罗在内的一切绊脚石，于是在西塞罗为希普里达辩护那天，恺撒收养让他戴绿帽子的平民青年克洛狄乌斯，为克洛狄乌斯后来当保民官铺平道路。西塞罗审时度势，4 月初为安东尼辩护的败诉案子一宣判，他就离开罗马，退隐到安提乌姆（Antium）、福尔米亚和庞培的别墅里长达 3 个月。

尽管公元前 60 年 7 月初西塞罗回到罗马，夏末复出为朋友卢·瓦勒里乌斯·弗拉库斯辩护并取得胜利，可是 12 月 10 日就职的保民官克洛狄乌斯在提出一些蛊惑人心的法律草案之后，又提出“关于公民性命”的法律草案，其矛头暗中直指西塞罗，让保持沉默的西塞罗终于按捺不住了。西塞罗指使一大批骑士聚集在卡皮托尔山的尤皮特神殿示威以支持他。另外西塞罗还恳请公元前 58 年的两位执政官加比尼乌斯（曾任庞培的副官）和皮索（恺撒的岳父）行使否决权。但是两位执政官拒绝了，而且加比尼乌斯还制裁了骑士的干预行动，把骑士的头面人物拉米亚（Lucius Annius Lamia）赶出罗马。不甘心的西塞罗又去阿尔巴求助于庞培，但仍然遭到拒绝。所以在可能投票表决的公元前

---

① 关于独裁官，参杨俊明，《古罗马政体与官制史》，页 120 以下。

58 年 3 月 12 日前一天，西塞罗不得不离开罗马去南方。然而，恺撒的工具克洛狄乌斯大概于 4 月 13 日又提出了《关于放逐西塞罗》的法令。那一天，西塞罗的财产遭到洗劫，特别是图斯库卢姆的别墅，而帕拉丁的住宅则被焚烧。由于投票表决是在 4 月末，西塞罗还期望人民拒绝这个法案，希望裁判官们站在他一边阻止法案通过，所以为了避免严重骚乱而出走的西塞罗选择了留在罗马附近观望。但是两位执政官不许西塞罗这么做。当时要不是阿提库斯在身边，西塞罗可能会自杀。当阿提库斯离开西塞罗以后，西塞罗更加孤独。西塞罗希望在卢卡尼亚地区的维博瓦伦蒂亚（Vibo Valentia）的朋友西卡（Sicca）的领地避难，但那项法律强制西塞罗必须远离意大利土地 500 英里之外。西塞罗不得不离开维博瓦伦蒂亚，来到布伦迪西乌姆，于 4 月 29 日乘船前往帖萨罗尼迦（Thessalonica）。西塞罗的朋友、那里的财政官普兰基乌斯（Gnaeus Plancius）接待并庇护西塞罗。从这个时期西塞罗与妻子儿女的通信来看，西塞罗读到他们的信件时泪流满面。但是西塞罗并没有真的丧失希望。西塞罗委托妻子泰伦提娅秘密筹划赎回充公的财产事宜。西塞罗也写信给庞培，为未来做准备。在以后的几个月里，西塞罗有了政治转机。恺撒派的保民官克洛狄乌斯攻击庞培，所以 6 月 1 日庞培授意保民官宁尼乌斯（Lucius Ninnius Quadratus）向元老院提出召回西塞罗的动议。在动议遭到克洛狄乌斯否决以后，宁尼乌斯又向平民大会提出召回西塞罗的法案。尽管这项法案也遭到暴力阻止，但西塞罗赢得了元老院罢工的支持。后来，恺撒认为西塞罗不会在罗马当主角以后也同意召回西塞罗，而公元前 57 年的两位执政官也同情西塞罗，再加上应庞培的要求从意大利各自治市来的公民占了绝大多数，庞培授予西塞罗"祖国救星"的称号。8 月 4 日，召回西塞罗的法案在百人团民会顺利通过。8 月 4 日投票结果出来之前，西塞罗已经启程，5 日至布伦迪西乌姆，8 日收到恢复他在城邦里地位的正式通告，9 月 4 日返回久违的罗马。公元前 57 年，西塞罗一回到罗马就发表演讲，演说辞包括《致谢元老院》(*Post Reditum in Senatu*；本义 "流放归来后在元老院的演讲")和《致谢人民》(*Post Reditum ad Quirites*；本义 "流放归来后向人民发表的演说")，声讨公元前 58 年流放他的两位执政官和克洛狄乌斯，颂扬庞培为全人类 "第一公民（Princeps）"，这实际上是贬低恺撒，从而分化 "前三头（triumvirī）"。返回罗马 3 天之后，重回元老院的西塞罗提请元老院通过一项元老院法令，让庞培重新组织和保证罗马的供给食物，作为对庞培的回报。

《致谢元老院》发表于公元前 57 年 9 月 5 日。在这篇长达 15 章的演说辞里，西塞罗控诉他的敌人，例如保民官普·克洛狄乌斯及其主子恺撒、公元前 58 年的执政官皮索·凯索尼努斯和加比尼乌斯，因为他们致使西塞罗未经审判就被流放，并且阻止西塞罗的友人召回西塞罗的行动，因为他们让国家陷入不幸的黑暗时代（如章 2 和 5-7）。不过，西塞罗用更大的篇幅感谢元老院的议员们，因为他们因西塞罗的流放而更换衣服以示悲哀（如章 7），曾对公民宣布，不帮助西塞罗就等于不保护国家的安全（章 10），因为他们给予西塞罗莫大的帮助，有的从一开始就反对流放，为西塞罗辩护，例如弥洛和塞斯提乌斯（章 8），有的提出召回西塞罗的动议，例如宁尼乌斯（章 2），有的颁布召回西塞罗的法令，例如公元前 57 年的执政官伦图卢斯·斯平特尔（Publius Cornelius Lentulus Spinther）和小墨特卢斯·奈波斯（Quintus Metellus NeposIunior；章 3-4），有的提供财产支持，例如卢·凯基利乌斯（章 9），有的向保民官和罗马人民提出让西塞罗回国的请求，并把西塞罗的事迹告诉不知情的人和熟人，例如庞培（章 11），等等。总之，西塞罗觉得，自己难以用语言表达对曾经帮助过他的人们的感谢，因为是他们帮助他重新获得他因为遭到流放而失去的一切，包括亲人、财产、地位、荣誉等。

《致谢人民》大概发表于公元前 57 年 9 月 6 日。在长达 10 章的演说辞里，西塞罗认为，自己的回归既不是靠说情，也不是像马略一样凭借武力（章 3），而是依靠元老院、执政官、保民官、执法官和整个意大利（章 4-6），尤其是庞培（章 7）。所以，西塞罗向人民承诺，他要拿起熟悉的武器语言，用在和平与安定时期起作用的办法，以公共利益为目标，尽自己的义务，以此回报曾经仁慈地帮助自己的罗马人民（章 8-10）。

（六）《关于住宅——致大祭司》与《关于占卜者的反应》

由于克洛狄乌斯把西塞罗在帕拉丁的住宅的一部分地产以祝圣的名义献给了自由女神，西塞罗不得不投入一场诉讼大战，以获取一份足额的赔偿。更为重要的是，西塞罗要让人们明白，这种所谓祝圣的决定缺乏法律依据，既无来自人民的、也无来自大祭司们的任何委托凭证，因而不具有法律的效力。西塞罗最终获得诉讼的胜利。这就是公元前 57 年西塞罗发表的《关于住宅——致大祭司》的前因后果。

《关于住宅——致大祭司》共 58 章，分为两个部分。其中，第一部分是铺垫，论证克洛斯乌斯既是西塞罗的私敌，又是国家和人民的公敌（章 1-36）。也就是说，西塞罗主要从世俗和政治的角度论证克洛狄乌斯是邪恶的，他的所作所为是非法的，从而让祭司团和占卜官认清克洛狄乌斯的真实面目，让他们认识到自己的清白无辜。首先，西塞罗回应克洛狄乌斯的污蔑。西塞罗反驳说，他之所以提出任命庞培供应粮食和控制粮价的动议，是因为克洛狄乌斯利用粮食价格，煽动无知的暴民暴乱和抢劫，制造恐慌，破坏安定，而控制粮价、安定社会是元老院的义务和忠诚的公民们的一致意见。任命庞培的行为也是有根据的和适当的，因为庞培忠诚、智慧、勇敢、影响和幸运，事实上他是成功的。相反，克洛狄乌斯的提名和政策是错误的，他的所做作为是罪恶的。总之，从政治角度来看，鉴于目前形势的需要，西塞罗希望克罗狄乌斯放弃自己的论证，敦促祭司团改变看法。西塞罗认为，祭司团与公民考虑问题的出发点不同：祭司团考虑祭祀法，而公民考虑国家利益（章1-12）。接着，西塞罗指出，无论是祭司团依据祭祀法，占卜官依据占卜法，还是依据其它法律法规，克洛狄乌斯的保民官职位都是无效的，因为他的被领养不是按照祭司团的规则进行的，公然违反祭司团的所有规定，也没有得到祭司团的任何法令的批准。即使克洛狄乌斯因为被领养而获得保民官的职位是合法的，他也不应当未经审判就剥夺公民的权利和财产（章13-16）。然后，西塞罗认为，克洛狄乌斯驱逐西塞罗的法令是机会主义的产物，根本不是法律，是荒唐的和邪恶的，克洛狄乌斯对西塞罗的所作所为是违法的，亵渎神灵的，他无权监管在西塞罗住宅的宅基地上建造公共建筑。所以西塞罗请求祭司团和占卜官们就他的住宅作出裁决（章17-26）。之后，西塞罗论证克洛狄乌斯无权把西塞罗说成流放者，因为克洛狄乌斯不能剥夺西塞罗的公民权，克洛狄乌斯提出的法令的执行者是一群受雇的奴隶和罪犯。而西塞罗的回归是得到全民支持的（章27-33）。最后，西塞罗论证自己没有吹嘘对国家的贡献，也没有自称尤皮特，因而不应该受到指责（章34-36）。

　　第二部分，即第三十七至五十八章，是演说辞的核心部分，论证西塞罗的住宅问题。首先，既然自己在全国人民的支持下回归祖国，回归自己的家，那么给西塞罗的赔偿就是绝对合理合法的。可是，西塞罗的住宅还没有得到归还，它成为敌人的一个纪念碑，这座纪念碑表明了西塞罗所受的耻辱和克洛狄乌斯的邪恶，表明国家所遭受的灾难（章37）。这是西塞罗和所有的爱国人士不能容忍的（章39）。第二，克洛狄乌斯以献给神灵的名义侵占西塞罗的房屋和宅基是自私自利的和非法的，拆毁西塞罗家里的祭坛、赶走家神的行为是亵渎神灵的（章41和44）。第三，克洛狄乌斯把西塞罗的住宅献给诸神是不公正的（章45），因为依据古代法律，没有民众的授权，禁止将任何建筑物、土地和祭坛奉献给神灵，因为依据习惯，献给神灵的是拥有神圣名称的公共建筑物。克洛狄乌斯未经人民授权，把未经审判定罪的公民的住宅或财产奉献给神灵，这更是不可思议（章49）。第四，克洛狄乌斯献祭的仪式是不合法的，因为没有祭司团在场，而只有一名无知的年轻祭司（章45和53-54）。克洛狄乌斯在奉献仪式上歪曲奉献仪规（章55）。即便有大祭司在场，祭司团也不会批准（章46）。即便一切都合法，国家和人民的正义也不容许，否则宗教就会失去权威性（章47）。第五，克罗狄乌斯公然蔑视神灵，试图瓦解祖先的神灵，事实上也利用宗教的力量想要颠覆宗教。譬如，克洛狄乌斯男扮女装参加女人的祭祀活动，这是亵渎神灵的行为。又如，克洛狄乌斯赶走西塞罗家的自由女神，让一个坟墓里的妓女充当自由女神，树立伪自由女神的雕像（章42-43），这种行为不仅亵渎神灵，瓦解宗教传统，而且还摧毁了人民的自由（章51和40）。因此，西塞罗向诸神和大祭司们请求归还住宅，恢复古代的宗教传统的尊严（dignitas）和权威（auctōritās）。

　　虽然西塞罗凭借《关于住宅——致大祭司》重新获得了住宅，但是克洛狄乌斯不甘心失败，又利用一些异常现象，例如"在拉丁人的土地上可以听到隆隆的声音"（《关于占卜者的反应》，章10）和随后占卜者们对此作出的判断，罗列多起已经招致诸神发怒的亵渎圣物的事件，由此宣布西塞罗在那块地上建造住宅就是一种亵渎行为。大概在公元前 56 年 4 月，西塞罗不得不为此在元老院发表演说《关于占卜者的反应》（*De Haruspicum Responsis*）予以反驳。

《关于占卜者的反应》（参 LCL 158，页 312 以下）共 28 章。在这篇演说辞里，西塞罗对所谓的冒犯神灵的行为进行了如下解释：第一，关于公共赛会中的怠慢与不虔诚，西塞罗辩护说，传言中暗指的赛会是麦格琳赛会（Megalesia games）。在赛会期间，克洛狄乌斯曾派大批奴隶进入剧场，而只有少数自由民可以入内。也就是说，克洛狄乌斯破坏了大神母的节日赛会（章 10 - 13）；第二，关于玷污圣地，西塞罗辩护说，传言中所指的地点不是西塞罗的住宅，而是杰出的罗马骑士塞乌斯（Quintus Seius）的住宅，里面设有神龛和祭坛，克洛狄乌斯为了占有塞乌斯的住宅而谋杀了房主（章 14）；第三，关于刺杀使者，西塞罗辩护说，传言中所说的使者是两个人，一个是来自自由城邦亚历山大里亚的使者特奥多西乌斯（Theodosius），他被保民官克洛狄乌斯从监狱里放出的开俄斯人赫马库斯（Hermarchus）用匕首所杀，另一个是来自独立的盟国马其顿地区的使者普拉托尔（Plator），他被克洛狄乌斯先投进监狱，然后被皮索·凯索尼努斯的随行医生割断血管（《关于占卜者的反应》，章 16；《控皮索》，章 34）；第四，关于违反誓言，西塞罗辩护说，克洛狄乌斯有亵渎神灵的罪行，而陪审团竟然判他无罪（章 17 - 18）；第五，关于举行古老祭仪时的怠慢与不虔诚，西塞罗辩护说，传言中暗指的祭祀仪式是崇拜善德女神狄娅（Bona Dea）的仪式，而克洛狄乌斯玷污了这种祭祀仪式（章 3 和 21）。总之，西塞罗认为，假如神灵被人冒犯，要降罪于世人，那么这个冒犯神灵的罪人不是自己，因为他向祖先寻找履行宗教义务方面的权威和指导（章 9），而是克洛狄乌斯，他既危害人民和国家，又亵渎了神灵和宗教，因为"他践踏了诸神的香火、宝座、碑石、祭坛、秘仪"，烧毁了女神们的庙宇（章27）。神灵对克洛狄乌斯的惩罚就是让他心智失常，精神错乱，像个疯子（章18）。最后，西塞罗明确指出，"在拉丁人的土地上可以听到隆隆的声音"（章10）是拉丁姆地区皮切诺（Picenum）的波腾提亚（Potentia）发生可怕的地震，是不朽的神灵对未来的兴衰发出的预兆。在这种情况下，西塞罗呼吁，为了维护国家和宗教的尊严，有义务进行补救和祈求，消除祭司团、占卜者同自己的敌意与不和（《关于占卜者的反应》，章28）。

虽然元老院终止了前保民官、时任市政官克洛狄乌斯挑起的恶斗，解除了西塞罗的烦恼，但是曾给家庭带来幸福的人、西塞罗的女婿盖·皮索·福鲁吉死了。

（七）《关于执政官的行省》与《控皮索》

公元前56年4月5日，西塞罗在元老院支持一项提案，要求修改恺撒的土地法，同时废止恺撒加入土地法中的分块出售坎佩尼亚地区土地的条款。西塞罗本意是想借此机会打破"三头执政（triumvirātus）"，没有想到招致4月15日"三头（triumvirātus）"在山南高卢地区的卢卡会晤，达成了重新瓜分世界的协议：克拉苏和庞培将出任公元前55年的执政官，尔后前者任叙利亚的行省总督，后者任西班牙两个行省的总督；恺撒保留高卢的行省总督，并追加五年的任期（普鲁塔克，《恺撒传》，章21，节2-3）。在庞培通过昆·西塞罗向西塞罗施压的情况下，西塞罗认识到恺撒和庞培并不是坏公民，打破他们的联盟更加危险，于是当即表明新的主张，大约在公元前56年6月，西塞罗在元老院发表演讲《关于执政官的行省》（*De Provinciis Consularibus*）。

《关于执政官的行省》共20章，47节。在这篇自称为"变奏诗"的演说辞中，西塞罗支持恺撒保持对高卢的统治权，并极度赞美这位昔日的执政官、而今的行省总督建立的功业。与此同时西塞罗也猛烈抨击公元前 58 年的执政官加比尼乌斯和皮索·凯索尼努斯，当时前者在叙利亚，后者在马其顿。也就是说，西塞罗支持前执政官塞尔维利乌斯（Publius Servilius）的提议，把马其顿行省指派给将要当选的执政官，西塞罗同时还提出要把马其顿和叙利亚指派给新一年（公元前 55 年）的执法官，从而达到立即取代皮索·凯索尼努斯和加比尼乌斯的统治的效果。西塞罗演讲的结果令他很满意。皮索·凯索尼努斯和加比尼乌斯这两位行省总督都不走运（参 LCL 447，页 535 以下）。

　　由于西塞罗在《关于执政官的行省》中猛烈抨击皮索·凯索尼努斯，大概是在公元前 55 年 7 月间，皮索·凯索尼努斯一从马其顿回到罗马，就在元老院发表演讲，言辞激烈地攻击西塞罗。为此，西塞罗发表了演说辞《控皮索》（In Pisonem 或 In L. Calpurnium Pisonem）予以还击。

　　《控皮索》共 41 章，99 节。在这篇演说辞里，西塞罗"屈尊"比较自己和皮索·凯索尼努斯的仕途，尤其是任执政官以前、时期和以后的表现，表明自己的离去、缺席和回归都远远高于皮索·凯索尼努斯的离去、缺席和回归，所有这些事情给西塞罗带来不朽的荣耀，而给皮索·凯索尼努斯带来永远的可耻的伤害（章 26）。西塞罗指出，皮索·凯索尼努斯不仅无恶不作，而且不知悔改，连他的恶棍同事加比尼乌斯也不如（章 17），因为加比尼乌斯知错能改，拥护伟大人物庞培的权威（章 12）。接着，西塞罗揭穿皮索·凯索尼努斯挑拨自己同庞培和恺撒的关系、破坏西塞罗的协同政治理想的险恶用心（章 29 - 33）。譬如，皮索别有用心地认为，西塞罗的诗句"兵器必须向托袈袍投降"和"桂冠向真正的名声投降"暗示武将庞培应当向文官西塞罗投降。西塞罗回应说，自己诗中的"兵器"象征动乱与战争，"托袈袍"象征和平与安宁。西塞罗的诗句与庞培无关，根本谈不上冒犯庞培。相反，西塞罗曾竭尽全力用大量的演讲和作品荣耀庞培（章30，节73）。然后，西塞罗指控伊壁鸠鲁主义者皮索·凯索尼努斯犯下的诸多罪行，例如勾结罪恶的克洛狄乌斯和喀提林及其党徒，谋杀使者普拉托尔（Plator），在行省横征暴敛，敲诈勒索，出卖和危害国家利益（章34-38）。最后，西塞罗指出，自己无需指控，皮索·凯索尼努斯害怕的最后打击就要降临，因为皮索·凯索尼努斯的行为已经确认了他"有罪"，因为公道自在人心（章39-41）（参LCL 252，页138以下）。

《控皮索》这篇保存至今的应景演讲（开篇部分有残缺）口吻尖刻而不乏风趣。不过，其中蕴含的讽刺挖苦似乎并没有让皮索·凯索尼努斯记恨。就像西塞罗所说的一样："勇敢者在进行殊死搏斗以后，通常会在停战和放下武器以后把他们之间的仇恨撂在一边"（《控皮索》，章32），因为不久之后皮索·凯索尼努斯成了演说家西塞罗的朋友和同盟者。

（八）"关涉恺撒的演说"

后来，西塞罗在法官恺撒面前发表了3篇演说辞，它们是《为马·马尔克卢斯辩护》（*Pro Marcello*）、《为利加里乌斯辩护》（*Pro Ligario*）和《为得伊奥塔罗斯辩护》（*Pro Rege Deiotaro*），古代编纂者称之为"关涉恺撒的演说"（*Caesarianae*）。

《为马·马尔克卢斯辩护》

公元前51年春天，恺撒把选举权许诺给他创建的殖民地科摩姆（Comum），并且他在保民官中的支持者投票通过了这个决

议。时任执政官的马·马尔克卢斯（Marcus Claudius Marcel-
lus)① 在元老院提出一项动议对此进行谴责，事后他遭到鞭笞。
西塞罗在一封信里称这个事件为"无赖的行为"。马·马尔克卢
斯非常激烈地反对恺撒的行为并没有终止。秋天时马·马尔克卢
斯又提议，由于山外高卢的战事已经结束，应当召回恺撒，让阿
赫诺巴布斯（Lucius Domitius Ahenobarbus）去接管军队的指挥
权。第二年，恺撒胜利进军罗马，马·马尔克卢斯和庞培一同逃
往希腊。后来，西塞罗几次写信敦促马·马尔克卢斯返回罗马，
但遭到拒绝。公元前 46 年，恺撒的岳父皮索·凯索尼努斯把
马·马尔克卢斯的案子提交元老院。公元前 46 年 9 月，一度因
为悲伤和踌躇而保持两年的沉默（章 1）的西塞罗终于在元老院
发表演说辞《为马·马尔克卢斯辩护》，公开为公元前 51 年的
执政官马·马尔克卢斯辩护。

　　《为马·马尔克卢斯辩护》共 11 章，34 节（参 LCL 252，
页 363 以下；西塞罗，《西塞罗散文》，页 243 以下）。在这篇演
说辞的开场词（章 1）以后，西塞罗一方面用大量的篇幅赞扬恺
撒的丰功伟绩无与伦比，宛若天神，无论谁、用哪一种语言都难
以言表，即使人类命运的女神也偏爱恺撒，放弃所有的赞颂，承
认功劳全归于恺撒，因为"智慧统治之地，机会就无所作为；
卓才主宰之时，偶然就风流云散"，另一方面又为马·马尔克卢
斯说情。西塞罗认为，恺撒的荣耀已经足够，因此建议恺撒在和
平与安宁时期为了人的不朽而追求胜利者的仁慈和睿智，一如既
往地竭力保护幸存者的生命，宽恕对某种政治理想主义抱有责任
感的人，现在对于恺撒来说适当的做法就是让没有堕落的马·马

---

　　① 死于公元前 45 年，大盖·马尔克卢斯（Gaius Claudius Marcellus Maior，公元
前 91?-前 48 年，公元前 49 年任执政官）的兄弟，小盖·马尔克卢斯（Gaius Claudi-
us Marcellus Minor，公元前 91?-前 48 年，公元前 50 年任执政官）的堂兄。

尔克卢斯回归罗马，以此拯救一个衰落的优秀家族和整个国家。

由于已经投靠恺撒的公元前 49 年执政官大盖·马尔克卢斯（Gaius Claudius Marcellus Maior）恳求他的兄弟马·马尔克卢斯回到罗马，而恺撒没有拒绝，所以西塞罗发表的演说辞《为马·马尔克卢斯辩护》洋溢着对恺撒的宽恕举动的感激之情。在这种宽恕基础上，一个政治新秩序诞生了。宽恕者在得胜之后又成为"巨擘"。不过，马·马尔克卢斯似乎并没有领情。公元前 45 年 5 月 26 日，在比雷（希腊古城名，今比雷埃夫斯），一位平素有交往的"朋友"将一支匕首插入他的胸膛，接着凶手自杀身亡。这桩神秘的悲惨事件是恺撒的阴谋，还是因为马·马尔克卢斯拒绝妥协？这似乎是一个悬案。

《为利加里乌斯辩护》

3 个月之后，西塞罗发表演说辞《为利加里乌斯辩护》，为另一位被恺撒羁留在非洲流放地的庞培派分子利加里乌斯（Quintus Ligarius）辩护（普鲁塔克，《西塞罗传》，章 39，节 5）。

案由是这样的：公元前 50 年，在内战前夕，利加里乌斯任阿非利加行省的副总督。年末，在行省总督离开阿非利加的时候，在当地民众的支持下，利加里乌斯犹豫不决地接管这个行省的事务。在和平时期，利加里乌斯的廉洁和正直令公民和同盟者感到满意。当内战爆发以后，正当利加里乌斯渴望回到亲人身边，拒绝卷入此事的时候，前裁判官普·阿提乌斯·瓦鲁斯（Publius Attius Varus）抵达乌提卡，接管了"政府"（章 1），并指派利加里乌斯防守沿海地区。公元前 46 年，利加里乌斯被恺撒俘虏，后来被释放，但还没有得到返回罗马的许可。由于对恺撒抱有幻想，公元前 46 年 9 月西塞罗拜访恺撒，为利加里乌斯说情。可是，在恺撒行将实施特赦的时候，利加里乌斯的政敌、西塞罗的亲戚昆·图贝罗（Quintus Tubero）缺席指控利加里乌斯犯有叛国罪（章1），借口是利加里乌斯与努米底亚（Numidia）国王朱巴一世（Juba I，公元前85–前46年）勾结，企图与朱巴一世瓜分帝国。审理此案的不是法庭，而是当时的独裁官恺撒。开庭日期是9月末，正是恺撒前往西班牙的前夕。恺撒聆听了西塞罗在市政广场的讲坛上发表的演说辞《为利加里乌斯辩护》。

《为利加里乌斯辩护》共12章，38节（参 LCL 252，页454以下）。在这篇演说辞里，西塞罗指出，昆·图贝罗指控利加里乌斯的目的不是给利加里乌斯定罪，而是将利加里乌斯处死，是公报私仇（章3–4）。事实上，普·阿提乌斯·瓦鲁斯抵达乌提卡以后利加里乌斯留在阿非利加不是他的倾向，而是一种光荣的必然，因为由于行省的需要，管理行省的使命落在他肩上（章2），因为在内战期间，至少一直到法尔萨洛斯战役，正统性在庞培和元老院一边，而利加里乌斯只是服从正统性权力人物而已（章6–7）。更何况利加利里斯已经认错，不应该受到起诉（章4）。所以西塞罗恳请恺撒仁慈和怜悯，宽恕利加里乌斯，施恩于站在恺撒一边的利加里乌斯家族的所有兄弟，例如在恺撒面前为利加里乌斯说情的财政官提·利加里乌斯（Titus Ligarius；章11–12）。

本来力图惩办利加里乌斯的恺撒最终为西塞罗的演讲所折服，宽恕了利加里乌斯。利加里乌斯也因此得以回到罗马（普鲁塔克，《西塞罗传》，章39）。

《为得伊奥塔罗斯辩护》

《为得伊奥塔罗斯辩护》发表于公元前45年11月。得伊

奥塔罗斯（Déjotarus）是小亚细亚地区加拉太人（Galates）的国
王，曾得到庞培的许多好处，而庞培由此扩大了得伊奥塔罗斯的
盟邦。更为重要的是，在内战初期，得伊奥塔罗斯支持庞培。尽
管得伊奥塔罗斯后来投靠恺撒，可得伊奥塔罗斯还是失去了一大
部分盟邦。这一次，得伊奥塔罗斯遭到他的外孙卡斯托尔（Cas-
tor）的指控：公元前47年，当得伊奥塔罗斯在泽拉（Zela）附
近的王宫里款待恺撒的时候，得伊奥塔罗斯企图谋杀客居其处的
恺撒。审判在得伊奥塔罗斯的家里举行。西塞罗当着恺撒的面，
为得伊奥塔罗斯辩护（章2）。

　　《为得伊奥塔罗斯辩护》共15章，43节（参 LCL 252，页
497 以下）。在这篇演说辞里，西塞罗提出抗辩的3个理由：第
一，从原告的角度看，卡斯托尔贿赂一名逃跑的奴隶指控他的外
公是违法行为和野蛮行径，奴隶指控主人是卑劣的行径，其后果
是奴隶制度的颠覆，即奴隶成为主人，主人成为奴隶（章1和
11）。第二，从被告的角度看，卡斯托尔及其贿赂的奴隶的指控
是无中生有的污蔑和诬陷，因为得伊奥塔罗斯在法尔萨洛斯战役
以后知错能改，脱离与庞培的关系，并协助恺撒，作为回报恺撒
也恢复了得伊奥塔罗斯及其儿子的王权（章5和13），得伊奥塔
罗斯没有理由谋杀恺撒（章5-6），而且在款待恺撒期间得伊奥
塔罗斯如影随形，没有任何可以表明他有谋杀意图的迹象。这一
点已经向恺撒投诚、站在法庭上代替国王得伊奥塔罗斯回答指控
的希厄拉斯（Hieras）可以作证（章7和15），因为得伊奥塔罗
斯从来没有足够的力量对罗马人民发动进攻，而且现在连一支小
部队也无法供养，在这种情况下得伊奥塔罗斯把最优秀的骑兵派
去支援恺撒（章8），因为得伊奥塔罗斯从来没有表现出对恺撒
的敌意。相反，对恺撒表现出来的是善意（章9），因为得伊奥
塔罗斯的人品好是大家有目共睹的。得伊奥塔罗斯不会做出疯狂

的自取灭亡的行为（章9和13），因为得伊奥塔罗斯在以往与整个元老院有着密切的联系，为罗马帝国提供了一系列的服务（章1）。第三，从审判者恺撒的角度看，得伊奥塔罗斯与庞培的友谊超过与恺撒的友谊，而恺撒从未因此把得伊奥塔罗斯当作敌人，而是当作一个没有履行好自己的义务的朋友。得伊奥塔罗斯在不知实情的情况下帮助过庞培，但也留下来恳求恺撒的原谅，事实上恺撒也判定这种冒犯无罪，只是轻微责难私人友谊问题，不仅没有惩罚得伊奥塔罗斯，而且还写信免除了得伊奥塔罗斯的所有担忧，允许得伊奥塔罗斯当恺撒的房东，允许得伊奥塔罗斯及其儿子恢复王权（章3-4和14）。基于上述的理由，西塞罗恳请恺撒用仁慈和智慧保护得伊奥塔罗斯的幸福。

出乎西塞罗意外的是，他为老同盟者和"朋友"得伊奥塔罗斯的辩护轻松取胜。

（九）《反腓力辞》

在那些哲学著作的开篇序言中，西塞罗曾多次强调，假如他得以在政治生活中扮演他曾预想的角色，他本来是不会写作那些著作的。由此可见，西塞罗在政治上是不甘寂寞的。西塞罗曾以为，恺撒死后，他便可以东山再起。但是，唯一的执政官安东尼继续奉行恺撒的路线。而3月17日，安东尼在特鲁斯（Tellus）神庙里召开元老院会议，与恺撒谋杀分子签署的协议（篇1，章13），也没有带来社会的安宁。这使得西塞罗整个夏季都未能在罗马露面。接着，西塞罗又期待两位被选定的执政官、他的朋友希尔提乌斯（Aulus Hirtius）和潘萨（Pansa）上任的日期（篇3，章1；15）。然而，总的形势恶化，以至于西塞罗产生了去雅典度过后半年的念头。公元前44年6月1日（篇1，章3），西塞罗启程，穿越漫长的第勒尼安海。在叙拉古短暂停留后，西塞罗继续旅程。不过，在离雷焦卡拉布里亚不远的洛科雷拉（Leucoptra）中途停靠时，"次日"他获悉安东尼在发表的演说辞（ōratiō）里担保恢复元老院的权力，第一次开始考虑返回罗马。不久以后，布鲁图斯和卡西乌斯的法令抵达（篇1，章3）。西塞罗启程回国，并在8月31日抵达罗马，受到罗马人民的热烈欢迎。

　　次日，即9月1日，安东尼召开元老院会议。由于害怕遭谋杀，西塞罗借口旅途劳顿留在家中。不过，不出席的举动大大地激怒了安东尼，并由此导致两人的关系恶化（篇1，章5和7）。第二天，即9月2日，在安东尼没有出席的元老院会议上，西塞罗发表了第一篇《反腓力辞》（阿庇安，《罗马史》卷十五，章8，节52以下）。当时，西塞罗仍然宣称安东尼是自己的朋友（章4），所以言辞比较温和。虽然西塞罗一方面赞赏安东尼废除专制的努力（章3），另一方面又捍卫恺撒的法令（章6-10），旨在主张和解，力图重建和谐融洽的秩序，但是他的演讲辞（ōratiō），尤其是关于抱怨安东尼的过错的部分，更大地刺激了安东尼，因为安东尼觉得，西塞罗拥有雄辩的口才（ēloquentia），完全可以把踌躇中的元老院煽动起来反对自己。从此两人之间的斗争爆发了。安东尼宣布西塞罗为公敌，不受法律保护，并最终杀害了西塞罗。

　　西塞罗的《反腓力辞》（*Philippics* 或 *In M. Antonium Oratio Philippica*）① 发表于公元前44至前43年期间，总共17或18篇。其中，保存下来的只有14篇。西塞罗力图通过发表这些演讲辞（ōrātiōnēs），阻止安东尼使恺撒的"专制（dictātūra）"死灰复燃，所以又称《责安东尼》（*In M. Antonium*）。在这些演讲辞（ōrātiōnēs）中，几乎都是在元老院发表的，例外的是第二篇，

---

① 英译 *Against Mark Antony*。

它是被撰写成书面文件，并于前 44 年 11 月底广为发散的。不过，西塞罗发表演讲的对象仍然是元老院议员们（如篇 2，章 1）。在这篇例外的演讲辞（ōrātiō）中，西塞罗不仅为自己的政治活动辩护（如篇 2，章 5 和 7-15），而且猛烈地抨击安东尼及其家庭，指责安东尼的私生活，揭露安东尼的荒淫、腐化，说安东尼负债累累，从事各种非法交易（如篇 2，章 3、14 和 16-46），认为安东尼比喀提林更加厚颜无耻，比克洛狄乌斯更加疯狂（章 1），除了统治欲以外其他方面都无法与恺撒相比拟（章 46）。

后来，政治局势发生了变化：恺撒的甥孙屋大维从阿尔巴（Alba）回到意大利，获悉自己已经成为恺撒的养子和第一继承人，于是决定追回遗产，并与安东尼展开竞争：不仅像安东尼一样在一些殖民地的老兵中征集兵员，而且决定寻求敌视安东尼的西塞罗的支持。在这种情况下，公元前 44 年 12 月 20 日西塞罗在元老院发表了第三篇，表明自己站在屋大维一边的立场，并促成元老院通过法令，宣布安东尼为公敌，敦促元老院表彰和奖赏屋大维、德基姆斯·布鲁图斯（Decimus Brutus，全名 Decimus Junius Brutus Albinus，约公元前 85-前 43 年）及其军队，号召罗马人民团结起来，行动起来，消灭人民的公敌，拯救国家和人民的幸福。当天晚上，西塞罗又在人民面前发表第四篇《反腓力辞》——作为那天下午发表的演讲辞的结论。

后来，随着西塞罗的演讲一篇接着一篇地发表，例如公元前 43 年 1 月 1 日在元老院发表的第五篇《反腓力辞》（参西塞罗，《西塞罗散文》，页 255 以下）。从演说辞来看，当时反对安东尼的阵营里出现了温和派，他们主张派遣使者去要求安东尼放弃抵抗。对此，西塞罗表示坚决反对。西塞罗认为，对付安东尼那样的敌人不能派遣使者和谈，一方面因为元老院已经颁布法令，宣布安东尼为公敌，双方已经不可调和，只有走向必要的战争，另一方面因为有人会把派遣使者和谈视为示弱，从而会动摇军心和民心，使得备战懈怠，所以西塞罗要求大家积极备战，刻不容缓地追击公敌安东尼（章 1-12）。此外，西塞罗建议元老院颁布法令，荣耀功臣德基姆斯·布鲁图斯（章 13）、雷必达（章 14-15）、屋大维（章 16-18）、埃那图莱（Lucius Egnatuleius）等人的军团（章 19）。

公元前 43 年 1 月 4 日，西塞罗在人民会议发表第六篇《反腓力辞》。从这篇演说辞（ōrātiō）来看，元老院里支持派遣使者去安东尼那里的人不再是个别，期待或观望的人越来越多。在这种情况下，西塞罗提醒大家，一月初执政官已经按照公元前 44 年 12 月 20 日颁布的元老院法令提交了一项涉及国家的一般事务的动议，从而奠定罗马共同体的自由基础。而安东尼是破坏罗马共同体自由的人，也就是说，罗马与安东尼之间的矛盾已经不可调和。所以西塞罗呼吁罗马人民不要抱有与安东尼媾和的幻想，而应当团结一致，才能摆脱奴役，重获自由。

公元前 43 年 1 月，西塞罗在元老院发表第七篇《反腓力辞》。在最危险的时刻，有些人还在等待派去同安东尼和谈的使者返回。对此西塞罗表示不满，并重申自己拒绝与安东尼媾和的立场，因为西塞罗认为这是可耻的（章 3-5）、危险的（章 6-7）和不可能的（章 8）。最后，西塞罗指出，只有安东尼答应元老院提出的一切条件，才能讨论新问题。否则，大家应当通过潘莎执政官提出的一项关于阿皮亚大道和卢佩基（Luperci）附近的敏特部落的动议（章 1 和 9）。

公元前 43 年 1 月底，西塞罗发表第八篇《反腓力辞》。在这篇演说辞（ōrātiō）里，西塞罗首先驳斥主和派的用词是"骚乱（tumultus）"，而不是"战争"（章 1-3）。西塞罗认为，主和派是无知的，因为"可以有无骚乱的战争，但不会有无战争的骚乱"，骚乱是战争的一部分，但是"骚乱比战争更严重，在战争中豁免劳役是有效的，在骚乱中豁免劳役是无效的"（章1），因为第五次内战正在进行（章2-3）。接着，西塞罗指名道姓地斥责卡勒努斯（Quintus Fufius Calenus，执政官潘莎的岳父）（章4-6）。譬如，卡勒努斯把个人私利凌驾于共同体的公共利益之上，并错误地以为王权是稳定的和可接受的（章4）。正是由于卡勒努斯的干扰造成战争的延误，使得德基姆斯·布鲁图斯变弱，使得安东尼变强（章6）。所以西塞罗主张，"在国家的身体上，为了确保整体的健康"，"要截除有毒的部分"（章5）。最后，西塞罗毫不留情地指出，由于媾和遭遇安东尼的拒绝，而且鲁孚斯（Servius Sulpicius Rufus；约公元前106-前43年，昆·苏尔皮基乌斯·鲁孚斯之子）等使者丧生，和谈使者带回来的不是自信，而是羞辱和恐惧，以至于有些人抛却罗马人民对他们的爱戴，对国家的安危无动于衷，公开偏袒敌人，附和安东尼的使者科提拉（Varius Cotyla）。在这种情况下，西塞罗提议，元老院下最后通牒，颁布法令，区别对待在3月初以前投诚和戴罪立功的安东尼分子和以后加入安东尼的队伍的人（章7-11）。

公元前43年1月底，西塞罗在元老院发表第九篇《反腓力辞》。这篇演说辞（ōrātiō）实际上是一篇关于病逝的使者鲁孚斯的葬礼演说辞。西塞罗认为，尽管鲁孚斯不是被安东尼杀害的，可是他是因为安东尼叛乱而出使的，因为尽管鲁孚斯曾提出拒绝出使的理由，可是在元老院的反对意见的迫使下，鲁孚斯为了元老院的权威，不畏危险，勇敢地带病出使（篇9，章4），把最后的气息奉献给了国家（章1）。假如鲁孚斯不出使，鲁孚斯会得到好儿子和忠心的妻子的照料，可以不死（章3）。也就是说，元老院对鲁孚斯的病逝负有不可推卸的责任，因此，元老院应当颁布法令，荣耀这位病死的使者，其方法就是为鲁孚斯举行国葬，为他树立青铜像，让他永远活在人们的记忆中，从而削弱和减轻全体公民的巨大悲伤和后悔（章 5-7）。

公元前 43 年 3 月初，西塞罗发表第十篇《反腓力辞》。这篇演说辞实际上是西塞罗为受到质疑的功臣布鲁图斯辩护的。西塞罗指出，有人把安东尼想得很好，却把布鲁图斯想得很坏（章 2），这是错误的，因为布鲁图斯生来为国服务（章 6），他的整个心灵都在关注元老院的权威和罗马人民的自由（章 11）：在危难时刻布鲁图斯主动出来保卫国家（章 2），在解除危险以后布鲁图斯又以大局为重，主动地把军团交给国家（章 3）。所以西塞罗敦促元老院按照布鲁图斯在信里提出的意见，颁布法令，认可布鲁图斯及其同盟者、马其顿总督昆·霍尔滕西乌斯（Quintus Hortensius）的行动（章 11）。

公元前 43 年 3 月中旬，西塞罗在元老院发表第十一篇《反腓力辞》。从这篇演说辞（ōrātiō）来看，西塞罗的女婿多拉贝拉已经脱离罗马人民，投靠敌人安东尼，并侵占了亚细亚，严刑拷打并杀害了亚细亚行省总督特雷波尼乌斯（Gaius Trebonius）（章 1-4）。在这种情况下，西塞罗同意卡勒努斯的动议：宣布多拉贝拉为敌人，并下令没收他的财产（章 6）。由于与多拉贝拉的开战不可避免，必须选择一名将军。元老院有两种意见：颁布一道特殊的命令，或者当年的执政官应当进行战争。西塞罗不同意这两种意见。前者是危险的，除非无法避免。而后者不合时宜。西塞罗推荐的将军人选不是屋大维，也不是布鲁图斯，而是卡西乌斯（章 7-15）。

公元前 43 年 3 月底，西塞罗发表第十二篇《反腓力辞》。从演说辞（ōrātiō）的内容来看，这篇演说辞是在潘莎发表"精湛的长篇讲话"以后。在这篇演说辞里，西塞罗首先指出主和派的一个错误：派遣和谈使者是受了安东尼的欺骗。受骗的还有西塞罗，因为他对属于主和派的执政官皮索·凯索尼努斯和卡勒努斯是安东尼的密友一无所知（章1）。西塞罗认为，每个人都有可能犯错误，但只有傻瓜才重犯错误，所以他坚决反对重新派使者去和谈（章2）。西塞罗奉劝主和派"改弦更张是最好的忏悔办法"（章3），元老院应当顾及前方将士和同盟者的感受和利益（章3-4）。事实上，安东尼要的不是和平，而是战争（章5-6）。在这种情况下，元老院派西塞罗去当和谈使者是不妥的，而且西塞罗的安全是个大问题。尽管如此，西塞罗最后还是表示，他会根据国家的利益，全面衡量与这件事有关的全部政策，判定应当采用什么样的具体措施（章7-12）。

公元前43年4月4日，西塞罗发表第十三篇《反腓力辞》。从这篇演说辞（ōrātiō）的内容来看，雷必达似乎有主和的倾向。在这种情况下，西塞罗予以驳斥，并旗帜鲜明地指出，与安东尼没有议和的可能性，以此警醒元老院的议员们不要掉入安东尼为他们准备的和平陷阱（章1-9）。西塞罗一边宣读安东尼致希尔提乌斯与屋大维的信，一边驳斥安东尼。最后，除了赞同布鲁图斯关于赞扬雷必达的意见，西塞罗还提议元老院颁布法令赞扬庞培之子马格努斯·庞培（章10-21）。

公元前43年4月21日，西塞罗发表第十四篇《反腓力辞》。这篇演说辞（ōrātiō）共13章，中心内容是感恩。由于执政官潘莎与希尔提乌斯，副总督屋大维，以及他们统领的将士表现神勇，赶走了敌人安东尼。在布鲁图斯的提案的基础上，西塞罗提议元老院颁布法令，为他们举行15天的感恩仪式，由市政官拨经费为阵亡将士修建纪念碑，并奖赏幸存的将士和阵亡者的家属。

战事也在发展。在穆提纳城（Mutina）周围，德基姆斯·布鲁图斯统领的元老院军队与自封高卢总督的安东尼统率的军队展开对峙，战争时胜时负。在元老院党人没有迅速地利用安东尼在穆提纳城前的失利的情况下，本来就被一些元老院议员排挤的屋大维开始打小算盘，在取得元老院军队的统率权之后，向罗马挺进，在罗马以大军压境的威势获取执政官的职位。尽管西塞罗反对这次政变，可他的演说在武力面前显得苍白无力。

在后三头执政（secundi triumvirātus）中，西塞罗不仅没有位置，而且还名列安东尼开出的宣布不受法律保护者名单之中。尽管屋大维打算赦免西塞罗，不久之后甚至委任西塞罗的儿子要职，可安东尼坚决反对。当后三头（secundi triumvirī）在波伦亚商讨这件事的时候，西塞罗及其弟弟昆·西塞罗在图斯库卢姆。获悉公布的不受法律保护者名单以后，他们启程前往阿斯图拉（Astura）的别墅，准备前往统帅一支军队的布鲁图斯所在的马其顿。由于推迟行期，昆·西塞罗及其儿子被仆人们出卖，然后被屠杀（普鲁塔克，《西塞罗传》，章47，节3）。已经登船启程的西塞罗在基尔克山岬（Circaeum 或 Monte Circeo）附近靠岸，心烦意乱的他来到了在加埃塔（Caieta）的别墅。12 月 17 日，追兵赶到。西塞罗被一个在弟弟昆·西塞罗那里获释的奴隶菲洛洛古斯（Philologus）出卖，并惨遭一个曾为之出庭辩护的百夫长赫伦尼乌斯①奉命杀害，被斩下的头颅和双手又被钉在罗马城

---

①　在关系错综复杂的最后时期，西塞罗进退维谷，孤立无援，一方面遭到恺撒分子（尤其是安东尼，而屋大维一方面与安东尼之间存有争权的内部矛盾，另一方面又反对共和分子西塞罗）的敌视和追杀，另一方面又与共和分子布鲁图斯矛盾激化，甚至分道扬镳（西塞罗支持屋大维，布鲁图斯支持安东尼，而屋大维与布鲁图斯的矛盾、西塞罗与安东尼的矛盾都不可调和），软弱的元老院投降，老友普兰库斯、赫伦尼乌斯相继背叛。在老友阿提库斯的怂恿下，犹豫不决的西塞罗选择了留在罗马继续为国战斗，最后像廊下派哲人小加图一样高贵地死去。参《西塞罗的苏格拉底》，前揭，页54 以下。

市广场的讲坛上。西塞罗之死所具有的意义仅仅在于安东尼在拔去眼中钉之后废除了宣布不受法律保护的法令（普鲁塔克，《西塞罗传》，章46-48）。

二、刑事诉讼演说辞

在罗马，诉讼的事情无穷多。诉讼，尤其是刑事诉讼，常常都有政治背景。一个演说家可以依靠出任起诉人或者辩护人而获得政治和社会中的支配地位。

（一）《为阿墨里努斯辩护》

公元前80年，年轻的西塞罗接手第一起刑事案（《布鲁图斯》，章90，节312，参LCL 342，页270-271），充当直接关涉政治的刑事案件的辩护人，发表了《为阿墨里努斯辩护》（*Pro Roscio Amerio*）。《为阿墨里努斯辩护》总共53章。其中，前5章是开场白，第六至十章陈述案情的基本事实，第十一至四十九章是西塞罗为被告进行的基本辩护，第五十至五十三章是结束语（参格里马尔，《西塞罗》，页40-43）。

案件的基本事实如下：公元前81年夏天，老阿墨里努斯（Sextus Roscius Amerinus）——阿墨里亚（Ameria）地区埃特鲁里亚小城有影响的富有公民——被谋杀。凶犯虽然还逍遥法外，但很快有迹象表明，唆使案犯的是阿墨里努斯的两个堂兄弟，即卡皮托（Titus Roscius Capito）和马格努斯（Titus Roscius Magnus），目的是害命谋财。死者的儿子阿墨里努斯被剥夺了巨额财富的继承权。为了掩盖罪行，两位同案犯勾结苏拉释放的奴隶克里索格努斯（Chrysogonus）。后者将阿墨里努斯的名字列入被流放的消失人员名单上，即可获得一份赃物。当他们瓜分老阿墨里努斯的13处产业时，老阿墨里努斯的儿子阿墨里努斯陷入赤贫。绝望的不幸人被迫到罗马寻求执政官普尔策（Appius Claudius

Pulcher）的小姨子凯西利娅（Caecilia）的庇护。克里索格努斯及其同谋反咬一口，指控不幸的人是杀父凶犯。

或许是因为当时他还很年轻，喜欢谴责一种存在着如此暴力和罪恶的制度，喜欢证明口才是可以矫正那些以武力制造的不公正行为的，西塞罗勇敢地站出来，为不幸的人阿墨里努斯辩护（章1-5）。西塞罗的基本辩护词可以分为3个部分。其中，第十三至二十九章是驳斥厄鲁昔乌的指控。西塞罗指出，阿墨里努斯父子关系良好，父亲从未有要剥夺儿子的财产继承权的意图，"住在乡村，不在罗马"的"忠诚"的儿子也没有杀父的动机和条件。第三十至四十二章是揭露阿墨里努斯的两位堂兄在凶杀案发生以后的所作所为，并指出他们有各种理由和机会谋杀阿墨里努斯的父亲，从而把犯罪嫌疑人引向阿墨里努斯的两位堂兄。第四十二至四十九章则是直接攻击独裁官苏拉的红人克里索格努斯：一方面指出克里索格努斯是整个诉讼的主谋，另一方面又揭露克里索格努斯的奢侈生活和掠夺公民财产的无耻行径。

面对对手的指控、胆大妄为和权势（章13），西塞罗十分讲究辩护的策略。一方面，西塞罗降低诉讼请求，表明他的当事人不想夺回财产，愿意在赤贫中安度余生，希望法官和人们阻止对手对己方当事人的生命的威胁，安抚无辜的不幸人（章3）。另一方面，西塞罗聪明地把克里索格努斯同苏拉区别开来，并且对贵族阶层和苏拉本人表现出高度的好感。譬如，西塞罗声明，贵族们严谨，正义，品质高贵，有尊严，苏拉是"最勇敢、最杰出的公民"（章2），并多次强调，犯罪的事情是在苏拉不知情的情况下发生（章8-9）。又如，在《为阿墨里努斯辩护》的结尾，西塞罗指出：社会是一种等级制度，在这种等级制度中，荣誉和责任是依据公平合理的原则进行重新分配的；搅乱这个等级秩序的是"民众"，而苏拉只是拨乱反正。不过，西塞罗补充说，假如过去拿起武器仅仅是为了使最卑贱的人攫取他人的钱财而致富，那么战争就是把罗马人民置于或降低到了奴隶的地位（《为阿墨里努斯辩护》，章47）。显然，这是带有政治色彩的宣言。

陪审团是由元老院议员组成的，他们宣告阿墨里努斯无罪，与苏拉决裂。对于这个案子的胜诉（《布鲁图斯》，章90，节312；《演说家》，章30，节107，参 LCL 342，页270-271和384-385），有人认为，这是由最强硬的寡头政治者凯基利乌斯·墨特卢斯家族（这个家族与阿墨里努斯家族关系友好）有意识操纵的，目的在于警告为所欲为的苏拉。① 假如这种说法是真的，那么西塞罗接受这个案子或许是为自己日后寻求一些有影响的保护人。

继普鲁塔克之后，人们多次重复一种观点：在这个案子以后，西塞罗由于畏惧独裁官因这个案子而心生怨恨，于是以身体状况不佳为由去了希腊（公元前79-前77年）。然而，事实不是这样的：苏拉活着时，西塞罗曾受理多桩案子（《为凯基那辩护》，节97；《布鲁图斯》，章90，节312-章91，节314，参 LCL 342，页270-273）。

（二）《为克卢恩提乌斯辩护》

西塞罗卸任利利巴厄姆的财政官以后，回到罗马，并且以前任财政官的身份进入元老院。除此之外，西塞罗重操律师旧业。在此期间所作的讲演中，只有为一位与马·图利乌斯（M. Tulli）同名者所作的辩护词（部分）保存下来。这是一桩关于确立产业范围界限的暴力案件。当事人是法比乌斯的奴隶和图利塔兰托

① J. 卡科皮诺（J. Carcopino），《苏拉或失败的君主制》（*Sylla ou la Monarchie Manquée*），第12版，巴黎1950。

湾的产业主马·图利乌斯的奴隶。虽然暴力事件造成多座城市建筑的损毁和多人的伤亡，但是由于伤亡者是一些奴隶，所以马·图利乌斯起诉的目的只是索赔损失。

其余的诉讼案件的辩护词几乎只有标题，没有内容，其中只有一桩为斯卡曼德尔（Scamander）辩护的案件例外：斯卡曼德尔被指控企图毒死阿普利亚地区拉里努姆（Larinum）小城的居民克卢恩提乌斯（Aulus Cluentius Habitus）。在这个诉讼案中，西塞罗的委托人斯卡曼德尔被判刑（见《为克卢恩提乌斯辩护》，章18-22）。

此案涉及的人物后来又出现在公元前66年西塞罗发表的长达71章的辩护词《为克卢恩提乌斯辩护》（*Pro Cluentio* 或 *Pro A. Cluentio Oratio*）中。拉里努姆的克卢恩提乌斯被小奥皮阿尼库斯（Oppianicus）指控唆使阿塞利乌斯（Marcus Asellius）毒死老奥皮阿尼库斯（Statius Albius Oppianicus；章60），而克卢恩提乌斯又指控受小奥皮阿尼库斯指使的斯卡曼德尔曾企图毒死他（章16）。

西塞罗开门见山地指出，原告的控词分为两部分：成见和实际的指控（章1）。对此，西塞罗在自己的辩护词里针锋相对地予以驳斥。

西塞罗认为，"公共集会是偏见流行的地方"（章71），"成见"适宜"骚动的公共集会"。所以面对成见，西塞罗的策略是用"恳求的语言"，寻求他们的善意（章1）。西塞罗希望，法官在审理案件的时候不带成见才能公正（δικαιοσύνη），有了成见要毫不犹豫地消除，在他辩护的时候法官和陪审团不要打断他，让他能按照自己的方式，具体而完整地陈述8年的积案（章2-3）。之后，为了让法官和陪审团消除对自己的当事人的成见，西塞罗用大量的篇幅证明老奥皮阿尼库斯是个无赖，是有罪的，例如第七至十四章，从而证明自己的当事人是受到令人愤慨的诽谤和阴谋。引人注目的是，在整篇辩护词里，西塞罗还把矛头引向老奥皮阿尼库斯的遗孀、当事人克卢恩提乌斯的生母。西塞罗认为，指控当事人的幕后主谋实际上是当事人的母亲萨西娅（Sassia），她荒淫，有违常情（章5-6），是女儿的情敌，女婿的妻子，儿子的后母（章70），为了迫害自己的亲生儿子，她不惜一切代价，甚至将自己同女婿生的女儿嫁给继子小奥皮阿尼库斯，让继子小奥皮阿尼库斯去迫害自己的亲生儿子克卢恩提乌斯。

　　针对"实际的指控"，西塞罗认为，"法庭才是真理的处所"（章71），需要考虑"实际的指控"的人应该是法庭和法律委派处理投毒案的保民官。所以面对"实际的指控"，西塞罗的策略是用"证明的语言"，要求他们的"仔细关注"（章1）。之后，西塞罗对小奥皮阿尼库斯的"实际的指控"予以驳斥。在驳斥过程中，西塞罗揭露法庭受贿（章4和23-32），质疑审判程序（章33-51）。西塞罗认为，审判的基础是法律（章52-53），审判要尊重案件的事实（章54）。而本案的事实如下：老奥皮阿尼库斯不是被毒死的，而是在遭到流放期间"一病不起"，而妻子莎昔娅却同一位老相识、自由农民阿尔比乌斯（Sextus Albius）打得火热，老奥皮阿尼库斯知情后难以容忍，启程回到罗马近郊，住在罗马城外，后来从马上摔下来，身负重伤，到达罗马以后发高烧，几天以后就死了（章62）。

　　这桩黑幕重重的案子折射出拉里努姆的上层有产阶级之间肮脏的利益争斗与由罗马的政治斗争所引发的政治斗争相交织的状况。从演说辞的字里行间可以明显看出西塞罗的政治倾向。西塞罗鄙视民众，颂扬骑士阶层（如章56和69-71）：惟有骑士阶层在抵制保民官马·德鲁苏斯（Marcus Drusus）制造的社会冲突阴谋。

（三）《控维勒斯》

基于同西西里人的深情厚谊，也基于对当时政治形势的判断，即骑士阶层要求将陪审团的席位归还给元老院以外的人，而公元前71年的执政官庞培也注意到"行省正在遭受蹂躏和虐待，那里的审判已成为丑闻"，并力图改变现状（参格里马尔，《西塞罗》，页56-58），公元前71年，西塞罗毫不犹豫地接受西西里人的委托，为德尔墨（Thermus）的居民（西西里人）斯泰尼乌斯（Sthenius）辩护。

迫害斯泰尼乌斯的是祖籍埃特鲁里亚、出身于元老院议员家庭的前西西里行省总督维勒斯（Gaius Verres）。维勒斯掠夺斯泰尼乌斯的财产，并以虚假的借口起诉斯泰尼乌斯，因为斯泰尼乌斯曾拒绝交出属于德尔墨人民的一些塑像。斯泰尼乌斯获悉行省总督决定判处他的罪，面临死刑的危险，于是逃往罗马，并且在那里影响一些元老院议员，试图阻止维勒斯对他的继续报复。维勒斯的父亲也写信提醒维勒斯在审判斯泰尼乌斯案件中的违法行为。尽管如此，维勒斯还是对被告进行了缺席审判，并且宣布斯泰尼乌斯的死刑。根据行政官联合通过的一项决议，任何死刑犯不得居留在罗马，也就是说，维勒斯的判决剥夺了斯泰尼乌斯在罗马的居留权。由于西塞罗在行政官团面前陈述不幸者斯泰尼乌斯的案情，行政官团才一致同意保留斯泰尼乌斯的罗马居留权。此时，即公元前72年，西塞罗已经站在了罪恶的地方长官的对立面。

然而，事情并没有就此结束。由于在西西里任行省总督期间（公元前73-前72年），维勒斯不仅大肆掠夺西西里岛，尤其是该岛的大量艺术品，而且还违反税收制度，中饱私囊，以及利用手中的司法权处决试图反对或可能反对他的人，西西里人起诉前这位行省总督，要求索赔。不过，元老院议员和维勒斯的朋友却想遏制这桩诉讼。虽然西西里人曾举荐西塞罗当控诉人，但是维勒斯的顾问们惧怕西塞罗的口才，暗中委托维勒斯的同党、前财政官昆·凯基利乌斯（Quintus Caecilius Niger）充当控诉人，并请当时最著名的演说家霍尔滕西乌斯为维勒斯辩护。在这个决定控诉人人选的关键时刻，西塞罗凭借一篇演说辞《反昆·凯基利乌斯》［*Divinatio in Caecilium* 或 *In Q. Caecilium*（*Nigrum*），*quae Divinatio Dicitur*］，成功地从法庭那里取得了控诉人的资格。

《反昆·凯基利乌斯》（*In Q. Caecilium*）共 22 章。在这篇演说辞里，西塞罗第一次担任起诉人，所以西塞罗的法庭演说策略有所变动。首先，西塞罗陈述自己接受这个案子的动机。一方面是因为要践行自己先前向西西里人允下的承诺，"一旦他们有需要"，西塞罗"就会为了捍卫他们的利益而努力"。现在西西里人的利益受到维勒斯的侵犯，西塞罗不能拒绝西西里人的辩护援助恳求。另一方面，西塞罗挺身而出是为了捍卫整个国家的安全（章 1-3）。之后，西塞罗才处理争取控诉人资格的问题。西塞罗认为，维勒斯最希望的起诉人是昆·凯基利乌斯，因为昆·凯基利乌斯是同谋，而且昆·凯基利乌斯身上没有任何东西是能使维勒斯感到忧虑的。而维勒斯最不希望的起诉人是西塞罗，因为西塞罗不仅是西西里人最希望的起诉人，而且在西塞罗身上没有任何东西是维勒斯能够加以藐视的（章 4-8）。西塞罗认为，一个起诉人必须拥有格外正直和清白的性格，必须坚定和诚实，必须有一点担任辩护律师的能力，有一点作为演讲者的经验，有一些基本的训练，或者在论坛和法庭上有一些法律方面的实践。但是，昆·凯基利乌斯不具备这些品质，而且他还是被告的同谋和帮凶，是西西里人的敌人。而西塞罗不仅具备这些品质，而且还是西西里人的朋友（章 9-14）。总之，西塞罗认为，自己才是最合适的起诉人人选。

公元前 70 年 1 月，西塞罗前往西西里收集维勒斯的罪证。尽管由于维勒斯的朋友们在海路和陆路都设置陷阱，也由于包括整个西西里岛在内的阿格里真托（Agrigento）地区的严寒气候，证据收集工作进展并不顺利。可由于西西里人的热情，西塞罗还是在短短 50 天当中收集到了一部具有决定性的案卷（《一审控词》，章 2；《二审控词》卷一，章 11）。而维勒斯的朋友一直设置障碍，成功地将开庭日期拖延至八月初。在此期间，控诉人西塞罗当选市政官，而辩护人霍尔滕西乌斯也当选执政官（章 12-13）。这样一来，审判公正将受到严峻挑战。一方面，在执政官霍尔滕西乌斯的权威下，其他人可能会保持中立。另一方面，公元前 69 年 1 月 1 日以后，维勒斯的朋友马·墨特卢斯（Metellus）将出任审判庭的庭长。所以，维勒斯一方利用 8 至 10 月的众多节日，竭力拖延开庭时间。不过，西塞罗识破了他们的企图，争取到了 8 月 5 日的开庭时间（章 10），主审法官是格拉布里奥（Manius Glabrio）（章 2）。

公元前 70 年 8 月 5 日，西塞罗在法庭上发表了长达 18 章的《控维勒斯——一审控词》（In C. Verrem Actio Prima），以下简称《一审控词》或《一审起诉书》，其诉讼方针就是以合理的手段阻扰对手的诡计。西塞罗出示证据（包括私人记录和官方文件），列举证人。对于证人的证据，西塞罗首先详细说明具体指控，然后通过提问、论证和评价来支持这些指控，然后再就具体指控内容传唤自己的证人（章 18）。此外，在这篇法庭演说辞中，西塞罗并没有局限于列举维勒斯的罪状，还强调这桩诉讼的重大政治影响，因为人民（特别是行省人民）可以从这个案件中体察到元老院的法官们的公正，这是关系到帝国基础的问题。在证人和证据面前，维勒斯预感到自己会获罪，于是在判决前就离开了罗马。依据 8 月 14 日的判决，维勒斯败诉，应当向西西里人支付赔偿费 40 万罗马大银币（sestertium）。由于维勒斯提前逃离，绝大部分财产得以保全。不过，恶有恶报。公元前 43 年，维勒斯因为拒绝将一套珍贵的青铜收藏品交给安东尼（Marcus Antonius）而位列流放名单，最后被处死。

除了《一审控词》，西塞罗还按照法律常规起草了多篇演讲稿，拟作《控维勒斯——二审控词》（In C. Verrem Actio Secunda 或 Actio Secunda in C. Verrem Liber Primus），以下简称《二审控词》或《二审起诉书》。《二审控词》包括 5 卷法庭演说辞，每卷涉及被告所犯的具体某个方面的罪行。第一卷共 61 章，主要揭露维勒斯在担任官员（财务官、副将和裁判官）期间的扰民、抢劫、欺诈等各种罪行。第二卷共 78 章，主要控诉维勒斯滥用司法权力，掠夺居民遗产等罪行。第三卷共 98 章，主要控诉维勒斯及其助手在征收"什一税"、征购粮食时的种种罪行。第四卷共 67 章，主要控诉维勒斯抢劫西西里各地的圣地和神庙里的宝藏。第五卷共 72 章，主要控诉维勒斯利用向西西里各地征募兵员和船只、防御海盗的机会收受贿赂，疏于职守，造成舰队覆灭，随意杀害罗马公民等罪行。这些演讲稿立即在公众中广为流传，成为一份非常有效的公诉状，让被告无可辩驳，使得案件以伸张正义而终结。这次诉讼的胜利具有重大的政治意义，因为西塞罗的演讲稿大大地促进了司法制度改革，具体地说，从此形成了元老院议员、骑士和"国家民权保卫者"三分陪审团席位的局面（参西塞罗，《西塞罗散文》，页 148-150）。

（四）《为封特伊乌斯辩护》

在司法新政以后法庭审理的案件中，西塞罗也是辩护人。譬如，公元前 69 年西塞罗为纳尔邦（Narbonne）的高卢行省总督封特伊乌斯（Marcus Fonteius）辩护，发表了《为封特伊乌斯辩护》（*Pro Fonteio* 或 *Pro M. Fonteio*）。

《为封特伊乌斯辩护》共 21 章，49 节（参 LCL 252，页 306 以下）。其中，第一、二和五章的开头和结尾部分，第三和第九章的结尾部分，第四的开头、中间和结尾部分都有残缺，其余的章节都保存完整。

案由是这样的：公元前 70 年普莱托里乌斯（Marcus Plaetorius）控告封特伊乌斯在担任总督期间犯有腐败罪。在公元前 69 年的第二次审讯时，西塞罗为封特伊乌斯辩护。西塞罗认为，封特伊乌斯的记账方式是依据公元前 86 年开始实行的《瓦勒里乌斯法》（*Lex Valeria*）（章 1），没有迹象表明封特伊乌斯在担任财务官期间受贿、盗用公款、贪污、挪用或亏空（章 2），在西班牙涉及 320 万罗马小银币（sescentorum）的案子离奇地没有证人（章 3，节 4）。

涉及高卢的一笔钱的指控也没有证人和证据。相反，封特伊乌斯在纳尔邦提供的服务赢得了罗马人的认可和当地同盟者的赞扬。指控背后隐藏的唯一动机就是有些人痛恨封特伊乌斯为了公共利益征集钱粮（章 4-7）。

至于指控封特伊乌斯通过修路牟利，西塞罗认为，如果说事实上所有国家都要修路，并且在许多情况下都会有这样的劳役，那么指控显然是错误的，因为没有什么赦免，因为在各种情况下都会有劳役。事实上，有书信表明，修路的问题与封特伊乌斯无关（章 8）。

关于对酒征收运输税的指控，西塞罗认为，法官的判决依据不仅仅是被告的辩护，而且还有原告和证人，应该考虑的是原告的话语是不是捏造的，有没有真相或者至少是一些似是而非、可疑的情况支持这些捏造（章 9，节 37）。明智的法官应该拒绝相信高卢人的证言，因为野蛮的高卢人怀有敌意，希望封特伊乌斯垮台（章 9-17）。

接下来，西塞罗阐述封特伊乌斯的人品和功绩（章 18-20）。西塞罗认为，他的当事人封特伊乌斯"在每个生活细节方面都是诚实的、有节制的和自制的，是节操的楷模、忠于职守的楷模和责任心的楷模"（章 18，节 40）。西塞罗指出，马其顿得以保存从头到尾都要归功于封特伊乌斯，封特伊乌斯在西班牙忠诚地反对野心勃勃的敌人，在高卢为罗马赢得了同盟者马西利亚（Massilia）——今马赛（Marseille）——和纳尔邦，高卢行省的所有税吏、农民、牧民和商人都万众一心地保卫封特伊乌斯。

最后，西塞罗恳请主审法官和陪审团采信同胞提供的证据，保护一名勇敢的、无可指责的罗马公民和功臣，还他的当事人封特伊乌斯一个清白，不让封特伊乌斯的冤屈羞辱他的亲人（章 21）。

虽然封特伊乌斯与维勒斯的所作所为类似，但是西塞罗的态度却迥乎不同。从讲演稿的残段来看，封特伊乌斯辖区内的行省人还未开化，只相信权力。由于讲演稿今已不存在，无从得知国家利益是否战胜了公正，封特伊乌斯是否受到了惩处。

（五）《为拉比里乌斯辩护》

长达 13 章①的政治演说辞《为拉比里乌斯辩护》（Pro C. Rabirio）——全称《为被控重度叛国罪的盖·拉比里乌斯辩护——致人民》（Pro C. Rabirio Perduellionis Reo Ad Quirites）——位列《执政官的讲演录》，所以写于公元前 63 年。年迈而无助的拉比里乌斯（Gaius Rabirius）被保民官拉比努斯（Titus Labienus；恺撒的朋友及其副官）指控犯有叛国罪。由于公元前 100 年拉比里乌斯曾亲手杀死乱党头目卢·萨图尔尼努斯

----

①　其中，完整留存的只有前 10 章，而第十一章不完整，在梵蒂冈图书馆里的一个手抄本中发现的第十二、十三章仅有残篇。

（Lucius Saturninus），拉比里乌斯多次遭到民众党人的起诉（章6）。在恺撒的指使下，关于拉比里乌斯的案子于公元前63年开庭审理。

值得一提的是，案件的审理很少针对拉比里乌斯本人，而是着重于针对《元老院最后令》。由此可见，该案并不是单纯的刑事案件，旨在推行一种反对元老院的政治。在这种情况下，为了维护执政官的最高执行权和元老院的审议权，挽救国家和确保公众的幸福，执政官西塞罗站在了霍尔滕西乌斯一边，在公民大会上为拉比里乌斯辩护（章1）。

依据许多证人提供的证据，在霍尔滕西乌斯最充分的辩护下，拉比里乌斯已经被证明是无罪的。不过，西塞罗宁愿承认拉比里乌斯拿起武器，杀死了人民公敌卢·萨图尔尼努斯。西塞罗认为，这不仅不是罪恶，而且还是最光荣的成就，是神奇的合法行为（章6），应该得到奖赏（章11），因为抵制卢·萨图尔尼努斯的阴谋活动并非拉比里乌斯个人和少数谋杀者的行为，而是包括元老院议员、骑士在内的全体人民仅仅作为服从当时的执政官们的权力的行动（章7-8），更何况导致卢·萨图尔尼努斯失败的是执政官马略（章10），而马略就像是恺撒的政治模板。

这篇演说辞旨在为执政官保住一项最重要的特权：保卫国家的最高维护权（章1和12）。后来，执政官西塞罗粉碎喀提林阴谋，正是凭借这项特权。

（六）《为穆雷那辩护》

公元前63年11月，发表第二篇《控喀提林》后不久，发表第三篇《控喀提林》之前，西塞罗在一次诉讼中为被控通过贿选骗取官位的穆雷那（Lucius Licinius Murena）辩护，发表了长达41章的演说辞《为穆雷那辩护》（*Pro Murena* 或 *Pro L.*

Murena)。

案由如下：穆雷那在现任执政官西塞罗领导下举行的公元前62 年执政官选举中获胜，成为候任执政官（章 1）。因而，落选的候选人和有声望的法学家塞尔维乌斯·苏尔皮基乌斯（Servius Sulpicius）和不妥协的廊下派政治家小加图控告穆雷那（章 2-3）。指控穆雷那有 3 条罪名：第一，生活方式；第二，与其他竞选者的功绩比较；第三，贿选（章 5）。

西塞罗首先回应了控方对自己充当被告穆雷那的辩护人的批评。西塞罗指出，他尊重自己同两位指控人的友谊，但是自己为持久而伟大的友人穆雷那辩护是"为另一个处于危险之中的朋友讲话"（章 4），也是现任执政官对下一届执政官的维护（章 2），因此天然倾向"仁慈和温和"的自己是穆雷那最合适的辩护人选（章 3）。

接着，西塞罗才开始逐一反驳原告的指控。关于穆雷那的生活方式，西塞罗反驳说，穆雷那在亚细亚过着高尚生活，只能受到赞扬，而不应该遭到诋毁（章 5）。至于职业舞者，西塞罗反驳说，那是指控者的恶语中伤，事实上穆雷那是一个高尚的人，在他的整个生活中找不到欺骗、贪婪、辩解、残忍和秽语，控方也没有提供可耻的狂饮欢宴、诱奸、勾引、淫欲和奢靡方面的证据（章 6）。

关于候选人的功绩，西塞罗认为，尽管"依据家庭出身、正直、勤奋，以及一个人在竞选执政官时必须依靠的一切"，塞尔维乌斯·苏尔皮基乌斯"在竞选中呼声最高"，可是穆雷那同样有这些品质，而且在尊严方面也旗鼓相当（章 7）。西塞罗还认为，在祖先的时代人们看重出身，而现在人们看重价值和声望。尽管两位都出身高贵，可是穆雷那的祖先当过裁判官，而塞尔维乌斯·苏尔皮基乌斯的祖先没有取得重大成就，其最高贵的出身不为民众和投票者所熟悉（章 7-8）。在担任财务官期间，两者的名声平平（章 8）。接下来，塞尔维乌斯·苏尔皮基乌斯在罗马当律师，维护民法的尊严，而穆雷那在统帅卢·卢库卢斯手下任职，勇敢而明智，为罗马人民赢得名声。也就是说，在这个时期，塞尔维乌斯·苏尔皮基乌斯稍逊风骚，而穆雷那走了通向执政官职位的快道（章 9-10），因为最大的尊严属于那些从前在军事上有杰出表现的人，而执政官的尊严绝不属于律师（章 11-13）。也就是说，在能够把一个人提升到最高公职的两种职业中，当将军是第一位的，当一名优秀的演说家屈居第二，讲坛屈服于军营，和平屈服于战争，因为罗马正是通过武力才获得最显赫的地位（章 14-16）。至于塞尔维乌斯·苏尔皮基乌斯更早当选裁判官，西塞罗认为，影响投票人的因素很多，例如难以琢磨的民众意愿和机遇，而穆雷那既赢得了赛会的机遇，为他赢得民心，又赢得了人和：他在行省当裁判官的同僚和卢·卢库卢斯的士兵参加了投票，对穆雷那当选有实质性帮助。在任职期间的表现方面，穆雷那掌管法庭为他赢得声望和善意，而塞尔维乌斯·苏尔皮基乌斯任裁判官期间却招来敌意（章 17-20）。此外，西塞罗认为，塞尔维乌斯·苏尔皮基乌斯是个勇敢的告发者，而不是精明的候选人，因为在竞选期间去告发人不仅会失去民心和选票，而且不能让自己全身心投入竞选，其推动竞选的速度甚至不如喀提林（章 21-26）。

关于贿选，西塞罗认为，盖·波斯图姆斯（Gaius Postumus）的指控是为了指控而指控，因为盖·波斯图姆斯的竞选目标是裁判官，盖·波斯图姆斯的竞选对手不是穆雷那，而塞尔维乌斯·苏尔皮基乌斯的指控完全是因为穆雷那是他的竞选对手（章 27）。死于乌提卡的小加图严肃而正统，不顾喀提林阴谋集团制造的悲剧性形势，根据西塞罗刚刚亲自颁布的关于选举舞弊的图

利乌斯法案（Lex Tullia de ambitu）指控穆雷那（章2）。从政治
"道德"的最高利益来看，这种指控是无可厚非的。不过，西塞
罗审时度势地指出，在内战威胁面前"正直的人们"分裂和相
互指责是不合时宜的；廊下派严格的道德信条不适应政治生活实
际，应该有所变通（章28-37）。

　　另外，西塞罗尤其想避免新年在这样的批评的境地中以唯
一的执政官开始，他用得体的语言和幽默完成棘手的使命；这
种幽默明显区别于演说辞《控喀提林》的严肃与愤怒。最后，
穆雷那被无罪释放，并且在公元前62年成为西塞罗可靠的同
盟者。

　　（七）《为阿尔基亚辩护》

　　《为阿尔基亚辩护》（*Pro Archia* 或 *Pro Archia Poeta*）——全
称《为诗人阿·利基尼乌斯·阿尔基亚辩护》（*Pro A. Licinio
Archia Poeta*）——写于公元前62年，共12章，32节。

　　在为阿尔基亚（约公元前120-前61年）辩护的诉讼中，本
案的原告格拉提乌斯（Grattius）驳斥自从公元前102年居住罗
马的希腊诗人阿尔基亚（出生于古代叙利亚首都安条克）占有
罗马公民权。作为被告阿尔基亚的辩护人，西塞罗予以反驳：一
方面，阿尔基亚在盖·马里乌斯四世（Gaius Marius IV）和昆·
卡图路斯（Quintus Lutatius Catulus）任执政官期间（即公元前
102年）就来到罗马，并与罗马名人交往密切，另一方面，尽管
阿尔基亚在公共档案室的档案被意大利战争中的火烧毁，可证人
马·卢库卢斯（Marcus Lucullus）及其带来的官方证明证实，阿
尔基亚曾经是与罗马签约的城镇赫拉克勒亚（Heraclea，位于马
尔马拉海北岸）的公民。依据希尔瓦努斯（Silvanus）和卡尔波
（Carbo）的法律，法律通过时居住在意大利的公民在60天内向
行政长官报告，都可获得与之结盟的城镇的公民权，而阿尔基亚

向行政长官昆·墨特卢斯（Quintus Metellus）① 汇报过，所以阿尔基亚理应享有罗马公民权。

值得一提的是，西塞罗的法庭演讲独辟蹊径。除了从案件本身的角度加以辩护以后，西塞罗还从作为文化的诗歌的角度进行辩护。西塞罗借为"优秀诗人"阿尔基亚辩护的机会，阐述诗（创作艺术）与文化的重要性（《为诗人阿尔基亚辩护》，章6，节12至章7，节16），颂扬诗歌在政治活动中的重要性：讴歌罗马的光辉灿烂，为罗马将军歌功颂德，为罗马人民增光添彩。诗人阿尔基亚"有着渊博的知识"，是"天才诗人"，是荣誉的仆人，而荣誉应当是那些为自己的城邦兴旺殚精竭虑、奋斗终生的人的最终目标。西塞罗承认自己同喀提林阴谋集团作斗争的动力正是这种荣誉（参西塞罗，《西塞罗散文》，页168以下）。

（八）《为卢·弗拉库斯辩护》

在西塞罗执政官任期内，卢·弗拉库斯（Lucius Valerius Flaccus）是裁判官，扣押阿洛布罗吉斯使团成员，帮助西塞罗粉碎了喀提林同党的阴谋。公元前60年，西塞罗的朋友卢·弗拉库斯被德基姆斯·莱利乌斯（Decimus Laelius）指控在亚细亚行省任总督期间犯有敲诈勒索罪（章1-2）。该案的幕后策划人是前三头（triumviri）中的恺撒和庞培（章6），目标就是间接地打击西塞罗。于是7月初西塞罗返回罗马，夏末和霍尔滕西乌斯一起承担了为卢·弗拉库斯辩护的任务。西塞罗为此发表了演说辞《为卢·弗拉库斯辩护》（*Pro Flacco* 或 *Pro L. Flacco*）。

---

① 昆·墨特卢斯指代不明，因为阿尔基亚同墨特卢斯·努米迪库斯（Quintus Caecilius Metellus Numidicus，公元前160-前91年，墨特卢斯·皮乌斯之父，公元前109年执政官）与墨特卢斯·皮乌斯（Quintus Metellus Pius，公元前130-前63年，墨特卢斯·努米迪库斯之子，墨特卢斯·斯基皮奥的养父，公元前80年执政官）都有深厚友谊。

《为卢·弗拉库斯辩护》共 42 章。西塞罗认为，原告的指控只是无耻与恐吓（章 8），因为证人住在卢·弗拉库斯的敌人家里，与原告一起出庭，缺乏宗教禁忌。也就是说，控方证人的证词是无效的（章 10）。控方证人伪造文书和信件，作伪证，而且控方证人多为罪犯，也就是说，控方证人的证词是不可信的（章 15-37）。譬如，卢·弗拉库斯颁布法令，禁止犹太人把黄金从亚细亚运往耶路撒冷，这是公开抵制野蛮的迷信，也是有先例的（章 28）。相反，卢·弗拉库斯秉承家族的光荣传统，合法地替国家征税，并用于建造战舰，这是为了打击确实存在的海盗，捍卫政府和国家的尊严（章 12-13）。事实上，卢·弗拉库斯也把造好的战舰用于巡海（章 14）。最后，西塞罗请求法官和陪审团判决为国立功的正直人卢·弗拉库斯无罪（章 38-42）。

对西塞罗比较有利的是，该案的审判人员是"保守派"势力。他们宣布卢·弗拉库斯无罪释放，希望借此表达对西塞罗的感激之情。这又让西塞罗看到了正直的人们协调一致地对付阴谋分子的政治理想。不过，这种局面是短暂的。恺撒试图拉拢西塞罗，意欲让西塞罗到他所在的行省高卢任副官，但是遭到西塞罗的拒绝，于是让克洛狄乌斯去打败西塞罗（参格里马尔，《西塞罗》，页 82 及下）。

（九）《为塞斯提乌斯辩护》

在公元前 56 年 2 月 11 日为贝斯提亚（Lucius Calpurnius Bestia）——被指控在前一年裁判官竞选期间有阴谋活动——辩护并获胜的下一个月，更准确地说，公元前 56 年 3 月初，西塞罗为塞斯提乌斯（Publius Sestius）辩护，发表《为塞斯提乌斯辩护》（Pro Sestio 或 Pro Publio Sestio）。

塞斯提乌斯是公元前 57 年的保民官，曾为召回西塞罗而到恺撒那里斡旋（《为塞斯提乌斯辩护》，章 33）。现在塞斯提乌斯被克洛狄乌斯唆使的普·图利乌斯·阿尔比诺瓦努斯（Publius Tullius Albinovanus）和提·克劳狄乌斯·阿尔比诺瓦努斯（Titus Claudius Albinovanus）指控从事阴谋和暴力活动（参格里马尔，《西塞罗》，页91），被指控的罪名有两条：一条涉及塞斯提乌斯参选保民官；另一条涉及塞斯提乌斯在就任保民官以后使用武装保镖。原告的证人是普·瓦提尼乌斯（Publius Vatinius）和波普利科拉（Lucius Gellius Poplicola）。

对于证人瓦提尼乌斯，西塞罗给予猛烈抨击（《为塞斯提乌斯辩护》，章53和63及下），因为普·瓦提尼乌斯让恺撒获得了高卢的统帅权（参见《质问普·瓦提尼乌斯》；普鲁塔克，《西塞罗传》，章9）。《质问普·瓦提尼乌斯》（*In Vatinium* 或 *In P. Vatinium Testem Interrogatio*）是西塞罗在为塞斯提乌斯辩护的过程中发表的一篇演讲辞。在长达17章的演说辞《质问普·瓦提尼乌斯》里，西塞罗主要质问普·瓦提尼乌斯在塞斯提乌斯受到指控的案子的审判过程中作伪证的事（章1和17）。为了证明普·瓦提尼乌斯在作伪证，西塞罗质疑普·瓦提尼乌斯的人格，所以也花了大量的篇幅去质问普·瓦提尼乌斯的公共职务和个人地位（章4-8），譬如，质问普·瓦提尼乌斯当财务官（章5）、保民官（章5-7）和占卜官时的胡作非为（章8），质问普·瓦提尼乌斯的种种罪行（章9-16）。总之，西塞罗通过质问证明，普·瓦提尼乌斯为指控塞斯提乌斯的幕后主谋克劳狄乌斯作伪证，其目的就是打击曾经帮助过西塞罗回归罗马权力中心的朋友，包括塞斯提乌斯和弥洛。

之前，霍尔滕西乌斯已经从国家利益出发充分地为被告提出抱怨，或为被告争辩。现在，西塞罗认为，自己作为最后的辩护人发表辩护词是在履行一种感恩的义务，是为了发出抱怨和表达悲伤。在其他发言人已经分别回答了几项指控的情况下，西塞罗打算进行综合性的辩护，论述公民塞斯提乌斯的一般地位、生活方式、品性、习惯和忠诚，以及塞斯提乌斯维护公共幸福与安全的热情（《为塞斯提乌斯辩护》，章2）。不过，从整篇演说辞来看，西塞罗并没有逐一论述上述的各个方面，而是非常简略地、甚至有些蜻蜓点水地论及塞斯提乌斯（《为塞斯提乌斯辩护》，章3-6、33、36-40、56和69）。

相反，西塞罗借此机会，用大量的篇幅叙述自己被流放的经历。西塞罗认为，自己遭到流放的根源在于仇敌克洛狄乌斯。公元前58年2月，保民官克洛狄乌斯（公元前56年1月20日当选市政官）提出的放逐法案，其主要的帮凶就是同年的执政官加比乌斯（Aulus Gabinius）和皮索·凯索尼努斯。他们纠集一群流氓无赖，制造骚乱，无恶不作，让国家陷入没有和平与尊严的危险境地（《为塞斯提乌斯辩护》，章7-10和43）。此外，克洛狄乌斯还挑拨西塞罗与恺撒、庞培等权力人物之间的关系（章17），企图让西塞罗永世不得翻身。但是，乱国的克罗狄乌斯"失道寡助"，而爱国的西塞罗"得道多助"。在民族与国家的危亡时刻，罗马的爱国人士勇敢地站出来，支持"人民之友"西塞罗回归罗马，其中，不仅有小加图、塞斯提乌斯、弥洛等朋友，而且还有庞培、恺撒等民众派的领袖（章31-34、50、55和61-63）。西塞罗的这些叙述实际上是从自己流亡过程中发生的一系列大事件的角度出发，考察指控者的动机。

需要指出的是，西塞罗在这篇演说辞里最后一次探讨政治理想协同政治，即元老党与骑士联盟，反对平民派（《为塞斯提乌斯辩护》，章44，节96-章47，节100）。所以，这篇演说辞也被看作是一篇政治宣言。

公元前56年3月11日，塞斯提乌斯被无罪释放。这既是西塞罗的辩护的胜利，也是对于庞培——昔日被克洛狄乌斯攻击的

靶子和公开侮辱的对象——的一次胜利。这篇演说辞是西塞罗最优秀的演说辞之一，也是西塞罗演说风格成熟的一篇范文，

（十）《为凯利乌斯辩护》

公元前 56 年 4 月 4 日，[①] 西塞罗发表演讲，为自己的学生（章 4）凯利乌斯（Marcus Caelius Rufus）[②] 辩护。保留至今的演说辞《为凯利乌斯辩护》（*Pro Caelio*）——全称《为马·凯利乌斯辩护》（*Pro M. Caelio*）——有 32 章，89 节。

在昆体良高度赞扬的前言（章 1，节 1-2）里，西塞罗说明演说的计划。之后，西塞罗为这个案子设防（praemunitio）（章 2，节 3-章 20，节 50）。

凯利乌斯曾与喀提林有些交往，因此受到指控。对此，西塞罗辩驳说，凯利乌斯之所以曾经依附和支持喀提林，是因为凯利乌斯像西塞罗本人一样，受到了蒙骗，误以为喀提林是个君子。但是，凯利乌斯绝不是喀提林阴谋的同伙，因为凯利乌斯运用他的年轻朋友推荐的特别方法对阴谋者提出指控（《为凯利乌斯辩护》，章 4-7）。

之后，凯利乌斯控诉与西塞罗同年任执政官的安东尼。在那桩诉讼中，尽管西塞罗出庭辩护，昔日同僚也最终获罪（《为凯利乌斯辩护》，章 7）。同年，凯利乌斯与保民官克洛狄乌斯的妹妹克洛狄娅（Clodia）公开通奸，尔后又与她闹翻。为了报复凯利乌斯，克洛狄娅唆使阿特拉提努斯（Lucius Sempronius Atratinus）指控凯利乌斯谋杀埃及使者狄奥（Dio），并指控凯利乌斯还曾企图毒死她本人（章 13 和 21）。

首先，西塞罗明确指出，禁止年轻人（指凯利乌斯）私通

---

① 纪念大神母（Magna Mater）的麦格琳节（Ludi Megalenses）的第一天。

② 公元前 82 年 5 月 28 日生于英特拉弥亚（Interamnia），今意大利的泰拉莫（Teramo）。参 LCL 447，页 398。

妓女（指克洛狄娅）的人过于严厉，这种观点不仅有违人性
（年轻人允许放纵），而且有违"祖先的惯例和特许"（章20，
节48，参LCL 447，页466-467）。更何况，克洛狄娅本性荒淫
和奢侈（章14-16），而凯利乌斯本性是向善的。也就是说，在
克洛狄娅与凯利乌斯从爱到恨的关系衍变过程中，凯利乌斯是没
有过错的。

　　关于凯利乌斯拿黄金去谋杀亚历山大里亚使者狄奥，西塞罗
反驳说，凯利乌斯从克洛狄娅那里拿黄金，若凯利乌斯不说明黄
金的用途，那么她就不会给他，若凯利乌斯说用于谋杀，那么她
就是同谋（章21）。依据凯利乌斯的品性和卢凯乌斯（Lucius
Lucceius）的证词，凯利乌斯与卢凯乌斯的奴隶没有关系，原告
的指控本身没有提出任何怀疑的根据，相关事实没有任何证据，
所谓的往来没有任何迹象，没有提及具体的地点、时间、证人和
同谋（章22，节55，参LCL 447，页474-475）。

　　关于毒药的指控，西塞罗认为，凯利乌斯没有毒死克洛狄娅
的动机。事实的真相是这样的：对凯利乌斯的指控源于之前凯利
乌斯曾经指控别人。现在恶人先告状。控方讲述的故事是编造
的，控词"不可能在事实中发现证据，不可能在案子中发现疑
点，不可能在指控中找到结论"（章23-29）。

　　至于其余的指控，西塞罗认为，那更是子虚乌有，完全属于
诽谤。人们不能用其他人的冒犯和时代的罪恶来谴责凯利乌斯
（章12）。

　　由于上述的原因，凯利乌斯最后被无罪释放（参格里马尔，
《西塞罗》，页91及下）。可见，西塞罗的辩护是成功的，主要
得益于在第14章第33节至第16章第38节里西塞罗高超的策略
与演说术。这个段落在古代受到高度称赞（参LCL 447，页510-
511）。不过，弗隆托认为，西塞罗在《为凯利乌斯辩护》里采

用的首字重复法"谁（quis）……谁（quis）……"（章 3，节 13）是一种演说家们经常采用的、灵活性很大的修辞手法，是一种平庸的修辞手法［《致奥勒留》（*Ad Antoninum Imp.*）卷二，封 6，节 2］。

（十一）《为卢·巴尔布斯辩护》

由于公元前 56 年初卢·巴尔布斯（L. Cornelius Balbus，参 LCL 447，页 613 以下）的罗马公民权受到质疑和指控，在发表演说《关于执政官的行省》之后不久，公元前 56 年夏，西塞罗又为卢·巴尔布斯辩护，不过是作为第三个发言的辩护人，卢·巴尔布斯的辩护人还有庞培和克拉苏（Marcus Licinius Crassus，约公元前 115－前 53 年，见《为卢·巴尔布斯辩护》，章 1 和 7）。①

西塞罗成为卢·巴尔布斯的辩护人，有两个原因。一方面，西塞罗意识到，卢·巴尔布斯不仅是有恩于自己的辩护人（《为卢·巴尔布斯辩护》，章 1），而且还是恺撒（章 19 和 28）和庞培的朋友和依从者，甚或是他们的代理人，所以这是一个为恺撒和庞培同时效力的机会。另一方面，庞培、卢·巴尔布斯等人之所以让西塞罗办理这桩诉讼案，就是因为他们借此机会把他们同西塞罗达成的协议公之于众，而那个协议旨在对抗顽固不化的敌对势力元老院。当然，那个协议不包含禁止西塞罗向在流亡期间未能给他辩护的人（恺撒和庞培除外）复仇的内容。

———————————

① 文中的辩护人是政治家（公元前 60 年与恺撒、庞培组成前三头）、演说家和首富（Dives）克拉苏［M. Crassus，即 Marcus Licinius Crassus，与他的祖父（公元前 126 年裁判官）同名，他的父亲（公元前 97 年执政官，公元前 89 年监察官）与曾祖父（公元前 171 年执政官）同名 P. Crassus；克拉苏的曾祖父与西塞罗以前的著名演说家 L. Crassus（公元前 95 年执政官）的祖父 C. Crassus（公元前 168 年执政官）是兄弟］。关于克拉苏的传记，详见普鲁塔克，《希腊罗马名人传》上册，陆永庭等译，页 577 以下。

在法庭上，西塞罗发表了辩护词《为卢·巴尔布斯辩护》（*Pro Balbo* 或 *Pro L. Cornelio Balbo*）。辩护词共 28 章，65 节。从演说的结构来看，西塞罗首先在引言里营造同情巴尔布斯的气氛（章 1，节 1-章 7，节 19），接着阐述原告对巴尔布斯的 3 条指控（章 7，节 19-章 16，节 37），然后补充抗辩，强化自己的合法论证（章 17，节 38-章 24，节 55），最后在结束语中转到指控的个人处境和政治环境（章 25，节 56-章 28，节 65）。

案件的事实真相如下：大约公元前 100 年卢·巴尔布斯生于西班牙的加德斯（Gades），在塞尔托里乌斯战争（Sertorian War）期间（公元前 79-前 72 年）被罗马将军庞培授予罗马公民权（《为卢·巴尔布斯辩护》，章 2-3），公元前 70 年登记为罗马公民。

针对控词，西塞罗反驳说，一方面，卢·巴尔布斯为罗马而战，取得战功，有资格获得奖赏，另一方面，庞培是一个有处事经验的将军，授予卢·巴尔布斯的罗马公民权（civitas）既是合法的，[①] 也是适当的和明智的（《为卢·巴尔布斯辩护》，章 2-6）。

关于同盟国的成员要成为罗马的成员必须由同盟国"表示同意"的法律，西塞罗认为，无论依附罗马是由于某些条约，还是出于自愿，依附者都有机会自己决定采用什么样的法律原则。如果与罗马无关，而与依附者自己关心的问题有关，那么罗马必须问这些国家是否"表示同意"；但是如果事关罗马人的国家或帝国，事关罗马人的战争、胜利和幸福，罗马人的先祖不会希望那些国家"表示同意"（章 8）。西塞罗还认为，公民身份的变更不仅取决于法律，而且还取决于个人的意愿，因为根据罗

---

① 即符合 *Lex Gellia Cornelia*。

马的法律，只要接受国表示同意，就不能违反一个人的意愿改变
他的公民身份，也不能阻止公民改变自己的身份的意愿和行为。
虽然法律规定不能拥有两个国家的公民权，但是任何人都可以放
弃一个国家的公民权，去享有另一个国家的公民权（章11）。而
且，罗马人民已经通过一部关于授予公民权的法律。在这样的情
况下，要各个民族对这种法律"表示同意"是不寻常的，所以
庞培授予卢·巴尔布斯罗马公民权，加的斯人对罗马人的行动是
不能提出指责的（章17）。

此外，卢·巴尔布斯对罗马的忠诚和友好应该得到罗马人的
奖赏，否则罗马会失去朋友。另一方面，卢·巴尔布斯成为罗马
公民，并没有损害加的斯人，因为他仍旧有同胞间的亲情。事实
上，在恺撒（C. Caesar）当西班牙行省总督期间，正是由于卢·
巴尔布斯的要求，加的斯人得到最大的利益和恩赐（章18-19）。
对卢·巴尔布斯的指控实际上是原告嫉贤妒能，完全是不公正的
（章25-27）。

综上所述，西塞罗的辩护建立在两个基本思想的基础上：所
有同盟国的成员都不能因为拥有了罗马公民权而受到审判，因为
他原先的国家没有表示同意，或由于改变公民身份受到某些条约
的限制；以往以罗马将军的名义授予的公民权不能因为法庭的判
决而失去罗马身份（参 LCL 447，页 626 以下）。

（十二）《为遗腹子拉比里乌斯辩护》

在发表保存至今的《质问瓦提尼乌斯》两年后，即公元前
54 年，由于三头（triumviri）的压力，西塞罗又改弦易辙，为恺
撒的代理人和依从者瓦提尼乌斯辩护。不过，西塞罗打算利用瓦
提尼乌斯对抗当时正在东方执行一项有成效的使命的克洛狄乌
斯。这一年，西塞罗也为夙敌加比尼乌斯辩护。叙利亚行省总督
加比尼乌斯远征埃及，武力协助辖区以外的托勒密十二世（公

元前 117–前 51 年，公元前 80–前 58 年在位）恢复王位（公元前 55–前 51 年在位），并获得托勒密十二世的 1 万塔伦特（talents）的酬谢，因而有人指控卸任后返回罗马的加比尼乌斯被埃及国王收买，有损罗马人的尊严。应庞培的要求，西塞罗发表了今已不存在的《为加比尼乌斯辩护》（*Pro Gabinio*），但未能说服审判官们，加比尼乌斯被判流放（《为遗腹子拉比里乌斯辩护》，章 8 和 12）。为了追查加比尼乌斯受贿的证据，遗腹子拉比里乌斯（Gaius Rabrius Postumus）被法庭传唤（《为遗腹子拉比里乌斯辩护》，章 3–5），他的辩护人西塞罗发表法庭演说辞《为遗腹子拉比里乌斯辩护》（*Pro Rabrio Postumo* 或 *Pro C. Rabrio Postumo*）。

　　《为遗腹子拉比里乌斯辩护》共 17 章，节 48。在开场词（章 1，节 1–2）以后，西塞罗介绍遗腹子（postumus）拉比里乌斯的情况。遗腹子（postumus）拉比里乌斯是西塞罗过去曾为之辩护的拉比里乌斯（C. Rabirius）的外甥和养子，是罗马骑士盖·库尔提乌斯（Gaius Curtius）的遗腹子（postumus）。作为成功的商人，遗腹子（postumus）拉比里乌斯曾资助当时在罗马避难的托勒密国王（章 2）。之后，西塞罗指出，遗腹子（postumus）拉比里乌斯与加比尼乌斯的案子无关，审判适用的法律——即《关于回款的尤利亚法》（*Lex Iulia de Repetundis*）①——不当（参 LCL 252，页 364 及下），会破坏元老院与骑士等级的关系（章 3–8 和 12–13）。而为了收债的遗腹子（postumus）拉比里乌斯不得不担任恢复埃及王位的托勒密国王的司库，这是无可非议的（章 8–11）。但是，遗腹子（postu-

――――――――――

　　① 该法律是公元前 57 年颁布的，旨在限制行省的省长在任期内接收"礼物"的数量，同时又确保在离职时做到收支平衡。参 LCL 252，页 364 及下。

mus）拉比里乌斯很快因为破产而被迫离开埃及，回到意大利
（章14）。那些控诉加比尼乌斯的人把矛头转向遗腹子（postu-
mus）拉比里乌斯，力图收回遗腹子（postumus）拉比里乌斯已
无力缴纳的罚金。不过，由于遗腹子（postumus）拉比里乌斯一
方面有靠山恺撒，后者指使加比尼乌斯在整个诉讼中筹划，另一
方面遗腹子（postumus）拉比里乌斯是西塞罗的恩人，曾借钱给
流放的西塞罗，再加上遗腹子拉比里乌斯本人承诺出售和拍卖财
产以偿还债务（章15-17），所以遗腹子（postumus）拉比里乌
斯最终被无罪释放（参LCL 252，页363以下）。

（十三）《为普兰基乌斯辩护》

公元前54年，西塞罗还参与了两桩案情曲折、斗争复杂的
诉讼：为市政官候选人普兰基乌斯辩护和为执政官候选人斯考鲁
斯（Marcus Aemilius Scaurus）辩护。

《为普兰基乌斯辩护》（*Pro Cn. Plancio* 或 *Pro Cnaeo Plancio*）
发表于公元前54年，共42章。由于原告拉特伦西斯（Marcus
Juventius Laterensis）和被告普兰基乌斯都是西塞罗在流亡时期帮
助过他的朋友（章33），这篇演说辞里没有像其他演说辞一样充
满仇恨的愤怒，没有冷嘲热讽和尖酸刻薄的语言，而是充满了感
恩之情，采用深思熟虑的和友好的语言。从演说辞获悉，公元前
55年原告和被告都参加了市政官的竞选，其中原告落选，而被
告胜选。公布选举结果的几个星期以后，落选的拉特伦西斯控告
胜选的普兰基乌斯用非法手段赢得选举的胜利。在一个专门任命
的陪审团面前，在主审法官阿尔菲乌斯（Alfius）面前，西塞罗
出庭为自己的大恩人普兰基乌斯辩护。至于辩护是否成功，不得
而知。

西塞罗认为，拉特伦西斯的指控是没有道理的。因为从家庭
出身来看，拉特伦西斯虽然出身于执政官等级的家庭，但是家道

中落，他已是一个普通平民，而普兰基乌斯虽然出身于骑士等级
的家庭，但是他的父亲是包税商人，是个孜孜不倦的游说者，为
了儿子讨好全体选民（章9），为普兰基乌斯赢得了不少的选票。
因为从候选人自身的角度看，普兰基乌斯品格优秀，在道德和社
会方面都具有很大的影响，让他得到了他的同乡、邻居和伙伴的
支持（章13），普兰基乌斯的公职每次得到提升都使他得益匪浅
（章11）。譬如，在任裁判官和保民官期间，普兰基乌斯为骑士
等级提供巨大的服务，因而骑士等级的人支持他（章9）。因为
在西塞罗走投无路的时刻，普兰基乌斯没有明哲保身，而是伸出
援助之手（章41－42），因而会获得西塞罗及其支持者的支持。
因为从选民的角度来看，虽然民心难测，但是不能极端地说，推
动人民作出选择的是任性，而不是良心（章6）。人民会选择拥
有正直和公正的品质的候选人作他们的仆人（章25），人民会支
持亲民的候选人，而深得民心的不仅是普兰基乌斯，而且还有普
兰基乌斯的支持者（章19）。总之，美德、廉洁和自制使普兰基
乌斯具有各种内在的和外在的价值，这是拉特伦西斯不具备的条
件（章12）。

　　西塞罗指出，个人生活进入公众视野以后由人们进行评价
（章12）。拉特伦西斯不能把竞选的失败归咎于人民对自己的忽
视和藐视。事实上许多优秀的人士都曾遭遇过竞选的失败。所以
拉特伦西斯应当坚持走自己从早年就开始走上的道路。只要拉特
伦西斯对事件有一个正确的认识，他的失败在某种意义上就是对
他的功绩的承认（章21）。

　　有趣的是，西塞罗讲述了西西里岛"著名"财政官（公元
前75年）的轶事。西西里岛有两个财政官，一个在利里班（西
塞罗的住地），一个在叙拉古（《为普兰基乌斯辩护》，章26，
节64－章27，节66）。

修辞学家尤利阿努斯（Antonius Julianus）认为，西塞罗的演讲词《为普兰基乌斯辩护》（*Pro Cn. Plancio*）既得体（sane：sanus）又优雅（rotundum：rotundus），韵律（modulo：modulus）本身也对耳朵具有诱惑力（革利乌斯，《阿提卡之夜》卷一，章4，节4。参 LCL 195，页31）。

（十四）《为斯考鲁斯辩护》

演说辞《为斯考鲁斯辩护》（*Pro Scauro* 或 *Pro M. Aemilio Scauro*）现存24章，50节，其中第一至三、九、十二至十三和十九至二十四章有残缺。由于现在只有保存不全的残篇，无人能够回答西塞罗为苏拉的继子斯考鲁斯辩护的原因。

在辩护辞《为斯考鲁斯辩护》里，西塞罗首先反驳了原告的种种指控（章1-6）。譬如，西塞罗反驳说，斯考鲁斯毒死波斯塔尔（Bostar）的指控是缺乏根据的，因为斯考鲁斯毒死波斯塔尔不能获得波斯塔尔的遗产（章2）。又如，关于阿里斯（Aris）的妻子之死与斯考鲁斯同她发生恋情有关的指控，西塞罗认为，事情的真相是这样的：阿里斯为了同波斯塔尔的母亲结婚而谋杀了自己的妻子（章2-6）。

之后，西塞罗阐述了原告指控斯考鲁斯的性质和真实意图（章11-16）：审判不是为了寻求正义，而是为了影响执政官选举（章14），因为斯考鲁斯参选公元前54年的执政官，成为执政官阿皮乌斯·普尔策（Appius Claudius Pulcher）的兄弟盖·普尔策（Gaius Claudius Pulcher）的竞争对手，尽管盖·普尔策因为在亚细亚的指挥权延至下一年而撤回竞选（章14-15）。西塞罗认为：

> ... everything has been undertaken dishonestly, seditiously, precipitately, hot—headedly, by means of conspiracy, absolute power, undue influence, promises, and intimidation.

一切都在不诚实地、煽动性地、仓促地、头脑发热地进
行，依靠阴谋、绝对权力、不正当的影响、利诱和威逼
（章16，节37，引、译自 LCL252，页293）。

接着阐述的是原告的证人（章17－22）。西塞罗认为，不仅
这些来自撒丁岛的证人没有自信或权威，而且他们的证据之间缺
乏相似性或共性，因为"他们的信誉被他们的一致同意摧毁了，
这是在听证撒丁人参与的协议和阴谋的时候暴露出来的"，因为
"他们的信誉被他们的贪婪摧毁了，那些关于奖赏的希望和承诺
激发了他们的贪婪"，因为"他们的信誉被他们的民族性格本身
摧毁了，这种性格非常卑劣，他们以为自由同奴役之间的区别仅
仅在于允许撒谎的许可"（章17，节38，参 LCL252，页292－
295）。

最后阐述的是西塞罗的作为被告的当事人斯考鲁斯（章23－
24）。西塞罗认为，斯考鲁斯的祖先是勇敢的，对诸神是虔诚的
和慷慨的（章23），而斯考鲁斯本人是罗马国家有真才实学的、
有影响的人（章24）。

由于演说辞残缺不全，无法得知后面还阐述了些什么，也不
知道西塞罗的辩护是否取得成功（参 LCL 252，页262 以下）。

（十五）《为弥洛辩护》

在混乱的公元前53年，西塞罗认为，借助于苏拉的女婿、
公元前57年保民官弥洛（Titus Annius Papianus Milo，公元前95－
前48年）的力量，有可能使贵族恢复一部分他们的权力。弥洛
利用克洛狄乌斯（Clodius Pulcher，公元前93？－前52年）的奴
隶团伙和斗士对付克洛狄乌斯。他们俩在罗马广场和马尔斯广场
展开暴力争斗，并下赌注：克洛狄乌斯想当裁判官，而弥洛想当
执政官。公元前52年1月20日，他们在阿皮亚大道狭路相逢，

在手下打斗中杀死了克洛狄乌斯。当晚克洛狄乌斯的支持者在他的尸体旁边守灵，第二天发动骚乱（阿庇安，《罗马史》卷十四，章3，节21）：在焚烧尸体时焚烧了元老院。元老院议员发布元老院最后令予以还击，并委托具有"崇高的智慧、杰出的睿智"的庞培恢复秩序。很快，庞培获得执政官职位，并与恺撒协调组成特别法庭以审判弥洛。在4月4日审理弥洛的法庭上，西塞罗是唯一站出来为弥洛辩护的人。关于西塞罗为弥洛辩护的原因可能有两个：于私，弥洛为西塞罗消灭了一个夙敌；于公，克洛狄乌斯为恺撒效劳，严重扰乱了政治生活，继而又与庞培作对，打乱了正常秩序，极大地破坏了共和国的制度。

《为弥洛辩护》（*Pro Milone*，公元前52年）共38章，105节。西塞罗认为，合理的杀人既有先例，又有相关的法律规定。譬如，依据《十二铜表法》，在任何情形下杀死夜间行窃的人都被视为正当行为（章3，节9）。"在许多场合下，谋杀是正当的。尤其当需要用暴力反暴力的时候，这样的行为不仅是正当的，而且是必需的"（章4，节9）。而弥洛的同情心总是倾向于爱国者，反对那些煽动暴乱的阴谋家，而被杀死的保民官克洛狄乌斯就是阴谋家，所以杀死阴谋家应该是弥洛的功劳（章2）。西塞罗反对启动特别的审判程序（章5-7），因为"在死亡问题上，至少在谋杀问题上，应当服从统一的惩罚和法律"，启动特别的程序是没有先例的（章7，节17），因为"要调查的不是死亡的事实，而是死亡时的境况"（章6，节15），即"在此阴谋中发生争执的双方哪一方有罪"（章9，节23）。

事实真相是这样的：1月18日，作为拉努维乌姆（Lanuvium）的最高行政长官，独裁官弥洛离开罗马，准备前往这个镇，履行任命祭司的职责，而知情的克洛狄乌斯在前一天悄悄地离开罗马，在他的庄园（位于阿皮亚大道）设伏。大约下午5点时分，弥洛在克洛狄乌斯的庄园大门前遭到克洛狄乌斯的武装分子（严格挑选出来的"敢死队员"）伏击。在混乱中，弥洛的仆人们误以为主人已死，出于对主人的忠心，决心为主人复仇，他们杀死了在午宴醉酒的阴谋家克洛狄乌斯（章 10—11 和 21）。

因此，在人们认定的阴谋中，在元老院已经宣布为一项有损国家利益的行动中，邪恶的是克洛狄乌斯，因为他为了不让弥洛当选执政官，以大大削弱他担任裁判官的权力，于是试图操纵执政官的选举。但是事与愿违，弥洛成功当选执政官。于是，克洛狄乌斯在元老院隐晦提及，在民众集会上公开宣称，如果不能剥夺弥洛的执政官位置，那么至少可以剥夺他的生命，在 3 天内或至多在 4 天内（章 9，节 26），并且如前所述他也实施了这个疯狂的计划。事实上，也有证据表明，克洛狄乌斯不仅有谋杀的动机（章 17—19），而且还采取了精心策划的谋杀行动（章 20—21）。

而正义的是勇敢的弥洛，因为弥洛是正当防卫，因为弥洛没有谋杀克洛狄乌斯的动机（章 13），因为以前弥洛有多次机会可以合法、有益、不受惩罚地杀死克洛狄乌斯，却没有那么做（章 15—16），因为弥洛只不过是以暴制暴（章 14）。此外，弥洛的获释奴杀死克洛狄乌斯的行为是无可指责的，因为小加图在公共集会上说过："那些保护主人生命的奴隶最应当得到的不仅是自由，而且还有最仁慈的奖赏"（章 22，节 58）。所以，只有理直气壮，弥洛才可以气定神闲地把自己的命运交付给人民和元老院，交给公共卫士和军队，交给庞培（章 23）。

西塞罗指出，关于弥洛的一些猜测都是毫无根据的可恶的谣言（章 24—26）。相反，危害国家的正是克洛狄乌斯（章 27—28）。弥洛杀死克洛狄乌斯是为民除害，是公共的恩人，是真正"效忠祖国"的英雄，弥洛的行为是遵从罗马诸神的旨意，是永远合法的（章29-33）。

最后，西塞罗恳请陪审团保护勇敢的爱国者弥洛的幸福，判弥洛无罪（章34-38）。

尽管辩护词《为弥洛辩护》（*Pro T. Annio Milone*）是"叙事"与辩论的典范，可惜西塞罗的法庭演说遭遇簇拥在法庭周围的士兵和军方意见的搅局，时断时续，支离破碎（普鲁塔克，《西塞罗传》，章35）。尽管西塞罗用演讲稿（保存至今）替代演讲，弥洛还是没有逃脱判罪而流放马西利亚的命运。这是西塞罗极少输掉的诉讼之一。

后来，西塞罗修订了文本，当作宣传品进行散发。其中，最巧妙的著名陈述案情（narratio）就是《为弥洛辩护》，章9，节23至章11，节30（参LCL 252，页3以下；西塞罗，《西塞罗散文》，页185以下）。

三、民事诉讼演说辞

（一）《为昆克提乌斯辩护》

公元前81年，西塞罗接受了为昆克提乌斯（Publius Quinctius）辩护的案子。这个案子虽然属于民事案，但是审理过程极为复杂。开始时，诉讼的焦点集中在一家公司的财产上。公司是由盖·昆克提乌斯（Caius Quinctius）和塞克斯图斯·奈维乌斯（Sextus Naevius）合伙经营，开发一块山南高卢（内高卢）的土地，使物产商品化。盖·昆克提乌斯死后，他的兄弟昆克提乌斯享有继承权，想了解公司的经营情况，可是塞克斯图斯·奈维乌斯百般阻挠。不幸的昆克提乌斯面临将他的全部财产充公和公开拍卖的危险。在他的第一篇演说辞《为昆克提乌斯辩护》（*Pro Quinctio* 或 *Pro Publio Quinctio*）的结尾，西塞罗强调了这个悲哀的现实，营造悲怆的气氛：整个一生的荣誉将要被塞克斯图斯·

奈维乌斯的贪婪和诡辩狡诈毁掉了！控诉人是当时既有经验又有声望的演说家和政治家霍尔滕西乌斯。这个案子的结局不为人知。但是学界推测，西塞罗取得了胜利，理由是西塞罗发表了这篇辩护词。

辩护词《为昆克提乌斯辩护》总共 31 章。其中，第一至二章是开场白，第三至九章陈述案情的基本事实，争论的焦点是执法官不公正的法令要不要执行，第十至二十九章是西塞罗为被告进行的基本辩护，第三十至三十一章是结束语。这篇辩护词的残篇在 5 世纪的修辞学家塞维里阿努斯（Julius Severianus）的著作《修辞学方法导论》（*Praecepta Artis Rhetorciae*）① 中。

（二）《为谐剧演员罗斯基乌斯辩护》

在公元前 76 年 12 月 5 日担任财政官之前，或者公元前 70 年，或者公元前 67 或前 66 年，② 西塞罗为当时最著名的谐剧演员罗斯基乌斯（Quintus Roscius）③ 辩护，发表了《为谐剧演员罗斯基乌斯辩护》（*Pro Roscio Comoedo* 或 *Pro Q. Roscio Comoedo*），总共 18 章。

这是一起关于钱财的经济诉讼。凯瑞亚（Gaius Fannius Chaerea）认为，他的奴隶帕努尔古斯（Panurgus）具有戏剧天赋，想让他在罗斯基乌斯那里学习演技。为了开发帕努尔古斯的才能，两人依法成立一家公司。依据法律规定，奴隶帕努尔古斯成为专业演员所赚取的钱归主人所有，而主人又承诺将其中一部分

---

① C. Halm 编，*Rhetores Latini Minores*（《拉丁修辞学著作集》），第一册，1863 年，页 363。

② 西塞罗，《论共和国·论法律》，王焕生译，北京：中国政法大学出版社，1997 年，页 6。

③ 西塞罗曾向谐剧演员请教朗读，见普鲁塔克，《西塞罗传》，章 5；《罗念生全集》卷六，前揭，页 294。

支付给罗斯基乌斯。公司运转良好，为两个合伙人赚取了一些钱财。直到没过多久的一天，帕努尔古斯被塔尔奎尼亚城（Tarquinii）的昆·弗拉维（Quintus Flavius）杀死。罗斯基乌斯起诉凶犯，并请方尼乌斯为自己的诉讼代理人，不是因为凶手的罪行，而是由于帕努尔古斯的死给他带来经济损失。然而，罗斯基乌斯又和昆·弗拉维达成一项和解协议。于是，12 年后，方尼乌斯向罗斯基乌斯索取凶手根据和解协议支付给罗斯基乌斯的赔偿金。在他们两人之间的激烈诉讼中，西塞罗为罗斯基乌斯辩护，运用了他从斯凯沃拉（占卜官）那里接受的知识，展示了他作为法学家的干练。

（三）《为凯基那辩护》

《为凯基那辩护》（*Pro Caecina* 或 *Pro A. Caecina*）大约发表于公元前 68 年。这篇长达 36 章的演说辞涉及凯基那（Aulus Caecina）与艾布提乌斯（Sextus Aebutius）之间争夺凯塞尼娅（Caesennia）的遗产。由于艾布提乌斯无视凯塞尼娅的遗嘱，私自认为凯基那不享有继承权，并用武力驱赶凯基那，强占凯基那应得的土地遗产，凯基那向法庭提出诉讼，请求法官责令艾布提乌斯归原土地。

作为控方律师，西塞罗采取了与先前的辩护计划很不一样的辩护计划。西塞罗不再依靠自己的辩护能力，而是依靠对手的认可，不是依靠自己的证人，而是依靠对手的证人（章 1）。依据遗嘱、对手的证人证词和别的实际情况，西塞罗复原这个案件的事实真相：凯基那是凯塞尼娅的再婚丈夫，享有她从亡夫那里得到的地产的二十四分之二十三，而艾布提乌斯仅仅是凯塞尼娅竞拍土地的代理人，仅仅享有遗留地产的七十二分之一（章 6 和 25）。为了扩大自己分得的遗产，艾布提乌斯就厚颜无耻地剥夺凯基那的继承人身份，其理由是凯基那是沃拉太雷（Volaterrae）

城堡的公民，不能像其他公民一样拥有全部权利，并且还要求派一位仲裁者来划分这项遗产。后来几天，艾布提乌斯发现用打官司的方式威胁凯基那无效，又谎称这处地产是他在罗马市集广场的拍卖中为自己购买的。但是有证据表明，艾布提乌斯只不过是凯塞尼娅的代理人。此后，争端从司法诉讼演变为武力威胁。当凯基那修整那处地产的时候，却被人赶了出来。为了解决争端，约定一个合适的时间和地点商谈。当凯基那一行人如约而去，离争执地产不远的埃克西亚的城堡的时候，艾布提乌斯却带着一群手持武器的人，武力威胁凯基那的生命安全，迫使凯基那离开。西塞罗认为，裁判官普·多拉贝拉（Publius Dolabella）签署"关于武力冲突"的命令，要艾布提乌斯无条件归还把凯基那从那里赶走的那处地产，这已经具有一种"誓约断讼（sponsio）"的意味（章7-11）。

接着，西塞罗反驳了被告律师盖·皮索（C. Piso）在法律术语方面玩文字游戏的诡辩。西塞罗认为，从法理来看，人们对法律条文的理解存在分歧，但判决要以最公正的解释为依据，并从中得到最好的支持。真理、正义和善良（χρηστότης）结合在一起，要求不仅考虑构造具体法律的准确术语，而其还要考虑法律的目的和意图（章28）。所以，引导审判的不应当是法律用语，而应当是法律精神。从案件事实来看，被告艾布提乌斯及其手下拿着刀剑就是武装人员，他们的武力威胁和伤人、杀人一样，都是危及原告生命的恐怖行为，都具有赶走原告、霸占土地的意图和后果（章12-24）。此外，西塞罗还指出，即使从法令的词语来看，法令的开头"无论你从何处……"也已经明确，无论是某个人从他所在之处被武力驱赶出去，还是某个人受武力驱赶，不能去他想要去的地方，有一项处理武力事件的法令都适合这两种情况（章30）。总之，私人财产依靠法律才能得到保障，而放弃法律就会严重影响整个国家。

四、演说艺术特色

从演说辞的结构来看，在演说辞中，特别是在法庭演说辞中，西塞罗严格遵循当时演说辞的通用结构模式：引言（exordium）、陈述案情（narratio）、论证自己的观点（probatio）、驳斥对方的观点（refutatio）和结束语（peroratio，即最后的总结陈词）。

首先，西塞罗很重视引言。西塞罗认为，法庭演说必须从开始就吸引审判员和听众的注意力，并使得他们对演说者和案件当事人产生好感，因此诉讼演说辞应当"从案件的核心"开始。这方面的典范就是《为弥洛辩护》。

第二，西塞罗非常认真地对待陈述案情的部分。西塞罗认为，由于审判员和听众一般都知道案情，陈述的侧重点应当是迫使他们接受和同意演说者的观点。在这方面，除了考虑案件审理的法律，还应考虑听众的关注点和思想，把事件构思得既引人入胜，又有很强的说服力，力求在陈述案情的部分播撒"证明的种子"。为此，西塞罗经常使用历史趣事、人物对话、文学称引、哲理格言或幽默词汇，强调语言的简明性、通俗性、规范性和活跃性。所以，西塞罗的演说辞既有高度的概括性，又具有鲜明的生动性。

在论证和反驳部分，西塞罗十分重视逻辑论证能力和技巧。为此，西塞罗竭力展现自己思想的机敏。譬如，西塞罗喜欢叙述或介绍当事人个人生活和习性，并由此推断当事人的行为，大量使用拟人法、修辞提问、形象性描述、各种比喻、嘲讽等修辞手法，把法律证据同生活描写结合起来，使得他的论证和反驳充满高度的文学性，如《控维勒斯》。

在结束语部分，西塞罗喜欢十分巧妙地煽情，例如满怀激情地描述当事人若遭处罚的悲剧性命运，包括当事人的亲人、孩子可能面临的痛苦等，呼吁法官的仁慈，最大限度地博得审判员和听众的同情。

作为演说家，西塞罗是语言的主人。西塞罗非常重视文辞的优美，认为文辞的优美源自对象自身和人为的美饰。对象本身决定词汇，例如对象丰富则词汇丰富，对象高尚则词汇有某种自然的光泽。在人为的美饰方面，既要考虑整体美饰，又要考虑局部美饰。因此，在演说辞中，西塞罗采用拉丁语标准而完美的散文文学语言。譬如，西塞罗喜欢使用结构严谨、层次清楚的复合句。复合句常常可以划分为数个相等或近似相等的语段，从而获得一定的韵律感，满足听觉的自然审美要求，增强语言的感染力。西塞罗的富有音乐感的韵律概念包括词汇的节奏和声音的和谐。前者包括长短音节的安排，后者包括词汇搭配时保持语音的和谐，特别是使句子能音韵和谐地结尾。这又使得西塞罗的演说辞具有琅琅上口的口语特点。

综上所述，西塞罗的演说辞崇高（sublimitas）、庄严（magnificentia）、优美（nitor）和威力（auctoritas），是古典演说术的典范之作，具有很高的文学价值，也让西塞罗在后世享有极高的荣誉：西塞罗的名字不仅仅是个人的名字，而是等同于演说术本身（昆体良，《雄辩术原理》卷十，章1，节112），因为西塞罗是演说术的最高权威，他"在演说规则和教育规则方面把一切都说了"，西塞罗"之后还企图在这些方面作什么阐述显然是不知分寸"（《雄辩术原理》卷三，章1，节20）；"西塞罗可与任何一位希腊演说家相比拟"（《雄辩术原理》卷十，章1，节105），因为西塞罗不仅努力继承每个人最优秀的方面，例如狄摩西尼的力量（vis）、柏拉图的丰富思想（copia）和伊索克拉

底的魅力（iucuditas），而且"他那不朽天才的无比丰富的蕴含
孕育了许多完美的东西，或者更确切地说，一切完美的东西"
（《雄辩术原理》卷十，章1，节109）。

弗隆托也认为，西塞罗在法庭上讲演"获胜（trium-
phat）",① 在民众集会上讲演"言语丰富（copiosus）"② （《致维
鲁斯》卷一，封1，节2），被称作罗马雄辩术的首领和源头
（qui caput atque fons Romanae eloquentiae cluet），尽管弗隆托认
为，在西塞罗的演说辞里"只可能找到极少数量使人意外的、
非所预料的，只有借助于尽心、冥思、苦索和保存着许多古代诗
人的诗句的记忆才能得到的词语"，进而批评西塞罗并没有认真
地选词［《与奥勒留的鸿雁往来》（*Ad M. Caesarem et Invicem*）卷
四，封3，节3］。

普鲁塔克把西塞罗和狄摩西尼进行比较。普鲁塔克认为，狄
摩西尼"严肃正经"，而西塞罗"爱开玩笑，往往流于粗鲁"
（普鲁塔克，《狄摩西尼、西塞罗合论》，章1）。在口才的荣誉
方面，狄摩西尼提及自己的荣誉时适可而止，有节制
（μετριότης），而西塞罗毫无节制，因为他对荣誉有无穷的欲望
（普鲁塔克，《狄摩西尼、西塞罗合论》，章2）。在当众演说和
领导民众方面，二人具有同等的能力，因此，统帅们有求于他
们。譬如，卡瑞斯（Chares）、狄俄珀特斯（Diopeithes）和勒俄
斯特涅斯（Leosthenes）有求于狄摩西尼，庞培和屋大维有求于
西塞罗。不过，在人性的考验方面，狄摩西尼爱财，而西塞罗鄙
视钱财，因而西塞罗能够做高官（普鲁塔克，《狄摩西尼、西塞
罗合论》，章3）。二者都遭遇流亡，不过，狄摩西尼是可耻的，

---

① 动词 triumphat 是第三人称单数现在时主动态陈述语气，动词原形是
triumphō，意为"获胜；成功；击败；热烈庆祝胜利；欢乐"。

② 形容词 cōpiōsus："丰富的；多言的"，可译为"言语丰富"。

西塞罗则是光荣的。然而在流亡以后，狄摩西尼表现出了爱国之心，而西塞罗却扶持了一个专制政权。二者的死亡都很可怜，西塞罗被斩首，狄摩西尼被迫服毒自杀（普鲁塔克，《狄摩西尼、西塞罗合论》，章4；5）。[1]

第四节 书 信

现存西塞罗的《书信集》主要分为4个部分，其中，《致阿提库斯》（*Epistulae ad Atticum*）16卷，《致亲友》（*Epistulae ad Familiares*）16卷，《致胞弟昆图斯》（*Ad Quintum Fratum*）3卷和《致布鲁图斯》（*Ad M. Brutum*）25封（至少原曾有9卷）。此外，还有写给屋大维、阿克基乌斯（肃剧诗人、语文学家）、庞培等其他人的。总共900多封。

从史料来看，整个写信时期是公元前68至前43年。[2]其中，《致阿提库斯》写于公元前66至前44年，《致亲友》写于公元前62至前43年，《致胞弟昆图斯》写于公元前60至前54年，以及《致布鲁图斯》写于公元前43年（参西塞罗，《论共和国·论法律》，页7）。在这个时期，西塞罗写书信有着深刻的社会背景。在公元前49年1月4日西塞罗从作为前执政官出任总督的基里基亚返回罗马时，他发现意大利处于内战的前夕［《致亲友》卷十六，封13（11），公元前49年1月12日］。当时，恺撒刚好征服了高卢地区（恺撒，《高卢战记》），和他的胜利之师驻扎在卢比孔河畔，并且亲自写了一封尖锐而具有威胁性

---

① 普鲁塔克，《狄摩西尼、西塞罗合论》（Δημοσθενους και Κικερωνος συγκρισις 或 *Comparison of Demosthenes and Cicero*），参 LCL 99，页210以下。

② 大约时长25年，即从罗马建城纪年685至710年，参《西塞罗的苏格拉底》，前揭，页232。

的信函（最后通牒）给元老院，无耻地表明他要违背元老院的
意愿保留他的军队和行省。而庞培从当时的三头同盟（triumvi-
ri）投奔元老党（恺撒，《内战记》卷一）。西塞罗憎恨内战，
试图调解，但是感觉到双方都有人希望开战。在这种局势下，西
塞罗觉得自己不坚定和绝望。西塞罗同情元老党，但是识破元老
党领导人的弱点。西塞罗不信任倾向于把意大利让给恺撒、在东
部地区继续战斗的庞培——庞培最终也这么做。后来，恺撒赦免
西塞罗，让他返回罗马城（西塞罗，《致去伊皮鲁斯途中的阿提
库斯》，公元前 59 年 5 月或 6 月）。

　　在现存的书信中，西塞罗是绝大部分书信的寄件人和很少部
分书信的收件人。西塞罗的通讯对象很广泛，包括罗马政要，例
如《致布鲁图斯》中的布鲁图斯是共和派领导人之一和刺杀恺
撒的主谋之一；远离政治的朋友，例如《致阿提库斯》中的阿
提库斯（Atticus）是个伊壁鸠鲁主义者，咨询人、出版者和财
东；亲人，例如《致胞弟昆图斯》中的昆图斯是比西塞罗小 3
岁的弟弟。而《致亲友》是西塞罗与许多人往来的书信集，这
里的许多人包括西塞罗的妻子特伦提娅与他的孩子们［如公元
前 58 年 11 月 25 日《致妻子特伦提亚及儿女书》（*Ad Terentiam
Uxorem*）］、他释放的家奴和后来的秘书蒂罗（Tiro）［如公元前
50 年 11 月 7 日《西塞罗和胞弟昆图斯以及他们的儿子们致蒂
罗》（*Ad Tironem*）］、许多朋友［如公元前 53 年中期《致盖·斯
克利伯尼乌斯·库里奥》（*Ad C. Curionem*）和公元前 46 年《致
马·特伦提乌斯·瓦罗》（*Ad M. Varronem*）］、市政官员和政治
家［公元前 49 年 3 月 19 日《致恺撒将军》、公元前 43 年 2 月 2
日《致盖·屈鲍尼乌斯》和公元前 43 年 3 月 20 日《致鲁西乌
斯·穆纳提乌斯·帕兰库斯》（*Ad L. Plancum*）］。这里已参考奈
波斯的《阿提库斯传》（卷十五，封 1-卷十六，封 4）。

　　最大多数的书信都不是为发表而写的。而且在西塞罗去世以前，这些书信也可能没有发表，因为西塞罗没有空闲时间和心境重新审阅和校订昔日的书信。传世的书信可能是西塞罗去世之后，由别人——其中主要是作为朋友的出版人阿提库斯和西塞罗的秘书蒂罗——经手发表的。西塞罗本人或许会对轻率发表他的书信表示遗憾。

　　尽管西塞罗的书信都是真实的私人信函，不是为发表而写作的，所以并不属于严格意义上的文学，可是由于写信人西塞罗是受过良好教育（特别是修辞学教育）的古典拉丁语大师，他的书信集还是具有很高的文学价值。西塞罗在书信中使用更接近日常生活的口语，语言简单、朴实，通俗易懂，却又不失流畅、优美，同时也保留了词语的丰富性和修辞手段的多样性。因此，西塞罗的书信成为很好的书信体随笔。

　　从内容来看，西塞罗的书信丰富多彩：有匆忙记录的简短笔记，也有精心构思的长篇讨论，往往思想活跃、条理清楚地谈及几个问题。值得一提的是，西塞罗不仅仅是普通的罗马公民，而且还是国务活动家，除了轻松、自然地谈论日常生活问题，他还严肃、认真地探讨哲学或政治问题，或者带着尖刻的嘲弄口吻抨击政敌。因此，西塞罗的书信具有相当的史料价值。譬如，公元前49年前几个月的几封信就涉及罗马时政，可以与之对照的是恺撒自己的叙述（恺撒，《内战记》卷一，章1-11）。1月中旬，西塞罗和他的家人一起向因病从希腊返回的秘书蒂罗解释意大利的局势。由于他——除此之外几乎没有什么给人留下印象——在基里基亚的军事表现而取得胜利，西塞罗带着权标在罗马城附近等待元老院对他的申请的裁决。显然，西塞罗对蒂罗的关系很亲密［《致亲友》卷十六，封13（11）］！几天以后，在极度惊惶失措中，西塞罗给阿提库斯写了一篇简短的通知。西塞罗对庞培

（Gnaeus Pompeius 或 Cn. Pompeius Magnus）的矛盾关系是明显的（《致阿提库斯》卷七，封 10）。5 天以后，西塞罗的家人分开。妻子和女儿图利娅在罗马城。西塞罗和儿子马·西塞罗（Marcus Cicero）带着庞培的任务，在福尔米亚。西塞罗和他的儿子求助于西塞罗的妻子和女儿［《致亲友》卷十四，封 6（18）］。1 月末，西塞罗为蒂罗描述意大利的军事和政治事件［《致亲友》卷十六，封 14（12）］。2 月中旬，在写给阿提库斯的信中，西塞罗试图分析他的处境，以便获得阿提库斯的帮助和建议。阿提库斯在罗马，这个圆滑的银行家在内战中尽可能地保持中立（《致阿提库斯》卷八，封 3）。3 月初，西塞罗的年轻朋友凯利乌斯（Caelius）把他对人格魅力的兴奋赋予了对恺撒的表达风格（《致亲友》卷八，封 15）。2 月 19 日，庞培来的一封短信，西塞罗的回信详细、礼貌，但是很有批判性，例如信的开始部分（《致阿提库斯》卷八，封 11 C；D）。3 月初，在庞培前往在意大利的最后一个堡垒布伦迪西乌姆的行军路上，恺撒派共同的朋友富尔尼乌斯（Furnius）带着言简意赅的书信去见西塞罗（《致阿提库斯》卷九，封 6 A）。3 月中旬，西塞罗郑重地答复恺撒。不久以后，庞培逃往希腊。在不停的犹豫以后，6 月，西塞罗跟随恺撒。庞培及其军队被击败。恺撒赦免西塞罗。西塞罗返回罗马城［《致阿提库斯》卷九，封 12（11）A］。

可见，西塞罗的书简不仅见证了古罗马共和国覆亡史，而且准确而切近地展现了西塞罗的人格，正如维兰德（Christoph Martin Wieland）在写《西塞罗书简》（*M. Tullius Cicero's Sämtliche Briefe*，1813–1814）[①] 前言时评价的一样。

---

① *M. Tullius Cicero's Sämtliche Briefe*，übersetzt und erläutert von C. M. Wieland, Wien und Triest，1813–1814.

　　总之，在可塑性、适应性和思想活跃性方面，西塞罗是一个理想的书信作家。西塞罗的书信在整个古代都是独一无二的汇编文献。这些书信在古代广为流传，并且为人们所模仿，例如小普林尼的书信。即便在中世纪，还一直有人阅读和称引这些书信。尽管从 12 世纪开始再也见不到对这些书信的称引和传抄，可到了 14 世纪，这些书信还是被重新发现。其中，彼特拉克重新发现了西塞罗的两本最重要的书信集《致阿提库斯》（可能后来发表于阿提库斯的档案材料）和《致亲友》。16 世纪，意大利出版商、人文主义者和古典学家马努提（Paulus Manutius，1512 - 1574 年）校勘了西塞罗书简。18 世纪，法国教士、法兰西学院院士蒙高（Nicolas-Hubert de Mongault，1674-1746 年）翻译西塞罗致阿提库斯的书简（1701 年），英国古典学家梅尔莫斯（William Melmoth the Younger，1710 - 1799 年）翻译西塞罗的书简。19 世纪，维兰德译注《西塞罗书简》。

第五节　哲学作品

　　内容丰富的哲学作品属于西塞罗生命中政治软弱的两个时期：公元前 55 至前 50 年，研究方向是政治哲学；公元前 46 至前 43 年，研究的重点是伦理哲学、宗教信仰和认识论。下面将评述这两个时期西塞罗的哲学作品。

一、政治哲学

　　从公元前 66 年发表《论庞培的最高权威》起，西塞罗已经开始构思城邦的体制：在国家之上有一位 "princeps（元首）"，即根据其威望和荣誉选定的 "领导者"。这 princeps（元首）体现了波吕比奥斯所推崇的君主立宪混合制原则。10 年后，西塞罗清醒地意识到，罗马的政治生活发生了显著的变化。共和制已经失效。元老院失去了昔日的影响。而人民被一些肮脏的因素所控制，及时行乐，收受候选人的贿赂。公元前 56 年秋，民众派的"前三头（triumviri）"会聚意大利北部的小城卢卡，重新瓜分国家权力。这更加使得共和国名存实亡。最为严重的是，克拉苏远在叙利亚。恺撒的女儿、庞培的妻子刚刚死去。而罗马人已经在讨论将独裁官的职位授予庞培的问题。这些情况必然削弱同盟政治。罗马将有陷入内战的危险。这让被迫放弃行政公职的共和派西塞罗忧心忡忡。作为元老院成员，西塞罗认为，从事国务活动与研究国家问题都是为国家尽自己的责任（《论共和国》卷一，章 7，节 12）。① 于是，西塞罗利用"无官一身轻"的闲暇时间（公元前 55－前 50 年），把昔日的政治经验和现在对政治时局的思考诉诸于笔端，以写作政治哲学的形式向共和派提供教诲和指导。这个时期的政治哲学代表作就是《论共和国》（*De Re Publica*；亦译《论国家》）和《论法律》（*De Legibus*）。

（一）《论共和国》

《论共和国》写于公元前 54 年（西塞罗，《致胞弟昆图斯》卷二，封 12，节 1；卷三，封 5，节 1；《致阿提库斯》卷四，封 16，节 2），可能发表于公元前 51 年西塞罗赴任基里基亚的官职以前不久。该作品以回忆录的形式虚构了在公元前 129 年 1、2 月的拉丁节期间进行的一次关于国家政体的谈话。值得玩味的是，纪念罗马人向拉丁人地区的第一次扩张的拉丁节和打败汉尼拔的小斯基皮奥分别让人想起罗马帝国主义的发轫和成熟，而公元前 129 年是小斯基皮奥人生的最后一年，是罗马正面临格拉古

---

① 此处章节号取自西塞罗，《论共和国·论法律》，前揭。

改革的一年，也是罗马共和国由强转弱的一年。西塞罗这样处理谈话时间，显然是为了鲜明地比较历史与现实：第一，罗马城邦曾经出现过最杰出、最有智慧的人士，然而沙场的胜利将军（如小斯基皮奥）也不能挽狂澜于既倒（《论共和国》卷一，章8，节13；章19，节31；章47，节71）；第二，罗马人的道德堕落在小斯基皮奥时期还没有到达病入膏肓的地步，而在西塞罗时期已经到达病入膏肓的程度（《论共和国》卷五，章1，节1-2；奥古斯丁，《上帝之城：驳异教徒》卷二，章21）。也就是说，好战的罗马人，即使是小斯基皮奥，也必须学习各种和平时期的美德。

　　在西塞罗看来，所谓各种和平时期的美德就是政治哲学，而不是远离政治的伊壁鸠鲁哲学（伊壁鸠鲁哲学瞧不起政治哲学，认为从政者都是小人，明智的人都不会参与政治生活，因为政治活动不能给人带来快乐，参《论共和国》卷一，章4，节4-章6，节9）和廊下派哲学（廊下派哲学主张城邦的政治生活跟智者的幸福毫不相干，参《论共和国》卷一，节1-2；《论至善和至恶》卷四，章11，节26，参西塞罗，《论至善和至恶》，石敏敏译，页162及下）。因此，在西塞罗的对话录中，参与谈话的是关心与管理国家的人，例如公民教育的导师小斯基皮奥和替城邦说话的莱利乌斯，以及公民教育的对象：更加关注自然的罗马年轻人图贝罗（Tubero）——譬如，廊下派图贝罗关注日食等自然现象（回到毕达哥拉斯的自然哲学，参《论共和国》卷一，节15和32）——和菲利乌斯（Philius）。其中，小斯基皮奥是西塞罗眼里的理想国师，即一个能够教化立法者的政治家。在哲学研究的重点从城邦转向非人性化的自然界的时代，西塞罗让小斯基皮奥充当公民教育的导师，显然是有政治用意的：让哲学从自然哲学回归经世致用的政治哲学。①

　　但是，这并不是说，西塞罗不重视自然哲学。事实上，西塞罗一方面让参与对话的莱利乌斯（卷三，节33）、充满科学精神的年轻人图贝罗和菲利乌斯讨论了自然哲学的价值，另一方面又在关于最好的政治家和最好的政体的教导时，根本性地主张，"在自然权利的那种颠覆性的、否定一切的做法和自然法的、具有公德意味的原则之间，人们应该取一条中间的道路"。

　　谈话历时3天，每天上下午各1次，每次成书1卷，共6卷。在谈话中，在充满务实精神的莱利乌斯的敦促下，小斯基皮奥首先描述了最好的政权（卷一，章24，节38以下）。不过，讨论最好的政权以前，西塞罗先借小斯基皮奥之口，定义了国家的概念："国家乃人民之事业"，而人民是"许多人基于法的一致和利益的共同而结合起来的集合体"，而且"这种联合的首要原因主要不在于人的软弱性，而在于人的某种天生的聚合性"（《论共和国》卷一，章25，节39）。为了国家能够长久存在，都应由某种机构管理。可以享有国家权力的人有3种：一个人、选举出来的少数人和多数人。所以，管理国家的制度或政权形式对应地分为3种善政和3种恶政。3种善政分别是君主政体、贵族政体和共和制，而3种恶政分别是僭主政体、寡头政体和民主政体（孟德斯鸠的《论法的精神》基本沿用这种划分）。跟帕奈提奥斯与波吕比奥斯讨论最好的政体（卷一，章21，节34）的小斯基皮奥认为，在这些政权形式中，君主政体最优越，但是依赖于君主的品格；僭主政体既是最坏的，也是接近于最好的；而最好的政体是由3种基本的善政形式适当地混合而成的混合君主

---

　　① 巴洛（J. Jackson Barlow）：《论共和国》中的"学而优则仕"，邱立波译，参《古典诗文绎读·西学卷·古代编》（下），前揭，页64和68及下。

政体，这种混合政体既有卓越的君主政体因素，又把一些事情托付给显贵们的权威，把一些事情交给民众去协商和决定，因而具有公平性与稳定性的特点（《论共和国》卷一，章29，节45；章35，节54及下；章45，节69）。在现实的政治生活中，混合政体的思想左右着西塞罗的行为，让西塞罗采取中庸之道，这直接造成西塞罗给人的印象就是迟疑和反复无常："我知道该躲避谁，但不知道该跟随谁（西塞罗，《致阿提库斯》卷八，封7，节2）"（参格里马尔，《西塞罗》，页27）。

在第二卷中，西塞罗以罗马国家产生与发展的历史为例，说明什么是最好的城邦。虽然从罗慕路斯至塞尔维乌斯·图利乌斯依靠德性（ἀρετή）与智慧治理国家的王政（持续约240年）都是好的，但是高傲的塔克文的僭政（暴政）使得罗马人民厌恶"王（rex）"。于是，在驱逐塔克文以后，人民"任命了两位权限为期一年的统治者"，即执政的"执政官"（西塞罗，《论共和国》卷二，章31，节53；撒路斯特，《喀提林阴谋》，章6，参撒路斯特，《喀提林阴谋·朱古达战争》，页98；奥古斯丁，《上帝之城：驳异教徒》卷五，章12，节1，参奥古斯丁，《上帝之城：驳异教徒》上，页189及下）。分享国家权力的还有昔日代表贵族利益的元老院和代表平民利益的库里亚会议（公民大会），以及后来在紧急情况下临时设立的独裁官与为了保民人民利益长久设立的保民官。西塞罗证明混合政体的优越性：权力均衡，国家稳定，并把格拉古兄弟改革之前的罗马国家视为最完善、最繁荣的时期。正如小斯基皮奥援引的老加图的话："罗马的政体空前绝后，因为它是许多人心力的结晶"（《论共和国》卷二，章1，节1-2）。这表明，西塞罗的政治信仰是通过历史研究确定的。

第三卷讨论管理国家的正义。从公民的理性（由此可见，西塞罗是苏格拉底的思想继承人）与生活原则产生出来的最高美德就是公共的善。民族不同，权力、法规、风俗与习惯也不同，而且会变化。但是，德性与正义永恒不变。关于国家与正义，存在两种学说：非正义说与正义说。挑战城邦正义的哲人菲利乌斯认为，国家只有依靠非正义才能存在与扩大。而替城邦说话的自然法导师莱利乌斯则认为，"一些人成为另一些人的奴隶"，这种状态对奴隶有利，因为奴役他们的人比他们更加优秀，因而他们受到奴役时比他们不受奴役时的处境会好些；奴隶让更优秀的人来奴役，正如肉体接受灵魂的奴役。最后，西塞罗借小斯基皮奥之口，对莱利乌斯依据自然法捍卫城邦正义的辩护表示赞赏。① 可见，西塞罗赞同的法不是 lex（人定法），而是 jus（自然法）。

在确定了城邦正义的正当性以后，接下来就需要讨论公民教化（卷四）和公民性格（卷五）的问题。可惜的是，这两卷几乎全部佚失。从现存的文字来看，第四卷引入神，论述肉体与灵魂的问题。而第五卷讲述国家存在的基础古代风习与人。西塞罗认为，国家的统治者不仅要明智、公正、克制和富有口才，而且还要通晓法律，重视公民的幸福生活。

第六卷的内容不详。从其他作家的称引来看，《论共和国》的结尾是关于小斯基皮奥的梦（《论共和国》卷六）。这里关于灵魂不灭的教导是小斯基皮奥（借死去的祖父即老斯基皮奥和生父之口）教化图贝罗等年轻人的最后一个部分。小斯基皮奥

---

① 在讨论城邦正义时，柏拉图的《王制》与西塞罗的《论共和国》不同：在《王制》中，挑战正义的是替城邦说话的特拉叙马库斯（Thrasymachus），而捍卫正义的是哲人苏格拉底；在《论共和国》中，挑战城邦正义的是哲人菲利乌斯，而替城邦说话的是城邦正义的捍卫者莱利乌斯。参《古典诗文绎读·西学卷·古代编》（下），前揭，页75以下。

向他的朋友讲述关于政治家在彼岸获得回报的梦：好的政治家可以在彼岸永远幸福地生活。这个值得赞赏的片段附有小斯基皮奥谨慎的戏剧性表达［拜访北非的努米底亚国王马西尼萨（Masinissa，公元前240-前149年，马西利亚人)]，对后世，对基督教关于彼岸的观念，都产生了重要的影响。西塞罗从他自己的角度出发，把他的彼岸观念建立在希腊（特别是哲学家）关于净化人灵魂的宗教与哲学的观点上，现在把哲学同政治联系起来（《论共和国》卷六，章9，节9-章26，节29），即"在各种最杰出的事业中磨炼自己的灵魂"，以便肉体死亡以后灵魂不朽。这些思想显然是受到廊下派哲学家帕奈提奥斯的影响。

更加值得玩味的是，西塞罗的"神话"结尾与柏拉图的厄尔（Er）神话相对应。这表明，对于小斯基皮奥和其他立法者的导师来说，对于至善之物的追求，对于善跟正义的追求，仍然是未竟之业。因此，这位在整个对话里充当政治哲学导师的小斯基皮奥现在成了自己的祖父老斯基皮奥的学生。老斯基皮奥告诉小斯基皮奥，跟地球的渺小比较起来，尤其是跟地球上更加渺小的、构成了罗马领土的那部分比较起来，宇宙是何等的博大（《论共和国》卷六，章19，节20-章20，节21）。如果荣耀用人的记忆来衡量，那么即使是最伟大的政治功绩也不可能为一个人获得永久的荣耀。真正的荣耀乃是德行的产物，而德行则可以"凭借本身的魅力"而把人引向荣耀（卷六，章23，节25）。

值得一提的是，在《论共和国》里洋溢着西塞罗爱憎分明的两种情感：一方面对罗马共和制的眷恋，另一方面又对破坏共和政体的专制君主的仇恨。这种仇恨之深，以至于当恺撒将要主宰共和国的时候，西塞罗甚至希望恺撒真的死去。因为西塞罗认为，共和国属于罗马共同体的不同成员。根据其地位，每个成员都应该在共和国中拥有相应的位置。沃格林认为，在人格方面西塞罗的"气度是狭小的"（参沃格林，《希腊化、罗马和早期基督教》，页167）。不过，这种看法是片面的。从西塞罗在创作时写给弟弟昆·西塞罗的一封信来看，西塞罗谈及恺撒时充满了友情：恺撒是所有人中唯一给予西塞罗所希望的那种爱的人。事实上，恺撒曾多次向西塞罗伸出橄榄枝，尽管多数情况下都遭到西塞罗拒绝。这表明，这两位那个时代最有才华的政治家是彼此赏识的。他们之所以彼此攻讦，大肆伤害，可能只是因为政见不同，或许他们的本意都是为了罗马国家的利益。

西塞罗的《论共和国》里的政治思想并不新鲜，主要来源于历史学家波吕比奥斯——其理论建构于亚里士多德思想路线基础上——的著作和西塞罗的政治导师们（如小斯基皮奥）的实践。不过，西塞罗的贡献绝不限于梳理和转述其他思想家的思想。

> 通过《论共和国》的撰述，他回顾了罗马哲学的源头，并以此暗示了一个新的开始，通过这个开始，源头处的若干缺陷将可以得到拨乱反正［见《古典诗文绎读·西学卷·古代编》（下），前揭，页67］。

譬如，西塞罗的《论共和国》是对柏拉图的《王制》的正本清源，让哲学离开天国，回到城邦。因此，学界认为，"在政治哲学已经被各执己见、彼此抗衡的思想派系弄得刻板僵化以后，西塞罗是第一个写作政治哲学的人"。西塞罗的《论共和国》在古代也受到好评。不过，后来它不幸失佚，直到1820年才被安基罗·迈（Angelo Mai）在梵蒂冈的一部隐迹纸本手稿（用来抄录奥古斯丁的赞美诗诠释的古代羊皮纸）中发现的，并于1822年出版（参王焕生，《〈论共和国〉导读》，页63）。第一卷稍有残缺（包括开始部分），第二卷残缺较多，第三卷残缺严重，第四卷和第五卷支离破碎，第六卷完全残缺。此外，流传至今的还有其他作家（包括拉丁教父安布罗西乌斯、哲罗姆、拉克坦提乌斯和奥古斯丁）的一些称引，例如马克罗比乌斯转述的《斯基皮奥的梦》（属于卷六）。尽管如此，这部作品仍然对欧洲国家理论产生过影响。

（二）《论法律》

与柏拉图《法义》不同的是，《法义》里讨论的法律不再是他的《王制》里所说的法律，而西塞罗《论法律》里讨论的正是前述的《论共和国》所讲的法律。[①] 可见，《论法律》是对话录《论共和国》的续篇。《论法律》的写作开始于公元前52年前往基里基亚之前，公元前46年和前44年修改过。从已知的史料来看，该书前3卷基本完整地留传至今，仅有少许残损，但是第四卷完全失佚，第五卷仅仅传下马克罗比乌斯称引的一段。该作品究竟有多少卷，是否完成，我们都不得而知。可知的是，谈话人是西塞罗本人、弟弟昆·西塞罗和朋友阿提库斯，而场景先是从阿尔皮诺庄园转到利里斯河畔，在第二、三卷里又转到了菲布瑞努斯（Fibrenus）上的一个小岛。

在第一卷中，西塞罗在认同哲学家"智慧即法律"的观点以后，从语言的角度论述法律。希腊语的法律（nomos）源自于动词"分配（nemo）"，所以希腊人赋予法律以"公平"的概念。而拉丁语的法律（lex）源自于动词"选择（lego）"，所以罗马人赋予法律以"选择"的概念。二者结合起来看，法律就是公正地选择，进而定义了法律的概念："法（jus）的始端应导

---

① 雷克辛（John E. Rexine）：《论法律》中的宗教，林志猛译，参《古典诗文绎读·西学卷·古代编》（下），前揭，页96。

源于法律，因为法律乃是自然之力量，是明理之士的智慧和理性，是合法与不合法的尺度"，通俗地说，是那些成文的、对民众希望的东西进行限制——或允许或禁止——的条规（《论法律》卷一，章6，节18-19）。

　　接着，作者从自然中去寻找法的根源。西塞罗认为，统治整个自然的是不朽的神明们的力量或本性、理性、权力、智慧、意愿等。从人的角度看，作为有预见能力、感觉敏锐、感情复杂、善于观察、能记忆、富有理性和智力的动物，人是由至高的神明创造的，所以有理性，能思维。当理性发展成熟和完善，就是智慧。神与人有共同的理性和法律。人类以亲属关系和出生，与神明相联系。人的肉体来自于有死之物，而灵魂产生于神明，所以人回忆和认识自己从何而来，便是认识神。此外，人与神具有同一种德性：达到完善，进入最高境界的自然。自然赋予人类需要的东西，教导人类发明各种技艺，智慧仿效自然，创造生活必需品。总之，自然巩固和完善理性（《论法律》卷一，章7-9）。

　　之后，西塞罗解释市民法。首先，西塞罗澄清一些基本的问题。譬如，出生是为了正义，法以自然为基础。人类相似之处有好的品质，也有坏的品质。所以，为了生活得更好，就必须以正确的生活方式联合起来。而衡量生活方式正确的尺度就是法，即法源于自然。讨论的目的在于巩固国家，稳定城邦，医治所有的人们。由于并非所有基于人民的决议和法律的东西都是正义的，所以需要区分法律的好坏。而判定标准不是基于人的看法，而是自然。遵循自然法则，不仅区分合法和非法，而且还区分高尚（美德）和丑恶（罪恶），因为德性是存在于自然之中的某种始源的完美表现。只有善与恶依据自然法则，人的心灵才不会被随意扭曲。

　　　　正义既不要求任何报酬，也不要求任何赏金，是为其自
　　　身而追求，这就是一切德性的根源和含义（《论法律》卷
　　　一，章18，节48，见西塞罗，《论共和国·论法律》，页
　　　204）。

　　　　奔向善的极限。这是我们的一切行为的标准，也是其终
　　　极的目的（《论法律》卷一，章20，节52，见西塞罗，《论
　　　共和国·论法律》，页205）。

　　法律的功能是纠正邪恶，教导美德。智慧是诸善之母。对智
慧的爱就是哲学。而哲学是不朽的神明赠给人类生活的最有益、
最美好和最卓越的礼物。

　　值得注意的是，西塞罗在《论法律》第一卷里两次讨论宗
教：一次讨论人和神具有相似性（《论法律》卷一，章8，节
24-25）；一次讨论"人们信仰的诸神乃是人类的神圣亲族"（卷
一，章23，节58-59）。[1] 关于宗教的讨论在第二卷里更加具体。

　　第二卷论述宗教法及其与市民法的关系。法律是某种凭借允
行禁止之智慧管理整个世界的永恒之物，由神明赋予人类。理性
不是始于法律的成文，而是产生于神明的灵智。所以，神明的灵
智即是最高的法律（《论法律》卷二，章4-5）。

　　接着，作者论述了宗教法律，并且以罗马历史上的法律为
例，以《十二铜表法》里有关殡葬典仪的法规（在第24条后，
参《十二铜表法》，前揭，页49以下）为例，说明宗教法与市
民法的关系。雷克辛认为，尽管西塞罗受到柏拉图的影响偶尔会
展示出来（譬如，第一条把保持虔诚、鄙弃奢华定义为正直。

──────────

　　① 雷克辛：《论法律》中的宗教，林志猛译，见《古典诗文绎读·西学卷·古
代编》（下），前揭，页97及下。

这与柏拉图的在祭典和葬礼上保持节制的观点是一致的），甚至会援引希腊的例子（譬如，在第三条援引薛西斯火烧庙宇的例子），可是西塞罗到底还是一个罗马人，他所罗列的 24 条宗教法，包括神、诸神和宗教仪式（条 1-5），祭奠、节日和祭司（条 6-10），奇迹和征兆（条 11），献祭（条 12），亵渎罪（条 13-14），祖传的祭典（条 15），义捐和募捐（条 16），圣物的偷窃（条 17），伪誓（条 18），乱伦（条 19），收买诸神（条 20），立誓（条 21），祝圣（条 22），家庭祭典（条 23）和亡灵（条 24），洋溢着对祖传习俗的由衷敬意。从反映的内容来看，西塞罗的宗教法"与实际的罗马习俗，或至少与罗马人所承认的习俗大同小异"，缺乏原创性（《论法律》卷二，章 10，节 23）。从西塞罗对这些宗教法规的详尽解释来看，他力图将公共的方面或罗马的宗教体制（包括宗教机构和神法）与个人、家庭或祖传的方面整合进一个完美的罗马理想。西塞罗强调人与神的关系，并且暗示：如果像祖先那样恰切地遵从诸神，诸神就会非常有益。①

　　第三卷谈论的是官员问题。"官员的职责在于领导和发布正确的、有益的、与法律相一致的政令"。"官员是说话的法律，法律是不说话的官员"（《论法律》卷三，章 1，节 2-3）。权力最初被赋予那些无比正义、无比智慧的人。维系国家的存在需要官员，但要对官员的权力限度作出规定，即权力要合法。同时也要对公民的服从程度作出规定。接着，作者阐述了罗马共和国的官员——执政官、裁判官、骑兵队长、独裁官（人民首长）、监察官、市政官、保民官、占卜官、元老院议员等——的职责与权

---

　　① 雷克辛：《论法律》中的宗教，林志猛译，见《古典诗文绎读·西学卷·古代编》（下），前揭，页 99-108。

限（《论法律》卷三，章3-4）。之后，西塞罗谈及表决的问题：表决分为口头表决和书面表决（票板表决），表决的原则是"贵族的表决要公开，平民的表决可自由处理"。

综上所述，西塞罗在希腊政治遗产——包括历史学家波吕比奥斯、廊下派哲学家帕奈提奥斯、改革和立法者吕库尔戈斯（Lycurgus，公元前700？-前630年）、梭伦和克勒斯忒涅斯（Cleisthenes，公元前570-前508年），尤其是柏拉图哲学（如《王制》或《理想国》与《法义》或《法律篇》）——的基础上，并且结合了罗马宪政的历史进程、前辈（如小斯基皮奥）和西塞罗本人的从政经验，建构了罗马政治哲学。在实践中，西塞罗也曾获得成功。但是，这种成功并不能掩盖共和国正在瓦解、（恺撒所代表的）新型政治正在形成的社会现实。西塞罗没有看到罗马内部演化的大趋势，仍然顽固地保守共和政治，犹如困兽犹斗，螳臂挡车，必然会落得粉身碎骨的悲惨结局。

二、伦理哲学

西塞罗的伦理哲学著作包括《论安慰》（*De Consulatu Suo* 或 *Consolatio*）、《霍尔滕西乌斯》（*Hortensius*）、《论至善和至恶》（*De Finibus Bonorum et Malorum*，亦译《论善恶的极限》）、《图斯库卢姆谈话录》（*Tusculanae Disputationes*）、《论老年》（*De Senectute*）或《老加图论老年》（*Cato Maior de Senectute*）、《论友谊》（*De Amicitia*）或《莱利乌斯论友谊》（*Laelius de Amicitia*）、《论责任》（*De Officiis*，亦译《论义务》）和《论荣誉》（*De Gloria*）。① 其中，前面两篇和最后1篇都只有残段流传下来。

---

① 《论美德》（*De Virtutibus*）不是西塞罗的作品（参王焕生，《古罗马文学史》，页179），而是布鲁图斯论伦理学的著作，是献给西塞罗的，西塞罗不止一次简述过这本书，参罗森，《西塞罗传》，页230。

　　由于公元前 45 年 2 月中旬女儿图利娅（Tullia）不幸去世，3 月初西塞罗采用自问自答的独白方式，撰写了自我安慰性的文章《论安慰》。谈及图利娅，得先从西塞罗的婚姻谈起。公元前 77 年返回罗马以后（或者之前），西塞罗娶特伦提娅（Terentia）为妻，公元前 76 年左右生育女儿图利娅。图利娅的弟弟小西塞罗（Cicero Minor）生于公元前 65 年，后来于公元前 30 年任执政官。不过，图利娅的人生十分具有悲剧性，尤其是婚姻。公元前 66 年，图利娅与公元前 58 年任财政官（Quaestor，基层执法官?）的盖·皮索·福鲁吉（Caius Piso，全名 Gaius Calpurnius Piso Frugi）订婚，并于公元前 63 年嫁给他。不过，在订婚 8 年后，即公元前 57 年，图利娅丧夫。公元前 56 年，图利娅改嫁克拉西普斯（Furius Crassipes），不过公元前 51 年又离婚。为了讨好泰伦提娅与图利娅本人，西塞罗选中多拉贝拉（Publius Cornelius Dolabella）为女婿，并于公元前 50 年 8 月举行结婚。图利娅的第三任丈夫虽为显贵，表面很迷人，但是个野心勃勃、生性粗俗、生活放荡不羁的恺撒派分子。公元前 49 年 5 月 29 日，图利娅为多拉贝拉生有 1 个儿子。不过，同年这个孩子夭折。由于被多拉贝拉无情地抛弃而病倒，图利娅于公元前 47 年 6 月前往布伦迪西乌姆，在父亲身边住了两个月，才恢复了生活的勇气。后来，图利娅试图与丈夫言归于好。但是 1 年之后，即公元前 46 年，他们最后还是分道扬镳。[①] 不过，悲剧性命运并没有结

　　[①]　十分巧合的是，图利娅的第三次婚姻走到尽头的时间也正是她的父母决定分手的时候。公元前 45 年，西塞罗以战争期间妻子疏于照顾他为由，同泰伦提娅离婚（西塞罗，《论至善和至恶》，页 217）。关于离婚原因，存在不同的说法。有研究者认为，西塞罗由于投奔庞培，遭到泰伦提娅强烈谴责，长期分隔致使夫妻感情日益生疏，再加上妻子在他不在罗马期间把部分财产划归个人名下，使得维系夫妻情感的信任完全丧失。而妻子泰伦提娅本人否认这些理由，坚持认为，离婚是因为丈夫受到少女的年轻漂亮的诱惑。巧合的是，同年（公元前 45 年）年末西塞（转下页注）

束：图利娅在分娩她与多拉贝拉[①]的儿子时难产而死，后来的小
伦图卢斯（Lentulus）大概也没有活几个月就夭折了。对于西塞
罗而言，女儿之死犹如晴天霹雳，他不得不承受的巨大不幸对他
造成的心灵创伤非常巨大，让他的精神几乎崩溃。在这种情况
下，西塞罗最好的心灵疗伤方法就是从事哲学研究，不仅阅读他
人的作品，而且还亲自解释所有的哲学问题（《论神性》卷一，
章4）。柏拉图和廊下派哲学教导西塞罗："灵魂是不会消亡的，
在死亡中重新获得其神授的特质"。这个学说奠定了《论共和
国》中《斯基皮奥之梦》一章的基础。西塞罗不仅尽力把一块
祀神地奉献给死者，而且还同新妻普布利利亚断绝夫妻关系，理
由就是西塞罗怀疑她曾对图利娅之死表现出幸灾乐祸（普鲁塔
克，《西塞罗传》，章41）。

　　在写作《论安慰》以后，西塞罗继续投入到开始于公元前
46年、完成于公元前44年的与认识论有关的大部头哲学论著
《学术论文集》（Academic Treatises）的写作中。其中，第一篇论
文采用对话体，并以亚里士多德的《劝勉篇》（Protrepticus）为
创作基础，因而取名《哲学的劝勉》（On Philosophy）。不过，
这篇论文以《霍尔滕西乌斯》（Hortensius）著称。《霍尔滕西乌
斯》可能写于公元前45年1月，后来失佚了。不过，从仅存的
残段来看，在书中，卡图卢斯赞美诗歌，路库路斯赞美历史，霍
尔滕西乌斯赞美演说，但猛烈抨击哲学，与此同时还详述许多哲

（接上页注）罗与他所监护的少女普布利利亚（Publilia）结婚。不过，忠诚的秘书蒂
罗断言西塞罗离婚是出于金钱的考虑，即西塞罗想用非常富有的普布利利亚的钱财
还债。此外，安东尼在回应西塞罗的《反腓力辞》时嘲讽性地指出，西塞罗之所以
把妻子赶出家门，是因为西塞罗老不中用了，适合居家做个宅男，而不适合经营生
意和服兵役（普鲁塔克，《西塞罗传》，章41）。

　　① 普鲁塔克认为，图利娅死于伦图卢斯的房子里，在前夫盖·皮索·福鲁吉死
后她嫁给伦图卢斯（参 LCL 99，页189）。这与嫁给多拉贝拉的说法不一致。

学家的卑劣行径以及廊下派哲学家和伊壁鸠鲁主义者的浮夸理
论，最后西塞罗亲自为哲学辩护。西塞罗专门赞美哲学研究，鼓
励从事哲学，因为罗马共和国的恢复，道德的复兴都离不开哲
学。西塞罗断言，在当今世界，尽管不能保证一定获得真理，可
一心追求真理足以使人感到快乐，最后给出最好的建议："倘若
灵魂是神圣的、不朽的，那么一生中的灵魂越是纯洁、越是理
智，就越能摆脱肉体的反复循环，重归天堂之家"。可见，《霍
尔滕西乌斯》是引领读者接触哲学的重要入门之作。这部哲学
作品很受欢迎，因为许多其他古代作家（如圣奥古斯丁）都
提及。①

　　在撰写《后学园派哲学》（即《学园派哲学》第二辑）的
同时，公元前45年5月，西塞罗写作5卷本对话录《论至善和
至恶》，比较详尽而完整地介绍各种学派的至善学说或幸福观。
值得注意的是，第一、三和五卷都以"亲爱的布鲁图斯"开启
各个学派的幸福观探讨。这表明，这部作品是献给某个布鲁图
斯②的。

　　《论至善和至恶》整部作品分为3次谈话或3篇谈话录（di-
alogus）。其中，第一卷与第二卷构成第一篇谈话录，介绍和批
驳伊壁鸠鲁学派（花园学派）的幸福观。

　　在库迈（Cumae）的住所里，西塞罗回应两个年轻人卢·托
尔夸图斯（Lucius Torquatus，公元前62年P.苏拉的控诉人，信
奉伊壁鸠鲁学说）和特里亚里乌斯（Gaius Triarius），说自己和

---

　　① 亦译《霍尔滕西乌斯：哲学的劝勉》，对话时间（原文"成书时间"有误，
因为该章的标题"哲学的慰藉"限定在公元前45－前44年期间）是公元前1世纪60
年代后期。参罗森，《西塞罗传》，页293。
　　② 这个布鲁图斯让人想起刺杀恺撒的布鲁图斯，因为那个布鲁图斯和西塞罗都
是共和国卫士，同属共和派。

朋友阿提库斯（伊壁鸠鲁主义者）都听过斐德若（Phaedrus）和芝诺（Zeno，约公元前335-前263年)① 的课，不满意伊壁鸠鲁学派的某些观点，例如自然哲学。西塞罗认为，伊壁鸠鲁（Epicurus）的理论只是对德谟克里特的修正，而且这种修正使事情更糟。伊壁鸠鲁不仅和德谟克里特有共同的缺点：虽然都讨论了质料问题，但是都没有思考推动力或动力因的问题，而且还有特有的错误。譬如，伊壁鸠鲁虽然用重力解释了原子直线向下运动，但是用原子运动中的弯曲或偏离解释原子间的碰撞、结合和连接，而原子弯曲毫无原因。伊壁鸠鲁不懂几何（而学园派极端重视几何），否认德谟克里特的观点即质料的无限可分性也是不适当的。更为错误的是，伊壁鸠鲁认为，宇宙自生自发；神存在于虚空中，过着无忧无虑的幸福生活，但不引导宇宙运动；人的灵魂由原子构成，灵魂原子外面是身体原子，身体死亡时灵魂消失，即死意味着完全消失。这样，人就从迷信——对诸神的惧怕、对死后惩罚的恐惧——中解放出来。

在方法和辩证法部分，伊壁鸠鲁缺乏逻辑，其判断事实的标准是感觉，强调快乐和痛苦这两种感觉是一切取舍行为的根基——源自昔勒尼学派（Cyrenaics）阿里斯提波斯（Aristippus）的快乐理论："及时行乐（后来贺拉斯就有这个观点）"。但西塞罗举例反证，贤人大义灭亲不是为了快乐。针对"正当行为和道德价值是人的内在价值，其本身就是令人愉悦的，也就是说能产生快乐"，西塞罗反驳，如果善是自发的、内在固有的快乐，

---

① 师从克拉特斯，廊下派哲学创始人，著有《国家篇》、《论顺应自然而生活》、《论欲望，或论人的本性》、《论激情》、《论义务》、《论法律》、《论希腊的教育》、《论视觉》、《论整体》、《论符号》、《毕达哥拉斯学派》、《共相》、《论风格》、《关于荷马的问题》5 卷、《论诗的聆听》等。参第欧根尼·拉尔修，《名哲言行录》卷七，章1，页613-731。

那么即便没有身体的感受，美德本身也会成为追求的对象。

接着，卢·托尔夸图斯阐述伊壁鸠鲁学派的幸福观（卷一，章9-21）。伊壁鸠鲁发展了阿里斯提波斯幼稚的快乐理论，把快乐视为至善，把痛苦视为至恶，而且人生来就趋乐避苦。没有痛苦的快乐是最大的快乐。但是，明智的人有这样的选择：为保证更大的快乐而拒斥某些快乐，为了避免更大的痛苦而忍受某些痛苦。伊壁鸠鲁把欲望分为3种：自然的，而且必需的；自然的，但不是必需的；非自然的，而且非必需的。第一种欲望不需费力气就可以满足，第二种欲望需要一定努力，但也很容易满足，第三种欲望是想象出来的，没有止境的。美德，其中的4个基本美德智慧、自制、勇敢和公正，能产生快乐。美德唯有建立在快乐的基础上才有意义，而快乐是惟一具有本质固有的吸引力和魅力的东西，所以快乐就是至高的终极的善，幸福的生活就是快乐的生活。由此得出回应昔勒尼学派批评的结论：（一）善恶的目的即快乐和痛苦本身无可指责，人们犯错误是因为不知道什么事物产生快乐，什么事物产生痛苦；（二）心理的快乐和痛苦源于身体的快乐和痛苦，快乐和痛苦的经历都出自并基于身体的感受；（三）心理的快乐和痛苦远超身体的快乐和痛苦，所以更能影响人的幸福；（四）没有痛苦的快乐是最大的快乐；（五）关于快乐的记忆产生快乐（卷一，章17）。

最后，卢·托尔夸图斯还驳斥了快乐损害友谊的观点，认为：（一）友谊是保证我们的朋友和我们自己获得快乐的最可靠的保护者和创造者；（二）形成朋友之间的依恋的最初动机、意向是因渴望快乐而激发的，但是当交往发展到深处时，彼此的关系就变成一种强烈的情感，完全能够使我们为友谊本身而爱朋友；（三）智慧的人订某种协议，要爱朋友如爱自己（卷一，章20）。

在第二卷中，西塞罗认为，伊壁鸠鲁在宣扬"至善是快乐"时没有讲清楚快乐的定义。与伊壁鸠鲁所说的"快乐（希腊语Hedone）"相对应的拉丁文词语为voluptas。而voluptas有两层含义：心灵的欣喜、高兴，包括对当下满足的意识、对过去快乐的记忆和对将来快乐的期盼；身体的愉悦、激动、舒适的感受（卷二，章4）。那么，伊壁鸠鲁的"快乐"究竟指什么呢？假如指的是脱离痛苦的快乐（静态快乐），那么伊壁鸠鲁为什么不直接表述"至善是脱离痛苦"？毕竟，"脱离痛苦"与"快乐"是两码事，因为经验世界有3种情感状态：享受快乐，感受痛苦，以及既不快乐也无痛苦（卷二，章5）。假如还包括享受快乐（动态快乐），那么伊壁鸠鲁究竟想说什么呢？阿里斯提波斯所主张的快乐是一种怡人的、令人愉悦和激动的感受，至善的快乐不包括脱离痛苦的状态。可是，不会说话的牲畜也会有这种快乐。对于人来说，希洛尼姆斯（Hieronimus）表述的观点"至善是没有痛苦"才是合乎逻辑的。

伊壁鸠鲁说：

> 快乐主义者找到快乐的那些事若能使他们摆脱对诸神、死亡和痛苦的恐惧，能教导他们为自己的欲望设立界限，那么我们完全没有理由指责他们，因为无论如何他们得到了丰富的快乐，没有哪一方面招致痛苦或忧愁，而痛苦、忧愁是唯一的恶（卷二，章7，见西塞罗，《论至善和至恶》，页47）。

对此，西塞罗展开批驳。首先，伊壁鸠鲁把欲望分为3类是比较生硬的，应当为分两类，即自然的和幻想的。其中，自然欲望再细分为必需的和非必需的。而非自然和非必需的欲望和情感是不幸的最大原因。其次，把欲望限制在界限之内是不可能，应当彻底摧毁欲望（卷二，章9）。更为重要的是，伊壁鸠鲁对善的理解也不正确，例如定义错误：善是各种感官之乐，但感官之乐不是人追求的目的"善"；逻辑错误：只要没有痛苦就不需要这种快乐，对于"动态的"快乐时而鄙视，时而又赞美；道德观错误：只要放荡者不是欲壑难填，只要他不因担心行为的后果而惴惴不安，就不可指责。伊壁鸠鲁致力于证明的快乐实际上是自然所欲求的，即吸引婴儿和动物的是"动态的"快乐，而不是完全脱离痛苦的"静态"快乐。所以，自然本能始于一种快乐（即动态的快乐），而最大的快乐在于另一种快乐（即静态的快乐），这是无法自圆其说的（卷二，章10）。西塞罗认为，阿里斯提波斯或伊壁鸠鲁的、（罗德的）希洛尼姆斯的和卡尔涅阿德斯（古希腊怀疑派哲学家）的终极目的不包括道德价值，玻勒谟（Polemo，色诺克拉底的学生，学园的第四任领导人）、卡利弗（Callipho）和狄奥多罗斯（Diodorus）的终极目的包括道德之善和别的东西，而（廊下派创始人）芝诺的终极目的完全建立在正当性即道德价值之上。在这些人的哲学理论中，只有伊壁鸠鲁的不能自圆其说（卷二，章11）。不过，别的理论都易遭驳斥（卷二，章12-13），而伊壁鸠鲁的理论把两种快乐混合起来，却得到大众——最无力而又最有力的支持者——的支持。所以美德与快乐展开决斗。

西塞罗指出：

> 道德价值是这样的东西，虽然缺乏实用性，但它受人赞美正是出于其自身，因为其本身，而不在于任何益处或报偿（卷二，章14，见西塞罗，《论至善和至恶》，页58及下）。

　　西塞罗为道德下定义，只为驳斥伊壁鸠鲁的错误观点。伊壁鸠鲁认为，道德价值只是作为获得快乐的途径才为人所追求，即目的是快乐，而道德价值只是手段。而西塞罗则认为，快乐不是目的，目的是道德价值，包括 4 种基本美德（卷二，章 14-23）。

　　在道德价值中，友谊源于爱，爱所爱之人本身，而不是爱所爱之人的财物（卷二，章 24-26）。在西塞罗看来，"抵消了最大的痛苦"的是伊壁鸠鲁的美德，即无私和正直的品质，因为伊壁鸠鲁临终时还忠于友谊和感情，恪守庄严的职责，安排人关照朋友的孩子，而不是伊壁鸠鲁所谓的快乐。因为，假如伊壁鸠鲁的"快乐"是身体的感觉，那么抵消他当下痛苦的不是关于身体之乐的记忆，而是他的哲学理论；假如是心理的感觉，那么他的理论，即若最终不与身体相关就没有心灵的喜乐，就是错误的（卷二，章 30-32）。可见，让伊壁鸠鲁获得幸福的不是所谓的快乐，而是美德和友谊，这是他从事哲学的最大收获。事实上，哲学的整个目的和目标就是为了获得幸福，渴望幸福是引导人从事这种学习的唯一动机（卷二，章 27）。

　　第三、四卷构成第二篇谈话录（dialogus）。在小卢库卢斯（Lucullus）的乡间府邸藏书室，认为唯有道德之善才具有最高价值的廊下派贤人小加图（在西塞罗写作《论至善和至恶》前不久刚刚在乌提卡城自杀身亡）阐述和西塞罗批驳廊下派的幸福观。

　　廊下派认为，认识活动（katalepsis，理解或感知）是学说的中心。而自恋提供活动的最初动机。最初的本能冲动有两种基本类别：有价值的（axia）和无价值的。其中，有价值的就是本质上与自然一致的，而无价值的就是本质上与自然不一致的。由此确立第一条原理，凡是与自然一致的，其本身就是"可取的事物"，反之则是"应抛弃的事物"。也就是说，善的显现是一个循序渐进的过程：第一步"适当的行为（希腊语 kathekon，拉丁语 appropriate act）"就是保存自己的结构，第二步是保存那些与本身一致的事物。当选择原理兼摒弃原理发现之后，接着根据"适当的行为"选择，让选择成为一种习惯，最后，选择完全合理化，完全与自然本性一致。在最后阶段，真正的善才显现出来（卷三，章5-6）。

关于终极目的（Telos）即善，廊下派有著名的三段论（卷三，章8）：

> 凡善的都是值得赞美的，凡值得赞美的都是道德高尚的，因而，凡善的都是道德高尚的（见西塞罗，《论至善和至恶》，页108及下）。

道德价值是唯一的善。有尊严的生活，即有道德的生活，是幸福的生活。至善就是与自然本性和谐一致的生活。小加图认同第欧根尼的定义：善就是本性上完全的，有益的（ophelema）就是与那本性完全的事物一致的活动或状态（卷三，章8-10）。

小加图指出，廊下派与逍遥派之间实质的分歧比语言的差异大得多：逍遥学派认为，一切称为善的事物都有益于幸福，而廊下派认为，总体幸福并不包含一切值得赋予其一定价值的事物（卷三，章12）。小加图认为，痛苦的程度取决于忍受着的心理状态，而不在于固有的本质。逍遥学派认为，有价值的物质越多越幸福，而廊下派认为，幸福是恒定的，取决于善的事物的质，而不是量（卷三，章13）。虽然美德没有程度的区别，但可以在范围上延伸、扩展，例如需要大量思想和实践，因为需要终生的坚毅、力量和一致（卷三，章14）。

在小加图看来，善分为3类：终极目的的"构成部分（teli-

ka）"，例如道德行为（德行）；终极目的所"生产"的事物
（poietika），例如朋友之善；既是目的的构成部分，又是其生产
出来的事物，例如智慧（卷三，章16）。

除了善，还有"可取"的事物。"可取"的也分为3类：有
些因为其本身之故而可取，例如善的事物；有些因为能生产某种
后果而可取，例如能带来钱财的荣誉和名声；有些兼具两者，例
如正常的知觉、良好的健康与合适的行为（卷三，章17）。

小加图指出，在廊下派看来，幸福就是与自然本性和谐一致
的生活。而自然本性就是善。所以除了善，其余的一切都是可弃
的，甚至包括生命。譬如，共同的利益是可取的，私人的利益是
可弃的，这是合乎自然的，因为宇宙是由神圣意志支配的；人和
诸神都是城邦或国家的成员，每个人都是这个宇宙的一部分
（卷三，章19）。

第四卷是西塞罗批驳小加图阐述的廊下派幸福观。

西塞罗认为，廊下派不如逍遥学派和学园派丰富和完备
（卷四，章2）。譬如，玻勒谟认为，至善就是"根据自然本性生
活"。而廊下派对此作了3种解释："根据对自然因果关系的认
识而生活"，是廊下派"按自然和谐生活"的一种解释；"生活
就是履行自己全部或大部分居间的责任"；"活着就是享受一切
或者最大限度地与自然本性一致的事物"。在西塞罗看来，这些
解释并不是智者独有的，例如第二种解释（卷四，章6）。更何
况廊下派的自爱是各种类内在的本能，并不是人独有的（卷四，
章13）。

西塞罗指出，"全面完备的哲学应该在考察人的至善时不忽
视他的理智和身体的任何一部分"（卷四，章14）。也就是说，
"诸善的总和必然包括一切值得接受、值得选择或渴求的东西"
（卷四，章17）。而廊下派则仅仅重视理智的部分，却忽视了身

体的部分，这显然是错误的。譬如，在廊下派的三段论中，大前提是不能得到承认的，因为健康、力量、财富以及许多其他东西都是善的，但不是值得赞美的；而小前提虽然得到哲学家同意，但是对于小加图没有任何好处。也就是说，虽然廊下派逻辑正确，但是前提错误，原因在于构建首要原理时抛弃了自然，错误地认为，道德价值是惟一的善。推出的结论是错误的，那么推出结论的命题本身必然错误（卷四，章 19 和 24）。廊下派主张唯一的善是道德价值，无异于毫不关心人的健康、财产管理、政治参与、日常事务和生活职责，甚至放弃道德价值本身（卷四，章 25）。廊下派认为，良好的健康不是渴求的，而是值得选择的（卷四，章 23），所以有时为了唯一的善即道德价值，廊下派智者会牺牲健康，甚至牺牲生命。但是在西塞罗看来，放弃生命是违背自然本性的。

总之，廊下派既主张道德价值是惟一的善 [陷入阿里斯通（Aristo）的立场]，又主张有自然本能去追求有益于生活的事（实际上接受逍遥学派的观点，只是术语上的抗争），这是自相矛盾。不过，小加图完全不能接受西塞罗的新学园派哲学，并坚持认为，西塞罗实际上已经接受廊下派的观点，只是对术语的使用不同持保留意见（卷四，章 28）。

第五卷就是第三篇谈话录。公元前 79 年一天下午，在托勒密（Ptolemy）学院——当时西塞罗与马·皮索（Marcus Piso 或 Marcus Pupius Piso Frugi Calpurnianus，公元前 61 年任执政官）一起正在雅典访学，听来自阿斯卡隆（Ascalon）的安提奥科（Antiochus，新学园的末任领导人）讲课——里，西塞罗及其胞弟昆·西塞罗、大堂兄卢·西塞罗（Lucius Cicero）以及马·皮索和提·庞波尼乌斯（Titus Pomponius）一起散步，并主要讨论逍遥学派和学园派的幸福观。

依据马·皮索（新学园派安提奥科的代言人）的阐述，逍遥学派（早期创始人亚里士多德）关于教育价值的理论结构分为3重：讨论自然（对于自然哲学，不仅研究海陆空，而且讨论存在的元素和宇宙）、讨论演讲（对于逻辑，不仅有辩证法和修辞原则，而且对每个话题提出正反论据）和讨论行为（对于人的福祉，讨论的不仅有个人行为的原理，还有国家管理的原理）（卷五，章4）。

马·皮索指出，关于善恶之争的起点在于最初的自然本能（卷五，章6）。由此产生6种至善观：阿里斯提波斯的快乐理论，希洛尼姆斯的没有痛苦理论，卡尔涅阿德斯的享有合乎自然之最初事物的理论，卡利弗、狄诺马科斯（Dinomachus）的道德与快乐结合的理论，狄奥多罗斯的道德与没有痛苦结合的理论，以及学园派和逍遥学派的道德与最初的自然对象结合的理论。在6种善恶目的论中，有实际支持者的只有4种。其中，快乐理论应当摒弃，因为人的本性倾向于更伟大的事物；没有痛苦理论也应当摒弃，因为任何关于至善的阐述若不包括道德价值的因素，所提供的体系就必然没有职责、美德或友谊的立足之地；无论把道德价值与快乐还是与没有痛苦结合，都有损于它所支持的道德原理；而廊下派的整个体系都是从逍遥学派和学园派那里接受而来的，只是换了术语而已。另外，还必须排除德谟克里特的至善观：心灵的平静或宁静（euthumia），因为这种心理上的平静本身就是幸福，而讨论的不是幸福是什么，而是产生幸福的东西是什么（卷五，章7-8）。

"人的终极之善是按自然生活"，即"按人的本性获得全面发展，满足一切需要"（卷五，章9），其出发点是人爱自己，自爱（φιλαυτία）是一种自然本能（卷五，章10-11）。人是由身体和心灵构成的，而且心灵比身体更重要。心灵分为两类：非选择的或自发的，出于自己的本性的内在优点即天赋；比较特定的，源于人的理性元素，取决于人的意愿，即美德（卷五，章12-13）。依据逍遥学派的定义：美德就是"理性的完全"（卷五，章14）。道德价值包括美德本身（德性）和美德的行为（德行）。因自身之故而渴求的事物有两类：终极之善的事物，即身体或心灵的善；外在的善，例如亲朋好友及祖国（卷五，章23）。拥有外在的善是通过源于彼此相连的那类美德的尽职行为（卷五，章24）。

西塞罗认为，马·皮索阐述的学派前后不一致：既然承认唯有道德价值是善，就必须承认幸福在于美德，反之亦然；虽然对3种善（廊下派、学园派和逍遥学派的善）叙述很清晰，但做结论时却出了问题，即结论想要论断智者不可能缺乏幸福的条件。不过，如果疾病等不是恶，那么逍遥学派的哲学体系将崩溃；如果疾病等是恶，那么遭受疾病等不幸的人就不可能幸福（卷五，章28）。

对此，马·皮索进行解释：任何整体都以其最具优势、最重要的部分命名，这是普遍原则（卷五，章30），所以不能说有过不幸的人就是不幸的人，瑕不掩瑜；虽然有痛苦和烦恼，但是如果看到美德的优点，就不会悲伤和忧愁，所以每个智者都永远是幸福的，只是这个智者可能比另一个智者更幸福（卷五，章32）。

总体来看，在《论至善和至恶》里，西塞罗对几个学派的至善学说或幸福观的态度值得玩味。西塞罗较为猛烈地批判伊壁鸠鲁主义，却较为积极地肯定逍遥学派，这都是和他的《论义务》里完全一致的。不一致的是对廊下派的态度：在《论义务》里仅仅是有保留意见，或者说"精致的批评"，而在《论至善和至恶》里则是猛烈的抨击。克里斯（Douglas Kries）洞悉到这一点，并作出了较为合理的解释：这与是否有年轻人在场有关。在年轻人面前，一位政治上敏锐的哲人应该严厉地批判伊壁鸠鲁主义，因为年轻人不具备哲学的头脑，认识不到伊壁鸠鲁学派的危险性。至于廊下派，可以保持审慎的态度，在《论义务》里并不像在《论至善和至恶》里一样公开、大肆地批判廊下派，因为年轻人不必理会廊下派的愚蠢。譬如，廊下派主张有时为了属于心灵的道德价值而牺牲属于身体的部分，例如健康和生命，这违背廊下派追求自然生活的出发点和人自爱的基本原则。不过，那些更具有哲学智慧的人则应当认识到廊下派和早期学园派的弱点，所以在《论至善和至恶》里较为公开和猛烈地加以批判。在克里斯看来，唯一以一种积极的立场出现的是逍遥学派，因为逍遥学派持有以下观点：

> 在某种程度上既认为外物要从属于德性的要求，又承认外物在获取幸福时会有所裨益。通过采纳这种立场，西塞罗指出了政治生活的一个根本问题，而不是给出一个简单的答案。德性和高尚的事物必须是政治的最高目的；然而外物与有用之物的抗拒，防止了政治因其最高目的而完全牺牲那些较低的目标［克里斯（Douglas Kries）：《论义务》一书的意图，李永晶译，前揭书，页93］。

这是西塞罗的立场较为飘忽、捉摸不定的真正原因。只要合乎政治贤哲的理想，更确切地说，合乎共和国政治贤哲的理想，只要达到教导年轻人认识美德和智慧，懂得政治生活，西塞罗都愿意在不违背这个主旨的情况下，适当地调整自己的立场。

紧接在《论至善和至恶》之后，即公元前45年6、7月间，西塞罗写成《图斯库卢姆谈话录》。其实，《图斯库卢姆谈话录》

并非真正意义上的谈话录，而是由西塞罗开的讲座。地点是在图斯库卢姆的别墅里。听众是西塞罗的一些朋友。讲座的方式是依照希腊哲学教授们授课的方法：每次讲座都阐述一种学说。全书总共 5 卷，采用学园派哲学，主要论述威胁幸福的各种障碍：死亡、痛苦、激情等。其中，第一卷（包含 49 章，119 节）谈论超越死亡。死亡并不是一种痛苦，只不过是离世或解脱（章 49，节 117-119）。第二卷（包含 27 章，67 节）谈论忍受痛苦。痛苦并非最大的不幸，只是微不足道的不幸。美德让痛苦变得微不足道。死亡是准备好的庇护所（章 27，节 66-67）。第三卷（包含 34 章，84 节）谈论痛苦的缓解。痛苦都是人为的，而且是随意的，归因于错误的观点（章 33，节 81-章 34，节 84）。第四卷（包含 38 章，84 节）谈论激情，尤其是心灵的错乱。所有的心灵错乱和其中最糟糕的痛苦源自于判断的错误，都是随意的。哲学根除错误（章 38，节 82-84）。第五卷（包含 41 章，120节）谈论美德。伊壁鸠鲁认为，智者总是幸福的，追溯到柏拉图的哲学家们更是这么认为的。因为人只有具备美德才会幸福（章 41，节 119-120）。

其次，西塞罗还向罗马公众介绍了希腊化时代哲学的主要成就，并分析了这些成就的逻辑学框架以及随之而来的辩证法。西塞罗希望证明，美德可以战胜关于人的命运的一切问题："由于美德总是低于自己的水平，所有的问题都可能落到人的命运头上。睥睨这些问题时，鄙视凡人生活的机会。免遭责备，想的是，除了美德本身以外，没有任何事涉及美德"（《图斯库卢姆谈话录》卷五，章 1，节 4，参 LCL 141，页 426 及下）。由此可见小加图投在西塞罗身上的影子。

此外，由于恺撒继续其"独裁统治"，西塞罗日益忍无可忍，于是描绘了叙拉古的僭主狄奥尼西奥斯（Dionisios，公元前

430-前 367 年），其矛头直指恺撒。西塞罗指出，僭主沉溺于谋杀和暴行，即使他的伴随者也日夜惴惴不安（《图斯库卢姆谈话录》卷五，章 23，节 66）。可见，独裁者是一种病态的人。与此同时，西塞罗也洞见了实情，即桀骜不驯的男子汉们心潮澎湃，内心一直很矛盾：让一个人满意，就不得不反对另一个人。所以西塞罗以讲故事的形式隐晦地暗示，治疗独裁者的病态只有一个手段，那就是让其最信任的人将其杀死，像僭主狄奥尼西奥斯的某个熟人的嘲讽所隐含的意思一样（章 20，节 60，参 LCL 141，页 484-487 和 492 及下）。与此契合的是同年 5 月 15 日布鲁图斯与卡西乌斯密谋刺杀恺撒。对于谋反分子来说，尽管不想吸纳年老而又优柔寡断的西塞罗参与到谋杀恺撒的计划中，可西塞罗的文字无疑犹如一剂强心针，极大地增强了他们完成使命——谋杀恺撒，结束独裁统治——的责任感。

《论老年》（参西塞罗，《论老年·论友谊·论责任》，页 3-41）开始写于恺撒死前，发表于公元前 44 年 5 月。《论老年》是一篇简短的对话录（dialogus），文体风格类似色诺芬《齐家》。对话时间是公元前 150 年（监察官老加图逝世的前一年）。地点是老加图的家里。对话人为老加图、小斯基皮奥和莱利乌斯。

《论老年》是 62 岁老人西塞罗献给 65 岁老人阿提库斯的礼物，作者从他们俩的切身体验——即步入老年的心理重负——出发，假借德高望重而又有学问的老加图之口，用一位老人向另一位老人讲述的方式，论述老年，帮助老年人消除心理上的负担，从而让老年人以健康的心态安度晚年。

西塞罗的传声筒老加图首先考察了针对老年的 4 种常见批评：第一，老年使人不能积极地工作；第二，老年使身体衰弱；第三，老年使人几乎完全丧失肉体上的快乐；第四，老年是死亡前的最后一个步骤。接着，西塞罗逐一分析这 4 种批评意见，并提出种种论据加以论证。

第一种批评是不正确的。因为老年人虽不能从事体力活，但可以从事脑力脑动，而且老年人可以利用自己的经验和影响来保护国家的利益，做到老有所为；人生大事业的成就靠思想、人格和判断力，所以老年人在这些方面老当益壮。譬如，讲话人老加图本人老年后仍在指导元老院工作。而且正是由于老年人具备思想、智慧和判断的特长，（罗马）祖先才把最高议事机构称作元老院——"元老院"意为"老年集会"。老年人老成持重。勤于锻炼可以防止记忆力的衰退。老年人只要常动脑筋常想问题，就能老年矍铄。譬如，索福克勒斯等文人都笔耕不断，直到生命尽头。不开心不是老年人的专利。老年人的教诲有助于年轻人寻求美好的人生。老年人甚至还可以孜孜不倦地学习。譬如，讲话人老加图晚年才开始学习希腊文学。

第二种批评无伤大雅。虽然老年人体力衰弱，但是只要善用自己的体力，量力而行，就不会有力不从心的感觉。不能未老先衰，尽量缩短老年时间。

> 人生的历程是恒定不变的，自然只安排一条道路，而且每人只能走一回；人生的每一阶段自有其适宜的特质；因此，童年的稚弱，青年的进取，中年的持重，老年的成熟——自然赋予人生的每个季节不同的收获（见西塞罗，《西塞罗散文》，页 18 及下。参《论老年·论友谊·论责任》，页 18）。

坚持锻炼身体和有节制地生活，老年时仍能基本上保持早年的雄风。法律和习俗都豁免老年人的体力职责。体弱多病并不是

老年人的专属。老年人不仅要适当锻炼,以饮食滋补体魄,忌讳
暴饮暴食,保重身体,更要注意心智的健康。身体会衰老,但精
神要永葆青春。即便力不从心,也可以躺在床榻上享受想象之
乐。致力于学习与工作,就不会觉察老年的迫近。

第三种批评结果是得多于失。公元前 5 世纪末叶,罗马哲学
家、政治家、数学家和天文学家阿尔契塔斯(Archytas)说:

> 感官上的快乐是自然赋予人类最致命的祸根;为了寻求
> 感官上的快乐,人们往往会萌生各种放荡不羁的欲念。它是
> 谋反、革命和通敌的一个富有成效的根源。实际上,没有一
> 种罪恶,没有一种邪恶的行为不是受这种感官上的快乐欲的
> 驱使而做出的。乱伦、通奸,以及一切诸如此类的丑恶行
> 径,都是这种淫乐的欲念(而且无需搀杂其他的冲动)激
> 起的。理智是自然或上帝赐予人类最好的礼物,而对这一神
> 圣的礼物最有害的莫过于淫乐。因为,我们受欲念支配时,
> 就不可能做到自我克制;在感官上的快乐占绝对统治地位的
> 领域里,美德是没有立足之地的。为了使这一点看得更清
> 楚,设想有一个人,他尽情地享受着感官上的快乐,兴奋到
> 了极点。毫无疑问,这种人,当他的感官处于这种亢奋状态
> 时,是不可能有效地运用理智、理性或思维的。因此,在没
> 有比淫乐更可恶、更要命的东西了,因为如果一个人长期沉
> 湎于淫乐之中,他的灵魂之光就会泯灭,变成一团漆黑
> (见西塞罗,《论老年·论友谊·论责任》,页 21。参西塞
> 罗,《西塞罗散文》,页 21 及下)。

而老年消除了一切不良的欲念,可以依靠理性和智慧摈弃荒
淫。不生欲念是最愉快之事。可以享受超然的生活,进行一种心

智的追求。对于那些通达明理、教养良好的人来说，年事越高，乐趣越多。务农其乐无穷。古时的元老院议员（老人）都住在乡间，如德高望重、名扬后世的农夫和独裁官辛辛那提（L. Quinctius Cincinnatus）。农夫的生活是最幸福的。威望是老年的最大荣耀。譬如，占卜院有个传统：辩论时，发言次序依据年龄的长幼，而不是官衔高低。老年的威望，尤其是享受尊荣的老年的威望，其价值超过青年时代一切快乐的总和。鹤发老人最终享有威望是早年品行高尚的结果。最后，西塞罗以泰伦提乌斯的《孪生兄弟》为例，说明老年人怪僻乖戾是性格缺陷，而不是老年带来的缺点。

第四种批评依靠理性来战胜。

> 死亡无非有两种可能：或者彻底毁灭灵魂，或者把灵魂带入永生的境界（郭国良译，见西塞罗，《西塞罗散文》，页 34）。

对于前者无所谓，对于后者求之不得。年轻人也存在死亡，而且只有少数人才能活到老年，所以老年人应当知足和高兴。唯一可以长留永存的是用善行和正义换来的声誉。像演员一样，不必把戏从头演到尾，只要自己出场博得观众满堂彩就足够了。寿终正寝是顺乎自然的好事。人最好是在头脑清楚、感官健全之时归于寂灭。老年人既不要贪恋残生，也不要轻言放弃。人的灵魂不朽，来自于天国，最终也必将回归上天，这种观点源自于毕达哥拉斯及其门徒的灵魂学说和苏格拉底临终时关于灵魂不朽的论述。

此外，需要特别指出的是，西塞罗描绘的理想人物老加图是个农民有产阶级，与色诺芬的《齐家》中才智过人而又有人情

味的大居鲁士（Cyrus the older）有些相似。大居鲁士在临终遗
嘱时说：

> 只有完全摆脱了身体，灵魂才会开始变得纯洁无瑕，这
> 时灵魂才能变得更有智慧（徐奕春译，见西塞罗，《论老
> 年·论友谊·论责任》，页38）。

毫无疑问，西塞罗改变了现实中的老加图的形象。之所以如
此，是因为西塞罗把自己在阿尔皮努姆的经历融入对老加图的形
象塑造中。差不多10年以后，维吉尔在他的《农事诗》中颂扬
了西塞罗在《论老年》中塑造的农民有产阶级的幸福生活与道
德观念。

《论友谊》写于公元前44年，是最亲密的朋友西塞罗献给
朋友阿提库斯的礼物。《论友谊》也是采用对话体。主讲人莱利
乌斯从朋友小斯基皮奥老死谈起，涉及老死与灵魂不朽的看法，
所以被视为《论老年》的姊妹篇。对话时间是小斯基皮奥刚刚
去世以后。对话人为莱利乌斯及其两个女婿：范尼乌斯（Gaius
Fannius）和占卜官斯凯沃拉（Quintus Mucius Scaevola）。

关于友谊，以往都有人论述。哲学家们力图将友谊的情感上
升为理论。譬如，伊壁鸠鲁学派把友谊建立在利益基础上，而廊
下派与逍遥派则把友谊归附于一种与动物差不多、物以类聚的本
能。不过，这些理论显然得不到西塞罗的认同。在现实中，在恺
撒时期为数众多的人为了荣誉而牺牲友谊，恺撒死后政治生活的
恢复则非常需要国家要人之间的友谊（参格里马尔，《西塞罗》，
页128及下）。在这种理论和实践的背景下，在阿提库斯的极力
主张下，西塞罗借莱利乌斯——莱利乌斯同小斯基皮奥的友谊最
值得称道，所以是最适合于讲解友谊的人——之口，用重友谊的

人向朋友讲述友谊的方式，比较系统地论述古今哲学家都讨论的重要论题友谊。

西塞罗的传声筒莱利乌斯认为："友谊只能存在于好人之间"。而好人即智者，指那些在行为和生活上忠诚、正直、公正而仁惠、道德高尚和不屈不挠的人。

> 他们的行为和生活无疑是高尚、清白、公正和慷慨的；他们不贪婪、不淫荡、不粗暴；他们有勇气去做自己认为正确的事情（徐奕春译，见西塞罗，《论老年·论友谊·论责任》，页53）。

接着，莱利乌斯为友谊下定义：友谊就是

> 对有关人和神的一切问题的看法完全一致，并且相互之间有一种亲善和挚爱（徐奕春译，见西塞罗，《论老年·论友谊·论责任》，页53）。

除了智慧以外，友谊是不朽的神灵赐予人类最好的东西。而至善的德行是友谊的源泉和品性。

莱利乌斯指出，友谊产生于人的本性：爱。拉丁语"友谊（amicitia）"源自于"爱（名词 amor）"。而这两个词都源自同一个拉丁文词根"爱（动词 amō，不定式 amare）"。爱是对于你所钟爱的人的那种依恋之情。爱是产生善意的原动力，所以友谊来源于一种心灵的倾向，一种爱的情感；友谊完全独立于利益之外，不求回报，互惠只是友谊的一种附属特性，因为"不是友谊起因于实利，而是实利随友谊而生"。

之后，莱利乌斯指出友谊的第一条原则：

　　　　勿要求朋友做坏事；若朋友要你做坏事，你也不要去做
　　（徐奕春译，见西塞罗，《论老年·论友谊·论责任》，页
　　63）。

　　相反，应当主动做好事，忠言劝告朋友。因为友谊是不朽的
诸神赐予人类的最崇高、最令人愉悦的礼物。乐善疾恶是一个心
智正常的人的品性。志趣相投是友谊的最大动机。

　　友谊的另一条重要原则是"地位优越的人应当和地位低下
的人平等相处"。而"不要因为自己过分的善意而妨碍了朋友的
大事"则是友谊的另一条有益的原则。

　　在择友方面，莱利乌斯认为，一般来说，应当等到自己的心
智和身体完全成熟后才对友谊做出抉择。择友必须谨慎。择友首
先要自己做一个好人，然后再去找和自己品质相仿的人做朋友。
也就是说，必须修身养性，致力于美德。因为美德是友谊的助
手，而不是恶行的帮凶。

　　为了维护友谊，必须面对不快，需要劝告，甚至是责备。老
加图说得好：

　　　　献媚的朋友比尖刻的敌人更坏，因为后者常常说真话，
　　而前者从不说真话（徐奕春译，见西塞罗，《论老年·论友
　　谊·论责任》，页80）。

　　但要有度，因为"恭维易结友，坦言招冤仇"（泰伦提乌
斯，《安德罗斯女子》）。不过，真正的友谊的一个基本特点就是
提出劝告和接受劝告。"友谊的本质就在于将两颗心融为一体"。

　　"患难时刻见真情"（恩尼乌斯）。这句话表明，友谊需要德
行予以呵护。美德是第一位的。除了美德之外，这世上最伟大的

事物就是友谊。

总之，《论友谊》精辟地阐述了友谊的性质、起源、好处、择友的标准和友谊所应遵循的规则，以及友谊与美德、年龄、性格、爱好等的关系，是西方伦理学史上第一部系统地探讨友谊问题的专著，里面的思想后来被许多哲学家或思想家所引用或发挥，如培根（Francis Bacon）的《论友谊》（*Of Friendship*）（参西塞罗，《有节制的生活》，页16）。

在《论友谊》之后，西塞罗还写有篇幅不长的《论荣誉》（*De Gloria*）。由于这部论著几乎全部散失，我们只能依据仅存的文字推测其中的一些内容。在《论荣誉》中，作者要求人们区分真正的荣誉和虚假的荣誉。作者颂扬了那些怀有准备献身于祖国的人们，或者说，那些准备有益于他人的人们。在谈及埃维迈尔（Euêmeros，约公元前4-前3世纪）的门徒时，西塞罗指出，在他们那个时代，神不过是一些被人们神化了的人，即一些行善者。此外，革利乌斯指出，在《论荣誉》第二卷里西塞罗犯了一个无关紧要的错误。在荷马的《伊利亚特》（*Iliad*）第七卷里，埃阿斯既没有说那些话（革利乌斯援引的3行诗），也没有计划他的葬礼。讲这些话并安排葬礼的是赫克托尔，在赫克托尔知道埃阿斯是否会在战斗中遇见他之前。而西塞罗则错误地说，在将要与赫克托尔战斗时，埃阿斯安排他可能战败身亡以后的葬礼，革利乌斯援引的3行诗是埃阿斯的声明。埃阿斯希望路过他的坟墓的人应该讲那些关系到他的荣誉的话（《阿提卡之夜》卷十五，章6，节1-4，参LCL 212，页74-77）。

《论义务》

公元前44年夏，西塞罗启程前往雅典，准备探望在那里学习的儿子马·西塞罗。不过，风向情况不佳和传来的有关罗马政

情的最新消息让西塞罗的探亲之旅半途而废。然而，西塞罗从儿
子的监护人那里获悉，年仅 21 岁的儿子对学习毫无兴趣，堕落
为寻欢逐乐的浪荡公子。在这种情况下，在同年秋天，西塞罗不
得不采用书信体，写一封篇幅较长的家书《论义务》。在这封家
书里，西塞罗向儿子灌输的是既适合儿子年龄、又符合父亲身份
的关于义务的教诲。

　　《论义务》全文分为 3 卷，其中第一卷总共 45 章，探讨道
德上的"善（honestum）"，第二卷总共 25 章，探讨"利（utili-
tas）"，以及第三卷总共 33 章，探讨"义与法（honestas et iūs）"
同"利"的冲突。

　　在第一卷中，西塞罗首先详细阐述了道德上的善的要素和特
征。责任分为普通的责任即义（ κατόρϑωμα ）和绝对的责任
（ καϑῆκον ）。履行责任有 5 条原则：第一，行为是否有德？第二，
在两种德行间如何选择？第三，行为是否有功利？第四，在两种
功利间如何选择？第五，当德行与功利发生冲突时怎么办（《论
义务》卷一，章3)？由此可见，其中的两条同荣誉（decus，即
美德)① 和道德上的公正（honestas，即全面的义)② 有关；两条
与生活的外在便利——手段、财富和权势——有关；第五条是关
于前 4 条发生冲突时如何作出适当的选择。

　　西塞罗认同柏拉图关于 4 种基本美德（virtūtis)③ 的观点。
有德之事有下述 4 种来源：谨慎，或充分地发现并明智地发展真
理（sapientia et prudentia）；社会本能，或保持一个有组织的社
会，使每个人都负有其应尽的责任，忠实地履行其所承担的义

---

① 中性名词 decus："装饰；美丽；庄严；荣誉；美德"。
② 阴性名词 honestās："荣誉；名望；奖赏；公正；美德；体面"。
③ 阴性名词 virtūs："男人的气质；勇气；能力；优点；精力；德性；美德；壮
举"。

务；勇气（fortis），或具有一种伟大的、坚强的、高尚的和不可战胜的精神；节制（modestia），或一切言行都稳重而有条理（temperantia），克己而有节制。由此产生 4 种确定的道德责任：智慧（prudentia 或 σoφία）、正义（iustitia）、勇敢（fortitudo 或 ἀνδϱία）和审慎（moderatio）（《论义务》卷一，章5）。

其中，关于智慧（prudentia 或 σoφία），西塞罗认为，关于真理的知识最能激发人的本性，因此，应该有强烈的求知欲，应该树立以学识渊博为荣、以无知为耻的人生观。在求知的过程中，一方面要有实事求是的态度，知之为知之，不知为不知，另一方面要重视实践，不要钻牛角尖，研究无用的东西（《论义务》卷一，章6）。可见，西塞罗追求的不再是苏格拉底的纯理式哲学，而是重视实践的哲学（philosophia）。

关于正义（iustitia），西塞罗认为，正义是成为好人的基础，因为正义有两个功能：不伤害他人或者制止别人伤害他人；引导人分清公私的利益。所以正义有两个基本原则：不伤害任何人和维护公众的利益。因此，正义有两个内涵：公正（honestas）和博爱（humanitas）。公正是衡量一切善行的标准，公正的基础是诚信（《论义务》卷一，章7-13）。而博爱要求仁慈和慷慨。在行善或报恩过程中，必须注意 3 点：不伤害人，不超越自己的财力，以及必须与受惠者本身值得施惠的程度相称（《论义务》卷一，章14-17）。

关于勇敢（fortitudo 或 ἀνδϱία），西塞罗认为，勇敢的目的是为了公众利益而斗争，为了维护正义。勇敢而伟大的灵魂具备两个特性：漠视外界的环境，不屈从于任何人、任何激情活人和命运的突变；当灵魂经受考验之后，做伟大的、最有用的事情，而且极其努力和勤奋，甚至甘愿做出牺牲。因此，判断勇敢有两个标准：是否把道德上的正直看作是惟一的善；是否摆脱一切激情。举例证明，勇敢者当从政治国，怯懦者退隐山林。西塞罗自信地认为，在勇气方面，文人并不亚于军人，更重要的是文人有勇有谋（《论义务》卷一，章17-26）。

道德上的善的最后一个方面包括体谅和自制，也包括节制（modestia），彻底抑制一切激情，以及做什么事情都要适度和稳重。西塞罗认为，凡是恰当的（希腊文 πρέπον，拉丁文 decorum，意为"恰当、适当、得体"）都是有德行的，凡是有德行的都是恰当的。恰当分为两类：见之于道德上的善整体的"一般性的恰当"和见之于道德上的善个体的"特殊类型的恰当"。"一般性的恰当"是那种与人的优越性相一致的东西；"特殊类型的恰当"是与"自然"相一致的东西，其中包括节制和自制（modestia et temperantia），以及某种绅士风度（《论义务》卷一，章27）。

西塞罗指出，精神有两种基本活动：欲望和理性。源自于恰当的责任要求"理性指挥，欲望服从"（《论义务》卷一，章28）。所以，责任的定义就是干事情不要仓促和草率，并且有充足的理由（《论义务》卷一，章29）。也就是说，责任要求人的理性战胜人的欲望。

西塞罗认为，自然赋予人两种本性：人类普遍的本性，即人性，包括理性和相对于别的动物的优越性；分配给各个人的特殊的本性，即个性，包括身体禀赋、外貌、性格、天赋等。恰当的是，把握好个性，不违背人性。譬如，择业时，在不违背人性的情况下，选择最适合个性的职业，致力于最适合自己去做、最能发挥自己特长的工作（《论义务》卷一，章31）。除本性外，影响择业的因素还有命运，它包括机遇（环境）和判断（选择）（《论义务》卷一，章32-33）。

西塞罗认为，义务或责任同人生阶段和身份有关。首先，人生阶段不同，责任也不同。譬如，年轻人要尊敬长辈，接受长辈的忠告、扶持和指导，而老年人要减少体力活，增加脑力劳动，用忠告和实用智慧为朋友和年轻人服务。其次，身份不同，责任也不同。譬如，行政长官要维护国家的荣誉与尊严，公民要与同胞平等相处，为国家的太平和光荣而努力，而外国人则在任何情况下不干涉别国的内政（《论义务》卷一，章34）。

此外，西塞罗认为，外表的恰当包括美观、得体和风雅。美有两种：娇柔和庄严，前者属于女人，后者属于男人。行为应该遵循3个原则：感情冲动服从理性；仔细估量目标的重要性；奉行中庸之道（temperantia）。廊下派认为，中庸是使一切言行都恰到好处的学问。注意行为的秩序性和场合的适时性。

最后，西塞罗指出，社会本能比求知更重要。责任的重要性依次是不朽的诸神、国家、父母和其余人（《论义务》卷一，章45）。

在第二卷中，西塞罗探讨了行为的功利以及在两种功利间如何选择的问题。首先，西塞罗认为，与天灾相比，人祸即人对人造成的伤害更严重。

接着，西塞罗总结了人与人之间和平相处的6种动机：（1）善意；（2）尊敬（人品好、可能平步青云的人）或（对有权势的人）感恩；（3）对方对自己有利或可以从对方捞取好处；（4）依仗或害怕（权势）；（5）赏赐或得到礼金；（6）收买。而在这些动机中，"爱"最有利，最具影响力，而"怕"最有害，最不利于达成目标。西塞罗认为，最高最真的荣誉有赖于以下3点：人民的爱戴、信任和敬佩。赢得善意或人民的爱戴的主要途径为仁惠的服务，其次是抱有仁惠服务的意愿。赢得信任的两个条件：正义的智慧和诚实的公正。公正比智慧更能赢得人们的信任。赢得国人敬佩的因素是卓越的才能和经受考验的美德。赢得荣誉的先决条件都是由公正促成的。所以一个人要赢得真正的荣誉，就必须履行公正所要求的那些责任。西塞罗提出了年轻人为赢得荣誉应尽的道德责任，例如从军、克己与孝悌。

然后，西塞罗谈及仁慈和慷慨。西塞罗认为，表达善意的方式有两种：服务和送钱。送钱比较容易，服务更难，更可贵。服务——即尽自己所能，尽力为他人提供帮助——的仁慈和慷慨有两个好处：助人越多，行善的帮手也越多；养成行善习惯后，为公众做好事更加周到和熟练。慷慨施舍有两种：胡施滥舍和仗义疏财。比较而言，仗义疏财更可取。慷慨还要有度，量力而行。施财的正当理由是必需和谋利，最好也采取中庸之道。无论是送钱财，还是服务，都应选择（人品好的）受惠对象，遵守公正的原则（《论义务》卷二，章1-24）。当两利发生冲突时，权衡利弊，取其重（《论义务》卷二，章25）。

第三卷谈论义与利的冲突时如何取舍。西塞罗同意廊下派的观点，道德责任分为普通的责任和"义"。"义"是一种完满的、绝对的责任，只有圣贤（具有最完满的智慧的人）才能达到这种境界。从根本上说，义与利并不对立，而是统一的，因为凡是真正有利的都是义的，凡是有义的都是有利的。冲突只发生于"貌似之利"与"义"之间。所以，利与义之间的冲突不是真正的，而是表面的。当利与义冲突时，应当履行道德责任。杜绝见利忘义的方法有两种：用法律制止和用哲学预防（卷三，章17）。由此看来，这篇针对儿子马尔库斯的训诫似乎又是在描述一个与哲学家们确立的道德准则相一致的政治行动纲领。

值得注意的是，在《论义务》的开篇，坦承自己属于学园派的（《论义务》卷三，节20）西塞罗以廊下派的姿态出现："在我这个探求的特别时刻，我将主要追随那些廊下派的哲人"（卷一，节6）。与此同时，西塞罗又表明，自己正在研究并认同逍遥派［如克拉提波（Cratippus）］的观点（卷一，节2；卷二，节8），这可能与西塞罗的儿子师从逍遥派哲学家（卷三，节20）有关，或许是为了寻求父子间的共同语言，以此作为训诫儿子的切入点。不过，学者克里斯认为，由于3个哲学门派都可以正当地阐述有关义务的问题，并且都具有各自的权威，也就是说，3个哲学派别都满足西塞罗的标准，西塞罗的取舍颇为随意（参克里斯：《论义务》一书的意图，前揭书，页85）。

的确，西塞罗的教诲主要源于廊下派伦理哲学。譬如，"义务"的概念最早是芝诺提出的"kathekon（适当的行为，应尽的义务）"（参沃格林，《希腊化、罗马和早期基督教》，页125）。又如，帕奈提奥斯宣称在他的《论恰当行为》（*Peri tou kathēkontos*）中依次探讨义、利以及二者表面上的冲突。只不过，帕奈提奥斯对于第三个方面没有加以论述。对于这个问题，西塞罗的解释较为可信：一方面，对于廊下派圣贤而言，不存在义和利的冲突；另一方面，义务或责任属于中等层面的道德，而不是最高层面的道德，因此，假如廊下派帕奈提奥斯去谈论中等层面的问题，把高尚与有用并列起来，将有损他的颜面（卷三，节34）。第三种可能是帕奈提奥斯由于不测事件或工作压力而中断写作计划（卷三，章7，节33）。帕奈提奥斯的弟子珀西多尼乌斯（西塞罗的老师）认为，在整个哲学领域中，没有比帕奈提奥斯没有完成的部分更重要的问题（卷三，节8）。不过，由于帕奈提奥斯的完成部分太完美，后人担心会冒"狗尾续貂"的大不韪，无人敢去完成帕奈提奥斯的未竟之作。唯有西塞罗没有望而却步，当仁不让地站出来，完成帕奈提奥斯的未竟之作（参克里斯：《论义务》一书的意图，前揭书，页87-89）。因此，西塞罗的《论义务》顺理成章地在原则上追溯到小斯基皮奥的客人帕奈提奥斯的廊下派伦理思想，并且尝试把四个抽象的基本美德改写成"绅士"日常行为准则。例如克制 [verecundia（拘谨、拘束），temperantia（自控、自律）]，它涉及生活中的严肃与游戏、美德与喜乐（《论义务》卷一，节 103–108）。总体来看，廊下派帕奈提奥斯的思想成为西塞罗写作《论义务》的最初的思想来源。

只不过，西塞罗在从原始资料中汲取有用的东西时，还按照自己的习惯，根据自己的选择和判断，以符合自己目的的尺度和方式（卷一，节 6）。譬如，西塞罗直言不讳地批判帕奈提奥斯犯了两个天大的错误：第一，帕奈提奥斯没有定义"义务"（卷一，节 7）；第二，帕奈提奥斯在对义务分门别类时忽略了两个主要的问题（卷一，章 3，节 10）。此外，西塞罗还含蓄地批评帕奈提奥斯没有讨论有关义务的最重要的问题：面对显而易见的义与利之间的冲突，人们该何去何从。

事实上，在《论义务》里，（学园派的）西塞罗一方面披着廊下派的外衣，教导有共和主义立场的年轻贵族们：个体的善完全从属于政治上的共同善，另一方面又采用（西塞罗的儿子学习的）逍遥派的风格，教导读者中那些更具有哲学头脑的人：德性与其他外物之间的冲突为政治所固有。因此，克里斯认为，西塞罗的《论义务》首先是一部关于义务或职责的手册，目的在于恢复共和主义道德。这是西塞罗披廊下派哲学外衣的根本原因。不过，无论西塞罗在写作《论义务》时多么依赖于廊下派哲学，到头来都彻底地扭转了廊下派哲学的方向 [克利什（Marcia Colish）]。西塞罗强调让廊下派哲学回归人间，实际上就是让廊下派的道德教诲承认逍遥派的观点 [尼科哥斯基（Walter Nicgorski）]。除了西塞罗的儿子，西塞罗的《论义务》的阅读对象还有所有的罗马青年，甚至还包括那些更倾向哲学思考的人。

　　需要指出的是，与苏格拉底、柏拉图、亚里士多德等圣哲相比，贤人西塞罗承认，这些圣哲的理式哲学是人类的最高活动，但却在熟谙并接受古典教诲的基础上，更加重视哲学的实践，尤其是政治实践。由于"社会倾向是义的核心"（《论善恶的极限》1．148；《论法律》1．37），西塞罗强调用希腊哲学来为罗马的政治服务，把政治公职摆在优先地位。在当时罗马的自然美德在衰落、需要哲学的支持的情况下，不难理解的就是，在《论义务》里，西塞罗坚决摈弃把享乐凌驾于义务之上的伊壁鸠鲁哲学与完全忽略实际和实用的考量的廊下派哲学，而选择了符合自己主张的、较为积极入世的逍遥派哲学，以便用美德指导公共生活。只不过西塞罗固执地认为，真正的哲学方法是"人类明显的需求所塑造的实践视野"，而不是亚里士多德强硬地宣称的"只有在人学中，审慎才有稳固的基础。这种人学如同其他学问，只在第一哲学（也即形而上学或者神学中）中才能完善"。

　　总之，《论义务》是一部重要的伦理学著作，也许是西塞罗对后世影响最深的作品。在古代后期，这部作品就确立了其作为标准教育工具书的地位。在中世纪的经院中，该书极为常用。在文艺复兴时期，它是人文教育的核心教材。在那些启蒙主义者所把持的语言学院和大学中，该作品也占有显赫的地位。此外，它是西塞罗第一部交付印刷的作品，其中大部分是经过翻译与修改的。

三、宗教神学

　　在完成《学园派哲学》、《论至善和至恶》和《图斯库卢姆谈话录》以后，为了进一步研究伦理哲学的细节问题，西塞罗的兴趣转向了神学，开始深思与人生信仰、生活幸福关系密切的哲学问题，例如神与世界的关系、诸神的本性和诸神的存在。因此，神学成为西塞罗哲学研究的延伸（参西塞罗，《论神性》，页26）。在这个新领域里，西塞罗同样著述颇丰，其中主要的宗教神学著作包括《论神性》（*De Natura Deorum*）、《论预言》（*De Divinatione*；亦译《论占卜术》或《论神意》）和《论命运》（*De Fato*）。

《论神性》

公元前44年的前两个月，西塞罗正在写作一部关于神的现实属性问题的论著《论神性》。当时，哲学界对诸神的本性等问题争论不休。譬如，之前的学园派哲学家，例如柏拉图的学生、伊壁鸠鲁的老师色诺克拉底（Xenocrates）和廊下派哲学家克律西波斯（Chrysippus），他们都写过同名著作。在这种背景下，西塞罗按照学园派的信条，先对现有的各种观点进行考察，然后再采纳最接近真理的观点。

《论神性》采用对话体。虚构的对话时间是公元前77或前76年的拉丁节。地点是科塔（Gaius Cotta，曾任大祭司，公元前75年曾任执政官）的住所。对话人有代表学园派的科塔、伊壁鸠鲁学派在罗马的代表人物维莱乌斯（Gaius Velleius，公元前90年曾任保民官）、讲希腊语的廊下派哲学家巴尔布斯（Quintus Lucilius Balbus，在罗得岛的珀西多尼乌斯作为使节来罗马供职期间曾是其听讲门徒）和最后才总结陈词的"中立"（只是口头声称"中立"，事实上西塞罗并不中立：肯定诸神的存在，从而肯定宗教）旁听者（卷一，章7）西塞罗。对话持续3天，每天1卷，所以《论神性》总共3卷。

在《论神性》中，第一卷有44章，目前基本保存完整，论述伊壁鸠鲁学派关于神的理论，即否认神干预人的生活。伊壁鸠鲁学派认为，除了享乐以外，神终日无所事事。

第一卷前 7 章是整个对话录的序言，阐述了研究诸神的本性问题的意义和方法：回答诸神的本性问题可以"彻底揭示我们自己的心灵的本性"，可以"为我们提供必要的宗教方面的基本指导"（卷一，章 1），不能采用教条主义的态度，而要用适当的方式进行探索，即采用对话的形式进行探讨（卷一，章 5-6）："尽力启发那些善意批评者，使他们信服我们的看法，而严厉驳斥那些恶意中伤者"（卷一，章 3）。

借此机会，西塞罗解释了自己致力于哲学的原因：第一，在有空的情况下，"从国家的利益出发"，"努力使我们的人民对哲学产生兴趣"，而哲学是"重要而又有价值的学科"，对国家的尊严和名誉具有重要意义；第二，疗治自己的心灵创伤（卷一，章 3-4）。

西塞罗指出，关于诸神的存在有 3 种观点。大部分思想家完全肯定，例如柏拉图学派（例如柏拉图）、伊壁鸠鲁学派（例如伊壁鸠鲁）和廊下派（例如巴尔布斯）。部分思想家完全否定，例如弥罗斯（Melos）的狄亚戈拉斯（Diagoras）和昔勒尼（Kyrene）的塞奥多洛（Theodorus）。部分思想家不确定，例如阿布德拉（Abdera）的普罗塔戈拉（Protagoras）和学园派哲学家（卷一，章 1-2 和 5）。

至于诸神的外形、住所和生活方式，这些细节则在哲学家中反复争论。随着争论的深入，争论的主题转入诸神与世界的关系。一些人相信，诸神完全没有理智，也不统治世界，即否定宗教。另一些人则认为，诸神在太初时创造万物，以后又一直控制万物的运动，监视着人的生活，即肯定宗教（卷一，章 1-2）。

接着，代表伊壁鸠鲁学派的维莱乌斯发言。维莱乌斯首先批判柏拉图主义和廊下派的神学和宇宙理论，指出其荒谬性（卷一，章 8–10），然后综述从米利都（Miletus）的泰勒斯以降的希腊哲学家［阿那克西曼德（Anaximander）、阿那克西美尼、阿那克萨戈拉、克里同（Creton）的阿尔克迈翁（Alcmaeon）、色诺芬尼（Xenophanes）、巴门尼德、恩培多克勒、德谟克里特、阿波罗尼亚（Apollonia）的第欧根尼（Diogenes）、色诺芬、安提斯泰尼（Antisthenes）、① 柏拉图的外甥斯彪西波（Speusippus）、柏拉图的学生亚里士多德和色诺克拉底、赫拉克利德斯（ἩρακλείδηςὁΠοντικός 或 Heraclides Ponticus，约公元前 387–前 312 年）、塞奥弗拉斯图斯、斯特拉托（Strato）、芝诺及其学生阿里斯通（Aristo）、克勒安特斯（Cleanthes）和培尔赛俄斯（Persaeus）、克律西波斯②和巴比伦（Babylon）的第欧根尼③］的神学观点（卷一，章 10–15），最后叙述了伊壁鸠鲁学派关于诸神的性质的主要观点（卷一，章 16–20）。依据"内在的观念"或伊壁鸠鲁的"先觉"（prolepsis），诸神必然存在，拥有人的形象，是不朽的，也是幸福的，因为无需做事，也从不劳作，不会涉及任何活动。

之后，代表学园派的科塔承认，维莱乌斯是伊壁鸠鲁学派的最好阐释者，但是不能接受维莱乌斯的看法，其理由如下（卷一，章 23–44）：

第一，并不是所有种族和民族都相信诸神的存在。譬如，许多野蛮的原始人没有诸神的观念。无神论者狄亚戈拉斯和塞奥多洛都公然否认神的存在。普罗塔戈拉不能断定诸神是否存在。所以人们普遍信仰神不足以证明诸神的存在（卷一，章 23 和 42）。

第二，原子是不存在的，不可能存在虚空。假如包括诸神在

---

① 著有《论自然哲学家》（*The Natural Philosopher*）。

② 著有《论神性》（*On the Nature of the Gods*）。

③ 著有《弥涅尔瓦》（*Minerva*）。

内的万物是由原子构成的，而原子构成的事物都必然在某个时间成为存在者，那么在诸神成为存在者以前，必然存在一个诸神不存在的时间，而且假如诸神有开端（生），那么就有终结（死），这样诸神就不能享受永恒的快乐，显然这与神的永恒性是相悖的（卷一，章23-24）。伊壁鸠鲁用原子弯曲理论解释自由意志比德谟克里特预定重力运动理论否定自由意志更糟糕。此外，所有的感觉都是真理的观点也是站不住脚的（卷一，章25）。

　　第三，伊壁鸠鲁相信的"似乎存在但并不存在"的影子神具有人形，这是包括人在内的生物的本能偏见：生物在同类中寻找最大的快乐（卷一，章27）。由于这种偏见，诸神在各个民族各个人心中的形象都不一样。这样，神人同形同性论实际上已经剥夺神的完满（卷一，章27-30）。与其说诸神像人，不如说人像诸神，因为诸神永恒存在，而人是某个时候才存在的（卷一，章32）。与神最接近的不是人的形象，而是人的美德（卷一，章34）。伊壁鸠鲁学派不承认与身体无关的心灵之快乐，而又说诸神只有影像，没有身体，那么诸神不可能快乐（卷一，章40），可是又说"诸神生活在对自己的快乐的持久的沉思中"（卷一，章41），这显然是自相矛盾。而且这句话表明，神无所事事，对人类漠不关心，缺乏活动的美德，而对人不关心、缺乏美德的神是得不到人的尊崇的。所以伊壁鸠鲁的理论摧毁了整个宗教信仰的基础，推翻了圣坛和神殿（卷一，章40-44）。

　　《论神性》第二卷有67章，目前基本保存完整，论述廊下派关于神的理论，即神统治世界，关心人间的生活。主讲人巴尔布斯阐述廊下派的神学观点：关于不朽的诸神的主题分为4个部分：首先证明诸神的存在，其次解释诸神的性质，再次说明世界受诸神的统治，最后说明诸神照料人类的命运（卷二，章1）。

　　接着，巴尔布斯集中各种论证，分别阐述上述4个方面的主要观点。第一，这个世界的种种迹象（卷二，章5）表明，宇宙永远拥有智慧，它自身是神圣的（卷二，章13）。因此，人们普遍相信神的存在（卷二，章2-16）。第二，神是球形的，神的运动方式与天体一样是旋转的，神是一位具有创造力的工匠，流行的诸神崇拜是神赐予人的礼物，或者是人格化的美德和情欲（卷二，章17-28）。第三，神的智慧和力量、世界的本性和秩序证明了神的存在，神意控制和保护着宇宙万物（卷二，章29-64）。第四，神照料着人的福祉，帮助个人（卷二，章65-67）。

《论神性》第三卷有40章。首先，西塞罗借科塔之口，批驳哲学家们关于神的存在和神性的论据。其中，第三卷目前已经缺失大约三分之一，即缺少了科塔对巴尔布斯所阐述的第三个问题的回应。① 而对于其余3个问题，科塔认为，巴尔布斯的叙述虽然相当雄辩，但是并非无懈可击。首先，假如神的存在是非常明显的，是人们普遍承认的，那么就无须详细证明（卷三，章3-4）。其次，世界是美丽的，并不意味着世界是智慧的（卷三，章8-25）。最后，理性对于人类不是福祉，而是一种伤害（卷三，章26-35）。此外，科塔对于神意影响也表示怀疑。譬如，一生荣耀的叙拉古僭主狄奥尼西奥斯和显赫的恺撒都证明一个不争的事实：大逆不道和罪恶并未受到众神的惩处。

《论神性》这部"已经完成的著作"（西塞罗，《论预言》

---

① 《论神性》残篇散见于后世作家的称引，例如拉克坦提乌斯，《神圣原理》（Divine Institution）卷二，章3，节2；卷二，章8，节10；塞尔维乌斯，《维吉尔〈埃涅阿斯纪〉笺注》卷三，行284、600；卷六，行894；阿诺比乌斯（Arnobius），《致异邦人》（Disputationes adversus gentes 或 Adversus nationes）卷三，章6；狄奥墨得斯（Diomedes），《拉丁文法》（Grammatici Latini）卷一，章313，节10。参西塞罗，《论神性》，页152。

卷二，章1，节3）几乎全篇都是虚拟的对话，唯有在全书"仓促的"结尾处才闪现作者的真知灼见："在我看来似乎巴尔布斯的观点更接近真理的影子"（卷三，章40）。也就是说，与别的学派相比较而言，西塞罗较为认同廊下派的神学观点，不过并不是全盘接受，而是对廊下派神学观点也提出一些批评，抛弃廊下派神学观点的一些谬误。所以学界难以把西塞罗的神学观点归为某个派别。不过，可以判定的是，西塞罗是一个有神论者。

《论神性》对后世的影响较大，例如基督教神父拉克坦提乌斯和英国高德利斯（Thomas Godless，死于1970年）。德国学者罗斯（J. M. Ross）故意不顾时空的错位，让拉克坦提乌斯和高德利斯一起参与西塞罗的关于神性的讨论。

拉克坦提乌斯认为，西塞罗的《论神性》至少提出了5种推论，但是没有一个推论令他满意。维莱乌斯的推论（卷一，章16-17）得到巴尔布斯支持（卷二，章2），依赖于不可靠的人类经验，把神降为妖怪之类。巴尔布斯的第一个推论（卷二，章2-7、18-22和32-67）也把神降格为人这个级别的超级工程师。巴尔布斯的第二个推论（卷二，章7-16）的出发点就有错，构建的不是真实的神，而是逻辑结构。巴尔布斯的第三个推论（卷二，章3-4）也是错误的，因为未来是可以预测的，这并不能说明，未来是可以决定的。而科塔的尊重传统的说法（卷三，章1-4）同样站不住脚，因为只凭传统而不需要任何理由（拉克坦提乌斯的理由是公正）就信仰的神不是真神。

尽管如此，拉克坦提乌斯还是承认其中的合理因素。譬如，尊重传统就是因为传统包含着那些一直致力于研究问题的哲人的智慧；尊重人类的普遍经验也是尊重有意献身于神并探索其本性的伟大的圣徒、神秘主义者以及神学家们的经验。在拉克坦乌斯看来，神与众不同：

> 既是无限的又是有位格的，既在时间之中又在时间之
> 外，既在空间运作又不处于空间之内（见西塞罗，《论神
> 性》，页155）。

认识神的办法不是科学的方式，也不是人性的方式，而是神学的洞察和反思。科塔虽然揭示了伊壁鸠鲁学派和廊下派的错误，其中，伊壁鸠鲁把神与世界分离，而廊下派把神与世界等同，但没有认识到神不是被造世界的一部分，而是被造物的造物主。神既是有别于自然的，又是与自然密切相关的。因此，认识神只有通过神与人之间的中保耶稣基督。

不过，高德利斯并不满足于拉克坦提乌斯的解答。高德利斯认为：

> 关于神，或者有可信的证据，或者没有；可信的证据我
> 指的是可以被历史学家或科学家接受的、能够证明在这个世
> 界上有神活动的事实根据。如果有这样的证据，那么意味着
> 神就是现象世界的一部分，对他可以进行历史的或科学的研
> 究。但是在这种情况下，他就不是无限的造物主、无时间限
> 定的第一因、一切存在的基础，因此也不是适宜人类敬奉的
> 对象。另一方面，如果没有可信的证据，因为我们首先相信
> 神，然后再去寻找证据，那么神就成为完全不同于宇宙万物
> 的另一种存在，因此他是不可知的，与日常生活无关。总的
> 来说，巴尔布斯陷入了两难困境中的前一难，而拉克坦提乌
> 斯（原译"拉克唐修"）则陷入后一难（见西塞罗，《论神
> 性》，页162）。

而罗斯笔下的西塞罗倾向于拉克坦提乌斯。至于拉克坦提乌斯和高德利斯提出的新观点，有待进一步探讨。事实上，西塞罗在《论预言》（*De Divinatione*）和《论命运》（*De Fato*）中继续探讨了神性的问题。

公元前53年，西塞罗入选占卜官团，成为传统信仰的保护人之一。后来，西塞罗把由此产生的一些感受写入论文《论预言》（写成于公元前44年恺撒遇刺身亡前后）。《论预言》作为《论神性》的续篇，是两卷本的对话录。对话人物是西塞罗（剧中人马尔库斯）及其弟弟昆·西塞罗（剧中人昆图斯）。场景是图斯库卢姆别墅。

阿尔特曼（William H. F. Altman）指出，《论预言》的结构很直白。在第一卷里，首先自己出场介绍（1.1-8），然后是西塞罗及其弟弟昆图斯的交谈（1.8-11），昆图斯以艺术预言开始为预言辩护（1.11-37），接着谈到自然预言，先是神颠（1.37-38），后是梦境（1.39-69，1.110-116），最后得出理论（1.70-131）。在结尾，马尔库斯指出，昆图斯有备而来（1.132）。在第二卷里，在开头的目录（2.1-4）之后，直到2.8都是西塞罗自己的介绍，然后马尔库斯逐个拆解弟弟的论据。在马尔库斯完成反艺术预言以后（2.8-99），过一会儿又开始反驳自然预言（2.100）。马尔库斯处理了弟弟重复的几个理论论据以后（2.101-109），转向神颠（2.110-118），最后谈梦境（2.119-147）。在西塞罗评论大众迷信（2.148-150）时，对话结束。①

从上面的文本结构不难看出，西塞罗兄弟俩在预言的问题上

---

① 阿尔特曼（William H. F. Altman）：如何解释西塞罗的《论预言》，吴明波译，见《西塞罗的苏格拉底》，前揭，页71及下。

针锋相对，各执一词。

在第一卷中，昆·西塞罗力主占卜术。昆·西塞罗首先立论：通过全民惯用的占卜术，可以了解未来。为了证明这个论点，昆·西塞罗列举一些文学作品的片段（譬如，昆图斯以相当多的笔墨翻译并引用柏拉图《王制》571c3-571e2，继承柏拉图《斐多》6a4-6以及66e2-4的观点）和从不少地方收集来的事实（譬如，国王得伊奥塔罗斯通过鸟占得到他打算定居的住宅将会崩塌的预告。又如，苏格拉底的例子表明，每个人身上的守护神能够向人指出他所面临的危险）。当然，还有别的预测未来的方法。总之，在肠卜僧和占卜官的手中，预测未来已经完全发展成为一门艺术。而掌管占卜术的终归是命运女神，所以命运女神是存在的（廊下派的观点）。

在第二卷中，针对占卜术，西塞罗从卡尔涅阿德斯的"怀疑论"中汲取思想，提出八项具体的批评，其中包括"双生子"之类的老问题（双生子同一时刻降生而性格气质命运遭遇不同），以及一些新的疑问。譬如，依据《论预言》记载，希腊天文学家、数学家俄多克斯（Eudoxus）不相信"迦勒底人"那一套根据人的生日以预言其人一生祸福的生辰星占学。西塞罗认为，对于一切偶发事件而言，占卜术无能为力。假如一切都源自于命运女神的安排（廊下派的观点），那么未来是不变的，也就是说，占卜术失去了它的实际效用。占卜者所采用的方法也是极不可靠的。合适的做法应该是避免一切形式的迷信行为，至少应终止以迷信做出判断，以此维护社会稳定，维护对神的宗教崇拜（卡尔涅阿德斯的观点）。

值得一提的是《论预言》里剧中人马尔库斯与昆图斯的对梦的不同解释（通观全文，在梦的问题上，兄弟俩的唯一共识是灵魂与肉体的分离）。细心的阿尔特曼发现，马尔库斯反驳的重点是人为预言，而不是自然预言，而昆图斯关注更多的不是人为预言，而是自然预言，例如梦启。昆图斯先是翻译、引用柏拉图《王制》（从 571c3 到 571e2）的段落（1.60），并加以发挥（1.61），借卡尔涅阿德斯捍卫伊壁鸠鲁的诚实（1.62），举出权威毕达哥拉斯（1.63），反复提及灵魂与肉体的分离（如 1.70、1.110、1.113 和 1.114）。西塞罗则反驳苏格拉底或柏拉图解释的真实梦境，将它与毕达哥拉斯的胃胀止痛结合起来（2.119）。西塞罗认为，由于"梦中无物可信"，"做梦者从梦中并未得到预言"，所谓的梦启只是"臆说解梦"（2.147）。关于昆图斯提出的西塞罗的兆梦或灵梦（1.59），西塞罗把它解释为"日有所思，夜有所梦"，即生活成了梦，而非梦预言未来（2.140 和 2.142）。西塞罗指出，那些少数脱离肉体影响并且乐于沉思神圣事务的人的预言不是立足于神启，而是立足于人类的理性。他们深谋远虑，所以能预知未来（1.111）。关于梦的解释，西塞罗认为，梦像谜一样晦涩，没人能理解和解释，因为没人具有"非同寻常的才智和完美的知识"（2.130）。因此，并不存在谜梦的启示（2.134）。①

总体来看，神学论文《论预言》虽然显得有些幼稚，但是仍被视为早期罗马怀疑主义作品中特别冷静（πραότης）的作品。

在《论神性》和《论预言》之后，为了完整地阐述自己关于命运女神的观点，西塞罗又写了一部专著《论命运》。写作时间是恺撒死后不久，更确切地说，写于公元前 44 年 5 月。整篇文章采用对话的形式，对话地点是普特利（Puteoli）的庄园，对

———————

① 阿尔特曼：如何解释西塞罗的《论预言》，吴明波译，见《西塞罗的苏格拉底》，前揭，页74 以下。

话人是作者本人和希尔提乌斯（Hirtius，约公元前 90 年-前 43
年 4 月 21 日）。① 以前，他们在公共生活领域里是政敌。不过，
现在他们在私生活中是友邻，有着许多共同兴趣，例如演说术与
哲学。讨论的主题自然就是标题中的命运（τύχη）。讨论的目的
是"寻找一条政治路线，能够带来国家的和平与统一"（西塞
罗，《论命运》，章 1，节 2，参 LCL 349，页 192-195）。

在论文《论命运》里，作者批判廊下派哲学，因为廊下派
主张听天由命，不主动去参政，而西塞罗要求过一种积极的生
活，主动参政。

首先，西塞罗批判他的哲学老师珀西多尼乌斯（Posidonius）
的廊下派哲学。在西塞罗看来，在一些事件中有天然内在的联系
在起作用，但是它不是一种预先确定的强制力（章 3，节 5，参
LCL 349，页 196-197）。

之后，西塞罗批判廊下派哲学集大成者克律西波斯（Chrys-
ippus）的哲学：克律西波斯既没能看清争论的问题，又不明白
要处理的论证要点（章 5，节 9，参 LCL 349，页 202-203 和
246-247），所以问题变得复杂而费解，哲人克律西波斯也不能
摆脱困境，即"尽管克律西波斯竭尽全力解决问题，可是他不
知道如何解释的是一切都由命运主宰，然而我们又对自己的行为
有一些控制力"（革利乌斯，《阿提卡之夜》卷七，章 2，节 15，
参 LCL 200，页 98-101）。

西塞罗承认自然与人的天性的差异性，发现自然可以影响一
些事物，但不能影响一切事物，并由此提出了一种人类的自由意
志的存在。西塞罗以麦加拉学派（Megaricum）的哲学家斯提尔
波（Stilpo）为例，说明存在先天的或天生的因素，也存在后天

---

① 公元前 43 年曾任执政官，是恺撒的亲信。

的因素，如意志、努力和训练（章4，节7-章5，节11，参LCL 349，页200-205）。

在西塞罗看来，占卜者预言的源泉是科学观察（章6，节11），方法是逻辑推论。不过，占卜者把可能与必然等同起来，所以占卜者的论证是无效的。其推论就是听天由命。这必然导致人过一种绝对不采取任何行动的消极生活（章12-13）。然而，有些事情可以由人来决定（章14），而且预言——即将来可能的事情——也可能发生改变。也就是说，并不是所有的事件都是由命运决定的（章9）。

从因果关系来看，虽然一切运动都有原因，但原因并不都是预先确定的。廊下派普遍认为的"预先确定的"原因应当是"先于某事物并对该事物产生直接发生作用的事物"（章15）。因此，西塞罗认为，既存在充足的和主要的必然原因，例如命运（廊下派），也存在次要的和间接的偶然原因（伊壁鸠鲁学派），例如人的自由意志（章14以下）。可见，"并非一切事情的发生都由命运支配是一个有效的推论"（章17）。

《论命运》是一篇并不完整传世的论文。现存的部分总共48节，可分为20章，以及从其他古典著作中记录的4个残篇：革利乌斯，《阿提卡之夜》卷七，章2，节15；塞尔维乌斯，《维吉尔〈埃涅阿斯纪〉笺注》卷三，行376；奥古斯丁，《上帝之城：驳异教徒》卷五，章8；马克罗比乌斯，《萨图尔努斯节会饮》卷三，章16，节3（参LCL 349，页246-249）。其中，较有价值的是塞尔维乌斯的笺注，因为这篇笺注记载了西塞罗为命运下的定义：

Fatum est conexio rerum per aeternitatem se invicem te-nens, quae suo ordine et lege sua variatur, ita tamen ut ipsa varietas habeat aeternitatem（*Servius ad Vergil. Aen. Iii.* 376）.

命运是永远都在不断变更的各种事件之间的内在联系（interconnexion），遵循其自身的法则和秩序，然而以这种方式，这种变化本身是永久的（塞尔维乌斯，《维吉尔〈埃涅阿斯纪〉笺注》卷三，行376，引、译自 LCL349，页246-247）。

四、认识论

西塞罗的认识论著作主要包括《廊下派的反论》（*Paradoxa Stoicorum*）和《学园派哲学》（*Academica*）。

《廊下派的反论》由前言（Prooemium）和 6 篇短论构成（参 LCL 349，页 254-303）。其中，前言（即章1-5）介绍写作背景。《廊下派的反论》写于《布鲁图斯》之后不久，公元前46 年，是献给布鲁图斯的，旨在使最正统的廊下派哲学——像布鲁图斯的舅父小加图信奉的一样——与说服的艺术相协调。在《廊下派的反论》中，西塞罗把哲学流派通常用逻辑证明的形式（苏格拉底式）来表达的事情转变为自己演讲风格的谈话，或者说，以日常演讲的方式赞同廊下派的一些伦理学说。

接下来，西塞罗逐一阐述廊下派哲学中最引人注目的伦理学说，即 6 篇短论。第一篇短论（即章6-15）的标题是"唯有道德高尚的才是善"（Quod honestum sit id solum bonum esse）。第二篇短论（即章16-19）的标题是"有德是幸福的充分条件"（In quo virtus sit ei nihil deesse ad beate vivendum）。第三篇短论（即章20-26）的标题是"恶行是一样，正确行为是一样的"（Aequalia esse peccata et recte facta）。第四篇短论（即章27-32）的标题是"每个笨蛋都疯狂"（Omnem stultum insanire）。第五篇短论（即章33-41）的标题是"只有智者是自由的，每个笨蛋都是奴隶”（Solum sapientem esse liberum, et omnem stultum servum）。第六篇短论（章 42－52）的标题是“唯有智者富足”（Solum sapientem esse divitem）。

在西塞罗看来，依据神或自然赐予人的“一切存在物中最优秀、最神圣的”理智，善事是正义、荣耀和合乎美德的事情，善行是正义、荣耀和合乎美德地实施的行动。所以美德是惟一的善（希腊文 agathon，拉丁文 bonum）。只有拥有美德，才能获得真正的幸福。恶行相同，都是罪过；正确行为相同，都是美德，因为恶行的根源在于愚蠢，而正确行为的源泉在于美德。愚蠢者追求命运的礼物，却成为命运的奴隶；只有聪明人追求美德，才获得自由，即获得“按照自己的意志去生活的力量”。愚蠢者追求物质财富，永远得不到满足，聪明人追求精神财物，即美德，很容易获得心灵的满足，所以美德的拥有者更加富有。

西塞罗将廊下派哲学中枯燥、生硬的格言变成可以被普遍接受的观点，虽然有些“老生常谈”的意味，但是词藻生辉、讨人喜欢，而且还赋予了完全不同的意义。这既是西塞罗对小加图表达最后的敬意，也是向行动的廊下派哲学迈出了一大步，使得他以后的谈话录富有了生气（参格里马尔，《西塞罗》，页 117 及下）。

紧接在《霍尔滕西乌斯》之后，西塞罗写作《学园派哲学》（Academica，英译 On Academic Skepticism），所以写作时间可能是公元前 45 年。《学园派哲学》采用对话体。对话时间是公元前 62 至前 61 年左右。对话人是当时的社会名人。第一卷的主要对话者是卡图路斯（Catulus），因此得名《卡图路斯》（Catulus，已经全部遗失），赞美诗歌。第二卷的主要对话者是路库路斯（Lucullus），因此得名《路库路斯》（Lucullus），通常称作 Ac. 2，赞美历史。起初的两卷史称第一辑，即《前柏拉图学园》（Prior

Academics)。后来，西塞罗接受朋友的建议，把主要的对话者路库路斯改为瓦罗，即改为自己同阿提库斯和瓦罗（当时在世）之间的对话，将第一辑的两卷细分为 4 卷，史称第二辑，即《后柏拉图学园》(*Posterior Academics*)。现存的大概只有修订版（即第二辑）的第一卷，通常称作 *Ac*. 1.①《学园派哲学》阐述认识论的可能性问题。在谈话中，廊下派认为，认识是可能的。而西塞罗持温和怀疑论观点，承认存在真理，但只能近似地接近它。对学园派新思想的讨论主要围绕历史问题展开，旨在分析柏拉图更合适哪个派别：怀疑论者，抑或教理论者。西塞罗力图描绘希腊化时代哲学的主流，缩小各学派之间的对立，以便寻找出各学派的某种一致性，这种一致性是建立在那些不会被否定的东西之上的，从而形成一个坚实的基础。

　　西塞罗不是地道的思想家。西塞罗对哲学史的贡献在于：由于他活跃的思想和演说术，西塞罗用通俗易懂、攀谈——多数是对话——的描述形式让市民、尤其是年轻人理解古希腊哲学的核心观点和结论。西塞罗的著作有特殊的参考价值，因为他不赞同很好地保存至今的柏拉图或者亚里士多德经典哲学，而是赞同古希腊化的哲学流派。早期廊下派［基提翁（Citium）的芝诺、克律西波斯］的严格美德学说，中期廊下派（帕奈提奥斯、珀西多尼乌斯）的温和伦理，西塞罗拒绝——但是他的朋友阿提库斯奉行的——伊壁鸠鲁享乐主义哲学，逍遥学派（亚里士多德学派）体系的财产哲学，最初是柏拉图学派、后来向怀疑主义方向继续发展的新学园派［卡尔涅阿德斯、斐隆（Philon）］以及有廊下派派头的学园派安提奥科都在西塞罗的哲学著作中有最

---

　　① 第一辑亦称"早期译本"，第二辑亦称"后期译本"。参罗森，《西塞罗传》，页286、293 及下。

重要的文字记录。西塞罗一方面致力于符合各种各样的哲学体系，另一方面用折衷的方式显示他对安提奥科和中期廊下派不温不火的道德学说与学园派怀疑主义认识理论的偏爱。西塞罗对哲学的钟爱和哲学对他思维与行为以及演说术的影响都是显而易见的——尽管在古罗马公众场合他不得不掩饰这些哲学。昆体良认为，在哲学方面，西塞罗"堪与柏拉图竞争"（《雄辩术原理》卷十，章1，节123）。

西塞罗不仅第一次向罗马人广泛普及希腊哲学思想，而且还用"文字轻松愉快，句式结构严谨优美，词语丰富多彩，富有和谐的韵律感"的拉丁语创造性地表达哲学概念，为拉丁语学术术语的确立方面做出了重大贡献，并且对后代欧洲产生了很大的影响。

此外，在阐述哲学时，西塞罗旁征博引，这就为后世保留了许多古代作家的材料，其中有古希腊的，也有古罗马的。譬如，西塞罗经常从思想内容和艺术手法的角度去称引和解说肃剧作家恩尼乌斯、帕库维乌斯和阿克基乌斯。由于那些作家的作品和材料严重佚失，西塞罗的称引显得极具价值。

总体来看，西塞罗的思想作品，包括哲学、神学、政治学、伦理学和认识论，形式上分为两类。大多采用对话录的形式，即通过各派权威人物的探讨和比较，鉴别出西塞罗本人认为最好的思想，西塞罗往往在结尾才表明自己的观点，如《论国家》、《论法律》、《哲学的劝勉》或《霍尔滕西乌斯》、《学园派哲学》、《论至善和至恶》、《图斯库卢姆谈话录》、《论神性》、《论老年》、《论友谊》和《论命运》。只有少数作品例外，表达思想的方式是西塞罗本人现身说法，如《论安慰》、《论责任》或《论义务》和《廊下派的反论》。

无论是采用哪种形式：间接的讨论或者直接的讲解，西塞罗都在进行公民教育。所以从思想层面来看，值得关注的是西塞罗的思想取向。西塞罗严厉批判伊壁鸠鲁学派，因为在西塞罗看来伊壁鸠鲁哲学不可取，如远离政治的思想，甚至是有害的，尤其是及时行乐的享乐主义思想（参《论共和国》、《论义务》等）。西塞罗比较认同廊下派哲学，尤其是廊下派的道德观和神学观（参《论义务》、《论神性》和《廊下派的反论》），尽管廊下派哲学有些幼稚的地方，如廊下派远离政治的思想（参《论共和国》和《论命运》）。西塞罗比较重视学园派（参《学园派哲学》），尽管已经意识到早期学园派的某些弱点（参《论预言》）。西塞罗最推崇的是逍遥派哲学，因为逍遥派哲学最为积极，符合西塞罗的政治理想（参《论责任》和《论至善和至恶》）。

　　不过，西塞罗的思想并不是上述的任何一种，正如蒲伯在《论人》（*Essay on Man*）中指出的一样，西塞罗发现自己

　　　　厕身怀疑派，又了解太多；
　　　　忝列廊下派，却不够傲慢（蒲伯，《论人》，11，11.5-7，见《西塞罗的苏格拉底》，前揭，页106）。

　　"了解太多"并不是坏事，西塞罗因此可以博取众家之长，回避众家之短，从而发展出一种较为积极入世的"折中主义"，这种"不够傲慢"的折中主义不是各种哲学互相妥协的简单调和，而是在西塞罗看来正确的思想（类似中国的中庸思想），而这种正确的思想则来源于苏格拉底的理性主义。只不过西塞罗的理性主义把圣哲们的天上哲学拉回到地上，为现实的生活服务。这是对人类的贡献。而这个贡献正好表明，西塞罗不是出世的圣哲，而是入世的贤哲。贤哲西塞罗把道德与政治联系起来，竭力

捍卫罗马共和国。在这里需要指出的是，吸引西塞罗的并不是"把哲学严格限定于实践事务"的"苏格拉底的转向"（即从更早的毕达哥拉斯的自然哲学转向苏格拉底的人类哲学，苏格拉底转向的吸引力在于了解哲学从何开始以及强调哲学应关注什么），而是苏格拉底本身，更确切地说，不是色诺芬笔下的历史的苏格拉底（对自然哲学的态度更为平和），而是柏拉图笔下的"更忠实于哲学要求的完满和纯正"的苏格拉底。①

第六节　文教思想

西塞罗没有专门研究过文教理论，也没有专门的文教理论著述。西塞罗的文教思想散见于前述的散文和诗歌作品中。西塞罗是古罗马第一位、也是最重要的演说艺术史家和理论家。西塞罗的修辞学作品不仅继承古希腊修辞理论，而且还总结了古罗马修辞学发展和本人演说实践的经验。其次，西塞罗的政治、哲学著作涉及美学、文学和教育问题。另外，西塞罗的伦理、哲学作品称引和评述古希腊罗马作家的作品。通过分析和归纳，不难看出西塞罗的一般文教思想。

一、关于文学的社会功能

坚定的共和主义者西塞罗接受共和制下早已形成的概念"理想公民"。理想公民的特点就是品德高尚，追求荣誉和报效

---

①　潘戈（Thomas L. Pangle）：苏格拉底式的世界主义——西塞罗对廊下派理想的批评和改造；尼科哥斯基（Walter Nicgorski）：西塞罗的苏格拉底—评"苏格拉底的转向"；麦克科马可（John R. Maccormack）：道德与政治—西塞罗如何捍卫罗马共和国；阿尔特曼：如何解释西塞罗的《论预言》；尼科哥斯基：西塞罗的悖论和义利观，吴明波译，参《西塞罗的苏格拉底》，前揭，页2以下。

祖国。在这种政治信念影响下，西塞罗强调文学的社会功能，特别是教育功能，着重阐述文学对社会的损益。

在公元前62年发表的演说辞《为诗人阿尔基亚辩护》里，西塞罗打破诉讼演说的惯例，没有着力论述法律，而是真诚地用大部分篇幅颂扬文学的社会功能。西塞罗没有系统地阐述深奥的理论，而是从实践出发，特别是从自己的亲身体验出发，阐述文学的教育功能和娱乐功能。

关于娱乐功能，西塞罗提出了文学的审美快感。西塞罗认为，诗歌与要求一切都真实的历史不同，"主要在于给人以快感"（《论法律》卷一，章1，节5）。而演说的目的在于说服人，娱悦人和感动人，娱悦的目的在于使听众产生同情和怜悯。此外，西塞罗还认为，文学优于各种别的娱乐活动，因为文学能使我们的心灵从繁忙的政务和各种事务烦扰中得到最好的恢复和休息，能丰富我们的知识，培养我们的智慧。这种心灵的追求是最符合人性、最高尚的（《为诗人阿尔基亚辩护》，章6，节16）。

更为重要的是，西塞罗进而阐述文学的教育功能。西塞罗认为，文学是汲取知识的最高尚的源泉。个别而言，文学能丰富演说内容，提高演说能力（《为诗人阿尔基亚辩护》，章6，节12-13）。为了强调文学在培养演说家过程中的作用，西塞罗现身说法，证明他的演说成就在很大程度上取决于他一生从事科学研究，取决于富有教养、品格高尚的挚友阿尔基亚的教导。不仅如此，西塞罗还把文学列为演说家培训的必修科目（《论演说家》卷三，章32，节127）。

普遍来讲，文学是培养人的德性的重要而可靠的手段，有利于培养理性的公民。首先，西塞罗从文本出发，强调文学教育功能的主动性。西塞罗认为，文学使历史上一切值得回忆的东西保存下来，记载了许多古代优秀人物和他们的事迹，文学中的好榜样激励人们奋进，鼓励人们追求荣誉："一切文学、一切哲学、一切历史，都会激励高尚的行为"。其次，西塞罗从读者接受反应的角度出发，强调文学教育功能的自觉性。西塞罗认为，文学的目的不仅在于供人欣赏，而且还在于供人模仿（《为诗人阿尔基亚辩护》，章6，节14）。此外，西塞罗还认为，文学具有镜子的功效，有利于我们领悟和完善自己的德性："诗人塑造形象正是为了我们以他人为例，看到我们自己的习性和我们的日常生活的鲜明画面"（《为阿墨里努斯辩护》，章16，节47）。因为，只有给良好的天性辅以良好的教育，才能使一个人接近成为真正理想的、完美的人，如小斯基皮奥、莱利乌斯和老加图（《为诗人阿尔基亚辩护》，章7）。

另外，《论共和国》第四卷谈及理想公民的教育问题，或许也谈及文学的教育作用。可惜这一卷仅传下一些残段。

除了论述文学与个体的关系，西塞罗还论述文学同民族和国家的关系。西塞罗认为，人人都希望自己的业绩被诗歌颂扬而名垂青史。许多政治家都让作家颂扬自己的功绩，甚至让作家随同自己处理政务或军务，例如马其顿的亚历山大，罗马的庞培、孚尔维乌斯、卢·卢库卢斯和西塞罗本人（《为诗人阿尔基亚辩护》，章10-11）。因为"文学称赞是对德性的最高奖赏"（《为诗人阿尔基亚辩护》，节28）。西塞罗由此推论，一个人的业绩需要文学记述，一个民族的伟业也需要文学传扬。对一个杰出人物的颂扬实际上也是对一个民族的颂扬。对一个民族的颂扬可以激励人们为荣誉而奋斗。因此，国家应该尊重诗人，重视文学。

综上所述，关于文学的社会功能，西塞罗用轻松而富有寓意的话语进行了总结（《为诗人阿尔基亚辩护》，章7，节16）：

文学①能教育青年，娱悦老年；幸运时是点缀，不幸时是规避和慰藉，在家时给人怡乐，在外时不成为累赘；它能与我们一起共度夜时，一起客居，一起生活在乡间（王焕生译，见王焕生，《古罗马文艺批评史纲》，页94）。

二、关于文学创作的本质

关于文学创作的本质，西塞罗坚持模仿说（《演说家》，章2，节8至章3，节10）：

我认为，不会有什么物类美得甚至超过它自己像面膜拓于面部那样地借以拓模之原物。那种美非双眼、双耳或其他任何感官可及，我们只能靠想像和心智领悟它。例如，② 我们可以想像出比菲狄亚斯（Phidias）的雕像更美的雕像，尽管我们在这方面从未见过有什么作品比他的雕像更完美；我们可以想像出绘画，它们比我们曾经提到的绘画更完美。同样，这位艺术家创作尤皮特③或弥涅尔瓦的形象时，他不是观察某一个人，按照那人的形象创作出类似的作品，而是在他的智慧里存在着一个最高美的形象，他凝视它，全神贯注，指挥自己的手和技能创作出与其相似的作品（《演说家》，章2，节8-9，王焕生译，见王焕生，《古罗马文艺批评史纲》，页94）。

---

① 德译本用词是"这些研究（diese Studien）"，而不是"文学"，参《古罗马文选》卷二，前揭，页183。

② 原译"因此"欠妥，因为英译 For example，应译为"例如"。参 LCL 342，页311。

③ 原译"尤诺（Juno）"有误，因为拉丁语原文 Iovis，英译 Jupiter，应该译为尤皮特。参 LCL 342，页310-311。

西塞罗把自己的模仿说归结为柏拉图的理念论（《理想国》卷十）：

> 柏拉图这位不仅在思维方面，而且在语言方面都是无比伟大的创造者和导师，称事物的这些原形为理念（ἰδέα 或 ideas），并说这些理念不是产生，而是永恒地存在于理性中，保存在思想中，而其他一切则产生、毁灭、流动、消失，不可能比较长久地存在于同一种状态（《演说家》，章 3，节 10，王焕生译，见王焕生，《古罗马文艺批评史纲》，页 94 及下。关于引文改动，参 LCL 342，页 312-313）。

不过，西塞罗在吸收柏拉图的理念论的一些基本因素时，又注入了自己的理解，从而在承袭的相似中又呈现出差别。譬如，柏拉图认为，模仿的对象是现实世界中的某一具体物，是理念的模糊的、近似的间接物，而西塞罗认为，艺术模仿的是理念本身。柏拉图认为，理念是只有智慧可及的，而西塞罗则认为，艺术家靠智慧可以或多或少地企及理念，而理念是具有抽象的典型意义，是某类事物的最高美的体现，是艺术家追求的最高理想。从这个角度出发，西塞罗借前辈演说家马·安东尼的话证实，存在许多优秀的演说者，但是不存在完美演说家的个体（species eloquentiae），因为完美的演说家仅仅存在于人的心里（《演说家》，章 5，节 18-19，参 LCL 342，页 316-319）。"我们用心智去想象完美演说术的典范，但用双耳只能捕捉到典范的影像"（《演说家》，章 2，节 9，译自 LCL 342，页 312-313）。因为，理念中抽象的典型美存在于个体的具体美中。西塞罗用画家泽克西斯画海伦时选 5 个模特的例子，证实了这个观点。西塞罗进而用自然的多样性解释艺术风格的多样性，如诗人的多样性：

恩尼乌斯、帕库维乌斯和阿克基乌斯互相之间多么不一样，希腊的埃斯库罗斯、索福克勒斯和欧里庇得斯互相之间也是多么不一样，虽然他们可以说受到同等的称赞，尽管他们的作品属于不同的类型（《论演说家》卷三，章7，节27，王焕生译，见西塞罗，《论演说家》，页521-523）。

因此，西塞罗说："无论我们有理智地、有条不紊地讨论什么事物，都必须把它还原成这类事物的根本的形式和类型"（《演说家》，章3，节10，译自 LCL 342，页312-313）。

三、关于灵感

关于创作过程本身的性质，西塞罗遵循源自柏拉图的灵感说。在谈论演说家的演说和戏剧演员的表演以后，西塞罗认为，诗人创作时心情也不能平静，并借马·安东尼之口说：

> 任何人都不可能成为一个好的诗人——据说在德谟克里特和柏拉图传世著作中就是这样写的，——如若他没有炽热的心灵和某种有如疯狂的灵气（《论演说家》卷二，章46，节194，王焕生译，见西塞罗，《论演说家》，页349-351）。

这种炽热的心灵或者某种有如疯狂的灵气就是所谓的灵感。柏拉图把灵感解释为"神力凭附"（《伊安篇》）和人的灵魂对生前的记忆（《斐德若篇》）。[1] 西塞罗比较认同柏拉图的第一种解释。所以西塞罗在《为阿尔基亚辩护》中提出，诗人应

---

① 柏拉图，《文艺对话集》，朱光潜译，北京：人民文学出版社，1963年，页8和124以下。

该受到社会的称赞，因为诗人作诗是一个令人难以置信的心灵运动，是智慧的敏捷活动。西塞罗说：

> 从事其他事业依靠的是学识、教育和技能，诗人却由天性本身获得这种能力，由智慧的力量所激励，并且似乎是充满某种神性的灵感（《为阿尔基亚辩护》，章8，节18，王焕生译，见王焕生，《古罗马文艺批评史纲》，页98）。①

西塞罗指出（《图斯库卢姆谈话录》卷一，章26，节64）：

> poëtam grave plenumque carmen sine caelesti aliquo mentis instinctu putem② fundere,③ aut eloquentiam sine maiore quadam vi fluere④ abundantem⑤ sonantibus verbis uberibusque sententiis. ⑥
>
> 没有天赐的灵感，诗人就不可能文思泉涌，写出风格崇高、内容丰富的诗篇，或者没有更伟大的某种力量，辩才就不可能口若悬河，在言语铿锵有力和思想丰富多彩的方面才华横溢（引、译自 LCL 141，页74）。⑦

---

①　较读西塞罗，《西塞罗散文》，页177。

②　单词 putem 现在时主动态的虚拟语气，动词原形是 puto（安排，解决）。拉丁文 sine caelesti aliquot mentis instinctu putem 的原义是"如果没有上天安排的使得人之心灵受到启发"，可译为"没有天赐的灵感"。

③　单词 fundere 是现在时不定式的虚拟语气，动词原形 fundo（倾诉；涌出）。

④　单词 fluere 是现在时不定式的主动态，动词原形是 fluo（口若悬河，滔滔不绝）。

⑤　分词 abundantem 是现在分词 abundans（阳性、阴性和中性）的四格变化，意思是"溢流（overflowing）；大量存在，充满（abounding）；丰富，多产"，可译为"才思横溢"。

⑥　单词 verbis 和 sententiis 都是夺格，意为"在言语方面"和"在思想方面"。

⑦　对勘王焕生，《古罗马文艺批评史纲》，页98：诗人没有上天的激励，便不可能写出风格崇高、内容丰富的诗歌；如果演说没有某种上天的力量，也不可能语句铿锵，思想横溢（王焕生译）。

不过，西塞罗并不赞同柏拉图关于失去平常理智、陷入迷狂的说法，而是提倡理智。西塞罗认为，理智应控制人的各种情感，无论是演说家、诗人，还是演员。虽然演说家比演员表演得更好，但是"他们的表演没有痛苦，只有平和的心"（《图斯库卢姆谈话录》卷四，章25，节55，参 LCL 141，页388及下）。假如在听众那里没有收到预期的效果，那么演说家就应像医生一样，在开药方之前认真研究病人的病情以及相关情况。西塞罗自己在诉讼中也"总要认真研究承审法官们的心境，倾全部心智和注意力于了解他们，以求能尽可能敏锐地琢磨清楚，他们有何感觉，有何想法，有何期待，有何希望，他们最容易被演说引向哪里"，才能比较容易地打动他们的心（《论演说家》卷二，章44，节185–187，参西塞罗，《论演说家》，页341–343）。

四、关于艺术类型

西塞罗认为，如同自然现象一样，人文艺术既是统一的，"具有某种共同的纽带，彼此间存在某种类似亲缘的关系"（《为阿尔基亚辩护》，章1，节2），又具有多样性。西塞罗进而按照各种人文艺术使用材料，以语言作为基本标准，把人文艺术分为两大类：语言类，包括演说、诗歌等，和非语言类，包括雕塑、绘画等（《论演说家》卷三，章7，节26，参西塞罗，《论演说家》，页519–521）。其中，语言大师西塞罗更关注语言类人文艺术。

在评论各类艺术的特点时，西塞罗作为演说家，自然重视演说术。西塞罗把演说术放在中心位置，甚至把演说术当作衡量别的艺术的出发点和标准。在内容与形式的关系方面，西塞罗更加关注的是语言形式。

　　按照西塞罗的看法，诗歌与演说最相近，但又有区别。两者都要求有一定韵律，但是演说辞比诗歌更优美，因为西塞罗觉得抑扬格（iambus）的谐剧诗几乎与日常口语没有差别。在格律方面，诗歌更加严格，但是诗歌在组织和安排方面更加自由，因为演说家面对的是广场上的听众，既要语言优美，又要严格遵循习惯用法。因此，西塞罗认为，演说应尽可能地避免与诗歌相似（《演说家》，章59，节201），但诗歌吸收演说的优美，会更加受人称赞（《演说家》，章20，节67，参LCL 342，页354-355和476-477）。

　　西塞罗又把诗歌（poema）分为肃剧（tragico）、谐剧（comicus）、叙事诗（epicus）、合唱抒情诗（melico）、颂神诗（dithyrambus）等。西塞罗虽然没有具体界定这些诗歌，可是已经指出，要严格区分这些诗歌，因为这些诗歌各有特点，互相有别。在肃剧中含有谐剧的因素是瑕疵，在谐剧中含有肃剧的因素就是不得体（《论最好的演说家》，章1，节1-2，参LCL 386，页354-355）。

　　在上述的诗歌门类中，西塞罗最推崇的是叙事诗和肃剧。其中，西塞罗本人也写长篇叙事诗，如《马略》。不过，西塞罗的诗作失传了。从传世的残段来看，西塞罗的诗歌才能远不如他的演说才能。从在《为阿尔基亚辩护》里颂扬文学（章8，节17至章11，节30）来看，西塞罗推崇叙事诗，主要是因为叙事诗以叙述英雄的业绩为主，这符合西塞罗的社会理想和伦理要求。而肃剧风格的崇高性、题材的严肃性、人物性格的悲壮性同样符合西塞罗对文学的社会作用和对文学的审美要求。

　　对于谐剧，西塞罗的态度比较复杂，一方面肯定谐剧的现实性，认为谐剧"是对人生的模仿，风俗的镜子，真实的映像"（《论共和国》卷四，章11，节13；多那图斯，22，29），另一方面又站在保守的共和派贵族立场上，反对谐剧中的情欲描写、谐剧表演的粗俗性和谐剧诗的口语性，尤其是反对谐剧对个人的抨击。西塞罗认为，"应该我们的生活接受长官的审判和法律的裁断，而不是由诗人来评判，并且只有在法律赋予我们回答的权利和可以依法辩护的情况下，我们才听取指责"（《论共和国》卷四，章10，节12）。即使是针对"民主派首领、无耻之徒或阴谋制造国家动乱者"的抨击，"最好也是来自监察官，而不是来自诗人"。因此，西塞罗极力赞成古罗马十二铜表法严惩类似的抨击（见《论共和国》卷四，章10，节10至章11，节13）。

关于抒情诗，西塞罗推崇古希腊的抒情诗类型，例如合唱抒情诗和颂神诗，因为它们的风格很优美。不过，西塞罗对同时代的罗马抒情诗持否定的态度，尤其是以卡图卢斯为代表的新诗派的诗作。西塞罗说，即使给他双倍的寿命，他也不会有时间去读抒情诗人的作品（小塞涅卡，《道德书简》，封49，节5）。

五、关于"合适"

在古代，"合适"被广泛而深刻地探讨。哲学家用它来讨论义务问题，文法家用它来讨论诗人，修辞学家用它讨论诉讼类属。而演说家和诗人西塞罗用它来讨论文艺活动，尤其是演说和诗歌。西塞罗之所以认真地阐述的古典文理论和古典美学中的一个重要概念"合适"，是因为西塞罗认为，在文艺活动中像在生活中一样，最难弄明白的就是什么在怎么样的情况下为合适。如果缺乏对它的认识，就会在生活中和在文艺活动中犯错误。

为了达到预期的演说效果，西塞罗要求演说家竭力做到演说内容和遣词造句的合适，而且还要因人而异，因时而异，因地而异：

再者，演说者必须具有合适的眼光，不仅在思想方面，而且还在语言方面。千万别用同样的风格和同样的思想去描述生活中的每一种状况，或者每一种职衔、地位或年龄。事实上，关于地点、时间和听众，也必须类似地加以区分。在演说术中和在生活中一样，通用的法则是考虑合适（《演说家》，章21，节71，译自 LCL 342，页356-359）。

演说有三个目的，其中，说服人是出于事件的必要，娱悦人是为了给人快感，感动人是为了取得胜利。为了达到相应的目的，需要相应的演说类型。说服需要准确，娱悦需要适中，感人需要有力。演说家的本领就在于掌握它们，并恰如其分地自如运用。西塞罗强调："尽管话题不同，合适的度也不同，可是通常来讲，过犹不及"（《演说家》，章22，节73，译自 LCL 342，页358-359）。尽管西塞罗觉得做到合适很困难，可他还是自信地说，他自己在各方面为人们提供了很好的范例。

西塞罗区分"合适"和"正确"：

"正确"指每个人处处都得服从职责的正确路线，但是"合适"是与场合或人物的适合、一致（《演说家》，章22，节74，译自 LCL 342，页360-361）。

西塞罗称赞古代画家提曼特斯（公元前5-前4世纪）的《祭献伊菲革涅娅》（*Immolanda Iphigenia*）处理恰当，因为画中祭司、奥德修斯、墨涅拉奥斯和阿伽门农的悲痛程度递增。对于戏剧而言，合适意味着人物性格的真实感，而人物性格合适就是人物的言行与人物相称。譬如：

　　　　让人们憎恨吧，只要他们感到害怕（王焕生译）。①

或者：

　　　　父亲自己成了儿子的坟墓（王焕生译，见王焕生，《古
　　罗马文艺批评史纲》，页105及下）。

　　这些话让公正的埃阿科斯（Aecus）和米诺斯（Minos）说
就不合适，但是由残暴的阿特柔斯说出就是合适（《论义务》卷
一，节97）。在诗歌格律方面也应该遵循合适的原则，因为不是
任何格律都可以到处使用。一般来说，抑扬格（iambus）最适合
谐剧对话，因为这种格律与日常口语很接近，而扬抑抑格六拍诗
行（dactylus hexameter）最适合风格崇高的对话，因为这种格律
庄重、有力。

　　《论演说家》第二卷第四章及下也谈及演说的不得体。

　　六、关于韵律

　　在《论演说家》第三卷和《演说家》里，西塞罗花了较长
的篇幅，从廊下派的有益和美的一致性出发，论述语言韵律的本
质问题。在惊叹宇宙和宇宙间的万事万物都和谐和美以后，西塞
罗得出推论：

　　　　在演说辞的各部分也会出现这样的情形，继有益性以及
　　与其相毗连的必要性之后，随即产生了愉快和乐趣（《论演

────────

　　① 徐奕春译文：只要他们害怕，让他们恨去吧。见西塞罗，《论老年·论友
谊·论责任》，页135。

说家》卷三，章46，节181，王焕生译，见西塞罗，《论演
说家》，页645）。

词语间的停顿和喘息本是由于需要进行呼吸、储存必要的空
气，但其中又产生如此明显的快感，以至于让感到愉快的听众希
望讲话人讲话时要显得比较轻松。可见，最长的词语限度是一次
呼吸可能延续的限度，但作为语言艺术，则又有适应自然感的另
一种限度。西塞罗认为："人的听觉本身天生能量度声音"。当
语言中存在某种节律时，听觉才会感到满足。而语言连续不断，
不可能产生韵律，但我们如果把连续的语言分成若干部分，并且
有一定的次序，便会产生韵律感（《论演说家》卷三，章48，节
185，参西塞罗，《论演说家》，页649）。

西塞罗认为，一切艺术产生于自然。如果有什么艺术不能作
用于我们的天性，不能使天性产生快感，便没有任何意义。韵律
和人声同人的天然感觉最接近。语言的韵律通常由重音节的明显
的间隔形成，这种间隔可以是等量的，也可以是不等量的。西塞
罗沿袭柏拉图的观点：语言作用于人不只是其通过词汇表达的内
容，还有其音乐的因素，这就是声音和节律。西塞罗还认为，在
声音和节律的选择时，耳朵是裁判。前者（即声音）依赖于理
智，后者（即节律）依赖于愉悦（《演说家》，章49，节162，
参 LCL 342，页440-441）。声音和节律对人的感觉具有非常强大
的作用力，它们能使我们兴奋，也能使我们平静；它们能使我们
高兴，也能使我们悲伤。这种力量特别明显地表现在诗歌和歌唱
中。因此，西塞罗认为，古代本是诗乐合一，音乐家和诗人同
一，同时从两个方面，即吟诗和歌唱，给人以快感，以语言的旋
律和音韵怡悦听觉（《论演说家》卷三，章44，节174，参西塞
罗，《论演说家》，页639）。

　　除了论述韵律的普遍性问题，西塞罗还特别详细地论述了演说辞中的韵律问题。西塞罗认为，第一个在演说辞中运用韵律的古希腊人是公元前 5 世纪的特拉绪马科斯，然后是在利用相同的词尾押韵时有些过分的智者高尔吉亚。伊索克拉底在韵律方面知识渊博，因而比前人更善于运用韵律：他使用韵律也像他使用转义词和新造词一样，很慎重，而且越到晚年，使用越完美。

　　而在古罗马演说发展中，富有韵律的演说辞无疑是西塞罗的突出或重要的贡献。西塞罗认为，对准确的事物概念和词语的选择和判断属理智，对声音和节律的判断则属于听觉。前者作用于人们的意识，后者在于引起人们的快感。达到前者靠科学，即理性，达到后者靠自然感觉，即听觉（《论演说家》卷三，章 37，节 150-151，参西塞罗，《论演说家》，页 615）。

　　西塞罗认为，语音包括单个词、词组和句子的语音。首先，对于单个词的语音，要尽可能地选用语音悦耳的常用词。第二，对于词组的语音，词语搭配时，前一个词的结尾和后一个词的开头要尽可能悦耳、和谐地结合；既要保持正确的词序，又要达到悦耳的音律，而且还不显得勉强。西塞罗认为，这是一件复杂的工作，需要仔细对待，特别要避免不和谐的原因连缀。第三，对于句子的语音，整个句子要语音和谐，特别是句子的结尾尤为重要。句子或句子的语段的结尾通常或是词语正常搭配的自然结尾，或是借助能使语音优美的词语的结尾。有相似的词型结尾，或构成相似的句段，或形成一定的对应形式，它们本身就包含一定的韵律。西塞罗以自己的演说辞《为弥洛辩护》中的一个段落为例，强调其中的韵律不是刻意的追求，而是语言本身的自然表现。

　　　　Est enim, iudices, haec non scripta, sed nata lex, quam

non didicimus, accepimus, legimus, verum ex natura ipsa ar-
ripuimus, hausimus, expressimus, ad quam non docti, sed fac-
ti, non instituti, sed imbuti sumus.

　　*法官们，存在这样的法律，它不是立法通过的，而是自
然形成的；对它我们没有背诵过，没有承继过，没有阅读
过，而是从自然本身获得的，吸取的，认识的；我们认识
它，不是靠教育，而是靠实践，不是靠训导，而是靠体会*
（见王焕生，《古罗马文艺批评史纲》，页 120）。

　　上述的段落涉及的不仅有音韵，而且还有节律。拉丁语的节
律通常由长短音节的一定间隔的排列形成。在这种节律中，重读
音节（重音）也起一定的作用。

　　音韵与节律既有区别，又密不可分。西塞罗认为，既然人对
声音有一种天生的量感，有一种对韵律美的自然追求，而韵律又
在于我们可以捕捉到声音的明显提高和感觉到其中的均衡间隔。
因此，要求演说辞（散文）有一定的韵律也是很自然的，当然
这种韵律是自由的。这是西塞罗与罗马阿提卡派的分歧所在。

　　西塞罗指出，诗歌和散文的韵律本质相同。由长短音节的不
同搭配构成节拍。节拍有 3 种基本类型：一个节拍的前一个部分
与后一个部分或者相等，或者较长，或者较短。[①] 不过，西塞罗
认为，诗人对格律必须严格遵循，长短音节不可有稍许残缺。相
比之下，散文语言要自由得多，但也不是自由得杂乱无章，而是
表现出一种不受束缚的节制。

　　散文格律既要注意发音方便，也要考虑语言美感。基于这样

---

　　① 等拍，即一个节拍的前一个部分与后一个部分或者相等；拖长拍，即一个节
拍的长音节拖长至 3 个或 4 个短音节；紧缩拍，即一个节拍的长音节或短音节被紧
缩，以至短于一个短音节。参《拉丁语语法新编》，前揭，页 549 及下。

的考虑，西塞罗认为，最适合诗歌的格律是抑扬格（iambus）和扬抑抑格（dactylus），最适合散文的格律是扬抑抑扬格（choriambus）。不过，散文语言是各种节拍的混合体，反对格律单一化，主张格律多样化，其中以扬抑抑扬格（choriambus）为主，以别的格律为辅。至于节拍的搭配问题，西塞罗认为，抑扬格（iambus）需用于简朴的语言，扬抑抑扬格（choriambus）较为庄重，扬抑抑扬格（choriambus）介于二者之间。在长篇演说辞中，可以混用这3种格律，从而相对地隐蔽格律，因为内容和语言的动人能够模糊听众对韵律的注意。当然，韵律本身更能增加听众对内容的喜爱。关于韵律的位置，西塞罗认为，演说辞（散文）的韵律主要在句首和句尾，最重要的是在句尾，因为句尾最能给人完美感。演说辞的韵律不在于严格性，而在于相似性；它没有任何事先的规定，只是要求它既不可无节律，又不可太束缚，既不可太严整，又不可太松散。而诗歌有一定的必须遵守的格律规定，也就是说，有规律可循。因此，散文韵律有时比诗歌更困难。

　　总之，涉及语音的音韵和涉及语音节奏的节律构成了语言的韵律，这就是西塞罗的韵律理论。这套理论虽然遵循了传统的希腊韵律规则，但是主要是遵循基本拉丁语的语音特点和西塞罗本人的实践体会。

第七节　历史地位与影响

　　假如用一个短语来定位西塞罗的历史地位，那么最贴切的短语莫过于"西塞罗时代"。是的，无论是出列为仕（演说家、政治家、国务活动家等）还是退隐著述（诗人、散文家、思想家等），无论是作为实践家还是作为理论家，西塞罗都为他生活的那个时代打上了无法磨灭的深深烙印。

从古罗马历史来看，西塞罗生活在共和国末期。在西塞罗生存的那个时代，社会危机四伏，内战不断，罗马的城头时常变换大王旗，共和国名存实亡。然而，无论是在苏拉独裁时期，还是在架空元老院的前三头执政（triumviratus）时期［有的历史学家认为，前三头结盟（triumviratus）标志着共和国终结或终结的开始］和后三头执政（secundi triumviratus）时期，西塞罗都能够在政治生活中扮演重要的角色，不仅能够进入共和派的阵地元老院，而且还曾经任职执政官——古罗马共和国的最高行政长官。更可贵的是，为了共和国的存亡，西塞罗竭忠尽智，周旋于元老院与军事将领之间，严厉打击破坏共和制度的阴谋分子，鞠躬尽力，死而后已，真是一位不折不扣的、忠诚的共和国卫士。从这个意义上讲，西塞罗完全有理由"好大喜功"、"自卖自夸"，因为并不属于新贵阶层的西塞罗需要用这样的方式寻求坚强的后盾。

有人认为，西塞罗并没有这么高尚和伟大，西塞罗与军事将领们的妥协完全是出于个人利益的考虑。这种说法显然是站不住脚的。因为，假如西塞罗的出发点是私利，那么当庞培与恺撒两虎相争的时候，西塞罗已经觉察到了恺撒的卓越领袖才能，也就是说，恺撒很可能取胜，而且西塞罗的弟弟在恺撒麾下任职，西塞罗的妻子也处于恺撒的控制区域，为了个人的仕途，为了亲人的安危，西塞罗完全有理由倒向恺撒。然而，西塞罗没有这么做，因为他意识到一旦恺撒取胜罗马就会有陷入专制的危险。在这种关键的时刻，尽管恺撒向西塞罗伸出了橄榄枝，可西塞罗最终还是选择了投奔庞培，因为当时庞培站在元老院一边，也就是站在共和派一边。同样，在后三头（secundi triumviri）时期，当安东尼站在元老院一边时，西塞罗就与安东尼为伍；当屋大维力挺共和派与元老院时，西塞罗就支持屋大维。总之，谁维护共和，西塞罗就支持谁："与共和国共胜负"（《反腓力辞》篇8，30）。

也有人（包括西塞罗的同时代人）认为，西塞罗优柔寡断，立场不坚定：在前三头执政（triumviratus）时期，先投奔庞培，后又与恺撒和解；在后三头（secundi triumviri）时期，先与安东尼为伍，后来又站在屋大维一边。其实，这种看法是十分片面的。第一，西塞罗曾鼓足勇气，公开反对暴政。第二，西塞罗之所以这么做，给人留下不好的印象，正是因为他审时度势，在权衡对于共和国的利弊之后的一切行为都是为了最大限度地维护共和国的利益。在这方面最明显的证据就是，在前三头（triumviri）时期西塞罗最后主张杀死实行独裁的恺撒，在后三头（secundi triumviri）时期西塞罗最后在元老院里发表反对屋大维政变的演讲辞。由此观之，西塞罗与军事将领们的合作不是为虎作伥，而是与虎谋皮，这"皮"就是合作的基础：维护共和国利益。一旦失去这种基础，西塞罗就会立即停止这种与虎谋皮的合作。更何况，在西塞罗看来，武力是用来对外的，调节内部矛盾应当诉诸于法律。

不过，在同时代的政治家或明或暗地使用暴力（譬如，恺撒利用克洛狄乌斯集团，庞培不拒绝弥洛的援助）的情况下，在清一色军人执政的三头（triumviri）时期，主张文治的西塞罗是显然处于劣势的。在政治生活实践中，纵然西塞罗拥有无人匹敌的雄辩口才，西塞罗引以为豪的"托加"战胜"武功"也只是短暂的，更多的时候是"武功"战胜"托加"。力主文治的西塞罗本人也最终死于"武功"的非命：被斩去善于思索的头颅，被剁去勤于著述（尤其是善于写作让安东尼感到害怕的演讲辞）的双手。

假如说西塞罗有错，那么他就错在他的书生气，错在不像恺撒那样懂得"枪杆子出政权"的道理，没有掌握国家军队的控制权。当然，在西塞罗的政治生涯中，他的确也有牺牲共和信仰的时候，那就是他作为执政官决定处死喀提林阴谋分子。西塞罗的过错在于开启了行政权力凌驾于司法的先例，这成为恺撒及其授意下的克洛狄乌斯集团攻讦西塞罗的把柄。不过，真正的民众倒是拍手称快的，因为他们在意的是惩恶扬善，至于采取的方式并不重要。在这方面，西塞罗与佐罗的行为有异曲同工之妙：前者公然动用行政权力，后者暗中使用非法的暴力手段。所以，从这个意义上讲，西塞罗牺牲一点共和法制归根结蒂也是为了保全共和制度。

由此看来，西塞罗是一位全心全意为了共和国的、韬光养晦的国务活动家。

西塞罗不仅是身体力行的政治实践家，而且还是勇于探索的政治理论家。当西塞罗在政务的闲暇时间，特别是在不能出列为仕、亲自操持国务的退隐时期，他都在阅读治国安邦的相关书籍，总结自己的实践经验和教训，探索最佳的国家制度。依据西塞罗在《论共和国》里的阐述，最佳的政体是共和制。但是与此同时，西塞罗也感受到了共和制并不是无懈可击的。譬如，执政官有两名，权力的制衡（例如互相行使否决权）会直接削弱权力的效能。任期只有1年，而且到了后半年，一旦选定下一年度的执政官，那么该年度的执政官的权力也会受到限制。此外在执政官任期内，由于阴谋分子的破坏，而法律无法遏制他们的破坏活动，直接导致执政官时常处于受控制的处境。基于这样的考虑，西塞罗着手设计新的政治制度。在设计新制度时，西塞罗从希腊哲学传统入手。西塞罗认为的理想制度是亚里士多德称之为"拉科尼亚式"的立宪君主政体，即君主应服从于法律。可是，西塞罗继亚里士多德之后意识到，在享有同等法律地位的全体公民中，有些人表现出一种超乎于众的卓越才华，他们不会服从那些无法与他匹敌的人的权力，所以他们应当终身为王。也就是说，实施立宪君主制是十分困难的。所以，除了希腊哲学传统，西塞罗也重视罗马传统。西塞罗援引了自布匿战争结束后代代相袭的传统：在激烈纷争的各派力量之上有一两位按照个人功绩和荣誉（实际上是军事上的！）选定的政治家，他们将发挥纯道德、理性的"权威"（auctoritas，即赋予一位被视为"国父"的杰出人物的威望），并得到全体公民的拥戴。也就是说，西塞罗在演说辞《论庞培的最高权威》和《为穆雷那辩护》中谈及军事才能和成就不是随便说说，而是提出了以战功获得高官显位（dignitas）① 的问题。事实上，庞培从东方战役凯旋之后和恺撒任高卢总督之后都获得了高官显位，而且跟随他们的老兵也分得了土地，而这些老兵又成为杰出将领个人权威的牢固基石。西塞罗认为，这些杰出将领"以他们的才华、他们的战略思想和他们的祥运"拯救了共和国，正如他在极力主张授予在摩德纳（Modena）战役中获胜的 3 位首领最高权威（imperator）头衔时描述的一样。在《论义务》中，西塞罗又进一步描绘了作为国家首脑的伟大领导者的形象：真正的国务活动家应该是一些从美德，即人类的优秀品质——谨慎、公正、勇敢（热忱）、节制（《论义务》卷一，章 5）——中汲取营养的演说家。也就是说，西塞罗参照哲学家们构思的观念，第一次在权力与道德之间建立了不可分割的联系，用理性政治取代了以往的实用政治。虽然西塞罗在政治实践中最终是个失败者，但是他的思想影响一直延续到罗马帝制的结束。依据西塞罗设计的道德、才能和"魔力"混合在一起的平衡模式，屋大维创立了公元前 27 年开始正式运转的元首制政体。在尤利乌斯—克劳狄乌斯王朝（奥古斯都的 4

---

① 拉丁语 dignitas 还有别的含义，例如"高贵"和"尊严"。

个继承者：提比略、卡利古拉、克劳狄一世和尼禄），小塞涅卡（Lucius Annaeus Seneca）试图将哲学带入政权中来；西塞罗的思想后来在元老院反对尼禄（Lucius Domitius Claudius Nero，54-68年在位）和鼓舞皮索（Caius Calpurnius Piso）密谋集团中发挥了重要作用。在伽尔巴（Servius Sulpicius Galba）时期，西塞罗的政治思想更是大放异彩。譬如，伽尔巴选择"最称职的"养子为继承人。小普林尼（Caius Plinius Caecilius Secundus）的《图拉真颂》是西塞罗政治思想的胜利标志，因为小普林尼的《图拉真颂》为几个世纪确立了"好"皇帝应有的形象。

西塞罗为罗马乃至整个人类社会创造了一个焕然一新的精神世界，不仅在政治方面，而且还在演说术、哲学等诸多方面。

首先，西塞罗在演说术方面的理论和实践都成为各代人研究的对象。从实践来看，西塞罗凭借雄辩的口才，无论是政治诉讼、刑事诉讼，还是民事诉讼中，近乎无往而不胜。西塞罗败诉的案例屈指可数。西塞罗的辩才让他声名鹊起，让他的敌人闻风丧胆。政敌安东尼甚至只有把西塞罗置于死地才能安心。尽管如此，西塞罗的演说风格还是受到了同时代人（尤其是罗马的所谓的阿提卡主义者）的诟病。在《论最好的演说家》、《布鲁图斯》与《演说家》中，西塞罗都为自己的演说风格进行辩护。批判西塞罗演说术的不仅是生前的同时代人，还有在尼禄和弗拉维（维斯帕西安、提图斯和多弥提安）时期。譬如，塔西佗的《演说家们的对话录》就让西塞罗声名狼藉。尽管对西塞罗演说术的批判从公元前1世纪就已经开始，可是昆体良在进行全面研究后认为，假如西塞罗的演说术没有达到尽善尽美，那么他也是最接近这个境界的人，因为西塞罗的文风，尤其是因为他是一个"正直"的人。瑕不掩瑜，西塞罗仍然是一个典范。当注意到新出现的倾向——拒绝接受西塞罗式的（由几个分句构成的）和谐复合句的文体，其代表是小塞涅卡及其模仿者——时，昆体良特别指出：

> 让我们用心凝视一下他吧，他会是我们的一个榜样。应该知道，当西塞罗讨人喜欢时，才说明我们的研究有了进展（昆体良，《雄辩术原理》卷十，章1，节112，参 LCL 127，页312及下）。

浮云难以遮天蔽日。西塞罗的演说风格终将得胜，因为西塞罗的文才"有如燎原大火"，正如《论崇高》的作者所说的一样。

复合句的和谐及其文体的优美吸引了彼特拉克（Francesco Petrarca，1307-1374年）。这种文体的魅力之大，以至于以严谨著称的圣哲罗姆（347-420年）也无法拒绝这本不属于基督的、非理性的东西——西塞罗把他的雄辩术建立在理性的 Probare（证明、证实）和非理性的 delectare（令人悦服）两个概念之上。圣哲罗姆因此被指责犯了深重的罪孽，是个"西塞罗徒"。事实上，由西塞罗阐释的一些文学形式还被费利克斯（Marcus Minucius Felix，?-约250年）、波爱修斯（Anicius Manlius Severinus Boetius，480-524年）以及其他许多人所接受。圣安布罗西乌斯（Aurelius Ambrosius，339-397年）从西塞罗《论义务》中直接获取灵感，创作了论文《论神职人员的义务》（De Officiis Ministrorum）或《论义务》（De Officiis）。[1] 圣奥古斯丁（Aurelius Augustinus，354-430年）在阅读了《霍尔滕西乌斯》以后，创作了《忏悔录》（Confessions），而吸引他的不是西塞罗的思

---

[1] Ivor J. Davidson, *Ambrose De Officiis*（《安布罗西乌斯的〈论神父的义务〉》），Oxford University Press 2001，页1；《古典诗文绎读·西学卷·古代编》（下），前揭，页81。

想，而是西塞罗的文体。阿奎那（Thomas Aquinas，1224－1274年）——即阿基诺的托马斯（Thomas d'Aquino）——在《神学大全》中论述道德与政治事务时反复引用西塞罗的《论义务》。埃拉斯谟（Desiderius Erasmus，约1469－1536年）和梅兰西顿（Philip Melanchthon，1497－1560年）各自编辑并刊行了一部文本，孟德斯鸠深受西塞罗《论义务》的启发，而康德（Immanuel Kant，1724－1804年）则对西塞罗的《论义务》大加鞭挞（参克里斯：《论义务》一书的意图，李永晶译，前揭书，页81）。

西塞罗的著作以传抄的形式，从中世纪一直保存到文艺复兴，最后成为文艺复兴时期的圣经。无论是作为作家、演说家，还是思想家，西塞罗都成为普遍模仿的榜样和不可逾越的典范，西塞罗的语言成为复兴拉丁语的典范。

西塞罗的影响还在继续。法国大革命时期，西塞罗被视为伟大的演说家和共和主义者。启蒙运动时期，西塞罗的政治和哲学思想也曾产生过不小的影响。

"西塞罗的哲学著作，尽管都不是原创的思想，仍使他成为欧洲的导师之一"。由于西塞罗"致力于哲学对话的写作和翻译，把论辩术与自然哲学上的一些术语译成拉丁语"。据说，西塞罗"首先或主要是他给 phantasia（即 φαντασία，英译 conception，思想、点子）、synkatathesis（即 συγκατάθεσιν，英译 assent，赞同，同意；与……一致，与……同）、epokhe（即 ἐποχήν，英译 withholding of assent，固定的时间点）、Katalepsis（即 Κατάληψιν，英译 perception，认识活动，理解或感知）、atomon（即 ἄτομον，英译 atom，"不可分的事或物；原子"）、[1] ameres

---

① 古希腊语形容词 ἄτομος 意为"未割的，未刈的，未切的，未加工的；不可分的；（逻辑上）单独的，个体的，单个的"。

（即 *ἀμερές* 英译 indivisible，不可分的，不可分割的）、kenon（即 *κενόν*，英译 void，空）①"以及许多这类的术语配备拉丁语，一部分是他想出来的转义字，一部分是他想出来的本义字，这些字明白易懂，为大家所熟悉（普鲁塔克，《西塞罗传》，章 40，节 2）。西塞罗为拉丁文创造出一系列哲学专用的词汇，如"道德"、"质量"、"可知论"、"冷淡"和"证据"。

西塞罗的价值体系"影响着人们从义务、荣誉经绅士风度到社会礼节和良好教养各个层面的行为"。密尔（John Stuart Mill，1806-1873 年）在《论自由》（*On Liberty*，1859 年）指出，"异教的自我实现思想"，像基督教的'自我否定'一样，是人类价值观的一个基本组成部分（密尔，《论自由》，章 3）。萨夫茨伯里（Anthony Ashley Cooper，the Third Earl of Shaftesbury，1671-1713 年）在《关于美德的探讨》（*An Inquiry Concerning Virtue or Merit*，1669 年）中"鄙视基督教的神秘主义和苦行哲学"；在"世界上最具自然美的东西是诚实和道德的完善，因为所有的美都是真理"［萨夫茨伯里，《论智慧和幽默的自由》（*An Essay on the Freedom of Wit and Humor*，1709 年），部 2，章 2-3］。1776 年，亚当·斯密（Adam Smith，1723-1790 年）把古典的价值体系看作是对基督教禁欲主义必要的矫正［参阅《国富论》（*The Wealth of Nations*，全名 *An Inquiry into the Nature and Causes of the Wealth of Nations*，1776 年）篇 4，章 9］。西塞罗的《论公职》（*De Officiis* 或 *On Duties*，即《论义务》）——18 世纪伏尔泰（Voltaire，1694-1778 年）以前题名《图里的公职》（*Marcus Tullius Ciceronis De Officiis*）——曾经是绅士教育的一个有机组成部分。

----

① 古希腊语 *κενός, ή, όν*，（多指事物的）空；（指人或事的）空、虚。

此外，西塞罗也影响到美国独立战争（1775－1783 年）。当华盛顿（George Washington，1732－1799 年）等人经常想到法比乌斯和加图的时候，杰斐逊（Thomas Jefferson，1743－1826 年）则经常想到西塞罗。

总之，西塞罗是"一个富有学识的人、语言大师和爱国者"，正如屋大维慨叹的一样（普鲁塔克，《西塞罗传》，章49），① 是"拉丁散文泰斗"，更是不折不扣的经学家，依据就是本田成之对经学的定义：

> 所谓经学，乃是在宗教、哲学、政治学、道德学的基础上加以文学的、艺术的要素，以规定天下国家或者个人的理想或目的的广义的人生教育学。②

---

① 参王焕生，《〈论共和国〉导读》，成都：四川教育出版社，2002 年，页59。
② 见本田成之，《中国经学史》，孙俍工译，上海：上海书店出版社，2001 年，页2。

第三章　纪事书类型

第一节　编年纪[①]

在老加图所处的那个世纪的后三分之一的时间里，史学发生了富有成果的革新。虽然范尼乌斯（C. Fannius）——小斯基皮奥之友莱利乌斯的女婿——也重新撰写从特洛伊开始的编年史，但是，从残稿可以看出，范尼乌斯叙述的主要侧重点是当代史：范尼乌斯将自己亲身经历的历史看作内政史，非常详尽地记述了内部权力斗争。

第一个写当代史的史学家是比范尼乌斯稍年轻的同时代人阿

---

① 参 LCL 113，页 48 及下；LCL 195，页 434 以下；西塞罗，《论共和国·论法律》，页 182-185；李维，《建城以来史》（前言·卷一），页 5 及下；《古罗马文选》卷二，前揭，页 44、90、248、278-281 和 422 及下；王焕生，《古罗马文学史》，页145；王焕生，《古罗马文艺批评史纲》，页 273；曼廷邦德，《拉丁文学词典》，页176；科瓦略夫，《古代罗马史》，页 18 及下；李雅书、杨共乐，《古代罗马史》，页350 以下。

塞利奥（Sempronius Asellio），著有《功业录》（*Rerum Gestarum* 或 *Res Gestarum*），以小斯基皮奥（Publius Scipio Africanus）麾下军事保民官（tribunus militum）的身份描述他所经历的努曼提亚（Numantia）围城战（革利乌斯，《阿提卡之夜》卷二，章13，节2-3，见 LCL 195，页158及下）。公元前134至133年，阿塞利奥在西班牙的努曼提亚担任指挥官。阿塞利奥卒于公元前91年以后。在认知兴趣方面，阿塞利奥有别于编年史作家。阿塞利奥指出，纪事书不同于编年纪，并指责编年史家满足于枯燥地编年排列历史事件。阿塞利奥认为，对于纪事者而言不仅要了解事件的来龙去脉，像希腊人称之为日记（ἐφημερίς）一样，而且还要揭示历史事件的动机和理由（革利乌斯，《阿提卡之夜》卷五，章18，节8，见195，页434及下）。显然，阿塞利奥受到了寄居罗马的希腊籍历史学家、小斯基皮奥的老师波吕比奥斯（Polybius 或 Πολύβιος，大约公元前203－前120年，著有《历史》）的影响：重要的不是一味地热衷于昔日的历史，而是对近代和当代各种政治力量的理解。

　　第一位不属于元老阶层的安提帕特（L. Coelius Antipater）另辟蹊径。在公元前121年在盖·格拉古死后，安提帕特著作的关于第二次布匿战争的专论问世。在尊重历史的前提下，安提帕特注重的似乎不是对读者的教益，而是利用修辞学的最初因素，调动读者的情感。譬如，安提帕特用夸张的手法记述罗马军队被派到非洲去的情景：

　　　　飞鸟都由于战士们的呼喊而掉在地上，又有这样多的人登到船上来，以致意大利和西西里仿佛一个人也没有了（见李维，《建城以来史》（前言·卷一），页6）。

　　公元前 1 世纪，上述历史的新旧形式都曾繁荣一时。其中，晚期编年史家（小年代记作家）利基尼乌斯·马克尔（Licinius Macer，演说家，从民主的视角写历史，其父为诗人卡尔伍斯）、夸德里伽里乌斯（Claudius Quadrigarius）和安提亚斯（Valerius Antias）践踏了罗马历史的传统，因为他们不负责任地填补了早期罗马共和国历史传统的缺失，填充历史时过分夸张罗马的军事成就，按照他们所属时代的纷乱描写内部斗争，以及鼓吹他们各自家族成员的所谓英雄事迹和功绩。

　　夸德里伽里乌斯曾任公元前 78 年执政官，也曾把早期编年史家盖·阿基利乌斯的希腊文著作翻译成拉丁文。撰写于苏拉时代（约公元前 80 年）的《历史》23 卷，可能从公元前 4 世纪初高卢人入侵罗马（公元前 390 年）开始叙述，直到公元前 80 年代苏拉之死（公元前 78 年）。其中，对托尔夸图斯与高卢战争者之间的决斗描述让人觉得相当粗糙。后来，在奥古斯都时代，李维对这个决斗场面进行了加工（《建城以来史》卷七，章 9，节 8 以下）。不过，修辞学家和演说家弗隆托在评述历史学家的时候称赞"克劳狄乌斯（即夸德里伽里乌斯）优美（lepide）"（《致维鲁斯》卷一，封 1，节 2）。

　　安提亚斯的史著超过 75 卷，采用编年纪的叙述方式，记述从古代到公元前 1 世纪 90 年代末的史事，主要是颂扬罗马和瓦勒里乌斯家族（Valerii）的历史功绩。安提亚斯的功绩是利用档案材料"麻卷（libri lintei）"，而他的缺点则是为了叙述得生动有趣，不惜虚构以填补史记中的空白。

　　而作为阿塞利奥的后继者，颇有声望的政治家与雄辩家西塞那（L. Cornelius Sisenna，公元前 118－前 67 年）撰写了当代史。西塞那的史著《历史》（Historiae）共计 12 卷，是一部同盟战争史，记述了他所处时代的各种纷争，虽然观点比较保守，但是修辞水平较高，战争场面描写生动。撒路斯特认为，西塞那"比所有的人都更详细、更出色地叙述那个时代的精神"。西塞罗高度地评价，西塞那超过了所有同时代的历史学家。当然西塞罗也指出，西塞那还远远未能达到完美，有时还显得幼稚。弗隆托认为"西塞那冗长（longinque）"（《致维鲁斯》卷一，封1，节2）。

最后一位年代记作家是昆·埃利乌斯·图贝罗（Quintus Aelius Tubero）。昆·埃利乌斯·图贝罗属于庞培派，曾参加过公元前48年的法尔萨洛斯战役。昆·埃利乌斯·图贝罗的年代记记述的时期是从远古到恺撒与庞培的内战。

在写老加图的《史源》的时候，李曼（Anton D. Leeman）已经指出，古罗马编年纪纪事书产生晚，而且起初的纪事书写作差。在这一节，李曼补充说，这种难以令人满意的局面甚至延续到西塞罗逝世［奈波斯，残段40（Peter[1]）］。西塞罗本人担心，当时的纪事书一直还不符合古罗马国家的尊严和高度。西塞罗以为，凭借他的演说天赋他也可以为这个文学类型创造条件。从西塞罗的《论演说家》（卷二，章15，节62-64）可以明显地推出这个结论，而且西塞罗的对话录《论法律》（公元前52年）中的引言也证实了这一点。在《论法律》中，西塞罗和一起言谈的人——朋友阿提库斯和弟弟昆图斯聊起整个问题，并且借阿提库斯之口批评早期的史学家，甚至批评早期唯一杰出的史学家老加图（《论法律》卷一，章2[2]）。此外，弟弟昆图斯的话语表明，西塞罗的纪事

---

① *Historicorum Romanorum Fragmenta*（《古罗马史书残段》），H. Peter 编，Leipzig 1883。

② 这里的章节号取自西塞罗，《论共和国·论法律》，王焕生译，北京：中国政法大学出版社，1997 年。

书写作计划不是致力于描写古罗马过去的历史，而是西塞罗本人生活和——像他希望的一样——参与的特殊时代史，尤其是要颂扬恺撒的政敌庞培的丰功伟绩。可西塞罗受到自身的约束，在恺撒的独裁统治下没有得到所期望的机会，于是西塞罗为没有写作纪事书找到了托词：纪事书写作很重要，需要较长的空闲时间，而且必须"摆脱忧烦和国家事务"（《论法律》卷一，章3）。尽管西塞罗没有留下"真正的"史著，可是他还是留下来回忆录（关于西塞罗任公元前63年执政官的记录材料）。更为重要的是，西塞罗的作品中多次论及历史，特别是写史的方法和原则：

> 历史的首要原则是不可有任何谎言，其次是不可有任何不真实，再次是写作时不可偏袒，不可怀怨（《论演说家》卷二，章15，节62，见西塞罗，《论演说家》，页249-251）。

因为西塞罗认为：

> 而历史，这时代的见证，真理的光辉，记忆的生命，生活的老师，古代社会的信使（《论演说家》卷二，章9，节36，见西塞罗，《论演说家》，页227）。

与此同时，西塞罗注重纪事书写作的艺术性。西塞罗认为，史家应该在材料的选择和组织方面下功夫，写出对过去的事迹真实而生动的记忆，并使之对读者有教育意义。

第二节 手记：恺撒[①]

一、生平简介

公元前 100 年,[②] 即西塞罗出生之后 6 年,恺撒（C. Iulius Caesar；亦译"凯撒"）出生,成为古罗马显贵家庭的后裔：依据恺撒发表的对姑母尤利娅（Julia）的悼词,祖母的家谱可以追溯到罗马王政时期的第四代王安库斯·马尔西乌斯（公元前 640 - 前 611 年在位）,父系尤利乌斯（Iulius）可以上溯到维纳斯（苏维托尼乌斯,《罗马十二帝王传》卷一,章 6）。

少年时期,恺撒修习修辞学、哲学和法律,像所有的贵族子弟都要做的那样,接受军事训练。随后在罗马的政治角斗场上,恺撒慢慢晋升：祭司、保民官、财务官、西班牙副总督、罗马大法官、高卢总督、执政官和终身独裁官。

公元前 46 年,恺撒 54 岁时成为独裁者,这是他一生都追求的目标。恺撒追求这个目标的方式既是欠考虑的,又是独创的。

---

① 参 LCL 99,页 464 以下；LCL 101,页 596 及下；LCL 113,页 28 及下；LCL 127,页 314 及下；苏维托尼乌斯,《罗马十二帝王传》,张竹明等译,页 28 - 30；恺撒等,《恺撒战记》,习代岳：前言,页 9 - 15；《亚历山大里亚战记》导言,页 144 及下；《阿非利加战记》导言,页 194 及下；《西班牙战记》导言,页 250 及下；恺撒,《高卢战记》,任炳湘：恺撒和他的《高卢战记》,页 11；《歌德谈话录》,爱克曼辑录,朱光潜译,北京：人民文学出版社,1997 年重印,页 45；《古罗马文选》卷二,前揭,页 119 和 280 以下；《古典诗文绎读·西学卷·古代编》（下）,前揭,页 109；沃格林,《希腊化、罗马和早期基督教》,页 176 以下；格兰特,《罗马史》,页 95 和 174；科瓦略夫,《古代罗马史》,页 604；王焕生,《古罗马文学史》,页 149 和 151；王焕生,《古罗马文艺批评史纲》,页 222；朱龙华,《罗马文化与古典传统》,页 121 及下和 128 及下；李雅书、杨共乐,《古代罗马史》,页 355。

② 这是传统的说法,参见《罗马十二帝王传》,张竹明等译,页 1。但是蒙森的说法是公元前 102 年（蒙森,《罗马史》卷五,章 1）。

在这方面，恺撒的主要手段就是婚姻筹码、金元政治、民众支持、军团效忠以及无限耐心。

在 15 岁（公元前 85 年）丧父（恺撒的父亲曾任裁判官）的时候，恺撒的家族已经中落。为了提升自己的地位，恺撒首先以婚姻为手段攀权附贵。在公元前 86 年由执政官马略（恺撒的姑母尤利娅是马略的妻子、小马略的母亲）和秦纳（Cinna）提名为尤皮特祭司以后，公元前 84 年恺撒便解除与富有、但仅属于骑士等级的科苏提娅（Cossutia）的婚约，和 4 次担任执政官的秦纳的女儿科尔涅利娅（Cornelia）结婚，不久后生育后来嫁给庞培的女儿尤利娅（苏维托尼乌斯，《罗马十二帝王传》卷一，章 1；普鲁塔克，《恺撒传》，章 1，节 1；章 5，节 3）。在科尔涅利娅死后，恺撒又续娶昆图斯·庞培（Quintus Popeius）的女儿和卢基乌斯·苏拉的外孙女庞培娅（Pompeia）为妻（公元前 67 年），甚至还忍受戴绿帽的奇耻大辱，利用曾与庞培娅私通的保民官克洛狄乌斯（苏维托尼乌斯，《罗马十二帝王传》卷一，章 6；普鲁塔克，《恺撒传》，章 10；章 14，节 9）去对付政敌西塞罗。后来，恺撒又娶将任执政官的皮索·凯索尼努斯（Lucius Calpurnius Piso Caesoninus）的女儿卡尔普尔尼娅（Calpurnia）为妻（普鲁塔克，《恺撒传》，章 14，节 5；苏维托尼乌斯，《罗马十二帝王传》卷一，章 21）。另外，为了保持与庞培的关系，恺撒将女儿尤利娅许配给庞培（普鲁塔克，《恺撒传》，章 14，节 4；苏维托尼乌斯，《罗马十二帝王传》卷一，章 21），将姐姐的孙女屋大维娅嫁给庞培，并向庞培的女儿求婚（苏维托尼乌斯，《罗马十二帝王传》卷一，章 27）。

金元政治是恺撒的第二招。或者为了保全自己。譬如，在受到苏拉迫害期间，恺撒贿赂苏拉的密探首领科尔涅利乌斯（Cornelius），以至于明知恺撒是个马略式人物、将会对贵族事业产生致命打击的当权者苏拉也不得不让步，最终赦免恺撒（苏维托尼乌斯，《罗马十二帝王传》卷一，章1）。或者为了打倒政敌。譬如，恺撒曾收买人出面指控拉比里乌斯（Gaius Rabirius）犯有叛国罪（苏维托尼乌斯，《罗马十二帝王传》卷一，章12）。或者为了买官。譬如，公元前63年恺撒使用最慷慨的贿赂去竞选大祭司的职位（普鲁塔克，《恺撒传》，章7，节2；苏维托尼乌斯，《罗马十二帝王传》卷一，章13）。公元前60年，恺撒通过贿赂获得公元前59年的执政官职位（苏维托尼乌斯，《罗马十二帝王传》卷一，章19）。

恺撒在政治上的第三招是争取民众的支持。为此，恺撒首先明确表示尊敬公元前86年遭到谋杀的平民派马略（普鲁塔克，《马略传》），为他修建胜利纪念碑（苏维托尼乌斯，《罗马十二帝王传》卷一，章11；普鲁塔克，《恺撒传》，章6）。接着在公元前66年任市政营造官期间，恺撒不仅装饰公共场所，而且还出资——或者与别人合资，或者自己独资——举办舞台演出和斗兽表演，这为恺撒赢得了荣誉和民众的支持（苏维托尼乌斯，《罗马十二帝王传》卷一，章10；普鲁塔克，《恺撒传》，章5，节5）。[1] 第三，恺撒竭力怂恿和袒护保民官凯基利乌斯·墨特卢斯（Caecilius Metellus），直接为他赢得了民众的拥护（苏维托尼乌斯，《罗马十二帝王传》卷一，章15）。公元前63年，西塞罗担任执政官时，只有寥寥无几的人才能看出恺撒的政治地位和对传统的贵族国家的威胁。恺撒从来没有澄清在喀提林阴谋中扮演

---

[1]　章节数引自 Plutarch（普鲁塔克），*Lives*（《传记集》），VII［LCL 99］，Bernadotte Perrin 译，1919 年初版，1928-2004 年重印；Suetonius（苏维托尼乌斯）：*The Deified Julius*（神圣的尤利乌斯传），见 *The Lives of the Caesars*（《罗马十二帝王传》），I，J. C. Rolfe 译，1928 年。另参普鲁塔克，《希腊罗马名人传》上册，陆永庭等译，北京：商务印书馆，1999 年。

的角色，但是在元老院里，恺撒反对把喀提林判处死刑（普鲁
塔克，《西塞罗传》，章 10-23；《恺撒传》，章 7，节 3 至章 8，
节 3），并且致力于西塞罗的政治没落。公元前 60 年，恺撒与庞
培、克拉苏结成"前三头同盟（triumviratus）"，这是恺撒在政
治上起家的基点。公元前 59 年，恺撒第一次成为执政官（普鲁
塔克，《恺撒传》，章 13-14），擅长推行令人愤慨的目标，即他
得到了在高卢当 10 年总督的权利（普鲁塔克，《恺撒传》，章
14，节 6；章 21，节 3）。占领高卢属于历史上最棘手、最血腥
的战争：

> 攻占 800 个城池，降服 300 个部族，杀戮 300 万人，虏
> 获 100 万人（普鲁塔克，《恺撒传》，章 15，节 3）。①

恺撒本人用无动于衷、独立的描写方式描述了对高卢的占
领，其目的就是为罗马人介绍他信念坚定、具有军事、外交和组
织方面能力的令人倾倒的概况。在高卢的胜利让恺撒脱颖而出，
成为他"新的开始"（普鲁塔克，《恺撒传》，章 15）。

枪杆子出政权。恺撒——公元前 81 年开始在亚细亚服兵
役——深知这个道理，所以竭力取得军团的高度效忠（普鲁塔
克，《恺撒传》，章 16-17）。恺撒以战利品的名义向老兵分发奖
金，并且给他们分配土地（苏维托尼乌斯，《罗马十二帝王传》
卷一，章 38）。恺撒训练出来的骁勇善战的军团对他如此效忠，
以至于只知恺撒，不知罗马。在内战（公元前 49-前 46 年）中，
恺撒的军团跟随他反对元老党和庞培，征讨埃及，平定西班牙，

---

① 参格莱切尔（Jules Gleicher）："《恺撒传》中的道德选择"，李世祥译，参
《古典诗文绎读·西学卷·古代编》（下），前揭，页 245；LCL 99，页 478 及下。

以 17 万人丧生的浩劫为代价（普鲁塔克，《恺撒传》，章 55，节3），统一天下。恺撒终结了古罗马共和国，尽管他的独裁和给人留下深刻印象的行政机构改革只有两年时间。

此外，恺撒还有无限的政治耐心。恺撒曾策划过两个阴谋，但是由于种种原因，阴谋都流产（苏维托尼乌斯，《罗马十二帝王传》卷一，章 9）。后来，恺撒也曾参与喀提林阴谋（苏维托尼乌斯，《罗马十二帝王传》卷一，章 17）。不过，恺撒继续潜伏，耐心地等待成熟的时机。

内战结束以后，恺撒整顿国务：改革历法；增补元老，增加裁判官、市政官、财务官甚至低级行政官的名额；同人民分享选举权，除执政官以后，其余官员一半由民选，一半由自己任命；移民；减轻债务；严惩罪犯；向外国货征收关税；反奢侈；建设和美化首都，保卫和扩大帝国（苏维托尼乌斯，《罗马十二帝王传》卷一，章 40-44）。

然而，恺撒让共和制名存实亡，激起了贵族派的强烈反对。以卡西乌斯和布鲁图斯兄弟（布鲁图斯和德基姆斯·布鲁图斯）为首的 60 多名共和派人士阴谋刺杀恺撒。公元前 44 年 3 月 15 日，在庞培议事堂，贵族派阴谋分子合力杀死恺撒（苏维托尼乌斯，《罗马十二帝王传》卷一，章 85）。死后，恺撒被尊为神。

二、作品评述

如同王安石与苏东坡，恺撒与西塞罗一方面是政敌，在各个方面都政见不和，另一方面又互相欣赏对方的才能。尤其是在演说和文学方面，他们有共同的兴趣，并都有较高的造诣。

苏维托尼乌斯认为，在雄辩方面恺撒可与这方面最杰出的人物平起平坐，或许名声比他们还大些。在公元前 77 年控告科·

多拉贝拉（Cornelius Dolabella）的诉讼中（苏维托尼乌斯，《罗马十二帝王传》卷一，章4），恺撒证明他是罗马最杰出的辩护人。由于科·多拉贝拉被判无罪，恺撒离开罗马，去罗德斯岛，一方面害怕遭到报复，另一方面也为了有机会跟当时最著名的雄辩术教师阿波罗尼俄斯（摩隆之子）学习（成为西塞罗的同门师兄）。据说，恺撒讲话声音高亢，动作手势充满激情，但又不失优雅。恺撒留有若干演说辞，例如《高卢战记》中的整军演说（《高卢战记》卷一，章40），其中，包括给人留下深刻印象的、公元前63年在元老院讨论处置喀提林时发表的、主张采取温和手段的演说辞，也包括不能肯定属于恺撒的几篇，例如奥古斯都质疑的《为克文图斯·莫特路斯辩护》和《致西班牙驻军》（苏维托尼乌斯，《罗马十二帝王传》卷一，章55）。从传世的史料来看，恺撒的演说辞风格简明、凝练和感人。昆体良也认为，假如恺撒没有太多的其他活动，能够让他有足够的时间当演说家，那么作为演说家，他可能不亚于西塞罗。事实上，西塞罗对恺撒的演说辞也有很高的评价：恺撒是"演说大师，他的演说才华横溢，具有打破常规的联想，论声音、手势和演讲者的整个体格，他的演说都拥有某种崇高的和高产的品质"（西塞罗，《布鲁图斯》，章75，节261，译自LCL 342，页224-227；苏维托尼乌斯，《罗马十二帝王传》卷一，章55）。在书信《致奈波斯》中，西塞罗高度赞扬恺撒的演说：

　　　　怎么样？你以为那些专门从事雄辩的演说家有谁比他更高明吗？谁的常用词用得更多更巧？谁在言辞方面更华丽更优美呢？（苏维托尼乌斯，《罗马十二帝王传》卷一，章55，张竹明等译，页28）

所以，西塞罗说：

> 看来我肯定很钦佩他的演说辞。我读过好些篇他的演说
> 辞（《布鲁图斯》，章 75，节 262，译自 LCL 342，页 226 -
> 227。参《古罗马文选》卷二，前揭，页 119）。

紧接着，西塞罗就提及恺撒写作自己的事迹报告："他也写关于他自己的事迹报告"（《布鲁图斯》，章 75，节 262，译自 LCL 342，页 226 -227）。西塞罗在这里所说的事迹报告就是恺撒自己谦称的手记（commentarii）。术语"手记"的意思不是"备忘录"，而是"官方报道、记录、记载"，是行省的高级官员送达元老院的官文，向元老院作出解释（commentarii 本身含有"解释"的意思①）和为自己的行为进行辩护的特征明显。严格地讲，恺撒的手记不属于纯文学作品（参朱龙华，《罗马文化与古典传统》，页 118）。然而，对于古典拉丁语文学而言，恺撒的手记和西塞罗的文章，其文笔同样是典范性的。

（一）《高卢战记》

习代岳认为，在担任意大利北部 3 个行省的总督期间，恺撒未经元老院同意，就擅自越境在高卢作战，而且增加军团的数量也未经元老院核定，所以恺撒担心政敌会把这些事情用作指控或告发他的证据。因此，恺撒整理每年呈报元老院的报告，在罗马公开以手抄本的方式发布，以此"驳斥罗马的政敌"，为自己在高卢作战的正当性进行辩护，也借着光辉的胜利来提高自己的声

---

① 参前述的释义书。另参葛恭（Olof Gigon），《柏拉图与政治现实》（*Studien zur Antiken Philosophie*），黄瑞成、江澜等译——《经典与解释》（*Classici et Commentarii*）之《柏拉图注疏集》（*Platonis Opera Omnia cum Commentariis*），刘小枫、甘阳主编，上海：华东师范大学出版社，2010 年。

誉，这就是恺撒写作手记《高卢战记》（*Commentarii de Bello Gallico*）的目的。[①]

　　为了达到这个目的，恺撒在写呈文报告时采用第三人称，以此显示叙述的客观性。在这种似乎客观的叙述中，恺撒力图为自己树立光辉的形象。对外，像他本人在开篇标榜的一样，恺撒是文明和教化的维护者（卷一，章 1，节 3），捍卫罗马在高卢的正当性（卷一，章 45，节 1-3）：严惩敌人，善待友人，所以恺撒以令人愤慨的笔触描述敌邦的道德，例如，严厉谴责阿里奥维司都斯（Ariovistus）的道德。恺撒以友好的笔法描述友邦的道德，例如，把普洛契勒斯（Gaius Valerius Procillus）描写得英勇无比、宅心仁厚（卷一，章 47，节 4），把狄维契阿古斯（Diviciacus）描述得极其忠诚、公正和节制（卷一，章 19，节 2），甚至因此宽恕了他的兄弟杜诺列克斯（Dumnorix）。对内，恺撒以高卢总督的身份严格忠诚于罗马的利益和政策（卷一，章 8，节 3；章 43，节 8；章 45，节 1）。不过，恺撒常常借用罗马的利益为自己做辩护（卷一，章 7，节 4-5；章 10，节 2-3；章 28，节 3-5；章 33，节 2-4），有时甚至把自己的利益同罗马的利益等同起来（卷一，章 12，节 7；章 20，节 5；章 33，节 2；章 35，节 2；章 35，节 4；章 42，节 3；章 43，节 4-5；章 45，节 1）。此外，恺撒还强调自己在谋略和军事上的勤勉以及运道。总之，由于"字字斟酌，干净利索，平实晓畅"，恺撒对自己的赞颂显得不露痕迹。[②]

　　作为每年向元老院呈报的报告，恺撒每年的事迹成为 1 卷，

---

　　① 恺撒等，《恺撒战记》，习代岳译，桂林：广西师范大学出版社，2002 年，前言（习代岳），页 14。

　　② 小马丁（Jr. Hubert Martin）：《高卢战记》卷一中的恺撒形象，李世祥译，见《古典诗文绎读·西学卷·古代编》（下），前揭，页 109-116。

总共写了7年（从公元前58-前52年），所以恺撒写的《高卢战记》总共7卷。

第一卷记述公元前58年的事迹。开篇一节描述高卢的地理和居民的概况：比尔及人（Belgae）、阿奎丹尼人（Aquitani）和凯尔特人（Celtae）或（高卢人）三分高卢地区。其中，高卢人中的赫尔维齐人（Helvetier）最勇武（卷一，章1）。

接着记述与想迁居高卢的赫尔维齐人的战役。在日内瓦谈判（公元前58年3月28日-4月13日）破裂以后，恺撒率领3个军团在阿拉河（Arar）击退赫尔维齐人领导的盟军。赫尔维齐人见势不妙，派狄维果（Divico）来和恺撒讲和，但因为恺撒提出的人质条件得不到满足而破裂。在同列司古斯（Liscus）、杜诺列克斯和狄维契阿古斯进行谈话，安抚好他们以后，恺撒率领4个老军团、两个新军团和全部辅助部队在毕布拉克德（Bibracte）附近与赫尔维齐人盟军展开决战，并最终大获全胜（卷一，章2-29）。

之后记述的是与阿里奥维司都斯领导下的日耳曼人的战争。在全高卢大会上，高卢人向恺撒控诉统治和奴役他们的日耳曼人的国王。于是，恺撒装作高卢人的同盟者，反对在阿里奥维司都斯领导下入侵高卢的日耳曼人联军，维护罗马共和国及其友邦例如爱杜依人（Aedui）的利益。开始时，恺撒就派使者去同阿里奥维司都斯和谈，但是阿里奥维司都斯强硬拒绝。后来在两军对峙时，阿里奥维司都斯才答应同恺撒谈判。恺撒表明罗马的天恩浩荡和同高卢人的友谊，而阿里奥维司都斯则重申自己的勇武和自卫立场。在谈判破裂后，两军展开阵地战。最后，恺撒打败了日耳曼人的军队（卷一，章30-53）。

第二卷记述公元前57年的事迹。由于或者担心罗马人征服全部高卢以后会去征讨自己，或者受到某些高卢人的煽动，比尔及人结盟反对罗马（卷二，章1）。恺撒闻讯后，立即征兵和筹措粮草，然后向比尔及人进军。大兵压境时，比尔及人中没有结盟的雷米人（Remi）立即投降。得知比尔及人集结起来向他自己开来以后，恺撒命令渡过阿克松奈河（Axona）安营扎寨，然后一方面派遣军队去为比勃拉克斯（Bibrax）市镇解围，另一方面又派兵攻击那些企图渡河的比尔及人，迫使比尔及人不得不撤军。在恺撒率军追击的过程中，苏威西翁内斯人（Suessiones）、俾洛瓦契人（Bellovaci）和阿姆比安尼人（Ambiani）相继投降，接着在萨比斯河（Sabis）战役中击败纳尔维人（Nervii），最后攻拔阿杜亚都契（Aduatuci），这就是与比尔及人的战争（卷二，章1-33）。此时，普·克拉苏（Publius Crassus）也已经征服高卢地区的沿海诸邦（卷二，章34）。元老院获悉恺撒的信，决议为这些战役举行15天谢神祭（卷二，章35）。

第三卷记述公元前57至前56年的事迹。在公元前57年回意大利时，恺撒派遣塞维乌斯·伽尔巴（Servius Sulpicius Galba）率领第十二军团和一部分骑兵去讨伐南都阿得斯人（Nantustes）、维拉格里人（Veragri）和塞邓尼人（Seduni），以便打通经过阿尔卑斯山的商路。塞维乌斯·伽尔巴经过几次战斗就征服了这3支人，并与之缔结和约。不过，塞邓尼人和维拉格里人担心罗马人的占领是永久性的，并且认为罗马军队不仅人数少，而且所处的地形不利，所以突袭罗马军队。在奥克多杜勒斯（Octodurus），塞维乌斯·伽尔巴采纳部下的建议，奋勇突围才扭转战局，击退塞邓尼人和维拉格里人的进攻（卷三，章1-6）。

公元前56年，恺撒本想去伊利里库姆（Illyricum）访问那里的部落，但是闻讯文内几人（Veneti）带领高卢各族扣留了普·克拉苏派去征收谷物和给养的指挥官以后，立即赶往普·克拉苏的第七军团驻地。双方都积极备战。文内几人与各族人组成

联军，并到不列颠请求援军。而恺撒一方面造船，另一方面又调
遣军队防止其他部族乘机叛乱或者支援文内几人。在攻取许多市
镇以后，展开了一场海战。海战以罗马人获胜而告终，从而结束
了文内几和整个沿海地区的战事（卷三，章7-16）。与此同时，
萨宾弩斯（Quintus Titurius Sabinus）用计诱使挂免战牌的维里度
维克斯（Viridovix）出战，并一举击溃以文内里人（Venelli）为
首的联军（卷三，章17-19）。大约同时，普·克拉苏进入阿奎
丹尼，首先遭到索几亚德斯人（Sotiates）的骑兵突袭和步兵伏
击。不过，罗马将士英勇杀敌，最终迫使敌人投降。之后，罗马
将士又进军到沃卡德斯人（Vocates）和塔鲁萨得斯人（Taru-
sates）的境内，次日采用夹击的战术战胜了敌人的联军。这次战
役的胜利也迫使阿奎丹尼各族大部分都投降（卷三，章20-27）。
就在这时，恺撒率军去声讨莫里尼人（Morini）和门奈比人
（Menapii）。可是，敌人采取林中游击战。于是，恺撒命令砍伐
树林，并在几天之后截获敌人的牲口和辎重的后队，迫使敌人逃
亡更深的森林（卷三，章28-29）。

　　第四卷记述公元前55年的事迹。首先记述的是苏威皮人
（Suebi）欺凌乌皮人（Vbii）、乌西彼得斯人（Vsipetes）和登克
德里人（Tencteri）的情况（卷四，章1-4）。但是，乌西彼得斯
人和登克德里人又入侵门奈比人，所以恺撒向日耳曼人宣战，在
识破敌人的假求和阴谋以后突袭敌营，并击溃敌军（卷四，章
5-15）。由于乌西彼得斯人和登克德里人的残余部队进入苏刚布
里人（Sugambri）的境内，恺撒派使者去要求苏刚布里人交出对
罗马人和高卢人作过战的日耳曼人，但是遭到了拒绝。于是，恺
撒造桥横渡莱茵河，报复苏刚布里人，威吓乌西彼得斯人和登克
德里人，并且解救了乌皮人，达到目的后就退军拆桥（卷四，
章16-19）。

　　由于在所有的高卢战争中都有不列颠人的支援，于是在夏末恺撒决定远征不列颠。由于商人们把征战计划提前告知了不列颠人，所以恺撒到达不列颠时，到处都是武装敌人，登陆战十分激烈，由于恺撒恰当的指挥才获得胜利。暴风雨破坏了返航的船只，这让已经投降的不列颠人看到了罗马军队的弱点，于是重新开战。尽管敌人使用战车作战，可还是被恺撒率领的军队击败（卷四，章20-36）。恺撒的部下击败叛乱的莫里尼人，把门奈比人赶进了密林。元老院接到恺撒的信以后，颁令举行20天的谢神祭（卷四，章37-38）。

　　第五卷记述公元前54年的事迹。首先记述的是恺撒的第二次远征不列颠（《高卢战记》卷五，章1-23）。在做好战前准备［在巡回审判期间，恺撒命人准备舰队，并使庇鲁斯坦人（Pirustae）臣服；接着恺撒率领4个轻装的军团和八百骑兵，进入德来维里人（Treveri）的领域，调停钦杰多列克斯（Cingetorix）和英度鞠马勒斯（Indutiomarus）的党争；之后恺撒又粉碎杜诺列克斯的阴谋］以后，恺撒率领5个军团和2千骑兵，第二次远征不列颠。登陆未遇抵抗，并击败躲在高地的不列颠人。但是，暴风雨毁坏罗马舰队。在简介不列颠概况（卷五，章12-14）以后，恺撒取得营寨阵地战和泰晤士河渡河作战的胜利，使得德里诺旁得斯人（Trinobantes）、钦尼马依人（Cinimagni）、塞恭几亚契人（Segontiaci）、安卡利得斯人（Ancalites）、别布洛契人（Bibroci）和卡西人（Cassino）臣服，最后在击败肯几姆（Cantium）联军和征服卡西维隆弩斯（Cassivelaunus）以后，回到高卢。

　　接下来记述的是恺撒平定比尔及诸族的叛乱（卷五，章26-58）。尽管恺撒派人捉拿了那些杀害塔司及久斯（Tasgetius）的卡尔弩德斯人（Carnutes），试图杀一儆百，可恺撒担心的事情还是发生了：安皮奥列克斯（Ambiorix）和卡都瓦尔克斯（Ca-tuvolcus）在英度鞠马勒斯的煽动下发动叛乱。由于敌众我寡，副将萨宾弩斯和卢·奥卢库勒乌斯·科塔（Lucius Aurunculeius Cotta）在去留问题上发生争论，最后决定突围，但是遭到失败，并阵亡，部队也几乎被全歼。之后，安皮奥列克斯煽动阿杜亚都契人和纳尔维人进行叛乱。纳尔维人率领大队的联军进攻在兰斯（Reims）的昆·西塞罗（西塞罗的兄弟），并试图劝降，但遭到昆·西塞罗的顽强抵抗和坚决拒绝。于是，高卢人的叛军围困昆·西塞罗的军团。恺撒得信后率领两个军团去解围，并在遭遇战中使用诱敌深入的战术。德来维里人英度鞠马勒斯纠集森农内斯人（Senones）、卡尔弩德斯人、纳尔维人、阿杜亚都契人等，组成的联军攻击拉频弩斯（Titus Atius Labienus）的营寨，但是拉频弩斯闭门不战，然后在敌人麻痹的情况下采用突击战术，一举击败敌人，并杀死了叛军首领英度鞠马勒斯。

第六卷记述公元前 53 年的事迹。由于高卢的叛乱扩大，恺撒集结 4 个军团征讨。在大军压境和军事攻击下，纳尔维人、森农内斯人、卡尔弩德斯人和门奈比人不得不先后求和（卷六，章 1-6）。而拉频弩斯采用诱敌出击的佯逃之计，一举击败德来维里人，迫使敌人投降（卷六，章 7-8）。接着又是两年在高卢各个地区的不懈征战。一方面因为日耳曼人曾向德来维里人派遣援军，另一方面为了切断安皮奥列克斯的退路，恺撒决定渡过莱茵河。苏威皮人被迫撤退到巴钦尼斯（Bacenis）森林（卷六，章 9-10）。在此，比较高卢和日耳曼的习俗。在高卢，爱杜依人和塞广尼人（Seguani）长期争霸。高卢人分为 3 个等级，分别是祭司、骑士和普通平民。高卢人热衷于多神教的宗教仪节（卷六，章 11-20）。而日耳曼人对宗教不热心，狩猎和战争构成他们的全部生活，狩猎的对象主要是厄尔辛尼亚（Hercynia）森林的动物（卷六，章21-28）。恺撒发现苏威皮人退入森林以后，就赶回高卢，与安皮奥列克斯作战。安皮奥列克斯毫无防备，仓皇逃离到厄勃隆尼斯人（Eborones）的领地。住在德来维里人和厄勃隆尼斯人之间的塞叶尼人（Segni）和孔特鲁西人（Condru-si）立即向恺撒表示善意。由于厄勃隆尼斯人的武装力量比较分散，恺撒不想冒险，于是决定让邻族去劫掠这个蛮族。苏刚布里人参与了劫掠，并且得寸进尺，为了罗马军队的财富而突袭昆·西塞罗把守的阿杜亚都卡（Aduatuca）营寨。措手不及的守军顽强抵抗，英勇杀敌，虽然付出了一定的代价，但是仍然让日耳曼人无望而退。恺撒重新出发去骚扰敌人。安皮奥列克斯败逃，而森农内斯人和卡尔努德斯人叛乱的主谋阿克果（Acco）也被明正典刑（卷六，章29-44）。

第七卷记述公元前52年的事迹：镇压维尔辛格托里克斯（Vercingetorix）领导的所有高卢人的民族起义。获悉罗马发生骚乱，高卢人以为恺撒受到纷争的牵制，无法回到军中，于是以争取自由为名策动大叛乱。阿浮尔尼人（Arverni）维尔辛格托里克斯很快成为叛军首领（卷七，章1-5）。恺撒获悉庞培已经稳定罗马局势以后，向外高卢进发，一方面调兵遣将遏制叛乱的扩大，另一方面出其不意地进攻阿浮尔尼人，驰援波依人，并攻下维隆诺邓纳姆（Vellaunodunum）、钦那布姆（Cenabum）和诺维奥洞纳姆（Noviodunum）（卷七，章6-13）。在接连失利的情况下，维尔辛格托里克斯改变战术：切断罗马人的草料和给养的供应。恺撒率军围攻阿凡历古姆（Avaricum），在展开艰难的对峙以后，最终攻占该市镇（卷七，章14-31）。在调停爱杜依人的党争以后，恺撒让拉频弩斯带领4个军团和部分骑兵讨伐森农内斯人和巴里西人（Parisii；巴黎人），自己亲率6个军团和部分骑兵围攻及尔哥维亚（Gergovia）。在阿浮尔尼人的贿赂下，爱杜依人的首领孔维克多列塔维斯让李坦维克古斯策反。但爱杜依人的骑兵厄朴理陶列克斯（Eporederix）向恺撒报告阴谋。恺撒亲率两个军团去拦截叛军，迫使爱杜依叛军投降。不过，李坦维克古斯逃往及尔哥维亚。之后，恺撒驰援留守的卢·法比乌斯（Lucius Fabius）。与此同时，在李坦维克古斯的谎言报告和孔维克多列塔维斯的煽动下，爱杜依人再次叛乱。但是，谎言很快被揭穿。孔维克多列塔维斯表面上向恺撒示好，暗地里却继续策划战争。正当恺撒为了避免受到所有国家包围而打算撤军时，获悉维尔辛格托里克斯派大部分军力去修筑工事，城里空虚。于是，恺撒出其不意地攻城，取得胜利。但是由于部分将士被胜利冲昏头脑，贸然前进，致使他们遭到维尔辛格托里克斯援军的痛击而损失惨重（卷七，章32-52）。在达到挫败高卢人的傲气和鼓舞士兵斗志以后，恺撒进军攻击倒向维尔辛格托里克斯的爱杜依人（卷七，章53-56）。而在攻占巴里西人的卢德几亚（Lutetia）镇和击败俾洛瓦契人以后，拉频弩斯赶往森农内斯人的境内，与恺撒会师（卷七，章57-62）。叛乱的爱杜依人自以为可以因此获得全高卢的领导权。然而，他们的如意算盘在全高卢大会上落空。维尔辛格托里克斯领导高卢各族的联军进攻恺撒，但被击败（卷七，章63-67），退往阿来西亚（Alesia）。恺撒围攻阿来西亚，高卢人新招8千名骑兵和20万名步兵，浩浩荡荡去解围。但是，恺撒指挥得当，罗马人与日耳曼人联军也英勇善战，最终击败高卢人的援军。在解围无望的情况下，阿来西亚的守军被迫请降，并交出维尔辛格托里克斯（卷七，章68-89）。之后，恺撒先后接受爱杜依人和阿浮尔尼人的降服。罗马从恺撒的信中获悉战事的喜讯以后，决定举行20天谢神祭（卷七，章90）。

　　恺撒不放过任何战争借口，战争的对象既有敌对的野蛮民族，也有同盟的民族（苏维托尼乌斯，《罗马十二帝王传》卷一，章24）。在统帅军队的9年里（公元前58－前49年）里，恺撒统一了高卢，合成1个行省。恺撒不仅渡过莱茵河沉重地打击日耳曼人，而且还两次入侵不列颠（《罗马十二帝王传》卷一，章25）。

公元前52年，恺撒把前7年的手记（作战记录）订为7卷发刊。等到第八年（公元前51年）高卢战争结束时，罗马的内战即将爆发，恺撒忙于军政事务，无暇写作，因此这一年向元老院呈递的报告是由最信任的幕僚希尔提乌斯（公元前43年任执政官）撰写的。这就是恺撒的7卷本《高卢战记》的续篇：《高卢战记》卷八（*De Bello Gallico Liber VIII*）。

在《高卢战记》第八卷的前言里，希尔提乌斯不仅阐明了续写的缘起，而且还作为追随者对恺撒进行了评价。

（一）小卢·巴尔布斯（L. Cornelius Balbus），① 你用不断的敦促催逼我，以至于我日复一日地重复的拒绝造成一种印象：与其说我要因为任务太难而请求谅解，倒不如说是我要为我的懒怠请求原谅，（二）我开始了非常困难的行动：写作一篇与恺撒写作的关于他在高卢的战斗事迹的报告有关的文本，因为恺撒的下述作品②与上述作品③衔接不上。我完成了他最后的未竟之作，从亚历山大里亚的战斗直到结束：虽然不是内战的结束——当时还预见不了内战的结束——，但可能一直写到恺撒的生命结束。（三）我只希望，将来的读者能够知道我是多么不情愿撰写这些报道。然后，愚蠢和不自量力的谴责不再那么容易降临我的头上。否则，

---

① 恺撒的亲信，公元前40年任执政官。
② 指恺撒的3卷《内战记》。
③ 指恺撒的7卷《高卢战记》。

我把我的报道插入恺撒的作品中，自己就会遭受谴责。（四）因为所有人都肯定，还没有别人写的作品会如此充满艺术性，以至于会在优美方面超越那些手记。（五）尽管那些手记是为了让书写历史的人不缺乏对如此伟大的战斗事迹的认识而发表的。可按照普遍的评价，它们是那么好，以至于作家们写他的事迹的机会恺撒似乎给了，似乎又肯定没有给。（六）然而，我们对他的事迹的钦佩远远超过其他人的钦佩。因为其他人知道它们是经过好好润色和细致修改的，然而我们知道恺撒写它们多么容易和快速。（七）他不仅具有作家的才华和最优美的文笔，而且还有在明确地阐述他的那些意图方面最丰富的经验（译自《古罗马文选》卷二，前揭，页283-285）。

希尔提乌斯断言，恺撒的《高卢战记》是那么出色，以至于几乎不需要"真正的"史学家进行润色。事实上，公元前46年，就像恺撒努力给予修辞学家西塞罗所有的尊重一样，西塞罗被迫礼待恺撒，索性就反映希尔提乌斯对恺撒的《高卢战记》做出的评价：

他所写的《战记》理应受到赞美，它们简洁明了而又不失优美，没有演说术的堂皇词句的装饰。虽然他的目的在于给那些打算写历史的人提供素材，只是意外地满足了那些想在自己的叙述上翻花样的庸人们的欲望，但他还是使得那些有点头脑的人不敢去涉猎这个题目（见苏维托尼乌斯，《罗马十二帝王传》卷一，章56，张竹明等译，页29）。

尽管如此，《高卢战记》第八卷仍然具有较高的历史价值：

《高卢战记》是唯一一部当事人亲笔记录重大战事活动的著作，不仅记述了公元前51年结束高卢叛乱（《高卢战记》卷八，章1-48），而且还记述了公元前50年恺撒离开高卢行省，返回意大利，同元老院展开政治博弈（卷八，节49-55）。恺撒一方面帮助自己的亲信、军中财务官马·安东尼（Marcus Antonius）当选占卜官，另一方面自荐为公元前48年的执政官候选人（卷八，节50）。为了避开合法的规定，申请的身份是作为前执政官出任的高卢行省总督，而不是罗马的品德败坏的个体公民。基于民意，元老院勉强同意了恺撒成为"缺席登记"的候选人。然而，元老院齐心一致地对付恺撒。当恺撒在罗马的代理人、保民官库里奥（Caius Scribonius Curio）提议恺撒和庞培都放下兵权，解散部队时，遭到执政官和庞培的党羽的阻止（卷八，节52）。事实上，公元前51年，马·马尔克卢斯（Marcellus）已经违反由庞培和克拉苏在元老院提出的《关于恺撒行省的利基尼乌斯和庞培法案》（Lex Liciniae Pompeiae de Provincia Caesaris，公元前55年），① 讨论恺撒行省问题，但是阴谋没有得逞（卷八，节53）。于是，元老院再生一计，决议以安息战争为借口，向庞培和恺撒各抽调1个军团（卷八，节54）。实际上这两个军团都是恺撒的。更不公的是，公元前49年的执政官大盖·马尔克卢斯

① 依据《关于恺撒行省的瓦提尼亚法》（Lex Vatinia de provincia Caesaris），恺撒在高卢的任期至公元前54年3月1日，参 LCL 447，页533。又依据公元前52年平民大会的决议，恺撒可以将行省总督的任期延长5年，直到公元前49年3月1日，并可以在缺席的情况下成为执政官候选人。不过，这遭到以庞培为首的元老院强烈反对。在庞培的推动下，通过两个对恺撒有害的法律，其中，关于执法官任职问题的法律规定，候选人必须亲自到罗马作陈述，而关于行省官职问题的法律规定，在行省官职与罗马城官职之间需要有5年的间隔期。根据《关于恺撒行省的利基尼乌斯和庞培法案》，在5年任期届满以前禁止谈论恺撒的接班人问题，参格罗索，《罗马法史》，页227-228。关于恺撒的指挥权，公元前51年庞培同意等到公元前50年3月1日再决定，参罗森，《西塞罗传》，页227。

（C. Marcellum）竟然将两个军团都交给庞培。尽管如此，恺撒还是顾全大局，忍耐着希冀合法解决，于是向元老院发出最后通牒（卷八，节55）。实际上这就是内战前夕。

（二）《内战记》

虽然罗马共和国时期发生的3次内战①都与恺撒有关，但是恺撒在手记《内战记》（commentarii de bello civili）里仅仅记述了第二次内战的部分史实：时间范围局限在公元前50年12月17日至前48年8月21日之间。②

恺撒的《内战记》总共3卷。其中，第一卷记述内战前夕的罗马政局、③恺撒进军意大利、在布隆迪西乌姆和马西利亚、伊莱尔达之战和追击作战。第二卷记述围攻马西利亚、平定西疆和阿非利加失利。第三卷记述恺撒渡海东进希腊、伊庇鲁斯的绥靖行动、围攻迪拉基乌姆、恺撒败走、法尔萨洛斯会战和恺撒在亚历山大。

―――――――――

① 第一次内战发生于公元前87至前81年，战争的双方是代表民众派的马略和代表贵族派的苏拉，结果以苏拉的胜利而告终；第二次内战发生于公元前49至前45年，战争局面是"前三头（triumviri）"争雄，但是主要的竞争对手是打着民众派旗号的恺撒和表面上拥护元老院贵族派的庞培，结果恺撒获得了最终的胜利；第三次内战发生于公元前40至前30年，战争局面是"后三头（secundi triumviri）"争雄，但是主要的竞争对手是屋大维和安东尼，结果恺撒的继承人屋大维成为笑到最后的胜利者。

② 恺撒，《罗马内战回忆录》（The Rome Civil Wars），王立言译，北京：中国画报出版社，2017年，页1–152。

③ 很有趣的是把《内战记》的开篇（《内战记》卷一，章1–11）与同时期的西塞罗的书信［《致亲友》卷十六，封13（11），公元前49年1月12日］进行比较。公元前49年1月4日西塞罗抵达罗马城外，发现自己陷入内战。他感到双方都有人希望开战，这些人的激情妨碍了他的调解。他的朋友恺撒亲自写了一封尖锐而具有威胁性的信给元老院，无耻地表明他要违背元老院的意愿保留他的军队和行省。库里奥推动他前进。在元老院向执政官、裁判官和保民官以及作为前执政官出任的行省总督向我们分派任务使国家免受损害以后，我们的朋友安东尼和卡西乌斯同库里奥一起逃向恺撒。

　　第一卷又分为 5 个部分。第一部分记述内战前夕的罗马政局
(《内战记》卷一，章 1-6)。公元前 49 年初，因负债累累而心
存私心的执政官伦图卢斯·斯平特尔主持元老院会议，讨论身在
高卢的恺撒送来的最后通牒：恺撒可以辞去高卢总督的职务，但
是庞培也要放弃西班牙的军事指挥权，否则，恺撒将采取行动保
护自己的权利，维护国家的安定。尽管在保民官的强烈抗议和努
力下，信的内容得以在元老院宣读，可是元老院会议在执政官的
操纵下，破天荒地剥夺保民官的否决权，通过了庞培的岳父墨特
卢斯·斯基皮奥 (Quintus Caecilius Metellus Pius Scipio Nasica;
阿庇安，《罗马史》下册，卷十四，章 4，节 24)① 的提案：恺
撒必须在指定的日期前解散军队，否则被视为反对政府，企图叛
乱。而驻扎在罗马城外的庞培也顺水推舟，试图用挑起战争来解
决问题。最终元老院颁布的《最终敕令》(Senatus Consultum Ul-
timum) ——"执政官、裁判官、保民官和位于城市附近的前执
政官，应采取行动使国家免于危难"——标志着谈判的彻底破
裂，内战一触即发。

　　第二部分记述恺撒进军意大利 (卷一，章 7-23)。得知自己
的请求遭到元老院拒绝以后，恺撒率领他的第十三军团，跨越卢
比孔河 (恺撒管治的行省与意大利的界河)，并且占领了阿里弥
努姆 (Ariminum)，今里米尼 (Rimini)。庞培派使者与恺撒和
谈，但是因为没有诚意而失败。恺撒进军攻占伊古维乌姆 (Igu-
vium) 和奥克西穆姆 (Auximum)。罗马执政官伦图卢斯·克鲁
斯 (Lucius Cornelius Lentulus Crus) 和大盖·马尔克卢斯闻风而
逃。而庞培则在前一天就前往卡普亚与部队会合。恺撒率领两个
军团 (包括来会合的第 12 军团)，剑指阿斯库卢姆 (Asculum)，

---

① 墨特卢斯·斯基皮奥是墨特卢斯·皮乌斯的养子，庞培的岳父。

而伦图卢斯·斯平特尔（Lentulus Spinther）弃城而逃。恺撒剑指阿赫诺巴布斯守卫的科菲尼乌姆（Corfinium）。在占领苏尔摩（Sulmo）和第八军团来会合以后，展开围城。在得不到庞培增援的情况下，守城将士不得不向恺撒投诚。

第三部分主要记述恺撒在布隆迪西乌姆和马西利亚（卷一，章 24-36）。获悉科菲尼乌姆失陷，庞培败走布伦狄西乌姆。恺撒带领 6 个军团（其中有 3 个新编军团）进军围城，并派斯克里博尼乌斯·利博（Scribonius Libo）去同庞培和谈。但是，庞培以执政官不在为由，拒绝任何磋商。在恺撒围城的情况下，庞培悄悄地离开意大利，城里军民投诚。恺撒派库里奥带领两个军团进军西西里，派副将瓦勒里乌斯（Valerius）带领一个军团进军撒丁岛（Sardinia），都不战而胜。完成布置以后，恺撒前往罗马，在元老院发表演说，声名自己受到的不公待遇，并提出与庞培磋商的建议。在得不到支持以后，恺撒到山外高卢去。马西利亚抗拒恺撒，接纳庞培的部下多弥提乌斯·阿赫诺巴布斯。心痛的恺撒带着 3 个军团到达马西利亚，并命令特雷波尼乌斯（Gaius Trebonius）围攻马西利亚。

第四部分记述伊莱尔达（Ilerda）之战（卷一，章 37-58）。为得先机，恺撒派遣盖·法比乌斯（Gaius Fabius）带领 3 个军团进军西班牙。在伊莱尔达，两军对峙。在近西班牙，有阿弗拉尼乌斯的 3 个军团、佩特雷尤斯的两个军团、80 个支队的地区协防军和来自行省的 5 千名骑兵。而恺撒的兵力是 6 个军团、5 千名地区协防军和 3 千名骑兵。两军进行前哨战斗，互有胜负。两天后，洪水冲断桥，恺撒困守，外援断绝，并且缺乏粮草。在困局下，恺撒下令建造船只，出其不意地攻占河边的小山，然后从两岸建桥，两天就打通封锁通道，解决了粮食补给问题。接着，恺撒派遣骑兵主力渡河，奇袭敌军的征粮队。在此期间，布鲁图斯采用近距离的肉搏战策略，在海战中击败马西利亚人的舰队。

第五部分记述追击战（卷一，章59-87）。桥梁的架设扭转了伊莱尔达的战局。获悉海战捷报时，恺撒已经获得优势。在此期间，部族归降恺撒，甚至敌人的地方协防军也改旗易帜。阿弗拉尼乌斯和佩特雷尤斯考虑到恺撒的骑兵强大，害怕粮草遭到切断，不得不把战争转移到克尔提贝里亚（Celtiberia）。恺撒派骑兵徒涉渡河，去袭扰和阻挠敌军的行军。应军团的出战要求，恺撒率领步兵徒步涉水，渡过西科里斯河（Sicoris），追击敌军。两支疲劳之师展开对峙。阿弗拉尼乌斯寻求摆脱恺撒的军队，而恺撒力图抢占关隘，对敌军形成前后夹击之势。将士要求出击，但恺撒只是切断敌军粮食供应，还从阵地后撤少许，希望达到不战而胜的目的。阿弗拉尼乌斯的军心动摇。尽管佩特雷尤斯出面干涉，并要求将士效忠庞培，可协防军和盾牌兵还是逃往恺撒的军营。阿弗拉尼乌斯粮草断绝，只得回师伊莱尔达，但是遭到恺撒军队的尾随骚扰，不时还发生各种小冲突。接着，两军摆出会战的架势。但是，恺撒不想主动出击。最后，阿弗拉尼乌斯陷入粮断援绝的困境，不得不与恺撒协商投降事宜。恺撒接受投降，并遣散庞培的军队。

第二卷分为3个部分。第一部分记述恺撒的副将特雷博尼乌斯围攻马西利亚（《内战记》卷二，章1-16）。在恺撒进攻近西班牙的同时，特雷博尼乌斯督导军团修筑工事，围攻马西利亚。在此期间，庞培派那西狄乌斯（Lucius Nasidius）率舰队前来解救。马西利亚人重新树立信心，作为庞培海军的右翼加入第二次海战。尽管马西利亚人奋勇战斗，可是由于自己的船只相撞，而那西狄乌姆的舰只不但不协助，而且很快从战场撤退，最终还是被德基姆斯·布鲁图斯领导的海军击败。特雷博尼乌斯修建小而低的盾车和巨大的攻城砖塔。攻城塔打垮敌军的防御工事。马西利亚人乞求在恺撒到来以前签订休战协议。副将接受敌军的恳求。双方签订一份非正式的停战协议。然而，马西利亚人只是用诡计争取时间寻找机会。几天以后，见恺撒的军队放松戒备以后，马西利亚人突然冲出城门，焚毁攻城塔等围城设备和器具。不过，特雷博尼乌斯仅仅花费几天时间就迅速地重建围城工程，完全出乎敌人的意外。马西利亚人被重新包围，直到后来投降。

第二部分记述平定远西班牙（卷二，章 17－22）。瓦罗在远西班牙征兵，编成两个军团和30个协防军支队，为在近西班牙作战的庞培军送粮食，修战船，抨击恺撒，迫使行省效忠于庞培，抗拒恺撒。恺撒派保民官卡西乌斯（Quintus Cassius）带领两个军团到远西班牙，自己则在行前召开科尔杜巴（Corduba）会议，得到瓦罗的行省人民的支持，而且引起瓦罗的部队哗变，纷纷向恺撒投诚。在军民的共同反对下，瓦罗只得送信求降。犒赏科尔杜巴各阶层以后，恺撒又到加德斯下令把财物归还海格立斯神庙，到塔拉科（Tarraco）论功行赏，然后前往纳尔波，再到马西利亚。马西利亚见势不妙，只好乖乖地投降。而庞培派来的将领多弥提乌斯乘船逃走。获悉罗马通过法律推举独裁官，自己由裁判官雷必达提名以后，恺撒动身回到罗马。

第三部分记述阿非利加的失利（卷二，章 23－44）。库里奥进军阿非利加，初期所向披靡，尽管努米底亚国王尤巴（Juba）增援瓦鲁斯。但是，后来库里奥轻敌冒进，人困马乏的追兵陷入萨普拉（Saburra）领导的努米底亚援军的包围中。库里奥无颜见恺撒，不肯撤离，最后战死，军队惨败。向瓦鲁斯投降的将士大多数也被尤巴杀死。

第三卷分为 6 个部分。第一部分记述恺撒渡海东进希腊（卷三，章 1-22）。恺撒以独裁官的名义主持选举，与普·塞维利乌斯（Publius Servelius）一起合法地当选公元前 48 年的执政官，然后指派仲裁人处理债务问题，要求裁判官和保民官在公民大会上提出法案为无罪者平反。处理完罗马事务，辞去独裁官以后，恺撒出发到布隆迪西乌姆，并下令 12 个军团和骑兵在那里集结。置身于战争之外的庞培从亚细亚等国集结一支强大的舰队、他的 9 个罗马军团和墨特卢斯·斯基皮奥（参格兰特，《罗马史》，页 187）的两个叙利亚军团，为战争作准备。公元前 48 年 1 月 4 日，恺撒率领 7 个军团乘船东渡，次日在阿克罗塞劳尼亚（Acroceraunia）登陆。当晚，恺撒派副将卡勒努斯带领舰队回航搭载其余部队东渡，但被拦截 13 艘船只。马·屋大维（Marcus Ocatavius）率领舰队围攻萨洛那（Salonae），遭到守军顽强抵抗，在损失严重以后放弃围城，到迪拉基乌姆与庞培的大军会师。恺撒让手下败将维布利乌斯（Lucius Vibullius Rufus）向庞培传达和平建议，但是维布利乌斯却不传达恺撒的和平主张，而把恺撒的进展通报庞培。庞培的戒心增强，向阿波罗尼亚赶去。由于人民的支持，恺撒顺利地占领奥里库姆和阿波罗尼亚。之后，双方都向迪拉基乌姆进军，并在阿普苏斯（Apsus）河两岸隔河对峙。卡勒努斯率领的运输船从布隆迪西乌姆起航，但遭敌舰封锁。不过，庞培的舰队也因为恺撒的军队与大陆隔绝，困苦不堪，只得请求休战。恺撒到奥里库姆与庞培的将领和谈。由于敌将没有诚意，休战会议无疾而终。比布卢斯病死以后，双方派人直接和谈，也不欢而散。而在罗马，裁判官凯利乌斯（Marcus Caelius Rufus）兴风作浪。不过，最后恢复平静。

第二部分记述伊比鲁斯的绥靖行动（卷三，章 23－38）。利博用舰队封锁布隆迪西乌姆，遭到安东尼力拒，只有放弃封锁。安东尼领军渡海，克服重重困难，在迪拉基乌姆北面登陆。恺撒前来接应。为了避免遭到腹背夹击，企图伏击安东尼的庞培只好退回阿斯帕拉吉乌姆（Asparagium）。在这个时期，墨特卢斯·斯基皮奥在行省倒行逆施，并奉命前去和庞培会师。恺撒应邀派卡西乌斯·朗吉努斯（Lucius Cassius Longinus）和卡尔维西乌斯（GaiusCaluisius Sabinus）分别去保护塞萨利（Thessaly）和埃托里亚（Aetoria），又派多弥提乌斯（Gnaeus Domitius Calvinus）向马其顿进军。卡尔维西乌斯赶走了庞培的城防队。多弥提乌斯为卡西乌斯·朗吉努斯解围，并成功地牵制墨特卢斯·斯基皮奥的军队。

第三部分记述迪拉基乌姆的围攻（卷三，章39-74）。庞培之子在奥里库姆烧毁恺撒的舰队，而恺撒切断庞培与迪拉基乌姆的交通线，并用野战工事围困庞培。庞培也修堡垒来对抗。双方连续不断地展开争夺阵地的前哨战，各有胜负。恺撒军队缺粮，但庞培缺水，并在争战中失利。卡勒努斯奉恺撒之命，向阿卡亚进军，接受一些城镇的投降，并派使者去劝降其他城镇。在此期间，恺撒派克洛狄乌斯到马其顿见墨特卢斯·斯基皮奥，不过传达的和平建议遭到拒绝。庞培缺乏粮草，急需突破封锁线。此时，高卢骑兵两兄弟因为受到恺撒的指责而背叛，投靠庞培。庞培利用高卢兄弟透露的军事情报，成功地突破恺撒的封锁。恺撒军队伤亡惨重，不得不放弃包围庞培，将部队集结在一起，并鼓励将士继续奋斗。

第四部分记述恺撒败走（卷三，章75-84）。恺撒退回阿斯帕拉吉乌姆，庞培尾随。恺撒又前往阿波罗尼亚，后来在埃吉尼乌姆（Aeginium）附近与恺撒会师。恺撒的大军进攻戈姆菲（Gomphi）。城守哗变，拒绝恺撒进城，最后被摧毁。墨特罗波利斯和塞萨利亚的城镇（除拉里萨被斯基皮奥控制外）先后归顺恺撒。几天以后，庞培来到塞萨利亚，认定胜券在握。

第五部分记述法尔萨洛斯会战（卷三，章85-105）。恺撒佯撒，诱使庞培离开有利的地形。然后，两军在法尔萨洛斯展开会战。庞培认真部署。恺撒也调兵遣将。恺撒向士兵讲话，鼓舞士气。由于恺撒指挥得当，庞培军队抵挡不住恺撒军队一波又一波的进攻。庞培只好退守防避。恺撒乘胜追击。庞培逃往拉里萨。占领庞培的营寨以后，恺撒又追击庞培的残余部队。被拦截的残余敌军只好求降，并得到恺撒应允。在法尔萨洛斯会战中，恺撒虽然损兵折将，但是击败了庞培的主力部队。这时候，庞培的舰队在布隆迪西乌姆和西西里的海上采取行动，但无功而返。恺撒追捕庞培，不给庞培喘息和东山再起的机会。庞培逃到埃及的佩卢西乌姆（Pelusium），被托勒密王朝国王指使手下诱杀在一条小船上。

　　第六部分记述恺撒在亚历山大里亚（卷三，章 106-112）。恺撒追至亚历山大里亚，听闻庞培死讯。在整编庞培的军队以后，恺撒试图调解托勒密王朝小国王与姐姐克里奥佩特拉的皇室纠纷，并依据与托勒密小国王之父的盟约要求解散双方的军队。小国王的老师波提努斯（Pothinus）表示不满，让杀死庞培的军官阿基拉斯（Achillas）率领从佩卢西翁秘密调遣来的大军直奔恺撒所在的亚历山大里亚。而恺撒指挥兵力较少的军队，顽强战斗，并处死始作俑者波提努斯。从此，亚历山大里亚战争爆发。

　　总之，《内战记》以自我表白为主基调，强调恺撒打内战的目的：

　　　　不为毁灭敌人，而是以最少的流血来平息内乱，解放罗马人民（见李雅书、杨共乐，《古代罗马史》，页355）。

（三）《恺撒战记》

除了恺撒的 7 卷《高卢战记》和 3 卷《内战记》以及希尔

提乌斯补写的《高卢战记》第八卷，记述恺撒战斗事迹的还有《亚历山大里亚战记》(*De Bello Alexandrino* 或 *Bellum Alexandrinum*)、《阿非利加战记》(*Bellum Africum* 或 *De Bello Africo*) 和《西班牙战记》(*De Bello Hispaniensi* 或 *Bellum Hispaniense*) 各一卷。这5部作品统称《恺撒战记》。

《亚历山大里亚战记》记述公元前48年8月21日至前47年8月2日的战事。但是，这部战记叙述的内容不仅有亚历山大里亚战役和在埃及的战事（章1-33），而且还包括在东方行省的战事（章34-41；65-78）、在伊吕里库姆的战事（章42-47）和在远西班牙的战事（章48-64）（参恺撒，《罗马内战回忆录》，页153-208）。《亚历山大里亚战记》叙事平铺直入，文笔清晰明确；构思精巧，不但妥善安排主要情节，而且力求戏剧效果；不仅叙述史实，而且有时也追根溯源，探寻动机和陈述己见。因此，有学者认为，在非恺撒写的3部战记中，《亚历山大里亚战记》的文学价值最高。

《阿非利加战记》记述公元前47年10月23日至前46年4月14日的战事，包括战备（章1-6）、卢斯比那（Luspina）附近作战（章7-36）、乌兹塔（Uzitta）附近作战（章37-66）、阿伽尔（Aggar）附近作战（章67-78）、塔普苏斯（Thapsus）会战（章79-86）和阿非利加的绥靖工作（章87-98）（参恺撒，《罗马内战回忆录》，页209-272）。日期记载正确。忠实反映部队的观感。评论中立。对四周发生的状况有敏锐的观察力，但无法与恺撒直接接触，无法了解统帅的意图。缺乏正确的历史观，常常避重就轻。字里行间充满对恺撒的盲目崇拜。记载有道听途说之嫌。文笔很特殊，运用的词汇包括希腊语和口语。在句法结构方面，流于粗陋，甚至在很多地方不讲文法规范。整体而言，风格清新，比《亚历山大里亚战记》的作者更具有积极的进取心。

《西班牙战记》记述的内容是西班牙战事，包括事变肇始（章1-5）、围攻阿特瓜（Ategua）（章6-19）、乌库比（Ucubi）附近的作战（章20-26）、蒙达（Mundane）会战（章27-31）和远西班牙的绥靖（章32-42）（参恺撒，《罗马内战回忆录》，页273-302）。在非恺撒写作的3部战记中，《西班牙战记》最没有文学价值，其价值在于为残杀最血腥的西班牙战争留下了史料：公元前45年，恺撒在西班牙打败了庞培的两个儿子（苏维托尼乌斯，《罗马十二帝王传》卷一，章35）。

在5部《恺撒战记》中，7卷《高卢战记》和3卷《内战记》是恺撒写作的，《高卢战记》第八卷是恺撒的亲信希尔提乌斯所写作的，这是没有争议的。但是对于《亚历山大里亚战记》（1卷）、《阿非利加战记》（1卷）和《西班牙战记》（1卷），学界一直没有定论。古罗马传记作家苏维托尼乌斯认为，它们的作者不清楚：

> 一些人认为是欧比乌斯，另一些人认为是希尔提乌斯（《罗马十二帝王传》卷一，章56，张竹明等译，页29）。

后者似乎更为可信，因为一方面希尔提乌斯有过记述恺撒的战斗事迹的经验，另一方面恺撒本人也曾说过（希尔提乌斯，《高卢战记》卷八，前言）：

> 我自己不曾有机会亲自参加亚历山大里亚和阿非利加战役。那些战役的一部分情况我是直接从恺撒本人的谈话中得知的；但是我们在听新奇动人、使我们着迷的事情时，与听将要记述下来作为将来印证的事情时，注意方面总是有所不

同的。①

　　不妨由此推断，希尔提乌斯由于没有亲自参加这些战役，但是为了写作恺撒的战斗事迹而不得不去了解关于这些战役的情况，其中包括直接向恺撒本人了解。而且这些话语的语境是上下文都在把他自己的作品同恺撒的作品进行比较。这就更使我们有理由相信它们的作者就是希尔提乌斯，尽管在这里他没有提及西班牙战役。

　　习代岳从《恺撒战记》看出了恺撒的将道："统御领导和指挥的一元化"、"绝对攻势主义"、"高明的攻略指导和战略运用"和"战争工具的创新和发展"。此外，在有关部将的培养和选用、建立阵中勤务制度、情报的掌握、地形的运用、部队的机动速度、冒险犯难的精神、士气的提升和维持、军队补给和粮食供应、对部下福利的重视以及部队训练等方面，恺撒都有独到的见解和创意。

　　（四）其他作品

　　恺撒还留有《论类比》（*De Analogia*，2 卷）、演说辞《反小加图》（*Anticatones*）和诗《旅行》（*Iter*）（苏维托尼乌斯，《神圣的尤利乌斯传》，章 56）。其中，《论类比》是公元前 54 年恺撒在翻越阿尔卑斯山，巡回审判山南高卢后、返回自己军队时写的，是一部争论性的作品，是对公元前 55 年西塞罗发表的《论演说家》的回应（弗隆托，《论帕提亚战争》，节 9）。西塞罗主张在演说辞中使用新奇、罕见的词语，而恺撒主张语言要简洁（συντομία）、明晰（σαφήνεια）。

　　《反小加图》成于蒙达战役前后，更确切地说，公元前 45 年，是对西塞罗《小加图颂》的回击。昆体良高度评价恺撒：

----

①　见恺撒，《高卢战记》，任炳湘译，北京：商务印书馆，2008 年，页 209。

　　他具有如此巨大的力量，如此机敏的智慧，能如此强烈地激动人心，以至于他似乎怀着如此巨大的热情讲演，有如进行战斗一样，并且所有这些都具有一种特有的雅致（《雄辩术原理》卷十，章 1，节 114，王焕生译，见王焕生，《古罗马文艺批评史纲》，页 222。参 LCL 127，页 314 及下）。

　　而《旅行》是从罗马去远西班牙的 24 天行军路上写的。此外，恺撒的传世之作还有一些书信。有的是写给元老院的公函——恺撒大概是第一个以书籍的形式写报告的人，有的是写给西塞罗的书信，有的是致友人谈论家务的信件。在密信中存在一些暗号，需要改变字母顺序才能读懂信中的内容。

　　此外，在青少年时期恺撒写有诸如《赫库利斯的功勋》（*Laudes Herculis*）、肃剧《俄狄浦斯》（*Oedipus*）和《名言集》（*Dicta Collectanea*）之类的小册子。不过，后来奥古斯都在写给图书馆总监庞培·马克尔（Pompeius Macer）的信中禁止出版这些作品（苏维托尼乌斯，《罗马十二帝王传》卷一，章 56），因为这有损恺撒被尊奉为神的威望。譬如，有些书信是恺撒写给情妇的。

　　三、历史地位与影响

　　沃格林认为，恺撒的灵魂渗入了历史的本质中，因为恺撒不仅在短短的 5 年间（公元前 49－前 44 年）用行动实现了帝国和统治权的神话，而且还把世界变成了他的 res privata（个人财产，个人事务）。恺撒的个性很宽广：

　　他兼有阿尔基比亚德（Alcibiades）的不义和一位罗马将军的可靠，他有着政治家控制暴民时的阴谋诡计，也有着受他同辈人尊敬的伟大灵魂，人们甚至建立了一所神庙以纪念他那仁厚而伟大的灵魂；他是一流的谋略家和战术家，同时作为记录者，他把自己发动的战争留在了古文献里；他证明自己能够征服世界，同时他开始显示自己管理这个世界的能力。他犯下的一个错误却证明了他的伟大，也证明了他的胜利不是得自于像后来屋大维这样的庸人所具有的狡诈：他过高地估计了他那些追随者的品行。他自己完全清楚当时的状况是怎样的，以及他在这样的情况下唯一能干的是什么。他同时代的人是非常实际的，这种实际为这个征服的世界带来了许多技术性的细节，正是这些细节中产生了一种帝国的态度，但这也使得这种实际具有了一丝反讽的色彩，罗马在军阀的军事混战中瓦解，元老院已经无法控制这些军阀了，而恺撒知道，他按照秩序进行统治，对于这个破碎的罗马意味着什么；但是，他没有换一个角度想一想：某个人的心胸会如此狭窄，而且会如此愚蠢，竟然杀害了他。他被他最亲近的伙伴谋杀了，而正是他塑造了这个人（见沃格林，《希腊化、罗马和早期基督教》，页177及下）。

这里的"这个人"指恺撒曾认定的第二继承人布鲁图斯。即便是他最近的敌人西塞罗也不得不承认恺撒的伟大（西塞罗，《反腓力辞》篇2）：

他有着天赋，有着精明，有着极佳的记忆力，有着文学的才能，有着勤奋，有着思想，有着细致；在战争中他的所作所为是伟大的，尽管这对国家来说是不幸的；憧憬了多年的王权，他通过极大的努力，冒着极大的危险成就了他的目的；他用宏大的场面、高耸的建筑、慷慨的施舍、丰盛的宴

饮，安抚了常被人忽视的群体；用奖赏安抚了与他同甘共苦
的随从；用仁厚安抚了他的对手；总之，他已经把恭顺的习
惯带入了一个自由的社会——部分靠着威吓，部分靠着忍耐
（见沃格林，《希腊化、罗马和早期基督教》，页178）。

这里的"对手"包括西塞罗本人。总之，沃格林把恺撒当
作统治权的化身，"完美主宰者"，即使是罗马的皇帝、后来欧
洲历史中的伟大历史人物，直到腓特列二世和拿破仑，也都处在
恺撒的阴影之下。马基雅维里在《君主论》里把恺撒列入历史
上5位王者（《君主论》，章14）：

> 亚历山大大帝效法阿基里斯，恺撒效法亚历山大，西奇
> 比奥效法居鲁士。[①]

恺撒的作品在西方世界自古以来都有很高的评价。科瓦略夫
认为，恺撒的文体特色是十分简单清楚。恺撒不使用任何修辞上
的装饰，特别是不使用有格律的语言。恺撒的语言成为"黄金
拉丁语的典范"，尤其是《高卢战记》是学习拉丁文主要的教
材，具备简洁（συντομία）、明晰（σαφήνεια）和优雅的3大特
点（《古代罗马史》，页604）。

不过，波利奥认为，恺撒的手记写得既不认真，又缺乏真实
性，因为关于许多别人做的事恺撒太轻信他们自己说的，而关于
许多他自己做的事则遭到篡改，不是有意的，就是由于记不清
（苏维托尼乌斯，《罗马十二帝王传》卷一，章56）。尽管如此，

---

① "阿基里斯"即阿喀琉斯，"西奇比奥"即斯基皮奥。参《古典诗文绎读·
西学卷·古代编》（下），前揭，页109。

我们还是不得不承认，《恺撒战记》开创了战史著述的先河。

歌德认为："罗马史对我们来说已不合时了。我们已变得很人道，对恺撒的战功不能不起反感"（1824 年 11 月 24 日）。尽管如此，恺撒战记在德国仍有市场。譬如，恩格斯（Friedrich von Engels，1820‑1895 年）的《家庭、私有制和国家的起源》（*Der Ursprung der Familie*, *des Privateigentums und des Staats* 或 *The Origin of the Family*, *Private Property and the State*，1884 年）中大量引用《高卢战记》，他的《马尔克》（*Die Mark*，1882 年）、《论日耳曼人的古代历史》（*Zur Urgeschichte der Deutschen*，1881‑1882 年，参《马克思恩格斯全集》卷19）等也都把恺撒的《高卢战记》当作重要的参考文献!

英国文学大师萧伯纳（George Bernard Shaw，1856‑1950 年）最赏识拉丁文学名著中的《高卢战记》，认为开卷第一句"高卢全境分为三部分""虽无风趣、又乏实据，但它至少是简单明白，人人都懂"。

第三节 真正的史书：撒路斯特①

一、生平简介

公元前86 年（汉昭帝始元元年），撒路斯特（Gaius Sallusti-

---

① LCL 116，页30 以下；LCL 113，页48 及下和158 及下；LCL 127，页306 及下；撒路斯特，《喀提林阴谋·朱古达战争》，附西塞罗：《反喀提林演说》4 篇；王以铸：撒路斯特及其作品，页3、6、10‑12、17 及下和43 以下；《撒路斯特与政治史学》，前揭，页101、136 和163‑165；编者前言，页2 及下；《古罗马文选》卷二，前揭，页90、104、121、150 和348 以下；王焕生，《古罗马文学史》，页152 及下和221；王焕生，《古罗马文艺批评史纲》，页270 和273；李雅书、杨共乐，《古代罗马史》，页355 以下；曼廷邦德，《拉丁文学词典》，页231 和251。

us Crispus）出身于萨比尼地区阿弥特尔努姆（Amiternum）的骑士家庭。贵族子弟撒路斯特在罗马接受良好的古典文学教育，曾拜师在罗马的著名希腊学者腓洛洛古斯（Lucius Ateius Praetexta-tus Philologus）。依据苏维托尼乌斯，撒路斯特从这位老师那里获得全部罗马史的提要（《文法家传》，章10）。[①]

在仕途上，公元前54年，撒路斯特曾担任过财政官。公元前52年，撒路斯特当保民官，作为西塞罗的对手积极参与当时的政治大讨论。在政治方面，撒路斯特亲近平民派和恺撒。由于批评庞培，撒路斯特遭到庞培的获释奴列奈乌斯（Lenaeus）的猛烈抨击（苏维托尼乌斯，《文法家传》，章16）。由于与弥洛的妻子、独裁官苏拉的女儿法乌斯塔（Fausta）私通，并被弥洛当场抓获，公元前50年，撒路斯特被监察官阿皮乌斯·普尔策（Appius Claudius Pulcher）逐出元老院，逃往高卢地区恺撒的营地。公元前49年，撒路斯特被恺撒任命为财务官，又重新进入元老院。内战爆发以后，撒路斯特站在恺撒一边，并且率领1个军团在伊利里库姆与庞培作战。在军事行动中，撒路斯特有时获胜，有时失败。譬如，公元前48年，撒路斯特败在屋大维和斯克里博尼乌斯·利博的手下。亚历山大里亚战争时，撒路斯特在阿非利加任裁判官，为恺撒招募军队，筹措粮饷。胜利（公元前46年）以后，撒路斯特以前执政官（Proconsul）的身份统辖新阿非利加（Africa Nova）。公元前45年，撒路斯特返回罗马。之后，由于勒索（extorsio）下属，撒路斯特遭到起诉。不过，由于恺撒的影响，撒路斯特躲过了审判，即"获准退休，无需面对势在必行的定罪"。

---

① 撒路斯特，《喀提林阴谋·朱古达战争》，附西塞罗：《反喀提林演说》4篇；王以铸：撒路斯特及其作品，页3。

在恺撒遇刺以后，由于失去靠山，撒路斯特被迫完全退出政治。就在恺撒死亡那年，"对权势争斗心生厌倦"的撒路斯特"把退修共和国纪事当成了自己真正的政治事业"，在萨宾地区的花园别墅开始从事写作，转而成为纪事书作家。这个纪事书作家用最严格的道德标准，衡量上个世纪的大事件、他笔下的有影响的人和平民派。

公元前 35 年（汉元帝建昭 4 年），撒路斯特逝世。

二、作品评述

退出政坛以后，撒路斯特虽然"决心从此再也不参与政治生活"，但是也不愿饱食终日，无所事事，或者在农耕和狩猎中消磨时光，决心回到过去想往的志愿上来，"以语言文字服务于国家"：撰写罗马人民的历史，记述那些值得后人追忆的事件（《喀提林阴谋》，章 3 - 4）。于是，在余生的近 10 年里，撒路斯特写下两部专史《喀提林阴谋》（*Bellum Catilianae*）或《喀提林暴乱记》（*De Coniuratione Catilinae*）、《朱古达战争》（*De Bello Iugurthino* 或 *Bellum Iugurthinum*）和一部亲身经历的当代史《历史》（*Historiae*）。

（一）《喀提林阴谋》

第一部纪事书《喀提林阴谋》写于约公元前 43 至前 42 年，[①] 是关于喀提林阴谋（公元前 63 年）的 1 部专史。

《喀提林阴谋》总共 61 章，分成 6 个部分。第一部分即前 4 章，主要记述作者的写作缘起。撒路斯特意识到，自己年轻时错误地认为"只有尽心于某一职责，想通过光荣的行迹或崇高的事业取得声誉"的人才没有白活并且充分发挥了自己的才能，

---

① 或为公元前 41 年，参王焕生，《古罗马文学史》，页 152。

所以"由于爱好而投身于政治活动"，由于"年轻软弱"而"误入歧途并被野心所控制"，在虚荣心驱使下"干出了不光彩和嫉恨别人的事情"。已经在反思的撒路斯特现在认识到人生短暂，更加看重精神的力量，认为寻求名誉要用与诸神共有的智慧力量，"只有崇高的德行才是光荣的和不朽的财富"，而且无论在战争时期还是和平时期都有成名机会，"为国家干一番事业"和"以语言文字服务于国家"都是光荣的，尽管"撰写历史的人和创造历史的人绝不可能取得同样的声誉"，所以"在经历了许多困难和危险之后"，"心情归于平静"，"决心从此再也不参与政治生活"，回到过去想往的志愿上来，撰述罗马人民的历史，记述那些值得后人追忆的事件，例如喀提林阴谋。

　　第二部分即第五至十三章，是全书的引言，主要交代历史人物活动的背景：罪恶、堕落的城市罗马。作者首先简介阴谋的主角喀提林（依据麦克奎因的解读，喀提林具有僭主型人物的灵魂，预示着不言而喻的僭主恺撒，他们都在拉拢柏拉图笔下的"雄蜂"）：出身显贵家庭，拥有非凡的智力和体力，但是禀性邪恶和堕落，为了私利不择手段，日益肆无忌惮（《喀提林阴谋》，章5，节1-8）。接着，作者探究以喀提林为代表的罗马人走向堕落的社会根源。像一些前辈史家一样，作者从特洛伊人建立罗马城开始简述罗马人的社会风气。起初罗马人（特洛伊人和拉丁地区土著农业民族阿波里吉涅斯人）过着无政府的自由生活。王政时期，民族融合以后，罗马人凭借武力和勇敢维护自身利益；共和国前期，罗马人开始重视维护个人的人格尊严，更加注意随时发挥自己的才能，喜欢从事实际的事务，为了荣誉能吃苦，为人诚实、虔诚、勇敢和公正，过着俭朴的生活。但是，当公元前146年罗马摧毁迦太基、失去了最后一个敌人（这让人想起老加图的名言："我认为迦太基必须被毁灭"）以后，罗马人的道德发生了沦丧的大转折，开始崇拜一切罪恶之源：金钱和权力，在贪欲的驱使下变得自私、虚伪、横傲、残忍，蔑视诸神，过着骄奢淫逸的堕落生活，为了利己主义不惜干伤天害理的事情（《喀提林阴谋》，章5，节9至章14，节1）。

第三部分即第十四至十九章，主要记述喀提林战争的缘起和始初的活动。由于浪费掉自己的财产，并且在世界各地背负了巨额债务，喀提林一心梦想挑起内战，以便在胜利后放手抢劫，所以喀提林纠集一帮同样因为堕落而搞得倾家荡产、背负债务的邪恶年轻人，拉拢一些元老、骑士以及来自各移民地和自由城市的贵族，在利益和侥幸心理的驱使下策划推翻共和国的阴谋（章14-17）。此外，作者接着还插叙了未遂的第一次喀提林阴谋。不过，在那次阴谋中，喀提林只是一个配角，真正的主角是格·皮索（Gnaeus Piso，章18-19）。

第四部分即第二十至三十二章，记述喀提林阴谋的发展：喀提林策划阴谋（章20-22），但阴谋泄露，导致骑士阶层出身的候选人西塞罗成功当选执政官（章23-25）。由于竞选公元前63年执政官失败，喀提林决定诉诸暴力（章26），于是，一方面在全意大利范围内进行部署，另一方面在罗马城内召集阴谋者开会，准备刺杀西塞罗，但是由于消息泄露而刺杀失败（章27-28）。西塞罗召开元老院会议（章29），采取对付阴谋的有力措施（章30）。西塞罗在元老院发表第一篇反对喀提林的演说辞（公元前63年11月8日），猛烈抨击前来申辩的喀提林，喀提林愤怒离开元老院和罗马，前往埃特鲁里亚的盖·曼利乌斯（Gaius Manlius）那里（章31-32）。

第五部分即第三十三至四十九章，记述以喀提林为首的阴谋者继续与以西塞罗为首的罗马人民明争暗斗。盖·曼利乌斯致信负责揭发阴谋的列克斯（Quintus Marcius Rex），为自己辩护

（章33），列克斯回信。喀提林致信罗马显贵，表明自己是受到迫害才离开罗马前往马西利亚（今马赛）的（章34）。但是，昆·卡图路斯（Quintus Lutatius Catulus）公开宣读的喀提林来信却不同（章35）。于是，元老院采取应对措施，宣布盖·曼利乌斯和喀提林为国家公敌。执政官盖·安东尼（Gaius Antonius）率军征讨，执政官西塞罗负责保卫罗马的安全（章36）。由于元老院和少数显贵把持权力和财富，平民特别是罗马平民同情喀提林的行动（章37-39）。依据喀提林的指示，伦图卢斯·苏拉在罗马争取形形色色的支持者，甚至策划拉拢阿洛布罗吉斯人的使节。但是，在权衡利弊以后，使节将阴谋告诉了保护者桑伽（Quintus Fabius Sanga）。西塞罗获悉这个情况以后，决定将计就计，以便获得阴谋分子的第一手罪证（章40-41）。阴谋者在行省和意大利蠢蠢欲动，罗马阴谋者也加紧部署（章42-43）。按照西塞罗的旨意，阿洛布罗吉斯人顺利取得阴谋者的书面证据，然后在穆尔维斯桥向行政长官投降（公元前63年12月3日）（章44-45）。公元前63年12月3日，元老院开会，由于书面证据和证人证言，决定刑拘阴谋者（章46-47）。西塞罗赢得民众的支持。而阴谋者企图拉拢克拉苏（Marcus Licinius Crassus）和恺撒的阴谋未能得逞（章48-49）。

　　第六部分即第五十至六十一章，记述逮捕阴谋者，并取得喀提林战争的胜利，彻底粉碎喀提林阴谋。公元前63年12月5日召开元老院会议，讨论处理在押阴谋分子的问题。当选公元前62年执政官的西拉努斯主张全部处死（章50）。但恺撒（相对主义者）认为，处理问题要抛弃情绪的干扰，惩罚罪犯应在法律规定的限度以内，符合国家的传统精神，不能有坏的先例，主张在最强大最自由的城市里囚禁阴谋者，并没收其财产充公，而且今后任何人不得把他们的案件提交元老院或提交罗马人民

（章51）。小加图（绝对主义者）从预防犯罪的角度出发，坚决认为，在罗马人的生命和自由都处于危急关头的时刻，应当认清时局，这些被俘的阴谋分子道德败坏，无法无天，而他们的同伙正在威胁着罗马共和国，阴谋分子同共和国的矛盾属于敌我矛盾，所以应当以叛国罪处死阴谋者（章52）。小加图的发言得到元老院赞同（章53-54）。西塞罗采取措施防范阴谋者的同伙武力劫走被俘的阴谋者伦图卢斯·苏拉（Publius Cornelius Lentulus Sura）和盖·克特古斯（Gaius Cornelius Cethegus），并且当夜在地牢绞死阴谋者（章55）。喀提林被迫与安东尼作战（章56-57），向士兵发表作战动员演说（章58）。在做好战前准备（章59）以后，双方展开了战斗，结果以喀提林的军队被击败和喀提林本人阵亡告终（章60-61）。

《喀提林阴谋》的拉丁语原文 Bellum Catilianae 本义为《喀提林战争》。但是，从行文来看，这部专史的写作侧重点不是战争，而是内政。撒路斯特重点记述战争前各种势力的角逐。譬如，在关于阿洛布罗吉斯人派往罗马的使节的部分，以伦图卢斯·苏拉为首的阴谋势力（邪恶方）与以西塞罗为首的反阴谋势力（正义方）之间的暗斗。而元老院关于裁决一批被俘的喀提林阴谋者的辩论（《喀提林阴谋》，章50，节3至章53，节1）则集中体现了不同利益阶层之间的明争。在这里，主角是平民派代表人物恺撒和贵族派代表人物小加图。作者依据古代的惯例随意地、与写作的史学家的风格相应地复述了双方的演讲辞。在辩论之后，作者比较同样都是出身于贵族家庭、年龄和口才差不多、精神和名声旗鼓相当的恺撒与小加图。他们虽然性格不同，但是都功业非凡（《喀提林阴谋》，章53）。

他们两人差不多是对等的；在灵魂的伟大方面他们也旗

鼓相当，在名声方面也是这样，尽管各自不同（章54，节1）（参《撒路斯特与政治哲学》，前揭，页6）。

恺撒之所以伟大（magnus），是因为他善行和慷慨（beneficia ac munificentia），温和仁慈（mansuetudo et misericordia），施舍（dare）、帮助（sublevare）和宽恕（ignoscere），不幸之人的庇护所（miseris perfugium），善良天性（facilitas），一心为别人，渴望建功立业。而小加图之所以伟大，是因为他一生正直（integritas），严正（severitas），不受贿（nihil largiri），恶人的灾难（malis pernicies），坚毅不屈（constantia），注重克己（modestiae）和得体（modesto）（《喀提林阴谋》，章54），严格遵循廊下派哲学的道德标准。他们的形象具有互补性，彼此保持平衡。通过比较，作者让他们达成最重要的和解：在社会风气败坏的情况下，他们都在维持共和国的伟大。不过，依据巴特斯通（William W. Batstone）的解读，撒路斯特将恺撒与小加图的德性并置对照，言外之意似乎是一个人的德性正好是另一个人的德性欠缺，尤其是小加图（柏拉图式"贵族型人物"，贵族制的核心价值是"和谐"）的德性（真正的善，即"共同的善"）使得恺撒的德性（表面的善）变得可疑，这恰恰暗示了德性的瓦解（恺撒的德性表现为利他的实际德行，但行动的动机和目的是可疑的，因为他追求的是外在的"光环"；而小加图虽然追求内在的美德，但缺乏利他的实际德行。而这些欠缺的德性正好与第二部分喀提林及其党羽的恶性遥相呼应）和共和国晚期的危机。①

对于认为"言辞高于行动"的撒路斯特来说，比较奇怪的是

---

① 巴特斯通（William W. Batstone）：德性对照：对比修辞与共和国晚期的危机，郑凡译，曾维术校，参《撒路斯特与政治史学》，前揭，页1以下。

处理西塞罗的言辞。在元老院的争议过程中，关于出身于骑士家庭、却代表贵族利益的西塞罗——开始时的执政官——及其第四篇演说辞《控喀提林》（*Catilinaria*，即 *In Catilinam* 4），撒路斯特只字未提。由于撒路斯特蔑视西塞罗揭穿和粉碎喀提林阴谋的功绩，对恺撒的角色认识错误，有人认为，这个作品为某个政治倾向服务。但是，这种观点被证明是太片面的。正如撒路斯特所说，撰写历史是极为困难的事，除了作者的文笔必须配得上记述的事情以外，批评别人的缺点会被误以为是出于恶意和嫉妒，而记述杰出人物的丰功伟绩又容易被误以为颂扬过度（《喀提林阴谋》，章3）。也就是说，撒路斯特的创作目的既不是颂扬恺撒的丰功伟绩，也不是批评私敌西塞罗，因为粉碎喀提林阴谋的功绩不是恺撒的，恰恰正是私敌西塞罗的。撒路斯特之所以把喀提林阴谋作为值得后人追忆的事加以记述，是因为撒路斯特致力于探究喀提林阴谋的道德原因（在道德方面，喀提林是个十分典型的反面教材），以便后人以史为鉴，可以从中汲取教训，以免重蹈覆辙。

在《喀提林阴谋》里，撒路斯特运用娴熟的写作技巧，使得情节逐步发展，最后达到高潮。撒路斯特也很善于运用枝节和主题的关系。这在罗马是创新。此外，撒路斯特的演讲优美（elegantia），善于在遣词造句时推陈出新，因此招人嫉妒，驳斥或贬损，当然《喀提林阴谋》（*Catilinae Historia*）中也有些显得漫不经心随意之处（革利乌斯，《阿提卡之夜》卷四，章15，节1，参 LCL 195，页356及下）。

（二）《朱古达战争》

《朱古达战争》是撒路斯特的第二部专史，写于约公元前41至前40年，[1] 题材局限于一个具体的历史事件：公元前112至

---

[1]　或为公元前39至前36年，参王焕生，《古罗马文学史》，页152。

前 105 年罗马在北非与努米底亚（Numidien）国王朱古达（Iu-gurtha）的战争。

《朱古达战争》总共 114 章，分成 5 个部分。第一部分即前 5 章，是引言。撒路斯特首先为自己在政治失败以后转向纪事书写作进行一次论战性的辩解（撒路斯特《朱古达战争》，章 1，节 1 至章 5，节 2）。撒路斯特认为，躯体方面的是会消逝的，只有精神方面的才是永恒的（《朱古达战争》，章 2）。"精神乃是人的生活的引导者和主人"，所以褒奖德行中的勤奋，贬斥人性的弱点懒惰（《朱古达战争》，章 1）。在千差万别的智力追求中，最不为人所喜的是公职，因为"有功者得不到荣誉，而通过不正当的手段取得了荣誉的人并不因为有了荣誉而得到安全，也并不因此而更加提高自己的声望"，因为武力统治意味着暴政，而变革又预示着流血、放逐和战争的其他恐怖行为（《朱古达战争》，章 3）。而"在智力的追求中，记述过去的事件是特别有用的"，这项艰巨而有用的工作不是懒散，会对国家有更大的利益。譬如，在回忆祖先的丰功伟绩时，小斯基皮奥等著名人物会受到先辈的鼓舞，燃起追求德行的熊熊烈火（《朱古达战争》，章 4）。然后，作者才引入自己叙述的主题：罗马人民同努米底亚国王朱古达之间的战争。在撒路斯特看来，这是"一场长期的、血腥的、胜负难分和反复无常的战争"，"在当时是第一次对贵族的横傲进行抵抗的战争"。显然，这既是作者的选题理由，也是对这场战争的定性。最后，撒路斯特简要地追叙战前罗马人民同努米底亚人的友谊和朱古达的家谱（《朱古达战争》，章 5）。

第二部分即第六至二十六章，记述争夺努米底亚王位的战争。由于年轻力壮的朱古达智力超凡，并且勤奋向上，所以深受努米底亚人民的爱戴。国王米奇普撒（Micipsa）发现自己年迈，而自己的两个儿子年幼,由爱生恨,企图借刀杀人,于是派建功心切的朱古达前往西班牙援助罗马作战。但是由于精明强干,积极肯干,忠于职守,听从指挥,智慧而勇敢,赢得罗马将士的信任和喜爱,并且战功卓著,尤其是在努曼提亚战争里的突出表现,朱古达反而得到了锻炼,变得更加强大。在老国王去世以后,朱古达谋杀了王子西延普撒尔(Hiempsal),并征服了努米底亚王国。在另一个王子阿多尔巴尔(Adherbal)前往罗马求援——即这位无家可归、孤立无助的蛮王在元老院发表"绝望的演说"(其中,第 14 章第 15 节让人想起欧里庇得斯的肃剧《美狄亚》第 502-508 行美狄亚的演说、恩尼乌斯的肃剧《美狄亚》第 284-285 行美狄亚的演说和卡图卢斯《歌集》第 64 首第 177-186 行阿里阿德涅的演说。后来阿多尔巴尔的历史悲剧正好直接影射了罗马腐败堕落的道德悲剧)[①]——的情况下,朱古达感到罗马的威胁,于是派人贿赂罗马元老院议员。最终,由于罗马元老院的堕落,多数人由于受贿而支持朱古达,最终决定分割努米底亚王国,朱古达得到了比较肥沃和人口稠密的土地(章6-16)。通过贿赂外交,朱古达认识到一个真理:"在罗马,任何事物都是可以买到的"。于是,朱古达大胆地挑起努米底亚的内战。被围困在奇尔塔(Cirta)的阿多尔巴尔又派人向罗马求援,但是由于罗马人"为了私人的利益而牺牲了公共的福利"和朱古达得陇望蜀的利欲熏心,阿多尔巴尔被迫接受罗马人的劝降,最终被朱古达拷打致死,领土沦为朱古达的战利品(章 20-26)。

第三部分即第二十七至三十九章,记述朱古达战争的第一个阶段。朱古达的暴行终于激怒了罗马人民,罗马人决定向朱古达

---

① 杜埃(Casey Dué):肃剧的历史与《朱古达战争》中的蛮王演说,刘碧波译,参《撒路斯特与政治史学》,前揭,页 65 以下。原译"悲剧",现统译"肃剧"。

开战（章27）。罗马军队的统帅是贝斯提亚，副帅是柏拉图式
"寡头型人物"（撒路斯特认为，寡头制的核心价值是贪婪）斯
考鲁斯。朱古达故伎重施，贿赂了罗马的正副统帅，争取了和谈
的机会（章28-29）。这引起了罗马人民的不满。保民官盖·墨
弥乌斯发表演说，痛斥元老权贵拉帮结派，以权谋私，甚至损害
国家（章30－31）。在这种情况下，元老院派行政长官卡西乌
斯·朗吉努斯去接受朱古达的投降。不过，朱古达通过贿赂保民
官巴埃比乌斯（Gaius Baebius）而得到庇佑，以至于墨弥乌斯要
求朱古达提供在罗马的犯罪同伙的证据时以沉默抗拒，甚至还通
过金钱的手段暗杀反对派玛西瓦（Massiva）。尽管成功的杀手波
米尔卡（Bomilcar）被捉住，并交代了幕后主使朱古达，可朱古
达矢口否认，并暗中帮助波米尔卡脱身，自己也安全回国（章
32-35）。执政官斯普里乌斯·阿尔比努斯（Spurius Postumius
Albinus）想速战速决，以便为选举做准备。可是，朱古达千方
百计地拖延战事。在阿尔比努斯因为选举离开以后，兄弟奥卢
斯·阿尔比努斯（Aulus Postumius Albinus）任代理统帅（章
36）。朱古达采用诱敌深入的战术和收买罗马将士的手段，迫使
因为利欲熏心而盲目自信的奥卢斯·阿尔比努斯接受屈辱的和谈
条件（章37-38）。这个变故的消息震惊罗马。元老院声明，条
约无效。斯普里乌斯·阿尔比努斯不顾一切前往阿非利加，试图
为兄弟雪耻，可是他发现军纪松弛，士气涣散，自己也不能力挽
狂澜（章39）。

　　第四部分即第四十至八十三章，记述朱古达战争的第二个阶
段：柏拉图式"荣誉型人物"（撒路斯特认为，荣誉制的核心价
值是野心）墨特卢斯·努米迪库斯（Quintus Caecilius Metellus
Numidicus）任罗马军队的统帅。保民官提出法案，要求追究与
朱古达有关的罪人，尽管遭到罪犯和害怕派别仇恨引起危险后果

的人的阻挠，人民还是出于对国家的爱甚或对贵族的恨通过了法案（章40）。在前述的历史背景下，当选的执政官墨特卢斯·努米迪库斯取得行省努米底亚。这位统帅虽然与民众对立，但是清白无暇，果敢有为。墨特卢斯·努米迪库斯招兵买马，背负着全体人民的重托前往阿非利加，开始对驻军进行艰苦训练，消除将士懒散的恶习，重整军威（章43-45）。由于朱古达与墨特卢斯·努米迪库斯都利用"投降"做文章，双方陷入最难熬的战争（章46-48）。在穆图尔河（Muthul）与山脉之间，朱古达伏击地形不利的墨特卢斯·努米迪库斯，但是由于兵力不如罗马军队，只能采取敌进我退、敌疲我打的游击战术。而墨特卢斯·努米迪库斯凭借士兵的勇敢突破敌方的防线。此时，波米尔卡企图阻止可能去救援墨特卢斯·努米迪库斯的茹提利乌斯（Publius Rutilius Rufus），反而被击溃。墨特卢斯·努米迪库斯终于得以同茹提利乌斯会师（章49-53）。此后，墨特卢斯·努米迪库斯改变战术，不开展正规战斗，而是采取打劫的战术，步步为营。明智的朱古达见势不妙，让大军原地不动，只带领精锐骑兵开展先突袭、后化整为零的追踪骚扰战术。在朱古达的伏击战得逞以后，墨特卢斯·努米迪库斯加强戒备，并改用放火焚烧的办法蹂躏努米底亚的国土。而朱古达继续采取骚扰战术，企图拖垮罗马军队。为了摆脱疲于奔命的被动局面，墨特卢斯·努米迪库斯决定围攻大城市扎马（Zama）。朱古达抢先抵达扎马，鼓励市民保卫家园，并增派援军，但是自己却躲到最边远的地区去。之后，朱古达企图在西卡（Sicca 或 Sicca Veneria）[①] 阻击马略的军队，并煽动西卡人反戈。为了避免腹背受敌，马略迅速撤离西卡城

---

① 今突尼斯（Tunisia）西北的城市凯夫（阿拉伯语 الكاف；El Kef 或 Le Kef），位于穆图尔河中游南岸。

镇，并以优势兵力击溃朱古达的军队。当马略向扎马进军时，部署完毕的墨特卢斯·努米迪库斯已展开围攻。此时，朱古达出其不意地率领大军进攻罗马军队后面，杀个措手不及。墨特卢斯·努米迪库斯灵机应变，派全部骑兵增援营地，并派马略带领联盟的步兵中队去接应。朱古达进攻受阻，被迫撤退。次日，墨特卢斯·努米迪库斯又遭遇朱古达的伏击。同时，扎马城下的战斗难分难解。马略先麻痹敌人，后突然攻城，但是也未能成功。墨特卢斯·努米迪库斯见久攻不下，而朱古达又不主动出击，只好撤离。过冬期间，墨特卢斯·努米迪库斯成功地收买朱古达的心腹波米尔卡。波米尔卡不辱使命，成功劝降朱古达。不过，在听候发落期间，朱古达有些后悔。与此同时，墨特卢斯·努米迪库斯继续获得行省努米底亚，而马略请假回罗马竞选执政官。由于意见分歧，墨特卢斯·努米迪库斯与马略产生矛盾（章64）。马略开始收买人心，包括受到墨特卢斯拒绝的努米底亚人伽乌达（Gauda）。伽乌达写信给罗马的朋友，批评墨特卢斯·努米迪库斯，要求任命马略为统帅，为马略竞选执政官赢得了许多人的支持（章65）。与此同时，朱古达重整旗鼓，瓦伽城（Vaga）的居民哗变，消灭了罗马的驻军。墨特卢斯·努米迪库斯向瓦伽人复仇，并处死了唯一幸存的卫戍长官（章66-68）。受到质疑的波米尔卡策反朱古达的心腹纳布达尔撒（Nabdalsa），但是阴谋失败，以波米尔卡为首的阴谋分子被朱古达处决。而墨特卢斯·努米迪库斯准备新的战争时，马略不断请假，墨特卢斯·努米迪库斯只好准许马略回罗马。"新人"马略当选执政官，为接任罗马统帅做好了准备（章73）。朱古达失去朋友，不信任任何人。当墨特卢斯·努米迪库斯突然出现在眼前时，朱古达被迫应战，但是由于军心涣散，最终溃败（章74）。绝望的朱古达只有逃窜，退守塔拉（Thala）。次日，墨特卢斯·努米迪库斯追至塔

拉。朱古达再次逃跑，40天后城陷。朱古达鼓动盖土勒人的国
王波库斯（Bocchus）对抗罗马军队，联军向奇尔塔进发。此时，
马略获得了行省努米底亚。沮丧的墨特卢斯·努米迪库斯多次派
使者去同波库斯和谈，而波库斯虽有和解的意思，但要求赦免朱
古达。于是，战争陷入停顿（章80-83）。

　　第五部分即第八十四至一百一十四章，记述朱古达战争的最
后一个阶段：柏拉图式"民主型人物（撒路斯特认为，民主制
的核心价值是奢侈）"马略任罗马军队的统帅。马略积极备战，
而敌视的贵族不作为。因此，在到努米底亚赴任前，马略在罗马
向人民发表演讲辞，夸耀自己的战功，攻击贵族的懒散、傲慢和
无耻，宣传民主政治，以此动员民众参战（《朱古达战争》，章
84，节1至章85，节9）。带着招募的新军和筹措的战略物资，
马略前往阿非利加，在乌提卡从副帅茹提利乌斯那里接管了军
队。马略在各处进行了一些小战斗，让老兵和新兵融为一体。而
朱古达和波库斯只有退守险要的地方。马略分析敌我形势，决定
围攻对朱古达十分重要、对自己最有损害的城市。马略夺取一些
城镇和要塞，有时用武力，有时用恐吓或行贿的办法。在做了认
真研究和充分准备以后，马略进攻工事坚固的大城市卡普撒
（Capsaicin）。在天大亮时分，马略突然发起攻城，杀个守军措
手不及，取得重大胜利。一些城市的努米底亚人闻风丧胆，纷纷
弃城而逃。只有在少数城市里，马略才遇到抵抗。在进攻穆路卡
河附近的要塞时，马略久攻不下，焦急万分。此时，一个士兵
（利古里亚人）在取水时意外发现了偷袭要塞的路径。好运帮助
马略攻克要塞（章94）。此时，财务官普·科·苏拉（Publius
Cornelius Sulla）为马略带来骑兵。而朱古达以割地三分之一国
土为诱饵，诱使举棋不定的波库斯同自己联合。这群乌合之众虽
然常常偷袭得手，但是无法打败指挥若定的马略和勇敢的罗马将

士，反而遭到马略的夜袭。在奇尔塔城附近，朱古达和波库斯联军再次遭到重创。波库斯多次派使节与马略和谈，在柏拉图式（或苏格拉底式）"僭主型人物（撒路斯特认为，僭主制的核心价值是霸政）"苏拉的鼎力促成下，罗马同波库斯缔结和约，并让波库斯设局擒获朱古达，从而结束了战争。马略因此连任执政官，并获得高卢行省。

总体而言，尽管撒路斯特对战争的描述充满激情，与恺撒类似描述的冷静形成鲜明的对比，如关于马略占领沙漠城市卡普萨的描述（《朱古达战争》，章89，节4至章92，节2），可是，从历史重要性来看，在同《喀提林阴谋》一样得以全部留传下来的《朱古达战争》中，军事仍然小于内政。譬如，作者记述了罗马的党争及其根源。社会分成平民派和贵族派，权力机关分别是人民会议和元老院。

> 直到迦太基被毁灭以前，元老院和罗马人民一直以协调和缓的姿态分享国家管理权，可是一旦对迦太基的惧怕消除了，骄傲和狂妄很快发展起来（《朱古达战争》，章41，见李雅书、杨共乐，《古代罗马史》，页356）。

一派不择手段——即人民滥用自由，贵族滥用地位——地压倒另一派，并且极其残酷地报复被征服的一派，例如格拉古改革。两派的斗争撕碎了共和国。由于民众分散，而贵族有强大的组织，一般情况下，权力和财富总是属于少数的贵族，属于广大人民的只有兵役和贫困（《朱古达战争》，章41，节1至章42，节5）。不过，在朱古达战争期间，由于贵族腐败无能，平民派——例如保民官墨弥乌斯（《朱古达战争》，章30-31）——第一次足够强大，可以干预贵族的元老院寡头政治，以至于平民出身的青年将领马略能够当选执政官和罗马军队的统帅，并建立取得朱古达战争的最终胜利的伟大功业。难能可贵的是，撒路斯特一针见血地指出，在导致共和国衰落的派系斗争中，自称平民派的前三头（triumviri）的自白都是骗人的，实质都是拼命为自己争夺权势。

此外，《朱古达战争》还具有人类学的史料价值。在作品中，撒路斯特插叙了阿非利加的地理和早期居民以及努米底亚的历史。依据地理学家的叙述，阿非利加原属于欧罗巴。最早的居民是盖土勒人（Gaetuli）和利比亚人（Libyes）。后来，渡海而来的移民有米底人（Medi）、波斯人和亚美尼亚人（Armenii）。其中，波斯人同盖土勒人通婚融合，并迁徙到适合的土地，自称"诺玛德人"（Numidae，意为"游牧民"）。米底人、亚美尼亚人和利比亚人比邻而居，很快都建立自己的城市，并与西班牙通商。米底人称利比亚人为"玛乌里人"（Mauri）。波斯人和盖土勒人的国家迅速强大，人口众多。于是，青年一代占据了迦太基附近的努米底亚，并征服邻近的民族。后来，腓尼基人又在沿海建立希波（Hippo）等城市。至此为止，努米底亚人的邻居有南边的盖土勒人和埃塞俄比亚人（Aethiopes），东边的布匿人，西边的摩尔人（玛乌里人）和北边的罗马人（《朱古达战争》，章 17-19）。

（三）《历史》

在两部专史以后，公元前 36 年，[①] 撒路斯特开始写作按年代划分历史的纪事书。《历史》属于当代史，记载的事件开始于公元前 78 年，仅仅写到公元前 67 年时（即公元前 35 年），死神夺去了作者的性命（参 LCL 116, *Introduction*, 页 xv）。在反映的历史时期方面，作者计划写作的纪事书与西塞罗计划写作、但没有写作的纪事书相当一致，但是在形式和意图方面可能截然不

---

① 或为公元前 36 至前 35 年，参王焕生，《古罗马文学史》，页 152。

同。作者把所描写的当代事件视为罗马全面而深刻的危机的体现，并把这种危机归根于道德原因。譬如，作者谈论可怕的党争的本质。又如，在古罗马敌国国王米特里达梯致帕提亚国王阿尔萨凯斯（Arsaces）的信中，即使在绝境中米特里达梯也用显眼的色彩谴责罗马的帝国主义。很遗憾，大部分已经失传，完整保存下来的只有4篇演说辞，即公元前78年执政官雷必达的演说《致罗马人民》（*Ad Populum Romanum*）和腓力在元老院发表的演说辞《致元老院》（*Ad Senatum*）、公元前75年盖·科塔的演说《致罗马人民》（*Ad Populum Romanum*）和公元前73年保民官马凯尔（Macri）的演说《致民众》（*Ad Plebem*），两封书信，即公元前75年庞培（Cn. Pompei）的信《致元老院》（*Ad Senatum*）和公元前69年米特里达梯的信（Epistula Mithridatis），以及一些后世作家的称引。

此外，与撒路斯特的作品一起留传的还有一些别的作品，例如《斥西塞罗》（*Invectiva in Ciceronem*）。在《斥西塞罗》里，有反对西塞罗的痛骂，也有西塞罗的回应。与《斥西塞罗》一起流传下来的还有可能是撒路斯特早年写给恺撒的两封信：《致恺撒》（*Ad Caesarem senem de Republica*），属于劝说辞。第一封可能写于公元前50年左右，即恺撒与庞培对峙时期。第二封可能写于公元前46年，即恺撒基本战胜庞培的时候。不过，许多研究者认为，这些作品的作者不是撒路斯特。

综上所述，撒路斯特本性的明显矛盾似乎也表现在他的作品和有魅力的风格中。这种风格不仅远离了西塞罗为纪事书推荐的、但是奥古斯都手下的李维才维护的"风格迅捷"[1] 或"悄悄

---

① 麦克奎因（Bruce D. MacQueen）：撒路斯特政治纪事中的《王制》，曾维术译，参《撒路斯特与政治史学》，前揭，页86。

地迅速飞过的风格"（曲折反复，爱用多层排比的句子，以达到修辞效果），而且还远离恺撒的"手记（commentarii）"风格（通达平正，不重雕饰，有大家气度）。撒路斯特一方面借鉴老加图的古风，另一方面又寻求一种给人留下深刻印象的崇高，其方法就是效仿伟大的古希腊人修昔底德。譬如，《喀提林阴谋》第三章和《朱古达战争》第六十章分别模仿《伯罗奔尼撒战争史》第二卷第三十五章和第七卷第七十一章。又如，喀提林的演说（撒路斯特，《喀提林阴谋》，章 20－21）模仿尼西亚斯（Nicias）的呼唤（修昔底德，《伯罗奔尼撒战争史》卷七，章69，节2）。① 修昔底德在罗马就常常遭受阿提卡主义者的折磨。结果后来被称作"晦涩的简略（obscura brevitas）"。一个半世纪以后，据说撒路斯特在罗马最伟大纪事书作家塔西佗身上才找到了一个有价值的后世。

尽管撒路斯特的文笔简洁得晦涩，可他还是成功地塑造了一些古罗马共和国末期的著名人物形象，有时直接简介，例如刻画喀提林（《喀提林阴谋》，章 5）和朱古达（《朱古达战争》，章6），有时通过人物的言行间接表现，例如刻画墨特卢斯·努米迪库斯（《朱古达战争》，章40－83）和马略（《朱古达战争》，章84－114），有时兼用前述的手法，例如刻画苏拉（《朱古达战争》，章95－96 和章102）、恺撒和小加图（《喀提林阴谋》，章51－54）。作为典型的古罗马人，撒路斯特在刻画历史人物形象时表现出了史家的公正，例如称赞"私敌"西塞罗为"最优秀的执政官"（《喀提林阴谋》，章43）。

此外，撒路斯特还开创了富有文学趣味的小型历史性散文的

---

① 凯特尔（Elizabeth Keitel）：修昔底德与撒路斯特，曾维术译，参《撒路斯特与政治史学》，前揭，页51 以下。

传统，并使其成为新的、富有罗马特色的散文体裁。

最后，需要指出的是，撒路斯特史书并非完满。譬如，"对历史细节不感兴趣，甚至我们称之为历史准确性的东西"也成为撒路斯特"次要的考虑"，尤其是撒路斯特的序言一方面掩盖自己的真实动机，显得不真诚（譬如，蒙森认为，撒路斯特美化恺撒），另一方面也没有价值，显得多余（譬如，昆体良认为，撒路斯特的序言与纪事毫不相干）。这些都是撒路斯特遭人诟病的弱点。然而，正是在对撒路斯特展开批判的过程中，撒路斯特的哲学（尤其是政治哲学）却日益清晰起来。更确切地说，撒路斯特政治纪事中蕴含着柏拉图《王制》里的思想，即道德与政治的腐化最终导致城邦毁灭。因此，刘小枫有理由把撒路斯特的史学称作"政治史学"。事实上，撒路斯特不仅使用柏拉图《王制》（尤其是卷八和卷九）的主题、概念和思想，塑造了五种典型的政治人物，如贵族型人物小加图、荣誉型人物墨特卢斯·努米迪库斯、寡头型人物司考茹斯、民主型人物马略和僭主型人物苏拉，而且还用《朱古达战争》与《喀提林阴谋》两部纪事书展现了他自己的政治史学，即从马略至恺撒的一系列因果关系：寡头制的罗马使得民主型人物马略的崛起不可避免，马略为僭主型人物苏拉铺平了道路，苏拉的僭政为具有僭主型人物的灵魂的喀提林创造了一个合适的氛围，喀提林则预示着不言而喻的僭主恺撒。[①]

三、历史地位与影响

尽管苏维托尼乌斯认为，撒路斯特抄袭老加图的作品（《文

---

① 麦克奎因（Bruce D. MacQueen）：撒路斯特政治纪事中的《王制》，曾维术译，参《撒路斯特与政治史学》，前揭，页86以下。

法家传》，章 10 和 15；《神圣的奥古斯都传》，章 86），可是撒路斯特却是历史专著的发明人。法国罗曼（J. Roman）也认为，撒路斯特是古罗马第一位真正伟大的史学家。李雅书和杨共乐认为，撒路斯特是最有政治见解和洞察力的历史学家，在罗马史学地位方面很重要，甚至比恺撒略高一筹。

撒路斯特遭到以批评严格出名的史学家波利奥——比他小 10 岁，同为恺撒阵营的战友——的批判。昆体良认为，撒路斯特可以与修昔底德平起平坐（nec opponere Thucydidi Sallusitium verear），称赞撒路斯特的语言简洁动人，修辞技巧高超，但批评撒路斯特有时过分追求外在形式（《雄辩术原理》卷十，章 1，节 101）。马尔提阿尔（Martialis）对撒路斯特的评价极高："罗马的史学首领撒路斯特（primus Romana Crispus in historia）"（《铭辞》卷十四，首 191，参 LCL 480，页 302 及下）。李维不喜欢撒路斯特简洁古拙的文风。不过，塔西佗称撒路斯特是位杰出的历史学家。塔西佗推崇并仿效的正是这种简洁的文风，甚至有意识地自造古词。阿德里安时期，希腊人芝诺比乌斯（Zenobius）把撒路斯特的作品译成希腊语。2 世纪，弗隆托（Marcus Cornelius Fronto）常读撒路斯特的作品，并称赞撒路斯特善于简明而准确地叙述各种事件［《致奥勒留》（*Ad Antoninum Imp.*）卷二，封 6］和"作史匀称"（structe）（《致维鲁斯》卷一，封 1，节 2）。2 世纪末，阿斯佩尔（Aemilius Asper）曾给撒路斯特的《历史》和《喀提林阴谋》做过注释（未传世）。4 世纪，奥古斯丁公正地认为，撒路斯特是个"受人尊敬的诚实历史学家（nobilitatae veritatis historicus）"［奥古斯丁，《上帝之城：驳异教徒》卷一，章 5］。此外，4 世纪的拉丁语法学家阿茹西亚努斯（Arusianus，即 Arusianus Messius 或 Messus，著有 *Exempla Elocutionum*）和 5 世纪末、6 世纪上半叶的普里斯基安

（Priscian，即 Priscianus，别名 Caesariensis）都曾称引撒路斯特的作品。

塞涅卡在书信《致卢基利乌斯》中指出，阿伦提乌斯（Lucius Arruntius，约公元前 60－公元 10 年，公元前 22 年执政官）写的《布匿战争》（*Punic War*）明显模仿撒路斯特的作品（《道德书简》，封 114，节 17）。公元前 38 年，文提狄乌斯（Publius Ventidius，即 Publius Ventidius Bassus，约公元前 89－前 38 年）曾借用撒路斯特的一篇演说。表现出撒路斯特文风的还有马尔克利努斯（Ammianus Marcellinus）、克里特的迪克提斯（Dictys Cretensis）、① 赫吉西普斯（Hegesippus，约 110－约 180 年，早期基督教编年史家）、苏尔皮基乌斯·塞维鲁斯（Sulpicius Severus，约 363－约 425 年，基督教编年史家）、拉克坦提乌斯、希拉里乌斯（Hilarius）、尤利乌斯·埃克斯苏佩兰提乌斯（Julius Exsuperantius，4 世纪罗马史学家）等。

依据罗曼，法国效仿撒路斯特历史专著体例的作品有红衣主教莱兹（Le Cardinal de Retz，1613－1679 年）的《菲斯克的阴谋》（*Conjuration de Fiesque*）、萨拉赞（Sarazin）的《瓦尔斯兰的阴谋》（*La Conspiration de Valslein*）、圣列亚尔（Saint-Réal，即 César Vichard de Saint-Réal，1639－1692 年）有关格拉克人和威尼斯的阴谋的作品。甚至卢利耶尔（Rulhière，即 Claude-Carloman de Rulhière，1735－1791 年）的《俄国革命》（*Révolution de Russie*）的写法也是受到撒路斯特的作品的启发。此外，圣埃弗勒蒙（Saint-Evremond）、拉罗什富科（La Rochefoucauld）、孟德斯鸠、伏尔泰、里瓦洛尔（Rivarol）乃至梅里美都高度评介并在许多地方借鉴撒路斯特的作品。

---

① 迪克提斯著有《特洛伊战记》（*Ephemeridos Belli Troja*）。

第四节　传记：奈波斯①

一、生平简介

奈波斯（Cornelius Nepos，公元前 100－前 25 年左右；另译
"涅波斯"）是一个普通人。奈波斯可能是阿尔卑斯山南高卢的
英苏布里人，生于公元前 1 世纪初期，卒于后期奥古斯都统治时
期，与同时代人西塞罗及其挚友阿提库斯至少有书信往来。

二、作品评述

小普林尼曾提及奈波斯写过诗，但没有进一步具体说明。从
卡图卢斯把他的诗献给奈波斯来看，奈波斯肯定对诗有兴趣。不
过从史料来看，奈波斯的兴趣主要还是在于散文体历史纪事书，
著有《范例》（*Exempla*）、《年代记》（*Chronica*）和《名人传
集》（*De Illustribus Viris*）。

《范例》总共 5 卷，介绍历史、地理、自然科学等方面的名
胜逸事，后来曾被老普林尼、苏维托尼乌斯、革利乌斯等广为称
引。《年代记》是一部简编古罗马通史，总共 13 卷，以年代为
序，叙述从传说开始，直至作者生活的时期。这两部作品都未能
直接传世。

---

①　参《古罗马文选》卷二，前揭，页 200 和 416 以下；阿尔布雷希特主编，
《古罗马文选》（*Die Römische Literatur in Text und Darstellung*, 5 Bde. Herausgeber：Mi-
chael von Albrecht），卷四（Bd. 4：*Kaiserzeit I：Von Seneca maior bis Apuleius*, Heraus-
gegeben von Walter Kißel, Stuttgart 1985），页 133；奈波斯（Cornelius Nepos），《外族
名将传》（*Liber de Excellentibus Ducibus Exterarum Gentium*），刘君玲等译，张强校，上
海：上海人民出版社，2005 年，译者序，页 4 及下和 11 以下；LCL 31 和 38；王焕
生，《古罗马文学史》，页 146 及下。

从卡图卢斯的《歌集》第一首诗来看，奈波斯的作品《年代记》显然是一部没有文学要求的技术性编年体著作。类似的也适用于奈波斯的部分保留下来的传记《名人传集》。传记作为古希腊文化中科学的、大众的应用文学而产生，在罗马受到瓦罗和奈波斯的维护。这个纪事书中的"穷姐妹"在苏维托尼乌斯写帝王传记《罗马十二帝王传》（*De Vita Caesarum*）时才兴盛。

《名人传集》总共 16 卷，介绍各个领域的著名历史人物。根据古代史料和后人的推测，奈波斯记述的名人分为 8 类：国王、将领、国务活动家、诗人、演说家、历史学家、文法家和修辞学家。每类人物各两卷：罗马的和外邦的各 1 卷。从《汉尼拔传》（*Hannibal*）结尾处来看，奈波斯之所以将罗马的和外邦的进行并列，是因为他想比较他们的业绩，突现罗马将领的杰出和伟大。

奈波斯的《名人传集》未能直接传世，仅传下国务活动家罗马卷中的两篇（即《阿提库斯传》和《老加图传》）和外邦军事将领卷中的 23 篇传记缩编，即《外族名将传》（*Liber de excellentibus dvcibus exterarvm gentivm*）。

奈波斯为之立传的外邦将领包括 20 位希腊将领，例如弥尔提阿得斯（Miltiades）、特弥斯托克勒斯（Themistocles）、阿里斯蒂德（Aristides）、西门（Cimon）等，波斯将领达塔墨斯（Datames），迦太基将领哈米尔卡尔（Hamilcar Barcas，另译"巴卡斯"）和汉尼拔的短篇传记（《汉尼拔传》）。这些将领的生活时期是从公元前 5 世纪希波战争至公元前 3 世纪末。此外，奈波斯还为王立传，例如《王者篇》（*Reges*）。

在奈波斯的古罗马人传记中，《老加图传》是个简短的传记，而《阿提库斯传》（*Atticus-Vita*）相当详细、富有启发性记述了阿提库斯的生平。前面已经多次提及西塞罗的知心朋友和银行家阿提库斯。按照阿提库斯的伊壁鸠鲁主义信仰，他很"中立"，离开政治角逐以后与任何人都成为好朋友。非古罗马政治家的传记集的前言包含古罗马习俗与外国习俗的有趣比较。《阿提库斯传》的第十五、十六章讲述阿提库斯与同时代人尤其是西塞罗的关系。其中，阿提库斯对西塞罗的当时尚未发表的一些书信［《致亲友》卷十六，封 13（11）］发表最有趣的评价。残段 40 总结了西塞罗逝世以前没有真正的、有价值的古罗马纪事书。

奈波斯的《名人传集》优点突出。首先，从内容来看，奈波斯的《名人传集》不同于历史撰述，不仅仅描写功绩，而且还触及各个人物的逸闻趣事。奈波斯重视这些事件中的道德教训。第二，从语言的角度看，奈波斯不仅很博学，正如卡图卢斯的高度赞扬一样，因此受到阿提库斯的鼓励，而且还很精深："精辟的思想、简练的表达"体现在他的格言中。

奈波斯的《名人传集》有明显的局限性。首先，记述详略不当。篇幅长短同人物的功绩和地位不尽相称。有的将领并不重要或很有名，但篇幅却较长。而有的将领很有名，其传记的篇幅却很短，如西门和来山得（Lysander）的传记。另一个局限是重点不突出。在有些传记中，记述的重点不是军事功绩，而是那些十分寻常的事甚或只是一些趣闻和笑话，如《特弥斯托克勒斯传》。第三，在对叙述对象的褒贬方面也存在明显的倾向性。此外，奈波斯的传记缺乏历史的准确性，因为在叙述中出现历史错误。

三、历史地位与影响

尽管如此，奈波斯对罗马历史散文的发展作出了不可磨灭的贡献。首先，奈波斯是第一个用拉丁文写作向古罗马人介绍外邦历史的人。其次，奈波斯开创了散文传记著述的传统。后世作家——如苏维托尼乌斯——都受到了奈波斯的影响。

第四章　术书：瓦罗[①]

瓦罗（公元前116-前27年）既是古罗马的诗人，又是百科全书式散文家。关于瓦罗的生平和作为诗人的一面，详见拙作《古罗马诗歌史》第二编第二章第三节。下面将集中阐述瓦罗作为散文家的一面。

---

①　参江澜:瓦罗:古罗马百科全书式散文家，载《广东外语外贸大学学报》，2007年第6期，页70以下；LCL 195，页86及下；LCL 333，页76以下；LCL 333，*Introduction*，页 viii 以下；瓦罗，《论农业》，王家绶译，页7及下、17及下、41和95-101；阿庇安，《罗马史》下卷，页111；奥古斯丁，《上帝之城:驳异教徒》上，页220及下；《古罗马文选》卷一，前揭，页75及下、126、175、239、251和285-287；《古罗马文选》卷二，前揭，页424以下；王焕生，《古罗马文学史》，页134和153及下；王焕生，《古罗马文艺批评史纲》，页7及下、86及下和285及下；《雅努斯——古典拉丁文言教程》，前揭，页281-283；蒙森，《罗马史》卷二，李稼年译，页196；科瓦略夫，《古代罗马史》，页24；《拉丁文学手册》，页235；李雅书、杨共乐，《古代罗马史》，页375；朱龙华，《罗马文化与古典传统》，页148；兰金（Thomas Rankin）:瓦罗（*Marcus Terentius Varro*），参 *Literary Reference Center*，2007-4-12。

一、概论

　　公元前 59 年，瓦罗写作政论性的小册子《三头怪物》（*Tri-caranus*；阿庇安，《罗马史》卷十四，章 2，节 9），表示不赞成公元前 60 年建立的"前三头（triumviri，即庞培、恺撒和克拉苏）"联盟（triumviratus）。由于这个缘故，安东尼宣布瓦罗为公敌，剥夺瓦罗的公民权。虽然瓦罗从罗马附近的家里逃脱，但是家产遭到没收，私人图书馆里的几千册其他作家的作品和 73 岁前自己写的几百卷书散失。后来，在以执政官卡列努斯为首的朋友们的帮助下，险些丢掉性命的瓦罗才得到屋大维的谅解。之后，瓦罗潜心研究和写作，直到死去。

　　"瓦罗饱学，无所不读"［特伦提阿努斯·毛鲁斯（Terentianus Maurus），①《论贺拉斯的文学、诗和音步》（*De Litteris，Syllabis et Metris Horatii*），② 行 2846］，"瓦罗读书极多，让我们惊讶他哪有闲暇时间写作；他写得也那么多，让我们觉得他很难有时间阅读"（奥古斯丁，《上帝之城：驳异教徒》卷六，章 2，参见奥古斯丁，《上帝之城：驳异教徒》上，页 221）。

　　关于具体的作品数量与篇幅，学界说法不一。基督教作家哲罗姆曾经罗列瓦罗的 48 种，计 486 卷，并称那也许不到瓦罗著作的半数。罗马帝国晚期诗人奥索尼乌斯称瓦罗的著作达 600 卷之多。瓦罗的著作约 70 部，总共 600 卷，③ 甚或 74 部，620 卷。

---

　　① 毛鲁斯（Maurus）是外号，表明是毛里塔尼亚（Mauretania）的人。

　　② 单词 litteris 可以追溯到希腊语 διφθέρᾱ（牌、匾或碑），是阴性名词 littera 的复数的夺格，意为"书信；文学"；单词 syllabis 源于希腊语 συλλαβή（字母；文学；信、函；音节），是阴性名词 syllaba 的复数的夺格，意为"韵文，诗；诗行"；单词 metris 是 metrum（音步）的复数的夺格。

　　③ 阿尔布雷希特主编，《古罗马文选》卷一（*Römische Literatur in Text und Darstellung*，5 Bde. Herausgeber：Michael von Albrecht, Bd. 1：*Republikanische Zeit I*：*Poesie*. Herausgegeben von Hubert Petersmann und Astrid Petersmann. Stuttgart 1991），页352。

　　瓦罗的散文作品题材广泛，涉及文学评论、文法、语言学、科学、历史、教育、哲学、法律、神学、地理学（geōgraphia）和考古研究。除一些断简残篇为狄奥尼修斯（原译"狄昂尼西乌斯"）、老普林尼、革利乌斯、苏维托尼乌斯、塞尔维乌斯、多那图斯和一些护教者（如圣奥古斯丁）所保存外，其余全部失传，如《论图书馆》3 卷①和《罗马人民史》。②

二、作品评述

（一）文法：《论拉丁语》

　　"学识渊博的（excellentis doctrinae）"瓦罗师从罗马当时"最博学的（doctissimum）"、第一位真正的文法家斯提洛（Lucius Aelius）③（革利乌斯，《阿提卡之夜》卷一，章 18，节 1 和 6，参 LCL 195，页 86-89）。瓦罗也悉心研究文法，并且有所著述。瓦罗的《论拉丁语》写作于公元前 47 至前 45 年之间，约公元前 45 年完稿，在西塞罗死亡（公元前 43 年）以前出版，共计 25 卷。第一卷为引言。第二至七卷论述事物名称的来源，即词源。第八至十三卷论述格位的变化，即形态学。第十四至二十五卷论述词语组合，即句法。

　　在流传下来的、残缺不堪的 6 卷（卷五至十）中，博学的瓦罗称引许多同时代作家和前辈作家，包括希腊作家与罗马作家，例如克勒安特斯、安提帕特（Antipater）、克律西波斯、克

---

①　《中国大百科全书：图书馆学·情报学·档案学》，北京：中国大百科全书出版社，1993 年，页 504。

②　瓦罗（M. T. Varro），《论农业》，王家绶译，北京：商务印书馆，1997 年，页 8。

③　瓦罗在《人事》（*Rerum Humanarum* 或 *Antiquities of Man*）第十四卷和《神事》（*Rerum Divinarum Libro* 或 *Divine Antiquities*）第十四卷批评他的老师斯提洛。参 LCL 195，页 86 及下。

拉特斯（Crates）、① 阿里斯塔科斯（Aristarchus）、斯提洛和加图。这使得该书成为我们研究早期古罗马诗人的引用语语料库。譬如，瓦罗称引卡图卢斯《歌集》第六十二首第一行"晚星已升起"（《论拉丁语》卷七，节50）。瓦罗对罗马古代文学的关注还包括萨利伊祭司团的颂歌、《十二铜表法》和其他罗马古代作品。

当然，瓦罗对文学的关注是因为拉丁语语言本身。瓦罗认真考察了当时的民间语言，包括对各种意大利方言和希腊方言的研究。譬如，瓦罗从语言的角度考证阿特拉笑剧中两个典型人物名称的来源。关于帕普斯，瓦罗认为："在奥斯克语闹剧中，这个形象原本叫'花白老人（casnar）'"（《论拉丁语》卷七，章3，节29）。关于多塞努斯（Dossennus），瓦罗认为，驼背多塞努斯贪食，所以有个别名"好吃狗（manducus）"。"好吃狗（manducus）"源自拉丁语 manducare，意为"啃、咬、咀嚼"（《论拉丁语》卷七，章5，节95）。此外，瓦罗还为简单、可笑的情节找到了一个词 tricae（拉丁语：诡计、骗局、恶作剧），即在德语中至今都还使用的名词 Intrige（阴谋、诡计）。

瓦罗还介绍时人关于"不规则"与"规则"的讨论（延续到现代的论争）。在语言规则方面，瓦罗持折衷的态度："无论是规则派还是非规则派，都不应该否定"（《论拉丁语》卷十，节3）。

这部献给西塞罗的作品不仅涉及语言和文学，还涉及政治、历史等。譬如，第五卷中涉及了古罗马的官制（《论拉丁语》卷五，章14，节80至章15，节85）。

---

① 马勒（Malles 或 Mallos）的克拉特斯是帕伽马（Pergamum）的图书馆长，公元前168年访问罗马，极大地刺激了古罗马人对文法的兴趣，参曼廷邦德，《拉丁文学词典》，页81。

所谓 consul（执政官），就是向人民和元老院征求意见的人，没有比阿提乌斯在《布鲁图斯》中的说法更好的了："谁善于征求意见，就成为执政官"。统驭法律和军队的人，叫做"裁判官/副执政（praetor）"，据此，卢齐利乌斯说过："先行且走在前面是裁判官的职责"。①

"督察官"（Censor）的权威在于，按其评估给居民登记。所谓"市政官（Aedilis）"则是照管圣殿和私宅者。"财政官"源自 quaerere（寻求，调查）一词，管理公共财务，查处违法行为，如今由司法执政官负责调查违法行为；从此以后，主持审讯的就被称为 quaestores（刑讯官或基层执法官）。"军团长（tribuni militum）"其名则是这样来的，从前，兰姆尼、路凯里斯和提梯斯三部落各派三人去军中领军（见《雅努斯——古典拉丁文言教程》，前揭，页282）。

"护民官（tribuni plebei）"之称是这样的，最初是从军团长中推选出护民官来，在平民叛离到克鲁斯图麦里亚（Crustumerina）期间，其职责是保护平民。独裁官由执政官任命，所有的人都要听从他的命令，"独裁官"（dictator）因以得名。Magister equitum（骑兵队长）之名得于握有统率骑兵和轻装兵的最高权力，一如独裁官是民众的最高长官；鉴于独裁官是民众的最高长官，他又被称为"民众长官（magister populi）"（见《雅努斯——古典拉丁文言教程》，前揭，页283）。

全体 sacerdotes（祭司）得名于祭神仪式。大祭司

---

① 见《雅努斯——古典拉丁文言教程》，前揭，页282。裁判官也叫城市裁判官（urban praetor），公元前366年设立，专门负责法律和其他民事事务。Praetor 源于拉丁文的动词 prae—ire（行于前，领先于），参格兰特，《罗马史》，页56和67。

（pontifices），如大祭司长舍沃拉·昆图斯所说，来自 posse（能够）和 facere（做），如 potifices 一词。不过，在我看来，此词源自 ponte〔= pons（桥）的夺格〕，因为，石桩桥最初是由大祭司修建的，并由他们经常修缮；直到今天，人们还在第伯河两岸铺张地搞同样的祭神仪式（见《雅努斯——古典拉丁文言教程》，前揭，页283）。

因此，《论拉丁语》的价值不仅在于是语言起源和发展的早期研究，而且还是早期古罗马诗人的引用语宝库。尽管有些语源有点带有想象色彩，更多的语源则证明了瓦罗真正的才智和见识。也许最重要的是，这个作品是开创性的系统论述——开始于词语的起源和意义的演变，到捍卫语源学作为学科的分支，论述抽象的概念，如时间的概念，诗人们常用的生僻词汇。然后，瓦罗写作独立的思想，尽管独立思想会大大地开罪于他的老师斯提洛，这种方法使得主题值得其他学者的关注。①

随着对拉丁语研究的深入，瓦罗越来越重视拉丁语的发展和拉丁语的规范化，不断写作文法方面的著作，例如《论拉丁语言》（*De Sermone Latino*，5卷）、《论拉丁语渊源》（*De Origine Linguae Latinae*，3卷）、《论文字的渊源》（*De Antiquitate Litterarum*，2卷）、《论词的相似性》（*De Similitudine Verborum*，3卷）、《语言的用处》（*De Utilitate Sermonis*，至少4卷）、《论文法学》（*De Grammatica*，即《教养之书》卷一）等。而"《论文法学》可能是1部9卷巨著的一部分"。德国学者 Gärtner 则明确指出了

---

① 瓦罗（Varro），《论拉丁语》（*On the Latin Language*，ed. by Jeffery Henderson, transl. by Roland G. Kent, 1938 年初版，1951 年修订版，2006 年重印），卷一（Books V–VII）〔LCL 333〕；卷二（Books VIII–X and fragments）〔LCL 334〕。

该巨著的题名："《教养之书》(*Disciplinae*)"① 或《教育九书》
(*Disciplinarum Libri Novem*)。

（二）教育:《教养之书》

除了上述的《教养之书》9 卷，瓦罗对教育的贡献还有
《论哲学的形式》3 卷。现在，这两部作品都已经失传。就我们
能够知道的而言，瓦罗的贡献主要在于把希腊人的概念 encyclo-
pedia（通识教育）介绍给罗马思想界。《教养之书》阐明所有
来自于希腊的已知自由艺术。起初，希腊人把自由艺术分成
"三学（trivium，即语法学、逻辑学和修辞学）"和"四艺
（quadrivium，即几何学［geōmetria］、算术、天文学和音乐）"。
而《教养之书》每卷论述 1 门学科，另外建筑学和医学也各占
一卷。后来的学者去除后面两门学科，使之成为专业的研究；保
留其余学科作为"七艺（septemvium，包括三学与四艺）"的基
本纲要，直到中世纪。而百科全书，早期作家作品的多词素综合
摘录和摘要，成为受到罗马人尊重的类型（genre），特别是在科
学界。

瓦罗著有《轶事集》(*Logistoricum* 或 *Logistorico*)，论及儿童
们的节食，在《轶事集》里也写有《卡图斯》(*Catus*) 或《论
对孩子的教育》(*De Liberis Educandis*)（革利乌斯，《阿提卡之
夜》卷四，章19；卷二十，章11，节4-5)。②

（三）科学:《论农业》

在古代文学中，科技散文即农业（agricultūra）、法律

<hr />

① 阿尔布雷希特主编，《古罗马文选》卷五（*Römische Literatur in Text und Darstellung*，Bd. V——Hans Armin Gärtner，*Kaisers Zeit II : Von Tertullian bis Boethius*，Stuttgart 1988），页 334。

② 英译 *Logistorica*、*Catus* 或 *On Bringing up Children*，参 LCL200，页 372 及下；LCL 212，页 452 及下；《阿提卡之夜》卷 1-5，前揭，页 254。

（lēx）、修辞学（rhetorica）等各个专业领域的手册的散文不合乎真正意义上的文学。尽管如此，学识渊博的瓦罗还是在科技散文方面作了大胆的尝试。譬如，瓦罗写有两部关于地理学（geōgraphia）的作品《论海滨》（*De Ora Maritima*）和《论河口》（*De Aestuariis*），还写作关于气象学的大量著作，以及适合农人与船员的历书和年鉴。不过，最值得关注的就是公元前36年瓦罗80岁时书写的3卷《论农业》。这部科技散文作品是"留给我们唯一的一部算是比较完整的著述"。

《论农业》（*De Re Rustica*）采用对话录形式，谈话对象是瓦罗的妻子 Fundania。由于这个名字可能与 fundus（农庄）有关，① 因此，有人认为，这是虚构的。同样属于虚构的谈话对象还有 Agrasius 和 Agrius，这两个名字则与 ager（耕地）有关。这是瓦罗"自觉继承西塞罗的修辞学和哲学论著的写作方式"。瓦罗虚构谈话对象，主要是想在有生之年，写一本对世人有益的书，要向世人揭示农事和家政方面的经验和知识。

　　　　西庇尔的预言不仅在她生时，而且在她死后对人们有用——甚至对完全陌生的人也有用。……而我连在有生之年为我的家人们做点有益的事情都不能（《论农业》卷一，章1，节3）？（译自《古罗马文选》卷二，前揭，页427。参瓦罗，《论农业》，页17）
　　　　因而，我将为你（Fundania）写有根有据的3卷书，以便在你遇到疑难、需要询问任何有关种植的事情时，你可以求助于它们（《论农业》卷一，章1，节4）（译自《古罗马

---

　　① Fundanius（瓦罗的岳父）与 Fundilius 也源于 fundus（农庄），参《拉丁文学手册》，前揭，页235。

文选》卷二，前揭，页427。参瓦罗，《论农业》，页18）。

所以，《论农业》与其说是理论论述，不如说是实用手册。

瓦罗写作的素材有3个来源：自己的"渊博知识"、管理在萨比尼地区的3个庄园的"实践经验以及从旅行许多国家获得的有关这一主题知识的第一手材料"（参瓦罗，《论农业》，页10）。

第一卷分为69章，详尽而系统地论述农业（agricultūra），包括农业（agricultūra）的理论阐述（如第2-5章）、家政管理（如第17章）、农业时令（如第27-37章）、农耕（如第38章）等。除此之外，这一卷还有两个价值：第一，为我们了解古罗马原始宗教提供了资料。《论农业》第一卷第一章第四至六节提及农民需要敬重的12个神祇：尤皮特和特勒斯；日神和月神；色雷斯和立贝尔；罗比古斯（其节日为锈祭节）和弗洛拉（其节日为花神节）；弥涅尔瓦和维纳斯（国家设立"农村维纳利亚节"）；林帕和好运神（或指Fortuna）。第二，瓦罗是一门现代科学的先驱。瓦罗警告农民选择一个有利于人体健康的地点修建农舍，避免在沼泽附近修建，因为，正如瓦罗写的一样：

> 有一些眼睛看不见的小虫子在那里孳生，它们随风飘过来，就从嘴和鼻子钻进人体内，从而引起很难治好的疾病（见瓦罗，《论农业》，页41）。

虽然西塞罗和瓦罗的社交圈都对瓦罗友好，但是认为这个理论很荒谬。不过，这并不能抹杀瓦罗的医学贡献：瓦罗可能是唯一接近疾病的细菌理论的古罗马人。1800年以后，法国微生物家巴斯德（1822-1895年）才完全发展这个理论。

　　第二卷论述畜牧业，除了引言，还有11章。其中，第一章概述畜牧，包括它的起源、声誉和实践。第二至九章分别讲述绵羊、山羊、猪、牛、驴、马、骡和狗的饲养。第十章讲述牧人。第十一章讲述奶和羊毛。除此之外，这一卷的价值还在于第一章中一些动物词汇的词源考证。

　　第三卷分为17章，讲述家禽的饲养。第一章为引言和献词。比较有价值的是关于罗马建城的考证（参瓦罗，《论农业》，页149）。在接下来的章节中，最值得注意的是，关于蜜蜂养殖的部分（章18）"满含诗意"。而在《论农业》的其余卷次和章节里，语言则晦涩，冗长，甚至错乱。

　　与老加图差不多一个半世纪以前撰写的著作《农业志》相比，3卷书《论农业》不仅在于更讲究形式，而且在于更人性化和更系统化。这个学科的后世接班人是维吉尔和克卢米拉。在《农事诗》中，维吉尔把农业（agricultūra）当作诗歌的描述对象。

　　（四）古代研究

　　在罗马从共和国到帝国的过渡时期，人们对罗马古代的兴趣迅速升温。在使用编年史学家先驱关于罗马的纪录和作品方面，研究者和历史学家建立新的互助。在公元前46年瓦罗得到恺撒谅解、并受托建立公共图书馆以前，依赖于私人图书馆所有者的慷慨，他们被允许看珍贵的纪录和作品。作为图书馆员，瓦罗更有机会和时间去做学者的工作：考古。

　　瓦罗的晚年作品《人神制度稽古录》（*Divine Antiquities*）（奥古斯丁，《上帝之城：驳异教徒》卷6，章3）或《人和神的古代史》（*Antiquities*）长达41卷。据说，该书流传近1400年，后来在彼特拉克时代消失于一家当铺。这部"也许是他最伟大的"、"也最让人眼馋的著作"记述罗马初期的政治、宗教生活。

革利乌斯、塞尔维乌斯和马克罗比乌斯曾称引这部作品。圣奥古斯丁经常把它作为官方罗马宗教的资料来源，如《上帝之城：驳异教徒》。《人神制度稽古录》的篇章结构十分"精致"。全书划分为两个部分：人事（25卷）和神事（16卷）。

在人事方面，开头有一个总的导论（卷一），接着才以编年史为本，描写人事（卷二至二十五）。其中，第二至七卷描写人，第八至十三卷描写地方，第十四至十九卷描写时间，第二十至二十五卷描写事情（奥古斯丁，《上帝之城：驳异教徒》卷六，章3）。

在神事方面，体例大致相同，开头同样有一个总的导论（卷二十六）。接着，叙述神事。首先，写人（卷二十七至二十九）。其中，第二十七卷写大祭司，第二十八卷写鸟占师，以及第二十九卷写解释圣事的15个人。之后，写地方（卷三十至三十二）。其中，第三十卷写小神坛，第三十一卷写大神殿，以及第三十二卷写宗教圣地。然后，写时间，即节庆的时日（卷三十三至三十五）。其中，第三十三卷写节庆日，第三十四卷写竞技，以及第三十五卷写戏剧表演。再后，写圣仪（卷三十六至三十八）。其中，第三十六卷写宗教祭献，第三十七卷写私人的圣仪，以及第三十八卷写公共的圣仪。最后，写诸神本身（卷三十九至四十一）。其中，第三十九卷谈论确定的神灵，第四十卷谈论不确定的神灵，第四十一卷谈论主神和精选的神（奥古斯丁，《上帝之城：驳异教徒》卷六，章3）。

为什么瓦罗先写人事，后写神事？瓦罗自己作出了解释：第一，"神事是人们设置的"，因为"先有城邦，才有城邦设立的制度"；第二，如果他全面写神性，他会先写神事，后写人事，但是在此不是写全部，而只是写一些。对此，奥古斯都提出批判：第一，"真正的城邦不是由地上的哪个城邦设置的，而是自身创建了天上之城"；第二，所谓"不是全部"就是"没有"，即"既不是全部，也不是部分"，因为由于普遍的人性低于部分的神性，即使写一些神事，也应当放在人事之前（奥古斯丁，《上帝之城：驳异教徒》卷六，章4，节1-2）。

依据瓦罗的解释，神学——对神灵的系统处理——分成3种：神秘的（mythicon）、自然的（physicon）和城邦的（civile），即"诗人用的"神话（fabula）神学、"哲学家用的"自然（naturale）神学和"民众用的"城邦（civile）神学。在神话神学里，有许多虚构，与不朽者的尊荣和自然相敌对，所以瓦罗能够随意指出它的错误（奥古斯丁，《上帝之城：驳异教徒》卷六，章5，节1）。不过，瓦罗并不想让这种最骗人、最下流的神学远离城邦。虽然在自然神学里瓦罗找不到什么错误，但是瓦罗把这种神学从街头巷尾消除，封闭在学校里（奥古斯丁，《上帝之城：驳异教徒》卷六，章5，节2）。"第三种是在城邦里居住的公民，特别是祭司们，应该知道和管理的。这种神学使人们知道应该当众崇拜哪些神，对每个神应该怎样举办仪式和祭献牺牲"。接着，瓦罗认为，"第一种神学主要针对剧场，第二种针对世界，第三种针对城邦"（奥古斯丁，《上帝之城：驳异教徒》卷六，章5，节3）。

此外，瓦罗"确定的罗马建国日期（4月21日）成为官方的国庆日，至今仍然受到关注"。瓦罗研究古代，不是为了自己的缘故，而是作为古罗马的爱国者。因此，西塞罗（《学园派哲学》卷一，章3，节9）赞扬这个学识渊博的人：瓦罗才让作为外来人员的古罗马人把罗马城当成真正的家乡。因此，该作品占有突出的地位。

另一部关于古代的重要著作是《海布多玛底》（Hebdomades）。在序言中，瓦罗提及他当时84岁（duodecimam annorum hebdomadam），著有 490 卷书（septuaginta hebdomadas libro-rum）（革利乌斯，《阿提卡之夜》卷三，章 10，节 17，参 LCL 195，页 272 及下）。据此推断，该书写作时间为公元前 32 年。更多的学人称之为《图像集》（*De Imaginibus* 或 *Imagines*），包括 700 位对国家有贡献的人物的传记，15 卷，100 册，每册 7（ἑβδομάδα）人，故又称《七像集》。尽管该书已经失传，可是根据古代的称引推测，传记人物包括希腊人和罗马人，主要看历史功绩，既包括真实的历史，也指神话传说，如关于埃涅阿斯的传说。由此可见，它是研究古罗马文学史和文艺批评的一部重要史料。据老普林尼说，该作品曾流传到各个地区（《自然史》卷三十五，章 2，节 11）。但是很遗憾，它没有流传下来。

（五）文学批评

在文学批评方面，瓦罗首先对我们了解古罗马早期文学做出了贡献。首先，瓦罗提及了与宗教颂歌类似的祈祷词：

> 作家瓦罗（公元前 2 世纪）也曾提到过一段咒语，据说将它连续吟唱三天，即可治愈足风湿（见王焕生，《古罗马文艺批评史纲》，页 7）。

其次，瓦罗还提及宴会歌，称这种"颂扬祖辈"的歌唱是"无伴奏地"进行的（见诺维乌斯辞典）。不过，蒙森认为，这种习俗不是古罗马原始的，而是古希腊的。

瓦罗还写过一些关于文学与文学史的论述。其中，包括《论诗歌》、《论杂咏的写作》和《论诗人》（*De Poetis*）。《论诗人》的残段表明，在第一卷中，瓦罗考证过安德罗尼库斯的生活时期和恩尼乌斯的著作年代。

此外，瓦罗还写过论肃剧、谐剧和演说术的著作。其中，论

述最多的是普劳图斯，例如《关于普劳图斯的谐剧》（*De Co-
moediis Plautinis*）和《普劳图斯研究》5 卷［*Quaestionum Plauti-
narum libri quinque*］。从仅存的称引看来，瓦罗的功劳首先在于
建立了判定普劳图斯戏剧的准则：

> … ipsi Plauto moribusque ingeni atque linguae eius. Hac
> enim iudicii norma Varronem quoque usum videmus. Nam praeter
> illas unam et viginti, quae "Varronianae" vocantur, quas idcirco
> a ceteris segregavit, quoniam dubiosae non erant, set consensu
> omnium Plauti esse censebantur, quasdam item alias probavit ad-
> ductus filo atque facetia sermonis Plauto congruentis easque iam
> nominibus aliorum occupatas Plauto vindicavit, sicuti istam,
> quam nuperrime legebamus, cui est nomen Boeotia.

但是，它（即剧本——译注）本身的固有品质和语言
是判定普劳图斯本人的戏剧的准则。我们真的察觉，每个人
都在使用瓦罗的这个判定准则。因为除了被称作"瓦罗
版"、由于这个缘故同其他剧本分开的那 21 个剧本以外，
既然都不会存疑，而且他们一致认为，那么所有的剧本都是
普劳图斯的。也有人在别处证明，其简洁的文风和语言的诙
谐同普劳图斯的一致。由此推断，尽管它们已记在他人的名
下，可他还是断言它们是普劳图斯的作品，例如我们最近在
读的那个标题是《波奥提亚女子》（*Boeotia*）的剧本（卷
三，章 3，节 1-3）（引、译自 LCL 195，页 244 和 246。参
《阿提卡之夜》卷 1-5，前揭，页 173 及下；王焕生，《古罗
马文艺批评史纲》，页 285）。

> Sed enim*Saturionem* et *Addictum* et tertiam quandam, cuius

nunc mihi nomen non subpetit, in pistrino eum scripsisse Varro
et plerique alii memoriae① tradiderunt, ②

　　但是，关于《萨图里奥》(*Saturio*)、《债奴》(*Addic-tus*)和现在我想不起剧名的另一个剧本，瓦罗和大多数其他记性好的人也都说，它们是（普劳图斯）在磨房里写作的……(《阿提卡之夜》卷三，章3，节14；引、译自 LCL 195，页250)

　　瓦罗在《关于普劳图斯的谐剧》中还认为，曾经有个谐剧家 Plautius（普劳提乌斯），由于他的变格 Plautii 与 Plautus（普劳图斯）的变格 Plauti 相混，因而该作家的作品也记在了普劳图斯名下。

　　关于古罗马戏剧，瓦罗的另一个重要贡献在于区分了拉丁语戏剧的不同类型。谐剧分为披衫剧和长袍剧；肃剧分为凉鞋剧（希腊式肃剧）与紫袍剧（或官服剧、罗马式肃剧）。除此之外，还有阿特拉笑剧和模拟剧。

　　瓦罗认为，（一）凯基利乌斯、普劳图斯和泰伦提乌斯都很出色，各有所长：

　　凯基利乌斯在剧本情节方面获一等奖，普劳图斯因为对话、泰伦提乌斯因为性格刻画也得到最高的赞扬（译自《古罗马文选》卷一，前揭，页126）。

---

　　①　名词 memoriae 是阴性名词 memoria（记忆，记忆能力；回忆，往事；记得，记着）的二格形式，修饰前面的 plerique alii（大多数其他人），可译为"记得的、记性好的"。
　　②　单词 trādidērunt 是第三人称复数完成时主动态陈述语气，动词原形是 trādō，在这里的意思是"以书面形式传下来；叙述"，可译为"记述"、"记载"。

（二）瓦罗曾经考证过下面这三位作家的生存年代：

> 在瓦罗提供的次序中：提提尼乌斯、泰伦提乌斯和阿
> 塔，提提尼乌斯出现在泰伦提乌斯前面（译自《古罗马文
> 选》卷一，前揭，页175）。

（三）瓦罗很欣赏帕库维乌斯的肃剧："瓦罗在帕库维乌斯
的语言中看到了肃剧体裁的内涵"。

（四）瓦罗对阿克基乌斯也比较了解，并且关注戏剧的历史
和肃剧的地位：

> 瓦罗引用阿克基乌斯的一个文学史作品《训解》（Di-
> dascalica）：似乎关系到戏剧的历史。在戏剧历史中肃剧处
> 于中心地位，特别是用来美化自己的艺术（译自《古罗马
> 文选》卷一，前揭，页251）。

三、历史地位与影响

综上所述，阅历丰富、博学多著的瓦罗是一个精明的、有实
践经验的思想家，并且注重所有事情的实践重要性。瓦罗企图吸
取并且教授市民所有可以学到的东西。因此，瓦罗倾向于详尽地
论述某个专门的知识，如农业和拉丁语，是"古罗马第一个真
正的百科全书作家"。尽管瓦罗缺乏许多古希腊学者的批判意识
和西塞罗那种讲解理想人性的精神，可西塞罗还是带着对古罗马
的研究者和爱国者的欣赏之情，赞扬瓦罗的文学著作（西塞罗，
《学园派哲学》卷一，章3，节9）：

> 我们在自己的城邦里像做客一样漫游徘徊，但你的书把

我们带回了家，使我们能够认识到我们是谁和在哪里。你揭示了祖国的年龄，各个时代的特点，告诉了我们祭仪和祭司制度中的法律，展示了家庭和公共的纪律，各地的区位划分，一切神事与人事的命名、分类、职责、缘起（奥古斯丁，《上帝之城：驳异教徒》卷六，章2，见奥古斯丁，《上帝之城：驳异教徒》上，页220）。

受到瓦罗影响的首先是他的同时代人。一方面，同时代的人可以从瓦罗那里学到实用的经验与知识。另一方面，瓦罗带着爱国热情的古代研究让罗马人有了民族自豪感，让外来人员在罗马也有了家的感觉：西塞罗说，古罗马人感谢瓦罗，他们可以把罗马当作自己的家（《学园派哲学》卷一，章3，节9）。

此外，瓦罗还影响了不同领域的后世作家和学者，如维吉尔、彼特罗尼乌斯、革利乌斯、奥古斯丁和波爱修斯。

第三编

繁盛时期

第一章 文 献

第一节 奥古斯都的报告文学[①]

一个时代以一个男人的名字命名。这个有影响的男人就是奥古斯都。这里将讨论他的两篇文章。这两篇文章并不属于狭义上的文学作品，而是属于文献。

13 年，奥古斯都将他的遗嘱存放在罗马的维斯塔贞女（Virgo Vestae）[②] 院。遗嘱包括帝国的军事与财政资源的概述和一篇发自肺腑的政治遗言——《业绩》或《神圣奥古斯都的业绩》[*Res Gestae* 或 *Res Gestae Divi Augusti*]，即众所周知的《安奇拉铭文》（*Monumentum Ancyranum*）。之所以得名"安奇拉铭文"，就

[①] 参阿尔布雷希特主编，《古罗马文选》卷三（*Römische Literatur in Text und Darstellung*, 5 Bde. Herausgeber: Michael von Albrecht, Bd. 3: *Augusteische Zeit*. Herausgegeben von Michael von Albrecht. Stuttgart 1987），页 404 以下；LCL 152，页 332 以下；格兰特，《罗马史》，页 206 和 208。

[②] 关于维斯塔贞女，见《阿提卡之夜》卷一，章 12。参《阿提卡之夜》卷 1 - 5，前揭，页 53 - 56。

是因为发现铭文的地点是古罗马新加拉提亚行省的首府安奇拉（Ancyra，今土耳其的安卡拉）。那篇铭文位于当地尊崇罗马帝国权力的"奥古斯都和罗马神庙"（建于公元前25-前20年）的墙壁上。目前，铭文的副本保存得相当完好。

奥古斯都写过许多文学作品，可惜现已全部遗失（参格兰特，《罗马史》，页208）。不过，这位统治者因他的这篇报告文学而树立了一块丰碑。在《业绩》里，奥古斯都一方面自称是他的养父恺撒的复仇者，另一方面又扮演了他的前人温和、宽容的继承人（奥古斯都，《业绩》，节1-3），当然有特定的限制（quibus tuto potuit ignosci）。

在《业绩》里，奥古斯都列举自己的丰功伟绩，例如将金钱分发给"罗马人民"，包括士兵和平民，建立伟大的建筑，并赐予"人民"以玩乐。需要指出的是，奥古斯都惠民的心是真诚的，这些业绩也是真实的。不过，这些业绩都是建立在掠夺、没收和盘剥那些被杀害、被讹诈、被洗劫一空甚或被逼向死路的人们的基础上的。当地人之所以把奥古斯都当成救世主，是因为他们饱受战争之苦，万分厌恶混乱，十分渴望秩序与和平，哪怕是奥古斯都"礼送"的"罗马的和平（pax romana）"（参沃格林，《希腊化、罗马和早期基督教》，页179）。

墓志铭的文笔是朴实无华的。即使在这方面，奥古斯都也跟从了恺撒的品味。

第二节　书　信

第二个文献是奥古斯都写给小孙子盖尤斯（Gaius）的一封信。时间是10月1日前的第九天，即9月23日。

1世纪，盖尤斯在东部地区与帕提亚（Parther；亦译安息）

战斗。除了对孙子的爱，这封信还提及元首的迷信。元首很高兴度过了预示不祥的 63 岁。奥古斯都祈求诸神，希望在余生他们都很健康，国家达到鼎盛。

从这封信的语言可以看出，奥古斯都喜欢在拉丁语中加入一些古希腊语，这是他在不经意间从有教养的人那里听到的日常话语。这个统治者的思维完全是王公贵族的，这也是很明确的。

第三节　悼　词

所谓的《图里娅颂》（*Laodatio Turiae*）是一个古罗马女人的墓志铭，或许就是公元前 8 至前 2 年打凿的。这个文献是一篇悼词，具有墓前演说辞的特征。

依据 Filippo della Torre，蒙森估计（《罗马史》卷三），这篇悼词关涉维斯皮罗（Q. Lucretius Vespillo）与图里娅（Turia）。执政官维斯皮罗是庞培的追随者，公元前 43 年遭流放，而搭救人就是他的妻子。当然，在细节方面存在着与墓志铭的矛盾，以至于身份并不确定（ἀμφιβολία）。

在这篇颂词里，非常鲜明的个人特征让通常对家庭美德的表扬变得黯然失色。而这些个人特征给我们展现了一个重要的女人形象。

第二章　艺术演说辞

　　奥古斯都时期的艺术散文（Kunstprosa 或 artistic prose）[①] 已经多次具有帝政时期的特征。在共和国结束以后，演说术失去了政治意义。演说辞退回到了大教室。大量涌入演说辞的西塞罗风格让路于帝政时期散文的细长花剑。简短、尖锐的小句子替代了以前的"圆周句"。在"反驳辞"与"劝说辞"中，人们把修辞学运用于虚构的事件与情景。这方面的例子是举足轻重的演说术教师处理虚构的事件的两篇试作。其中，演说家拉特罗（Porcius Latro）处理这个题材以移情作用与内心的激动见长（拉特罗是奥维德钦佩的典范）。哲学家法比阿努斯（Papirius Fabianus）追求情景的直观性。法比阿努斯喜欢对照法与言简意赅的引言。对作家而言，这些修辞学的训练自成一派：心理描述与令人信服的虚构。

　　[①]　第一个艺术散文家是西西里岛莱翁蒂尼（Leontini）的高尔吉亚（Gorgias）。古希腊最伟大的艺术散文家是柏拉图与修昔底德。而古罗马艺术散文的杰出代表人物是西塞罗、塔西佗和李维，参曼廷邦德，《拉丁文学词典》，页160。

　　题材内容如下：有个人把他的儿子赶出了家门。这个人的儿子到一个交际花那里去，并且有了一个她的儿子。这个人的儿子承认她的儿子是他自己的。在生患重病的时候，这个人的儿子把他自己的儿子（可能是这个人的孙子）托付给他自己的父亲（即前述的这个人），然后死了。在这个人的儿子死后，这个人收养了他儿子认可的小孩（可能是这个人的孙子）。于是，这个人被他的另一个儿子指责愚蠢。

第三章　纪事书[①]

在黄金时代，由于统治者奥古斯都的宽容，譬如，奥古斯都并没有限制同情政敌庞培的纪事书作家李维的作品发表，纪事书写作也得以兴盛。其中，重要的史学作家有希腊人，例如西西里的希腊籍人狄奥多罗斯（Διόδωρος Σικελιώτης 或 Diodorus Siculus)[②] 和哈利卡纳苏斯的狄奥尼修斯（介于世界主义者与狭隘的民族主义者之间，用希腊语写作《罗马古事纪》或《罗马古代史》40 卷)，有罗马人，如波利奥、李维（爱国的民族主义者）和特洛古斯，以及写传记的希吉努斯（Gaius Julius Hyginus，亦译"海金努斯"）、写奥古斯都统治史的马拉修斯、写布匿战争的阿伦提努斯（Arruntius，即 Lucius Arruntius，约公元前 60 – 公元 10 年）等。

---

① 参科瓦略夫，《古代罗马史》，页 618；李雅书、杨共乐，《古代罗马史》，页 357 及下和 361。

② 世界主义者，著有《历史文库》（Ίστορικὴ Βιβλιοθήκη 或 Bibliotheca Historica）40 卷。

此外，还有奥古斯都时代的大活动家阿格里帕（M. Agrippa，即 M. Vipsanius Agrippa）、迈克纳斯、墨萨拉以及元首奥古斯都本人的回忆录。不过，阿格里帕、迈克纳斯和墨萨拉的回忆录没有传下来。

第一节　波利奥 [①]

一、生平简介

波利奥生于公元前76年（或前75年左右），是来自阿普鲁兹（Abruzzi）的基耶蒂（Chieti，意大利中部的省城，古称 Teatina Marrucinorum）的新贵。他的父亲名叫格·波利奥（Gnaeus Asinius Pollio）。他有一个兄弟，名叫 Asinius Marrucinus。

公元前56年，波利奥支持伦图卢斯·斯平特尔（Publius Cornelius Lentulus Spinther），进入公众生活。公元前54年，波利奥指控小加图的远亲盖·加图（Gaius Cato），但没有取得成功。

尽管最初支持伦图卢斯·斯平特尔，可在内战中，波利奥参与了恺撒一方的战斗，占领西西里（阿庇安，《罗马史》卷十四，章6，节40）。公元前48年，波利奥参加了恺撒与庞培的大决战：法尔萨洛斯战役（阿庇安，《罗马史》卷十四，章11，节82）。公元前45年，波利奥是裁判官。公元前44年，波利奥受恺撒派遣，以总督的身份指挥远西班牙（Hispania ulterior）的军队，与庞培的幼子塞克斯图斯·庞培战斗（阿庇安，《罗马史》

[①]　参《古罗马文选》卷三，前揭，页416以下；LCL 127，页312及下；王焕生，《古罗马文学史》，页292；王焕生，《古罗马文艺批评史纲》，页222。

卷十六，章 11，节 84）。

公元前 43 年，在后三头结盟（secundi triumviratus）以后，波利奥管理波河以北的高卢行省，主持给老兵分配从当地居民那里没收得来的土地。在此期间，波利奥曾协助维吉尔重新获得失去的土地。

在安东尼与屋大维的内争中，波利奥先站在安东尼一边（阿庇安，《罗马史》卷十五，章 7，节 46）。屋大维要求波利奥继续战争，逼近安东尼（《罗马史》卷十五，章 10，节 74）。后来，波利奥又参加安东尼一边（《罗马史》卷十五，章 14，节 97）。公元前 41 年（或前 40 年），波利奥是近西班牙的总督。在屋大维与安东尼的弟弟卢·安东尼和解时，波利奥开放阿尔卑斯山通道，不得再阻挠屋大维派往西班牙的军队（《罗马史》卷十七，章 3，节 20）。在二者开战时，波利奥作为安东尼的部将去解救卢·安东尼，但受阻（《罗马史》卷十七，章 4，节 31 以下）。在卢·安东尼投降后，波利奥退却，等待安东尼回国（《罗马史》卷十七，章 6，节 50）。

公元前 40 年，在屋大维与安东尼签订和解的《布伦迪西乌姆条约》时，波利奥是安东尼的全权代表（《罗马史》卷十七，章 7，节 64）。同年，波利奥当上执政官（《罗马史》卷十六，章 4，节 27），这是公元前 43 年"后三头（secundi triumviri）"允诺给波利奥的。不过，由于屋大维与安东尼之间的内战，波利奥在任期的最后几个月不能再履行执政官的职责。

公元前 40 至前 38 年，波利奥作为前执政官，出任马其顿（Macedonia）的行省总督。公元前 39 年，波利奥战胜了帕提亚，获得凯旋。

公元前 31 年，尽管波利奥疏远了安东尼，可波利奥记住以前安东尼的好，没有听从屋大维的命令去参加阿克提乌姆

（Actium）战役，而是选择中立。此后，波利奥退回到了个人生活，并且献身于文学，直到公元前5年死于图斯库卢姆的别墅。

二、作品评述

波利奥习惯朗诵自己的作品，所以他的文章是为大声朗诵量身定做的。停顿的节奏听起来也容易记住。波利奥支持卡图卢斯、贺拉斯与维吉尔。维吉尔的第四首牧歌就是献给波利奥的。

波利奥不仅是文艺批评家、著名的诉讼演说家，而且还是肃剧、爱情诗、语法研究与书札的作者。不过，波利奥最重要的作品是叙述内战的纪事书《历史》。《历史》总共17卷，讲述了公元前60年前三头同盟（secundi triumviratus）建立至公元前44年恺撒遇刺期间的历史。据此推断，可能是每年1卷。

三、历史地位与影响

老塞涅卡认为，在文风方面，波利奥仅次于西塞罗（老塞涅卡，《劝慰辞》篇6，节14），而昆体良认为，波利奥远差于西塞罗："与西塞罗的优点和悦人相距很远，令人觉得西塞罗似乎比他年长百岁"（《雄辩术原理》卷十，章1，节113）。有人认为，波利奥的写作方式是仿古的，阿提卡主义者的，修昔底德的。其正确的一面就是这个高深莫测的男人（波利奥巧妙地周旋于在共和派与恺撒之间，在安东尼与屋大维之间）也写出了自己的独特风格。不过，迄今为止还有人低估这种强烈的节奏，或许因此夸大了波利奥的"阿提卡主义（Attizismus）"。

波利奥的《历史》影响较大，后来成为阿庇安、老普林尼、老塞涅卡、苏维托尼乌斯、塔西佗等许多作家的史料来源。

第二节　李　维①

一、生平简介

Messalla Corvinus orator nascitur et T. Livius Patevinus scriptor historicus.

天生的演说家墨萨拉②与帕塔维乌姆［Patevinus，今帕多瓦（Padua）］的历史学家李维（译自《古罗马文选》卷三，前揭，页418）。

依据哲罗姆（Hieronymus）在《年代记》（*Chronicle* 或 *Temporum Liber*）里的这个记述，科瓦略夫推断，公元前59年是李维的出生年（《古代罗马史》，页19）。可是，在墨萨拉的事件中，哲罗姆的论证出了错，所以李维也可能在公元前64年出生。可以肯定的是李维的家乡帕多瓦。这座富裕而保守的小城为李维打上了深深的烙印，以至于当时的文学权威波利奥对李维浓郁的家乡色彩有微词（昆体良，《雄辩术原理》卷一，章5，节56）。估计李维出身于一个思想保守的富有家庭，受到了良好的教育。

———————————

① 参 LCL 127，页 272 及下和 306 以下；LCL 114、133、172、191、233、355、367、381、295、301、312、332、396 和 404；李维，《建城以来史》（前言·卷一），页 3 及下、10、12-14 和 150 及下；《古罗马文选》卷三，前揭，页 418 以下；王焕生，《古罗马文学史》，页 289-291；科瓦略夫，《古代罗马史》，页 19-21；詹金斯，《罗马的遗产》，页 27 及下和 118 以下；李雅书、杨共乐，《古代罗马史》，页 358 及下；朱龙华，《罗马文化与古典传统》，页 168 和 175 以下。

② 墨萨拉（Messalla Corvinus，公元前 64-公元 8 年）的演说优美而清晰（nitidus et candidus），不过缺乏力量，见昆体良，《雄辩术原理》卷十，章1，节113，参王焕生，《古罗马文艺批评史纲》，页 222。

30 岁以前，李维一直居住在家乡。公元前 29 年，李维移居罗马。不久以后，李维结识奥古斯都，曾任奥古斯都的外孙、后来的元首克劳狄乌斯的老师。李维与维吉尔、贺拉斯等一同出入于宫廷，属于上层知识分子。

尽管李维具有上流社会惯有的雄辩与哲学修养，可他并不醉心于仕途功名，甚或不曾担任公职，而是选择了著述人生。塞涅卡曾提到李维的哲学对话（塞涅卡，《道德书简》，封 100，节 9）。此外，李维还在一封写给儿子的信中阐述修辞问题（昆体良，《雄辩术原理》卷十，章 1，节 39）。很遗憾，这些著述都失传了。唯一保留下来的铭文证据就是在帕多瓦的家族坟墓上的碑铭。所幸，留传的《建城以来史》（*Ab Urbe Condita Libri*；又称《罗马史》或《历史》）足以证明，在古罗马伟大的历史学家中，李维是第一个职业作家。

在公元前 31 年阿提卡战役以后不久，李维就开始写作纪事书，在文学类型方面自称为"编年史"（《建城以来史》卷四十三，章 13，节 2）。公元前 27 至前 25 年，李维已经发表了前 5 卷（卷一至五）。李维与奥古斯都的友谊也开始于这个时期。接下来发表的书卷按照以下原则分卷：每一卷叙述几个 5 年加上几个 10 年的历史。然而，在第三个 10 年以后，这个划分原则显然不再一成不变地运用。在 14 年奥古斯都死后，李维发表了第一百二十一卷以下的那些卷。

李维可能比奥古斯都多活了大约 3 年。也就是说，李维死于 17 年，像科瓦略夫认同的一样（《古代罗马史》，页 19）。不过，即使是这个注明的日期最终也不确定。因为，倘若可以相信追溯的圣哲罗姆与苏维托尼乌斯的陈述：这个历史学家活了 75 岁，而李维生于公元前 64 年，那么李维肯定死于 12 年。

二、作品评述:《建城以来史》

(一) 篇章结构

《建城以来史》总共 142 卷,不过只有四分之一流传至今。它们分别是第一至十卷,第二十一至四十五卷。其中,第四十一卷和第四十三卷并不完整。除此之外,还有几个残篇。古代流传的摘要(periochae)讲述了遗失的部分(除卷一百三十六至一百三十七以外)。尽管那些文字不是很准确,可仍有助于我们更多地了解《建城以来史》的全貌。

《建城以来史》有个前言,叙述了李维选择罗马通史形式的原因。第一段,即前 5 节,阐述了促使李维总体上描述罗马建城以来历史的动机:一方面,罗马——"世界上最优秀的民族"——的伟大历史让李维引以为自豪,另一方面,记述罗马早期的历史让李维与时弊保持一定的距离。第二段,即第六至十三节,阐述了李维总体叙述历史的目的:道德教育。因此,李维对于罗马建城以前和建城之时的传说"既不想肯定,也不想驳斥",而是更加关注罗马历史发展的道德因素:罗马兴旺的基础在于道德的强盛,而道德的衰败则可能是罗马政权衰败的根源。科瓦略夫认为,李维是个说教的历史学家(《古代罗马史》,页20)。

依据已知的文字内容,《建城以来史》的正文分为 8 个部分。第一部分,即前 5 卷,叙述从埃涅阿斯抵达意大利开始,比较简略,而叙述的重点是罗马王政和共和国前期的历史,直至公元前 390 年高卢人入侵罗马。第二部分,即第六至十五卷,叙述罗马人征服和统一意大利的历史,至公元前 265 年。其中,第六至十卷叙述到第三次萨姆尼乌姆战争,更准确地说,叙述至公元前 293 年。第三部分,即第十六至二十卷,叙述第二次布匿战争前的历史，至公元前 219 年。第四部分，即第二十一至三十卷，叙述第二次布匿战争史，至公元前 201 年。第五部分，即第三十一至四十五卷，叙述到第三次马其顿战争结束，至公元前 167 年。第六部分，即第四十六至九十卷，叙述到苏拉去世，至公元前 78 年。第七部分，即第九十一至一百二十卷，叙述到恺撒遇刺及其以后的事件，至公元前 43 年。第八部分，即第一百二十一至一百四十二卷，叙述到德鲁苏斯去世，至公元 9 年。

从现存的文字来看，《建城以来史》从传说中埃涅阿斯到达意大利开始叙述，李维叙述的历史最晚涉及公元 9 年（参李维，《建城以来史》（前言·卷一），页 4）德鲁苏斯去世。由于德鲁苏斯之死并非重大历史事件，所以有的研究者推测，由于某种原因，李维没有能够完成他的写作计划。

（二）写作特点

如前所述，有益的道德教谕性是李维写作《建城以来史》的宗旨。所以，《建城以来史》最大的写作特点就是在思想内容方面"寓教于史"。假如把李维的《建城以来史》第一卷第九至十三章与同辈的希腊历史学家狄奥尼修斯的《罗马古事纪》（*Antiquitates Romanae*）第二卷第三十至四十七章作比较，不难看出李维的叙事艺术和思维特点。以罗马人抢劫萨宾妇女引发战争，到最后两族融合的故事为例，狄奥尼修斯关心细节，热衷于对传统中分歧之处的批评讨论，所以他的记述较长，而李维的叙述集中，具有戏剧性，所以记述简短。在思想内容方面，狄奥尼修斯把人物决定性动机贯穿于集体安全和繁荣的考虑之中，而李维关注的是人物的情感与道德。在他用鲜明的笔调刻画重要的历史人物时，李维不是对历史人物进行生平简介，一般也不直接进行评述，而是让读者根据人物的言行和他人的评论自己去评价。在描写人物的言行方面，李维喜欢在叙述中插入了演说辞。在传世的部分中就有 400 余篇演说辞。其中，最为出色的有卡米卢斯①关于反对罗马人迁入维安提的演说辞（《建城以来史》卷五，章51-54）、老斯基皮奥和汉尼拔在提基纳（Ticinus，亦译"提基努斯河"）战役前的演说辞（《建城以来史》卷二十一，章40-41 和43-44）和在扎马战役前的演说辞（《建城以来史》卷三十，章30-31）、老加图和卢·瓦勒里乌斯（L. Valerius）支持和反对奥皮乌斯法案的演说辞（《建城以来史》卷三十四，章2-4 和5-7）。虽然这些演讲辞主要来源于先前的作品，但其形式是李维根据所叙述事件的情势的需要和人物的身份进行拟定的，所以它们既可以活跃历史叙述的气氛，又可以表现人物的性格，从而使得李维的纪事书具有独特的魅力。

第二，从形式上看，《建城以来史》堪称"史家之绝唱"。《建城以来史》属于散文纪事书。而且是编年体古代通史。基于这样的原因，李维采用散文的形式，按照年代顺序依次叙述罗马的古代历史：从传说中的埃涅阿斯抵达意大利，一直叙述到德鲁苏斯之死。可能由于远古时代史料的缺乏，所以历史越久远，叙述越简约；历史越接近李维所处的时代，叙述越详尽。

从李维使用的史料来看，由于没有罗马早期历史的文献可供参考，当时也没有具有科学性的考古学，可供李维选择的就只能是第二手文字资料：文物家与历史学家的著述。研究表明，李维似乎基本上没有采用文物家特别是瓦罗和纪事书理论家西塞罗的记述。由此观之，李维采用的史料的来源是唯一的，即历史学家的著述。那么，李维是如何筛选之前的历史著述的呢？现代学界越来越普遍地认为，李维对材料——如塞尔维乌斯·图利乌斯

---

① 普鲁塔克，《卡米卢斯传》，参普鲁塔克，《希腊罗马名人传》上册，陆永庭等译，页 270 以下。

（Ser. Tulli）——进行过全面考证并研究过大部分前辈人的著作，如皮克托尔、皮索·福鲁吉、专史史家安提帕特、小年代记作家利基尼乌斯·马克尔（原译"马塞尔"）、夸德里伽里乌斯和安提亚斯，以及希腊历史学家波吕比奥斯。譬如，关于布匿战争的部分直接抄袭波吕比奥斯。可以肯定的是，尽管在前言中李维不想评判最早期的传说，可他还是曾经试图区分王政时代的传说的真实性。或许由于不具备修昔底德（Thucydides）的历史评判能力，李维的著作既有史实性，又有传闻性。但是，李维的文学才能还是让他的作品《建城以来史》成为最充分向我们展示罗马传统的拉丁文著作，而罗马传统则向我们提供了早期历史有价值的线索和不可或缺的见证。

第三，从语言文字来看，李维采用古典拉丁语写作《建城以来史》。李维的叙述句子大部分都是复合句，结构凝重，这有助于道德教育的严肃性。而头语重叠、排比结构等修辞手法又有助于增强道德说教的气势。总之，李维的《建城以来史》行文优美，堪称"无韵之离骚"。

三、历史地位与影响

虽然李维的《建城以来史》给予了庞培很高的赞扬，因而发表以后引起了奥古斯都的不快，但是这并没有损害李维同奥古斯都的友谊。李维在世时就享有很高的声誉，在影响力方面甚至与维吉尔并列。李维的史著《建城以来史》也受到了充分的肯定。昆体良认为，李维可以和希罗多德相比拟，因为李维的叙述文字特别鲜明、纯净，令人愉快，演说特别富有表现力，与所表现的人物和事件特别相称，对情感的描写，特别是对温和情感的描写，都是其他历史学家无法企及的（昆体良，《雄辩术原理》卷十，章1，节101-102）。塔西佗称赞李维的《建城以来史》

雄辩、忠实（塔西佗，《编年史》卷四，章34，节3）。塞涅卡、普林尼对李维的文字也有类似的评述。而詹金斯把李维的《建城以来史》和普鲁塔克的《传记集》相提并论，认为里面包含着一系列高尚的罗马历史人物形象。

可惜，完整的作品仅仅流传到6世纪。之后，大部分都佚失了，特别是罗马历史后期差不多与作者同时代的那些史实记述，而那些记述恰恰是最为详尽也最为可信的部分。即使现存的部分也是12世纪时才重现于世。尽管如此，李维的《建城以来史》还是影响深远。首先，它成为不少后世作家写史的重要史料来源，例如卢卡努斯的《内战记》和西利乌斯的《布匿战纪》。1世纪前半叶瓦勒里乌斯·马克西姆斯和1世纪弗龙蒂努斯在撰写史著时也从《建城以来史》中汲取史料。据苏维托尼乌斯的记载，罗马皇帝克劳狄乌斯（Claudius）年轻时曾受李维的启发撰写过历史（苏维托尼乌斯，《罗马十二帝王传》卷五：《神圣的克劳狄乌斯传》，章41）。

另外，李维对英国影响较大。譬如，李维遭到法国法学家和政治哲学家博丹（Jean Bodin，1530-1596年）的谴责："缺乏批判精神和不准确"，因为李维相信迷信，虚构演说词（博丹，《理解历史的简易方法》）。尽管如此，伊丽莎白时代（1559-1603年）哈维（Gabriel Harvey，约1545-1630年）至少读过李维四遍，并辩护说："不管演说的人是谁，李维总是李维"。1590年，通过对比阅读李维的《建城以来史》与奥古斯丁的《上帝之城》，哈维发现，李维提供了很多爱国主义、共和主义和纯洁生活的生动例证。此外，英国作家克拉朗登（Clarendon，即Edward Hyde Earl of Clarendon，1608-1674年）曾读过李维的著作。

最重要的是，受到李维的影响，马基雅维里写有《论李维历史的前十卷》。①

总之，李维的修辞史学派不仅成为罗马史学，而且还成为日后西方史学直到 19 世纪以前的主流。

第三节　特洛古斯②

特洛古斯（Pompeius Trogus）是古罗马奥古斯都时代比李维年轻一些的历史学家、古物学家。特洛古斯的祖籍是南高卢（即纳尔波高卢），其祖父曾在庞培麾下作战过，获得罗马公民权，其父在恺撒身边当文书。但是，特洛古斯是古罗马公民：出身可能——把运用的古希腊草案联系起来——对他的精神世界产生了决定性的影响。不过，原则上的"敌对罗马"可能不值一提。由于他的世界史立场，特洛古斯是李维的重要补充。李维突显罗马民族的东西。当然，特洛古斯也把民族的发展纳入罗马史。

公元前 19 年以后，特洛古斯撰写 44 卷《腓力史》（*Historiae Philippicae*）。这部作品未能直接留传至今。后代人见到的是这部作品的缩编和详细目次，仅保留于罗马历史学家尤斯提努斯（Marcus Junianus Justinus）的节选中（大约 3 世纪）。根据现存史料，这部纪事书的叙述从腓力一世开始，包括亚历山大去世后形成的各王国，直至它们同马其顿王国一起归入罗马统治之下。前 6 卷是全书的引言，叙述亚述（Assyria）、米底亚（Media）、

---

① 莫里森（James Morrison）：维柯与马基雅维里，林志猛译，林国华校，见刘小枫、陈少明主编，《维科与古今之争》（经典与解释 25），北京：华夏出版社，2008 年，页 27 以下。

② 参《古罗马文选》卷三，前揭，页 438 以下；王焕生，《古罗马文学史》，页 292 及下；科瓦略夫，《古代罗马史》，页 219 和 618；李雅书、杨共乐，《古代罗马史》，页 361。

波斯（Persis）、斯基泰（Scythia）等东方国家的历史，进而叙述希腊的历史。仅仅在第四十三卷里提及罗马古代史。在最后一卷里，作者连带叙述了高卢与西班牙的历史。总之，在《腓力史》里，特洛古斯论及世界帝国中心的转移问题，因而《腓力史》具有世界史的性质。

值得一提的是源于米特里达梯的演说辞［关于演说提纲的标题，参克里托克那图斯（Critognatus）的演说辞，见恺撒，《高卢战记》卷七，章77；撒路斯特，《历史》卷四，69：米特里达梯的书信；大约还参特洛古斯，《腓力史》卷二十九，章2，节1–6；另外，塔西佗的《阿古利可拉传》（Agricola，全名 Cn. Iulius Agricola；节30–32）；《历史》（卷四，章14，节17）］。与古代大多数历史学家不同，特洛古斯在纪事书中拒绝使用直接引语，因此使用间接引语。语言与文笔都不受复古时期文艺作品风格的影响。这与拉丁语古典散文的华丽部分有关。这部分是用来避免被遗忘的。这部拉丁语作品的质量有多好，语言有多地道，都体现在不能逐字逐句地翻译上。

特洛古斯写过多方面的著作，如《动物志》。老普林尼在《自然史》中称引过，并称特洛古斯是最严肃的作家之一（《自然史》卷十一，章52，节275）。老普林尼还称引过特洛古斯的植物学方面的材料。从称引的片段看，这些作品可能不是原创，而是对亚里士多德同类作品的翻译或改写。

第四章 术 书

除了前述的文献和纪事书，奥古斯都时期还出现过一批术书作家，例如维里乌斯·弗拉库斯、希吉努斯（Gaius Julius Hyginus）和维特鲁威。他们博览群书，知识渊博，因此，他们的著述涉及社会生活的方方面面，包括宗教、语言、风俗、史事疏释和考证等。譬如，奥古斯都的女婿、著名的统帅阿格里帕（公元前63－前12年）绘制当时全部已知世界的大地图，希腊人斯特拉波（Strabo，公元前66－公元24年）著有17卷《地理学》（*Geōgraphia*），[①] 具有文化历史的性质。

第一节 维里乌斯·弗拉库斯[②]

维里乌斯·弗拉库斯（Marcus Verrius Flaccus，约公元前55－

---

① 参科瓦略夫，《古代罗马史》，页619和372；李雅书、杨共乐，《古代罗马史》，页382以下。

② 参王焕生，《古罗马文学史》，页293；曼廷邦德，《拉丁文学词典》，页212；科瓦略夫，《古代罗马史》，页24和619。

公元 20 年）是一位获释奴隶。维里乌斯·弗拉库斯设立学校讲学，成为奥古斯都时期非常有名的教师。后来，维里乌斯·弗拉库斯曾被邀请入宫，当奥古斯都的孙子盖尤斯（公元前 20－公元 4 年）和卢基乌斯（公元前 17－公元 2 年）的教傅。

维里乌斯·弗拉库斯是语文学家和"好古的"古物学家。维里乌斯·弗拉库斯的著述涉及面广，包括《加图词语疏释》(*De Obscuris Catonis*)、《论正字法》(*De Orthographia*)、《书信集》(*Epistulae*)、《论词义》(*De Verborum Significatione vel Significatu*) 等语文学作品，《史事举要》(*Rerum Memoria Dignarum Libri*)、① 《埃特鲁里亚史纪》(*Res Etruscae* 或 *Disciplinarum vel Rerum Etruscarum Libri*)、《普莱内斯特岁时记》(*Fasti Praenestini*) 等历史著作，以及《萨图尔努斯神》(*Saturnus*) 等宗教作品。其中，仅有《辞疏》传下一些片段。

维里乌斯·弗拉库斯的《论词义》的原著卷次浩繁，因此一再被缩编。大约公元前 2 世纪末的斐斯图斯（Sextus Pompeius Festus）的缩编本《辞疏》(*Sexti Pompei Festi De Verborum Significatu*) 仍有 20 卷。传世的斐斯图斯的《辞疏》(*Sexti Pompei Festi De Verborum Significatu quae supersunt*) 是 11 世纪的抄本——即特弗雷弗基亚尼斯使用的抄本（*Thewrewkianis copiis usus*）——的后半部分（前半部分在 15 世纪以前失佚），从字母 M 起。

此外，史学家保罗（Paulus Diaconus，约 720－799 年)② 再次对斐斯图斯的缩编本《辞疏》进行缩编：《斐斯图斯〈辞疏〉的节略》(*Sexti Pompei Festi De Verborum Significatu quae supersunt*

---

① 亦译《朝花夕拾》(*Res Memoria Dignae*)，其中讲述了占卜者的故事（革利乌斯，《阿提卡之夜》卷四，章 5，节 6)，参《阿提卡之夜》卷 1-5，前揭，页 226。

② 拉丁语 Diaconus（狄阿康）意为教会（本笃会）的"执事"，因此又称"执事保罗"。作为史学家，著有《伦巴底人的历史》(*History of the Lombards*)。

cum Pauli epitome）。这个缩编本得以完整传世，成为了解前一个缩编本的前半部分的唯一材料来源。

第二节　希吉努斯

奥古斯都时期的另一位重要注疏家是希吉努斯（Gaius Iulius Hyginus）。希吉努斯大概生活在 1 世纪前半期。希吉努斯大约生于公元前 64 年，是亚历山大里亚人（苏维托尼乌斯认为，希吉努斯是伊比利亚半岛的西班牙人），师从希腊文法家科·亚历山大（Cornelius Alexander）。恺撒占领亚历山大里亚以后，将还是孩子的希吉努斯带回罗马当奴隶，后来被奥古斯都释放，并担任奥古斯都建立的帕拉丁宫廷图书馆馆长。希吉努斯收过许多学生，如摩德斯图斯（Julius Modestus）。希吉努斯不仅与诗人奥维德交好，而且还是前执政官和历史学家利基努斯（Gaius Clodius Licinus，著有 *Libri Rerum Romanarum*）的密友，并得到这位密友的慷慨接济。去世时（公元 17 年），希吉努斯很贫困（苏维托尼乌斯，《名人传》之《文法家传》，章 20）。

希吉努斯著有《名人传略》（*De Illustribus*）、《范例》（*Exempla*）、《特洛伊人的家庭》（*The Trojan Family*）、《意大利城市地理》（*Über die Italienische Topographie*）、《诸神的品性》（*Die Eigenschaften der Götter*）、《论家神》（*Über Penaten*）等历史作品，《维吉尔诗歌注疏》（*Vergilkommentar* 或 *Commentaries on the Poems of Virgil*）、《维吉尔传》（*Virgil*）、《关于赫尔维乌斯·秦纳的评注》（*Commentaries on Helvius Cinna*）等语文学作品，以及《论农业》（*On Agriculture*）、《论养蜂》（*On Beekeeping*）等经济学著作。可惜的是，这些作品仅仅传下一些后世作家的称引。

　　此外，在古代还有两本作者身份待定的著作：《神话集》（*Genealogiae* 或 *Fabulae*，*Fabularum Liber*）和《天文学》（*Astronomica* 或 *De Astronomia*）或《诗意的天文学》（*Poeticon Astronomicon*）。① 其中，《神话集》分为 3 个部分：神和英雄谱系部分是图表式的，非常简略；神话传说部分叙述了各个谱系的相关传说故事；索引部分用于分类检索神话人物。由于这部作品的神话传说部分主要称引古希腊诗歌和戏剧，而这些作品大部分没有流传下来，它就成为研究古代作家及其创作的重要考证材料。

　　《天文学》解释了天文学概念、术语，记述了关于各天体的相关神话传说、星系的组成等。这部著作的结尾部分可能早就失佚。这部作品具有一定的史料价值，因为作者在说明各种天体起源时称引了诗人们的作品中的神话传说（参王焕生，《古罗马文学史》，页 293 及下；苏维托尼乌斯，《罗马十二帝王传》，张竹明等译，页 355 及下；曼廷邦德，《拉丁文学词典》，页 147）。

第三节　维特鲁威②

　　维特鲁威（Vitruv、Vitruvius 或 Marcus Vitruvius Pollio，约前 90-前 20 年）受到良好的教育，成为建筑师、工程师和学者。在恺撒与后来的奥古斯都统治下，维特鲁威主持修建了战

---

　　① 除了上述的希吉努斯以外，还有即将述及的神话作家希吉努斯与天文学家希吉努斯。写神话手册的希吉努斯与写天文学手册的希吉努斯可能同一，即公元 2 世纪中期的小希吉努斯。此外，还有写《论边界》（*De Limitibus*，约 100 年）等土地测量论著的希吉努斯（Hyginus "Gromaticus"），外号 Gromaticus 取自于罗马的测量仪器"瞄准杆"或"格罗马"（groma）。参曼廷邦德，《拉丁文学词典》，页 147 及下；王焕生，《古罗马文学史》，页 294。

　　② 《古罗马文选》卷三，前揭，页 442 以下；LCL 251 和 280；詹金斯，《罗马的遗产》，页 400-402、407 和 411；朱龙华，《罗马文化与古典传统》，页 204 及下和 207；王焕生，《古罗马文学史》，页 294。

争机械。① 维特鲁威在庙前（Fanum）修建大会堂，并且设计水管，或许是公元前 33 年在市政官亚基帕（Agrippas）领导下。由于奥古斯都的同父异母姐姐奥克塔维娅（卒于公元前 11 年）的说情，元首让维特鲁威的养老有了保障。

《论建筑》（*De Architectura*）是"从古代幸存下来的惟一一本保存完好的全面的建筑学论著"，它是献给奥古斯都的。维特鲁威在书中不仅着重阐述了时钟和机器的构造、水力学及军事工程，而且也强调了建筑师在人文和数学方面教育的重要性。在建筑美学方面，维特鲁威认为，建筑要注意比例、均衡和合适。

《论建筑》的篇章结构具体如下：第一卷讲述教育问题，美学基本概念，建筑与城市建设的划分。第二卷讲述建筑材料，第三卷与第四卷讲述寺庙建筑，第五卷讲述公共建筑，第六卷与第七卷讲述私人住宅与内部装修，第八卷讲述水管，第九卷讲述天文学与时钟，第十卷讲述机器。因此，它又叫《建筑十书》。《建筑十书》的写作时间是在上述的奥古斯都表示恩赐即维特鲁威退休以后。另一方面，在公元前 33 年以前，工作已经开始，直到公元前 20 年代。②

维特鲁威创造的知识有 3 个来源：来自自身的经验（如 269，11；204，7），来自他的（佚名）老师直接传授给他的手工艺传统（如 91，11），以及他在目录中列举的（多数是古希腊的）术书作家派西奥斯（Pytheos）、阿里斯托先诺斯（Aristoxe-

---

① 蒂尔舍（Paul Thielscher）在他的 RE—Artikel 中试图把维特鲁威与玛穆拉等同起来。RE-Artikel 意为 *Realencyclopädie* 词条，Paul Thielscher（蒂尔舍），参 *Paulys Realencyclopädie der Classischen Altertumswissenschaft*. R. 2, Bd. 9, 1 (1961) Sp. 419 – 489。其中，R. 2 意为 "Registerband（目录册、索引卷）2"，Sp. 意为 "栏"。

② 著述时间可能是大约公元前 32 至前 22 年，参朱龙华，《罗马文化与古典传统》，页 204 及下。

nos)、克特西比乌斯（Ktesibios，公元前 3 世纪，亚历山大的工程师）和狄亚德斯（Diades）。维特鲁威的自然哲学受到卢克莱修的影响；廊下派学者珀西多尼乌斯也起了一定作用。天文学是教诲诗人阿拉托斯传授的。

维特鲁威的行文是民众的，比较简明、清楚。语言是古风时期的（第二格如 materies；① 58，24）。更引人注目的是，通过运用同义词，追求多次能够注意到的修辞多样性。

维特鲁威的作品是有局限性的。这个"天生的保守者"忽视了"变革的共和时期的建筑物，例如帕勒斯特里纳（Palestrina）和提沃利（Tivoli）的圣所"。此外，维特鲁威系统而清晰地讨论了多利亚式、爱奥尼亚式和哥林多式建筑规则的起源和特征。

　　　对于维特鲁威而言，城市是对自然的一种表达，是井然有序的文明的中心。他描述出城市的布局、公共建筑、广场、柱廊、寺院、长方形会堂、剧院和私人住所（参詹金斯，《罗马的遗产》，页 400）。

可是，把这种规则分类作为罗马设计的关键，这种对丰富多彩的罗马建筑的概括是比较歪曲的。有趣的是，这种歪曲反而影响了文艺复兴时期的理论家，例如塞利奥（Serlio）。

尽管如此，维特鲁威的《论建筑》是第一部用拉丁语系统地写成的建筑学著作，既总结了希腊化时期的建筑理论和实践，也总结了罗马建筑术取得的成就，具有很高的实用价值：

---

① 拉丁语 materia，意为"物质；材料；建材"。

一、它提出了建筑科学的基本内涵和基本理论，建立了建筑科学的基本体系，通过大约两千年的考验，证明这些理论是科学的，至今仍然具有相当的效力；二、它提出了建筑师的教育方法和修养要求，特别强调建筑师不仅要重视才，而更要重视德，为后世的建筑师规定了准绳，树立了楷模；三、它把建筑技术和建筑艺术结合起来了，总结出古希腊、罗马时代的建筑实践经验，又创立了城市规划和各种建筑物的设计原理，为后世制定了规范，它提出了的"实用、坚固、美观"的设计原理至今依然对建筑创作起着作用；四、它介绍了当时的唯物主义哲学思想和自然科学成就，并把这些和建筑科学结合起来，而使建筑科学成为有学术根柢的科学分科（高履泰译）。①

因此，《论建筑》的影响较大。老普林尼与弗龙蒂努斯（Frontin）曾经引用维特鲁威的作品。法温提努斯（M. Cetius Faventinus，或许 3 世纪）印刷发行了一个选集。塞维利亚（Sevilla）的伊西多（Isidor）、阿尔昆（Alkuin）和艾因哈德（Einhard 或 Einhart）都知道维特鲁威。

文艺复兴以来，维特鲁威的影响之大几乎不可忽视。15 世纪 40 年代，阿尔贝蒂（L. Alberti，1404－1472 年）受到维特鲁威《建筑十书》的启发，创作《建筑学十书》（*De re aedificatoria*）。达芬奇（Leonardo da Vinci）与米开朗基罗（Michelangelo）引用维特鲁威的作品。第一个印刷版本发表于 1486 至 1487 年。1511 年乔康多（Fra Giocondo）出版了第一个有图表的版

---

① 见维特鲁威，《建筑十书》，译者序，北京：中国建筑工业出版社，1986 年，页 5 及下；朱龙华，《罗马文化与古典传统》，页 205。

本。1567 年，巴尔巴罗（Daniele Barbaro）出版了一个重要版本，并由著有《建筑四书》（*Quattro libri dell'architettura*，1570 年）的帕拉底欧（A. Palladio）绘图。纯粹维特鲁威的文本的印刷发行业务是罗马的维尔图学院（Accademia della Virtù）［（gegr.）1542］的目标。"第一个法语译本于 1547 年问世，然后是 1548 年的德语译本，1649 年的荷兰语译本和 1730 年的英语译本"。

　　1673 年，为了改进近代设计，克劳德·佩罗（Claude【C.】Perrault，1613-1688 年，建筑师，诗人佩罗的哥哥）出版新的法译本《建筑十书》，附有对理想古典建筑的评论和美丽图片。这就形成法兰西斯·布龙德尔（François Blundell）和雅克·法兰西斯·布龙德尔（Jacques François Blundell）原理的基础，而后者直到 18 世纪都一直控制法国建筑。而 1909 年舒瓦齐（Auguste Choisy）①的唯理论作品则试图影响现代设计。

---

　　① 原译"克特斯"。舒瓦齐（1841－1909）著有《建筑史》（*Histoire de l'Architecture*，1899）、《维特鲁威》（*Vitruve*，1909）等。

第四编

衰微时期

第一章　修辞学与演说辞

第一节　老塞涅卡 [①]

一、生平简介

公元前55年左右，老塞涅卡或修辞学家塞涅卡（Lucius An-naeus Seneca）生于西班牙的科尔杜巴（Corduba），是一个经济收入很好的骑士家庭的儿子。少年时期，老塞涅卡在罗马肯定特别勤奋地献身于修辞学研究（他是当时所有著名修辞学家的听众）。然而，关于老塞涅卡只有部分时间在首都度过的余生的报道是不存在的。在罗马，老塞涅卡可能是皇帝的官员：帝国的税吏。老塞涅卡长于修辞、辩论和演说，是当时著名的修辞学家，甚或还是律师。从事这些活动使老塞涅卡感到充实。至少在晚

[①] 《古罗马文选》卷四，前揭，页25以下；LCL 463和LCL 464，页484以下；王焕生，《古罗马文学史》，页297；塞涅卡，《面包里的幸福人生》，前言，页1。

年，老塞涅卡才有空闲写作。在皇帝卡利古拉统治时期（37－41年），年事颇高的老塞涅卡才逝世。

二、作品评述

在3个儿子（其中有贤哲塞涅卡）和女婿马·安奈乌斯·米拉（叙事文学作家卢卡努斯的父亲）的请求下，老塞涅卡根据自己的回忆，把当时最著名演说家的讲述汇编成常见的一些书籍。书中演说练习的主题多数都是取自古希腊修辞学课程。

与此同时，老塞涅卡在10卷《辨驳辞》（*Controversien*，）中概要地重述了总计74篇辨驳辞，即关于支持和反对某个法律问题的探讨。每卷有6至10个题目，各卷的题目有可能重复，不过，事由和人物不同。老塞涅卡的辨驳辞都遵循以下3个步骤：首先，逐字逐句地解释现成的辩护词中值得注意的段落，这些辩护词中偶尔出现格言（*sententiae*）似的精彩部分；接着，借助于关于法律与公平的主要问题，阐述各个案例的划分（*divisio*）；最后，仔细检查策略，在具体案件中借助于这种策略可以让自己的事情唤起别人的特别信任，而把对手的事情描述成不可信，也就是说，似是而非（*colores*）。[1]

后来，老塞涅卡把7篇劝说性的演说辞合成一本书《劝慰辞》（*Suasoriae*），其中，可能劝告或者劝阻了某个特定的措施。老塞涅卡按意义采用了概述的叙述模式，也就是说，不存在似是而非（*colores*），似是而非（*colores*）在劝慰辞中自然没有地位。

从传世的《辨驳辞》和《劝慰辞》来看，老塞涅卡使用的案例有3种来源：希腊的神话传说和历史，例如阿伽门农与军中

---

[1] 老塞涅卡的《格言》（*Sententiae*）、《划分》（*Divisiones*）和《似是而非》（*Colores*）不是系统的修辞学论著，参《拉丁文学手册》，前揭，页236。

先知的指示；罗马历史人物，例如西塞罗和马略；现实生活，例如杀戮、抢劫、赎俘、过继和剥夺财产。修辞学家把这些案例典型化，并赋予它们以文学形式，使之成为训练学生的演说能力和修辞技巧的手段。

老塞涅卡肯定也考虑到把一些修辞手册、自己的笔记和少数几篇发表了的练习演说辞作为资料出处。最后还有这样的作品，在作品中论述并且引用原文字句地复述了几十年前作的演说辞，而没有失去原作者的个人风格，实现这一点只是借助于作者惊人的记忆力。根据他自己的表述，老塞涅卡确实能够用相同的次序复述近几年别人念给他听的两千个人名。

老塞涅卡努力开启儿子们对演说家一代的理解力，他们本身不认识并且渐渐地忘却了那些演说家，其背景自然是一种认识：当时的修辞学被理解为正在衰落。这种衰落长久地区别于奥古斯都和提比略统治时期演说术的繁荣。作为古罗马循规蹈矩的地方代表人物，老塞涅卡试图把这种衰落理解为越来越广泛地蔓延的奢侈，也理解为自然法则：任何繁荣时期之后肯定都是这样的衰落。老塞涅卡本人很清楚地感受到了这种衰落。老塞涅卡觉得，当时西塞罗是不可企及的榜样。老塞涅卡对他所处时代的演说练习本质的批评更是针对细节的：带着正常的感觉，老塞涅卡驳斥在辩论中提出的一些论据、甚至是太无聊的题目。但是，总体上，老塞涅卡是一个对演说艺术感兴趣的爱好者。老塞涅卡的风格介于古典时期的圆周句艺术与白银时代的拉丁文学飞快的顿音技巧之间，就像特别是他那个最出名的儿子（贤哲塞涅卡）为这种技术打上烙印的一样。

由于老塞涅卡的作品几乎具有全面介绍的特征，他的特殊创作才能只表现在各卷书的序言中。在序言中，老塞涅卡用智慧、幽默、有必要还用慎重的反话刻画各个演说家及其风格。鉴于作者借此机会表现出来的天赋，人们对老塞涅卡撰写的内战以来的特殊时代历史没有流传下来更加感到遗憾。

三、历史地位与影响

在衰微时期，老塞涅卡的作品为古罗马的演说本质给出了一个鲜活印象。在整个古代，老塞涅卡的作品都是形象直观的教材，深受喜爱。在 4 世纪，一个摘要作家还缩写老塞涅卡的《辩驳辞》，尽管偶尔没有顾及作品的本质。13 世纪，修道士特里韦（Trevet 或 Nicholas Trivet，约 1258－约 1328 年）[①] 对这个选本进行了评注。鉴于大多数演说题目不现实的特征，中世纪取材于老塞涅卡，创作一个故事集［《罗马人传奇》（*Gesta Romanorum*）］，这并不令人惊诧。这部作品本身仅仅以唯一的、偶尔丢失的手抄本保存至今，而且这些手抄本有更多的遗漏。至于以演说为主题的作品的第三至六卷、第八卷以及《辩驳辞》的多半部分，只能见到节选版本。

第二节　昆体良 [②]

一、生平简介

35 年左右，昆体良生于西班牙埃布罗河（Ebro）上游的卡

---

① 德文资料为 Nikolaus von Treveth（参《古罗马文选》卷四，前揭，页 27），可能有误，应为神学家、编年史学家特里韦，写有大量的神学作品与史学作品以及古典文学评论。

② 参《古罗马文选》卷四，前揭，页 36 以下；《昆体良教育论著选》，前揭，页 3、5 和 185－187；任钟印：译序，页 7 和 16；LCL 124 N、125 N、126 N、127 N、494 N、500 和 501；王焕生：《古罗马文学史》，页 358－360；王焕生，《古罗马文艺批评史纲》，页 201－203 和 212；《罗念生全集》卷八，前揭，页 292；李雅书、杨共乐，《古代罗马史》，页 376 以下；《基督教文学经典选读》，前揭，页 344 以下。

拉古里斯（Calaggurris）——今卡拉霍拉（Calahorra）——的一个小镇。不过，在青年时期，昆体良来到他父亲当演说家的地方罗马，就是为了享受良好的教育，即向那个年代最好的老师——即文法家帕莱蒙（Remmius Palaemon，佩尔西乌斯也是他的学生）和修辞学老师多弥提乌斯·阿非尔（Domitius Afer）——学习。此外，在罗马昆体良还曾倾听过小塞涅卡的演说。

大学毕业后，年轻的昆体良回到家乡，当修辞学教师和律师。接着在 68 年，当时的西班牙总督和后来的皇帝伽尔巴（Servius Sulpicius Galba）发现昆体良，并把他带到罗马。在罗马，昆体良同样当法院的演说家。

但是，弗拉维王朝第一位皇帝维斯帕西安（Vespasian，69年 12 月登基）委任昆体良为第一个拉丁语修辞学公职教师以后，昆体良几乎只献身于教书事业。作为教授，昆体良的影响已经超越了他的听众的狭隘圈子，属于这个圈子里的大约还有小普林尼。是的，昆体良尽可能地为下一代的修辞感觉和文学口味打上烙印。昆体良的学说甚至通过匿名发表的、他讲课的记录传播到帝国里对文学感兴趣的圈子。昆体良本人在教学岗位上获得了最高的声誉。除了受到各种表彰，昆体良还从多弥提安那里获得荣誉执政官的头衔。

从教 20 年后，90 年左右，昆体良自己决定回归私人生活，以便献身于写作。不过，几年以后，昆体良又被召回，并且委以值得尊敬的使命：教授皇帝多弥提安的外甥孙，即小多米提拉（Flavia DomitillaMinor，多弥提安的妹妹）的女儿弗拉维娅·多米提拉（Flavia Domitilla）与弗拉维·克里门斯（Flavius Clemens）的两个儿子。昆体良与多弥提安的死亡时间（96 年）大致相同。在昆体良逝世（100、114 或 118 年）之前，80 年代（86年前后）他娶的年轻得多（年仅 19 岁）的妻子（90 年）以及两个小儿子（92 或 93 年）都死了。

二、作品评述

对于现世而言，昆体良的意义完全建立在他的演说术作品上。在失传的论文《论演说术衰落的原因》（*De Causis Corruptae Eloquentiae*）中，昆体良试图从演说术教师的角度出发，探究演说术衰落的起因。对昆体良而言，起因在于可以追溯到学校里脱离现实生活的演说练习的风气败坏。昆体良相应地在课堂实践中发现了控制朝不良方向发展的途径，其方法就是回归健康的古典风格。或许受到昆体良的这篇文章的启发，塔西佗写作了《对话录》（*Dialogus*），即《关于演说家的对话》（*Dialogus de Oratoribus*）。[1] 在《对话录》中，塔西佗试图在政治发展的全球框架内解释这种现象。

昆体良的作品只有献给友人马尔克卢斯·维克托里乌斯（Marcellus Victorius）、或许用于教导马尔克卢斯·维克托里乌斯的儿子格塔（Geta）的《雄辩术原理》（见《昆体良致友人书》；《雄辩术原理》卷一，前言）传世。受到朋友们的启发，昆体良在两年内写成《雄辩术原理》，并在他逝世前不久（约96年）出版。

《雄辩术原理》总共12卷，详细地阐述了昆体良自己的培养完美演说家的教育构想。第一卷论述在孩童时代就必须投入的基础教育，包括言传身教的学前教育和家庭教育（《雄辩术原理》卷一，章1-3）和文法学校的学校教育（《雄辩术原理》卷一，章4-12）。

---

① 拉丁语 oratoribus 是 orator（演说家）的复数，因此，原译《关于雄辩术的对话》不妥。

　　第二卷论述雄辩术学校的教育和雄辩术的原理。关于雄辩术学校的教育，昆体良认为，雄辩术老师应该德才兼备，既要教授学生怎样演讲，又要传授学生如何做人（《雄辩术原理》卷二，章3，节12）。昆体良和西塞罗一样，都很看重学生的创造性（卷二，章4，节8；西塞罗，《论演说家》卷二，章21，节88）。关于师生的关系，昆体良指出，教师的职责是教，学生的职责是证明他们是可教的（卷二，章9，节3）。只有借助于天性和教育，才能培养出理想的雄辩家（卷二，章19，节1）。

　　关于雄辩术的原理，昆体良首先指出，从词源来看，西塞罗把希腊文 Rhetoric（雄辩术）译成拉丁语 Oratoria（演说术）或 Oratrix① 是不准确的，之所以沿用，是因为雄辩术大师西塞罗的作品《论演说家》。

　　接着，昆体良把雄辩术分成3个部分：雄辩术的理论、雄辩家和演说辞（《雄辩术原理》卷二，章14）。

　　关于雄辩术的定义有很多。不过，昆体良认为，比较正确的定义是"雄辩术是善于发表演说的科学"（《雄辩术原理》卷二，章15，节38）。关于雄辩术的功用，昆体良认为，雄辩术既可以用来行善，也可以用来作恶，但把可以用来行善的东西看成是邪恶，这是不合适的，更何况把雄辩术定义为"善于发表演说的科学"就意味着"一个雄辩家必须是一个善良的人"（卷二，章16，节10-11）。也就是说，真正的雄辩术就是一种美德（卷二，章20，节4）。

　　关于雄辩术的艺术性，昆体良首先驳斥种种谬论，然后指出，雄辩术是艺术，因为"艺术就是经由确定的途径亦即通过

　　① 古拉丁语 Oratoria，Oratorius 意为"演说术；修辞术"；Oratrix 意为"修辞术"；Orator 意为"（昆体良）女说情人，女代言人；女律师；调解人，中间人；（普劳图斯）申请者，请愿者"。

有次序的方法以达到目的的能力"(《雄辩术原理》卷二,章17,节41)。

关于雄辩术的素材,昆体良指出,雄辩术的素材包括雄辩家所遇到的需要讨论的一切事情(《雄辩术原理》卷二,章21,节4)。

总之,第二卷探讨雄辩术的性质和目的。在昆体良看来,雄辩术是一门艺术,是有用的,是一种美德,其素材是需要处理的每一个问题(《雄辩术原理》卷三,章1,节1)。

第三至十一卷先论述古希腊演说术的传统学说,后论述写作演说辞的原本技巧层面。其中,第三至七卷论述选材(inventio)和编排(dispositio),第八至十一卷论述思想的语言修饰(elocu-tio)、记忆(memoria)和演说(pronuntiatio)。

第三卷是"关于雄辩术的起源"。昆体良指出,西塞罗把雄辩术的起源归于建城者和立法者,这是不对的(《雄辩术原理》卷三,章2,节4)。昆体良认为,创造雄辩术的是观察(卷三,章2,节3)。据昆体良所知,雄辩术方面最早起步的人是恩培多克勒,但最早的教科书作者是西西里人克拉克斯和狄西亚斯(卷三,章1,节8)。第一个掌握雄辩术的罗马人是监察官加图,第一个写雄辩术论文的罗马人是马·安东尼(卷三,章1,节19)。不过,理论结合实践的大家是西塞罗(卷三,章1,节20)。

第十二卷是计划中最重要的一部分(卷十二,前言,节1),勾勒理想演说家的总体印象(《雄辩术原理》卷一,前言)。在昆体良看来,理想的或完美的雄辩家是老加图描述的"善良的、精于雄辩的人"(卷十二,章1,节1)。昆体良培养的对象是"具有天赋才能、在全部的大学文科(liberal arts)领域都受过良好教育的人,是天神派遣下凡来为世界争光的人,是前无古人的人，是各方面都超群出众、完美无缺的人，是思想和言论都崇高圣洁的人"（卷十二，章1，节25）。所以，哲学中的道德部分，即伦理学，肯定完全属于雄辩家的学习范围（卷十二，章2，节15）。只有洞察人的本性，通过学习和反省形成自己的道德，才能在演说上臻于完善（卷十二，章2，节4）。一个雄辩家的雄辩愈是有力，就愈接近雄辩术的真正本性（卷十二，章10，节44）。不过，昆体良清醒地认识到，雄辩术不能走极端，因为"安全在于中道"："伟大而不过度，崇高而不暴烈，勇敢而不鲁莽，稳重而不沮丧，有力而不懒散，生气蓬勃而不放荡，外貌悦人而不放肆，端庄而不装腔作势"，等等（卷十二，章10，节80）。

作品《雄辩术原理》的魅力肯定也在细节方面。各卷的前言打上了人的热情的烙印，或许有助于我们获得作者讨人喜欢的印象。譬如，有些朋友极力主张昆体良根据自己20年的教学经验写一部论述演说术的著作。由于不少希腊和拉丁作家写过类似的作品，昆体良起初并未同意，但后来却主动地、满怀热情地提笔而就。由于"广阔的天地"呈现在昆体良面前，所写的内容甚至比朋友们所要求的还广泛。可以说，《雄辩术原理》为演说家的教育提供了一部全面而系统的百科全书式著作（《雄辩术原理》卷一，前言，节1-5；卷三，章1，节22）。

在第十卷中，昆体良讨论一些可能用作未来演说家的文体风格典范的作家，并从演说术的角度展示了古代希腊语和拉丁语文学史的独特轮廓（《雄辩术原理》卷十，章1，节27）。昆体良从修辞学角度出发，按照文学体裁的分类，重点评述各类题材的重要作家。评述的顺序首先是诗歌方面的叙事诗诗人、诉歌诗人、讽刺诗人、抑扬格（iambus）诗人、抒情诗人、肃剧诗人和谐剧诗人，然后才是散文方面的历史学家、演说家和哲学家。关于古罗马文学的评论散见于本书相关的各个章节，这里不再重复。下面简述的是昆体良关于古希腊语文学的评论。

　　关于古希腊语文学，昆体良评述的顺序是诗人、戏剧家和散文家。关于诗人，昆体良认为，荷马是一切演说类型的源泉（《雄辩术原理》卷十，章1，节46），赫西俄德是中间风格的代表（卷十，章1，节52），帕尼阿西斯（Panyasis）综合了赫西俄德和安提马科斯的优点，在选材方面超过赫西俄德，在处理方面超过了安提马科斯（Antimachus；卷十，章1，节54）。教诲诗人阿拉托斯和亚历山大里亚时期的诗人特奥克里托斯对演说家意义不大（卷十，章1，节55）。此外，昆体良还评述了最杰出的埃勒格体诗人卡利马科斯和菲勒塔斯（Philetas）、最杰出的抑扬格（iambus）诗人阿尔基洛科斯以及品达（Pindarus）、斯特西科罗斯（Stechorus）、阿尔凯奥斯和西摩尼得斯。

　　关于希腊戏剧家，昆体良认为，谐剧是演说家教育的很好的材料。其中，阿里斯托芬、欧波利斯和克拉提诺斯是旧谐剧最优秀的作家（《雄辩术原理》卷十，章1，节66），新谐剧作家米南德对现实的真实描写和对人物性格的准确刻画都是值得演说家认真学些的（卷十，章1，节71）。在比较三大肃剧家以后，昆体良认为，欧里庇得斯的艺术手法与演说家的手法最接近，其作品思想丰富，格言警句言简意赅，剧中的独白和对话堪比演说家（卷十，章1，节68）。

　　关于散文家，昆体良认为，历史学家希罗多德的叙述富有魅力，修昔底德的叙述凝练、鲜明和富有力量，更应是哲学家的色诺芬的语言具有无与伦比的魅力。在最孚众望的希腊演说家中，最优秀的狄摩西尼一方面和西塞罗一样有共同的优点（在洞察力方面，条理性方面，划分、准备、论证的合理性方面，以及与选材有关的一切方面），但是另一方面又有差异（"狄摩西尼凝

练，西塞罗冗长；狄摩西尼叙述简明，西塞罗叙述充实；狄摩西
尼作战敏锐，西塞罗总是密集而有分量；对一个无法做任何删
削，对另一个无法作任何补充"；参《雄辩术原理》卷十，章1，
节76）。最年长的吕西阿斯的演说简明、雅致，论证清晰，达到
无可比拟的完美程度（卷十，章1，节78）。伊索克拉底语言优
美、纯洁，但过分关心演说辞的结构和韵律（卷十，章1，节
79）。埃斯基涅斯的语言饱满、丰富、庄严，但不够明细，多肌
肉而缺乏筋腱。许佩里德斯（Hyperides）的演说辞悦人、尖锐，
但更适合不太重大的案件（卷十，章1，节77）。哲学家柏拉图
受到得尔斐神示（即阿波罗神示）的感召，使演说的地位超过
了散文，甚至超过了诗歌（卷十，章1，节81），亚里士多德的
演说悦人无与伦比，特奥弗拉斯托斯具有杰出的演说才能（卷
十，章1，节83）。

　　然而，对接下来的时代具有深刻意义的是，昆体良以它为论
述基础的理想构想：界定一个浮现在他眼前的典范演说家，不是
简单地仅仅用精通技巧和准确地知晓他论述的素材，而是像老加
图已经要求的一样［演说者就是对讲话有经验的好人（orator est
vir bonus dicendi peritus）］，在特殊范围内也用演说者与道德原则
的关系。昆体良认为，"修辞学乃是一种关于高尚地演说的艺
术"，"这一界定包括了演说术的全部特性，而且首先强调指出
了演说家的道德修养，因为只有高尚之人才能高尚地演说"
（《雄辩术原理》卷二，章15，节34）。可见，昆体良与西塞罗
的观点如出一辙。基于这样的考虑，昆体良认为，修辞学属于实
用性科学，兼具理论性科学和创造性科学的一些特性，并且更具
有积极指导的性质（《雄辩术原理》卷二，章18，节1-3）。

　　因此，昆体良绝对不只是完成了一篇简单的修辞学方面的教
学文章。就像可以从标题猜测出来的一样，昆体良还提出了理想

教育的全套草案。从学生的角度看，昆体良重视连贯的教育。从教师的角度看，昆体良要求改善教学方法。由于这个原因，有人把《雄辩术原理》称作《演说家的教育》。作为深层次净化人性的全面教育力量，演说训练的构想主要针对沦为纯粹技巧的昆体良时代的演说术，可也——就像弗隆托的明显更加肤浅、但也完全可以相提并论的学说一样——针对本身特别要求教育特权的哲学（昆体良把哲学分为自然哲学、道德哲学和理性哲学）的影响。援引伦理的基本公理继续削弱了昆体良的意图：摆脱约束人的技巧桎梏。与对昆体良的同事而言完全不同，对昆体良而言，教学规章不具有教义的重要地位，而是根据各自的情况，分别按照具体处境的要求，按意义被改变，甚或完全被忽视。相应地，在选用原始资料时，昆体良采取的态度是折中主义：在引用的大量作家当中，起更大作用的至少有希腊语作家：卡莱阿刻忒（Kale Akte）的演说家凯基利乌斯（Kaikilios）和哈利卡纳苏斯的狄奥尼修斯，拉丁语作家西塞罗和科尔尼菲基乌斯（Quintus Cornificius，演说家和诗人）。

在演说术流派和风格方面，昆体良反对同时代的、特别是被小塞涅卡打上烙印的时尚风格，也反对已经产生影响的、决定下一个世纪拉丁文学命运的古风（阿提卡风格）。昆体良认为，演说术是可以学习的，可以发展的，没有一成不变的规则。因此，演说者要与时俱进，适应变化。最重要的是要有敏锐的分寸感，演说要力求做到恰到好处（《雄辩术原理》卷十二，章10，节1-80）。在实践中，昆体良坚决地追溯古典作家，特别是他把演说家西塞罗和诗人维吉尔视为值得模仿的典范，尽管他反对西塞罗的演说术产生于城市奠基者和立法者的观点，认为演说术作为一种语言艺术技能，产生于实践，远在国家出现以前。

昆体良认为，神明把理智赐予人类，但是"如果不能用语言表达我们凭理智接受的东西，理智便不可能那样有力地帮助我们，在我们身上得到那样明显的表露"（《雄辩术原理》卷二，章 16，节 15），所以神明"使人最为优越于所有其他动物的就是语言能力"（《雄辩术原理》卷二，章 16，节 12）。不过，演说不是一般性地使用语言，而是艺术性地使用语言，所以演说术对语言艺术的要求相当高：演说者不仅要通晓演讲的语言，而且还要自如地运用演说语言的规律。从这个意义上讲，演说者仅仅由自然本身获得语言能力是不够的。天赋能力充其量可以让演说者达到中等水平。要达到完美的水平。除了天赋能力，演说者还要依靠后天的学习（《雄辩术原理》卷二，章 19，节 2）。昆体良认为，实际利益迫使人利用和发展语言，思考和实践练习使语言达到完美（《雄辩术原理》卷三，章 2，节 1-30）。此外，在比较希腊语和拉丁语以后，昆体良发现，因为拉丁语缺少古希腊语中的一些元音和辅音，例如圆唇舌面前元音 υ 和辅音 φ 同其拉丁语转写 ph 和拉丁语本身的 f 的音质不一样，而且希腊语单词常常以悦耳的元音结尾，而拉丁语常常以双唇鼻浊音 m 和塞浊音 b、d 等结尾，所以希腊语柔和而悦耳，拉丁语刚强而枯燥。也就是说，在演说方面拉丁语不如希腊语。因此，昆体良提出，拉丁语演说者要扬长（拉丁语比希腊语有力）避短（拉丁语不如希腊语优美），要在内容方面多下功夫（《雄辩术原理》卷十二，章 10，节 37）。在实践中，昆体良以西塞罗的语言为导向，他绝不只是在模式上模仿，而是有效地继续发展西塞罗的语言。与他的伟大榜样相比，昆体良使用的圆周句在结构上更加不对称，更加松散。

以昆体良的名义流传下来的还有两本关于学校练习演说辞的集子（《雄辩术原理》卷一，前言），即《次要的练习演说辞》（*The Lesser Declamations*），包括内含 19 篇完全修改好的练习演说辞：《归于昆体良名下的主要练习演说辞》（*Major Declamations*

ascribed to Quintilian），另一本里有相当多的、附有教导说明
（一本篇幅还要大的集子的编号 244 – 388）的草稿：《归于昆体
良名下的次要练习演说辞》（*Minor Declamations ascribed to Quin-
tilian*）。古代史本身认为，这些片段是典型的昆体良的作品。不
过，在这些片段中，决定这种印象的是同时代演说课难以置信地
脱离实际和没有内容地爱说空话；而昆体良在他的教科书中正好
十分尖锐地反对脱离现实和言之无物。这个事实似乎表明，昆体
良绝对不是其作者。

三、历史地位与影响

昆体良是古罗马最后一位重要的修辞学理论家，他的《雄
辩术原理》主要有 3 个方面的价值。第一，概述了希腊罗马演
说术历史，评述了希腊罗马演说流派及其风格，系统地阐述了演
说术的各个方面，具有极高的修辞学和演说术价值。尤其是在谈
及罗马演说术时，昆体良十分自豪地宣称，西塞罗可以和任何一
个希腊演说家相比拟。第二，文学价值。《雄辩术原理》还概括
了希腊罗马文学史，并从演说术的角度评述了重要的希腊罗马作
家，特别是在概述罗马文学史时评论很精到、准确，抓住了最典
型的和根本的方面。此外，昆体良还经常提及并评述古希腊的绘
画和雕塑作品。由此可见，昆体良不仅是修辞学家和演说家，而
且还是文艺批评家。

在逝世以后的初期，昆体良对后世的影响相当小。2 世纪，
由于弗隆托宣传的古风影响，昆体良所代表的风格理想几乎被偏
见地认为没有意义。不过，从来没有把昆体良完全忘记过：哲罗
姆、鲁菲努斯（Tyrranius Rufinus，345 – 410 年）、① 后来的卡西

---

① 基督教教士、作家和神学家，著有《论信心》。

奥多尔（Flavius Magnus Aurelius Cassiodorus Senator）和伊西多都了解昆体良的《雄辩术原理》，修辞学家和文法家运用《雄辩术原理》，即使是中世纪也从昆体良的学说中受益。

昆体良的《雄辩术原理》曾经一度失踪，直到 1416 年，布拉乔利尼（Poggio Bracciolini，1380 - 1459 年）在瑞士圣·高卢（San Gallo）女修道院里意外发现昆体良的手稿。后来，弗吉流斯（1349 - 1420 年）为《雄辩术原理》作注。

在文艺复兴本身的人文主义教育理想中，直接重现昆体良的演说者理想及其以西塞罗为导向的古典，文艺复兴才让昆体良的学说获得新的现实性：像埃涅阿斯·西尔维乌斯·皮克罗米尼（Aeneas Silvius Piccolomini）——后来的教皇庇护二世（Pius II）——和梅兰西顿、尤其是埃拉斯谟之流的修辞学家和教育家都受到昆体良的影响。譬如，生于荷兰鹿特丹的文艺复兴时期尼德兰人文主义者埃拉斯谟认为，昆体良的教育理论完美无缺。

彼特拉克高度赞扬昆体良的教育成就：

> 你（昆体良）所完成的不是一把刀子的职责，而是一块磨刀石的职责，你在培养雄辩家方面所取得的成功，较之培养他在法庭上取胜更加伟大。我承认，你是一位伟大的人物，但你的最伟大的卓越之处是你给伟大人物以基础训练和塑造伟大人物的能力（见《昆体良教育论著选》，"英译者序"的前一页）。

路德（Martin Luther，1483 - 1546 年）也表示了对昆体良的钦佩：

> 我喜爱昆体良更甚于几乎所有其他教育权威，因为他既

是教师，也是楷模的雄辩家，即是说，他是以理论和实践的最巧妙的结合进行教育的［见《昆体良教育论著选》，译序（任钟印），页 16］。

昆体良的《雄辩术原理》作为教材进入学校的修辞学课堂，直到 18 世纪末还保持它的地位。后来，《雄辩术原理》被选集或者重新起草的教材取代，不是因为作品已经过时，而是因为作品的篇幅不够。

19 世纪，英国哲学家、经济学家密尔也从昆体良的《雄辩术原理》中受益匪浅：

> 他的著作是整个文化教育领域中古代思想的百科全书，我终身服膺的许多有价值的见解都可以溯源于少年时代阅读昆体良的著作［见《昆体良教育论著选》，译序（任钟印），页 16］。

正是现在，人们可能更乐于希望：昆体良对全面培养人的教育的理解产生更大影响。

第三节　小普林尼 ①

一、生平简介

61 或 62 年，小普林尼生于阿尔卑斯山南高卢的科摩姆

---

　　① 参《古罗马文选》卷四，前揭，页 50 以下；王焕生，《古罗马文学史》，页 363 和 365-367；王焕生，《古罗马文艺批评史纲》，页 247 以下；LCL 55 和 59。

（Novum Comum），今科摩（Como），是一个富裕家庭的后裔，属于贵族阶层。在父亲早逝之后，小普林尼的教育受到舅舅老普林尼的引导。后来，舅舅立遗嘱收养了小普林尼。小普林尼在罗马享受了学校的基础教育，此外，小普林尼还聆听昆体良的修辞学课。

大学毕业后，小普林尼献身于商务，商务适合于出身好家庭的年轻罗马人。从 19 岁开始，小普林尼已经当了律师，"开始发表演说"（《书信集》卷五，封 8，节 8）。在此期间，小普林尼多次和朋友塔西佗一起出现。

与此同时，小普林尼很快走过了前程似锦的仕途的各个阶段。开始时，小普林尼只当一些低级官吏。80 年代初，小普林尼是十人委员会（decemvir stlitibus iudicandis）成员，紧接着（82-83 年）又在叙利亚（Syrien）当副将（tribunus militaris）。在 1 世纪的最后 10 年里，小普林尼相继担任财政官（90 年）、保民官（91-92 年）、裁判官（praetura，93 年）、军需总管（praefectura aerarii militaris，94-96 年）和国库总管（praefectura aerarii Saturni，98-101 年）。小普林尼对多弥提安无好感，甚至很憎恶（《颂辞》，95）。在涅尔瓦统治时期（96-98 年）和图拉真统治时期（98 年开始执政），小普林尼才平步青云。100 年，小普林尼被任命为候补执政官（consul suffectus）。此后，小普林尼还被纳入占卜官委员会（103 年），被聘为第伯河监察官，负责管理第伯河和城市污水治理（curator alvei Tiberis et riparum et cloacarum urbis，第伯河管理局和城市污水治理委员会负责人）。直到 112 年左右，图拉真觉得小普林尼很重要：98 年图拉真授予这个尽管多次结婚可仍然无子女的人"三子法权（ius trium liberorum）"，所以用特别的机要职位表达对小普林尼的尊敬。作为皇帝的使节，小普林尼应该重新组织管理由于元老院经营不善而崩溃的比提尼亚行省。

　　不久以后，在担任比提尼亚的使节时，或者就在小普林尼返回罗马以后，113 年，小普林尼肯定逝世了。

　　二、作品评述

　　如上所述，小普林尼在仕途上春风得意。不过，小普林尼还是忙里偷闲，或阅读，或写作，或与（有名的或仅仅是新手的）作家们交往，并希望在罗马科学艺术最繁荣的时代（《书信集》卷六，封 17，节 5）为自己争取不朽的文学荣誉。在文学方面，小普林尼涉足截然不同的各个领域，尤其是书信、演说和诗歌。

　　（一）书信

　　小普林尼最重要的文学遗产是书信汇编《书信集》（*Epistulae*），总共 10 卷。其中，前 9 卷是小普林尼本人编辑发表的，总共 247 封信。这些信的时间介于 97 至 110 年之间，是小普林尼写给朋友们的。而第十卷主要是与比提尼亚地方长官的职务有关的公务通信（121 封），包括小普林尼的 70 封奏折与当时皇帝的 51 封批复回信，这些回信编辑自他的遗稿，中世纪被合成集子的第十卷。

　　小普林尼自己出版的信件一律涉及到艺术书信，也就是说，这些书信虽然表面上是写给个人的私人信件，但是事实上就像贺拉斯的文学信简《书札》和贤哲塞涅卡的《道德书简》（*Epistulae Morales*）一样，一开始起草就考虑到了发表，也许一部分书信压根儿也就没有寄送出去。因而，这些书信把重点放在维持表面形式、少见的构思和引人注目的表达。在撰写这些书信作品时，最重要的不是自发地希望秘密地告知对方自己的印象和感觉，就像小普林尼继续判断西塞罗的通信一样，而是在更广大的公众面前炫示自己的文学才能的意图。因此，在各卷书中，这些书信的编排自然也不是按照编年顺序（《书信集》卷一，封1，节10），而是按照素材的各种变换的艺术原则，这些素材变换据说可以依然保持读者的兴趣。

在内容方面，小普林尼没有追溯科学、宗教或者哲学课题，而是追溯更加引人注目的领域：受到社会重视的会话题目。小普林尼是否报道他自己的生活（家庭问题）、公开活动（诉讼问题、国家事务）或者闲暇（文学活动）？详详细细地描述他的一栋别墅的外貌或者观察他周围的人或事，甚至在这时扮演向一个历史学家提供信息的人的角色？多种散文的素材和动机总体上几乎没有什么界限。然而，由于美学上完整性的缘故，每封信本身一般都局限在唯一的对象上。不过，在无损于《书信集》作为文化和教育书信的特征的情况下，这些信也保留了一些作者的个性特征，以至于我们现在都还能够很好地了解小普林尼：这个人文化很高，有审美感，并且被内心深处的理想人性打上了烙印。当然，小普林尼也有一些小缺点，如胆小和小气，又很有效地追逐名誉。

在与皇帝的通信中，情况截然不同。这些书信由真正的公函组成，最初不是决定用来发表的，在小普林尼死后才按编年顺序出版。在各封信函（奏折）中，鉴于小普林尼管理行省面对的各种问题，他请求图拉真做出决定。合乎这个目的的是，这些信函的表达更加简单、简洁，只以客观事实为导向。不只是在那些公函中最有名的那封信件——有关基督教的信件——里面，小普林尼证明自己是一个小气和缺乏决断力的地方长官。而皇帝的回信证明一个统治者的政治家判断能力，也证明了完全容忍副将缺点的人克制的可爱。

像老师昆体良一样，小普林尼在风格上首先一度保留了西塞罗风格（Ciceronianer），这一点体现在遵循顿音技巧中。不过，小普林尼完全否认受到那个时代的影响：小普林尼的圆周句简明扼要，而且不像老塞涅卡的圆周句那样完全零散。小普林尼的语言最具有轻松、明确的优美，这种优美是符合小普林尼坚持的体裁的。

（二）演说

在《书信集》中，小普林尼多次提及自己的演说。在很细心的修改、增订和添加细节以后，小普林尼也在更加广泛的公众面前朗读，并且最后出版了诉讼演说辞，其中包括他认为具有重要政治意义（《书信集》卷九，封 13）的控告克尔图斯（Certus）的演说辞，发表时题为《为赫尔维狄乌斯报仇》。[①]作为律师，小普林尼因为这些演说辞而取得巨大的成功。此外，小普林尼很重视在家乡发表的为他自己捐献的图书馆开馆的演说辞（《书信集》卷一，封 8）。可惜，这些演说辞都失佚了。

在所有演说辞中，流传下来的只有 100 年小普林尼在元老院发表的演说辞《图拉真颂》（Panegyrque）。这篇颂辞是在小普林尼被提升为候补执政官之际写给皇帝图拉真的。颂辞首先叙述了图拉真登基前的生活，然后赞扬图拉真登基后为复兴国家所采取的各种内政外交措施和图拉真本人的各种优秀品质，最后感谢皇帝让小普林尼出任候补执政官。当时，小普林尼对皇帝图拉真的知遇之恩心怀感激，所以这篇演说辞中"词语华美，充满艳媚"。譬如，小普林尼称图拉真是最杰出的元首。不过，尽管这篇颂辞产生于作者真正的爱国热情和与皇帝联系起来的崇高理

---

① 原文"革尔维狄乌斯"（见王焕生，《古罗马文学史》，页 365）可疑，因为小普林尼《书信集》第九卷第十三封里只出现 Helvidi，即赫尔维狄乌斯。

想，因而"风格崇高，充满修辞色彩"，可由于它的篇幅很长——事后篇幅同样被扩充——和堆砌的修辞装饰，它还是失去了许多的影响。

（三）诗歌

根据《书信集》，小普林尼写过诗，不过全都失传了，仅仅在他写给友人的书信中传下 1 个片段：小普林尼自己的诗的摘引。在解答朋友关于十一音节体诗行（hendecasyllabus）的疑惑时，小普林尼称，早在 14 岁时，他就已经写了 1 部希腊肃剧。后来作为成年男子，伊卡利亚岛和大海激发小普林尼的诗歌灵感，在闲暇中创作拉丁诉歌。小普林尼也写过叙事诗，尝试写作十一音节体诗行（hendecasyllabus，这种诗流行于亚历山大里亚时期，后来卡图卢斯让它在古罗马流行起来）。在朋友们的影响下，特别是在西塞罗的诗歌的启发和激励下，小普林尼用各种内容轻松的即兴诗［至少可以与斯塔提乌斯的《诗草集》（*Silvae*）相提并论］打发时光。小普林尼发表这些诗，至少有 1 个诗集《十一音节体诗》（*Hendecasyllabi*）。小普林尼的诗集发表后深受欢迎：被阅读、传抄和吟唱，甚至希腊人也以七弦琴或竖琴伴奏，用拉丁语演唱（《书信集》卷七，封 4，节 2-7）。

当然，小普林尼的诗歌也受到不少人（特别是上流社会）的批评：内容不雅，不符合小普林尼的身份。对此，小普林尼辩称，他写这些诗歌只是闲暇时的消遣：他是人，"想领受所有纯真的娱乐形式"。诗中表达的情感不同，风格不同，是为了满足不同人的欣赏需求。其他"最富有学识、最严肃、最纯洁的人"（《书信集》卷五，封 3，节 1-5）或"非常伟大、高贵的人士"（《书信集》卷四，封 14）也写这种类型的诗，如卡图卢斯。小普林尼认为："诗人允许疯狂"（《书信集》卷七，封 4，节 10）。

尽管如此，小普林尼的诗歌并没有对后世产生多大的影响。

（四）文艺观点

在小普林尼的书信中，约有 40 封专门谈文学问题。

小普林尼厌倦了世事的纷扰，为自己退隐后"美好的清闲"感到十分惬意。在劳伦图姆庄园，小普林尼可以读书、写作或"锻炼支撑灵魂的身体"。小普林尼可以不听不值得听的，不读不值得读的。没有人在小普林尼面前诽谤他人。小普林尼也不指责任何人，除非他在写东西写得不如意的时候责备他自己。小普林尼的心"不为任何希望或恐惧所惑乱，也不为任何传闻所惊扰"。小普林尼谈话的对象只有他自己和书本。因此，小普林尼十分满足地说："啊，多么合适、多么单纯的生活啊！啊，多么甜蜜、多么高尚，差不多比任何事务都要美好的清闲啊"（《书信集》卷一，封6，《致弥尼基乌斯》）！

除了读书与写作，小普林尼非常热衷于参加朗诵会："我几乎出席了所有的朗诵"（《书信集》卷一，封 13，节 5）。其中，有些朗诵会是令人愉快的，如卡尔普尔尼乌斯（《书信集》卷五，封 17，节 4）和提提尼乌斯·卡皮托（《书信集》卷八，封12）的朗诵会。有些朗诵会却是令人不快的，如老师革尼托尔（《书信集》卷九，封 17，节 2-4）和自己的朗诵会（《书信集》卷一，封 13）。也有的朗诵会很可笑，如帕塞努斯·鲍卢斯的朗诵会（《书信集》卷六，封 15）。

"朗诵会"是共和国末期由波利奥首创的文化沙龙，在帝国时期广泛流行。铭辞诗人马尔提阿尔和讽刺诗人尤文纳尔、佩特罗尼乌斯等都批评朗诵的泛滥。不过，小普林尼却把朗诵会当作重要而有益的文学批评和鉴赏形式。小普林尼认为，"每个人都有自己当众朗诵的理由"。而对于小普林尼而言，他希望听众能给他指出他所疏忽的方面，"因为疏忽无疑是可能的"（《书信集》卷七，封 17，节 1）。于是，小普林尼归纳了自己的理由

（《书信集》卷五，封3，节2-9）：

> 首先，对听众的尊重会使准备当众朗诵的人远为认真地对待自己的写作；其次，对于有疑问的地方，他有如根据元老院的决定接受意见。他可以从许多人那里得到许多评点，即使他不可能直接得到它们，也可以根据面部表情和眼神、根据点头动作、手的动作、低声议论、沉默不语等，看出谁在想什么：人们可以根据这些明显的迹象把恭维与真正的评判相区别（见王焕生，《古罗马文艺批评史纲》，页252及下）。

小普林尼十分肯定这种集体批评（《书信集》卷五，封3，节10）：

> 群众由于人数众多，从而获得某种巨大的、集体性的健康思想，有些人单个地缺乏思考力，然而如果他们聚在一起，思考力便会变得很丰富（见王焕生，《古罗马文艺批评史纲》，页253）。

小普林尼也指出参加朗诵会、接受集体批评的最终目的：修改自己的作品。小普林尼说（《书信集》卷七，封17，节7）：

> 我不放过任何一个修改的机会：首先，我独自审阅已经写出的东西，然后把它们交给两三个人阅读，最后朗诵。请相信我，在这之后，我会非常认真地进行修改（见王焕生，《古罗马文艺批评史纲》，页253）。

　　基于上述的考虑，小普林尼才说："今年诗人们收获巨大，4月一个整月没有一天不朗诵"（《书信集》卷一，封13，节1）。

　　小普林尼看重当众朗诵，并把它和公开讲演进行了区分。首先，小普林尼认为，公开演讲也是对自己作品的一种检验形式，"崇敬、胆怯、畏惧——这些都是好法官"（《书信集》卷七，封17，节8），"舞台愈广，听众也愈复杂，但我们也敬重那些身穿不干净、沾满污垢的长袍的普通人"（《书信集》卷七，封17，节9）。小普林尼认为，这种听众的评判也是一种集体评判，有其合理的东西，但也强调，这种评判与真正的行家评判是有区别的。小普林尼不像肃剧家蓬波尼乌斯一样"交给人民决断"，而是召集"经过选择的人"，"对一些人注视，对一些人信任，对一些人观察，视每个人如单个的听众"（《书信集》卷七，封17，节11-12）。其次，小普林尼反对朗诵演讲辞，因为发表演说和朗诵演说辞的艺术效果不一样，例如"演说辞朗诵时会失去所有的力量和热情"（《书信集》卷二，封19，节2），也因为很难找到合适的听众（《书信集》卷二，封19，节6）。小普林尼认为，合适的听众是"那些最有学问的人"（《书信集》卷二，封19，节8-9）。

　　不过，在友人尤尼乌斯·毛利库斯的劝说下，小普林尼还是勉为其难地举行了演说辞的朗诵会。后来，小普林尼又朗诵了执政官就职演说辞。事后，小普林尼还谈及了演说风格问题（《书信集》卷三，封19，节8-10）：

　　　　我非常珍视我的听众，他们不仅是听朗诵者，而且是裁判者。我发现，令他们特别感到满意的是那些最为质朴的段落，……我为这种端肃的鉴赏趣味而高兴，希望将来人们都能这样进行评价。……我希望总有一天，温馨的甜蜜会让位于端庄的严肃。①

需要指出的是，小普林尼在这里说的"质朴"和"端庄的严肃"是相对的。因为小普林尼一方面要求评鉴者严厉，另一方面又要求相反的方面：有些方面必须向年轻人的听觉让步，特别是这样做与内容不相矛盾的时候。小普林尼认为，他尽可能使演说辞的风格多变化，以激起各种不同类型的读者的兴趣。小普林尼希望，风格的多样性本身会使所有的人都接受整篇演说辞（《书信集》卷二，封5，节5-7）。一脉相承的是，小普林尼认为，演说时需要大胆地创新："冒险不仅赋予其他艺术，也赋予演说特殊的价值"，"每个人引为注意的都是那些突出的、与众不同的东西"，不过，"需要特别认真和仔细地加以区分：是过度还是庄严，是崇高还是紊乱"。正因为如此，小普林尼十分欣赏一位"朴实而清晰，但不很崇高和华丽"的演说家："除了没有什么不足之外再没有什么不足"（《书信集》卷九，封2，节6）。可见，小普林尼基本上遵循西塞罗的演说理论和风格。

三、历史地位与影响

虽然《图拉真颂》对特别是300年左右高卢行省坚持的颂歌文学产生了很大的影响，但是并没有赐予《书信集》本身一个值得注意的长存。在后来叙马库斯（Symmachus，全名 Quintus Aurelius Symmachus）、西多尼乌斯（Gaius Sollius Modestus Apollinaris Sidonius）或者卡西奥多尔的古代书信集中，对小普林尼的

---

① 见王焕生，《古罗马文艺批评史纲》，页254。

模仿只是一种猜测。这些作品的质量远远地落后于这个作者设定
的标准。在中世纪，对书信的兴趣自然丧失殆尽。在黑暗的中世
纪，与图拉真的通信完全只是以手抄本的方式传播。

　　在文艺复兴重新发现之后，小普林尼才暂时具有更大的影
响：17、18 世纪首先在法国和英国兴盛的书信文学——法国书
信作家德塞维涅夫人（Madame de Sévigné，1626-1696 年）和英
国作家、社会评论家沃波尔（Horace Walpole，1717－1797
年）——主要是受到了小普林尼的影响。现在在大多数情况下
还只是把小普林尼——错误地——评价为 1 世纪到 2 世纪转折时
期古罗马高层社会的生活和自我认识的原始资料。

第四节　弗隆托[①]

一、生平简介

　　弗隆托生于努米底亚（Numidia）的基尔塔（Cirta）。青年
时期，弗隆托可能在迦太基和亚历山大里亚接受教育。

　　作为律师和演说术老师，时患"足疾"或"痛风"的前执
政官（exconsul，革利乌斯与奥勒留的老师）弗隆托获得了很高
的声誉（革利乌斯，《阿提卡之夜》卷二，章 26，节 1；卷十
三，章 20），以至于皇帝皮乌斯（Antoninus Pius，138-161 年在
位）聘请弗隆托当他的养子、后来的统治者奥勒留和维鲁斯
（Lucius Verus）的拉丁语修辞学老师。活着时，弗隆托与他的学
生（特别是两者中的长者）的关系都是真挚的，充满相互的爱

---

　　① 参 LCL 112，页 2 以下；LCL 113，页 48 以下；LCL 195，页 210 以下；LCL
212，页 370 以下；《古罗马文选》卷四，前揭，页 68 以下；王焕生，《古罗马文学
史》，页 386；王焕生，《古罗马文艺批评史纲》，页 269 以下。

和尊重，不过，在学生们面前，弗隆托也保持作为人和老师的独立性。在后来的年月里，奥勒留钦佩他的朋友格外正派。

除了教学活动，弗隆托也走仕途：已经被阿德里安吸收进元老院。143 年，弗隆托当了两个月的候补执政官（consul suffectus）。只是由于健康受到损害，弗隆托才没有当上亚细亚（Asia）行省的总督。

在弗隆托比他的妻子格拉提娅（Gratia）和几个孩子活得长之后，或许在将近 2 世纪 60 年代末的时候逝世。

二、作品评述

弗隆托的文字遗产长期完全丢失，直到 1815 年人们才发现 6 世纪的一份羊皮纸手稿的一些部分。这些部分尽管有很大的空白，可包含了皇帝们及其朋友之间用两种语言通信的部分：《致奥勒留》（*Ad Aurelium*）5 卷、《致维鲁斯》（*Ad Verum*）2 卷、《致奥勒留——论口才》片段、《致皮乌斯》（*Ad Pium*）1 卷、《致友人》2 卷（*Epistularum ad Amicos Libri II*）、希腊文书信 1 卷、历史论著片段和演说诵读练习辞数篇。这些书信与小普林尼的书信截然不同，原本不是用来发表的。这些书信写于 139 至 166 年期间。不过，这些书信是何时由何人编辑的，这是未知数。这些书信的内容多数都是无意义的，没有超越礼节性交流。

（一）关于修辞

然而，从专门探讨修辞学的书信、特别是教导书信的片断中，至少可以获得这位修辞学家非常片面的印象：如果修辞学家想像他以前的同行人士一样，在练习演说辞中论述诸如《烟尘颂》（*Laudes Fumi et Pulveris*）和《失职颂》（*Laudes Negligentiae*）之类的虚无主义，那么，对弗隆托来说，修辞学确实同时也是唯一决定性的文化权力。在教育和修养过程中，修辞学占有优先权。通过修辞学，人才能达到本来意义上的人：理想人性。在弗隆托的学生维鲁斯送往元老院的关于征讨帕提亚胜利的报告之际（165 年），对修辞学的完全不合比例的过高评价无以复加。弗隆托的反应就是表扬这篇文章的语言和修辞，并且认为：年轻人的文学研究以及通过阅读认识到英勇统帅的本性和行为对战争的大结局有责任！[1] 如果弗隆托以后打算在一部历史作品中赞扬维鲁斯的功绩，那么这个行为也完全是受到了颂扬修辞学的影响：在此，弗隆托把《历史原理》（*Principia Historiae*）概略地叙述为试作，它十分清楚地证明了这一点。

鉴于这种对自己的本行的过高估计，当后来奥勒留抛弃修辞学，转向哲学的时候，弗隆托遭到沉重的打击。在写给这位皇帝的好几封信《论口才——致奥勒留》（*Ad Antoninum*[2]*de Eloquentia*）——简称《论口才》（*De Eloquentia*）——中，弗隆托采用自己所掌握的精心琢磨的论证和修辞手段反对这个决定（《论口才》，封二，节 7；节 15），然而没有能够阻止这个决定。

此外，弗隆托还认为，哲学家在使用词汇时也是经过深思熟虑的，他们用自己的演说艺术为自己争得的荣誉并不亚于用智慧争得的荣誉（《致维鲁斯》卷一，封 1，节 3）。

事实上，在修辞学方面，弗隆托最为关注遣词造句，因为弗隆托认为，遣词造句会立即暴露你的无知［《与奥勒留的鸿雁往来》（*Ad M. Caesarem et Invicem*）卷四，封 3，节 1］。弗隆托要求认真选择词语，特别是提倡使用明显的古词。然而，假如有人索性把这种古词视为不合时宜的东西，那么就会错误地认

---

[1] 关于帕提亚战争，弗隆托写有《帕提亚战纪》（*De Bello Parthico*），参 LCL 113，页 20 以下。

[2] 这里的安东尼指奥勒留，因为奥勒留的全名是马尔库斯·奥勒留·安东尼。

识弗隆托所设定的真正目标。因为，弗隆托首先要求使用贴切的符合上下文的词汇，并且在句子中优先安排这样的词汇（《与奥勒留的鸿雁往来》卷四，封3，节4）。其次，弗隆托才要求使用罕见的和与众不同的词汇。从后面这个角度出发，弗隆托还批评西塞罗在选词时不太用心，因为在西塞罗的演说辞里"只可能找到极少数量使人意外的，非所预料的，只有借助于尽心、冥想、苦思和保存着许多古代诗人的诗句的记忆才能得到的词语"（《与奥勒留的鸿雁往来》卷四，封3，节3）。这种追求作为缺乏语言准确性的反向运动是天赋的。在2世纪的拉丁文学中，可以越来越多地观察到这种语言精确性的缺乏。清楚地表明这一点的首先是各个词汇的语义场消失。为了反对这种正在产生的语言浆糊，古典拉丁语文学几乎不可能再用局限于语言纯粹主义的词汇提供合适的知识；对表达的表现力和多样性——就像恩尼乌斯或者普劳图斯、老加图或撒路斯特的前古典语言所特有的一样——的追述在这里可望帮了一个大忙。因此，弗隆托推荐，从这些传统作家的作品中编制成语和同义词表是修辞学训练的前提。而在句法方面，出于上述的动机，弗隆托似乎正好对现代派的影响负有责任：弗隆托的风格简洁，充满智慧和精心的修饰。

（二）关于演说

弗隆托不仅是修辞学家，而且还是演说家。关于弗隆托在演说风格方面的观点，有3点值得注意。第一，极力推崇"原始简朴"的希腊阿提卡主义演说家和罗马古代的演说家。弗隆托认为，老加图是最该模仿的典范，因为"无论在演说方面，还是事业方面"，老加图"都超过所有的人"（《致维鲁斯》卷二，封1，节20）。弗隆托也把老加图同共和国时期的其他几位杰出的演说家进行比较：在民众集会上讲演，加图"不拘一格

（multiiugis）"，① 格拉古"激动（turbulente）"，② 图利乌斯（指西塞罗）"言语丰富（copiosus）"；③ 在法庭上，加图"严厉（saevit）"，④ 西塞罗"获胜（triumphat）"，⑤ 格拉古"喧哗（tumultuatur）"，⑥ 卡尔伍斯"争吵（rixatur）"⑦（《致维鲁斯》卷一，封1，节2）。需要明确地指出的是，弗隆托一方面通过比较撒路斯特的《喀提林阴谋》第五章第四节和西塞罗的《为凯利乌斯辩护》第十三节（参 LCL 447，页 420-421），批评西塞罗的修辞手法"平庸"，另一方面又认为，西塞罗"在自己的全部著作里表现出来的突出特点是语言特别优美，比任何一位演说家都更善于渲染自己希望引人注意的方面"［《致奥勒留》（*Ad Antoninum Imp.*）卷二，封6，节1-2］。

第二，严厉批评亚细亚主义和上个世纪的新风格，把塞涅卡和卢卡努斯视为亚细亚主义繁缛色彩的代表人物。弗隆托认为，罗马亚细亚主义是"杂乱的演说术（confusa eloquentio）"，兼具加图的"坚硬的松球果和塞涅卡的柔软而有些腐烂的李子"（《致奥勒留——论演说术（下）》，节2）。不仅如此，而且"这

---

① 拉丁语 multiiugis 是 multi（多种多样的）与 iūgis（永久的）的复合词，是形容词 multijugus（多种多样的；多方面的；多种形式的；有多种用途的）的复数形式 multijugīs 的替代形式，可译为"不拘一格"。

② 形容词 turbulente，turbulentus（激动的；混乱的），可译为"激动"。

③ 形容词 cōpiōsus："丰富的；多言的"，可译为"言语丰富"。

④ 动词 saevit 是第三人称单数现在时或完成时的主动态陈述语气，动词原形是 saeviō（发怒；狂骂；施暴）。此外，与 saevit 相近的是形容词 saevus（狂怒的；残忍的；野蛮的；严厉的）与阴性名词 saevitia（狂怒；暴怒；残酷；严厉）。因此，可译为"严厉"或"狂怒"。

⑤ 动词 triumphat 是第三人称单数现在时主动态陈述语气，动词原形是 triumphō，意为"获胜；成功；击败；热烈庆祝胜利；欢乐"，可译为"获胜"。

⑥ 动词 tumultuātur 是第三人称单数现在时主动态陈述语气，动词原形是 tumultuor（喧哗；骚动；反抗；惊慌失措），可译为"喧哗"。

⑦ 动词 rixātur 是第三人称单数现在时主动态陈述语气，动词原形是 rixor（争吵；争论），可译为"争吵"。

种演说术的首要的，也是最令人厌恶的弊端"是演说家采用不同的方式修饰自己的同一个思想。除了批评塞涅卡，弗隆托还批评卢卡努斯的叙事诗《法尔萨利亚》开篇对军队武器的描写过分冗赘。弗隆托认为：

> 演说辞里应该使用阿基琉斯的盾牌，而不是挥舞戏剧道具小盾和投枪。从管子里流出的水声比雨水汇成的急流尖细[《致奥勒留——论演说术（下）》，节7，见王焕生，《古罗马文艺批评史纲》，页271；参 LCL 113，页108及下]。

第三，为学生奥勒留推荐一种"端肃"的演说风格。弗隆托认为，奥勒留的演说风格应该与他的皇帝身份相称。这种风格就是弗隆托更喜欢的"端肃"。所谓"端肃"就是必须穿"由柔软的羊毛制成的服装"（比喻"有节制"），必须穿"绛红色的或紫红色的长袍"（比喻"审慎"），因为这样做，将会显得"审慎而有节制"[《致奥勒留》（*Ad M. Caes.*）卷一，封8，节3]。与此同时，弗隆托也强调演说辞的语言要严格，否则，演说辞便会显得不成体统，令人难以接受。所谓语言的严格就是要在元老院或人民大会发表演说的时候选择合适的词语，不使用令人费解的或不寻常的修辞格。弗隆托认为：

> ut qui scias eloquentiam Caesaris tubae similem esse debere, non tibiarum, in quibus minus est soni, plus difficultatis.
>
> 恺撒的演说应该像号角，而不应像竖笛。竖笛少了些发声的共鸣，多了些发声的阻碍[《致奥勒留》（*Ad M. Caes.*）卷三，封1，引、译自 LCL 112，页52及下]。

应该指出的是，弗隆托虽然主要关注演说辞的外在形式，但是也强调，内容是第一位，形式是第二位的。弗隆托从听众趣味的角度出发，主张在形式与内容发生冲突的时候形式让位于内容："宁可让演说辞的结构显得粗疏，而不要让内容受到损害"[《致奥勒留》（*Ad M. Caes.*）卷一，封8，节3]。

三、历史地位与影响

由于弗隆托在元老院、在皇帝面前或者还有作为律师举行的大量演说辞没有留下任何蛛丝马迹，我们就不能评价弗隆托是否懂得在实践中把他自己的原则转化为优美的引人注目的演说辞。然而，弗隆托的修辞学说——借助于修辞学说弗隆托试图赋予拉丁语新的力量——至少决定性地给他自己所处的那个世纪打上了烙印，直到同时也用西塞罗为这个世纪命名的古典时期结束的时候，还帮助弗隆托获得名誉和声望。同时代人革利乌斯认为，弗隆托是一位受到普遍尊敬的修辞学家（《阿提卡之夜》卷二，章26；卷十三，章29；卷十九，章8、10和13）。奥勒留认为，弗隆托的演说辞是"那样的完美，那样的雅致"，显然超过菲狄亚斯（Phidias）、阿佩勒斯（Apelles）、狄摩西尼或加图[《致弗隆托》（*Ad Frontonem*）卷二，封3，节1]。稍晚一些的修辞学家欧墨尼乌斯（Eumenius，3世纪后半叶）甚至把弗隆托和西塞罗相提并论，认为弗隆托是罗马演说术的另一个荣耀[《君士坦丁颂》（*Panegyricus ad Constantinum*），14]。马克罗比乌斯、哲罗姆等其他作家也给予弗隆托很高的评价，称赞弗隆托的修辞风格优美、准确和清晰。

中世纪，由于人们对弗隆托没有多大兴趣，弗隆托的作品消失得无影无踪。文艺复兴以后，人们通过古代作家的称引和评价才知道弗隆托。现存的一些著作是19世纪才发现的。

第二章 纪事书与传记

第一节 维勒伊乌斯·帕特尔库卢斯①

一、生平简介

公元前 20 年左右，维勒伊乌斯·帕特尔库卢斯（Velleius Paterculus）生于卡普亚（Capua）的一个骑士家庭。像他的父亲和祖父一样，维勒伊乌斯·帕特尔库卢斯选择了军官仕途。维勒伊乌斯·帕特尔库卢斯的父亲和祖父都效忠于后来的皇帝的父亲提比略·尼禄（Tiberius Nero），并且作为提比略·尼禄的党徒献出了生命。在朋友维尼基乌斯（Vinicius）手下，维勒伊乌斯·帕特尔库卢斯曾在色雷斯（Thrakien）和马其顿担任副将。后来，维勒伊乌斯·帕特尔库卢斯把他的罗马历史纪事书献给维

---

① 参 LCL 152，页 2 以下；《古罗马文选》卷四，前揭，页 76 以下；王焕生，《古罗马文学史》，页 312 及下。

尼基乌斯的儿子马·维尼基乌斯（Marcus Vinicius）。在当副将以后，作为奥古斯都后代盖尤斯（Gaius）的随从人员，维勒伊乌斯·帕特尔库卢斯又以同样的职位遍游东部各个行省（公元1年）。紧接着，在提比略的影响范围日尔曼尼亚（Germanien）、达尔马提亚（Dalmatien）与潘诺尼亚（Pannonien），维勒伊乌斯·帕特尔库卢斯在提比略的麾下当了8年的骑兵队长和军团副将。

公元6年，维勒伊乌斯·帕特尔库卢斯暂时返回罗马，以便在那里担任公元7年的财政官。不过，维勒伊乌斯·帕特尔库卢斯已经学会高度评价他的封建主的本质和能力，以至于在这个任期年结束以后，他放弃了一个行省总督的职务，以便马上又可以拥有他的军事岗位。13年，维勒伊乌斯·帕特尔库卢斯参加了提比略的凯旋仪式。14年，奥古斯都举荐维勒伊乌斯·帕特尔库卢斯任下年度的裁判官。15年，维勒伊乌斯·帕特尔库卢斯以裁判官（Prätur）的身份结束了他的公开仕途。维勒伊乌斯·帕特尔库卢斯的余生至少持续到30年以后。不过，维勒伊乌斯·帕特尔库卢斯的余生的状况和时间都不明确。

二、作品评述

在退休后的清闲岁月中，维勒伊乌斯·帕特尔库卢斯似乎在为一部较大的纪事书作品收集材料。据说，这部纪事书作品包括的时间段是内战开始（公元前49年）到他所处的那个时代，但是看样子尚未发表。

维勒伊乌斯·帕特尔库卢斯的朋友马·维尼基乌斯被选定为30年的执政官。作为献礼，在29年的最后几个月里，维勒伊乌斯·帕特尔库卢斯撰写罗马纪事书——流传下来的标题《罗马史》（Historia Romana）是有争议的——的纲要：《〈罗马史〉纲要》（*Compendium of Roman History*）。作为纲要，《罗马史》的叙述非常概略，完全是一种提纲性的，叙述得稍许详尽些的是第二卷中的内战史。

《罗马史》总共两卷。其中，第一卷叙述的历史从特洛伊的毁灭到公元前146年迦太基和哥林多（Korinth）的毁灭。第二卷叙述到30年朋友任执政官，最后以颂扬提比略结束。第一卷和第二卷的开篇是由大量的历史资料相当粗略和明显非常匆忙地汇编而成的，其中甚至可能提到老加图。里面存在描述事实及其时间的遗忘和错误的补遗。这表明，作者缺乏细心。

维勒伊乌斯·帕特尔库卢斯——对于一个古罗马人来说十分与众不同——也考虑到了古希腊和小亚细亚的政治历史以及文化与文学史领域，其理由肯定是他的十分个性化的兴趣。由于公元前49年以后的时间，这部作品才赢得了个性化的轮廓。关于这一段时间，维勒伊乌斯·帕特尔库卢斯可以依赖于自己收集的材料，最后还有自己的观察和经历。与此同时，在这一段时间里，军人维勒伊乌斯·帕特尔库卢斯的历史印象特别清晰。维勒伊乌斯·帕特尔库卢斯完全受到希腊化时代（Ελληνισμός 或 hellēnismós）的历史编纂学的影响，从伟大的历史人物及其动机的角度出发考察历史。此时，维勒伊乌斯·帕特尔库卢斯的具体评价标准隶属于明显的反大众倾向。而蔓延的历史关联在这种情况下完全退居次要地位。相应地，维勒伊乌斯·帕特尔库卢斯编排第二卷中讲述的大事件，很大部分都是围绕人物恺撒、奥古斯都和提比略。在这件事情上，维勒伊乌斯·帕特尔库卢斯特别为后者树立了打上深深忠诚和强烈爱戴烙印的丰碑，因为维勒伊乌斯·帕特尔库卢斯的个人提升归功于后者。尽管维勒伊乌斯·帕特尔库卢斯对皇帝的印象描绘得过分鲜艳，因为维勒伊乌斯·帕特尔库卢斯与后者私下长期接触（从他的主观立场出发，提比

略作为封建主比作为皇帝受到维勒伊乌斯·帕特尔库卢斯的评价
详尽得多），可是对我们而言，特别是因为出自同时代人的笔
下，这是对接下来一段时间有意显示反对提比略的纪事书写作的
一种有价值的纠正措施，尤其是像塔西佗的《编年史》（Annal-
en）所代表的纪事书写作一样。维勒伊乌斯·帕特尔库卢斯把古
罗马史继续解释为持续发展，而由于作为理想和不受扰乱的和平
秩序的担保人提比略的最高权力，这种发展达到顶点。

值得一提的是，维勒伊乌斯·帕特尔库卢斯对希腊文学和拉
丁文学的文学史给予了一定的关注。书中提及荷马和赫西俄德，
谈及不同时代文学的繁荣，谈及罗马古代文学和古罗马文学的繁
荣。譬如，维勒伊乌斯·帕特尔库卢斯采用历史学家的方法，试
图认识叙事诗作家维吉尔了解历史的目的论。当然，维勒伊乌
斯·帕特尔库卢斯的介绍和叙述只是一般性的，并不完整。

维勒伊乌斯·帕特尔库卢斯的风格证明了很好的修辞学和文
学教养。维勒伊乌斯·帕特尔库卢斯的句子简短，生动，表达富
含出人意外的高潮，这些特别体现在偶尔打磨出色的特征中。在
煞费苦心地琢磨过的格律和由艺术性的对照法与其余的修辞格确
定的形态中，语言已经以某种方式为塞涅卡的急躁风格做好了准
备。不过，也常常由于非常突然地插入的平淡、乏味的空话，冗
长、拙劣的句子搭配以及无理由的激情，语言大不如前。

三、历史地位与影响

尽管维勒伊乌斯·帕特尔库卢斯具有一定的文学才能，可他的
作品几乎没有长存过的迹象。其中，只有唯一的中世纪的手抄本流
传下来，这就不足为奇了。这个手抄本使维勒伊乌斯·帕特尔库卢
斯的文本（尤其是第一卷中的文本）流传下来，只是留有较大的
空白，例如开始部分失佚，第一卷叙述的罗慕路斯劫夺萨比尼妇女

至与马其顿国王佩尔修斯的战争残缺，第二卷中间稍有残缺。

第二节 瓦勒里乌斯·马克西姆斯①

一、生平简介

作为比维勒伊乌斯·帕特尔库卢斯稍晚的同时代人，瓦勒里乌斯·马克西姆斯（Valerius Maximus）出身于下层，是著名演说家塞克斯图斯·庞培的依从者之一。至于他的职业，就像从他的作品中推断出来的一样，瓦勒里乌斯·马克西姆斯最可能曾是修辞学老师。从瓦勒里乌斯·马克西姆斯的生存时间只能在一定精确程度上推断出他编写手册的时间。由于瓦勒里乌斯·马克西姆斯报效皇帝提比略，而且以提比略的宠臣西亚努斯（L. Aelius Seianus）的倒台为前提，这本手册发表时间肯定是于 31 至 37 年之间。

二、作品评述

瓦勒里乌斯·马克西姆斯写的 9 卷《名事名言录》或《善言懿行录》（*Facta ac Dicta Memorabilia*）被视为修辞学学校教学实践必需的工具书。为了修饰练习演说辞，而练习演说辞是演说家训练的主要内容，人们真的必需各种各样题材的大量样本。瓦勒里乌斯·马克西姆斯想用他的集子，使费时间寻找分散在整个文学里的例子变得多余。

瓦勒里乌斯·马克西姆斯提纲挈领地按照事物类别编排素材。第一卷写"宗教"。第二卷写"政治机构"。第三至六卷写

---

① 参 LCL 492 和 493；《古罗马文选》卷四，前揭，页 80 以下；王焕生，《古罗马文学史》，页 314。

"性格优点"。第七、八卷是"杂论"。第九卷写"性格弱点"。这些事物类别又按照题材分成95章，例如关于仁爱和温和，关于感激，关于忘恩，关于爱父母，关于爱兄弟和关于爱祖国。其中，在每一章里，瓦勒里乌斯·马克西姆斯都从古罗马文献中援引几个例子，在大多数情况下还要补充少数外邦的例子。这少数例子一般来自希腊地区。瓦勒里乌斯·马克西姆斯试图让他的作品超越纯粹技术方面的意义，赋予他的作品以训世的、进而才成为狭义的文学特色。

　　瓦勒里乌斯·马克西姆斯的资料来源主要是西塞罗和李维，也有撒路斯特、瓦罗、老加图和共和国时期的编年纪史学家以及——罗马以外的例子——特洛古斯。此外，瓦勒里乌斯·马克西姆斯也考虑到直接影响他的文学前辈奈波斯、希吉努斯（Gaius Julius Hyginus）——不同于著作《天文学》（Astronautica）的小希吉努斯（Hyginus）——和蓬波尼乌斯·鲁孚斯（Pomponius Rufus）收集的例子。瓦勒里乌斯·马克西姆斯对他采用的史料不加批评，或许也没有力求合理。在瓦勒里乌斯·马克西姆斯的作品中，多次出现混淆不同的人物、编年错误和别的草率错误。

　　按照他的基本思想观点，瓦勒里乌斯·马克西姆斯是保守的。瓦勒里乌斯·马克西姆斯不停地赞扬古罗马人的美德（virtūs）及其过去的伟大。在这件事情上，瓦勒里乌斯·马克西姆斯部分地运用一种相当乏味的道德说教的术语。瓦勒里乌斯·马克西姆斯对政治素材的处理相应地打上了贵族派的烙印。瓦勒里乌斯·马克西姆斯曾用最卑躬屈膝的献媚语言颂扬执政的皇帝及其家族。

　　受到编写特点的限制，作品的风格大部分相当枯燥和贫乏。然而，偶尔，特别是在各个章节的引言和评论中，非常清楚地表明了瓦勒里乌斯·马克西姆斯受到修辞学派的影响：通过牵强附会的、讲究修辞的文饰、灵光乍现的隐喻和警句、矫揉造作的词序和不自然的噱头，瓦勒里乌斯·马克西姆斯试图用作品的精彩部分美化他的作品并不引人注目的基本特征。

三、历史地位与影响

在古代，瓦勒里乌斯·马克西姆斯的《名事名言录》由于内容驳杂，能满足不同的需要，很受人喜爱。譬如，老普林尼、弗龙蒂努斯、普鲁塔克、革利乌斯和拉克坦提乌斯（Lucius Cae-cilius Firmianus Lactantius）都大量地称引。4、5 世纪编写了两卷选录。作为阅读广泛的作家，瓦勒里乌斯·马克西姆斯也决定性地为中世纪和文艺复兴对古罗马人明确的概念打上了烙印。即使现在，瓦勒里乌斯·马克西姆斯至少也还可能帮助人们获得关于1 世纪初修辞学课本质的生动印象。

第三节　库尔提乌斯·鲁孚斯①

一、生平简介

在库尔提乌斯·鲁孚斯（Quintus Curtius Rufus）名下流传至今的有 10 卷《亚历山大传》（*De rebus gesti Alexandri*）或《马其顿亚历山大大帝史》（*Historia Alexandri Magni regis Macedonum*）。不过，由于除了其它的一些段落丢失以外，还正好丢失了前 2卷，以至于序言缺少作者的献辞和自己关于他个人与意图的看法，不能较准确地确定库尔提乌斯·鲁孚斯的生存年代：在研究

---

①　参 LCL 368 和 369；《古罗马文选》卷四，前揭，页 88 以下；王焕生，《古罗马文学史》，页 314 及下。

中探讨的开端从奥古斯都统治时期到4、5世纪之交特奥多西乌斯（Theodosius）大帝时期。然而，按照库尔提乌斯·鲁夫斯的文笔特点，他最可能属于1世纪。依据库尔提乌斯·鲁夫斯的叙述，亚历山大死后的动乱可以与前不久在罗马发生的那些大事（《亚历山大传》卷十，章9，节1-6）相提并论。或许可以由此推断，作品的撰写是在卡利古拉被谋杀（41年）或者"三皇年"（69年）以后的一段时间。

二、作品评述

从传世的文本来看，《亚历山大传》第三卷开始时叙述公元前333年亚历山大的远征事件，全书以亚历山大的死亡及其将领们为继承问题发生争吵结束。

用狭义的历史观去评价亚历山大的故事，这是不容易的。在地理叙述方面，库尔提乌斯·鲁夫斯常常犯错。库尔提乌斯·鲁夫斯的战役描述让人难于理解，因为库尔提乌斯·鲁夫斯不关心或者完全忽视历史关联。库尔提乌斯·鲁夫斯本人显然把叙述者整理历史故事看作自己的主要任务。亚历山大个性多变。这个大人物既爽朗，又的确使人害怕。这种人格魅力吸引了库尔提乌斯·鲁夫斯，他力求把这种人格魅力传达给读者。与他之前、之后的大多数书写亚历山大的历史学家不同，库尔提乌斯不是通过他的原始资料或者自己的偏见诱导自己为这个马其顿人勾画一幅古怪的形象。浮现在库尔提乌斯·鲁夫斯眼前的既不是对亚历山大功绩的美化，也不是对亚历山大功绩的贬低，其方式可能就是强调瞎处理偶然事件的作用或者尖锐批评亚历山大的道德缺陷，就像在早期的逍遥学院（Peripatos）里已经存在的道德批评和在古罗马修辞学校里占主导地位的这个马其顿人的印象一样。

相反，库尔提乌斯·鲁夫斯试图在整体上正确评价亚历山大人格的各个方面。有人好多次都把这解释为，库尔提乌斯·鲁孚斯不能从他的原始资料中勾画出一幅内在协调的画像。在古希腊文化后期的悲剧性纪事书写作的影响下，库尔提乌斯·鲁孚斯用高潮和转折点把他笔下主人公的一生构想为一部激动人心的长篇小说。在这部长篇小说中，历史细节只有在它对主人公的人生很重要时才值得关注。库尔提乌斯·鲁孚斯达到的目标不是教导读者，而是为读者提供连贯的引人入胜的娱乐，其方式就是有目的地变换浪漫动人的、充满激情的、令人毛骨悚然和叫人害怕的特征，驾轻就熟地运用恰当的比喻和人物们动人的演说辞，演说辞具有完美的演说风格和在特殊的组织安排方面给人留下深刻印象的注释。布局技巧（参《亚历山大传》各卷书中少见的结尾！）、对心理动机描写细腻的敏锐感觉和报道其他国家、其他民族的吸引作用使库尔提乌斯·鲁孚斯的叙述艺术变得完美。

　　鉴于这样的总体构想，库尔提乌斯·鲁孚斯没有花多大功夫去研究原始资料。不过，无论如何库尔提乌斯·鲁孚斯都保留了有价值的材料。否则，我们就失去了这些材料。因此，或许库尔提乌斯·鲁孚斯——至少因为提马格奈斯（Timagenes）的介绍——熟悉并且改编了这个马其顿国王在世时希腊史学家科罗封（Kolophon）的克利塔尔克（Klitarch）撰写的歌颂亚历山大的 12 卷纪事书《亚历山大大帝史》。克利塔尔克看重有趣动人的记录和叙述，《亚历山大大帝史》是不可信的，正如西塞罗批判的一样。这种不可信也传染给了库尔提乌斯·鲁孚斯，直接导致库尔提乌斯·鲁孚斯的《亚历山大传》的史料价值大大降低。

　　库尔提乌斯·鲁孚斯的风格表明，他熟悉所有的修辞学艺术手段。库尔提乌斯·鲁孚斯的句子结构以塞涅卡为导向，但是——或许受到李维的语言丰富（lactea ubertas，英译 "milky richness"，本义 "牛奶丰富"）的影响——避免了塞涅卡的古怪。在这方面，库尔提乌斯·鲁孚斯也并不是没有受到维吉尔的影响。作家库尔提乌斯·鲁孚斯对语言的音调作用的良好感觉体现在非同寻常严格地重视圆周句结尾的韵律学停顿。

三、历史地位与影响

在古代本身，没有人利用库尔提乌斯·鲁孚斯的《亚历山大传》，真的没有人提起过库尔提乌斯·鲁孚斯。由此推断，当时这部作品可能压根儿就没有被库尔提乌斯·鲁孚斯本人发表，而是首先被压制了较长的一段时间。在中世纪，库尔提乌斯·鲁孚斯至少还受到一些关注。不过，在精神方面接近库尔提乌斯·鲁孚斯的叙述方式的文艺复兴时期和巴洛克时期才最终让人记起库尔提乌斯·鲁孚斯。

第四节　塔西佗[①]

一、生平简介

塔西佗（Tacitus）[②] 是姓，氏族名科尔涅利乌斯（Cornel-

---

① 参 LCL 35、111、249、312 和 322；《古罗马文选》卷四，前揭，页 94 以下；塔西佗，《编年史》上册，页 2 和 10；塔西佗，《编年史》上册，关于塔西佗，页 10 及下、15、18 及下和 26；塔西佗，《阿古利可拉传·日耳曼尼亚志》，页 14 及下；塔西佗，《阿古利可拉传·日耳曼尼亚志》，塔西佗及其作品，页 8、10 及下和 32 以下；里克（James Chart Leake），《塔西佗的教诲——与自由在罗马的衰落》（*Tacitus' Teaching and the Deline of Liberty at Rome*），肖涧译，上海：华东师范大学出版社，2011 年；李雅书、杨共乐，《古代罗马史》，页 362 及下；《古典诗文绎读·西学卷·古代编》（下），前揭，页 254；《昆体良教育论著选》，前揭，页 237 和 241 及下；王焕生，《古罗马文学史》，页 381 及下；格兰特，《罗马史》，页 249。

② 拉丁语 tacitus 意为"沉默的"，参肖涧：《中译本前言》，页 1，见里克，《塔西佗的教诲》。

ius），而名是有争议的：或者普布利乌斯（Publius，参王焕生，《古罗马文学史》，页380）或者盖尤斯（Gaius），生于55年左右。[①] 从姓来看，塔西佗可能是高卢人，出生于山南高卢或纳尔波高卢。可以证明这种观点的是塔西佗的作品中充满对高卢的依恋和同情，塔西佗的老师阿佩尔（Marcus Aper）和岳父阿古利可拉（Cnaeus Iulius Agricola）都是高卢人，塔西佗的父亲科·塔西佗（老普林尼，《自然史》卷七，章16，节76）甚或是古罗马骑士和行省比利时（Belgica）的总督（prōcūrātor）。

由于家庭的社会地位高，而且相当富裕，塔西佗接受了最好的教育。少年时，塔西佗就师从当时著名的修辞学大师昆体良，深入地研习修辞学，获得了出色的演说才能——后来塔西佗的朋友小普林尼用响亮的声音赞扬塔西佗的演说才能。之后，塔西佗又师从史学家尤利乌斯·塞昆都斯（Julius Secundus）。最后，塔西佗师从辩护师阿佩尔学习法律，成为一名辩护律师。

78年，塔西佗娶阿古利可拉（77年的候补执政官和后来的不列颠总督）的女儿为妻。接受的良好教育和家庭关系注定让塔西佗走上了不起的政治仕途。在维斯帕西安统治时期，78或79年，塔西佗获得第一个官位：某个行省的财政官。在提图斯统治时期，80或81年，塔西佗任市政官。在残暴的多弥提安统治时期，88年，塔西佗成为"十五人祭司团（quindecimvir sacris faciundis）"的成员和裁判官（或司法官）。90至93年，塔西佗离开首都，在外省做官，职位不详。关于日耳曼民族的知识，或许就是塔西佗在此期间游历罗马帝国北部获得的。97年，即多弥提安垮台并被谋杀（96年）以后的一年，塔西佗成为候补

① 约56或57年，参肖涧：《中译本前言》，页1，前揭书。

执政官。100 年，塔西佗和小普林尼一起弹劾普里斯库斯在阿非利加犯下的勒索罪行。在通常的等候时间以后，大约 112 年，或者稍晚一些，塔西佗以前候补执政官的资格当上了亚细亚行省的总督（113-116 年）。

据估计，塔西佗或许是在阿德里安执政时期才逝世的。学界一般认为，塔西佗死于 120 年左右。

二、作品评述

假如即使在多弥提安统治下塔西佗也已经有意证明自己是历史学家，那么在这个独裁者死后，当又可以自由地表达思想而没有生命危险时，塔西佗才在文学方面出现在公众中。在很短的时间内，塔西佗出版了 3 部篇幅短小的作品，包括 98 年发表的短制《阿古利可拉传》（*De Vita Iulii Agricolae*）和《日耳曼尼亚志》（*De Germania*）以及"之后不久"①发表的短制《关于演说家的对话》（*Dialogus de Oratoribus*）。尽管由于塔西佗侧重于个人或民族的道德品质，这些作品既不是如今的人类学研究，也不是现今意义上的史书或狭义的纪事书，可是由于采用了纪事笔法，而且已经明显地表明了作者的历史视角，完全可以列入广义纪事书的范畴。

（一）传记作品：《阿古利可拉传》

最初，尚在 98 年时，就有了 93 年逝世的岳父阿古利可拉的传记。《阿古利可拉传》总共 46 章，大致分为 5 个部分。第一部分（即章 1-3）是序言，不仅阐述作者的写作目的："记载我

---

①　过去大多数人认为是 80 年左右，后来诺登认为发表于 91 年，而商茨认为是 98 年，参塔西佗，《编年史》上册，关于塔西佗，页 12 和 14。也有人认为大约写于 102 年左右，参塔西佗，《阿古利可拉传·日耳曼尼亚志》，马雍、傅正元译，北京：商务印书馆，1997 年，塔西佗及其作品，页 6。

们早先那种受奴役的状况，并证实我们目前的幸福"，而且还为岳父阿古利可拉辩护。第二部分（*即章4-9*）叙述阿古利可拉的家世、少年时代及其在出任不列颠总督以前的一段仕宦生涯，其中包括阿古利可拉两度在不列颠军队中服役的经历。第三部分（*即章10-17*）一般性地描述不列颠的地理状况和居民以及报导罗马人管治不列颠的简史。第四部分（*即章18-38*）记载阿古利可拉在任不列颠总督时的政绩和军功。最后一部分（*即章39-46*）叙述阿古利可拉回到罗马以后采取容忍、谦退的态度，以此避免多弥提安的嫉害，也叙述阿古利可拉的死亡和塔西佗为阿古利可拉写作的诔辞。

《阿古利可拉传》的开篇和结尾都遵循古罗马传记传统的基本结构，而传记首先被打上了歌颂性悼词（laudatio funebris）习惯的烙印。中间的很大部分论述阿古利可拉的事业巅峰时刻：阿古利可拉在不列颠当了 7 年的总督。然而，在这个中间部分，塔西佗放弃了这种狭隘的成规：关于不列颠地理学（geōgraphia）和民族志学以及古罗马占领这个岛屿的故事的题外话赋予这部专著一种历史的维度。这种维度明显体现了撒路斯特《朱古达战争》和《喀提林阴谋》的影响力。有分析思维的纪事书作家的手抄本已经表明：在叙述中塔西佗引入阿古利可拉和敌军首领的演说辞，例如不列颠酋帅卡尔加库斯（Calgacus）的演说辞（章30-32）。在（或许是作者杜撰的）演说辞中，塔西佗戏剧性地把双方的基本观点描写得很生动。在这个框架内，阿古利可拉形象本身超越了理应树立一座丰碑的亲人身份，成为能干的、深思熟虑的古罗马人的楷模，像塔西佗在序言里令人难忘地刻画的一样，即使在遭受压迫的时期也懂得保持忠诚，而不是在这个时候无济于事地表现阿古利可拉的性格刚强激怒独裁者。总之，《阿古利可拉传》不仅具有一定的史料价值，而且还是一部很成功的文学作品。

　　(二)《日耳曼尼亚志》

　　就在同年，塔西佗写完了他的《日耳曼尼亚志》，原名《论日耳曼人的起源和住宅》(*De Origine et Situ Germanorum*)。这部作品总共46章，分为两个部分：首先总论政治机构和日耳曼人的私人习惯（章1-27），接着按地理划分专心致志地写各个部落（章28-46）。即使在这部作品中，也可以再找到传统的结构模式和思想内容框架。全书首先叙述日耳曼尼亚的地理状况，接着介绍居民的来源和相关的传说，最后得出结论：日耳曼人是这个地区的原始土著居民。尽管从人种学和地理学（geōgraphia）的角度看，里面存在许多错误，可是作为历史文献，《日耳曼尼亚志》仍然具有较高的价值，因为它是最早的关于日耳曼诸部落的比较详细的记录。

　　然而，仅仅凭借作者对民族志学和地理学（geōgraphia）的兴趣，不能充分地解释选题的理由。虽然关于日耳曼尼亚的论述可能正好在那个时候受到特别的关注，因为新皇帝图拉真在第一个执政年度（98-99年）里一直受到在这个行省履行统帅的责任的牵绊，但是《日耳曼尼亚志》肯定不仅仅是日常政务文章。相反，塔西佗一再对比这个俭朴而强大的原始民族和古罗马文化民族，要用他对这个原始民族的描述揭露自己所处社会的彻底堕落，而且也——在这里他证明自己完全就是一个预言家——警告罗马受到这样的一类人威胁的危险。因此，即使在这篇乍看起来像以民族志学描述为导向的文章后面，也可以看到这个历史学家分析和评注的看法。总之，《日耳曼尼亚志》在文学价值方面比不上《阿古利可拉传》，但是比《阿古利可拉传》更具有史学价值。值得注意的是，这部作品暗示，"塔西佗从来没有错误地认为罗马帝国是惟一存在的世界"。

（三）《关于演说家的对话》①

尽管不能结论性地确定年代，或许也可以把探讨演说术衰落原因的《关于演说家的对话》算入这个时代。其中，塔西佗复述了诗人马特努斯（Curiatius Maternus）同演说家阿佩尔、尤利乌斯·塞昆都斯和维普斯塔努斯·墨萨拉（Vipstanus Messalla）之间的谈话。这种谈话是塔西佗本人在青年时代听到的。虚构的谈话时间大约是74或75年。可见，谈话的背景是政治和道德的危机时刻。

谈话有两个主题。第一个话题是诗人与演说家的职业优劣问题。由于诗人马特努斯当众朗诵的新肃剧《加图》（Cato）隐约地影射一些有影响的人物，可能使诗人遭受"恶意揣度他人的人（malige；《对话》，章2，节1）"或"心怀恶意者（malignorum；《对话》，章3，节2）"报复的危险，因为"风衰俗恶的时代对美德充满敌意"（《阿古利可拉传》，章1，节4），好心的朋友阿佩尔和尤利乌斯·塞昆都斯劝他放弃诗歌写作，重新投入演说事业。其中，世故的贤人阿佩尔首先极力证明演说术的重要性和当演说家的好处，例如可以自我辩护，可以享受高贵的快乐，可以赢得荣誉，可以取得世间的成功，例如政治影响和财富（《对话》章5，节5-章8，节4），然后又诋毁诗歌无用（《对话》，章9，节1-2），最后才提醒马特努斯要谨慎。对此，假装涉世未深的马特努斯加以反驳。马特努斯认为，在获得荣誉方面诗歌并不亚于演说术，例如维吉尔就像奥古斯都一样受人敬重，而且他自己乐于过安静的生活，不希望过演说家那种激动而忙碌的城市生活。

---

① 塔西佗，《关于雄辩术的对话》（应译为《关于演说家的对话》）节译，参见《昆体良教育论著选》，前揭，页234-242。

　　第二个话题是比较共和国时期和帝国时期的演说术。阿佩尔认为，帝国时期的演说术并不比共和国时期的演说术逊色，而共和国时期演说术的崇拜者维普斯塔努斯·墨萨拉认为，帝国时期的演说术已经衰落。

　　　　雄辩术和其余的纯艺术（polite arts）已经失去他们昔日的光彩，不是由于没有人，而是由于我们的青年的放荡、家长的疏怠、冒牌教师的无知以及对古代的训练完全忽视（塔西佗，《关于演说家的对话》，章28，见《昆体良教育论著选》，前揭，页234）。

　　在维普斯塔努斯·墨萨拉看来，帝国时期演说术衰落的原因在于不合适的教育，包括错误的家庭教育（如《对话》，章29，节1-4）和学校教育，例如缺少知识和技艺的全面教养（《对话》，章30，节5），尤其是雄辩术学校里练习演说的教学题目是虚构的和不可信的（《对话》，章35，节5），无实际意义，因此，西塞罗称之为"厚颜无耻的学校"，昆体良称之为"江湖骗子学校"，这种教育大大地损害了学生的演说才能（《关于演说家的对话》，章31和35）。在这方面，塔西佗借维普斯塔努斯·墨萨拉之口，对祖先的实践与理论一致的观点表示赞同：

　　　　学习本身就包含着实践，因为，如果知识不能形成见解，见解不能掌握和统帅思想，思想不能转变成现成的说话能力，人们就不可能学到如此多样和深奥的知识。因此，学习你要发表的和有能力发表你曾学过的，似乎大体上就是一回事（塔西佗，《关于演说家的对话》，章33，见《昆体良教育论著选》，前揭，页240）。

而塔西佗把问题放在其他的很多框架里。维普斯塔努斯·墨萨拉认为，帝王统治下的道德沦丧导致演说术的衰落。而理想主义者马特努斯则敏锐地洞见"自由的衰落比雄辩术的衰落更为严重"（《对话》，章27，节3），进而在总结性演说辞中推导出了在很大程度上可以反映作者观点的结论：可以在政局的变化中寻找真正的原因。

> 社会的不断安定，人民持续地无所作为，元老院里长久地一片沉寂，特别是掌权者的严格的制度，使得演说术也像其他方面一样，变得沉寂起来（塔西佗，《关于演说家的对话》，章38，见王焕生，《古罗马文学史》，页295）。

动荡不定的共和国时期为演说实践的繁荣提供了一些理想条件，而第一古罗马帝国虽然带来了安定与和平，但是标志着政治秩序的重新建立，因此也结束了法庭辩论术。人们应该为这种和平感到高兴，而不是怀念一去不复返的演说术（参里克，《塔西佗的教诲》，页181-219）。

最后，马特努斯得出——在这方面塔西佗也可以相提并论——特殊的结论：不理睬公众，把他的一生献给文学。对话录中客观的观点和罕见的生动（每个讲话者都具有个性特征），两者都违背了在这个作品中看到塔西佗青年时代作品的假设。据说，青年时代作品产生于多弥提安时代以前。这本书（唯一模仿西塞罗文体的作品）的风格明显遵循西塞罗、因而明显地区别于那些历史作品的风格，不能被用作确定作品为早期的论据，至少这种观察可以充分地说明仅仅因为虚构的对话中的话题及其舞台表达形式而拒绝西塞罗的理由。

（四）纪事书作品：《历史》和《编年史》

前述的 3 部短篇专著都算不上真正的历史作品。不过，早在 98 年塔西佗就有了撰写历史作品的想法："我打算把我们先前那种受奴役的状况记载下来"。之后，塔西佗开始撰写一些长篇历史作品，例如《历史》（Historiae）和《编年史》（Annales）。依据哲罗姆的记载，《历史》和《编年史》总共 30 卷。其中，学界一般认为，《历史》14 卷，《编年史》16 卷。

大约在 104 至 109 年，塔西佗首先撰写了第一部正式的历史著作《历史》。[①]《历史》的原文书名是 Historiarum Libri qui supersunt，采用编年体，记述的历史从 69 年 1 月 1 日到多弥提安被谋杀（96 年），包括了他本人作为见证者经历的最近历史。因此，书名可译为《罗马帝国晚近纪事》，简称《晚近纪事》（参《出版说明》，页 3，见里克，《塔西佗的教诲》）。

《历史》是"充满了灾难的历史，在这里面有恐怖的战争，激烈的内讧，这些内讧即使没有大动干戈也是恐怖的"，德行会招致毁灭（卷一，章 2），尽管也有一些崇高的典范（卷一，章 3），因此，记述的实际上是一场痛苦回忆。

在塔西佗看来，在阿克提乌姆战役以后，由于和平的利益要求全部权力集于一身，写得"雄辩有力而又真诚坦率"的史学大师没有了。由于人们错误地认为"政治与自己毫无关系，从而也就对政治一无所知"，或者由于人们对专制者的爱或憎，致使"历史的真相在很多方面受到了损害"。尽管自己也受惠于韦斯帕芗、提图斯和多弥提安，可是塔西佗认为，"自称始终不渝地忠于真理的人们，在写到任何人时都不应存个人爱憎之见"，

---

① 塔西佗，《历史》，王以铸、崔妙因译，北京：商务印书馆，1981 年。

应该"按照愿望去想，按照心里想的去说"（卷一，章1，节4）。

《历史》共计14卷。不过，保留下来的只有开头的4卷和第五卷的前半部分，更确切地说，到70年8月为止。其中，第一卷总共90章，记述69年的事，包括历史家的引言和意图（卷一，章1），全书概略（卷一，章2-5）。第二卷总共101章，记述69年伽尔巴死后几个月的事。第三卷总共86章，记述69年的事。第四卷记述69年韦斯帕芗与维特里乌斯的内战（章1-2）和70年的事（章3-86）。第五卷传世26章，记述70年的事。

大约在116至117年期间，即在贤帝阿德里安当政时期（参塔西佗，《编年史》上册，关于塔西佗，页17），塔西佗又实施最初撰写当代史的计划，专心致志地撰写《编年史》。《编年史》是塔西佗最后的、也是最有特色的和最精彩的一部著作。《编年史》是简称，它的原名是《自圣奥古斯都驾崩以来编年纪事》（*Annalium ab Excessu Divi Augusti Libri*），记述了从奥古斯都之死到《历史》开始前的一段时期，即尤利乌斯-克劳狄乌斯王朝（14-68年）的4个皇帝的当政时期：提比略（14-37年在位）、卡利古拉（37-41年在位）、克劳狄乌斯（41-54年在位）和尼禄（54-68年在位）。像在《历史》中描述的特性一样，在内因中继续追溯皇帝统治下罗马的历史发展。塔西佗不提奥古斯都统治时期历史本身，因为他觉得，这个时期已经被——特别是被李维的作品——充分地证明。不过，塔西佗后来还决定，在完成《编年史》以后开始写一篇关于奥古斯都统治时期的论文，可是由于他的逝世而没有实现。《编年史》的最后几卷书似乎已经缺乏修改。

《编年史》总共16卷。不过，流传至今的只有极少部分：从开始至第五卷开篇的部分，第六卷没有开篇部分，除第十一卷的开篇部分和第十六卷的结尾部分以外的最后 6 卷。从传世的《编年史》来看，第一至六卷分别记述 14 至 15 年、16 至 19 年、20 至 22 年、23 至 28 年、29 至 31 年和 32 至 37 年的史实，即基本完整地记述了提比略在位时期的历史；第十一至十二卷分别记述 47 至 48 年和 49 至 54 年的史实，即记述了克劳狄乌斯在位时期的部分历史；第十三至十六卷分别记述 55 至 58 年、59 至 62 年、62 至 65 年和 65 至 66 年的史实，即记述了尼禄在位时期的大部分历史。也就是说，传世的《编年史》记述的帝国初期历史特别缺失整个卡利古拉统治时期、克劳狄乌斯统治时期的一半和尼禄统治时期的最后两年。

由于塔西佗几乎没有指名道姓，很难准确地认定他采用的原始资料。然而，无疑塔西佗认真地研究了原始资料。塔西佗可能多次引用老普林尼。除了帝政时期初的、现在都已经失传的那些历史学家，塔西佗肯定也查阅皇族成员提比略、小阿格里皮娜（Agrippina）和维斯帕西安的回忆录（memoriae）以及《每日纪闻》（Acta Diurna），同时竭力争取见证人的报道——从小普林尼的书信往来可以看出，塔西佗已经向小普林尼调查了关于 79 年维苏威（Visuv）火山爆发的细节——和参用自己的见识。

不过，仍须提防的是立即在塔西佗的作品中寻找"历史真相"。仅仅是除了老加图以外整个古罗马纪事书写作都传统地保持的罗马城邦立场就已经妨碍这一点。由于古罗马的影响范围扩大成世界强国，这种立场在一定时期肯定会导致危险地歪曲历史观点：各个行省的大事件仅仅按照它们对于首都的意义而出现在作品中。皇帝考虑帝国管理的那些真正需求而采取的那些措施遭到怀疑甚或公开拒绝。历史编纂学的这种单方面的政治态度排除了对文化或者经济问题的考虑，这不需要特别的解释。

此外，在效仿伟大的古希腊前辈修昔底德和波吕比奥斯的过程中，塔西佗提出了一个任务：不仅复述当时的历史，而且从历史发展的内因去解释历史，即"探究政制（ἀριστοκρατική）变迁所隐含的重大政治哲学问题"（《出版前言》，页3），或思考"罗马优良的共和政体为何最终转变为僭政"的问题，全面分析罗马共和沦为僭政的原因（《中译本前言》，页4）。在这方面，塔西佗与上述的历史学家不同。塔西佗很少重视阐明一系列事实上的原因，而更加重视说明事件的心理原因和动机。当然，这间接地受制于这种情况：由于情况有变，具有最重要影响的政治决议还只是在皇宫里的小圈子里做出。因此，与共和国时期不同，构成历史编纂学内容的大事件和决定过程是局外人看不到的，最多也只能从心理上去理解。然而，心理解释那些没有公众观察、而且部分已经过去两代人的行为最后也只能理解历史学家的追述和主观猜测。除了政治发展产生的起因，塔西佗纪事书写作具有心理分析特点的另一个——或许还是更重要的——原因在于对人（即帝王的品性）的深不可测的方面的兴趣，这自然是毫无疑问的。可以多次观察到的是，在塔西佗那里，心理思考简直就比对事件本身的叙述更重要。在解释事件性质时，历史事件的功能还只是辅助性的。相反，没有特别的转向就报道那些心理研究者找不到兴趣的事件：从古代编纂学来看，塔西佗对战役的描述并不生动。

在一个"良心"对"美德怀着敌意"（塔西佗，《阿古利可拉传》，章1，节4）的时代，塔西佗要人们勿忘伟人的美德（virtūs），而不是谴责他们的罪恶。这位纪事书作家追求的这个直接目标也继续适合有倾向性地滔滔不绝地讲述已经发生的事件。因此，在塔西佗的笔下，历史编纂学就获得了一个具体的心理教育式说教的突破口，这个突破口肯定就是作品有些过于简单化的粗糙的原因。

　　当然，在这些决定塔西佗描述的主观因素中，作家塔西佗对历史的理解最重要。首先，为这种理解打上烙印的是关于多弥提安专制的经历。专制不可磨灭地深深印在塔西佗的记忆中。在养子皇帝时期初暂时乐观主义、紧接着失望以后，专制主导了塔西佗对古罗马历史的看法。从弗拉维王朝的最后一个政权出发，塔西佗没有把这个政权理解为历史出轨，而是有代表性的。在回顾的时候，塔西佗从整体上评价第一古罗马帝国，把它解释为持续不断的变质过程。每个皇帝的变质过程都进入了一个新的阶段。这方面特别清楚地体现在《编年史》里。

　　起初，帝国只是忍受提比略的猜忌心和诡计多端之苦。在登基前，提比略要手段，即由于奥古斯都的妻子暗使阴谋，让奥古斯都收养自己（卷一，章7，节7），首先使得自己顺理成章地成为皇储，后来也如愿以偿地成为帝国的第一公民。提比略虽然大权在握，但是毫不关心自己的道德形象，一心做个机敏的统治者。提比略疑心病特别严重。提比略把奥古斯都的警惕最危险敌人的告诫发展成为猜忌一切的疯狂激情。提比略感觉草木皆兵，不仅机警地镇压行省叛乱，而且还更加猜忌镇压行省叛乱的司令官（卷一，章3，节6；卷一，章2，节4），尤其顾忌自己收养的继承人日尔曼尼库斯（卷一，章7，节6），惧怕元老院复辟共和制。在这种情况下，提比略伪装自己，在元老院里假装犹豫不决，实际上是利用当时已经普遍表现出奴性的元老掩盖和批准自己的权力，压制威望较高的日尔曼尼库斯和其他军队，同时也让国内的危险敌人或觊觎皇位的臣民自己显露原形。提比略惧怕一切的反对者，包括奥古斯都告诫的最危险敌人曼尼乌斯·勒皮杜斯（Manius Lepidus）、阿西尼乌斯（Gallus Asinius）、阿伦提乌斯（Lucius Arruntius）或格·皮索（Gnaeus Piso），甚至猜忌哈特里乌斯（Q. Haterius）和马美尔库斯·斯考鲁斯（Mamercus

Scaurus）（塔西佗，《编年史》卷一，章13，节1-4）。由于声望不如奥古斯都，再加上自己的庸常品质和艰难处境，为了稳固自己的统治，提比略不惜动用严刑峻法，如没有底线的叛国法（卷一，章72，节2），更确切地说，奥古斯都的《尤利亚法》（*Lex Julia*）。这激起臣民对提比略的惧怕和反抗。然后，提比略又进行残酷镇压，使得臣民更加感到惧怕。尤其是在他的母亲去世以后，提比略按照本性为所欲为，彻底陷入罪恶和丑行（卷六，章51）。不过，从另外一个角度看，尽管元首制开始畸形地向僭政转变，可是作为政治家，提比略又具有异常精明的统治技艺，并有效地巩固了元首制。总体而言，在塔西佗的笔下，提比略具有中等的人性，即在他的母亲在世时“有好有坏”，毕竟在提比略的内心深处还有一些并未完全泯灭的美德，如正义（卷一，章75）、稀有的仁慈（卷四，章31，节2）、宽宏（卷二，章48；卷三，章18，节1-2）、大度（卷一，章88，节1）、节俭（卷三，章52，节1）和在反对奢侈的问题上选择“中道”：“审慎”（卷三，章52-55）。提比略的罪过还囿于政治的范畴。至少提比略没有剥夺元老院的司法权，从而导致司法审判程序的不合法（参里克，《塔西佗的教诲》，页61-130）。

　　在提比略之后，情况就有天壤之别。领袖阶层奴性十足，沦为第一公民专制统治的工具（卷三，章65，节2-3）。普通罗马人也都已经严重腐化。在这种不可逆的情况下，帝国的主导力量不再是政治，而是第一公民或僭主的私欲。譬如，由于“在坏人[1]坏事中间长大”（卷六，章48），人性比提比略更差，僭主卡利古拉为所欲为，肆无忌惮，经常发生处死和财产

---

　　① 坏人尤其是指比西亚努斯（Seianus）更坏的监护人马克罗（Macro），此人不仅灭了西亚努斯，还杀死了垂死的提比略（塔西佗，《编年史》卷六，章48-50），参塔西佗，《编年史》下册，页3193-315。

充公的行动。在财政上，也是铺张浪费（τὸπεριττόν）惊人。在 37 年 10 月生病之后，卡利古拉有精神错乱的症状。卡利古拉的愤怒常常莫名其妙（参塔西佗，《编年史》上册，页316）。①

在人性较差的僭主克劳狄乌斯统治下，头脑简单而麻木不仁的统治者实行僭主统治。克劳狄乌斯从元老院篡夺了司法权。譬如，在克劳狄乌斯审判被告亚细亚提库斯（Valerius Asiaticus）时，在场的只有原告和克劳狄乌斯的妻子墨萨利娜（Messalina）。在司法审判程序不合法的情况下，皇后墨萨利娜觊觎被告的花园，影响了软弱的丈夫克劳狄乌斯宣判被告叛国罪成立的结果（塔西佗，《编年史》卷十一，章 1-3）。干政的不仅有皇后，还有贪婪、怀有野心和肆无忌惮的获释奴（libertus）卡利斯图斯（Callistus）、纳尔奇苏斯（Narcissus）和帕拉斯（Pallas）（卷十一，章 29）。②

直到最后在尼禄的统治下，僭主统治变性为幽灵般的闹剧。起初，尼禄年幼，只有仰仗太保、总理大臣塞涅卡与禁卫军司令布鲁斯，才能对抗野心勃勃的母亲。在这种情况下，第一公民尼禄虽然奢侈、纵欲和享乐，但是总体上还表现得中规中矩。尼禄甚至听从了具有最高人性的廊下派贤哲塞涅卡的建议，不仅扮演仁君的角色，而且还恢复了元老院的独立司法权（塔西佗，《编年史》卷十三，章 5，节 1），重用具有崇高精神的杰出元老特拉塞亚（Thrasea），以至于元老院制定了一些优良的规章制度

---

① 由于塔西佗《编年史》的中间部分（卷七至十，以及卷十一的前半部分）有缺失，现存的部分对卡利古拉书写不多。参塔西佗，《编年史》下册，页 319。

② 卡利斯图斯是皇帝卡利古拉的奴隶，克劳狄乌斯的负责陈情书的秘书（a libellis）。纳尔奇苏斯是国务秘书（ab epistulis）。帕拉斯是皇太后安托妮娅（Antonia）的获释奴，任财政秘书（a rationibus）。参塔西佗，《编年史》下册，页 343 及下。

（卷八，章5，节1），出现了政治清明的局面和"共和国的影子"（卷十三，章28，节1）。不过，在他成年以后，尤其是在59年丧尽天良地弑母以后，尼禄的恶性暴露无遗：为所欲为。为了摆脱道德的束缚，尼禄竟然腐化民众（卷十四，章14-16；20-21；47）。为了摆脱两位重臣的约束，尼禄首先在62年毒杀了有功的忠臣布鲁斯（卷十四，章51）。即使小塞涅卡非常识时务地及时退隐（卷十四，章53，节2-4），有3年时间在家研究哲学（卷十四，章56），撰写8卷《自然科学的问题》（*Naturales quaestiones*，亦译《探天集》）和盖棺之作《道德书简》，也最终没有逃脱65年遭到尼禄逼迫而高贵地自杀的厄运。总之，尼禄杀人不是为了政治，像提比略一样，而是完全为了私欲。因此，在上述的僭主中，尼禄人性是最差的（参里克，《塔西佗的教诲》，页131-180）。

可以不断观察到的失去自由（libertas）和随之而来变得稀奇古怪的，甚至失去了追求经受考验的"具有男子气概"（塔西佗，《阿古利可拉传》，章2）的能力：美德（virtūs），[①] 塔西佗把这一切用作证明他的论点的主导动机。由于这些不光彩的事件乍看起来毫无意义，但它们往往引起了历史上的重大事件（塔西佗，《编年史》卷四，章32），在第一古罗马帝国，一切人性与道义的价值都不可避免地注定要衰落，然而最后也不可能存在与这种国家政体真正不同的选择。从这种认识可以得出塔西佗的由听天由命主导的绝对忧郁的历史观。

塔西佗非常坚定地让他的叙述屈从于这种基本的历史观。按照这种观点，塔西佗决定了他的原始资料的可信性（反对提比

---

① 在拉丁语中，男子汉的气概与美德是同一个词 virtūs："男人的气质；勇气；能力；优点；精力；德性；美德；壮举"。

略的趋向肯定已经存在于小阿格里皮娜的回忆录中）。与这种观点相一致，塔西佗列举了一些他宣称归为具体的人物和行为的动机。然而，塔西佗绝对不假思索地伪造历史。这就是塔西佗在自己的经历中获得的偏见，他那种贵族气派的、的确偶尔可以感受到的共和国观点。这种观点挡住了塔西佗本人客观评价具体事实的视角。从可以多次观察到的、在塔西佗讲述的及其本意之间的差异可以充分证明这一点。

在叙述方面，作为不完善出现在这个历史学家的眼中的东西肯定正是塔西佗的真正伟大之处。对塔西佗的视角施加强烈影响的完美性与他的简直就是尤文纳尔的阴郁的叙述方式一起，至今都还不可避免地吸引读者。促进这种影响的方式就是塔西佗绝不连贯地坚持按照传统编年纪叙述模式，而是——在《编年史》最后几卷书里特别频繁地——把一些历史关联归为完整的新单元，其结构可能直接服务于让人产生紧张心情。这些单元一般以叙述高潮结尾。在高潮部分，特别是在各卷书的结尾部分，塔西佗试图震撼读者的心灵，让读者内心的不安继续产生长久的影响。值得特别提及的是主人公的典型形象，塔西佗把这些典型形象提升为人的道德败坏和有缺点的宏伟丰碑。塔西佗把人软弱无能（无助）的另一个方面加入他的叙述中，其方式就是他不是把心理学可以解释历史关联的假设坚持到底，而是为了澄清事实偶尔也顾及不同人物——诸神、命运或者极度的偶然事件——的超越感官直觉的神秘力量。

像其他古代历史学家一样，塔西佗也逐字逐句引用先驱的演说辞。就他没有按照具体情况本身的可能性编排这些演说辞而言，总的来说，塔西佗忠于演说辞流传下来的内容，然而他把这些演说辞补进上下文关联里，以便这些演说辞不会以有妨害、不相称的东西出现。皇帝克劳狄乌斯在他的一篇演说辞中为高卢贵族申请任职权（ius honorum）。这篇演说辞在青铜牌子的残余部分上流传下来（CIL 13.1.1668），可以与塔西佗的演说辞版本（塔西佗，《编年史》卷十一，章24）进行比较①：尽管这个历史学家通过排除多余的论据，并且把留下来的论据重新分类，明显地减少演说辞的篇幅，另一方面也提高论据的说服力，可是，可靠的克劳狄乌斯演说辞的特点仍然保留了下来：拘泥于细节，以知识为导向。

古典时期西塞罗的圆周句结构讲究句尾协调和明白易解的和谐，而塔西佗写作的风格与之正好相反。鉴于塔西佗的纪事书内容让人感到阴郁，有理由认为，这种和谐不再值得他去追求。给他的语言（在他的语言个性化和在持续实验中获得的形式背后，不能完全忽视撒路斯特和李维的遗产以及库尔提乌斯·鲁孚斯等同时代历史学家的影响）打上烙印的特别是达到晦涩程度的简洁，追求与众不同的生僻词和短语，极力回避滥用的政治术语、粗俗生硬的词、平庸无奇的词、最流行的西塞罗式的词以及在演说中常见的说教用词，回避结构和谐，直至打破任何圆周句结构。像这种冷静的风格可能体现在名词化、从而形成概念的倾向方面，也体现在第六格（Ablativ 或 ablativ，亦称"离格"或"夺格"）结构的长排列以及用这种方式摆脱了冗余词语的简短、客观的主句方面，这种冷静的风格比完全充满激情的修辞术更能震撼读者。

此外，像小塞涅卡一样，塔西佗的言辞之所以吸引读者，除了惜墨如金的简约，还在于富有诗情，感染力强，人物刻画相当有力。

①　参阿尔布雷希特编，*Meister römischer Prosa von Cato bis Apuleius*（《古罗马散文大师：从老加图到阿普列尤斯》），Heidelberg 1971，页 164–189。

　　关于塔西佗的读者，戈登（Thomas Gordon）认为，塔西佗的写作对象不是民众，而是"那些经世治国者或辅佐治国者"。①这种理解是存疑的。依据里克（James Chart Leake）的解释，塔西佗采用简洁到晦涩难解的文字叙述历史是有政治意图的：让一些人在读第一次之后就泄气，同时吸引那些适合学习思考的人，即戈登理解的"那些经世治国者或辅佐治国者"。不过，结合上下文，里克（James Chart Leake）的这种解释显然有失偏颇。正如他在前面解释的一样，在一个"良心"对"美德怀着敌意"（《阿古利可拉传》，章1，节4）的时代，在敌视美德的暴政下（《历史》卷一，章2，节3），塔西佗虽然钦慕那些敢冒天下之大不韪的人——例如因赞美布鲁图斯并称卡西乌斯"最后的罗马人"、被提比略杀害的史家科尔杜斯（Cremutius Cordue，即Aulus Cremutius Cordus，死于25年，参《编年史》卷四，章34，节1），尽管这位天才因为作品流传而增长权威（《编年史》卷四，章35，节5-7）——的勇气，并表示要承继他们的传统，让对美德（好人和伟人）的记忆不至于被泯灭，也就是说，在道德遭遇困境和危险时他坚持道德，明知不可为（马基雅维里认为，在历史进程中以道德为目标的政治很少实现）而为之，但是塔西佗也深知秉笔直书的危险，因此在道德家与现实主义（培根认为，塔西佗的文字透露出对道德和制度更为生动、更为真实的观察）史家之间塔西佗选择了审慎。这种审慎使得塔西佗极度小心地打理自己的公共事业，没有贸然地在多弥提安时代发表自己的作品，即使在"可以按照愿望去想，按照心里想的去说"的"罕见的福佑时代"（《历史》卷一，章1，节

---

① Thomas Gorden, *The Works of Tacitus: Containing the Annals to Which Are Prefixed Political Discourses Upon That Author*（《塔西佗著作集》），2 vols. London: Thomas Woodward and JohnPeele, 1728), I: 10–11。

4）——相对缓和的涅尔瓦和图拉真统治时期，深谙君主的品性
（在塔西佗看来，成年尼禄的人性最差，小塞涅卡的人性最好，
提比略的人性属于中等）的塔西佗洞悉"僭主将在某一天再次
出现，迫害将重新来临"，所以塔西佗将秉笔直书与小心审慎结
合，"将许多有价值的建议织进自己的历史中"。① 显然，这些有
价值的建议包括"特别高尚的"和"特别恶劣的"（《编年史》
卷三，章65，节1），让"特别高尚的"（稀有但壮烈的同君主
统治的对抗）或者"现实的积极美德［由于从一开始就关注现
实的积极美德，并用政体对个体美德的态度及影响来评价政体，
塔西佗比诺贝尔文学奖得主索尔仁尼琴（Aleksandr I. Solzhen-
itsyn）的鉴别力更高］"流芳百世，让"特别恶劣的"（君主统
治对罗马道德的可怕影响）遗臭万年，从而达到惩恶扬善、惩
前毖后和拨乱反正的目的。然而，暴政是恐怖的，暴君是敌视美
德的。因此，小心审慎的塔西佗采用简洁到晦涩难解的语言，将
这些有价值的东西隐藏起来，让暴君及其依附者在读第一次之后
就泄气，只有那些学习思考的人才能理解。从这个角度看，塔西
佗的作品本身提供一种政治审慎的训练。②

三、历史地位与影响

塔西佗审慎地秉笔直书，即以其严肃认真、诚实公正的写作
态度："我下笔的时候既不会心怀愤懑，也不会意存偏袒，因为
实际上我没有任何理由要受这些情绪的影响"（《编年史》卷一，
章1），依托古典文学中的史料，继承古代编年史传统和奈波斯

---

① Traiano Boccalini, *La Bilancia Politica*：*Osservazioni sopra gli Annai di Cornelio
Tacito*（《政治的平衡》），Venice 1674，页 iii。

② 里克（James Chart Leake，原译"利克"）：塔西佗的春秋笔法，肖涧译。参
《古典诗文绎读·西学卷·古代编》（下），前揭，页 255 以下。

开创的传记传统，书写帝国初期的历史事件和人物，不仅为后世留下最早也是最珍贵的关于帝国初期历史的史料，具有极高的历史价值，而且还因为文字简洁（犹抱琵琶半遮面的修辞）、含蓄内敛和有力，深刻地洞察人性（塔西佗对政治人物的了解甚至好过政治人物对自己的了解），注重心理描写，善于处理大场面等别具匠心的特点而具有很高的文学价值。正如尼采所言，塔西佗通过"浓缩"自己的思想获得不朽。

尽管如此，在古代，对塔西佗的效仿少得让人吃惊。像尤文纳尔的《讽刺诗集》（Satiren）一样，塔西佗的作品在养子皇帝所处的世纪里不再有现实意义，他的文风遭到主导的古风倾向拒绝，历史编纂学本身陷入了苏维托尼乌斯的传记式叙述模式的影响中。在与他同名的皇帝塔西佗（275－276 年在位）的统治下，史学家塔西佗几乎已经被人们淡忘。尽管 4 世纪马尔克利努斯[①]再次用 31 卷书，使从涅尔瓦执政（96 年）到瓦伦斯（Valens）逝世（378 年）的历史联系到塔西佗的历史编纂学，后来塔西佗被基督教历史学家苏尔皮基乌斯·塞维鲁斯和西班牙神学家奥罗修斯（Paulus Orosius，约 380－420 年）运用，可是在其他情况下塔西佗继续不为人所知。6 世纪，卡西奥多尔正式把塔西佗当作某个科尔涅利乌斯（quidam Cornelius）加以引用。在加洛林（Karoling）时代，塔西佗的作品在短时间内重新受到强烈关注。余下的中世纪几乎只是通过引言认识塔西佗。

直到文艺复兴时期，文学大师薄伽丘（Boccaccio）得到一

---

① 关于马尔克利努斯，参 Michael von Albrecht（阿尔布雷希特）主编，*Römische Literatur in Text und Darstellung*（阿尔布雷希特主编，《古罗马文选》），5 Bde。Bd. 4（卷四）：*Kaiserzeit I*：*von Seneca maior bis Apuleius*（《帝政时期》卷一：从老塞涅卡到阿普列尤斯）. Herausgegeben von Walter Ki βel. Stuttgart 1985，页 268 以下。

部分塔西佗的残稿（文艺复兴重新发现的手抄本作品已经被肆意修改）而予以推崇以后，塔西佗才引起人们的关注（参塔西佗，《阿古利可拉传·日耳曼尼亚志》，塔西佗及其作品，页6）。虽然在文体标准的印象中，文艺复兴首先把注意力转向西塞罗，但是对塔西佗的历史和政治动力重新觉醒的意识很快就给塔西佗带来了很高的威望，例如对马基雅维里（Nicolo Machiavelli，1469–1527年，代表作《君主论》和《论李维历史的前十卷》）和维柯（代表作《新科学》）的影响。

马基雅维里与塔西佗相关联的原因在于，两者都"按人本来的样子"（按国家意识）进行沉思。他们都把君主视为"秉有一切邪恶统治技艺的那些人"。在君主统治下，人不得不面对极端处境的考验，这就需要正义的力量。就（自然）正义而言，最伟大的荣誉属于勇敢和英雄般的力量。立法的真正目的就是摆脱人（尤其是君主）的邪恶本性，尤其是残暴、贪婪和野心，由此创造出3个阶级：军人、商人和统治者，从而创造出共同体的强力、财富和智慧，从邪恶中创造公民幸福。凭借这种观念，维柯带着为国家和政治家的立法工作提供大量受到客观评价的事实的意图，阐明塔西佗在叙述上和心理分析上的粗朴乃至残酷。维柯倾向于罗马法学家式的和司法主义的传统，反对伊壁鸠鲁式的（马基雅维里的功利主义的根基所在）或笛卡尔式的理性，认为理性毁灭人的本性，从而使功利正当化。像塔西佗那样，罗马史学家赞颂了原始时代的君主制所起的作用，并依照同样的方法为奥古斯都政权以降的罗马帝国做历史分期，以表明自己的政治偏好。维柯在《自传》里称赞塔西佗的精神："通过事实来传播其形而上学、道德和政治思想，而在他之前的其他人则传播得混乱无序、毫无章法"。在有关远古世界和英雄世界的诗性形而上学方面，维柯把塔西佗的名言"精神过分激动的人很容易陷入迷信"（《编年史》卷一，章28）定义为"人类心智的真正本质"。从神学的角度看，塔西佗利用传奇时代的形而上学和作为一种"严肃诗歌"的"古罗马法"形而上学来理解和评判历史事实中的神话因素，马基雅维里则将这些因素统统划归进自己的理性体系。关于塔西佗的《阿古利可拉传》第十二章提及的一种人类心灵的特点，维柯认为非逻辑性是人类无知的客观表现。维柯或许因此转向"正当的国家理性"："将政治公道与自然公道结合在一起的卓越智谋；通过对个人的某些损害而产生巨大公共利益的智谋；不与国家利益相违背的个人利益的智谋"。其中，自然公道关注功利主义的动机：个人利益，而罗马人（如塔西佗）的政治公道关注公共利益。在维柯的"正当的国家理性"中，集体利益成了个人利益根本性的道德标志。国家理性的根基奠定在自然法（即传统的政治哲学）之上。政治正义与自然正义的统一需要把"国家理性"和天意结合起来。国家理性的功能就是调和神圣秩序（关涉人类制度和政治事件）与自然秩序（在社会关系中显明自身）。也就是说，国家理性以支配立法和司法活动的方式，引导人们实现社会生活的目标，这个目标是终极的，虔诚和明确的。不过，维柯认为，真正的国家理性是神权政体与民主政体相互协调的机制，既不同于无人知晓的神的理性，也不同于罗马人（如塔西佗）眼里只有政府里能辨别什么才对人类生存为必要的那些少数专家才能懂得的政治公道，而是存在于民主的君主制中的国家理性：这种理性把公道等同于善好、利益平等和体现完满正义的"自然理性"。而这种混合政体（即民主的君主制）遭到塔西佗的批判：混合政体"易受人称赞，却不易实现，即使碰巧存在，也无法持久"。总之，在维柯看来，塔西佗像柏拉图一样，凭借"一种高明无比的玄奥思想"，"按人本来的样子去看人"，"走向一切实际利益方面的智谋，具有实践才能的人凭这种智谋，就能在极端变幻无常的祸福机缘中，使事情达到好的结局"［维柯，《自传》（*L'Autobiografia*）］。因此，维柯不仅公开和私下把塔西佗的作品当作教学的经典文本，因其语文学特性及其独特的文史理论而评论塔西佗，称赞塔西佗的智慧与教育天赋，而且不断从中引用各种基本的例证和箴言，以详细论证自己在《普世法权论》（*Diritto Universale*）和《新科学》（*Scienza Nuova*）中阐述的系统学说，并用于解释《新科学》涉及的古代世界。①

当然，塔西佗也遭到批评。弗齐（Dario Faucci）抱怨说，"塔西佗无法将真实材料编织成一个体系，因此其材料仍是零散和混乱的"。②

然而，塔西佗的影响决不单单局限于纪事书。塔西佗对阴郁心理的生动描述，特别是在法国，也是戏剧创作的榜样。因此，琼森的《西亚努斯的覆灭》（*Sejanus his Fall*）（1605 年）、法国戏剧家高乃依（Pierre Corneille，1606－1684 年）的《奥托》（*Othon*）（1665 年）、拉辛（Racine）的《勃里塔尼古斯》（*Britannicus*）（1670 年）、意大利戏剧家阿尔菲耶里（Vittorio Alfieri，1749－1803 年）③ 的《奥塔维亚》（*Ottavia*，1783 年）、舍尼耶（Chénier）的《提比略》（*Tibère*，1807 年）或者阿尔诺（Arnault）的《日耳曼尼库斯》（1817 年）直接受到塔西佗的影响。

---

① 卡勒梅拉（Santino Caramella）：维柯、塔西佗与国家理性，林志猛译，林国华校，见《维科与古今之争》，前揭，页 15 以下。

② 弗齐（Dario Faucci）：维柯与格劳修斯：人类的法学家，林志猛译，林国华校，见《维科与古今之争》，前揭，页 45。

③ 著有《克莉奥佩特拉》、《腓力》、《老布鲁图斯》、《小布鲁图斯》、《扫罗》、《弥拉》等 21 部悲剧；《打倒巴士底狱的巴黎》、《憎恶高卢》等诗歌；回忆录《阿尔菲耶里自叙的生平》。

在 19 世纪，恩格斯在《家庭、私有制和国家的起源》中曾称引塔西佗《日耳曼尼亚志》，并且在《论古代日耳曼人的历史》中更详细地引述塔西佗的记载。即使在今天，感兴趣的门外汉也还是没有能力逃避塔西佗的叙述所施加的强烈影响，历史知识本身在近代才获得极其成功。

总之，塔西佗的贡献大，影响深远，因而历史地位极高。学界认为，能与古希腊的希罗多德、修昔底德和色诺芬比肩的拉丁语纪事作家不是撒路斯特，也不是李维，而是塔西佗（参《出版说明》，页 3，见里克，《塔西佗的教诲》）。

第五节　苏维托尼乌斯[①]

一、生平简介

大约 69 年，[②] 苏维托尼乌斯（Sueton，全名 Gaius Suetonius Tranquillus）生于罗马。[③] 父亲苏维托尼乌斯·拉图斯（Suetonius Laetus）属于罗马骑士阶层，曾以第十三军团指挥官的身份参加过贝特里亚库姆（Bedriacum）战役。

虽然家庭不太富有，但是苏维托尼乌斯的童年生活优裕而安

---

① 参张竹明：译者序，见苏维托尼乌斯，《罗马十二帝王传》，张竹明等译，页 i-x；LCL 31、38、139、140 和 263；LCL 15，页 431 以下；《古罗马文选》卷四，前揭，页 132 以下；《罗念生全集》卷六，前揭，页 291 以下；王焕生，《古罗马文学史》，页 405-409、475 和 489；格兰特，《罗马史》，页 206；詹金斯，《罗马的遗产》，页 98。

② 关于苏维托尼乌斯的出生时间，基塞尔认为是 70 或 75 年，参《古罗马文选》卷四，前揭，页 132；而蒙森认为是 77 年，马塞认为是 69 年，张竹明认为马塞的说法较为可信。参张竹明：译者序，见《罗马十二帝王传》，张竹明等译，页 i-ii。

③ 从《罗马十二帝王传》和《名人传》可以推知。

定，受过当时通行的教育，先入文法学校①学习典籍，再进修辞学校练习演说术。毕业后，由于得到小普林尼的赏识，苏维托尼乌斯被吸纳进以小普林尼为首的文学团体。由于这个团体是当时罗马最有教养人物的文化活动中心，苏维托尼乌斯有机会结识许多学界和政界的名人。不过，苏维托尼乌斯是个不谙事务的书生，虽然在罗马当过短时间的律师，但是并不热心，只希望过安静的生活和工作。在小普林尼的帮助下，苏维托尼乌斯还在罗马城外购置一个田庄。

苏维托尼乌斯也不想当官。挚友小普林尼曾为苏维托尼乌斯谋得一个军官职务，苏维托尼乌斯却让给自己的一个亲戚，而自己留在罗马成为两个祭司团体的成员。后来，小普林尼又帮苏维托尼乌斯从图拉真那里获得"三子法权（ius trium liberorum）"，让苏维托尼乌斯可以得到荣誉证章和任职优待。在出任比提尼亚的使节时，小普林尼甚或让苏维托尼乌斯当他的随从。不过，在阿德里安时代，苏维托尼乌斯才开始担任宫廷职务：先进入帝国的文化科学事务办公室，又被委任监督公共图书馆，后又得到管理公文信件（ab epistulis）的职务，成为阿德里安的侍从秘书，最后升任秘书长。

121 年，苏维托尼乌斯和别的朝廷官员一起被阿德里安解职，理由是他们"未得他的命令"对元首的妻子萨宾娜（Sabina）太随便，超过了所能容许的范围。之后，苏维托尼乌斯离开宫廷，过隐居生活。在余生中，苏维托尼乌斯只献身于研究，专心致志于写作。苏维托尼乌斯的生命还延续到将近 140 或 160 年左右。

---

①　文法学校即中等学校，是古罗马教育的第二级。参李雅书、杨共乐，《古代罗马史》，页 370 以下。

二、作品评述

苏维托尼乌斯写作多数采用拉丁语，只有晚年的一小部分采用希腊语。苏维托尼乌斯的作品很多，内容涉及传记史、文化史（古事古物）、自然史和语法学。其中，历史或传记作品包括《罗马十二帝王传》（*De Vita XII Caesarum*）、（文学方面的）《名人传》（*De Viris Illustribus*）、《名妓传》（*Lives of Famous Whores*）和《诸王传》（*Royal Biographies*）。文化史作品包括《罗马志》（*The Roman Year*）、《罗马风俗和习惯》（*Roman Manners and Customs*）、《罗马服装》（*Roman Dress*）、《罗马节日》（*The Roman Festivals*）、《希腊赛事》（*Peri ton par' Hellesi paidion* 或 *Greek Games*）、《公职》（*Offices of State*）和《论西塞罗的〈论共和国〉》（*On Cicero's Republic*）。自然史方面的作品包括关于人类的，如《人类的身体缺陷》（*Physical Defects of Mankind*）和《计时的方法》（*Methods of Reckoning Time*），与关于自然的，如《论自然》（*An Essay on Nature*）。文法著作包括《辱骂的希腊术语》（*Peri blasphemion* 或 *Greek Terms of Abuse*）、《语法问题》（*Grammatical Problems*）和《书卷中使用的批判符号》（*Critical Signs Used in Books*）。遗憾的是，苏维托尼乌斯的作品多数都已经失传，传世的只有残段较多的《名人传》和近乎完整地保存下来的《罗马十二帝王传》。

（一）《名人传》

苏维托尼乌斯继承了奈波斯开创的传记体史学形式，写作《名人传》，讨论广义文学领域内出类拔萃的罗马人。按人物所处的学科领域，全书分成 5 卷，分别书写诗人、演说家、纪事书作家、哲学家、文法家和修辞学家。

《名人传》属于苏维托尼乌斯的早期作品，有相当多的残段保存下来，其中《文法家和修辞学家传》（*De Grammaticis et Rhetoribus*）保存下来的残段较多，只缺失最后的一部分。文法家部分《文法家传》（*De Grammaticis*）以一篇序言开始，介绍罗马文法学研究的起源和发展。最早的研究者是意大利的希腊诗人，如安德罗尼库斯和恩尼乌斯（《文法家传》，节 1）。第一个把文法研究引入罗马的是克拉特斯（《文法家传》，节 2）。奠定文法研究基础、在文法研究的各个方面都作出贡献的是拉努维乌姆的斯提洛及其女婿塞尔维乌斯·克洛狄乌斯（Servius Clodius）。此后，文法的科学不断得到重视和普及，罗马城里出现学校，文法家们备受尊重，待遇丰厚，文法研究甚至进入行省（《文法家传》，节 3）。然而，真正让文法家（grammaticus）——源于希腊语 γράμμα（文字）——这个词汇流行起来的是希腊语的影响。文法家起初叫做文字工作者（litterati），源于拉丁语 littera（文字）。① 所以严格地讲，希腊语 grammatista 和拉丁语 litterātor（启蒙教师；文人）指中等水平的普通文字工作者，而希腊语 grammaticus 和拉丁语 litterātus（文字的；有修养的）才指代水平很高的文法家（《文法家传》，节 4）。接着，介绍文法学和修辞学的关系：早期的文法家也讲授修辞学，其中，许多人在两方面都写文章；尽管后来两种职业分开，可文法家仍旧保存着或者引进了许多适用于培养雄辩家的修辞学训练内容（《文法家传》，节 4）。最后，按照每节一个代表人物的方式，介绍这个学科的代表人物，他们是第一个因教授文法而享有盛誉的尼坎诺（Saevius Nicanon）、写过好几本书的奥皮利乌斯（Aurelius Opilius）、留下两卷《论拉丁语》的格尼佛（Marcus Anto-

---

　　① 在拉丁语中，阴性名词 littera："字母；笔迹"，其复数 litterae："书信、信件；文学；书；学问"。与此密切相关的是 litterātūra，复数 litterātūrae："书写；文体；文学教育；语文研究"。

nius Gnipho）、被迫出卖自己的主要著作《恩尼乌斯〈编年史〉评注》（*Criticisms of the Annals of Ennius*）的马·庞皮利乌斯·安德罗尼库斯（Marcus Pompilius Andronicus）、《苦人》（*Perialogos*）的作者普皮路斯（Lucius Orbilius Pupillus，公元前114—前14年，贺拉斯之师，参贺拉斯，《书札》卷二，首1，行71）、被誉为"文法家中的修辞学家，修辞学家中的文法家"的费洛洛古斯（Lucius Ateius Philologus）、写有文法短文《愤怒》（*Indignation*）与诗《吕狄娅》（*Lydia*）和《狄安娜》（*Diana*）的瓦勒里乌斯·加图（Publius Valerius Cato）、续写苏拉未竟之作《自传》（*Autobiography*）的埃庇卡都斯（Cornelius Epicadus）、由于致力于文学研究而被正式释放的奴隶埃洛斯（Staberius Eros）、①著有《论卢基利乌斯》（*De Lucilius*）的库尔提乌斯·尼西亚斯（Curtius Nicias）、写讽喻诗辱骂史学家撒路斯特的勒奈乌斯（Lenaeus）、第一个用拉丁语即席讲课的埃皮罗塔（Quintus Caecilius Epirota）、以教学方法而获得殊誉的维里乌斯·弗拉库斯、注释诗篇《斯密尔娜》（*Zmyrna*）的克拉西基乌斯（Lucius Crassicius）、批驳维里乌斯·弗拉库斯的《论正字法》的阿弗诺狄西乌斯（Scribonius Aphrodisius）、被誉为"博学家"和"历史"的希吉努斯（Gaius Iulius Hyginus）、编写《废话集》（*Trifles*）或《笑话》（*Jests*）的米利苏斯（Gaius Milissus）、拉丁语批评家马·庞波尼乌斯·马尔克卢斯（Marcus Pomponius Marcellus）、被视为"最卓越的文法家"的帕勒蒙（Quintus Remmius Palaemon）②和留下《早期语言研究文集》（*Groveof Observations on our Early Language*）的瓦勒里乌斯·普洛布斯（Marcus Vale-

---

① 原译斯塔伯里乌斯·厄洛斯。
② 著有《拉丁语法》，是当时学童学习语法的主要教材之一。参李雅书、杨共乐，《古代罗马史》，页371。

rius Probus；参《文法家传》，节 5-24）。

　　修辞学部分《修辞学家传》（*De Rhetoribus*）也以一篇序言开始，介绍这个学科的研究历史。修辞学与文法学传入罗马的途径大致相同，但是由于其使用常常受到限制，其传播的阻力大于文法。后来，修辞学才渐渐地获得承认，受到重视，甚至有许多人开始专心研究修辞学。在教学方面，修辞学的教学方法各不相同。后来，修辞学校里的演说练习被辩论取代（《修辞学家传》，1）。然后，分别书写代表人物，原计划写 15 个，但是只写了 5 个：普罗提乌斯·伽卢斯（Lucius Plotius Gallus）、普罗图斯（Lucius Voltacilius Plotus）、厄比迪乌斯（Marcus Epidius）、塞克斯图斯·克洛狄乌斯（Sextus Clodius）和盖·阿尔布契乌斯·西卢斯（Gaius Albucius Silus）（《修辞学家传》，2-6），文章就结尾了。

　　其次，流传下来较多的是《诗人传》（*De Poetis*）的残段，如《泰伦提乌斯传》、《维吉尔传》、《贺拉斯传》、《提布卢斯传》和《卢卡卢斯传》。

　　另外，《纪事书作家传》（*De Historicis*）流传有《老普林尼传》，《演说家传》（*De Claris Rhetoribus*）流传有《帕西安努斯·克里斯普斯传》（*Passianus Crispus*）的摘要。

　　（二）《罗马十二帝王传》

　　《罗马十二帝王传》是苏维托尼乌斯任宫廷职务期间写作的。依据 6 世纪拜占庭作家、吕底亚人约翰（John）① 提供的资料，这部作品发表于 121 年。

　　《罗马十二帝王传》是从恺撒到多弥提安的 12 个帝王的传

---

　　① 关于吕底亚人约翰（JoannesLydus），参 Johannes Laurentius Lydus 与 Immanuel Bekker 写的《吕底亚人约翰》（*Joannes Lydus*，1837 年）。

记文集，总共8卷。其中，第一卷为罗马帝国奠基人恺撒立传：
《神圣的尤利乌斯传》（*Vita Divi Ivli*，原译《神圣的朱里乌斯
传》）或《恺撒传》（*De Vita Caesaris*）。在所有的帝王传记中，
只有《恺撒传》的开始部分残缺。关于恺撒的生平和事迹，参
见"手记：恺撒"一节。

第二卷是为罗马帝国开国元首屋大维（Octavius）立传。依
据苏维托尼乌斯《神圣的奥古斯都传》（*Vita Divi Avgvsti*），公元
前63年9月23日奥古斯都（Augustus）生于罗马的帕拉丁，是
盖·屋大维（Gaius Octavius）和阿提娅（Atia，恺撒的外甥女）
的儿子，人称屋大维，小名图里努斯（Gaius Octavius Thurinus），
过继恺撒以后取名盖·恺撒（Gaius Caesar 或 Gaius Julius Caesar
Octavianus），公元前27年改姓为奥古斯都。奥古斯都发动五次
内战，肃清异己，也发动对外战争，开疆拓土。奥古斯都进行了
一系列改革，譬如建立元首制，整饬社会风气，重视文化，修改
历法，用"奥古斯都"的称号来命名8月，死于14年8月
19日。

第三至六卷为黑暗的尤利乌斯—克劳狄乌斯王朝（14-68
年）4位暴君立传。依据《提比略传》，提比略（Tiberius）生于
公元前42年，死于公元37年3月16日，14至37年在位，虽然
在内政外交上都有所成就，但是以性格阴郁怪诞，喜怒无常，宠
信小人，实施恐怖政策等闻名。

依据《卡利古拉传》（*Vita Gai*），卡利古拉（Caligula，原译
"卡里古拉"）是绰号，原名盖·恺撒（Gaius Caesar），生于12
年8月31日，是文武双全的父亲日耳曼尼库斯和阿格里皮娜的
儿子，37年继位，4次出任执政官，以实行暴政而闻名，41年1
月24日被谋杀。

依据《神圣的克劳狄乌斯传》（*Vita Divi Clavdi*），10年8月

1 日克劳狄乌斯（原译"克劳狄"）生于卢格都努姆（Lugdu-num），取名提比略·克劳狄乌斯·德鲁苏斯（Tiberius Claudius Drusus），是皇帝卡利古拉的叔叔，41 年意外地当上皇帝，4 次出任执政官，54 年 10 月 13 日驾崩，死后被尊为神。

　　值得注意的是，克劳狄乌斯生性软弱，但是重视文化，少年时曾在李维的指导下撰写历史，传世的只有 2 卷，后来写有条理不清的 8 卷《自传》（*De Vita Sua*）和学术价值较高的著作《为西塞罗反对阿西尼乌斯·伽卢斯之辩护辞》（*Ciceronis Defensionem Adversus Asini Galli Libros* 或 *A Defence of Cicero against the Books of Asinius Gallus*），克劳狄乌斯创造了 3 个新字母（《神圣的克劳狄乌斯传》，章 41），① 即位前发表过一本关于这 3 个字母的论著，克劳狄乌斯重视希腊语，甚至用希腊语写有纪事书：20 卷《埃特鲁里亚史》（*Tyrrhenicon* 或 *On Tuscan Affairs*）和 8 卷《迦太基史》（*Carchedoniacon* 或 *On the Carthaginian*；《神圣的克劳狄乌斯传》，章 42）。奇怪的是，克劳狄乌斯却被文学家讽刺，如《愚人的发迹》（μωρῶν ἐπανάστασις、*Moron Epanastasis* 或 *The Resurrection of Fools*；《神圣的克劳狄乌斯传》，章 38），尼禄的老师（《尼禄传》，章 7）（参苏维托尼乌斯，《罗马十二帝王传》，张竹明等译，页 216、218 和 225）和贤哲塞涅卡的《神圣的克劳狄乌斯变瓜记》（*Apocolocyntosis*）。

　　依据《尼禄传》（*Vita Neronis*），尼禄（Nero，本名 Lucius Domitius Ahenobarbus）生于 37 年 12 月 15 日，是多米提乌斯（Gnaeus Domitius Ahenobartus）与日耳曼尼库斯的女儿小阿格里皮娜的儿子，11 岁成为皇帝克劳狄乌斯的继子，17 岁登基，4

---

　　① 关于神圣的克劳狄乌斯新造的 3 个字母以及字母的起源，参塔西佗，《编年史》卷十一，章 14。

次出任执政官，实施暴政，甚至弑母，引起暴动，成为元老院的公敌，最后于 68 年自杀。

值得注意的是，尼禄是最后一个同恺撒和奥古斯都有亲缘关系而且有恺撒之名的皇帝。之后"恺撒"只是一个头衔。也就是说，恺撒的谱系到尼禄为止（苏维托尼乌斯，《伽尔巴传》，章 1-2）。尼禄之死不仅标志着尤利乌斯－克劳狄乌斯王朝的灭亡，而且也结束了罗马和意大利奴隶主阶层独占帝国统治地位的局面。

第七卷为三皇年（68-69 年）的 3 位帝王立传。伽尔巴（公元前 3 年 12 月 24 日-69 年）是公元前 5 年执政官盖·苏尔皮基乌斯·伽尔巴（Gaius Sulpicius Galba）和穆米娅·阿卡伊卡（Mummia Achaica）的小儿子，被继母李维娅·奥古斯塔（Livia Augusta）收养，别号奥凯拉（Ocella），是第一个与恺撒家族没有亲缘关系、由军队拥立的皇帝，在位仅 7 个月又被军人所杀（苏维托尼乌斯，《罗马十二帝王传》卷七：《伽尔巴传》）。

依据《奥托传》（Vita Othonis），奥托（Otho，32 年 4 月 28 日-69 年 4 月 17 日）是卢·奥托和阿尔比娅·特伦提娅（Albia Terentia）的儿子，谋杀伽尔巴篡位，在军队效忠维特利乌斯以后自杀，在位仅 97 天。

依据《维特利乌斯传》（Vita Vitellii），维特利乌斯（Vitellius，15 年 9 月-69 年 12 月 20 日，原译"维特里乌斯"）是卢·维特利乌斯（Lucius Vitellius）和塞斯提利娅（Sestilia）的儿子，在行省日耳曼尼亚联合意欲造反的军队，在伽尔巴被杀以后进攻奥托，奥托死后入主罗马，但是他奢侈、残忍，在他统治的第八个月军队背叛他而且向维斯帕西安效忠，遭到囚禁以后被反对派首领安东尼·普里姆斯杀死。

可见，三皇年是个军事政变频繁的一年，军队成为政治的主角。

第八卷为弗拉维王朝（69-79 年）的 3 位帝王立传。经过暴乱和 3 名皇帝连续暴死以后，弗拉维家族终于控制了长期动乱的帝国，并使之趋于稳定。

依据《神圣的维斯帕西安传》，9 年 11 月 17 日，维斯帕西安（Vespasianus，原译"韦伯芗"）生于萨宾地区雷阿特城附近的小镇法那克里那（Falacrina）。在克劳狄乌斯统治时期，维斯帕西安取得战功，获得凯旋和出任 51 年的执政官。在尼禄统治时期，维斯帕西安闯祸被放逐，直到取得军队去镇压犹太人起义。在尼禄和伽尔巴死后，奥托和维特利乌斯争位，维斯帕西安开始想当皇帝。69 年，维斯帕西安登基。维斯帕西安一生 9 次出任执政官。维斯帕西安为人平易近人和谦逊，度量大，节俭和勤政，这位好皇帝因热病死于 79 年 6 月 23 日。

依据《神圣的提图斯传》（*Vita Divi Titi*），提图斯全名提图斯·弗拉维·维斯帕西安（Titus Flavius Vespasianus），生于 41 年 12 月 30 日，是维斯帕西安和大多米提拉（Flavia Domitilla Major）的儿子，7 次出任执政官，79 年继位，本性善良，具有崇高的美德，甚至宽容暗算自己的弟弟多弥提安，统治两年两月 20 天，之后病死于 81 年 9 月 13 日。

依据《多弥提安传》（*Vita Domitiani*），多弥提安（Domitianus，原译"图密善"）生于 51 年 10 月 24 日，是神圣的提图斯的弟弟，是个野心家，继位以后残酷、贪婪、多疑和好色，被谋杀于 96 年 9 月 18 日。

可见，弗拉维王朝功大于过。

在传记的主要套路方面，帝王生平的结构遵循这个模式：出生——早期成长——公共生活——私人生活——性格——外表——死亡。或许这种模式被亚历山大里亚学派文学传记的语文学家打上了烙印，很早就被苏维托尼乌斯运用于传记文集《名人传》。

　　客观来看，在把这种框架改写成统治者的传记时，苏维托尼乌斯没有做出恰当的选择：由于放弃了编年史的布局，可能就和一代人以前写作的古希腊人普鲁塔克的传记显示的一样，苏维托尼乌斯不理睬把作为历史的缔造者与作为历史发展代表人物的统治者更加紧密联系起来的可能性。或许对古代传记作家的自信的斥责已经过去，不过，这些古代传记作家把传记理解为与纪事书根本不同的体裁。与历史学家把历史放到时间过程中、从而在蔓延的关联中去理解历史的非常好奇的目标相对，这些传记作家的意图是由于人的个性的缘故描述他的一生，并且解释：如果没有适应历史过程，那么原则上会发生什么事情。因此，苏维托尼乌斯本人决不把自己理解为塔西佗的竞争者。而且传记本身的结构完全符合典型古罗马人对具体事实的兴趣，像在颂扬性的悼词（laudatio funebris）中清晰可见的一样。譬如，在《业绩》（Res Gestae）里，奥古斯都按照悼词传统自述。然而，批评苏维托尼乌斯有更大的理由：苏维托尼乌斯的思维方式让传记成为插曲一样的和轶事般的混合体，也排除了对叙述对象的心理和性格的真正分析，甚至不可能赋予自给自足的个人轮廓清晰度。放弃心理学上和谐的全貌的唯一优点就是由此产生的倾向缺失：与反对皇帝的塔西佗或者进行道德教育的普鲁塔克不同，苏维托尼乌斯把他能够获得的事实汇编成一幅拼图，没有主观的选择，没有自己的注释，这幅拼图才向读者吐露真情，比他那些因为他们的叙述技能而受到赞扬的同行们绝对更加忠实地保留古代皇帝令人捉摸不透的多个方面。

　　苏维托尼乌斯以大量的原始资料为依据进行陈述。虽然苏维托尼乌斯没有具体陈述这些原始资料，但是毫无疑问，在原始资料中，帝政时期初的、没有流传至今的纪事书作家以及苏维托尼乌斯至少用作作品开端的皇帝档案都占有最重要的地位。苏维托尼乌斯继续改编口头流传的消息，特别是蔓延开来的宫廷流言蜚语。只有鉴于具体、因此可以验证的事实（如皇帝的家世或者出生地），当这些提供消息的人互相有分歧的时候，苏维托尼乌斯才批判给他提供消息的人。否则，与上述的刻画人物的方法相应地，苏维托尼乌斯也让彼此很难达成一致的东西不分胜负地排列在一起。

在文书处当秘书的年代给苏维托尼乌斯的风格留下了痕迹。完全符合他的主题的是苏维托尼乌斯的风格：措辞简明，摒弃了当时普遍流行的潮流：崇尚修辞手法或者弗隆托提倡的崇古倾向。苏维托尼乌斯基本上沿袭西塞罗的传统：语言清晰（参王焕生，《古罗马文学史》，页408）。然而，在苏维托尼乌斯的笔下，西塞罗讲求句尾协调的圆周句失去了许多灵巧敏捷的优美风格。并不自负的基本态度也给苏维托尼乌斯处理原始资料的方式打上了烙印。在复述文件或者文献的引言时，苏维托尼乌斯放弃——在一个古代作家那里足以值得关注——任何修改并且适应自己写作风格的方式。

三、历史地位与影响

在奈波斯开创传记体史学以后，苏维托尼乌斯的《罗马十二帝王传》、普鲁塔克的《希腊罗马名人传》和塔西佗的《阿古利可拉传》代表了罗马传记史学的新收获。尽管没有普鲁塔克的伦理主题，也没有塔西佗的史学严肃性，可苏维托尼乌斯以自己特有的方式写作：素材既有正史的档案记录，也有野史的逸闻趣事，不仅还原了历史的真相，具有史学价值，而且也增强了阅读性，再加上苏维托尼乌斯叙述简洁明白，因而也具有较高的文学价值。

《罗马十二帝王传》对后世的影响是广泛而持久的。一方面，历史学家，诸如奥勒留·维克多（Aurelius Victor）的《奥古斯都传记汇编》（*Historia Augusta*）、欧特罗皮乌斯（Eutropius）和奥罗修斯，或者从它的材料得出结论，或者模仿它的简明准确的语言，另一方面，传记作家如马里乌斯·马克西姆斯（Marius Maximus，约 165 - 230 年）和《由不同作家撰写的自神圣的阿德里安至努墨里安不同的君主和暴君传记》（*Vitae Diversorum Principum et Tyrannorum a Divo Hadriano usque ad Numerianum Diversis compositae*）——简称《皇史六家》——的作者们（皇史六家）也都模仿它。苏维托尼乌斯甚至影响了古代晚期基督教作家，例如巴乌里努斯[①]的《安布罗西乌斯传》（*Life of St. Ambrosius*）在形式上受到苏维托尼乌斯的影响。圣哲罗姆模仿苏维托尼乌斯《罗马十二帝王传》，写作《著名宗教作家》（*De Viris Illustribus*）。苏维托尼乌斯的叙述为中世纪的传记也打上了烙印，如艾因哈德（Einhard，770 - 840 年）的《查理大帝传》（*Vita Caroli Magni*）。在仿效苏维托尼乌斯的人中，非历史的传记模式进入了历史编纂学本身，因此直接导致历史编纂学的衰落。4 世纪最后三分之一的年代里，马尔克利努斯再次成为例外。

《名人传》也有一定的影响。圣哲罗姆的《著名宗教作家》借鉴《名人传》的标题和布局。[②] 圣哲罗姆在翻译该撒利亚的尤西庇乌的《记事》［*Chronicle*，即 *Παντοδαπή Ἱστορία*（*Pantodape Historia*），分为两部分：《时间记录法》（*Χρονογραφία*、*Chro-*

---

① 译文没有附原文，存疑，经查证，应为诺拉的保利努斯（Paulinus）。

② 参 http：//en. wikipedia. org/wiki/Jerome。

nographia 或 *Chronography*）和《年代记经典》（Χϱονιϰοὶ Κανόνες、
Chronikoi kanones 或 *Canons*）][1] 时采用苏维托尼乌斯《名人传》
里的一些材料，以充实《记事》的内容。注疏家多那图斯称引其
中的《泰伦提乌斯传》，用以疏释泰伦提乌斯的谐剧。文法家狄
奥墨德斯的著作中关于诗歌体裁的论述源自于苏维托尼乌斯《诗
人传》的引言。

另外，4 世纪时巴夫林·荷兰斯基把苏维托尼乌斯《诸王
传》（即《罗马十二帝王传》）改写成诗体。

第六节　阿庇安[2]

一、生平简介

约 95 年，阿庇安（Appian）[3] 生于埃及的亚历山大里亚。
壮年时代，阿庇安已在故乡担任显贵的职位。后来，阿庇安移
居罗马，取得罗马公民权，进入骑士等级，并担任过由皇帝阿
德里安设立的御审案件的检察官（国库检察官）的职务，负责
监督意大利以及皇帝直辖各个行省的税收。在晚年，经好友、
奥勒留（Marcus Aurelius）的帝师弗隆托的推荐，阿庇安当上埃
及总督（阿庇安，《罗马史》，序言，节 15）。阿庇安卒于 165

---

① 王焕生的原文"欧塞维乌斯（Euseveus）"（王焕生，《古罗马文学史》，页
407、475 和 489）可疑，应为该撒利亚的主教尤西庇乌（Eusebius of Caesarea，大约
263–339 年），著有《记事》（*Chronicle*）和《教会史》（*Church History* 或 *Ecclesiastical
History*）。

② 参阿庇安，《罗马史》上卷，页 17 和 303；译者序，页 2 以下；英译本序
言，页 2-4；李雅书、杨共乐，《古代罗马史》，页 364。

③ 阿庇安，《罗马史》上卷，谢德风译，商务印书馆，1979（1997 印）年，
译者序，页 1 及下。

年。在阿庇安生活的时代里，罗马帝国处于繁荣富强的"黄金时代"，但是奴隶社会的矛盾——阶级矛盾和民族矛盾——也日益加剧。

二、作品评述

作为罗马帝国早期的杰出史学家，阿庇安曾写自传，现在完全失佚（阿庇安，《罗马史》序言，节 15）。不过，阿庇安的代表作《罗马史》流传至今。《罗马史》写于皮乌斯（Antonius Pius）统治的时代（阿庇安，《罗马史》，序言，节 6-7）。《罗马史》分为序言和正文。序言讲述罗马的版图扩张和《罗马史》的写作架构。

《罗马史》的正文总共 24 卷，但是叙述罗马人征服埃及的第十八至二十一卷和叙述帝国时代图拉真入侵达基亚（Dacia）和阿拉伯诸战役的第二十二至二十四卷均已全部散失，前 5 卷、第八卷（下）和第九卷也只有出自其他古典作品的称引片段，也就是说，保存下来的大约只有原著的一半，不过是重要的一半。

从现存的史著来看，《罗马史》分为 4 个部分。第一部分写意大利的罗马史（卷一至三），包括《王政时期的罗马史》（卷一），亚得里亚海沿岸以外的意大利各地区的历史《意大利的罗马史》（卷二）和《萨姆尼乌姆的罗马史》（卷三）。在第二部分里，作者以时间为序，按各民族分卷，写共和国时期罗马人的对外征战（卷四至十二），包括关于高卢人或加拉太人（Galatia）的《凯尔特人（Celt）史》（卷四）、《西西里史》（卷五）、《西班牙史》（卷六）、《汉尼拔战争史》（卷七）、《迦太基史》［卷八（上）］、《努米底亚史》［卷八（下）］、《马其顿史》（卷九）、《伊利里亚史》（卷十）、《叙利亚史》（卷十一）和《米特拉达梯战争史》（卷十二）。第三部分写罗马共和国末期的内战史（卷十三至十七），各卷以内战当事人（主要的司令官）命名。需要指出的是，关于内战的 5 卷是现存最重要和最有价值的部分（参李雅书、杨共乐，《古代罗马史》，页 364）。第四部分写罗马帝国早期的侵略战争（卷十八至二十四）。

三、历史地位与影响

总体看来，《罗马史》大部分按行省分卷，把每个行省作为一个独立的单位加以考察，是为了把各个行省同罗马比较，凸显行省民族的弱点和罗马人的勇敢和幸运（《罗马史》，序言，节12）。马克思称赞阿庇安的《罗马史》是"一部很有价值的书"，这不仅因为它为我们保存了今已失传的第一手资料，而且更重要的是因为"他极力要穷根究底地探索这些内战的物质基础"，正如恩格斯指出的一样，只有阿庇安才清楚地告知罗马共和国的内部斗争归根到底是为了土地所有权（参《马克思恩格斯全集》卷三十，页 159；卷二十一，页 347）。

《罗马史》有几个较大的优点：第一，阿庇安重视罗马共和国内部斗争的经济基础，特别是债务和土地问题（阿庇安，《罗马史》卷十三至十七）；第二，反映了罗马统治阶级的贪婪、残暴和血腥的侵略战争，以及各族人民反罗马侵略的英勇斗争（如阿庇安，《罗马史》卷六）；第三，反映了罗马奴隶社会中各阶级间、各阶层间以及罗马人与被征服的国家和各族人民之间的尖锐矛盾，如同盟战争（阿庇安，《罗马史》卷十三，章5）和斯巴达克起义（阿庇安，《罗马史》卷十三，章14）；第四，为后世保存了许多早已失传的作品，其中指名道姓的有波吕比奥斯［阿庇安，《罗马史》卷八（上），章19，节 132］、鲍卢斯·克劳狄乌斯（Paulus Claudius）［卷四，（章1），节3］、罗得岛的哲学家希埃罗尼姆斯（Hieronymus，约公元前290-约前230年）（卷十二，章2，节8）、写《手记》的恺撒［卷八，章20，节136；卷四，（章18）］、写《回忆录》的奥古斯都（卷十，章3，节14以下；卷十六，章14，节110；卷十七，章5，节45）、波利奥（卷十四，章11，节82）等当代作家和瓦罗（卷十四，章2，节9）、皮克托尔［Fabius 或 Q. Fabius Pictor；卷七，（章5），节27］、写《通史》的大马士革人尼古拉（Nicola）、写《神圣的艺术》（$Περὶτῆς\ Ἱερᾶς\ Τέχνης$ 或 De Sacra Arte）的诗人阿尔克劳（$Ἀρχέλαος$ 或 Archelaus）、写《罗马史》的法尼乌斯、著有12卷《通史》的西塞那、写《回忆录》的鲁提利乌斯·鲁孚斯（Rutilius Rufus）［卷六，（章14），节88］、写《罗马史》的第一个拉丁编年史家赫米那［卷四，（章6）］、墨萨拉等前辈史家；第五，用朴素的语言，引人入胜地叙述历史事件的发展。

当然，阿庇安《罗马史》也存在一定的局限性：第一，阿庇安以外省人的身份加入罗马帝国统治阶级，对罗马帝国怀有好感，由此产生种族偏见和阶级偏见，例如歌颂罗马民族，藐视其他民族，蔑视民主派和仇恨奴隶；第二，由于社会黑暗，各阶层都感到现世没有出路，因此陷入宗教迷信的思想泥淖中，阿庇安也没有完全摆脱；第三，年代、人名和地名常有错误，或者是因为作者没有深入研究和详细调查范围广泛、年代久远的史实，或者是因为作者不正确的观点和立场。

总体看来，《罗马史》的缺点虽然是严重的，但是属于所有古典作品的共同缺陷，与其优点比较起来是次要的，瑕不掩瑜，绝对是一部优秀的古典作品。

阿庇安《罗马史》的影响极大。在中世纪，君士坦丁堡总主教福提阿斯（Photius，死于891年）写的百科全书《群书摘要》（*Bibliotheca*）记载阿庇安《罗马史》24 卷，其中 11 卷几乎完整地流传至今。此外，流传至今的还有一些作品的称引，例如《使节》、《美德与罪恶》、字典《修伊达斯》（*Suidas*）等。

近代，最早出版阿庇安的著作的是 1452 年教皇尼古拉五世的私人秘书彼得拉斯·康提都的一个拉丁文译本。1551 年，卡罗卢斯·斯泰法那斯在巴黎出版最早的希腊文译本。

第七节　弗洛鲁斯①

一、生平简介

传世的抄本把弗洛鲁斯（Lucius Annaeus Florus 或 Iulius Florus）称为 2 世纪创作的两卷（短篇）史书概要《李维摘要》——即《李维七百年战争摘要》（*Epitome de T. Livio Bellorum Omnium Annorum DCC Libri Duo*）——的作者。关于弗洛鲁斯的生平处于完全模糊的状态。甚至不能肯定地把署名弗洛鲁斯的传世作品联系起来的其它几部作品——2 首短诗［26 个扬抑格四拍诗行（trochaeus tetrameter）的《生活的质量》（*De Qualitate Vitae*）和 5 个优美的六拍诗行（hexameter）的《玫瑰》（*De Rosis*）］和一篇仅有 1 个残段传世的语文学论文《维吉尔是演说家还是诗人?》（*Vergilius Orator an Poeta?*）②——归为同一个撰写人。

---

① 参《古罗马文选》卷四，前揭，页 152 以下；LCL 434，页 423 以下；LCL 231；奥古斯丁，《上帝之城：驳异教徒》上，页 118；王焕生，《古罗马文学史》，页 409 及下。

② 作者或为 Publius Annius Florus，不仅是演说家，而且还写两首短诗，参 http://www.britannica.com/EBchecked/topic/210930/Publius-Annius-Florus。

二、作品评述

关于这部还可能产生于阿德里安时期的短篇历史作品，既不知道它的最初划分，也不知道可靠的作品名称：手抄本的标题《李维摘要》(*Epitoma de Tito Livio*) 显然是后人伪造的；奥古斯丁 (Augustin) 谈及的《罗马战纪》(*Bella Romana*) 或许更加中肯。虽然实际上援引李维，因为弗洛鲁斯论述了同一个时间及其宏大的纪事书作品，即从这个城市建立到奥古斯都执政的时代。不过，弗洛鲁斯的资料来源绝不只是单一的：除了历史学家李维，还包括一些其他的作家，如历史学家老加图、撒路斯特、恺撒和老塞涅卡，以及诗人维吉尔和卢卡努斯。

作品的题材是罗马在成为世界帝国的历史进程中发动的对外战争。在流传下来的手抄本中，文本有的被分成4卷，有的被分成两卷。一般认为，分为两卷比较正确。第一卷即章1-47，包括王政时期和共和国前半期同意大利和外族人的战争，直至克拉苏与帕提亚人的战争。第二卷即章48-81，记述从格拉古运动开始，包括内战和对外战争以及镇压各次奴隶起义，以奥古斯都时期征服西班牙北部地区的战争、与帕提亚订立和约和收回他们从克拉苏那里夺得的罗马军团标志、关闭雅努斯庙门结束。

只有当内乱和内战妨碍了古罗马帝国的扩张，国内政策才会出现。这种叙述的目标正是公开美化这种历史发展的载体即罗马人民 (populus Romanus)。其余的活动家、元老和高级官员都从属于罗马历史的主角罗马人民。作者的颂扬倾向可能是从歌颂性的传记中派生出来的（关于这种体裁，参塔西佗的《阿古利可拉传》）。除了放弃编年史叙述，这种编纂学的征兆还体现在弗洛鲁斯把编纂学类型放入他的素材本身。按照弗洛鲁斯的观点，罗马人民的故事分成4段，并且把4段同人生的各个阶段等同起来：在弗洛鲁斯的眼里，王政时期是童年，接下来的从共和国建立到征服意大利的第一次布匿战争的时期是青年，第一古罗马帝国开始和争取世界统治地位是成年的结束，最后的奥古斯都以后的时期是花白老人（弗洛鲁斯觉得，只有在图拉真统治下，这种发展才由于令人惊喜的年轻化时刻而中断）。因此，弗洛鲁斯只把前3个年龄段写进他的作品，这个结论出自他观察的视角：在主题"扩张"下面，第一古罗马帝国是不可理解的；作者以颂扬人民为己任，而人民（populus）在皇帝当中不再扮演独立自主的角色。

这部作品的缺点直接源于弗洛鲁斯的构思：国内政策的背景导致战争事件和集中于最重要的大事件以及弗洛鲁斯认为最重要的大事件。除了这里可以解释的史实错误和遗漏真正重要的事实以外，这种构思还造成严重的后果：这部作品既不提供真正的关于历史关联的概况，也不允许把具体的大事件编入历史发展，因此，从历史学家的角度看，几乎不值得重视。

不过，这样一种评价几乎不能正确评价作者的目标。弗洛鲁斯的意图就是把证明古罗马民族是好战的孤立观点联合成这个民族伟大的一个完整印象，并且通过叙述艺术唤起对民族伟大的兴奋，而不是通过历史分析进行说教。如果有人考虑到这些意图，那么就不能否认弗洛鲁斯的所有才能：弗洛鲁斯用狭隘和流露出乡愁的视野通观将近900年的古罗马历史，此时放弃了叙述性章节，局限在概略地叙述的基本方针，通过这些方式弗洛鲁斯解开了并且也向没有受到历史知识教育的公众开放了很难全面掌握的内在联系整体。如果弗洛鲁斯——根据时代口味——怀着巨大的激情强调具体情况的值得钦佩的东西和恐怖的东西，那么他就如此强烈地唤起那些古罗马伟大历史的情景，以便他孜孜不倦地向读者证实本民族的历史。

弗洛鲁斯以老塞涅卡为导向的风格"崇尚修辞"也合乎这个目的。简练的、用最小的冒号划分的演说辞方式与这部作品的轮廓特征匹配，风趣、强求效果的修辞部分包括弗洛鲁斯具有颂扬倾向的富有诗意的措辞。

三、历史地位与影响

弗洛鲁斯完全错误地把他拥护的没有深究[①]帝国主义当作他那个时代只能凭借防守政策控制的对外政治局势。总体上，这并不损害弗洛鲁斯的影响。即使后来的历史学家［如马尔克利努斯、奥罗修斯和拜占庭人马拉拉斯（Johannes Malalas，生于490年左右，死于570年以后）］、基督教作家（特别是奥古斯丁）和中世纪早期的人都喜欢多读弗洛鲁斯的作品。奥古斯丁认为，弗洛鲁斯的创作意图"不是讲述罗马的战争"，而是想"赞美罗马帝国"（《上帝之城：驳异教徒》卷三，章19）。中世纪的读者给予弗洛鲁斯很高的评价：与弗洛鲁斯相比，"没有人能更忠实，没有人能更简洁，没有人能更优美"。

---

①　德语前缀 un 表示否定，hinterfragt 是 hinterfragen 的过去分词形式，合起来意为"没有探究历史背景或原因的"。

第三章　哲　学

共和国时期的罗马哲学没有独立的格调，而且倾向于折中主义。在帝国时期，这些特征更加鲜明。譬如，小塞涅卡就是典型的折中主义者。小塞涅卡自称廊下派的信徒，却吸收许多伊壁鸠鲁主义的因素。在恐怖统治时期，罗马贵族日趋灭亡，表现得越来越软弱无力和悲观。面对现实的恶，小塞涅卡倡导消极抵抗：得救的道路不是在人的外部，而是在人的内部。更确切地说，唯一的得救道路就在于回到自己的"我"，把自己关闭在个人道德至上的世界中去。所以小塞涅卡指出，哲学的主要任务就是使人得到内心的独立和精神的宁静。唯有如此，才可以拯救自己免于生活的苦难和罪恶。与小塞涅卡相比，由于地位不同，"宝座上的哲学家"奥勒留的廊下派哲学思想更为积极一些，因为他更强调哲学的社会性（参科瓦略夫，《古代罗马史》，页724以下）。

第一节　贤哲塞涅卡 ①

一、生平简介

　　关于小塞涅卡或贤哲塞涅卡（Lucius Annaeus Seneca；亦译
"塞内加"），可以参阅塔西佗的《编年史》和苏维托尼乌斯的
《尼禄传》。大约公元前 4 年，② 小塞涅卡生于远西班牙的科尔杜
巴，是古罗马骑士老塞涅卡 3 个孩子中的老二。少年时代到罗马
后，小塞涅卡获得了全面的教育。由于父亲喜欢修辞学、母亲赫
尔维娅（Helvia）爱好哲学，小塞涅卡从小就接触这两个决定了
他后来的生活道路的领域。通过哲学老师法比阿努斯（Fabia-
nus）、尤其廊下派阿塔洛斯（Attalus）所教授的演说术，小塞涅
卡认识到，修辞学正好对哲学产生的心理教育和说教有巨大
好处。

　　在较长时间的埃及旅行——在埃及小塞涅卡学到了行政管理
和财政金融知识，研究过埃及和印度的地理和人种学——以后，
小塞涅卡献身于律师职业，接受高级财政官的职务（31 年左右）
而登上政治舞台。在这个时期，小塞涅卡的演说给人留下深刻印
象，已经使他获得了很大声誉，成为元老院中一位主要的发言

---

　　① 参《古罗马文选》卷四，前揭，页 25 以下，尤其是 94 以下；LCL 113，页
102 及下；LCL 127，页 320 及下；LCL 154，页 94 及下；LCL 214，页 2 以下；LCL
254，页 2 以下；LCL 75、76、77、310、450 和 457；塞涅卡，《强者的温柔——塞涅
卡伦理文选》，页 159 以下；塞涅卡，《面包里的幸福人生》，页 13、43、23、31、
50、66、88、197、202 和 215；塞涅卡，《面包里的幸福人生》，前言，页 2、4-6 和
79；塞涅卡，《哲学的治疗——塞涅卡伦理文选之二》，页 1 以下；王焕生，《古罗马
文艺批评史纲》，页 223 和 271 及下；科瓦略夫，《古代罗马史》，页 722；格兰特，
《罗马史》，页 247。

　　② 也有学者认为，小塞涅卡生于公元前 3 年。

人，以至于引起皇帝卡利古拉妒忌，差点儿就被判处死刑，最后不得不暂时退隐。

小塞涅卡在宫廷的交往后来还可能给他带来厄运。由于皇后墨萨利娜（Messalina）的阴谋诡计，卡利古拉被谋杀后，小塞涅卡由于与卡利古拉的妹妹尤利娅·李维拉（Iulia Livilla）的婚姻破裂而被指控，他还不得不感谢皇帝克劳狄乌斯的宽恕，没有遭遇比放逐科尔西嘉岛（41 年）更糟糕的命运。小塞涅卡在这个荒岛上度过了自己最好的壮年时期。

49 年，小塞涅卡的生活有了完全的转折。处决墨萨利娜以后，新皇后阿格里皮娜不仅把小塞涅卡召回罗马，而且还让小塞涅卡担任下年的裁判官，同时负责教育她的 12 岁儿子尼禄（苏维托尼乌斯，《尼禄传》，章 7；塔西佗，《编年史》卷十二，章 42）。按照她的愿望，小塞涅卡得少教哲学，多教修辞学。由于克劳狄乌斯被谋杀（54 年），尼禄继位，小塞涅卡也直接掌握了权力：作为皇帝的主要顾问之一，经常向皇帝进谏。小塞涅卡撰写新皇帝在元老院为养父念的悼词。接下来的几年里，小塞涅卡和近卫军司令布鲁斯（Sextus Afranius Burrus）[①] 一起执掌帝国事务。在抵制守寡的皇后阿格里皮娜的权力要求时，小塞涅卡试图把尼禄执政的前 5 年变成第一古罗马帝国最好的时期之一。55或 56 年，由于候补执政官的职务，小塞涅卡的政治生涯达到顶峰。然而，正如罗素所说，小塞涅卡比亚里士多德更为不幸，因为小塞涅卡教的学生就是皇帝尼禄。年轻的皇帝很快就露出专横残暴、恣睢纵欲和无法无天的原形，不断摆脱这位老师的影响。由于在宫廷的地位，小塞涅卡被迫掩盖或至少同意弟子即使是十足的罪过：59 年，小塞涅卡起草尼禄在元老院为谋杀其母辩护

[①]　布鲁斯，近卫军司令（51—62 年），罗马皇帝尼禄的主要顾问。

的演说辞；在尼禄与妻子分离之际，紫袍剧《奥克塔维娅》的作者分配给小塞涅卡的无能为力的角色：元老院派去劝皇帝尼禄的特使。

在共同摄政的布鲁斯死（62 年）后，与皇帝疏远的后果终究难免：为了不给统治者提供反对自己的理由，失宠的小塞涅卡辞去公职，断绝社交，特别是放弃事业，返回自己的庄园，过与世隔绝的生活：写作一些可能对后代有用的东西（《道德书简》，封6）。尽管如此，65 年，小塞涅卡仍然像当时的许多其他伟人一样（比如小塞涅卡的外甥卢卡努斯），成为暴君的牺牲品：被指控参与谋害尼禄的皮索阴谋（是否有理由，很难说），尼禄迫使小塞涅卡自杀（塔西佗，《编年史》卷十五，章60–65）。

小塞涅卡结婚两次。第一次结婚留下两个儿子；第二任妻子鲍琳娜（Pompeia Paullina）试图殉葬丈夫小塞涅卡，被竭力阻止。由于小塞涅卡的散文作品——尤其是《道德书简》（*Epistulae Morales*）——带有强烈的主观特征，后人对小塞涅卡这个人的了解比对西塞罗与奥古斯丁之间的那几个世纪的任何其他作家的了解都多。小塞涅卡经常谈到自己很差的健康状况（《道德书简》，封24：《论生死》；封25：《论处世》；封28：《论原因》；封30；封36）：小塞涅卡患有呼吸道疾病黏膜炎，曾想为此自杀，因害怕父亲无法承受而断此念（《道德书简》，封30：《论治疗》），[1] 热病，内心的多愁善感和抑郁（《道德书简》，封36：《论旅行》），甚至讲述自己性格上的缺点，例如不能坚持过朴素的生活（《道德书简》，封39：《论学习》）。

---

① 这里书简的序数取自中译本。塞涅卡，《面包里的幸福人生》，赵又春、张建军译，西安：陕西师范大学出版社，2003 年，页158。

二、作品评述

撇开诗作——一首篇幅短小的墨尼波斯式的讽刺诗以及 10 部诗剧（9 部肃剧和 1 部紫袍剧）——不说，小塞涅卡流传下来的散文写作局限在哲学领域，在这方面又几乎毫无例外地局限在伦理学。虽然小塞涅卡也认可本义的逻辑，但他喜欢取笑吹毛求疵的演绎推理。老年时，小塞涅卡把 7 卷本《自然科学的问题》（*Naturales Quaestiones*）献给物理。在小塞涅卡看来，物理的影响更大：在观察自然的过程中，永恒存在的神圣的逻各斯（世界理性）变得完完全全、丝毫不减的显明。即使在前述的这部作品中，大量伦理方面的题外话也使得小塞涅卡的占优先地位的兴趣足够明显。

和老普林尼一样，小塞涅卡在古典末期和中世纪被认为是自然科学方面最伟大的权威。与老普林尼不同的是，小塞涅卡从廊下派哲学的世界观出发，把自然科学当作认识神的工具和说教的基础。

在标准的"米兰汇编"（*Mailänder Kodex*）中，编入所谓的《对话录》（*Dialogi*）中的是小塞涅卡最重要的 12 篇伦理文章：《论天意》（*De Providentia*）、《论贤哲的坚强》（*De Constantia Sapientis*）、《论愤怒》（*De Ira*，3 卷）、《致玛西娅的劝慰辞》（*Ad Marciam de Consolatione*）、《论幸福生活》（*De Vita Beata*）、《论闲暇》（*De Otio*）、《论心灵的宁静》（*De Tranquillitate Animi*）、《论生命的短暂》（*De Brevitate Vitae*）、《致波吕比奥斯的劝慰辞》（*Ad Polybium de Consonlatione*）和《致母亲赫尔维娅的劝慰辞》（*Ad Helviam Matrem de Consolatione* 或 *Consolatio ad Helviam*）。属于伦理文章的还有 3 卷《论仁慈》（*De Clementia*）、7 卷《论恩惠》（*De Beneficiis*）和小塞涅卡退出政坛以后在老年之际撰写的

《致卢基利乌斯的道德书简》（*Epistulae Morales ad Lucilium*），简称《道德书简》（*Epistulae*）。《道德书简》包括 124 封书信，编成 20 卷。其中，《道德书简》前 3 卷的题材较为完整，很可能出自一种编辑意图。不过，这个书信集也是不完整的，因为革利乌斯引用过《道德书简》第二十二卷的一段引言。可见，古人所知道的篇目不止传世的 124 篇。除了前述的年份以外，不可能有把握地确定允许对作者的内心发展发表看法的（其他）各部作品的年代。

（一）劝慰辞

在《对话录》这个集子中，属于小塞涅卡早期创作的是 3 篇安慰性文章。劝慰辞是一种特殊的体裁，介乎修辞学与哲学之间。这种文体用于特别的场合或人生时刻，一般是有丧的情况，用来安慰不幸的是通俗哲学的传统论题（Topoi，其单数为 Topos，源自于希腊语 τόπος 或 tópos）。

《致玛西娅的劝慰辞》（40 年）是小塞涅卡为丧子麦提利乌斯（Metilius）的玛西娅而写的。[1] 小塞涅卡首先以奥克塔维娅和李维娅失去儿子为例，证明悲伤要有度（节哀），然后才阐述劝慰的道理。对于玛西娅而言，悲痛的源泉在于"对逝去的人的渴望"和"再也没人保护我，再不会有人让我免于轻视"的观念。小塞涅卡认为，人逝去只不过是缺席，或者死者比生者先走一步而已，因为人生下来就是有死者；无儿无女者比死儿女的人更孤单，因为死儿女的人还有死者的灵魂作伴。此外，适时的死亡是有益的，因为死亡让死者免去各式各样的灾祸，死者的魂灵早日享受天国幸福而永恒的宁静；死亡甚至是值得歌颂的，因

---

① 塞涅卡，《哲学的治疗——塞涅卡伦理文选之二》，吴欲波译，北京：中国社会科学院出版社，2007 年，页 77 以下。

为死亡是一切痛苦的解脱，死亡会让一切平等。总之，亡故的儿子是有福的，不必为他悲伤。

《致波吕比奥斯的劝慰辞》（43 年）是写给因兄弟亡故的波吕比奥斯的。在这篇劝慰辞里，小塞涅卡先讲道理，后举例。小塞涅卡认为，尽管命运是残酷的，可又是一视同仁的。无论对于死者还是对于生者，延长悲痛都是无益的，抱怨也不会起作用。理性让生者抛弃悲伤。由于让人悲泣的理由很多，所以应当节哀。勇敢地面对不幸，才能抑制别人的悲伤，保持公众对你的仰慕。于公，沉浸于悲伤之中，不利于辅佐恩公恺撒。于私，读书和写作可以分散注意力。另一种疗方是追问为谁而悲伤：假如为自己而悲伤，那么就背离兄弟之爱，不合时宜；假如为亡故的兄弟而悲伤，那么由于死者或者不存在或者幸福，为不存在的人悲伤是愚蠢，为幸福的人悲伤是嫉妒（φϑόνος）。死者虽然失去了诸多事物，但是避开了诸多的不幸。兄弟的失去（死亡）是命运的安排，所以这也不是不公，悲伤的生者应当为真挚的兄弟情谊而蒙恩，为曾经拥有这位兄弟而感到愉悦。死亡是合乎自然的本性的，应当坦然接受这种宿命（命定的必然）。应当为活着的其他亲人着想，与他们分担悲伤也是一种安慰。接着，小塞涅卡举例证明要像奥古斯都家族丧失兄弟姊妹一样节哀，而不要像恺撒失去姐姐后一样缺乏自制。最后，小塞涅卡建议悲伤的波吕比奥斯搞研究以对抗悲伤，写作以表达哀思。命运之神夺取一些，也会施与一些。当然，面对失去亲人的不幸，也不能无动于衷，应当讲求中道：悲伤有度。

在《致母亲赫尔维娅的劝慰辞》（41/42 年）中，悲伤的对象与安慰者奇特地同一：在埋葬一个儿子以后不到 20 天内，自己又遭遇放逐。小塞涅卡捂住自己的重创，先从不幸中站起来，然后写信劝慰母亲。尽管母亲一生屡遭失去亲人的不幸，可这次是为生者小塞涅卡悲伤，而且这一次是最近的，也是最沉痛的。小塞涅卡认为，母亲饱受不幸之苦，应当学会忍受不幸。为了征服母亲的悲伤，小塞涅卡首先证明自己的一切都不足以让任何人称自己为悲惨者，然后证明那完全取决于自己之命运的母亲之命运也并非充满痛苦。关于前者，小塞涅卡认为，贤哲总是有可能完全依赖自身，从自身中求得一切喜乐。当然，小塞涅卡不是自比贤哲，而是把自己交付贤哲——能够缓解一切痛楚的地方。在贤哲看来，幸运与不幸都是一种观念。譬如，对于流放，大众认为是不幸。不过，贤哲在很大程度上看轻这种不幸：单单处所的变更绝非苦难，因为离乡背井是人之常事，是世人都可以忍受的，甚至有人自愿在流放地流连，因为如同瓦罗所说，单单处所上的变更会被更丰厚的补偿抵消。从神事来看，命运女神的法律就是一切东西都不是始终不变的，因为宇宙的本性就是运动变化。从人事来看，整个国家和民族都经历过变迁。离乡背井地寻找新的家园原因各不相同，流放只是其中之一。流放失去的东西微不足道，而不会失去的是整全的自然和自身的美德，因为一切真正有价值的东西是在自己的支配能力之内的，只有没有价值的东西才落入他人的掌控之中。从这个意义上讲，在贤哲的心中并不存在流放地，到处都是故乡，所以有德之士不会因为流放而烦恼。相反，贤哲在流放地有更多的时间研究和写作，这是一种往常忙于世事而不可企及的幸福。贤哲追求精神的自由和富足，而看轻物质的匮乏，所以流放的贤者也不会因为缺衣少食而感到真正的痛苦，甚至认为穷人更幸福，因为穷人不会因为保全财富而烦恼。至此，小塞涅卡认为，既然母亲不应为他悲伤，那么母亲是为她自己而悲伤。假如是因为失去了保护，那么小塞涅卡认为，母亲以前也没有利用他的权力谋取好处，而是看轻身外之物，珍视亲人（特别是儿子）的幸福本身，更何况他现在还是安全的，所以这种悲伤的理由是不成立的。那么，母亲悲伤的真正来源就是对他的思念。对此，小塞涅卡劝说，依据残酷的命运的设计，既能在灾难期间守护在他的身边，又能习惯于他的离去：境况越艰苦，越应该勇敢地与命运女神抗争。女人不是无限悲伤的借口，因为虽然悲伤是女人的权利，但是祖宗之法（如《十二铜表法》第十表第四条）规定，悲伤不应过度（参《十二铜表法》，前揭，页50）。正确的办法是采取"爱（ἔϱως）"与"理性"的中道：既有失落感，也能摧毁这种失落感。而母亲是具有美德的，应当远离女人的悲泣。接着，小塞涅卡举例证明，并请求母亲继续效仿那些坚强的女人，因为这是抑止和压制母亲的悲痛的最好办法。不过，小塞涅卡认为，悲伤的真正克星是研究哲学。此外，小塞涅卡建议母亲把注意力转移到其他亲人身上，以此减轻对他的思念。总之，小塞涅卡认为，自己的处境现在是最好的，因为他的心灵免除了其他的一切杂务，有闲暇从事自身的工作，可以从更愉快的研究中寻找到快乐。

（二）伦理论文

另一组文章显得在系统、明确地研究具体的伦理概念，例如写给长兄诺瓦图斯（Novatus）的《论愤怒》、写给皇帝尼禄的王侯垂训《论仁慈》等。

《论愤怒》

《论愤怒》（41 年）① 总共 3 卷。在第一卷里，小塞涅卡（也许利用了珀西多尼乌斯的专著）首先界定了愤怒的本质：愤怒是"一切情感中最可怕和发狂的情感"。接着小塞涅卡刻画了

---

① 塞涅卡，《强者的温柔——塞涅卡伦理文选》，包利民等译，北京：中国社会科学出版社，2005 年，页 1 以下。

愤怒者的标志表现：

> 他的眼睛闪烁着怒火，他的整个脸色因为从心底涌上来的热血而变得深红，嘴唇颤抖，牙关紧咬，怒发冲冠，呼吸急迫而粗重，关节因为身体的扭动而咯咯作响，他呻吟着、咆哮着，迸发出谁也无法理解的言辞，同时不断地拍打着双手，以脚跺地；他的整个身体处于极度亢奋之中，并"怒气咻咻地威胁着"（《论愤怒》卷一，李春树译，塞涅卡，《强者的温柔——塞涅卡伦理文选》，页3及下）。

并且小塞涅卡认为，愤怒表现出来的是一种虚弱和疲惫的心态，一种意识到自己的软弱和过度敏感的心态；愤怒是外强中干，是缺乏宁静的，因而也与伟大无关；愤怒是病态的，理性才是健全的；愤怒是理性的敌人，但仅仅产生于理性所在的地方"人"（在此还区别了愤怒与性情暴躁：愤怒者未必性情暴躁，性情暴躁者有时也未必发怒）。然后，小塞涅卡指出愤怒的害处：多种多样的愤怒伤害人，破坏人的友善、和睦和出于爱的互助，是违背人性的。从后果来看，凸显的愤怒是最大的祸害。最后，小塞涅卡提出了应对愤怒的策略：对于冒犯者，虽然惩戒是必要的，但是惩戒是为了将来的改善，而不是抓住过去不放，所以不是用愤怒，而是用审慎智慧；不是要伤害冒犯者，而是要帮助冒犯者改错，所以应当采取循序渐进的补救手段：先温和地劝诫，然后才严厉地强迫；从私下责备，经公开谴责，到流放和监禁，最后才采用死亡的手段"处决"。不过，最好的办法不是控制愤怒，而是立刻拒绝愤怒最初的煽动，把愤怒扼杀于萌芽状态，因为愤怒是有害的激情，与人的理性相对立，而且愤怒属于恶的范畴，是无用的。在概论愤怒（卷一）之后，小塞涅卡接着思考愤怒的成因（卷二）和可能的医治手段（卷二至三）。

第二卷主要阐述一个狭窄的主题：愤怒是源于选择性的冲动。小塞涅卡认为，愤怒是当被"受伤害"的直接印象刺激时在心智的支持下渴望为此复仇的复杂的心理过程，这是纯粹的心灵冲动行为，不过，这种冲动是积极主动的，是意志选择（"人不应该受伤害"和"人应该复仇"）的结果。可见，受伤害的印象及其激起的最初骚动都不是愤怒本身，由此导致的积极主动的冲动认同并支持这种印象，才是真正的愤怒：通过抉择走向复仇的心灵混乱。小塞涅卡进而指出，愤怒产生的各种原因分为必然原因和偶然原因，可以细分为 3 种情况：第一种情况是不可避免的必然原因：人的自然本性，因为人生下来就注定要屈服于身体疾病和同样多的心灵疾病，如愤怒；第二种情况，促成受伤害的感觉的因素，如轻信（轻信是大灾祸的一个源头）和琐事（不要为无关紧要、微不足道的小事发怒）；第三种情况是促使不公正地受伤害的意识产生的心理因素，如"没想到"。

接着，小塞涅卡指出了应对这 3 种情况的策略。对于第一种情况，小塞涅卡认为，愤怒是不可避免的，但这并不是放纵的理由，因为在人类身上是理性取代冲动，其规则有两条：不陷入愤怒，或者在愤怒时不做任何错事。要落实这两条理性规则，就必须从美德教育抓起。美德独特的本质特点就是愉悦和快乐，美德不会以恶制恶，所以智者不会对自然本性感到愤怒。心灵无论给自己下达什么命令，都会坚持贯彻到底，坚持不懈就可以跨越每一个障碍，所以凡是心灵乐意去忍耐，就没有什么事情是真正的困难。不过，由于性格由人身上占据优势份额的元素决定，所以在受教育时期需要最多地加以注意，培养孩子要恩威并施，既要鼓励又要惩戒，防止陷入两个极端：自卑和自大。对于第二种情况，小塞涅卡认为，必须抵抗愤怒产生的最初促动因素：一种受伤害的感觉。要弄清触怒你的事物和人。对于事物，无知者无罪；对于人，无人能免于错误，这才是公正的判决。审判别人时也要审判自己，这样就能宽容。矫正愤怒的最好办法就是延缓。暂缓发火可以做出正确的判断：弄清事情的真相，弄清冒犯者的身份和目的。对于第三种情况，小塞涅卡认为，由于普通人的本性中存在劣根性，损害的力量任何时候都存在，这是智者可以预料到的，所以"我没想到"不能成为发怒的借口。至于报复，小塞涅卡认为，伤害任何人都是犯罪，因为任何人都是更大的共同体的一员，尊崇整体也应尊重个体；人类不应伤害个体，社会只有通过社会成员之间的爱和互相保护才能不受损害。因此，惩罚伤害你的人应该着眼于未来，即预防别人犯错。最令人耻辱的一种报仇就是认为对手不值得报复。假装不知往往比复仇要好，尤其是面对强大的对手时可以避免受到二次伤害。与更强的人斗是危险的，与更弱的人斗有辱身份，所以都应当抑制愤怒。冲突产生时，首先退让的人比较好，被征服者就是胜利者。最值得追求的速度就是那种能按照要求来控制的速度。

由于愤怒本身已经自动地伤害了许多人，第三卷阐述应当消除愤怒，或者至少要控制和约束愤怒的狂暴：首先是避免发怒，其次是让自己从发怒中解脱出来，最后是控制愤怒者，治愈别人的愤怒。

关于避免发怒，小塞涅卡认为，愤怒是要付出代价的，在别人的痛苦中找到满足，愤怒要动手使人变得不幸，所以饶恕更弱的冒犯者，而面对更强的冒犯者要放过自己。高贵的心灵总是冷静的，它歇息在安静的港湾里；高贵的心灵克服了愤怒，节制而忍耐，令人肃然起敬，并且秩序俨然。避免发怒的方法是多种多样的：做力所能及的事；与心灵平静的善人生活在一起；脾气火爆的人应当张弛有度；愤怒的心理疾病一发现就治疗，尽可能少说话，制止冲动；不去看、不去听所有的事情，比较好；避免猜疑和夸大其词；与自己作斗争，征服愤怒。

关于让自己从发怒中解脱出来，小塞涅卡认为，已经受到的伤害是确定不变的，但愤怒却会增加伤害，因而制怒者不再受伤害，坚定地站立，而愤怒者受到二次伤害，被冒犯者打翻在地，也就是说，任何一种恼怒都是自我折磨，所以应当把自己从愤怒中解脱出来。制怒的办法有使人畏惧、尊敬别人和使人自豪。要落实这些办法，达到制怒的目的，首先心灵要平静和忍耐，像智者一样镇静自如，因为最大的惩罚是让冒犯者遭受悔恨的折磨；其次要仔细辨别，察觉愤怒的最初苗头，因为为琐事愤怒是不必要的；此外还要用善意对待恶意，因为面对伤害，治愈比报复更有益。

至于治愈别人的愤怒，小塞涅卡认为，在疾病的最初阶段，静以待变就是治疗。让愤怒者冷静下来以后才开始治疗：引入新奇而有趣的话题，激起愤怒者的求知欲以转移他的注意力。要展现他的伟大心灵、荣誉和智慧，而不能以怒制怒。给灵魂以安宁。这种安宁可以在有益的指导下由不断的沉思而得到，由高贵的行为和只专注于高尚愿望的心灵而产生。不为名声奋斗，而满足于自己的良心。人生苦短，随时面临死亡的威胁，所以待人对己都应宁静和平。

总之，整篇文章成为理智的辩护词。

《论仁慈》

愤怒是疯狂的表现，而疯狂会导致残忍，所以小塞涅卡又以残忍的对立面"仁慈"为题，写作《论仁慈》（55/56 年，华林江译）。作者原计划写 3 个部分：第一部分阐述惩罚的宽恕（卷一）；第二部分阐述仁慈的本性和外貌（卷二）；第三部分探求如何引导一般人的心灵接受这种美德，以及怎样确立它，并在实践中内化它（参塞涅卡，《强者的温柔——塞涅卡伦理文选》，页 164）。

可是从现存的内容来看，《论仁慈》的第三部分并不存在，可能是没有来得及写，也可能是已经失传。从传世的两卷（卷一和卷二的一半）来看，《论仁慈》是写给皇帝尼禄的，因而实际上是小塞涅卡（老师）劝说皇帝（学生）施行仁政的谏言。小塞涅卡之所以犯颜直谏，一方面是因为在社会生活中出现仇恨、残忍和暴力的苗头，另一方面是因为小塞涅卡认定尼禄是个仁慈的善人，希望尼禄熟悉自己的良好言行，使现在这种善的自然冲动最终成为一种原则（卷二，序言）。出于这个良好的意愿，小塞涅卡才称赞尼禄迄今为止表现的仁慈。这种称赞看似一种恭维，实则是一种赏识教育的策略，意在鼓励皇帝尼禄将来继续施行仁政。小塞涅卡向尼禄明确指出，仁慈既是应受惩罚者所祈求的，也是无罪者所珍爱的，因为仁慈可以让一大批罪人重新走上向善之路，因为仁慈在无罪者中间也是有适用之处的，可以救助清白无辜者，援助正直的人。当然，这位廊下派哲学家也提醒尼禄，宽恕不宜太泛化，应当用一个明智的适度规则区分无可救药者和还有救的人（卷一，序言）。

作者的本意是在第一卷里阐述宽恕罪人的仁慈，而实际上阐述的则是君王推行仁政的理由。贤哲塞涅卡认为，在美德中，仁慈是最适宜于所有人的，因为仁慈是最富人性的，因为仁慈是平和止争的。不过，在所有人中，仁慈最适宜于君王，一方面是因为仁慈给君王带来的好处最大，例如仁慈可以弥补强权的缺点（强权的惩罚所引发的恐慌超过了实际的危害），有助于巩固政权，因为人的整个身躯是心灵的仆人，而仁慈是统治身边民众的精神，是指引身边民众的理性。从这个意义上讲，君王对他人仁慈就是对自己仁慈。另一方面，统治者有更充分的机会去体现仁慈，可以拯救更多的人。小塞涅卡认为，崇高精神的独特标志是温和与镇定，高尚地漠视不公和过错。然而，仁慈恰恰是宫廷缺乏的崇高精神，所以弥足珍贵。因此，小塞涅卡劝谏皇帝，统治者应该向神学习，容忍自己的臣民；以神为学习的标兵，君王希望神怎么对待自己，就应当怎样对待臣民。小塞涅卡认为，王权概念是自然本身所形成的，所以君王应当把权力调整到合乎自然法则，像无刺的蜂王一样，就不会害人（自然的运作总在小处，而微小的证据呈现伟大的法则）。有助于统治者钝化帝王权力的剑刃的就是仁慈。仁君的行为总是依照理性，虽然有无限权力，但却能真正自我约束（仁君约束自己的权力，使许多人摆脱他人的愤怒，不为一己之利而牺牲任何人），却能爱民如己（仁君是国父，其职责就是在试尽了所有纠正办法后才求助于惩罚措施，因此仁君不随意滥杀臣民，因为臣民都是国家的一员；仁君应像良医一样不带敌意地、因人而异地医治臣民的心灵疾病）。可见，布施仁政者的权力越大，仁慈也就显得更美、更壮观。

此外，仁慈不仅会扩大统治者的声誉（君王比臣民更应该在乎自己的名声，而仁君享有最高荣誉），而且还会加强自身的安全（个人安全是要以相互安全来交换的；对国民的爱才是唯一无法攻破的堡垒；仁君有军队是为了捍卫仁善，仁君的卫兵是忠心耿耿的，所以仁君用善行保护自己；仁君更能获得安全的保障，如奥古斯都），还是至高权力自身荣耀的体现和最牢靠的保护（要想拥有仅次于神的权力，统治者应像神一样行事，仁慈慷慨，并把他的权力用于更好的目的）。

因此，小塞涅卡劝谏尼禄：要想成为最伟大的人，就一定要成为最好的人（仁慈的善人）。也就是说，当一位仁君，宽恕臣民的罪过。关于惩罚，这位廊下派哲学家认为，君王惩罚罪过的目的是为了报复，要么为自己，要么为他人。假如为自己，那么惩罚的目的有2：要么是为了补偿，要么是为了防止以后再受伤害。但是对于君王而言，统治者拥有至高的权力、殷实的财富和显赫的地位，不需要补偿，也就是说，君王为自己实施惩罚的目的就是防止敌人的伤害。对此，小塞涅卡谏言，生杀予夺的君王应以高尚的精神去行使神所赐予的这一权力，展现自己高贵的仁慈：控制住自己的感情，尽量宽容大方，减或免处罚，即使是平起平坐的敌人，报复也应以敌人的臣服认罪为限。假如是为了他人，那么惩罚的目的有3：改造受罚者，教育他人，除掉坏人让大家过更安全的生活。对此，小塞涅卡也谏言，惩罚应当适度，因为惩罚有好的一面，也有坏的一面：从轻发落更利于改造受罚者，否则会使受罚者残存的善性泯灭；减少惩罚更有利于改善公共道德，否则会大大降低公共羞耻感；尽量少用刑罚更有利于维护刑罚的严厉性。统治者越能宽以待民，越能使民众心悦诚服，因为人的天性（φύσις）是执拗的，本能地反抗压制和刁难。仁慈的反面是残忍，而残忍是一种完全非人性的罪恶，与善人根本不相称。残忍之所以被大家都憎恶，是因为它超越了习俗的界限，也超越了人性的界限。小恶可能逍遥法外，但大恶必定会遭遇打击行动。残忍会引起反抗。总之，真正的幸福在于给大多数人带来安全保障。

　　第二卷阐述仁慈的理论问题：定义、本质和限度。首先，小塞涅卡把仁慈定义为有宽大倾向的惩罚者（通常是地位高的人）——有力量对他人报复却能自我抑制——对一些有罪过的人（通常是地位低的人）的宽恕。

　　接着，小塞涅卡区分仁慈与残忍、严厉、怜悯和原谅，以此探寻仁慈的本质和限度。小塞涅卡认为，仁慈的对立面是残忍：实施刑法时的残酷心态，刑罚执行中没有节制，失控过头，是

"一个人趋于残酷的心态"。以折磨人为乐的心态不是残忍，而是野蛮或疯狂。仁慈与残忍水火不容，但与严厉相容。以仁慈为伪装的严厉和以仁慈为伪装的怜悯都是错误的。怜悯是较小的错误，因为被他人受难的景象所压倒，这是人格软弱的表现。怜悯缺乏对原因的思考，但仁慈是理性的。廊下派的贤哲公开宣称的目标是为民众提供服务和帮助，也就是不仅仅关注自身的私利，而且还要关注所有人的公利，这恰恰是可以给国君们提供好建议的证据。怜悯者的精神也是受苦的，而人在悲伤中不适宜于辨别事实，发现计策，躲避危险，评估是非，所以贤哲不允许怜悯。富有同情心的人应该愉快地、高尚地给悲伤者带去宽慰，而不是给自己增添伤感。贤哲的心灵是宁静的，会心平气和、不动声色地帮助一切值得帮助的人。怜悯既是包含不幸成分的，又是源于不幸的，所以接近于不幸。怜悯是心灵受到各种痛苦过度折磨后导致的软弱表现。原谅是当罚不罚，这是贤哲不会做的，但是贤哲会为祈求原谅的人着想，尽力改正祈求原谅的人的缺点，以体面的方式，把原本想通过祈求原谅得到的东西赐予祈求原谅的人，这就是贤哲的仁慈。仁慈比原谅更完美。

然而，从实践效果来看，尽管在小塞涅卡的苦心劝谏下，尼禄在统治初期确实如小塞涅卡所愿地推行仁政，可是好景不长，不久以后，尼禄的暴政就彻底粉碎了这位廊下派贤哲的理想。

《论恩惠》

在主题方面与《论仁慈》关系最密切的就是写给利贝拉利斯（Aebutius Liberalis）的《论恩惠》（陈琪译），总共7卷。

第一卷里，小塞涅卡认为如何施予恩惠或接受恩惠是一门学问。方式不当，会适得其反。

不知感恩或忘恩负义是最为常见的劣迹。之所以出现这种现象，原因很多：从受惠者来看，没有挑对真正值得帮助的人；从施惠者来看，施惠行为变成居高临下的施舍，恶狠狠的馈赠，没有诚意的拖拖拉拉，勉强而为之的息事宁人，带有侮辱性，索求回报，逼债等；从施惠行为的本性来看，行善不是放贷，馈赠不是投资，所以施恩是不图报的；只有受惠者自愿回报，施惠者才有权接受报答。

口头上没说但心存感激的人是不应受到责难的。忘恩负义者的存在不能成为我们不施惠的理由，因为大多数是由施惠者造成的，更因为凡人要像神一样依其本性行事。"不求摘得善行的果实，但求行善本身"。即便在遭遇恶人以后仍然不忘找寻善人，这是真正优秀而高贵的好人的标志。美德正是在于在没有回报保证的情况下施予恩惠，而且这个善行的果实已经立刻为高贵的灵魂所品尝。"不回报的人犯错大，不施惠的人犯错早"。小塞涅卡以美惠女神三姐妹为例，说明"恩惠在经过一次又一次传递后又回到了施惠者手中；整个过程只要有一次中断就会破坏整个链条的美感，而持续不断地有序进行，就是美丽的"。恩惠是构成人类社会的首要联系纽带。

施恩的原则是适度（既不能过多，也不能过少）的慷慨，蒙恩的原则是知恩图报，恩惠的共同原则是心甘情愿。恩惠是不可能伸手触及的，它存在于心灵之中。唯有施惠者的好意才形成恩惠。行善是一种德行，恩惠是不会消失的。施惠的东西不是恩惠本身，而是恩惠的工具，恩惠的痕迹和记号。恩惠是给别人快乐并以此给自己带来快乐的行为，而且是自愿自发而为的。重要的在于行动的精神实质，行动者和给予者的心灵。善行无疑是好的，但所做的事和所给与的东西却谈不上好和不好。所有罪行都是由忘恩负义而来的，但是别人忘恩时要当最小的事给予原谅。那么给予什么恩惠呢？小塞涅卡认为，首先给予必需的东西，然后是有用的东西，再下来是让人快乐的东西，不过应该是耐久的东西。必需品包括缺少了就活不了的东西（如救人于巨大灾祸中的善行）、缺少了就不应该再活下去的东西（如自由、贞洁和良心平安）和缺少了就不愿再活下去的东西（如妻儿）；有用品包括金钱、公职和升迁等；让人快乐的东西不一定是奢侈品，只要送的时间、地点、对象和东西合适，就会让人快乐。施惠的礼物要与众不同，让受惠者感受到珍重。

第二卷继续谈施惠的方式。让我们自己愿意接受的受惠方式是对别人施惠。在此当中，最为重要的是，我们在给予时要乐意、迅速和毫不犹豫。想到各人的愿望，在别人提出要求前，主动给予，这是上策；当别人说出愿望时满足它，次之；因不爽快而让受惠者不开心的施惠，再次之；最差的是带侮辱性的施舍。

在有些特定的情况下有必要公开地施惠，例如锦上添花的嘉奖，而在别的条件下则要秘密地施惠，如救济。有时甚至要对受惠者讲善意的谎言，不让受惠者知道谁帮助了他。就恩惠而言，施予方应立即忘记曾施过惠，而受惠方应永远记住曾受惠过。

仅仅施惠是不够的，还需要精心呵护。应优先考虑请愿者的利益，而不是愿望，所以假如礼物危害接受者，那么行善不在于给予，而在于不给。施惠者应适度，避免施惠时过度或不及，并注意施惠的时间、地点和理由等因素，最好是适合于施惠者和受惠者。

那么受惠者在受惠时应当做什么？接受和施予都需要一个相似的准则：理性。理性的第一戒律是没必要接受所有人的恩惠，而是接受那些所帮助过的人的恩惠，这样可以减免曾帮助过的人欠人情的痛苦煎熬，也可以从中享有友谊的快乐。违背意志的偶然施惠不是恩惠，譬如，阴谋家的毒药凑巧治愈加害对象的疾病。被迫接受的东西（如赦免）不是恩惠，但面对通过破坏公正获得生杀大权的人，赦免是可以接受的。对于施惠的卑鄙小人，可把卑鄙小人的施惠当作借贷，以后偿还即可，但不能与之建立友谊。不接受会因此伤害恩公的施惠。在决定了应接受礼物以后，就应愉快地接受，并表现出喜悦，让施惠者看到及时的回报。蒙恩者应当公开接受恩惠，而且不齿于公开道谢，不应贬低恩公。接受恩惠应不卑不亢。记住别人的恩情本身就是一种实在的回报。恩惠越大，越要热忱地表达谢意，称赞恩公。感恩之心在接受恩惠时就应有。

忘恩负义主要是因为自视过高、人类固有的偏袒自己及其行为的弱点、贪婪或嫉妒。恩公的强大和富有与自己的弱小和贫穷都不是忘恩负义的借口，因为对前者而言后者有报答的真心就足够了。受惠之心与施恩之心一致就是回报。受惠者享用恩惠的东西不是施惠者的目的，而是施惠完成的结果的额外部分。受惠者所亏欠的是恩惠以外的东西。恩惠既是一次善行，又是由善行给予的东西，所以小塞涅卡仍然建议受惠者除了用好心对好心，还要回赠恩人类似的礼物作为回报。如此良性互动，行善才得以发扬光大。

第三卷论述忘恩负义。忘恩负义的原因或者是天生的邪恶，或者是记忆的磨灭。忘恩负义各式各样，有的否认自己得到的恩惠，有的假装没得到恩惠，有的有恩不报，最差的是那种忘记别人施予的恩惠的人。报恩需要有正当的愿望、机遇、手段以及命运之神的眷顾，但是心中常记所受的恩惠就充分地表达了受惠者的感恩之情。完全忘恩除了因为倾心于新的欲求：欲望无限的人会认为得到的一切（包括恩惠）都没有价值，还因为记忆随着时间消逝而磨灭：只盯着将来的好处的人把过去的视为毁灭的。醉心于现在和将来而遗漏过去的人不可能对既得的恩惠心存感激。忘恩负义至极的人都会进入健忘的状态。

　　尽管从来不存在过任何报恩的义务，因而最普遍的罪行忘恩负义却处处都免于处罚，仅仅受到谴责，可是忘恩负义者的罪并没有得到赦免，而是要留待诸神来审判。忘恩负义者没有受到法律的制裁，理由首先是恩惠最美好的部分就是把回报的事情交由受惠者来处置，假如通过控诉来索取回报，恩惠就成了借贷，其次，报恩之情成为一种义务，恩惠就变成租借，不值得称道了。而从实践来看，一方面，假如存在惩罚忘恩负义的法律，那么所有的法庭都不够用，因为所有人都会夸大自己提供他人的细小帮助，从而抬高自己的美德，另一方面，量刑时法官比仲裁者受到的束缚多，审判难度大，因为从施恩来看，当所涉之事并非事物本身，而是事物的价值时决断是困难的。譬如同样的恩惠，施惠的情况不同，价值也不同；从报恩来看，报恩没有固定日期，尚未报恩的仍可能报恩；从惩罚的角度看，如何惩罚也是难题；此外，还存在违背意志的恩惠等复杂的情况。所以施恩是要注意受惠者的良心。由于施恩者更加仔细辨别受惠者的品性，忘恩负义的人只会更少。由于诸神是一切忘恩负义的见证者，忘恩负义者从恩惠中得到的不是快乐，而是痛苦的折磨，这本身就是足够大的惩罚。

　　小塞涅卡批判了"行为三分法"：（外人提供的）恩惠、（亲情间的）责任和（奴隶提供的）服务，认为恩惠让受惠者快乐的不是施予的东西和恩主的地位，而是恩主的心，所以奴隶也可能施惠于奴隶主。奴隶受主人控制和支配的是身体，而不是心灵，所以奴隶的心灵也是自由的。奴隶超出职责的、源于自身的愿望的行为都是一种恩惠。由于种子是所有生长事物的原因，然而却又是种子生产出的事物中最小的部分，一切事物都会大大超过它们的源头，由此可见，子女应对父母施予更大的恩惠：以赡养父母报答父母的养育之恩。弟子不必不如师或青出于蓝而胜于蓝也证明廊下派开创的学说：那给出称不上是最好的恩惠的人就面临着被超越的可能，因为就本性而言，美德渴望荣耀，它热衷于超越任何在它前面的事物。

第四卷探讨施恩和对恩惠报以感激之情本身就是值得想望的目的。美德不以获利的可能性来吸引人，也不以吃亏的可能性来制止人，美德只要求自愿的付出。德行产生的利益只是附加物，德行的回报存在于德行本身之中，德行本身就是一个值得想望的目的，而恩惠就是一种美德。在此，小塞涅卡批判了伊壁鸠鲁主义者的说法：美德是快乐的奴隶，认为美德本身就是至善，而不是至善的原因。

恩惠是美德的一个标志，施恩者仅仅为了施恩而施恩。假如施恩需要任何其他动机，那么神就不会对祈求者施恩，例如大地和矿藏，而自然是"主神和渗透于整个宇宙及宇宙的所有部分的神圣理性"。这里的主神指万物之父尤皮特，"自然"、"天数"和"命运之神"都是主神的别名。恩惠所着眼的只是接受者的利益。因此，恩惠本身是值得想望的目的。

挑选恩惠的对象不是为了回报，而是考虑以何种方式在何时施恩，使得一次赠予成为一次恩惠。理性的施恩才是施恩，因为一切德行都伴有理性。施恩的唯一目的就是做该做的事，满足于受惠者的快乐。譬如，垂死者立遗嘱是不求回报的，但却要挑选最配接受遗产的人。假如恩惠需要回报，那就是良心的回报。自利者而为他人谋利的行为不是恩惠，获利的受益者对自利者没有回报的义务。恩惠本身就是快乐的源泉。

关于报恩，小塞涅卡批判伊壁鸠鲁主义者报恩有利说，而赞同一个固定的原则：可敬的事物不是因为其他的原因，而是因为它是可敬的。心怀感激是公开展示的，以感激之情回报善意的帮助是值得称道的。选择知恩图报的动机不是利益，因为忘恩负义者更看重利益，不是虚荣心，因为偿还欠的人情不值得夸耀，不是惧怕，因为忘恩负义者并不惧怕。感激之情是某种本身就值得想望的事物，因为忘恩负义能够最有效地瓦解和破坏人类的和谐，是某种本身就应被避免的事物。诸神给人两样东西：理性和伙伴，使得人在所有动物中最强大，成为世界的主宰。任何因惧怕而感恩的人都是忘恩负义者。感激之情只受生命的限制。感激之情是值得想望的，是因为它自身的缘故，即便剥离外在的利益，感激之情仍然是中人心意的。感激之心是受其目的之良善所吸引。抱有感激之心的行为的巨大回报就在于这行为本身，这是一无所求的将死之人仍然富有感激之情的原因。

　　顺应自然而生活，以诸神为楷模，这是廊下派的目标。而廊下派的主神除了行为原则，没有目标。廊下派认为，一切恶人都是忘恩负义的。忘恩负义有两种：天生邪恶之人（通常的含义）和愚蠢之人（另一种邪恶之人）。严格地讲，忘恩负义者指天生邪恶之人。诸神也施恩给恶人，因为善恶难分，所以因善人的缘故惠及恶人。向大众开放的恩惠不需要审查和评估，但向杰出的接受者施恩就需要审查和评估。一次恩惠是一次有用的帮助，然而不是每次有用的帮助都是一次恩惠，因此恩惠必须同时满足两个条件：帮助有重大意义；最重要的是，施恩的动机必须是施恩对象的利益。感激之情不应只局限于一个时代，所以会出现惠及恩公的后代的情况，尽管后代可能是恶人（忘恩负义者）。假如在诺和守诺时的情况发生变化，施恩者有权修正自己的决定，这不是失信或忘恩负义。表明一颗感激之心是义务，但是有时由于受惠者的坏运气和施惠者的好运气，受惠者会无法表达感激之情。而太急于表达感激之情会变味成"还人情"。

　　第五卷探讨接近、但与恩惠无关的问题：意愿。善人不会屈服，不会放弃，所以不会被战胜，这种品质是从美德和善良的意愿获得的。因此在恩惠方面没有人被战胜：即使在事功上不如恩公，但可以在精神上并驾齐驱。恩惠在意愿上是平等的，不必因为施惠的事功不如人而羞耻。小塞涅卡认为，自然法则规定：为了让某人得到，必须要有某人施予。假如将某物从左手移至右手，既非施予也非接受，所以自己对自己施恩，自己既是施予者又是接受者，回报在施予时已经发生，这不是恩惠，而是本能，因为这是自利。恩惠是贡献有用的东西，"贡献"就暗含他人的存在，也就是说，恩惠至少需要两个人才能完成。从报恩的角度看，恩惠需要花费东西，而对自己施恩不需要花费什么；接受恩惠和回报的时间是不同的。接着小塞涅卡驳斥坏人不可能忘恩负义的各种谬论，认为只有一种善，这是一种光荣的善。人分两种：拥有善的好人和不具备善的坏人，坏人拥有善就变成好人。而利益分为 3 种：精神上的、肉身上的和财产上的。坏人和蠢人虽然被排除在精神利益之外，但还是能够接受某些无关紧要的、类似恩惠的东西，例如肉身上的和财产上的利益，所以他们也可能忘恩负义。现实的情况是这样的：忘恩负义是普遍的。违背自己的意愿帮助别人不是恩惠，但违背一个人的意愿向他提供帮助就是恩惠。对于忘恩负义者，要耐心容忍，对善良的欲求也需要提示。

在第六卷里，小塞涅卡首先探讨恩惠是否可以剥夺的问题，认为可以剥夺恩惠的载体，但是无法剥夺恩惠本身；恩惠虽然不可以剥夺，但是可以被伤害毁掉或抵消，此时失去的只是感激之情和回报的义务。对于伤害你的恩公，应当恩怨分明，正确的做法是权衡恩惠与伤害，然后才做决定：或者报恩，或者报仇，或者既报恩又报仇，或者不采取行动，任由伤害与恩惠抵消。接着小塞涅卡探讨是否应当对无心的帮助承担义务的问题，认为判断是否应当义务的依据是看施惠者是否提供帮助并且出于好意。无论帮助是并没有打算的（如在不知情或不能知情的情况下提供的帮助），违背自己意愿的（如运气使敌人的坏念头变成好事），还是由于偶然碰巧施予的（如因病免于服兵役），施惠者都缺乏施予恩惠的好意和愿望，所以受惠者无需承担义务。由此可见，分清给你好处的人是敌是友十分重要。对于感恩而言，光有愿望是不够的，但是对于免于感恩而言，没有感恩的愿望就够了。恩惠是为了他人的利益而兼顾自己的利益或附带获得自己的利益，交易是为了自利的目的而为他人谋利。所以对于兼顾自己和他人利益的恩公，受惠者应当承担感恩和回报的义务；在交易中受益人被利用，只是分享利益，所以不承担感恩和回报的义务。对于医生和老师，小塞涅卡认为，支付的医疗费和学费不能代表它们的价值，因为费用支付的是对方付出的时间和辛劳，而生命和健康以及人文教育和开发智力都是无价的。价格与价值不一定对等，所以对友好和善的老师和医生应承担感恩和回报的义务。分享公共性的恩惠，没有对个人恩惠的回报义务，但有所亏欠，所以也应作为一员进行相应的回报。对于大自然的无私恩惠，人应心存感激。最伟大的恩惠来自父母。祈祷恩人遭遇不幸，以便报恩，这是错误的病态心灵，这是忘恩负义的标志之一，因为虽然想感恩的目的是好的，但是方法是邪恶的；应当宁静地等待报恩的机会，应当祈祷恩人永远安康，永远有能力施惠，让所有人除了感激，就没有报恩机会。对于富强得不缺什么的统治者，最好的回报是讲真话和提供有用的好建议。交朋友不是在客厅里，而是在心灵里。理性的人在任何条件下都会对朋友有用。大部分人都是有罪的，因为他们希望从别人的苦难中获益。在美德的指引下，施惠和感恩的价值是等同的。

第七卷探讨前6卷遗漏的问题。廊下派认为，只有贤哲才能拥有所有东西，并且不必奋力保有它们。朋友也如此。但是可以施予贤哲和朋友任何的恩惠，因为所施予的是他们共同拥有的财产。正如一切都属于国王，因为国王以其普遍的权力拥有一切，但是具体的东西又是个体臣民的私物一样。可以向拥有一切的人或神施予恩惠，譬如，在家里子女向拥有一切的父亲尽孝，在国家里臣民向国王进贡，在宇宙中人向神献祭。智慧的王国是强大而安稳的，在"一切属于全人类"的意义上，我拥有一切。因此，送礼物给贤哲是可能的。共同拥有的方式很多种。在特定的条件下，特定的东西属于特定的人。一份恩惠就是一份恩惠，但是施恩的方法可以更好、更多。已尽力报恩的人不一定已经回报，因为有些努力是必须带来某种物质性结果的，但有些努力如果尽力了，则与达成实效具有同样价值。英勇地和命运斗争总是光荣的，即便它没有完成任务。施惠者应该认为自己已经得到了回报，因为施惠者应该让受惠者解脱；而受惠者应该感到他还没有回报，因为应该觉得自己负有义务。即便是恩公已经变坏，也要回报，并宽恕他。恩惠分为两种：贤哲之间的完美的和真正的恩惠；无知者之间的日常的和普通的恩惠。对于后者，假如施惠者是坏人，将回报扔给他，以示不亏欠。假如施惠者是好人，将回报双手奉上，以示感激。对于前者，小塞涅卡认为，受惠者的责任是归还，履行还债的信义，而不是保护和守卫归还的东西，所以在方便时回报好人，在坏人索要时将其归还。对于变坏的贤哲，回报他能够接受的那类东西。对于恶人，应当先考察自己对整个人类的责任，把回报的底线定格为不会增多或维系他为祸的力量，也不会给国家灾难性的后果。平静地、有教养地和宽宏大量地对待忘恩负义者，温柔忍耐最可贵。对于忘恩负义，受伤的不是施惠者，而是受惠者自己，因为对于施惠者而言，被丢弃的是恩惠，而对于人类而言，被丢弃的是忘恩者。能证明美好灵魂的乃是在失去恩惠后却依然给予。持之以恒的善会征服恶人。

　　大多数作品可以列入实际伦理范畴。例如，小塞涅卡说明，好人遭遇不幸具有考验的意义，决不是反对神意（《论天意》）；聪明人受冤屈和伤害不会被真正打击，因为他确实不屈从于疾病（《论贤哲的坚强》）；政治活动并不具有无条件的特权。凡此表明，小塞涅卡可能主张退出公众生活，追求独立的内在价值的人适宜于去搞哲学和研究（《论闲暇》很可能是小塞涅卡为自己在62年的退隐决定辩护）。对于人来说，重要的是获得内心的平衡（《论心灵的宁静》）。

《论贤哲的坚强》

　　《论贤哲的坚强》（41年）的副标题为"贤哲不可能被伤害，也不可能被羞辱"。谈话的对象是朋友塞雷努斯（Serenus）。

　　小塞涅卡认为，惟有廊下派哲学是勇敢的，是治病救人的，引领人们攀登真理的巅峰。廊下派认为，贤哲是不可战胜的，因为贤哲藐视享乐，无所畏惧。尽管也有人会伤害贤哲，可贤哲在挑衅中保持冷静，伤害就鞭长莫及。未经考验的力量是不确定的，而击退所有攻击的防守是最真实的，所以一个不可伤害的贤哲比一个未经伤害的贤哲更坚强。

　　"伤害就是想要使一个人受坏事（邪恶）的攻击"，但是贤哲没有容纳坏事的空间，因为智慧所知道的唯一坏事就是卑鄙，而只要有美德和正直的存在，卑鄙就不可能进入。也就是说，卑鄙无法侵入正直的贤哲，坏事（邪恶）也无法伤害贤哲。伤害使人蒙受损失，但是贤哲没有什么可损失的东西，因为贤哲的全部财产就是自己，而自己的根本是美德，也就是说，美德是贤哲的唯一财产，而美德是自由、神圣、不移不易的，顽强地抵抗命运的冲击，不弯不折，是无法掠夺的。具有美德的贤哲只需忍耐，就不会受到真正的伤害。保卫贤哲的城墙（即美德）很安全，防火又防攻，没有任何方法能进入，它们崇高、坚固而又神圣。

　　贤哲虽然稀少，但是真实地存在，如小加图。事实上，除了贤哲以外没有好人。施暴者必定比受暴者强，但是，邪恶必定比正义弱，所以贤哲不可能受伤害。即使伤害的行动实施了，也不一定会达成伤害的目标，因为某些情况可以抵御伤害，中止伤害。也就是说，虽然坏人会伤害好人（贤哲），但是，贤哲不受伤害是可能的。由于坏人没有贤哲乐于接受的东西，无法给予贤哲好东西，而从美德的意义上讲贤哲拥有一切，也不需要别人（特别是坏人）的东西，像神一样不需要帮助的人不会受到伤害，所以坏人无法伤害贤哲。贤哲拥有神的灵魂，用平静安详的心去面对命运之神，不会觉得死亡、痛苦等是一种伤害。在生活中，贤哲不犯错误，自制力强，沉着冷静，没有希望和恐惧，所以可以避开一切伤害，反而认为伤害是有益的，因为可以从中找到防卫的方法，也考验了自己的品德。

　　羞辱是一种比伤害略轻的冒犯，是某种使人抱怨而不是复仇的东西，是某种法律认为不值得过问的东西（伍志萍译，见塞涅卡，《强者的温柔——塞涅卡伦理文选》，页312）。

　　羞辱源于一种蒙耻感。通常只有衣食无忧的人才会有闲抱怨，而且这种抱怨是神经过敏的。为羞辱困恼的人既无见识，也无自信。贤哲既有见识，又有自信，认为羞辱者是愚蠢而不自信的，拥有蔑视恶意的狂妄之徒的宽宏大量（美德之最）之气度，对于别人的羞辱言行一笑而过，心灵不会受到羞辱的刺痛，所以根本就不会有羞辱。贤哲让羞辱者吃点苦，挨点罚，不是因为受到了伤害，而是因为羞辱者实施了伤害的行为，就像医生治疗病人一样。

对于贤者而言，无论事情有多大，无论从数量还是从规模上讲，本质都是一样的，所以可以忍受一切，战胜命运。小塞涅卡认为，伊壁鸠鲁主义者和廊下派都很勇敢，都轻蔑伤害和羞辱，但是有区别的：伊壁鸠鲁捂住伤口坚守阵地，而廊下派是直面群情激奋的群众，示意自己没有受伤，让群众不要干涉。贤哲拥有一个超越了伤害和羞辱的头脑，所以拥有自由，而自由是快乐的唯一源泉。

《论天意》

在《论天意》（41 年）里，小塞涅卡答复朋友卢基利乌斯（Lucilius）的疑问："为什么尽管存在着天意，好人还是会遇上不幸"（包利民译）？

小塞涅卡认为，卢基利乌斯并不怀疑天意，而是抱怨天意，所以试图使卢基利乌斯和神明和解。自然决不允许好（善）被好（善）伤害；在好人和神明之间存在着美德带来的友谊，此外还存在着一种亲情关系和相似性，因为好人和神明之间的区别仅仅在于时间这个要素；好人是神的学生，神的模仿者，神的真正后裔；在培养美德方面，荣耀无比的天父（神）像严父一样，用种种艰难困苦来养育好人。神考验好人，强化好人，使好人适合于为自己服务。在不幸面前，真正重要的不是你承受了什么，而是你怎么承受。好人遭遇不幸时虽然有所感受，但是并不为之所动，而是把一切灾难都看作是美德的修炼，所以能宁静地面对，勇敢地征服，把不幸转化为好事。神明对好人的爱不是母亲的那种，而是父亲的那种，所以对好人最好的神明分配给好人一个进行斗争的人生，用磨难使得好人更加坚强，使之具有伟大的灵魂，成为最最好的和拥有完满美德的。看似坏事的事情对于经受者是有益的，因为神明用不幸治疗人的心理缺陷，也是有益于整个人类大家庭的，因为神明更加关心人类。成功光顾普通人，甚至光顾普通资质，但是对于凡人生活的灾难和恐惧的胜利仅仅属于一个伟大的人。不幸只是命运为好人提供一个展现自己伟大一面的机会。真正的价值渴望危险，因为它想得更多的是自己的目标，而不是自己可能遭的罪——遭罪也是它的荣耀的一部分，正如凯旋者的负伤。灾难是美德的机会，因为神明挑选勇敢者，把最危险的任务指派给他，以此锻炼好人的美德。相反，过度的好运往往是不幸的机会，是最危险的。神明对待好人时，遵循的是教师对待学生的同样法则：要求最寄予厚望的人付出最大的努力。对美德的证明不可能是温和的。命运女神降厄运给好人，不是残忍，而是好人的耐心承受和斗争：好人越斗争，越强大。

　　而最好的人为之投身战场和积极服务的乃是公共的利益。神明贬低那些人所贪求的东西的最好办法就是让最卑鄙的人拥有它们，而不是让最好的人获得。神明和智者的目的就是要表明那些被普通人追求或畏惧的东西既不是好的，也不是坏的。仅仅赋予好人的才是好的，仅仅赐予坏人的才是坏的。

　　虽然万事万物都根据固定的和永远有效的法则而发生，命运指导我们，但是我们不是神明的奴隶，而是神明的追随者，我们要以坚强的精神承受一切，让自然随其所愿处理质料，因为所接受的一切外在之物都会毁灭，只有内在之物才永远不灭。好人意味着"参与命运大化"。烈火考验真金，厄运考验真的勇士。无德者走安全的平路，有德者勇攀巅峰。神明保护好人，解救好人，把好人与坏事——包括错误、罪恶、邪恶的思考和贪婪的计划、盲目的肉欲和对别人财物的贪恋——分开，但是不保护好人的行囊：钱、财、权、乃至生命等身外之物，因为神明在好人的内部给了好人所有的好东西"美德"，好人的好运就是好人不再需要好运。由于神明从不遭遇坏事，而好人超越坏事，就此而言，好人超越神明。没有什么可以违背好人的意志，即便是比出生更加容易的死亡：好人为了获得自由，有时选择自杀。

《论幸福生活》

部分缺失的《论幸福生活》（58 年以后，包利民译）是写给兄弟伽里奥（Gallio）的。

为了避免南辕北辙，小塞涅卡首先确定幸福的目标，然后才寻找达成幸福的最佳捷径。在确定时不能从众，因为群众的选择恰恰是最差劲的选择，而是要用灵魂去发现灵魂的最佳目的。

小塞涅卡认为，"幸福生活就是与自己的本性自然和谐一致的生活"。而获得幸福生活的方法只有一种：首先必须头脑清楚，遵循理性；其次，精神必须是勇敢的、豪迈的和坚毅的，随时准备面对任何紧急情况；既关心身体以及与身体有关的一切问题，又不是焦虑不安；最后，心里不忘那些为生活添彩的所有好东西，但绝不过于痴迷，即做命运馈赠的使用者，而不是其奴隶。

在小塞涅卡看来，"最高的好乃是心灵能蔑视命运遭际，唯以美德为快乐"，"乃是心灵不可征服的力量，从经验中学到的智慧，在行动中沉着冷静，在与他人交往中礼貌关心"。幸福的人不承认在好的与坏的心灵之外还存在"好"与"坏"，珍惜荣誉，追求美德，对于命运的遭际不卑不亢，知道最好的"好"是只有他自己才能赋予自己的，真正的快乐就是蔑视快乐。或者说，幸福生活就是拥有一颗自由、高尚、无所畏惧和前后一贯的心灵——这样的心灵是恐惧和欲望所无法触及的，它把美德看作唯一的善（好），把卑鄙看作唯一的恶（坏），把其它一切视为无价值的东西。

　　小塞涅卡指出，幸福的人就是由于理性的天赋而摆脱了恐惧和欲望的人。幸福的生活建立在正确可靠的判断上。幸福的人是拥有正确判断的人，满足于当下的命运，无论它是什么，而且与环境友好相处。幸福的人乃是让理性决定存在的所有情况的价值的人。廊下派的美德与伊壁鸠鲁派的快乐是有别的：美德是高贵的、昂扬的和庄重的，无法征服，不朽的，而快乐是低贱的、奴性的、虚弱的和容易毁掉的；美德属于好人，而快乐的所有者不分好坏，因为高贵的好人从被人称颂的美德中找到快乐，而下贱的坏人从不光彩的事中获得快乐。古人认为，人生的目标不是过最快乐的生活，而是过最好的生活：理性以自然为向导。理性在感官刺激下应当研究外部事物，因为理性只能在这一基础上运用自己，冲击真理；但是当它从中获得了最初知识之后，它就应当返回自身中；心灵首先沿着为自己服务的感官指出的路走，在由此达到身外之物后，它应当成为它们和自己的主人，这样才能产生统一的力量，自我和谐的力量和可靠的理性，这一理性把自己调理得处处和谐一致后，就达到了最高的"好"。最高的好就是心灵的和谐。

　　因此，幸福生活就是根据自然的生活。快乐是美德的副产品。源于美德的快乐虽然也是一种好，但不是至善的一部分。真正的幸福是建立在美德之上的。当然，廊下派除了看重美德，也承认其他东西的价值，如财富，因为智慧并不排斥财富。不过，贤哲拥有财富，但财富拥有愚人。穷人有穷人的德性，如坚定（ἀσφάλεια）和不屈，富人有富人的德性，如节制、慷慨和宽宏大量。

《论闲暇》

《论闲暇》（62 年以后）的副标题是《致塞雷努斯》（*Ad Serenum*）。小塞涅卡指出，虽然伊壁鸠鲁学派和廊下派都将人导向闲暇，但是所借助的途径却不同：伊壁鸠鲁学派以坚定的决心追求闲暇，正如伊壁鸠鲁所说，"除非情况紧急，贤哲不会参与公共事务"；廊下派哲学因特定的原因寻求闲暇，正如芝诺所说，"除非有什么事情阻止，否则他就会参与到公共事务中去"。小塞涅卡认为，在闲暇时人更能服务于包括神和人在内的较大国度"世界"。至善就是顺应自然而生活。自然生育人有两个目的：沉思与行动。自然也规定，人既要活跃行动，又要有闲暇沉思。沉思的生活也不乏行动。只有配合行动的沉思才有意义。贤哲的沉思针对整个人类。沉思的生活也会享有快乐。沉思不是目的，而只是停泊处。一个人有权选择闲暇，过一种闲暇的生活。惟有在闲暇时，我们才可能坚持做我们立志要做的人。

《论心灵的宁静》

《论心灵的宁静》的副标题《致塞雷努斯》（*Ad Serenum*），所以在这篇对话录里小塞涅卡的谈话对象是塞雷努斯（Annaeus Serenus）。在追求美德和真理的人生路上，由于善良意志的脆弱性，塞雷努斯无法抗拒种种恶的侵扰，因而心中感到困惑和苦恼，即心灵得不到宁静。

小塞涅卡认为，这是塞雷努斯刚刚从精神疾病中解脱出来还不习惯于健康状态的表现，进而指出了症结所在：缺乏信心。而心灵的坚定不移就是灵魂的完美状态，即"宁静"。宁静的心是平和的，既不趾高气扬，也不意志消沉。

然而，"活跃好动是心灵的本性"，"心灵喜爱一切刺激和纷扰的机会"，欲求以辛劳和折磨为乐，因而产生不满和厌倦。逃离只是权宜之计。克服这种厌倦的最好办法是"去从事实际事务，从事公共事务的管理，履行公民的责任"。无论一个过退隐生活的人隐匿何处以求得闲暇，都应该甘愿以他的智慧、呼声和忠告助益个体和人类。虽然一个人有时不得不退却，但是美德和美德的爱好者应该逐步地、不放弃原则地和保全一个士兵之荣誉地退却；那些手握武器的人在达成协议时更受其敌人的尊敬，也更安全。

小塞涅卡还表达了世界主义思想：应该把美德赋予更广阔的领域，不要闭关自守，而是心怀"世界是我们的国家"的恢宏气度，开放地与整个世界交往。在人生旅途上，我们有责任审查我们自身的自我，正确评价自己的本性和能力；审查我们将要从事的事务，看看这项事务是否值得去做，是否符合我们的本性和能力；在我们从事那些事务时，审查那些我们因他们的缘故才去从事这些事务的人，以及我们要与之共事的人，应当交往善人和益友。

钱财是人类必需的，却是人类不幸的最大源泉。最理想的钱财数量是略多于穷人，以节俭（适度的节制）为满足。流放和灾难往往最终被证明是有益的，因为更大的不幸被那较小的不幸消除了。一切生活都是一种奴役，所以一个人必须顺从他的命运（安天命）。为欲求设限，不让欲求将心灵引向不确定的地方。

克服对死亡的恐惧。人生变幻无常，所以应当为随时会降临的不幸做好准备，这样才能战胜厄运。不要为无价值的目标而劳作，或者做无益的劳作，否则会悲伤。

不是活动让人不得安宁，而是对事物的错误观念使得这些人发狂。让自己更加通权达变，心甘情愿地转到机缘引领我们到达的境况。宁静的两大敌人是不堪变化和不堪持久。而最重要的是，心灵必须从外部利益撤出，回到心灵自身。让心灵信赖自身，享有自身，欣赏其自身的所有物，让它尽可能地远离其他人所拥有的事物，完全专注自身，让他不要感到有所丧失，让它甚至能够欣然地解释不幸。大众的一切邪恶都只是可笑，而非可憎，所以嘲笑生活比为生活痛苦更加符合人性。嘲笑是情感的适度。好人遭遇厄运，却通过死亡而成就了不朽。独处和群居必须交替实施，因为二者互为调剂，互为疗方。心灵有紧张有松弛，例如重视睡眠和郊游，才能更健康：宁静。

《论生命的短暂》

写于约 49 年的论文《论生命的短暂》还有一个副标题：《致鲍里努斯》（*Ad Paulinum*）。这表明，在这篇文章里小塞涅卡的谈话对象是鲍里努斯（Paulinus）。

小塞涅卡认为，生命分为过去的存在期间、现在的存在期间和将来的存在期间。过去是确定不移的，将来是难以预料的，而现在是短暂的。杂务缠身的人——包括各种事务的忙人（包括无益的研究者）和知道或不知道自己无所事事的闲人——只关注现在，而"现在"确实是短暂的。而无忧无虑的宁静心灵能够找到时间的栖居之所，具有在其生命的一切部分中遨游的能力，所以能"活得长"。

人们抱怨生命的短暂之所以是错误的，是因为人们都在瞎忙（有事忙，无事也忙），挥霍太多的时间，却很少为生命而忙，正如一位不知名的诗人所说，"我们的生命中真正去活的部分是极短的"。在这里，"真正去活的部分"指的是为自己的心灵而生活。

小塞涅卡认为，学会如何生活要花去整个一生，而且学会如何去死也要花去整个一生。沉迷于各种杂务的多数人一辈子也都不明白如何生活，只有超越人类弱点的人才能把所有的时间都留给自己。唯有那些把时间花在哲学上的人是闲适从容的，唯有他们才真正地活着，唯有他们才在履行真正的职责：教会人如何生活和死亡。学会如何生活和死亡，这是把人的有死性变成不朽的唯一方式。哲学家把过去、现在和将来结合为一个有机的整体，让所有的时间都为其效命。也就是说，人只须正确地利用生命——即通过研究哲学的方式，人生还是非常长的。对于有死者而言，幸与不幸的区别就在于是否懂得如何生活（《论生命的短暂》）。因此，小塞涅卡劝鲍里努斯把余生留给自己，在闲暇中展现美德，在宁静中享受幸福生活。

总之，上述所有作品的探讨都隶属于唯一的主题：什么使人幸福？哪些途径可以通向幸福？

（三）《道德书简》①

在《论幸福生活》中，小塞涅卡回答了第一个问题，所用的假设可以说对任何形式的以宁静为目的的生存原则都有效：顺其自然就是合乎美德的生活。小塞涅卡的晚期作品《道德书简》（*Epistulae Morales ad Lucilium*）也围绕这个主题。小塞涅卡认为，"惟有完美的智慧才能创造幸福的生活"（封11：《论哲学》），这里"完美的智慧"就是哲学，因为"哲学的惟一使命在于发现有关神界和凡界的真理"，"哲学以人类的幸福为宗旨，为我们开辟通往幸福的道路，为我们指引走向幸福的方向"（封34：《论哲学的使命》）。"幸福生活是最高的理想，它不需要外援，是自己栽种、自我发育的，一旦开始要从自身之外去寻找任何一

---

① 关于《道德书简》里的伦理话语模式，见哈比内克（Thomas N. Habinek）："《埃涅阿斯纪》卷六中的科学与传统"，王承教译；关于《道德书简》的风格，见科勒曼（Robert Coleman）："高妙的教化者：《道德书简》的风格"，肖涧译，参《古典诗文绎读·西学卷·古代编》（下），前揭，页133以下。

部分，它也就踏上了受运气支配的道路了"（封7：《论友情》）。而"持久的、无忧无虑的幸福之惟一的保证是良好的性格"（封14：《论幸福》）。

这些书信——《道德书简》——名义上是小塞涅卡写给比他年纪小些（封13：《论死亡》）的朋友卢基利乌斯的，实际上一开始设想的读者就是对外的（是否所有的信都寄出过，也很难讲）。这些书信没有直接地以说理方式来表达生存智慧的内容。相反，这些书信提供的是现身说法式的证明：小塞涅卡自己如何孜孜不倦地追求自身的完善，在这一过程中如何努力接近生活的幸福。《道德书简》的主要目的看来是在进行道德教育与心理治疗，因而作品中充满道德生活中绝对摆脱不了的种种矛盾，例如奴性状态（封21：《论奴隶》）、生活奢侈（封34：《论哲学的使命》）和性格（封15：《论律己》；封41：《论生活的价值》）。

毫无疑问，《道德书简》是小塞涅卡最重要的著作，而后人也是这么看的。小塞涅卡用书信体来表达自己的哲学思想〔可以追溯到柏拉图，此外伊壁鸠鲁、阿里斯通（Ariston，约公元前320-前250年，见第欧根尼·拉尔修，《名哲言行录》卷七，章2）① 和圣保罗也采用过这种文体〕，也许还有一个动机：这种体裁很适合小塞涅卡的散文叙述风格，同时与小塞涅卡的论说文形成风格上的对比。小塞涅卡的思想与实际生活扣得很紧，不喜欢搞长篇大论，因而小塞涅卡没有大布局的专论。正因为他的著作中没有让人心烦的长篇大论，小塞涅卡的作品历来都深受欢迎。

------

① 早期廊下派哲人，著有《劝勉集》两卷、《论芝诺的学说》、《对话集》、《演讲集》6卷、《论智慧》7卷、《论爱》、《论虚荣》、《记录》25卷、《回忆》3卷、《轶闻录》11卷、《驳演说家》、《驳阿勒克西诺斯的答辩》、《驳辨证论者》3卷、《书信集：致克勒昂特斯》4卷等。参见第欧根尼·拉尔修，《名哲言行录》，页732-737。

　　此外,《道德书简》不是按题材、而是按年轮顺序编排的,从而看起来就像具有反省性质的日记。总之,这些书信似乎是首先为作者自己提供了不定期的自在的反省空间,不乏幽默,而又能充分表达自己,十分私人化。从这个意义上讲,培根给予了小塞涅卡的《道德书简》比较中肯的评价:"塞涅卡致卢基利乌斯的信是分散的沉思录"。

　　在文学史上,小塞涅卡的哲学写作属于廊下派–犬儒式的消磨时光录或消闲文的写作传统中。自公元前3世纪以来,这种消磨时光录就已经成为一种著名的文学类型——用自然、生动的形式整理、记录自己的生活,成为可用于指导更多的其他人修身养性的道德训诫。消磨时光录有个最大的文学特色:大量运用形象化的日常生活例子,或者说直接来自日常生活情景(小塞涅卡让自己是其中的导师),假想(编造)一些生动的对话[小塞涅卡给所有文章的标题都是《对话录》绝非偶然,这显然是一种修辞术诀窍:一方面人们相信眼看为实,耳听为虚,另一方面"因为以良言忠告劝善规过,收效甚为缓慢,要是佐以亲身例证,则见效迅速而又实在"(封4:《论情谊》);而实际上只有《论心灵的宁静》在形式上是真正的对话]。虽然这种写作方式由来已久,是一种传统,《道德书简》仍然开辟了新天地:虚构的对方被设定为收信人,显得有血有肉,反过来,作为写信人的作者本人也更为鲜活地凸显出来。

　　在道德规训方面,62至65年间写作的第九十四、九十五封信在小塞涅卡的《道德书简》里显得特别重要,因为在这两封信里,小塞涅卡提出了"原则"(decreta)和"劝诫"(praecepta)的问题,而这两个问题又牵涉到道德规训的两种伦理话语模式:理论教条和劝诫说教。

　　作为道德规训的两种伦理话语模式的熟练使用者,小塞涅卡在分析"原则"和"劝诫"的基础上，廓清了"理论教条"与"劝诫说教"之间的关系：两种伦理话语模式既有很大的差异，又密不可分。

第一，在主题和作用方面，"原则"或理论教条的特点是科学、抽象和专门化（如维吉尔，《埃涅阿斯纪》卷六，安奇塞斯的第一段讲辞），而劝解说教的特点是传统、具体和普遍化（如维吉尔《埃涅阿斯纪》卷六，安奇塞斯的第二段讲辞）。

小塞涅卡认为，"原则"指的是关涉美德（封95，节56－57）、至善（封95，节45）和本质（封95，节12）等普遍性的主张。它们从整体性的角度来关注生命和事物（封94，节1、3；封95，节12），提供固定的标准，以衡量具体的某一判断，为人生提供目标（封95，节45）。

而"劝诫这个门类（pars praeceptiva；封95，节1）"、"劝勉（praeceptio；封95，节65）"等，包括一些传统的格言，这些格言在特定的社会环境下就特定的责任或义务——比如丈夫应该如何对待自己的妻子等——提出建议问题。"劝诫"关注的是具体的问题（封94，节3），并力图激发某种与知识相反的行动（封94，节25；节45）。也就是说，劝诫同"原则"一样，对寻求道德进步的人而言都是有价值的。譬如，劝诫可以用以教育那些尚不能理解理论教条的幼小者和堕落者。又如，在决断时刻，劝诫可以"刷新记忆"（封94，节21），"保持记忆的完好无损"（封94，节25），提醒人们注意理论教条的意涵，使得理论教条不至于变成耳边风（封94，节25－26），从而引导人们保持明智，使违反道德的家伙和教唆者对他们不起作用（封94，节69）。因此，小塞涅卡把致力于劝诫的人或劝诫的实施者称作"督导者（monitor）"（封94，节8；节10；节72）或者"监护者（custos）"（封94，节55）。

　　第二，在权威力量来源和论证方面，二者既有不同点，也有相同点。其中，小塞涅卡对首要原则的命名颇有意味。"原则（decreta）"、"指示（placita）"和"规定（scita）"都源于对希腊语词的翻译尝试，但在拉丁语中某种程度上都指在一特定领域内——无论是在政治上方面（法令、规定），抑或是医学领域（指示）——被赋予权威的群体所给出的指令。也就是说，由这些词语所包罗的各种主张就是专门的掌管者经过一系列事情的检验而被仔细考虑和确定下来的意见。因此，小塞涅卡认为，"原则"的权威力量来源于科学和哲学团体，所以科学话语的权威力量来源于论证和专门的研究。

　　而劝诫话语的权威力量来源较为广泛，包括论证、美学、个人和传统。让告诫行为发生作用的首先是论证的逻辑，因为理性足以服人（封94，节64）。其次，美学形式方面的权威也会产生劝诫的力量。像小塞涅卡所说的一样，能够直接触动人的心灵并使人采取合理行动的语句都极具重要性。第三，告诫者的权威或个人威望，因为劝诫的权威力量来自于告诫者。告诫者的权威是特殊人际关系上的权威，例如父母之于孩子（如维吉尔，《埃涅阿斯纪》卷六：安奇塞斯对埃涅阿斯讲的第二段话）、导师之于弟子（在《道德书简》里，小塞涅卡是教化的导师，而卢基利乌斯俨然就是受教的学生）、朋友中的长者之于幼弱者的权威。第四，在传统方面，通过使用好、坏的标准案例、古老的格言和座右铭，劝诫可以从文化传统中获得另外一种权威力量。

　　即使在二者的相同点"论证"方面，也存在差异。小塞涅卡指出，"原则"需要明确定义和理性的说明（封94），而"劝诫"则恰好包括各种劝勉的手段（封95）。

　　第三，在言辞的方式与风格标准方面，二者也存在差异。在讨论"原则"时，小塞涅卡把他对哲学教条的辩护与对几何学、星象学等抽象科学话语的辩护融会贯通（封95，节10）。譬如，在论及理论教条（dogma）时，小塞涅卡并未将其看作是一套被接受的观点，而是将其看作是一套涉及信神的必要性、合理的待人方式、美德的不可分割性等充满活力的话语（封95，节47以下）。至于"劝诫"，小塞涅卡针对不同的教海形式，采用宽泛的劝诫辞令，例如诫勉（adhortatio）、警告（admonitio）、建议（consilium）、鼓励（consolatio）、劝阻（dissuasio）、劝解（exhortatio）、命令（imperium）、赞美（laudatio）、警诫（monitio）、谴责（obiurgatio）、指令（sententia）、劝导（suasio）等名词，诫勉（adhortor）、警告（admoneo）、命令（impero）、赞美（laudo）、告诫（moneo）、劝导（suadeo）等动词，以此保留广泛的行动。

总之，在劝诫的问题上与早期廊下派哲人阿里斯通态度迥异的小塞涅卡多层次地区分了上述的"原则"与"劝诫"以及"理论教条"与"劝诫说教"。小塞涅卡认为，上述的两种伦理话语模式所考虑的主题存在某种差异，它们所适用的论证方法也不同，其言辞的方式与风格标准也各不相同。

尽管如此，两种伦理话语模式之间的关系仍然非常密切。小塞涅卡指出，科学与劝诫，两者缺其一就如同无根之木（封95，节64）。它们是圣与俗（封95，节64）、思与行的关系（封94，节45）。[①]

从上面的一般性阐述不难看出，小塞涅卡是一个"高妙的教化者"。在这方面，科勒曼主要以第一百一十五封信为例，代表性（以点带面）地探析小塞涅卡的《道德书简》的风格。

---

① 关于道德规训的两种伦理话语模式，参哈比内克："《埃涅阿斯纪》卷六中的科学与传统"，前揭书，页133以下。

科勒曼从第一百一十五封信的开篇切入，分析《道德书简》的风格。首先，开篇的"我亲爱的卢基利乌斯"就奠定了这封信的作者居于指导学生的大师地位。这位大师之所以希望要指导的学生卢基利乌斯不要过分挑剔词语以及如何连缀成篇，一方面是因为有更重要的事情让卢基利乌斯操心（封115），而要操心的要事就是"灵魂的秩序"，另一方面是因为小塞涅卡认为"雕琢的风格不适宜哲人"（封100，节4）。

小塞涅卡宣称：

> 言辞是灵魂的装饰：如果它过于修饰、润色和经过人工雕琢，就表明它的不健全，并且有一些痕迹。风格的优雅并不在人为的虚饰（封115，节2，参科勒曼：高妙的教化者：《道德书简》的风格，前揭书，页220）。

但这并不是说，小塞涅卡的言辞就是未经雕琢的。事实上，在开篇的一句话里，小塞涅卡把"过分挑剔（nimis anxium）"与"连缀成篇（compositionem）"放置于句子的开端和结尾，以获得最大的效果，这就表明，这封信具有高度技艺化并精心谋划的某种风格，尽管这种修饰似乎是小塞涅卡所接受的强化修辞教育的无意识残留。

从修辞手段来看，信里充满隐喻。譬如，在"言辞是灵魂的装饰"里，cultus animi 在这里的意思是"灵魂的装饰"（封115，节2），而它的本义是"灵魂的培育"（西塞罗，《论至善和至恶》卷五，章19，节54）。结合上下文，就可以知道，"言辞是灵魂的装饰"暗指绮靡的文风给灵魂蒙上一层浅薄的外套。但是从 cultus animi 的本义来看，小塞涅卡的言下之意的重点似乎并不在于言辞对灵魂的装饰，而在于言辞对灵魂的影响："培育"（cultus）。① 这是同信里开篇一句话的字面意思完全契合的。

再换个角度看，开篇一句话还有弦外之音：相比之下，言辞不如灵魂的培育（从受教化的学生的角度看）或教化（从教化者的角度看）重要，所以不要过分挑剔，但是这并不是说言辞就不重要。事实上，言辞也可以装饰灵魂，因为如前所述，从美学形式的权威来看，能够直接触动人的心灵并使人采取合理行动的语句会产生劝诚的力量。从这个角度看，我们不难理解《道德书简》具有某种精心谋划的风格了。

那么，小塞涅卡精心谋划了一种什么样的文风呢？要回到这个问题，得先考察上述的劝诚话语的权威力量的 4 个来源。

从论证的角度看，小塞涅卡在第一百一十五封信里的巧妙构建本质上是文学的，而非逻辑的，这是他匠心独运的地方。依据科勒曼的解释，整封信组织严密，各种主题和变奏交错前行。反对由仅仅关注风格而造成的浮泛肤浅，让小塞涅卡追求内在的和谐（节18）；对"圣人"特征的兴奋描述由对维吉尔的征引达到高潮（节3-5），随后又是朴素的警诚：不要被外在环境蒙蔽（节6-7）——与世人对世俗成功和财富的关注形成对比，并在（节10-14）对奥维德和几个肃剧家的征引中达到高潮，而紧随其后的是情绪激动的劝告：要透过闪亮的外表审视人的内在（节15-17）。整个发展的中心部分被空虚的风头主义的意象占据，这个意象通过阿里斯通式"议论（chria）"得到详细说明，并由于它对于本质和外在的普遍对比返回到开篇的对偶（antithesis），同时由于它对外在光鲜和内在腐坏的特殊对比，为对贪婪和野心的道德攻击做好了准备。

---

① 在拉丁语中，过去分词 cultus："耕种的；栽培的；有教养的"，源自动词 colō："耕种；培植；崇拜；照顾；培养；推动"。

　　从美学角度看，为了触动受教者卢基利乌斯的心灵并促使他采取合理的行动，小塞涅卡巧妙运用拉丁语，非常重视雄辩家西塞罗的圆周句，注重话语的节律，喜欢用修辞手段。首先，作为教化的对话者，拥有丰富的拉丁语言。小塞涅卡的语言丰富体现在以下 3 个方面：不仅拥有大量的词汇，而且还通过隐喻，积极探索普通词语的各种潜在含义；不仅使用书面用语，而且还采纳"阻挡（obstrigillare）"、"肮脏（veternus）"等具有口语色彩的词汇；不仅使用散文语言，而且还采纳诗歌语言。

　　第二，从句式来看，信里处处都是西塞罗式圆周句。譬如：

　　　　Si quis viderit hanc faciem altiorem fulgentioremque quam cerni inter humana consuevit, nonne velut numinis occursu opstupefactus resistat et, ut "fas sit vidisse", tacitus precetur? Tum, evocante ipsa vultus benignitate productus adoret et suppplicet, et diu contemplatus multum extantem superque mensuram solitorum inter nos aspici elatam, oculis mite quiddam sed nihilominus vivido igne flagrantibus, tunc deinde illam Vergili nostril vocem verens atque attonitus emittat?

　　　　如果有人冀望看到比任何肉眼所见都更为高贵、更加有神采的面孔，他难道不应该惊骇地停在半途，仿佛，并且在心里暗自祷告："神允许看吗？"然后，被造访者仁慈祥和的表情感染，难道不应该顶礼膜拜吗？难道不应该长久地凝视这高耸的身影，这在我们有死之人眼里感到陌生的身姿，他的眼神温柔，却闪烁着能够点燃生命的火花？这时，他会充满敬畏与惊异，吟出维吉尔的诗句（封 115，节 4，见科勒曼：高妙的教化者：《道德书简》的风格，前揭书，页 222 及下）。

在这个例子里，在由"nonne（难道不）… tum（然后）…tunc（这时）…"引导的 3 个部分结构中，句子的组织由分词短语紧密控制，而分词结构的扩展时白银拉丁散文的突出特征。圆周句结构中通常用分词短语来替代从句，这经常导致组成部分之间的非时间性关系（如原因、让步和条件）不精确或模棱两可，不过它却产生明显的简洁效果。实际上，使用分词是促成白银风格简洁凝练的原因之一。

第三，从节律来看，相同的节律"长短长韵步（κρητικός 或 creticus；ἀμφίμακρος、amphimacer 或 amphimazer）＋扬扬格（spondeus）"的韵律节奏在"et velut signes（并且好像你加了封印一样）"（封 115，节 1）、① "recta voluntate（正直的意图）"（封 115，节 5）② 等短语中重复。而且，双"长短长的韵步"也很常见，例如"virile concinnitas（男人的虚饰）"（封 115，节 2）③ 和"prudentiaque lucentibus（闪烁着智慧）"（封 115，节 3）。④

---

① 在这里，et（而且）是并列连词，velut（好像，似乎，仿佛）是副词，signes（你封印）是动词 signo（发信号，做标记；密封，盖章）的第二人称单数现在时主动态虚拟语气，是比喻的用法。所以 et velut signes 可译为"并且好像你加了封印一样"。参 LCL 77，页 318 及下。

② 古拉丁语 recta（rectus, -a, -um，直；直线；垂直；不低头；正直，坦率，真诚；简朴）voluntate（voluntas, -atis，意志；自由意志；愿望，要求；遗愿；思想），意为"正直的意图"。参 LCL 77，页 322 及下。

③ 形容词 virile 是形容词 virilis（男子气概的，男子汉；成熟的，成年的）的中性单数主格、四格和呼格。阴性名词 concinnitas（二格 concinnitatis）本义是"几种风格的巧妙结合或搭配"，这里指"人为的虚饰"。所以 virile concinnitas 可译为"男人的虚饰"。参 LCL 77，页 320 及下。

④ 阴性名词 prudentia 意为"谨慎，精明，聪明，智慧"，连词 – que 意为"和，及，也"。单词 lucentibus（闪烁着光芒）是动词 lucens（发光，闪烁；明显，可见；可察觉到的）的现在分词、复数夺格或三格，阳性、中性与阴性同形。所以 prudentiaque lucentibus 可译为"也闪烁着智慧的光芒"。参 LCL 77，页 320 及下。

　　第四，从修辞手段来看，信里采用比喻、象征、夸张等。譬如，"灵魂的瞳孔（acies animi）"是西塞罗式（《论老年》，章23，节83）的隐喻。又如，征引维吉尔的《埃涅阿斯纪》时，埃涅阿斯的困境（《埃涅阿斯纪》卷一，行327-334）实际上是人类困境的象征：被人生的暴风骤雨吹得动摇西晃，人们必须认识到"有智之人"身上的神性，并卑微地哀求他的帮助和指导。此外，小塞涅卡还运用尤文纳尔式的夸张，例如"一个能够容纳所有人的饭厅（capacem populi cenationem）"（《道德书简》，封115）。

　　从个人权威来看，第一百一十五封信的开篇第一句话就让写信人处于指导学生的大师地位。这位大师对卢基利乌斯的教化是单向的和居高临下的布道。奠定他处于居高临下的地位的底气是小塞涅卡博大精深的哲学知识。尽管小塞涅卡殚精竭虑地教化的理论教条绝大部分是陈词滥调，可是他在独特地杂糅各种学说方面还是有些革新之处。譬如，小塞涅卡跳出廊下派哲学的樊笼，征引伊壁鸠鲁来阐释廊下派的要义，从而独具特色地揭示这两个对头伦理学派的潜在联系。因此，无论是作为个人还是作为哲学家，小塞涅卡都是一个极富创造性的作家，是白银拉丁文学的最伟大代表。

　　此外，从传统的角度看，小塞涅卡试图从文化传统中汲取权威力量，因而在写《道德书简》时喜欢旁征博引：不仅援引早期廊下派哲人阿里斯通，而且还援引罗马诗人维吉尔的《埃涅阿斯纪》（如《道德书简》，封9，节2；封1，节4；封70，节2；封18，节12；封41，节2；封28，节2-3）和《牧歌》（如《道德书简》，封101，节4）、奥维德《变形记》（如《道德书简》，封94，节56-57），摘录希腊剧作家欧里庇得斯，等等。也就是说，小塞涅卡要精心安排地把文化传统中的各种思想或话语连缀成篇，以此增强劝诫的传统权威。

总之，在《道德书简》里，小塞涅卡既说明又议论（chria），既采用符合廊下派标准的简洁（συντομία）风格，又通过引入一些不确定（ἀμφιβολία）的元素，与廊下派不接受"任何花哨语言（nullum florem orationis）"的明晰（σαφήνεια）相左，使得他进行道德规训的口吻时而澎湃激昂，时而平静而朴素。也就是说，小塞涅卡的文风是多元化的，不过以简洁（συντομία）为主，这让人想起白银时期的另一位散文大师塔西佗。更重要的是，小塞涅卡的《道德书简》不仅是一种独特的文学性书简，而且还让道德散文推陈出新："主题内容有一定限制，风格高度技艺化"。从这个意义上讲，小塞涅卡是法国散文家蒙田（Montaigne，1533－1592 年）与培根的文学创作的鼻祖。①

小塞涅卡生活的时代，恰是早期和中期廊下派思想盛行的时候。廊下派最主要的代表人物芝诺、克勒安特斯（Kleanthes）和克律西波斯以及帕奈提奥斯对小塞涅卡影响很大，尤其是博学的珀西多尼乌斯给小塞涅卡的思想打下了深刻的烙印。不过，小塞涅卡并非教条脑筋。小塞涅卡认为："记忆是保护信托给你头脑的知识，理解则相反，实际上使每一点知识都变成你自己的"，所以虽然背诵格言警句固然重要，但是要进行独立思考，应该自己发表这样的警句；没有精神的人只作解释者，从来不作创造者。正如小塞涅卡所说，虽然他确实要走先辈们的老路，但他如果发现了一条更近更容易走的路，他就要将它开辟出来，因为"开拓老路的人是领导者，不是我们的主人。真理之门向每

---

① 关于《道德书简》的风格，参科勒曼："高妙的教化者：《道德书简》的风格"，前揭书，页 219 以下。

个人都是敞开的。但还一定会有对于真理的垄断，也还有大量的真理有待未来几代人去发现"（小塞涅卡，《道德书简》，封7：《论友情》；封16：《论创新》）。这是小塞涅卡成为古罗马早期廊下派哲学的领军人物的最重要的原因。

此外，小塞涅卡并不死守门户，并不抗拒其他哲学。在小塞涅卡的思想财富中还可以看到柏拉图、亚里士多德（《道德书简》，封28：《论原因》）、尤其犬儒派的观点。尤其值得注意的是，廊下派本来非常反感伊壁鸠鲁的享乐主义，简直到了势不两立的地步，譬如伊壁鸠鲁主义的智者感觉不到自己的苦恼，而廊下派的智者感觉到了自己的苦恼，但并不加以克服（《道德书简》，封7），小塞涅卡却照样接受享乐主义者的观点，摘引许多伊壁鸠鲁的精彩言论，例如"欢乐的贫穷是一种光荣"（《道德书简》，封1：《论读书》），"为了得到真正的自由，你必须成为哲学的奴仆"，甚至力图找出廊下派与伊壁鸠鲁派之间的亲和力，在这方面小塞涅卡认为合理的是两个潜在的三段论：大前提"一切完美的思想（真理）都是人类共同的财富"（《道德书简》，封9：《论暮年》），小前提"伊壁鸠鲁的那些精彩言论是完美的思想（真理）"，所以伊壁鸠鲁的那些精彩言论是人类共同的财富（《道德书简》，封6：《论人生之路》）；大前提"凡是真理（完美的思想）都是我（小塞涅卡）的财产"，小前提"伊壁鸠鲁的那些精彩言论是真理（完美的思想）"，所以伊壁鸠鲁的那些精彩言论也是小塞涅卡的财产。总之，小塞涅卡并不关心真理（完美的思想）是谁说的（《道德书简》，封9）。事实上，两派的某些思想有共同之处。譬如，两派的智者都是自我满足的，尽管自我满足的内涵不同，而且都需要朋友（《道德书简》，封7）。这是小塞涅卡坚持向卢基利乌斯灌输其他哲学派别的思想尤其是伊壁鸠鲁主义的真正原因。当然，也应当注意，小塞涅卡"投靠敌营"，并不是叛逃，而是为了侦查敌情（《道德书简》，封1）。相反，小塞涅卡之所以成为古罗马早期廊下派哲学的领军人物，一个重要的原因正是他的这种开放态度。

这样一来，小塞涅卡反倒对廊下派做出了贡献，尤其是他在思考一般的人生现实时与自己个人的政治处境结合起来：一方面，小塞涅卡的宫廷身份给他造福人们提供了空间，但他自己也完全感觉到，他所信奉的人生哲学与他的政治生涯、尤其他在宫廷中的身份不一致。这种不一致使得小塞涅卡成为同时代人批判的焦点。在《论幸福生活》中，小塞涅卡并没有完全掩盖自己不可思议的财富与其关于简朴生活的道德说教之间的不一致；但在《论闲暇》中，小塞涅卡则为自己退出政治作了明确的辩护。换言之，也许正因为注意到自己的生活与自己信奉的伦理之间的冲突，才使得小塞涅卡没法保持纯粹的早期廊下派立场。小塞涅卡会说：廊下派的理想人生完全不可企及，因为太十全十美，现实中的所有人实际上都没法达到这个理想，正派地追求这个理想已经很难得了，在追求的道路上能有一些小小的进步，已经很可贵。换言之，据说廊下派伦理在小塞涅卡那里才第一次真正考虑到人生无力所及的地方或人身上没法逃避的缺点。小塞涅卡实事求是地思考人生问题，使得廊下派伦理的禁欲色彩和过于严肃认真变成了切实的生活艺术。哲学的首要目的不再是对生存的独立认识，也不是构想理想的人生世界，而是支持和帮助实际的生活："智慧并不是躺在书本里的"（《道德书简》，封33：《论七艺》），因此，在小塞涅卡那里，哲学显得更像是宗教。譬如"上帝就在你的身边，就和你在一起，就在你的心中"（《道德书简》，封19：《论神明》）。当然，需要指出的是，小塞涅卡的"上帝"不是基督教的"上帝"，而是人的"精神，以及体现在精神之中的完美的理性"，这种理性要求人按照自己的本性生活，而人的本性（神性）就是善的美德，这是典型廊下派哲学的思想。尽管如此，可或许由于小塞涅卡的哲学像宗教，他的言论还是被圣经作者所大量吸收，小塞涅卡的伦理学对基督教思想的形成具有极大的推动作用，因而被誉为"基督教的叔父"。

必须注意的是，小塞涅卡的哲学及其写作环境是危险的。小塞涅卡的亲身体会是，值得而且必须爱护的首先是自然赋予每个人身上的好品德（virtūs），而非国家，相反，国家的功绩恰恰在于不要败坏个人的内心。至于个人的生活使命，则在于怀着认真、诚实的决心，在哲学指引下与自己的欲望（eros）作斗争，在伪善、敌对的世界中保持自己的忠诚；唯一的评判追求成败的最高机关是自己的良心（conscientia）。从这里可以看到，小塞涅卡的伦理强调个体性，从而偏离了古罗马的共和国伦理——这就是为什么人们会认为，小塞涅卡的伦理观念很容易与基督教伦理结合起来：美德的考验全凭每个人的决定，不涉及个人的政治身份（元老或奴隶，男人或女人）。此外，在小塞涅卡的文章中一再出现这样的论题：自杀是值得的（如《道德书简》，封29：《论老年》）。这种提法很可能与这个哲学家的实际生活有关系。换言之，小塞涅卡可能经常有因政治而感到生命受到威胁的感觉，而非他天生性格抑郁。

三、历史地位与影响

正如罗素在《哲学史》中所说，评判小塞涅卡的依据不是他的可疑行为，而是他那可敬的箴言（Chriae）："箴言与种子具有同样的特点：形态细小，影响深远"（《道德书简》，封17：《论箴言》）。的确，小塞涅卡虽然是古罗马雄辩家、肃剧作家、哲学家和政治家（见《简明不列颠百科全书》），但是其历史地位，主要不是凭靠其艰深独创的哲学思想，而是小塞涅卡在生活与哲学的鸿沟之间架起了桥梁，以哲学的方式影响人们对生活本身的实际态度。小塞涅卡的这种思想风格决定了他在西方文学和思想界的持久影响力：从皇帝奥勒留的《沉思录》和古代基督徒作家开始，一直到当今，这种影响一直存在。4 世纪时，甚至有人伪造了小塞涅卡与使徒保罗之间的书信往来，这些书信在差不多一个世纪的时间里使得人们以为小塞涅卡是个基督徒作家。在古代的各种汇编的文选和格言集中，总会给小塞涅卡大量篇幅。整个中世纪都对小塞涅卡有强烈兴趣。这方面的证据就是在中世纪有小塞涅卡的作品的大量抄件。文艺复兴时期，欧洲许多国家都翻译小塞涅卡的作品。譬如，埃拉斯谟复兴了小塞涅卡的作品，但对小塞涅卡的接受主要不是其伦理主张，而是其文章的风格和细腻笔触。直到近代，对贤哲塞涅卡评价都不是太高，譬如，小塞涅卡的思想缺乏创造性、杂乱等。

　　小塞涅卡时代的整个拉丁文学被称为白银时代的拉丁文学，而小塞涅卡的作品是其中最重要的成就。朗诵或者吟诵的时兴使得小塞涅卡为了给人深刻印象而十分注重文学化的风格。小塞涅卡对容易记住的形式有天生的敏感，加上他很早就爱好哲学散文，这种文体必需讲究修辞——清晰、醒目、易记，是小塞涅卡散文的基本风格，在这方面，可以说后来无人再超越。小塞涅卡的散文句子尽可能避免从句，追求简洁，喜欢结构松散的排列，过分讲究的有节奏的短暂停顿（Klauseln），① 用词高雅——夹杂诗歌语汇和古词——同时又不避日常语言，两者

---

　　① 德语阴性名词 Klausel, -n, 在古代修辞学或雄辩术（Rhetorik）中，表示句子或圆周句的结束。

的巧妙混合使得有的句子显得不自然，措词讲究出奇、言简意赅，为了追求说服力精心琢磨的对比，生动得令人吃惊的明喻和暗喻，使得小塞涅卡的散文风格无法摹仿、独一无二。小塞涅卡整个一生都保持这样一种风格，让有的读者感到疲劳和厌倦。譬如，英国文学家麦考利（Macaulay，即 Thomas Babington Macaulay，1800-1859 年）把小塞涅卡的作品比作只由酸辣鳀鱼酱组成的正餐。

小塞涅卡十分个性化的散文风格使得他既有钦佩者和模仿者，也有批评者。一方面，受到小塞涅卡影响的作家很多，他们想要与老派的文学修辞规范保持距离：比如尤文纳尔和塔西佗，尤其是基督教作家——德尔图良（Tertullian）在《护教篇》（Apologeticum；亦译《护教辞》或《申辩书》）中几乎以夸张的方式追仿小塞涅卡的文风，甚至在中世纪以后的拉丁文学中还有人（如 14 世纪的彼特拉克）如此。另一方面，提倡古典的昆体良和复古的弗隆托都是想要离小塞涅卡越远越好。其中，昆体良批评小塞涅卡的过分崇尚词藻和雕琢性的亚细亚式演说风格，尽管这位晚期廊下派哲学的代表人物学识渊博、著述丰富，作品种有许多有益的东西（《雄辩术原理》卷十，章 1，节 129），因此，虽然"当时年轻人几乎只读他的著作"，但是"人们主要是热爱他，而不是模仿他，并且人们如此远远地离开了他，就像他自己远远离开了古代作家一样"（《雄辩术原理》卷十，章 1，节 126）。弗隆托也把小塞涅卡视为亚细亚主义繁缛色彩的代表，认为小塞涅卡的演说辞是"柔软而有些腐烂的李子"（《致奥勒留——论演说术（下）》，节 2）。

总之，小塞涅卡运用遣词造句的技巧和妙趣横生的警句为罗马文学的新阶段奠定了基调。优美的拉丁语非常适合这种文风。

第二节　哲人王奥勒留[①]

一、生平简介

121 年 4 月 26 日,[②] 奥勒留（M. Aurelius, 全名 M. Aurelius Antoninus, 原名 Marcus Annius Verus）[③] 生于罗马。"谦逊和勇敢"的父亲安尼乌斯·维鲁斯（Annius Verus, 全名 M. Annius Verus）曾是西班牙人, 不过早已定居罗马, 并从维斯帕西安（69-79 年在位）那里获得了贵族身份。不幸的是, 奥勒留幼年丧父。敬畏神明、善良而又"朴实"的母亲与特别重视教育的祖父安尼乌斯·维鲁斯（Annius Verus, 全名 M. Annius Verus, 参《沉思录》卷一, 章 1-3）把奥勒留抚养成人, 并且让奥勒留在希腊文学和拉丁文学、修辞学、哲学、法律甚或绘画方面都获得了当时最好的教育。其中, 对奥勒留影响最大的是他从老师那里亲近和熟悉的廊下派哲学, 如杰出的廊下派哲人爱比克泰德（Epictetus, 55-135 年)[④] 的著作。

在孩提时期, 奥勒留以其坦率真诚的性格获得皇帝阿德里安（117-138 年在位）的好感, 昵称为 Verissimus（意为"最真"）。

---

①　奥勒留,《沉思录》, 梁实秋译, 南京：江苏文艺出版社, 2008 年；何怀宏,《何怀宏品读〈沉思录〉》, 南京：江苏人民出版社, 2008 年；奥勒留,《沉思录》, 何怀宏译, 北京：中国国际广播出版社, 2008 年；格兰特,《罗马史》, 页286。

②　也有人认为, 奥勒留生于 121 年 4 月 6 日或 21 日。参梁实秋：译序, 页 6。

③　关于《沉思录》的作者译名,《后汉书》称之为"安敦"（梁实秋译本, 页212）, 梁实秋译为"玛克斯·奥勒留", 何怀宏译为"马可·奥勒留", 本书统译"奥勒留"。

④　小塞涅卡、爱比克泰德与奥勒留并称廊下派哲学的三杰。参梁实秋：译序, 页 8。

奥勒留6岁获得骑士头衔，8岁任战神祭司，19岁（140年）任执政官，26岁（即147年）任护民官（梁实秋：译序，页6）。后来遵照阿德里安的意愿，在161年养父皮乌斯（罗马第四位贤帝）驾崩以后，皮乌斯的两个养子奥勒留和维鲁斯（130-169年）① 共享皇权（161-169年）。不过，维鲁斯实际上不起重要作用。

在奥勒留任皇帝期间（161-180年），罗马帝国不仅天灾频发，如洪水、地震和瘟疫，而且还人祸不断，例如在东方与帕提亚人的战争、在北方日耳曼民族的马尔克马奈人（Marcomanni）进逼和内乱。这些内忧外患让罗马帝国的大厦摇摇欲坠。更重要的是，帝国危机的根源在于罪恶的奴隶制，像英国哲学家罗素（1872-1970年）在《西方哲学史》里指出的一样。尽管奥勒留有坚毅的精神，有大智慧，并且十分勤政，也不能挽狂澜于既倒。奥勒留注定是个"悲怆的人"。180年3月17日，尚未来得及"引退去过一种宁静的乡村生活"，奥勒留就在文多博纳（今维也纳）病逝。第五位贤帝奥勒留的逝世标志着罗马帝国黄金时代的终结（梁实秋译本，页212及下）。

此外，值得一提的是，24岁（即145年）奥勒留与养父皮乌斯的女儿福斯泰娜（Faustina Iunior）结婚，并生有11个孩子（梁实秋译本，页18）。其中，康茂德（Commodus，161-192年）后来成为罗马帝国最恶劣的君主（177-192年）之一，这是奥勒留教育儿子的失败之处，尽管奥勒留写了具有大智慧的《沉思录》。

---

① 维鲁斯是维鲁斯·恺撒（Lucius Aelius Verus Caesar）之子，原名 Lucius Ceionius Commodus，被收养以后改名 Lucius Aelius Aurelius Commodus（登基前）或 Lucius Aurelius Verus Augustus（登基后）。

二、作品评述

《沉思录》(*Meditation*) 总共 12 卷，487 章。其中，大部分是奥勒留在鞍马劳顿中写成的。写作地点是正与夸地人 (Quadi) 作战的阿奎肯 (Aquincum；卷一，章 17)。① 写作时间是在奥勒留的晚年，因为文中有"你没有好久的时间好活了"(卷十，章 15)、"过不久我就死了"(卷八，章 2) 之类的言辞。在弥留之际，奥勒留认为，"除了为重大的必要或与公共利益有关之外"，应当理性地省察自己 (卷三，章 4)。② 奥勒留省察自己的方式就是 Meditation (沉思)。沉思的主体自然是"我"——奥勒留，所以文中采用第一人称。但是在沉思中，"我"不仅是省察的主体，而且还是省察的客体，因而出现作为省察主体的"内在的神明"与作为省察客体的"自身"之间的对话，所以文中也常常会出现"你"。文中的"你"指作为省察主体的"内在的神明"(卷二，章 6)。可见，《沉思录》实际上就是作者命名的"写给自己的书"，可谓"皇帝的孤独"。

《沉思录》不是一日写成的，奥勒留的沉思自然也不是一日之功，所以《沉思录》实际上只是奥勒留的一些思想片段集合而已。而这些思想片段正是沉思的内容。依据沉思的内容（客体），《沉思录》可以划分为两个部分：第一部分即第一卷，"像是有计划地添上去的"，主要阐明"我"沉思的思想背景；第二部分即第二至十二卷，"没有系统，而且重复不少"，主要记录"我"懂得的为人处事原则。

---

① 本节里《沉思录》的引文与章节数均出自梁实秋译本，因为统稿而略有改动。

② 可以说，奥勒留的《沉思录》明显带有孔子"君子博学而日参省乎己"(荀子《劝学》) 与曾子"吾日三省吾身"(《论语·学而》) 的成分"省"。

在第一部分，通过历数自己的曾祖父、祖父、父亲、母亲、兄弟、养父、老师、同伴等，奥勒留主要阐明自我的由来，即自己为人处事原则的思想渊源。譬如，从启蒙老师、廊下派哲人戴奥格奈特斯（Diognetus）那里学会了勤修哲学；从廊下派哲人拉斯蒂克斯（Junius Rusticus）那里学会言辞朴素，宽以待人，细心阅读爱比克泰德（Epictetus，约 55-135 年）；从哈尔基斯（Chalcis）的廊下派哲人阿波罗尼俄斯（Apollonius，别号"坏脾气的人"）那里懂得了"自恃自立的精神"与"坚定不移的决心"、仰仗"理性"、在"急剧的苦痛"中也镇定自如；从克罗尼亚（Chaeronea）的廊下派哲学家塞克斯图斯（Sextus）① 那里学到了合于自然之道的人生观，如何把握人生的基本原则；从文法家亚历山大（Alexander of Cotiaeum）那里学会如何避免公开挑剔别人的错误；从弗隆托（M. Cornelius Fronto）② 那里懂得了所谓贵族阶级一般都相当缺乏慈爱的天性；从柏拉图派学者亚历山大那里懂得了不得以任何理由推卸对他人的责任；从廊下派苦修者卡图路斯（Catulus）那里懂得重视友谊、尊敬师长和爱护幼小；从马克西姆斯（M. Maximus）那里学会了自制等好性格；从兄弟塞维鲁斯（Severus）那里懂得爱家人，爱真理和爱公道，并接受了尊重个人平等与自由以及法制的君主政体思想；从养父那里学会了合适的治国之道：王道，即在私德与公德方面坚守正道、中道。③ 由此可见，第一卷是总结过去的经验和教训。

---

① 廊下派哲学家塞克斯图斯是史学家普鲁塔克的孙子。

② 弗隆托是修辞学家、辩护人，142 年任执政官。

③ 参 Marcus Aurelius, *The Meditations*（《沉思录》），translated by George Long. In: *The Internet Classics Archive*（http://classics.mit.edu/Antoninus/Meditations.html），by Daniel C. Stevenson, Web Atomics, 1994-2000, Book One, Page 1-3（PDF 格式）。这是何怀宏译本的源文本，不同于梁实秋译本的源文本：收入《勒伯书丛》（*Loeb Classical Library*）的海恩斯（C. R. Haines）译本（1916 年）。

　　而第二部分则是记录沉思或像佛教中的"入定"或"默想"一样参悟的真理（卷二至十二），而这些真理是应对未来的策略。

　　奥勒留深知自己时日不多，所以要利用有限期的时间，让神或"宇宙之主宰"照耀自己的心灵（卷二，章4），密切关注自己心灵的起动（卷二，章7）。奥勒留悟到，有理性的人应以"服从那最原始的组织形式——即宇宙之理性与法则"为其终极之目标（卷二，章15）。由于一切都是由神意而来（卷二，章3），命运是不可测的，人理应抓住现在，做每一件事都像做最后一件事一样。在不断变动的人生过程中，能帮助人的只有哲学。（廊下派）哲学认为，人是"整个的自然"的一部分，"整个的自然"所带来的对于自然的每一部分都是有利的（卷二，章3），所以自然对人是有利的。人的性质应该与宇宙的性质协调一致（卷二，章8）。由此观之，死亡是合乎自然之道的，不是恶（卷二，章16）。

　　第三卷主要记录的观点是：人应当服从天意，但要守护自己的理性，不要让灵魂受到肉体的奴役。在奥勒留看来，服从天意并不是听天由命，主张无为。虽然命运"挟持着"每个人，但是每个人都可以利用"内在的神明"，让"内心的"神明——即人的灵魂——主宰生活。所以，由于"生命是一天天地在消逝，来日所余无多"，人的能力（如理解力与知觉）在逐渐消失，人必须抓紧时间，赶在理性完全丧失以前，除了思考公共利益的某个目标，还要把剩下的生命放在源于理性的省察自身上。关于公共利益，一方面，"关怀一切人乃是合于人性的"，另一方面，理应听从"那些在生活上严格遵守自然之道者的意见"（卷三，章4）。关于自身，要按照理性去做事，自立，坚守岗位，尊重公共利益。要获得自己心灵的满足，就要选择较好的（判断好的标准在于是否对理性的人有益），坚守内在的神明：公道、真理、节制和勇敢（卷三，章5-6）。所以理性的人只关心一件事，即"思想决不背离一个有理性的人和一个良好公民所应有的楷模"（卷三，章7）。心灵得到净化的人有节制，但无奴性（卷三，章8）。要尊重那形成意见的能力，对人友爱，对神虔诚（卷三，章9）。"人的生命只是目前这么一段时间"（卷三，章10），所以对人生遭遇的一切都要作确实而有条理的研究，看清事物的全部真相：一切来自神，一切乃是由于命运之交错以及类似之偶然的因缘（卷三，章11）。只有把人的事务联系到神的事务，才能尽到人的责任（卷三，章13）。"感觉属于肉体，欲念属于灵魂，真理属于智慧"，所以要过"简单朴素而愉快的生活"，并且心甘情愿地接受自己的命运（卷三，章16）。

　　第四卷阐述的观点是要积极入世，但要退隐心灵，即注重内心的修养。奥勒留认为，"所谓宁静亦即是有条不紊之谓"，所以最为清净的地方就是"自己的灵魂"。只有退隐到自己的心灵，才能认清宇宙的两种解释："一个是有神主宰一切，一个是原子的因缘凑合"，才能认识到两个真相："宇宙即变化，人生即主观"和"烦忧皆由内心而起"（卷四，章3）。也就是说，"观察事物要根据事物本身之实在状况"（卷四，章11）。不朽之誉不过一时之虚幻。真正美好的东西——如规律、真理、慈爱和谦逊——本身就是有价值的，不因为人的褒贬而存在或消失（卷四，章20）。"人生是短暂的"，"要以正确的理性及公道来享受这现在"，当然也不可放纵（卷四，章26）。"吾人所加诸于任何行动的注意力，应有适当的价值观念及比例观念作为作为准绳"（卷四，章32），即只做"必需的事"（卷四，章24）。

　　　　只有这一样：思想公正、行为无私、绝无谎言，对一切遭遇都认为是不可避免的，都认为平凡无奇，都认为是从一个泉源里发出来的（卷四，章33，梁实秋译，页57）。

适用于烦恼的原则是这样的：没有一桩不幸的事，"不可由于勇敢承当而变成为幸事"（卷四，章49）。因此，一个人的言行应当遵从两条规则："一个是随时准备只是遵照那统摄一切的理性之吩咐，去做于人类有益之事；另一个是，准备随时改变你的主张，如果有人纠正你使你免于虚妄"（卷四，章12）。也就是说，抛开自己的意见（卷四，章7），回到自己的信条和理性（卷四，章16），把一切遭遇都视为是正当而公正的（卷四，章10）。

在第五卷里，奥勒留指出，爱自己就要按照自己的本性去做（卷五，章1），所以爱自己本性的人径直向前走，追随自己的本性，即"宇宙之道"（卷五，章3）。宇宙之道也曾为人开处方，即"每个人所遭遇者乃是早已命中注定，以适合于他的命运"，所以"有两个理由，使你安心接受你的遭遇：一，那是为你才发生的，是给你的处方，是和你有某种关联的，是命运中的一条线索，而且是在当初由于最古远的缘因而特别为了你才纺成的；另一个理由，每个人的遭遇对于那控制宇宙的力量都是一种缘因，可以增加其福祉，助长其完美，甚至促使其延续不断"（卷五，章8）。因此，可以安慰人的是两个念头：

> 一个是：凡是与宇宙自然之道不相合的事物，绝不会降在我的头上；一个是：凡是与神及我内心神明相反的事，我绝不去做（卷五，章10，梁实秋译，页71）。

奥勒留认为，"我是由因缘和物质而形成的"，"我的每一部分，将要经过变化而成为宇宙的某一部分，然后再变成为别一部分"（卷五，章13），而"理性与理性的艺术，在本身上及其工作上，都是自足的天赋。从固有的原则出发，向着目标诚直地前进。所以这样的行为便名为正当的行为，表示其为循着正路而行的"（卷五，章14）。灵魂是受思想的熏染的，所以要不断地用思想熏染灵魂。譬如，对于理性动物，善就是与人和谐相处（卷五，章16），而"宇宙的理性是喜欢合群的"（卷五，章30）。也就是说，理性动物作为个体与宇宙作为整体的理性是一致的。从这个意义上讲，个体与公众的利益是一致的（卷五，章22）。因此，必须尊重宇宙中和自己内部的最美妙的东西（卷五，章21），这最好的东西就是理性中的善，例如"公道"（卷五，章33）。而管理理性的则是"由思想来染色的"灵魂（卷五，章16）：神（宇宙）的灵魂（身外的神）和人（理性动物）的灵魂（内心的神）。因此，只有走正道，才能把生活过得舒适如意（卷五，章33）。从这个意义上讲，所谓幸运的人乃是自己给自己安排幸运的人；所谓幸运乃是灵魂之良好的趋向，良好的动机，良好的行为（卷五，章36）。

在第六卷里，奥勒留在沉思宇宙、事物和人的本性。

关于宇宙和事物的本性，奥勒留认为，宇宙的本质和控制宇宙的理性都不是恶的，而且"一切事物都被育化而生，并且按照它们的指导而达成它们的任务"（卷六，章1）。"一切客观的事物不久即将变化"，或者升华为宇宙的本质，或者飞散（卷六，章4）。"那控制一切的'理性'，知道它自己的意向、它的作为，以及它工作所需的媒介"（卷六，章5）。"控制一切的'理性'，能自动亦能转变，能随意使自己成为任何形状，亦能使任何发生之事物，好像即是它之所愿望的"（卷六，章8）。"每一件事物之完成，都是按照宇宙的自然之道的"（卷六，章

9）。"运动变迁使得这个世界常新，恰似那永不间断的时间的进行，使得万古常新"（卷六，14）。譬如，死是"从感觉印象中获得解放，也是从使我们成为傀儡的冲动中获得解放，也是从对肉体所服的劳役中获得解放"（卷六，章27）。无论如何都要"适应你命中注定的环境，爱你命中注定所要遭遇的人，而且是要真心地爱"（卷六，38）。宇宙是有秩序的整体，由神意来主宰，所以要虔诚礼敬和信任那控制一切的力量（卷六，章10）。只有"行善又行善，全心地想念着神"，才能取得快乐（卷六，章7）。

关于人的本性，奥勒留认为，人"有躯体与灵魂两部分"（卷六，章32）。美德的活动"是些较为神圣的智慧真理，沿着一条神秘的途径安然向前进行"（卷六，章16）。人是有理性的，应该友爱地对待没有理性的动物以及一切情况和客观事物（卷六，22），因为尘世间只有一件有价值的事——在真理、公道下，及对说谎者和不义的人们之一片慈祥中安然度过一生（卷六，46）。身边的人充分展示德性的榜样最使人快乐（卷六，章47）。要按照公道的精神所指示的那样去作。在挫折中训练自己的德性（卷六，章49）。所以奥勒留把朝廷生活比作后母，把哲学比作亲母：要对后母尽责，但要经常回到哲学，在哲学那里获得安宁（卷六，章12）。此外，"对于一个人有利的对另一个人也是有利"（卷六，章44），所以如果有人向我展示并让我确信我没有正确地思考和行动，我将感恩地改变自己，因为我寻求的是真理，而真理并不伤害任何人（卷六，章20）；无人能妨碍你按照你的本性去生活，也没有任何违反自然之道的事情发生在你身上（卷六，章57）。

第七卷的主要观点是忍受诸恶。在奥勒留看来，一切事物都是互相纠缠的，这个结合是神圣的，因为所有的事物都是经过编排、共同协助组成一个有秩序的宇宙；只有一个集合众物而成的宇宙，并且只有一个遍存于万物之间的神明，只有一个至善之境（卷七，章9）。在宇宙的本质中，恰似在一条奔流里，所有个体都与整体融为一体（卷七，章19）。但是，宇宙是变化的：在短期间，一切物质的东西都消逝在宇宙的本质之中，一切形式都归返宇宙的理性里去，一切的怀念都被吞没在永恒里边（卷七，章10）。对于宇宙本质而言，变化是最紧要的（卷七，章18）。一切事物（包括恶）都是常见的，都在消逝（卷七，章1）。只有在心灵范围内的事物才与心灵有关。观念不死，信条不死（卷七，章2），所以在谈话中要注意话语的含义，在行动中要注意可能引起的后果（卷七，章4）。奥勒留认为，对于理性的人来说，同一行为既合于自然又合于理性（卷七，章11）。依据本性或理智生活的人认为，Eudaemonia（幸福）是一个好（eu–）福气（daemon）或者好理性（卷七，章17）；"一切事物皆有一套法则支配着"，所以要爱人类，追随神（卷七，章31）。人应该把生死置之度外，把一切都交给上天，因为人不可与命争（卷七，章45）。

关于友爱的原则，奥勒留认为，不管别人怎么做怎么说，自己都要做好（卷七，章15），因为每个人的价值与他所感兴趣的事物的价值都是可以等量齐观的（卷七，章3）。因为单个人的结构都是通力合作而设，所以要爱人（卷七，章13），甚至要爱"误入歧途的人"（卷七，章22），要宽恕错待你的人，因为那只是见解不同（卷七，章26）。在友爱的原则指导下，一个人要判断理智是否适合胜任工作。假如不胜任，就放弃，让更适合的人来做，或者无论做什么事，独自去做或与人合作，都要全力以赴，而且必须符合公共利益（卷七，章5）。就按照本性或理智生活而言，奥勒留认为，理性永不搅乱自身的宁静，灵魂永远不受伤害（卷七，章16），所以要摒弃幻想（卷七，章29），过一种独居自返的生活（卷七，章28），只可赏用你所有的东西中最好的（卷七，章27），不以不允许的方式去做不允许做的事（卷七，章20）。

关于死亡，奥勒留认为，如果人是原子构成的，那么死亡就是原子的离散，如果人是单一的整体，那么死亡就是形态的变化（卷七，章32），所以一个具有高尚心灵的人不会把死亡看作可怕的事，像柏拉图认为的一样（卷七，章35）。

关于痛苦，"如能把心收敛，心的宁静仍可保持，而且理性并不受任何伤害"（卷七，章33），所以奥勒留赞同伊壁鸠鲁的观点，"一种痛苦永不会是不可忍的或永无休止的"（卷七，章62）。

关于名声，不要在乎，因为光荣并不是不朽的（卷七，章34）。而且，"行善而受谤，这乃是帝王的本分"，像安提斯泰尼认为的一样（卷七，章36）。

此外，关照内心，因为"善的泉源是内在的"（卷七，章57）；"力求自己免过，是可能的"（卷七，章68）。"既不合于理性亦不合于群性"的东西也不适合自己（卷七，章69）。

总之，"与其说人生像跳舞，不如说人生像摔跤，因为它需要我们立定脚跟，准备迎接不可预见的每一攻击"（卷七，章59）。

第八卷阐明人的内在堡垒"善"。奥勒留认为，真正的生活在于做人性所追求的事情中，即去做使人公正、有节制、慈爱、勇敢和自由的事（卷八，章1）。只有做真正的人的工作，才能得到快乐。而真正的人的工作就是善待同类，蔑视感官的活动，在似是而非的印象下做出正确的判断，全面观察宇宙自然及受宇宙自然之命而发生的事（卷八，章26），因为在人和别的事物之间有 3 种联系：与你的躯壳的联系，与大家所遭遇的一切事物之所由发生的那个神圣的主宰的联系，以及"与那些同你生活在一起的人的联系"（卷八，章 27）。对于与你的躯壳有关的，要相信自己有自然赐予的能力，能恰如其分地应付（卷八，章 29）；神的意旨是来自万物所由发生的本原（卷八，章 23），上天使人类有力量永不脱离整体（卷八，章 34）；"凡无用的事都不该做"（卷八，章 16）。也就是说，人做事应当是"有理性的"，"有群性的"和"在与神共守的法则之下"（卷八，章 2）。每一件东西，生来必有用（卷八，章 14）；克尽对于人群的责任，乃是你的本分，乃是合乎人性的（卷八，章 1）。总之，"凡有所事，先沉着地观察并且认识其本来面目，同时记取你必须要做一个好人，做人性所要求的事，然后勇往直前，无有动摇。凡有语言，须自审其为全然恰当，要和蔼谦逊而无虚伪"（卷八，章 5）。

关于死亡，奥勒留认为，人的生命都是短暂的（卷八，章 21）；人"全是些朝生暮死的东西，好久以前就死了"，因为人的躯壳要消灭，气要断，要转移到另一个地方去（卷八，章 25）。依据宇宙之道，所有事物都在变换中，都是旧的形式，分布也是同样的（卷八，章 6），不必害怕变化，例如死亡，因为怕死就是怕无感觉或新感觉。若无感觉，就不会有不如意的；若有新感觉，那就是有了新的生命（卷八，章 58）。

关于痛苦，奥勒留认为，"每一信念、动机、欲念和反感都是从内心而起"，所以只要灵魂不认为苦痛是一种罪恶，那么灵魂就能使自己处于风平浪静的状态（卷八，章 28）。给你带来负担的不是过去或将来，而是现在（卷八，章 36）。在你的能力范围内，消灭对挫折本身的误判，纠正你的性格缺点，尽快去做未做的事，就能消除痛苦（卷八，章 47）。

自我是"理性",消灭对想象中的痛苦的一切感想,才能让理性本身得到绝对的安稳(卷八,章40)。对于有智识的人来说,认识上的障碍是一种缺憾。如果人接受普遍的限制,那么就没有受到损失,甚至是没有遭遇障碍(卷八,章41)。人的心灵之照射像阳光照射一样,不是把自身射散,而是把自己扩展,触及任何阻碍物时,永不留下激烈的撞击之痕,自身亦不破碎,而能稳稳地站立,并且能照亮那个东西(卷八,章57)。永远要聪明地善用锐利的眼光(卷八,章38)。要随时引导自己进入自由的境界,益之以慈祥、朴素、谦和,才能保持纯洁、健康、清醒和公正的心灵(卷八,章51)。要从此刻起在思想方面能与那"普被万物的理性"息息相通(卷八,章54)。

第九卷是对理性的理解。奥勒留指出,"理性的人都享有一种同样智慧的灵魂"(卷九,章8)。作为理性动物,人要利用智慧的灵魂,"赶快去省察你自己的理性,宇宙的理性,你的邻人的理性。省察你自己的理性,以便使它公正;省察宇宙的理性,以便时常记取你是其中的一部分;省察你的邻人的理性,以便知道他是愚蠢还是聪明,同时还可返想一下,他的理性和你的是否相差无几"(卷九,章22)。省察之后,首先,要与同道者共居,因为"人生之值得留恋,只是与同道之人可以共居而已"(卷九,章3),因为"物以类聚",即"属于同一元素之事物,都想和同类聚在一起"。有理性的人也不例外,因为"一切有理性的人,也是要互相吸引的,其愿望甚至是更强烈一些。人之所以优于其他万物者,即在于他对于同类有较容易融合的能力"(卷九,章9)。其次,不要梦想乌托邦,而要积极主动地采取行动:"有理性的好合群的动物之善与恶,不在于其消极被动,恰如其美德与罪恶也不是在于其消极被动,而在于其积极主动"(卷九,章16),既要按照宇宙的本性去做:"自然之道要你做什么就做什么，努力做"（卷九，章 29），又要按照理性的人的本性去做，即动机与行为全表现为为人群服务（卷九，章 31）；"做你的工作，不要像是做苦工，也不要希求别人的怜悯或赞扬。只可希求一件事，那便是，做或不做都要接受公益心的指导"（卷九，章 12）。第三，指责他人时，要反躬自省（卷九，章 42）。

第十卷是凝思生命：面对生命的变化——出生、生命存在（活着）和死亡——应当顺其自然。关于出生，奥勒留认为，虽然制造婴儿与婴儿成长都是在暗密中完成的，但是可以看得清楚（卷十，章 26）。关于生命存在（活着），奥勒留认为，要做个放弃自我品格的角斗士，也就是说，一方面，要按照宇宙自然之道去生活，例如欣赏目前所有的一切，同神明与人类和平共处（卷十，章 1），另一方面又要按照个人的本性去做（卷十，章 2）。理性的人应该积极入世，做与公共利益相符的事（卷十，章 6）。人生的健全之道完全取决于个人本身的"怎样做，怎么说"（卷十，章 33）。千万不要做畏惧本性的逃亡者，例如不违法和不弃主（卷十，章 25）。关于死亡，奥勒留认为，"整体的各个部分，宇宙所有的一切，不可避免地要消灭"。所谓"消灭"就是"变化"（卷十，章 7）。对于万物之交相变化，要系统观察，密切关注，勤加研究。悟到自然之道以后，就会心安理得地放弃一切，"只要依照自然法则坚守一条正途，寻到正途之后便追随神明的步踪"（卷十，章 11）。一切理性的人都要像神明一样，一个人应该做一个人的工作，要心地明白，即能洞察一切而且思想彻底，要富有同情，即甘心情愿地接受宇宙所分配的那一份，要胸襟宽阔，即心情超然于"肉体方面的苦乐顺受逆"，"虚名的追求、对死亡的恐惧"等（卷十，章 8）。一个健全的心应该准备应付一切遭遇（卷十，章 35）。有良好教养的谦逊的人，对有权给予、有权收回一切的大自然说："你愿意给什么就给什么，你愿收回什么就收回什么好了。"这是纯然的服从与善意（卷十，章14）。宇宙自然所带给每一事物的都是对那一事物有益的，而且是在于它有益的时候带给它（卷十，章20）。只有理性的人才会自动地接受一切，盲目地服从乃是一般生物的必然现象（卷十，章28）。死亡就是脱离人生，离开亲属，离开人群，要安然自在，因为分离是自然的一个步骤（卷十，章36）。

第十一卷主要涉及与人为善。首先，灵魂乃是一个美妙的圆体，既不向外界任何事物伸展，亦不向自己内部退缩，既不扩张，亦不紧缩，而能射出光明，洞察一切事物之真相以及自身内心之真相。在理性的正途上，无人能阻止你做正当的事（卷十一，章10）。理性的灵魂看见自己，剖析自己，按照理性灵魂的意志而铸就自己，自己收获自己的成果；无论生活的界限划在什么地方，理性的灵魂都能达成自己的目标，理性的灵魂热爱邻人，"诚实与谦逊"，只重视理性的灵魂本身，这样，"正确的理性"与"公道的理性"实在是遍存于宇宙的一件东西（卷十一，章1）。

第二，人心中本有一种力量，使他永久过最高贵的内心生活（卷十一，章16）。人的良善、和蔼和诚恳的特质都显露在他的眼神里（卷十一，章15）。高贵的灵魂对任何人总要和善（卷十一，章13）。高贵的灵魂宽以待人，包括冒犯他的人（卷十一，章18），却严于律己，弃绝人的劣根性，例如不会在所蔑视的人面前匍匐（卷十一，章14）。高贵的灵魂经常怀想一位道德高尚的古人（卷十一，章26）。高贵的灵魂以公共利益为目标，而且永不改变（卷十一，章21）。高贵的灵魂会带着审慎和尊严，依据内心的判断，随时准备死亡："必要时即可脱离肉体，消灭、飞散或仍凝聚"（卷十一，章5）。

　　在第十二卷里，奥勒留集中阐述廊下派哲学的死亡观：自然死亡是让人满意的人生退场。奥勒留认为，人是由 3 样东西混合起来的：肉体、呼吸气和理智（卷十二，章 5）。其中，肉体和呼吸气虽然属于人，但是仅仅因为你必须把它们保持住，才能维持生命。更重要的是，一切物质都是脆弱无力的（卷十二，章 7），肉体会朽坏，呼吸气因此会停止。只有理智才真正属于人，因为无论"先有一个必然性与固定计划，或者是有一个仁慈的神明，或者是一个毫无计划与主宰的混沌"，理智都是永在的（卷十二，章 14）。理性的生活就是按照自然之道去活：把未来交给神意，以虔诚和公道来面对现在。对神虔诚，就会爱你的命运，公道，才能畅言真理，即使大限将至也不顾一切地尊重你的理性和内在的神明（卷十二，章 1）。即使在绝望中也要训练自己（卷十二，章 6）。

　　在奥勒留看来，人生的全部动作在适当的时候停止，并不因此而吃亏，因为适当的时候及终点是由自然来定的，而宇宙自然之道是不可抗的，其每个部分经常要有改变。所以，死亡，对于个人而言没有困窘，对于公共利益而言无害甚或有益，对于宇宙而言也是适时的、恰如其分的、符合整体趋势的（卷十二，章 23）。一切都只是主见，一个人只是在现在活着，他失掉的也只是现在（卷十二，章 26）。奥勒留还认为，"人生的幸福，在于洞察每一事物之'整体及其实质'，明了其'本体及其起因'；用全副力量做公正的事、说真实的话"（卷十二，章 29），而且最重要的是就是按照你的本性做事，接受宇宙自然所带给你的一切（卷十二，章 32）。人生如戏，人就是演员，而自然就是导演。"这戏是否已经完成，要由当初编戏的和现在宣布终场的人来决定"。所以自然让人死亡是让人愉快的人生退场（卷十二，章 36）。

总体来看，虽然奥勒留并不追求建立一套完整的哲学体系（梁实秋：译序，页9），但是他的《沉思录》所阐述的的确又是典型的廊下派人生哲学：第一，宇宙自然间有神，而且神安排一切，甚至干预人的生活；第二，尽管人的命运由神决定，可人也要积极主动地入世，以公共利益为人生的目标，努力做事；第三，人是宇宙自然的一部分，必须按照宇宙自然之道生活，顺其自然，忍受诸恶，如死亡；第四，人是理性的，必须按照人的本性去生活，弃绝人的劣根性，严于律己，宽以待人，"做一个好人"（《沉思录》卷十一，章4）。

三、历史地位与影响

在实践中，奥勒留的确也是个好人，严于律己，宽以待人，例如对发动叛乱的驻叙利亚副将阿维狄乌斯·卡西乌斯（Avidius Cassius）宽宏大量（梁实秋：译序，页7），这是符合廊下派伦理哲学的。因此，格兰特有理由宣称，奥勒留是最高贵的人，完全凭借人的智力与体力，最看重善，并一心向善，不是为了获得任何的奖赏，而是因为善本身的缘故。[①] 好人奥勒留永远活在人们心中，正如1881年法国勒南（Renan）所说："我们人人心中为奥勒留之死而悲哉，好像他是昨天才死一般"（《自由青年》26卷9期，1961年，参梁实秋译本，页10）。即使在1964年的电影《罗马帝国的衰亡》（*The Fall Of The Roman Empire*）和2000年电影《角斗士》（*Gladiator*）里，编剧也都把奥勒留塑造成唯才是举的好人。两部电影的情节都假定奥勒留被杀，因为他想传位给当罗马将军的养子，而不是亲子康茂德（梁实秋译本，

---

① Grant, Michael (1993) [1968]. *The Climax of Rome: The Final Achievements of the Ancient World*, AD 161-337（《罗马的鼎盛：古代世界的最终成就，161-337年》）. London: Weidenfeld. p. 139.

页 214)。

不过，奥勒留对基督徒比较严厉，曾颁发过一道反对基督徒的诏书，大概有 3 个方面的原因。第一，或许由于受到老师的误导，例如，戴奥格奈特斯把基督徒蔑称为"奇迹贩子与巫师们"（奥勒留，《沉思录》卷一，章 6）。第二，奥勒留本人在省察人时用明显敌对的贬义词"顽抗"形容基督徒，显然有误判：基督徒的行为不是出于"一个人的内心的判断"，缺乏"审慎与尊严"，带有"戏剧表演的成分"（卷十一，章 5）。第三，像梁实秋解读的一样，廊下派哲人本来就主张，只要目的正确，就可以在必要时不择手段（卷十一，章 18）。由此观之，作为古罗马帝国的皇帝，奥勒留对行省的基督徒采取"维稳"措施，有其正当的理由，即维护罗马帝国的公共利益。

尽管如此，还是瑕不掩瑜，温和、中正的奥勒留仍然不失为"古罗马五贤帝"之一。英国史学家吉本把奥勒留统治的岁月称为"人类过着最为幸福繁荣的生活"的时期（何怀宏：导言，页 1）。

在有生之年，奥勒留就已获得哲人王的称号。死后，奥勒留保持这个称号。狄奥（Dio）和传记作家称之为"哲学家"。基督徒——如殉道士查士丁、阿萨那戈拉斯和梅利托（Melito）——也给奥勒留这个称号。基督徒梅利托认为，奥勒留比皮乌斯和阿德里安更慈善，更贤明，与多弥提安和尼禄形成鲜明对比。史学家希律（Herodian，约 178-250 年）在 8 卷《罗马史》（*Römische Geschichte*，即 Ἱστωρία Ῥωμαῖα）① 里写道："在皇帝当

---

① 叙利亚或安条克的希律（Ἡρωδιανός、Herodian 或 Herodianus）用希腊语写了 8 卷《从奥勒留驾崩开始的帝国史》（τῆς μετὰ Μάρκον βασιλείας ἱστορία 或 *History of the Empire from the Death of Marcus*），简称《罗马史》（*Roman History*），记述 180 年至 238 年的罗马历史。

中，只有他证明他的博学不是仅仅凭借哲学教条的话语或知识，而是因为他那无可指责的性格和温和的生活方式"。奥勒留是西方历史上唯一的哲人王（沃格林，《希腊化、罗马和早期基督教》，页 125）。

需要指出的是，奥勒留与小塞涅卡、爱比克泰德并称廊下派哲学的三杰（梁实秋：译序，页 8），虽然属于柏拉图笔下的"哲人王"，但是他统治的国家状况却与柏拉图的理想状态有天壤之别。这表明，廊下派哲学作为建立在宇宙论基础上的伦理哲学，对于个人的内心精神虽然影响巨大，但是对于外界的现实社会的影响却甚小。

奥勒留是西方历史上唯一的一位哲学家皇帝。他的《沉思录》却成为"西方历史上最感人的伟大名著"（梁译本，页 213）。在《哲学的本质》（*The Essence of Philosophy*）一书——更确切地说其中的《哲学与宗教、散文及诗歌之间的联系环节》一文——里，德国哲学家、历史学家、心理学家和社会学家狄尔泰（Wilhelm Dilthey，1833-1911 年）指出，不仅宗教与哲学有一个"中介性质的区域"，如古代基督教的教父哲学，而且文学与哲学之间也有"中间区域"，如生命哲学，其代表人物有德国启蒙时期的莱辛（Lessing）和古罗马廊下派哲人王奥勒留。其中，奥勒留的独白（即《沉思录》）虽然"较为主观"，"不拘形式"，脱离了廊下派哲学的理性认识，却以"最富有灵感的形式"，"靠着生命的特性认识到了哲学的本质"，"宣告生命哲学的新时期的开始"（《德语诗学文选》上卷，前揭，页 400-403）。

在辞世前 3 天奥勒留与朋友们深情握手别离，犹如生离死别。这种情绪感染了他的朋友。他们请求皇帝留下自己的箴言，而不要随身携带，奥勒留的智慧之书《沉思录》才得以传世

（梁译本，页 206-207）。保存稿本的可能是奥勒留的女婿庞培阿努斯（Pompeianus）或朋友维克托里努斯（Victorinus）。由于它完全是为自己写的私人作品，起初并没有书名。现在的书名《沉思录》得名于 1634 年卡索邦（Meric Casaubon, 1599-1671年）的（第一个）英译本的书名《有关他自己的沉思》（《何怀宏品读〈沉思录〉》，页 252）。

　　未知的是奥勒留的作品《沉思录》在死后传阅多远。在古代文献中，有零星提及奥勒留的规诫的声望。背教者朱利安（361-363 年在位）虽然没有提及奥勒留的《沉思录》，但是深知奥勒留的哲学家声誉。

　　最先记述这本智慧之书的是 350 年哲学家忒弥斯提乌斯（Themistius）的讲演录，他把奥勒留的《沉思录》称作"自我训诫"的作品。900 年左右，署名苏达（Σονίδας或 Souidas）的关于古代地中海世界的拜占庭百科全书《苏达辞书》（Suidae Lexicon）提及奥勒留的《沉思录》："他在 12 卷书中思考了他个人生活的准则"，并取用了奥勒留《沉思录》中的约 30 条引录。与此同时，小亚细亚 Callpadocia 的主教阿雷塔斯（Arethas，大约生于 860 年）在信件中提及奥勒留的《沉思录》，称之为"写给他自己的伦理著作"，并以抄本形式送给大主教。1300 年，教会史作家 Nicephorus Cllistus 提及奥勒留"曾给他的儿子留下一部书，充满了事故智慧"。同时，君士坦丁堡的一个僧侣编历代作家选集，内含 44 段引用奥勒留《沉思录》的文字。

　　1558 年，奥勒留的《沉思录》才由霍尔茨曼（Wilhelm Holtzman 或 Wilhelm Xylander, 1532-1576 年）完整翻译并在苏黎世首次出版，书名《有关他自己或自己的生活》，翻译所依据的是现在已经失传的一个抄本。除了这个宫廷本（Codex Palatianus），现在的主要抄本还有在梵蒂冈图书馆保存的教廷本（Co-

dex Vaticanus，1950）。这个抄本几乎是完整的，仅缺42行。最
完整的版本是 1652 年出版的托马斯·盖特克的评注本。盖特克
作了许多重要的修正，在每一段的空白处添加附注，指明其他与
之类似的段落，并写了一个评注。不仅包括编者对某些较为疑难
的章节的说明，还引用了所有古代希腊和罗马的学者对这些文本
的说明（何怀宏：《沉思录》的流传于版本，见《何怀宏品读
〈沉思录〉》，页 250、252）。

奥勒留的《沉思录》译本很多，曾译成拉丁文、英文、法
文、意大利文、德文、西班牙文、挪威文、俄文、捷克文、波兰
文、波斯文等（参梁实秋：译序，页 9），现在有多个中文译本，
其中，梁实秋译本是最早的，也是迄今为止最好的。

总之，奥勒留的《沉思录》"甜美、忧郁和高贵"，"有一种
不可思议的魅力"，"这部黄金之书以庄严不屈的精神负起做人
的重荷，直接帮助人们去过更加美好的生活"（费迪曼《一生的
读书计划》），是廊下派哲学的一个里程碑，使得奥勒留成为晚
期廊下派的代表人物之一。作为廊下派哲学的代表作，《沉思
录》长期被尊为政府服务与职责的里程碑文献，喜欢读它的名
人很多，如弗雷德里克大帝（Frederick the Great）、瑞典皇后克
里斯蒂娜（Christina，1626‑1689 年）、密尔（John Stuart Mil，
1806‑1873 年）、阿诺德（Matthew Arnold，1822‑1888 年）、歌
德等。

第四章　术书作品

　　帝国初期，随着经济和科学技术的发展，相关的学术研究和著述也兴盛起来，涌现出新型的百科全书式作家，例如克尔苏斯和老普林尼。从内容来看，他们的著作既涉及文学艺术，也涉及建筑、军事、医学、农业（agricultūra）等方面的自然科学。与老加图、瓦罗等前辈作家不同的是，他们的知识不是来源于自己的直接观察和创新的试验，而是已有的材料，所以他们的作品反映当时的科学与技术的发展水平，具有重要的史料价值。他们怀着宽容的态度，吸收各种不同的观点，并使其系统化，不过缺乏分析和批判，因此，作品中出现彼此矛盾的现象，缺乏科学性。此外，由于这些作者对各种怪诞现象或异常情景表现出浓厚的兴趣，术书作品也涉及到各方面的社会问题，特别是涉及许多与文学直接有关的史料，例如作家作品，因此，具有一定的文学价值。

第一节　百科全书作家克尔苏斯①

一、生平简介

关于克尔苏斯（Aulus Cornelius Celsus）的生平，我们知之甚少：大约生于公元前 30 年，死于 45 年。

二、作品评述

在提比略时代，克尔苏斯撰写了一部无所不包的百科全书，标题《自由艺术》（*Artes*）。在这部著作里，首先论述了 5 卷农业（agricultūra），接着论述 8 卷医学，紧接着是战争、修辞学以及哲学和法学。或许所有这些题材最初在完稿后都是分别单独出版，然而，在上述题材的书稿中，只有医学部分——即《论医学》（*De Medicina*）——流传下来。

作品《论医学》遵循一种明确的、在引言中给定的布局。建立这种布局的是各种保持和恢复身体健康的方法，就像病人食谱、药物和外科学保证的一样。在粗略划分范围内，克尔苏斯在方法方面无懈可击地从普遍的写到越来越特殊的：第一、二卷论述营养学的普遍规律、普通病理学和疗法，第三、四卷论述身体的各种疾病及其疗法，第五卷论述药物学，第六卷论述各个身体部分的疾病及其疗法，第七卷论述外科学，第八卷论述骨科疾病。克尔苏斯在前言中已经定义他的科学立场：理论家想用各种方式方法了解疾病原因，而经验主义者满足于经验价值高于治疗方法的

---

① 参《古罗马文选》卷四，前揭，页 190 以下；LCL 292、304 和 339；安德烈，《古罗马的医生》，页 38；朱龙华，《罗马文化与古典传统》，页 335。

效果；在他们之间的探讨中，克尔苏斯站在温和的理论家一方。

在克尔苏斯以前撰写医学的古罗马作家——老加图和瓦罗——的作品中，医学只有比较次要的意义：医学的论述没有超越肤浅的概要。因此，系统地写完历史转折时期医学具有的知识要求自己广泛研究原始资料。至于这本百科全书的其余领域，克尔苏斯可以追溯到形形色色的讲拉丁语的权威人士，而关于医学部分，克尔苏斯则肯定充分利用和合并了古希腊文化的医学文献。因此，现在克尔苏斯开启了通往当时失落的古希腊文学领域的宝贵入口。就他对自己的观察和思考做出贡献而言，这些观察和思考显示克尔苏斯是一个感兴趣的门外汉，但是先决条件不是没有专门的医学知识。在流传下来的部分作品中，克尔苏斯的直接功劳首先在于消除了对在罗马还没有太高威望——当医生的大部分是古希腊被释放的奴隶——的医学的偏见，并且用医学占领了西方科学的一个新领域。

克尔苏斯没有对他的作品提出较高的文学要求，仅仅是为了让读者参考他的作品。譬如，明确的结构，实事求是的措辞，以及没有狭义的修辞手段［从专业性追求概要可以解释一种能够清楚地观察到的对举（Parallelismen；平行关系，平行结构的运用）倾向]、① 清楚得可作典范的句子结构，这些方面都符合文章的特点。

三、历史地位与影响

克尔苏斯对后来的古代作家的影响是——即使是那些现在失传的部分——显著的：特别是克卢米拉和老普林尼的创作取材于

----

① 对举，或称"对子"或"比拟"，参《雅努斯——古典拉丁文言教程》，前揭，页34。

克尔苏斯的农业论文，昆体良的创作取材于克尔苏斯对修辞学的
阐述。

第二节　百科全书作家老普林尼①

一、生平简介

23 或 24 年，老普林尼（Gaius Plinius Secundus）生于科摩
姆（今科摩），是一个骑士的后裔。老普林尼的妹妹就是小普林
尼的母亲。老普林尼在青年时期来到罗马，在父亲的友人、诗人
蓬波尼乌斯·塞孔杜斯②门下求学，显然老普林尼在那里享受了
很好的修辞学教育。

接下来，老普林尼虽然也当律师，但是他主要选择了军事生
涯。老普林尼在日尔曼尼亚的骑兵部队服役。在维斯帕西安统治
时期，老普林尼在各个不同的行省当皇帝的财政官（Procura-
tor）。③ 在这期间，除了前往西班牙，或许老普林尼也前往日尔
曼尼亚、高卢和阿非利加，直至 73 年。之后，老普林尼成为驻
扎在米塞努姆（Misenum）前面的联合舰队的司令（Präfekt）。

79 年，维苏威火山大爆发。维苏威火山灰掩埋了邻近的庞

---

① 参苏维托尼乌斯，《罗马十二帝王传》，张竹明等译，页 382–383；《古罗马文
选》卷四，前揭，页 197 以下；科瓦略夫，《古代罗马史》，页 722；王焕生，《古罗马
文学史》，页 354 及下；王焕生，《古罗马文艺批评史纲》，页 220；李雅书、杨共乐，
《古代罗马史》，页 385 及下；朱龙华，《罗马文化与古典传统》，页 326 及下。

② 昆体良认为，在古罗马肃剧家中，蓬波尼乌斯·塞孔杜斯最优秀，因为他的
肃剧有学识，修饰优美（《雄辩术原理》卷十，章 1，节 98）。不过，他的肃剧作品
失传，现在只知一些肃剧标题，如《埃涅阿斯》。

③ 单词 procurator 意为“（作为官员的）管理者”，“（行省）省长、总督”；古
罗马帝政时期为皇帝征收苛捐杂税（主要是税收）的官员，司库，财政官；管家，
代理人。

贝城和赫库兰尼姆（Herculaneum）。这时，在科学好奇心的驱使下，老普林尼乘坐一艘利布尔尼快船前往事发地点，就近研究火山爆发的原因，由于逆风而未能及时撤离，被维苏威火山灰窒息而死（《老普林尼传》）。

二、作品评述

显然，在耗人精力的工作之余，老普林尼最感兴趣的是从事学术研究，所以他抓紧诸如吃饭、洗澡或者坐轿子旅行的每个空闲时间，阅读和摘录各种各样的作家作品。其中，作家超过 400，卷册超过 2000。这种刻苦的摘录行为结出了各种各样的文学果实。老普林尼逝世以后，外甥小普林尼发现了老普林尼的作为摘录成果的 160 卷密密麻麻、双面写的书。在生前写成的 7 部著作中，包括科技作品，如《论骑兵的投掷长矛》（De Jaculatione Equestri)，修辞和文法作品，如《演说术初阶》（Studiosus)[1] 和《可疑的表达方式》（Dubii Sermonis），[2] 也包括两部历史作品：20 卷[3]关于罗马与日耳曼人之间战争的纪事书《日尔曼战纪》（Bella Germaniae）和 31 卷关于当代史的《历史》（A Fine Aufidii Bassi)，[4] 资料翔实，具有"亲弗拉维、敌尼禄"的倾向，曾被塔西佗用作原始资料。其中，流传下来的只有老普林尼的主

---

[1] 古拉丁语 studiōsus，阳性名词，（阴性名词 studiōsa，中性名词 studiōsum），意为"大学生；艺术爱好者"，"学习；研究；仔细阅读"，"好学，用功，努力"。

[2] 古拉丁语 Dubii (dubius, -a, -um, 可疑的；动摇的, 不定的) sermonis (sermo, sermonis, 阳性名词，说话；对话；谣言；谈话内容；交际语言；用交际语言写的文章；口语，方言；讲话，表达方式；布道) 意为"可疑的表达方式"。英译 On Doubtful Phraseology 意为"论可疑的措辞"、"论可疑的用语"。

[3] 德国学者基塞尔（Walter Kißel）认为是 20 卷，而朱龙华认为是 10 卷。

[4] 奥菲迪乌斯·巴苏斯（Aufidius Bassus）是提比略时期的历史学家，著有《历史》（Histories）和《日耳曼战纪》（Bellum Germanicum）。老普林尼续写《历史》至尼禄时期结束，参曼廷邦德，《拉丁文学词典》，页35。

要作品，即 37 卷本《自然史》(*Naturalis Historia*；亦译《博物志》)。[①] 77 年，老普林尼暂时完成了广义自然科学的百科全书，并且献给王位继承人提图斯（Titus，古罗马皇帝，79–81 在位；参《自然史》卷一，前言）。然而，直到死，老普林尼都还在进行补充。现有形式的作品是作者逝世后由老普林尼的外甥小普林尼编辑出版的。

尽管老普林尼的《自然史》"规模庞大，富有学识，如同自然本身一样缤纷"（小普林尼，《书信集》卷三，封 5，节 6），可是这部百科全书的章节划分条理清楚，符合事物的规则：第一卷出现前言、目录和参考书目；第二卷论述天文学和宇宙论；第三至六卷论述地理学（geōgraphia）和民族志学；第七卷论述人类学和人的生理学；第八至十一卷论述动物学；第十二至十九卷论述植物学和农业（agricultūra）；第二十至二十七卷论述植物界的药理学；第二十八至三十二卷论述动物界的药理学；第三十三至三十七卷论述矿物学、冶金学、矿石加工学及其在医学上的实际利用、艺术以及艺术史。

老普林尼——对于古代作家来说非常与众不同地——在第一卷中说明他用作每卷书的原始资料的作家，主要按照后来在文本中利用的次序。通过这种方式，除了原始资料本身以外，还有这个作家的工作方法。老普林尼说大约依照一百个作家，显然他只计算了主要的原始资料。老普林尼不再引用较长的章节，而是在结构和内容上依照这些主要原始资料。不过，老普林尼总共列举

---

① Thorsten Fögen，论老普林尼《自然史》中专业词汇的角色（*Zur Rolle des Fachwortschatzes in der Naturalis Historia des Älteren Plinius*），见《古代近东、埃及、罗马与希腊早期学者的写作》(*Writings of Early Scholars in the Ancient Near East, Egypt, Rome and Greece*)，ed. by Anntte Imhausen and Tanja Pommerening，Berlin 2010，页 93 以下。[*Beiträge zur Altertumskunde*，Bd. 286]

了 450 多个作家的名字，其中，罗马作家 146 位，仅占三分之一。而非罗马作家 327 位，其中，希腊作家 326 位。只要老普林尼不只是在主要原始资料的陈述之后引用那些次要作家的知识，而是视具体情况而定地补充那些次要作家的知识，或者他不用那些次要作家的知识，那么他或许也就只是把这些知识当作添加剂一样排列在一起，并且使之连成一个休戚相关的整体。

　　非常努力和认真仔细地处理原始资料为作家老普林尼的重要地位奠定了基础。老普林尼为我们提供了关于 1 世纪中叶自然科学达到的认识状况的宝贵概况。在叙述自然时，老普林尼的出发点主要是对人有利。在进行动植物分类时，老普林尼特别详细地叙述了医学和农业（agricultūra）。老普林尼认为，自然专门为人类创造了一切，例如，甚至各种草类的生长也是为了满足人类的医疗需要。与此同时，老普林尼也开启了理解他的——大多失传的——前辈的通道。譬如，老普林尼经常提及维吉尔，特别是谈及农业问题时。

　　当然，老普林尼的局限性也不少。老普林尼不懂得——或许根本就没有时间？——借助于自己的观察或者思考，批判地研究摆在他面前的材料。老普林尼几乎没有自己的立场：老普林尼的叙述中反复混杂着次要的事、误解和真正愚蠢的事。譬如，据《自然史》第五卷里记载，一个非洲部落的人没有脑袋。又如，老普林尼认为，赛里斯（Seres）① 的丝是树上结的绒，

---

① 公元前 5 世纪末、前 4 世纪初的希腊人克特西亚斯（Ctesias）称中国为赛里斯（Seres），其旁证是"西尼"［《圣经·旧约·以赛亚书》，49：12；《以赛亚书》的作者是亚摩斯的儿子、先知以赛亚，写作时间大约是公元前 700－前 681 年前后，参《圣经（灵修版）·旧约全书》，前揭，页 1152］，或公元前 5 至前 4 世纪波斯古经中弗尔瓦尔神赞美诗里的"赛尼"，这些都是有争议的。没有争议的是中国《后汉书·西域传》称古罗马为大秦。参朱龙华，《罗马文化与古典传统》，页 330 和 352以下。

等等。老普林尼本人也不擅长当真正的自然研究者，而是作为感兴趣的门外汉为与他同类的人写作。所以老普林尼没有提供自然及其规律的系统介绍，而是提供有趣的和令人困惑不解的万花筒。老普林尼甚至直截了当地警告不要过分深入地探究美妙的自然奇迹。

人们也不可能承认老普林尼狭义的语言才能。在老普林尼的叙述中，分别按照他所用资料的风格和个别情况下他本人所付出的努力，变换着目录般的列举和小心翼翼地充分表达的章节。在后面的情况下，老普林尼引用修辞学校的所有罗列（特别参《前言》）：独特的次序、简短、被砍掉的冒号、令人吃惊的隐喻、堆砌的警句和大量的惊喜效果给老普林尼的风格打上了烙印。

三、历史地位与影响

在古代，老普林尼被阅读和利用很多。《医书》（*Liber Medicinalis*）的作者萨摩尼库斯（Serenus Sammonicus）、加比拉（Martianus Min［n］eus Felix Capella）和塞维利亚的伊西多的创作取材于老普林尼。老普林尼的作品选集多次被制作，例如 3 世纪中叶索利努斯（C. Iulius Solinus）的《奇闻趣事集》（*Collectanea Rerum Memorabilium*），4 世纪所谓《普林尼医学》（*Medicina Plinii*，作者是伪普林尼）的基础。老普林尼把他作为自然科学知识的介绍人的价值保持了整个中世纪，直到人们的自信被重新唤醒的时代，由于人们亲自过目检查和大胆尝试，才动摇了古代原始资料的权威性。

马克思、恩格斯曾多次引用老普林尼《自然史》的材料，并给予高度的评价。譬如，恩格斯把老普林尼称为"罗马的百科全书家"。

第三节　农学家克卢米拉①

一、生平简介

关于克卢米拉的生平，只有极模糊的概念。1 世纪初，克卢米拉生于西班牙南部的加德斯（Gades）。作为副将，克卢米拉在叙利亚服役（36 年）。后来，克卢米拉移居意大利和罗马，一生大部分时间在意大利度过，在拉丁姆有一处地产。晚年，克卢米拉在意大利当地主。

二、作品评述

虽然 1 篇——佚失了的——反对星占学家的论文也出自克卢米拉的笔下，但是他的心属于农业（agricultūra）。60 年，克卢米拉写有《论农业》（*De Re Rustica*）。在第一版长达 3 或 4 卷的农学手册中，只有关于树木栽培的一部分流传下来。而完全流传下来的就是几年后完成的"第二版"。在第二版中，克卢米拉又重新修订和更加详细地描述他的素材。这部在小塞涅卡逝世前不太久产生的作品原本有 10 卷的篇幅。第一卷包括 1 篇农学家生活的序言和农家院子的结构。第二卷写种植。第三至五卷写树木栽培，特别是橄榄树和葡萄种植。第六至八卷写动物饲养。第九卷写野生动物和蜜蜂。在第十卷中，作者以 1 篇六拍诗行（hexameter）的园艺种植论文作为圆满的结尾。如果克卢米拉在这种情况下想象自己是维吉尔的直接效仿者，那

---

① 参《古罗马文选》卷四，前揭，页 214 以下；曼廷邦德，《拉丁文学词典》，页 120 和 207；李雅书、杨共乐，《古代罗马史》，页 381。

么这个伟大的奥古斯都主义者肯定在他的《农事诗》中忽略这个题目。后来，克卢米拉还撰写了第十一、十二卷作为补遗。在补遗的两卷中，克卢米拉用散文再次阐述了园艺学，紧接着详细检查了庄头（卷十一）及其妻子（卷十二）的任务和义务。

在作为原本完全被农业（agricultūra）打上烙印的民族罗马人那里，自从罗马文学开始以来，农业写作占有中心地位。克卢米拉不走样地模仿他找到的相应篇幅的文学传统：这里可以列举的特别是老加图的《农业志》、瓦罗的《论农业》、维吉尔描写农民生活的诗歌和克尔苏斯的前不久出版的百科全书中关于农业的部分；至于最后两卷书，克卢米拉也引用了西塞罗翻译的色诺芬的《齐家》（*Oikonomikos*）。然而，除此之外，克卢米拉也最重视他自己的经验（在这一点上也是真正罗马的）：克卢米拉尚在年轻时，一个西班牙的叔叔就让克卢米拉熟悉了农业的实际知识。在他自己当地主的时候，克卢米拉有足够的机会成为这个领域的专家。

然而，克卢米拉的文章不仅仅是意大利庄园生产的技术指南。不过，对克卢米拉来说，农民的生活完全还没有精神的意义。与古罗马本地有关的是分配给农民一个重要的角色：秩序好的国家的有益助手。维吉尔通过《农事诗》赋予这种合乎道德的理想很高的诗歌名气。受到这种观点的影响，克卢米拉从高层忽视农业（agricultūra）中看到了他那个时代道德沦丧的根源。克卢米拉的目的就是唤起农民健康、朴素地生活的意义，从而控制那种堕落。这赋予了他的作品《论农业》一种太爱国的标志。这也是一种理想主义倾向，这种倾向防止他沉迷于关于自然及其过程的抽象推论猜测，或者防止他沉迷于技术细节。为了能够引起尽可能广大的读者注意，克卢米拉总想保持通俗易懂。

　　就这部作品的文学与美学方面而言，人们将找到对克卢米拉少有的个别描述的兴趣（大布局显然遭到总体规划的多次改变的破坏），但是也赞赏地强调他的修辞学才能。克卢米拉描写了一种优美的、简洁、只由事物的要求决定的拉丁文，这种拉丁文完全摆脱了他那个时代滋生、的确很流行的修辞学滥用。而克卢米拉创作六拍诗行（hexameter）的尝试最后不外乎导致诗化散文。

　　三、历史地位与影响

　　克卢米拉只在他那个狭小的专业圈子里产生影响。老普林尼、加吉琉斯·马尔提阿尔（Q. Gargilius Martialis）和帕拉狄乌斯利用克卢米拉的作品，都受益匪浅。其中，加吉琉斯·马尔提阿尔是 3 世纪的作家，著有《论花园》（De Hortis）。而帕拉狄乌斯是 4 世纪的作家，他采用克卢米拉和其他作家的方式，写作 1 部农业方面的作品《农业》（Opus Agriculturae），最后 14 卷采用诉歌体诗行。

　　在别的情况下，几乎没有人阅读克卢米拉的作品。其原因或许就是，在他那个时代，几乎还不真正存在克卢米拉的作品首先针对的目标群，即分享克卢米拉理想地高度评价农业（agricultūra）的国人。

　　此外，由于克卢米拉的《论农业》内容丰富，条理清晰，不仅叙述农牧业生产技术和管理方面的经验，而且还就如何改善和提高农业生产等问题提出了自己独特的见解，对后世（尤其是中世纪的庄园管理）产生过较大的影响。

第四节 军事家弗龙蒂努斯[①]

一、生平简介[②]

弗龙蒂努斯（Sextvs Jvlivs Frontinvs，即 Sextus Julius Fronti-nus）生于（30 或）40 年（塔西佗，《历史》注释；爱德华·米德·厄尔，《近代军事思想》，纽先锺译）。弗龙蒂努斯可能出身于古罗马的贵族家庭。由于他写的关于土地测量的论文残段反映出亚历山大数学学校的教学情况，并特别地提及这座城市的繁华景象，拉赫曼据此判断，弗龙蒂努斯可能在亚历山大受过教育（拉赫曼，《测量之书》）。

弗龙蒂努斯是一位国务活动家、军事家和军事理论家，曾担任多种国家和军事官职。70 年，弗龙蒂努斯任市政官。73 年，弗龙蒂努斯当选 74 年的候补执政官。75 至 78 年，弗龙蒂努斯任不列颠总督（塔西佗，《阿古利可拉传》）（参袁坚：写在再版之前，参弗龙蒂努斯，《谋略》，页 328）。

78 年返回罗马以后，弗龙蒂努斯开始著述，写有《兵法》（*On Military Science*），现已失传。弗龙蒂努斯的 4 卷《谋略》（*Strategemata*）成书时间是 84 至 96 年。

97 年，弗龙蒂努斯被皇帝涅尔瓦任命为罗马城渡槽总监（curator aquarum）。在此期间，弗龙蒂努斯还担任过占卜官（此职的继任者为小普林尼）。98 年，弗龙蒂努斯当选 99 年的候补

---

① 参 LCL 174；弗龙蒂努斯（Sextus Julius Frontinus），《谋略》，袁坚译，北京：解放军出版社，2004 年；修昔底德：《伯罗奔尼撒战争史》，页 203 及下。

② 参弗龙蒂努斯，《谋略》，李志兴、袁坚：弗龙蒂努斯和他的《谋略》，页 1 及下；鲍世修：中译本序言，页 1。

执政官。99 年，弗龙蒂努斯当选 100 年的正式执政官。

103（或 108）年，弗龙蒂努斯逝世（塔西佗，《历史》注释；《简明不列颠百科全书》）。

二、作品评述

弗龙蒂努斯的著述集中在两方面：作为罗马城渡槽总监，弗龙蒂努斯写有一篇论文《论土地的测量》［*Opuscula Rerum Rusticarum*，包括《论测量的艺术》（*De Arte Mensoria*）、① 《论地主置地》（*De Agrorum Qualitate*）、② 《论土地争端》（*De Controversiis*）③ 和《论地界》（*De Limitibus*）④］ 和两卷的专著《论罗马城的供水问题》（*De Aquaeductu Urbis Romae*）；⑤ 作为军事家和军事理论家，弗龙蒂努斯写有《兵法》和《谋略》。其中，弗龙蒂努斯的军事理论著作已经散佚，但是不仅在他的《谋略》前言里提及，而且还被同时代人埃利安（Aelian）和 3 个世纪以后《罗马兵制》（*Epitoma Rei Militaris* 或 *De Re Militari*）或《兵法简述》（*Digesta Artis Mulomedicinae*）的作者韦格蒂乌斯（Flavius Vegetius Renatus）的叙述所证实。所幸，旨在补充叙述战略上取得成功的战例、用以说明军事学的规律的《谋略》得以流传。

在第一卷的前言里，弗龙蒂努斯道出了自己的写作目的："按照陈述的命题"，"从实际需要出发，为读者提供适宜的史

---

① 古拉丁语 mensor〈-oris〉，测量；metior 意为"测量人"。

② 古拉丁语 agrorum，agrarii 意为"地主"，qualitas〈-atis〉意为"购买"。

③ 古拉丁语 controversiis 意为"争议；矛盾"。这里指"土地争端、因土地产生的矛盾"。

④ 古拉丁语 limitibus：limito，意为"界限"；"给……划界"：limes〈-itis〉，意为"地界；国界；区别；路"。因此，*De Limitibus* 意为《论地界》。

⑤ 参 http://www.thelatinlibrary.com/frontinus.html。

例"，"造福公众"。其中，"读者"和"公众"尤其指"指挥官"和"将军"。

第二，"按照陈述的命题"指"希腊人用'谋略'一词尽涵其意的机敏诀窍的活动"。在这里作者区分了"战略"与"谋略"："凡指挥官实施的行动是以深谋远虑、目标明晰、有胆有识、决心果断为特征者，应归属战略项下；有些行动具有此类特征中的某些独特的形态，则应归类于谋略"。谋略的"主要特征通常是依凭熟巧和机敏，生效于敌人遁逃或将被摧毁之前"。

第三，所谓"适宜的史例"指"深思熟虑和高瞻远瞩内容的范例"，"业经验证确属成功的实例"。由于在谋略的领域中，"言辞也会产生某些显著的效果"，因而作者提供的"既有行之范例"（《谋略》卷一，章1，实例4），"也有言之范例"（卷一，章1，实例12）。

《谋略》里的范例主要来源于希腊语和拉丁语著作。研究表明，有些实例在弗龙蒂努斯以前的作家作品里就有记述。其中，希腊语著作有希罗多德《历史》（《谋略》卷一，章3，实例6）、修昔底德《历史》（《谋略》卷一，章1，实例10）和《伯罗奔尼撒战争史》（《谋略》卷四，章7，实例17）、色诺芬①《希腊史》（《谋略》卷二，章1，实例18）和《长征记》（《谋略》卷一，章4，实例10）、波吕比奥斯《历史》②（《谋略》卷一，章4，实例11）、波利艾努斯（Polyaenus）③《战略学》（《谋略》卷

---

① 色诺芬（前431-前350以前），希腊历史学家。在居鲁士死后，曾任希腊万人雇佣军司令官。

② 英译 *The Histories*，原译《通史》。

③ 波利艾努斯（Πολύαινος，前340-前278年），著有《战略学》（*Στρατηγήματα*）。

一，章1，实例2）和《战略论》（《谋略》卷一，章10，实例3）、狄奥多罗斯（Diodoros）①《历史丛书》（《谋略》卷一，章12，实例5）等。拉丁语著作有西塞罗《图斯库卢姆谈话录》（《谋略》卷四，章5，实例12）、奥维德《岁时记》（《谋略》卷三，章15，实例1）、李维《罗马史》（《谋略》卷一，章1，实例3）、维勒伊乌斯·帕特尔库卢斯《罗马史》②（《谋略》卷四，章7，实例8）、恺撒《内战记》（《谋略》卷一，章5，实例5）和《高卢战记》第一至七卷（《谋略》卷一，章11，实例3）、希尔提乌斯《高卢战记》第八卷（《谋略》卷三，章7，实例2）、奈波斯《汉尼拔传》（《谋略》卷一，章8，实例7）、《达塔墨斯传》（Datames；《谋略》卷二，章7，实例9）、《阿里斯蒂德传》（Ἀριστειδησ 或 Aristides；③ 《谋略》卷四，章3，实例5）、《伊巴密农达传》（Epaminondas；④《谋略》卷四，章3，实例6）和《阿格西劳斯传》（Ἀγησιλαοσ 或 Agesilaus；⑤ 《谋略》卷一，章8，实例12），撒路斯特《朱古达战争》（《谋略》卷一，章8，实例8）等。弗龙蒂努斯可能参考过上述的作品。

　　《谋略》里的实例也记载于同时代和后世作家的作品里。其中，拉丁语作家作品有革利乌斯《阿提卡之夜》（《谋略》卷二，章11，实例6）、瓦勒里乌斯·马克西姆斯《善言懿行录》（《谋略》卷一，章1，实例9）、库尔提乌斯《奥林匹亚考古发掘记》（《谋略》卷二，章3，实例19）、塔西佗《编年史》（《谋略》

---

① 狄奥多罗斯（Διόδωρος Σικελιώτης 或 Diodorus Siculus），西西里人，著有《历史丛书》（Βιβλιοθήκη ἱστορική 或 Bibliotheca historica）。

② 原译"韦利奥斯"，参弗龙蒂努斯，《谋略》，页212。

③ 也作 Ἀριστείδης 或 Aristeides（公元前530–前468年），参 LCL 47，页210以下。

④ 伊巴密农达（约前410–前362年），希腊政治家和将军。

⑤ 即 Agesilaus II（约前444–前360年），斯巴达国王（前399–前360在位），参 LCL 87，页2以下。

卷四，章 1，实例 21）和《阿古利可拉传》（《谋略》卷四，章
3，实例 13）、苏维托尼乌斯《罗马十二帝王传》（《谋略》卷
一，章 9，实例 4）（其中《多弥提安传》；《谋略》卷二，章 3，
实例 23）、阿庇安《罗马史》（《谋略》卷一，章 1，实例 1）、
弗洛鲁斯《罗马简史》（《谋略》卷一，章 7，实例 3）、西利乌
斯·伊塔利库斯《布匿战记》（《谋略》卷四，章 3，实例 8）、
马尔克利努斯《罗马史》（《谋略》卷二，章 11，实例 6）、韦格
蒂乌斯《兵法简述》（《谋略》卷四，章 7，实例 16）、查士丁
（《谋略》卷二，章 1，实例 9）等。而希腊语作家作品主要有普
鲁塔克《希腊罗马名人传》，包括其中的《克拉苏传》（*Κρασσοσ*
或 *Crassus*；① 《谋略》卷一，章 5，实例 21）、《克里奥拉努斯
传》（*Ταιοσ Μαρκιοσ* 或 *Gaius Marcius Coriolanus*；② 《谋略》卷一，
章 8，实例 1）、《阿格西劳斯传》（《谋略》卷一，章 8，实例
12）、《塞尔托里乌斯传》（*Σερτωριοσ* 或 *Sertorius*；③ 《谋略》卷
一，章 10，实例 2）、《庞培传》（*Πομπηιοσ* 或 *Pompeius*；④ 《谋
略》卷二，章 1，实例 12）、《来山得传》（*Λυσανδροσ* 或 *Lysand-
er*；⑤《谋略》卷二，章 1，实例 18）、《老马尔克卢斯传》
（*Μαρκελλοσ* 或 *Marcellus*；⑥《谋略》卷二，章 2，实例 6）、《马略

---

①　即 Marcus Licinius Crassus，参 LCL 65，页 314 以下。

②　参 LCL 80，页 118 以下。依据传说，克里奥拉努斯是公元前 6 世纪末、前 5 世纪初的罗马首领，科里奥利（Corioli）的英雄，以傲慢而顽固著称。他的名言："你拯救了罗马，妈妈，但你毁了我"（参曼廷邦德，《拉丁文学词典》，页 79）。

③　全名 Quintus Sertorius（约公元前 126–前 73 年），罗马政治家和将军，参 LCL 100，页 2 以下。

④　参 LCL 87，116 以下。

⑤　即 Λύσανδρος 或 Lysandros，死于公元前 395 年，在伯罗奔尼撒战争中为斯巴达夺得最后胜利的军事和政治首领，参 LCL 80，页 234 以下。

⑥　全名 Marcus Claudius Marcellus（约公元前 268–前 208 年），参 LCL 87，页 436 以下。

传》（*Γαιοσ Μαριοσ* 或 *Gaius Marius*；①《谋略》卷二，章 2，实例
8)、《皮罗斯传》（*Pyrrhus*；②　《谋略》卷二，章 3，实例 21)、
《恺撒传》（*Γ.Καισαρ* 或 *Caesar*；《谋略》卷二，章 3，实例 22)、
《西门传》（*Κιμων* 或 *Cimon*；③　《谋略》卷二，章 9，实例 10)、
《佩洛皮达斯传》（*Pelopidas*；④《谋略》卷四，章 2，实例 6)、
《阿里斯蒂德传》（《谋略》卷四，章 3，实例 5)、《法比乌斯·
马克西姆斯传》（*Φαβιοσ Μαξιμοσ* 或 *Fabius Maximus*，参 LCL 65，
页 118 以下；《谋略》卷四，章 3，实例 6)、《欧迈尼斯传》
（*Ευμενησ*；⑤《谋略》卷四，章 7，实例 34）和《小加图传》
（*Κατων* 或 *Cato Minor*，参 LCL 100，页 235 以下；《谋略》卷四，
章 7，实例 35)，此外还有奥罗修斯（Paulus Orosius，圣奥古斯
丁的学生）的《以七部纪事书驳斥异教徒》（*Historiarum Adver-
sum Paganos Libri VII*；《谋略》卷三，章 13，实例 6，参弗龙蒂
努斯，《谋略》，页 166)、狄奥·卡西乌斯的《罗马史》（《谋
略》卷二，章 3，实例 14)、狄奥尼修斯（《谋略》卷一，章 11，
实例 1）等。不过，目前尚不清楚《谋略》与上述作品之间的传
承关系。

　　从篇章结构和内容来看，在留存的 4 卷《谋略》中，第一
卷提供交战开启之前使用谋略的实例，第二卷罗列与交战本身有
关以及对完全制服敌人有影响的实例，第三卷涉及围困和解除围

---

①　公元前 157 至前 86 年，参 LCL 101，页 464 以下。

②　或作 Pyrrhos（前 319−前 272 年）。

③　公元前 510 至前 451 或前 450 年，雅典政治家、将军，参 LCL 47，页 404
以下。

④　*Plutarch's Lives*, translated by John Langhorne and William Langhorne, Cincinnati
1868, pp. 200−211.

⑤　或 *Ευμένης*，即 Eumenes 或 Eumenes of Cardia（约公元前 362−前 316 年），参
LCL 100，页 78 以下。

困的谋略，第四卷是有关军人道德方面的内容。由于前言里只提及前 3 卷的写作计划，而第四卷并不叙述历史上的谋略，与弗龙蒂努斯在前言中提及的规划大相径庭，学界普遍认为，第四卷的作者不是弗龙蒂努斯。譬如，瓦赫茨穆特认为，第四卷的作者是同时代的一位军官；贡德曼认为，第四卷的作者是 2 世纪初、稍后于弗龙蒂努斯的一位修辞学家；沃尔芬认为，第四卷的作者是 4、5 世纪的赛会首领（参弗龙蒂努斯，《谋略》，李志兴、袁坚：弗龙蒂努斯和他的《谋略》，页 1 以下；卷一，前言，页 3）。

第一卷分为 12 章，涉及战前行动的各种谋略（卷一，前言）或战前准备（卷二，前言）。其中，第一章里的实例证明如何隐蔽己方计划。譬如，秘而不宣（实例 2）、以行代言（实例 4）、制造假象（实例 5-8），甚至采用苦肉计（实例 3）。第二章的实例介绍了刺探敌方计划的方法。譬如，深入虎穴（实例 1-4），盘问俘虏（实例 5），利用假密信（实例 6），细心观察（实例 7-9）。

第一卷第三章的实例涉及择定作战的方式。作战方式的选择要根据当时的敌我情况而定。敌弱我强时，采用的战术是阵地战（实例 1-2）和步步为营（实例 10）；敌强我弱时，采用的战术有稳固防守（实例 3）、退守（实例 4）、化整为零（实例 5）、转移战场（实例 6-7）、围魏救赵（实例 8）和迂回作战（实例 9）。

第一卷第四章介绍率军通过敌控区的方法。譬如，用俘虏做掩护（实例 1-2 和 12），伪装行进路线（实例 3-4 和 9 @），佯退实进（实例 5 和 11），巧用和谈（实例 6 和 13@）或天气（实例 7），制造假情报（实例 13），骚扰麻痹（实例 8），明修栈道、暗渡陈仓（实例 9），调虎离山（实例 10 和

14）。

　　第一卷第五章是关于摆脱困境的实例。从实例来看，摆脱困境的第一种策略是撤退。撤退时，可以使用骗敌的招数，例如佯装扎营（实例3）、坚守（实例5）、进攻（实例14-15）与和谈（实例17-19），可以用火（实例27-28）或尸体（实例20和22）惑敌，可以明修栈道、暗渡陈仓（实例10），也可以在夜幕（实例12）或牲畜的叫声（实例25-26）的掩护下悄悄撤退。第二种策略是突围。突围时，可以示弱突围（实例16），也可以拉长战线，寻找薄弱环节突围（实例23）；可以巧用事物，例如用火断后（实例1-2和8），用绳索下崖（实例21），巧用船的重心越过铁链（实例6），也可以因地制宜（实例24），修筑工事（实例9和11），例如改道河流（实例4），把船改成车（实例7）。第三种策略是不动声色、迂回转向（实例13），在不知不觉中摆脱困境。

　　第一卷第六章的战例关涉设伏（实例1-3）与遭遇埋伏（实例4）。

　　第一卷第七章涉及掩饰或补足物资匮乏。掩饰物资匮乏的方法是显示自己的物资充裕，例如忍受干渴，把水撒到地上（实例7）。而补足物资匮乏的方法是寻求替代品，例如用罐造船（实例1），以发制绳（实例3-4），以树皮（实例5）或柳条包兽皮（实例6）为盾，或者使用奇招，例如刺象过河（实例2）。

　　分散敌人精力（卷一，章8）的方法有离间（实例1、7-8）与反间（实例2），分兵扰敌，各个击破（实例3-4），故意放走俘虏，让俘虏传递假情报，从而牵制敌人（实例5），制造假骚乱，诱敌入瓮（实例6），佯装撤退，留住敌人（实例9），拦劫敌人的粮草（实例10），诈降后再秘密潜回，让敌人不得不留下一部分兵力守城（实例11），声东击西（实例12）。

平息兵变（卷一，章9）需要克服内心的恐惧，从容应对，甚至深入叛军中去（实例4），其方法有语言震慑（实例1），谎称抵御外敌（实例2），把清白无辜者安插到罪犯中去（实例3）。

作为将帅，应该根据实际情况掌控将士的战斗欲望。首先，当将士的求战欲望不合时宜的时候，需要遏制（卷一，章10），其方法是摆事实，例如类比例证（实例1）和事实证明（实例2）；讲道理，例如讲解两狗相争、团结御狼①的道理（实例4）；或者假借神意（实例3）。第二，当士气低落的时候，将帅又要激励军队的作战热情（卷一，章11），其方法是摆事实，讲道理，例如让将士明白为保卫私产而战（卷一，章11，实例5），让将士明白战败的后果（实例6），实例说明先苦后甜的道理（实例19）；用善意的谎言，例如谎称敌人反水（实例2），假传捷报（实例7）；剥光俘虏的衣服，让将士蔑视敌人（实例17-18）；自断后路，背水一战（实例21）；激将法，例如褒奖部分将士的英雄气概，激励这些将士，并让其他将士知耻而后勇（实例3），让将士去干令人讨厌的劳累活（实例20），假装拖延战事，激起将士早日结束战斗的激情（实例1），假意和谈，让好战的敌人激怒自己的将士（实例4）；故弄玄虚，例如神化来到部队的陌生人（实例8），伪造神迹（实例9），装神吓敌（实例10），谎称神示（实例11），假借女巫的预言（实例12），假传神意（实例13）。值得注意的是，作者罕见地进行了简评：这些故弄玄虚的谋略适用于那些头脑简单的人，但更多的情况往往是假借神灵来替我们虚构

---

① 类似于"兄弟阋于墙，外御其侮"（见《诗经·小雅·常棣》）。

某些计谋（参弗龙蒂努斯，《谋略》，页51），实例14-16。

第一卷第十二章的战例涉及消除不利的先兆在士兵中产生的恐惧。从罗列的实例来看，消除这种恐惧的主要方法有两种：随机应变地进行有利于自己的解释（实例1-2、4-7和12）和解释自然现象（实例10）。

第二卷分为十三章，涉及交战中和交战后的举措（卷二，前言）。其中第一至八章涉及交战中的谋略。

首先，作战要选择合适的时机（卷二，章1）和地点（卷二，章2）。从作战的时机来看，要避敌锋芒（章1，实例3和11），攻敌弱点（章1，实例14），攻敌不备（章1，实例6和18）；以逸待劳（章1，实例1-2、4-5、7和15），延战劳敌（章1，实例8-10）；夜战，进可攻（章1，实例12），败可撤（章1，实例13）；利用敌人的迷信（实例16）和宗教（实例17）的禁忌或节日。从作战地点来看，可选择窄地（章2，实例1和14）、高地（实例2-4和11）和险要地形（实例6和10），设置路障（实例9），巧用自然天气，例如风尘或烈日（实例7-8），短兵相接（实例5），迂回侧击（实例12），前后夹击（实例13）。

部署兵力（卷二，章3）首先要有针对性。譬如，敌众我寡时采用便于全线出击的环形布阵（实例19），敌寡我众时采用围攻的铁桶阵（实例5-8），敌我力量均衡时布阵要求进可攻，退可守（实例9），与敌人的多道战线对应地布置多道战线（实例16-18和21-22）。其次，部署兵力要扬长避短。譬如，用路障对付长柄大镰刀的战车（实例18-19），用龟甲掩蔽阵对付敌人的飞箭（实例15），以己之盾，毁敌之矛（实例20）。第三，部署兵力要随机应变。譬如，骑兵下马作战，以步兵对付敌人的辎重部队（实例23），巧用铁抓钩登上敌船，短兵相接（实例 24）。第四，部署兵力要配合战略，例如诱敌深入（实例 10-11 和 14），攻敌不备（实例 12）。第五，部署兵力要重视心理因素（实例 13）。只有这样，才能避强攻弱（实例 1-4），取得胜利。

乱敌（卷二，章 4）的方法很多。其中，骗招有伪造援军（实例 1、5 和 20），伪造兵多（实例 3、6 和 8），伪称敌将被杀（实例 9-10），谎报捷迅（实例 11），装神（实例 18-19）；实力策略有迂回敌后（实例 2、4 和 6-7），巧用牲畜（实例 12-14），火攻（实例 15-17）。

设伏（卷二，章 5）的地点可以选在深洞（实例 7）、险地（实例 19）、森林（实例 39）、浅滩（实例 43）或敌人的行军途中（实例 42）。引蛇出洞（实例 3、10-11 和 46），诱敌入瓮（实例 12-14）：埋伏圈（实例 1、15-16 和 44）、壕沟（实例 4）、陷阱（实例 6），然后乘虚而入（实例 8），或者杀回马枪（实例 2、5 和 20），或者迂回敌后（实例 17），前后夹击（实例 31 和 33）。诱敌手段有佯装惧敌、败逃或撤离（实例 32 和 34-38），或者利用敌人的弱点（实例 21-24、36-37 和 40），例如利诱（实例 19），或者诈降（实例 18），里应外合（实例 27-28），达到打败或歼灭敌人，甚至是一箭双雕（实例 29）的目的。此外，与设伏有关的谋略有调虎离山（实例 9）和声东击西（实例 20），可以与设伏配合使用的谋略有伪造援军（实例 45），分散敌人的注意力（实例 41），敌驻我扰（实例 25-26）或牵制敌人（实例 47），敌疲我打。

在胜券在握的情况下，将帅可以采用欲擒故纵（卷二，章 6，实例 2-7）的谋略。俗话说，穷寇莫追（实例 10），要力避困兽犹斗（实例 8-9），例如"高卢通道"（实例 1），因为获胜不等于置敌人于死地。

而在战局不利的情况下，将帅又要不露败绩（卷二，章7）。第一种谋略是封锁消息。譬如，刺死禀报失败消息的人（实例5），或者单独会见带来不利消息的信使（实例6）。第二种谋略是虚虚实实，以假乱真。譬如，在失败时真假混合（实例13），或假造捷报（实例10-11），虚张声势①（实例14）。第三种谋略是曲解不利的事实。譬如，把擅自行动（实例1）或投敌行为（实例2）说成是执行命令，把遭到敌人歼灭的辅助部队说成密谋反戈分子（实例3），把开小差的人说成是放走的（实例7），把拒绝联合的使者说成是敌人特意派来洽谈联合（实例4）。第四种谋略是激将士兵（实例12）。第五种谋略是见机行事。譬如，在部下投敌时吹响进攻的号角，迷惑敌人，迫使投敌者与敌人战斗（实例8），或者追上并表扬投敌者（实例9）。

在士气低落的情况下，将帅必须倾全力，振士气（卷二，章8）。第一种谋略是利用旗帜和旗手。譬如，把旗帜投向敌群（实例1-3），把旗手拖向敌群（实例4-5），举旗作战，处决执行命令犹豫不决的旗手（实例8-9）。第二种谋略是惩罚退却者或逃兵。譬如，拒绝接待撤回的军队（实例6），把退却回营者视为敌人（实例7），截住逃兵，并要求逃兵同他们决斗（实例11），下令就地处决逃兵（实例14）。第三种谋略是以身作则。譬如，在有人当逃兵时，统帅身先士卒，冲锋陷阵（实例12-13）。

第二卷第九至十三章涉及战后的计略。

处理残敌（卷二，章9）也要讲究谋略。首先要留住敌人，不能放虎归山留后患。譬如，在自己的将士松懈或自负的情况

---

① 类似于中国的空城计。

下，谎称敌兵来袭，以此警戒自己的将士，以免放走敌人（实例6）；在自己的将士醉酒的情况下，诈降留敌，等待自己的将士清醒过来（实例7）。第二种谋略是火速增援，震慑残敌（实例8），瓦解敌人的斗志（实例2-5）。第三种谋略是伪装敌军，攻敌不备（实例9-10）。第四种谋略是劳敌逸己，即一方面扰敌，一方面以逸待劳（实例1）。

　　第二卷第十章涉及应对苦战的两种谋略。第一，见兔顾犬。譬如，在双方都伤亡很多的情况下，悄悄埋葬自己的将士，造成敌人损失更大的败仗印象，迫使敌人同意停战条件（实例1）。第二，亡羊补牢。譬如，在打了败仗的情况下，重整余部，乘敌人得意忘形的时候搞深夜突袭（实例2）。

　　在战局不利的情况下，将帅要有信心方面的谋略。首先，要采取坚定动摇分子的信心（卷二，章11）的措施。譬如，取得动摇分子的人质（实例1），诈病进城（实例2），带走动摇分子的领导人，让动摇分子群龙无首（实例3），假装不知动摇分子的来意，若无其事地拒绝动摇分子的"支援"，从而解除他们的威胁（实例4），用善意换取敌人的同盟友谊（实例5-6）或归顺（实例7）。第二，对自己的部队失去信心的时候将帅要采取稳住阵脚（卷二，章12）的措施。譬如，一方面用小股兵力示强扰敌，另一方面让自己的大部队休息，以逸待劳（实例1），在敌强我弱时诱敌落入壕沟（实例2），伪造援军（实例3），空城计和伏击并用（实例4）。

　　在必要时，将帅可以采取退却（卷二，章13）的谋略。退却的目标是安全第一。为了达成这个目标，有时需要舍财脱逃（实例1-2），有时需要炸桥断后（实例5），有时需要分散撤离或化整为零，然后化零为整（实例3-4），有时需要伪装脱逃，譬如，伪装扎营（实例6-7），假借休战（实例8），假装胜利震慑敌人（实例9），假装舰船搁浅（实例10），借顺风掩盖舰船搁浅（实例11）。

第三卷分为十八章，涉及围城（卷三，章1-11）和城防（卷三，章12-18）的计谋（卷三，前言）。

在围攻敌人时，最好出敌不意（卷三，章1），攻其不备（卷三，章9）。其中，"出敌不意"需要示假隐真（卷三，章2），譬如，突然把演练变成进攻（卷三，章2，实例1-2），冒充敌军（卷三，章2，实例3-4），调虎离山（卷三，章2，实例5-6），混入虎穴，里应外合（卷三，章2，实例7-11）。出敌不意需要策反用间（卷三，章3）。用间可用苦肉计（卷三，章3，实例3-4）。而策反可用慷慨的允诺（卷三，章3，实例1）或利诱（卷三，章3，实例5）。一旦策反成功，就可以在被策反人的帮助下轻取敌城（卷三，章3，实例2和6-7）。

"攻其不备"需要巧用自然变化（卷三，章9，实例1-2）、险峻的不利地形（卷三，章9，实例3），或者配合声东击西（卷三，章9，实例5-7和10；卷三，章6，实例1-3）、调虎离山（卷三，章9，实例4）和虚虚实实（卷三，章9，实例8-9；卷三，章8）的谋略。譬如，为了调动敌人（卷三，章6），可以让叛逃者带去假情报，从而遣散（卷三，章6，实例4）或吓退（卷三，章6，实例5）敌人的援军，也可以派人去调虎离山（卷三，章6，实例6）或制造敌人内乱（卷三，章6，实例7）。又如，虚虚实实的谋略可以达到惊敌（卷三，章8）和乱敌的目的，其手段有假装挖地道（卷三，章8，实例1），伪造胜利（卷三，章8，实例2）和巧用假人（卷三，章8，实例3）。此外，"断河"（卷三，章7）不仅可以让水淹敌军，制造敌人的混乱（卷三，章7，实例3），而且还可以为自己创造出入的通道（卷三，章7，实例4-5）。

　　为了达到出敌不意、攻其不备的效果，常常采用"佯撤"（卷三，章11）或"诱敌入瓮"（卷三，章10）的谋略。其中，佯撤（卷三，章11）可以麻痹敌人（卷三，章11，实例1），让敌人放松警卫（卷三，章11，实例3），杀敌人措手不及（卷三，章11，实例4），让敌人的盟友撤走援军（卷三，章11，实例2）。此外，在敌人及其援军之间使用连环空城计，使得真撤离变成假撤离（卷三，章11，实例5）。

　　顾名思义，诱敌入瓮（卷三，章10）就是诱敌深入，请君入瓮。一种常用的谋略就是引蛇出洞。引蛇出洞的方法有佯败撤退（卷三，章10，实例1）或故意撤离（卷三，章10，实例2-3），然后伏击，或者佯装溃退，然后杀回马枪，形成夹击（卷三，章10，实例4），引蛇出洞后在敌人的后院点火，让敌人顾头不顾尾（卷三，章10，实例5），驱赶敌人的羊群（卷三，章10，实例6-7），调虎离山（卷三，章10，实例8-9）。

　　在围城时，也可以切断敌人的供给。第一，在粮食方面采用饥敌（卷三，章4）的策略。譬如，蹂躏敌人的庄稼（卷三，章4，实例1-2），让攻陷的周围城市居民涌入敌城，消耗敌人的粮食（卷三，章4，实例5），通过求和索取敌人的粮食，从而耗尽敌人的粮食储备（卷三，章4，实例3-4），或者通过缔结和约，承诺将粮食交给敌人保管，以此让敌人放心消耗自己的粮食（卷三，章4，实例6）。第二，在饮水方面采用"毁水"（卷三，章7）的谋略。譬如，改道河流（卷三，章7，实例1），挖地下水道和用弓箭手迫使敌人不能取水（卷三，章7，实例2），或者投毒（卷三，章7，实例6）。

　　此外，围城的将帅应该随机应变，"因势制宜，因情措法"（卷三，章5）。譬如，在敌人想使用"饥敌"的策略时显示自已做好了艰苦作战到底的决心（卷三，章5，实例1），在敌人声称粮食丰足时表明自己愿意长期等待的决心（卷三，章5，实例2），当敌人认真备战时表明自己必胜的信念（卷三，章5，实例3）。

下述的解围（卷三，章12-18）与上述的围城（卷三，章1-11）的谋略要有针对性。譬如，针对切断供给的围城谋略，解围的将帅可以一方面调用增援和供应粮秣（卷三，章14），另一方面又"明示充裕之形、暗隐短缺之实"（卷三，章15）。属于前者的方法有乔装敌人过境（卷三，章14，实例1），水面漂流（卷三，章14，实例2-4）；属于后者的方法有向敌人投掷食物（卷三，章15，实例1-2），照常播种（卷三，章15，实例3），先让俘虏绕粮库转，后放走（卷三，章15，实例4），把喂食麦子的羊赶往敌营（卷三，章15，实例5），举行盛大的宴会（卷三，章15，实例6）。

针对围城的麻痹战术，解围的将帅要提高警觉（卷三，章12）。譬如，统帅可以命令哨兵保持警觉（卷三，章12，实例1），对懈怠者严惩不贷，甚至杀死（卷三，章12，实例2-3）。

针对围城的策反用间，解围的将帅可以采用反间（卷三，章16）。好意相待，感动用间者（卷三，章16，实例1）；诈降杀敌，让敌人不再相信投敌者（卷三，章16，实例2）；利用诈降（卷三，章16，实例3）或奸细（卷三，章16，实例4）反间，实现借刀杀人，一箭双雕；虚构敌情，骗密谋者出城，以防后院起火（卷三，章16，实例5）。

针对围攻，解围的将帅也可以伺机"出击"（卷三，章17）。譬如，示弱，诱敌上钩（实例1），麻痹敌人（实例3），让敌人放松警惕（实例8），才能攻敌不备（实例6-7）。突然袭击（实例5），先解围，后夹击（实例4），敌攻我守，敌疲我打（实例2），或者故意不理睬敌人的进攻，让敌人生疑撤退，然后敌退我进（实例9）。

另一种解围的谋略就是"临危镇定、以虚充实"①（卷三，章18）。譬如，对外派遣援军（实例1），对战争置若罔闻（实例2），以其人之道还治其人之身（实例3）。

此外，传送情报（卷三，章13）也要求讲究谋略。譬如，避开敌人哨兵，不惜走险路（实例1），诈降，隐匿情报（实例3-5和7），伪装动物（实例6），使用信鸽（实例8）。

第四卷分为7章，里面列举的实例不是"谋略性的"，而是"一般军事学性质的"（卷四，前言）。其中，第一、二章的实例与最重要的军事素质"纪律"有关。第一章的实例表明纪律要严明，违纪者（卷四，章1，实例42和38）、有过错者（实例28和43）、残兵败将（实例34-36）、叛徒（实例43）严惩不贷，违令者斩，即使是将领（实例24）、贵族子弟（实例30）和亲人（实例40-41）。而第二章的实例则证明纪律的作用。纪律严明可以得到重用（卷四，章2，实例2），或者可以占尽先机（卷四，章2，实例1），可以以少胜多（实例3和6-7），或者可以摆脱困境（实例5和8），或者可以征服世界（实例4），否则就会陷入困境（实例9）。

在第四卷里，第三至六章的实例涉及军人的素质。其中，第三章的战例涉及自制。从实例来看，应当生活简朴（卷四，章3，实例3-8），不好钱财（实例2和12），同甘共苦（实例9-10），不扰民（实例13-14），不中饱私囊假公济私（实例15）。唯一的反面典型是实例1。第四章的战例表明，反对欺

---

① 令人想起诸葛亮的空城计。

诈手段和叛卖行径（卷四，章4，实例1）、向敌人揭发阴谋（实例2）的正义行为可以降服敌人。第五章的战例涉及第三个重要的军人素质：坚定性。实例表明，对不当行为的态度坚决（实例1），对叛乱的处理果敢（实例2），英勇杀敌（实例3-4），绝不临阵脱逃（实例5），引咎辞职（实例6），勇于突围（实例7），奋勇掩护主力脱险（实例9-10），用褒奖鼓舞斗志（实例11），决心为国殉难（实例12），临强敌而不惧（实例13），宁愿舍己救国（实例14-15），不愿蒙受耻辱，宁愿死亡（实例16）或受伤（实例17），艰苦作战（实例18-20），不畏要挟（实例21-22），宁死不降（实例23）。第六章的战例涉及善意（实例2-4）和技巧（实例1）。

最后一章的战例论证其他的军事素质（卷四，章7）。譬如，将帅应该拥有长者的风度，处事老谋深算、沉着稳健（实例3）。

值得注意的是，有些实例被多次使用，例如第一卷第一章第十一个实例与第一卷第五章第十三个实例相同，只不过作者援引这个例子想要说明的侧重点不同：前者侧重于说明隐蔽己方计划，而后者侧重于说明如何摆脱困境。

此外，有些谋略，如伏击（卷一，章6；卷二，章5；卷三，章10），既可以运用于战前、战斗中和战后，也可以运用于围城和解围。

三、历史地位与影响

弗龙蒂努斯是古罗马军事学的集大成者，他的《谋略》是古希腊、罗马战争实践的经验总结，对后世产生了较大的影响。譬如，老普林尼曾称引弗龙蒂努斯的格言："有价值的生命将永垂不朽"（参弗龙蒂努斯，《谋略》。李志兴、袁坚：弗龙蒂努斯和他的《谋略》，页3）。

第五节　法学家盖尤斯[①]

一、生平简介

关于古罗马法学家盖尤斯（Gaius）的生平，没有更详细的资料。出身、生存状况、甚至连全名都不清楚。流传下来的只有盖尤斯的名。研究者估计，盖尤斯的生于大约 120（或 117）年，曾师从北非法学家萨尔维乌斯·尤利安（Salvius Julianus），并当萨尔维乌斯·尤利安的雇员，死于 180 年。另外，或许可以从古罗马法学家不只两百年完全忽视盖尤斯这个事实得出结论：盖尤斯不属于皇帝授权的法律鉴定人，这些法律鉴定人可能有义务以他的名义对法律状况问题的持有看法。因此，有人最容易将盖尤斯的影响圈子放到法律学校的教学活动中，并且相应地贬低盖尤斯的社会地位。与盖尤斯这个人有关的其他一切情况——出生于小亚细亚，在贝鲁特（Beirut）法律学校的教授活动——都属于推测范围。

二、作品评述

盖尤斯被认为是大量法律专著的作者。然而，流传下来的只有——而且这也只是唯一的、1816 年重新发现的羊皮纸手抄本——《盖尤斯法学阶梯》（*Institutiones* 或 *Gai Institutiones*）4 卷。在 161 年左右撰写的这本民法入门里，盖尤斯预计到了从古罗马帝国特征衍生出来的必然性：从第一古罗马帝国第一年起，皇帝

---

① 参《古罗马文选》卷四，前揭，页 220 以下；黄风，《罗马法》，北京：中国人民大学出版社，2009 年；格兰特，《罗马史》，页 246；朱龙华，《罗马文化与古典传统》，页 242。

的管理扩张到越来越大的公众生活领域；各种各样、越来越复杂的管理任务只有靠大量的有牢固法律知识的管理专家来完成。皇帝阿德里安已经相应地支持新的、纯粹民事的官吏机构，当官吏的前提只有大学法律学习。这些相关的知识在大的法律学校教授。然而，妨碍毫不费力地介绍法律的一直还有古罗马人混乱的因果发展法律结构和各种各样法律原始资料——法律（lex）、平民大会决议（Plebiscitum）和元老院决议（senatus consultum）、高级官员特别是裁判官的告示（edictum）、① 法律鉴定人的解答（response prudentium）、最后还有君主谕令（Constituio princip-is）——令人眼花缭乱的多样性。从极度混乱的细节中概括出可以教授的法律大纲，这是盖尤斯现在面临的当务之急。盖尤斯贯彻的体系是否反映他那个时代法律学说的实际状况，或者也可以归为他自己的功劳，这不能再评价。不过，《盖尤斯法学阶梯》里，材料的逻辑划分必然是这样的方式，即使在现代法制中，这种逻辑划分也不失其基本效力：民法第一次分成 3 个部分，即人（personae）、物（res）和诉讼（actiones）。

　　按照盖尤斯写作时对材料的划分逻辑，《盖尤斯法学阶梯》自然就可以划分为 3 个部分。第一部分即第一卷，收录关于人的法，主要有《十二铜表法》（*Lex Duodecim Tabularum*，公元前451－前450 年）、《霍尔滕西乌斯法》（*Lex Hortensia*，公元前 287年）、《阿提利亚法》（*Lex Atilia*，公元前 186 年）、② 《尤利乌斯

---

　　① 阿德里安时期，北非法学家尤利安收集和修订数世纪以来历届裁判官的布告，即《尤利安摘要》（*Epitome Iuliani*），并且解释得非常精辟。参格兰特，《罗马史》，页 246。

　　② 公元前 197 年已经存在，参查士丁尼，《法学总论——法学阶梯》，张企泰译，北京：商务印书馆，1989 年，页 36。或为公元前 367 年以后，公元前 186 年之后，关于管选监护人或阿提亚努斯监护人（tutor Atilianus）的法律，参周枏，《罗马法原论》（上、下），北京：商务印书馆，1994 年，页 265。

和提提乌斯法》（*Lex Iulia et Titia*，公元前181）、① 《米尼基乌斯法》（*Lex Minicia*，公元前90年?）、② 《科尔涅利乌斯法》（*Lex Cornelia*，公元前82－前67年）、③ 《尤利乌斯法》（*Lex Iulia*）、④ 《关于各阶层成员结婚的尤利乌斯法》（*Lex Iulia de Maritandis Ordinibus*，公元前18年）、《富菲乌斯和卡尼尼乌斯法》（*Lex Fufia Caninia*，公元前2年）、《艾利乌斯和森提乌斯法》（*Lege Aelia Sentia*，4年）、⑤ 《帕皮乌斯和波培乌斯法》（*Lex Papia Poppaea*，9年）、⑥ 《尤尼亚法》（*Lex Iunia*，19年）、⑦ 《克劳狄乌斯法》（*Lex Claudia*，44年）⑧ 和《克劳狄乌斯元老院决议》（*Senatus Consultum Claudianum*，52年）。这些法律涉及人的地位和能力、婚姻、家庭、监护等基本问题。⑨

　　第二部分即第二、三卷，收录关于物的法，主要有《普布利利乌斯法》（*Lex Publilia*，公元前4－前3世纪?）、《阿普勒伊

---

① 或为公元前31年左右通过，参查士丁尼，《法学总论——法学阶梯》，页36。

② 制定时间不详，参尼古拉斯（Barry Nicholas），《罗马法概论》（*An Introduction to Roman Law*），黄风译，北京：法律出版社，2000年，页85。或为公元前43年，但周枬认为应该是公元前2世纪，参周枬，《罗马法原论》，页111。

③ 公元前81年由苏拉颁布，参格罗索，《罗马法史》，页202。

④ 原文公元18年或公元17年（盖尤斯，《盖尤斯法学阶梯》，黄风译，北京：中国政法大学出版社，2007年，页135和159），应为“公元前18年”（参黄风，《罗马法》，页33）或“公元前17年”（周枬，《罗马法原论》，页934），由奥古斯都颁布。另，公元前59年恺撒颁布《尤利乌斯法》，参格罗索，《罗马法史》，页202及下。恺撒与奥古斯都都均属于尤利乌斯家族。

⑤ 《富菲乌斯和卡尼尼乌斯法》与《艾利乌斯和森提乌斯法》都限制解放奴隶，参格罗索，《罗马法史》，页244。

⑥ 《帕皮乌斯法》，参查士丁尼，《法学总论——法学阶梯》，页145。

⑦ 《尤尼亚法》（*Lex Iunia Norbana*）是关于尤尼亚拉丁人的人法，参黄风，《罗马法》，页60；尼古拉斯，《罗马法概论》，页65和75。

⑧ 或为公元前218年，参格罗索，《罗马法史》，页210。

⑨ 盖尤斯，《盖尤斯法学阶梯》，页1以下。

乌斯法》(*Lex Appuleia*,)、① 平民决议《富里乌斯法》(*Lex Furia*, 约公元前 200 年? 公元前 196 年? 参盖尤斯,《盖尤斯法学阶梯》, 页 172 和 216)、《西塞罗法》(*Lex Cicereia*, 公元前 173 年)、②《科尔涅利乌斯法》(*Lex Cornelia*, 公元前 54 - 前 27 年? 参盖尤斯,《盖尤斯法学阶梯》, 页 174)、平民决议《沃科尼乌斯法》(*Lex Voconia*, 公元前 169 年)、《普劳提乌斯法》(*Lex Plautia*, 公元前 78 - 前 63 年)、③《贝加苏元老院决议》(*Senatus Consultum Pegasianum*, 公元前 70 - 前 69 年)、《法尔其第乌斯法》(*Lex Falcidia*, 公元前 40 年)、④《关于 1/20 税的尤利乌斯法》(*Lex Iulia de Vicesima Hereditaium*, 公元前 5 年)、《尤尼亚和韦莱亚法》(*Lex Iunia Velleia*, 28 年?)、⑤《帕皮乌斯法》(*Lex Papia*, 9 年)、《拉尔勾元老院决议》(*Senatus Consultum Largianum*, 42 年)、《特雷贝里安元老院决议》(*Senatus Consultum Trebellianum*, 56 年) 和《尼禄元老院决议》(*Senatus Consultum Neronianum*, 61 年? 参格罗索,《罗马法史》, 页 259)。这些法律涉及物法关系、债法关系以及财产继承和转移等基本问题 (参盖尤斯,《盖尤斯法学阶梯》, 页 56 以下)。

第三部分即第四卷, 收录关于诉讼的法, 主要有《皮纳里乌斯法》(*Lex Pinaria*, 公元前 4 - 前 3 世纪)、《西利乌斯法》(*Lex Silia*, 公元前 4 - 前 3 世纪?)、《阿奎利乌斯法》(*Lex Aquil-*

----

① 公元前 200 年? 参《盖尤斯法学阶梯》, 页 172。或为公元前 103 年, 参格罗索,《罗马法史》, 页 208。或为公元前 240 至前 130 年, 参周枏,《罗马法原论》, 页 883。

② 或为公元前 2 世纪, 参周枏,《罗马法原论》, 页 883。

③ 格罗索 (Guiseppe Grosso),《罗马法史》(*Storia del Diritto Romano*), 黄风译, 第二版, 北京: 中国政法大学出版社, 2009 年, 页 208。

④ 尼古拉斯,《罗马法概论》, 页 280 和 282。或为公元前 404 年, 参周枏,《罗马法原论》, 页 46。

⑤ 或为 11 年, 参查士丁尼,《法学总论——法学阶梯》, 页 84。

ia，公元前 3 世纪）、①《卡尔普尔尼乌斯法》（*Lex Calpurnia*）、②
《瓦利乌斯法》（*Lex Vallia*，公元前 3 世纪?）、③《关于遗嘱的富
里乌斯法》（*Lex Furia testamentaria*，公元前 200 年?）、《关于应
保人的富里乌斯法》（*Lex Furia de sponsu*，公元前 196 年?）、
《马尔基乌斯法》（*Lex Marcia*，公元前 2-前 1 世纪?）、《埃布提
乌斯法》（*Lex Aebutia*，公元前 2 世纪）、④《尤利乌斯法》、《关
于审判的尤利乌斯法》（*Lex Iulia iudiciaria*，公元前 17 年）、⑤
《克雷贝勒伊乌斯法》（*Lex Crepereia*）和《奥利尼乌斯法》（*Lex
Ollinia*，年代不详）。这些法律涉及各项与实体民事权利相对应
的诉权以及相关的诉讼程序和制度（参盖尤斯，《盖尤斯法学阶
梯》，页 207 以下）。

在《盖尤斯法学阶梯》里提及的法律要么是各个共同体的
市民法或公民法（ius civile），要么是所有民族（共同体）共有
的万民法（ius gentium）（参李雅书、杨共乐，《古代罗马史》，
页 390 以下）。它们共同构成罗马法（iure Quiritium）。

三、历史地位与影响

《盖尤斯法学阶梯》作为课堂运用的法学基本入门的构想澄

---

① 由保民官阿奎利乌斯（Aquilius）提出下通过的平民决议，参优士丁尼，
《法学总论——法学阶梯》，页 197；尼古拉斯，《罗马法概论》，页 228。或为公元前
287 年，参周枏，《罗马法原论》，页 46 和 860。

② 公元前 3 世纪? 见盖尤斯，《盖尤斯法学阶梯》，页 214。或为公元前 149
年，即由保民官卢·卡尔普尔尼乌斯·皮索（L. Carpurnio Pisone）提出的一项元老
院决议，参格罗索，《罗马法史》，页 202 和 204；周枏，《罗马法原论》，页 823。

③ 约公元前 200 至前 120 年通过，参周枏，《罗马法原论》，页 938。

④ 或为公元前 120 年左右，对民事诉讼程序进行改革，参格罗索，《罗马法史》，
页 182 和 354。或者公元前 149 至前 120 年制定，参周枏，《罗马法原论》，页47。

⑤ 公元前 17 年奥古斯都颁布《关于私审的尤利乌斯法》（*Lex Iulia Iudiciorum
Privatorum*）和《关于公审的尤利乌斯法》（*Lex Iulia Iudiciorum Publicorum*），参黄风，
《罗马法》，页 33；周枏，《罗马法原论》，页 948。

清了一个事实：盖尤斯几乎完全放弃的不仅仅列举他的原始资料，而且还有科学探讨和详细地解释他论述的理由。对这部作品的特征有好处的是朴实无华的、符合事实的描述，明确的、使有目的地查找成为可能的各个章节划分，多数情况下接下来就是目录似的摘要，而且还有作者的修辞学才能。在简短而清楚的句子表达，实事求是的、有把握的语言应用方面，这种语言幸好区别于白银时代的拉丁文学过度兴奋的传统风格，盖尤斯证明自己是大师。

　　与 2 世纪末、3 世纪初举足轻重的宫廷法学家不同，这些宫廷法学家又专心致志于法律判例法和各个法律法规的评注，而盖尤斯在接下来的几个世纪里完全没有被提及。5 世纪，人们才开始狂热地效仿盖尤斯的作品（使得《盖尤斯法学阶梯》流传至今的唯一手稿也是出自这个时期）：在为数不多的几十年里，盖尤斯现在成为最受尊重和歌颂的古罗马法学家。426 年，罗马帝国皇帝狄奥多西二世和瓦伦提尼安三世颁布一项谕令，盖尤斯与其他 4 位古典时期的权威法学家帕比尼安（Emilio Papiniano 或 Aemilius Papinianus，活跃时间为 3 世纪初，罗马法学家之王）、保罗（Julius Paulus 或 Giuliu Paolo，121－180 年）、乌尔比安（Ulpian）① 和莫德斯丁（Herennius Modestinus，活动时间为 250 年前后）的著作② 一起具有 "法渊源" 的效力，成为 "援引

----

① 即 Domizio Ulpiano 或 Gnaeus Domitius Annius Ulpianus，170－228 年，帕比尼安的学生，著书约 280 部，大部分收于优士丁尼的《法学汇编》。

② 帕比尼安著有《问题》（Quaestiones，37 编）、《解答》（Responsa，19 编）、《定义》（Definitiones，2 编）、《关于通奸》（De Adulteriis，1 或 2 篇）等，乌尔比安著有《论告示》（Ad Edictm，81 编）、《论贵族营造司告示》（Ad Edictum Aedilium Curulium，2 编）、《论萨宾》（Ad Sabinum，5 编）、《解答》（2 编）、《争论》（10 编）、《法学阶梯》、《规则》等，莫德斯丁著有《学说汇纂》（Pandectae，12 编）、《规则》（Regulae，10 编）、《差别》（Diferentiae，9 编）、《解答》（Responsa，19 编）等，参格罗索，《罗马法史》，页 271 及下。

法":法官们可以直接援引这些法学家的著作中的论断审判案件[参盖尤斯,《盖尤斯法律阶梯》,前言(黄风),页1;李雅书、杨共乐,《古代罗马史》,页395;朱龙华,《罗马文化与古典传统》,页242]。

533 年11 月21 日公布《法学阶梯》(*Institutiones*)或《优士丁尼法学阶梯》(*Iustiniani Institutiones*),① 其主要内容就来自于盖尤斯私人使用的教科书,当然也兼顾其他旧教科书的部分内容,从而成为一部简短的、供法律学校使用的官方教科书,也成为优士丁尼(Iustinian,483 - 565 年,亦译"查士丁尼")的《法律大全》(*Corpus Iuris*)或《民法大全》(*Corpus Iuris Civilis*)的第三部分。罗马法最全面的文集《民法大全》是中世纪晚期才出现的名词,包括《学说汇纂》(*Digesta*)或《法学汇纂》(*Pandectae*)、②《优士丁尼法典》(*Codex Iustinianus Repetitae Praeelectionis*)、③《优士丁尼法学阶梯》(没有说明教科书的资料来源)和《新律》或《优士丁尼新律》(*Novellae Constitutiones*,534 年以后优士丁尼颁布的新法令)(参詹金斯,《罗马的遗产》,页476 及下;李雅书、杨共乐,《古代罗马史》,页399 及下)。由于罗马皇帝优士丁尼的《优士丁尼法学阶梯》在内容和方法上都取决于盖尤斯的试作,盖尤斯的影响得以延续到现代法典制订。

---

① 查士丁尼,《法学总论——法学阶梯》,张企泰译,北京:商务印书馆,1989 年;格罗索,《罗马法史》,页338 及下。

② 主要是1 世纪、2 世纪和3 世纪初的作品残篇或者节选的汇集,编者为优士丁尼建立的以特里波尼安为首的委员会,533 年12 月16 发布,参格罗索,《罗马法史》,页331 以下。

③ 汇集了2 至6 世纪帝国的立法条文;529 年发表的第一版不曾传下来;534 年11 月17 日颁布的第二版是最后一版。

第六节 古物学家革利乌斯①

一、生平简介

关于革利乌斯（Aulus Gellius）②的生平资料，唯一的资料来源是他本人的自传体笔记《阿提卡之夜》（*Noctes Atticae*）。革利乌斯生于 130 年左右，③或许出身于一个骑士家庭，家境比较殷实。革利乌斯自称在罗马换上了"成人长袍（puerilem togam)"（《阿提卡之夜》卷十八，章 4，节 1）。这表明，革利乌斯在罗马至少生活到 17 岁的时候，即 147 年左右。

在罗马，革利乌斯（19-23 岁）享受了语法学、修辞学和哲学的基础教育。革利乌斯提及修辞学老师尤利阿努斯（Antonius Iulianus；《阿提卡之夜》卷一，章 4，节 1；卷九，章 15，节 1；卷十九，章 9，节 2）和弗隆托（Cornelius Fronto；《阿提卡之夜》卷二，章 26，节 1；卷十三，章 29，节 2；卷十九，章 8，节 1），称赞哲学老师法沃里努斯（Favorinus，约 81－150 年)④的哲学知识渊博（《阿提卡之夜》卷二十，章 1，节 2）。

---

① 参 LCL 195；LCL 200；LCL 212；《阿提卡之夜》卷 1-5，前揭；《古罗马文选》卷四，前揭，页 226 以下；王焕生，《古罗马文艺批评史纲》，页 277 以下；王焕生，《古罗马文学史》，页 390 及下。

② 中世纪误称作 Agellius，参 LCL 195，*Introduction*，xii。

③ 关于革利乌斯的出生日期，有 4 种说法：113 年（Fritz Weiss, *Die Attiscen Nächte des Aulus Gellius*, Leipzig, 1876, p. viii)、2 世纪早些年、123 年或 130 年左右，参 LCL 195，*Introduction*，xiii。学界普遍认可"130 年左右"，参《古罗马文选》卷四，前揭，页 226；王焕生，《古罗马文学史》，页 389。

④ 法沃里努斯是普鲁塔克和弗隆托的朋友，哲学家、杰出的演说家，在希腊和罗马教授修辞学，著有《文集》（*Memoirs*）和《杂史》（*Miscellaneous History*）。参《阿提卡之夜》卷 1-5，前揭，页 28。

　　在以后的数年里（或许 160 年左右），通过在雅典的 1 年大学学习，革利乌斯完善了他的哲学教育。革利乌斯的导师有柏拉图派哲人陶洛斯（Calvisius Taurus；《阿提卡之夜》卷一，章 26，节 1；卷十二，章 5，节 1）、昔尼克派的佩勒格里诺斯（Peregrinus Proteus；《阿提卡之夜》卷十二，章 11，节 1），结交了精通希腊文的新诡辩派演说家赫罗得斯·阿提库斯（Tiberius Claudius Herodes Atticus，101-177 年，143 年任执政官，参《阿提卡之夜》卷一，章 2，节 1）。但是，革利乌斯比较喜欢柏拉图的哲学与亚里士多德的哲学。

　　或许之前，革利乌斯就被裁判官聘为民事裁判官。然而，这份工作之后是否从事一种公众的事业，这就像革利乌斯的整个余生一样，不为人所知。革利乌斯至少结过婚，有好几个儿子。估计在他的作品出版（170 年左右）以后不太久，革利乌斯逝世（《古罗马文选》卷四，前揭，页 226）。①

　　二、作品评述

　　13 世纪的作家 Radulfus de Diveto 可能依据某个古代材料，在革利乌斯的抄稿中标注：奥·革利乌斯写于 169 年（Agellius scribit anno CLXIX）。② 这种说法肯定不确切。因为，依据革利乌斯在《序言》（Praefatio）里的说法，《阿提卡之夜》（Atticas Noctes）取名很随便，没有预先策划，真正以朴素为时尚，只是取自“地点和时间（loco ac tempore）”（《序言》，节 10），其中，地点是阿提卡半岛的乡间某个地方，而时间则是在雅典念大学期间的冬天夜晚（《序言》，节 4）。从时间来看，革利乌斯在

----

　　①　革利乌斯也可能生于 125 年，死于 180 年，参《阿提卡之夜》卷 1-5，前揭，页 7。

　　②　中世纪误称作 Agellius，参 LCL 195，*Introduction*，xiv。

雅典留学大概是 160 年左右，当时革利乌斯 30 岁左右。由此推断，169 年不是革利乌斯开始写作《阿提卡之夜》的时间，而是完稿的时间，有两个证据。第一个证据是，写《序言》时革利乌斯已经做了 20（vīgintī）卷的笔记（commentāriī）。这个证据表明，正文已经完稿。第二个证据是，写《序言》时革利乌斯既要处理自己的事务，又要教育孩子们（《序言》，节 22-23）。这表明，革利乌斯已经从雅典返回罗马，不仅开始工作，首先当过裁判官（praetor）（卷十四，章 2，节 1），被执政官任命为法官（iure；卷十二，章 13，节 1），而且还已经结婚，生了几个孩子。这是合情合理的，因为革利乌斯有充足的时间：9 年左右（160 左右—169 年）。在 169 年完稿以后，革利乌斯的《阿提卡之夜》大约出版于 170 年左右。之后不久，革利乌斯逝世。

传世的《阿提卡之夜》包括一篇《序言》（Praefatio）和正文。《序言》的篇幅是 25 节，而正文总共 20 卷，398 章。其中，第一卷有 26 章，第二卷有 30 章，第三卷有 19 章，第四卷有 20 章，第五卷有 21 章，第六卷有 22 章，第七卷有 17 章，第八卷有 15 章，第九卷有 16 章，第十卷有 29 章，第十一卷有 18 章，第十二卷有 15 章，第十三卷有 31 章，第十四卷有 8 章，第十五卷有 31 章，第十六卷有 19 章，第十七卷有 21 章，第十八卷有 15 章，第十九卷有 14 章，以及第二十卷有 11 章。像《序言》第一节开头的较小部分有残缺一样（参 LCL 195，Praefatio，xx-vi），正文也并不完整。譬如，第六卷第九章结尾部分（即节 17-18）有残缺。第八卷仅存章目（Capitula），无正文传世（即使有一、两个短的残段也都存疑，参 LCL 200，页 48 及下和 460 以下）。第二十卷结尾的较小部分（即章 11）有残缺（参 LCL 212，页 452 及下）。现存较为完整的 383 章主要介绍了各个知识领域的问题和答案。

革利乌斯在《序言》第二节中谈及他的写作动机：

Nam proinde ut librum quemque in manus ceperam seu Graecum seu Latinum vel quid memoratu dignum audieram, ita quae libitum erat, cuius generis cumque erant, indistincte atque promisce annotabam eaque mihi ad subsidium memoriae quasi quoddam litterarum penus recondebam, ut, quando usus venisset aut rei aut verbi, cuius me repens forte oblivio tenuisset, et libri, ex quibus ea sumpseram, non adessent, facile inde nobis inventu atque depromptu foret. (引自 LCL 195, *Praefatio*, xx-vi)

　　当我拿起某本希腊文的或拉丁文的著作，或者听到每件值得记忆的事情，我便不加区分地，按照我读到的先后，不管他们属于什么类型，把它们记录下来。我保存它们是为了记忆，作为一种文学资料储备，当我需要某个材料或某个用语，而我却忽然忘记了，并且原书又不在手边的时候，我能很容易地找到他们(见王焕生，《古罗马文艺批评史纲》，页277)。

可见，《阿提卡之夜》首先是一部对古希腊罗马作家的著作的摘录汇集。全书无一定的体系，正如序言所说："在材料安排方面，我按照原先保持的摘抄著作时的次序"。《阿提卡之夜》的价值首先在于为我们提供了许多后来失传了的古代著作的摘引，然而更重要的价值在于革利乌斯的精当的评述。因此，《阿提卡之夜》属于变化多端的杂记文学范畴。杂记文学作为娱乐性的、同时也有教育意义的读物正好在 2 世纪相当受欢迎〔苏维托尼乌斯的失传作品《布拉旦》（*Prata*）或者阿特纳奥斯

（Athenaios）用希腊语写作的《欢宴的智者》（*Deipnosophistai*）；革利乌斯本人在序言中也列举其他的标题]。

　　革利乌斯也论述了自己的选材理由（《阿提卡之夜·序言》，节 12）：

　　　　Ego vero, cum illud Ephesii viri summe nobilis verbum cordi haberem, quod profecto ita est：πολυμαθίη νόον οὐ διδασκει（polymathie noon ou didaskei），ipse quidem volvendis transeundisque multis admodum voluminibus per omnia semper negotiorum intervalla, in quibus furari otium potui, exercitus defessusque sum, sed modica ex his eaque sola accepi, quae aut ingenia prompta expeditaque ad honestae eruditionis cupidinem utiliumque artium contemplationem celeri facilique compendio ducerent aut homines aliis iam vitae negotiis occupatos a turpi certe agrestique rerum atque verborum imperitia vindicarent.（引自 LCL 195, *Praefatio*, xxx）

　　　　我一面牢记那位闻名的以弗所人赫拉克利特的名言"博学不会使人变聪明"，一面利用我能够从繁忙的事务中抽出的一切空闲时间，认真地、不知疲倦地迅速阅读和浏览大量著作，从中摘录很少量的，并且只是那些或者能使人的心灵渴望高尚的知识和对有益的科学进行思考的材料，或者能使已经从事某项事业的人们在文学和历史方面不会处于令人感到羞耻的、愚蠢的不学无术境地的段落（见王焕生，《古罗马文艺批评史纲》，页 277）。

　　上面提及的"令人感到羞耻的、愚蠢的不学无术境地的段落"实际上隐含了革利乌斯对当时空洞的哲学议论的批评态度。

反映这个观点的是革利乌斯称引肃剧家帕库维乌斯的一行诗：
"我憎恶无所事事、却喜欢哲学格言的人"。这方面的证据还有
革利乌斯的评论性记述：

　　quem Macedo philosophus, vir bonus, familiaris meus,
scribi debere censebat pro foribus omnium templorum: ego odi
homines ignava opera et philosopha sententia. V. Nihil enim fieri
posse indignius neque intolerantius dicebat, quam quod homines
ignavi ac desides operti barba et pallio mores et emolumenta phi-
losophiae in linguae verborumque artes converterent et vitia fa-
cundissime accusarent intercutibus ipsi vitiis madentes（《阿提
卡之夜》卷十三，章8，节4-5，引自 LCL 200，页430和
432）

　　哲学家马克多，一位高尚的人，也是我的朋友，认为应
该把这行诗镌刻在所有庙宇的门楣上，因为他认为没有什么
比下述情况更可鄙，更不可容忍：有人懒惰，游手好闲，留
着大胡子，裹着衫衣，把道德教诲和哲学教益变成语言和谈
话的艺术，严厉地谴责生活恶习，而他自己却深深地陷于隐
秘的恶习之中（《阿提卡之夜》卷十三，章8）（见王焕生，
《古罗马文艺批评史纲》，页278）。

　　可见，革利乌斯不仅批评当时的哲学家，而且还严厉谴责
虚伪的道德论者。这种批评直接导致在哲学方面受到良好教育
的革利乌斯轻视哲学。在评论哲学家们探讨视觉问题的时候，
革利乌斯建议读者"接受恩尼乌斯笔下的涅奥普托勒摩斯
（Neoptolemus）的劝告比较合适"，即"需要知道哲学，但不要
去深入研究"（卷五，章16）。不过，革利乌斯反对的并不是哲

学的本义"爱智慧",而是脱离哲学实践的、没有道德教诲和哲学教益的、虚伪的道德论者。事实上,革利乌斯称赞古代作家善于表现罗马人的崇高品质(卷四,章8-9)。即使革利乌斯称引肃剧家帕库维乌斯和长袍剧作家阿弗拉尼乌斯,目的也在于那些段落里的道德内涵。革利乌斯称赞阿弗拉尼乌斯把智慧称作经验和记忆的女儿"既独特,有正确"(卷十三,章8)。革利乌斯对拟剧作家西鲁斯(Publilius Syrus)的许多摘引,例如"朋友容易成为敌人","不冒危险,便不可能克服危险"等,就是因为西鲁斯的话"很有趣,对于日常谈话很有用"(卷十七,章14)。

因为重视道德,革利乌斯崇尚古代。革利乌斯认为,不了解古代,就等于不学无术。因此,革利乌斯一方面称赞博学的古人,如瓦罗、斯提洛和弗隆托,另一方面又博览古书,认真研究历史。譬如,在谈到纪事书(historia)和编年史(annalis)的区别时,革利乌斯就进行了认真的引述,并专门摘引阿塞利奥的具体论述作参考(卷五,章18,节7)。此外,革利乌斯还从语言的角度出发,对古代纪事书作家进行了评述。革利乌斯曾在希腊的提布尔图书馆发现了罗马早期编年史家克劳狄乌斯的著作抄稿,称赞克劳狄乌斯词语优美,使用的拉丁语很纯粹和朴实无华,认为在《编年史》第一卷里对罗马将领曼利乌斯与高卢人战斗的叙述非常动人,作者注重的是对时间叙述的准确性和真实性。革利乌斯对古代的其他编年史家也很赞赏。譬如,革利乌斯认为皮索·福鲁吉的风格"完美而迷人(pure et venuste)"(卷七,章9,节1),因为他在皮索·福鲁吉(Lucius Piso)的《编年史》(Annalium)第二卷的语言里发现了许多令他感兴趣的罕见的文法形式(卷十五,章29)。革利乌斯也很重视崇古派的历史学家,他称赞撒路斯特语言简明、纯净,因而经常称引撒路斯特。

正如王焕生认为的那样，除了历史，革利乌斯最感兴趣的是
文学。革利乌斯崇尚古代的文学风格，所以认真研究古代文学，
几乎称引了所有罗马古代诗人。其中，革利乌斯在希腊的帕特拉
（Patrae）图书馆发现并且抄录了安德罗尼库斯的《奥德修纪》
拉丁文译本抄稿，特别是第一卷第一行的抄录，成为进行比较批
评的直接史料。

不过，革利乌斯最为崇敬的是叙事诗诗人兼剧作家恩尼乌
斯。革利乌斯说，恩尼乌斯的《编年史》在古代很流行，人们
经常阅读它（卷十八，章5）。革利乌斯经常从语法、词汇、韵
律等角度称引恩尼乌斯的诗句，称赞恩尼乌斯的语言优美，精
巧，充满古代情调。不过，革利乌斯也批评恩尼乌斯翻译的欧里
庇得斯的肃剧《赫卡柏》有时也未能完全准确地表达原著的思
想（卷十一，章4）。

革利乌斯也很赞赏罗马最著名的戏剧家普劳图斯的语言风
格，认为普劳图斯是拉丁语的杰出代表。革利乌斯详细地记述了
古代作家特别是瓦罗对于普劳图斯的戏剧的真伪的看法（卷三，
章3）。革利乌斯认为：

　　Verum esse comperior,[①] quod quosdam bene litteratos ho-
mines dicere[②] audivi, qui plerasque Plauti comoedias curiose at-
que contente lectitarunt, [③]non indicibus Aelii nec Sedigiti nec

---

①　动词 comperior 是第一人称单数现在时被动态陈述语气，动词原形是 comperiō
（发现），意思是"被我发现的"，可译为"我发现"。

②　动词 dīcēre 是不定式，原形是 dīcō（说）。

③　动词 lēctitarunt（反复研读）是第三人称复数完成时主动态陈述语气，动词
原形是 lēctitō（研读，细读）。

Claudii nec Aurelii nec Accii nec Manilii super his fabulis, quae dicuntur① "ambiguae", crediturum,② sed ipsi Plauto moribusque ingeni atque linguae eius. Hac enim iudicii norma Varronem quoque usum videmus. Nam praeter illas unam et viginti, quae "Varronianae" vocantur, ③quas idcirco a ceteris segregavit,④ quoniam dubiosae non erant,⑤ set⑥ consensu omnium Plauti esse censebantur,⑦ quasdam item alias probavit adductus filo atque facetia sermonis Plauto congruentis easque iam nominibus aliorum occupatas⑧ Plauto vindicavit,⑨ sicuti istam, quam nuperrime legebamus, cui est nomen Boeotia.

……我发现，事实是这样的。我听过一些学问好的人讲，他们认真、仔细地反复研读过普劳图斯的大多数谐剧。不可信的是，艾利乌斯、⑩ 塞狄吉图斯、克劳狄乌斯、奥勒

---

① 动词 dīcuntur（所说的，所谓的）是动词 dīcō（说）的第三人称复数现在时被动态陈述语气。

② 分词 crēditūrum 是阳性分词 crēditūrus 的中性单数，动词原形是 crēdō（相信；信任）。

③ 动词 vocantur 是 vocō（称）的第三人称复数现在时被动态陈述语气，可译为"被称为"。

④ 动词 sēgregāvit 是第三人称单数完成时主动态陈述语气，原形是 sēgregō（分开，移除）。

⑤ 动词 erant 是第三人称复数未完成时主动态陈述语气，原形是 sum（将是，会是）。

⑥ 连词 set 是 sed 的替代形式，在这里的意思是"而且"。

⑦ 动词 cēnsēbantur 是第三人称复数未完成时主动态陈述语气，原形是 cēnseō（认为；决定）。

⑧ 分词 occupātās 是四格阴性复数，阳性分词是 occupātus（使用，占用）。

⑨ 动词 vindicāvit 是第三人称单数完成时主动态陈述语气，原形是 vindicō（声称，断言）。

⑩ Lucius Aelius，即文法家斯提洛（Stilo，意为"笔杆子"），出自革利乌斯，《阿提卡之夜》卷一，章 18，节 2，参《阿提卡之夜》卷 1-5，前揭，页 72；LCL195，页 86 及下。

留（Aurelius）、① 阿克基乌斯、马·曼尼利乌斯（Marcus Manilius）的剧目并不包括他们所说的那些"存疑"的戏剧。但是，它（即剧本——译注）本身的固有品质和语言是判定普劳图斯本人的戏剧的准则。我们真的察觉，每个人都在使用瓦罗的这个判定准则。因为除了被称作"瓦罗版"、由于这个缘故同其他剧本分开的那 21 个剧本以外，既然都不会存疑，而且他们一致认为，那么所有的剧本都是普劳图斯的。也有人在别处证明，其简洁的文风和语言的诙谐同普劳图斯的一致。由此推断，尽管它们已记在他人的名下，可他还是断言它们是普劳图斯的作品，例如我们最近在读的那个标题是《波奥提亚女子》（Boeotia）的剧本（卷三，章3，节1-3）。②

按照革利乌斯的看法，谐剧《海峡》（Fretum）③ 富有普劳图斯特色，也应该是普劳图斯的作品。革利乌斯还写道：

Sed enim*Saturionem* et *Addictum* et tertiam quandam, cuius nunc mihi nomen non subpetit, in pistrino eum scripsisse Varro et plerique alii memoriae④ tradiderunt... ⑤

---

① 革利乌斯所说的 Aurelii（《阿提卡之夜》卷三，章 3，节 1）即 Aurelius，指的是苏维托尼乌斯提及的文法家、修辞学家和哲学家奥皮利乌斯（Aurelius Opilius，见《文法家传》，节 6），在一些文献中亦作奥勒留·奥皮路斯（Aurelius Opillus），例如，参《阿提卡之夜》卷 1-5，前揭，页 173。

② 引、译自 LCL 195，页 244 和 246。参《阿提卡之夜》卷 1-5，前揭，页 173 及下；王焕生，《古罗马文艺批评史纲》，页 285。

③ 参 LCL 195，页 248 及下；《阿提卡之夜》卷 1-5，前揭，页 175。

④ 名词 memoriae 是阴性名词 memoria（记忆，记忆能力；回忆，往事；记得，记着）的二格形式，修饰前面的 plerique alii（大多数其他人），可译为"记得的、记性好的"。

⑤ 单词 trādidērunt 是第三人称复数完成时主动态陈述语气，动词原形是 trādō，在这里的意思是"以书面形式传下来；叙述"，可译为"记述"、"记载"。

但是，关于《萨图里奥》（*Saturio*）、《债奴》（*Addictus*）和现在我想不起剧名的另一个剧本，瓦罗和大多数其他记性好的人也都说，它们是（普劳图斯）在磨房里写作的……（《阿提卡之夜》卷三，章3，节14，引、译自 LCL 195，页250）

革利乌斯还提及瓦罗的《关于普劳图斯的谐剧》（*De Comoediis Plautinis*）第一卷。瓦罗认为，曾经有个谐剧家普劳提乌斯（Plautius），由于他的格属形式 Plautii 与普劳图斯（Plautus）的格属形式 Plauti 相混，因而该作家的作品也记在了普劳图斯名下。此外，瓦罗根据剧本本身的风格特点，认为还有一些剧本虽然记在他人名下，但是也应该是普劳图斯的作品。文法家斯提洛认为，以普劳图斯名义流传的 130 部剧本中有 25 部真正是普劳图斯的。革利乌斯也对此发表了见解：那些记在普劳图斯名下，但被怀疑不是普劳图斯创作的剧本可能原本出自他人之手，但经过普劳图斯加工，因而也具有了普劳图斯的特色（《阿提卡之夜》卷三，章3，节10-14）。

值得一提的是，革利乌斯称引了文法家塞狄吉图斯（Vulcatius Sedigitus）的《论诗人》（*De Poetis*）里古罗马十大谐剧家名录。依据这份名录，古罗马十大谐剧家依次是凯基利乌斯、普劳图斯、奈维乌斯、利基尼乌斯（Gaius Licinius Imbrex，或为公元前 2 世纪的人）、阿提利乌斯（Atilius）、泰伦提乌斯、图尔皮利乌斯（Turpilius）、特拉贝亚（Trabea）、卢斯基乌斯（Luscius）和恩尼乌斯（《阿提卡之夜》卷十五，章24，参 LCL 212，页 114 及下）。革利乌斯对这份名录进行了认真思考。譬如，革利乌斯同意塞狄吉图斯对凯基利乌斯的评价，不过，他通过凯基利乌斯的《项链》与米南德的同名谐剧的比较，发现罗马作家的

作品立即相形见绌，不明白凯基利乌斯为什么抛弃米南德取自人
类生活本质本身的东西——简单、真实和动人的东西，却加进去
某些逗乐因素（《阿提卡之夜》卷二，章23，节1-8和11-12，
参 LCL 195，页192-199）。

　　革利乌斯很重视古罗马最主要的诗人。譬如，革利乌斯主要
从诗歌语言的特殊性的角度出发，称赞维吉尔的诗歌才能和诗歌
技巧。不过，革利乌斯在比较维吉尔和荷马以后，认为维吉尔不
如荷马：

> Sed illi Homerico non sane re parem neque similem fecit；[1]
> esse enim videtur Homeri simplicior et sincerior, Vergilii autem
> νεωτερικώτερος[2] et quodam quasi ferumine inmisso [3]fucatior.

> 　　但是，他（维吉尔）写的诗确实既不大致相当于，也
> 不近似于荷马的诗，因为荷马的诗被认为是更加质朴的，更
> 加纯粹的，而维吉尔的诗则比较新潮，并且好像用嵌入的灰
> 泥粉饰了一样（卷十三，章27，节3，引、译自 LCL 200，
> 页288）。

　　革利乌斯也称赞卢克莱修，因为他在卢克莱修的《物性论》
里看到许多古代词语和文法结构。假如说革利乌斯否定1世纪前
半期的新诗（novo carmine），认为塞涅卡是"愚蠢而没品味的
（inepti et insubidi）"（卷十二，章2，节10-11）是可以理解的
话，那么肯定会令人惊奇的是革利乌斯对受亚历山大里亚诗风影

---

① 动词 fēcit 是动词 faciō（做；创作）的第三人称单数完成时主动态陈述语气。
② 拉丁文转写为 neoterikoteros，意为"现代；新潮，时兴"。
③ 分词 inmissō 是阳性分词 inmissus（嵌入的，插入的；添加的，加插的）的
夺格单数形式，可译为"嵌入的，插入的"。

响的罗马新诗派诗人卡图卢斯的好感。革利乌斯认为，卡图卢斯虽然使用罕见词，但是用词得当和正确（卷七，章16）（参 LCL 200，页 132 以下）。

由于革利乌斯受到的修辞学教育，他也很重视演说辞。革利乌斯十分尊敬热衷于探求真相（卷二，章 28，节 5，参 LCL 195，页 222 及下和 254－261）的老加图，除了因为老加图是古代高尚道德的楷模，① 还因为老加图是罗马最古老的著名演说家。因此，革利乌斯不仅论及谴责 Quintus Thermus 同时处死十个生而自由的人的演说辞《控弥努基乌斯》（*In Minucium*）之《关于十人》（*De Decem Hominibus*）、② 在元老院发表的演说辞《为罗得岛人辩护》（*Pro Rodiensibus*，英译 *In Defense of the Rhodians*）和出自《史源》第七卷的《控伽尔巴》（*Contra Servium Galbam*，英译 *Against Servius Galba*；卷十三，章 25，节 12－15，参 LCL 200，页 492 以下）或《控伽尔巴》（*Ad Milites Contra Galbam*；③ 卷一，章 23，节 1），而且还摘引老加图的演说辞《关于给士兵分配战利品》（*De Praeda Militibus Dividenda*），④ 称赞该文的语言强有力（*vehementibus*）和明晰（*inlustribus*）（卷十一，章 18，节 18）。革利乌斯引证老加图的演说辞《为罗得岛人辩护》（*Pro Rodiensibus*，英译 *For the Rhodians*），逐条批驳西塞罗的获释奴蒂罗（*Tullius Tiro*）对老加图的批评（卷六，章 3，节 7－55）。在第十卷第三章，革利乌斯比较盖·格拉古

---

① 因此革利乌斯喜欢称引老加图《史源》（*Libris Originum* 或 *Originis*）关于一个罗马军团司令凯狄基乌斯（Quintus Caedicius）舍身救军队的故事（卷三，章7）。

② 全称 *In Q. Minucium Thermum de Decem Hominibus*，英译 *On the Ten*，发表于公元前 190 年。

③ 英译 *To the soldiers against Galba*，参 LCL 195，页 104 及下。

④ 英译 *On Dividing Spoils among the Soldiers*（《论在士兵中分配战利品》），参 LCL 200，页 349。

（Gaius Gracchus）、西塞罗和老加图的演说。关于盖·格拉古与
西塞罗，革利乌斯不否认盖·格拉古是一位勇敢（fortis）和激
情澎湃（vehemens）的演说家，以《论法律的颁布》（*De Legi-
bus Promulgatis*）为例，证明盖·格拉古是表达愤慨的大师，不
过又摘引盖·格拉古的关于罗马人鞭打外省公民——如马略
（Marcus Marius）——的演说和西塞罗的《控维勒斯》，以此证
明盖·格拉古的演说辞与普通的反驳辞没区别，而西塞罗的演说
辞才华横溢，更感人（severior）、更加激情（acrior）、更流利
（amplior）。至于盖·格拉古与老加图，革利乌斯赞赏盖·格拉
古的演说未经修饰（incompata）、简洁（brevia）、不做作（non
operosa）和纯朴（nativa），但认为盖·格拉古的演说缺乏更加
古老的人（antiquioris hominis）老加图的语言的力量（vim）和
丰富（copiam）。革利乌斯摘引老加图的内容相似的《控弥努基
乌斯》（*In Minucium*）之《关于假战斗》（*De Falsis Pugnis*），[①]
以此表明他推崇老加图，也很称赞西塞罗，认为他们是古罗马演
说不同发展阶段的典范。

　　此外，革利乌斯多次插入纯粹是古代的事和逸闻趣事，如奈
维乌斯、普劳图斯和帕库维乌斯的墓志铭（《阿提卡之夜》卷
一，章24，参 LCL 195，页108-111；革利乌斯，《阿提卡之夜》
卷1-5，页87及下），帕库维乌斯和阿克基乌斯的一次有趣的会
见（《阿提卡之夜》卷十三，章2）。它们很有文学史料价值。

　　如上所述，革利乌斯的关注对象是多方面的。基塞尔认为，
虽然在知识问答方面占主导地位的题材是文法学、修辞学和哲
学，这些题材一起构成任何一个古罗马人受到的较高教育，但是

---

　　① 全称 *In Q. Minucium Thermum de Falsis Pugnis*，英译 *On Sham Battles*，发表于
公元前190年，参 LCL 200，页224及下。

纪事书、法律、自然科学和医学、天文学和星占学、几何学和算术也得到应有的重视。革利乌斯的《阿提卡之夜》是从最初用于特殊需求的文选发展而来的。编制这些文选的是那个时代有文化的人（如弗隆托）和较早的老普林尼。革利乌斯没有内容深刻的学说地编制各种娱乐性的和有知识价值的读书心得，并且用他自己觉得有趣的所见所闻加以补充。在产生出版念头以后，革利乌斯还多年带着最大的热情延续他的工作。尽管革利乌斯没有真的亲自阅读他所引用的总共将近 300 个拉丁语和希腊语作家，有几个作家只是他通过较早的文集引文知道的，可是革利乌斯的努力和博学仍然值得称道。

在革利乌斯写作的背后既不是炫耀自己知识全面的愿望，也不是介绍真正内容深刻的科学知识的意图：革利乌斯完全把后者让与术书作家。相反，革利乌斯想通过并不狂妄地引入各个分支科学，在休闲时放松他的公众，受到双语教育的高层（革利乌斯多次插入希腊语引文，这表明他考虑到了高层），可也促成了他们的思想启发，激发他们自己研究同样的问题。相应地革利乌斯只选择了他认为有趣和吸引人的题材。一开始革利乌斯就删除可能引起读者反感的所有令人难堪的方面。由于放弃各种有利于形形色色的多样性的素材内容划分，革利乌斯要唤起并且维持读者给予赞许的关注。用于这个目的的是对素材的描述性整理：革利乌斯编写文集的方式是逐字逐句引文的方式、自由复述或者概括总结。但是，革利乌斯有时也把他的文集编排成小的逸事，其中，他认为较为权威的人扮演了主角；或者革利乌斯把好几个逸事连成一个故事。革利乌斯多次插入的自身经历的报道可以解释为阅读体验中场面生动的部分。

适合他的作品风格，革利乌斯写出了简单、朴实无华的简编风格。革利乌斯的语言并不让人讨厌地仿古的音调可以部分地追溯到他的老师弗隆托的影响，不过，偶尔也受到革利乌斯很容易理想化保留前古典模仿对象的风格的制约。如果有必要，革利乌斯也懂得运用修辞学手段，这体现在他的《序言》的编写中。然而，对于小塞涅卡的矫揉造作的散文，革利乌斯持拒绝态度。总之，革利乌斯厚古薄今。

三、历史地位与影响

如上所述，在《阿提卡之夜》里，革利乌斯虽然旁征博引，但是缺少深入的研究和探讨，很少下定论。尽管如此，《阿提卡之夜》还是具有重要的价值。《阿提卡之夜》的价值决不只是在于革利乌斯很精确地让失传作家的引言流传下来。更重要的是，革利乌斯生动地给我们介绍了 2 世纪中叶科学（特别是文学和哲学）讨论的状况，也介绍了以下概况：在古罗马高层不能再觉得自己是古罗马帝国（Imperium Romanum）的政治人物的时代，他们如何理解符合自身身份的消磨时光以及进行的普通教育。总之，革利乌斯的《阿提卡之夜》是研究古代历史、文化和法律的重要参考文献。

后来，革利乌斯的《阿提卡之夜》多次成为文学家、史学家、博物专家、文法家和词典编纂学家——如阿普列尤斯、马尔克利努斯（Ammianus Marcellinus）、《皇史六家》（*Historia Augusta*）的作者们、塞尔维乌斯（维吉尔评论家）、诺尼乌斯（NoniusMarcellus）、马克罗比乌斯和普里斯基安（Priscian 或 Priscianus）——援引的原始资料。基督教作家（如拉克坦提乌斯和奥古斯丁）与整个中世纪都喜欢阅读革利乌斯的作品。与革利乌斯写作的文学体裁有关的与其说是现代，不如说是中世纪。

第五章　小　说

纪事书作家西塞那曾翻译公元前 2 世纪希腊作家、米利都（*Μιλήσιος* 或 Miletus）的阿里斯蒂德（*Ἀριστείδης* 或 Aristides，活跃时期为公元前 100 年左右）的色情小说《米利都的故事》（*Μιλησιακά* 或 *Milisiaka*，拉丁语 *Fabula Milesiaca* 或 *Milesiae Fabulae*，已经失传）。这个拉丁文译本是古罗马最早的小说。从传世的一些文法词汇性片段来看，拉丁语译本在文字方面比希腊语原著更加猥亵，因而在罗马声名狼藉。这种文字也见于后来的古罗马讽刺小说中，如佩特罗尼乌斯的长篇小说《萨蒂利孔》和阿普列尤斯的长篇小说《变形记》。不过，这些长篇小说中还有公元前 1 世纪瓦罗的讽刺诗《墨尼波斯杂咏》（*Satura Menippea*）里诗文间杂和性格素描的元素。[1]

---

[1]　参《罗念生全集》卷八，前揭，页 295 及下；《古罗马文学史》，前揭，页 146。

第一节　佩特罗尼乌斯①

一、生平简介

由于以仲裁佩特罗尼乌斯（Petronius Arbiter，约 27-66 年）为作者名字流传下来的《萨蒂利孔》（*Satyricon libri*，意为"荒诞不经的故事"）暗示了一些人名和事情，特别是涉及这些人名和事情的社会背景，最容易指示尼禄时期，人们不会错误地把这个作家与塔西佗详细刻画（《编年史》卷十六，章 18-19）的佩特罗尼乌斯（Petronius）等同起来。②

按照历史学家的说法，佩特罗尼乌斯是一个极其享乐主义者和想出最巧妙娱乐活动的大师。只有在任职比提尼亚总督和候补执政官（62 年）的短时间内，佩特罗尼乌斯才展示了他那令人惊喜的才能：佩特罗尼乌斯是一个"务实的和有能力履行职责的人"，就是为了紧接着又可以沉醉于完全纵情享乐的清闲中。尼禄肯定对这样的男人感兴趣：尼禄让佩特罗尼乌斯当"风雅仲裁（elegantiae arbiter 或 arbiter elegantiarum）"，因此获得"仲裁（arbiter）"的外号。

由于嫉妒的近卫军长官提革利努斯（Ofonius Tigellinus，西

---

① 参《古罗马文选》卷四，前揭，页 236 以下；LCL 15，*Introduction*，页 ix 以下；《罗念生全集》卷八，前揭，页 297；王焕生，《古罗马文学史》，页 339-341；《拉丁文学手册》，前揭，页 214 及下；科瓦略夫，《古代罗马史》，页 730-732；格兰特，《罗马史》，页 248；亚努·谢德，《罗马人》，页 160。

② 塔西佗、普鲁塔克和老普林尼都把佩特罗尼乌斯称为"风雅仲裁"。一般认为，佩特罗尼乌斯的全名是盖尤斯·佩特罗尼乌斯（Gaius Petronius）。但是，中世纪的一份手抄本（大约抄写于 1450 年）把《萨蒂利孔》归于提图斯·佩特罗尼乌斯（Titus Petronius）的名下。老普林尼认为，两者是同一个人。

西里人，62-68 年是尼禄的主要谋臣）错误地指控佩特罗尼乌斯与皮索阴谋有关，65 年佩特罗尼乌斯在库迈被捕，66 年被迫割脉自杀。之前，佩特罗尼乌斯还修改一份皇帝放荡不羁的所有性行为详表，并且把它送给皇帝。对于性欲大师而言，死和生一样，都是怀着无聊伪君子的态度尽情享乐的游戏：割脉后佩特罗尼乌斯又包扎起来，与朋友闲聊，只想听一些轻松的歌曲和轻薄的诗歌。佩特罗尼乌斯临终时就像在床榻上入睡一样。

二、作品评述

《萨蒂利孔》最初的总篇幅不清楚，可能至少有 20 卷（参《罗念生全集》卷八，前揭，页295）。不过，传世的只有第十四至十六卷的残段和摘录（参《古罗马文选》卷四，前揭，页236）。

仅仅以很不完全的形式流传下来的长篇小说的情节由多种多样的艳遇构成。这些艳遇都是男主人公恩科尔皮乌斯（Encolpius）和年轻的同性恋伴侣吉彤（Giton）不得不经受住考验的。在这种情况下，至少在作品流传下来的部分中，动力就是神的愤怒：由于恩科尔皮乌斯亵渎神普里阿普（Priap），这个神对恩科尔皮乌斯产生愤怒。绝大多数艳遇的色情与性欲特点都是这种情况引起的。事件发生的环境是意大利南部的小城市坎佩里亚，不过，不能验证作为故事发生地点的具体地点。

很难确定《萨蒂利孔》这部作品的文学根源，特别是由于古代的文学理论完全放弃了对用长篇形式叙述的散文的研究。古希腊的爱情长篇小说似乎至少是起源之一。在爱情长篇小说的情节发展中，主人公及其爱人在被迫分开之后，不得不经受世界各地的多种多样艳遇考验，直到他们最终又彼此相逢。《萨蒂利孔》的情节可以合乎逻辑地理解为对这种基本构思进行讽刺滑稽的模仿。因而，如果两个同性恋懒汉占据了两个相爱的人的位置，乱淫的邪恶就代替了真正、真诚的爱慕，监管这种行为的不再是厄洛斯（Eros），正是普里阿普。就像还可以在阿普列尤斯的《变形记》中观察到的一样，不是真实的、有些童话般的舞台布景被转化为当时的严酷现实。但是除此之外，惊险小说和很难再复述的混合形式长篇小说似乎也曾具有意义。普里阿普的角色可以与荷马的《奥德修纪》中海神波塞冬（Poseidon）的角色相提并论，是否可以继续理解为对叙事诗进行讽刺滑稽的直接模仿，或者神的惩罚是否一定要理解为童话常用的典型动机，而这种动机完全独立地运用于叙事诗和长篇小说中，这些问题最终都是悬而未决的。

然而，古罗马的讽刺诗肯定决定性地贡献于滑稽戏演出的生动性和题材范围，如贺拉斯的《纳西迪恩尼宴客》[*Cena Nasidieni*，参《讽刺诗集》（*Sat.*）卷二，首 8]和佩特罗尼乌斯的《三乐宴客》。这里已经显现出一个固定的讽刺传统。可以一点一点地确定的是，这个传统已经受到叙事诗、箴言诗、诉歌、消磨时光录等体裁的影响。佩特罗尼乌斯把加入的使情节变得轻松愉快的中篇小说元素——就像后来阿普列尤斯以大得多的篇幅加入中篇小说元素一样——归功于古希腊阿里斯蒂德的浸透了色情的所谓《米利都的故事》。公元前 70 年左右，历史学家西塞那（Lucius Cornelius Sisenna，曾任执政官）把《米利都的故事》翻译成拉丁文［属于此列的有《以弗所的寡妇》（*Witwe von Ephesos*，参《萨蒂利孔》，章 111，节 1），作为女性没有主见的典型她也存在于寓言传统中：《伊索寓言》（*Aesop*），109，Halm；《斐德若斯补集》（*Phaedr. app.*，13）]。佩特罗尼乌斯把整体注入墨尼波斯杂咏的体裁中，而墨尼波斯杂咏是瓦罗引入罗马的、由散文与有些格律的元素糅合而成的混合体裁（如小塞涅卡的

《变瓜记》)，不过，在内容方面没有采用讽刺诗的流行伦理倾向。佩特罗尼乌斯的目标显然只是使读者娱乐和感到轻松愉快，没有把体裁和哲学或者道德意图联系起来：佩特罗尼乌斯的长篇小说是唯一的、充满丰富素材与生动性地对生活进行的讽刺性模仿。撇开几个修辞学衰落的论点和佩特罗尼乌斯借演员之口对卢卡努斯的《法尔萨利亚》(*Pharsalia*；亦称《内战记》) 发表的一番"评论"不说，用道德败坏的欲望吸引人的讽刺性娱乐为懂艺术的优秀公众营造了文雅的漫不经心；在这种娱乐中，没有什么，根本就没有什么是认真的。

　　人们有理由一再佩服作者如何简明地观察人物的环境和心理，并且懂得用最确切的方式复述。通过恩科尔皮乌斯用第一人称进行的生动叙述在读者眼前所勾勒的情节本身，佩特罗尼乌斯采用丰富多彩的现实主义，独特地刻画半上流社会的暴发户、骗子、文学匠、图谋骗取遗产的人和其他恶棍乃至最微不足道的次要人物。在这方面，佩特罗尼乌斯总是一再获得成功。

　　传世文本的开始部分讨论雄辩术问题。年轻而受过很好文学教育的恩科尔皮乌斯认为，雄辩术的真正本质应该是自然美，所以恩科尔皮乌斯严厉批判当时雄辩术脱离实际，风格浮夸。阿伽门农 (Agamemnon) 虽然推崇时尚的雄辩风格，但是意外地赞同恩科尔皮乌斯的观点。在阿伽门农看来，要复兴雄辩术，必须回归古典传统，尤其是狄摩西尼的传统，也就是说，回归阿提卡风格。前者指出了当时雄辩术的问题，后者则道出了解决问题的答案。历史地看，佩特罗尼乌斯的这些观点无疑是与西塞罗、昆体良、塔西佗和弗隆托的观点一脉相承的。

　　随后，恩科尔皮乌斯和阿伽门农应邀参加三乐 (Trimalchio；亦译"特里马尔基奥") 的家宴。在传世文本的中心部分，即在家宴上，佩特罗尼乌斯描绘了一幅下流而粗俗、吹毛求疵而好出风头的暴发户（如三乐）与赤贫者（如破产的棺材匠）构成的小城市社会的美妙图画。东道主三乐自以为比所有人都高明。三乐试图通过大力推介自己受教育的奋斗，为他童话般的社会地位提升贴上生活阔绰的人的标签，同时也给出了一个暴发户的可笑地吸引人的讽刺漫画。实际上三乐只是个来自亚洲的获释奴，由于主人的一大笔遗产和此后的经商而大发横财（《萨蒂利孔》，章75-77）。

《萨蒂利孔》，章75，节10-11；章76，节1-4

不过，就像我开始所说的，我的节俭让我有了如此财富。我从亚洲来时，所有的不过是烛台而已……如诸神所愿，我确实成了这房子的主人。瞧，我的主人让我变得聪明起来。接下来哩？我成了有如皇上一样的继承人，我接受了一笔多得不行的遗产。可是，谁会满足于此哩。于是，我忒想做生意。我打造了五条船，用来载葡萄酒，然后运去罗马——那个时候这可是抵得上运黄金喔……船全沉了，真的，不是编起来说的。海神波塞冬一天就吃掉了30万银币（熊林译，见《雅努斯——古典拉丁文言教程》，前揭，页168及下）。

《萨蒂利孔》，章76，节5-8

你们以为我栽了？才没呐，凭神发誓，这损失我才不在乎哩，就跟没事似的。我另搞了条船……你们知道，船大胆大。我还是贩运葡萄酒……在这节骨眼上，我那命婆（Fortunata）可做了良心事儿哦，呐，她卖掉自己所有的金银宝贝儿和衣物，把足足一百金币塞到我手里。我这钱财简直就跟发面团似的胀起来。发得之快，如神之所愿。一趟下来，咱就攒了 1 千万。我立马买回从前我才是其主的所有田产。我盖豪宅、买劳力，凡可买的统统买进。什么东西呵，我一碰，它就跟蜂窝似发大（刘小枫译，见《雅努斯——古典拉丁文言教程》，前揭，页 174）。

《萨蒂利孔》，章 76，节 9-11

打那以后，我逐渐钱多得来简直抵得上咱整个家国——洗手不干啰。我让自己从生意中抽身出来，开始靠自由人放印子钱。当时，有个名叫 Serapa 的占星术士提醒我（该）从这事中脱身了。他偶然间来到咱们这小城格拉库里，据说是个给神们出主意的。他对我说的不过是那些个我忘了的事情；他巨细弥遗地对我指点一切。这家伙看得到我的肠肠肚肚，只差没讲我头天吃了什么（刘小枫译，见《雅努斯——古典拉丁文言教程》，前揭，页 175）。

《萨蒂利孔》，章 77，节 2-5

后来，我当时又接受了一份遗产。这可是我的命运在对我说话唷……在墨丘利看护下，我造了这座房子。你们知道，它从前是间小茅舍，如今是座殿堂。有 4 个餐厅，20 间卧室，两个大理石柱廊；在上面还有个小储藏室，一间卧室——我自己在那里睡，这条毒蛇的住处，一间给看门人的雅致小屋，以及能容纳一百客人的客房。总而言之，司考卢斯那次来这里时，不愿意住我这里，也不愿意住其他人那里，因为他在海冰有套父亲传下来的住所。还有好些别的东西，我立马会指给你们看（刘小枫译，见刘小枫编，《雅努斯——古典拉丁文言教程》，前揭，页 172）。

三乐不学无术，却附庸风雅。三乐自诩小时候读过荷马叙事诗（《萨蒂利孔》，章48，节7），但是他却对叙事诗中的一些故事张冠李戴。譬如，将第二次布匿战争中的迦太基将领汉尼拔（公元前247－前183年）说成是特洛伊战争时期的将领（《萨蒂利孔》，章50，节5）。又如，银器上雕刻的图画是代达罗斯Daedalus或Dädalus把尼奥柏（Niobe）藏进特洛伊木马，三乐却解释说是卡珊德拉杀死自己的孩子（《萨蒂利孔》，章52，节1－2）。三乐甚至吹嘘自己善于吟诗，其实就是胡诌的打油诗。科瓦略夫认为，佩特罗尼乌斯通过对三乐的冷嘲热讽，整个地提供了现实主义的典型，因此，《萨蒂利孔》是关于1世纪中叶的一个重要史料（《古代罗马史》，页732）。

恩科尔皮乌斯厌烦宴会的喧嚣，带着男伴吉彤趁乱溜走。在画廊观赏希腊艺术品的时候，他们遇见老诗人欧摩尔波斯（Eumolpos）。[①] 这位老诗人为他们讲解那些画的内容，特别是关于特洛伊沦陷的那幅画（《萨蒂利孔》，章89）。具有讽刺意义的是，欧摩尔波斯的朗诵让人厌烦。他们被轰走以后，一起乘船前往南意大利的克罗托。鉴于当地人喜欢觊觎他人的遗产，欧摩尔波斯假扮多病而无后的非洲巨富，恩科尔皮乌斯和吉彤则扮作他的奴仆。结果，当地人信以为真，纷纷巴结他们。有趣的是，在谎言即将被识破的时候，欧摩尔波斯立下奇怪的遗嘱：继承人必须把他的遗体剁成碎块吃掉。

小说在这里就中断了。不过，值得一提的是欧摩尔波斯的诗学观点。在前往克罗托的途中，欧摩尔波斯谈论诗歌创作的目的和任务，并朗诵了一段他自己写的《内战纪》（戏仿卢卡努斯的

---

① 除了恩科尔皮乌斯与吉彤之间的同性恋，还有埃斯库尔图斯（Ascyltus）与欧摩尔波斯之间的同性恋，参《拉丁文学手册》，前揭，页213。

叙事诗)。欧摩尔波斯认为,诗歌把许多人引入歧途,以为一个
人只要能把一些词语纳入格律或把某个细微的思想引进复合句
式,自己也就登上了赫利孔山。例如,叙述内战,其实无论谁写
这个题材,如果没有足够的文学知识,都会被困难压倒。问题完
全不在于用诗歌形式叙述史实,而是应该让自由的精神奔泻于幻
想出来的虚构洪流中,以便使诗歌显得主要是狂乱心灵的预言,
而不是有证人肯定而足以令人信服的记述(《萨蒂利孔》,章
118)。问题在于:欧摩尔波斯是否佩特罗尼乌斯的诗学观点代
言人?学界有人怀疑,但普遍表示赞同。不过,有一点是不容争
辩的:佩特罗尼乌斯写小说,而没有写诗歌。

　　机智地争辩(表达意见分歧)的艺术也体现在佩特罗尼乌
斯的语言中。一些叙述的章节显示佩特罗尼乌斯完全熟悉习惯的
拉丁语散文风格。《萨蒂利孔》的语言极其灵活和富于表现力。
在这方面,佩特罗尼乌斯通过有目的地使用文雅的标准语言、交
际拉丁语或者粗俗惯用语,包括方言瑕疵和真正的语言错误,为
每个人物的演说辞注入了特殊的生机。

　　此外,在讲究格律的章节中,佩特罗尼乌斯证明自己是诗体
语言的大师。佩特罗尼乌斯的关于占领特洛伊[《萨蒂利孔》
(Sat.),章89]或者内战(《萨蒂利孔》,章118-124)的六拍
诗行(hexameter)可以值得任何一个叙事文学作家尊敬。可见,
散文格律(prosimetric)是佩特罗尼乌斯小说的一个显著特征。
事实上,从词源学的角度看,标题 Satyrica 源于 satira,(文学)
讽刺诗,也许也源于 satyr,表明与瓦罗或墨尼波斯的散文格律
讽刺诗有关,证据见于塞涅卡的《变瓜记》,在主题方面又与贺
拉斯和卢基利乌斯的六拍诗行(hexameter)讽刺诗有关。也有
人认为,佩特罗尼乌斯的散文格律可能源于下层社会生活的古希
腊散文虚构作品和古罗马的瓦罗或墨尼波斯传统。

三、历史地位与影响

佩特罗尼乌斯的《萨蒂利孔》"首创流浪汉小说，手法夸张，描写生动，讽刺尖锐，人物性格鲜明"，对阿普列尤斯的《变形记》和欧洲 17、18 世纪的小说都产生了影响。

不过，在古代，佩特罗尼乌斯的影响较小。变化了的文学兴趣和基督教清教徒式的影响对此推波助澜。像类似篇幅的其他作品一样，《萨蒂利孔》只以摘录的形式流传下来。1650 年，保留了较长原文残段即《三乐宴客》（*Cena Trimalchionis*）的唯一手抄本才在今天南斯拉夫的特罗吉尔（Trogir）重新发现。远远超越对拉丁文学感兴趣的人的圈子，佩特罗尼乌斯的名字在近代才由于费里尼（Federico Fellini）把佩特罗尼乌斯的长篇小说忠实于原著地改编成电影《爱情神话》（*Satyricon*，1969 年）而闻名。

第二节　阿普列尤斯[①]

一、生平简介

124 或 125 年左右，阿普列尤斯生于努米底亚的马道拉（Madauras 或 Madaura），今末达乌路赫（Mdaourouch）。阿普列尤斯的父母有声望，富裕。

聪明的阿普列尤斯受到良好的学校教育，除了精通拉丁语和

---

① 参《古罗马文选》卷四，前揭，页 236 以下，尤其是 258 以下；《罗念生全集》卷六，前揭，页 345 以下；卷八，前揭，页 276 及下和 298；王焕生，《古罗马文学史》，页 398-403；《拉丁文学手册》，前揭，页 220 和 317 及下；科瓦略夫，《古代罗马史》，页 734；詹金斯，《罗马的遗产》，页 42；格兰特，《罗马史》，页 251。

希腊语，肯定也精通布匿语。少年时期，阿普列尤斯在北非最主要的文化中心迦太基享受文法学课和修辞学课。紧接着（父亲去世以后），青年阿普列尤斯又在地中海的世界文化中心雅典念了较长时间的大学。阿普列尤斯利用在雅典的停留时间，获得了专业极其广泛的普通教育。此后，为了受教育的目的，阿普列尤斯游历希腊和小亚细亚，并参与当地的各种神秘的宗教礼拜。可见，阿普列尤斯的兴趣很广，知识也相应地全面：从生物学，到民族志学和历史，直到哲学、神话学和宗教。不过，阿普列尤斯努力的重点是在哲学领域，自称柏拉图派哲学家。这一切都反映在阿普列尤斯的作品中。

在罗马，阿普列尤斯只当了短期的律师和演说家，然后（两年后）最终返回了阿非利加。在阿非利加，作为已知的阿非利加行省的第一个罗马作家，阿普列尤斯承担在第一古罗马帝国文学和修辞学发展的合乎逻辑的后果，即过着主要职业是文学匠的生活。阿普列尤斯撰写了许多书。作为声望很高的巡回演说家，阿普列尤斯游历了整个阿非利加行省。阿普列尤斯的演说术为他带来了许多荣誉。好几个地方，包括迦太基本身，甚至为这个值得钦佩的男人塑造了雕像。晚年时，阿普列尤斯还晋升为行省祭司（sacerdos provinciae），所以阿普列尤斯也不得不感谢他用那种方式获得的声望。

关于阿普列尤斯的死亡年代，没有任何报道。不过，从残存的演说辞的内容来看，2 世纪 70 年代，阿普列尤斯仍然活在世上。

二、作品评述

阿普列尤斯留下的拉丁语和希腊语文学遗产都是伟大的。后来的伪作——即对话录《阿斯克勒庇乌斯》（*Asclepius*，古希腊医药神）与《论阐释》（*Peri Hermeneiash* 或 *On Interpreta-tion*）——也编入其中，这也算是阿普列尤斯的一种荣誉。

在流传下来的作品中，证明阿普列尤斯的演说活动本身十分辉煌的首先是 158 年在他妻子的亲属因为巫术（圣奥古斯丁认为，把阿普列尤斯称作"魔法家"是恰如其分的）对他提起的诉讼之际所发表的《辩护辞》（*Apologia sive Pro se de Magia Liber*）。法庭演说辞《辩护辞》分为两部分：第一部分陈述原告的具体指控；第二部分是被告的辩护词。原告（在族人的挑拨下，先是学友蓬提阿努斯，后是学友的弟弟）认为，阿普列尤斯用巫术迷惑了蓬提阿努斯的寡居母亲，结婚是为了获得财富。但是，被告认为，结婚是蓬提阿努斯主动劝说而促成的，而且结婚是因为自己受到妻子的高尚品质感动。这次法庭辩论的焦点实际上就是一个富婆的财产继承问题。作者采用一切适用的修辞手法，一方面竭力丑化原告，譬如，族人西基尼乌斯贪婪而狡狯，蓬提阿努斯软弱无能，弟弟生活放荡，另一方面竭力树立自己的光明正大形象。最后，控告被否决。此外，后人汇编的、选自阿普列尤斯在迦太基发表的 4 卷演说辞的精彩片段摘录集《英华集》（*Florida*，包括真正的演说辞和练习演说辞）也可以表明，阿普列尤斯当时在演说方面名气很大。

阿普列尤斯的哲学倾向反映在 1 篇《柏拉图哲学》（*De Dog-mata Platonis*）的引言《论柏拉图及其教义》（*De Platone et Eius Dogmate*）、1 篇作为演说辞构思的、关于魔鬼的论文《苏格拉底的心声》（*De Deo Socratis*）和 1 篇伪亚里士多德的论文《论宇宙》（περὶ κόσμου）的拉丁语改编作品《论宇宙》（*De Mundo*）中（参曼廷邦德，《拉丁文学词典》，页 86）。从这些哲学作品来看，阿普列尤斯虽然自称柏拉图的门生，但是他的哲学观点却是柏拉图主义与新毕达戈拉斯主义的混合，同时还充满了宗教神秘主义色彩。

　　然而，阿普列尤斯的最大贡献是小说。阿普列尤斯曾写有小说《赫尔马戈拉斯》（*Hermagoras*），不过，像他写的一些诗歌作品一样失传了。所幸，留存的 11 卷长篇小说《变形记》（*Meta-morphoses*）——又称《金驴记》（*Goldener Esel* 或 *Golden Ass*）——奠定了阿普列尤斯的世界文学地位的基础，足以让他享誉后世。

　　《变形记》总共 11 卷。其中，第一至十卷讲述希腊青年卢基乌斯（Lucius 或 Lukios）变成驴的冒险故事，第十一卷叙述主人公恢复人形。卢基乌斯因事前往巫术之乡特萨利亚，住在友人弥洛（Milo）的家里，而弥洛的妻子潘菲勒（Pamphile）就是巫女。出于好奇，卢基乌斯接近潘菲勒的女仆福提斯（Photis），希望了解巫术的奥秘。卢基乌斯本想像潘菲勒一样变只鸟，可是由于福提斯拿错魔药，却变成了一头驴。当时夜深，卢基乌斯无法吞食解药蔷薇，变回人形。第二天适逢强盗抢劫弥洛家。卢基乌斯阴差阳错地成为驮运财物的驴。从此，卢基乌斯经历了种种冒险，吃尽不少苦头。又因为从一个主人转让给另一个主人，卢基乌斯亲眼目睹了许多有趣的或丑陋（αἰσχροί）的人或事。譬如，一个人为富人看守尸体免遭巫婆侵害，自己的鼻子和耳朵却被巫婆割掉（《变形记》卷二，21-30）；巨蟒变成老人形象；妻子不忠（如《变形记》卷九，章 17-21）。最后，卢基乌斯忍无可忍，只好逃跑。在女神伊希斯的帮助下，卢基乌斯才得以吞食大祭司手中的蔷薇花冠，恢复人形。从此以后，卢基乌斯皈依伊西斯教，直至终老。

　　从文学体裁来看，如果要推导《变形记》的文学史，那么就不得不把希腊长篇惊险小说视为主要传统的分支。希腊长篇惊险小说本身又是由各种各样古典文学体裁的元素混合而成［这些元素主要来自叙事诗和肃剧，也可能来自纪事书、民族志学和诉歌］，并且就长篇惊险小说而言，采纳了叙事诗的叙述体裁功能。阿普列尤斯在长篇小说中用较大篇幅加入了讽刺性与讽刺滑稽的模仿作品的特征，而这些特征大概可以在佩特罗尼乌斯的长篇讽刺小说《萨蒂利孔》或者在讽刺作家琉善的墨尼波斯杂咏中看到。而作品的精细结构则取决于包含来自不同出处的其他文学元素，其中，阿里斯蒂德的《米利都的故事》和奥维德的同名叙事诗《变形记》扮演了特殊的角色。

　　就《变形记》的题材范围而言：由于魔法变成一头驴的一个年轻人在最终得救以前，经历了无数的冒险，阿普列尤斯追溯到更古老的一个希腊原始资料，即以帕特雷（Patrai）的卢基乌斯（Lukios 或 Lucius）为作者①署名流传下来的同名小说（由于卢基乌斯是阿普列尤斯笔下的主人公名字，或许也可以把这个名字推断为更早的关于驴的长篇小说；然而作者名字只能从第一人称叙述的事实推断出，不可以要求真实性本身）。虽然这部长篇小说现在失传，但是可以从在琉善（Lucian）的作品中流传下来的简写文本《卢基乌斯》或《驴》（Λούκιος ἢ ὄνος）得到再现。由于缩写版本不是整部小说的复述，而主要是引用原文词句的主要章节的并列，可以清楚地找出阿普列尤斯的个人功绩：较早的小说由可以随意（ad libitum）地继续收集的单独惊险故事构成，阿普列尤斯随意选取其中单独的短篇故事，其方式就是引入次要情节和穿插一些常常带有色情烙印的插曲、童话和中篇小

---

① 阿普列尤斯的《变形记》改编自希腊源文本《卢基乌斯，或驴》（Λούκιος ἢ ὄνος），据说希腊源文本的作者是帕特雷的卢基乌斯（Loukios 或 Lucius）。帕特雷的卢基乌斯也是希腊源文本的主角和叙述者。帕特雷的卢基乌斯可能是阿普列尤斯的同时代人琉善（Lucian）。

说。最有名的是《阿摩尔和普叙赫》（*Amor und Psyche*）的童话，这个童话几乎扩展到两卷（《变形记》卷四，28 至卷六，24）。这些单独的故事不仅实现了分段功能，而且在进一步审视的情况下——况且这正好适用于关于小爱神阿摩尔与公主普叙赫的爱情故事[1]——还准备或者反映了情节的主题和主人公的命运，因此本身有助于情节的发展和解释。通过上述的方式，阿普列尤斯把他的长篇小说组合成一个有机的整体。

另外，阿普列尤斯还通过加入自传体元素，为他的作品打上了他的烙印。在第十一卷中，由于主人公的命运同伊希斯（I-sis）[2] 宗教联系起来，这一点变得特别明显。驴子得救在帕特雷的卢基乌斯那里归功于偶然事件，这里却是女神的恩赐。在女神的影响下，又变成人的卢基乌斯开始信奉伊希斯的神秘宗教。这个结局常常成为语文学家批判的对象，因为有人认为，阿普列尤斯冲破了小说的诙谐滑稽。然而，仔细考察表明，《变形记》除了基本功能，即风趣幽默地讲述的童话般的惊险故事集以及用于消遣的有趣的当时社会的讽刺画，也有内容深刻的一面，具有十分庄重、的确是宗教的特征。在当驴子的过程中，不幸与死亡，充满残忍与荒谬的经历从开始就伴随着这个年轻的主人公。在一个令人毛骨悚然的、颠倒错乱的世界里，即使借助于诸位传统的神，这个世界也不能获得正面的特征，主人公颠沛流离，生活艰辛（长篇小说的复数标题肯定不仅仅与变成驴的这次变形有关）。在对主人公的个人命运的考察中，普遍呈现出人的处境（condition humaine）的悲惨概况。仅仅通过神的恩赐，人才能从苦海中解脱出来。年轻而早慧的卢基乌斯开始受到带来不幸的、

---

[1] 关于丘比特（即阿摩尔）与普叙赫（原译蒲赛克），参《希腊罗马神话与传说中的恋爱故事》，前揭，页39 以下。

[2] 埃及女神，相当于希腊的伊娥（Io）。

对世界之迷尤其是与魔术有关的一切的好奇心所驱使，最后，向卢基乌斯敞开大门的是通向理想化的形式：宗教。卢基乌斯能吃到解药，恢复人形，是依靠神的恩赐，而不是凭借他自身采取的行动，这可能不是发展小说或教育小说意义上的本我的发展！因此，情节本身十分自然地发展成对伊希斯宗教的特别介绍。

然而，使读物《金驴记》首先成为完全的消遣的就是阿普列尤斯永不枯竭的叙述才能。可以列为典型的是精心营造各种氛围，特别是童话般的异国情调、极度的紧张和令人毛骨悚然的恐怖。这些氛围可能突然降临乏味的日常生活，并且变得极其滑稽。由于叙述者并不知道事件的结局，而似乎一直只是具备和读者一样的知识，直到作品的结尾，读者都紧张不安。

即使在他的语言表现力方面，阿普列尤斯也证明自己是大师。在这方面，阿普列尤斯可以不只是一种风格，而是根据情况采用极其对立的风格表达。阿普列尤斯在哲学作品中灵活地运用朴实无华、谦逊的语言，正如他在雄辩与颂扬的作品中运用显得华丽的修辞。在《苏格拉底的神》中，阿普列尤斯遵守中间风格的艰难道路。但是，尤其在《变形记》中，阿普列尤斯显示了自己极其艺术的才能：处理各种语言层面和行话。拉丁文学语言和民众语言，诗歌语言和通俗语言，新词和古词，这些语言特点使后来的"白银"时代拉丁文学成为不着边际的语言圈子。阿普列尤斯再次熟练而有目的地糅合它们：通过对措辞的特殊润色，个性化刻画各个人物，而且也恰当地映衬出具体事件的氛围。此外，精心组织的词序、韵律与音型的优美以及简洁贴切的排比使《变形记》的叙述风格成为完美掌握语言的头等样品。

三、历史地位与影响

阿普列尤斯的《变形记》"构思巧妙，风格华丽，带有一定的修辞色彩和诗意”，在古罗马文学史上占有重要的历史地位，并对后世产生了较大的影响。

　　在古代，制约对阿普列尤斯的兴趣的一方面是这种语言流利（文法学家常常引用阿普列尤斯的作品），另一方面是这个事实：基于阿普列尤斯的长篇小说和演说辞童话般的氛围①，传说使阿普列尤斯——此外也类似地使维吉尔——升格为伟大的奇迹创造者和魔术师（魔术师阿普列尤斯的传说在中世纪还在流传），最终甚至把阿普列尤斯和基督比较，以至于基督教神学家奥古斯丁认为自己有必要澄清几句。5 世纪，教会作家傅正修（Fulgentius，468－532 年）② 曾经把阿摩尔和普叙赫的爱情故事改写成诗歌。

　　然而，阿普列尤斯的文学创作的影响超越了古代。在这方面，首先是体裁中篇小说和长篇小说，这里值得特别提及的是流浪汉小说：意大利小说家薄迦丘（Giovanni Boccaccio，1313－1375 年）的《十日谈》（*Decamerone*）、德国小说家格里美豪森（Hans Jakob Christoffel von Grimmelshausen，约 1621－1676 年）的《痴儿西木传》（*Simplicius Simplicissimus*）或者法国多产的讽刺剧作家勒萨日（Alain-Rene Lesage）的《吉尔·布拉斯》（*Gil Blas*）表明了这种影响的几个重要阶段。然而，在其他作品中，

----

　　① 德语 Ambiente 意为“周围环境，氛围”。

　　② 傅正修指 Fabius Claudius Gordianus Fulgentius 或 Fabius Planciades Fulgentius，鲁斯佩（Ruspe）的主教，神学家，奥古斯丁的追随者，著有《驳阿里乌》（*Contra Arianos*）、《论三位一体》（*De Trinitate*）、《论诚实》（*De Veritate*）等。有人把傅正修等同于非洲诗人 Fulgentius Fabius Planciades（约 480－550 年），著有以对话录的形式探究古老神话的真正意义的 3 卷《神话集》（*Mitologiarum Libri III*）、《维吉尔作品释义》（*Expositio Vergilianae*，不过只解释了维吉尔的叙事诗《埃涅阿斯纪》）、以圣经历史为基础、兼论一般世界历史的《论地球的年龄与人类的时代》（*De Aetatibus Mundi et Hominis*）和研究拉丁语中罕见词汇的《古语释义》（*Expositio Sermonum Antiquorum*）。参曼廷邦德，《拉丁文学词典》，页 117 及下。

西班牙小说家、剧作家和诗人塞万提斯（Miguel de Cervantes
Saavedra，乳名 Miguel de Cervantes Cortinas，1547－1616 年）对
他那个时代骑士长篇小说的讽刺作品《唐吉诃德》（*Don Quix-
ote*）可以视为忠实于《变形记》的继续发展。

19 世纪，由于阿普列尤斯的《变形记》魅力无穷，俄国普
希金在校园里高兴地读阿普列尤斯（《叶甫盖尼奥涅金》）。

19、20 世纪之交，古罗马最显著的影响体现在颓废派的戈
蒂埃（Théophile Gautier，1811－1872 年）、佩特和惠斯曼（Joris-
Karl Huysmans，1847－1907 年）之流对阿普列尤斯的《金驴记》
的有意识崇拜。

第五编
转型时期

第一章 拉丁基督教散文

第一节 论基督徒受到的迫害①

自从最初的基督教团体产生以来，基督徒遭受到各个方面的迫害。史蒂芬（Stephanus）（《使徒行传》，6；7）② 是第一个基督教殉教者。自从 64 年尼禄在罗马迫害基督徒以来，罗马国家有时采取行动对付基督徒。2 世纪初，在总督普林尼请示图拉真的时候，图拉真劝普林尼只依据告发对各个基督徒采取制裁，但是可能没有找到这些基督徒（小普林尼，《书信集》卷十，封96-97）。第一次有计划的、国家机关积极推动的大规模迫害开始于皇帝德基乌斯（Gaius Messius Decius，249-251 年在位）

---

① 参《古罗马文选》卷五，前揭，页34 及下；《古罗马文选》卷四，前揭，页62 以下；科瓦略夫，《古代罗马史》，页835 及下和843 以下。

② 《使徒行传》（希腊语 *Πράξεις Αποστόλων* 或 *Práxeis Apostólōn*；拉丁语 *Actus Apostolorum* 或 *Acta Apostolorum*；德语 *Die Apostelgeschichte*，缩略语 Apg），作者是路加（Luka）。

统治的 249 至 250 年，第二次发生在皇帝瓦勒里安（Publius Li-
cinius Valerianus，190-260 年，253-260 年在位）统治的 257 至
258 年。规模最大、最血腥的第三次开始于皇帝戴克里先统治的
303 年，延续到 313 年，分别由各个奥古斯都（Augusti）和恺
撒（Caesares）执行。转折开始于皇帝伽勒里乌斯（Galerius，
305-311 在位）的宽容赦令（311 年），这份赦令被米兰的利基
尼乌斯·奥古斯都（Licinius，全名 Gaius Valerius Licinianus Li-
cinius Augustus，约 263-325 年，308-324 年在位）和君士坦丁
批准，并且扩大赦免范围（313 年）；最终由君士坦丁来执行这
个赦令，这个赦令给予基督教会与异教诸神一直拥有的相同的
特权，但是他特别支持基督徒的神，把基督教看作能够让帝国
内部统一的一种力量。——皇帝朱利安（所谓的"背教者"）
在他的短暂统治时期（362-363 年）仅仅让基督徒蒙受物质
损失。

　　在研究界，迫害基督教教徒的法律基础是有争议的。按照蒙
森〔Theodor Mommsen，1817-1903 年，德国（法律）史学家〕
解释的观点，在德基乌斯以前，没有专门针对基督徒的法律。假
如存在，那么总督普林尼请示图拉真就显得多余，因为要给基督
徒定罪，有关的国家行政人员就应该依法对基督徒被指控的案件
进行调查。但是在处置基督徒的时候，包括皇帝、总督和法官在
内的国家行政人员并没有这么做。德尔图良也指明了这一点
（德尔图良，《护教篇》，章 2，节 6-9）：

　　　　可是正好相反，我们发现对我们的案件甚至连调查也
　　被禁止。因为任某省地方官的小普林尼虽曾将一些基督徒
　　判处死刑，也曾迫使某些人动摇，但仍为其人数众多感到
　　烦恼，最后只得向当时的皇帝图拉真请示，对其余的人该

怎么办，他向他的主子解释说，他们除了坚决不肯祭神外，在其宗教仪式中发现的不外乎是每日清晨聚会，向基督与上帝唱赞美诗，并保证忠于其宗教来约束其行为，禁止杀人、奸淫、欺骗及其他罪行。对此图拉真的答复是，绝不要去追查基督徒；但如果被抓上堂来，就应予以惩处。多么拙劣的主张——到不得已时，只好自相矛盾！作为无辜者，禁止予以追究；同时，又命令把他们作为有罪者来处罚。这真是既宽仁又严酷；既放过又处罚。你们为何要玩自寻借口的把戏呢？是审判吗？如果要定罪，为何又不审问？既不审问，为何又不开释？各省都设有追踪盗贼的兵站。面对叛国者和人民的敌人，每个人都是战士；甚至对同谋和从犯也要追究。只有基督徒不得被追究，尽管他也可以被抓上法庭并受到控告；似乎除追究之外还有其他目的！于是对一个谁也不愿追究的人，既然被带上法庭，你就予以定罪，这个人，我认为，现在甚至不是因为其过失受到惩处，而是因为虽然禁止追究，但他却已被查出（参德尔图良，《护教篇》，页 6 及下。较读《基督教文学经典选读》，前揭，页 55）。

不过，另一方面，自从尼禄以来，承认我是基督徒（Confessio Christianus sum）会导致死刑。［德尔图良在《致万民书》（*Ad Nationes*）第一卷第七章写下这个先例，可能指的是《尼禄法典》（*Institutum Neronianum*）］。罗马总督彼拉多（Pilatus）真的把"使人成为基督徒"的基督教创始人当作政治唆使者，因此在罗马人眼里作为政治犯判处死刑。因此，作为死刑犯的名字的载体，基督徒立刻遭到刑事侦查（塔西佗，《编年史》卷十五，章 44，节 3）。由于基督徒过退隐的生活，有人控告基督徒对集体采取敌意的态度（odium generis humani），谴责他们犯下了一切可能的罪行。因此，在社会和大众心理方面也存在刑事侦查基督徒的条件。不过在起初的两个世纪里，基督徒殉教是在时间和空间上都有限的例外情况。只有罗马帝国里拥有较大独立性的城市社团再也受不了关于基督徒的惶恐的时候，罗马总督才插手干涉。基督徒可能很早就占有特殊地位，针对他们颁布了一道特别的法令，持这种观点的那些代表人物首先依据的是德尔图良的《护教篇》第四章。[①] 不过，在《护教篇》第四章里，可能是德尔图良进行雄辩的一种虚构。

第二节 殉道士传记：《西利乌姆圣徒殉道纪》[②]

在基督徒受到迫害的黑暗时代，为了纪念殉教的基督徒，往往在基督教团体中高声朗诵殉道者的殉教历程。这种特殊的文学类型就是殉道士传记。当然，这些关于殉教者的记录不是基督教文学的创造，而且在异教徒那里也可以发现。因此，在关于亚历山大里亚殉教者的卷宗（即《异教殉道者行传》）里报道了埃及爱国者在罗马统治者统治下的痛苦。

依据麦格拉思的观点，殉道士传记分为 3 种：关于殉道士的官方案卷（acta："案件"、"记录"）、传奇和报道。关于殉道士的官方案卷就是"收藏在公共档案馆里而且便于查考记载殉道

---

① 阿尔布雷希特主编，《古罗马文选》（*Römische Literatur in Text und Darstel-lung*. 5 Bde. Herausgeber：Michael von Albrecht），卷五（Bd. 5：*Kaiserzeit II：Von Tertullian bis Boethius*. Herausgegeben von Hans Armin Gärtner. Stuttgart 1988），页 42 以下。

② 参《古罗马文选》卷五，前揭，页 35 以下；《基督教文学经典选读》，前揭，页 25；罗斯托夫采夫，《罗马帝国社会经济史》上册，页 172 及下；王晓朝，《教父学研究：文化视野下的教父哲学》，页 52。

士受审和处决的文献"。它采用法庭庭审记录的形式，其内容包括对殉道士的审问、殉道士的答词以及法庭对他的判决，其特点是表述很简洁，没有太多的文学色彩，但是作为重要的原始材料具有极大的史学价值。另一种就是关于殉道士的传奇。它是事发很久以后撰写出来的传奇性的文章，其史学价值不大，但文学性极强，其目的就是勉励和鼓励读者。然而，这里要重点评介的一种就是关于殉道士的报道。它是目击者和同代人所提供的关于殉道士被捕、审讯和处决的纪录。从内容来看，它比官方案卷多了关于殉道士被捕的叙述，并且对一些细节有明显的修饰润色，因而这类文章的叙述篇幅较长，具有较强的文学色彩，但是又不失历史的"原味"。《波利卡普殉道纪》（*Acts of Martyrdom*）与《西利乌姆圣徒殉道纪》（*Passio Sanctorum Scillitanorum*）就属于最后一种。

　　最初的基督教殉道士传记产生于讲希腊语的地区，例如《波利卡普殉道纪》就是用希腊语写成的。从形式上看，最初的殉道士传记采用书信的形式。《波利卡普殉道纪》就是士每拿教会写给大弗律基亚地区菲洛梅利乌（Philomelium）① 基督教团体的一封信。从内容来看，《波利卡普殉道纪》记录了著有《致腓力比人信》（*Epistle to the Philippians*）——这封信是采用希腊文写的，原文仅存残篇，不过古老的拉丁译本完整地保存下来——的波利卡普（Polykarp，约69-约155年）被捕和遇害的经过。这位士每拿主教的殉道时间和这封信的写作时间都不详。人们普遍认为，波利卡普殉道的日子为155或156年的2月23日，而这封信写于其后不久。由此看来，可以确定的时间是2世纪中叶。

---

　　① 今土耳其的阿克谢希尔（Akşehir）。

第一篇可以确定日期的拉丁语基督教文字文献是《西利乌姆圣徒殉道纪》。这篇关于见证北非西利乌姆（Scillium）基督徒殉教的报道也有篇幅大大加长的希腊文版本。在希腊文版本中提及的执政官当中，有 153 年和 180 年的执政官普拉埃森斯（Gaius Bruttius Praesens）与 180 年的执政官康蒂阿努斯（Sextus Quintilius Condianus）。由此推断，审判的时间是 180 年。而且依据拉丁文本，更确切的审判时间是 7 月 17 日；审判地点是迦太基的一个非公开的会议室，所以西利乌姆很可能位于迦太基附近，不过，迄今为止还不能确定准确的地理位置；审理案件的总督是萨图尔尼努斯（Publius Vigellius Saturninus）；审判的对象是基督徒，其中有 7 位男人，他们分别是斯佩拉图斯（Speratus）、纳尔查卢斯（Nartzalus）、基提努斯（Cittinus）、维图里乌斯（Veturius）、菲利克斯（Felix）、阿奎利努斯（Aquilinus）和莱坦提乌斯（Laetantius），以及 5 位女人，她们分别是雅努阿里娅（Ianuaria）、格内洛萨（Generosa）、维斯提娅（Vestia）、多纳塔（Donata）和塞昆达（Secunda）（参《古罗马文选》卷五，前揭，页 38-43）。

叙述给人最可靠的印象，这个印象由于庭审记录的形式而得到加强。有助于这个印象的还有公式化的问答（dixit）中体现的极度客观性。依据其本质，这样记录的目的当时是论证某个官员的最终裁决，乍看起来人们也可以这么理解流传至今的这份记录。但是，另一个方面应该是让基督教公众注意到殉教者的榜样态度。殉道者在斩首前齐声说："感谢上帝！"由于在基督徒的眼中，把殉教视为胜利，记录的本来意义变成了反面。不是法官的事业，而是被告的事业，神的事业拥有最后的裁判权，占了上风。把殉教者的行为称作榜样性的，基督教最终在精神上取得了胜利。

　　因此，庭审记录的极度客观性和对基督教团体的劝告并列。这篇短文的结构取决于这两个方面的努力。与前面一种倾向一致的是重视非常的简洁；与后面一种倾向一致的是把这些人物刻画成持有两种立场的代表人物。使用传统的形式（记录的形式），但是这种形式服务于新的目的，这里是劝告。庭审记录最初功用的反转是通常也碰到的现象的一个例子：基督徒让已知的文学形式可以服务于他们的目的。

　　这篇记录的作者记录了不同谈话人的不同语言。罗马官员萨图尔尼努斯讲标准的拉丁语。因此，在第一节的结尾，这位官员采用虚拟语气［si（要是，假如）…redeatis（恢复）］：在与将来才发生的证词有关时，他正确使用将来时（节5）。而殉教者斯佩拉图斯的言词流露出交际短语。属于此列的是表述 propter（在附近，紧靠）quod（因为）（节2）；特别是在明显与将来时有关的时候，他使用了现在时 si（如果）praebueris（给），dico（说）（节4），违背了传统时间顺序规则，第二将来时取代了完成时：siquid emero（如果买了什么），reddo（退还）（节6）。在第二部分里，基督教谈话者基提努斯和维斯提娅都把与《圣经》关系密切的惯用语——例如"我是基督徒"——用作他们的教义（节8-9）。由于这些教义，他们被视为纯朴的团体成员。当然，斯佩拉图斯在他的论证中也引用了《圣经》，但是他的论证更加激动人心一些。处于中心地位的是他这个来自民众的男子与受过良好教育的罗马官员之间的对比。在阿非利加团体中，人们更喜欢像斯佩拉图斯一样讲话。这些团体里的基督徒能够并且应该首先与佩拉图斯保持一致，坚称自己是基督徒（节10和13），也与用跟《圣经》关系密切的短语表达的其他基督教谈话者异口同声。

　　在萨图尔尼努斯很公正地进行的审问过程中，为了在皇帝的守护神那里的誓言，他想感动基督徒。斯佩拉图斯一再强调，作为市民基督徒品行端正（节6）。因此，萨图尔尼努斯必然不是把他对基督徒的判决建立在被告的道德败坏之上，而是建立在他们的思想上［说服（persuasio）；节7］。思想的判决不符合罗马法律概念。因此，在基督徒的眼中，这个判决在道德上和法律上都是站不住脚的。

已知的文笔结构也可以从这里看出：从文本一开始，越来越多的无名基督徒在各个阶段出场。心理上的顺序应该是：在这个团体中宣读这篇报道的时候，聆听报道的人加入到了越来越大的见证人群中。——奥古斯丁的一次布道证明了关于殉教者的报道后来在礼拜时的意义。这种面向基督徒的报道有很明确的目的：一个团体向其他团体报道殉道士对基督教的坚定信仰，以此增强其他团体的信心。由此观之，关于殉教者的报道是当时基督教团体生活的中心。

第三节　德尔图良[①]

一、生平简介

关于德尔图良的生平资料，主要来源于古代基督教历史学家

---

① 《古罗马文选》卷五，前揭，页34以下；德尔图良，《护教篇》，页12、39、42及下、76、88、91、93、117及下、127、131、144、158、165、168-171和180；德尔图良，《护教篇》，中译本序（涂世华），页1及下和5-7；LCL 127，页42以下；LCL 250，页ix以下和230以下；《基督教文学经典选读》，前揭，页50及下；曼廷邦德，《拉丁文学词典》，页274；李雅书、杨共乐，《古代罗马史》，页369；沙夫，《基督教教会史》卷二，页845；王晓朝，《教父学研究：文化视野下的教父哲学》，页56、63、75-78和82；王晓朝，《希腊哲学简史》，页360-364。

哲罗姆和该撒利亚的主教尤西庇乌。155[①] 或 160 年左右，德尔图良（Quintus Septimius Florens Tertullianus）生于北非的迦太基。德尔图良的父亲是罗马军队中的一名百夫长（centurio），和母亲一样是异教徒。除了是较高教育的核心部分的修辞学教育以外，德尔图良还接受了法律教育，成为"一个精通罗马法律的人"（尤西庇乌，《教会史》卷二，章 2）。起初，德尔图良在罗马当世俗法庭律师，颇有名声，可能还写过两本法律方面的教科书。此外，德尔图良也精通希腊语。

早年时，德尔图良持有许多反对基督教的偏见。大约 30 岁左右（193 年），德尔图良才在罗马皈依基督教。之后，德尔图良定居迦太基。195 年左右，德尔图良担任为慕道者讲解教理的职务，并开始以其良好的法学、文学与哲学的修养，为阐明基督教信仰服务。在教学之余，德尔图良还开始多种多样的文学创作，致力于基督教题材。

从德尔图良的 31 篇传世之作可以很好地看出他在神学观方面的发展。起初，德尔图良为基督教团体写作。然而在 207 年，德尔图良在伦理原则方面的严肃主义促使他公然成为孟他努教派的信徒。2 世纪中叶以后，孟他努（Montanus）在小亚细亚的弗律基亚创立了这个教派。除了德尔图良，已经提及的"新预言"创始人有两位女先知普里斯佳（Prisca）和马克西米拉（Maximilla）。孟他努主义要求——或许期待基督很快复活——一种严格的苦行（增加忏悔和斋戒实践，放弃婚姻或者至少禁止再婚），要求殉教。当时，德尔图良写文章攻击大公教会，如《驳瓦伦提尼派》，在尖刻程度方面，这些文章甚至超过驳斥异教徒的批

---

① 德尔图良，《护教篇》，涂世华译，上海：上海三联书店，2007 年，中译本序（涂世华），页 1。

评和迫害的文章。不过，211 年前后，德尔图良又对孟他努教派不满，明确脱离教会，并成立自己的小教派：德尔图良教派。德尔图良在严格遵守伦理原则中度过一生。220 年[①]在迦太基逝世时，德尔图良成为"德尔图良教派"的最高领袖人物。

二、作品评述

德尔图良是尼西亚会议以前最多产的拉丁教父。德尔图良的传世之作总共有 31 种，主要分为两类：修行作品和护教作品。

（一）修行作品

在德尔图良的作品中，关于基督教教规和灵修的修行作品有《致殉教者》（*Ad Martyras*）、《论妇女的服饰》（*De Cultu Feminarum*）、《论祈祷》（*De Oratione*）、《论忏悔》（*De Paenitentia*）、《论忍耐》（*De Patientia*）、《论补赎》、《致夫人书》、《论通奸》（*De Poenitentia*）、《论贞洁》（*De Pudicitia*）、《关于贞洁的劝诫》（*De Exhortatione Castitatis*）、《论一夫一妻制》（*De Monogamia*）、《论贞女的面纱》（*De Virginibus Velandis*）、《论遭受迫害时的逃跑》（*De Fuga in Persecutione*）、《论斋戒》、《论披衫》（*De Pallio*）等。

其中，著名的论文《论忍耐》写于 200 至 203 年期间。这篇文章不仅表现德尔图良的性格，而且又表明了基督教利用并重新解释异教文学的形式和价值观，另一方面也证明了传统的惯性。在古代，代表美德（virtūs）的主要有 4 种传统美德：智慧（prudentia 或 σοφία）、审慎（moderatio）、勇敢（fortitudo 或 ἀνδρία）和正义（iustitia）。这些美德互相关联，互为条件。当

---

① 关于德尔图良的死亡时间，学界说法不一：或者约 225 年，或者 230 年，或者 240 年。参《基督教文学经典选读》，前揭，页 50，注释 1；德尔图良，《护教篇》，中译本导言（王晓朝），页 5。

然，它们的排位有变化，并且总是致力于把优先地位分配给一种
美德。例如，在柏拉图《政治家篇》（Politeia）中正义是主导地
位的美德，而在希腊化时期远远走在前面的是审慎。在这种情况
下，忍耐在美德等级中一直都只是处于下面的美德。不过，在古
希腊文化中廊下派把 4 种传统美德简化为 3 种：勇敢、忍耐
（patientia）和高尚（magnitudo animi）。因此，忍耐上升为第一
等美德。可以证明，古罗马廊下派小塞涅卡对德尔图良的影响是
很大的；在他那里美德的顺序肯定起了一定的作用（特别是小
塞涅卡的书信《道德书简》，封 67，节 10），然而其意义由当时
的关联决定。然而在小塞涅卡那里找不到像德尔图良在这里
（明确表示的地方是《论忍耐》，章 12，节 4）一样明确强调忍
耐的主导地位。

　　如果现在德尔图良打算改变重心，把忍耐放在第一位，他因
此发现自己完全处于古代异教思维程序的传统中。这一点变得更
清楚，因为德尔图良把真正的基督教美德"信仰"、"希望"和
"爱"（《哥林多前书》，13）放在忍耐之下（《论忍耐》，章 12，
节 8-10）。德尔图良借此歪曲了基督教的顺序，按照基督教的顺
序（《哥林多前书》，13：7）忍耐只是爱的表现形式之一。这种
改变的原因可能是德尔图良认为这种美德特别适合基督徒。在异
教哲学也高度重视（《论忍耐》，章 1）的美德忍耐的范围内，
这里提供了最好的比较机会。德尔图良可以证明，基督徒优于异
教徒。但是可以说，德尔图良因此把异教的标杆放在了基督徒身
上。像德尔图良在这篇作品里描述的一样，忍耐几乎完全不是取
决于上帝的基督教的忍耐（即使德尔图良同时的或早些时候的
文章《论祈祷》第四章第二、三节也是如此），而是独立的履
行，只是廊下派智者的不惑（constantia）或平静（Apatheia）的
别称。对于廊下派智者而言，忍耐是人在闭关自守中通过自己的

履行、通过理性——理智的克制产生的自我完善的证据。

在形式与雄辩术方面，德尔图良在《论忍耐》里也完全陷入异教的传统。在《论忍耐》中德尔图良赞扬这种美德，并要求按照这种美德生活。所以在这部作品中，表扬性演说辞或颂词（genus demonstrativum）与议事性演说辞（genus deliberativum）混杂。此外，还有出自含有道德规劝的哲学文章的形式元素，十分清楚的是出自贤哲塞涅卡的文章。

《论忍耐》总共 15 章。在序言（章 1）之后，德尔图良的《论忍耐》分为 3 个部分：第一部分，即第二至六章，阐述忍耐的本质（ratio patientiae）；第二部分，即第七至十四章，务必遵守的规定（disciplina patientiae）；第三部分，即第十五章，忍耐的行为（opera patientiae）。德尔图良以此认真地迎合颂词三分结构的演说术规定。同时德尔图良也遵循这样的规定，把议事性演说辞分成符合上面章节划分的 3 个部分：善（honestum）、机遇（possibile）和益处（utile）。此外，除了上述的内容影响，还有小塞涅卡的《论智者不惑》和《论幸福生活》的形式影响：二分结构的对话录（dialogus）叠加了三分结构。因此，在这篇作品中，德尔图良大大地开启了内容和形式的异教传统。

Allegorie（比喻）和 Allegorese（喻义解释法）在古代扮演了重要的角色。希腊语词汇 Allegorie 意思是"换个说法"，抽象的关联被形象地描述。Allegorese 是在 Allegorie 的前提下对文本进行释义。起初（自从公元前 6 世纪以后）在诠释成为古代希腊普通学校教科书的荷马作品时运用喻义解释法。在这种情况下，荷马作品中矛盾的、难于理解的或者还有违背伦理的成为在文本中找出不同于文本字面意义的意思的机会。在荷马的人物身上找到了物理（天体）或伦理（美德）。在后世中，亚历山大里亚的犹太学者特别是斐隆、基督教的申辩者、后来特别是俄里根用"喻义解释法"来阐释《圣经》。在拉丁文学中，用讽喻方式叙述的解释作品因为新柏拉图主义者维克托利努斯和教父安布罗西乌斯而对奥古斯丁很重要。

比喻描述在古典拉丁语文学中存在过，例如维吉尔《埃涅阿斯记》（卷四）中的人物传谣女神（Fama，"谣言"）和在奥维德《变形记》（卷十二）中。比喻描述在古罗马晚期也扮演重要的角色，例如在加比拉的作品中、在普鲁登提乌斯的《心灵的冲突》中和在波爱修斯的作品中。文学艺术中比喻描述有个特征：形象的一面受到抽象意思很强的制约。在比喻的形象的具体特征方面，相面术士的观察扮演了把身体外表和内心状态彼此附加在一起的角色。

因此，在德尔图良的作品（《论忍耐》，章 15）中，忍耐的比喻形象有能说明平心静气的镇定的 6 个特征（《论忍耐》，章 15，节 4 和 5a）：

> 面部表情充满安静与和平，额头舒展，不因为沮丧或愤怒蹙眉头。眉毛以喜悦的方式和谐一致地放松，眼睛下垂，谦恭地，而不是不高兴地。嘴上盖了光荣地沉默的印章。脸色充满自信与无辜（译自《古罗马文选》卷五，前揭，页93）。

但是接着（《论忍耐》，章 15，节 5b）就是攻击性特征："头部经常动针对的是魔鬼，还有威胁性的笑"（德尔图良，《论忍耐》，章 15，译自《古罗马文选》卷五，前揭，页 93）。除了按照传统观点符合作为神的美德本质的不动情感，德尔图良的忍耐的形象还有对恶的愤怒的特征。在拉克坦提乌斯的作品中还要研究神的愤怒和神不动感情的问题。

（二）护教作品

尽管德尔图良写有《论忍耐》，可他的性格就是不能忍耐。与他的性格相符的是，德尔图良写作的多数都是为基督教辩护的论战作品：有的批驳不信教的教外人的攻击，如《护教篇》（*Apologeticum*）、《致万民书》（*Ad Nationes*；亦译《致各民族》）、《灵魂的证言》（*De Testimonio Animae*）、《致斯卡普拉》（*Ad Scapulam*）、以讨论的形式证明以色列人拒绝神恩的《反犹太人》（*Adversus Judaeos*）、《论偶像崇拜》（*De Idololatria*）、《论戏剧》（*De Spectaculis*）和《论花环》（*De Corona*）；有的批驳异教徒的攻击，如《异端的传统》（*De Praescriptione Haereticorum*）、《反马克安》（*Adversus Marcionem*）、反对一位画家的二元论的著作《反赫尔摩根尼》（*Adversus Hermogenem*）、站在孟他努教派立场写作的《驳瓦伦提尼派》（*Adversus Valentianos*）、站在大公教会立场上反驳"毒蛇"昆提拉（Quintilla）的《论洗礼》（*De Baptismo*）、反诺斯提主义、具有殉道气质的《蝎毒的解药》（*Scorpiace*）、反马克安的诺斯提主义及其多西特主义或幻影说（Docetism）的《论基督的肉体》（*De Carne Christi*）、反诺斯提主义的《论肉体的复活》（*De Resurrectione Carnis*）、《论灵魂》（*De Anima*）和《反普拉克塞亚》（*Adversus Praxeam*）。

在德尔图良的护教作品中，《异端的传统》（*De Praescriptione Haereticorum*）是捍卫基督教、反驳异端的不朽之作。在文中，德尔图良探讨了异端的起源和性质，指出异端是后来者，没有权力盗用圣经，德尔图良也解释了伊里奈乌的立场，即只有使徒作家和教会才能发现真理。这是一部标准的为大公教会原则与传统的权威性辩护的作品，也是对圣伊里奈乌理论的发展。

《反马克安》（*Adversus Marcionem*）修订过两次，207 年编成，总共 5 卷，其中第一、二卷批判马克安的二元论，第三卷证明历史上的耶稣基督是旧约中预言的弥赛亚，第四、五卷批判马克安的福音和书信。

《反普拉克塞亚》（*Adversus Praxeam*）是德尔图良的最后一部反异端的著作。在离开教会多年以后德尔图良仍然捍卫教会的学说，反对圣父受苦论和神格惟一论。在表达方式上和许多思想的转折点上，德尔图良几乎已经预言了尼西亚信经。

《致万民书》（*Ad Nationes*）大约写于197年，总共两卷，书中嘲笑异教崇拜，并引用异教神学家瓦罗的著作，指出那些反基督教的指控实际上都是异教的罪行。

不过，最著名的是德尔图良在197年写的《护教篇》（*Apologeticum*）。这部著作的最初部分是德尔图良的传世论文《致万民书》和《护教篇》的初稿。《护教篇》属于早期基督教最有趣的一个文学类型辩护文（apology）。辩护文源自于希腊语 apologia（辩护或申辩）。在基督教早期，针对犹太教和异教攻击与批判，基督徒为基督教辩护。德尔图良就是基督教的辩护人之一。不过，早期基督教的辩护在思想史和文学上都不是全新的东西。譬如，面对古希腊文化，犹太史学家、犹太教的护教士约瑟夫（Flavius Josephus，37－101年）写作《犹太古代史》（*Jüdischen Altertümern*，93或94年），为犹太民族的古老历史和信仰进行辩护。

在第一批用希腊文写作的基督教申辩者中，德尔图良（《驳瓦伦提尼派》，章5，节1）把来自巴勒斯坦（Palästina）地区弗拉维新城（Flavia Neapolis）的查士丁（Flavius Justinus，约100－165年）称作哲学家和殉道士（philosophus et marytyr）。查士丁真的把基督教当作唯一可靠的哲学［《与犹太人推芬对话》（*Dialog mit dem Juden Tryphon*），8］；作为流浪教师，查士丁也披着希腊哲学家的外衣"希腊式披衫"到处奔波。最后查士丁在罗马建立了一个学校，165 年左右在那里殉教。

　　尽管这些申辩者拒绝希腊哲学，可是为了反驳他们肯定也研究哲学论证，也被哲学打上了烙印。因此，这些申辩者成为古代晚期基督教神学的奠基人。[①] 他们费很大的劲，让基督教教义在希腊概念中是可以想象的。同一点也适用于基督教团体与罗马国家的关系。世界上建立的新教派越多，新教派越要和世俗统治政权辩论，尽管最初界限分明。新教派本身并不是不受这种辩论的各种因素的影响。只有在被修辞学打上烙印的语言和文笔形式中，才可能向公众介绍由基督教申辩者——尽管处于辩护状态——执行的、与异教哲学和国家进行的密切辩论。

　　德尔图良和 3 世纪的其他基督教作家都在异教的演说学校念过书。这是一个很奇怪的现象。在 1 世纪，随着帝政时期的开始，国民大会和公开的法庭审判都不采用了。因此，演说者失去了广大观众，因而失去了发挥他们演说特长的土壤和机会。在狭窄的法庭上，精通法律的人更加受到欢迎。尽管如此，演说术作为独立的较高文化形式仍然继续存在。演说术的弟子们把他们的才能应用于假定的难解的真相，而这种真相与政治现实和现行法律没有明确关系。而 2 世纪初，塔西佗把这种练习演说辞（declamationes）骂作"小学的无耻"（ludus impudentiae）（《关于演说家的对话》，章 35，节 1）。尽管如此，这种形式的演说教育继续存在。奥古斯丁还在《忏悔录》（卷一，章 17，节 27）中抱怨这种训练的内容空洞的形式主义。被演说教育打上烙印的语言表达形式是受过教育的人习惯的交际手段。假如新生的基督教要立足于世界，那么捍卫者就肯定要运用这种演说术，以便让别

---

　　① 德语名词 Archeget，源自于希腊文 archēgétēs，意为"头目；创立者，奠基人"。

人理解自己。

　　像《护教篇》的序言表明的一样，基督徒无法在罗马帝国的统治者面前为自己辩护，所以只有"通过一本无言的书这个秘密通道"让罗马帝国的统治者们"听到真理的声音"（《护教篇》，章 1，节 1）。《护教篇》自称是法庭演说辞，明显也是按照这种形式本身那样构思的。但是，在一次公开的刑事诉讼中，德尔图良在总督面前用一篇演说辞为基督徒辩护，这个场景是作者本人虚构的。选择这个虚构的场景是经过考虑的。像《西利乌姆圣徒殉道纪》（*Passio Sanctorum Scillitanorum*）表明的一样，总督们不允许基督教信仰与异教对立的教义是正确的，而是把审查缩小到这些问题：出风头的是不是基督？他是否愿意发誓放弃基督教，尤其是向皇帝的守护神献祭或者发誓？通过虚构的刑事诉讼辩护词，德尔图良为自己创造了一个把基督教信仰和异教并列于同一个层面的机会。只有这样，才能驳回异教徒对基督徒的谴责。这篇文章在很大程度上取决于驳回控告（retorsio criminis）。

　　在德尔图良那里，辩护词的论证也被刑事诉讼的虚构所左右。这样一种诉讼关系到被告是否违反特定的法律。但是，在这个时期不存在专门的反基督教法。作为被罗马官员判处死刑的基督的追随者，基督徒受到惩罚。个人违反某个法律，这不必向各个基督徒指明。通过虚构的刑事诉讼，德尔图良表明，自己不同意这一点，从一开始（ab integro）就要求审判官拿出基督徒有罪的具体证据。在探讨这个问题的时候，就市民品行端正、虔诚甚至对皇帝的忠诚而言，基督徒比异教徒获得更好的结果。在这种虚构的情况下，这种驳回控告（retorsio criminis）才真正成为可能。从刑事诉讼的虚构方面看，德尔图良（《护教篇》，章 4）好几次谈及针对基督徒的法律，这也是可以理解的。

　　讨论与这个案件有关的法律的适当性（《护教篇》，章4-6）属于法庭辩护词的陈词滥调。由于当时总督优先依据强制的（警察）权力对付基督徒，因而依据给予判决广阔空间的法律基础，德尔图良不可能在论证方面先对付这样不确切的范围，与法庭辩护词和他的论证目标相符的是使针对基督徒的强制法具体成为一个法律。假如确实存在一个专门反对基督徒的法律，在原则辩论时就该引用法律原文。但是在审判中，审判官——"特选的保护人"——引用的不是法律文本，而是强行规定："不允许你们存在（non licet esse vos）"（德尔图良，《护教篇》，章4，节4，参《古罗马文选》卷五，前揭，页47）。显然，这种强行规定是不正义的，理应受到谴责。也就是说，适用法律是错误的。因而，审判官的审判行为也是不合法的，是施行强权和不折不扣的无道暴政统治！实际上，禁止基督教之法可以追溯到罗马历史上的一个法令："皇帝所立的任何神，都要先经元老院批准"。基于这个法令，皇帝提比略向元老院提议承认基督是真神，但是没有得到元老院的批准。不过，在罗马史上，尽管尼禄、多弥提安等皇帝残酷迫害基督徒，可是奥勒留成为基督徒的保护人，阿德里安、维斯帕西安、皮乌斯、维鲁斯等皇帝也都没有强制执行过禁止基督教之法（《护教篇》，章5）。自称忠于古制的罗马人"在抛弃了先辈的良好风尚的同时，保留并坚持着那些不应有的东西"（《护教篇》，章6）。

　　在古代传统中，法庭辩护词的结构按照一定的模式。当然，像流传下来的西塞罗的演说辞表明的一样，明显不一致是可能的。不过，总共50章的《护教篇》是按照这种演说辞的基本模式建构的。

　　通过引言（《护教篇》，章1-3），指出审判程序不合法，对基督徒的仇视有失公允，引起听众思考，使听众容易接受下面的论述。在引言以及其它地方都出现 praemunitio（预先引导）或者 praesumptio（推定）（《护教篇》，章 1，节 10-13），通过这样先认识到并且反驳某个可能的抗辩（参昆体良，《雄辩术原理》卷九，章 2，节 16-18）。在陈述（narratio）中论述事实真相；这种陈述（narratio）在这里是引言的一部分（《护教篇》，章 2-3）。

　　在陈述（narratio）之后，是准确地说明争论要点的陈述（propositio；《护教篇》，章 4，节 1）：为基督徒的清白辩护。之后是划分（partitio），其中给出了紧接着的论证（argumentatio）的划分（《护教篇》，章 4，节 2）：这着手探讨了具体的谴责。基督徒被指控暗中所犯的各种过错是指控人在光天化日之下所干的事，在这些事情上基督徒却被视为罪犯和笨蛋，似乎理应受到惩罚和讽刺。

　　与此相应地在演说辞的主体部分"论证（argumentatio）"（《护教篇》，章 7 至章 49，节 3），德尔图良首先反驳（refutatio）了对基督徒的谴责（章 7-16）。德尔图良认为，罗马人指控基督徒杀婴、乱伦等罪行是靠谎言来支持和传播的（章 7），这些违反人性的罪行基督徒做不到（章 8），但在教外人中却存在（章 9）。更重要的是，针对基督徒不敬神的指控，德尔图良反驳说，基督徒不是不敬神，而是不敬罗马人的偶像。罗马人的神原本是人，不值得敬（章 10）。至高的神不需要死后被封为神的神，死后被封为神的神也无足称道（章 11）。罗马人崇拜的神只不过是死人和虚构的故事，这些偶像当初受尽匠人的屈辱，却一概不知（章 12）。敬拜一些神，而舍弃或出卖另一些神，以及将生前声名狼藉者封为神，都是对神的侮辱（章 13）。罗马人献祭十分吝啬（μικρολογία），世人鄙视神，哲学家嘲弄神（章 14），剧作家将神的丑行搬上舞台，看戏的观众拍手称好，以及竞技场上表演神的恶劣行径，这都是罗马人在亵渎神明（章15）。驴头、十字、太阳等不是基督教的，而是只适合罗马人的神的（章16）。

之后，德尔图良阐明基督教，越来越强烈地肯定（comprobatio）基督徒无罪（《护教篇》，章17-49）。德尔图良首先肯定《旧约》。基督徒只崇拜创造万物的唯一真神上帝（章17）。神通过先知首先向犹太人作了令人信服的启示（章18），基督教经典比罗马人的神明还早，其远古性表明值得信仰（章19）。《圣经》里的预言得到应验，这证明了它的神圣性（章20）。

接着，德尔图良肯定《新约》。由于犹太人偏离了神的道路，于是派遣圣子降世，神人合一的基督及其使徒创立和传播基督教（章21），诗人和哲学家证明存在的魔鬼害人，骗人离开真神（章22），但是魔鬼屈服于基督证明了基督的神性（章23），也证明罗马人不像基督徒一样敬真神（章24）。

然后，德尔图良强调信仰真神。罗马帝国的伟大不在于对异教神明的虔诚，而是依靠战争侵略，而且罗马人崇拜的某些神明来自异族，但是这些神并没有保佑本族，却保佑侵略者，最终还自取其辱（章25）。只有主才是统治世界和君王的真神（章26），只有坚持信仰真神，才能让魔鬼的诡计落空，取得完全的胜利（章27）。

之后，德尔图良阐明了基督徒、上帝和皇帝的关系。宗教行为应当处于自由意志，崇拜时不得将皇帝凌驾于神之上（章28）。罗马人明知一切都仰仗皇帝的诸神不能保佑皇帝，却迫害崇拜真神的基督徒（章29）。基督徒虔诚地向唯一的真神为皇帝和帝国祈福，却遭到杀戮（章30）。《圣经》命令基督徒为君王长官的安宁祈祷，因为基督徒为帝国动乱感到不安（章31）。基督徒为皇帝和帝国的安危祈祷，从而使帝国延续，推迟世界末日

（章 32）。由于皇帝是上帝指派的，基督徒更关心皇帝，但不能以皇帝为神，让皇帝成为笑柄（章 33）。主是神的称号，称皇帝为神是在呼唤诅咒（章 34）。基督徒效忠皇帝不在于参加那些放肆的节日，而在于每天以端庄和圣洁的方式为皇帝祈福，叛逆皇帝的分子当中没有基督徒（章 35）。上帝不许基督徒加害任何人，更不会加害上帝所立的皇帝（章 36）。上帝不许基督徒以怨抱怨，基督徒是谬误的敌人（章 37）。基督徒没有不法行为，就应当享有合法地位，并赐予基督徒所喜爱的无害乐趣以自由（章 38）。

接下来，德尔图良阐述了基督徒的公共生活。基督徒集会不是帮派集会，而是恭读《圣经》，重温上帝的教导，训斥和惩戒违反者，有爱心地捐助患难的兄弟和穷人（章 39）。公共灾难在基督教出现前就发生过，多次得以幸免于上帝的惩罚正是基督徒祈祷的功劳（章 40）。蔑视真神崇拜偶像才是日常灾祸的根由（章 41）。基督徒以自己的劳动为大家创造财富，并且照缴赋税，这是对人生有益的（章 42）。基督徒的祈祷所带来的好处完全可以弥补因基督教造成的损失（章 43）。大批有德之士被杀是国家的损失，真正的罪犯当中没有基督徒（章 44）。基督徒遵守法律不是怕人，而是因为敬畏上帝及其颁布的完美法律（章 45）。

最后，德尔图良指出，基督徒与哲学家在认识和方法上都不同，所以基督教不是哲学（章 46）。哲学的正确性和接近真理的地方都是从基督教的经典中汲取的（章 47）。哲学家的胡说不可信，而基督徒的证言才可信（章 48）。基督徒宁愿为正义和真理而受迫害，也不背弃神（章 49）。

在结束语部分（peroratio；《护教篇》，章 49，节 4 至章 50），德尔图良总结陈词，与此同时强烈唤起听众的情感，以便引起他们的好感或者反感。在最后一章里，德尔图良向异教徒证明他们的荣誉观是错误的。处于劣势的基督徒实际上获得荣誉。总督的态度是错误的，因为判决基督徒增加了基督徒的人数。在世界观和人生观方面，基督徒与罗马人截然不同。基督徒是为真理而斗争的战士，在勇敢的殉教中获得胜利："讨上帝喜悦的光荣和永生的战利品"。这是德尔图良在这部作品里——特别是在这一章里——指出的许多佯谬的原因。基督教信仰的许多学说在修辞学方面是佯谬；因此，佯谬作为修辞学的古老的传统元素，在这里，特别是基督教文学中，获得了全新的分量和全新的内涵。

如同2世纪的其他护教士（如费利克斯）一样，德尔图良也坚持一神论。不过，德尔图良已经发展了基督教神学：尽管希腊护教士塞奥菲鲁（Theophilus）用术语"三合一（trias）"探讨过圣父、圣灵和圣子的关系问题，可进一步探讨这个问题的概念以及形成某些经典性的表述"三位一体（trinitās）"则是从德尔图良开始的拉丁教父对基督教神学的贡献。在《护教篇》中德尔图良阐述了三位一体（trinitās）：

> 上述之神藉以造成万物的圣言、理智和权能，以精神为万物固有的基本精华，寓于其中的圣言发出话来，理智遵照进行安排布置，权能则予以全面执行（见德尔图良，《护教篇》，页42）。

德尔图良认为，圣子"出自神，而且在此过程中他是生出来的；因为他是神的儿子，并由于与神性体同一而被称为神"。关于圣灵，德尔图良说：

> 因为神也是一种精神。就连从太阳射出来的光线也是其

母体的一部分，太阳仍在该光线中，因为此光线是太阳的光线——性体并未分开，只是延伸而已（见德尔图良，《护教篇》，页42）。

在德尔图良看来，神是三合一（trias），是三位一体（trinitās）的神。在创世的那一刻，圣父是第一位的，圣子是第二位的，圣灵是第三位的。不过，神永远在自身中与圣言和圣灵在一起，只有一个神的本质（《护教篇》，章21）。

与三位一体学说有密切关系的是德尔图良的基督论。德尔图良认为，"上帝的光""进入一位处女，在她的子宫里结成圣婴。因他的诞生，上帝与人连为一体。这个由圣灵造就的肉体得到哺育，长大成人，论道传教，他就是基督"。所以，"基督是出自灵的灵，是出自神的神"。上帝与圣子基督的"实质是一"，不同的是"在存在方面，在地位上，而不是在本性上，成了第二位的"（《护教篇》，章21）。100多年后，德尔图良的这种解释在尼西亚会议上得到教会的认同。

在德尔图良的护教作品中，值得关注还有他的《论戏剧》（De Spectaculis）、《论偶像崇拜》（De Idololatria）、《论花环》（De Corona）和《致斯卡普拉》（Ad Scapulam）。

由于《论戏剧》还论及偶像崇拜问题，有人认为，在写作时间方面它在《论偶像崇拜》之前。[①]

在德尔图良看来，依据基督教纪律的法规，戏剧的娱乐也属于世俗罪恶（《论戏剧》，章1），因为"马、狮、健壮的体魄和优美的歌声等"是善良的造物主上帝给予人类用的，但是人类

---

① 关于《论戏剧》的写作时间，学界说法不一。其中，Neander博士认为，《论戏剧》作于197年。参德尔图良，《护教篇》，页127，注释1；中译本序（涂世华），页5。

由于"邪恶势力和反对上帝的天使"而失去了完全圣洁的本性，"妄用了上帝的创造"，把这些造物也用于会导致偶像崇拜的演戏（《论戏剧》，章2）。大卫在《诗篇》里开门见山地说，"有福"的人"不参与恶人的聚会，不站在恶人的道路上，不坐亵慢人座位"（《诗篇》，篇1，节1），而"就戏剧的根源来说，每次演戏都是恶人的集会"（《论戏剧》，章3）。

从基督教的洗礼来看，"圣洗池中的弃绝宣誓也涉及戏剧"，因为"戏剧的全部内容无不以偶像崇拜为基础"（《论戏剧》，章4）。依据异教文学，戏剧的起源是这样的。公元前5世纪古希腊史学家蒂迈欧（Timaeus）说，在提莱努斯（Tyrrhenus）的带领下，吕底亚（Lydia）人从亚洲迁移到埃特鲁里亚定居。当时，在埃特鲁里亚，除了迷信的礼仪外，还以宗教的名义规定了演戏。古罗马人按照自己的要求，借用了埃特鲁里亚的演员，也承袭了其相应的季节和名称。所以戏剧（Ludi）之名是从"Lydi"[①] 而来，尽管瓦罗认为戏剧从游戏（lūdus）[②] 得名。由此可见，戏剧一开始就与偶像崇拜有关。可以说，古代的戏剧就是神戏，而且这里的神是异教的邪神（《论戏剧》，章5）。从一开始，神戏就分为两种：纪念亡者的丧礼戏和敬拜邪神的神戏。依据神戏的目的，神戏又划分为两种：以神之名而献演的神戏；庆祝君王寿辰、国家节日和胜利以及城市节日的神戏。总之，戏剧都具有迷信的起源，都是同样的偶像崇拜（《论戏剧》，章6）。任何邪神崇拜无论其场面奢简如何，都会在其根源上受到污染（《论戏剧》，章7）。

---

① 在拉丁语中，Lydi 是阳性名词 Lydi 的二格，是普劳图斯的谐剧《巴克基斯姐妹》（Bacchides）中的人物，源于希腊文 Λυδός或 Lūdós。

② 在拉丁语中，阳性名词 lūdus："游戏；娱乐；表演；笑话；学校"，源自于动词 lūdō："玩；开玩笑；玩弄；嘲笑；欺骗；表演"。

从戏剧的演出地点来看，竞技场得名于海中仙女基尔克（Circe），因为第一台马戏场戏是她为纪念其父太阳神而演出的。场地内到处都是偶像崇拜。德尔图良认为，基督徒进入偶像崇拜的场所，必须"有一定的正当理由，并且与该地的公开作用和性质无关"，否则就会得罪上帝（《论戏剧》，章8）。马戏起初只是简单的马背上表演，后来为魔鬼利用，转入献给卡斯托尔和波吕克斯的神戏（《论戏剧》，章9）。剧场演出和马戏一样，都是带有偶像崇拜的名称，从一开始就被称为"神戏"，并且是与马戏合演来敬神的。戏剧的仪式场面相似，"都是在令人沉闷的烟雾和血泊中，在笛声和喇叭声中，在丧礼和祭礼的两位主持人，哀悼师和祭司的指导下，从神庙和祭坛出发游行到演出场地"（《论戏剧》，章10）。

从表演的场地看，剧场起初是维纳斯神殿，而维纳斯神殿的缔造者庞培借圣地之名，掩盖剧场在道德上的放荡无耻。爱神的剧院是酒神之家。"这一对邪神互相勾结，誓作酗酒和淫乱的保护神"。剧场的演出也是以他们为保护神的，因此"舞台所特有的那种放荡的动作和姿态，就是为他们设计的"，而戏剧艺术"也是为那些以其创始人之名而设计的东西服务的"，由于创始人被列入邪神，那么这些东西也受到偶像崇拜的沾染（《论戏剧》，章10）。

格斗的起源与神戏相似。因此，它们一直就是祭礼性或者丧礼性的，当初格斗本是为对民族之神或者亡者表示敬意而设的（《论戏剧》，章11）。在神戏中最为著称、最受人们欢迎的是戏剧。戏剧被称为责任性表演，因为表演是一种职责：起初表演者是在向亡者尽责。在丧礼上，祭杀购买来的或生性不驯的奴隶，以此告慰亡者的灵魂。后来，用娱乐掩盖残酷的罪行：让格斗士拿起武器，在丧礼之日彼此杀死在安葬处，实际上这是用谋杀来慰藉亡者。这就是"职责性演出"的根源。后来,"职责性表演"由对亡灵表示敬意转为对活人致敬。这里的活人与职务有关,指会计官、地方官以及大小祭司。而这种表演的仪式和场面都是魔鬼的仪式和召唤邪魔的场面。由此可见,戏剧表演就是偶像崇拜。圆形露天剧场就是众邪魔的庙宇。

对于剧场艺术,已知其中的两种演出是以战神和繁殖女神狄安娜为保护者的(《论戏剧》,章12)。由于"崇拜邪神的罪是如何以种种方式,与戏剧的起源、名称、场面、演出地点及其艺术上紧紧相连",所以基督徒应当远离戏剧(《论戏剧》,章13)。看戏是一种对享乐的贪欲(《论戏剧》,章14)。

在阐述戏剧中包含的偶像崇拜的一切污点以后,德尔图良再指出戏剧与上帝事业对立的其它特点。上帝教导人"与圣灵宁静地、从容地、安详地、和睦地相处",只有这样才能"与其善良、温和、敏感的本性相合",而戏剧的核心元素就是冲突,戏剧冲突会引起人情绪激动:狂乱、暴躁、愤怒与悲伤。可见,戏剧冲突是同基督的宗教大相悖逆的(《论戏剧》,章15)。情欲冲动会导致人失去自我控制,容易有疯狂行为,例如恨人和骂人,而依据上帝的教导,不可以骂人,要爱我们的仇人,所以基督徒不看任何戏剧,尤其是圆形剧场表演,因为戏剧的主要因素是情欲冲动(《论戏剧》,章16)。要远离剧场,因为剧场是"一切不端行为的发源地",例如阿特拉笑剧中丑角着女人装,无耻地表演下流动作,甚至连娼妇也被搬到舞台上。所以基督徒应当厌恶这些不洁之事(《论戏剧》,章17)。竞技场上的体育表演粗暴、疯狂,扭曲人形,有"超过造物主化工的企图",所以不要在花环上去寻求快乐(《论戏剧》,章18)。圆形剧场同样受到谴责,因为竞争是残酷、无情和野蛮的,无辜者不会在他人的痛苦中找到欢乐,也不应当把无辜者卖去当格斗士,充当大家娱乐的牺牲品（《论戏剧》，章 19）。

在驳斥个别戏迷的新辩护词以后，德尔图良指出：

> 凡是上帝一直谴责的事，无时无处都不能无罪；凡是各
> 个时代各个地方都不许干的事，任何时候任何地方都不许干
> （《论戏剧》，章 20，见德尔图良，《护教篇》，页 144）。

没有受到上帝教导的教外人随着他们的愿望和情欲，因为看
戏而发生出尔反尔的怪事（《论戏剧》，章 21）。同样，戏剧的
编导也在感情上好恶无常，判断上飘忽不定，混淆好坏，颠倒是
非，例如既尊崇艺术，又侮辱艺术家（《论戏剧》，章 22）。戏
剧里充满了模仿和虚伪，而真理之主憎恶各种虚伪，上帝禁止各
种模仿（《论戏剧》，章 23）。弃绝戏剧的娱乐，"是一个人接受
了基督教信仰的主要标志"（《论戏剧》，章 24）。上帝的子民不
得热衷于残酷的戏剧——魔鬼的集会，不得看戏和充当演员
（《论戏剧》，章 25）。自愿接受戏剧诱惑的人会被戏剧的魔鬼附
体（《论戏剧》，章 26）。基督徒应当弃绝教外人的这种聚会与
活动，因为上帝的圣名受到亵渎，迫害指令从这里传出，诱惑从
这里产生，也因为由于魔鬼在它所酿造的致命毒酒中加上了上帝
最喜爱最满意的东西，那诱人的享乐中存有危险（《论戏剧》，
章 27）。由于戏剧的地点、时间以及邀请人们的主人都是属于魔
鬼的，在教外人享受戏剧的娱乐时，基督徒应当忧愁。基督徒的
快乐在于离开现世得被接纳于主的家中（《论戏剧》，章 28）。
"合乎基督徒身份的、神圣的、永恒的、自由的娱乐和演出"不
是虚构的戏剧，而是真实的圣诗、警句、圣歌和箴言（《论戏
剧》，章 29）。通过信仰想象到的事比马戏场、剧场和各种竞技
场中的活动更为高尚（《论戏剧》，章 30）。

《论偶像崇拜》① 总共24章。德尔图良开篇就指出：

> 人类的主要罪恶，世界的最大罪名，招致审判的整个罪
> 状，就是偶像崇拜（《论偶像崇拜》，章1，见德尔图良，
> 《护教篇》，页91）。

那么，什么是偶像崇拜？德尔图良认为，从广义上讲，"偶
像崇拜是拒不予上帝以其应有的尊荣，却将其给予他人，从而对
其进行欺诈"（《论偶像崇拜》，章1），从狭义上讲，偶像崇拜
是"作为对上帝如此敌对的一个名称"，并列举了偶像崇拜的多
种多样形式（《论偶像崇拜》，章2）。

接着，德尔图良论述偶像与偶像崇拜的起源。"古时并不存
在偶像"。

> 然而自从撒旦将神像和画像，以及各种形象的制造人引
> 入世界以来，往昔这种人间灾祸的简陋行业，就从偶像得名
> 和发展起来。从此以后，凡以任何方式生产偶像的工艺，一
> 时就成了偶像崇拜之源（《论偶像崇拜》，章3，见德尔图
> 良，《护教篇》，页93）。

在德尔图良看来，"任何形象（希腊语 Eidǒs）及由此发展
而来的小词（希腊语 eidōlǒn）所代表的东西，都应称为偶像。

---

① 关于《论偶像崇拜》的写作时间，目前还没有定论。有人依据《论偶像崇
拜》提及基督徒从军的问题，推断写作时间与《论花环》相同：204 年或 211 年。
不过，两篇文章在谈论从军时是有细微差异的：《论偶像崇拜》中未提及殉教，而
《论花环》中明确提及殉教，据此推断前者未受孟他努主义影响，因此写作时间应当
是在德尔图良成为孟他努主义者（207 年）以前，也就是说204 年。

所以偶像崇拜是'对各种偶像的侍奉和崇拜'"(《论偶像崇拜》，章3)。

之后，德尔图良论述与偶像崇拜有关的职业和节庆。上帝禁止偶像的制作和崇拜，所以偶像的制作及其相关行业（为偶像崇拜服务的泥水匠、油漆匠、大理石匠、铜匠、雕刻匠、贸易商等）、偶像的崇拜及其相关行业（如占星术）、甚至宣讲异教神明的学校教师都是违反教规的（《论偶像崇拜》，章4-12）。德尔图良认为，有关偶像崇拜的节庆包括异教神明、皇帝和个人的节庆，而且这些节庆都是对上帝的亵渎（《论偶像崇拜》，章13-16）。

接下来，德尔图良阐述基督徒对偶像崇拜的正确态度。无论是仆人还是官员，基督徒都应当像基督一样摒绝一切荣耀和华服以及地位和权力，以此抵制偶像崇拜（《论偶像崇拜》，章17-18）。关于处于低位和权力之间的服兵役，德尔图良认为，由于基督的标准与魔鬼的标准没有共同点，主在解除彼得的武装时就解除了每个士兵的义务，而且凡指定用于非法行动的服装都是不合法的（《论偶像崇拜》，章19）。在语言方面，称呼异教的神明也是律法所禁止的（《论偶像崇拜》，章20）。面对异教人进行偶像崇拜，基督徒的忍让就是偶像崇拜，但是基督徒不得激怒和恐惧，而应当一笑置之，要明确地以上帝的名予以祝福（《论偶像崇拜》，章21），基督徒装作教外人，接受以偶像之名的祝福，这也属于偶像崇拜（《论偶像崇拜》，章22）。对于以偶像之名所立的书面约据，德尔图良认为，"不要让那种约据的不得已性包围了我们"，"在有书面文据的情况下，无言是一种无效的申诉；在有文字根据时，无声也是如此"（《论偶像崇拜》，章23）。

最后，德尔图良总结陈词，圣灵解放了我们，我们就要尽力防止偶像崇拜（《论偶像崇拜》，章24）。

与偶像崇拜有关的是总共15章的《论花环》。① 由于一位以上帝为荣的基督徒士兵在领取皇帝的赏金时没有头戴花环而入狱，争论的问题来了：基督徒是否允许头戴花环？

对此，德尔图良首先指出，基督徒头戴花环不是争议问题，而是有罪的事（《论花环》，章1），因为从遵守法规的古老惯例来看，《圣经》"没有命令戴花环"，而且"没有允许自由的事，就是禁止的事"（《论花环》，章2）。

接着，德尔图良用洗礼的例子证明通过传统来的习惯得到认定（《论花环》，章3）。德尔图良认为，"传统是这些守则的创始者，习惯是它们的维护者，信仰是它们的遵守者"，并且以犹太妇女蒙面纱为例证明，"遵守习惯所认可的不成文传统，也可以找到根据；经长期一贯遵循所认定的传统，就是合格的证人"，"实际上情理就是法律的基础"（《论花环》，章4）。

之后，德尔图良从万物的首要法则——自然——出发，认为，"自然是首先规定花环不能成为头的"，因为欣赏花的颜色和香味依靠人的视觉和嗅觉，而用头去追求花是违反自然的（《论花环》，章5）。依据《罗马书》，使徒保罗也强调"受造物符合本性的用途"（《论花环》，章6）。

接下来，德尔图良全面地研究了从花环的起源到以后的各个形成阶段及其错误发展。依据先知摩西第一个女人夏娃并没有在额头上戴花环，但是依据异教文献，有许多头戴花环的故事，例如依据诗人赫西俄德第一个女人潘多拉（Pandora）头戴花环；依据希腊哲学家菲莱塞德斯（Pherecydes）第一个戴花环的是农

---

① 关于《论花环》的写作时间，Neander博士推断为公元204年，但学者们一般认为是211年，分歧在于对"赏金"的史实认定不同。后者似乎更可信，因为文中在谈论军人问题时明确提出殉教的要求，显然受到了孟他努主义的影响。

神；依据狄奥多罗斯，尤皮特戴金属花环；依据卡利马科斯，尤诺头戴葡萄枝花环，阿波罗头戴月桂花环等等。其中，克劳狄乌斯·萨图尔尼努斯（Claudius Saturninus）的《论花环》详尽地叙述了花环的起源、原因、种类和有关仪式。由此推论，戴花环习俗的兴起及其以后一直都用于偶像崇拜（《论花环》，章7）。

虽然在侍奉上帝和基督的过程中，基督自己在处理人间事物时也使用人世生活的日常用具，但是

> 只有那些适应人们的生活需要，确实具备其有用之处，并予人以实际帮助和正当慰藉的东西，……才是适合于我们和我们的先辈使用的，并且适用于侍奉上帝和基督本身的东西（《论花环》，章8，见德尔图良，《护教篇》，页165）。

在上帝的事务中，戴花环不占有一席之地（《论花环》，章9）。基督徒不得妄用与偶像崇拜有关的花环（《论花环》，章10）。

然后，在讨论战争是否适合于基督徒时，德尔图良认为，对于上帝来说忠诚的公民是一位士兵，基督徒应当放弃公职以免陷入罪恶，或者坚持殉教，从而脱离公职，因为军人的职业和生活不合法（《论花环》，章11）；基督徒是上帝的仆役，而绝不是皇帝的仆役，不能接受属于偶像崇拜的军人花环（《论花环》，章12），更何况基督徒是耶路撒冷天上城市的市民，在现世是个异乡人，而一切戴花环的理由都与偶像崇拜有关（《论花环》，章13）。基督徒应当像基督一样，头戴的不是花冠，而是荆冠（《论花环》，章14）。上帝的选民会得到的是上帝的冠冕，例如生命的冠冕，而不是魔鬼的花冠（《论花环》，章15）。

《致斯卡普拉》属于德尔图良的晚年作品。从文中提及当年

的日全蚀推断，这封公开信可能写于212年。斯卡普拉是3世纪初（211-213年）在迦太基的前执政官，他千方百计迫害基督徒。德尔图良之所以向斯卡普拉上书，是因为基督徒爱那些恨他们的人，十分关心迫害基督徒的无知者，向他们展示不愿公开听取的真理（《致斯卡普拉》，章1）。德尔图良认为：

> 人有一个基本权利，一种本性特权，即每个人都应根据自己的认识进行崇拜：一个人的宗教既不会有害也不会有助他人。任何宗教也不得将其强加于人——只有自由意志才能引人信教，而不是强制力量——奉献牺牲也要出自内心（《致斯卡普拉》，章2，见德尔图良，《护教篇》，页180）。

而基督徒虽然敬拜上帝，不向异教的诸神献祭，但是并不与罗马皇帝为敌。相反，在基督徒看来，皇帝是上帝所派遣来的，由上帝那里取得一切权力，是仅次于上帝的人，所以很尊崇皇帝，并为皇帝的康宁祈祷。而且，在以上帝的耐心教人的基督教体制下，基督徒虽然人数众多，但是却十分平静和克制，绝不会因为自己的遭遇而耿耿于怀和报复（《致斯卡普拉》，章2）。不过，凡有倾流基督徒鲜血罪过的城邦都受惩罚（《致斯卡普拉》，章3）。这不是威胁，而是警告，希望迫害基督徒的无知者不要与上帝为敌，从而尽力挽救所有的人（《致斯卡普拉》，章4）。

最后，德尔图良指出，无知者的残暴是基督徒的光荣，所以基督徒欢迎无知者的刑罚。殉教者高尚的坚韧精神必将鼓舞人做基督的门徒，从而壮大基督教（《致斯卡普拉》，章5）。

总之，这封公开信既是基督教宗教自由权利的宣言书，又是为基督徒的清白忠诚辩护的申诉书，同时又是对迫害者的警告书。

三、历史地位与影响

德尔图良是基督教文坛的一个奇才。德尔图良"热情奔放、正直认真、不知妥协",但是"性情急躁,易于激动",这些性格都淋漓尽致地反映在他的作品中。无论是在护教作品中还是在修行作品中,字里行间似乎都洋溢着或多或少的怒气,充满着论争的气息。德尔图良熟谙修辞学的精义,在作品中经常运用反论提问,用归谬法反驳错误,也常用讽刺语、双关语和俏皮话,却又不受其一般规则的限制,而以其横溢的才华和奇想,不断创新词句,例如警句"基督徒的血就是种子"(《护教篇》,章50)。作为杰出的雄辩家,德尔图良的语言精练,词句简洁,但是一连串的短句往往使人感到急促,文章因而也显得晦涩难懂。最强有力的作家。

作为基督教的捍卫者,福音的传播者德尔图良敌视希腊罗马文化,全盘否定希腊罗马哲学。德尔图良认为,基督徒与异教哲学家在认识和方法上都没有相似之处,不能把基督教看作一种哲学(《护教篇》,章46)。所以德尔图良很排斥所谓的廊下派基督教、柏拉图学派基督教和辩证法基督教,甚至认为,哲学是人的传统,是与圣灵的智慧对立的(《异端的传统》,章7)。尽管如此,德尔图良还是没有能避开基督教与希腊罗马文化的融合难题,自觉或者不自觉地运用了皈依基督教以前学到的哲学知识。譬如,德尔图良在证明上帝存在时引用廊下派的宇宙理论,在解释三位一体时大量借用希腊哲学典籍中的用语和观念。德尔图良甚至公开承认哲学家的教导有时也与基督教的教导相同。譬如,在解释基督教的概念"逻各斯"时德尔图良说:"很显然,你们的哲学家也将逻各斯(logos),即圣言和理智视为宇宙的创造者"(《护教篇》,章21)。

尽管德尔图良认为,基督教与异教哲学的矛盾实质是信仰与理性的矛盾，可他还是汲取了希腊罗马文化的精髓，用自己掌握的古罗马传统遗产为基督教信仰服务，使得早期基督教的拉丁神学更适应罗马帝国。与异教的文化冲突和调和使得基督教神学不断发展。德尔图良的贡献就在于他用希腊罗马世界的理念构建了早期基督教神学的典型：基督教神学。德尔图良把基督教界定为一种神赐的启示，提出了一些权威性的天主教准则。德尔图良的那些信仰公式为后来天主教教会拉丁信经的三位一体说奠定了基础。德尔图良著作中的大量新术语被后来的神学家采用，从而奠定了在天主教学说的词汇表中的永久地位，所以德尔图良被称作"教会拉丁文的创造者"。另外，在对三位一体的解释和基督论学说使德尔图良置身于奥古斯丁之旁，成为教父时期西方最伟大的神学家。

当然，德尔图良也曾受到批评：

熟练掌握了各种文学技巧，但在修辞方面很不稳重，他的文章没有加以足够修饰，非常晦涩（拉克坦提乌斯，《神圣原理》卷五，章1，见王晓朝，《教父学研究：文化视野下的教父哲学》，页82）。

第四节 费利克斯[①]

一、生平简介

关于费利克斯（Minucius Felix）的生平，后世知之甚少，

---

① 参《古罗马文选》卷五，前揭，页94以下；LCL 154，页188-191；LCL 250，页304以下；西塞罗，《论神性》，页26以下；王晓朝，《教父学研究：文化视野下的教父哲学》，页82；王晓朝，《希腊哲学简史》，页357-360。

唯一的资料来源就是他本人为了捍卫基督教而写作的拉丁文学作品《奥克塔维乌斯》（*Octavius*）。和德尔图良、西普里安与拉克坦提乌斯一样，费利克斯是北非人：约2世纪末，费利克斯出生于北非的一个异教徒家庭。青少年时期费利克斯受过良好教育：在修辞学方面有相当造诣，并广泛阅读文学特别是拉丁文学作品。后来费利克斯是罗马的著名律师。作为律师，费利克斯参与了许多对基督徒的审判。在审判中，费利克斯发现了对基督徒的指控十分荒谬，看到了基督徒的英勇行为，这促使他经过长时间的深思熟虑以后改信基督教。

二、作品评述

《奥克塔维乌斯》产生于2世纪末（200年左右），或许在德尔图良的《护教篇》之后。因此，篇幅不长、总共40章的《奥克塔维乌斯》符合论辩的结构。

第一部分即第一至四章，是开场白。由于到奥斯提亚（Ostia）海边散步的一次意外事故，费利克斯虚构了这次对话。对话录的主要目的就是为基督教辩护。就此而言，费利克斯也是申辩者。

第二部分即第五至十三章，是破：凯基利乌斯激烈地攻击基督教，为异教辩护。异教的遗产与基督教的学说和谐，这种倾向也体现在论证中。首先，异教徒凯基利乌斯在他的讲词（章5-13）中表现为学究式的怀疑主义者，他不能提出关于诸神的可靠说法，但是坚持可能性（probabile）。

第三部分即第十四至三十八章，是立：奥克塔维乌斯一方面转述流行的异教信仰、怀疑主义倾向、传统罗马宗教和关于基督教的流言蜚语，另一方面则雄辩地驳斥异教徒的指控，为基督教辩护，捍卫基督教的基本信条。凯基利乌斯是个怀疑主义者，假如他现在把作为可能性的罗马宗教实践同在认识论方面负有责任地阐述诸神本质的不可能加以对比，那么凯基利乌斯的态度在哲学上就是前后一致的。但是接下来凯基利乌斯由于引入情绪变化无常的幸运女神（Fortuna）而抹杀了对比的无懈可击，而且还把罗马的诸神崇拜作为有约束力的东西同基督教信仰加以对比。按照这些有把握的断言，凯基利乌斯在讲话结束时呼吁怀疑主义的态度就显得很突然。在这个地方，裁判费利克斯开始插话，引证柏拉图的对话录《斐东篇》（Phaidon，88B-91C），彻底批判雄辩术和怀疑主义哲学（章 14-15）。尽管接下来费利克斯还很怀疑凯基利乌斯旗帜鲜明的谴责，可他是正当的。费利克斯反驳凯基利乌斯。这不同于西塞罗的一些对话录。在这些对话录中真理悬而未决，例如《论神性》第三卷第九十五节廊下派和学园派的观点。然而，费利克斯是申辩者，在他的对话录中肯定要帮助基督教事业取得胜利。费利克斯在凯基利乌斯的讲词中安排相反的陈述，以便他们以及同他们一伙的所有读者都能够详细地驳斥。对奥克塔维乌斯的讲词（章 16-38）以和解的口吻开始。奥克塔维乌斯并不把学究式怀疑主义的哲学态度看作凯基利乌斯的问题，相反把学究式怀疑主义的哲学态度解释为由于凯基利乌斯对问题没有把握而引起的。而费利克斯把相反的证据建立在一个有力的真理基础上。费利克斯强调在教义说法方面遏制怀疑主义是所有人（包括谦逊者）的天生智慧。

在奥克塔维乌斯用常用的廊下派论证证明世间存在神的"天命"（providentia，即"神意"），用传统用于君主制的论证证明（章18，节5-7）只可能存在一个神以后，他为这一个神引证的首先是民族，接着是诗人们，最后是异教哲学家。

长长列举的基础是西塞罗对话录《论神性》（De Natura Deorum）第一卷第二十五至四十一章维特利乌斯（Vitellius）的列举。在那里维特利乌斯从他的伊壁鸠鲁主义立场出发，想证明之前哲学家关于诸神的观点的愚蠢和错误。在这种情况下哲学家按照编年顺序和学派关联出场。而奥克塔维乌斯想用这一系列的清单阐释一神论。相应地奥克塔维乌斯做了一些选择，用另一种方式编排哲学家和他们的观点，在编排的结尾是柏拉图，他同基督徒的观点十分相似。最后用与柏拉图哲学王观点（《政治家篇》，473D）的相似之处强调基督教同（异教）哲学的非常接近。这与德尔图良截然相反：德尔图良在《护教篇》（章46，特别是章46，节18）中粗暴地拒绝异教哲学，而费利克斯在这里为有教养的异教徒架起了一座通向基督教的桥梁。

在奥克塔维乌斯讲词的第二部分（章20，节2至章28，节6），他继续用流行的异教诸神批判的论证反对作为可笑的错误的异教。与此同时，在诸神的外表形态方面，奥克塔维乌斯较少突出他们的不一致，而是突出他们自身的举止幼稚和不合规矩。罗马人期望从权威人士们那里获得尊严（dignitas）。因此，这里在批判时也使用了一个罗马的价值标准。

像德尔图良一样，费利克斯认为，罗马的伟大不是源于罗马的虔诚，而是利用卡尔涅阿德斯的论证，就像西塞罗《论共和国》第三卷里的一样，源于不公和暴力。这种谴责是对罗马的自我理解的攻击。对此的讨论还是漫长的，例如在普鲁登提乌斯和奥古斯丁《上帝之城：驳异教徒》里还起作用。当然在何种程度上动摇了罗马的自我意识，这是另一个问题。接下来，关于魔鬼——魔鬼隐藏在异教神像后面，撒播对基督教的仇恨——的学说虽然占据了显著的位置（章26，节8至章28，节6），但是不像在德尔图良那里一样异教徒的整个思维都被描述为由魔鬼决定。

　　最后在讲词的第三部分（章28，节7至章38，节7），作者驳斥针对基督徒的学说和道德的谴责，而且是通过指出异教作品中类似的学说（特别是章34）。最后用对殉道的褒扬反对对可怜的谴责。这里又可以发现积极利用并超越异教哲学。明显援引的是小塞涅卡（比较费利克斯，《奥克塔维乌斯》，章37，节1和3与小塞涅卡，《论天意》，章2，节8；章3，节1）。在费利克斯那里，神的士兵——由于复活——在殉道的死亡中并没有结束生命。异教徒在受难中只意识到这也是好运，基督徒以相似的方式认识到这是神的安排，但是此外还有复活的希望。奥克塔维乌斯在他总结陈词（章38，节5-7）时，他又接受了裁判费利克斯对学园派怀疑的反对意见（源自章14）。奥克塔维乌斯对关于神性的真理已经成熟的评价表明了他从异教世界走向基督教世界的有机关系的观点：在基督教世界里，异教的东西走向成熟。费利克斯因为这个和解的观点而远远地走在了他那个时代的前面。

　　第四部分即第三十九至四十章，是结尾部分：凯基利乌斯最终接受了基督教的信仰（参王晓朝，《教父学研究：文化视野下的教父哲学》，页67）。在描述异教徒凯基利乌斯没有分享喜乐时出现罗马人理解为理想人性[1]表现和休闲（otium）的情景。当然在争论结束时，凯基利乌斯承认自己失败，本人也作为胜利者为战胜他的错误而欢欣鼓舞（章40，节1.2）。因此，最后3个人全都"喜乐"（章40，节4）地分离。改变信仰的异教徒凯基利乌斯也可以分享基督教解释的喜乐（章31，节5）。

_____

　　[1]　F. Klingner：*Humanität und humanitas*（博爱与理想人性），见 *Römische Geisteswelt*（《古罗马思想界》），Stuttgart 1979，页704-746。

　　然而，在为数不多的几个句子以后，与德尔图良的《护教诗》在风格与论证方面的区别是明显的。德尔图良要用难懂的、深入的文笔把异教徒的谴责扔回给异教徒，而费利克斯凭借他的以西塞罗为导向的文笔赢得了有文化的读者。

　　但是在内容方面，费利克斯以传统元素为起点。如果费利克斯用对话录的框形部分表达敏感的内心心情（《奥克塔维乌斯》，章1-4；章39-40），那么之所以这样，是因为费利克斯和奥克塔维乌斯有亲密的友谊关系。按照古代的观点，真正的朋友就是另一个自我："真正的朋友永远不会找到；因为他似乎是另一个自己（verus amicus numquam reperietur：est enim is qui est tamquam alter idem；《论友谊》，章21，节80）"（引、译自 LCL 154，页188及下）；友谊的基础是对"另一个自我"的美德的敬重（《论友谊》，章22，节82）。[1] 此外，费利克斯与奥克塔维乌斯有关系（青少年时期的朋友），也因为费利克斯在奥克塔维乌斯之前信奉基督教。整件事情之上笼罩着一定的悲哀。朋友奥克塔维乌斯在这个时候死了（《奥克塔维乌斯》，章1，节3）。因此，除了对话录的戏剧框架以外，费利克斯的论述获得了遗言的威信。人们肯定想起柏拉图的《斐东篇》中苏格拉底的话语的遗言特征。不过，费利克斯在他的旁白中也引用了这段对话（《奥克塔维乌斯》，章14，节3-6）。在古罗马文学中，西塞罗对话录《论演说家》和《论共和国》中有类似的情景，其中由于卢·克拉苏和小斯基皮奥很快要死了，他们的话语也具有遗言的特征。当然，除了奥克塔维乌斯的起源于异教传统的威信以外，起源于基督教传统的威信还有在这次对话的思想争论中获得

---

　　① 德文论著中"100-103"（参《古罗马文选》卷五，前揭，页95）可疑。参西塞罗，《论老年·论友谊·论责任》，页76及下。

胜利的力量被归因于神的启示（《奥克塔维乌斯》，章40，节3）。

费利克斯明显受到西塞罗《论神性》的影响。在书中，费利克斯解释了神的概念，提供了神存在的一些证明（《奥克塔维乌斯》，章18）。费利克斯用各种程式作例证，强调神的空间特性、独一无二和超越性，甚至引用诗人和哲学家的话语，证明"神"这个词合乎逻辑地指向一个独一无二的、超越的实在。费利克斯深信，"要么今天的基督徒是哲学家，要么过去的老哲学家已经是基督徒"（《奥克塔维乌斯》，章20）。

在世界观方面，费利克斯以基督教的神为中心。不过，费利克斯从廊下派的普遍原则开始论述：在宇宙中，"事物都是相容的，互相结合，互相联系"，而这种宇宙秩序源于"神的智慧"，又是神意的证明。接着费利克斯又先后讨论了天、海和地。在描述神意在宇宙中的活动以后，又证明神意在人类中的活动。由此可见，费利克斯的神学是一种充满自信的自然神学。

虽然《奥克塔维乌斯》属于拉丁护教士的基督教文学作品，在对待异教徒的宗教态度方面无疑是全盘否定并拒绝与之妥协的，但是在对待异教的希腊罗马哲学的态度方面却是相当温和的。在费利克斯看来，希腊、罗马哲学家对神性的看法是完全一致的，只不过用语不同而已。费利克斯甚至认为，柏拉图与基督教完全一致（《奥克塔维乌斯》，章19）。显然，费利克斯对希腊罗马哲学的理解是片面的，因为他仅仅选择了希腊罗马哲学中他认为合理的成分。这种选择的原则就是对基督教有利，因为他写作的意图就是捍卫基督教，宣传基督教。

三、历史地位与影响

综上所述，费利克斯虽然为基督教的信仰所折服，但是由于从异教徒到基督徒，依然带着浓浓的异教文化（即希腊罗马文化）色彩，所以他仍然还在用希腊罗马哲学的术语去理解基督教。不过，最重要的是，费利克斯"把希腊罗马哲学的一些合理因素与基督教的信仰相结合，建构较为系统的基督教神学"，并"以一种积极的方式把基督教当作一种合理的宗教展示给外部世界"，成为早期的拉丁教父和护教士。

> 在律师中并不属于那种出身微贱的人，如果他自己能完全投身于他的追求，他的著作表明他能胜任真理的维护者（拉克坦提乌斯，《神圣原理》卷五，章1，见王晓朝，《教父学研究：文化视野下的教父哲学》，页82）。

的确，圣费利克斯的《奥克塔维乌斯》成为最早的捍卫基督教的拉丁文献之一，为后世提供了基督教信仰与拉丁古典文化的冲突的证言。

第五节　西普里安[①]

一、生平简介

约200年，西普里安（Thascius Caecilius Cyprianus）出身于迦太基的一个非基督教的富人家庭。西普里安获得了成为演说家的普通教育，是一位名声相当高的修辞学家，也许他也是职位较高的行政官员。

---

① 参《古罗马文选》卷五，前揭，页118以下；沙夫，《基督教教会史》卷二，页845；王晓朝，《教父学研究：文化视野下的教父哲学》，页78-82。

西普里安在基督教监事凯基利乌斯的影响下，经过长期的思想斗争，最后信奉基督教，并在 245 年接受洗礼。248 或 249 年以后，西普里安是迦太基的主教。西普里安全心全意地行使他的职权。在受到德基乌斯（250 年）迫害期间，西普里安藏匿在迦太基附近，从那里引导他的全体教徒。在迫害减轻以后，西普里安支持，在适合具体个案的严厉忏悔以后，以牺牲或者其他方式否定其信仰的众多背教者（lāpsī）① 才可以重新接纳入教徒之列。而那些在迫害过程中表明是坚定的信徒常常接受这些背教者的直接重新接纳他们的请求，是的，甚至宣布直接重新接纳这些背教者。西普里安从此看到了对负责任的引导即主教职权的危害，而西普里安认为，主教职权是救主、信仰和基督教会的确信。

> habere non potest deum patrem, qui ecclesiam non habet matrem
>
> 谁不以教会为母，就不能以上帝为父（西普里安，《论公教会的统一》，章 6，引、译自《古罗马文选》卷五，前揭，页 119）。

罗马高级官员的谅解可能一起纳入这个职权观点。这些看法出现在西普里安的文章《论背教者》（De Lapsis），特别是《论公教会的统一》（De Catholicae Ecclesiae Unitate）中。当然，在他拒绝的异端洗礼的问题上，西普里安坚决地违抗最高权力对这个罗马主教的要求，与此同时在希腊的基督教家庭（Oikumene）

---

① 拉丁语 lāpsī 是阳性过去分词 lāpsus 的复数主格，源于动词 lābor："滑下；崩溃；消失；跌倒；陷入；衰弱"。在这里，lāpsī 是分词 lāpsus（失足）的名词化："背教者"。

中得到广泛的赞同。

在他事先预见性地安排好这个教区的领导和规章以后，258年9月14日，在罗马皇帝瓦勒里安的迫害中，西普里安殉教于断头台。在《前执政官公报》（Acta Proconsularia）中，一篇殉教者报告《西普里安》（Cypriani）报道了西普里安的死。

二、作品评述

西普里安的传世作品主要有《信札》（Epistles）和13篇论文。《信札》总共81封，其中，65封信是西普里安写的，另外的16封是别人写给西普里安或迦太基教会的；27篇写于德基乌斯迫害期间，12篇涉及诺瓦廷（Novatian）[①]派的分裂，11篇赞扬忏悔者，第七十六至八十一封写于瓦勒里安迫害期间（257－258年）。

在13篇论文中，反对分裂主义的《论公教会的统一》是西普里安最优秀的论文。传统认为，这部不朽著作写于251年。《论贞女的服饰》（De Habitu Virginum）与德尔图良的一部作品类似，是写给一位侍奉神的妇女的，写作时间大约是249年。《论背教者》写于251年，在德基乌斯迫害结束以后，内容涉及背教的兄弟回归教会的条件。《论主祷词》（De Dominica Oratione）写于251或252年。《致德墨特里阿努斯》（Ad Demetrianum）约写于252年，是写给一位执政官的护教文，证明把饥荒、瘟疫和战争的原因归咎于基督徒是错误的，否定异教神。《论偶像的空洞》（Quod Idola dii non sint）写于246年，当时西

[①] 生活于大约3世纪中叶，反对重新接纳那些在德基乌斯迫害期间背教者，也是分裂派的首领，传世之作主要有《论三位一体》（De Trinitate）、《论犹太人的肉食》（De Cibis Judaicis）和一些书信。参王晓朝，《教父学研究：文化视野下的教父哲学》，页86。

普里安还是平信徒。《论死亡》（*De Mortalitate*）写于 246 年，是对当时爆发的瘟疫的抚慰词。《论工作与济贫》（*De Opere et Ellemosynis*）劝告人要仁慈。《论忍耐的好处》（*De Bono Patientiae*）和《论妒忌》（*De Zelo et Livore*）写于 256 年，作者试图以此平息当时关于洗礼的论争。《致福图那图》（*Ad Fortunatum*）写于 257 年，鼓励人殉道。《致奎利努斯》（*Ad Quirinum vel Testimoniorum Libri*）写于 258 年，汇集一系列圣经经文，用于日常学习。《致多纳特》（*Ad Donatum*）约写于 246 年，以一般性的语言描写洗礼再生后的新生活。

三、历史地位与影响

西普里安的很多作品广为流传。文献在教会内部流传。西普里安影响到教会的规章和基督徒的生活。西普里安的文章内容和风格表明，西普里安是教会人员和牧师。与他很熟悉的德尔图良固执己见和难懂的文章正好相反，西普里安的文章具有不夸张的朴实无华，追求通俗易懂，这是明显的。西普里安像个罗马官员一样，尽力用好的拉丁语写作。对全体教徒的劝告采用了很接近于西塞罗的文笔。西普里安的论述严格地提出圣经里的根据。尽管西普里安也熟悉小塞涅卡，可还是谈不上西普里安直接接受廊下派的思想。

西普里安不如德尔图良多产和有创造性，但是西普里安的作品更加清楚，更有节制，风格更优雅。最伟大的主教西普里安"比其他所有杰出的知名者都要强，他心灵敏捷、满腹经纶、坚定一致、心胸开阔，但那些不懂得奥秘的人不喜欢他，除非他能用自己的话去说服他们"（拉克坦提乌斯，《神圣原理》卷五，章 1）。

第六节　拉克坦提乌斯①

一、生平简介

除了哲罗姆的一篇简短的记录［《名人传集》（*De Viris Illus-tribus*），80］，关于拉克坦提乌斯（Lucius Caecilius Firmianus Lactantius），我们只有为数不多的明证。许多必须进行推断。250 年左右，拉克坦提乌斯或许生于北非，是西卡的阿诺比乌斯（Arnobius）②的修辞学学生。

290 年左右，戴克里先聘请拉克坦提乌斯到位于马尔马拉（Marmara）海边的都城尼科弥底亚（Nikomedeia）当拉丁语修辞学教师，由国家发放薪水。在那里，拉克坦提乌斯可能是后来的皇帝君士坦丁的教傅。

303 年以前，拉克坦提乌斯改入基督教。由于戴克里先的迫害的关系，拉克坦提乌斯放弃了他的教职。当时，拉克坦提乌斯开始广泛的基督教写作。313 年以后，可能是 315 年（参《古罗马文选》卷五，前揭，页130；王晓朝，《希腊哲学简史》，页364），君士坦丁下诏让拉克坦提乌斯到奥古斯都的殖民城市特里尔（Colonia Augusta Treverorum）当君士坦丁的儿子克里斯普斯（Crispus）的教傅。君士坦丁把这个城市扩建成他的首都。因此，拉克坦提乌斯接近皇帝权力的中心。

---

① 参《古罗马文选》卷五，前揭，页130 以下；《古罗马文选》卷四，前揭，页36－50 和220－227；王晓朝，《希腊哲学简史》，页364－366。

② 约死于327 年，著有护教作品《致异邦人》（*Adversus Nationes*），其中第一、二卷为基督教辩护，反驳对基督教的指控，第三至七卷批判异教的迷信和神话。参王晓朝，《教父学研究：文化视野下的教父哲学》，页80。

大约 325 年，拉克坦提乌斯死于特里尔（Trier 或 Treves）。

二、作品评述

拉克坦提乌斯的传世之作主要有《神圣原理》（*Divinae In-stitutiones*）、《〈神圣原理〉概要》（*Epitome Divinarum Institutio-num*）、《迫害者之死》（*De Mortibus Persecutorum*，314-317 年）、《神的作品》（*De Opificio Dei*，或许 303/304 年）和《论神的愤怒》（*De Ira Dei*，311/312 年）。

7 卷《神圣原理》是拉克坦提乌斯最主要的作品。这本信仰上帝的指南是拉克坦提乌斯在 304 至 313 年迫害基督徒的期间撰写的（参《古罗马文选》卷五，前揭，页 130）。众所周知，这样的"原理（institutiones）"原本是修辞学手册（如昆体良的）或法律手册（如盖尤斯的）。不过，拉克坦提乌斯却把它写成一部"富有尊严的、优雅的、表述清晰的"温和作品。这种由西塞罗开创的文风使这部阐述基督教学说、反驳异教和异端哲学的作品显得既有哲学根基，又适合知识阶层阅读。

在第一卷里，拉克坦提乌斯坚持一神论，批驳了各种非基督教的多神论。拉克坦提乌斯认为，拥有理智和使用反思的人都懂"那位存在者既创造万物，又用从事创造时使用的相同的能力支配它们"，因此有必要坚持统治宇宙的是一。反观之，假如存在是多，那么这"多"中的每一个都拥有较小的权力和力量，这些诸神也因此比较弱小。弱小的各个神没有别的神的帮助，就不能实现对万事万物的统治。但是，"神作为永恒的心灵是无与伦比的，优秀的，他的每一部分都是完全的，完善的"，"完全的力量或美德保持着它自身独特的稳定性"。也就是说，多神论中诸神的弱小与神的完全性相矛盾，所以"神必定是一"（《神圣原理》卷一，章 3）。

接着拉克坦提乌斯又用先知、诗人、哲学家和女祭司的证言来证明一神论的正确和多神论的荒谬。拉克坦提乌斯认为，"弄清什么是假的，这是迈向真理的第一步。下一步就要确定什么是真的"（《神圣原理》卷一，章23）。

在第二卷里，拉克坦提乌斯总结了引起宗教谬误的 4 个原因：一、理性的遗忘使人对真神无知，在逆境中才崇拜真神，在顺境中却藐视真神；二、有一种持久的力量总是与真理作对，是人类重犯错误，"这种力量的惟一人物就是不断地散布黑暗，蒙蔽人们的心灵"；三、哲学家和博学者没有使人脱离谬误；四、人们没有发现真正的宗教。

在第三卷里，拉克坦提乌斯系统地批判了希腊罗马哲学。拉克坦提乌斯认为：

> 哲学家们不能获得真理，哲学家们的思想是愚蠢的，哲学是空洞的和虚假的；哲学的 3 个主要部分，自然哲学、逻辑学、伦理学都是空洞的；哲学家言行不一，生活腐败，缺乏美德，不能为人师表；哲学家的教条对真正的智慧几乎没有贡献，只有在宗教中才可以找到真正的智慧（见王晓朝，《希腊哲学简史》，页 366）。

既然哲学家的教导远远地偏离了真理，那么唯一的希望，人唯一可以祈求平安的地方，就是捍卫这种教义：人的一切智慧都只能由关于神的知识和对神的崇拜来组成。只有推翻一切伪宗教，驳斥一切虚假的哲学以后才能走向真正的宗教智慧（《神圣原理》卷三，章30）。后来（314 年以后），拉克坦提乌斯也为《神圣原理》写了一个概要：《〈神圣原理〉概要》，对大部头《神圣原理》做了一定的更新。

在按照廊下派学者的方式写作的《论神的作品》中，基督教作家拉克坦提乌斯试图向人们证实上帝的救济和天意，因为拉克坦提乌斯受到良好的相应教育。我们还可以更加详细地研究拉克坦提乌斯的文章《论神的愤怒》。在《迫害者之死》中，拉克坦提乌斯描述了戴克里先在比提尼亚的迫害。格特讷（Hans Armin Gärtner）和其他几个研究者也认为，拉克坦提乌斯是诗《凤凰鸟之颂歌》（*De Ave Phoenice*）的作者。

上帝的愤怒首先是《旧约》里、也是《新约》里的观点。上帝的爱和愤怒是人们获悉上帝的行为的方式。上帝惩罚以色列民族，因为上帝生以色列人的罪过的气，要完善以色列人。《旧约》不是探讨上帝的本体（$ο\dot{υ}σία$），而是探讨上帝的意愿及其在历史中的作用。

希腊宗教和诗歌中的诸神同样可能生气，例如《伊利亚特》（*Ilias*）中阿波罗生阿开亚人（Achäern）的气，但是另一方面也很亲近人，例如雅典娜（Athene）作为神的助手亲近奥德修斯。但是对于希腊哲学家而言，神性可能没有感情，因为不受感情的影响真的就是人追求美德的前提。一个愤怒的即受到激情影响的神是哲学家不能忍受的。

因此，犹太人对他们神的爱和愤怒表示不满。亚历山大里亚的斐隆解释：这些特征是为可能无力进行理智思索和悟解的人准备的比喻和象征。在这件事情上学他的有亚历山大里亚的基督徒克莱门（Clemens），尤其是俄里根（Origenes，约 185-254 年）。对于他们而言，上帝是没有感情的。另一方面，由于矛盾的感情爱和愤怒与圣经里的神关系密切，有人，首先是希诺佩（Sinope）的灵知人马克安，[①] 突然想到了一条出路，接纳两个神：

---

① Markion，小亚细亚人，宣扬"异在的上帝"，唯独信奉新约，唯独信奉基督。马克安认为《旧约》的上帝是律法的上帝，是恶的制造者，《新约》的上帝才是福音的上帝，爱的上帝。

《旧约》里公正和愤怒的神和《新约》里仁慈的神。德尔图良反驳马克安，如《驳马克安》（*Adversus Marcionem*）：从审判员的例子可以看出，爱和愤怒两种感情属于一个整体。不过，德尔图良把神的感情同人的感情区分开来，因为神的本质（substantia dei）和人的本质明显有分别。此外，上帝的愤怒不是激情即人遭受的东西，而是上帝向人的一种"表态"。这种态度（愤怒）不成为上帝的本质，而是上帝的自由决定，是执行他的审判员职务。拉克坦提乌斯继续阐明德尔图良的新开端：不把愤怒和仁慈描述为上帝本质的基本元素，而这些元素的合理性在于其功用：在上帝与人的关系中对维持世界上的美德和生活产生影响。这种观点很接近罗马人拉克坦提乌斯，因为罗马统治者从中推导出了他们在世界上建立一套必需的好规章制度的合理性。这个论据后来特别出现在普鲁登提乌斯的文献中。

拉克坦提乌斯通过追溯希腊基督教神学，明显看清了《旧约》里上帝意愿的观点和罗马统治合理性和意义的观点之间很类似，完全用作他的论证。在语言表达形式方面，与利用旧的罗马观点相适应的是，在有些地方很接近西塞罗。后来拉克坦提乌斯因为他的文笔被人文主义者赞扬为"基督教的西塞罗（Cicero Christianus）"，这并不是没有原因的。

在《论上帝的愤怒》中，拉克坦提乌斯以启示的必要性开篇，并且结合了一个认识的 3 个阶段的学说（章 1，节 1 至章 2，节 8）。然后，在划分（partitio）中，完全与修辞学规章相适应，列举了上帝愤怒和仁慈的 4 种可能的不同关系（章 2，节 9）。作为第四种可能出现的是基督教的观点。在驳斥伊壁鸠鲁主义者和廊下派的观点以后，在第六、七章中详细地阐明了这个观点。与此同时，跟古代传统相反，拉克坦提乌斯认为，人优越于其他生物仅仅在于人可以拥有宗教、对神的认识和正义（章 6，节 1-2；章

7，节10-14）。在一个篇幅很长的题外话中，拉克坦提乌斯面对哲学家为宗教辩解。之后拉克坦提乌斯在第十二章里又谈到这个话题。在第二篇题外话中，拉克坦提乌斯阐明了上帝为了人的缘故创造了世界，也创造了善和恶（章12，节1-5）。所以——而且因此拉克坦提乌斯又谈到这个话题（章15，节6-17）——上帝必须指向仁慈和愤怒这两种现象。接下来证明了神和人一样有正义的愤怒。上帝的愤怒虽然是连续不断的，但是对于那些完善自己的人来说，上帝有仁慈的自由（章16，节6至章17，节20）。

三、历史地位与影响

拉克坦提乌斯是尼西亚宗教会议之前的最后一位拉丁护教士，也是最重要的拉丁教父之一。拉克坦提乌斯的作品"凝重、典雅"，在教父典籍中占有重要地位。在西方教父哲学的研究中，拉克坦提乌斯的思想一直受到重视，因而对整个西方思想史都有不可磨灭的贡献。

第七节　安布罗西乌斯①

一、生平简介

安布罗西乌斯出身于罗马城的一个上层贵族家庭，这个家庭皈依基督教。在安布罗西乌斯的祖先中有个女性殉道者。333或334年，或者339或340年，安布罗西乌斯生于特里尔。当时，安布罗西乌斯的父亲是高卢的军政长官（praefectus praetorio Gal-

---

① 参《古罗马文选》卷五，前揭，页302以下，尤其是366以下；王晓朝，《教父学研究：文化视野下的教父哲学》，页117及下。

liarum），因此担任罗马帝国中最高的职务之一。在安布罗西乌斯的父亲早死以后，母亲带着全家返回罗马。在这里，安布罗西乌斯还可以获得他那个时代罕见的、全面的特别是修辞学教育。安布罗西乌斯接受的这种教育还包括希腊语的全面知识。与他的身份相符，安布罗西乌斯专心于国家公务，成为伊利里库姆的总督驻地西尔米乌姆（Sirmium）① 的律师（advocatus，状师），这个城市同时也是皇帝的官邸之一。370 年左右，安布罗西乌斯升任上意大利——即雷古里亚（Liguriae）与埃米利亚（Aemiliae）——的执政官（consularis），驻地是米兰。当 374 年米兰的主教奥森蒂乌（Auxentius，卡帕多西亚人，属于阿里乌教派）死时，奥森蒂乌的追随者对阿里乌教派信徒（Arianern）和尼西亚（Nicaea）② 教派没有明确的态度。在奥森蒂乌的追随者和尼西亚教派——天主教——的追随者之间产生了围绕主教职位的吵闹的争论。按国家公职，安布罗西乌斯要出面平息这场争论。但是，争论双方都令人惊讶地一致同意安布罗西乌斯作为接班人担任主教职务，尽管他只是新信徒，还没有接受洗礼。374 年末，安布罗西乌斯很不情愿地接受了被授予的米兰主教职务。基督教团体选择一个身居高位、也代表那个时代文雅教育的行政官员当主教，这不是个案：在希腊地区，这方面的例子就有昔勒尼（Kyrene）的辛内索（Synesios）③ 和西多尼乌斯。

作为米兰主教，安布罗西乌斯超越自己的主教辖区，为坚决地对尼西亚教派基础上的天主教统一提出根据而奋斗，为保持天主教独立于国家政权而奋斗。当 384 年罗马市长叙马库斯试图在

---

① 今斯雷姆斯卡 - 米特罗维察（Sremska Mitrovica）。

② 德语 Nicäa，形容词 nicänisch，今土耳其的伊兹尼克（İznik）。

③ 参 Herwig Görgemanns, *Die Griechische Literatur in Text und Darstellung*（《古希腊文选》）卷五，Reclam 1988，页 72 及下。

致年轻的皇帝瓦伦提尼安二世的第三封呈文（Relatio）——请求（Petition）——中达成重建罗马元老院大楼里的维克托里亚祭坛的时候，这一点变得特别明显。在这场争论中，安布罗西乌斯写给皇帝两封重要的信函：在第一封信（安布罗西乌斯，《书信集》，封17）中，安布罗西乌斯吓住这个年轻的皇帝使之不敢让步；在第二封信（《书信集》，封18）中，安布罗西乌斯更加详尽地解释了他的态度。在385或386年，当根据皇太后优士丁娜（Justina）① 的建议皇宫要求为米兰的阿里安教派建立一个教堂和设立一个主教的时候，安布罗西乌斯不得不经受住和阿里安教派信徒的斗争。在很大的教会争斗中，安布罗西乌斯战胜国家权力和立法，能够依靠基督教教众中广大的追随者，拒绝这种无理要求。此外，居民高唱安布罗西乌斯按照希腊典范引入的教会圣歌。最后，当390年执政的皇帝特奥多西乌斯一世在塞萨洛尼基（Thessalonike）残杀数千人以示对反抗的惩罚的时候，主教安布罗西乌斯甚至迫使这个皇帝公开进行教堂忏悔。

397年，安布罗西乌斯逝世。

二、作品评述

安布罗西乌斯是一个很有恩赐的讲道家。安布罗西乌斯的作品首先是由他讲道发展而来的对圣经的解释，特别是对《旧约》和《路加福音》的解释。在解释《旧约》时，安布罗西乌斯按照希腊神学家的典范，将基督教和柏拉图的思想（尤其是新柏拉图主义）综合在一起，借助于比喻和类型学的方法，从基督教的角度去理解有伤风化的地方。安布罗西乌斯的释经作品有387年写的6卷《四福音合参》（Hexaemeron）；375年对《创世记》的诠注《论天堂》

---

① 瓦伦提尼安一世之妻。

（De Paradiso）；《论该隐和亚伯》（De Cain et Abel）、《论诺亚与方舟》（De Noe et Arca）、《论亚伯拉罕》（De Abraham）、《论以撒与灵魂》（De Isaac et Anima）、《论雅各与幸福生活》（De Jacob et Vita Beata）、《论族祖约瑟》（De Joseph Patriarcha）、《论族祖》（De Patriarchis）、《论托比亚》（De Tobia）、和389年写的10卷《路加福音诠注》（Commentary on St. Luke's Gospel）。

　　安布罗西乌斯鼓励西方的修道主义思想。安布罗西乌斯就禁欲主义、道德伦理和圣礼著述，如377年写的3卷《论贞女》（De Virginibus）、378年写的《论贞洁》（De Virginitate）、392年写的《论圣洁的规则与永久的神婚》（De Institutione Virginis et Sanctae Mariae Virginitate Perpetua）和《对贞洁者的劝慰》（Exhortation Vriginitatis）。在道德文章中，特别突出的是安布罗西乌斯在阅读西塞罗的《论义务》以后紧接着写的3卷作品《论神父的义务》（De Officiis Ministrorum）。

　　罗得岛的希腊哲学家帕奈提奥斯（死于公元前110年左右）——有人把他列入中期廊下派——写了一部作品《论适宜（干）什么》（Περὶ τοῦ καθήκοντος）。这是一本政治伦理学教材。西塞罗在他的《论义务》的前两卷，[1] 很同意廊下派哲人帕奈提奥斯的观点。

　　安布罗西乌斯在他的文章《论神父的义务》中，首先依靠圣经里的一些地方，详细地论证（卷一，章1，节1至章7，节22）人首先必须学会能够沉默。之后，安布罗西乌斯才联系西塞罗的《论义务》，引入概念"义务（officium）"，[2] 但是基督教

---

　　① 参 H. A. Gärtner, Cicero und Panaitios. Beobachtungen zu Ciceros "De Officiis"（《西塞罗与帕奈提奥斯——对西塞罗〈论责任〉的考察》），Heidelberg 1974。

　　② 在拉丁语中，中性名词 officium："服务；责任；本分；职位；义务；良心；敬意"。

的由永生的观点决定的重要性与西塞罗的价值标准明显（卷一，
章9，节28）对立。此外，还写了卫道士使用的证据：圣经学说
在时间上先于异教哲学家的学说（卷一，章10，节30-31）。与
此同时，安布罗西乌斯援引翻译成希腊文的《旧约》（七十子译
本圣经）的引文。引文中出现了对于帕奈提奥斯来说的中心动
词πρέπειν（合乎规矩）。接下来，安布罗西乌斯一方面从天性推
导出第一个义务（廊下派也可能这样推导义务）：讲话有分寸
（卷一，章10，节33），另一方面依靠圣经的权威性。圣经的例
子采纳了西塞罗那里榜样的功用。

尽管都与西塞罗有关，这篇文章仍然是一门独立的基督教伦
理学；如果它起初被认为是教士的义务学说，那么随后就像普通
基督教行为方式的学说。

为了给新教徒讲课，安布罗西乌斯还写关于教义的文章，如
377 至 380 年写的 5 卷《论忠诚》（De Fide）、381 年写的 5 卷
《论圣灵》（De Spiritu Sancto）、381 年写的《论圣餐与道成肉
身》（De Incarnationis Dominicae sacramento）、《关于忠诚的说明》
（Expositio Fidei）、《论奥秘》（De Mysteriis）和 384 年写的 2 卷
《论潜能》（De Paenitentia）。在说教的文章中，安布罗西乌斯特
别涉及基督论（Christologie）和忏悔。

此外，安布罗西乌斯的传世之作中还有具有重要历史意义的
90 封信和许多拉丁语赞美诗。

三、历史地位与影响

安布罗西乌斯在当时就影响很大，以至于有安布罗西乌斯的
伪作《安布罗西乌斯注经集》（Ambrosiaster）。伪作大约写于 366
至 384 年，是对保罗的 13 封书信（《希伯来书》除外）的诠注。

安布罗西乌斯对奥古斯丁的影响很大。奥古斯丁极其敬重安

布罗西乌斯的声望、口才和才智，以至于在奥古斯丁归信公教会
实践的基督教信仰这件事上，安布罗西乌斯起了非常重要的作
用。后来，奥古斯丁受米兰主教安布罗西乌斯的前任秘书米兰
（Milan）的保利努斯（Paulinus）之托，写作安布罗西乌斯的圣
徒传记——赞美圣洁生活的灵修传记。①

第八节 奥古斯丁②

一、生平简介

354 年 11 月 13 日，黑人教父奥古斯丁③生于努米底亚的乡

---

① 诺雷斯（Andrew Knowles）、潘克特（Pachomios Penkett），《奥古斯丁图传》
（*Augustine and his World*），李瑞萍译，北京：北京大学出版社，2007 年，页 71。

② 参《古罗马文选》卷五，前揭，页 334 以下，尤其是 428 以下；LCL 26、
27、239、246 和 248；奥古斯丁，《忏悔录》，周士良译，北京：商务印书馆，2008
年；张晖、谢敬：一条通向和谐的道路——〈忏悔录〉导读，见奥古斯丁，《忏悔
录》，张晖、谢敬编译，北京出版社，2008 年，页 5；奥古斯丁，《上帝之城：驳异
教徒》上，页 3-6、181 及下、184 及下和 188 及下；《上帝之城：驳异教徒》中，页
56 以下；《上帝之城：驳异教徒》下，页 47 及下、122 和 140 及下；吴飞：译者说
明，页 1 和 5 及下；奥古斯丁，《论灵魂及其起源》，页 3-181 和 185 以下；奥古斯
丁，《论灵魂及其起源》，邓绍光：中译本导言，页 25 及下；奥古斯丁，《论自由意
志：奥古斯丁对话录二篇》，页 189；奥古斯丁，《论信望爱》，页 117 以下；奥古斯
丁，《论三位一体》，中译本序，页 2-11；萨乔奇（Marjorie Suchochi）：《忏悔录》的
象征结构，黄旭东译，见《古典诗文绎读·西学卷·古代编》（下），前揭，页 287
以下；诺雷斯、潘克特，《奥古斯丁图传》，页 26、32-37、42、45、47、50-55、63、
71-84、88 及下、91、97-99、102、109-129、131 及下、138-156 和 184-207；汉
斯·昆，《基督教大思想家》，页 67 及下和 75 以下；费里埃，《圣奥古斯丁》，页 14、
47、59 及下、91-94、99 及下和 103-135；西塞罗，《论演说家》，页 543 以下；柏拉
图，《文艺对话集》，页 159；《基督教文学经典选读》，前揭，页 204 以下；谭载喜，
前揭书，页 28 和 31；奥古斯丁，《上帝之城》上卷，王晓朝：中译本序，页 22；
《希腊哲学简史》，页 368 和 370；《教父学研究：文化视野下的教父哲学》，页 89 及
下。

③ 名字"奥古斯丁"的意思是"小皇帝"，这暴露出父母共有的野心。

村大镇塔加斯特（Thagaste）。① 奥古斯丁的父亲巴特利西乌斯（Patricius）是古罗马自治区塔加斯特的市政官员什长（Decurio）；这个异教徒在临死前不久才接受基督教的洗礼（《忏悔录》卷九，章9）。而她的母亲莫尼加（Monnica 或 Monica）② 是个信念坚定的基督徒；她心里非常挂记儿子灵魂的得救。

　　奥古斯丁在塔加斯特的启蒙小学接受了早期教育：学习阅读和写作。奥古斯丁热爱戏剧、拉丁文学和雄辩术——使用语言的学问。奥古斯丁的语言能力很强，能够变戏法一般地使用词汇、短语、双关语、韵律、象征和反语。不过，奥古斯丁只酷爱拉丁文，而憎恨希腊文（《忏悔录》卷一，章13），这可能是他余生的遗憾，因为他不能直接阅读希腊文作品。

　　在完成小学的基础教育以后，11 岁的奥古斯丁转学到努米底亚的小城市、阿普列尤斯的故乡马道拉的文法学校（366 年）。在马道拉，奥古斯丁学习的重点是语言规则和辩论结构。奥古斯丁学习拉丁语作家西塞罗、泰伦提乌斯（《忏悔录》卷一，章16）、维吉尔（《忏悔录》卷一，章13）、奥维德、小塞涅卡和尤文纳尔（讽刺作家）的作品，其中，奥古斯丁熟记西塞罗作品中的摘录内容，接受了有关演讲和辩论原则的教育，为他个人以后的演讲、写作和讲道奠定了基础；奥古斯丁曾在表演维吉尔《埃涅阿斯纪》中一个场景时获奖。

　　4 年以后，即 369 年，父亲看到奥古斯丁学习成绩斐然，就决定送奥古斯丁到迦太基③学习。但由于家中经济拮据的缘故，

---

　　① 今阿尔及利亚（Algerien）的苏克—阿赫腊斯（Souk Ahras），位于接近突尼斯边境的高原上。

　　② 莫尼加的利比亚语为 Monnica。莫尼加的名字源于柏柏尔语（Berber）里的地方女神"蒙"（Mon），但她本人仅会拉丁语。

　　③ 今突尼斯市郊马尔萨。

奥古斯丁被迫返回塔加斯特待一年。① 在这一年里，辍学的奥古斯丁充满青春活力，加入一帮年轻人，在城里到处撒野，以酗酒、偷窃和搞男女关系为荣。当然，奥古斯丁也充当富有的同乡罗马尼安（Romanianus）的儿子们的家庭教师。由于父亲"不计较家庭的经济力量，肯负担儿子留学远地所需的费用"（《忏悔录》卷二，章3，节5），再加上罗马尼安答应资助奥古斯丁完成学业，370年，17岁的奥古斯丁到距离家乡170英里的迦太基的修辞学校求学（370-374年）。

迦太基人崇拜生育女神科埃勒斯提斯（Coelestis，天后），其宗教仪式就是在公共场合性交。这无疑会引领异教的迦太基人的放纵行为。在这种环境下，出于单纯的肉欲，年仅18岁的奥古斯丁"由于苦闷的热情"，"忘却了理智"，与当地的一个女子非法同居（《忏悔录》卷四，章2）。虽然这位没有提及姓名的情人不是奥古斯丁的合法配偶，但是他对她十分忠心。奥古斯丁为372年出生的私生子取名阿德奥达图斯（Adeodatus），意思是"上帝所赐的"或"上帝之子"。阿德奥达图斯具有让父亲震惊的非凡天资。388年，当阿德奥达图斯16岁时，父子合著《论基督导师》（De Magistro，387-389年）。在这本书里，他们一起探究人类学习以及语言、符号、标记和记忆的复杂性。奥古斯丁认为，学习是由需要所激发，由他人的鼓励和理解所培育，是上帝使人能以发现的一个过程。爱是上帝对待所有造物的方式，所以学习最好在爱的环境中进行，因此在教育方面他让学生发挥出最好水平的方式不是惩罚，而是奖励。389年，阿德奥达图斯死于塔加斯特，《论基督导师》是他同父亲的对话。后来这位女子

---

① 费里埃（Francis Ferrier），《圣奥古斯丁》（Saint Augustin），户思社译，北京：商务印书馆，1998年，页9。

跟着奥古斯丁到了意大利。不过，母亲为了儿子的前程着想，要求儿子应该赞同符合身份的基督教婚姻（《忏悔录》卷六，章13）。在母亲的强烈反对下，385 年左右，奥古斯丁又不得不把同居 15 年的女友送回阿非利加；分别时，情人曾立誓不再和任何男子交往（《忏悔录》卷六，章 15）。后来，奥古斯丁在《论婚姻的益处》（*De Bono Coniugali* 或 *On the Good of Marriage*）中进行自我批评，为自己的情人鸣不平：一个男人为了社会地位与别的女人结婚，这样做对忠心爱他的女人很不公平（奥古斯丁，《论婚姻的益处》，节 5）。①

父亲死于奥古斯丁 16 岁那年（《忏悔录》卷三，章 4）。按照父亲的遗志和监护人罗马尼安的意愿，奥古斯丁本来应当成为律师，因为这是通向上流社会的必经之路。不过，奥古斯丁选择了较难的职业：修辞学教师。像希腊化时期一样，当时修辞学还一直被视为教育的最高阶段。当然，这种教育把重点放在形式上掌握语言和古典文学。后来在《忏悔录》（*Confessiones*）中，奥古斯丁从基督教的视角——与诺拉的保利努斯类似——抱怨这种教育的内容空洞。不过，起初奥古斯丁专心致志于修辞学的极大抱负，并且在这条仕途上取得巨大成功。奥古斯丁 19 岁就成为塔加斯特的修辞学老师，接着 376 年成为迦太基的修辞学老师。由于富家子弟的行为使他反感，383 年奥古斯丁以修辞学老师的身份前往罗马。在罗马，听众的举止虽然好一些，但是罗马的学生认为"钱财重于信义"，"不惜违反公道"，"赖学费"（《忏悔录》卷五，章 12）。最后，由于罗马行政长官叙马库斯（异教徒）认可奥古斯丁提交的演说稿，派奥古斯丁到米兰当修辞学

---

① 奥古斯丁，《道德论集》（*Moral Treatises*），石敏敏译，北京：生活·读书·新知三联书店，2009 年，页 47 及下。

教授，因此结识了叙马库斯的表兄、基督教主教安布罗西乌斯（《忏悔录》卷五，章13）。384年秋，奥古斯丁担任由米兰官方支付工资的修辞学教师，其职责包括起草每年的颂词。由于米兰是皇帝的官邸，奥古斯丁在事业上达到了很高的阶段。奥古斯丁可望在帝国行政部门获得一个很高的职务。

　　然而，奥古斯丁的内心发展则完全不同。在《忏悔录》中，奥古斯丁从事后的视角详细地为我们报道了他的内心发展。

　　奥古斯丁从未完全忘记幼年时期从他的母亲莫尼卡那里获得的基督教教育。在塔加斯特，当虔敬的母亲意识到少年的儿子在性关系方面的冒险举动时，她郑重警告奥古斯丁不要犯奸淫，尤其是不要私通有夫之妇（《忏悔录》卷二，章3）。即便在异教的迦太基，莫尼卡的灵也与奥古斯丁同在。令母亲遗憾的是，奥古斯丁偶尔参加教会的聚会，只是为了物色几个漂亮的女生；在宗教节日前夕守夜祈祷时，男女调情，甚至把粗话掺入赞美诗中。

　　如果起初激情可能让奥古斯丁脱离了基督教的生活方式，那么后来形式教育的美学价值标准和极力争取明智可能让《圣经》、特别是《旧约》的虚构世界出现在奥古斯丁面前。在思想态度方面，深深打动奥古斯丁的是18岁时——在他接受当演说家的教育的期间——读到的西塞罗劝人读哲学的文章《霍尔滕西乌斯》（《忏悔录》卷三，章4）。这篇现在已经失传的文章以对话的方式阐释了发现和热爱智慧的重要性。西塞罗的智慧之路需要非常严格的自律和自我完善过程。智者为了过一种谦卑且没有偏见的生活而训练自己的头脑，约束自己的激情和生理欲望。通过控制属世的欲望，培养理性和知识，一个人就可以踏上返回天堂的旅程。这篇劝告人们过一种由哲学决定的生活的规劝文章让奥古斯丁认识到他生活的无价值。奥古斯丁第一次发现自己在聆听真理。从此，奥古斯丁的精神追求开启了一个新阶段。智慧变成了宗教激情的对象，其表现形式就是在精神上追求一种纯洁的生活方式。奥古斯丁很快将"智慧"等同于自己成长环境中基督教的上帝，于是潜心阅读《圣经》：在《旧约》中智慧是虔敬生活方式的化身，在《新约》中神使得耶稣成为人的智慧（《哥林多前书》[①]，1：30），正如使徒保罗发现的一样。

　　然而，由于奥古斯丁使用的《圣经》版本是古拉丁文的粗浅译本，是2世纪没有受过教育的希腊传教士为非洲人翻译的版本，其粗放的文风令奥古斯丁非常恼火："圣经的质朴"根本无法与西塞罗的"典雅文笔"相较（《忏悔录》卷三，章5）。奥古斯丁也发现，《旧约》里存在的是人们的错误和过失，而不是美德。另外，《马太福音》与《路加福音》中耶稣家谱的差异也让奥古斯丁感到困惑。在这种情况下，297年传入迦太基的摩尼教[②]（Manichäismus）——诺斯替主义（gnosis，意为"深奥的知识"）晚期的一种形式——吸引了在迦太基的学生奥古斯丁。373年，奥古斯丁以"听众"的身份加入摩尼教，这让母亲莫尼卡——一名虔敬的基督徒——痛心疾首，甚至拒绝在家中与奥古斯丁同桌饮食（《忏悔录》卷三，章11）。

　　摩尼教吸引奥古斯丁有几个原因。从形式上看，摩尼教信徒可以完全委身于摩尼教，过着素食与禁欲的舍己生活，也可以仅仅作为寻求者或者支持者，即听众，免去极其严苛的清规戒律和

---

　　① 保罗写于约55年，见《圣经（灵修版）·新约全书》，前揭，页444。
　　② 摩尼教的创始人摩尼（Mani，约216－276年）在美索不达米亚领受启示，自封"耶稣基督的使徒"。276年被波斯政府处死的摩尼宣称，只有自己宣讲的信息揭示了上帝、人性和宇宙的本质。事实上，这是基督教的波斯版，其中加入了拜火教（Zoroastrianism）、思辨哲学和迷信的成分。摩尼教的使命是建立一个真正的普世教会，所以它传遍了罗马全境，后来几个世纪甚至传到了中东和中国。

宗教仪式。这样，奥古斯丁作为听众就可以保留自己的情人。从内容来看，奥古斯丁对摩尼教的教义感兴趣。摩尼教的教义实际上是一种"善"与"恶"或者"光明"与"黑暗"势不两立、彼此竞争的二元论思想：恶的存在是由于"黑暗的国度"侵扰"光明的国度"所造成的；而一切"善"都由一位完全、纯洁和无过的上帝发散出来的。但是由于"光之父"过于圣洁，对于"恶"鞭长莫及，他不能与"恶"争战。所以，人得救不是依靠上帝，而是依靠自己，其途径就是要认识到自己心里神性的火花——存在于每个人里面上帝的微光——的潜力。只有在学习和舍己的路途上，人才能摆脱恶势力，避免犯错或犯罪。也就是说，摩尼教不是为了拯救世界，而是教导人脱离世界。第三，由于摩尼教是基督教的诺斯替思想与波斯神秘主义相结合的产物，所以吸引奥古斯丁的还有深奥的知识和得救的神秘途径，以至于奥古斯丁曾涉猎算命和占星术。另外，奥古斯丁也喜欢摩尼教的团契生活。

在迦太基完成学业后，摩尼教的"听众"奥古斯丁返回塔加斯特当老师。由于母亲抵制摩尼教，倔强的奥古斯丁和恩人罗马尼安住在了一起，而且还说服了比他年长几岁的罗马尼安接受了摩尼教。奥古斯丁还说服了老校友信仰摩尼教，但是这位朋友病逝前却接受洗礼成为基督徒。在信仰操纵的失败中感到绝望和愤怒的同时，奥古斯丁也为朋友的死亡感到哀痛。奥古斯丁发现自己的情绪起伏强烈，不能清晰地思考，失去了应有的判断力。于是像该隐一样，奥古斯丁选择了逃跑。

可能在罗马尼安的帮助下，奥古斯丁在迦太基当了9年的修辞学教师。由于受到的罗马式文科教育，奥古斯丁在政治演说和个人恭维两个方面都很出色。在享受学术声望之余，大约20岁时（《忏悔录》卷四，章16）奥古斯丁阅读亚里士多德（公元前384－前322年）的《范畴篇》（*Categories*）——哲学史上第一个存在学的先验范畴体系——的拉丁文译本和"自然哲学家"西塞罗写的有关占星术和天文学共同之处的著作，阅读瓦罗、塞涅卡和阿普列尤斯的作品。在比较科学的宇宙观与摩尼教的迷信和神话以后，奥古斯丁发现了摩尼教关于天文学的理解是错误的。尽管奥古斯丁还在劝说朋友和学生加入摩尼教，可他自己却开始对摩尼教心生疑虑：哲人的理论得到现实的印证，而摩尼教义未经证实，所以"那些多才多艺，能探索宇宙奥秘，却不识宇宙主宰的人们比摩尼教可信"（《忏悔录》卷五，章3，参见奥古斯丁，《忏悔录》，周士良译，页73）。当米利域城（Milevis）的摩尼教主教福斯图斯（Faustus）在迦太基无法回答28岁的奥古斯丁的提问——奥古斯丁希望福斯图斯能参照其他书籍所载根据推算而作出的论证，明确回答摩尼教书籍中的观点更好——并"坦承自己不懂这些问题"（《忏悔录》卷五，章7）以后，奥古斯丁对摩尼教丧失了信心，不再从事占星术，不再为安抚魔鬼而献祭。

　　大约在这个时期，平信徒赫尔皮狄乌斯（Helpidius，原译"埃尔比第乌斯"）以令人信服的方式驳斥摩尼教的论证给奥古斯丁留下了极其深刻的印象（《忏悔录》卷五，章11）。但是奥古斯丁关注的不是精神，仍然还是有形的物质。

　　奥古斯丁曾几次在演讲比赛中获胜，并借此赢得了大人物的关注和友谊。在赢得诗歌竞赛时，为奥古斯丁颁奖的是行省总督文迪基安（Helvius Vindicianus），后者认为"并没有什么预言未来的法术，不过人们的悬揣往往会有偶然的巧合"（《忏悔录》卷七，章6），建议奥古斯丁放弃摩尼教的占星术，并把奥古斯丁引荐给了弗拉齐阿努斯（Flaccianus）——当时是学生，393年任阿非利加行省总督。奥古斯丁还见过叙马库斯——当时罗马的行政长官，后来的迦太基总督。

尽管奥古斯丁开始怀疑摩尼教的教义，他还是喜欢与摩尼教信徒在一起，公开朗诵祷文，聆听圣书的解释，分享禁食和禁欲的方法。对奥古斯丁产生吸引力的还有例行的学习、讨论和崇拜。在这些岁月里，奥古斯丁拥有友谊。在奥古斯丁的朋友中，除了两个最好的朋友塔加斯特人阿利比乌斯（Alypius，罗马尼安的亲戚，当过律师）和迦太基人尼布里迪乌斯（Nebridius），还提及霍诺拉图斯（Honoratus）和福尔图纳图斯（Fortunatus）。绝大多数朋友跟随奥古斯丁先入摩尼教，后又改信基督教。福图纳图斯是个例外，这个顽固的摩尼教信徒后来在希波与奥古斯丁展开了著名的辩论。

不过，善于思考的奥古斯丁很快发现，摩尼教是建立在迷信和神话的基础之上的，摩尼教的思想既不是真理，也行不通。摩尼教认为犯罪的是自我里面的实体，但奥古斯丁不得不承认犯罪的就是真正的自我本身。奥古斯丁开始质疑摩尼教"善必须被动"以及"在恶的攻势下善软弱"的主张。奥古斯丁也不能接受"善的上帝是个无动于衷、无权无势的上帝"。奥古斯丁信仰摩尼教的根基动摇了，他失望地沉迷于不相信的观点中：人们可能不认识上帝。

由于迦太基的学生很鲁莽，不受任何约束，乱闯课堂，愚昧无知，却自以为是，损害自己的教师权威，本来已经对摩尼教感到迷惘的奥古斯丁决定带着自己的情人和儿子，带着好友阿利比乌斯（出身名门的同乡，在迦太基是奥古斯丁的修辞学学生）和尼布里迪乌斯，离开迦太基，前往环境更加适合做学问的罗马（《忏悔录》卷五，章8）。383年，奥古斯丁与母亲莫尼卡和恩人罗马尼安不辞而别，乘船前往罗马。384年，奥古斯丁参加了米兰公立学校的修辞学教师的选拔赛，并取得竞赛的胜利。同年秋天，奥古斯丁上任修辞学教师。次年，母亲带着奥古斯丁的弟弟和两个表亲来到米兰。

　　386 年春，在罗马帝国西部重镇米兰，奥古斯丁在罗马修辞学教授维克托里努斯·阿非尔（Victorinus Afer）① 翻译成拉丁语的新柏拉图主义之父普洛丁（*Πορφύριος* 或 Plotinus，205－270年）② 与来自推罗的经院派哲学家波尔菲里奥（*Πορφύριος* Porphyrios 或 Porphyry）③ 的作品（《忏悔录》卷八，章 2）中，接触了新柏拉图主义的思想（《忏悔录》卷七，章 9）。新柏拉图主义者把希腊的古典哲学和基督教信仰的启示综合起来，对西方基督教神学的发展产生了非常深刻的影响。譬如，读了新柏拉图主义者的作品以后，奥古斯丁理智地思考"物质"的好坏，思考"恶之源"。奥古斯丁发现，自己里面就有真理之光；恶是善的缺席、丧失或腐化，是堕落人类的产物。然而，人如何弃恶从善？奥古斯丁的心仍然在打鼓。

　　不过，让奥古斯丁坚定弃暗（摩尼教）投明（基督教）的信念的却是他感觉与自己具有同等智识的安布罗西乌斯。起初出于修辞学的职业兴趣，奥古斯丁聆听受新柏拉图主义者影响很大的安布罗西乌斯布道，所以关注的不是演讲的内容，而是演讲的方式。不过，奥古斯丁渐渐地发现大公教的教义有着合理的事实和道理，成为"望教者"（《忏悔录》卷五，章 14）。在解释《圣经》的时候，米兰的主教安布罗西乌斯从新柏拉图主义的估价出发，通过比喻的解释，在《圣经》中不明确的和有伤风化

---

　　① 原名 Gaius Marius Victorinus，后来皈依基督教，参奥古斯丁，《忏悔录》，周士良译，页 139－141。

　　② 普洛丁的论文《九章集》（*Ἐννεάδες*、*Enneads* 或 *The Enneads*）由门徒波尔菲里奥整理出版。

　　③ 波尔菲里奥著有《驳基督徒》（*Adversus Christianos* 或 *Against the Christians*）。

的地方也发现了意义。安布罗西乌斯注重对罪人的救赎的布道让
奥古斯丁离宽恕越来越近（《忏悔录》卷五，章13），安布罗西
乌斯反复强调"文字使人死，精神使人生"的寓意释经法让奥
古斯丁大开眼界。借助于新柏拉图主义的思维方式，现在奥古斯
丁认为，《圣经》中创造世界的神是超自然的起源，而迄今为
止——追随廊下派的观念——奥古斯丁打算把"神"理解为
"这个世界上任意一种物质"，例如按照摩尼教的观点"神是
光"。世界有从这个起源派生出来的生物。现在，"恶"不再作
为与"善"同样重要的对立势力而独自存在。但是这种对立的
势力让"恶"存在于二元论的诺斯替教（灵知派）中，摩尼教
中也是这样。按照摩尼教，灵魂作为善神的一部分，被关在恶的
物质中。更确切地说，恶是起初源于神的善的最后蜕变。现在奥
古斯丁从新柏拉图主义的估价出发，能够理解《圣经》，特别是
能够理解圣保罗行传里面使徒保罗（Apostels Paulus）的救世说
（《忏悔录》卷七，章21）。保罗教导说，基督不仅是一个教师，
更是一位"救主"或"救赎者"。基督是至善的那一位，他进入
堕落的物质世界，拥抱这个世界，并以自己为中保，将这个世界
引向上帝的恩典中。从此，奥古斯丁决定脱离摩尼教，在公教会
中做一个"望教者"（《忏悔录》卷五，章14）。

　　然而，真正让奥古斯丁下定决心皈依基督教的是蓬提齐安
（Ponticianus）。当这位来自非洲的基督徒意外地发现修辞学教授
奥古斯丁在阅读圣保罗的书时，就给奥古斯丁及其朋友阿利比乌
斯讲了埃及隐修士安东尼（Antony，约251-约356年）的故事
（《忏悔录》卷八，章6）。听了在旷野中修行的安东尼的故事以
后，奥古斯丁羞愧难当，在花园里的无花果树下哭泣。听到临屋
的孩子们唱"拿起来读吧，拿起来读吧"以后，奥古斯丁跑进
屋，随便翻开《圣经》，读到"变卖所有的，分给穷人，就必有

财宝在天上，你还要来跟随我"(《马太福音》，19：21)，在阿利比乌斯坐的地方奥古斯丁又拿起早先读过的使徒圣保罗的书信来读。改变了奥古斯丁的一生的是《罗马书》[①] 中的话：

> 不可荒宴醉酒，不可好色邪荡，不可争竞嫉妒。总要披戴主耶稣基督，不要为肉体安排，去放纵私欲 [《罗马书》，13：13-14，见《圣经（灵修版）·新约全书》，页438]。

奥古斯丁的朋友阿利比乌斯随后也读到"信心软弱的人，你们要接纳他"(《罗马书》，14：1)。于是，他们一起找到莫尼卡，并应允她的祷告，一起分享她的喜乐(《忏悔录》卷八，章12)。

386年7月奥古斯丁在米兰花园最终获得了基督教的信仰以后，在十分私人的领域里，奥古斯丁转向过基督教的生活。与此一致，9月奥古斯丁因病辞去了修辞学教师的公职(《忏悔录》卷九，章2)，也放弃了预计需要的婚姻，决定节欲，和朋友们一起退休，前往加西齐亚根（Cassiciacum），[②] 到米兰的语法学家凡莱公都斯（Verecundus）在阿尔卑山下、科摩湖南边的庄园(《忏悔录》卷九，章3)，进行哲学研究，进行献身于认识神的研究。奥古斯丁组织了一个类似于修道院的团体，成员有10人：奥古斯丁及其家人（母亲莫尼卡、儿子阿德奥达图斯和弟弟纳维奇乌斯）、表亲拉尔提迪安（Lartidianus）和卢斯蒂库斯（Rusticus）、朋友阿利比乌斯和尼布里迪乌斯、学生利森提乌斯（Licentius）和台吉提乌斯（Trygetius）。出自这个时期的作品有

---

① 保罗写于约57年，见《圣经（灵修版）·新约全书》，前揭，页406。
② 可能是现在的卡萨哥-布里安萨（Cassago-Brianza），位于市区东北方向约19英里。

《加西齐亚根的对话录》（*Cassiciacum Dialogues*）或《反学园派》
（*Contra Academicos*，386 年）、《论幸福生活》（*De Beata Vita*，
386 年）、《论秩序》（*De Ordine*，386 年）和《独语录》（*Solilo-
quia*，386-387 年），在许多特征方面让人想起古典时期的榜样。
与古典时期的榜样相比，新的东西是完全献身于解决问题。人们
从他的献身程度感到了对于奥古斯丁来说重要的问题的压力。

　　在 387 年复活节之夜，奥古斯丁和未满 15 岁的儿子阿德奥
达图斯一起接受米兰的安布罗西乌斯的洗礼（《忏悔录》卷九，
章 6）。在之后逗留米兰的期间，奥古斯丁不仅恢复了与新柏拉
图主义者辛普里丘（Simplicianus）和特奥多罗斯（Theodorus）[①]
之间的友谊，而且还写作了《论灵魂不朽》（*De Immortalitate An-
imae*，387 年）、《论音乐》（*De Musica*，387-390 年）和《论语
法》（*De Grammatica*）。其中，《论音乐》其实根本不是音乐专
著，而是关于毕达哥拉斯学派格律学的散文。同年夏天，奥古斯
丁带着母亲和几个朋友，取道罗马到达奥斯蒂亚，希望从那里返
回阿非利加，成立一个祷告、学习和侍奉上帝的修道院。然而，
由于东西罗马的皇帝向篡位者马格努斯·马克西姆斯（Magnus
Maximus）发动的战争耽误了他们的行程，他们不得不滞留奥斯
蒂亚。在滞留期间，母亲同儿子一起经历神秘的体验——奥斯提
亚显圣——以后，她因为感染热病而与世长辞，享年 56 岁
（《忏悔录》卷九，章 10-11）。

　　由于奥斯蒂亚封港，奥古斯丁和朋友们不得不返回罗马。作
为基督徒，奥古斯丁决意写书阐述问题的答案。奥古斯丁继续采

---

　　① 奥古斯丁的朋友是研究哲学、天文学与几何学、著有《论格律》（*De Metris*，
参 H. Keil, *Grammatici Latini*, vi）的罗马皇帝特奥多罗斯（Flavius Manlius Theodor-
us），而不是新柏拉图主义者亚辛的特奥多罗斯（Θεόδωρος Ἀσιναῖος 或 Theodorus of
Asine）。

用对话——他与朋友埃沃迪乌斯（Evodius）谈话和辩论——的方式，完成了《论灵魂的量》（*De Quantitate Animae*，388 年），又开始写作《论自由意志》（*De Libero Arbitrio*，388 – 395 年）——不过后一本书近 10 年内都没有完成。

　　《论自由意志》写于 388 至 395 年，总共 3 卷，主要讨论恶的来源问题（《订正》卷一，章 9，节 1）。在第一卷里，奥古斯丁指出，事分两类，即永恒之事与属世之事，因而人分两类，即追求永恒之事的人与追求属世之事的人。其中，放弃永恒之事，反而去追求属世之事，这就是恶或罪。或者像埃沃迪乌斯所说的一样，"所有罪都是因人远离真正永存的神圣之物而朝向可变的不定的事物"（卷一，章 16，节 34-35）。第二卷分析意志自由的本质。在奥古斯丁看来，意志的自由是上帝赐予的，因而是好的，属于中等的善（卷二，章 18，节 47 至章 19，节 53）。但是，意志从不变的善转向短暂的善的运动是恶的，不是从上帝来的（卷二，章 20，节 54）。第三卷才回答了第一卷里提出来的关于恶的起源的问题。奥古斯丁认为，恶的起源不是赐予人的自由意志的上帝，而是人的意志本身："意志是罪的原因"。在奥古斯丁看来，成为罪之原因的不是良善的意志，而是邪恶的意志，即贪婪。

　　　贪婪是万恶之根（《提摩太前书》6：10）。所谓贪婪，即是意求比足够的还多。所谓足够的是指一本性保存其本质所必需的。……这样的贪就是贪念，而贪念就是邪恶的意志。
　　　所以，邪恶的意志就是万恶之原因（《论自由意志》卷三，章 17，节 48）。①

———————————

① 奥古斯丁，《论自由意志：奥古斯丁对话录二篇》，成官泯译，上海：上海人民出版社，2010 年，页 69 以下；译序，页 7 以下。

此外，奥古斯丁还简短地回答朋友们提出的问题。这些答复同后来在塔加斯特和希波的答复一起，汇集成书《论八十三个不同的问题》或《论异议》（*De diversis quaestionibus LXXXIII*，388 年）。

388 年秋末，奥古斯丁返回阿非利加的迦太基。在迦太基，奥古斯丁同朋友尼布里迪乌斯探讨知识的本质，探讨想象力的特征，探讨记忆和启蒙等。他们也继续探讨在加西齐亚根开始讨论的道成肉身和三位一体的本质。

抵达塔加斯特以后，奥古斯丁在老家的住处成立一个非神职人员使用的修道院。奥古斯丁卖掉大多数财产，把钱分给穷人，安于日常沉思的生活。修道院的阅读和讨论使得奥古斯丁在学术上不断进步。在接下来的 3 年（388-390 年）里，奥古斯丁除了同儿子阿德奥达图斯一起探讨词语的本质和学习的原因的对话录《论基督导师》（周士良译《师说》）（《忏悔录》卷九，章 6）以外，还开始著书《公教会之路与摩尼教之路》（*De Moribus Ecclesiae Catholicae et de Moribus Manichaeorum*，388 年）和《反摩尼教：论创世记》（*De Genesi contra Manichaeos*，388 年），反驳摩尼教——奥古斯丁与摩尼教的论争持续 15 年之久，例如 392 年 8 月奥古斯丁与福图纳图斯在希波展开为期两天的公开辩论会，写有《反福图纳图斯的摩尼教》[（*Acta*）*contra Fortunatum* (*Manichaeum*)]。

当 391 年奥古斯丁偶然逗留希波（Hippo Regius）的时候，有人违背他意愿地授予他牧师的圣职；395 年奥古斯丁在那里成为共管主教，之后不久成为主教。

430 年 8 月 28 日，奥古斯丁因热病，逝世于他当主教的城市希波（参《古罗马文选》卷五，前揭，页 433）。奥古斯丁死后不久，蛮族汪达尔人（Vandals）攻破并摧毁了这个城市。

二、作品评述

从奥古斯丁的生平简介来看，他无疑是个著述颇丰的拉丁学者。依据他在晚年作品《回顾》（Retractations 或 Retractationes，亦译《订正》或《订正录》）里的记述，奥古斯丁一生撰写著作232 部，还有数百封书信和布道文。在《回顾》之后，奥古斯丁还写有《论圣徒的预定》、《保守的恩赐》以及一部未完成的反朱利安的著作。[①] 奥古斯丁的作品包括 5 类：神学、释经、伦理证道、哲学和自传，根据思想内容分为两大类：异教（摩尼教）的和基督教的。

（一）作为摩尼教教徒的作品：《论美和适宜》

从 373 年在迦太基以"听众"的身份加入摩尼教，到 383年开始怀疑摩尼教并离开迦太基到罗马讲学，摩尼教的思想都一直占据着奥古斯丁的大脑，自然会体现在他的作品中。大约26、27 岁（《忏悔录》卷四，章 15），奥古斯丁写作第一本书《论美与适宜》（De Pulchro et Apto，388－395 年）。虽然奥古斯丁把这部书稿"亡失了"，这本书已经失传（依据狄德罗，圣奥古斯丁认为，美在于"统一性"，"一件东西之所以美是因为它本身就美"），[②] 但是奥古斯丁在《忏悔录》中曾总结过，在他的一封信中也略述过这本书的基本思想。《论美与适宜》"大概有两三卷"（《忏悔录》卷四，章 13）。这本书阐述了奥古斯丁早期的美学思想："美就是适宜"。奥古斯丁把美定义为事物本身的特

① 奥古斯丁，《论三位一体》，周伟驰译，上海：上海人民出版社，2005 年，中译本序，页 1。

② 狄德罗，《论美》或《关于美的根源及其本质的哲学讨论》，张冠尧、桂裕芳译，参《狄德罗美学论文选》，张冠尧、桂裕芳等译，译本序（艾珉），北京：人民文学出版社，1984 年，页 2 以下。

征，把适宜定义为事物与事物间和谐的关系："美是事物本身使人喜爱，而适宜是此一事物对另一事物的和谐"，并举物质实体的例子加以论证（《忏悔录》卷四，章15）。此外奥古斯丁还阐述了摩尼教的思想：一个人里面的灵魂是上帝本性的一朵火花，所以人人都有潜力向一位至高的上帝不断前进。人类只有使用理性可以勇往直前，达到完美的境地。奥古斯丁将这本书题献给当时罗马非常著名的雄辩家希埃利乌斯（Hierius）（《忏悔录》卷四，章14），虽然他们素未谋面，但是奥古斯丁希望得到这位伟人的关注和支持。这表明，当时奥古斯丁的野心还在不断膨胀。

（二）作为基督教徒的作品

然而，自从386年7月改信基督教以后，在余下的漫漫人生里，奥古斯丁是一位虔诚的基督徒，所以他以后的作品反映的主要是基督教思想。

1. 加西齐亚根的对话录

作为基督徒，奥古斯丁的第一个创作时期是他在加西齐亚根的几个月时间。奥古斯丁采用对话的形式，把他在加西齐亚根组织的基督教团体成员日常讨论的结果著录成书：《反学园派》（*Contra Academicos*）、《论幸福的生活》（*De Beata Vita*）、《论秩序》（*De Ordine*）和《独语录》（*Soliloquia* 或 *Soliloquies* 或 *Soliloquiorum Libri Duo*）。

在《加西齐亚根的对话录》中，奥古斯丁探讨了他新建立的调和信仰和理性的信念。奥古斯丁否定并弃绝摩尼教，转向怀疑论和新学园派。怀疑论让奥古斯丁在学术上感到满意，而新柏拉图主义为奥古斯丁开启了拥抱属灵生命的哲学大门，满足了他灵性的渴求。然而，给奥古斯丁自信的却是安布罗西乌斯对《圣经》中关于基督的启示的阐释。在情感、学术和信仰剧变的时期，《加西齐亚根的对话》可以说是奥古斯丁灵性和哲学寻求的辅助备忘录。

《论幸福生活》是题献给曼利乌斯·特奥多罗斯（Manius Theodorus)① 的，总共 4 章。第一章（即节 1-5）介绍讨论的背景（幸福生活不仅仅是适合德性的哲学问题，更多的是宗教问题），包括时间、地点和人物。讨论的时间是 11 月 13 日（奥古斯丁的生日）至 15 日，总共 3 天（每天 1 章，即章 2-4）。地点是浴区。参加讨论的人包括奥古斯丁及其母亲莫尼加、兄弟纳维吉乌斯（Navigius）和儿子阿德奥达图斯、两个亲戚以及两个同胞和学生。第二章（即节 7-16）阐述的是拥有自己意愿之物的人（包括身体和灵魂）是幸福的。第三章（即节 17-22）阐述的是拥有上帝就是拥有幸福生活。第四章（即节 23-36）阐述幸福生活在于完满（plenitudine）和尺度（modo）。幸福生活在于完满。完满既在于内在的或灵魂的自制，又在于外在的尺度。最高的尺度是上帝。②

两卷《独语录》是题献给恩人罗马尼安的。在加西齐亚根的期间，奥古斯丁开始评述自己的一生。开始时只是偶然自言自语，即自己同“理性”的对话，藉此“追求真理”（《独语录》卷二，章7，节14），后来写成自传。从自传的层面来看，《独语录》可以说是《忏悔录》的雏形。但是，奥古斯丁并不限于自言自语，他也在察验、质疑并探究自己对萦绕心头的那些问题——如自我、灵魂、理性、知识、真理、至善、不朽和上帝——的态度。所以，这种交流不同于独白。《独语录》记载的是奥古斯丁所在的这个小群体中间发生的许多事件以及他们的谈

---

① 曾任执政官，后来专心于哲学写作；曾经是基督徒，后来恢复了异教的信仰。

② 奥古斯丁，《论秩序：奥古斯丁早期作品选》，石敏敏译，北京：中国社会科学出版社，2017 年，页 3-48。

话。比较重要的是，奥古斯丁能够在日常事件和（柏拉图与普洛丁、学园派与廊下派）哲学（《独语录》卷一，章4，节9）的运作方式与灵魂的生活之间建立联系。譬如，通过灵魂的官能感知上帝。奥古斯丁认为，只有通过"信"、"望"和"爱"，才有健康的灵魂。通过理性——即健康的灵魂的凝视——才能见到上帝。当凝视的最终目的达到的时候，理性才达成目的：真正完满的美德或至善。之后，人才能获得幸福（《独语录》卷一，章6，节12及下）。[①]

早期作品《论秩序》（De Ordine，386年）属于加西齐亚根的对话录，总共两卷，深入浅出地讨论的重要问题是上帝的神意秩序里是否包含一切善的和一切恶的事物（《订正录》，1.3）。因此，这篇对话录也称《论神意及恶的问题》。对话录想要揭示的是：上帝的秩序——即神意或宇宙（unum，即同质的或整体的一）秩序（属于自然本性）——主宰这个世界，也主宰人的生活，尽管表面印象与此相反（卷一）。奥古斯丁要借助于理性（ratio，即心灵的智力活动）和权威（auctoritas，包括属神权威和属人权威），在他思想发展的这个阶段（即皈依基督教）论证这一点，即上帝的秩序主宰人的生活。在密切注视这个问题的时候，有人在对话录中发现了问题：是否即使白痴干的事情也是按照神的秩序发生的？（《论秩序》卷二，章4，节11）在这种情况下，更早的定义——"秩序就是上帝所建立的万事万物得到管理的东西"（《论秩序》卷一，章10，节28，页81）——如何与此一致？在另一个对话中得出这个信息：白痴的行为的确根植于神的秩序的整体中。奥古斯丁以此加强这个观点：即使刽子手

---

① 奥古斯丁，《论自由意志：奥古斯丁对话录二篇》，页3以下；译序，页7。另参诺雷斯、潘克特，《奥古斯丁图传》，页91。

与妓女单独评价是负面的现象，但是在社会框架里的确还存在有意义的功用；这同样适用于某些身体部位及其在整个人体中的功能。接着，奥古斯丁在另一个领域——在语言、演说辞和辩论的领域——证明了这个现象：单独是负面的东西在整体中的确有正面的功能。在这种情况下，语法、修辞和雄辩术（《论秩序》卷二，章4，节13），即后来所说的"自由艺术的三学（Trivium der Artes liberales）"无可争辩地退居幕后。在他的对话论文的进展中奥古斯丁直接谈及"四艺（Quadrivium）"：音乐、几何学、天文学和数学（《论秩序》卷二，章5，节14）。紧接着，在观点发生改变的情况下，奥古斯丁阐明了这种观点：普通教育（见加比拉）是认知神的秩序的前提（参奥古斯丁，《论秩序：奥古斯丁早期作品选》，页49-137）。

2. 在米兰的作品

387年4月25日，奥古斯丁在米兰接受安布罗西乌斯的基督教洗礼。之后，奥古斯丁在米兰继续停留了一段时间。在这段时间里，奥古斯丁先写了《论灵魂之不朽》（*De Immortalitate Animae*，387年），后来又写作了《论音乐》（*De Musica*）和《论语法》，希望借此引导人们从各种文科的研究转向对灵性世界的洞察。

3. 在塔加斯特的作品

在塔加斯特，奥古斯丁以简约、易懂的风格为生活在阿非利加的非洲人著书。《公教会之路与摩尼教之路》的写作开始于罗马，388年完成于塔加斯特。在这本书里，奥古斯丁非常生动地描述了"舍己"的摩尼教信徒享受奢华生活的场景，认为埃及和意大利基督徒的禁欲生活比摩尼教徒的禁欲生活要好得多。在这本书里，奥古斯丁生平第一次比较《旧约》和《新约》，论证《圣经》信息的一致性和完整性。奥古斯丁反驳摩

尼教对 12 先祖和上帝原始、粗俗和道德败坏的批判，为经书
《旧约》进行辩护（参诺雷斯、潘克特，《奥古斯丁图传》，页
101）。389 年，奥古斯丁在塔加斯特修道院又对《创世记》前
5 章书进行注释，这就是《反摩尼教：论创世记》。值得注意
的是，奥古斯丁并不是按照字面意思去诠释《创世记》，而是
采用安布罗西乌斯的寓意释经法。所以在反驳摩尼教时奥古斯
丁也是选择性地解读《创世记》的部分文本。奥古斯丁认为，
世界并非人们需要鄙视的灵性障碍，而是为了获得与上帝同乐
的受造之物。

为了劝说塔加斯特的富人罗马尼安弃暗投明，奥古斯丁写了
总共 45 章 113 节的《论真宗教》（*De Vera Religione*）。在前言
中，奥古斯丁首先评述了柏拉图主义与基督教的和谐：假如柏拉
图还活着，也会皈依基督教，因为真宗教是通向幸福生活的道
路，而柏拉图寻求幸福生活、但却没有成功（章 1，节 1 - 章 6，
节 11），接着致意罗马尼安，提出论证的概要（章 7，节 12 - 章
10，节 20）。之后，奥古斯丁探讨了人的堕落和救赎。人堕落作
恶，只是错误地模仿神性。模仿神性已经表明，人渴望真理、发
现真理并展现真理所带来的快乐。恶不能使人快乐，反而会带来
罪疚和懊悔，甚至会接受上帝的最后审判。由于基督荣耀人性，
人因为上帝的恩典而可以得救。所以唯有在真宗教中才会找到真
正的喜乐。可见，历史是义人得救的净化过程（章 11，节 21 -
章 23，节 44）。而真宗教以敬拜一位真实的上帝为核心。上帝使
人从短暂转向永恒的方法是权威和理性（章 24，节 45 - 章 38，
节 71）。理性认为，被造世界是通向上帝的（章 39，节 72 - 章
54，节 106）。在结尾部分，奥古斯丁力劝读者热爱三位一体的
上帝（章 45，节 107 - 113）（参奥古斯丁，《论秩序：奥古斯丁
早期作品选》，页 193 - 282）。

　　除此之外，奥古斯丁还写了第一本教会手册。① 在家乡，由于他写的一些文章特别深入地研究摩尼教和基督教，奥古斯丁的宗教和思想水平很快在北非出名。

　　属于在塔加斯特创作的还有《师说》（周士良译）或《论教师》（石敏敏译），副标题是《奥古斯丁与儿子阿德奥达图斯的对话》。这篇对话录位列《论音乐》与《论真宗教》之间，写作时间大约是 389 年。奥古斯丁阐述的主要观点就是上帝是唯一能教导人知识的教师：“我们真正的教师是基督，也就是上帝永不变化的权能和永恒的智慧，他是我们完全听从的教师，就住在内在的人里”（《论教师》，章 11，节 38，见奥古斯丁，《论秩序》，页 185）。这种观点源自于《马太福音》：“只有一位是你们的师尊，就是基督”（23：20）（奥古斯丁，《订正录》I，xii）。因此，这篇对话录亦译《论基督导师》（参奥古斯丁，《论秩序：奥古斯丁早期作品选》，页 139-191）。

　　4. 在希波的作品

　　391 年，奥古斯丁成为希波的主教。当时，由于年迈的阿非利加大主教瓦勒里乌斯（Valerius）讲希腊语，听不懂会众的古迦太基语，无法对抗地方上出现的以福图纳图斯为首的摩尼教信徒和以法乌斯蒂努斯（Faustinus）为首的多纳特教派，为此奥古斯丁写有《反福图纳图斯的摩尼教》［*Contra Fortunatum* (*Manichaeum*)，392 年]、《反佛利科的摩尼教》［*Contra Felicem* (*Manichaeum*)，398 年] 和《反福斯图的摩尼教》［*Contra Faustum* (*Manichaeum*)，400 年]。

─────────

　　① 这本教会手册的书名未知。荐读奥古斯丁，《论修士的工作》（*De Opere Monachorum*），在《回顾》或《订正录》里紧随写于 401 年的《论婚姻的益处》之后。在这篇论文里，奥古斯丁要求修士既要从事属灵的工作，也要从事属世的劳作，免得神的道受阻，参奥古斯丁，《道德论集》，页 257 以下。

　　针对摩尼教信徒，奥古斯丁首先给朋友霍诺拉图斯写了一封长信，这就是后来的小书《信之功用》（*De utilitate credendi*）。①在信中，奥古斯丁力劝霍诺拉图斯重视《圣经》。奥古斯丁区分了为了将来获得快乐而生发的信心与以相信一位真的上帝、一位教会权威见证的上帝为基础的信心。为此奥古斯丁引用了以赛亚的话："你们若是不信，定然不能立稳"（《以赛亚书》，7：9）。面对诡辩思想家霍诺拉图斯，奥古斯丁区分信心和轻信，将信心等同于"相信"一位智者，而基督就是智者最完美的榜样。奥古斯丁还表达了信心先于理念的观点："如果你不能理解，那么为了理解要先信，信心在先，理解在后"。之后，奥古斯丁又给自己年轻时代的全体摩尼教朋友们写了一封信，这就是《反摩尼教：论灵魂二元》[*De Duabus Animabus*（*Contra Manichaeos*）]。两个灵魂指的是摩尼教思想中在每个人里面身体和灵魂这两个彼此争战的"属性"（nature）。奥古斯丁认为，恶没有任何实证的存在，所以精神不可能拥有这两种双重的属性。每个人都拥有一个灵魂，而灵魂享有自由的意志。罪是意志的行动。罪之源"恶"正是出于自由的意志，而非出于物质。虽然善与恶没有共同之处，但是善可以吸引恶，也就是说，人可以弃恶从善。"罪是保持或者获得正义所禁止之物的意志（在应当受到道德谴责的行为的意义上），任何人都可以自由地弃绝罪"[《回顾》（*Reconsideration* 或 *Retractationes*）卷一，章15，节4]。关于自由意志，奥古斯丁还写有专著《论自由意志》（*De Libero Arbitrio*，388-395 年）。此外，奥古斯丁还著有《反摩尼教的基本教义》（*Contra epistulam Manichaei quam vocant fundamenti* 或 *Contra Epis-*

---

　　① 奥古斯丁，《论信望爱》，许一新译，北京：生活·读书·新知三联书店，2009 年，页 245 以下。

tulam quam Vocant Fundamenti，397 年）和《反摩尼教：论善的本性》（*De Natura Boni contra Manichaeos*，404 年）。

《反摩尼教：论善的本性》是最后一部反摩尼教的作品，总共 47 章，分为 3 个部分。第一部分（即章 1-23）概述奥古斯丁的形而上学，上帝是至高的存在，是至善。第二部分（即章 24-39）引用圣经，逐一论证"理解力不足的人可以信靠权威"的观点。第三部分（即章 40-47）阐述摩尼教善恶不分（奥古斯丁，《订正录》II. ix）（参奥古斯丁，《论秩序：奥古斯丁早期作品选》，页 283-315）。

392 或 393 年末，奥古斯丁写了一首流行歌曲《反驳多纳特教派之歌》。这首歌曲采用古典形式，拉丁文化的节拍，总共 20节，讲述多纳特教派分裂的故事，并主张多纳特教派和公教会的统一，旨在让驳斥多纳特教派的思想扎根于没有受过教育的普通老百姓脑海里。397 年春天是迦太基公教会与多纳特教派抗争最激烈的时候。400 年，针对多纳特教派，奥古斯丁写有《反多纳特教派：论洗礼》［*De Baptismo（contra Donatistas*），简称《论洗礼》］。在作品中，奥古斯丁追溯多纳特教派的起源。由于 303和 304 年罗马皇帝戴克里先（Diocletian）和马克西米安（Maximian）迫害基督教信徒，教会发生分化：以迦太基主教蒙索里乌斯（Mensurius）为代表的成了背信者，而以提比乌卡（Thibiuca）主教为代表的成为认信者。

308 至 311 年期间，只认同殉道者的多那特教派信徒乘机——卡其良努（Caicilian）和马约里努（Majorinus）竞选迦太基主教——脱离公教会。多纳特教派取名于马约里努的继任者多纳特（Donatus，313-355 年左右任迦太基主教）。奥古斯丁认为，多纳特教派与公教会之间的信仰大部分相同，也就是说，分裂并不是教义层面上的，而是由于多纳特教派有自私的野心和缺乏理解和爱。多纳特教派分裂分子继承258年殉教的迦太基主教西普里安的观点，力求教会的圣洁，教会的圣礼（洗礼和圣餐）以及与之相关的主教和牧师必须全然"纯洁"；而奥古斯丁则认同多纳特教派神学家提康尼乌（Ticonius）的看法，主张让圣事的有效性独立于神父的圣洁。

400年，奥古斯丁又写了《驳帕尔梅尼亚》（*Contra epistulam Parmeniani*），借帕尔梅尼亚写给提康尼乌的一封信，攻击多纳特教派。这部书共3卷。在第一卷中，奥古斯丁批判多纳特教派的矛盾之处：多纳特派教会内部分裂出去的人回到教会时，教会并不给他们再次施洗。

在第二卷中，奥古斯丁写教会的属性。奥古斯丁认为，多纳特教派与非洲之外的教会分开领圣餐，并不是一个真正大公和正统的教会。关于多纳特教派的纯洁主张，奥古斯丁认为，圣礼的合法性并不依牧师而定，而是依圣灵的作为而定，所以主持圣礼的牧师并不会玷污其他人。这是圣礼神学中首次明确区分合法性和有效性的论述。与此同时，奥古斯丁还批判多纳特教派并不纯洁：他们的神父也有罪，他们的信徒参加了漫游僧侣教派（circum celliones）的暴乱。

在第三卷中，奥古斯丁将教会的合一与仁慈联系起来，并提出了彼此纠正的主张。奥古斯丁反对开除教籍，主张根除个人里面的恶。在公教会的合一中，在圣餐礼中，恶并不能玷污善，这是该书的基本主题。与此呼应的是405年罗马皇帝颁布《合一诏书》（*Edict of Unity*）。尽管如此，多纳特教派和公教会的分裂并没有停止（参诺雷斯、潘克特，《奥古斯丁图传》，页122-136），直到开始于430年的汪达尔人占领阿非利加期间，例如411年帝国举行两派之间的辩论大会。值得注意的是，公教会的胜利保障不单单是奥古斯丁的雄辩，而且还有强制力：国家采取

强制措施反对异端。这方面的明证就是大约 417 年奥古斯丁写的
论文《论多纳特教徒的改正》(*De Correctione Donatistarum*)。在
这篇论文里，奥古斯丁要求多纳特教派的信徒改邪（多纳特教）
归正（大公教），遵守罗马帝国的法律（《回顾》卷十一，章
100，节 48）。后来，这种为宗教事务上使用强制力辩护成为中
世纪典范的一个特征。

　　与奥古斯丁论争的另一个对手是贝拉基主义者。贝拉基
(Pelagius) 生于英国，曾在罗马学习神学，受到俄里根及其理智
主义与乐观主义的启发。贝拉基在《本性》(*Nature*) 中指出，
人性基本上是善的，人类依靠自己的努力可以拥有美好生命，因
此他十分强调基督救世的时候自身功绩的份额，反对恩典。415
年奥古斯丁读到贝拉基的《本性》，立即意识到贝拉基思想危及
公教会，为此写有《反贝拉基：论本性与恩典》[*De Natura et
Gratia (Contra Pelagium)*，415 年]。奥古斯丁认为，要维护恩
典，而且藉恩典释放并驾驭本性。① 后来，奥古斯丁又写有《论
贝拉基行动》(*De Gestis Pelagii*，417 年)、《论基督的恩典与论
原罪》(*De Gratia Christi et de Peccato Originali*，418 年) 和《论
恩典与自由意志》(*De Gratia et Libero Arbitrio*，426 年)。

　　贝拉基认为，人类的罪不是从亚当——亚当仅仅是一个堕落
的榜样而已——而来，死亡也不是因为亚当不顺服上帝的结果，
而是像贝拉基的跟随者凯利撒士 (Caelestius) ——贝拉基的追
随者还有叙利亚的鲁菲诺 (Rufinus) 和埃克拉农 (Eclanum) 的
朱利安——所辩护的一样，亚当会死，因为亚当是一个可朽坏的
人。上帝虽然是全能的，但是他没有预定一个人称义，没有预定

_____

　　① 奥古斯丁，《恩典与自由》(*Augustine's Treatises on Doctrine of Man*)，奥古斯
丁著作翻译小组译，南昌：江西人民出版社，2008 年，页 157 以下。

一个人有罪。人类借上帝所赐的性情可以自由选择行善的思想。上帝可以预见的是谁会相信，谁会拒绝他的恩典；上帝赦免所有相信他的人，人一旦得到赦免，就有能力过一个讨上帝喜悦的生活。因此，不需要圣灵。贝拉基的思想实际上就是廊下派的禁欲和自制的思想。为了反驳贝拉基主义，奥古斯丁开始传道著书。在答复弗拉维·马尔克利努斯（Flavius Marcellinus）[①]的书信《论洗礼》的基础上，奥古斯丁写出了《论基督的恩典与论原罪》与《论婴儿洗礼》[De baptismo（contra Donatistas）]。在《论婴儿洗礼》中，奥古斯丁认为，孩子去受洗，父母的信心很重要（这是以前写的《论洗礼》的思想），而且还需要会众信心的支持。关于罪，奥古斯丁也有深入的思考。奥古斯丁从《圣经》的经文和自己的经历出发，认为人们犯罪是因为他们想犯罪，他们有亚当的血统，所以生来具有罪性，唯一的例外就是耶稣，所以亚当的罪是致全人类的灵性于死地的一个大灾难。

为了进一步回答弗拉维·马尔克利努斯的质询，412 年奥古斯丁著作《关于灵意与字句》（De Genesi ad Litteram），比较了《旧约》的律法和《新约》的律法：前者借威吓发挥作用，后者凭信心发挥作用。

后来，阿非利加人奥古斯丁与强调自己有意大利血统的贝拉基主义者埃克拉农的朱利安展开了神学界的布匿战役，详见奥古斯丁的未竟之作《驳朱利安》（Against Julian，421 年）。[②] 朱利安认为，奥古斯丁对罪的认识与他在摩尼教的信仰没有分别，奥古斯丁则认为，公教会的基督教既避免了摩尼教错误的全盘否定，也避免了贝拉基主义的盲目乐观。基督教人文主义先驱朱利

---

① Flavius Marcellinus 是霍诺里乌斯（Honorius，395-423 年在位）皇宫的高官。
② 奥古斯丁，《驳朱利安》（Against Julian），石敏敏译，北京：中国社会科学出版社，2010 年。

安关注人性的良善，认为生命中性欲（concupiscentia）、死亡[1]之类的都非常自然，奥古斯丁认为，性欲是一种罪（虽然婚姻中的性是合法的），生命的艰难（及死亡本身）是对罪（包括个人的罪，但更重要的是婴儿承继的始祖的原罪）的一种惩罚。朱利安曾指责奥古斯丁想破坏婚姻制度［暗指 420 年奥古斯丁书面提出原罪观的《婚姻与色欲》（De Nuptiis et Conc.）］，奥古斯丁否认自己反对婚姻制度，[2] 并将自己和竭力主张单身较婚姻的灵性更加优越的哲罗姆区别开来。不过，他们与同时代人有一个共识：就全心奉献给上帝而言，独身更合适。[3] 奥古斯丁认为，性是上帝创造的一部分，而不是堕落带来的不幸结果，并断言亚当和夏娃在伊甸园享受着美好的性关系。问题不在于一个人是否有性欲，是否有性交能力，而在于一个人是否顺服圣洁和圣爱的更高要求；[4] 问题在于性存在某种混乱和分裂的情形。性会击败灵魂通过自律、[5] 深思和过一种平衡的生活来亲近上帝的努

---

① 关联读物：奥古斯丁，《论对死者的料理》（De Cura pro Mortuis Gerenda），参奥古斯丁，《道德论集》，页331 以下。

② 在《论婚姻的益处》里，奥古斯丁指出，婚姻有 3 个益处："全世界全人类的婚姻的益处在于生育，以及对贞洁的信守。但就属神的百姓来说，孩子爱与圣礼的圣洁"，即"子孙、信心、圣礼"，参见奥古斯丁，《道德论集》，页73 及下。

③ 在奥古斯丁的《论寡居的益处》（De Bono Viduitatis）里，寡居指不在婚姻的状态中，既牵涉未出嫁的童女，也牵涉有过婚姻、但未再嫁的寡妇。奥古斯丁认为，寡居比婚姻更圣洁，因为婚姻会导致俗世的负累，而寡居可以全心全意地投入对主的侍奉，参奥古斯丁，《道德论集》，页129 以下。

④ 在《论圣洁的童贞》（De Sancta Virginitate）里，奥古斯丁指出，圣洁不在于是否有属世的婚姻，也不在于是否有肉体上的性行为，而在于内在的灵魂，包括对配偶的贞洁，但更重要的是对上帝或主的贞洁，参奥古斯丁，《道德论集》，页77 以下。

⑤ 关于自律，奥古斯丁在《论婚姻的益处》的第二十五节明确指出："自制实在是一种美德"，并专门写有《论自制》（De Continentia），此外相关的作品还有《论忍耐》（De Patientia；奥古斯丁依据忍耐的目的把忍耐分为真正的忍耐与虚假的忍耐，主张坚持属灵的美德：忍耐，呼吁人们——尤其是基督徒——为了敬神而抵制一切——包括淫欲在内——的诱惑，忍受一切的不幸），参奥古斯丁，《道德论集》，页1 以下、67 和307 以下。

力。"女人的温存"和与妻子的"肉体交合""使男子汉的心灵从高处跌落"(《独语录》卷一，章10，节17)。[1] 性冲动证明身体和灵魂缺乏意志和行动的统一，而性无能也证明一个人内部的分裂。贝拉基主义者认为自己可以臻于完美，而奥古斯丁承认自己和会众的软弱。

让奥古斯丁感到更难对付的异端是阿里乌主义。阿里乌主义得名于死于336年的阿里乌（Arius）。阿里乌认为，耶稣并不是上帝，而是上帝的造物，由于耶稣的公义天父尊荣耶稣为上帝之子。阿里乌的主张直击创造、救赎及三位一体等正统教义的核心。为了维护和澄清尼西亚公会议的三位一体神学，奥古斯丁继阿塔那修（Athanasius）以后写作反驳阿里乌主义的作品。在《论八十三个不同的问题》中有些问题就是针对阿里乌的问题提出来的，在《约翰福音》的注释[2]以及有关三位一体的作品中奥古斯丁又重新审视了这些问题。在418或419年收到一份反对尼西亚公会议的资料以后，奥古斯丁马上予以回应。在《驳阿里乌的布道》（*Contra sermonem Arianorum* 或 *Against an Arian Sermon*）中，奥古斯丁主张，神的位格同质，并为道成肉身——以"仆人样式"（《约翰福音》，14：28）以及"以上帝样式"（《约翰福音》，10：30）出现的神子耶稣——的正统教义辩护。

将近10年以后，阿里乌主教马克西米努斯（Maximinus）与奥古斯丁进行公开辩论：马克西米努斯主张唯有父是真正的上帝，子虽然也是神，但却不是真正的上帝；而奥古斯丁认为子与父有同样的属性，同样是"无与伦比的、无法测度的、无限的、非受

---

① 参奥古斯丁，《论自由意志：奥古斯丁对话录二篇》，页19。

② 关联读物：奥古斯丁，《论四福音的和谐》（*De Consensu Evangelistarum*，400年前后），S. D. F. 萨蒙德（S. D. F. Salmond）英译，许一新译，北京：生活·读书·新知三联书店，2010年。

生的、眼不可见的"。这场辩论记录于《与阿里乌主教马克西米努斯的辩论》（*Conlatio cum Maximino Arianorum episcopo*）。马克西米努斯从希波返回迦太基以后，吹嘘在这场辩论中获胜。因此奥古斯丁写了《驳阿里乌信徒马克西米努斯》（*Contra Maximinum Arianum*）。虽然奥古斯丁年事已高，辩论能力下降，但是他仍然在努力提炼他在《论三位一体》（*De Trinitate*）中的教义要点。

　　为了反驳异端，奥古斯丁还写了别的作品。415 年，奥古斯丁发表文章，反对普里西利安（Priscillian）教派的信徒①和俄里根教派的信徒，认为他们"从虚无中创造"和"永刑"的观念有误。418 年春季，奥古斯丁写作《驳反对律法书和先知书的人》（*Contra Adversarium Legis et Prophetarum*），强调《旧约》与《新约》中的上帝是同一的，以此驳斥以前马克安教派的主张：《旧约》的上帝是"战争和愤怒的上帝"，而基督是"和平和仁慈的父"。在《驳犹太人》中，奥古斯丁认为，《旧约》的预言在基督和教会得到了应验；犹太人在基督被钉在十字架这件事上是有罪的，不过力劝众人对犹太人要存谦卑仁慈的态度；基督的教会是新以色列，犹太人唯一的盼望就是皈依基督教。

　　应 427 或 428 年神职人员葛福德（Quodvultdeus）的信函请求，奥古斯丁写了《论异端》（*De Haeresibus ad Quodvultdeum*）。在书中，奥古斯丁使用了现有的作品，并补充了尤西庇乌和哲罗姆的部分信息，讨论了异端和分裂的本质。奥古斯丁区别了异端和分裂，认为坚持分裂就会导致异端的出现。在书中奥古斯丁历

---

　　①　这篇在普里西利安主义者公案上答复康森提乌（Consentius）的质问的作品以 395 年奥古斯丁写的《论谎言》（*De Mendacio*）为基础，与《论谎言》有关的文章是《致康森提乌：驳谎言》（*Contra Mendacium*〔*ad Consentium*〕），奥古斯丁反对一切的谎言，无论是恶意的，还是善意的，参奥古斯丁，《道德论集》，页 163 以下和 209 以下。

数从使徒行传中术士西门（Simon Magus）到贝拉基和凯利撒士等88类异端，虽然这部作品没有完成，但是它是论异端的集大成，所以在中世纪早期受到阿非利加神职人员的高度重视。

然而，4世纪最广泛、最持久的神学论争却是三位一体（trinitas，希腊文 τριάς 或 trias）的教义。阿里乌主义者极端地认为，子从属于父，因此在父是上帝的意义上，子不是上帝。撒伯里乌（Sabellius）走向另一个极端："父"、"子"和"圣灵"这样的措辞只是描述我们观察那位不可分割的上帝的活动的3种模式。而经325年尼西亚大公会议和381年君士坦丁堡大公会议确认的关于三位一体（trinitas，希腊文 τριάς 或 trias）的正统教义则处在两极之间：上帝是"一个存在，三个位格（mia ousia, treis hypostaseis）"，即三位一体（trinitas，希腊文 τριάς 或 trias）。然而，关于"三"与"一"的关系，早期神学家仍然有不同的解释。譬如，东方教父——以阿塔那修和迦帕多奇亚三教父为代表——先强调圣父、圣子和圣灵3个位格彼此不同，再强调他们"由三而一"：在行为和存在（ousia）上密不可分，认为，耶稣基督是上帝，是圣父所生的圣子，因此他在神性上是与圣父完全平等的（参奥古斯丁，《论三位一体》，中译本序，页6）。尽管奥古斯丁远在阿非利加，曾一度远离这场论争，尽管相关著作多为希腊文，而奥古斯丁希腊文不好，接触很少，可奥古斯丁还是意识到这个论题的重要性，所以他还是身不由己地参与论争中。①

---

① 譬如，奥古斯丁围绕《使徒信经》写的《论信仰与信经》（De Fide et Symbolo，393年，概述信仰的内容，意在捍卫《使徒信经》)、《论信望爱手册》[Enchiridion ad Laurentium（de Fide, Spe et Caritate Liber Unus)，其中第一部分依据《使徒信经》阐述"信"]、《论信经》（要求初信预备受洗者记诵《使徒信经》）和《论信那未见之事》（De Fide Rerum quae non creduntur，399年以晚）都直接或间接地述及三位一体，参奥古斯丁，《论信望爱》，页199以下、27以下、229以下和306以下。

　　依据斯杜德（Basil Studer）的研究，《独语录》开篇的祷告业已包含三一结构："宇宙的创造者"（《独语录》卷一，章2，节2）指圣父，"真理"（《独语录》卷一，章2，节3）指圣子，使我们战胜仇敌的（《独语录》卷一，章1，节3）指圣灵，"惟一的上帝"（《独语录》卷一，章1，节4）指三位一体整体，最后回到圣父（《独语录》卷一，章1，节5-6）。巴恩斯（Michel Rene Barnes）则把奥古斯丁的三一论发展分为3个阶段：一、早期，例如389年写的第十一封书信，《论八十三个不同的问题》中第六十九个问题，以及《论三位一体》第一至五卷；二、中期，主要包括《论三位一体》第六至十五卷以及多篇布道和经文阐述；三、晚期，包括第二十篇关于约翰福音的讲道，反阿里乌主义的布道，反对马克西米努斯的著作以及《论向初学者传授教义》（*De Catechizandis Rudibus*，亦译《与初信者谈信仰》）。其中，论述水平最高的应当是耗时20年（399-419年）写出的15卷神学专著《论三位一体》（*De Trinitate*）。

《论三位一体》

　　关于《论三位一体》的篇章结构，学界存在"二分法"（第一至七卷谈论神学；第八至十五卷谈论哲学）、"三分法"（第一至四卷谈论释经中3个位格的同等问题；第五至七卷谈论语言问题；第八至十五卷谈论用人身上的"形象"来理解三一）和希尔（Edmond Hill）的"七分法"。这些划分法之所以出现争议，不是十分合理，主要是因为有意或无意地忽略了作品的体裁是论文。事实上，作者开篇就道出了写作目的："反对那些不屑于从信仰出发，反因不合理地、被误导了地溺爱理性而深陷虚幻的人的诡辩"。显然，《论三位一体》的体裁就是论文。

从论文的结构来看，似乎下面的划分更加合理。在第一部分即第一卷里，奥古斯丁提出论点："神圣三位格的绝对平等"。其中，在第一卷里，奥古斯丁首先指出不是从信仰、而是从理性去认识上帝的 3 种错误，然后提出认识上帝的方法不是依靠理性，而是依靠信仰（《论三位一体》卷一，章 1）。父、子和灵的合一与平等由《圣经》得到证明（《论三位一体》卷一，章 1）。两个解释法则：子在上帝的形式上是与父平等的，但在仆人的形式上是小于父的；当子将所有虔信他的人带往对神圣三位一体的冥思、完成并卸去他的中保职事时，他就会将国交与父，他自己也顺服父（《哥林多前书》，15：24—28）（《论三位一体》卷一，章 3）。对子在神性上与父平等、在人性小于父这一法则的进一步运用；提出一个补充法则，用来解释一些显然有次位论含义的经文，认为子虽与父平等，却仍是出自父的；提出第三条法则，用来解释由于耶稣基督里的位格统一，而将本适于他的一个本性的话用于他的另一个本性的经文；所以我们一方面可以说上帝之子被钉了十字架，一方面又可以说人之子将审判活人和死人（《论三位一体》卷一，章 4）。

在第二部分即第二至十四卷里，奥古斯丁论证第一部分里提出的论点。首先，奥古斯丁倚重《圣经》的经文，通过考察上帝的经世史——神的差遣、天使与中保的奉差——或者人的救赎史，从信仰的角度论证三位一体的真理（卷二至四）。

第五至七卷从语言学和逻辑学的角度理性思考神圣三一。奥古斯丁认为，亚里士多德的"关系"范畴理论虽然可以准确地确定"父"、"子"和"灵"的名称，但是由于名称难以摆脱"种"和"属"的概念，无法准确地表达神圣三合一"一而三，三而一"的意思。

第八至十四卷则是从追寻真理的主体"内在之人"的角度去理解上帝。依据《圣经》，人是神的"形象"，所以从可以直接认知的人的奥秘去认知神的奥秘。在人追求好（善）的活动中，存在"三位一体"的类比："爱者——被爱者——爱"（卷八）。接着，奥古斯丁从心理学和哲学的层面，在人身上寻找三一上帝的"痕迹"和"形象"：真正的"形象"是心灵（animus）的"记忆——理解——爱"。在心灵活动中，记忆（memoria）、理解、爱与心灵本身是平等的、共存的，是"一而三，三而一"的，这是人与动物有别的"内在自我"（卷九至十一）。而人的心灵活动有两个层面：一个是高级层面的"智慧（sapientia）"，是沉思并爱上帝，一个是低级层面的应用世物以谋生的"知识（scientia）"。真正的三一形象应该在高级层面的"智慧（sapientia）"里去寻找，在对上帝的沉思与爱里去寻找。人若在低级层面的"知识"里寻找，就会迷失于外物的诱惑，从而失去自己本真的形象。在这种情况下，只有经由基督化身成人，人才能凭着对基督的信仰，恢复形象。通过亚当与夏娃的堕落经过，考察了人的"得形——毁形——复形"的过程。奥古斯丁进而认为，更为本真的"超级形象"是"心灵对上帝的记忆——理解——爱"（卷十二至十四）。

在第三部分即第十五卷里，奥古斯丁得出结论：人这一完善形象的绝对的不足之处就是不能真正认识上帝本体，因为人的理性不能测度上帝的奥秘。对于神圣三位一体，人只能凭着《圣经》经文去信仰，带着虔诚之心，在感恩中荣耀上帝。

《论三位一体》几乎涉及基督教神学和人学的所有重要主题。在基督教神学方面，《论三位一体》中最重要的主题自然就是三位一体。在这方面，奥古斯丁谨慎而正统，在那个时代的精神上加上自己独特的见解：上帝与人之间的相似性。① 在《论三位一体》中，奥古斯丁借用了自我意识中的概念"三位一体"，例如他可以用 3 种方式来理解时间和记忆：像过去、现在和未来。奥古斯丁发现自己的灵魂（anima）具有 3 种截然不同、但却互补的功能：意志（行动）、理智（去表达）和记忆（建立连续性和同一性）。对于奥古斯丁来说，这些可以让他一睹上帝的奥秘（参诺雷斯、潘克特，《奥古斯丁图传》，页 163）：上帝是三位——父、道（子）和圣灵——一体的。事实上，依据法国学者波塔利（Eugene Portalie）的研究，在《论三位一体》中总共存在 4 个方面的三一类比。"圣父——圣子——圣灵"的三一痕迹与形象存在于上帝自身中，如"永恒——真理——意志"和"永恒——真理——幸福"（卷一，节 2），"永恒——形式——使用"和"父——形象——恩赐"（卷六，节 11），以及"万物的起源——美——愉悦"（卷六，节 12）；存在于一般受造物之中，如"统一——形式——秩序"（卷六，节 12）；存在于人的感觉之中，如"被看的物体——外视觉——心之注意力"（卷十一，节 2）和"记忆——内视觉——意志（意愿）"（卷十一，节 6）；以及存在于人的心灵之中，如"是——理解——生命"（卷六，节 11），"心灵——知识——爱"（卷九，节 3），"记忆——理解——意志"和"能力——学习——使用"（卷十，节 17），以及"对上帝的记忆——对上帝的理解——对上帝的爱"（卷十四，节 15 和 4）（参奥古斯丁，《论三位一体》，中译本序，页 12 及下）。需要指出的是，奥古斯丁的三一类比并非波塔利所说的"兴之所至的产物"，而是自 386 或 389 年以来长

---

① 奥古斯丁，《论灵魂及其起源》，石敏敏译，北京：中国社会科学出版社，2004 年，"中译本导言"（邓绍光），页 17。

期思索的结晶。

奥古斯丁说：

> 三位一体也都是在单数上被称作一而非复数的三；故而
> 父是上帝，子是上帝，圣灵是上帝；父善，子善，圣灵善；
> 父全能，子全能，圣灵全能；存在的却非三个上帝，或三个
> 善者，或三个全能者，而是一个上帝，又善又全能，即三位
> 一体本身（卷八，序言，见奥古斯丁，《论三位一体》，页
> 217）。

所以，三位一体的核心教义其实就是上帝论，即上帝既是一体，又有 3 个位格：圣父、圣子和圣灵。其中，上帝的第一位格是圣父。圣父的痕迹与形象在上帝自身之中是"永恒"、"父"和"万物的起源"，在一般受造物之中是"统一"，在人的感觉之中是"被看的物体"和"记忆"，而在人的心灵之中是"是"、"心灵"、"记忆"、"能力"和"对上帝的记忆"。在这里，"永恒"涉及上帝存在的方式，"父"涉及上帝至高的地位，"万物的起源"涉及上帝的"创造论"，而"统一"、"被看的物体"、"记忆"等则涉及上帝与受造的存在者（Being）的关系。由此可见，奥古斯丁论述上帝的主题是多方面，并不限于第一位格"圣父"。

周伟驰认为，要进入三位一体的唯一道路就是了解道（logos）成肉身。在奥古斯丁看来，圣子"道成肉身"，以具体的"奴仆的形象"进入历史，进入时间，显现在以人代表的受造物面前，引导他们走向真理。在这里，"道"和"真理"就是上帝，而"肉身"和"奴仆的形象"指的是人。也就是说，基督具有"神子"与"人子"的双重属性，正是因为这双重属性，

道成肉身的基督才成为神与人之间的中保：基督奉差于上帝，用神的恩典去救赎带着原罪的人（卷四）。一方面，作为圣子，基督要显现父（上帝）的形象"真理"；另一方面，作为人子，基督要追寻真理。在这个过程中，在基督里，低级层面的知识与高级层面的智慧达成统一：

> 这样，我们的知识就是基督，我们的智慧也是基督。正是他将关于尘世之物的信仰置于我们眼前，正是他将关于永恒之事的真理置于我们心中。我们藉着他径直走向他，藉着知识走向智慧而又不曾偏离了这同一位基督（卷十三，节24，见奥古斯丁，《论三位一体》，页363）。

因此，如上所述，在三一类比中，圣子（基督）的痕迹与形象在上帝之中是"真理"、"形式"、"形象"和"美"，在一般受造物之中是"形式"，在人的感觉之中是"外视觉"和"内视觉"，以及在人的心灵之中是"理解"、"知识"、"学习"和"对上帝的理解"。这就是奥古斯丁的基督论。

人从信仰基督出发，一直修炼，直至将来得见三位一体。这是人在今生的"成圣"过程。从三一神学的角度看，在这个"成圣"的过程中，表面上是依靠人的努力，实际上是依靠圣灵的帮助：在听闻基督事迹时，圣灵感动那些上帝预定的人，使他们获得一种能力，达到真实的自由。在三一类比中，圣灵的痕迹与形象在上帝之中是"意志"、"幸福"、"使用"、"恩赐"和"愉悦"，在一般受造物之中是"秩序"，在人的感觉之中是"心之注意力"和"意志（意愿）"，以及在人的心灵之中是"生命"、"爱"、"意志"和"对上帝的爱"。这就是奥古斯丁的圣灵论。

另一方面，《论三位一体》还涉及人学的主题。其中，必须首先弄清楚的主题是信仰与理性（卷一至十五）。奥古斯丁在第一卷里提出的"先信仰后理解"只是一种方法原则，而不是把信仰与理性割裂开来。事实上，在《论三位一体》里，从头到尾都没有离开信仰出发点，总是在寻求上帝，总是在试图理解他所相信的。奥古斯丁的理性证明也并没有离开信仰的前提，只是对信仰做出一个理性的解释而已。不过，对后世影响最大的人学主题还是心灵的自我同一性或确定性（se nosse；卷十和十四）。《论三位一体》里叙述的"自我"确定性是古代作家中第一次最详尽的论述。譬如：

> 在心灵的幽深处，有对各样事物的各样意识，当它们被想到时，就多少跑到了开阔地，在心灵的视野里更显清晰；然后心灵发现它记忆、理解并爱某物，该物是它在想着别的事时并未想到的（卷十四，节9）。
>
> 当心灵想到自己，它的视野就被拉回到自身上来了，不是通过一段空间的间隔，而是经由一种非物体的回转。但若它不在想着自己，它便不在自己视野之内，其凝望也不引发自自身，但它仍因多少是它自身的记忆而知道自己（卷十四，节8，见奥古斯丁，《论三位一体》，页377及下）。

在这一点上，奥古斯丁不仅触及了笛卡尔"我思故我在"的"自我意识（se cogitare）"，而且还触及了当今现象学所关注的"自身意识（se nosse）"。此外，奥古斯丁还触及智慧与知识（卷十二至十四）、使用与享受（卷九，节13）、爱神与爱人的关系、德与福一致（卷十三，节6-12）等。

《论基督教教义》

在出任主教的初期，奥古斯丁也——按照前辈如西普里安的估价——给予讲解基督教自身的形式与语言，这完全有别于奥古斯丁本人以前学与教的形式和语言。在他的作品《论基督教教义》（*De Doctrin Christina*）中，奥古斯丁从神学的角度论述语言学，旨在指导基督徒如何学习和理解《圣经》（卷二，章9，节14）。尽管如此，该书还是"直接或间接地涉及到语言的普遍问题以及翻译问题"（卷二，章3-4，节4-5；卷二，章11-13，节16-20）。

奥古斯丁原本为他的基督教学说计划了两部分（卷四，章1，节1）：首先本应论述发现（invenire）在《圣经》中应当理解的东西，然后叙述（proferre）被理解的东西，正如奥古斯丁开门见山地指出的一样：

> 有两样东西是一切释经的基础：一样是确定准确含义的方式；另一样是把所确定的含义表达出来的方式（《论基督教教义》卷一，章1，节1）。
>
> 一切《圣经》解释依赖于两样东西：确定正确含义的方式和表达意思的方式（《论基督教教义》卷四，章1，节1，见奥古斯丁，《论灵魂及其起源》，页15和132）。

第一部分几乎都是在396至397年写作的，但是为了建立广泛的基督教信仰的理论基础而发挥成了3卷书，阐述的是教导的内容。奥古斯丁指出，"所有的教导或者是关于事物的，或者是关于符号的"（卷一，章2，节2）。其中，第一卷阐述事物。事物分为3类：享受的、使用的、既可使用也可享受的（卷一，章3，节3），真正享受的对象是三位一体（卷一，章5，节5）。

第二卷阐述不认识其意义的记号。奥古斯丁首先界定了符号的定义：

> 一个符号就是这样一种东西，除了它在感觉上留下印象外，还导致另外的东西进入心灵（卷二，章1，节1，见奥古斯丁，《论灵魂及其起源》，页45）。

接着把符号分为两大类：自然的和约定俗成的（卷二，章1，节2）。应当关心的是约定俗成的符号——"那些生命存在为了尽其所能表现自己心里的情感、感知或思想相互交换的符号"（卷二，章2，节3）。而在符号中占据重要位置的是语言（卷二，章3，节4）。《圣经》最初是用一种语言写成的，后来随着四处传播而译成多种语言，所以在研读《圣经》时要找出那些作者的思想意志，并通过他们的意志找到神的旨意（卷二，章5，节6）。《圣经》里存在未知的或模糊的符号。理解未知的符号有几种方法：学习希腊语和希伯来语，比较各种版本，结合上下文语境进行分析。解释比喻性的用语时要了解事物，并且理解词语。难能可贵的是，奥古斯丁超越宗教门户之见，大胆地指出，异教徒有许多学科和技艺都是真实而有用的，异教徒的科学和哲学中一切健全而有益的东西都能为基督教所用。

第三卷阐述《圣经》里意义含混的符号。意义模糊的符号可能是直接的，也可能象征的。直接的符号意义含混的根源在于标点、发音或者词语本身的歧义性，所以解决方法就是联系上下文，比较各种译本，或者参考原文的版本。对于象征符号，应当避免两种错误：把字面意思理解为比喻意思，或者把比喻意思解释成字面意思。准确理解象征符号的一般原则是这样的：

凡是字面意思看起来与纯洁的生命不一致的，或者与教义的准确性相违背的，那就必然从比喻意义上理解。在这方面，奥古斯丁撇开门户之争，认为研究《圣经》的人应该重视多纳特教派提康尼乌（Tichonius）提出的 7 条规则（卷三，章 30-37，节 42-56）。

第二部分即第四卷，完成于 426 年，阐述的是教导的方式，涉及基督教教师的教育。奥古斯丁认为，解释教导《圣经》、捍卫真理反驳谬误是基督教教师的职责，所以应当具有卓越的口才和表达能力。在这方面出现了老问题：哲学与雄辩术的关系。柏拉图在他的对话录《斐德若篇》（Phaidros，257B7 以下）提出"知识"是好的雄辩术的前提（此外还包括排在第一位的"语文的天才"和第三位的"练习"），而他的同时代人伊索克拉底在其演讲辞《交换法》（Antidosis）更加重视以经验为导向的演说术。接下来西塞罗在他的对话录《论演说家》中强调哲学与雄辩术的息息相关（《论演说家》卷三，章 15，节 56 至章 19，节 73，参西塞罗，《论演说家》，页 543-557）。奥古斯丁也持类似的观点；不过奥古斯丁认为，sapientia 不是哲学，而是被理解为来自于上帝的基督教信仰智慧 [《论基督教教义》卷四，（章 5），节 7]。此外，奥古斯丁还认为，智慧比口才重要，当然智慧与口才兼备最好，例如《圣经》的各位作者不仅提供了智慧，而且还是辩才的榜样。[1] 奥古斯丁的证据就是使徒保罗的《罗马书》（5：3-5）和《哥林多后书》[2]（11：15-21），先知《阿摩司书》（Amos）[3]（6：1-6）。奥古斯丁接受了西塞罗提出的演说

---

① 关于进一步诠释辩才与《圣经》的关系，参阅卡西奥多尔的章节。

② 保罗写于约 55 至 57 年，见《圣经（灵修版）·新约全书》，前揭，页 476。

③ 阿摩司写于约公元前 760 至前 750 年，见《圣经（灵修版）·旧约全书》，前揭，页 1502。

家的 3 个任务：证明（教导）、愉悦和说服或使人信服（西塞罗，《演说家》，章 21，节 69，参 LCL 342，页 356－357），并且认为证明（教导）是最重要的（《论基督教教义》卷四，章 12，节 27）。同样与西塞罗有关的（西塞罗，《演说家》，章 21，节 69；章 28，节 100）是，奥古斯丁把这些任务列为演说辞的 3 种不同风格高度（《论基督教教义》卷四，章 17，节 34）：

> 凡能以低沉的风格说细小的事，以便给人知识，以平和的风格说中等的事，以便给人愉悦，以威严的风格说重大的事，以便影响心灵的人，就是雄辩家了（见奥古斯丁，《论灵魂及其起源》，页 157）。

这方面的榜样在文献《圣经》中可以找到（卷四，章 20，节 39－44），在基督教教师那里也可以找到，如安布罗尼西乌斯和西普里安（卷四，章 21，节 45－50）。关于演说风格，基督教教师要因材施教，不同场合使用不同的风格（卷四，章 19，节 38），而且表达要清楚，不可模糊，不可粗俗（卷四，章 10－11，节 24－26）。当然奥古斯丁排斥在演讲辞中的美学满足是自身的目的（卷四，章 14，节 30），认为优美的表达必须符合真理和公义。此外奥古斯丁还劝勉基督教教师按教义生活，为人师表，以身作则（卷四，章 27，节 59－60）。

《论基督教教义》的典型特征是，奥古斯丁表明自己在结构和提问方面很明显由传统的演说术叙说决定，但是在内容方面开始强烈地改变重心，用特别基督教的元素代替异教雄辩术的元素。这本书在中世纪影响广泛，是一切以《圣经》为基础的宗教教导的首要指导文献。奥古斯丁从安布罗西乌斯那里学来的寓意释经法在中世纪十分重要。

《忏悔录》

《忏悔录》(*Confessiones*) 是奥古斯丁最伟大最有创意的作品，写于 397 至 401 年，也就是奥古斯丁成为希波主教后不久。写作可能缘起于有些评论家（如多纳特教派）指责奥古斯丁是个披着基督教外衣的摩尼教信徒。古典拉丁文 confessiones 的本意是"承认、认罪"，但在基督教教会文学中转义为"承认神的伟大，有歌颂的意义"。事实上，奥古斯丁的《忏悔录》也具有双重的属性：一方面承认自己的堕落（言行和思想的过失），另一方面歌颂上帝的伟大。所以这部拉丁文著作采用的是对上帝进行深入冥思的方式，间或穿插祈祷文。

全书共计 13 卷，所以也称"13 部书"，按照内容划分为两部分：第一部分包括第一至九卷；第二部分包括第十至十三卷。

前 9 卷基本上具有自传性质，奥古斯丁描述了他在青年时代的内心发展历程：早期的信仰迷失（卷一至二）；对摩尼教渐长的兴趣及其以后 10 年的信奉（卷三至五）；尔后又脱离摩尼教，然后又陷入怀疑论，转而相信新柏拉图主义（卷六至七）；最后皈依基督教，以及他在奥斯提亚持有的思想观点（卷八至九）。在《忏悔录》中，奥古斯丁认为自己最终皈依基督教是上帝的恩典战胜了自己的骄傲的结果。奥古斯丁的《忏悔录》实际上是第一部极其详尽地察验内心世界的作品。

后面 4 卷主要论述宇宙启示与上帝的关系，以记忆、时间、创造为中心主题。具体而言，在第十卷中，奥古斯丁陈述了撰写《忏悔录》时期对自身的理解，其中他强调这种意识：自己是神的造物。

前 10 卷探究奥古斯丁的受造和堕落，以自传体继续了自己偷窃、裸身以及感到难过的事件，构成最后 3 卷的前言部分。在最后 3 卷书中，奥古斯丁阐释《创世记》第一章，论述三位一体。其中，第十一卷阐释《创世记》第一章，论述时间和记忆，第十二卷阐释《创世记》第一章第一、二节，论述天地，第十三卷阐释《创世记》第一章第二至三十一节，论述创造日。总之，在这 3 卷里，奥古斯丁依托《创世记》，思考了三位一体的位格：

> 父创造了时间，道用言语创造了世界，而圣灵用爱将一切连接在一起（见诺雷斯、潘克特，《奥古斯丁图传》，页162）。

在著书过程中，奥古斯丁形成了对意志的看法：撒旦是智力很高但却缺乏爱的存在，而上帝的自由意志是为爱而爱。贯穿《忏悔录》全书的主题思想就是基督教思想："人类寻求喜乐"。

也有人认为，《忏悔录》的前 10 卷是统一的整体，最后 3 卷是对此的附言。萨乔奇并不认同这种观点。萨乔奇认为，《忏悔录》里存在一个象征结构，而且最后 3 卷是全书象征结构不可或缺的一部分。象征结构的中心是伊甸园的两棵树：善恶知识之树和生命树。在《忏悔录》里，象征善恶知识之树的是梨树（卷二），象征生命树的是无花果树（卷八）。在梨树下，奥古斯丁走向关于善恶的经验知识；在无花果树下，奥古斯丁获得了力量，他以之为上帝之命的"拿起来读吧"。这两个充分铺叙的事件都是各自书卷的焦点与终曲，而且其后又各有 5 卷。

其中，第三至七卷画卷般地展现堕落的结果：纵情声色、死亡以及在没有能力依附上帝的状况下对上帝无知。其中，第三卷以奥古斯丁欲求知识、却堕入摩尼教的谬误作结，探讨欲念问题。奥古斯丁在迦太基的欲念导致一个人基本的爱：性爱。然而，对女人的激情（男欢女爱）指向属地的欢愉，而不是上帝

（《上帝之城：驳异教徒》卷十五，章7，节2；章20；卷十六，章38）。第四卷以奥古斯丁陷入无益地追随亚里士多德的范畴论作结，探讨与尘世之爱有关的死亡问题。从奥古斯丁的体验来看，友爱也是朝向死亡的尘世之爱，必然会导致痛苦（《上帝之城：驳异教徒》卷十九，章8）。这两卷有个共同的主题：置身朝向死亡的尘世之爱（性爱或友爱）会盲目，而盲目干扰灵魂感知真理，因而不能认知上帝。意图认知上帝而受挫的这个主题在第五至七卷里得到延展：已经堕落的意志没有能力依附上帝。显然，《上帝之城：驳异教徒》里对堕落所作的结语（《上帝之城：驳异教徒》卷十四，章28）已经在关于善恶知识之树的象征结构里初现端倪。

　　奥古斯丁身负原罪（亚当的堕落），追溯自己在婴孩期的堕落（卷一）。在婴孩期，他的自我满足主要表现为食欲的欲望。在堕落以后，又在尚未有任何清晰的善恶意识以前，一旦这种欲望得不到满足，他（婴孩）就会对堕落前本是"淳朴的顺从"的喂养人恼怒（卷一，章6：8；《上帝之城：驳异教徒》卷十四，章13）。之后，奥古斯丁又追溯自己青年的堕落：在善恶意识已经萌发的情况下，他发现了性欲，并表示宁愿分享父亲的欢喜（卷二，章3：8；《上帝之城：驳异教徒》卷十四，章11）。然后奥古斯丁才叙述如前所述象征善恶知识之树的梨树下的堕落：像亚当一样，希望自己成为光而转身离开光，并自我拔高（卷二，章6：13-14）。

　　在第八卷里，奥古斯丁阐述堕落的根源（患疾的意志）与获得救赎。奥古斯丁像亚当一样堕落，善恶知识之树下的罪孽全程运行。在这个过程中，奥古斯丁发现了意志的无助：羁绊于对尘世之爱的意志无法将自身提升至对上帝之爱（卷八，章9：21）。此时，奥古斯丁的意志一方面要面对欲念的诱惑，另一方面又受到节制的逗引；奥古斯丁的意志一方面由于欲念浸淫于身体而对立于灵性存在，另一方面由于节制表示给奥古斯丁足以抵制欲念的诱惑的恩典而顺从于灵性存在。在既无能完全摆脱欲念又无能完全转向节制的情况下，奥古斯丁的意志发生分裂。这种患疾的意志让奥古斯丁痛苦，并冲向花园（回归伊甸园），扑倒在无花果树（生命树）下（卷八，章12：28；《上帝之城：驳异教徒》卷十三，章21；《创世记》，章2）。这生命树就是圣中之圣：基督（《雅歌》）。在生命树下，绝望的奥古斯丁听到孩子的声音："拿起来读吧，拿起来读吧"。孩子是没有性意识的，未染恶尘的无辜小孩的声音是上帝的命令，将奥古斯丁引向生命的新希望，这新希望就是无花果树，生命树，基督。像亚当一样，奥古斯丁把象征生命树的无花果树用作疗治尘世诸般罪孽的遮蔽物。梨树下的举动寓意不服从上帝的命令，而无花果树下的举动则寓意具备新的能力去服从上帝的命令：皈依基督教。

在处理堕落的5卷描述堕落的后果之后，奥古斯丁在处理获得救赎后的5卷匡正堕落的后果：第九至十三卷回应解决这些恶的问题。譬如，第三卷描述堕落的后果"欲念与无知"，与此对应的是第十卷处理欲念问题："节制与知识"。又如，第四卷描述堕落的后果："朝向死之爱与无知"，与此对应的是第九卷处理死亡问题："朝向生之爱与知识"。

在第九卷里，得善导的爱经受了4次死亡的考验。值得注意的是，奥古斯丁对4次死亡的叙述顺序不是按照死亡的时间（实际上，奥古斯丁的朋友凡莱公都斯死在内布利提乌斯之后，奥古斯丁的儿子死在母亲之后），而是依据死者对自己的重要性。这种重要性体现在篇幅方面：凡莱公都斯与内布利提乌斯之死合占一章（卷九，章3：5-6），儿子之死占1章（卷九，章6），母亲之死占6章（卷九，章8-13）。在皈依基督教后，奥古斯丁面对死亡的态度不再是痛苦和绝望，而是感恩和欢欣：凡莱公都斯死后，奥古斯丁的反应是感谢上帝，因为他们属于上帝（卷九，章3：5）；内布利提乌斯死后，奥古斯丁认为他的挚友作为自由人"蒙受了收养"，住"在亚伯拉罕的怀里"（卷九，章3：6）；儿子死后，奥古斯丁的反应是想到上帝拯救人的计划并感到无比欢欣（卷九，章6：14）；母亲死后，奥古斯丁的反应是回想母子在奥斯提亚的异象中共同体验的神知（卷九，章10：24），并从痛苦转向祈祷，坚信母亲与上帝同在。耐人寻味的是，奥古斯丁祈求上帝宽赦母亲的罪孽，这就预示着奥古斯丁讲述战胜欲念也将以祈求宽赦罪孽作结。总之，奥古斯丁以节制与生这一获得救赎的境况（卷九）应答纵情声色与死那一堕落的境况（卷四），这种应答的背景就是宽赦罪孽。也就是说，在获得救赎以后，生命之树依旧在行遮蔽与疗治，而且传递不朽。

在第三卷里奥古斯丁提出欲念问题，并以他欲求知识、堕落谬误作结。作为应答，第十卷开篇就是神知的问题。在穿行于外围的所见者去接近神知（卷九）以后，奥古斯丁在内在的记忆之中行进（卷十）。记忆带着奥古斯丁经过有形者的形象，经过所爱者，直达他称之为"我心智的专室"（卷十，章25：36）。奥古斯丁发现，上帝是"不在任何空间内"、"照进我灵魂的光"（卷十，章6：8）。最终，奥古斯丁在探寻的始点探寻并依附于上帝之处：

> 一旦我把我整个存在投入你，我就不会再有任何劳苦，我的生命将成为真正的生命，完全充满了你（卷十，章28：39）。①

---

① 见萨乔奇：《忏悔录》的象征结构，前揭书，页296。亦译：我以整个的我投入你的怀抱以后，便感觉不到任何忧苦艰辛；我的生命充满了你，才是生气勃勃（卷十，章28），见奥古斯丁，《忏悔录》，周士良译，页209。

在这样的状态下，奥古斯丁才能恰当地去爱整个尘世。奥古斯丁由此进入欲念问题。尽管随着皈依基督教，节制——这赋能的恩典——已经来临，可是作为欲念的主要标记的性欲仍然在梦中折磨着奥古斯丁。不过，在获得救赎以后，上帝的子民更充分地延展了欲念的界域。在思考欲念的 12 章里，反复出现一句话："把你的命令颁予我，依你的意志命令我"（卷十，章 29：40；章 30：41；章 31：45；章 37：60）。这句话似乎就是对奥古斯丁皈依时读到的经文的注解：

> 不可荒宴醉酒，不可好色邪荡，不可竞争嫉妒；要披服主耶稣基督，不要为肉体安排，去放纵欲念［卷八，章 12：29；《罗马书》，章 13：13-14，见《圣经（灵修版）·新约全书》，页 438］。

显然，皈依后的欲念不仅包括"好色邪荡"（对应第三卷里的性爱）和"荒宴醉酒"（对应第三卷里的友爱），而且还包括"竞争嫉妒"。要克服这些更充分延展界域的欲念，就必须带着痊愈的意志，满载恩典的权能（节制），从依附于上帝的有利位置去爱尘世："披服主耶稣基督"，而这种感觉正是在上帝颁予的命令之中。最后，第十卷以赞美中保作结，因为中保那里有宽恕："看哪，主，我把我的牵挂卸给你，这样我才可能活"（卷十，章 43：70）。

像意图认知上帝而受挫的主题贯穿于展现堕落后果的 5 卷（卷三至七），在后 3 卷（卷五至七）里尤为突出一样，对神知的满足的主题贯穿于展现救赎的 5 卷（卷九至十三），并在后 3 卷（卷十一至十三）里得到最充分的探讨：用上帝创世的故事来诠释救赎或对神知的满足。

　　奥古斯丁在第六卷里提出了需要探讨《创世记》的问题，而在第十一卷里给出了问题的答案：上帝通过道与言创造了天地。在关于时间的探讨中，奥古斯丁深切关注的是上帝的永恒性。首先，奥古斯丁把时间放置在受造物的心智中（由于时刻由事物的变化造成，而这些变化由心智度量，所以时间既依赖于事物的易变性，也依赖于约定易变性的心智），由此得出结论，时间与上帝分离：一方面，创世是时间的创造，即时间的开端是上帝的创造，另一方面，创世之前没有时间，只有从同步性上讲，上帝的永恒性出现于与所有时刻的关联之中。

　　关于恶，起先在第五卷里提出，在第六、七卷里有所承继。对此的应答是第十二卷。在第五卷里，奥古斯丁把上帝认定为扩张的堆团，把恶认定为收拢的堆团（卷五，章10：20）。而在第十二卷里，奥古斯丁把这个理论稍加改换，用来解释《创世记》章1：1：原初天地的创生、尔后日常意义的天地形成。奥古斯丁认为，原初的天类似于"扩张的堆团"，有智识，临近上帝（卷十二，章9：9），而原初的地不临近上帝，接近于虚无，听起来有点恶的调子（卷十二，章11：11）。奥古斯丁并没有滞留于不可见的天地最初受造的戏剧，而是落脚于两座城的起源与命程：转向的意志下对上帝的无知，依附的恩典下有福的神知（卷十二，章11：12）。

　　在探讨无形的天地（卷十二）以后，奥古斯丁进而探讨成形、可见的天地（卷十三）。奥古斯丁把《创世纪》第一章关于创世的其余描述称引来寓意救赎的历程。首先，奥古斯丁把上帝的三位一体分别对应意志、存在和知性这3个范畴。三位一体的上帝之灵载着智慧运行在水面上，此刻就是救赎历程的开始。向光而生者是义人，背光而生者是恶人（卷十三，章34：49），一

正一邪的两个团体赫然见于《忏悔录》的结尾处。奥古斯丁的
人生就是这两个团体的载体:

> 我们的心怀有了你的灵以后，此刻，我们朝向为善行
> 进；但先前，离弃了你的我们朝向作恶行进（卷十三，章
> 38：53）。①

  总之，在萨乔奇的这个象征结构中，贯穿始终的主题是认知
上帝：无知则垂头丧气（卷三至八），神知则心满意足（卷九至
十三）。《忏悔录》既旨向个人获得救赎，又旨向所有人的命程。
也就是说，一方面，"宏观普遍的历程复现在微观单个人生的细
节"，另一方面，"一人历程显露普遍历程"。从这个意义上讲，
它堪称《上帝之城：驳异教徒》的前奏，只不过它们以各自不
同的方式讲述相同的故事：行进的故事。

《上帝之城：驳异教徒》

  410 年 8 月 24 日西哥特人在国王阿拉里克（Alaricus）领导
下攻入罗马，洗劫 3 天，并放火焚烧城中的部分地方。这个历史
大事件强烈地震动了帝国上下。异教徒把罗马城的悲剧归咎于罗
马人背叛民族诸神而改信基督教。这种攻击沉重地打击了基督
教。在这种特殊的历史背景下，为了反对异教徒的"污蔑或谬
误"，捍卫基督教［《回顾》（*Retractationum Libri Duo*），卷二，
章43，节 1-2］，奥古斯丁应将军弗拉维·马尔克利努斯（Flavi-
us Marcellinus）的请求（《上帝之城：驳异教徒》，前言：写作

---

① 见萨乔奇：《忏悔录》的象征结构，前揭书，页299。亦译：我们先前离弃
了你，陷入罪庋，以后依恃你的"圣神"所启发的向善之心，才想自拔（卷十三，
章38），见奥古斯丁，《忏悔录》，周士良译，页325。

本书的计划和观点），耗时 14 年（413－427 年）写出了基督教文学史上最杰出的护教作品《上帝之城：驳异教徒》（*De Civitate Dei Contra Paganos*）。

依据奥古斯丁对《上帝之城：驳异教徒》的回顾［《回顾》卷二，章 43，节 1－2］，《上帝之城：驳异教徒》长达 22 卷，可以划分为两个部分：第一部分即前 10 卷，主要反驳异教徒攻击基督教的两种虚妄意见；第二部分即后 12 卷，主要阐述基督教的主张。当然，"破"（反驳对方的意见）与"立"（阐述己方的观点）不可分割：必要时，第一部分也阐述基督教的主张，第二部分也反驳异教徒。

在全面否定古典（希腊罗马）宗教的第一部分，奥古斯丁主要批驳异教徒对基督教的责难，重评罗马史，认为罗马的毁灭是咎由自取，与基督教无关。这个部分又分为两个小部分：第一小部分即第一部分的前 5 卷，批驳异教徒的第一种虚妄意见，即出现坏事是因为基督教禁止异教的崇拜；第二小部分即第一部分的后 5 卷，主要批驳异教徒的第二种虚妄意见，即虽然坏事从来都不少，将来也不会少，只是因为地点、时间、人物不同而时大时小，但是对于诸神的崇拜和祭祀为的是对死后的生活有用。

第一小部分批驳的对象认为，要追求人事的繁荣，就必须崇拜异教徒习惯崇拜的诸神，而这种崇拜遭到禁止，因此出现诸般坏事。其中，在第一卷里，奥古斯丁批判异教徒把世上的一系列灾难——特别是哥特人洗劫罗马——归咎于基督教及其禁止异教诸神的崇拜。奥古斯丁认为，生活中的幸运和灾祸为善人和恶人共有。在第二卷里，奥古斯丁回顾了基督时代开始以前罗马人承受的灾难，进而指出，那时世界各地都在崇拜伪神，但是那些神灵并不能帮助罗马人摆脱不幸，反而带给他们一切灾难中最大的灾难：品行的腐败（道德灾难）和灵魂的邪恶（灵性灾难）。在第三卷里，奥古斯丁考察了自从罗马建城以来罗马人不断遭受的外在的和身体的灾难，进而指出，在基督降临之前，罗马人崇拜没有竞争对手的伪神，也不能避免这些灾难。在写于415年（奥古斯丁，《书信集》，169）的第四卷里，奥古斯丁证明，罗马帝国的疆界辽阔和年代久远应当归功于唯一的真正的上帝，因为上帝是幸福的创造者，尘世的王国依靠他的权能和判断才得以建立和维持。在第五卷（写于415年）里，奥古斯丁首先讨论了命运学说，认为"所谓的'命运'，不是决定人们的受孕、出生、开端的星辰的构成，而是所有的关系和一系列因果链，这个因果链使得一切是其所是"，而"因果德恩顺序和链条归给最高的上帝的意志和力量"（卷五，章8）；然后证明上帝的前知和人的自由意志之间没有矛盾，认为人的"意志本身就在因果顺序当中，所以对上帝而言是确定的，包含在他的前知之中。就是因为上帝能预先知道万事万物的原因，因此他也不会忽视我们的意志在这些原因当中的位置，他会前知到，我们的意志就是我们的行为的原因"（卷五，章9，节3），上帝的普世神意之"法"无所不包（卷五，章11）。

　　在前5卷里驳斥那些相信崇拜诸神是为了现实利益的人以后，奥古斯丁在第六至十卷里驳斥那些相信崇拜诸神是为了永生的人（卷六，章1）。[①] 奥古斯丁首先阐述最受尊敬的异教神学家瓦罗对诸神的看法：崇拜涉及人事的神早于涉及神事的神；把异教神学分为神话神学、自然神学和城邦神学（卷六，章2-5）；接着证明神话神学和城邦神学都不可能对来世生活的幸福

---

　　① 关于对异教的驳斥，见霍顿（John T. Horton）：作为宗教讽刺的《上帝之城》，李世祥译。参《古典诗文绎读·西学卷·古代编》（下），前揭，页275以下。

做出贡献（卷六，章6-12）；崇拜雅努斯、尤皮特、萨图恩（萨图尔努斯）以及其他一些拣选的神灵并不能使人获得永恒的生命（卷七）。关于自然神学，奥古斯丁提出问题：自然神学的诸神崇敬能否为未来的生命提供确定的幸福？在探讨这个问题时，奥古斯丁认为：基督教的宗教所具有的优点超过哲学家的一切技艺（卷八，章10）；哲学中柏拉图主义之所以最接近基督教的真理（卷八，章9），可能是因为柏拉图在翻译的帮助下学习过《圣经》的经文，并接受了《圣经》里的真理（卷八，章11）。在驳斥柏拉图主义者阿卜莱乌斯（著有《论苏格拉底之神》，参《上帝之城：驳异教徒》卷八，章16；22）以及所有那些坚持应当把精灵当作人神之间的使者和中介的人以后，奥古斯丁指出，人不可能通过精灵与善良的诸神调和，人是恶的奴隶，热衷于赞助那些善人和聪明人厌恶的东西，然后谴责诗人、戏剧表演和巫术的亵渎（卷八，章15-27）。奥古斯丁认为，为了获得幸福生活，凡人需要一个中保，不过这个中保不是某位精灵，而只能是基督（卷九，章17）。最后，奥古斯丁论证善良的天使希望只有它们自己侍奉的神能够接受用献祭表达的神圣荣耀（卷十，章1-21），并驳斥新柏拉图主义者波尔菲里奥（著有《灵魂的退化》）的有关观点，例如波尔菲里奥认为，灵魂的洁净依靠"太初（principia）"或"圣父和圣子"，而奥古斯丁认为，能洗净和更新人性的唯一真正"太初（principia）"是主基督，依靠他的道成肉身，人得以洁净，又如波尔菲里奥找不到灵魂得救的道路（卷十，章23-24），而奥古斯丁指出，只有基督的恩典能够启示灵魂得救的道路（卷十，章32）。

《上帝之城：驳异教徒》的第二部分即第十一至二十二卷，较为系统地阐述人类历史。这个部分又分为3个小部分，分别阐述地上与天上两个城的起源（卷十一至十四）、变迁（卷十五至十八）和应有的结局（卷十九至二十二）。

其中，第一个小部分，即第十一至十四卷，阐述人类社会——"上帝之城"与"世俗之城"——的起源。"Civitas Dei（上帝之城）"一词源于《圣经》，亦称"圣城"。这个术语在《圣经》中指耶路撒冷或《旧约》时代的教会（《诗篇》,① 40：6，4；48：1，8；87：3），指天上的耶路撒冷或完善的教会（《希伯来书》,② 11：10，16；12：22；《启示录》,③ 3：12；21：2；22：14，19）。而奥古斯丁笔下的"上帝之城"则指整个上帝之国。在《上帝之城》里，奥古斯丁引用《圣经》里的经文（《诗篇》，87：3；48：1；48：8；46：4-5），证明世间的确存在上帝之城，并且把上帝之城放在地上之城的对立面，为上帝之城的创造者鸣不平：

> 我们从中应该知道上帝之城的存在，她的创建者用爱感召我们，让我们渴望成为其中的居民。地上之城的公民把他们的神放在圣城的创造者之上，不知道这是他们的诸神的上帝（卷十一，章1，见奥古斯丁，《上帝之城：驳异教徒》中，页78）。

接着，奥古斯丁从基督教的圣典《圣经》切入，力图证明：属天之城与属地之城的最初形成是由于善良天使和邪恶天使之间

---

① 大卫等人写于约公元前 1440 至前 586 年，见《圣经（灵修版）·旧约全书》，前揭，页926。

② 称提摩太为弟兄的佚名作者可能写于70年之前，见《圣经（灵修版）·新约全书》，前揭，页618。

③ 使徒约翰写于约95年，见《圣经（灵修版）·新约全书》，前揭，页710。

的分裂（卷十一）。

依据《创世记》，上帝之工揭示了圣灵、圣父和圣子三位一体：

> 上界的圣天使们组成的神圣之城，其起源、教诲和幸福，都包括在三位一体中。如果问她从何而来，我们说上帝创造了她；如果问智慧从何而来，我说是上帝照亮的；如果问幸福从何而来，我说幸福就是安享上帝；受神滋养而得其形，对神沉思而得其光，在神中栖居而得其乐。是神，观神，爱神，在上帝的永恒中得到生命，在上帝的真理中得到光明，在神的善好中，得到快乐（卷十一，章24，见奥古斯丁，《上帝之城：驳异教徒》中，页104）。

而神圣天使属于上帝在6日内创造的工，是被称作"昼"的光，天使们分参了永恒之光——上帝不变的智慧。他们和万物都是藉圣言（即上帝不变的光和昼）创造的（卷十一，章9）。神圣的光明天使亲近至高者，"亲近上帝"（好的天使幸福的真正原因），"毫无烦恼地安享不可变的好，就是上帝，同时要永恒地在其中，不为怀疑所动，不为谬误欺骗"，所以是幸福的。但是"在理性的引导下"（卷十一，章13），"转向自己"，自我膨胀，自我陶醉，变得"骄傲"——"骄傲是一切罪恶的起源"（《便西拉智训》，10：15，用思高本圣经《德训篇》译文），"更喜欢自己的法力，好像自己就是自己的善好的来源"。光明天使"不亲近上帝"（坏的天使不幸的真正原因），背离至高者，远离上帝，甚至"弃绝作为最高存在的上帝"，从而脱离共有的善，开始堕落和犯罪，于是被上帝"丢在地狱，交在黑暗坑中，等候审判"（《彼得后书》，① 2：4）。② 也就是说，变节的天使被剥夺了光明，不再享有它们在堕落之前享有的幸福。堕落天使（邪恶天使）的最恰当的名字就是"黑暗"。所以，可以用光和暗来恰当地象征两个不同的天使团体。不过，两个天使团体都起源于上帝，更确切地说，都是上帝的造物，所以本性都是善的。好天使（光明天使）和坏天使（黑暗天使）之间的"冲突来自二者的意志和欲望的差异"。光明天使的意志是向善的，公义的，而黑暗天使的意志是向恶的。恶是对本性善的一种伤害或者败坏，是善的缺乏，不会存在于至善（上帝）之中。邪恶的意志不能存在于一种恶的本性之中，而是存在于一种善的但又是变动的本性之中。意志由于任性的爱而堕落，从不变的善变成可变的善（卷十一，章13和33；卷十二，章1、6和8）。

由于人类由人和天使组成，所以世上只有两座城，也就是两个团体，一个是好的，一个是坏的。两个中都既有天使，也有人类（卷十二，章1，节1）。关于人类，奥古斯丁认为，初人在某个时间被创造（卷十二，章15，节1），永存的上帝"靠了不可考察的一切，用他不变的意志，在时间里造了此前从未有的人，并让人类由一个繁衍而成"（卷十二，章14）。对于本性介于天使和野兽之间的人，最初上帝只造一个男人，不是因为人可

---

① 彼得写于约67年，见《圣经（灵修版）·新约全书》，前揭，页674。

② 奥古斯丁关于黑暗天使的说法可能影响到弥尔顿的《失乐园》和《复乐园》。不同的是，在弥尔顿的《失乐园》里，黑暗天使尽管与奥古斯丁的《上帝之城》中描述的一样，原本也是天上不死的精灵，也是邪恶的，异教的，因而受罚，栖息在地狱（天国以外蛮荒的广阔深渊），可是被赋予一定的反对强权的色彩。上帝与撒旦（原本是天国的天使长）、光明天使与黑暗天使之间的战场就是上帝新造的人间。这体现在奥古斯丁描述的地上之城或人类的发展史中。参弥尔顿，《失乐园》。人类要地狱撒旦的诱惑，重回伊甸园，进入奥古斯丁的天上之城或上帝之城，就必须求助于圣子耶稣基督，这就是弥尔顿的《复乐园》的主题。参弥尔顿，《复乐园》。

以独居，不需要任何社团，而是通过"如果人能虔敬、恭顺地服从造物主（即他真正的主人）的诫命，他就能变得与天使为伍，不会死去，而直接进入幸福的不朽中，没有终结"，否则"就会像野兽一样活着，耽于死亡，因为他是欲望的奴隶，死后注定为此接受惩罚"的方式，以此表明人类的社会性，并以此表明会把和谐更有效地推荐给人。人联系在一起，不仅靠本性的相同，而且也靠家庭的亲情（卷十二，章21）。上帝按照自己的形象，用地上的尘土造人，并赋予人一颗有理性和理智的灵魂（卷十二，章23）。上帝预见到他创造的第一个人会犯罪，也预见到会有大量的上帝的子民藉着上帝的恩典而加入天使的团契（卷十二，章22）。由于上帝创造的初人亚当（人类的始祖）犯罪，人类受到上帝的惩罚：死亡（卷十三，章1和3）。死亡分为两种：灵魂的死亡和肉身的死亡。有朽的肉身的死亡发生在被灵魂抛弃的时刻，指的是肉体被剥夺一切生命，而不朽的灵魂的死亡发生在被上帝抛弃的时刻。整个人的死亡发生在灵魂被上帝抛弃和肉体被灵魂抛弃的时候。对于第一次肉身的死亡，对善人来说是好事，对恶人来说是坏事。由于第二次死亡（灵魂的死亡）不会发生在善人身上，所以它对任何人都不是好事（卷十三，章2）。不过，善人善用本来为恶的死亡——灵魂与肉体的分离，如殉道士，为了真理的缘故而经受第一次死亡（肉身之死）的圣徒可以免除第二次死亡（灵魂之死）（卷十三，章5和8）。

原罪不仅带给人类死亡，而且还使人失去了生活的完满幸福，不过人并没有失去对幸福的爱。由于人类对幸福的共同之爱，产生了不同的爱的对象的秩序。依据保罗的《以弗所书》（2：19，写于约60年）与《腓立比书》（3：20，写于约61年）（参《圣经（灵修版）·新约全书》，前揭，页516和532），仅存两种人类社会的秩序，即两座城。

> 两种爱造就了两个城。爱自己而轻视上帝，造就了地上之城，爱上帝而轻视自己，造就了天上之城（卷十四，章28，见奥古斯丁，《上帝之城：驳异教徒》中，页225及下）。

所以，两座城的性质分别为地上之城和天上之城。地上之城是"根据肉身生活的人的城"，天上之城是"根据灵性生活的人的城"（卷十四，章1）。在这里，"根据肉身生活"有两层含义，包括来自身体的罪过（指世俗的物质生活）和来自心灵的罪过（指灵魂背离上帝，从而为朽坏的肉身所奴役的生活）；"根据灵性生活"不是指世人的精神生活，而是指灵魂服从上帝，从而能够支配肉身的生活，因为我们世人领受的"并不是世上的灵，乃是从神来的灵"。也就是说，人的生活方式划分为两种：按人生活和按上帝生活（卷十四，章2-4）。由此可见，上帝之城和地上之城的划分标准不是空间或地理，也不是民族和国度，而是具有普世意义的人的生活方式，更准确地说，是人的信仰追求。

第二部分的第二个小部分即第十五至十八卷，主要阐述人类中的两种秩序的发展过程，即两种人的集团或两个城的发展。"上帝之城"与"人间之城"是人类两个序列的象征说法。无论两城起源于天使，还是起源于两位初人，上帝之城预定要由上帝来永远统治，人间之城要与魔鬼一道经历永久的惩罚。当这两座城开始一系列的生死过程时，首先出生的是这个世界（人间之城）的公民，人间之城的第一个建造者是两位先祖的长子该隐，然后出生的是这个世界上（人间之城）的朝圣者，属于上帝之城，两位先祖的次子亚伯是人间之城的第一个朝圣者，上帝之城的第一个公民（卷十五，章1；《创世记》4：1以下）。奥古斯丁认为，人间之城一方面展示着它自己的存在，另一方面又用它的存在指向天上的圣徒之城（即圣城、上帝之城）。人间之城的公民是由受到罪的本性生育的，譬如，以实玛利是使女夏甲"按着肉身（或血气）生的"；而上帝之城的公民是由于恩典而从罪中得到救赎的本性生育的，譬如，以撒是亚伯的自由（或自主）之妇撒拉"凭着应许生的"（卷十五，章2）。尽管"地上之城不会永恒，但也有自己的好"，如和平。不过，这种好虽然带给人好处和喜悦，但是也带给人痛苦，譬如，为了地上的和平——最低下的好——竟然不惜发动战争（卷十五，章4）。该隐（人间之城的奠基人）和亚伯之间产生的争斗证明两座城之间的敌对，而罗慕路斯（罗马城的奠基人）和瑞姆斯的争斗——"兄弟的血湿了最早的墙"（卢卡努斯，《法萨利亚》卷一，行95）——显示了人间之城的分裂。人间之城充满争斗，在恶人之间，在善恶之间，在"尚在发展而未完美的"好人之间，甚至在一个人身上，"情欲和圣灵相争，圣灵和情欲相争"（《加拉太书》，5：17）。只有在上帝之城，人达到完美才没有争斗（卷十五，章5）。

接着，奥古斯丁考察从该隐建立第一座城到大洪水（卷十五，章8-27）和从挪亚到亚伯拉罕（卷十六，章1-12）的两座城的进程，从亚伯拉罕到以色列诸王（卷十六，章13-43）和从撒母耳到大卫甚至到基督的列王和先知时期（卷十七）的天上之城或上帝之城的进程。虽然两城泾渭分明，但是"两个城都随着人类在发展，共同开始，也共同经历了不同的阶段"。一方面，两城的划分并不意味着基督徒的精神属于上帝之城，肉身属于人间之城，而是指个人的历史境遇：作为上帝之城的公民，基督徒客居人间之城（"上帝之城要在城市之城中作过客"），以灵和肉上下有序的生活态度从事着世俗的工作。另一方面，教会只是上帝之城的象征，不是上帝之城本身，所以教会中也有人（基督徒）反对上帝，而敌人（非基督徒）也存在着当基督徒的可能，也就是潜在的上帝之城的公民。在人类的整个历史（两座城的世俗进程）中，两座城"不是在单独发展"（卷十八，章1），而是"从头到尾都是混合在一起的"，在暂时的状态即"尘世"中它们"都运用好的事物，都遭受坏事的折磨，但有不同的信、望、爱，直到在最后的审判中分开，各自到达自己的终点，此后的境地将永无终点了"（卷十八，章54，节2）。

第二部分的第三个小部分即第十九至二十二卷，阐述人类历史的结局，即两个城的终点。奥古斯丁考察并驳斥了哲学家关于"终极的好"（至善）的各种观点，进而认为，没有真正的宗教就没有真正的德性，和平与幸福现在和将来都属于属天之城或属于基督的子民（卷十九）。接着奥古斯丁论述末日审判（卷二十），并认为，魔鬼之城注定最后要被定罪，接受永久性的惩罚（卷二十一），而上帝之城的结局是圣民的永久幸福（卷二十二）。

总之，在《上帝之城：驳异教徒》的第一部分，奥古斯丁驳斥为了个人幸福、帝国霸权或来生的盼望而崇拜异教神明的行为，并认为，即使在以前——当人们还尊崇异教的诸神的时候——异教的诸神也不能够保护罗马。接着在《上帝之城：驳异教徒》的第二部分，奥古斯丁在论述两城的起源、发展和结局的过程中阐述了人的境遇：不是生活在以耶路撒冷为象征的"上帝之城"，就是生活在以巴比伦为象征的"地上之城"。一方面，奥古斯丁驳斥了基本错误的谴责苗头。在历史上罗马曾多次失败，没有理由将罗马的陷落归罪于教会；基督教没有颠覆公民意识，而是强化了社会的道德架构，促进了城市的和平和繁荣；基督教没有推翻爱国主义，而是坚固了爱国主义——《旧约》与《新约》都命令信徒要对政府忠心，并遵守国家法律。另一方面，奥古斯丁又指出："基督时代"遭遇严峻的挑战，但是基督徒要恒久忍耐，因为基督教信仰的目标是实现人生价值，但不是在这个世界——人间之城（Civitas terrena），而是在永恒的世界——上帝之城（Civitas Dei）。因此，在尘世之国里拥有一席之地的所有价值都失去了约束力。

尽管在奥古斯丁的"神学三部曲"中，《上帝之城：驳异教徒》"既没有《忏悔录》运笔之精微，也没有《论三位一体》思想之深邃"，而且"真正悉心研究它、诚心喜欢它的人，在3部书中应当是最少的"，可它受到的"赞誉颇多"，因为它具有重要的价值和意义：第一，全面展示了古代基督教的集大成者奥古斯丁的整体神学思想；第二，奥古斯丁探讨基督教与异教文化（尤其是希腊罗马的古典宗教和哲学）的关系，尤其是集中处理了罗马的宗教、历史和政治，提供了基督教在古罗马帝国的历史发展的重要材料，提供了基督教思想的发展和演变的重要材料，有助于准确地理解基督教文化；第三，重要的不是奥古斯丁"与古典的关系"，而在于"与后来的基督教思想，特别是现代思想中一些核心理念之间的关联"，譬如，人心的理解发展成一种心理学的研究，自由意志成为人性善恶的决定性因素，政治问题失去整全的视野，对美好生活的追求可以在城邦之外实现，从这个意义上讲，古典时期没有一部作品像奥古斯丁的巨著《上帝之城：驳异教徒》一样对西方世界产生影响。

《论灵魂及其起源》

《论灵魂及其起源》（*De Anima et Eins Orgine*）写于约419

至 421 年期间，属于奥古斯丁的晚期作品。这部论争作品是由年轻人维克多（Vincentius Victor）——出生于毛里塔尼亚的该撒利亚，曾是从多纳特教派分裂出来的罗格（Rogatian）教派的信徒，不过当时已经皈依大公教（卷三，章 2）——挑起的。418年维克多在该撒利亚的西班牙长老彼得的家里读到奥古斯丁的信件，对奥古斯丁关于灵魂的观点大为不悦，于是撰写两卷书进行批评。当时毛里塔尼亚主教莱那图（Renatus）正好也在该撒利亚，送信与奥古斯丁讨论关于灵魂的问题。第二年夏天莱那图抄写了维克多的书卷，并送给奥古斯丁。大约 419 年秋天奥古斯丁收到手抄本，并立即回信表明自己的立场。

《论灵魂及其起源》采用书信体，由 4 封信构成，每封信各自成卷。其中，第一封信（卷一）是写给毛里塔尼亚主教莱那图的。在第一封信里奥古斯丁首先表明自己的宽容立场，尽管自己对灵魂性质的意见以及对灵魂起源的不确定（ἀμφιβολία）不应受到维克多的责难，并指出维克多的错误是可以控制和消除的（卷一，章 3），接着奥古斯丁分析维克多的错误，并指出维克多引用的《圣经》章节含义不明，无助于讨论灵魂起源的问题。

第二封信（卷二）是写给长老彼得（Peter）的。在第二封信里奥古斯丁劝告彼得不要接受维克多关于灵魂起源的错误观点，更不要把维克多的轻率言论视为大公教教义而与基督教信仰相冲突，并劝告彼得去尝试说服维克多纠正错误。

第三封（卷三）和第四封（卷四）都是直接写给维克多的。其中在第三封信里奥古斯丁指出，假如维克多想成为大公教的信徒，就必须改正他在书中写的 11 个错误（卷三，章 22）：

第一，"神不是从虚无而是从他自身造的灵魂"（卷一，章 4；卷二，章 5）；

第二，"正如给予灵魂的神是永恒存在的，照样，神也无限地给予灵魂"（卷三，章22；卷四，章38）；

第三，"灵魂因肉身丧失了某种事工，就是它在未成肉身之前曾有的"（卷二，章11）；

第四，"灵魂藉肉身恢复原状，并通过原就该受其玷污的肉身得重生"（卷一，章6；卷二，章2）；

第五，"灵魂在未犯罪之前就该成为有罪的"（卷一，章8；卷二，章12）；

第六，"未受洗就死去的婴儿仍然可以得原罪之赦免"（卷一，章10-12；卷二，章13－14）；

第七，"主预定要受洗的人可以脱离这样的预定，或者在未成全万能者所预定的事之前就死了"（卷二，章13）；

第八，"经上所说的'速速将他带走，免得邪恶腐蚀了他的思想'说的正是还未在基督里重生就死去的婴儿"（卷二，章13）；

第九，"主所说的他父家里的那些住处，有些是在神的国之外的"（卷二，章14）；

第十，"基督徒的祭应当献给那些死去前未曾受洗的人"（卷一，章13；卷二，章15）；

第十一，"那些未曾接受基督的洗礼的人中，有一些并非一死就进入天国，而是先进入乐园，后来到了复活的时候，他们就能得着天国的恩福"（卷一，章15；卷二，章16）。

在第四封信里奥古斯丁认为应当谨慎对待灵魂起源的问题，并且承认自己对灵魂起源的无知（卷四，章2），不过无知比错误好（卷四，章16）。此外奥古斯丁重申，灵魂是灵，而不是维克多所说的"体"（卷四，章2）。

虽然奥古斯丁的著述颇多，但是学界普遍认为，《忏悔录》、《论三位一体》和《上帝之城：驳异教徒》是奥古斯丁最重要的神学三部曲。3部作品都是考察神与人的关系，不过考察的角度不同。《忏悔录》的视角是个体生存体验：人由于自由意志而堕落，所以需要坦白自己的罪，但是由于上帝的恩典而得救，所以应当赞美上帝。《上帝之城：驳异教徒》的视角是整个人类生存经验：人类由于自由意志而堕落，建立"地上之城"，但是由于上帝的恩典，其中一部分人构成"上帝之城"；双城交织在一起，人类史中有上帝的旨意，人类史其实就是一部神人关系史。而《论三位一体》的视角是上帝三位一体本身。从理论水平来看，《论三位一体》既是神学的，也是哲学的和心理学的，是奥古斯丁神学的、甚至是整个教父哲学的理论巅峰之作。

三、历史地位与影响

综观奥古斯丁的人生和著述，不难得出这样的结论：因为奥古斯丁是一个在进步中写作的人，所以奥古斯丁的思想是不断寻求的思想；更重要的是，因为奥古斯丁是一个在写作时进步的人，所以奥古斯丁的作品并未使其思想体系受到损害。

首先，作为虔诚的基督徒、希波的主教和早期的基督教神学家，奥古斯丁一方面驳斥异教，捍卫基督教，另一方面又在阐释《圣经》和布道的过程中，把希腊哲学和基督教神学有机地融合在一起，为基督教思想体系的最终形成做出了重要贡献。虽然几乎没有系统地写作神学作品，但是奥古斯丁的思想仍然精深博大，涉及善与恶、基督教的柏拉图主义、原罪、恩典与救赎、性与婚姻、《圣经》与上帝的奥秘、人类的奥秘、选民、教会、修道主义等基督教思想。在诠释三位一体、教会和上帝的恩典等重要的基督教思想方面，奥古斯丁是古罗马帝国最杰出的基督教思想家，与后来的阿奎那并称基督教的两位大师。虽然奥古斯丁的希波主教职位并不显赫，但是由于他学识丰富，是基督教信仰的解释者、传播者和辩护者，被誉为"教会的博士"。

　　奥古斯丁能有这么巨大贡献，获得如此高的荣誉，他的修辞智慧发挥了重要作用。在皈依基督教以前（当时出现新的诡辩派，文风华而不实，辩说技巧出格，目的是震惊听众），奥古斯丁精于西塞罗的修辞学。奥古斯丁在《忏悔录》里提及诡辩派修辞学的不足，在《论基督教教义》里探讨了修辞的引证、解释及其与《圣经》真理的沟通。尤其是在《论基督教教义》第四卷，奥古斯丁相信圣经修辞学的信服能力以及传道者在讲道的时候应有的劝说责任。由此可见，奥古斯丁可能是对圣经修辞学的第一位诠释者。受到西塞罗的影响，奥古斯丁力排众议（基督徒对世俗文化的偏见），富有创意而大胆地糅合罗马修辞与圣经修辞的不同理论，以此调适修辞学与基督教：将异教的修辞学与基督教的启示真理融会贯通。在公众精神方面，西塞罗修辞学与奥古斯丁修辞学是相似的（奥古斯丁同意西塞罗的修辞灼见），不同的是修辞源头、内容、目的和方法。从目的与方法来看，奥古斯丁修辞的说服力不在于表达技巧（形式）的展现（有益的表达即是艺术），而在于知识或真理（内容）的呈现（有益的表达即是教导和讲道；修辞学本身是工具）；传道者（牧者）的口才要自然有力，而不是西塞罗修辞的规则性。从源头与内容来看，奥古斯丁修辞的源头不是人文科学普遍启示的知识（次等的知识），而是《圣经》特殊启示的知识，即上帝的知识（高等的知识）。在这方面，奥古斯丁不仅将西塞罗的次等知识改换成高等的知识，而且还将西塞罗的哲学智慧（《论取材》卷一，章1，节1；《演说家》，章21，节69-71）变成基督教的智慧或上帝的智慧（《基督教教义》）。西塞罗的修辞智慧带有政治性，而奥古斯丁的修辞智慧带有宗教性。不过在知识的本质方面，二者都认同3点：从现实到理想之成长的可能性；本质与演说范围的相互作用；以及智慧对口才的重要影响（智慧高于口才，但二者统一：智慧与口才都是演说家的重要素质；口才配搭智慧）。西塞罗修辞学对奥古斯丁最显著的影响集中在演说家的"合适"观念和风格上。西塞罗认为，口才的基础是"合适"的智慧，而"合适"的本质在于能顺应重大的变化，并且懂得如何进行内在的调整：风格的调整。风格的运动由初期、中期和巅峰期都有由"证明"（初期）到"令人兴奋"（中期）到"说服力"（巅峰期）的功用。奥古斯丁系统地使用西塞罗的修辞学延伸与方法，并贯穿了他对西塞罗的"合适"的理解。奥古斯丁认为，对于处于少小时期的无知识者，需要采用壮观（或华丽、夸张）的风格，用《圣经》的智慧去教导无知识者，使之变得有知；对于处于中期的不冷不热者，需要采用中庸的风格，使之喜悦，从而使之愿意皈依基督教；对于巅峰期的倒退者，需要采用平实的风格，去感化倒退者，使之顺服。可见，诠释者的修辞学既是合一的，又是多元化的。这就要求诠释者必须广泛地阅读，将资料消化，并赋以新的内涵。唯有如此，传道者或老师才能以适当的风格使用《圣经》的真理（参杨克勤：西塞罗与奥古斯丁的修辞学，前揭，页137以下）。

第二，奥古斯丁继承了希腊哲学［柏拉图和普洛丁的思想、亚里士多德《范畴篇》的思想等］，其作品中孕育着哲理的思想，所以奥古斯丁也是哲学家。首先，《加西齐亚根的对话录》引发了以后作品中不断出现的主要论题：通向上帝的理性与真理、善与美；真善美贯穿在整个创作中。例如，《加西齐亚根的对话录》的第一部分谈真。《论幸福生活》引出了神学的另一个哲学基础："至福是神学研究的动力，也是其最终目的"。《论秩序》回答了关于恶的问题："恶没有单独存在的理由"。而《独语录》是奥古斯丁"为了寻求真理，用爱和真诚写的"，其主要论题是"理智在人的内心启迪灵魂，在寻求神圣真理时，灵魂并非孤立无援。上帝引导着灵魂走向自己"。即使在《忏悔录》里，奥古斯丁对生命和神学的思考时也没有放弃纯哲学，例如奥古斯丁论述时间、记忆、创作、奥古斯丁式的皈依和爱情。虽然是为了维护基督教，但是奥古斯丁深入思考时间，相关的论述已经成为西方思想史上的不朽篇章。胡塞尔说：

> 时至今日，每一个想探讨时间问题的人都应当仔细研读《忏悔录》第十一卷的第十四至二十八章。因为，与这位伟大的殚精竭虑的思想家相比，以知识为自豪的近代并没有能够在这些问题上做出更为辉煌、更为显著的进步（张晖、谢敬：一条通向和谐的道路——《忏悔录》导读，前揭书，页 12）。

此外，《忏悔录》还开始探究不可见的"潜意识"，开辟了心理学的研究之路，这条路通向法国笛卡尔（Rene Descartes，1596-1650 年）、英国佩皮斯（Pepys，即 Samuel Pepys，1633-1703 年）和奥地利精神分析心理学的创始人弗洛伊德（Sigmund Freud，1856-1939 年）。[1]

奥古斯丁在思想领域里既往（可以追溯到希伯来文化的基督教神学与希腊哲学）开来（后世神学与哲学），奥古斯丁的深远影响遍及后世：西方古代（从奥古斯丁那个时代算起）、中世纪及近现代的各种基督教神学和哲学，无论是支持还是反对，都只不过是对奥古斯丁的一系列注脚而已。

在古代，教会的教士——如阿尔的塞泽尔（470-543 年）和

---

[1] 参奥·曼诺尼，《弗洛伊德》，王世英译，石家庄：河北教育出版社，1999 年（2000 年重印）。

圣列奥教皇（390-461 年）——经常引用希波主教奥古斯丁的话；创建各种流派的塞维利亚的圣伊西多（570-636 年）深受奥古斯丁影响的证据就是 3 卷本《名言集》的第一卷；波爱修斯承认"奥古斯丁在我的思想中播下了种子"，而本尼迪克会在起草西方修道院的教规时，在很大程度上得益于奥古斯丁的教规典范。教皇大格列高利（540-604 年）将奥古斯丁的原则付诸实践，应用在自己的灵性追求和教士治理上。

在查理大帝统治时期（771-814 年），特别是在阿尔昆时代（约 735-804 年），是《上帝之城：驳异教徒》启用的时间，成为人间城市统一协调的基础；阿尔昆本人撰写的《论三位一体》大部分摘自奥古斯丁的作品；阿尔昆的弟子赫拉班（Hrabanus或 Rhabanus，约 776-856 年）撰写的那本教会戒律教材借鉴了奥古斯丁的《怎样向普通人讲授教理》(De Catechizandis Rudibus) 并完全照抄了其中一章。

在 9 至 13 世纪（参费里埃，《圣奥古斯丁》，页 100-103），在方济各会中，奥古斯丁是"启迪的圣师"。奥尔拜斯（Orbais）的修士戈特沙尔克（Gottschalk，约 803-869 年）非常赞赏奥古斯丁关于灵魂归宿预定论的观点。受到奥古斯丁影响的不仅有坎特伯雷的圣安瑟伦（St. Anselmus，1033-1109 年)[1] 和阿伯拉尔（Peter Abelard，1079-1142 年),[2] 还有他们的对手——从圣达米安（Saint Peter Damian，即 Petrus Damiani、Pietro Damiani 或 Pier Damiani，约 1007-1072 年）到明谷（Clairvaux）的圣伯纳德（St. Bernard，1090-1153 年)[3] 的第一批伟大神学家。此外，

---

① 著有《论自由意志》、《魔鬼的堕落》、《证据》、《独语》和《上帝为何变成人》。
② 著有《罗马书释义》和《苦难情史》(History of Calamities)。
③ 著有《〈雅歌〉讲道集》和《论爱神》。

学校和修道院的教育在整个 12 世纪都是奥古斯丁式的。

　　霍金斯（Peter S. Hawkins）认为，奥古斯丁的《上帝之城：驳异教徒》奠定了但丁《神曲》的基础。只不过但丁还关照奥古斯丁笔下的那些堕入最低处（大致相当于但丁笔下的"地狱"）的黑暗天使（相当于但丁笔下的"魔鬼"），把奥古斯丁笔下共同发展、但互相竞争的天上之城和地上之城变成地狱（Inferno）、炼狱（Purgatorio，大致相当于奥古斯丁笔下的"地上之城"）和天堂（Paradiso，大致相当于奥古斯丁笔下的"天上之城"）。其中，地狱是魔鬼之城，里面住的是不可救药的黑暗天使。炼狱则是奥古斯丁要人们忍受的地上之城。奥古斯丁把这个地方视为天上之城的客居，是上帝子民暂时栖居的居所：人间。死后，上帝子民将进入天堂：上帝之城。而但丁的炼狱似乎比奥古斯丁的地上之城更为积极，因为他要将黑暗天使改造成光明天使，让本性向善的黑暗天使也能进入天国。福廷则指出，由于在现实生活中帝王的世俗统治权与教会的精神统治权之间的严重对立，但丁不能获得"现实中的城邦"，只能构想"言辞中的城邦"，即"乌托邦"。在这个乌托邦中充满了罗马精神，因为但丁笔下的乌托邦不是柏拉图的小城邦，而是古罗马帝国式的。[①]

　　在 13 至 16 世纪，巴黎大学的前身维克托修道院的修士和奥古斯丁派始终忠诚于奥古斯丁学说。方济各会的波拿文都拉（Bonaventura，约 1217-1274 年）以奥古斯丁的论文为依据论述上帝和三位一体的存在，成为方济各会中最接近奥古斯丁思想的

---

　　① 参但丁，《神曲》，田德望译，北京：人民文学出版社，1997 年；福廷（Ernest L. Fortin）："乌托邦：但丁的喜剧"，朱振宇译；霍金斯（Peter S. Hawkins）："梦魇与梦想——但丁《神曲》中的地上之城"，朱振宇译，参《古典诗文绎读·西学卷·古代编》（下），前揭，页 467 以下和 483 以下。

学者，是个"新奥古斯丁主义者"。罗马的吉莱斯（Giles，1234-1316年）——第一位在巴黎获得神学大师的学者——撰写的《论君主政体》（*De Regimine Principum*，亦译《论主要体制》）深受奥古斯丁的影响。里米尼的格列高利也是奥古斯丁信徒。

更为重要的是，尽管阿奎那（1224-1274年）主张"欲知之，先信之"，而奥古斯丁主张"欲信之，先知之"，尽管阿奎那用（亚里士多德的理性）哲学的神学体系相当大地改变了奥古斯丁的（新柏拉图主义的）拉丁语神学典范，但是"本质上一直为流行的奥古斯丁神学所限制"。阿奎那在严格意义上的神学问题方面紧随圣奥古斯丁，例如《神学大全》（*Summa Theologica*，1267-1273年，亦译《概论》）中的许多章节都引用奥古斯丁的作品。费里埃认为，从某种程度上说，特别是在有关恩典的问题上，托马斯学说吞并了奥古斯丁学说，即"继续坚持了对恩典的具体化理解"。

14世纪人文主义的先驱彼特拉克从未离开过奥古斯丁，口袋里总装着《忏悔录》。

16世纪，奥古斯丁全集出版，有在巴塞尔的阿梅尔拜克版本（1506年）和埃拉斯谟版本（即希腊文《新约全书》，1516年）以及在昂维尔的卢万版本（1576-1577年，编者为64位神学家）。在新教改革中，路德（1483-1546年）和加尔文（John Calvin，1509-1564年）[1] 重新肯定了奥古斯丁的上帝观和人需要神恩的观念。他们都求助于奥古斯丁驳斥贝拉基学说的论述，路德用语论证那些自己以信仰为担保来替自己辩护的论述，加尔

---

① 著有《基督教教义》（*Institutes of Christian Religion*，1536年初版，1539年修订版），参《基督教文学经典选读》，前揭，页377以下。

文从中寻求支持自己关于灵魂归宿论的理论根据。1509 年路德开始接触奥古斯丁的作品:《忏悔录》、《论三位一体》和《上帝之城:驳异教徒》。路德发现奥古斯丁的《忏悔录》的叙述与自己的理论完全一致。在随后几年里,路德甚至把自己的理论等同于奥古斯丁的理论。[①] 在《关于圣诗的评论》中,路德吸收了不少奥古斯丁的用语。[②] 论著《论奴役意志》(*De Servo Arbitrio*, 1525 年) 是从奥古斯丁那里借用的,并在其中援引了奥古斯丁的话。直到晚年,路德才明白自己与奥古斯丁的差别:奥古斯丁没有把人类的生存条件放在显要位置。加尔文中学时代就读过奥古斯丁的作品。加尔文最喜欢奥古斯丁,在加尔文的作品有近1400 处摘录奥古斯丁的言论。加尔文和奥古斯丁同属于神学理论的中间派,不过加尔文指责奥古斯丁把新柏拉图主义作为他的理论源泉。

　　17 世纪是奥古斯丁学说的黄金时代。詹森 (C. Jansénius, 1585-1638 年) 声称读过奥古斯丁的全部著述,并著有《奥古斯丁论》(*Études Augustiniennes*)。1641 年由鲁昂的弗里奥出版社出版的《奥古斯丁论》长达 1300 页,分为 3 个部分:研究贝拉基和半贝拉基学派的观点;论述哲学与神学的关系,贬低经院哲学和神学;纠正人类堕落而又由于耶稣基督的恩典而复元的天性。法国神秘主义者帕斯卡尔 (Pascal, 即 Blaise Pascal, 1623-1662 年)[③] 勤奋阅读圣奥古斯丁的作品,在帕斯卡尔的

---

① 汉斯·昆 (Hans Küng),《基督教大思想家》,包利民译,香港:汉语基督教文化研究所,1995 年,页 138。

② 参奥古斯丁,《〈诗篇〉释义》(*Enarrationes in Psalmosh* 或 *Enarrations, or Expositions, on the Psalms*),415 年。

③ 数学家、物理学家和宗教哲学家,著有《乡间书信》(*Provincial Letters*, 1656-1657 年)、《思想录》(*Pensées*, 1656-1657 年,未完稿),参《基督教文学经典选读》,前揭,页 532 以下。

《德萨士先生①的谈话录》中至少有 17 处摘录圣奥古斯丁的作品。大作家拉辛、居伊昂夫人（Madame Guyon，1648－1717年）、② 曼特农夫人（Madame de Maintenon，1635－1719 年）③和塞维尼夫人（Madame de Sévigné，1626－1696 年，法国散文家）都读过《忏悔录》。著名的法国传教士波舒哀（Bossuet，即 Jacqurs-Benigne Bossuet，1627－1704 年，演说家）、布尔达鲁（Louis Bourdaloue，1632－1704 年）、弗莱士尔（Esprit Fléchier，1632－1710 年）、马西翁（Jean-Baptiste Massillon，1663－1742年，修辞学教授）以及那些宗教问题的辩论家都剽窃圣奥古斯丁的作品。波舒哀的《欲念的论著》（*Traité de la concupiscence*，1691－1693 年）就是从《忏悔录》第十卷中获得灵感的，而其历史哲学则取材于《上帝之城：驳异教徒》。费奈隆（Francois Fenelon，1651－1715 年）认为，在崇高的真理方面，圣奥古斯丁的论述远远超过笛卡尔的《形而上学的沉思》（*Metaphysical Meditations*，即 *Meditationes de Prima Philosophia*，1641 年）。始于笛卡尔的近代唯理主义哲学受惠于奥古斯丁的思想因素，因为笛卡尔承认"我思故我在"出自《上帝之城：驳异教徒》第十一卷第二十六章。奥拉托利会（Oratory）会员马勒伯朗士（Nicolas Malebranche，1638－1715 年）醉心于阅读圣奥古斯丁的著作，在《追求真理》（*The Search After Truth*，1674－1675 年）的前言中多次引用奥古斯丁不同著作中的论述。马勒伯朗士认为，奥古斯丁的思想解释了那些与灵魂相关的事物，而笛卡尔的科学有助于理解与肉体相关的事物。由此可见，马勒伯朗士在哲学方面是笛卡尔主义者，不过他的神学属于奥古斯丁的

---

① 德萨士（Gérard Desargues，1591－1661 年），法国建筑学家和数学家。
② 全名 Jeanne-Marie Bouvier de la Motte-Guyon。
③ 全名 Françoise d'Aubigné，marquise de Maintenon。

学说。

在启蒙运动时期（18 世纪），本体主义神学家调和奥古斯丁与阿奎那，波舒哀与马勒伯朗士。

19 世纪，所有基督教的复活都从奥古斯丁学说那里吸收了营养。20 世纪，法国基督教哲学家布隆代尔（Maurice Blondel，1861-1949 年）① 从写《行为》（*L'Action*，1893 年）开始，他提出的有关理智与信仰的方法已经表现出与奥古斯丁思想的某种联系。在大学里，研究奥古斯丁的最好专家库赛勒（Pierre Courcelle，1912-1980 年，翻译奥古斯丁的《忏悔录》）、吉尔松（Étienne Gilson，1884-1978 年，法国哲学家、历史学家）、马宏（即冉娜·马宏，翻译牛津大学教授彼得·布朗的《圣奥古斯丁的一生》，1967 年出版）和曼都斯（博士论文《圣奥古斯丁——理智与宽恕的一生》，1968 年，参费里埃，《圣奥古斯丁》，前言）呼吁尊重奥古斯丁及其学说。在纯神学方面，庇护十一世（1930 年）和庇护十二世（1954 年）在通谕中指出，如同教皇切莱斯廷一世（Sanctus Caelestinus，422-432 年在位）在以弗所主教会议（431 年）上断言的一样，圣奥古斯丁"是教会及其先辈们引以为荣的最伟大的大师"。

在 19、20 世纪，奥古斯丁还以教义的其他因素支持了一些重要的思想家：哲学家基尔克果（Kierkegaard，1813-1855 年）和维特根斯坦（Wittgenstein，即 Ludwig Josef Johann Wittgenstein，1889-1951 年）、纽曼（Newman，即 John Henry Newman，1801-1890 年）、② 马利坦（Jacques Maritain，1882-1973 年）、尼布尔

---

① 著有《三部曲》、《基督教的哲学要求》等。

② 天主教神学家、布道家和诗人，主要作品有《自辩书》（1864 年）、《吉隆提乌斯之梦》（1866 年）、《大学的理念》（*The Idea of A University*，1852 年），参《基督教文学经典选读》，前揭，页 674 以下。

（H. R. Niebuhr，1894－1962 年）、蒂利希（Paul Tillich，即 Paul Johannes Tillich，1886 － 1965 年）和巴特 ［Karl Bart，1886 （1886－05－10）－1968（1968－12－10）年］。①

在思想方面，需要特别指出的是，所谓的"奥古斯丁政治神学"——君主的神圣化或者教皇权力与基督之城的政治化——其实是对奥古斯丁的一种误读。造成这种误读的主要原因是这样：那些想从《上帝之城：驳异教徒》的论述中建造一座基督之城的人和那些现代历史学家都脱离奥古斯丁所生活的时代，而按照现代读物去诠释奥古斯丁的《上帝之城：驳异教徒》和信件，片面地夸大奥古斯丁在政府代理人中所起的作用。在奥古斯丁时代，国家已经停止对基督教的迫害，基督教已经成为国教，但是与异端的论争从来没有停止过。在这种情况下，政权与主教之间的确存在非常密切的合作。这种合作有与国家沆瀣一气的嫌疑，但是并不代表着奥古斯丁会赞同神圣化世俗王权和建立基督教国家。阅读 16 封写给罗马帝国显要——伯爵、古罗马的裁判官、教皇或阿非利加的行省总督或小小的特派员——的信件以后，就会发现：奥古斯丁与那些大人物建立关系，纯粹是为了在罗马帝国实现基督的统治原则，为了在精神和道德方面产生影响。在与异端如多纳特教派的论争中，奥古斯丁虽然与罗马官员如弗拉维·马尔克利努斯和卜尼法斯（Boniface，即 Pope Saint Boniface I，418－422 年在位）的立场相同，站在了世俗国家的一边，维护法律，但是奥古斯丁仍然坚持严以待己、宽以待人的处事态度，反对暴力，即使对基督教的竞争对手使用暴力也不是他愿意看见的。从《上帝之城：驳异教徒》的论述可以看出，奥

---

① 贝拉（R. Bellah），宗教多元论与宗教真理，刘锋译，参《基督教文化评论》（9），前揭，页 1；汉斯·昆，《基督教大思想家》，页 197 以下；巴特（K. Barth），《〈罗马书〉释义》，魏育青译，香港：汉语基督教文化研究所，1998 年。

古斯丁已经放弃了特别是安布罗西乌斯及其追随者普鲁登提乌斯代表的政治神学的观点：罗马的国家政权由于基督教的信仰而重新得到有效巩固。拉丁语地区的基督教能够经历民族大迁移时期的国家解体而幸存下去，正是因为奥古斯丁有意识地限制他与古罗马国家的关系。

此外，奥古斯丁还在修辞学、文学、语言和翻译方面做出重要的贡献，其影响之深远同样值得重视。在中世纪，除了奥古斯丁独特的基督教修辞学理论以外，西方修辞学的发展显得微不足道。无论是圣比德（Bède，约 673－735 年）、阿尔昆、圣伊西多和卡西奥多尔，还是当时的修辞学家，其主要工作是翻译或注释早期的著作（参杨克勤：西塞罗与奥古斯丁的修辞学，前揭，页 137）。作为文学家，奥古斯丁发展了自传文学的风格。奥古斯丁开创的"忏悔文学"对后世产生巨大影响，卢梭的《忏悔录》（*Confessions*）与托尔斯泰（Lev Tolstoy, 1828－1910 年）的《忏悔录》（*Исповедь*）便是最好的明证。作为语言学家和翻译家，奥古斯丁"对后世的语言和翻译研究，特别是对 14 世纪的神学争论却具有相当大的影响。奥古斯丁的符号理论为哲学家和语言学家当作共同财产，直到今天仍在发挥作用"。

总之，"奥古斯丁比任何其他西方教父都更多地被东方拒绝——这更进一步说明基督教中发生了（从他开始）由早期教会/希腊化典范/中世纪典范的转变"。"奥古斯丁比任何其他神学家在影响西方神学与虔敬上的作用都要大；由此他成为中世纪典范之父"。更为重要的是，"奥古斯丁是至今仍保持精神力量的唯一一位教父。他的作品吸引异教徒与基督徒，哲学家和神学家，不管他们属于何种学派或宗教"，正如凯朋豪森（Hans von Campenhausen）所给予的高度评价一样。

第九节　哲罗姆[①]

一、生平简介

哲罗姆（Saint Jerome、Eusebius Sophronius Hieronymus 或 Εὐσέβιος Σωφρόνιος Ἱερώνυμος）生于 340 至 350 年之间，更确切地说，347 年前后。哲罗姆出身于达尔马提亚与潘诺尼亚边境地区斯特里同（Stridon）的一个富裕的基督教家庭。在年幼时，哲罗姆就来到罗马，在罗马他享受语法、修辞以及上层社会流行的哲学教育。哲罗姆师从著名的语法学家多那图斯（Aelius Donatus）。[②] 当时，阿奎利亚（Aquileia）的鲁菲努斯（Tyrannius Rufinus，约 345-410 年，史学家、神学家和翻译家）是哲罗姆的朋友与大学同学。

在这些年里，哲罗姆已经为他的罗马古典异教作家的藏书购置了最初的卷册。这些藏书后来伴随哲罗姆来到他的隐修之所。在这个对于那个时代来说还很年轻的岁月里，在大学毕业时，大约 365 年，哲罗姆接受教皇利贝里乌斯（Liberius）的洗礼。当然，哲罗姆还想在国家公职中寻求一条仕途。

不过，由于皈依基督教，在高卢之行到达特里尔的时候，哲罗姆决定远离国家公职，过一种献身于宗教研究的苦行主义生活。这种生活方式本质上大约与奥古斯丁从意大利返回以后前几

---

① 参《古罗马文选》卷五，前揭，页 470 以下；LCL 262, *Introduction*, 页 xi 及下；曼廷邦德，《拉丁文学词典》，页 153；王晓朝，《教父学研究：文化视野下的教父哲学》，页 101-125。

② 不可把多那图斯和 4 世纪末的维吉尔评论家提贝里乌斯·多那图斯（Tiberius Claudius Donatus, 著有 *Interpretationes Vergilianae*）弄混淆。

年在加西齐亚根和在塔加斯特的时间一致。放弃国家公职的生活
方式，献身于哲学——作为休闲（otium）在罗马共和国末期起
初遭到蔑视，但是后来越来越得到承认——现在也可能列入宗教
的内容，在举国愤怒的情况下享有很高的声望（见第八编第二
章第七节：纳马提安）。首先，哲罗姆和阿奎利亚的、想法相同
的朋友实现了一种新的生活方式，但是在 373 或 374 年绝交以后
前往耶路撒冷朝圣。不过，一种疾病让哲罗姆留在了安条克。在
安条克，哲罗姆完全学会了希腊语。接着在安条克东边的哈尔基
斯沙漠，哲罗姆当了 3 年隐修士。与此同时，哲罗姆还从一个由
犹太教皈依基督教的修士那里学会了希伯来文的基础知识。

　　后来（379 年）在君士坦丁堡，哲罗姆结交纳西盎（Nazi-
anzus）的格里高利（Gregorius、Gregor 或 Gregory，约 329 - 390
年），① 了解伟大学者俄里根（Origenes，死于 253 或 254 年）的
文章。俄里根用他对圣经的比喻诠释，长期对希腊神学产生重大
影响。俄里根的那些观点也引起教会内部激烈的争论。哲罗姆也
卷入这场争论之中。

　　在 382 至 385 年，哲罗姆在罗马当教皇达马苏斯一世
（Damasus I，约 366 - 384 年在位）的秘书。鉴于流行的拉丁文圣
经译本很多，教皇建议哲罗姆翻译一个可信的拉丁文圣经文本。
在罗马，哲罗姆赢得最高层的贵妇人——如寡妇勒娅（Lea）、
马尔克拉（Marcella）和保拉（Paula，后来被指控与哲罗姆有不
正当关系）以及她们的女儿布莱希拉（Blaesilla，后来在苦行中
死去，引发争议和反对声浪）和尤斯托基乌姆（Eustochium 或
Eustochium Julia）——对他过苦行主义生活的赞同。这让哲罗姆

---

　　① 纳西盎的格里高利（Γρηγόριος ὁ Ναζιανζηνός）是神学家格里高利或小格里
高利（老格里高利之子）。参《古希腊文选》第五卷（Die Griechische Literatur in Text
und Darstellung Bd. V），前揭，页 66 及下。

树敌太多。在他的恩人达马苏斯死亡（384 年 12 月 10 日）以后，这些敌人迫使哲罗姆于 385 年 8 月离开罗马。

因为哲罗姆的苦行主义圈子内一位富有女性朋友（即保拉）的支持，386 年哲罗姆在巴勒斯坦的伯利恒（Bethlehem）建立 3 个女修道院和 1 个男修道院。在余下的 34 年里，哲罗姆创作了最重要的作品。

哲罗姆死于 419 或 420 年 12 月 30 日。

二、作品评述

圣哲罗姆的作品包括译品、诠注、论战、纪事书和书信，其中译品成就最大。

（一）译品

重要的尤其是哲罗姆对《旧约》的翻译（391－404 年）和阐明。在巴勒斯坦的该撒利亚的图书馆里，哲罗姆发现了俄里根的《六经合璧》（Hexapla，圣经 6 种经文参较）。在这本书中，俄里根用 6 栏，将异文并列：七十子译本（Septuaginta）、3 种别的希腊文译本、希伯来语文献以及希腊语文献中的希伯来语文本（Hebraica）。与教会把七十子译本（Septuaginta）看作受到神灵启示和约束的《旧约》文本（参奥古斯丁，《上帝之城：驳异教徒》卷十八，章 43）的观点相迎，哲罗姆在一篇更多历史与哲学的评价中"支持希伯来文本"（Hebraica veritas，即"忠实于希伯来文本"）。自 392 年以来，哲罗姆在此期间从一个犹太拉比那里全面学会了希伯来文，按照流传下来的希伯来文本（Hebraica）修订圣经的拉丁语文本。此外，作为语文学家，哲罗姆一直都更加欣赏希伯来文本（Hebraica），指责七十子译本（Septuaginta）在有些地方费解，但是七十子译本（Septuaginta）仍然有效。对于希伯来文本（Hebraica）、七十子译本（Septuaginta）和《新约》中《旧约》的引语不一致，哲罗姆通常是这样解释的：福音教徒和使徒可能是按照意义（ad sensum）把希伯来文本翻译成希腊文的。面对其他流通的文本，[①] 哲罗姆的圣经译本才逐渐得到承认。

在哲罗姆写给罗马议员潘玛基（Pammachius，基督教殉道者）[②]（《书信集》，57）的信中，论战的、神学的、语文教学法的和犯罪侦查学的元素交织在一起。首先是下列事件：塞浦路斯（Zypern 或 Cyprus）的萨拉米斯的主教伊皮凡尼乌斯［Epiphanios，约 315－403 年，圣安德鲁（Andrew）的门徒］用希腊文，给他的同僚、耶路撒冷的主教约翰（Johannes）写了一封长信；在信中劝告约翰放弃俄里根（参《古罗马文选》卷五，页 518 以下，特别是页 524 及下，脚注 9）的观点，相应地也劝约翰对当时哲罗姆的朋友、后来哲罗姆的对手鲁菲努斯施加影响。这封信的抄件流传开来，导致争吵升温。在这个时期，克雷蒙纳（Cremona）的主教尤西庇乌（Eusebius）[③] 在巴勒斯坦，向哲罗姆恳求一个拉丁文译本，因为克雷蒙纳的尤西庇乌根本不会希腊语。哲罗姆急忙口授，抄写员笔录这个译本，并且分别在边上简短地注明章节的内容。[④] 哲罗姆把这个译本给克雷蒙纳的尤西庇乌，条件是不要转给他人。不过，1 年半以后，克雷蒙纳的尤西庇乌的这封信在克雷蒙纳被偷盗，伊皮凡尼乌斯书信的拉丁文译

---

① 关于古拉丁文译本，参《古罗马文选》卷五，前揭，页 16 以下。

② 潘玛基出身于古罗马家族 Furii，是罗马帝国的元老院议员；哲罗姆在语法学家多那图斯那里学习的同学，后来成为哲罗姆的朋友。在妻子早死以后，潘玛基成为修士，慷慨地做慈善事业。

③ 克雷蒙纳的尤西庇乌是 5 世纪的修道士，哲罗姆的信徒，不同于该撒利亚的尤西庇乌（260－339 年）。

④ *Epistula ad Ioannem Episcopum Ierosolymorum Divo Hieronymo Presbytero Interprete*，载于 P. Migne：*Patrologia Graeca* 43，页 379-392；参《古罗马文选》卷五，前揭，页 473，注释 3。

本又回到了巴勒斯坦。现在对手们纷纷谴责哲罗姆造假，因为哲罗姆没有逐字逐句翻译希腊语文本。在辩护中，哲罗姆按原则表达了翻译的方法，对比逐字逐句的翻译（verbum e verbo）和按意义的翻译（sensum de sensu）。

除了圣经，包括从希腊文翻译《新约》（382 - 385 年在罗马），从七十子译本（Septuaginta）翻译《诗篇》（Psalms，罗马版，383 年在罗马；高卢版，388 年在伯利恒，与希伯来文勘校过），《约伯记》（Book of Job，386 - 392 年在伯利恒）以及从希伯来文翻译《旧约》（391 - 404 年在伯利恒）。

此外，哲罗姆还翻译许多别的作品，不仅从迦勒底语（Chaldee）翻译圣经的外经，例如《托比特书》（Book of Tobit）和《尤迪思书》（Book of Judith）（398 年在伯利恒），而且还从希腊文翻译俄里根的作品，包括 14 篇《耶利米书》（Jeremiah）的布道书（Homilies）、14 篇《以西结书》（Ezekiel）的布道书（381 年在伯利恒）和《以赛亚书》（Isaiah）的布道书、2 篇《雅歌》（Canticles）的布道书（385 - 387 年在罗马和伯利恒）、39 篇《路加福音》（St. Luke 或 Gospel of Luke）的布道书（389 年在伯利恒）（参 LCL 262，Introduction，页 xi）和《论首要原则》（De Principiis，231 年），翻译该撒利亚的尤西庇乌的《记事》（Chronicle，382 年，在君士坦丁堡）和《论希伯来地方的地点和名称》（On the Sites and Names of Hebrew Places，388 年，在伯利恒），盲人狄杜谟斯（Didymus，约 310 - 398 年）的《论圣灵》（De Spiritu Sancto 或 On the Holy Spirit，385 - 387 年，伯利恒）亚历山大里亚的塞奥菲鲁（Theophilus）[1] 的《教牧书》（Paschal Letters）等。

---

[1]　亚历山大里亚的第 23 任教皇，大约死于 412 年。

（二）诠注

作为虔诚的基督徒，哲罗姆在伯利恒留有一些圣经研究著作，如《关于〈创世纪〉的种种问题》（*Questions on Genesis*，388 年）或《〈创世记〉的希伯来文问题》（*Quaestiones Hebraicae in Genesim*）和《旧约中本名的注释》（*A Glossary of Proper Names in the Old Testament*，388 年）或《希伯来书诠注》（*Liber de Nominibus Hebraicis*）（参 LCL 262，*Introduction*，页 xi 及下）。哲罗姆的圣经诠注或者自成体系，或者依附其他著作。

在伯利恒，哲罗姆诠注《传道书》（*Ecclesiastes*，385 年）、《以赛亚书》（*Isaiah*，410 年）、《耶利米书》章 1–32（*Jeremiah i-xxxii*，419 年）、《以西结书》（*Ezekiel*，410–414 年）、《但以理书》（*Daniel*，407 年）、《小先知书》（Minor Prophets，391–406 年）、《马太福音》（*St. Matthew*，398 年）、《加拉太书》（*Galatians*）、《以弗所书》（*Ephesians*）、《提多书》（*Titus*）和《腓利门书》（*Philemon*）（388 年；参 LCL 262，*Introduction*，页 xi）。

此外，哲罗姆还写有一篇《约伯记》的评论。408 至 410 年哲罗姆又诠注保罗的 4 封书信。

（三）论战

哲罗姆写了许多有些论战性、水平参差不齐的文章，除了在安条克写的《反路西法书》（*Liber Contra Luciferianos* 或 *Dialogue with a Luciferian*，379 年）和在罗马写的《反赫尔维迪乌》（*Adversus Helvidium* 或 *De Perpetua Uirginitate Beatae Mariae Adversus Heluidium*，384 年），还有在伯利恒写的《反约维尼亚》（*Contra Jovinianum* 或 *Against Jovinian*，393 年）、《反耶路撒冷的约翰》（*Contra Joannem Hierosolymitanum* 或 *Against John of Jerusalem*，398 年）、《反鲁菲诺书》（*Apologiae contra Rufinum* 或 *Apology a-*

gainst Rufinus，402－404 年)、《反鲁菲诺的书信》(*Liber Tertius Seu Ultima Responsio Adversus Scripta Rufini*，写于《反鲁菲诺》之后的几个月) 和《反维吉兰修》(*Contra Vigilantium*，406 年)(参 LCL 262，*Introduction*，页 xi)。最后一篇论战作品是写作技艺高超的对话录《反贝拉基主义者》(*Dialogus contra Pelagianos*，415 年)。

(四) 纪事书

哲罗姆也是那个时代的一名历史学家，著有《隐修者传记集》(*Lives of Eremites* 或 *Lives of Hermits*，390 年在伯利恒)，包括《保罗传》(*Vita Pauli Monachi*，374 年在哈尔基斯沙漠)、《希拉里翁传》(*Vita Hilarionis* 或 *Hilarion*)、《马耳库斯传》(*Vita Malchi* 或 *Vita Malchi Monachi Captivi*，390 年在伯利恒) 和忒拜的圣保罗 (Saint Paul of Thebes) 的传记《教父传》(*Vitae Patrum*) 或《第一位隐修者保罗传》(*Vita Pauli Primi Eremitae*)。第二，在翻译该撒利亚的尤西庇乌的《记事》(*Chronicle*、*Chronicon* 或 *Temporum Liber*，382 年在君士坦丁堡) 的基础上，哲罗姆加上了第三部分，叙述 326 至 379 年的历史。另外，哲罗姆的《杰出人物传》(*De Viris Illustribus* 或 *Illustrious Men*，392 年在伯利恒；参 LCL 262，*Introduction*，页 xii)，其标题借自苏维托尼乌斯，虽然写得不够准确，常有些错误，也不够完整，但是它是第一部基督教文献史，提供了 135 位作家的大量有价值的材料。

(五) 书信

此外，现存有哲罗姆的《书信集》(*Epistulae*，*Epistles*) 150 封，其中真作有 126 封 (370－419 年)，有 57 篇实际是论文。在拉丁文学中，哲罗姆的《书信集》与西塞罗、小塞涅卡和小普林尼的书信集一起，并称 4 大著名书信集 (参 LCL 262，*Intro duction*，页 xii）。

三、历史地位与影响

在古代拉丁教父中，在作品数量方面，哲罗姆仅次于圣奥古斯丁。其中，翻译和解释圣经是哲罗姆一生的真正成果，并对后世影响较大。13 世纪以来，哲罗姆翻译的圣经被称作《通俗拉丁文本圣经》或武加大版本（*Vulgata*［editio］；391-404 年，在伯利恒）。1516 年埃拉斯谟出版第一部哲罗姆传记和哲罗姆著作集。

总体来看，尽管备受争议，可哲罗姆仍然保留西方教父的头衔，并与希波的圣奥古斯丁、安布罗西乌斯和教皇格列高利一世并称拉丁教会的 4 大博士。

第十节　马赛的萨尔维安①

一、生平简介

萨尔维安的生存时期是 400 至 480 年。萨尔维安结过婚。但是，425 年，萨尔维安进入莱兰岛（Lerinum）修道院，② 成为牧师。440 年以前，萨尔维安迁往马西利亚，在那里生活，当牧师，直到死亡。

二、作品评述

在萨尔维安的作品中，流传下来的有 9 封信、1 部 4 卷本

---

① 参《古罗马文选》卷五，前揭，页 264 以下，尤其是页 504 以下；詹金斯，《罗马的遗产》，页 86；格兰特，《罗马史》，页 339。

② 这个修道院位于圣何那瑞岛（St. Honorat）；这个岛属于现在嘎纳（Cannes）附近纳尔邦海岸前的莱兰群岛（Iles de Lérins）。

的作品《致教会》（*Ad Ecclesiam*）和萨尔维安未完成的主要作品《论神统治世界》（*De Gubernatione Dei*，8 卷）。其中，在《致教会》里，萨尔维安特别要求牧师们把他们的财产赠送给教会和资助穷人。而作品《论神统治世界》产生于 440 年左右。

奥古斯丁在他的作品《上帝之城：驳异教徒》以及他之后布拉加（Braga）的奥罗修斯在他的《反驳异教徒的历史》（*Historiae Adversus Paganos*）中试图证明：灾难、战争和政治道德的沦丧在基督以前的时期比基督教进入这个世界以来更加强烈地侵袭着罗马，因此，基督教对罗马的灾难不负责任。萨尔维安觉得又提出了另外一个问题：为什么上帝允许日耳曼人一举占领罗马帝国的高卢、西班牙和阿非利加，罗马帝国的居民——在这个时期是基督教的天主教徒——不得不遭受那么多的痛苦折磨？这是神义论（Theodizee），探讨神的公义。萨尔维安的神学答案是：上帝不是在世界末日才行使他惩罚的公正，而是现在已经行使。罗马帝国的土崩瓦解是由于罗马人的罪引起的。为了证明这个论点，萨尔维安描述了道德状况，特别是给人印象很差的高卢行省的道德状况。

此外，文化人与野蛮人（barbrus）之间的对立也起作用，这个评价标准像希腊罗马的文化一样历史久远。在普鲁登提乌斯那里，蛮族与野蛮人（barbrus）的差异就像四足动物与两足动物的差异一样。由此可见，野蛮人（barbrus）为什么显得像基督教罗马的国家典范的反衬？然而，在萨尔维安这里，野蛮人（barbrus）比基督教的罗马人更好：虽然野蛮人（barbrus）作为异教徒根本不知道神的规定，或者作为雅利安人（Arianer）只是反常地知道，尽管如此他们仍然比罗马人更加敬神、信神、贞洁和救济贫民。总之，野蛮人（barbrus）才是理想人性的代表（萨尔维安，《论神统治世界》卷五，章5，节19-23），尽管在萨尔维安认为，日耳曼人的身体和衣服散发一股令人作呕的气味，哥特人背信弃义，阿拉曼尼人（Alamanni）一味酗酒，撒克逊人（Saxons）、法兰克人（Franks）和赫路里人（Heruli）残酷无情，阿兰人（Alans）是贪婪的色鬼。

三、历史地位与影响

这个宣传小册子表现为井井有条、公正的对神的描述。但是根据它的倾向，它是劝人忏悔的布道。这种布道很极端，以至于几乎没有提及可能的改善。这种没有希望的痛苦肯定存在于源自《旧约》的劝人忏悔的布道传统。在《新约》中，劝人忏悔的布道吸收了犬儒—廊下派式道德说教的元素，但是也是罗马纪事书——尤其是撒路斯特和塔西佗——的遗产。所以萨尔维安首先被认为是运用形式方面的传统艺术概念的演说家。而作为史料，萨尔维安被引用就很有限。

第十一节　卡西奥多尔

一、生平简介

卡西奥多尔（Cassiodor）① 生于485年左右，出身于一个可能本来是叙利亚的家庭；这个家庭属于罗马的元老院高层贵族，在斯库拉克乌姆（Scylaceum）② 有地产。

---

① 亦称"迦修多儒"或卡西奥多罗斯（Cassiodorus），全名 Flavius Magnus Aurelius Cassiodorus Senator。

② 今卡拉布里亚的斯奎拉瑟（Squillace）。

在东哥特国王特奥德里克统治下，卡西奥多尔像波爱修斯一样担任很高的国家公职：514 年当执政官，523 至 527 年当政法长官（magister officiorum），533 至 537 年当军政长官（praefectus praetorio）。

当东罗马开始动摇东哥特人在意大利的统治的时候，卡西奥多尔返回他的庄园。以前卡西奥多尔曾和教皇亚加（Agapetus）一起徒劳地试图在罗马建立一种教会的高校。555 年，卡西奥多尔在他的田地上创办猎园寺（Vivarium）修道院。卡西奥多尔别具一格地布置他的图书馆。本笃（Benedikt）的修士规章已经要求修士们从事脑力劳动。卡西奥多尔现在让钻研与抄写书籍成为义务［《教会与世俗的科学入门》（Institutiones），1，30］。因此，修道院成了这样的场所：在修道院里，除了基督教的作品，还要抄写古典时期的书，这样就使之流传至今。在民族大迁徙的浪潮中，修道院成了延续性的看护者。

580 年左右，卡西奥多尔死于猎园寺。

二、作品评述

首先，在担任国家公职的时期，卡西奥多尔撰写了历史方面的作品，包括一部世界通史《编年史》（Chronica，519 年完稿）和一部关于哥特人的专史《哥特人的历史》（Gothic History，526-533 年）。《哥特人的历史》流传下来的只有著有《哥特人的起源和历史》的哥特史学家约尔丹内斯（Jordanes）的节选录。此外，卡西奥多尔把这个时期撰写的公文编辑成 12 卷的集子出版，标题为《杂信集》（Variae Epistulae，537 年），而这些公文成为中世纪公文体的文体典范。

在猎园寺的时期，卡西奥多尔激励他的学生们翻译希腊文的基督教文献，建议伊皮凡尼乌斯翻译苏格拉底、索佐墨诺斯（So-

zomenos) ① 和狄奥多瑞特 （Theodoret，393－458 年） ② 的教会故
事。卡西奥多尔本人除了撰写 1 篇 （圣经）《诗篇》的评论 ［《阐
释〈诗篇〉》（*Expositio psalmorum*）］ 和其他的神学作品，还撰写
《教会与世俗的科学入门》（*Institutiones Divinarum et Saecularium
Litterarum*，543－555 年）：第一部分引出圣经研究；第二部分出 7
种自由艺术③的概要；其中，卡西奥多尔把古典时期的传统传承
给了中世纪。此外，90 多岁时，卡西奥多尔还为他的修士们写
《正字法》（*De Orthographia*）。事实上，在《教会与世俗的科学
入门》中，卡西奥多尔也谈及正字法 （卷一，章 30，节 1-2）。

三、历史地位与影响

在卡西奥多尔的眼中，正规教育 （formale Bildung，制式教
育或形式教育） 有尊严：因为，尊严说到底是源于圣经的。④ 这
些思想后来在阿尔昆 （Alcuin，735－804 年） ⑤ 的作品里重新得
到加强。因此，卡西奥多尔是古代正规的修辞教育的代表。在卡
西奥多尔的作品里可以谈及基督教的理想人性，而他的同时代人
波爱修斯更能代表古典时期的哲学传统。在古典时期教育史上，
这种并存历史很悠久，如公元前 4 世纪上半叶哲学家柏拉图与演
说家伊索克拉底的并列 （参《古罗马文选》卷五，前揭，页 554
以下）。

---

① 索佐墨诺斯 （Σωζομενός，约 400－450 年），全名 Salminius Hermias Sozo-
menus，亦作 Sozomen，基督教史学家。
② 亦译"狄奥多勒"，古代叙利亚城市赛勒斯 （Κύρρος、Cyrrhus 或 Cyrus） 的
主教 （423－427 年）、圣经评论家。
③ 关于自由艺术，详见参第五编第二章第六节：加比拉。
④ 关于异教徒对正规教育的另一种体面的解释，参《古罗马文选》卷五，前
揭，页 334 以下。
⑤ 全名 Flaccus Albinus Alcuinus，约克 （York） 的阿尔昆是牧师、盎格鲁—拉
丁语诗人和教育家。

第二章　拉丁异教散文

在古罗马转型时期，即从 3 世纪初到 6 世纪中叶，在与基督教教父的论争中，也涌现出一些"坚贞"的异教散文家，其中值得一提的有马尔克利努斯、叙马库斯、马克罗比乌斯、加比拉和普里斯基安。

第一节　不朽的罗马与野蛮人 [①]

在这里，必须探究两个在整个文学史上起重要作用的总体概念：不朽的罗马（Roma aeterna）和野蛮人（barbarus）。

一、不朽的罗马

His ego nec metas rerum nec tempora pono, imperium sine fine dedi

---

① 参《古罗马文选》卷五，前揭，页 264 以下；格兰特，《罗马史》，页 346。

我没有为这些（罗马城墙和罗马人）设定权限，也没有设定期限；我给予没有终结的统治权（《埃涅阿斯纪》卷一，行 278‐279，译自《古罗马文选》卷五，前揭，页 264）。

这个预言是维吉尔让他笔下的尤皮特对掌管罗马事务的女神维纳斯说的。与此相联系的是，罗马统治者引用当埃涅阿斯在地狱探访安基塞斯的时候安东尼对他说的那些话，进行自我辩护（《埃涅阿斯纪》卷六，行 851‐853）：

Tu regere imperio populos, Romane, memento (hae tibi erunt artes), pacisque imponere morem, parcere subiectis et debellare superbos.

你，罗马人，要记在心里，用你的指挥权领导各个民族（这将是你的艺术），承担和平的文明，宽容臣服的人，以及在战争中迫使狂妄的人倒地（译自《古罗马文选》卷五，前揭，页 264）。

由于维吉尔的《埃涅阿斯纪》是古罗马帝政时期的教科书，在表达罗马统治的本质与持久的一切原则性观点的时候，这些诗行常常挂在公众的嘴边。这些诗行属于用关键词"不朽的罗马（Roma aeterna）"指代的总体概念的基本要素之列。

形容词 aeternus（永生的；不朽的；恒久的；永远的）① 可

---

① 参 A. Walde, J. B. Hofmann, *Lateinisches Etymologisches Wörterbuch*（《拉丁语词源词典》), Heidelberg ³1938，页 21。

以附加于拉丁语名词，起源于早期拉丁语的 aevitas（"尘世"，
"一生"）的阴性名词 aetās（"年龄；一生；一代；时代"）和
中性名词 aevum（永久；不死；很长甚或无限的时间；时代）；
与它们对应的希腊语是名词 αἰών（"终身"，"持续时间"，"不
朽"）和副词 αἰεί，ἀεί（"一直"）。对于所有这些词源近似的词
汇而言，关于时间的观点是这样的：作为延长直线的持久，延
长直线上没有会让直线成为特定距离的界定点，界定点要么根
本没有（中性名词 aevum："不朽；永久"），要么只是次要的
（中性名词 aevum，"一生；终身"），它们一起进入了 aeternus
这个概念。因此，aeternus（永生的；不朽的；恒久的；永远
的）指代持久的东西，其界限人们看不见，或者也不愿意看
见，其名词是 aeternitās（永生；不朽），其动词是 aeternō（使永
生；使不朽）。

　　与这个词族相反，拉丁语词 tempus（时间）一开始就指
有限的时间，时间段以及这样的时间段的质量，时间的境况。
这在近似词 tempestās（"时间的处境；天气"）更加清楚。说
明特点的是维吉尔让尤皮特提及时间界限的时候（《埃涅阿斯
纪》卷一，行 278）谈论 tempus 的复数形式 tempora（时
态）。①

　　在古罗马的帝政时期，犹太教与基督教中的概念"不朽
（aeternitās）"同希腊文与拉丁文中的总体概念"持久时间
（αἰών，aevum）"有关。这个概念前后一致地表现在对上帝不朽
（aeternitās）的信仰中。作为造物主，上帝在所有的时间和持续
时间之外，仅仅是上帝把时间和世界一起创造（奥古斯丁，《忏

---

　　① 在拉丁语中，中性名词 tempus（时间；时候；时刻；时期；时势；困境；
音节的长度；时态），复数 tempora。与 tempus 相近的词是阴性名词 tempestās（"时间
的处境；天气；风暴；暴动；灾难"）。

悔录》卷十一，章 30）。[1]

罗马关于总体概念"不朽的罗马（Roma aeterna）"的具体特征在共和国时期末和帝政时期初已经得到证明。当时，罗马人把古罗马城堡上尊崇的众神看作罗马统治持久的保证人［贺拉斯，《歌集》卷三，首 30；卷三，首 5，行 11：不朽的维斯塔（Vesta aeterna）］。与此相关的是这种观点：罗马诸神受到尊崇的那些罗马土地不允许放弃［参贺拉斯，《歌集》卷三，首 3：在第三首罗马颂歌中，警告特洛伊的重建；又参李维，《建城以来史》卷五，章 51-54：罗马军人、政治家卡米卢斯（Marcus Furius Camillus，公元前 435-前 365 年）拒绝把罗马人迁往维伊（Veji）的演说辞］。西塞罗在他的第一篇演说辞《论土地法案》中谈及罗马统治的历史悠久："这样的统治，在我们祖先时代存在过"［《论土地法案》（一），章 9，节 24］。塔西佗让提比略在日耳曼尼库斯临终时说（《编年史》卷三，章 6）："诸侯会灭亡，国家将不朽（Principes mortales, rem publicam aeternam esse）"。[2] 皇帝尼禄采用祈祷歌《为不朽的帝国辩护》（Pro Aeternitate Imperii）。由于除了"不朽（aeternitās）"以外，上述的皇帝越来越多地成为罗马国家的中央代表人物，人们也谈论他们：他们将不朽（aeterni，见叙马库斯，第三篇奏疏，章 7）。

没有限制罗马及其统治的持续时间，这种观点承载着罗马人维持内部和平与法制的愿望。不过，这种制度受到国外野蛮人（barbarus）的威胁。因此，野蛮人（barbarus）的概念是概念"不朽的罗马（Roma aeterna）"的反衬。

---

[1] 参 E. A. Schmidt（施密特），*Zeit und Geschichte bei Augustin*（《奥古斯丁笔下的时间与历史》），Heidelberg 1985，页 17-32。

[2] "首脑们是要死的，国家却永世长存"，参塔西佗，《编年史》上册，页 138。

二、野蛮人

希腊文中的词 βάρβαρος 是个象声词；这个词指代非希腊语及其讲话者的外来腔调。自从公元前 5 世纪以来，野蛮人（barbarus）被评价为"文化失败者"。野蛮人（barbarus）是没有教养的，残酷无情的，凶残的，像野兽一样生活（参奥古斯丁，《上帝之城：驳异教徒》卷十二，章 21）。"希腊人与野蛮人（barbarus）"这对敌人由此得到加强。

另一方面，野蛮人（barbarus）也由于自身的另类而曾经对希腊人感兴趣，是的，可能也由于希腊人的宗教智慧和文化的正派而钦佩希腊人。像普劳图斯表明的一样，罗马人起初按照希腊人的说法称自己野蛮人（barbari）。不过，在公元前 3 世纪，罗马人和希腊人开始被评价为对于野蛮人（barbarus）而言具有同等权利的优势文化代表。在行将结束的古罗马共和国时期，受到——希腊文——教育的罗马人是理想人性的代表，与野蛮人（barbarus）形成最鲜明的对立。从那时起，罗马人制定，更准确地说，确保作为使命的政权、法律、与没有文化的野蛮人（barbarus）相比的文明与文化。后来，当罗马帝国信奉基督教的时候，基督徒接纳了这种观点，但是因为外来民族常常是异教徒或者邪教徒，概念"野蛮人（barbarus）"扩大了这种宗教细微差别。

用上述的句子绝对不能完全给出概念"野蛮人（barbarus）"的多样性。在我们看来，与这些句子密切相关的是，"野蛮人（barbarus）"的形象具有重要的下列特征：野蛮人（barbarus）是外来的，另类的（θαυμάσιοι，拉丁语 mirabiles）。因此，自从米利都的赫卡塔伊奥斯（Hekataios）以来，民族志学的描述得到了野蛮人（barbarus）的一部分好处。但是，野蛮人（barbarus）一直也是与文明人进行比较的对象。在进行这样的比较时，文明人可以骄傲地意识到他们与凶残的野蛮人（barbarus）之间的距离。譬如，恺撒贬低高卢人对自由（libertas）的追求，其方式就是恺撒要求高卢人的一位代表克里托克那图斯（Critognatus）吃人肉（《高卢战记》卷七，章77），也就是说，把克里托克那图斯刻画成野蛮人（barbarus），因为传统上野蛮人（barbarus）真的很残酷无情。不过，另一方面，由于野蛮人（barbarus）的纯洁，文明人也会为他们的堕落感到羞愧。

对野蛮人（barbarus）的两种看法与一些文化起源的观点有关。如果在文化发展的开初展现出十分好的原始状态，那么野蛮人（barbarus）作为这种正面的原始状态的代表就是典范。但是，如果在文化初期人们看见的就是兽性的凶残，那么野蛮人（barbarus）作为蒙昧的野蛮就可能遭到蔑视。两种评价都存在于最初的希腊文学中。因此，在描述野蛮人（barbarus）的时候，正面与负面的特征可能就混杂在一起。譬如，塔西佗笔下的日尔曼人表现很勇敢，但是无节制地喝酒，赌输房子和院子，最后甚至输掉自己。

这种矛盾的野蛮人（barbarus）形象也体现在普鲁登提乌斯的作品中（《斥叙马库斯》卷二，行634-768）。在西多尼乌斯的作品中，野蛮人（barbarus）是上帝为高卢的罗马人准备的戒尺。在马赛的萨尔维安的作品中，野蛮人（barbarus）也是这样的。不过，除此之外，野蛮人（barbarus）比正统的罗马人明显讲道德得多。

从宗教的角度看，尤其是对于基督教而言，异教徒就是无德性、无理性的野蛮人（barbarus），基督徒才是有德性、有理性的文明人。譬如，奥古斯丁认为，"如果人能虔敬、恭顺地服从造物主（即他真正的主人）的诫命，他就能变得与天使为伍，不会死去，而直接进入幸福的不朽（aeternitās）中，没有终结"，否则"就会像野兽一样活着，耽于死亡，因为他是欲望的奴隶，死后注定为此接受惩罚"（《上帝之城：驳异教徒》卷十二，章21）。

总之，对于古罗马而言，野蛮人（barbarus）不仅仅是文明人——已经开化的、有文化的、会说希腊文的、住在城市里的人——的对立面："住在乡村、偏远的边疆，甚或疆界以外"、"蒙昧"、"未受教育"、"言行粗鲁、凶残"，而且还为古罗马划定了界限。

一方面，野蛮人（barbarus）成为古罗马征服的对象（例外的是文明的古希腊：相对野蛮的古罗马人用武力征服相对文明的古希腊，而古希腊的文明则征服了野蛮的古罗马人）。在罗马人看来，文明人"身穿长袍，居住在城里，受教育，举止明理"，而野蛮人（barbarus）"毛发又长又乱，面带生气的怪相或不理性的恐慌，穿长裤，衣服五颜六色，使用奇特的兵器"。这些野蛮人（barbari）的存在有助于表现罗马皇帝和罗马权力，因为罗马权力的任务就是对抗野蛮人（barbarus）的入侵，保护罗马世界。罗马人在钱币上和纪念碑上歌颂皇帝征服野蛮人（barbarus），展示罗马和平（pax romana），彰显罗马的强大。

另一方面，野蛮人（barbarus）对罗马的威胁也的确存在。譬如，公元前390（或387）年高卢人入侵罗马。又如，410年西哥特人的国王阿拉里克攻占罗马城。① 可悲的是，古罗马的精英们不能摆正心态，拒绝面对现实，仍然沉湎于本民族的全部光荣历史。譬如，马克罗比乌斯建议："如果我们对一切事物具有

---

① 参亚努（Roger Hanoune）、谢德（John Scheid），《罗马人》，黄雪霞译，上海：汉语大词典出版社，2001年，页26。

辨别力，那我们就必须永远尊重古代"。这种观点符合古罗马人的虚荣心，所以很有市场。当时，最著名的亚历山大里亚的诗人克劳狄安被古典化。最后一名西罗马帝国的皇帝就用古罗马王政时代的国父罗慕路斯和古罗马帝国的开国元勋奥古斯都为自己命名：罗慕路斯·奥古斯都（Romulus Augustus 或 Augustulus）。迷恋过去和自我吹捧的倾向是十分危险的，直接酿成灾难。即使危险在眼前，异教历史学家马尔克利努斯也依然盲目乐观，错误地以为：虽然 376 年西哥特人在阿德里安堡（Hadrianopolis）打败罗马人，但是罗马人还会像 500 年前打败高卢人一样打败入侵的外敌。纳马提安的判断也同样盲目自信。可是，历史证明，他们对形势的判断是错误的，因为罗马实实在在地遭遇了生死存亡的威胁。最终，西罗马帝国在野蛮人（barbarus）不断的入侵下逐渐式微，直到 476 年灭亡。

第二节　《奥古斯都传记汇编》①

至于罗马共和国时期和帝政时期的早期，流传至今的有高水平的历史著作。与此相比，在帝政时期的后期，纪事书几乎没有显露出相应的水平。这与帝政时期的主流观点有关：在帝政时期初，具有典型特征的"不朽的罗马"已经形成。在马尔克利努斯笔下（《史记》卷十四，章6，节3-7），在年龄比较方面，这一点变得明显起来。在李维的《建城以来史》里，一些有礼貌的罗马人为后来的帝政时期树立了榜样。奥古斯丁发现，对罗马国家的批判不是在塔西佗的作品中，而是在撒路斯特的作品中。

----

① 参《古罗马文选》卷五，前揭，页 268 及下；王焕生，《古罗马文学史》，页 430 及下。

叙马库斯（Symmachi）发布的是李维文本的一个新版本，而不是塔西佗文本的一个版本。

有人用标题《奥古斯都传记汇编》（*Historia Augusta* 或 *Scriptores Historiae Augustae*）指代一个从阿德里安（117–138 年在位）到努墨里安（Numerian，283–284 年在位，全名 Marcus Aurelius Numerius Numerianus）的罗马皇帝传记集，不过缺少了 244–253 年在位的皇帝。这个作品是不是出自 1 个或好几个作者？很久以来，这个问题、作品的时间确定、可信度和倾向在研究界争论不休（参丛书：《奥古斯都传记汇编》研究的论文集）。

有人认为，《奥古斯都传记汇编》的作者有 6 位，他们分别是斯帕尔提安（Aelius Spartianus）、伽利卡努斯（Vulcacius Gallicanus）、兰普里狄乌斯（Aelius Lampridius）、卡皮托利努斯（Iulius Capitolinus）、特瑞贝利乌斯·波利奥（Trebellius Pollio）和沃皮斯库斯（Flavius Vopiscus）。所以，《奥古斯都传记汇编》亦称《由不同作家撰写的自神圣的阿德里安至努墨里安不同的君主和暴君传记》（*Vitae Diversorum Principum et Tyrannorum a Divo Hadriano usque ad Numerianum Diversis Compositae*）。

不过，重要的论据似乎说明，尽管在风格与观点方面存在一切的表现手法的突变，我们仍然推测作者唯一。作者还完全受到贵族与异教徒的传统的约束，是在 4 世纪中叶以后书写这部作品的。虽然在历史意义方面原始资料很重要，但是在文学意义和写作方案方面，《奥古斯都传记汇编》远不及想写帝国历史的马尔克利努斯的作品。除了诗人克劳狄安，马尔克利努斯是希腊人中最有名的代表。将近 4 世纪末，这些希腊人被"不朽的罗马（Roma aeterna）"吸引，在罗马定居，很好地学会了拉丁语艺术散文以及诗歌的语言，以至于他们在罗马以文学著称。

《奥古斯都传记汇编》总共有 30 篇传记（vitae）。由于有些传记记述的对象不止一个，它实际上是 32 个奥古斯都的传记。按照编排的时间顺序，记述的奥古斯都从阿德里安（117 年即位）至卡罗斯及其儿子努墨里安和 284 年在同戴克里先的战斗中阵亡的卡里努斯。也就是说，这部皇帝传记集记述了 2 至 3 世纪期间差不多一个半世纪多的历史。尽管 244 至 253 年期间在位的 4 位皇帝腓力、德基乌斯、伽卢斯和艾弥利安的传记完全失佚，253 年即位的瓦勒里安的传记残缺开始部分，可是从传记（vita）的呈献对象及其记述的史事来看，这些传记（vitae）的写作时间应该是 284 至 324 年期间，汇编时间不晚于 330 年，因为传记集中存在一些对基督教不敬的词语，而且一直沿用"拜占庭"，而 324 年皇帝君士坦丁宣布自己是基督教的庇护人，330 年拜占庭更名为君士坦丁堡。

在传记的模式方面，《奥古斯都传记汇编》基本上是以苏维托尼乌斯的传记为典范。它首先交代传记对象的出生和青少年时期的生活，接着叙述奥古斯都在位期间的情况，然后评述传记对象，最后写传记对象的死亡及其死后受到的评价。

像前辈传记作家一样，《奥古斯都传记汇编》的作者记述的重点不是重大政治事件，而是私生活中的细枝末节，甚至称引文学作品或流传的风趣笑话，插入一些可能是作者编造的演说辞，以求传记的生动性。而且，由于作者对所使用的材料缺乏批评，里面存在一些矛盾之处。尽管如此，它还是具有一定的史料价值。

除了上述的叙述生动性，《奥古斯都传记汇编》的语言也比较纯净，不尚辞藻，因而也具有一定的文学价值。

因此，《奥古斯都传记汇编》在中世纪很受欢迎，从而传下了许多抄本。其中，最早的属于 9 世纪。

第三节　马尔克利努斯 [1]

一、生平简介

马尔克利努斯出身于希腊地区奥龙特斯河（Orontes）河畔安条克（Antiochia）的一个很富裕的家庭。这个家庭为国家消除了经济负担。马尔克利努斯可能出生在 333 年左右。

大约 20 岁的时候，马尔克利努斯成为近卫军（protector domesticus）。人们把这个词理解为隶属于皇帝与将军们的近卫军成员，职衔为军官。因此，当统帅乌西奇努斯（Ursicinus）在美索不达米亚（Mesopotamien）和高卢指挥的时候，马尔克利努斯伴随着乌西奇努斯。此外，马尔克利努斯经历了 354 年在科隆（Köln）谋杀伪皇帝西尔瓦努斯（Silvanus）的行动（《史记》卷十五，章5，节 24-34），以及 357 年依靠波斯人解围与占领位于亚美尼亚（Armenien）的罗马帝国城池阿米达（Amida）（《史记》卷十八，章 9 至卷十九，章 9）。360 年，马尔克利努斯与乌西奇努斯一起辞去了现役的职务。不过，363 年马尔克利努斯或许也参加了朱利安远征波斯人的行动。

此后，马尔克利努斯生活在安条克城，或者在帝国范围内旅居，最后（80 年代初）住在罗马。在罗马，马尔克利努斯或许与叙马库斯的圈子建立了关系。391 年，马尔克利努斯在罗马朗诵了他的作品的第一部分，受到欢迎，这激励他继续写下去。

关于马尔克利努斯的晚年，我们毫不知情。或许马尔克利努

---

[1]　参《古罗马文选》卷五，前揭，页 268 以下；王焕生，《古罗马文学史》，页 431 及下。

斯死于 4 世纪末或 5 世纪初。

二、作品评述

马尔克利努斯的《史记》（*Res Gestae* 或 *Rerum Gestarum Libri XXXI*，参 LCL 300）记述的重点是朱利安的事迹（《史记》卷十五至二十六）。尽管基督徒认为朱利安是"叛教者"，可是马尔克利努斯仍然把朱利安视为英雄，因为马尔克利努斯在朱利安身上重新发现了罗马的传统价值。除了希腊的 4 项基本美德自制、聪明、正义和勇敢，朱利安还具备的有军事知识、声望（auctoritas）、统帅的幸运（felicitas）和宽容（《史记》卷二十五，章 4，节 1-27）。

重要性也明显体现在马尔克利努斯的写作计划（《史记》卷二十一，章 16，节 9）。整部作品最初由 31 卷组成，囊括的时期从皇帝涅尔瓦（Nerva）登基（96 年）到对哥特人的阿德里安堡战役（378 年）。在这次战役中，皇帝瓦伦斯（Valens）阵亡。流传下来的是第十四至三十一卷，其中，叙述了 353 至 378 年的历史。失传的开始 13 卷只呈现了 257 年历史的概要，可能首先是用来连接塔西佗的《历史》的结束与关于马尔克利努斯自身所处时代的报道。在流传至今的书卷中，第二十六卷的开端部分有一篇新的前言。前言中显然有最初的计划：详细地描述马尔克利努斯崇拜的皇帝朱利安的故事，从朱利安的开始（包括谋杀异母兄弟伽卢斯）到这个叛教者的终结［以及朱利安的继任者约维安（Jovianus）］。这种关联（卷十四至二十五）或许发表于 390 或 391 年。接着在第二部分中，马尔克利努斯继续叙述直到皇帝瓦林斯的灾难。第二部分可能结束于 400 年。

如果当时马尔克利努斯用他的纪事书《史记》续写塔西佗的《历史》，那么这不仅是一种编年的改编。马尔克利努斯也采用了塔西佗的阐释评价。因此，马尔克利努斯描述和评价君士坦丁二世（Constantinus II）与朱利安的关系，与马尔克利努斯的典范塔西佗在《阿古利可拉传》（37－93 年）中描写皇帝多弥提安及其将军阿古利可拉之间的关系类似。

在马尔克利努斯的作品中，除了传统中属于历史编纂学的东西，例如演说辞、民族志学（《史记》卷十五，章12，节1－4）与地理学（geōgraphia）的题外话、直接刻画主人公和战役描写，马尔克利努斯还加上历史悠久的古代文学传统中许多别的文学元素。因此，我们在阿米达战斗的叙述中发现叙事诗的主题，在高卢的题外话（《史记》卷十五，章9－12）中赞美城市，在投敌者克劳加西乌斯（Craugasius；《史记》卷十八，章10；卷十九，章9）那里发现长篇小说的元素，在两篇关于罗马的题外话（《史记》卷十四，章6；卷二十八，章4）发现讽刺诗的元素和许多传记的元素。这表明，《史记》的作者认真研究过罗马文学。事实上，马尔克利努斯称引过许多罗马作家，包括普劳图斯等早期作家，奥古斯都时期的作家和帝国时期的李维、阿普列尤斯、革利乌斯等。

在历史编纂学体裁的创新方面还有马尔克利努斯描写他在乌西奇努斯司令部的角色的时候采用第一人称叙述（《史记》卷十八，章8，节4－13）。这种详实的表述大大地加强了历史的真实性。而史实的真实性正是马尔克利努斯所强调和追求的。马尔克利努斯认为，历史学家不能编造事实，更不能对事实保持沉默（《史记》卷二十四，章1，节15）。即使他很敬重朱利安，马尔克利努斯也毫不隐晦地批评朱利安对待基督徒的残忍。正是因为马尔克利努斯身体力行撰写历史的严肃态度，马尔克利努斯才自豪地说，他没有在什么地方有意地以沉默或谎言偏离这一允诺（《史记》卷二十六，章16，节9）。

马尔克利努斯的文笔特征是长长的主从复合句。常常借助于分词结构，一个主句连接许多从句。因此可能出现所谓的"拖拉"很长。常常从他使用的结构明显地看出，马尔克利努斯的母语是希腊文。

在这个时期，在古典散文中普遍的停顿（特定顺序的长、短元音，让听众在讲话中注意到停顿处）变成了特定顺序的词重音，即所谓的重读的"节奏体系（cursus）"。[1] 在文本的一个地方（《史记》卷十四，章6，节3-7），在一行内的这些节奏体系的特征是各个节奏体系的后面有些小疏忽。

三、历史地位与影响

马尔克利努斯的史学著述重新回到编年史的传统，他是帝国晚期最重要的历史学家。

第四节　叙马库斯[2]

一、生平简介

345 年左右，叙马库斯（Quintus Aurelius Symmachus）生于一个贵族家庭。

由于出身于贵族家庭，叙马库斯的仕途十分平坦。叙马库斯

---

[1] 在拉丁语中，阳性名词 cursus 的本义为"跑；路程；快动作；方向；进行；过程"，在这里的意思是"艺术散文中有节奏的结尾"。节奏体系（cursus）一般有 3 种：cursus planus（平稳、匀速的节奏体系）：x′ x x x′ x；cursus tardus（缓慢、慢速的节奏体系）：x′ x x x′ x x；cursus velox（快速的节奏体系）：x′ x x x x x′ x。

[2] 《古罗马文选》卷五，前揭，页 302 以下；王焕生，《古罗马文学史》，页 432 以下。

当过大祭司。在373至375年期间，叙马库斯以前执政官身份出任的阿非利加行省总督（proconsul Africae）。384至385年，叙马库斯是市长（praefectus urbi；亦译"城市执政官"）。391年，叙马库斯担任最高国家官职：执政官。

在信仰方面，叙马库斯是个异教徒。叙马库斯的家人及其志同道合者设法弄到维吉尔、李维、① 也许还有西塞罗的《论共和国》的新版本。流传至今的《论共和国》只是一部不完整的、主要在羊皮纸上的作品。这就是当时有人以为找到有关古代异教罗马的叙述的那些作品。维吉尔对叙马库斯及其朋友们有什么影响？这一点可以在马克罗比乌斯的《萨图尔努斯节会饮》（Saturnalien）中看见。在《萨图尔努斯节会饮》里，叙马库斯是谈话人之一。

叙马库斯圈子的杰出代表是普莱特克斯塔图斯（Vettius Agorius Praetextatus，约315-384年）与弗拉维阿努斯（Nicomachus Flavianus）。② 即使这两个人也在马克罗比乌斯的《萨图尔努斯节会饮》中参与了高深难懂的谈话。

出身于传统元老院家族的普莱特克斯塔图斯生于310年，是个多才多艺的人。在逗留君士坦丁堡期间，普莱特克斯塔图斯也接近皇帝朱利安。这个皇帝是这样打算的：在压制基督教的情况下，在整个帝国范围内，重新采用新柏拉图主义基础上的异教崇拜。其中，普莱特克斯塔图斯是太阳的祭司，像朱利安一样主张太阳一神论。像可以从马克罗比乌斯的《萨图尔努斯节会饮》中援引的一样，在新柏拉图主义的释义中，普莱特克斯塔图斯把异教的诸神编排进生存的金字塔，太阳是最高的神。普莱特克斯

---

① 参李维最初的那些书卷的批复（subscriptiones）。
② 弗拉维阿努斯的活跃期为382-432年，亦称"小弗拉维阿努斯"，罗马帝国的文法家和政治家。

塔图斯坚决地献身于保持和恢复古代的宗教。此外，修复卡皮托尔山脚下的迪·康森特（Di Consentes）寺庙可以追溯到普莱特克斯塔图斯。此外，普莱特克斯塔图斯也从事文学活动。普莱特克斯塔图斯把特米斯提奥斯（Θεμίστιος 或 Themistios，生于 317 年左右，死于 388 年以后）① 改写的亚里士多德的两篇分析论翻译成拉丁语。

　　在普莱特克斯塔图斯逝世（384 年）以后，弗拉维阿努斯站在了罗马元老院恢复异教的风头浪尖。作为以前执政官的身份出任的阿非利加行省总督，弗拉维阿努斯在政治上也反对基督教。弗拉维阿努斯通过支持多纳特教派教友（多纳特教派教友严格地要求教会的虔诚，对神职人员提出最严格的生活要求，催促殉道），② 促进基督教的教会分裂。在思想方面，弗拉维阿努斯试图通过把提亚纳（Tyana）的阿波罗尼俄斯的希腊文传记翻译成拉丁语，创造一种对抗基督福音教的力量。弗拉维阿努斯举办声势浩大的游行队伍，尤其是在尊崇伊希斯方面，致力于赢得大众对异教的兴趣。当然，对于古罗马的宗教而言，由弗拉维阿努斯特别促进的伊希斯和大神母（Magna Mater）崇拜的确是外来的崇拜。而叙马库斯拥护古罗马的神。当 392 年演说家尤金（Eugenius）被法兰克地区的统帅阿波加斯特（Arbogast）拥立为皇帝的时候，弗拉维阿努斯结交尤金。在尤金失败与死亡（394 年）以后，弗拉维阿努斯自杀身亡。

　　作为基督教的反对派，叙马库斯多次与日益强大并且受到国家促进的基督教进行顽强抗争。当时，异教与基督教之间的争论焦点是胜利女神圣坛。在阿克提乌姆战役（29 年）之后，皇帝

---

　　① 特米斯提奥斯亦称 Themistius 或 εύφραδής（雄辩的），政治家、修辞学家和哲学家。

　　② 多纳特教是 4 世纪北非的一个基督教教派，亦译"清洁教教徒"。

奥古斯都在尤利娅元老院（Curia Julia）为胜利女神圣坛举行落成典礼。元老们为胜利女神圣坛烧香和供奉葡萄酒。357 年，皇帝君士坦丁二世（Constantius II）移开胜利女神圣坛。后来，叛教者朱利安把胜利女神圣坛搬回来。不过，382 年，皇帝格拉提安（367-383 年在位）又把胜利女神圣坛搬走。在胜利女神圣坛之争的过程中，叙马库斯扮演了重要的角色。叙马库斯两次作为元老院多神教代表团的团长去见皇帝格拉提安（382 年）和瓦伦提尼安二世（384 年），请求恢复胜利女神圣坛。之后，叙马库斯又参加了一次这样的代表团。不幸的是，代表团的要求都没有被皇帝接受。叙马库斯甚至还遭到了特奥多西乌斯放逐。

402 年，坚贞的异教徒叙马库斯逝世。

二、作品评述

叙马库斯留下 8 篇演说辞（ōrātiōnis）和 900 多封书信（epistulae 或 epistolae）。其中，49 封信函为奏疏（relātiō）。

叙马库斯首先是演说家（orator）。展现他的演说才能的首先是叙马库斯的演说辞（ōrātiōnis）。其中，最著名的莫过于 384 年叙马库斯作为元老院异教代表团团长在皇帝瓦伦提尼安二世面前发表的那篇演说辞（ōrātiō）。在这篇演说辞（ōrātiō）中，叙马库斯把严格维护先辈习俗视为罗马的拯救和希望，把胜利祭坛视为罗马光辉历史的象征，要求自由地宣传祖先的宗教，恢复异教神职人员的优先权，力求重建元老院会堂的胜利祭坛。尽管这篇演说辞（ōrātiō）十分动人，甚至感动了在场的基督徒，可是由于安布罗西乌斯的坚决反对，叙马库斯还是以失败告终。后来，这篇演说辞以第三篇奏疏（relātiō）的形式出现在叙马库斯的《书信集》第十卷中，并得以流传至今。

叙马库斯的演说才能和异教信仰也体现在他的颂辞中。像致瓦伦提尼安一世（Valentinianus I）与格拉提安的颂辞一样，叙马库斯在一篇《颂辞》（Panegyricus）中赞美在西部坚守了 5 年之久的篡权者马格努斯·马克西姆斯。在马格努斯·马克西姆斯失败和死亡（388 年）以后，叙马库斯甚至不得不跑到基督教教堂寻求庇护，直到瓦伦提尼安二世（Valentinianus II）与特奥多西乌斯的时候叙马库斯才再次被接纳。

不过，叙马库斯的文学遗产主要是书信（epistula 或 epistola）。叙马库斯的《书信集》（Epistulae）是由他的儿子墨弥乌斯·叙马库斯整理发表的，总共 10 卷。其中，第十卷为写给皇帝的奏疏（relātiō）。叙马库斯的书信虽然以小普林尼的书信为典范，但是在内容方面比小普林尼的书信贫乏得多。叙马库斯有意回避现实，所以叙马库斯的书信几乎不涉及当时的社会问题，而主要谈及对某件日常生活事情的感觉和印象，甚至只是一些社交客套话。在通讯对象中不乏名人，如奥索尼乌斯。在致奥索尼乌斯的信中，叙马库斯称，自己读了奥索尼乌斯的诗歌《莫塞拉》才真正发现莫塞拉河的清澈，凉爽，美丽和动人，并且认为，奥索尼乌斯可以与维吉尔相提并论。尽管这些书信的内容贫乏，可是在形式方面也展现了叙马库斯的文学才能和修辞技巧。书信的语言非常纯洁，很少使用民间俗语。

三、历史地位与影响

叙马库斯是最热忱的古罗马传统维护者，在异教与基督教斗争的最后阶段他扮演了最主要的角色，帝国晚期最后一位著名的异教演说家。杰出的演说才能使叙马库斯在元老院多神教成员中占有首要地位，在同时代人和后代人中都享有很高的声誉。同时代人称叙马库斯是当时的西塞罗。即使是思想对手、基督教诗人

普鲁登提乌斯也称叙马库斯是罗马演说术的荣耀，西塞罗也会自
愧不如（《斥叙马库斯》卷一，行633）。

第五节　马克罗比乌斯[①]

一、生平简介

和加比拉一样，希腊人马克罗比乌斯（Macrobius）[②] 是 5 世
纪初受到全面教育的异教传统的代表人物之一。马克罗比乌斯可
能是 430 年的意大利军政长官（praefectus praetorio Italiae）。阿
维安把寓言献给马克罗比乌斯。而马克罗比乌斯的这些作品是献
给叙马库斯的，所以人们把马克罗比乌斯视为一个演说家的儿
子，而这个演说家就是为胜利祭坛论争的叙马库斯。

二、作品评述

除了 1 篇以摘录的形式流传下来的、关于拉丁文和希腊文动
词的论文，流传至今的马克罗比乌斯的作品还有《萨图尔努斯
节会饮》（Saturnalia）和《西塞罗〈斯基皮奥的梦〉的评注》
（Commentarii in Somnium Scipionis）。

（一）《萨图尔努斯节会饮》

马克罗比乌斯自称，他的《萨图尔努斯节会饮》（Saturnali-
a）是为教育他的儿子欧斯塔西乌斯（Eustathius 或 Eustathios）[③]
写的，所以构思很认真，马克罗比乌斯"把属于各个不同时期

---

① 参《古罗马文选》卷四，前揭，页 226 以下；《古罗马文选》卷五，前揭，
页 230 以下，尤其是 316 以下；王焕生，《古罗马文学史》，页 436 以下。
② 亦称 Theodosius，全名 Ambrosius Theodosius Macrobius。
③ 全名 Flavius Macrobius Plotinus Eustathius，5 世纪 70 年代曾任罗马市长。

的不同作家的各种不同的材料汇集为整体，从而使那些为备记忆而作的驳杂混乱的记录各部分能相互联系，具有一定的次序"（卷一，引言，节3，参王焕生，《古罗马文学史》，页436）。

关于马克罗比乌斯《萨图尔努斯节会饮》的篇幅，学界很难确定。首先，从传世的部分残缺的7卷来看，作者在第一卷结尾谈及的谈话计划已经在第六卷里完成。而第七卷中却出现了与前6卷不相关的一些自然科学问题。譬如，先有鸡后有蛋，还是先有蛋后有鸡？人吃东西时，是不是硬质食物从食管进入胃，流质从呼吸咽喉进入胃？谈话的冲突实质上是唯心主义和经验主义两种思维方式和观点的冲突。由于第七卷结尾部分失佚，无法判断关于自然科学的讨论是否仅仅限于第七卷。

第二，从参加会饮的人来看，参加者起初为6人，后来增加到9人，最后为12人，主要有欧斯塔西乌斯、霍鲁斯（Horus）、尤西庇乌、4世纪下半叶的教谕诗人阿维恩（曾改编Soloi的阿拉托斯的《星象》）、年轻的文法家、后来的维吉尔注疏家塞尔维乌斯（Servius）、疑似基督徒的埃万革卢斯（Evangelus），元老院异教复辟的人物叙马库斯（演说家）、普莱特克斯塔图斯（会饮的主人）① 和弗拉维阿努斯，两个贵族凯基纳·阿尔比努斯（Caecina Albinus）和鲁菲乌斯·阿尔比努斯（Rufius Albinus）以及孚里乌斯（Furius）。② 像有的学者认为的那样，他们比喻9位缪斯女神和3位美惠女神。事实上，他们的学识也像女神们所掌管的一样五花八门，主要涉及修辞学、演说术、诠释

---

① 普莱特克斯塔图斯是4世纪的基督教反对者，翻译亚里士多德的《范畴篇》（*Categories*），写有一首采用抑扬格（iambus）的纪念死者的长文，参曼廷邦德，《拉丁文学词典》，页292。

② Macrobius, *Saturnalia*（《萨图尔努斯节会饮》），Robert A. Kaster 编译，President and Fellows of Harvard College, 2011年，卷1—2（合卷），*Introduction*，页 XLII。

学、哲学、宗教和地理学（geōgraphia）。也就是说，像会饮人数不断增加一样，马克罗比乌斯完全有可能不断增加他认为重要的教育内容。从这个意义上讲，《萨图尔努斯节会饮》的篇幅也可能是9卷或12卷。

从形式来看，7卷本《萨图尔努斯节会饮》也是一种当时常见的文学虚构。马克罗比乌斯选择了会饮的对话录（dialogus）形式，而这种文学体裁形式源于古希腊，如柏拉图和色诺芬的作品，后来古罗马作家模仿和利用。

从内容来看，不完整地流传下来的7卷本《萨图尔努斯节会饮》以革利乌斯的《阿提卡之夜》和200年左右古希腊修辞学家和文法学家阿特纳奥斯（Athenaios）① 用希腊文写的《欢宴的智者》（Deipnosophistai）为草案，所以属于万花筒写作。

不过，从传世的部分来看，会饮的中心话题是维吉尔的诗歌，特别是维吉尔的《埃涅阿斯记》。在第一卷里，谈话人的侧重点各不相同。疑似基督徒的埃万革卢斯贬抑性地批判维吉尔的诗歌，引来异教徒的群起反驳：叙马库斯谈修辞，尤西庇乌谈演说技巧，普莱特克斯塔图斯和弗拉维阿努斯谈论大祭司法和占卜法，欧斯塔西乌斯谈继承希腊作家以及叙事诗中相关的哲学和占星术，孚里乌斯等谈古罗马作家对维吉尔的影响以及诗法和词法，最年轻的塞尔维乌斯则解释叙事诗中特别费解的地方。

从传世的部分来看，第二卷主要谈及关于嘲讽的问题。而真正评价维吉尔的则是第三至六卷。

——————

① 希腊文 Ἀθήναιος Ναυκράτιος 或 Athḗnaios Naukrátios，拉丁语 Athenaeus Naucratita，少数情况下亦称 Naucratitus，2 世纪末、3 世纪初希腊作家，起初生活在埃及的 Naukratis，后来定居首都罗马。

第三卷的开始部分失佚。从传世的部分来看，普莱特克斯塔图斯对各个话题详细地发言，显露出他对维吉尔的全面认识。譬如，普莱特克斯塔图斯证明维吉尔很熟悉罗马帝国崇拜神的细节，有意识地重视大祭司法的有关规定（《萨图尔努斯节会饮》卷三，章9，节1-16）。普莱特克斯图阿斯首先称引维吉尔的一段叙事诗"所有的神明离开他们的圣地和圣坛，迁走，/这些圣地和圣坛让他们的统治得以持久"（《埃涅阿斯记》卷二，行351-352），接着指出，这段话所关涉的既有古罗马的习俗，又有严格保密的宗教仪式。普遍认为，所有的城市都出于某个神名的保护之中。秘密和鲜为人知的是下面的古罗马人的习俗：古罗马人围攻敌人的城市，并且自信他们很快就可以占领这个城市的时候，他们用特定的祈祷套话吁请那些保护神，因为他们要么相信只有这样才能占领城市，要么把诸神当战俘捉住是可能的，那么他们视之为一种宗教亵渎。所以古罗马人愿意罗马城的保护神和城市本身的拉丁文名字是不为人知的。但是，神的名字在古代的一些书里保存，尽管不统一，所以古代研究者知道人们的想法。一些人相信是尤皮特，别的人都认为是卢娜，有些人示意别人不出声，认为是安格罗娜（Angerona）。① 而别的人说是收获女神奥普斯（Ops 或 Ops Consivia），② 普莱特克斯塔图斯认为这比较可信。而城市本身的名字即使是最有文化的人也不知道。因为古罗马人有防备之心，像他们知道的一样，假如保护神的名字是公开的，那么他们常常用来反对敌人城市的请神行为敌人也会做。他们认为，用一套唯一的祈祷语可以请到任何一个城市的诸神，而且这个城市本身会陷入灾难。譬如，普莱特克斯图阿斯提

---

① 古罗马女神，节日是二至点，即冬至日：12 月 21 日。
② 古罗马宗教的女神，后来等同于古希腊神话的女神瑞娅（Rhea）。

及的塞壬努斯（Sammonicus Serenus）① 在他的《隐藏的东西》
（*Verborgenen Dinge*）第五卷里记载的两段祈祷套话。一段是罗马
人吁请迦太基的神明，一段是只有独裁官和统帅才能讲的咒语。
依据塞壬努斯的解释，这两段祈祷套话是在某个孚里乌斯（Fu-
rius）② 的古书里发现的，最后塞壬努斯得出结论，不了解神和
人的法，就不能领会维吉尔的深层含义。

第四卷缺开始和结尾部分，仅传下中间的 6 章，主要谈论关
于激情的问题。根据作者的安排，谈话人可能是叙马库斯或尤西
庇乌。

在第五卷里，希腊人欧斯塔西乌斯谈论维吉尔对荷马的继承
问题。在比较维吉尔与荷马时，欧斯塔西乌斯也谈及其他一些诗
人和作家。

第六卷谈论维吉尔诗歌的拉丁渊源问题。作者把维吉尔使用
的词语和词法结构同其他古罗马诗人进行比较。谈话人是 4 世纪
下半叶的两个文人：教诲诗诗人阿维恩（Avienus）③ 和维吉尔
评论家塞尔维乌斯（Servius）。阿维恩提出一个挑衅性的问题：
有两颗牙的牲畜献祭品是什么？阿维恩说，他问过一个文法家，
那个文法家回答，有两颗牙的是羊，所以补充了"有羊毛的"，

---

① 塞壬努斯的全名 Quintus Sammonicus Serenus，死于 212 年，是古罗马皇帝塞普
提米乌斯·塞维鲁斯（Septimius Severus，193－211 年在位；同名的祖父是著名的修辞
学家）时代和卡拉卡拉（Caracalla，212－217 年在位）时代研究古物的作家，在普林尼
《自然史》的基础上写作长达 1115 个六拍诗行（hexameter）的《论医学预防》（*Liber
Medicinalis*、*De Medicina Praecepta* 或 *De Medicina Praecepta Saluberrima*），参曼廷邦德，
《拉丁文学词典》，页 251 和 262；《古罗马文选》卷五，前揭，页 318 及下；Friedrich
Vollmer，*Quinti Sereni Liber Medicinalis*，Leipzig，Teubner，1916。

② 全名 L. Furius Philus，公元前 136 年的执政官，占领迦太基的小斯基皮奥的
朋友，参《古罗马文选》卷五，前揭，页 318 及下。

③ 阿维恩指 Festus Ruf［i］us Avienus，参《古罗马文选》卷五，前揭，页
324。

以便更加单一地指羊。阿维恩表示同意，但是他想知道，为什么这个形容词修饰羊？那个文法家说，因为羊只有两颗牙。阿维恩对这个答案并不满意，因为他知道，世上的羊并不天生就是只有两颗牙，也就是说，这是源自诸神的标志，必须用赎罪的献祭品对此加以补救。此时，塞尔维乌斯费劲地给出自己的答案：公元前 1 世纪前半叶来自波伦亚（Bononia）的优秀阿特拉笑剧诗人蓬波尼乌斯在《山那边的高卢》（*Galliern jenseits der Alpen*）中提及，用一只有两颗牙的公猪献祭给马尔斯；但是，西塞罗的朋友费古鲁斯（Publius Nigidius Figulus，公元前 98－前 45 年）① 在一本关于内脏的书里说，有两颗牙的不只是羊，而是所有的两岁的牲畜献祭品。塞尔维乌斯在一些祭司法的手册里读到，起初叫做两岁，字母 d 是额外加上去的，像通行的一样。譬如，不说 reire（返回），而说 redire，不说 reamare（报答……爱），而说 redamare，说 redarguere（反驳），但不说 rearguere。添加字母 d 是为了弥补两个元音之间的缝隙。因此，不说 biennes（两岁的），而说 bidennes，而在长期的语言发展中演变为 bidentes（有两颗牙的）。不过，很熟悉大祭司法的希吉努斯（Hyginus）② 在谈及维吉尔的第五卷书里写道，被称作"有两颗牙的"献祭品由于年龄的缘故有两颗（与其他牙齿相比）更高的牙齿。由此可以明确地推断，献祭品从一个比较年幼的阶段进入一个比较年长的阶段（《萨图尔努斯节会饮》卷六，章 9，节 1-7）。

（二）《西塞罗〈斯基皮奥的梦〉的评注》

马克罗比乌斯对后世的另一个贡献就是他的《西塞罗〈斯

----

① 著有 29 卷《文法评注》（*Commentarii Grammatici*）、4 卷《论人的本性》（*De Hominum Natura*）等，但都失传，仅存称引和提及。

② 全名 G. Julius Hyginus，或许来自西班牙，奥古斯都的获释奴与图书馆员，作家，古物学家，写有关于诗人秦纳（Cinna）与维吉尔的评论，也写有神学、农学、蜜蜂养殖、历史和地理方面的作品，参曼廷邦德，《拉丁文学词典》，页 147。

基皮奥的梦〉的评注》让西塞罗的《论共和国》的结尾部分得
以流传后世。学界一般让这个部分独立成篇：《斯基皮奥的梦》
（参西塞罗，《西塞罗散文》，页135以下）。

在这篇评注中，马克罗比乌斯发展了新柏拉图主义的心理
学、音乐理论和天文学。马克罗比乌斯那柏拉图化的苗头在第一
章马上变得明显，在第二卷第十二章发展到了极点。

> 但是你追求向上，并且认为，会死的不是你，而是这个
> 躯体；因为你不是这个躯体形态的所指，而是人的精神。这
> 个人是任意的，但不是用手指可以指的这个形态。所以你要
> 知道，你是神。当人有生命力，察觉，回忆，采取预防措
> 施，统治、指挥和挪动作为前提的躯体时，像那位最高的神
> 统治、指挥和挪动这个世界一样；像那位即使是永生的神移
> 动这个部分地会死的世界一样，永生的精神也这样移动衰弱
> 的躯体［西塞罗，《论共和国》卷六，章24（8），节26；
> 马克罗比乌斯，《西塞罗〈斯基皮奥的梦〉的评注》卷二，
> 章12，节1，译自《古罗马文选》卷五，前揭，页326及
> 下］。

这是老斯基皮奥在教育孙子小斯基皮奥的时候又好又智慧的
教学演讲的结束语。那么，就要再从开始简要地探讨作品《斯
基皮奥的梦》的整体内容。首先，老斯基皮奥预先把小斯基皮
奥的死亡时刻和亲人们面临的打击告诉孙子，以便小斯基皮奥在
看到这个生命的时候完全学会忘记希望，从这个生命他真的学会
生命不再继续。接着，为了小斯基皮奥不因为惧怕预先告知的死
亡而被制服，老斯基皮奥指出，智慧的好人必定进入不朽。就小
斯基皮奥来说，由于这种希望使小斯基皮奥渴望死亡，小斯基皮

奥的生父鲍卢斯的劝阻性提醒及时地出现了，并阻止十分不耐烦的儿子追求自愿的死亡。在谈话双方的正好是希望和等待的混合体大量地灌输进做梦者（小斯基皮奥）的思想中以后，由于老斯基皮奥想振作孙子的精神，他进入一些更高的领域：与其不让孙子考察地球，不如指导孙子认识生物、运动和天空与星辰的和谐，并且所有这一切都将服务于奖赏美德。在这次重要谈话的振奋力量继续灌输进小斯基皮奥的业已增强的精神以后，才告诉孙子蔑视荣誉。无知者把荣誉视为对美德的巨大奖赏，而对他而言，由于地域的扩展很少和偶然事件，荣誉被证明是局限于空间扩张和受到时间扩展的东西。由于小斯基皮奥现在基本上已经受到关于他的人性的教育和关于他的精神的解释，在这个地方小斯基皮奥被更明确地提醒，小斯基皮奥应该认识到他是神。前述作品的目标或许就是明确一个观点：灵魂不仅是不朽的，而且还是神。也就是说，死后不久就在身体里被吸收为神的老斯基皮奥相信，当他准备告诉还在生命中站岗的人："你要知道，你是神！"人有这样重要的优先权，不会早于人认识到他自己的本质，以便不会认为我们身上的会死亡和衰弱的东西也被称作神性。因为西塞罗习惯于在简洁的表达中隐藏关于客观真相的高深知识，他现在也用少有的缩略语包含一个巨大的秘密（马克罗比乌斯，《西塞罗〈斯基皮奥的梦〉的评注》卷2，章12，节2-7）。

普洛丁在一本完整的书《什么是生物？什么是人？》（*Was ein Leben Ist*，*Was ein Mensch Ist*，参《九章集》卷一，章1）里比任何人都更惜墨如金地探讨了西塞罗笔下的秘密。在书里普洛丁探究的问题是：我们的欲望、悲伤和恐惧的冲动、愿望、神经过敏或痛苦、思想和理智归咎于我们的什么？它们是否只分配给灵魂或者服务于躯体的灵魂？根据许多他在大量的问题中探讨的观点，普洛丁最后解释一点：生物是赋予了灵魂的躯体。普洛丁也探讨了下面这个问题：通过哪种友好的灵魂分配方式或者以何种方式赋予生物以灵魂？普洛丁证明，所有的激情都分配给生物，真正的人就是灵魂本身，因此见到的不是真正的人，真正的人是所见的生物在行为时的思想准则。人死指生物或身体的死亡，真正的人或灵魂不会死亡。从这个意义上讲，灵魂模仿了主宰世界的神，也主宰了被赋予了灵魂的身体。所以哲学家在写关于物理的时候说，世界是大的人，人是小的世界。也就是说，在符合灵魂好像能够模仿神的其他优点的情况下，早期的哲学家和西塞罗把灵魂称作神。当西塞罗说世界部分地会死时，他考虑的是普遍的观点：世间的任何一种东西似乎都会死亡。但是必须承认，像西塞罗熟知的一样，也像维吉尔说"不存在死亡的地方"（《农事诗》卷四，行226；塞尔维乌斯，卷三，行337-338）时或许知晓的一样，生存的世界里没有任何东西灭亡。看起来会灭亡的东西只是改变其出现的形式，停止存在的东西像以前一样存在，回到了最初的存在，或者直接进入自己的元素中。最后普洛丁在探讨消灭躯体并解释消灭的会分解的另一个地方也反驳自己：为什么见到的流动元素不在某个时候以同样的方式分解？普洛丁简短有力地回应了这个重要的反驳词：这些元素可能也流动，然而从不分解，因为它们不向外面流动。也就是说，从身体开始流动的东西离开身体，但是元素的流动从未离开过元素本身，因此像正确的学说所确证的一样，在这一个世界上没有一个部分是会死亡的（马克罗比乌斯，《西塞罗〈斯基皮奥的梦〉的评注》卷二，章12，节7-15）。

　　然而，如上所述，当西塞罗说世界部分地会死亡的时候，他有点倾向于普遍的观点。不过在结尾的时候，西塞罗却最有力地证明灵魂的不朽：灵魂本身主导躯体，以便赋予躯体以运动（马克罗比乌斯，《西塞罗〈斯基皮奥的梦〉的评注》卷二，章

12，节 16）。从这个意义上讲，马克罗比乌斯的思想符合新柏拉图主义的创始人普洛丁（《九章集》卷一，章 1）。

三、历史地位与影响

《萨图尔努斯节会饮》的主要价值在于书中的文学批评，特别是对维吉尔诗歌的批评和由此牵涉的许多文学史料。此外，马克罗比乌斯的那些知识丰富的作品为中世纪和人文主义时期介绍了古代思想传统的基本要素。

第六节 加比拉

一、生平简介

在 400 年以后，但肯定在 439 年——汪达尔国王盖塞里克（Geiseric 或 Gaisericus）占领迦太基——以前，大约 425 年（参克里：如何阅读《哲学的安慰》，前揭书，页 337），来自迦太基的老翁加比拉为他的儿子写了 1 部 9 卷本著作，标题是《语文学与墨丘利的婚礼》（*De Nuptiis Philologiae et Mercurii*）。

二、作品评述

在百科全书《语文学与墨丘利的婚礼》中，加比拉总结了属于 7 门自由技艺（artes liberales，博雅教育）（在一个自由人那里可以期待的教育范围）的知识。加比拉或许熟知公元前 1 世纪末瓦罗的《教育九卷》（*Disciplinarum Libri IX*），但是加比拉的素材基本上都引自更年轻的作家。在加比拉的作品中，我们找到 7 门艺术（artes）：语法学、雄辩术、修辞学、几何学、算术、天文学与音乐。

希腊文 *ἐγκύκλιος παιδεία*（通识教育）不符合我们理解的作为"包罗万象的知识"的百科全书。相反，在希腊化时期，在希腊的城市中，人们用这个词指代一个正派的人通常必须受到的普通、平常的教育，或者基础教育，大概是研究哲学的预备阶段的初步知识。这种观点根源于柏拉图和伊索克拉底，他们把算术加入文学教育。医学、建筑艺术、法律学、绘画和战争艺术也属于普通教育的科目，或者是上述的 7 门学科之外的，或者是上述的 7 门学科的替代。7 门自由艺术（artes liberales）的规范在 1 世纪逐渐得以实现，在加比拉那里固定下来。波爱修斯[①]把 4 种算术的艺术称作"四艺（quadrivium）"。后来在加洛林时代，人们为了区分"四艺（quadrivium）"，把 3 种文学科目总称"三学（trivium）"。

加比拉为 7 门艺术各写了 1 卷书。在前两卷书里，首先说成是整体的伪装。加比拉把这种伪装称之为寓言（fabula），把它说成是来自杂咏（satura）的灵感（《语文学与墨丘利的婚礼》卷一，章 2；卷九，章 997）。因此，应该明确的是，加比拉把他的作品看作墨尼波斯杂咏（satura menippea）的文学传统，[②] 因为加比拉在各卷书中也这样插入诗歌（poema）。这些诗歌显示，加比拉掌握了古代传统中使用的多种格律。

在寓言（fabula）中，这是加比拉在得到马道拉的阿普列尤斯内容方面的建议以后，沿用阿普列尤斯的文笔，采用比拟的手法，创作与塑造神的情节，墨丘利（Mercurius）像其他神仙一

[①]　关于波爱修斯，详见拙作《古罗马诗歌史》（*Historia Poematum Romanorum*）第五编第一章第七节。

[②]　公元前 4 至前 3 世纪伽达拉的墨尼波斯第一个在一部作品中把散文与诗歌联系起来，在这方面有几个继承人，罗马的瓦罗、佩特罗尼乌斯和小塞涅卡的《变瓜记》就是这样的。

样要娶一个妻子。在墨丘利寻觅的过程中，美德（Virtūs）把墨丘利带到阿波罗（Apollo）那里。阿波罗建议墨丘利和一个非常有学问的语文学（Philologia）——实践智慧（Phronesis）的女儿——结婚（《语文学与墨丘利的婚礼》卷一，章21-23）。尤皮特和尤诺同意这桩婚姻，诸神承认把新娘接纳为神仙。在天国之门，语文学（Philologia）在9位艺术女神（Μοῦσαι 或 Musae）、① 四德（virtutes cardinales）② 和卡里忒斯（Χάριτες 或 Chárites）③ 陪伴下，获得了引起语文学（Philologia）呕吐的饮料（《语文学与墨丘利的婚礼》卷二，章134-139）。语文学（Philologia）吐出来的东西变成了各种科学的丛书。之后，很多的书被少女 Artes（艺术）与 Disciplinae（学科）以及名叫乌拉尼亚（Οὐρανία 或 Urania）与卡利俄珀（Καλλιόπη 或 Calliope）的艺术女神捡起来，进行正确分类（《语文学与墨丘利的婚礼》卷二，章133-141）。后来，在结婚的时候，阿波罗把7种艺术引进来，当作墨丘利的新娘的嫁妆。他们背诵他们的知识——有时候直到倾听的诸神感到厌烦。

第三卷的开篇是文法（Ars Grammatica）。文法（Ars Grammatica）的讲座呈现完全不同的文风。文本（《语文学与墨丘利的婚礼》卷三，章234-239）显示，加比拉从分析语言的最小单位字母出发，首先不加思考地列举直接放在前面或后面的字母的

---

① 9位艺术女神或缪斯女神分别是主管舞蹈的忒尔普西科瑞（Τερψιχόρη 或 Terpsichore）、主管音乐、唱歌与抒情诗的欧忒耳佩（Εὐτέρπη 或 Euterpe）、主管颂神诗的波吕许谟尼亚（Πολυύμνια 或 Polyhymnia）、主管叙事诗的卡利俄珀（Καλλιόπη 或 Calliope）、主管爱情诗的厄剌托（Ἐρατώ 或 Erato）、主管肃剧的墨尔波墨涅（Μελπομένη 或 Melpomene）、主管谐剧的塔利亚（Θάλεια 或 Thalia）、主管史书写作的克里俄（Κλειώ 或 Klio）、主管天文学与占星学的乌拉尼亚（Οὐρανία 或 Urania）。

② 四德指智德（明智）、义德（正义）、勇德（勇敢）和节德（节制）。

③ 即博爱三女神或美惠三女神阿格莱亚、欧佛洛绪涅和塔利亚。

组合可能性。孩子们也是从这样的最小字母组合开始学习写字的。以同样的方式列举字母在表示格位的结尾、表示人称的结尾以及其他词类的结尾出现的可能性，而没有首先提及各种词尾变化和（动词的）变位。当然，公元 1 世纪初的拉丁语文法家帕勒蒙已经阐述了拉丁语的各种词尾变化和变位，他称之为 ordines。[①] 后来，加比拉仅仅详细谈及动词的变位（《语文学与墨丘利的婚礼》卷三，章 311－324）。在这些现象方面，研究"词根"、"词干"和"词尾"是从近代才开始。从论证希腊语的重音（卷三，章 235）和接受希腊语的术语（articulus；卷三，章 238），在拉丁语的其他事实方面更加清楚的是，在拉丁语的古代晚期希腊语的文法学说仍然是拉丁语文法学说的基础，拉丁语的现象尽可能地适应希腊语的学说。在这种适应的背后是这种观点：拉丁语可以追溯到希腊语。公元前 30 年到罗马的哈利卡纳苏斯的狄奥尼修斯在他的第一本书里试图把罗马人从野蛮人（barbarus）的谴责中解放出来，强化一个论点：古罗马民族最终起源于古希腊人，并且把拉丁语视为爱奥里亚的希腊语方言，只不过发音走样而已。

　　和谐或音乐（《语文学与墨丘利的婚礼》卷九）作为 7 种艺术中最后一种，在他们朗诵以后伴随这对夫妇入睡。

　　这次"婚礼"的一个基本思想可能是这样的：语文学（Philologia）作为人类的女性代表，由于她的研究，得道升天，并且与墨丘利代表的神的理念（Logos）结婚。另一方面，语文学（Philologia）吐出来的死知识被神格化（《语文学与墨丘利的婚礼》，章 140）。可以说，语文学（Philologia）通过神墨丘利的女仆 Artes（艺术）们的口，更加完美地收回了作为新娘嫁妆的

---

　　① 古拉丁语名词 ordo 的复数形式，意为"条理，秩序，行列"。

知识。因此，在这里可以发现一种对古代传统教育内容的神化。可以把它看作和基督教进行思想论争的一个特征。在基督教方面，论证可能变得越来越强有力。在卡西奥多尔那里可以清楚地领会这一点：世俗的知识（litterae saeculares）是圣经中已经萌芽的知识的发挥，因此，这些艺术本应拥有各自的尊严。现在，针对基督教借助于启示解释艺术的尊严，加比拉通过神格化提出解释。

加比拉在主要受新柏拉图主义者扬布利科斯（Jamblichos）影响的寓言基本思想中加入古代晚期许多别的哲学与宗教观点，因此也出现了一些别的释义进行补充。

三、历史地位与影响

尽管加比拉是个异教徒，可他的作品对中世纪产生了巨大影响。加比拉的作品在很多手抄本中流传下来，被人评论，被人翻译（参《古罗马文选》卷二，前揭，页424以下；卷四，前揭，页236以下；卷五，前揭，页334以下）。

第七节 普里斯基安

6世纪初到古罗马皇帝优士丁尼（Justinian，大约生于482年）执政时期（527－565年）的前几年，来自毛里塔尼亚的该撒利亚的普里斯基安是君士坦丁堡的语法学教授。普里斯基安的主要作品是18卷本的《文法原理》（*Institutio de Arte Grammatical*，引用为 *Institutiones Grammaticae*）。直至文艺复兴时期，这套语法教科书都具有约束力。流传下来的有1000多种手抄本，有很多的改写和评注。从12卷诗《埃涅阿斯纪》的划分（partitiones duodecim versuum Aeneidos），可以管窥文法原理（principalium grammaticus）的教学实践。在普里斯基安的内容丰富的作品中，再次总结了古典时期的语法传统。里面有各个时期的语法理论的痕迹。

语法体系的形成起源于公元前5世纪希腊的智术师（Sophist）。在柏拉图的对话录《克拉底鲁》（Kratylos）① 中出现了概念"元音"与"辅音"、"音素"与"音节"、"名词"与"动词"以及"名词"与"动词"合成的"句子"（424b–427d）。亚里士多德提及"音素"、"音节"、"小品词"和"连词"、"名词"、"动词"以及"谓语"、"格位"和句子（《诗学》，章20，1456 b20–1457 a31）。亚里士多德在名词词尾以及动词词尾，接着还在形容词提高级位的时候，甚至在主张的说法转变为问句或者命令句的时候，谈及"格位（希腊文πτῶσις；拉丁文 casus）"；后来廊下派学者让名称"格位（casus）"局限于名词的变格。

廊下派（Stoa）发展了格位学说，找出了动词时态与动词的"体"之间的区别。在雅典与帕伽马（Pergamon），人们研究语言现象则采用廊下派的看法：词语指代事物本身，因此是一种内容的了解。希腊化时期的另一个语法流派——即亚历山大里亚学派——更多地考察语言的形式方面。形式的规范与形式的构成相符、相似。因此，特殊的构成被怀疑是错误的。而廊下派学者则可能把反常的特殊构成视为合适的。

公元前100年左右，亚历山大里亚学派狄奥尼修斯·塔拉克斯（Dionysios Thrax）写了一本τέχνη γραμματική（可能是"语法教科书"）。在这本书里，狄奥尼修斯·塔拉克斯融合了廊下派和亚历山大里亚学派的理论。直到近代，这套语法仍然是西方语法的基本。它基本上是语音与词法的学说，没有写句法的部分。

---

① 克拉底鲁（Kratylos，约公元前5世纪），古希腊哲学家。

句法的搭配假定是不言而喻的。人们可能把构成更长句子的方式方法看作修辞学的任务。狄奥尼修斯·塔拉克斯把语法定义为一门实验科学。这种观点极大地影响了后来的语法传统。人们的出发点是以前直接存在的：字母、音节和词汇，即使真的看见句子，也是从它的基本要素词汇去理解。普里斯基安复述了狄奥尼修斯·塔拉克斯对"词"的定义：

dictio est pars minima orationis constructae, id est in ordine compositae

词是构成的、也就是按照正确的规则组成的表述的最小部分（引、译自《古罗马文选》卷五，前揭，页352）。

在2世纪，亚历山大里亚学派的阿波罗尼俄斯·底斯可罗斯（Apollonios Dyskolos）写了好几篇语法论文，其中也第一次写了一篇"句法"。不过，这个句法的角度在已经固定的、由狄奥尼修斯·塔拉克斯决定的语法传统中很少受到重视。只有普里斯基安才在他的教材里添加了作为第十七、十八卷的句法，部分地逐字逐句翻译阿波罗尼俄斯·底斯可罗斯。阿波罗尼俄斯·底斯可罗斯的儿子赫罗狄亚诺斯（Herodianos）撰写了一些关于重音学说（Akzentlehre）与词法学说的材料丰富的作品。

在公元前2世纪中叶以后，像有些其他源自希腊人的思想影响的碰撞一样，斯基皮奥圈子把语法研究引入罗马。此外，出发点还有廊下派学者马勒的克拉特斯与巴比伦的第欧根尼的观点。在《教育九卷》（Disciplinarum Libri）第一卷中，瓦罗也把廊下派思想看作他的拉丁语语法的基础。当然，瓦罗，像一世纪上半叶的帕勒蒙一样，用他的亚历山大里亚学派的部分补充狄奥尼修斯·塔拉克斯的语法教科书。即使下列的作家也证明这种不同要

素的混合：3 世纪的萨克尔多斯（Sacerdos）、① 4 世纪多那图斯
（Aelius Donatus）② 和查理西乌斯（Flavius Sospater Charisius）③
以及加比拉。此外，的语法流传至今有一个适合学生的简写本和
一个适合老师的增订本（参《古罗马文选》卷五，前揭，页 350
以下）。

_____

① 全名 Marius Plotius Claudius Sacerdos，现存最早的拉丁文法家，参曼廷邦德，
《拉丁文学词典》，页 249。

② 4 世纪中叶的文法家，写有维吉尔与泰伦提乌斯的评论，哲罗姆的老师，参
曼廷邦德，《拉丁文学词典》，页 91。

③ 4 世纪中叶的文法家，著有《文法》（Ars Grammatica），这部书大部分存留，
主要价值在于引用早起作家，例如老加图、恩尼乌斯和卢基利乌斯，参曼廷邦德，
《拉丁文学词典》，页 66。

第六编

古罗马散文的历史地位与影响

在古罗马的拉丁语文学中，除了诗歌（poema）和戏剧（drama）以外，散文（prosa）就有很大的独创性，并产生深远的影响，尤其是在语言学（lingua）、修辞学（rhetorica）与演说辞（oratio）、史学（historia 或 ars historica）、政治学（ars polītica；希腊文 πολιτική τέχνη 或 polītikē téchnē）、法学（iuris prudentia）、哲学（philosophia）、宗教（religiō）、建筑学（architectura）、艺术（ars）、农学（ars geōrgica）、医学（ars medicina）、军事学（ars militaris）等方面。

一、语言学

古罗马人是个摹仿的民族，是希腊文明的二道贩子，这是较为普遍的看法，如雪莱。即使是罗马人自己也是这么认为的，如贺拉斯。这种看法有一定的道理，但是有失偏颇。事实上，拉丁语比希腊语更加深入人心（参詹金斯，《罗马的遗产》，页439以下）。

　　不过，波斯奈（Rebecca Posner）指出，"只有在西欧及其殖民地，拉丁语才留下了它最伟大的遗产"。首先，拉丁语至今仍活在罗曼语支（新拉丁语）诸语言中，自古以来从未中断过。罗曼语（Romance）一词是拉丁文的 romanice 一词变化而来的。在拉丁语中，这个词是 romanicus 一词的副词形式，意为"以罗马人的方式"。古罗马帝国瓦解以后，原本统一的拉丁语随着地域不同而产生各种方言，这些方言就是近现代罗曼语的雏形。其实，方言早已存在。只不过从罗马帝国早期起，书面拉丁语的统一掩盖了那些混杂和通俗的用法. 依据所谓的下层理论，在罗马帝国内部，每一个土著语言公社都会把他们自己的发音和语法习惯带到拉丁语中。而依据所谓的上层理论，有声望的主人说话时所犯的语法错误又为那些顺从的说拉丁语的臣民模仿。中世纪把拉丁语称为 grammatica，即语法语言。古典拉丁语诗歌，虽然可能按重音发音，但其朗诵节奏是根据元音和音节长度确定的。早期的拉丁语农神诗，就好像基督教的拉丁语诗歌一样，只适合重音节奏。无可争议的是，与古典拉丁语相比，新拉丁语已经在发音、词汇、语法和语义方面都发生了变异。罗曼诸语言中使用者最多的是西班牙语，其后依次是葡萄牙语、法语、意大利语和罗马尼亚语。譬如，据估计，在今天的罗曼语词汇中 40% 直接借自拉丁语。又如，文艺复兴时期，用俗语写作的作家引入一些拉丁化的词组与结构。9 至 12 世纪，把罗曼语与拉丁语分开的意识日益增强。不过，促使人们尝试建立罗曼语书写传统的是加洛林时代对古典语法学术传统的复兴，尤其是约克的阿尔昆。之后，大声朗读拉丁语的文献，这种习惯创造新的拼写和读音规则：每个拉丁语字母的发音总是保持一致，从而使得用文字书写方言成为可能。到公元纪元的两千纪初年，在各种书面语作品中，罗曼语已经与拉丁语最终区别开来。此外，古典拉丁语还影响日耳曼语，如英语和德语（尤其是在贸易与法律方面），不仅在词汇方面，尤其是外来词，而且还在语法方面，尤其是语序。以一部英语大辞典为例，四分之一的词汇最终起源于拉丁语。而拉丁语语法传统历来备受争议。更重要的是，拉丁语字母应用十分广泛，这是拉丁语遗产中最显著的部分（参詹金斯，《罗马的遗产》，页 439-441、457 及下和 463 以下）。

　　格拉夫顿（A. T. Grafton）指出，彼特拉克不仅对古典著作进行原始收集，而且终生致力于拉丁语古典化，尤其是模仿各种体裁的拉丁诗歌（参布克哈特，《意大利文艺复兴时期的文化》，页 201），15 世纪瓦拉（Lorenzo Valla，1407-1457 年）写作 6 卷《论拉丁语的高雅》（*De Elegantiis Latinae Linguae*）。在书中，瓦拉根据研究古典文献的经验提出几百条重要规则，并提供了有力的语法例证。人文主义者依据大量古代语法作品：从多那图斯的语法转向塞尔维乌斯的维吉尔注疏，创立新的语法理论体系。不过，古代最伟大的作家，如西塞罗，往往打破古代语法家的规则，造成写作实践与语法规则的矛盾。到 15 世纪末，主要方向是尝试性探讨拉丁语在历史上的地位与局限。譬如，波里齐亚诺（Angelo Poliziano）拒绝西塞罗，转而从普林尼和阿普列尤斯那里汲取大量词汇，采用华丽而综合的拉丁语，并明确支持一系列古典作品，如昆体良、斯塔提乌斯和塔西佗，并以塔西佗《关于演说家的对话》为例，证明这些作品并不更差。不过在《杂感》中，波里齐亚诺以西塞罗的《致亲友》和优士丁尼《法学汇纂》为例，从校勘的角度指出，最古老的抄本保存最好的文献。16 世纪，安东尼奥·奥古斯丁（Antonio Augustine）与奥西尼（Fulvio Orsini）合作，校订斐斯图斯（Festus）的《论词语的意义》（*De Verborum Significatu*，即《辞疏》），其中包含丰富的关于早期拉丁文和罗马制度的知识（参詹金斯，《罗马的遗产》，页 129 以下）。

二、修辞学与演说辞

依据肯尼迪（George A. Kennedy）的《修辞学》（即《罗马的遗产》，章 10），"修辞，从其最广泛的意义上说，是研究和控制人类社会中言辞的力量的学问"。起初把修辞学（rhetorica）视为艺术的是古希腊人。公元前 2 世纪古罗马人开始对希腊文化感兴趣。不过由于政治和文化的原因，古希腊的修辞学教育制度仍然遭到古罗马人的反对。譬如，公元前 161 年短期驱逐古希腊修辞学教师，公元前 92 年拉丁语模仿者也遭遇驱赶。但是，修辞学很快传遍整个拉丁语世界西方的城市。从西塞罗和恺撒时代起至古典世界终结，每个拉丁语作家都受过修辞学教育，从而影响了他们的创作。不仅包括修辞学和演说辞（oratio），而且还迁移到其他文学类型，如书信、历史、哲学和诗歌（如维吉尔的《埃涅阿斯纪》，贺拉斯和奥维德及其传承者的诗歌）。其中，长期构成西方修辞学的基本文献的就是西塞罗、昆体良和其他罗马作家（如老加图和老塞涅卡）的拉丁语作品，包括实际上的和名义上（如《致赫伦尼乌斯》托名西塞罗）的论文、手册和演说。由于政治家应当是修辞学家的观念、修辞的理论范畴和专用术语以及它的艺术和风格价值都是出自最伟大的导师西塞罗，西方的修辞传统基本是西塞罗式的。奇怪的是，从古典世界晚期至文艺复兴时代，权威的修辞学文献是西塞罗的《论取材》和托名西塞罗的《致赫伦尼乌斯》，而不是西塞罗的主要作品，如优美的对话《论演说家》、高雅的论文《演说家》和《布鲁图斯》。无疑的是，这些作品包含公元前 2 世纪至公元前 1 世纪古希腊、罗马修辞学家对修辞学的全面论述，因而确立修辞学的体系（参詹金斯，《罗马的遗产》，页 331 及下）。

（一）西方修辞传统的资料来源

西塞罗的《论演说家》里相当多的东西来自廊下派哲学家、希腊的智者派和演说家伊索克拉底。《论取材》里的一些观点出自公元前 1 世纪古希腊修辞学家赫尔摩格尼斯（Hermagoras of Temnos：此人的作品已经失传）。《论取材》涉及演说理论中最古老的部分，例如司法演说的各个部分：引言、陈述、分类、肯定、反驳、插话和结语（《论取材》卷一），可以追溯到公元前 5 世纪的希腊。西塞罗看重的立场（locus 或 loci）在《论取材》中多次出现，表示演说者能够让其演说更加有效的方法，[①] 但这个词是拉丁语对希腊文的翻译，被亚里士多德用来描述逻辑推理方法。只不过西塞罗的方法不是亚里士多德的归纳和推理，而是恰当的逻辑论证："支持结论的逻辑论证要到人物或者行为的限定特征中去找，人物的特征包括名字、性情、生活方式、财产、习惯、情感、兴趣、意图、成就、偶然行为和语言，'地点'或者行为的主题包括地点、时间、场合、方式和设施"（参见詹金斯，《罗马的遗产》，页 333 及下和 335 及下）。在西塞罗看来，归纳就是苏格拉底对话录中出现的类比论证，而推论则是先提出一系列命题，最后导向结论。与权威不同的是，西塞罗把"三段论"的标准变成 5 个步骤。

除了取材求助于西塞罗的《论取材》，演说的其余部分可以求助于托名西塞罗的《致赫伦尼乌斯》。13 世纪，意大利城市对《致赫伦尼乌斯》感兴趣，其证据就是狄南特（Jacques de Dinant，1248-1259 年）的《安排材料的艺术》或《演说的艺术》（*Ars Arengandi* 或 *Art of Pleading*）。17 世纪，对演讲过程的再度

---

① 不属于这种用法的是"共同立场（loci communes）"（见《论取材》卷二，章 30，节 47-章 31，节 51，参 LCL 386，页 86-93），表示学校中学生进行的一种练习。

重视表现为英国、法国时髦的、雄辩的和戏剧化的祈祷。1620
年，法国的克里苏勒（Louis de Cressoles, 1568－1634 年）采用
拉丁语，汇集古典作家有关声音和演讲过程的所有论述，写成长
达 700 多页的《秋日的祷告》（*Vacationes Autumnales*）。1644 年，
英格兰的布尔维（John Bulwe, 1606－1656 年）征引《致赫伦尼
乌斯》、西塞罗、昆体良及其他权威的作品，发表系统阐述演说
发表过程的《修辞艺术手册》（*Chironomia: or, the Art of Manuall
Rhetoricke*）。影响更大的是法国法齐尔（Michel Le Faucer,
1585－1657 年）的《演说家的行为特征及其与声音、姿态的关
系》（*Traité de l'action de l'orateur, ou de la pronunciation et du
geste*, 1657 年）。18 世纪，对演讲过程的兴趣一直很强。谢里登
（Thomas Sheridan, 1719－1788 年）的《演讲风格讲义》（*Lec-
tures on Elocution*, 1762 年出版）把演说术应用于背诵和表演上。
拉丁语中的 elocutio（散文的风格）的本义"口头表达"幸存于
英语中的 elocution（朗诵法、发声法），并导致"风格运动的兴
起"。19 世纪，演讲过程繁荣于指导和娱乐形式，如狄更斯
（Charles Dickens, 1812－1870 年）的小说。20 世纪，演讲过程
残留于"读者剧院"中（参詹金斯，《罗马的遗产》，页 338）。

　　《致赫伦尼乌斯》、西塞罗的《论演说家》和昆体良的著作
都讨论记忆。可是在西方，记忆长期独立于修辞学教学以外。中
世纪，记忆用于道德指导。文艺复兴时期，记忆用于知识的组
织。记忆的体系在现代得到改进，并沿用至今。由于希腊人关于
记忆的讨论佚失，拉丁语修辞学遗留古典记忆体系（参詹金斯，
《罗马的遗产》，页 338 及下）。

　　古代、中世纪和近代许多关于风格的手册都倾向于把风格和
修辞学的其他部分分开讨论。这种处理方式的典范是《致赫伦
尼乌斯》，而不是西塞罗和昆体良的作品。这种变化反映并鼓励

了一种新的发展倾向：修辞学从研究说服的艺术衍变为修饰艺术，即而今所谓的"文学修辞"（参詹金斯，《罗马的遗产》，页339）。

对于中世纪的学者来说，最常用的权威作品是多那图斯的《文法》（Ars Grammatica，亦译《拉丁语语法》）中的一部分，即《不纯正》，里面探讨文章中修饰的主要手段：借喻。文艺复兴时期，文辞的修饰分为思想修饰（如西塞罗《喀提林阴谋》的第一句）与语言修饰（如《马太福音》的《八福》一节）。不过，语言修饰的借喻与借代同思想修饰的借喻之间的区别有时带有随意性，因此也存在分歧。譬如，古典晚期，有的权威作品把隐喻视为借喻。富有理论头脑的西塞罗、昆体良等修辞学家会对借喻分类，或者需找特殊借喻所达到的心理效果。但是大多数拉丁语修辞学手册——例如3世纪后期罗马努斯（Aquila Romanus）① 和8世纪早期圣比德的作品以及莫塞拉努斯（Petrus Mosellanus，1493-1524年）的《写作》（Tabulae，即 De Schematibus et Tropis Tabulae，1526年）和苏森布鲁图斯（Joannes Susenbrotus，约1484-约1543年）的《格言》（Epitome Troporum，1540年）——仅仅提供借代和借喻的例证，以便学生阅读时能理解，写作时能选用（参詹金斯，《罗马的遗产》，页341及下）。

此外，修辞学家还探讨句子的结构，如并列句和主从复合句。其中，主从复合句在西塞罗的演说和近代以前的英语中都很常见。古典拉丁文献，如西塞罗的《演说家》，阐述了散文的定量韵律。这种韵律体系在古典晚期变成新的散文重音节奏体系

---

① 罗马努斯著有《论语句的修辞与演说术》（De Figuris Sententiarum et Elocutionis）。

(cursus)。散文重音节奏体系（cursus）不仅广泛应用于中世纪后期的书信学中，而且还应用于方言中，如《国王詹姆士钦定版圣经》（*King James Version of the Bible*，1611 年）。15 世纪，发现了西塞罗的《演说家》和昆体良的全部文献，古典拉丁文的定量韵律体系才重新得到理解和沿用（参《基督教文学经典选读》，前揭，页 411 以下；詹金斯，《罗马的遗产》，页 341 及下）。

拉丁语创作理论的最后一个特征是话语类型（genera dicendi），即伟大、普通和平易 3 种风格。《致赫伦提乌斯》提供了讨论和例证，并且得到中世纪和文艺复兴时期学者的理解、批评性利用和模仿性创作。西塞罗和奥古斯丁都认为，平易风格适合于教学，普通风格适合于愉悦，伟大的风格适合于感动听众（参詹金斯，《罗马的遗产》，页 342）。

总之，古罗马修辞学的影响主要在于西塞罗和昆体良。其中，西塞罗对拉丁语修辞学传统产生决定性的影响。西塞罗的修辞学著作虽然在很大程度上源自希腊，但是他的学习和实践经历丰富，使得他的探讨富有启发性。在散文韵律方面，西塞罗是权威。西塞罗的独到之处是如何在实践中利用和改造从学校学到的知识，尤其是如何用戏剧化的手法刻画人物。演说家与政治家合一的观念在古罗马和文艺复兴时期的意大利都产生过影响。而昆体良的《修辞学教程》（即《雄辩术原理》）是对罗马教育和古代修辞学理论最充分的叙述，在中世纪有节选本。昆体良的影响主要体现在 11、12 世纪法国的作品中，如索尔兹伯里（Salisbury）的约翰（John，1115 – 1180 年）的《元逻辑》（*Metalogicon*）（参詹金斯，《罗马的遗产》，页 342）。

（二）小拉丁修辞学

"小拉丁修辞学"（参詹金斯，《罗马的遗产》，页 344 以下）

是从古罗马晚期至中世纪初期的一系列拉丁语修辞学论著的统
称，包括异教的和基督教的。

由于帝国政府对思想和言论自由的压制政策，以及学校朗诵
的虚假性，异教的拉丁语修辞学衰落（塔西佗，《演说家的对
话》）。小普林尼的《图拉真颂》激发后继者赞颂皇帝，他们强
调语言艺术的目的在于表现自己的聪明和拍马屁，所以一般都缺
乏创见和思想。但是仍有一些有思想、有活力的作品，如塔西
佗、阿普列尤斯、马尔克利努斯和克劳狄安的（参詹金斯，《罗
马的遗产》，页 344 及下）。

不过，基督教的拉丁语修辞学却悄然兴起，而且基督教作家
的作品——如辩护词、《圣经》注疏和布道书——是最有活力
的。重要的拉丁教父作家都曾研究过修辞学，其中，德尔图良、
西普里安、阿诺比乌斯、拉克坦提乌斯和奥古斯丁在皈依基督教
前都是职业修辞学教师。修辞学是异教的，这让哲罗姆感到矛
盾，担心末日审判的时候被控是西塞罗派。但多数教父继续利用
修辞学为基督教服务，其中，拉克坦提乌斯获得"基督教的西
塞罗"的荣誉称号。在奥古斯丁的努力下，修辞学与基督教调
和。在《论基督教的学习》（即《论基督教教义》）第四卷，奥
古斯丁不仅指出，《圣经》中也包含古典雄辩术的特征，而且还
辩护说，如果只让坏人拥有辩才，那将是愚蠢的。基督徒可以把
修辞学用于高尚的目的：为基督教服务。对于奥古斯丁来说，修
辞学可以用来注释《圣经》，根据西塞罗的原则进行布道，以及
神学辩论。6 世纪卡西奥多尔建议他的修道士们了解修辞学，以
便注释《圣经》。9 世纪赫拉班（Rabanus Maurus，约 780 – 856
年）的《论神职人员的教育》（*De Institutione Clericorum*）显示
修辞学的布道作用。至于神学辩论，散见于奥古斯都的论战性文
章中，也见于拉丁基督教会议的记录中。波爱修斯的《论选材

的差异》(*De Differentiis Topicis*) 第四卷是对古典时代后期关于修辞学选材的最优秀的解说(参詹金斯,《罗马的遗产》,页 345 及下)。

(三) 中世纪的修辞学

重视修辞学的观念始于古罗马共和国时代。老加图、瓦罗等都进行过百科全书式的研究,研究的对象自然包括修辞学。不过,中世纪利用的、现存最早的百科全书是大约 5 世纪早期加比拉的《语文学与墨丘利的婚礼》,其中,以寓言形式出现的修辞学女神也出现在中世纪的艺术中。第二部是 6 世纪中期卡西奥多尔的《神灵与人类教程》(*An Introduction to Divine and Human Readings*,即《教会与世俗的科学入门》)。而中世纪使用最广泛的是大约 7 世纪初的第三部,即塞维利亚的伊西多的《辞源》。伊西多对修辞学的解释在很大程度上依赖于卡西奥多尔的节选,而卡西奥多尔又依赖于西塞罗、马尔提阿努斯(Martianus,即加比拉)以及晚期拉丁语作家的手册。不过在伊西多时代,拉丁语修辞学传统已经相当微弱(参詹金斯,《罗马的遗产》,页 347)。

首先复活拉丁语修辞传统的是英国。8 世纪早期,圣比德写过两篇关于修辞学的短文。由于圣比德的范文是多那图斯的语法课本,圣比德的倾向是修辞学从属于语法。其中,《论韵律艺术》(*De Arte Metrica*) 里讨论诗歌韵律和散文韵律的区别,这让人想起西塞罗的《演说家》(章 20、44 和 49-68)。第二篇《论修辞与比喻》(*De Schematibus et Tropis*) 讨论借代和隐喻的小册子。里面利用圣经(*sacrae scripturae*) 中的 122 个修辞学例子,以此表明宗教文献高于世俗文献。圣比德对修辞学的兴趣限于风格。对修辞学含义理解比较广泛的是英格兰人阿尔昆(Alcuin,约 735-804 年)。在《关于修辞学和美德之间的争论》(*Disputa-*

tio de Rhetorica et de Virtutibus Sapientissimi Regis Carli et Albini Magistri）中，阿尔昆采用与查理大帝对话的形式，指出把西塞罗《论取材》和 4 世纪罗马修辞学家维克托（Julius Victor，即 Gaius Julius Victor）作品中的政治修辞学与西塞罗《论义务》中的伦理理论结合起来的可能性。不过，对英国修辞学的发展更为重要的是阿尔昆的学生赫拉班（Rabanus Maurus）。在《论神职人员的教育》中，马鲁斯改造修辞学，并复活奥古斯丁的观念：布道者掌握修辞学是有价值的（参詹金斯，《罗马的遗产》，页 347 及下）。

在中世纪，修辞学研究主要有 4 个方面：

第一，深入研究西塞罗的《论取材》和托名西塞罗的《致赫伦尼乌斯》，其证据就是大量抄本和注疏。其中，已知的抄本近 600 种，不过只有查特里斯（Chartres）的梯叶里（Thierry，死于 1155 年之前，可能死于 1150 年）的抄本出版：约 1130 年初版。此外，在中世纪，4 世纪维克托里努斯·阿非尔（VictorinusAfer）① 对西塞罗《论取材》的注疏大约有 50 部抄本，5 世纪格里利乌斯（Grillius）对西塞罗《论取材》的注疏《论西塞罗的〈论取材〉》（*On Cicero's De Inventione*）大约有 20 部抄本（参詹金斯，《罗马的遗产》，页 345 和 348）。

第二，将拉丁文关于选材、结构和风格的理论公开应用于书信写作中，即"书信写作学"。已知的书信学论著超过 300 部。其中，已知最早的书信学论文出自 11 世纪蒙特卡西诺（Montecassino）修道院的阿尔贝里奇（Alberich，1030–1105 年）。13 世纪，意大利书信学的内容开始扩大。自古典古代以来，首次关

---

① 原名 Gaius Marius Victorinus，生于阿非利加，罗马的文法家、修辞学家和新柏拉图主义哲学家，奥古斯丁之友，不同于奥勒留之友维克托里努斯（Victorinus）。

注演说，如狄南特的《演说的艺术》（*Ars Arengandi* 或 *Art of Pleading*）。而西格纳（*Signa*）的邦孔克尼（*Boncompagno* 或 *Boncompagno da Signa*，1165/1175-1240 年以后）① 的《新修辞学》（*Rhetorica Novissima*，1235 年出版）试图"取代"西塞罗的作品（参詹金斯，《罗马的遗产》，页 349 及下）。

第三，古典的风格理论影响诗歌艺术，即诗歌创作手册。12 世纪晚期和 13 世纪，法国作家，如文多（Vendôme）的马修（Matthew）、② 文萨弗（Vinsauf）的吉奥弗里（Geoffrey）③ 和加尔兰德（Garland）的约翰（John，1195 左右-1272 年以后），④ 根据古典风格理论，写一些影响当时诗歌艺术的论著（参詹金斯，《罗马的遗产》，页 349）。

第四，布道艺术，即布道手册。13 世纪，欧洲兴起"专题布道"。讨论这个问题的人有阿什比（Ashby）的托马斯（Thomas）、查布哈（Thomas Chabham 或 Chobham，约 1160-1233/1236 年）等。专题布道首先出现在英格兰，然后在法国。他们将西塞罗的修辞学和中世纪的辩证法结合起来（参詹金斯，《罗马的遗产》，页 349）。

（四）文艺复兴时代的修辞学

1333 年，彼特拉克发现西塞罗的演说辞《为诗人阿尔基亚辩护》。此后，对西塞罗的演说的认识逐步加深。14 世纪末，帕维亚（Pavia）的罗西（Antonio Loschi，1369-1441 年）第一个

---

① 亦称 Boncompagnus 或 Boncompagni，意大利文法家、历史学家和哲学家。

② 著有《作诗的艺术》（*Ars Versificatoria*）。

③ 即 Geoffroi de Vinsauf 或 Galfredus de Vino Salvo，可能来自英国，也可能来自法国的诺曼底（Normandie），12 世纪修辞学家，著有《新诗学》（*Poetria nova*）。

④ 即 Johannes de Garlandia，亦称 John of Garland（英语）、Jean de Garlande（法语）和 Johannes Anglicus（拉丁语），生于英国，在法国任教，中世纪语文学家、诗人和作家。

把阅读西塞罗作为修辞学教程的一部分。1416 年，布拉乔利尼（Bracciolini，即 Gian Francesco Poggio Bracciolini 或 Poggio Bracci-olini，1380-1459 年）发现昆体良的《修辞学教程》全文和西塞罗的《布鲁图斯》。1421 年，兰德里亚尼（Gerardo Landriani，1437-1445 年）发现西塞罗的《论演说家》和《演说家》全文。西塞罗的影响在 16 世纪达到高峰。1527 至 1560 年，意大利至少出版 566 种西塞罗演说及其主要修辞学著作的注疏和注释（参詹金斯，《罗马的遗产》，页 350）。

16 世纪末，《致赫伦尼乌斯》仍然是权威作品，在学校中广受欢迎。然而，1491 年雷吉奥（Raffaelo Reggio）证明，《致赫伦尼乌斯》不是西塞罗的作品。不过，雷吉奥的结论在半个世纪以后才获得普遍接受（参詹金斯，《罗马的遗产》，页 349 及下）。

昆体良的作品不仅受到巴奇扎（Gasparino Barzizza，1360-1431 年）、瓦拉和波里提安（Politian，即 AngeloPoliziano 或 AngeloAmbrogini，1454-1494 年）的关注，也受到路德和梅兰西顿的欢迎。1482 至 1599 年，《修辞学教程》有 40 多个版本，而且都附有书目、注疏和订正（参詹金斯，《罗马的遗产》，页 350）。

学界一般都承认，人文主义运动在很大程度上始于传统的语法和修辞学研究。人文主义运动者往往是意大利城市里的修辞学教师。他们坚信，达到雄辩的最佳途径是模仿古典资料。他们的分歧首先在于模仿的对象：西塞罗、昆体良或者别的修辞学家，如恺撒和普·科·斯基皮奥（Publius Cornelius Scipio）。他们争论的第一个问题是：在语法、修辞和辩证法中，选材占什么地位？瓦拉认为，如果辩证法属于修辞学，那么选材也属于修辞学。不过，鲁道夫·阿格里可拉（Rudolf Agricola，1443 或 1444-1485 年）和拉莫斯（Petrus Ramus，1515-1572 年）坚持，选材仅仅是辩证法的一部分（参布克哈特，《意大利文艺复兴时期的文化》，页 229 以下；詹金斯，《罗马的遗产》，页 350 及下）。

文艺复兴以来，关于修辞学的著述的抄本和印刷品非常多。仅印刷的书就有 3500 种，出自 1000 个作家。多数征引古典资料，属于传统作品。较新的是特里布松（Tribizond）的乔治（George，1395－1473 年）写的《修辞学五书》（*Rhetoricorum Libri V*），它采用的是未见过的希腊资料，如赫尔摩格尼斯讨论风格的手册，后来成为拜占庭的权威。受到乔治的影响，法国费西特（Guillaume Fichet，1433－1480 年）写作 3 卷《修辞学》（*Rhetoricorum Libri III*，1471 年出版），完善《论取材》建立的体系。特拉菲萨格尼（Lorenzo Traversagni，即 Lorenzo Guglielmo Traversagni，约 1425－1503 年）的《新修辞学》（*Nova Rhetorica*）虽然强调布道，但仍受西塞罗的影响。考克斯（Leonard Cox，1495－1549 年）的《修辞艺术》（*The Art or Crafte of Rhetoryke*，约 1530 年出版）和威尔逊（Thomas Wilson，1524－1581 年）的《修辞艺术》（*The Arte of Rhetorique*，1533 年出版）是英语界的第一批修辞学著作，都是西塞罗式的（参詹金斯，《罗马的遗产》，页 351）。

在影响方面，无论是赞成还是反对，西塞罗始终是主角。瓦拉的《论高雅》（*De Elegantiis*）或《论拉丁语的高雅》（*De Elegantiis Latinae Linguae*，约 1440 年完成）赞成西塞罗的风格，但依据他的偶像昆体良略有改造。15 世纪后期，吉奥吉奥·瓦拉（Giorgio Valla，1447－1500 年）和波里提安都赞成在模仿中采用折衷方式。罗马的科特斯（Paolo Cortes）和波伦亚的贝罗阿尔多（Filippo Beroaldo）支持阿普列尤斯的模糊而富有古朴色彩的文风。最有名的是埃拉斯谟的《西塞罗风格》（*Ciceronianus*，

1528 年出版)。尤利乌斯·斯卡利泽在《为西塞罗辩护》(*Oratio pro Cicerone contra Erasmum*, 1531 年) 的两篇演说中抨击埃拉斯谟的观点。尼佐利奥 (Mario Nizolio, 1498-1566 或 1576 年) 的《西塞罗词典》(*Thesaurus Ciceronianus*, 1535 年出版) 支持西塞罗。李普西乌斯 (Justus Lipsius, 1547-1606 年) 欣赏塞涅卡或者塔西佗的风格,成为最有力的西塞罗反对者。哈维 (Gabriel Harvey) 在《西塞罗派》(*Ciceronianus*, 1577 年出版) 中阐明自己从西塞罗派向反对者的转变。培根在理论上反对西塞罗,但在实践中却接近西塞罗派 (参詹金斯,《罗马的遗产》, 页 351 及下)。

西塞罗曾描绘修辞学在公元前 4 世纪末从雅典迁移到小亚细亚的情形 (《布鲁图斯》,章 13,节 51),也曾描绘公元前 1 世纪中期罗马兴起新阿提卡运动 (《布鲁图斯》,章 82,节 284,参 LCL 342,页 52-53 和 246-247)。其中,阿提卡派在文艺复兴时期重现,指新西塞罗风格的散文。譬如,李普西乌斯信奉新阿提卡派 (参《全集》卷二,页 75)。埃拉斯谟在《西塞罗风格》中用新阿提卡派形容克制激情、寻求格言式的"明快"的风格。在遭到抛弃以后,西塞罗的雄辩风格在英国议会政府中重获新生,伯克 (Edmund Burke, 1729-1797 年) 是代表人物 (参詹金斯,《罗马的遗产》,页 352 及下)。

埃拉斯谟、鲁道夫·阿格里可拉、拉莫斯 (Petrus Ramus) 和塔龙 (Omer Talon, 1510-1562 年) 认为,选材遭到逻辑的控制,修辞学与文笔同一。尽管这种观点误解和贬低了修辞学,可是修辞学在法国、英国和殖民地的美洲仍然得到发展。譬如,1560 年,苏亚雷斯 (Cypreano de Soarez 或 Cyprian Soarez) 出版《亚里士多德、西塞罗和昆体良论修辞艺术》(*De Arte Rhetorica*) (参詹金斯,《罗马的遗产》,页 353 及下)。

（五）新古典主义时代

1720 至 1840 年，在英格兰、苏格兰和英属北美，古罗马修辞学的伟大传统终获突出的地位。西塞罗和昆体良的修辞学作品成为大学课程的核心。教学的对象不是中世纪的权威，而是西塞罗成熟时期的修辞学论著和演说。新浪潮的第一个演讲家是伦敦的武德（John Wood），苏格兰的代表人物是坎贝尔（Goerge Campbell，1719－1796 年）和布莱尔（Hugh Blair，1718－1800 年），把新浪潮带到美洲的是威瑟斯邦（John Witherspoon，1723－1794 年），最有名的是美国总统亚当斯（John Quincy Adams，1767－1848 年，1825－1829 年在位），著有《修辞学原理》（*Elements of Rhetoric*，1828 年）的瓦特莱（Richard Whately，1787－1863 年）是最后一位代表人物（参詹金斯，《罗马的遗产》，页 355 及下）。

之后，在 19 世纪后期和 20 世纪，对古典修辞学的学习限于阅读西塞罗的作品，而且是在中学和大学的拉丁语教程中。

三、史学

除了历史戏剧（即历史肃剧：紫袍剧）和历史叙事诗，古罗马史学著述还包括散文体历史纪事书，例如史记（historia）、编年纪（annales）、传记（vita）、手记（commentarius）、回忆录（memoria）和报告文学。这些历史文献产生较大的影响，正如古罗马历史本身。

（一）中世纪

中世纪，古罗马历史散文有较大的影响。李维的《建城以来史》流传至 6 世纪，之后流失，现存部分 12 世纪才重现于世。在加洛林时代，塔西佗的作品曾在短时间内重新受到强烈关注，余下的中世纪几乎只是通过引言认识塔西佗。9 世纪，艾因哈德的《查理大帝传》表明，苏维托尼乌斯的《罗马十二帝王传》为中世纪的传记也打上了叙述的烙印，而福提阿斯写的百科全书《群书摘要》（*Bibliotheca* 或 *Myriobiblon*）记载阿庇安《罗马史》24 卷，其中 11 卷几乎完整地流传至今。12 世纪索尔兹伯里的约翰在《国家统治者》（*Policraticus*）中称引 4 世纪克劳狄安的文字（参詹金斯，《罗马的遗产》，页 85）。此外，中世纪的读者给予弗洛鲁斯《罗马战纪》很高的评价，而库尔提乌斯·鲁孚斯的《亚历山大传》在中世纪至少还受到一些关注，不过，在精神方面接近库尔提乌斯·鲁孚斯的叙述方式的文艺复兴和巴洛克才最终让人记起库尔提乌斯·鲁孚斯。

（二）文艺复兴时期

文艺复兴时期，阿庇安、塔西佗、李维与普鲁塔克产生较大的影响。其中，近代最早出版阿庇安的著作的是 1452 年教皇尼古拉五世（Nicholas V，本名 Tomaso Parentucelli，1397-1455 年，1447-1455 年在位）的私人秘书彼得拉斯·康提都的一个拉丁文译本；1551 年卡罗卢斯·斯泰法那斯在巴黎出版最早的希腊文译本。

而塔西佗，在 14 世纪薄伽丘得到一部分塔西佗的残稿（这些重新发现的手抄本作品已经被肆意修改）而予以推崇以后，才引起人们的关注：对塔西佗的历史和政治动力重新觉醒的意识很快就给塔西佗带来了很高的威望，尽管在文体标准的印象中，文艺复兴首先把注意力转向西塞罗（参布克哈特，《意大利文艺复兴时期的文化》，页 242）。

不过，影响更大的是李维。尽管李维遭到博丹（Jean Bodin）的谴责："缺乏批判精神和不准确"，因为李维相信迷信，虚构演说词（博丹，《理解历史的简易方法》），可还是有人阅读李维。譬如，英国作家克拉朗登（Clarendon）曾读过李维的著作。又如，伊丽莎白时代哈维至少读过李维4遍，并辩护说：
"不管演说的人是谁，李维总是李维"。1590年，通过对比阅读
李维的《建城以来史》与奥古斯丁的《上帝之城》，哈维发现，
李维提供了很多爱国主义、共和主义和纯洁生活的生动例证。
更为重要的是，在李维纪事书的影响下，马基雅维里写作《论
李维历史的前十卷》（参詹金斯，《罗马的遗产》，译序，页
3）。

　　在文艺复兴时期的意大利，主要的人文主义史学家都采用拉
丁语写作，但是有两种风格：或者模仿李维风格，或者模仿西塞
罗风格。即使那些像马基雅维里一样用民族语言写作、"不能和
语言学家的优美的西塞罗风格争短长"的史学家也是从人文主
义学校出来的，因而受到古典文化的深刻影响，甚至可以说，比
李维风格的模仿者更具有古典文化的精神（参布克哈特，《意大
利文艺复兴时期的文化》，页240以下）。

　　此外，"罗马的历史包含着一系列高尚的人物形象，它们主
要来自李维的《建城以来史》和普鲁塔克（Lucius Mestrius Plu-
tarch，约46-120年）的《传记集》"。其中，《传记集》（*Paral-
lel Lives* 或 *Plutarch's Live*）——《希腊罗马名人传》即（*Lives of
the Noble Greeks and Romans*）——的人物多种多样：恺撒的传记
是政治式的，关注的是权力；安东尼的传记是研究他的性格，富
有浪漫色彩。英国作家何林塞（Ralph Holinshed，1529－1580
年）利用了普鲁塔克的粗糙的原料，而莎士比亚利用了普鲁塔
克的创意。譬如，莎士比亚的剧本《恺撒》考察的是"对群众
情感的操纵"，而《安东尼和克里奥佩特拉》揭示的则是"对政
治的放弃和对爱情的追求"，"将克里奥佩特拉（Cleopatra）的
名字加到他这个剧本的标题上"（参詹金斯，《罗马的遗产》，页
27）。

（三）17 世纪

17 世纪，古罗马历史散文——尤其是撒路斯特和塔西佗的作品——对法国与英国产生一定的影响。其中，法国效仿撒路斯特专题历史体例的作品有雷斯红衣主教（1613－1679 年）的《菲斯克的阴谋》、萨拉赞（Sarazin）的《瓦尔斯兰的阴谋》、圣列亚尔（1639－1692 年）有关格拉克人和威尼斯的阴谋的作品。而塔西佗对阴郁心理的生动描述也是戏剧创作的榜样，如英国琼森的《西亚努斯的覆灭》（1605 年）、法国高乃依的《奥托》（1665 年）和拉辛的《勃里塔尼古斯》（1670 年）。

（四）18 世纪

18 世纪，撒路斯特、塔西佗和李维对启蒙运动产生深刻的影响。首先，圣埃弗勒蒙（Saint-Evremond）、拉罗什富科（La Rochefoucauld）、孟德斯鸠（如纪事书《罗马盛衰原因论》）、伏尔泰、里瓦洛尔（Rivarol）乃至梅里美都高度评介并在许多地方借鉴撒路斯特的作品。此外，卢利耶尔（1735－1791 年）的《俄国革命》的写法也是受到撒路斯特的作品的启发。

塔西佗和李维影响克拉朗登（Clarendon，1608－1674 年）和吉本（Edward Gibbon，1737－1794 年）。其中，李维影响伊丽莎白时代哈维（G. Harvey）。李维的修辞史学派不仅成为罗马史学，而且还成为日后西方史学直到 19 世纪以前的主流。而吉本（1737－1794 年）致力于研究古罗马帝国以及导致其覆灭的力量之间的冲突，他的研究成果《罗马帝国衰亡史》（*The History of The Decline and Fall of the Roman Empire*）长达 6 卷（1776－1788 年陆续出版）。首先，这部重要的作品虽然在英格兰和瑞士完成写作，但是在罗马完成构思。更重要的是，在艺术与视野方面，吉本的《罗马帝国衰亡史》超越了波舒哀的《世界通史论》（*Discourse on Unversal History*，1681 年）与孟德斯鸠的《罗马盛衰原因论》(*Considerations on the Causes of the Greatness of the Romans and of Their Decadence*, 1734 年)。尽管这部作品存在不少的问题，例如详略不当，扭曲历史的真相，不能像孟德斯鸠一样分析历史变化的动因，以及对基督教的偏见，可它象征希腊-罗马世界与现代世界的互相渗透，既是文艺复兴学术的巅峰，又是罗马时代在近代欧洲的终结。此外，值得一提的是，吉本无法阅读希腊语作品，但拉丁语很出色，在《罗马帝国衰亡史》里效法西塞罗的散文，甚至采纳西塞罗喜欢的韵律（参詹金斯，《罗马的遗产》，译序，页 8；海厄特，《古典传统》，页 291 以下）。

塔西佗的影响决不单单局限于纪事书。18 世纪，塔西佗对阴郁心理的生动描述，特别是在法国，也是戏剧创作的榜样，如阿尔菲耶里（1749-1803 年）的《奥塔维亚》（1783 年）。此外，塔西佗还影响维柯（1668-1744 年，代表作《新科学》）。

此外，启蒙运动时期，古罗马的历史本身也产生影响。罗伯斯庇尔（Maximilien F. M. I. de Robespierre）自称罗马人，法国大革命时期的革命家们经常挂记古罗马共和国的历史。独立战争（1775-1783 年）时期，华盛顿等人也谈论法比乌斯临危不惧、拯救罗马的故事（参詹金斯，《罗马的遗产》，译序，页 3）。

（五）19 世纪

19 世纪，古罗马历史作品产生一定的影响。德国恩格斯在《家庭、私有制和国家的起源》中大量引用恺撒的《高卢战记》和塔西佗的《日耳曼尼亚志》，并在《论日耳曼人的古代历史》中把恺撒的《高卢战记》和塔西佗的《日耳曼尼亚志》当作重要的参考文献！而塔西佗对阴郁心理的生动描述则直接影响戏剧创作，如舍尼耶的《提比略》或者阿尔诺的《日耳曼尼库斯》。

此外，古罗马的历史本身也引人注目。在维多利亚时期

（1836－1901 年），英国历史小说，如雷顿（Edward G. E. Lytton，1803－1873 年）的《庞贝城的末日》（*The Last Days of Pompeii*，1834 年）、金斯利（Charles Kingsley，1819－1875 年）的《侯帕提亚》（*Hypatia*，1853 年出版）、纽曼（John Henry Newman，1801－1890 年）的《卡利斯塔》（*Callista*，1855 年）和佩特（Walter HoratioPater，1839－1894 年）的《伊壁鸠鲁派的马略》（*Marius the Epicurean*），都以罗马帝国为背景，都以意识到罗马文明发展中的近代性为基础（参詹金斯，《罗马的遗产》，页37）。

（六）20 世纪

20 世纪，英国文学大师萧伯纳最赏识拉丁文学名著中恺撒的《高卢战记》，认为开卷第一句"高卢全境分为三部分""虽无风趣、又乏实据，但它至少是简单明白，人人都懂"。影响更大的是阿庇安和塔西佗。其中，阿庇安的《罗马史》流传至今的还有一些作品的称引，如《使节》、《美德与罪恶》和字典《修伊达斯》。即使在今天，感兴趣的门外汉也还是没有能力逃避塔西佗的叙述所施加的强烈影响，尽管包含政治制度的历史知识本身在近代才获得极其成功。

四、政治学

依据戴维斯（Charles Davis）的《中世纪》（《罗马的遗产》，章 3），中世纪并没有正确地认知古罗马历史。其中，最重要的原因是宗教偏见：作为中世纪了解古罗马历史的主要渠道，奥古斯丁的《上帝之城》和奥罗修斯的《反异教纪事书七卷》（即《以七部纪事书驳斥异教徒》）具有明显的基督教反异教的倾向。第二个原因是异教的。一方面，中世纪对古罗马历史的了解并不全面。譬如，对史学家塔西佗一无所知，对李维的了解仅限于弗洛鲁斯的摘要。另一方面，对中世纪了解古罗马历史有用的历史学家，如西塞罗、恺撒、撒路斯特、苏维托尼乌斯和瓦勒里乌斯·马克西姆斯，以及被视为历史学家的叙事诗诗人，如维吉尔、卢卡努斯和斯塔提乌斯，他们都或多或少、有意或无意地带有个人的主观色彩和民族情怀，甚至不惜虚构。在这种情况下，歌功颂德成为主旋律。譬如，大约 5 世纪中叶，欧特罗皮乌（Eutropius）在为东罗马帝国皇帝瓦伦斯（Valens）写的一部关于罗马历史的书中赞扬共和政体的英雄们，其中还有一篇长篇的图拉真颂。8 世纪末期，执事保罗在《罗马史》（*Historia Romana*）中重复这些颂辞，这部续写作品深受欢迎。论及古罗马的编年史一般都是收集道德教育的历史典例，而不是探究古代史的进程或重要历史人物的生平。譬如，12 世纪英国索尔兹伯里的约翰在《国家统治者》（*Policraticus*）中用两章颂扬古罗马的著名人物，如恺撒（参詹金斯，《罗马的遗产》，页 77 及下）。

要正确认识古罗马历史，必须抛弃基督教的宗教偏见，也要剔除异教徒的不实成分。谬误散去，真理显现。像谬论一样，古罗马历史真相对中世纪的影响也是两方面的：基督教的和异教的。

第一，基督教贯穿整个中世纪的历史，并始终处于统治地位。从文学的角度看，《圣经》（尤其是《新约》）和古罗马教父们（包括拉丁教父和希腊教父，如奥利金）的著作发挥了决定性的作用。从 6 世纪的傅正修到 14 世纪但丁的《君主论》（*De Monarchia*）的评论家弗纳尼（Fra Guido Vernani）[1] 都模仿奥古斯丁，嘲讽古罗马的美德。即使在 13 世纪的《反对基督者的游戏》中，最终也是奥古斯都·恺撒失败，教会胜利（参詹

---

[1]　著有《驳但丁的〈君主论〉》（*Censure of Dante's Monarchia*）。

金斯，《罗马的遗产》，页 82 以下）。

第二，异教的罗马世俗权力并没有完全退出历史舞台。一方面，东罗马帝国（拜占庭帝国）继续存在，直到 1453 年君士坦丁堡陷落。吉本的《罗马帝国衰亡史》大篇幅讨论拜占庭帝国的历史（参詹金斯，《罗马的遗产》，页 9）。

另一方面，西罗马帝国的幽灵还在欧洲徘徊。首先，在西罗马帝国灭亡以后，486 年克洛维（Clovis）才彻底打败罗马人，解放高卢，建立法兰西亚（Francia）。之后，法兰克王国不断壮大，直到加洛林王朝的查理大帝打着"复兴罗马帝国"的旗号，从教皇利奥三世手中夺取基督教帝国。依据准官方的《法兰克编年史》记载，800 年教皇利奥三世被迫让位，并为查理大帝加冕。而官方的《大司祭集》则强调上帝的胜利（参詹金斯，《罗马的遗产》，页 97）。

其次，西罗马帝国的幽灵显现在"德意志民族的神圣罗马帝国（Sacrum Romanorum Imperium nationis Germanicae，962 - 1806 年）"上。只不过 18 世纪启蒙思想家伏尔泰批评说，神圣罗马帝国"既非神圣，也非罗马，更非帝国"。此外，西罗马帝国的幽灵还附体于"大英帝国"。英国政治家帕麦斯顿（Lord Palmerston，1784-1865 年）引用西塞罗控告维勒斯的话语"罗马公民至高无上"，甚至援引英国政治家迪斯累里（Benjamin Disraeli，1804-1881 年）虚构的古典"帝国与自由"，为侵略立场辩护。伊斯特雷克夫人（Lady Eastlake，1809-1893 年）以是罗马民族的后裔而自豪。美国旅行家西拉德（George Stillman Hillard，1808-1879 年）也认为，英国人是罗马人的合法后裔，是罗马人精神的真正继承者。法国基佐（F. P. G. Guizot，1787-1874 年）告诉阿诺德，英国人和罗马人是世上仅有的两个统治民族。在《金碗》（*The Golden Bowl*，1904 年出版）中，詹姆士

(Henry James，1843-1916 年）开篇认为，现代罗马人只有在泰晤士河边找到古罗马的真实影子。1870 年，著有《英国的扩张》（*The Expansion of England*，1883 年）的西利（J. R. Seeley）发现，崇拜从贵族派的布鲁图斯转到自由派（民众派）的恺撒。一战前夕，著有《神圣罗马帝国史》（*The Holy Roman Empire*，1864 年）的布赖斯子爵（Lord Bryce 或 Viscount Bryce，1838-1922 年）、著有《古代帝国主义和现代帝国主义》（*Ancient and Modern Imperialism*，1910 年）的克兰麦勋爵（Evelyn Baring Cromer，即 Evelyn Baring, 1st Earl of Cromer，1841-1917 年）和著有《大罗马和大不列颠》（*Greater Rome and Greater Britain*，1912 年）的外交家卢卡斯（Charles Lucas，即 Charles Prestwood Lucas，1853-1931 年）都写过比较大英帝国与罗马帝国的著作。而罗伯逊（J. M. Robertson，1856-1933 年）的《爱国主义与帝国》（*Patriotism and Empire*）和霍布逊（J. A. Hobson，1858-1940 年）的《帝国主义》（*Imperialism*，1902 年）都援引罗马的例子，阐明帝国在经济上的寄生性和道德上的软弱性。最后，法国政治家拿破仑（Napoleon Bonaparte，1769-1821 年）先被宣布为第一执政官（古罗马共和国的最高官衔），然后才加冕为皇帝。意大利政治家墨索里尼（Benito Mussolini，1883-1945 年）追求古罗马的帝国理想，走向法西斯主义（参詹金斯，《罗马的遗产》，页 42 及下）。

12 世纪中叶，在布雷西亚（Brescia）的阿诺德（Arnold，死于 1155 年）的影响下，教会的财产被剥夺，教皇没有任何空间。譬如，新成立的"罗马市镇政府"（1143-1144 年曾反抗教皇）改组元老院，并宣称新的元老院有权选举皇帝。他们的模式主要是君士坦丁和优士丁尼时期的帝国。1920 年蒙纳西（E. Monaci）编辑（作者可能是勃兰卡利恩）的拉丁语编年史《特洛伊与罗马通史》(*Multe Historie et Troiane et Romane*，亦称 *Liber Historiarum Romanarum*) 的一半讲述从塔克文遭驱逐到恺撒篡位期间的历史，即古罗马共和国的历史，强调共和国时期罗马的辉煌和英勇。而《金色罗马纪行》表达对罗马悠久历史的敬畏，包括两部分：一部分讲述先人在罗马或罗马附近定居的神话般的历史，是 10 年前的《奇迹》(*Mirabilia*) 的修改本，另一部分是写于 11 世纪中叶前的《礼记》(*Libellus*) 或《礼记》，主要讲述罗马的仪式、功能和帝国标志。1252 至 1258 年，波伦亚人勃兰卡利恩 (Brancaleone) 曾任罗马市镇政府的首领。罗马市镇政府也得到曼弗雷德 (Manfred) 的支持，但是大多数皇帝不愿意服从罗马的选举，教皇更加敌视和抵制。不过，1328 年，公社在巴伐利亚的路易加冕典礼上再度发挥领导作用。教皇尼古拉三世 (Nicholas III，1220-1280 年) 的诏书《教会斗士的基石》(1278 年颁布) 和《罗马城内》(1279 年 9 月 24 日颁布) 表明，他与罗马市镇政府的关系奇特。尼古拉三世认为，罗马的统治者应该是罗马人 (参詹金斯，《罗马的遗产》，页 105 以下)。

中世纪后期，托斯坎纳行省有共和主义者，包括多米尼克派僧侣卢卡 (Lucca) 的托勒米奥 (Tolomeo)、佛罗伦萨的吉罗拉米 (Remigio Girolami) 和世俗的共和主义者但丁，1300 年都在佛罗伦萨。他们崇尚古罗马共和政体的自我牺牲 (如小加图)、博爱和公益 (如西塞罗)。其中，但丁也拥护神圣罗马帝国，即拥护代表恺撒主义的世俗帝国和基督教帝国。在但丁的《耶利米诉歌》中，"耶利米" (Jeremiah) 指代落魄中的罗马，因为罗马被教皇和帝国抛弃 (参詹金斯，《罗马的遗产》，页 110 以下)。

然而，基督教与异教并非不能调和。早在古罗马晚期，普鲁登提乌斯和奥古斯丁都试图调和两者的矛盾。12 世纪，著名的罗马指南手册《奇迹》描述一个奥古斯古的幻象：天降上帝之子。奥古斯都因此拒绝元老院神化他自己的建议。一个世纪以后，编年史家奥帕瓦（Opava 或 Troppau）的马丁（Martin）重述奥古斯都与耶稣并列的事（参詹金斯，《罗马的遗产》，页90及下）。

据格拉夫顿的《文艺复兴》（即《罗马的遗产》，章4，参詹金斯，《罗马的遗产》，页116以下），揭开文艺复兴的序幕的是罗马历史，不过方式是一种令人兴奋的杂乱。引起这种杂乱的是古希腊、罗马作品的重现和翻译。14 至 15 世纪的人文主义者从李维和撒路斯特的著述中吸取自己喜欢的原料和模式。16 世纪初，塔西佗的重新发现，波吕比奥斯、哈利卡纳苏斯的狄奥尼修斯、普鲁塔克等人的著作被翻译成拉丁文，这些情况表明，当时的研究者无所适从。这个史学传统不仅在史实方面存在许多错误，尤其是早期历史，包括王政时期的历史，而且在古代作家方法上存在潜在的不同。事实上，这些希腊、罗马的作品又与贝罗苏斯（Βήρωσσος、Berossus 或 Berosus）、① 马涅托（Μανέθων 或 Manetho）、② 法比乌斯·皮克托尔、老加图等人的作品矛盾。其中，老加图的作品据称是由多米尼克派僧侣维提尔波（Viterbo）的安尼乌斯（Annius，1432 - 1502 年）③ 发现（实际是伪造），并于 1498 年华丽地出版。前者强调罗马人的美德，而后者强调埃特鲁里亚的美德。这就导致两种倾向：强调共和国的价值，批判向帝国的过渡；或者相反。譬如，15 世纪，历史学家比昂多

---

① 公元前 3 世纪初比较活跃，著有 3 卷《巴比伦古代史》（*Babyloniaca* 或 *History of Babylonia*），约公元前 290 - 前 278 年出版。

② 公元前 3 世纪早期托勒密王朝的埃及人，母语为埃及语，但用希腊语写作，著有 3 卷《埃及古代史》（Αἰγυπτιακά 或 *Aegyptiaca*）。

③ 乳名 Giovanni Nanni（Nenni），拉丁语全名 *Joannes Annius Viterb（i）ensis*。

(Flavio Biondo 或 Flavius Blondus，1392 - 1463 年)[①] 赞扬早期的皇帝们，却将罗马的崩溃归因于君士坦丁堡的兴起和蛮族的入侵。

百花齐放、百家争鸣的研究虽然显得混乱，但还是有成果，至少明确了一个史实：罗马建城（关于建城时间的争论源于古罗马作家老加图与瓦罗的分歧。现在一般沿用瓦罗考证的时间：公元前 753 年）及其所有早期历史都不是官方文献的复述，而是几个世纪后的假想。16 世纪中期，卡诺（Melchior Cano，1509 -1560 年）和潘维尼奥（Onofrio Panvinio，1529 - 1568 年）证明，即使在李维的时代罗马也仅有片段的关于早期历史的记录残存（参詹金斯，《罗马的遗产》，页 142 及下）。

顺理成章的是，17 世纪，关于王政废止前的罗马历史遭到质疑，如约瑟夫·斯卡利泽（Joseph Justus Scaliger，1540 - 1609 年），甚至遭到否定。譬如，坦波拉里乌斯（Joannes Temporaries）认为，整个罗马传统就是一系列谎言的残余。克鲁维里乌斯（Philippus Cluverius 或 Philippi Cluverii，1580 - 1622 年)[②] 等人甚至用自己假想的故事取代古老的传说。总之，在维柯和博福尔（de Beaufort）之前一个多世纪里，罗马历史与罗马的历史记述（res gestae)[③] 不可能同一。

当早期罗马史的研究退潮以后，罗马后期的历史得到更多的关注。新发现一些历史文献。其中，主要文献，如塔西佗的

[①] 著有《意大利绘本》(*Italia Illustrata*，1474）和《罗马帝国衰落的几十年历史》(*Historiarum ab Inclinatione Romanorum Imperii*，1483）。

[②] 即 Philipp Clüver，亦称 Klüwer、Cluwer 或 Cluvier，现代早期的德国地理学家与历史学家。

[③] 拉丁语 res gestae 意为"业绩"、"史记"。译为"编年史"（见詹金斯，《罗马的遗产》，页 144）欠妥。

《编年史》和《奥古斯都传记汇编》(*Scriptores Historiae Augustae*)，为帝国时代的历史提供了清晰的年代学框架，而新的辅助材料，如拉丁颂诗（*Panegyrici Latini*）和塔西佗《日耳曼尼亚志》，则为深刻认识那些最后推翻帝国的非罗马民族提供了史料。异教史学家佐西莫斯（Ζώσιμος 或 Zosimus）[①] 的著作表明，罗马历史真正的转折应当从君士坦丁分割帝国和正式承认基督教开始。这个有洞察力的观点得到罗文克拉维乌斯（Johannes Lowenclavius）的支持（见罗文克拉维乌斯于 1573 年发表的文章）。

与此同时，在 16 世纪，阿尔西多（Andrea Alciato, 1492 - 1550 年）、卜德、库加斯（Jacques Cujas, 1520 - 1590 年）等学者利用历史和碑铭资料校勘罗马法律文献。在他们的努力下，重建了共和国和帝国的基本制度，并重新思考了罗马国家的实质：罗马宪法是一个统一的、和谐的、融合了君主制、贵族制和人民统治因素的混合物，有一个单一的最高统治权，它逐渐从人民的手里转移到皇帝手里，而元老院没有分享到权力，只具备咨询的性质（参詹金斯，《罗马的遗产》，页 145）。

16 时期后期，知识界通过阅读博丹（Jean Bodin, 1530 - 1596 年）的《理解历史的简易方法》(*Methodus ad facilem historiarum cognitionem*，1566 年发表）之类的著作，视之为判断罗马历史的根据。博丹不是重述历史，而是提供理解历史的方法：首先分析不同资料的价值，确立自己独立的叙述框架，然后理解罗马宪法。从结尾提供的 10 页资料目录来看，博丹对过去的研究已经取代由官员生平构成的历史（historia magistra vitae）。事实上，学者们通过完善原始资料，试图去把握罗马历史的基本真

---

① 亦称史学家佐西莫斯（Zosimus Historicus），活跃时期为 490 - 510 年，用希腊语写有 6 卷《新历史》(*Historia Nova*)。

理。在革命和宗教战争的年代里，他们教导年轻人履行公共义务，或者从罗马史中提取例证，为军事和政治领袖们提供切实的建议。譬如，李普西乌斯利用波吕比奥斯、弗龙蒂努斯和维格提乌斯（Vegetius），① 详尽恢复罗马军队的面貌，帮助纳索的毛里斯（Maurice of Nassau，1567－1625 年）② 根据罗马的模式改革荷兰军队。有时提出证明也集中采用某个作家的材料或者专注于一个时期及方法。根据相似相宜（similitudo temporum）的原则，共和派和君主国都欢迎塔西佗，荷兰的格罗提乌斯赞扬卢卡努斯，反对暴政（参詹金斯，《罗马的遗产》，页 145 及下）。

16 世纪结束时，罗马史的研究状况是一种有益的混乱，不过很快成为一个细致、开放的研究领域，并产生一组最简单的、可以想象的公理和样板。这是文艺复兴时期人文主义者理解罗马的典型特征（参詹金斯，《罗马的遗产》，页 146 及下）。

伊丽莎白时代的精英，如哈维，不仅受到人文主义教师们的古典文献（如李维的《建城以来史》）的熏陶，而且还受到马基雅维里的影响，所以在讨论罗马的美德的时候，很自然地从政治开明转向罗马的过去所提供的宗教故事。哈维至少阅读李维《建城以来史》4 遍，并参考马基雅维里的《论李维历史的前十卷》和达内（Daneau）③ 的《格言集》。其中，在《论李维历史的前十卷》中，马基雅维里把政治开明同罗马的过去巧妙地结合起来。

---

① 全名 Publius Flavius Vegetius Renatus，4 世纪晚期的作家，著有《关于军事的问题》（*Epitoma Rei militaris*）或《论军事》（*De Re Militari*）。

② 亦称奥兰治的毛里斯（Maurits van Oranje 或 Maurice of Orange，1567－1625 年）。

③ 不是法国法学家和加尔文神学家 Lambert Daneau（约 1535－约 1590 年），而是法国法学教授、法律人道主义的主要代表 Hugo Donellus 或 Hugues Doneau（1527－1591 年）。

塔科夫（Nathan Tarcov）① 在《马基雅维里〈君主论〉中的"武装与政治"》中指出：

> 马基雅维里起初认可罗马的战斗精神及其帝国，但随后的一系列敲打缓和了他的认可态度，他指出，甚至依罗马模式而成的扩张性帝国也会趋于消亡。帝国在其权力的隐蔽之下，并且经历了漫长的世代之后，罗马人安稳地拥有了诸行省，他们遂在自己内部挑起战端，"每个人都根据自己在帝国内部所拥有的权威选择自己的角色"（《君主论》，章4）。他们征服了他们不得不加以摧毁的共和派（《君主论》，章5）。最终，用来征服和捍卫帝国的武装，使恺撒获得了君主之治的可能，士兵们为了更慷慨的恩赐，抢劫和收入而追随于他，这种情形使得恺撒后来的大部分继任者们必须在人民身上践行残暴和掠夺（《君主论》，章21）。军队内部发生了变动，这个变动成了"罗马帝国毁灭的第一个原因"：罗马人雇佣了哥特人为他们打仗，罗马的力量由此而削弱了，他们的德性也丧失了（《君主论》，章13）。② 即使是罗马之承平也无法成就永久和平。③
>
> 相反，马基雅维里认为，罗马人（指共和派的领袖人物）"做了所有聪明的君主们应当做的"；他们预先补救邪恶，从来不会为逃避战争而容忍邪恶。因为"战争无法避

---

① 代表作《为了自由：洛克的教育思想》（*Locke's Education for Liberty*，1989年）。

② 马基雅维里，《君主论》，曼斯菲尔德译本，第二版，芝加哥大学出版社，1998年，页19及下、57和76及下。

③ 见刘小枫、陈少明主编，《古典传统与自由教育》，北京：华夏出版社，2005年，页236。

免，拖延只会有利于他人"的逻辑，罗马人要抢占先机，所以对外采取攻势，"即使不事侵犯，也要急切地捍卫遥远的城邦"（见《古典传统与自由教育》，前揭，页235）。

与帝国时期不同，共和国的战争依靠自己的武装。要依靠自己的武装，这就意味着要武装自己的臣民（《论李维历史的前十卷》，① 卷一，章43）。在《论李维历史的前十卷》中，需要武装人民以取得战争的胜利，这种需要导致了一个倾向于帝国式、人民的共和国，而不是一个静止的、贵族的共和国和君主国（卷一，章5及下；卷二，章2，见《古典传统与自由教育》，前揭，页244）。

对认知、行动与创造的三重关注，引导马基雅维里对历史的使用。通过对李维《历史》的研究，马基雅维里指出重建和维系共和国的方法。也就是说，《君主论》（*The Prince*，1532 年出版）与《论李维历史的前十卷》（*Discourses on Livy*，写于 1531 年）都包含了一种在任何时候都准确无误的学说，也都包含了各种在特别时刻人们应该如何行动的方案。马基雅维里声称，《君主论》和《论李维历史的前十卷》提供了一种只从政治科学推论而来的有关人的学说。因为人是政治的人，所以马基雅维里的中心议题是政治、国家的内政外交。马基雅维里认为，人类的最高目的是荣耀或政治。而国家是人类有意创造的。在宗教、法律与政治的关系方面，马基雅维以罗马史（王政时期）为例，证明先（罗慕路斯统治时期）由法律建国，然后（努玛②统治时

---

① 马基雅维里，《论李维历史的前十卷》，曼斯非尔德、塔科夫译，芝加哥大学出版社，1996 年。

② 普鲁塔克，《努玛传》，参普鲁塔克，《希腊罗马名人传》，陆永庭等译，页127 以下。

期）通过宗教完善（《论李维历史的前十卷》）。在这里，马基雅维里谈的法律是习俗法，而不是自然法。更为重要的是，在《论李维历史的前十卷》第一卷第二章，马基雅维里描绘共和国类型的草图：3种良好的政体，即君主制、贵族制和民主制；3种腐化或蜕变的政体，即僭主制（君主制的蜕变形式）、寡头制（贵族制的蜕变形式）和无政府状态（民主制的蜕变形式）。总之，马基雅维里不仅从（历史）实践中寻找理论依据（即经验支持），而且更为重要的是让建构的理论服务于政治实践。因此，马基雅维里为统治者和潜在的统治者写作（参莫里森：维柯与马基雅维里，前揭书，页27以下）。

而马基雅维里的继承人维柯（1668-1744年）则看重历史的理论功能，即澄清哲学的普遍真理，所以维柯为哲人写作。维柯的《新科学》不仅包括政治和政体的学说，而且还包括宗教、法律、语言、艺术、诗歌、神话、科学和历史的学说。维柯认为，国家是自然形成的，是天神意旨的结果；世界各族到处都从宗教开始。自然法之所以自然，是因为它根源于自然习俗，而自然习俗又根源于人类的自然本性。也就是说，自然法与习俗法有别，但具有统一性。

在《新科学》里，维柯提出一门科学："有关天神意旨的一种理性的政治神学"。维柯认为，"生活的驱动力是激情"，人的利己之欲迫使人类的直接目标是自我利益。历史表明，从野兽般的独居，过渡到人性的家庭，再转变为城邦的公民社会，诸民族，最后直至全人类，人类"利己之欲"的本质未变，即关涉自己的"福利"或"自我利益"。不过，为人类活动奠定基础并最终使其有序化的主导力量不是人的欲望，而是神的安排，即天神意旨："天神的一种立法的心灵"。只有凭天神意旨，人才会被控制在各种制度中，作为社会组织的一员而行使正义。所谓人

类的正义就是"只希求他所应得的那份利益"。而调节人类一切
正义的就是天神的正义,其目的就在保存凭天神意旨来行使正义
的人类社会。在这种情况下,如同维柯在《普世法权论》里指
出的一样,由于神的本性是"无限的知识、意志和权力",人的
正义本性就是"把自身交付给无限者的无限的知识、意志和权
力"。唯有如此,人的激情才会转化为德性,社会才能实现正
义,因为"意志在受到正义指使时,就是一切正义事物和一切
凭正义制定的法律的来源"。维柯指出,神的权力在于,只有义
人(即有德之人)才能得到天神意旨的助佑(自然层面)或受
神圣恩典的助佑(超自然层面)。也就是说,要得到天神意旨的
助佑,必先敬畏天神。畏惧某种天神的思想"能给这些堕落的
人类的野兽般激情加上某种形式和尺度,从而转化为人性的激
情。从这种畏惧天神的思想必定产生出人类意志所特有的冲动
力,来抑制肉体强加给心灵的各种机动",使野蛮人成为明智之
人或文明人。①

　　像西塞罗的《论共和国》一样,卢梭(Jean-Jacques Rous-
seau,1712-1778 年)的《社会契约论或政治权利的原理》
(*Du Contrat Social ou Principes du Droit Politique*)第三卷也探讨
政体的形式:民主制、贵族制、君主制和混合政府。西塞罗从
罗马国情出发,认为混合政府最佳,而卢梭则具有全世界的视
野,并指出,"强力的极限与软弱的极限在单一政府中都存在,
而在混合政府中则有一种适中的力量"(《社会契约论》卷三,
章7)。不同的是,卢梭指出,"没有任何一种政府形式适合于
一切国家",即不同的政体适合不同的国家。譬如,"君主制只

---

　　① 卢森特(Gregory L. Lucente):维柯的"天神意旨"观与人类知识、自由及
意志的限度,林志猛译,林国华校,见《维科与古今之争》,前揭,页2以下。

适合于富国，贵族制适合于在财富和版图方面都适中的国家，而民主制则适合于又小又穷的国家"（《社会契约论》卷三，章8）。与此同时，卢梭还提出了衡量好政府的标志："假定所有其他条件都是相等的，一个政府，如果人民生活在其治理之下，不靠外来移民，不靠归化，不靠殖民，而能人丁兴旺，人数大增，那么，这个政府就是最好的政府"（《社会契约论》卷三，章9）。卢梭不仅批判地继承了孟德斯鸠《论法的精神》和马基雅维里《君主论》，而且还关注古代尤其是古罗马的政治实践，例如罗慕路斯创立的库里亚大会、塞尔维乌斯①创立的百人团大会和保民官创立的部族大会，保民官制、独裁制和监察官制，甚至像恺撒一样批判西塞罗越权处死喀提林阴谋分子的行为，因为西塞罗的越权行为是把个人意志或者特殊意志凌驾于公意（即全体人民的意志）之上，即违背了最根本的社会契约（《社会契约论》卷四，章4-7）。②

在卢梭写《社会契约论》以前，孟德斯鸠（1689-1755 年）不仅写有《论法的精神》，而且还写有纪事书《罗马盛衰原因论》（*Considérations sur les causes de la grandeur des Romains et de leur décadence*）。孟德斯鸠认为，古罗马繁盛的原因之一是"它的国王都是伟大的人物"，完善的社会制度，如选举制度和法律制度，保持战争状态的罗马人不仅勇武，而且有战术，土地平均分配使得民富军强（《罗马盛衰原因论》，章1-3）。而古罗马灭亡的原因在于将领拥兵自重，人民软弱，元老院无用，由于罗马公民权的泛滥而失去罗马共同体意识，即爱国主义精神，破坏了选举制度和法律，陷入无政府状态，罗马人腐化堕落（《罗马盛

---

① 指的是罗马王政时期的第六王塞尔维乌斯·图利乌斯（Servius Tullius）。

② 参卢梭，《社会契约论》，李平沤译，北京：商务印书馆，2011 年，页87-88、94 和130 以下。

衰原因论》，章 9-10)。①

可见，破坏社会契约是危险的，无论是采用专制的方式，还是披着民主的外衣。在《利维坦》(*Leviathan*) 里，霍布斯指控亚里士多德与西塞罗的自由言论：

> 在民主社会，自由是当然的：因为一般认为在其他政府中没人会是自由的。就像亚里士多德一样，西塞罗和其他作家的政治理论也是根据罗马人的观点而来，罗马人被人教导憎恨君主政体，这些教导的人最初就是那些废黜君主、分享罗马主权的那些人，后来则是他们的继任者。由于阅读了这些希腊和拉丁的作家的书，人们从小就在自由的虚伪外表下形成一个习惯：赞成暴乱，以及肆无忌惮地控制主权者的行为；然后又控制这些控制者，结果弄得血流成河；所以我认为我可以老实地说，任何东西所付出的代价，都不像我们西方世界学习希腊和拉丁文著述所付出的那么大（参霍布斯，《利维坦》，21. 267-68，黎思复、黎廷弼译)。②

真实和虚假只是语言的属性而非事物的属性（参霍布斯，《利维坦》，4.105）

> 语言的首要用处便在于名词的正确定义；这是科学上的一大收获。语言的首要滥用则在于错误的定义或没有定义（霍布斯，《利维坦》，4.106）。

---

① 参孟德斯鸠（Montesquieu），《罗马盛衰原因论》(*De Lla Grandeur des Romains et de leur décadence*)，婉玲译，北京：商务印书馆，2001 年，译序，页 8。

② 见刘小枫、陈少明主编，《霍布斯的修辞》（经典与解释 26 ），北京：华夏出版社，2008 年，页 11 及下。

　　总结起来看，人类的心灵之光就是清晰的词语，但首先要通过严格的定义去检验，清除它的含混意义……反之，隐喻、无意义和含糊不清的词语就像鬼火，根据这种词语推理，就等于在无数的谬误中迷走，其结局就是争论、叛乱和屈辱（霍布斯，《利维坦》，5. 116-17，参5. 114）。

　　Person 这个词是个拉丁词，而非希腊语中表示面貌的"prosopon"，在拉丁语中，"Person"表示人在舞台上装扮成的某人的化装或外表；有时，person 则更加具体地专指装扮脸部的面具或马甲（16. 217）。①

　　罗斯托夫采夫则认为，古罗马帝国衰落的原因不是单一的政治说、经济说、生物学或基督教，而是一种复合的现象：

　　作为衰落过程基础的主要现象是有教养的阶级逐渐被群众吸收以及因此而必然使政治、社会、经济、文化等生活的一切机能都趋于简单化，我们对这个现象称之为古代世界的蛮族化（见罗斯托夫采夫，《罗马帝国社会经济史》，页732）。

罗斯托夫采夫进而指出：

　　罗马帝国的衰亡，也就是说整个古代文明的衰亡，具有两个方面：其一是政治和社会经济方面，另一是文化精神方面。在政治方面，帝国内部有一个逐渐蛮族化的过程，特别

---

　　①　卡恩（Victoria Kahn）：霍布斯：一种逻辑的修辞，吴明波译，见《霍布斯的修辞》，前揭，页15、17 和22。

是在西方。……就社会经济观点言，我们所谓衰落的意思指的是古代世界逐渐返回到非常原始的经济生活方式，几乎返回到一种纯粹的"家庭经济"。……

从文化精神方面来看，主要的现象是古代文明、希腊罗马世界的城市文明衰落了。……

这个现象的另一个方面就是民众中间发展了一种新的心理倾向。这就是社会下层的心理倾向，完全以宗教为依皈，它不仅忽视、而且还仇视社会上层的文化成就。这种新的心理倾向逐渐支配了上层阶级，或至少支配了其中大多数人。

无论在政治和社会经济方面或在文化方面，帝国时期古代世界的发展有一个显著的特征。这就是上层阶级逐渐被下层阶级所吸收，与此相伴而行的是水平的逐渐降低（见罗斯托夫采夫，《罗马帝国社会经济史》，页 724 及下）。

这就导致垂死的文明无力同化野蛮分子，并最终导致古代文明遭遇蛮族的彻底吞没。

事实上，帝国的精神生活、文化生活和艺术生活也是沿着与社会经济生活相同的道路发展的。共和国晚期和帝国早期创造了一种风雅的、优美的、高度贵族化的文化，这种文化对于城市中产阶级和群众说来同样是陌生的。上层阶级那种哲学气息浓厚的玄妙宗教亦复如是。随着时代的变迁，这种高级文化逐渐被正在成长中的中产阶级所吸收，并被改造以适合他们的标准和需要。一世纪时的那种优雅的创作由于传播得太广泛，自然也就愈来愈简单、愈来愈通俗、愈来愈唯物化了。然而，即使是这样的文化，对于下层阶级还是陌生的，因此，他们在攻击城市、攻击城市资产阶级的时候，终于把这种文化也毁灭了。帝国晚期的新文明，一方面是基督教会在群众中所传播的一层古代文明的薄浆；另一方面则是上层阶级——无论是野教徒或基督教徒——的文明，那是一种外来的文明，极其风雅，但却是空虚的仿古货色（见罗斯托夫采夫，《罗马帝国社会经济史》，第一版序言，页9）。

总之，正如维吉尔所说，罗马人将在武功和创建良好政府方面超过希腊人（《埃涅阿斯纪》卷六，行853）。事实上，罗马人也的确建立了不朽的功勋，并留下了丰富的政治遗产：中晚期罗马共和国的混合宪法和可称为"恺撒主义"的君主制度。前者的影响体现在17、18世纪英国代议制政府，西塞罗、小塞涅卡和李维的"公民人文主义"影响到哈林顿（James Harrington，1611-1677年）的《大洋国》（Oceana，即 The Commonwealth of Oceana，1656年）。而后者的影响则体现在波斯的沙阿、德国的皇帝和俄罗斯的沙皇，直到1978年。此外，产生影响的还有罗马人的公民权思想："罗马人是一个法律概念，任何种族的任何人都可能成为罗马公民"，以至于希腊人称自己为罗马人——"罗马伊奥伊"，有个土耳其的希腊人甚至自称"罗姆（Rum）"（参詹金斯，《罗马的遗产》，页5-9）。

五、法学

依据芬斯特拉（Robert Feenstra）的《法律》（即《罗马的遗产》，章14），在罗马的遗产中，罗马法无疑是最重要的。在这里，罗马法指的不是习惯法、《十二铜表法》和《盖尤斯法学阶梯》，而是优士丁尼及其顾问们编撰的法典，即中世纪晚期出现的名词《罗马民法大全》，包括《法学汇纂》、《优士丁尼法

典》和《法学阶梯》，以及中世纪法学家们加上去的第四部分
《新律》（参詹金斯，《罗马的遗产》，页 475 以下）。它们对后世
产生深远的影响。

476 年，西罗马帝国灭亡，但是古罗马的法律在日耳曼人建
立的王国幸存。譬如，506 年阿拉里克二世颁布《西哥特王国境
内罗马人的法律》（*Lex Romana Visigothorum*），即《阿拉里克法
提要》（*Breviarium Alaricianum*）。这部法律不仅包含罗马帝国宪
法的条款，这些条款取材于 438 年颁布的《特奥多西乌斯法典》
（亦称《特奥多西乌斯二世法典》，*Codex Theodosianus*），而且还
节选一些古典时代学校课本以及通俗著作中的部分内容（参詹
金斯，《罗马的遗产》，页 478）。

5 世纪末至 7 世纪中期，日耳曼人法律中最发达的西哥特法
经历了大规模的罗马化过程。深受罗马法影响的不仅有西班牙和
法国，而且还有更加忠实于条顿传统的中部和北部意大利的伦巴
底人（Lombards），例如伦巴底人订立契约的程式。尽管法兰克
王国比伦巴底人更加抵抗罗马法，可是罗马法的规则已经通过由
于引入罗马法观念而引起的法律思考而渗透到法律实践中，尤其
是处理私人事务的时候。在里普阿尔法兰克人（ripuarian franks）
的法典《里普阿尔法》（*Lex Ripuar*）中可以看到，教会发挥了
重要作用，因为“教会是根据罗马法生活的”（参詹金斯，《罗
马的遗产》，页 478 及下）。

12 世纪以前，利用的是优士丁尼法典的第三部分《法学阶
梯》和第四部分《新律》的拉丁语缩编本《尤利安摘要》。它们
保存在伦巴底王国和前拜占庭帝国的地区（参詹金斯，《罗马的
遗产》，页 480）。

12 世纪以后，罗马法得到全面复兴。罗马法的复兴始于大
约 1070 年《法学汇纂》重现。12 世纪在比萨，1406 年到佛罗

伦萨。近代学者称之为《佛罗伦萨法典》（*Codex Florentinus*）和
《佛罗伦萨文件》（*Littera Florentina*）。13 世纪称之为《比萨文
件》（*Littera Pisana* 或 *Vulgata*），而现存的《法学汇纂》的抄本
（9 世纪的一个残篇是例外）都出自这个本子。[①]

　　尽管腊丁（C. M. Radding）认为中世纪的法学起源于帕维亚
（Pavia），可更为可信的起源地是波伦亚（今博洛尼亚）。复兴
罗马法的先驱是波伦亚的佩波（Pepo，1070-1100 年）。[②] 12 世
纪 80 年代，尼格尔（Ralph Niger，约 1140-约 1217 年）称佩波
为《法学阶梯》和《优士丁尼法典》的巴伊乌斯（Baèulus），
但声称佩波不了解《法学汇纂》。不过传统认为，波伦亚罗马法
科学的奠基人是以顾问或法官的名义出现在 1112 至 1125 年的文
件中的伊尔内利乌斯（Irnerius）或瓜内利乌斯（Guarnerius）。
在马蒂尔德（Matilda）女伯爵的请求下，伊尔内利乌斯重新教
授长期受到忽视的罗马法律课本（参詹金斯，《罗马的遗产》，
页 480 及下）。

　　12 世纪中期，伊尔内利乌斯及其 4 大博士布尔加鲁斯（Bul-
garus）、马丁努斯（Martinus）、雅各布斯（Jacobus）和乌格
（Ugo）在波伦亚教授法律，使法律原则开始成型，从而产生新
法学。新法学很快传播到别的地区，如意大利北部和法国南部的
中心地区。新法学的继续发展产生某些标准著作，统治着 17 世
纪以前的欧洲法学（参詹金斯，《罗马的遗产》，页 481）。

　　初创时期，即 12 世纪和 13 世纪前半叶，法学研究的任务是
解释《民法大全》，所以称为注释家。注释的类型有 allegationes

---

　　① 11 世纪还存在《波伦亚手抄本》（*littera Bononiensis*），参格罗索，《罗马法
史》，页 341；詹金斯，《罗马的遗产》，页 480。
　　② 在波伦亚大学当法学教师，教学的基础材料是优士丁尼编写的罗马法，包括
《法学阶梯》、《优士丁尼法典》与《法学汇纂》。

（相互参照，最古老的类型）、generalia 或 notabilia（从文献中抽象出的简短的一般原则）、有关法律观念的 distinctiones（区别）以及 questiones（可以根据文本提出的问题）。不同类型的注释并置在一起，构成初稿，并常常成为讲义的基础。在注释家中，12世纪晚期至 13 世纪上半叶的研究者阿佐（Azo 或 Azolenus，约 1150-约 1230 年，参曼廷邦德，《拉丁文学词典》，页 39）和阿库西乌斯（Accursius，约 1182-1263 年）最有名：阿佐著有《优士丁尼法典综述》（*Summa Codicis*）和《法学阶梯综述》（*Apparatus ad Codicim*）。阿佐的学生阿库西乌斯著有《民法大全》的注释初稿：《阿库西乌斯注释》（*Glossa Ordinaria*）。《阿库西乌斯注释》成为唯一的权威注疏，16 世纪中期以前，《民法大全》的抄本和印刷品都附有阿库西乌斯的注释（参詹金斯，《罗马的遗产》，页 482 及下）。

13 世纪中期至 15 世纪末期是后注释者的时代。在这个时代初期，罗马法研究的新中心一度移出意大利，如法国的奥尔良，那里吸引了一些《阿库西乌斯注释》的反对者去任教，如里维尼（Jacques de Révigny，死于 1296 年）和贝列皮奇（Pierre de Belleperche，死于 1308 年），他们的主要作品是对《民法大全》不同部分的演讲和复述。仅仅几十年以后，14 世纪，法学研究的火炬再次传回意大利，不过深受法国法学家们的影响。第一个接受法国人观念的是皮斯托亚（Pistoia）的基努斯（Cinus，约 1270-1336 年），非常有思想地创作关于《优士丁尼法典》的《讲座》（*Lectura in codicem*，1312-1314 年）。不过，中世纪最有名和最有影响的法学家是基努斯的学生萨克索菲腊托（Bartolus de Saxoferrato，约 1314-1357），他的注疏、论文和关于法律的观点先后以抄本和印刷品的形式迅速传遍西欧（参詹金斯，《罗马的遗产》，页 483 及下）。

德国对罗马法的接受是有争议的。根据 16 世纪的观点，德国直接接受罗马法，即德国皇帝洛塔里乌斯三世（Lotharius III）公开赋予《法学汇纂》的抄本（即《佛罗伦萨法典》或《比萨文件》）以法律效力。但是，17 世纪德国学者康宁（Hermann Conring，1606－1681 年）在《德国法律的起源》（De origine iuris Germanici，1643 年出版）中提出反驳意见：罗马法的力量基础并非帝国法令，而是由于那些曾在意大利大学中学习的法学家的影响，通过法庭中应用罗马法而被人们接受的。这是第一次明确提出"接受"的概念。对于罗马法，德国人是自然服从，还是被强加，这是 19 世纪德国学者争论的问题。不可否定的是，罗马法首先影响宗教法庭，然后才影响世俗法庭。源于《民法大全》的既有程序规则的，如 12 世纪的《简明程序手册》（Ordines Judiciarii），也有实际的条款，包括涉及宗教事务的条款，也有涉及世俗事务的条款。就罗马法影响世俗法庭而言，在 12 世纪后期的英国和 13 世纪后期的法国，国王和王子们模仿教会，建立自上而下的法官系统，而 13 世纪的德国长期缺乏有效的中央政权和王室最高法庭，对罗马法的初期接受限于有学问的人的研究。譬如，汉堡法官用德语翻译《法学汇纂》的某些条款，并称之为汉堡的法律。1495 年建立帝国中央上诉法院（Reichskammergericht），这是罗马法影响德国的一个转折点。此后，德国对罗马法的应用更加系统，更加广泛。需要指出的是，罗马法进入德国的中介是新博学派，不过德国人接受的却是后注释者所追求的罗马法形式（参詹金斯，《罗马的遗产》，页 485 以下）。

16 世纪初，在法国的布尔日（Bourges）大学诞生一个新的法学门派：人文主义学派。这个学派的先驱是法国人卜德（Guillaume Bude，1468－1540 年），不过是意大利人阿西阿托（Alaciatus，1492－1550 年）才是创始人。人文主义学派创造出一个新的研究罗马文献的方法，即高卢模式：以语文学方法为榜样，主张批判性地研究原始文献，从罗马法中剔除不符合这个标准的中世纪的解释因素。这个领域里最伟大的学者是库加斯或科加西乌斯（Cujacius，1520 或 1522–1590 年）。也有部分人文主义法学家倾向于用更加合乎逻辑、更加系统的方式重新编排《民法大全》的材料。有些人文主义法学家甚至开创自己的法学体系。譬如，道内（Doneau，即 Hugues Doneau，1527–1591 年）或道内鲁斯（Donellus，1527–1591 年）认为，法律并不是客观规则，而是一系列主观权利。这些权利附属于个人权利，通过法律制度来行使（参詹金斯，《罗马的遗产》，页 489 及下）。

16 世纪以来，除了法学的法国人文主义学派，还有两股法学思潮：西班牙的自然法思潮；德国以外的一些欧洲国家的《法学汇纂》的现代应用派思潮。当 17 世纪人文主义传统的中心迁移到荷兰的时候，这两股法学思潮发展成为两个学派：荷兰的自然法学派和德国的《法学汇纂》的现代应用派。

自然法学派产生于 17 世纪上半期的荷兰，他们将许多新的因素和概念引入法律科学中，并从罗马法中获取大量的营养，不过大多利用罗马法的例子来说明新的因素和概念。自然法学派的代表人物是格劳修斯（Hugo Grotius，1583–1645 年，参弗齐：维柯与格劳修斯：人类的法学家，前揭，页 42 以下）。格劳修斯是近代国际法的先驱，也在大陆私法方面有重大影响，如《战争与和平法》（*De Jure Belli ac Pacis*，1625 年）。不过，格劳修斯的代表作是《荷兰法学导论》（*Inleidinge tot de Hollandsche Rechtsgeleerdheid*，1620 年），它综合自然法、罗马法和荷兰的地方习惯。需要注意的是，这种综合方式只是为了让罗马法在法理学实践中便于接受。用自然法的原则抵制罗马法是 18 世纪的事（参詹金斯，《罗马的遗产》，页 490 及下）。

与经常从理性视角批评罗马法科学的格劳修斯不同的是，维柯赋予罗马的法律与政治史以崇高价值：

> 在罗马，哲学家本身就是法学家。罗马人认为，立法的专门知识拥有包罗万象的知识。这样，罗马法理学便成了保存"英雄时代"的纯正"智慧"的主要载体。
>
> 罗马人赋予"法学"这个词的内涵就像希腊赋予"智慧"这个词语的内涵。对罗马人来说，法学是关于一切宗教和世俗事物的知识。同时，由于整全的智慧包括正义和政治智慧，比起希腊人来，罗马人以更有效更正确的方式学会了统治的技艺和行正义的技艺。罗马人并没有卷入这些技艺的讨论，而是通过积极从事公共事务来实践之［维柯，《开学典礼演讲、意大利智慧、论战集》(*Le orazioni inaugurali*, *il de Italorum sapientia*, *le polemiche*)，见《全集》卷一］（参《维科与古今之争》，前揭，页43及下）。

因为，正如费拉里（Giuseppe Ferrari）所指出的一样，罗马法学史对维柯非常重要：

> 在维柯思想中，罗马史与哲学观的形成可以追溯到罗马法的演变上。在演讲录《我们时代的研究方法》里，维柯浓缩、整合同时删减了其前辈凭借预言性的直觉在罗马法学史中所发现的东西。罗马法的全景在他面前变得井然有序，它被赋予了一个巨人般得民族所上演的戏剧的整体［费拉里，《维柯的思想》(*La mente di G.. B. Vico*)，前揭，页44］。

不过，在维柯看来，专门制定的罗马法只是纯粹的知识。神法（fas deorum）才是人类的法律，永恒的法律，人类社会的契约［维柯，《散篇与杂记》（*Scritti vari e pagine sparse*）］。所以维柯用"天神意旨"取代格劳修斯的"自然法"。维柯认为，格劳修斯的这部著作"并没有论述雅典人或罗马人制定的法律，而是论述了天神意旨为一切人建立的并已被诸民族保存下来的法律"［维柯，格劳修斯《战争与和平法》1719 年版的献词］。维柯把订立神法的学问归功于罗马人：

> 只有罗马人才配得上这种智慧。维吉尔不带任何奉承地认可了希腊一切天才的非凡艺术、隐秘智慧……雄辩才华；但他把立法这类专门的技艺留给了罗马［维柯，《散篇与杂记》（*Scritti vari e pagine sparse*），前揭，页49］。

基于这样的洞见，维柯在深入理解罗马史和罗马法制度的体系或哲学观念的基础上，在效仿格劳修斯的过程中，将最高的哲学（即从属于基督教的柏拉图哲学）和语文学（包括语言的历史和事件的历史）结合起来（维柯，《全集》卷五；卷二），构建普世法，并书写《普世法权论》。

> 法律就是"正义的判定"，用于保护人性免遭毁灭。罗马法科学保留了值得我们效仿的楷模，亦即（对古代人来说），"一门在罗马道德标准仍具有异常严厉的特性时期，有关古罗马十大行政官（Decemvirs）如何为公民生活的实际利益着想的科学"。[①] 尽管随着时间的推移，这种严厉的

[①]　即古罗马十人委员会制定的《十二铜表法》。

特性变得越来越温和，但却始终关切着公共福利的终极目标
和罗马政权的保存（见弗齐：维柯与格劳修斯：人类的法
学家，前揭，页53）。

总之，维柯结合马基雅维里的自利学说和格劳修斯所强调的
理性学说，从而避免历史与哲学的分离，并因此构建普世的神
法，获得"人类的法学家"的称号。

从某种程度上说，《法学汇纂》的现代应用派是意大利模式
的延续，因为从外在形式来看，占支配地位的作品仍然是《法
学汇纂》的注疏；从内容来看，罗马法的绝大部分规则仍被视
为法律的一部分。不同的是，这个学派的作品包含着对某一个地
区通行的法律的描述。由于存在地方性的差异，法学家的共同意
见就显得十分重要。咨询专家的程序造成后注释派根据罗马法创
造的法律原则在法学中占据支配地位。1532年颁布的帝国法典
《卡罗林刑法典》（因查理五世得名）以法律的形式确立了这种
送审程序。而这种发展又导致教授法（Professorenrecht）的产
生。这个学派的代表人物与18世纪德国特别繁荣的自然法一起，
共同促使德国法学学术的巨大发展。值得注意的是，这个学派并
非德国独有，在欧洲其他国家也存在，只不过形式不同。譬如，
在1664年出版的著作中作者用"罗马—荷兰法"表述《法学汇
纂》的现代应用派的本质内容（参詹金斯，《罗马的遗产》，页
491以下）。

17世纪末和18世纪初，一些荷兰法学家曾经对罗马法律资
料的历史批评作出重大贡献，他们就是所谓的高雅派或博学派。
18世纪末，博学派的火炬传入德国，止于德国的汇纂派（参詹
金斯，《罗马的遗产》，页493）。

德国汇纂派产生的背景是18世纪后半期席卷欧洲的法典化

运动。最有名的是 1804 年法国颁布《民法典》（亦称《拿破仑
法典》）。这个运动虽然在很大程度上受到罗马法的各种观念的
影响，特别是那些属于自然法学派的学者解释的罗马法的影响，
但是终止了《民法大全》的直接影响，因而遭到德国学者萨维
尼（Friedrich Carl von Savigny，1779－1861 年）的反对。萨维尼
认为，制定法典会遏制法律作为民族精神的产物、代表民族文化
史的自然发展过程。为了探索德意志民族的精神，萨维尼直接回
到罗马法，成为罗马派的代表人物。与之抗衡的是德国的"日
耳曼派"。19 世纪中期，两派论证的焦点集中在有关"接受罗马
法"的早期文献的态度方面。尽管存在分歧，可是都属于汇纂
派。汇纂派在很大程度上是"秘密自然法学家"。德国对罗马法
的第二次接受影响深远。从此，德国法学支配了欧洲大部分地
区，包括东欧，甚至支配其他大洲，如亚洲的日本。日本、法国
和奥地利的《民法典》成为"罗马的遗产"在现代世界相当大
一部分地区发挥作用的表现。19 世纪末德国制定全国性的《民
法典》（1900 年生效），标志着汇纂派的影响进一步加强。由于
汇纂派的努力，罗马法至今仍是"全球法学的标准语言"（参詹
金斯，《罗马的遗产》，页 493 以下）。

18 世纪，法国的法学占有重要的历史地位。孟德斯鸠的
《论法的精神》与卢梭的《社会契约论》似乎都不同程度地受到
古罗马历史与法律的影响。

虽然孟德斯鸠的《论法的精神》源自亚里士多德，但是通
篇来看，孟德斯鸠对古罗马的历史与法律都十分谙熟（如《论
法的精神》卷二十七：论罗马承袭田产法典之原始变迁）。孟德
斯鸠认为，立国 3 制：公治（国中无上主权，主于全体或一部
分之国民者也）、君主（治以一君矣，而其为治也，以有恒旧立
之法度）和专制（治以一君，而一切出于独行之己意）。其中，

公治包括庶建和贤政。"庶建乃真民主，以通国全体之民，操其无上主权者也"。在这方面，罗马不如雅典，因为"案罗马之法，虽推举贱族所不禁，然公举延推之日，民未尝一或用之"。而"贤政者，以一部分之国民，操其无上主权者也"，如"罗马初制"（《论法的精神》卷二，章 1-3）。"盖君主者，以一人当阳，右准绳，左规矩，以宰治其群者也"，不过"君主之制，众贵成之"，"无国君，无贵族；无贵族，无国君"（《论法的精神》卷二，章 4），如恺撒和奥古斯都。"夫专制者，以一人而具无限之权力，为所欲为，莫与忤者也"，如尼禄和多弥提安（《论法的精神》卷二，章 5）。总之，"真民主者必尚德，真君主者必崇礼，真专制者必重刑（例外的是多弥提安尚武）"（《论法的精神》卷三，章 11）。①

在批判孟德斯鸠的基础上，卢梭在《社会契约论》的第二卷指出了自然法的社会性：

> 我说法律的对象永远是普遍的，我的意思是说法律所考虑的是全体臣民和抽象的行为，而绝不考虑某个个人或某个个别的行为（《社会契约论》卷二，章 6）。
>
> 确切地说，法律完全是社会结合的条件。服从法律的人民，应当是法律的制定者；规定社会条件的，应当是结合成社会的人们（《社会契约论》卷二，章 6）。②

在卢梭以后，自然法遇到一些曲折。正如肯宁顿所洞见的一

---

① 孟德斯鸠，《论法的精神》，严复译，上海三联书店，2009 年，页 7 以下、437 以下。

② 见卢梭，《社会契约论》，李平沤译，北京：商务印书馆，2011 年，页 42-43。

样，在施特劳斯发表《自然权利与历史》(*Natural Right and History*，1952 年) 前的 100 多年，讨论的中心是政治哲学，如历史主义者康德和黑格尔 (Georg Wilhelm Friedrich Hegel)，尤其是极端的历史主义者尼采和海德格尔 (章 1)，而不是 Naturrecht (自然正确)，其原因就是历史学派当道。譬如，黑格尔的《法哲学的基本原理或自然法与国家学纲要》(*Grundlinien der Philosophie des Rechts oder Naturrecht und Staatswissenschaft im Grundrisse*，1821 年) 虽然带有 Naturrecht (自然法) 一词，但是黑格尔却主张，权利不是源于自然，而是源于理性与历史的结合。

然而，自然法的历史悠久，从古代的廊下派贯穿至现代自然法的拥护者霍布斯、洛克 (John Locke，1632 - 1704 年)[①] 和卢梭。所以对于施特劳斯来说，尽管历史主义为自然正确造成了最大危险，可要研究自然正确，首先要研究历史。而对于自然正确的源头，要研究古典自然正确论，就必先充分了解苏格拉底造成的思想转变。可见，施特劳斯有着历史的维度，不过他试图为一个关于自然正确的决断建立哲学基础。他把 (苏格拉底—柏拉图式的) 古典自然正确 (章 4) 分为自然正确的教诲和自然法的教诲，但不同于亚里士多德的自然正确和托马斯派的自然法。自然法内部的异质性——包括古典自然正确与现代自然权利之间的异质性和自然正确与自然法之间的异质性——使得自然正确的历史不可能具有永久的、单一的意义。施特劳斯发现，自然权利从一开始就认可个人主义："古人 (章 3 - 4) 与今人 (章 5 - 6) 之间的争执，最终关注的——也许甚至从一开关注的——就是'个人性'的地位"，但是古典自然正确关涉一种目的论的宇宙

---

① 著有两篇政论《政府论》(*Civil Government*，1689 年发表)。第一篇政论反对费尔默爵士 (Sir Robert Filmer) 的君权神授论，支持社会契约论，第二篇政论提出正确的政府理论。总之，洛克强调理性的自然法："自然权利 (natural rights)"。

观，而这种宇宙观遭到现代科学的摧毁。在这种情况下，施特劳斯的讨论仅限于社会科学范围内，仅仅涉及"历史"和"事实的价值"。

关于历史，施特劳斯区分了历史主义与习俗主义：前者否弃哲学，分为素朴的（理论的）"自相矛盾的相对历史主义"和"极端（存在主义的）的历史主义"，后者接受哲学，仅仅否定自然正确（章1）。"历史经验"是思想史，看待思想史的视角或基础信念：（时间性的）"必然的进步"和（非时间性的）"独一性或多样性的至高价值"（同一性在于个人性）。个人性是基本前提："真实的就是个人的"，而时间性后于、但独立于个人性（章5-6和1）。霍布斯发现个人的独立性，否认人的社会性，卢梭看到了人的社会性，主张自然状态的个人是好的，现代性的个人即社会的人，丧失了自然人的自由（善），是非人或亚人，这是历史或政治的负面后果。"古代哲学的首要意图是理论性的或沉思性的，而现代哲学的意图是让人类成为'宇宙主宰'"。而自然正确的观念恰恰是起源于古代哲学。哲学起初伴随着"对自然的发现"（即"发现自己社会的书面或口头的'神圣法典'所表达的祖传的好"）而出现。"哲学的观念"与"自然的观念"（即"只有辨认出属于自然问题的各种要素，哲学才有可能"）不可分割，这种思想贯穿《自然正确与历史》全书。哲人（习俗主义者）先有自然的观念，后才有自然正确的观念，前哲学生活的特征就是歪曲哲学与自然的最初含义的"权威"："好的就是祖传的"（章3）。随着哲学的兴起，最初的哲人认为，自然是永恒的或不朽的"初始事物"，是取代"神圣法典"的权威。最初的哲人由此发现"哲学的观念"。依据《自然权利与历史》的实验性探寻，发现自然的基本前提是任何存在的产生都有原因。依据哲学的观念，原因分为归之于人的因果关系和不可归之于人的因果关系。可见，在古代，自然既是权威，又是区分：自然与人工，自然与习俗。霍布斯试图跨越自然与人工的分界，把哲学理解为与自然相对立的人工或"建构"：哲学的兴废系于它与最初事物的关联。20 世纪的学者进而认为，人最高的可能性是努力通过真正的绝望或创造性直面任何最初事物中的一切东西的无根性。

　　而"事实的价值"则是从韦伯那里吸收而来的。这里关涉哲学与神学的世俗之争："哲学与启示都视自身为'必需的唯一'"（章2）。在肯宁顿看来，启示战胜哲学，或者做理性选择使得哲学不可能，就会危害自然正确的前景。

　　自然正确的起源何在？对于苏格拉底而言，哲学是"关于整全的科学"。"存在"意味着"是某物"，或作为某种类的一个特定存在。因此，存在意味着是哪个种类的、同时也是整体的一个部分。对于人间事务的研究而言，施特劳斯认为，哲学的任务是"理解对完满整体的清晰表述所揭示的统一性"。对于人而言，作为整体的人类超越存在，而作为部分的典范的人的卓越本质与最初事物相关。苏格拉底与柏拉图的教诲［"就人而言，快乐（即好）产生于各种需要的自然秩序"］虽然没有指出自然正确的起源，但是"人的自然构成的等级秩序"为自然正确的理解提供了基础：至于普通人，正是人的自然社会性构成自然正确——狭义或严格意义上的正确——的基础，而广义的自然正确——人的自然构成的等级秩序——的基础指向人的自然差异以及个人对公共利益的不均等贡献。由于人性在政治家、立法者或创建者身上更完满的实现，依据自然具有最高智慧的人因而具有统治的资格。在一个正义的社会中，社会的等级要严格对应于而且只对应于功绩的等级。然而，智者与非智者关于正义的意见是冲突的，不可调和。只要当城邦成为世界国度，正义的观念

（非人的观念）才同一，即神的正义。正义的完美产生自然法，这种自然法使得至智者与至愚者和谐相处。这是西塞罗著作中（原初的、未经扭曲的）廊下派自然法学说的基础。施特劳斯由此推断："古典形式的自然正确论与一种目的论的宇宙观相联"。不过原初的廊下派自然法学说中"神学—目的论"由于超越政治而受到西塞罗的严厉批评。古典自然正确论认为，上帝授予的自然法（如摩西十戒）以圣经信仰为基础，最佳政制是上帝之城。在神义的自然法去政治化的情况下，托马斯派的自然法调和自然正确与公民社会，借助于中介自然，让神的正义转向人类的正义，因而偏离了严格意义的自然法，这种自然法就是制约着善的生活的一般特征的那些准则。在人类的正义中，真正合乎自然的生活是真正合乎人之本性的等级秩序（即通常意义的自然正确的基础）的生活，即善好（人性的完美化）的生活。一般而言的正义和道德品行是人的最终目的，也是哲学生活的前提条件。

　　施特劳斯认为，在现代思想史上，虽然马基雅维里发现现代的个人性，并用现实主义政治哲学取代超越政治的神的秩序和以人性的完美为基础的最佳政治秩序，但是现代自然权利的奠基人是霍布斯，他转向历史，将哲学彻底政治化。哲学不再探求永恒秩序的人性化，而是变成政治的更高形式，变成武器和工具。这种历史与政治的思想影响了后世，例如卢梭、洛克、伯克（Edmund Burke, 1729–1797 年）和尼采。不过，存在区别：马基雅维里、霍布斯和和洛克认为，秩序的原理是有意识的建构，而后卢梭和伯克认为，秩序是历史中可理解（仅仅是事后理解）的因素。将个人性带入人类秩序的马基雅维里式原则预示了"形而上学的中立性"（这是认识论的本质）。马基雅维里试图在人类事物中征服命运或偶然，而培根、霍布斯和笛卡尔则运用

"正确的方法"征服自然（哲学的目标）。然而，由于自然规律未来的表现形式具有无穷的性质，历史主义的"自然的整体"变得不完整，因而不可理解。也就是说，历史规律的可能性遭到摈弃。①

六、哲学

在思想领域，古罗马的主要影响表现在两个方面：哲学与宗教。其中，在哲学方面，除了哲理诗人卢克莱修，产生影响的古罗马哲学家还有西塞罗、廊下派哲学家塞涅卡与奥勒留。

（一）中世纪

中世纪，西塞罗的《论友谊》是西方伦理学史上第一部系统地探讨友谊问题的专著（参西塞罗，《西塞罗散文》，页5），里面的思想后来被许多哲学家或思想家所引用或发挥，例如培根（约1214-1294年）的《论友谊》。而西塞罗的重要伦理学著作《论义务》也许是西塞罗对后世影响最深的作品。在中世纪的经院中，该书极为常用。13世纪阿奎那在《神学大全》中论述道德与政治事务时反复引用西塞罗的《论义务》。

此外，整个中世纪都对小塞涅卡有强烈兴趣。当时，小塞涅卡的作品有大量抄件。而奥勒留的《沉思录》本身被10世纪该撒利亚的阿雷塔斯的信件和10世纪拜占庭的《苏达辞书》（*Suidae Lexicon*）中提及。

（二）文艺复兴时期

西塞罗的著作以传抄的形式，从中世纪一直保存到文艺复兴。譬如，埃拉斯谟和梅兰西顿各自编辑并刊行了西塞罗《论

---

① 参肯宁顿（Richard H. Kennington）：施特劳斯的《自然权利与历史》，高艳芳译，何亦校，见《施特劳斯与古今之争》（《经典与解释·施特劳斯集》，刘小枫主编），上海：华东师范大学出版社，2009年，页112以下。

义务》的一部文本。最后，西塞罗的《论义务》成为文艺复兴时期的圣经，其证据就是西塞罗的《论义务》是文艺复兴时期人文教育的核心教材。总之，无论是作为作家、演说家，还是思想家，西塞罗都成为普遍模仿的榜样和不可逾越的典范，西塞罗的语言成为复兴拉丁语的典范。

文艺复兴时期，欧洲许多国家都翻译小塞涅卡的作品。譬如，埃拉斯谟复兴了小塞涅卡的作品，但对他的接受主要不是其伦理主张，而是其文章的风格和细腻笔触。直到近代，对贤哲塞涅卡评价都不是太高：他的思想缺乏创造性、杂乱等等。尽管如此，小塞涅卡十分个性化的散文风格使得他仍有钦佩者和模仿者。譬如，几乎以夸张的方式追仿小塞涅卡的文风，甚至在中世纪以后的拉丁文学中还有人（如 14 世纪的彼特拉克）如此。

此外，1558 年，奥勒留的《沉思录》由霍尔茨曼在苏黎世首次出版，依据的是现在已经失传的一个抄本。仅存的另一个完整幸存的抄本在梵蒂冈图书馆。

（三）17、18 世纪

17、18 世纪，英国人的社会与政治思想的表达方式受到了新廊下派或者西塞罗哲学的影响。西塞罗的价值体系"影响着人们从义务、荣誉经绅士风度到社会礼节和良好教养各个层面的行为"。萨夫茨伯里在《关于美德的探讨》（1669 年）中"鄙视基督教的神秘主义和苦行哲学"；在"世界上最具自然美的东西是诚实和道德的完善，因为所有的美都是真理"［萨夫茨伯里，《论智慧和幽默的自由》（1709 年），第 2 部第 2-3 章］。1776 年亚当·斯密把古典的价值体系看作是对基督教禁欲主义必要的矫正［参《国富论》（1776 年），篇 4，章 9］。

启蒙运动时期，西塞罗的政治和哲学思想也曾产生过不小的影响。在那些启蒙主义者所把持的语言学院和大学中，西塞罗的

《论义务》占有显赫的地位。孟德斯鸠深受西塞罗《论义务》的启发。伏尔泰把以前题名《图里的公职》——曾经是绅士教育的一个有机组成部分——改称《论义务》（De Officiis）。法国大革命时期，西塞罗被视为伟大的演说家和共和主义者。

此外，18 世纪，普鲁士王国弗雷德里克大帝喜欢阅读廊下派哲人王奥勒留的《沉思录》。而西塞罗的影响也还在继续。一方面，康德对西塞罗的《论义务》大加鞭挞，另一方面，美国独立战争（1775-1783 年）的杰斐逊经常想到西塞罗。

（四）19、20 世纪

19 世纪，歌德、密尔和阿诺德喜欢阅读奥勒留的《沉思录》。英国文学家麦考利把小塞涅卡的作品比作只由酸辣鳀鱼酱组成的正餐。密尔在《论自由》（1859 年）指出，"异教的自我实现思想"，像基督教的'自我否定'一样，是人类价值观的一个基本组成部分（密尔，《论自由》，章 3）。

20 世纪，奥勒留的《沉思录》不仅影响政治家，而且还影响电影。首先，温家宝和克林顿喜欢阅读奥勒留的《沉思录》。第二，1964 年的电影《罗马帝国的衰亡》和 2000 年电影《角斗士》里的角色看来都像奥勒留。两部电影的情节都假定奥勒留被杀，因为他想传位给当罗马将军的养子，而不是亲子康茂德。

此外，值得一提的是古罗马哲学中的"自我意识"。譬如，西塞罗著作中的"pesona"（人身）既指法律身份、社会职能、集体尊严和法人（与无行为能力的财物相对），又指具体个体和人性的哲学概念。而新廊下派哲学家小塞涅卡与奥勒留更是极大地关注人的内心世界：自我。①

---

① 参科恩，《自我论》，佟景韩等译，北京：三联书店，1986 年，页 117-119。

七、宗教

古罗马的宗教分为两种：属于多神教范畴的异教和属于一神教范畴的基督教。其中，对后世影响更大的则是基督教。其中，地位最高、影响最大的是"教会的博士"奥古斯丁。而德尔图良的地位仅次于奥古斯丁，因为德尔图良的著作中的大量新术语被后来的神学家采用，从而奠定了在天主教学说的词汇表中的永久地位，所以他被称作"教会拉丁文的创造者"。此外，圣费利克斯的《奥克塔维乌斯》为后世提供了基督教信仰与拉丁古典文化的冲突的证言，而拉克坦提乌斯的思想在西方教父哲学的研究中一直受到重视。

（一）中世纪

在中世纪，奥古斯丁独特的基督教修辞学理论让西方的异教修辞学的发展黯然失色。无论是圣比德、阿尔昆、圣伊西多和卡西奥多尔，还是当时的修辞学家，其主要工作是翻译或注释早期的著作。在查理大帝统治时期（771－814年），特别是在阿尔昆时代（约735－804年），是《上帝之城：驳异教徒》启用的时间，成为人间城市统一协调的基础；阿尔昆本人撰写的《论三位一体》大部分摘自奥古斯丁的作品；阿尔昆的弟子赫拉班撰写的那本教会戒律教材借鉴了奥古斯丁的《怎样向普通人讲授教理》并完全照抄了其中一章。此外，影响阿尔昆的还有卡西奥多尔在形式教育方面的"威严说"。

在9至13世纪，在方济各会中，奥古斯丁是"启迪的圣师"。奥尔拜斯的修士戈特沙尔克非常赞赏奥古斯丁关于灵魂归宿预定论的观点。受到奥古斯丁影响的不仅有圣安瑟伦和阿伯拉尔，还有他们的对手——从圣达米安到圣贝纳尔的第一批伟大神学家。此外，学校和修道院的教育在整个12世纪都是奥古斯丁式的。

此外，波爱修斯的《哲学的慰藉》对中世纪的影响也很大。在从作品问世到文艺复兴的 1000 年里，这本书在欧洲最流行，也最有影响，成为中世纪人文主义的奠基之作。10 至 12 世纪简直就是波爱修斯的时代，当时有文化的人都读波爱修斯的作品。

（二）文艺复兴时期

在 13 至 16 世纪，作为语言学家和翻译家，奥古斯丁对后世的语言和翻译研究，特别是对 14 世纪的神学争论具有相当大的影响。13 世纪，阿奎那在严格意义上的神学问题方面紧随圣奥古斯丁，例如《神学大全》或《概论》中的许多章节都引用奥古斯丁的作品。费里埃甚至认为，从某种程度上说，特别是在有关恩典的问题上，阿奎那的学说吞并了奥古斯丁的学说。不过，巴黎大学的前身维克托修道院的修士和奥古斯丁派始终忠诚于奥古斯丁学说。方济各会的波拿文都拉以奥古斯丁的论文为依据论述上帝和三位一体（trinitās）的存在，成为方济各会中最接近奥古斯丁思想的学者。罗马的吉莱斯撰写的《论君主政体》深受奥古斯丁的影响。14 世纪，人文主义的先驱彼特拉克从未离开过奥古斯丁，口袋里总装着《忏悔录》。此外，里米尼的格列高利也是奥古斯丁信徒。16 世纪，奥古斯丁全集出版，有阿梅尔拜克版本、埃拉斯谟版本和卢万版本。在新教改革中，路德和加尔文重新肯定了奥古斯丁的上帝观和人需要神恩的观念。他们都求助于奥古斯丁驳斥贝拉基学说的论述，路德用于论证那些自己以信仰为担保来替自己辩护的论述，加尔文从中寻求支持自己关于灵魂归宿论的理论根据。1509 年路德开始接触奥古斯丁的作品。路德发现《忏悔录》的叙述与自己的理论完全一致。在随后几年里，路德甚至把自己的理论等同于奥古斯丁的理论。在《关于圣诗的评论》中，路德吸收了不少奥古斯丁的用语。论著

《论奴役意志》（1525 年）是从奥古斯丁那里借用的，并在其中
援引了奥古斯丁的话。直到晚年，路德才明白自己与奥古斯丁的
差别：奥古斯丁没有把人类的生存条件放在显要位置。而加尔文
中学时代就读过奥古斯丁的作品。加尔文最喜欢奥古斯丁，在他
的作品有近 1400 处摘录奥古斯丁的言论。加尔文和奥古斯丁同
属于神学理论的中间派，不过加尔文指责奥古斯丁把新柏拉图主
义作为他的理论源泉。

　　此外，13 世纪以来，哲罗姆翻译的圣经被称作《通俗拉丁
文本圣经》。1516 年埃拉斯谟出版第一部哲罗姆传记和哲罗姆著
作集。而波爱修斯的《哲学的慰藉》深深影响了文艺复兴时期
的文人。譬如，乔叟译按："悲剧就是描述人们显贵一时终归毁
灭的故事"。奥古斯丁的《上帝之城：驳异教徒》奠定了但丁
《神曲》的基础。

　　（三）17 世纪

　　17 世纪是奥古斯丁学说的黄金时代。詹森声称读过奥古斯
丁的全部著述，并著有《奥古斯丁论》。1641 年由鲁昂的弗里奥
出版社出版的《奥古斯丁论》长达 1300 页，分为 3 个部分：研
究贝拉基和半贝拉基学派的观点；论述哲学与神学的关系，贬低
经院哲学和神学；纠正人类堕落而又由于耶稣基督的恩典而复元
的天性。神秘主义者帕斯卡尔勤奋阅读圣奥古斯丁的作品，在
《德萨士先生的谈话录》中至少有 17 处摘录圣奥古斯丁的作品。
大作家拉辛、居伊昂夫人、曼特农夫人和塞维尼夫人都读过
《忏悔录》。著名的传教士波舒哀、布尔达鲁、弗莱士尔、马西
翁以及那些宗教问题的辩论家都剽窃圣奥古斯丁的作品。波舒哀
的《欲念的论著》就是从《忏悔录》第十卷中获得灵感的，而
其历史哲学则取材于《上帝之城：驳异教徒》。法国古典主义者
费奈隆认为，在崇高的真理方面，圣奥古斯丁的论述远远超过笛

卡尔的《形而上学的沉思》（1641 年）。始于笛卡尔的近代唯理主义哲学受惠于奥古斯丁的思想因素，因为笛卡尔承认"我思故我在"出自《上帝之城：驳异教徒》第十一卷第二十六章。奥拉托利会会员马勒伯朗士醉心于阅读圣奥古斯丁的著作，在《追求真理》（1674－1675 年）的前言中多次引用奥古斯丁不同著作中的论述。马勒伯朗士认为，奥古斯丁的思想解释了那些与灵魂相关的事物，而笛卡尔的科学有助于理解与肉体相关的事物。由此可见，马勒伯朗士在哲学方面是笛卡尔主义者，不过他的神学属于奥古斯丁的学说。

此外，奥古斯丁的《忏悔录》在心理学研究方面影响法国思想家笛卡尔和写作《佩皮斯日记》（*The Dairy of Samuel Pepys*）的英国作家、政治家佩皮斯（Samuel Pepys）。

（四）18 世纪

在启蒙运动时期，本体主义神学家调和奥古斯丁与阿奎那，波舒哀与马勒伯朗士。而主张自然法的卢梭在《社会契约论》第四卷第八章谈及"公民的宗教"。卢梭把宗教分为"公民的宗教"和"人类的宗教"，前者是多神教，后者是一神教，即基督教。此外，还有第三种宗教：政教分离的宗教。卢梭指出：

> 由于每一种宗教都唯一无二地依附于信奉这种宗教的国家所颁布的法律，因此，除了把一个民族降为奴隶以外，便没有其他办法使之皈依；除了征服者以外，便没有其他的传教士（见卢梭，《社会契约论》，页 146）。

此外，文学家奥古斯丁不仅发展了自传文学的风格，而且还开创了"忏悔文学"，并对 18 世纪的文学产生巨大影响。譬如，在奥古斯丁《忏悔录》的影响下，卢梭写作《忏悔录》。

（五）19 世纪

19 世纪，不仅奥古斯丁的学说为基督教的复活提供了营养，而且奥古斯丁还以教义的其他因素支持了一些重要的思想家：哲学家基尔克果和纽曼。此外，奥古斯丁开创的"忏悔文学"产生巨大影响。譬如，在奥古斯丁《忏悔录》的影响下，托尔斯泰（Lev Tolstoy，1828－1910 年）写作《忏悔录》。

（六）20 世纪

20 世纪，哲学家布隆代尔从写《行为》（1893 年）开始，他提出的有关理智与信仰的方法已经表现出与奥古斯丁思想的某种关联。在大学里，研究奥古斯丁的最好专家库赛勒、吉尔松、马宏和曼都斯呼吁尊重奥古斯丁及其学说。在纯神学方面，庇护十一世（1930 年）和庇护十二世（1954 年）在通谕中指出，如同教皇切莱斯廷一世（422－432 年在位）在以弗所主教会议（431 年）上断言的一样，圣奥古斯丁"是教会及其先辈们引以为荣的最伟大的大师"。

在教义的其它因素方面，奥古斯丁支持了一些重要的思想家：哲学家维特根斯坦、马利坦、尼布尔、蒂利希和巴特（1886－05－10）。胡塞尔说：

> 时至今日，每一个想探讨时间问题的人都应当仔细研读《忏悔录》第十一卷的第十四至二十八章。因为，与这位伟大的殚精竭虑的思想家相比，以知识为自豪的近代并没有能够在这些问题上做出更为辉煌、更为显著的进步（见张晖、谢敬：一条通向和谐的道路——《忏悔录》导读，前揭书，页 12）。

此外，在奥古斯丁研究心理学的《忏悔录》的影响下，奥地利弗洛伊德创立精神分析心理学。而奥古斯丁的符号理论为哲学家和语言学家当作共同财产，直到今天仍在发挥作用。

需要明确的是，基督教与古罗马异教并不是完全孤立的，也存在一定的关联：异教在某些方面影响基督教。第一，罗马和平为基督教的传播提供了一个稳定的、政治上统一的地域。第二，古罗马可能也影响了基督教的教义，如《埃涅阿斯纪》里涤罪的信条，而这种信条影响了教会的礼拜仪式，如祷告模式，即先吁请神灵，接着赞美神灵，然后才祈求。不同的是，罗马异教祈求的是物质上的好处，而基督教祈求的是精神上的神圣追求。第三，罗马也影响教会自身的特点：教皇取代古罗马的大祭司，并成为罗马皇帝的继承人，因此基督教思想本身部分来自罗马的遗产（参詹金斯，《罗马的遗产》，页 10 及下）。

不过，古罗马异教传统的影响较小，主要表现在以下几个方面。

第一，古罗马异教的神为科学——尤其是天文学——所利用，例如太阳（Sun，太阳神 Sol）、木星（Jupiter，主神）、金星（Venus，爱神）、火星（Mars，战神）、水星（Mercury，商业与交通神）、土星（Saturn，农神）、天王星（Uranus）、海王星（Neptune，海王神）和冥王星（Pluto，冥王神）。

第二，古罗马用神为月份命名。譬如，第一个月为"门神（Janus）的月"，现代英语为 January 或 Jan；德语为 Januar。第三个月为"战神（Mars）的月"，现代英语为 March，德语为 März。此外，"7 月"（Juli）源自半神恺撒（Julius Caesar），而"8 月"（August）则源自半神奥古斯都（Augustus）。

第三，古罗马人用神的名字命名一周的 7 天。其中，星期天、星期一和星期六保留至今。星期天 dies Solis，古罗马拉丁语 Sol 为太阳神。英语 Sunday 即 Sun's-day（太阳神日），意思就是 Day of the Sun。星期一 dies Lunae。月神 Luna 为日神之妻，紧跟日神之后。盎格鲁·撒克逊人借译了该词，作 Monandaeg，意即 Moon day（月亮神日），现代英语作 Monday。星期六 dies Saturni，即 Saturn's-day（土星神日），古罗马 Saturn 为农神，即拉丁语 Saturnus。

此外，原本为多神教的古罗马留下一些具有异教色彩的建筑，如万神殿。

八、建筑学

依据瓦特金（David Watkin）的《建筑》（即《罗马的遗产》，章 12），古罗马建筑的遗产包含两个方面：理论方面是《建筑十书》，实践方面是古罗马建筑。对于后世而言，继承古罗马建筑的遗产就是把古罗马建筑理论应用于建筑实践中。譬如，肯特（William Kent，约 1685－1748 年）从绘画转入建筑业，设计室内、公园和花园，表现维特鲁威所表达的作为建筑师的古代理想（参詹金斯，《罗马的遗产》，页 382 和 398 以下）。

九、艺术

古罗马文学（包括散文、诗歌和戏剧）为艺术提供素材，如中世纪拉特兰（Lateran）宫的青铜像《母狼》、《奥勒留骑马像》和《卡米卢斯》（Camillus），又如文艺复兴时期贝尔维多（Belvedere）雕塑大厅收藏的《装扮成海格立斯①的康茂德》、《海格立斯与安塔乌斯（Antaeus）》、《克娄巴特拉》和《爱神维

---

① 原译赫克勒斯（Hercules）。

纳斯》（1513 年的藏品）以及《站着的维纳斯》和《赫尔墨斯》
（*Hermes*，1550 年的藏品），贝尔维多别墅的藏品《狄尔克
（*Dircé*）与公牛》和《法内斯（Farnese）的赫克勒斯》（1545
年发现的雕像）（参布克哈特，《意大利文艺复兴时期的文化》，
页 179 及下）。在巴洛克时代，法国路易十四（Louis XIV）购买
（1685 年）雕像《日耳曼尼库斯》和《辛辛纳图斯》（*Cincin-*
natus）；瑞典女王克里斯蒂娜（Christina）收藏雕像《卡斯托尔
与波吕克斯》；英国查理一世收藏雕像《蹲坐的维纳斯》；普桑
（Nicolas Poussin，1594-1665 年）的风景画取材于奥维德的诗歌
或维吉尔的牧歌，背景常常是古罗马建筑，如《我也曾到过阿
卡狄亚》；贝尼尼（Giovanni Lorenzo Bernini，1598-1680 年）的
雕塑《埃涅阿斯与安奇塞斯》（1618-1619 年完成）则取材于维
吉尔的叙事诗《埃涅阿斯纪》。在新古典主义时代，科伦·坎贝
尔（Colen Campbell，1676-1729 年）创作《不列颠的维特鲁威》
（3 卷，1715-1725 年出版），明显受到给特鲁威的影响；卡诺瓦
（Antonio Canova，1757-1822 年）的三维群雕《丘比特与普叙
赫》（1787-1793 年完成）让人想起阿普列尤斯的《金驴记》或
《变形记》。这些艺术品多数属于古罗马，但也有少数属于后世，
如《我也曾到过阿卡狄亚》和《不列颠的维特鲁威》；多数取材
于关于神话和传说的文学作品，少数取材于古罗马的历史人物故
事，如《马可·奥勒留骑马像》、《克娄巴特拉》、《不列颠的维
特鲁威》、《卡米卢斯》、《日耳曼尼库斯》和《辛辛纳图斯》，
也有艺术品的素材既包括虚构的神，也包括真实的历史人物，如
《装扮成赫克勒斯的康茂德》。总之，古罗马文学，包括散文，
通过艺术影响各个时代 [韦维尔（Geoffrey Waywell）的《艺术》
（即《罗马的遗产》，章 11，参詹金斯，《罗马的遗产》，页 361
以下]。

十、农学

古罗马是农业国家，因此在这个领域留下许多专著，如老加图的《农业志》、瓦罗的《论农业》、希吉努斯（Gaius Julius Hyginus）的《论农业》和《论养蜂》、克卢米拉的《论农业》，此外，克尔苏斯的百科全书中有 5 卷论及农业（agricultūra）。它们都不同程度地对后世产生影响。譬如，克卢米拉的《论农业》对后世尤其是中世纪的庄园管理产生过较大的影响。在文艺复兴时期，罗马大学的教授彭波尼乌斯·拉图斯（Pomponius Laetus，1428-1498 年）根据老加图、瓦罗和克卢米拉的最严格的指示来耕种（参李雅书、杨共乐，《古代罗马史》，页 381；布克哈特，《意大利文艺复兴时期的文化》，页 277）。即使在今天，老加图《农业志》对我们的农业生产活动仍然有其重要的参考价值。

十一、医学

古罗马医学与文学关系密切。一方面，医学文献属于广义的文学，例如定居罗马的希腊医生盖伦（Galen，129/130－200年)① 的 131 部医学著作，包括《论解剖过程》和《论身体各部器官功能》、《药品的分类配制》和《适用于不同部位的药品的配制》，罗马帝国初期尼热尔（Sextius Niger 或 Sextio Nigro)② 的有关希腊医学的著述（qui graece de medicina scripsit）、尤利乌

---

① 盖伦（Galen）或帕伽马的盖伦（Galen of Pergamon），希腊语名 Κλαύδιος Γαληνός，拉丁语 Claudius Galenus，罗马帝国时期的内科医生、外科医生和哲学家，著有《最好的医生也是哲学家》（*That the Best Physician is also a Philosopher*）、《论灵魂激情的诊断与治疗》（*On the Diagnosis and Cure of the Soul's Passion*）、《论希波克拉底和柏拉图的学说》（*On the Doctrines of Hippocrates and Plato*）。

② 亦称 Q. Sextius Niger，著有《论医材》（*περì ΰλης*、*On Material* 或 *On [Medical] Substances*）。

斯·巴苏斯（Julius Bassus）的有关希腊医学的著述（qui de medicina graece scripsit）、2 世纪初（图拉真与阿德里安时期）索哈努斯（Soranos）① 的《妇科》（Gynaecia）、老马尔克卢斯（Marccus Claudius Marcellus，公元前 268-前 208 年）② 的民间药方《论医药》、4 世纪托名普林尼·尤尼奥尔（Plinius Iunior）的《论医药》和克尔苏斯的百科全书中的《论医学》。不过，直到克尔苏斯（百科全书作家，传世的只是些医学著作），都没有拉丁语医学著作。

　　另一方面，医学或多或少地成为文学的题材，例如普劳图斯《孪生兄弟》、奥维德《变形记》、《爱经》和《论容饰》、李维《建城以来史》、卢克莱修《物性论》、老加图《训子篇》和《农业志》、瓦罗《论农业》和《论拉丁语》、维吉尔《农事诗》和《埃涅阿斯纪》、马克罗比乌斯《萨图尔努斯节会饮》和《书简诗》、老普林尼《自然史》、《奥古斯都》、《卡利古拉》和《尼禄》、普鲁塔克《老加图传》和《小加图传》、小塞涅卡《道德书简》、《论灵魂的安宁》和《论恩惠》、小普林尼《书信集》、叙马库斯《书信集》、西塞罗《论义务》、《论演说》、《图斯库卢姆谈话录》和《为克卢恩提乌斯辩护》（Pro Cluentio，参 LCL 198，页 208 以下，尤其是页 222 以下）、革利乌斯《阿提卡之夜》、伊西多《辞源》（又译《词源学》）和奥古斯丁《上帝之城》。

　　由于古罗马医生有许多缺点，例如缺乏责任感，贪婪，甚至犯罪，常常成为讽刺的对象，例如瓦罗《墨尼波斯杂咏》（Satura Menippea）、尤文纳尔《讽刺诗集》（首 3，行 74-78）、马尔

---

① 以弗所的索哈努斯（Σωρανός ὁ Ἐφέσιος 或 Soranus of Ephesus），2 世纪著名的方法学派医生，杰出的妇产科医生。

② 波尔多人，罗马政治家、将军。

提阿尔《铭辞》、马克罗比乌斯《讽刺诗集》、佩特罗尼乌斯《萨蒂利孔》和奥索尼乌斯《讽刺短诗》。然而，这并不妨碍希腊医生受到欢迎，被授予公民权。事实上，对于奴隶和获释奴来说，尤其是对于希腊移民来说（老普林尼，《自然史》卷二十六，章4；卷二十四，章93；卷七，章124；卷二十六，章12；卷29，章17），医生的职业是体面的，而且收入颇丰，但对于自由人来说不体面（西塞罗，《论责任》卷一，章42，节151，参西塞罗，《论老年·论友谊·论责任》，页159及下）。不过，与别的职业（如戏剧演员）相比，医生奴隶得到优待，例如不被驱逐（苏维托尼乌斯，《奥古斯都》，章42，节4），甚至有活动自由，其命运堪比奴隶语法学者和学校的老师，可谓"奴隶贵族"。医生甚至可以做官。譬如，4世纪奥索尼乌斯的父亲是波尔多医生，成为伊利里亚（Illyrie）的行政长官；马克罗比乌斯和叙马库斯的朋友迪萨里乌斯（Disarius）不仅是名医，而且成为元老（叙马库斯，《书信集》；马克罗比乌斯，《讽刺诗集》卷一，首7，行1）。

古罗马医学并非一无是处。事实上，古罗马医学事业也有闪光的地方，并且对后世产生过一定的影响，或者说，具有一定的借鉴意义。

中世纪末，产生过广泛影响的拉丁语医学文献：《论脉动》、《论发热》和《论病人食谱》（参安德烈，《古罗马的医生》，页16）。

在医生职业的漫长发展过程中，有可能从罗马医生的生存状况和行医活动中管窥现代医学某些倾向的萌芽，例如城市招聘医生的数量规定和城市公共医生竞争机制、医生科别划分的专业化、（社团中的）职业病学、某些科别医生的公务员化以及法医的产生（参安德烈，《古罗马的医生》，页188）。

古罗马医疗状况，尤其是医德与医疗法规是值得借鉴的。一方面，由于医生有职业风险，例如传染病，给予优惠政策，例如给予外来医生以罗马公民权，免除医生苛捐杂税〔参438年颁布《特奥多西乌斯二世法典》（*Codex Theodosianus*）、529年颁布的《优士丁尼法典》等〕，给予奖赏与荣誉，另一方面又要求医生具有人道主义精神，对病人一视同仁，尊重生命，禁止堕胎；具有奉献精神，不能像医学权威盖伦一样遇到传染病就逃离疫区。对于不诚实、招摇撞骗、甚至杀人犯罪的坏医生，应该予以法律严惩。

首先，医患之间是协约关系。医生应该为治疗手术负责。《优士丁尼法学纲要》规定：

> 如果医生为了你的奴隶做完了手术，却因忽略了对他的照料而使其死亡，那他可就是在做坏事了。医生的无能被视为错误。所以，如果医生因手术失败，或者因为让奴隶服错了药，而导致其死亡，他就应该对死者负责（《优士丁尼法学纲要》卷四，章3，节6及下，见安德烈，《古罗马的医生》，页169及下）。

一旦治疗失败，医生则可能构成某种轻罪。依据公元前286年平民会议通过的《阿奎利乌斯法》（*Lex Aquilia*），遭受损失者有权要求赔偿，医生应该受到罚款的处罚（参安德烈，《古罗马的医生》，页170）。假如治疗给病人造成重大伤害，那么医生就应该遭到严惩。

> 当医生由于无能或治疗失误造成病人终生生活不能自理，比如造成了瘫痪，或者造成了水肿、皮肤疾病等继发

症，医生就会被判处死罪（见安德烈，《古罗马的医生》，页171）。

　　总之，对于粗心大意和明显的失误的处罚是相当严厉（βαρύτης）的："如果为了健康或治疗需要所提供的药物造成了病人死亡，药物提供者若是享有特权的重要人物，他会被流放到某个岛屿；药物提供者若是平民，则要被处死"（Paul，《警句》卷五，首23，行19）。因药物导致了精神错乱，医生也照此受处罚（乌尔比安，《法律汇纂》卷四十七，章10，节15）（参安德烈，《古罗马的医生》，页171）。

　　十二、军事学

　　此外，军事家弗龙蒂努斯的《谋略》总结了古希腊、罗马战争实践的经验，不仅具有重要的史料价值，而且对后世产生一定的影响。

附录一 主要参考文献

一、原典

（一）外文原典

Grammatici Latini（《拉丁文法》），凯尔（H. Keil）编，7 卷，Leipzig 1855−1880。

Rhetores Latini Minores（《拉丁修辞学著作集》），C. Halm 编，1863 年。

Historicorum Romanorum Fragmenta（《古罗马史书残段》），H. Peter 编，Leipzig 1883。

Cato and Varro（《老加图与瓦罗》），W. D. Hooper 译，H. B. Ash 修订，1934 年初版，1935 年修订，1954−2006 年重印，[LCL 283]。

Varro（瓦罗），*On the Latin Language*（《论拉丁语》），Jeffery Henderson 编，Roland G. Kent 译，1938 年初版，1951 年修订版，2006 年重印，卷一（Books V−VII）[LCL 333]；卷二（Books VIII−X and Fragments）[LCL 334]。

Cicero（《西塞罗》），I [LCL 403]，Hayy Caplan 译，1954−2004；II [LCL 386]，H. M. Hubbell 译，1949−2006；III [LCL 348]，E. W. Sutton、H. Rackham，1942 年初版，1948 年修订；IV [LCL 349]，H. Rackham 译，1942 年；V [LCL 342]，G. L. Hendrickson、H. M. Hubbell 译，1939 年初版，1962 年修订；VI [LCL 240]，John Henry Freese 译，1930 年；VII [LCL 221]，L. H. G. Greenwood 译，1928 年；VIII [LCL 293]，L. H. G. Greenwood

译，1935 年；IX［LCL 198］，H. Grose Hodge 译，1927 年；X［LCL 324］，
C. Macdonald 译，1977 年；XI［LCL 158］，N. H. Watts 译，1923 年；XII
(*The Speeches of Cicero*)［LCL309］，R. Garner 译；1958－1966 年；XIII
［LCL 447］，R. Gardner 译，1958－2005 年；XIV［LCL 252］，N. H. Watts
译，1931、1953 年；XVa［LCL 189］，D. R. Shackleton Bailey 编、译，John
T. Ramsey、Gesine Manuwald 修订，2009 年；XVb［LCL 507］，A. G. Peskett
译，1914 年初版，1921－2006 年重印；XVI［LCL 213］，Clinton Walker
Keyes 译，1928－2006 年；XVII［LCL 40］，H. Rackham 译，1914 年初版，
1931 年修订，2006 重印；XVIII［LCL 141］，J. E. King 译，1927 年初版，
1945 年修订；XIX［LCL 268］，H. Rackham 译，1933 年初版，1951 年修
订，2005 年重印；XX［LCL 154］，William Armistead Falconer 译，1923 年；
XXI［LCL 30］，Walter Miller 译，1913 年初版，1921 年修订，2005 年重印；
XXII［LCL 7 N］，D. R. Shackleton Bailey 编、译，1999－2006 年；XXIII
［LCL 8 N］，D. R. Shackleton Bailey 编、译，1999 年；XXIV［LCL 97 N］，
D. R. Shackleton Bailey 编、译，1999 年；XXV［LCL 205 N］，D. R. Shackle-
ton Bailey 编、译，2001 年；XXVI［LCL 216 N］，D. R. Shackleton Bailey
编、译，2001 年；XXVII［LCL 230 N］，D. R. Shackleton Bailey 编、译，
2001 年；XXVIII［LCL 462 N］，D. R. Shackleton Bailey 编、译，2002 年；
XXIX［LCL 491］，D. R. Shackleton Bailey 编、译，1999 年。

Caesar (《恺撒》)，I［LCL 72］，H. J. Edwards，1917 年初版，1919－
2006 年重印；II［LCL 39］，A. G. Peskett 译，1914 年初版，1921－2006 年
重印；III［LCL 402］，F. A. Wright 译，1933 年。

Livy (《李维》)，I［LCL 114］，B. O. Forster 译，1919 年；II［LCL
133］，B. O. Forster 译，1922 年；III［LCL 172］，B. O. Forster 译，1924 年；
IV［LCL 191］，B. O. Forster 译，1926 年初版，1948－2006 年重印；V［LCL
233］，B. O. Forster 译，1929 年；VI［LCL 355］，Frank Gardner Moore 译，
1940 年；VII［LCL 367］，Frank Gardner Moore 译，1943 年，1950 年修订，
1958－2004 年重印；VIII［LCL 381］，Frank Gardner Moore 译，1949 年；IX
［LCL 295］，Evan T. Sage 译，1935 年初版，1936 年修订，1953－2003 年重
印；X［LCL 301］，Evan T. Sage 译，1935 年初版，1958 年重印；XI［LCL
313］，Evan T. Sage 译，1936 年；XII［LCL 332］，Evan T. Sage、Alfred C.
Schlesinger 译，1938 年；XIII［LCL 396］，Alfred C. Schlesinger 译，1951
年；XIV［LCL 404］，Alfred C. Schlesinger 译，1959 年初版，1967 年修订，
1987－2004 年重印。

Cornelius Nepos (《奈波斯》)，J. C. Rolfe 译，1929 年初版（with *Flo-*

rus），1947–1996 年重印，1984 年分卷版，1994–2005 年重印，［LCL 467］。

Vitruvius（《维特鲁威》），Frank Granger 编、译，I［LCL 251］，1931 年初版，1998 年修订；II［LCL 280］，1934 年。

Plutarch（普鲁塔克），*Lives*（《传记集》），Bernadotte Perrin 译，II［LCL 47］，1914 年初版，1928–2006 年重印；III［LCL 65］，1916 年；IV［LCL 80］，1916 年初版，1932–2006 年重印；V［LCL 87］，1917 年初版，1955–2004 年重印；VI［LCL 98］，1918 年；VII［LCL 99］，1919 年初版，1928–2004 年重印；VIII［LCL 100］，1919 年；IX［LCL 101］，1920 年。

Seneca the Elder（《老塞涅卡》），Michael Winterbottom 译，1974 年，I［LCL 463］；II［LCL 464］。

Quintilian（《昆体良》），Donald A. Russell 编、译，2001 年，I［LCL 124 N］卷 1–2；II［LCL 125 N］，卷 3–5；III［LCL 126 N］卷 6–8；IV［LCL 127 N］卷 9–10；V［LCL 494 N］卷 11–12。

［*Quintilian*］（《［昆体良］》），D. R. Shackleton Bailey 编、译，2006 年，I［LCL 500］；II［LCL 501］。

Seneca（《塞涅卡》）：*Moral Essays*（《道德论文》），John W. Basore 译，I［LCL 214］，1928 年；II［LCL 254］，1932 年初版，1935–2006 年重印；III［LCL 310］，1935 年初版，1958–2006 年重印；*Epistles*（《道德书简》），Richard. M. Gummere 译，IV［LCL 75］，1917 年初版，1925–2006 年重印；V［LCL 76］，1920 年初版，1930–2006 年重印；VI［LCL 77］，1925 年初版，1943–2006 年重印；*Naturales Quaestiones*（《自然科学的问题》），Thomas H. Corcoran 译，VII［LCL 450］，卷 1–3，1971 年；X［LCL 457］，卷 4–7，1972 年。

Pliny（《普林尼》），Betty Radice 译，1969 年，I［LCL 55］，*Letters*（《书信集》）卷 1–7；II［LCL 59］，《书信集》卷 8–10，*Panegyricus*（《颂辞》）。

Fronto（《弗隆托》），C. R. Haines 译，I［LCL 112］，1919 年初版，1928 年修订；II［LCL 113］，1920 年初版，1929 年修订。

Gellius（《革利乌斯》），John C. Rolfe 译，I［LCL 195］，1927 年初版，1946 年修订；II［LCL 200］，1927 年初版，1948–2006 年重印；III［LCL 212］，1927 年初版，1952 年修订。

Macrobius（《马克罗比乌斯》），I［LCL 510］；II［LCL 511］；III［LCL 512］。

Petronius · Seneca（《佩特罗尼乌斯·小塞涅卡》），［LCL 15］，Michael Heseltine、W. H. D. Rouse 译，E. H. Warmington 校，1913 年初版，1969 年修

订，1987 年修正，2005 年重印。

Valerius Maximus（《瓦勒里乌斯·马克西姆斯》），D. R. Shackleton Bailey 编、译，I［LCL 492］，*Memorable Doings and Sayings*（《名事名言录》），Books 1-5，2000 年；II［LCL 493］，《名事名言录》，Books 6-9，2000 年。

Quintus Curtius（《库尔提乌斯·鲁孚斯》），John C. Rolfe 译，I［LCL 368］，1946 年初版，1956-2006 年重印；II［LCL 369］，1946 年。

Tacitus（《塔西佗》），I［LCL 35］，*Agricolae*（《阿古利可拉传》）、*Germania*（《日耳曼尼亚志》）和 *Dialogue on Oratorys*（《关于演说家的对话》），M. Hutton，W. Peterson 译，R. M. Ogilvie，E. H. Warmington，M. Winterbottom 修订，1914 年初版，1920-1963 年重印，1970 年修订，1980-2006 年重印；II［LCL 111］，*Histoies*（《历史》），Books 1-3，Clifford H. Moore 译，1925 年初版，1936-2006 年重印；III［LCL249］，*Histoies*（《历史》），Books 4-5，Clifford H. Moore 译，*Annals*（《编年史》），Books 1-3，John Jackson 译，1931 年；IV［LCL 312］，*Annals*（《编年史》），Books 4-6，11-12，John Jackson 译，1937 年初版，1951-2006 年重印；V［LCL 322］，*Annals*（《编年史》），Books 13-16，John Jackson 译，1937 年初版，1951-2006 年重印。

Suetonius（苏维托尼乌斯），*The Lives of the Caesars*（《罗马十二帝王传》），J. C. Rolfe 译，I［LCL 31］，1913 年初版，1951、1998 年修订，2001 年重印；II［LCL 38］，1914 年初版，1997 年修订，2001 年重印。

Florus（《弗洛鲁斯》），Edward Soymour Forster 译，1929 年初版，1947-1966 重印，1984 年分卷版，1995-2005 年重印，［LCL 231］。

Marcus Aurelius（《奥勒留》），［LCL 58］，C. R. Haines 编、译，1916 年初版，1930 年修订。

Velleius Paterculus and Res Gestae Divi Augusti（《维勒伊乌斯·帕特尔库卢斯与〈神圣奥古斯都的业绩〉》），Frederick W. Shipley 译，1924 年，［LCL 152］。

Columella（《克卢米拉》），I［LCL 361］，Harrison Boyd Ash 译，1941 年；II［LCL 407］，E. S Forster、Edward H. Heffner，1954 年初版，1968 年修订；III［LCL 408］，E. S Forster、Edward H. Heffner 译，1955 年初版，1968 年修订。

Frontinus（《弗龙蒂努斯》），Charles E. Bennett 译，1925 年，［LCL 174］。

Celsus（克尔苏斯），*On Medicine*（《论医学》），W. G. Spencer 译，I［LCL 292］，Books 1-4，1935 年；II［LCL 304］，Books 5-6，1938 年初版，1953-1989 年重印；III［LCL 339］，Books 7-8，1938 年。

Historia Augusta（《奥古斯都传记汇编》），Ⅰ［LCL 139］，1921 - 2006
年；Ⅱ［LCL 140］，David Magie 译，1924 年；Ⅲ［LCL 263］，1932 -
2006 年。

Ammianus Marcellinus（《马尔克利努斯》），［LCL 300］，A. G. Way 译，
1955 年。

Tertullian，*Minucius Felix*（《德尔图良·费利克斯》），［LCL 250］，T.
R. Glover，Gerald H. Rendall 译，1931 年初版，1953 - 2003 重印。

Jerome（哲罗姆），*Select Letters*（《书信选》），［LCL 262］，James Hous-
ton Baxter 译，1930 年初版，1953 年修订，1965 - 2006 重印。

Augustine（奥古斯丁），*Confessions*（《忏悔录》），William Watts 译，
1912 年初版，1919 - 2006 年重印，Ⅰ［LCL 26］；Ⅱ［LCL 27］。

Augustine（奥古斯丁），*Select Letters*（《书信选》），James Houston Bax-
ter 译，1930 年初版，1953 年修订，1965 - 2006 年重印，［LCL 239］。

Augustine（奥古斯丁），*City of God*（《上帝之城》），Ⅰ［LCL 411］，
George E. McCracken 译，1957 年初版，1966 - 2006 年重印；Ⅱ［LCL 412］，
William M. Green 译，1963 年初版，1978 - 2002 年重印，Ⅲ［LCL 413］，Da-
vid S. Wiesen 译，1968 年；Ⅳ［LCL 414］，Philip Levine 译，1961 年；Ⅴ
［LCL 415］，Eva Matthews Sanford，William McAllen Green 译，1965 年初版，
1988 - 2006 年重印；Ⅵ［LCL 416］，William Chase Green 译，1960 年初版，
1969 - 2001 年重印；Ⅶ［LCL 417］，William M. Green 译，1972 年。

Bede（《比德》），J. E. King 译，1930 年初版，1954 - 2006 年重印，Ⅰ
［LCL 246］；Ⅱ［LCL 248］。

F. Leo（莱奥），*Geschichte der Römischen Literatur. Bd. 1*（《古罗马文学
史》第一卷）：*Die Archaische Literatur*（《古风时期的文学》），Berlin 1913。

M. Schanz（商茨），*Geschichte der Römischen Literatur T. 1*，*Die Römische
Literatur in der Zeit der Republik*（《古罗马文学史》第一部分：《古罗马共和
国时期的文学》），C. Hosius 重新修订的第 4 版，München 1927。

Victor Reichmann，*Römische Literatur in Griechischer Übersetzung*（《希腊译
文中的古罗马文学》），Leipzig［Dieterich］1943。

Remains of Old Latin（《古代拉丁典籍残篇集成》），华明顿（E. H.
Warmington）编译；Bd. 1. London ²1956；Bd. 2. Ebd. 1936；Bd. 3. Ebd. ²
1957；Bd. 4. Ebd. ²1953。［LCL，294、314、329 和 359］

Paulys Realencyclopädie der Classischen Altertumswissenschaft；R. 2，Bd. 9，1
（1961）。

James H. Mantinband（曼廷邦德），*Dictionary of Latin Literature*（《拉丁

文学词典》）, New York 1956。

　　K. Büchner（毕希纳）, *Römische Literaturgeschichte*（《古罗马文学史》）, Stuttgart⁴ 1969。

　　Meister Römischer Prosa von Cato bis Apuleius（《古罗马散文大师：从老加图到阿普列尤斯》）, Michael von Albrecht（阿尔布雷希特）编, Heidelberg 1971。

　　Römische Literatur in Text und Darstellung（《古罗马文选》）, Michael von Albrecht（阿尔布雷希特）主编, 5 Bde. Bd. 1 Stuttgart 1991, Bd. 2. Ebd. 1985, Bd. 3. Ebd. 1987, Bd. 4. Ebd. 1985, Bd. 5. Ebd. 1988。

　　Exempla Iuris Romani. Römische Rechtstexte（《罗马法范例——古罗马法律文本》）, 拉丁文与德文对照, 富尔曼与李普思（D. Liebs）编、译和注, München 1988。

　　Michael von Albrecht（阿尔布雷希特）, *Geschichte der Römischen Literatur*（《古罗马文学史》）, Bern 1992；München 1994。

　　MeisterRömischer Prosa（《古罗马散文大师》）, Michael von Albrecht（阿尔布雷希特）编, Tübingen 1995。

　　Ivor J. Davidson, *Ambrose De Officiis*（《安布罗西乌斯的〈论神父的义务〉》）, Oxford University Press 2001。

　　Macrobius（马克罗比乌斯）, *Saturnalia*（《萨图尔努斯节会饮》）, Robert A. Kaster 编译, President and Fellows of Harvard College, 2011 年。

　　Griechische und Römische Literatur（《希腊罗马文学》）, Oliver Schütze 主编, Stuttgart 2006。

　　ScriptOralia Romana: die Römische Literatur zwischen Mündlichkeit und Schriftlichkeit（《口头与书面之间的古罗马文学》）, Lore Benz 主编, Tübingen 2001。

　　O Tempora, O Mores!: Römische Werte und Römische Literatur in den Letzten Jahrzehnten der Republik（《共和国最后几十年的古罗马价值观和罗马文学》）, Andreas Haltenhoff 等编, München 2003。

　　Moribus Antiquis Res Stat Romana = Römische Werte und Römische Literatur im 3. und 2. Jh. v. Chr.（《公元前 3-前 2 世纪的古罗马价值观与古罗马文学》）, Maximilian Braun 等编, München 2000。

　　Thomas Gorden, *The Works of Tacitus: Containing the Annals to Which Are Prefixed Political Discourses Upon That Author*（《塔西佗作品集》）, 2 vols. London: Thomas Woodward and JohnPeele, 1728。

　　Eduard Norden（诺登）, *Die Römische Literatur*（《古罗马文学》）; Anhang: *Die Lateinische Literatur im Übergang vom Altertum zum Mittelalter*（附录：从古代到中世纪过渡时期的拉丁文学），Stuttgart 1998。

Christian Christandl 等著, *Die Römische Literatur: e. Überblick über Autoren, Werke u. Epochen von d. Anfängen bis zum Ende d. Antike*（《古罗马文学——关于古代作家、作品和各个时代的概述》）, Raimund Senoner 主编, München [Beck] 1981。

Friedrich Klingner 著, *Römische Geisteswelt: Essays zur Lateinischen Literatur*（《古罗马思想界: 拉丁文学中的散文》）, Stuttgart [Reclam] 1979。

Manfred Fuhrmann 等著, 《古罗马文学》（*Römische Literatur*）, Frankfurt am Main [Akademische Verlagsgesellschaft Athenaion] 1974。

Johannes Irmscher 与 Kazimierz Kumaniecki 著, *Römische Literatur der Augusteischen Zeit: Eine Aufsatzsammlung*（《奥古斯都时期的古罗马文学》）, Kurt Treu 编, Berlin [Akademie—Verl.] 1960。

M. Catonis praeter librum de re rustica quae extant. H. Jordan 编, Leipzig: Teubner, 1860。

Ulrich Eigler, *Lectiones Vetustatis: Römische Literatur und Geschichte in der Lateinischen Literatur der Spätantike*（《古代晚期拉丁文献中的古罗马文学与历史》）, München [Beck] 2003。

Kurt Smolak, *Christentum und Römische Welt: Auswahl aus der Christlichen Lateinischen Literatur*（《基督教与古罗马思想界: 基督教拉丁文选》）, München [Oldenbourg]。

Epistula ad Ioannem episcopum Ierosolymorum divo Hieronymo presbytero interprete, 载于 P. Migne: *Patrologia Graeca* 43。

（二）原典中译

希罗多德, 《历史》（上下卷）, 王以焕译, 北京: 商务印书馆, 1997 年。

柏拉图, 《文艺对话集》, 朱光潜译, 人民文学出版社, 1980 年。

亚里士多德、贺拉斯, 《诗学·诗艺》（合订本）, 杨周翰、罗念生译, 北京: 人民文学出版社, 1962 年, 2000 年重印。

亚里士多德, 《诗学》（*Poetics*）, 罗念生译; 贺拉斯（Quintus Horatius Flaccus）, 《诗艺》（*Ars Poetica*）, 杨周翰译, 北京: 人民文学出版社, 1962 年版, 2002、2008 年重印。

第欧根尼·拉尔修, 《名哲言行录》, 古希腊文、汉文对照, 徐开来、溥林译, 桂林: 广西师范大学出版社, 2010 年。

《希腊罗马散文选》, 罗念生等译, 长沙: 湖南人民出版社, 1985 年。

《古希腊罗马文学作品选》，罗念生等译，北京：北京出版社，1988 年。

《罗念生全集》卷一至四，罗锦麟主编，上海：上海人民出版社，2004 年。

《罗念生全集》补卷，罗锦麟主编，上海：上海人民出版社，2007 年。

《罗马共和国时期》（上、下），杨共乐选译，北京：商务印书馆，1997/1998 年。

《十二铜表法》，世界著名法典汉译丛书编委会，北京：法律出版社，2000 年。

加图，《农业志》，马香雪、王阁森译，北京：商务印书馆，1997 年。

瓦罗（M. T. Varro），《论农业》，王家绥译，北京：商务印书馆，1997 年。

西塞罗，《论共和国·论法律》，王焕生译，北京：中国政法大学出版社，1997 年。

西塞罗，《论灵魂》，王焕生译，西安：西安出版社，1998 年。

西塞罗，《论义务》，王焕生译，北京：中国政法大学出版社年，1999 年。

西塞罗，《论共和国》，王焕生译，上海：上海人民出版社，2006 年。

西塞罗，《论法律》，王焕生译，上海：上海人民出版社，2006 年。

西塞罗，《有节制的生活》，徐奕春译，天津：天津人民出版社，2007 年。

西塞罗，《论演说家》，王焕生译，北京：中国政法大学出版社，2003 年。

西塞罗（M. Cicero），《论老年·论友谊·论责任》（*Cato Maior de Senectute · Laelius de Amicitia · De Officiis*），徐奕春译，北京：商务印书馆，2004 年。

西塞罗，《论至善和至恶》（*De Finibus Bonorum et Malorum*），石敏敏译，北京：中国社会科学出版社，2005 年。

西塞罗，《论神性》（*De Natura Deorum*），石敏敏译，上海：上海三联书店，2007 年。

西塞罗，《论演说家》，拉丁文与德文对照，H. Merklin 翻译与编辑，斯图加特 1976。

西塞罗，《西塞罗散文》，郭国良译，杭州：浙江文艺出版社，2000 年。

西塞罗，《西塞罗全集》，第一至三卷，王晓朝译，北京：人民出版社，2007-2008 年。

恺撒，《高卢战记》，任炳湘译，北京：商务印书馆，1979 年。

恺撒，《内战记》，任炳湘、王世俊译，北京：商务印书馆，1986 年。

恺撒等，《恺撒战记》，习代岳译，桂林：广西师范大学出版社，2002 年。

恺撒，《高卢战记》，任炳湘译，北京：商务印书馆，2008 年。

恺撒，《罗马内战回忆录》（*The Rome Civil Wars*），王立言译，北京：中国画报出版社，2017 年。

奈波斯（Cornelius Nepos），《外族名将传》（*Liber de Excellentibus Ducibus Exterarum Gentium*），刘君玲等译，张强校，上海：上海人民出版社，2005 年。

维吉尔，《牧歌》，杨周翰译，北京：人民文学出版社，1957 年。

维吉尔，《埃涅阿斯纪》，杨周翰译，北京：人民文学出版社，1984 年。

维吉尔，《埃涅阿斯纪》，杨周翰译，南京：译林出版社，1999 年。

贺拉斯，《诗艺》，杨周翰译，北京：人民文学出版社，1962 年。

李维，《建城以来史》（*Ab Urbe Condita Libri*；前言·卷一），穆启乐（F. -H. Mutschler）、张强、付永乐和王丽英译，上海：上海人民出版社，2005 年。

苏维托尼乌斯，《罗马十二帝王传》，张竹明、王乃新、蒋平等译，北京：商务印书馆，2000 年。

苏维托尼乌斯（Gaius Suetonius Tranquillus），《罗马十二帝王传》（*De vita XII Caesarum*），田丽娟、邹恺莉译，上海：上海三联书店，2010 年。

塔西佗，《历史》，王以铸、崔妙因译，北京：商务印书馆，1981 年。

塔西佗（Publius Cornelius Tacitus），《编年史》（*Annales*），上、下册，王以铸、催妙因译，北京：商务印书馆，1981 年版，1997 年重印。

塔西佗，《阿古利可拉传》、《日耳曼尼亚志》，马雍、傅正元译，北京：三联书店，1957/1959 年；《阿古利可拉传·日耳曼尼亚志》，北京：商务印书馆，1997 年。

塔西佗，《关于演说家的对话》节译，参见任钟印选译，《昆体良教育论著选》，北京：人民教育出版社，2001 年。

撒路斯特，《喀提林阴谋·朱古达战争》，王以铸、催妙因译，附西塞罗：《反喀提林演说》4 篇，北京：商务印书馆，1996 年。

阿庇安（Appian），《罗马史》（*Roman History*），上、下册，谢德风译，北京：商务印书馆，1979 年（1997 年印）。

普鲁塔克，《希腊罗马名人传》，上、中和下册，黄宏煦主编，陆永庭、吴彭鹏等译，北京：商务印书馆，1999 年。

普鲁塔克，《古典共和精神的捍卫》，包利民等译，北京：中国社会科学院出版社，2005 年。

普鲁塔克，《论埃及神学和哲学》，段映红译，北京：华夏出版社，2008 年。

普鲁塔克（Plutarch），《希腊罗马名人传》（*Lives of the Noble Grecians and Romans*）第一至三册，席代岳译，长春：吉林出版集团有限责任公司，2009 年。

盖尤斯，《盖尤斯法学阶梯》，黄风译，北京：中国政法大学出版社，2007 年。

弗龙蒂努斯（Sextus Julius Frontinus），《谋略》，袁坚译，北京：解放军出版社，2004 年。

《昆体良教育论著选》，任钟印选译，北京：人民教育出版社，2001 年。

《琉善哲学文选》，罗念生等译，北京：商务印书馆 1980。

塞涅卡，《面包里的幸福人生》，赵又春、张建军译，西安：陕西师范大学出版社，2003 年。

塞涅卡，《哲学的治疗——塞涅卡伦理文选之二》，吴欲波译，北京：中国社会科学院出版社，2007 年。

塞涅卡，《强者的温柔——塞涅卡伦理文选》，包利民等译，北京：中国社会科学出版社，2005 年。

革利乌斯（Aulus Gellius），《阿提卡之夜》（*Noctes Atticae*）1–5 卷，周维明、虞争鸣、吴挺、归伶昌译，北京：中国法制出版社，2014 年。

克莱门，《劝勉希腊人》，王来法译，香港：汉语基督教文化研究所，1995 年。

奥勒留，《沉思录》，梁实秋译，南京：江苏文艺出版社，2008 年。

奥勒留，《沉思录》，何怀宏译，北京：中国国际广播出版社，2008 年。

奥勒留，《沉思录》，王邵励编译，北京：北京出版社，2008 年。

德尔图良，《护教篇》，涂世华译，上海：上海三联书店，2007 年。

奥古斯丁，《独语录》，成官泯译，上海：上海社会科学院出版社，1997 年。

奥古斯丁，《忏悔录》，周士良译，北京：商务印书馆，1997 年。

奥古斯丁，《论灵魂及其起源》，石敏敏译，北京：中国社会科学出版社，2004 年。

奥古斯丁，《论三位一体》，周伟驰译，上海：上海人民出版社，2005 年。

奥古斯丁，《上帝之城》，上、下卷，王晓朝译，北京：人民出版社，2006 年。

奥古斯丁（Augustin），《上帝之城：驳异教徒》（*De Civitate Dei Contra Paganos*），上、中、下册，吴飞译，上海：上海三联书店，2007–2009 年。

奥古斯丁，《忏悔录》，周士良译，北京：商务印书馆，2008 年。

奥古斯丁，《忏悔录》，张晖、谢敬编译，北京：北京出版社，2008 年。

奥古斯丁著，《恩典与自由》（*Augustine's Treatises on Doctrine of Man*），奥古斯丁著作翻译小组译，南昌：江西人民出版社，2008 年。

奥古斯丁，《论信望爱》，许一新译，北京：生活·读书·新知三联书店，2009 年。

奥古斯丁，《道德论集》（*Moral Treatises*），石敏敏译，北京：生活·读书·新知三联书店，2009 年。

奥古斯丁，《论自由意志：奥古斯丁对话录二篇》，成官泯译，上海：上海人民出版社，2010 年。

奥古斯丁，《驳朱利安》（*Against Julian*），石敏敏译，北京：中国社会科学出版社，2010 年。

奥古斯丁，《论四福音的和谐》（*De Consensu Evangelistarum* 或 *The Harmony of the Gospels*，400 年前后），S. D. F. 萨蒙德（S. D. F. Salmond）英译，许一新译，北京：生活·读书·新知三联书店，2010 年。

麦格拉思（Alister McGrath）编，《基督教文学经典选读》（*Christian Literature：An Anthology*），苏欲晓等译，北京：北京大学出版社，2004 年。

但丁，《神曲》，田德望译，北京：人民文学出版社，1997 年。

二、研究著述

（一）国外研究

Traiano Boccalini, *La Bilancia Politica：Osservazioni sopra gli Annai di Cornelio Tacito*（《政治的平衡》），Venice 1674。

A. Walde, J. B. Hofmann, *Lateinisches Etymologisches Wörterbuch*（《拉丁语词源词典》），Heidelberg ³1938。

J. Carcopino（J. 卡科皮诺），*Sylla ou la monarchie manquée*（《苏拉或失败的君主制》），第 12 版，巴黎 1950。

布克哈特，*Die Zeit Constantins d. Gr.*（《君士坦丁大帝时期》）（1853），H. E. Friedrich 新编，Frankfurt a. M. 1954。

科瓦略夫，《古代罗马史》，上海：上海三联书店，1957 年。

Michael von Albrecht（阿尔布雷希特）：*Conrad Ferdinand Meyer und die Antike*（迈尔与古代），载于 *Antike und Abendland*（《古代与西方国家》）（11）1962。

蒙森（Theodor Mommsen）著，《罗马史》（*Römische Geschichte*），[Kürzende Bearb. u. Darstellung von Leben u. Werk Theodor Mommsens：Hellmuth Günther Dahms. Übers. d. Begleittexte：Hans Roesch] Zürich：Coron-Verl.，[1966]。

Grant，Michael. *The Climax of Rome：The Final Achievements of the Ancient World*，*AD* 161-337（《罗马的鼎盛：古代世界的最终成就，161-337 年》）. London：Weidenfeld，1968；1993.

Michael von Albrecht（阿尔布雷希特）：*Naevius' Bellum Poenicum*（奈维乌斯的《布匿战纪》），见 *Das Römische Epos*（《古罗马叙事诗》），E. Burck（布尔克）编，Darmstadt 1979。

F. Klingner：*Humanität und Humanitas*（博爱与理想人性），见 *Römische Geisteswelt*（《古罗马思想界》），Stuttgart 1979。

G. Radke（拉德克），*Archaisches Latein*（《古风时期的拉丁语》），Darmstadt 1981。

布克哈特（Jacob Burckhardt，1818-1897 年），《意大利文艺复兴时期的文化》（*Die Kultur der Renaissance in Italien：Ein Versuch*），何新译，马香雪校，北京：商务印书馆，1983 年。

《狄德罗美学论文选》，张冠尧、桂裕芳等译，译本序（艾珉），北京：人民文学出版社，1984 年。

E. A. Schmidt（施密特），*Zeit und Geschichte bei Augustin*（《奥古斯丁笔下的时间与历史》），Heidelberg 1985。

乌特琴科，《恺撒评传》，王以铸译，北京：中国社会科学出版社，1986 年。

科恩，《自我论》，佟景韩等译，北京：三联书店，1986 年。

默雷（Gilbert Murray），《古希腊文学史》（*The Literature of Ancient Greece*），孙席珍、蒋炳贤、郭智石译，上海译文出版社，1988 年。

查士丁尼，《法学总论——法学阶梯》，张企泰译，北京：商务印书馆，1989 年。

古朗士，《希腊罗马古代社会研究》，李玄伯译，上海：上海文艺出版社，1990 年。

《罗马传说》（*Römische Sagen*），Richard Carstensen（重述资料），München [dtv] 1992。

蒙森（Theodor Mommsen），《罗马史》（*Römische Geschichte*）卷一至三，李稼年译，北京：商务印书馆，1994/2004/2005 年。

汉斯·昆（Hans Küng），《基督教大思想家》，包利民译，香港：汉语基督教文化研究所，1995 年。

帕利坎，《历代耶稣形象及其在文化史上的地位》，杨德友译，香港：汉语基督教文化研究所，1995 年。

勒博埃克，《恺撒》，吴模信译，北京：商务印书馆，1995 年。

Elaine Fantham, *Roman Literary Culture：from Cicero to Apuleius*（《罗马文学文化：从西塞罗到阿普列尤斯》），Johns Hoppkins Uni. Press 1996.

马基雅维里，《论李维历史的前十卷》，曼斯非尔德、塔科夫译，芝加哥大学出版社，1996 年。

《歌德谈话录》，爱克曼辑录，朱光潜译，北京：人民文学出版社，1997 年重印。

吉本，《罗马衰亡史》，黄宜思等译，北京：商务印书馆，1997 年。

布洛克（R. Bloch），《罗马的起源》（*The Origins of Rome*），张译乾等译，北京：商务印书馆，1998 年。

格里马尔，《西塞罗》，董茂永译，商务印书馆，1998 年。

费里埃（Francis Ferrier），《圣奥古斯丁》（*Saint Augustin*），户思社译，北京：商务印书馆，1998 年。

Sabine Hojer, *Die Römische Gesellschaft：das Öffentliche Leben im Spiegel von Kunst und Literatur*（《罗马社会：艺术与文学反映的公众生活》），München［MPZ］1998。

穆阿提（Claude Moatti），《罗马考古——永恒之城重现》，郑克鲁译，上海：上海书店出版社，1998 年。

马基雅维里，《君主论》，曼斯非尔德译本，第二版，芝加哥大学出版社，1998 年。

巴特（K. Barth），《〈罗马书〉释义》，魏育青译，香港：汉语基督教文化研究所，1998 年。

肖特，《罗马共和的衰亡》，许绥南译，［台北］：麦田出版社，1999 年。

珀金斯，《罗马建筑》，吴葱等译，北京：中国建筑工业出版社，1999 年。

奥·曼诺尼，《弗洛伊德》，王世英译，石家庄：河北教育出版社，1999 年（2000 年重印）。

汉·诺·福根，《柏拉图》，刘建军译，石家庄：河北教育出版社，2000 年。

基弗，《古罗马风化史》，姜瑞璋译，辽宁教育出版社，2000 年。

梅列日科夫斯基，《但丁传》，刁绍华译，沈阳：辽宁教育出版社，

2000 年。

巴洛,《罗马人》,黄韬译,上海:上海人民出版社,2000 年。

肖特,《奥古斯都》,杨俊峰译,上海:上海译文出版社,2001 年。

波尔桑德尔,《君士坦丁大帝》,许绶南译,上海:上海译文出版社,2001 年。

尼古拉斯(Barry Nicholas),《罗马法概论》(*An Introduction to Roman Law*),黄风译,北京:法律出版社,2000 年。

孟德斯鸠(Montesquieu),《罗马盛衰原因论》(*De Lla Grandeur des Romains et de leur décadence*),婉玲译,北京:商务印书馆,2001 年。

罗格拉(Bernardo Rogora),《古罗马的兴衰》(*Roma*),宋杰、宋玮译,济南:明天出版社,2001 年。

亚努(Roger Hanoune)、谢德(John Scheid),《罗马人》,黄雪霞译,上海:汉语大词典出版社,2001 年。

戴尔·布朗主编,《提比留》,徐绶南译,上海:上海译文出版社,2001 年。

本田成之,《中国经学史》,孙俍工译,上海:上海书店出版社,2001 年。

詹金斯,《罗马的遗产》,晏绍祥等译,上海:上海人民出版社,2002 年。

夏尔克,《罗马神话》,曹乃云译,南京:译林出版社,2002 年。

雷立柏(Leopold Leed),《古希腊罗马与基督宗教》,北京:社会科学文献出版社,2002 年。

戴尔·布朗主编,《庞贝:倏然消失了的城市》,北京:华夏出版社,2002 年。

戴尔·布朗主编,《罗马:帝国荣耀的回声》,北京:华夏出版社,2002 年。

戴尔·布朗,《伊特鲁里亚人》,北京:华夏出版社,2002 年。

布鲁姆(Allen Bloom),《巨人与侏儒》(*Giants and Dwarfs*),张辉选编,秦露等译,北京:华夏出版社,2003 年。

芬利(F. I. Finley),《希腊的遗产》,上海人民出版社,2004 年。

弥尔顿,《复乐园》,金发燊译,桂林:广西师范大学出版社,2004 年。

罗斯托夫采夫(M. Rostovtzeff),《罗马帝国社会经济史》(*The Social and Economic History of Roman Empire*),上、下册,马雍 厉以宁译,北京:商务印书馆,2005 年。

Ulrike Auhagen 等,《彼特拉克与罗马文学》(*Petrarca und die Römische*

Literatur），Tübingen［Narr］2005。

蒙森，《罗马史》，李斯等译，长春：时代文艺出版社，2006 年。

安德烈（Jacques André），《古罗马的医生》（*Être Médecín à Rome*），杨洁、吴树农译，桂林：广西师范大学出版社，2006 年。

A Companion to Latin Literature（《拉丁文学手册》），Stephen Harrison（哈里森）编，Blackwell Publishing 2007。

Silke Diederich, *Römische Agrarhandbücher zwischen Fachwissenschaft*, *Literatur und Ideologie*（《介于专科、文学和意识形态之间的古罗马农业手册》），Walter de Gruyter 2007。

Luigi Castagna, Eckard Lefèvre, *Studien zu Petron und seiner Rezeption*（《佩特罗尼乌斯及其构思研究》），Walter de Gruyter 2007。

沃格林，《希腊化、罗马和早期基督教》，谢华育译，上海：华东师范大学出版社，2007 年。

弥尔顿，《失乐园》，朱维之译，长春：吉林出版集团有限责任公司，2007 年。

阿克洛伊德（Peter Ackroyd），《古代罗马》（*Ancient Rome*），冷杉、杨立新译，北京：三联书店，2007 年。

卢梭，《社会契约论》，施新州编译，北京出版社，2007 年。

科瓦略夫，《古代罗马史》，王以铸译，上海：上海书店出版社，2007 年。

诺雷斯（Andrew Knowles）、潘克特（Pachomios Penkett），《奥古斯丁图传》（*Augustine and his World*），李瑞萍译，北京：北京大学出版社，2007 年。

格兰特（Michael Grant），《罗马史》（*History of Rome*），王乃新、郝际陶译，上海：上海人民出版社，2008 年。

卢梭（Jean-Jacques Rousseau），《社会契约论》（*Du Contrat Social ou Principes du Droit Politique*），李平沤译，北京：商务印书馆，2011 年。

Susanna E. Fischer, *Seneca als Theologe*（《神学家塞涅卡》），Walter de Gruyter 2008。

《恺撒的笔和剑》，李世祥编/译，北京：华夏出版社，2009 年。

尼古拉斯，《罗马法》，黄风译，北京：中国人民大学出版社，2009 年。

格罗索（Guiseppe Grosso），《罗马法史》（*Storia del Diritto Romano*），黄风译，第二版，北京：中国政法大学出版社，2009 年。

利克，《塔西佗的纪事意图》，肖涧译，北京：华夏出版社，2009 年。

孟德斯鸠，《论法的精神》，严复译，上海：上海三联书店，2009 年。

《菜园哲人伊壁鸠鲁》，罗晓颖编译，北京：华夏出版社，2009 年。

凯利，《卢梭的榜样人生——作为政治哲学的〈忏悔录〉》，黄群等译，北京：华夏出版社，2009 年。

葛恭（Olof Gigon），《柏拉图与政治现实》（*Studien zur antiken Philosophie*），黄瑞成、江澜等译——《经典与解释》（*Classici et commentarii*）之《柏拉图注疏集》（*Platonis opera omnia cum commentariis*），刘小枫、甘阳主编，上海：华东师范大学出版社，2010 年。

Thorsten Fögen，*Zur Rolle des Fachwortschatzes in der Naturalis historia des Älteren Plinius*（论老普林尼《自然史》中专业词汇的角色），见 *Writings of Early Scholars in the Ancient Near East*，*egypt*，*Rome and Greece*（《古代近东、埃及、罗马与希腊早期学者的写作》），ed. by Anntte Imhausen and Tanja Pommerening，Berlin 2010，页 93 以下。［*Beiträge zur Altertumskunde*，Bd. 286］

（二）国内研究

阎国忠，《古希腊罗马美学》，北京：北京大学出版社，1983 年。

缪朗山，《西方文学理论史纲》，北京：中国人民大学出版社，1985 年。

《中国大百科全书：图书馆学·情报学·档案学》，北京：中国大百科全书出版社，1993 年。

朱龙华，《罗马文化与古典传统》，杭州：浙江人民出版社，1993 年版，1996 年重印。

朱维之、赵澧主编，《外国文学简编》（欧美部分），第三版，北京：中国人民大学出版社，1994 年。

李雅书、杨共乐，《古代罗马史》，北京：北京师范大学出版社，1994 年。

周枏，《罗马法原论》（上、下），北京：商务印书馆，1994 年。

李达三、罗钢主编，《中外比较文学的里程碑》，北京：人民文学出版社，1997 年。

王焕生，《古罗马文艺批评史纲》，南京：译林出版社，1998 年。

朱光潜，《诗论》，第二版，北京：生活·读书·新知三联书店，1998 年。

杨俊明，《古罗马政体与官制史》，长沙：湖南师范大学出版社，1998 年。

《基督教文化评论》（9），刘小枫主编，贵阳：贵州人民出版社，1999 年。

范明生，《西方美学通史》第一卷：《古希腊罗马美学》，上海：上海文艺出版社，1999 年。

张桂琳，《西方政治哲学　从古希腊到当代》，北京：中国政法大学出版社，1999 年。

晏绍祥，《古典历史研究发展史》，武汉：华中师范大学出版社，1999 年。

《圣经（灵修版）·新约全书》，香港：国际圣经协会，1999 年。

《希腊罗马的神话与传说》，郑振铎编著，上海：上海书店出版社，2000 年。

梁工、赵复兴，《凤凰的再生：希腊化时期的犹太文学研究》，北京：商务印书馆，2000 年。

尼古拉斯，《罗马法概论》，黄风译，北京：法律出版社，2000 年。

《基督教文学》，梁工主编，北京：宗教文化出版社，2001 年。

朱光潜，《西方美学史》（第二版），北京：人民文学出版社，2002 年。

王焕生，《论共和国》导读，成都：四川教育出版社，2002 年。

杨巨平，《古希腊罗马犬儒现象研究》，北京：人民出版社，2002 年。

《欧洲文学史》（上），杨周翰、吴达元和赵萝蕤主编，第二版，人民文学出版社，2003 年。

《罗马文学史》，刘文孝主编，昆明：云南人民出版社，2003 年。

王晓朝，《教父学研究：文化视野下的教父哲学》，保定：河北大学出版社，2003 年。

《圣经地名词典》，白云晓编著，北京：中央编译出版社，2004 年。

叶民，《最后的古典：阿米安和他笔下的晚期罗马帝国》，天津：天津人民出版社，2004 年。

《罗念生全集》，罗锦鳞主编，上海：上海人民出版社，2004/2007 年。

伍蠡甫、翁义钦合著，《欧洲文论简史》（古希腊罗马至十九世纪末），第二版，北京：人民文学出版社，2005 年重印。

王力，《希腊文学·罗马文学》，北京：中国人民大学出版社，2005 年。

《凯若斯：古希腊语文学教程》（上册），刘小枫编修，上海：华东师范大学出版社，2005 年。

王焕生，《古罗马文学史》，北京：人民文学出版社，2006 年。

《希腊罗马神话与传说中的恋爱故事》，郑振铎编，上海：上海书店出版社，2006 年。

《雅努斯——古典拉丁文言教程》（试用稿和附录），刘小枫编，2006 年 9 月 9 日增订第二稿。

《德语诗学文选》，刘小枫选编，上海：华东师范大学出版社，2006 年。

谭载喜，《西方翻译简史》增订版，北京：商务印书馆，2006 年。

江澜：瓦罗：古罗马百科全书式散文家，载于《广东外语外贸大学学报》，2007 年第 6 期。

吴高君：略论加图《农业志》与古罗马农业科学，载于《世纪桥》，2007 年第 4 期。

王晓朝，《希腊哲学简史——从荷马到奥古斯丁》，上海：上海三联书店，2007 年。

杨共乐，《罗马史纲要》，北京：商务印书馆，2007 年。

刘宗坤，《原罪与正义》，上海：华东师大出版社，2007 年。

《古典诗文绎读：西学卷·古代编》（上、下），刘小枫选编，邱立波、李世祥等译，北京：华夏出版社，2008 年。

《维科与古今之争》（经典与解释 25），刘小枫、陈少明主编，北京：华夏出版社，2008 年。

《霍布斯的修辞》（经典与解释 26），刘小枫、陈少明主编，北京：华夏出版社，2008 年。

何怀宏，《何怀宏品读〈沉思录〉》，南京：江苏人民出版社，2008 年。

《〈埃涅阿斯纪〉章义》（*Reading of the Aeneid*），王承教选编，王承教、黄芙蓉等译，北京：华夏出版社，2009 年。

《施特劳斯与古今之争》，刘小枫选编，刘小枫主编，上海：华东师范大学出版社，2009 年。

格罗索（Guiseppe Grosso），《罗马法史》（*Storia del Diritto Romano*），黄风译，第二版，北京：中国政法大学出版社，2009 年。

《撒路斯特与政治史学》（*Sallustius and Political History*），刘小枫编，曾维术等译，黄汉林校，北京：华夏出版社，2010 年。

《雅努斯：古典拉丁语文读本》，刘小枫编修，上海：华东师范大学出版社，2011 年。

《西塞罗的苏格拉底》（经典与解释 35），刘小枫、陈少明主编，北京：华夏出版社，2011 年。

里克（James Chart Leake），《塔西佗的教诲——与自由在罗马的衰落》（*Tacitus' Teaching and the Deline of Liberty at Rome*），肖涧译，上海：华东师范大学出版社，2011 年。

革利乌斯（Aulus Gellius），《阿提卡之夜》（*Noctes Atticae*）1–5 卷，周维明、虞争鸣、吴挺、归伶昌译，北京：中国法制出版社，2014 年。

伊丽莎白·罗森（Elizabeth Rawson），《西塞罗传》（*Cicero：A Portrait*），王乃新、王悦、范秀琳译，北京：商务印书馆，2015 年。

海厄特（Gilbert Highet），《古典传统》（*The Classical Tradition：Greek*

and Roman Infulences on Western Literature），王晨译，北京：北京联合出版公司，2015 年。

达夫（Tim Duff），《普鲁塔克的〈对比列传〉——探询德性与恶行》（*Plutarch's Lives：Exploring Virtue and Vice*），万永奇译，北京：华夏出版社额，2017 年。

艾伦、格里诺等编订，《拉丁语语法新编》（*Allen and Greenough's New Latin Grammar*），顾枝鹰、杨志城等译注，上海：华东师范大学出版社，2017 年。

三、其他

A *Greek—English Lexicon*，Stuart Jones 和 Roderick McKenzie 新编，Oxford 1940（1953 重印）。

《希腊罗马神话辞典》（*Dictionary of Classical Mythology*），［美］J. E. 齐默尔曼编著，张霖欣译，王增选审校，西安：陕西人民出版社，1987 年。

《新英汉词典》（增补版），《新英汉词典》编写组编，上海：上海译文出版社，1985 年新 2 版，1993 年重印。

《拉丁语汉语词典》，谢大任编著，北京：商务印书馆，1988 年。

DUDEN Deutsches Universalwörterbuch（《杜登通用德语词典》），新修订的第二版，杜登编辑部 Günther Drosdowski 主编，曼海姆（Mannheim）：杜登出版社，1989 年；北京：世界图书出版公司，1993 年。

《古希腊语汉语词典》，罗念生、水建馥编，北京：商务印书馆，2004 年。

《新德汉词典》（《德汉词典》修订本），潘再平修订主编，上海：上海译文出版社，2004 年。

The Bantam New College 编，*Latin and English Dictionary*（《拉丁语英语词典》），3. edition, revised and updated by John C. Traupman, New York：Bantam Books, 2007.

《朗文拉丁语德语大词典》（*Langenscheidt Großes Schulwörterbuch Lateinisch—Deutsch*），Langenscheidt Redaktion, auf der Grundlage des Menge—Güthling, Berlin 2009。

雷立柏（Leopold Leeb）编著，《拉丁语汉语简明词典》（*Dictionarium Parvum Latino—Sincum*），北京：世界图书出版公司，2010 年，2016 年 10 月重印。

哈珀·柯林斯出版集团著，《柯林斯拉丁语－英语双向词典》（*Collins Latin Dictionary & Grammar*），北京：世界图书出版公司，2013。

Oxford Classical Dictionary (《牛津古典词典》) ＝ www. gigapedia. com

A *Greek-English* Lexicon (《希英大辞典》) ＝ www. archive. org

A*Latin-English* Lexicon (《拉英大辞典》) ＝ www. archive. org

拉丁文－英文词典 http：//humanum. arts. cuhk. edu. hk/Lexis/Latin/

英汉－汉英词典 http：//www. iciba. com/

德语在线词典 http：//dict. leo. org/（以德语为中心，与英语、法语、
俄语、意大利语、汉语、和西班牙语互译）

附录二　缩略语对照表

（以首字母为序）

C. (盖) = Caius（盖尤斯，古罗马人名）。

Cn. (格) = Cnaus（格奈乌斯，古罗马人名）。

Co. (科) = Cornelius（科尔涅利乌斯，古罗马人名）。

G. (盖) = Gaius（盖尤斯，古罗马人名）。

GL = Grammatici Latini. 参 *Grammatici Latini*，H. Keil 编，7 卷本（7 Bde.)，Leipzig 1855−1880。

Gn（格）= Gnaus（格奈乌斯，古罗马人名）。

Keil = H. Keil，参 *Grammatici Latini*，H. Keil 编，7 卷本（7 Bde)，Leipzig 1855−1880。

Komm. z. St. = Kommentar zur Stelle，意为"评刚才引用的古代作家的引文"。

L. （卢）= Lucius（卢基乌斯，古罗马人名）。

LCL = Loeb Classical Library，参《古代拉丁典籍残篇集成》（*Remains of Old Latin*)，E. H. Warmington 编译（Ed. and transl.)，Bd. 1. London ²1956. Bd. 2. Ebd. 1936. Bd. 3. Ebd. ²1957. Bd. 4. Ebd. ²1953. (Loeb Classical Library.)。

Leo，Röm. Lit. = F. Leo（莱奥），*Römische Literatur*，参 *Geschichte der Römischen Literatur. Bd. 1：Die Archaische Literatur*（《史前文学》)，Berlin 1913。

M. (马) = Marcus（马尔库斯，古罗马人名）。

Morel-Büchner，见 *Fragmenta Poetarum Latinorum Epicorum et Lyricorum Praeter Ennium et Lucilium*. Post W. Morel novis curis adhibitis ed. C. Buechner, Leipzig：Teubner,[2] 1982。

P. (普) = Publius（普布利乌斯，古罗马人名）。

Q. (昆) = Quintus（昆图斯，古罗马人名）。

R = O. Ribbeck（里贝克），参 *Comicorum Romanorum Fragmenta*. Tertiis curis rec. O. Ribbeck（里贝克），Leipzig：Teubner 1898。

Sk = O. Skutsch（斯库奇），参《恩尼乌斯的〈编年纪〉》（*The Annals of Q. Ennius*），O. Skutsch（斯库奇）编、评介（Ed. with introd. And comm.），Oxford：Clarendon Press，1985。

T. (提) = Titus（提图斯，古罗马人名）。

V = I. Vahlen（瓦伦），参 *Ennianae Poesis Reliquiae*，Iteratis curis rec. I. Vahlen（瓦伦），Leipzig 1903。

附录三　年　表

公元前 5000－前 2000 年　意大利新石器时代

公元前 2000 纪初　意大利东北部出现木杙建筑

公元前 2000－前 1800 年　意大利黄铜时代

公元前 1800－前 1500 年　亚平宁文化的产生和发展

公元前 1800－前 1000 或前 800 年　意大利青铜时代

公元前 2000 纪中叶（前 1700 年）　波河以南出现特拉马拉青铜文化

公元前 1000 纪初（前 1000－前 800 年）　铁器时代。威兰诺瓦文化。移居阿尔巴山

公元前 10 至前 9 世纪　移居帕拉丁山

公元前 9 世纪初　埃特鲁里亚文化产生。移居埃斯克维里埃山和外部诸山

公元前 814 年　建立迦太基

公元前 753 年　建立罗马城

公元前 753－前 510 年　罗马从萨宾人和拉丁人的居民点发展成为城市。罗马处于埃特鲁里亚人统治之下。七王。和埃特鲁里亚人的战争

公元前 625－前 600 年　埃特鲁里亚人来到罗马

约公元前 600 年　最早的拉丁语铭文

公元前 510 年　驱逐"傲王"塔克文。布鲁图斯在罗马建立共和国；每年由委员会选出两名执政官和其他高级官员（后来裁判官、财政官；每 5

年 2 名监察官）；元老院的影响很大。罗马对周边地区的霸权开始：罗马对拉丁姆地区的霸权

公元前 508 年　罗马对迦太基的条约

公元前 496 年　罗马与拉丁联盟发生战争；罗马与拉丁结盟，签订《卡西安条约》（*Foedus Cassianum*）

公元前 494 年　阶级斗争开始：平民撤退至圣山（Monte Sacro）

公元前 493 年　出现平民会议，设立平民保民官和平民营造官

公元前 486 年　斯普里乌斯·卡西乌斯（Spurius Cassius Vecellinus）的土地法

公元前 482-前 474 年　维伊战争

公元前 471 年　普布里利乌斯法。政府承认平民会议和平民保民官

公元前 456 年　制定《关于将阿文丁山土地收归国有的法律》（*Lex de Aventino Publicando*）①

公元前 454 年　《阿德尔尼和塔尔培法》（*Legge Aternia Tarpeia*）②

公元前 452 年　《梅内尼和塞斯蒂法》（*Legge Menenia Sextia*）③

公元前 451-前 450 年　成立十人委员会，制定成文法律《十二铜表法》

公元前 449 年　平民第二次撤退至圣山。瓦勒里乌斯·波蒂乌斯（Lucius Valerius Potitus）和贺拉提乌斯（Marcus Horatius Pulvillus）任执政官，颁布《瓦勒里乌斯和贺拉提乌斯法》（*Lex Valeria Horatia*），明确保民官的权力④

公元前 447 年　人民选举财务官。或出现部落会议

公元前 445 年　《卡努利乌斯法》。具有协议权力的军事保民官（Tribuni Militum Consulari Poetestate）⑤ 替代执政官

公元前 443 年　设立监察官，任命 L. 帕皮里乌斯（L. Papirio）与森布罗尼（L. Sempronio）为监察官⑥

公元前 438-前 426 年　第二次维伊战争

公元前 434 年　《埃米利乌斯法》（*Lex Aemilia*）将监察官任期确定为

---

① 参格罗索，《罗马法史》，页 58。

② 由公元前 454 年执政官阿德尔尼（Aulus Aternius Varus）与塔尔培（Spurius Tarpeius Montanus Capitolinus）提出。参格罗索，《罗马法史》，页 145。

③ 参格罗索，《罗马法史》，页 145。

④ 或为 *Legge Valeria Orazia*，参格罗索，《罗马法史》，页 37 和 54。

⑤ 参杨俊明，《古罗马政体与官制史》，页 107 以下。

⑥ 参格罗索，《罗马法史》，页 67。

18 个月①

公元前 430 年　《尤利乌斯和帕皮里乌斯法》（*Legge Iulia Papiria*）②

公元前 406–前 396 年　第三次维伊战争

公元前 5 世纪末至前 4 世纪中期　罗马征服北部的埃特鲁里亚和南部的沃尔斯基人等居住的相邻地区

公元前 4 至前 3 世纪　《皮纳里乌斯法》

公元前 4 至前 3 世纪？　《普布利利乌斯法》（公元前 339 年）；《西利乌斯法》

公元前 387 年　高卢人进攻；毁灭罗马；城防（塞尔维亚城墙：或为公元前 378 年）和被破坏的城市的新规划

公元前 376 年　保民官利基尼乌斯·施托洛（C. Licinius Stolo）与塞克斯提乌斯（L. Sextius Lateranus）提出法案

公元前 367 年　平民与贵族达成协议，通过利基尼乌斯与塞克斯提乌斯提出的法案，即《利基尼乌斯和塞克斯提乌斯法》（*Legge Licinia Sestia*）。恢复执政官职务。设立市政官

公元前 367 年　除了古罗马贵族以外，平民也获准当执政官。保民官监督平民的利益：对其他高级官员的措施的调解权

公元前 366 年　罗马节，每年尊崇大神尤皮特。平民首次出任执政官。设立行政长官的职务

公元前 364 年　罗马发生瘟疫，邀请埃特鲁里亚的巫师跳舞驱邪；埃特鲁里亚的演员在罗马进行舞台演出

公元前 4 世纪中期　罗马开始向意大利中部扩张

公元前 358 年　罗马与拉丁人订立条约

公元前 356 年　第一次选出平民独裁官

公元前 351 年　第一次选出平民监察官

公元前 348 年　罗马恢复对迦太基人的条约

公元前 343–前 341 年　第一次萨姆尼乌姆战争

公元前 340–前 338 年　拉丁战争；坎佩尼亚战争

公元前 339 年　颁布若干《普布利利乌斯和菲洛尼法》（*Legge Publilia Philonis*）③

公元前 337 年　第一次选出平民行政长官

---

① 参格罗索，《罗马法史》，页 67。

② 参格罗索，《罗马法史》，页 145。

③ 参格罗索，《罗马法史》，页 70、350。

公元前 328－前 304 年　第二次萨姆尼乌姆战争

公元前 326 年　颁布关于解放债务奴隶的《柏德尔法》（Lex Poetelia）①

公元前 318－312 年　《奥威尼法》（Lex Ovinia）或《奥维尼平民决议》②

公元前 312 年　罗马修筑通往坎佩尼亚的阿皮亚大道

公元前 4 世纪末　主要法学家有阿皮乌斯·克劳狄乌斯［Appius Claudius，著有司法年历和《诉讼编》（Liber Actionum）］、索佛（Sempronius Sofo，公元前 304 年任执政官，公元前 300 年任祭司）

公元前 304 年法学家阿皮乌斯·克劳狄乌斯的文书格·弗拉维（Gneo Flavio）颁布《弗拉维法》（Ius Flavianum），公布审判日期表及诉讼规则③

公元前 300 年　新的《瓦勒里乌斯法》（Lex Valeria）④

公元前 3 世纪　《阿奎利乌斯法》。主要法学家有盖·斯基皮奥·纳西卡（Gaius Scipio Nasica）、昆·穆基乌斯（Quintus Mucius）和克伦卡尼乌斯（Tiberius Coruncanius，公元前 280 年任执政官，公元前 254 年成为第一位平民祭司长）

公元前 3 世纪？　《卡尔普尔尼乌斯法》；《瓦里乌斯法》

公元前 298－前 290 年　第三次萨姆尼乌姆战争

公元前 295 年　森提努姆（翁布里亚）战役：德基乌斯战胜伊特拉里亚人和凯尔特人的联军，他自己濒临死亡（capitis devotio）。对此阿克基乌斯在紫袍剧《埃涅阿斯的后代》或《德基乌斯》（Aeneadae sive Decius）中有所描述

公元前 290 年　萨姆尼乌姆战争结束，罗马征服意大利中部

公元前 287 或前 286⑤年　平民第三次撤退至圣山。由于《霍尔滕西乌斯法》（前 297 年），阶级斗争结束：平民在平民议会做出的决议对所有人都具有约束力

约公元前 284 年　安德罗尼库斯生于塔伦图姆

公元前 280 年　书面记录和传达阿皮乌斯·克劳狄乌斯反对皮罗斯和平提议的演说辞

---

① 参格罗索，《罗马法史》，页 87、351。

② 或为约公元前 312 年，参周枏，《罗马法原论》，页 34；或为公元前 286 至前 275 年，参格罗索，《罗马法史》，页 129。

③ 参格罗索，《罗马法史》，页 76。

④ 参格罗索，《罗马法史》，页 116。

⑤ 参格罗索，《罗马法史》，页 71 和 351。

公元前 280-前 275 年　在战胜其他意大利民族和伊庇鲁斯国王皮罗斯以后，占领希腊城池特别是塔伦图姆（前 275 年），罗马征服意大利南部，从而统一了意大利半岛（从波河平原至塔伦图姆）

公元前 273 年　罗马与埃及建立友好关系

公元前 272 年　塔伦图姆投降。安德罗尼库斯作为战俘来到罗马

约公元前 270 年　奈维乌斯诞生

公元前 268 年　银币在罗马出现

公元前 264 年　角斗表演在罗马首次出现

公元前 264-前 241 年　第一次布匿战争。奈维乌斯自己积极参加第一次布匿战争，撰写他的叙事诗《布匿战纪》

公元前 263 年　罗马与叙拉古结盟

公元前 261-前 260 年　罗马建立舰队

约公元前 250-前 184 年　普劳图斯生于翁布里亚，第一位伟大的拉丁语谐剧诗人

公元前 242 年　设立外事裁判官

公元前 241 年　西西里岛成为第一个罗马行省。百人队大会改革

公元前 241-前 238 年　反迦太基的雇佣兵战争

公元前 240 年　在罗马节，第一次上演依据希腊典范的拉丁语剧本，作者是塔伦图姆的战俘安德罗尼库斯。他也用拉丁语改写荷马叙事诗《奥德修纪》

公元前 239-前 169 年　恩尼乌斯，出身于墨萨皮家族，生于卡拉布里亚的鲁狄埃；第一位伟大的叙事诗作家：历史叙事诗《编年纪》

公元前 238/前 237 年　占领撒丁岛和科尔西嘉岛

公元前 235 年　第一次上演奈维乌斯依据希腊典范改编的舞台剧本；他也撰写历史叙事诗《布匿战纪》

公元前 234-前 149 年　加图（老加图），拉丁语散文的第一个代表人物：在他的私人生活中以及他的文字——谈话录，1 篇关于农业的论文《农业志》和 1 部意大利城市的编年史《史源》——中，他出现的面目是古罗马传统的狂热捍卫者，反对受到希腊文化的太大影响

公元前 232 年　弗拉米尼乌斯（Flaminius）的土地法

公元前 229-前 228 年　第一次伊利里古姆战争

公元前 226 年　埃布罗条约

公元前 222 年　在克拉斯提狄乌姆战役中，老马尔克卢斯击败上意大利的英苏布里人（奈维乌斯的紫袍剧《克拉斯提狄乌姆》）

公元前 220-前 140 年　帕库维乌斯生于布伦迪西乌姆；第一位伟大的

肃剧诗人

公元前 219 年　第二次伊利利古姆战争

公元前 218-前 201 年　第二次布匿战争；迦太基人汉尼拔翻越阿尔卑斯山，公元前 217 年在特拉西美努斯湖畔（Trasimenischer See）和公元前 216 年在坎奈击败罗马人；然而罗马人由于坚忍不拔而战胜：汉尼拔必须离开意大利；公元前 202 年北非扎玛战役，以老斯基皮奥（斯基皮奥·阿非利加努斯）的胜利告终：罗马在地中海西部地区接管了迦太基的角色，成为最重要的贸易大国；公元前 201 年西班牙成为罗马的行省

公元前 215-前 205 年　第一次马其顿战争

公元前 212-前 211 年　罗马与埃托利亚联盟

公元前 210-前 184 年　普劳图斯的谐剧：传世 21 部谐剧，例如《吹牛的军人》（公元前 206/前 205 年）、《斯提库斯》（公元前 200 年）和《普修多卢斯》（公元前 191 年）

公元前 210 左右-前 126 年　波吕比奥斯

公元前 207 年　罗马举行祭典，安德罗尼库斯为此写颂歌

公元前 206 年　老斯基皮奥（斯基皮奥·阿非利加努斯）在伊利帕（Ilipa）的胜利

公元前 204 年　恩尼乌斯来到罗马，戏剧创作开始；德高望重的诗人安德罗尼库斯死于罗马。《辛西亚法》（Lex Cincia）由保民官辛西亚（M. Cincius Alimentus）提议制定①

公元前 201 年　罗马和迦太基缔和

公元前 200 年?　《阿普勒伊乌斯法》；《关于遗嘱的富里乌斯法》

约公元前 200 年　提提尼乌斯的紫袍剧创作时期开始。最早的、用希腊语写作的古罗马编年史作家：皮克托尔和阿里门图斯

公元前 2 世纪　《埃布提乌斯法》

公元前 2 至前 1 世纪　《马尔基乌斯法》

公元前 200-前 197 年　"爱好希腊的人"T. 弗拉米尼努斯击败马其顿王国的国王菲力普五世；罗马宣布希腊摆脱马其顿的统治，获得"独立"

公元前 200-前 196 年　第二次马其顿战争

公元前 200-150 年　主要法学家塞·艾利乌斯·佩图斯·加图（Sextus Aelius Petus Cato）、普·艾利乌斯（Publius Aelius）、普·阿提利乌斯

---

①　参周枏，《罗马法原论》，页 822。

（Publius Atilius）、卢基尼安·加图（Lucinianus Cato）和盖·李维·德鲁苏斯（Gaius Livius Drusus）①

公元前196年？ 《富里乌斯法》；《关于应保人的富里乌斯法》

公元前195年 老加图当执政官

公元前192-前189年 对叙利亚的安提奥科三世发动战争：公元前189年马·孚尔维乌斯·诺比利奥尔占领与安提奥科结盟的埃托里亚城市安布拉基亚；罗马把国王安提奥科逐出小亚细亚，把这个地区送给帕伽马的国王。在恩尼乌斯的紫袍剧《安布拉基亚》中有所描述

公元前191年 《普莱托里亚法》（Lex Plaetoria）

约公元前190-前159年 泰伦提乌斯，生于北非

公元前190年 安提奥科三世败于马格尼西亚

公元前186年 鉴于狂热崇拜源于希腊的巴科斯，元老院通过反对祭祀酒神巴科斯的决定（Senatus Consultum de Bacchanalibus）

公元前184年 老加图当监察官

公元前183年 老斯基皮奥和汉尼拔去世

公元前181年 尤利乌斯和提提乌斯法

约公元前180-前102年 卢基利乌斯

公元前173年 两位伊壁鸠鲁哲学家被逐出罗马。《西塞雷伊乌斯法》

公元前172-前168年 第三次马其顿战争：鲍卢斯在皮得那战役战胜马其顿的国王帕修斯（帕库维乌斯的紫袍剧《鲍卢斯》）；马其顿附属于罗马。在罗马，整个权力都在于贵族和元老院。意大利农民变为无产阶级。通过罗马的前执政官和前裁判官剥削意大利以外的行省。由于战利品，在罗马奢侈之风愈演愈烈

公元前170年 阿克基乌斯出生

公元前169年 恩尼乌斯逝世；上演他的《提埃斯特斯》。属于人法的《沃科尼乌斯法》（Lex Voconia）

公元前168年 皮得那战役，帕修斯失败

公元前167年 老加图的演讲辞《为罗得岛人辩护》，和别的政治演讲辞一起收入他的纪事书《史源》。在老年时老加图撰写《农业志》

公元前166-前160年 泰伦提乌斯的谐剧；他被小斯基皮奥和他的朋友提拔；这个圈子也吸纳希腊哲学家帕奈提奥斯和历史学家波吕比奥斯

公元前161年 罗马元老院把希腊修辞学家和哲学家赶出罗马

---

① 卢基尼安·加图（Lucinianus Cato）是老加图的儿子，卒于公元前152年。参格罗索，《罗马法史》，页196和353。

公元前 155 年　一个希腊的哲学家使团——学园派卡尔涅阿德斯、逍遥派克里托劳斯（Kritolaos）和廊下派第欧根尼——访问罗马，举办讲座。愤怒的老加图要求立即驱逐他们

公元前 150-100 年　主要法学家有普·穆基乌斯·斯凯沃拉（Publius Mucius Scaevola）、马·吉乌尼乌斯·布鲁图斯（Marcus Giunius Brutus）、马·曼尼利乌斯（Marcus Manilius）、普·鲁提利乌斯·鲁福斯（Publius Rutilius Rufus）和保罗·维尔吉尼乌斯（Paulus Verginius），其中前 3 位是市民法的奠基人①

公元前 149 年　老加图逝世

公元前 149-前 146 年　第三次布匿战争：小斯基皮奥毁灭迦太基；北非成为罗马的行省

公元前 147 年　马其顿成为罗马的行省

公元前 146 年　希腊起义。毁灭哥林多；希腊并入罗马的马其顿行省

公元前 145 年　莱利乌斯试图进行土地改革

公元前 143-前 133 年　努曼提亚战争

公元前 140 年　80 岁的帕库维乌斯带着一部肃剧到场，与阿克基乌斯比赛

公元前 137-前 132 年　西西里第一次奴隶起义

公元前 133 年　西班牙起义：小斯基皮奥占领努曼提亚；整个西班牙成为罗马的行省

公元前 133-前 121 年　罗马的社会和政治动荡：保民官格拉古兄弟反对元老院贵族，建议把土地分配给贫民，把谷物分配给城市无产者。盖·格拉古通过在亚细亚设立税务部门和在罗马设立法院，获得了用钱买来贵族头衔的富人支持。在巷战中，格拉古兄弟垮台（提比略·格拉古死于斯基皮奥·纳西卡·塞拉皮奥之手）

约公元前 133-前 102 年　卢基利乌斯撰写 30 卷《讽刺诗集》；与小斯基皮奥的友谊；紫袍剧诗人阿弗拉尼乌斯的创作时期

约公元前 130 年　帕库维乌斯逝世

约公元前 130-约前 100 年　编年史作家皮索·福鲁吉、阿塞利奥和安提帕特

---

① 马·吉乌尼乌斯·布鲁图斯（Marcus Giunius Brutus），公元前 142 年任检察官，著有《论市民法》（De Iure Civili）；马·曼尼利乌斯（Marcus Manilius），公元前 149 年任执政官，著有《回忆》（Monumenta）；普·鲁提利乌斯·鲁福斯（Publius Rutilius Rufus），公元前 105 年任执政官。参格罗索，《罗马法史》，页 196 和 353。

公元前 129 年　小斯基皮奥死亡。帕伽马王国成为罗马的亚细亚行省。西塞罗《论共和国》的紧张时期

公元前 123 年　《阿西利亚法》(*Lex Acilia Repetundarum*)

公元前 123－122 年　盖·格拉古颁布若干《森布罗尼法》(*Lex Sempronia*)，包括公元前 123 年盖·格拉古提出的平民决议《关于行省官职的森布罗尼法》(*Lex Sempronia de Provinciis*)。《关于索贿的法律》(*Legge de Repetundis*)①

公元前 123－前 121 年　保民官盖·格拉古的演讲辞

公元前 116－前 27 年　古物学家、语言学家和诗人瓦罗生于萨宾地区的雷阿特；在他的名下，大约有 70 部著作，总篇幅达到 600 卷；把墨尼波斯杂咏引入拉丁语文学

公元前 113－前 101 年　马略击败日尔曼族西姆布赖人和条顿人，5 年被民众选为执政官（公元前 107 年第一次任执政官）。马略实行军队改革，组建了一支罗马的职业军队；公元前 100 年获得了他的第六个执政官任期；罗马陷入无政府状态

公元前 112－前 105 年　朱古达战争：开始努米底亚国王朱古达收买元老院的寡头政治，但是最终被新贵马略击败。托里乌斯战争

公元前 111 年　《塞尔维利乌斯法》(*Lex Servilia*)②

约公元前 110－约前 90 年　出现西塞罗的老师、演说家卢·克拉苏和马·安东尼；西塞罗和瓦罗的老师、语文学家和学者斯提洛；以及肃剧诗人和语文学家阿克基乌斯

公元前 107 年　马略出任执政官

公元前 106 年　《加比奥尼的塞尔维里法》(*Lex Servilia Caepionis*)③

公元前 106－前 43 年　西塞罗

公元前 104 年　第二次西西里奴隶起义

公元前 103 年　关涉叛逆罪的《阿布勒伊法》(*Lex Appuleia*)④

公元前 103 年/约前 100 年　最后一个披衫剧的代表人物图尔皮利乌斯逝世

公元前 101 年　《格劳恰的塞尔维里法》(*Lex Servilia Glauciae*)⑤

---

① 参格罗索，《罗马法史》，页 150、167 和 354。

② 参周枏，《罗马法原论》，页 111。

③ 参格罗索，《罗马法史》，页 202。

④ 参格罗索，《罗马法史》，页 208。

⑤ 参格罗索，《罗马法史》，页 202。

公元前 100-前 44 年　恺撒

公元前 100-前 27 年　主要法学家有昆·穆基乌斯·斯凯沃拉（Quintus Mucius Scaevola，公元前 95 年任执政官，卒于公元前 82 年）、卢·艾利乌斯·伽卢斯（L. Aelius Gallus）、盖·阿奎利乌斯·伽卢斯（C. Aquilius Gallus，公元前 66 年任大法官）、巴尔布斯·卢基利乌斯（Balbus Lucilius）、塞·帕皮里乌斯（Sextus Papirius）、盖·尤文提乌斯（Gaius Iuventius）、塞尔维乌斯·苏尔皮基乌斯·鲁福斯（Servius Sulpicius Rufus，公元前 51 年任执政官，著有《大法官告示释义》）、奥卢斯·奥菲利乌斯（Aulus Ofilius）、提·凯西乌斯（Titus Caesius）、奥菲狄乌斯·图卡（Aufidius Tucca）、普·奥菲狄乌斯·纳姆萨（Publius Aufidius Namusa）、弗拉维·普里斯库斯（Flavius Priscus）、盖·阿泰乌斯（Gaius Ateius）、帕库维乌斯·拉贝奥·安提斯提乌斯（父）（Pacuvius Labeo Antistius pater）、安泰乌斯·秦纳（Anthaeus Cinna）、普·革利乌斯（Publius Gellius）、奥卢斯·卡斯克利乌斯（Aulus Cascellius）、特斯塔（Gaius Trebatius Testa，西塞罗的朋友）、昆·埃利乌斯·图贝罗（Q. Aelius Tubero）、布莱苏（Blaesus）、卡尔提利乌斯（Cartilius）、法比乌斯·米拉（Fabius Mela）、普·阿尔费努斯·瓦罗（Publius Alfenus Varo）①

约公元前 99-前 55 年　卢克莱修；以他的《物性论》把哲学教诲诗引入拉丁语文学

公元前 98 年　《凯基里和狄狄法》（Lex Caecilia Didia）②

公元前 95 年　《利基尼乌斯和穆基乌斯法》（Lex Licinia Mucia）③

公元前 92 年　苏拉当西里西亚总督。监察官（其中有克拉苏）关闭民主主义者普罗提乌斯·伽卢斯的拉丁语修辞学校

公元前 91 年卢·克拉苏逝世。西塞罗《论演说家》，其中卢·克拉苏以对话的主要人物出现，对话发生在死亡的前夜

公元前 91 年　保民官马·李维乌斯·德鲁苏斯，得到克拉苏和其他理性贵族的支持，呈献社会和政治改革提案，也是为了印度日耳曼人，遭到谋杀

公元前 91-前 89 年　意大利同盟战争：印度日耳曼人起义，反对罗马；最终获得罗马公民权

约公元前 90 年　文学的意大利民间闹剧繁荣：阿特拉笑剧，代表人物

---

① 参格罗索，《罗马法史》，页 354 及下。
② 参格罗索，《罗马法史》，页 150。
③ 参周枏，《罗马法原论》，页 113。

蓬波尼乌斯和诺维乌斯。执政官卢·尤利乌斯·恺撒（L. Giulio Cesare）提出《关于向拉丁人和盟友授予市民籍的尤利乌斯法》[*Lex Iulia de Civitate Latinis*（*et Socis*）*Danda*]①

公元前 89 年　通过保民官普劳提乌斯提出的平民决议《尤利乌斯和普劳提乌斯法》（*Lex Julia et Plautia*）。《关于向盟友授予罗马市民籍的普劳提乌斯和帕皮里乌斯法》（*Lex Plautia Papiria de Vivitate Sociis Danda*）。《庞培法》（*Lex Pompeia*）授予波河对岸的高卢人以拉丁权（后来恺撒又授予罗马市民籍）。《米尼基乌斯法》？关涉叛逆罪的《瓦里乌斯法》（*Lex Varia*）②

公元前 88 年　《苏尔皮基乌斯·鲁弗斯法》。执政官苏拉提交表决《关于百人团民众会议的法律》（*Lex de Comitiis Centuriatis*）和《关于保民官权力的法律》（*Lex de Tribunicia Potestate*）③

公元前 88-前 84 年　第一次米特拉达梯战争：庞托斯的国王米特拉达梯占领小亚细亚——在那里古罗马的税务官被谋杀——和希腊；他被贵族派的领导人苏拉击败

公元前 88-前 83 年　平民派领导人马略与驻留在东部地区的贵族派领导人苏拉之间发动第一次内战；许多贵族被谋杀，其中有演说家安东尼

约公元前 87-前 54 年　卡图卢斯（来自维罗纳），属于公元前 1 世纪第一个三分之一时期在罗马形成的"新诗派"，这个诗人圈子以古希腊文化的榜样为导向

公元前 86-前 34 年　撒路斯特（生于萨宾地区的阿弥特尔努姆），第一个伟大的古罗马纪事书作家

约公元前 85 年　阿克基乌斯逝世。《赫伦尼乌斯修辞学》。西塞罗开初的修辞学文章《论取材》

公元前 83-前 81 年　第二次米特拉达梯战争

公元前 83/前 82 年　苏拉返回和开入罗马（丘门战役），流放

公元前 82 年　独裁官苏拉新定《关于保民官权力的法律》（*Lex de Tribunicia Potestate*）

公元前 82-前 79 年　苏拉当独裁官；放逐他的对手；严厉寡头政治的统治；事实上取缔保民官

---

① 参格罗索，《罗马法史》，页 220。
② 参格罗索，《罗马法史》，页 167、208 和 220。
③ 参格罗索，《罗马法史》，页 223。

公元前 81 年　　《关于叛逆罪的科尔涅利乌斯法》（*Lex Cornelia de Maiestate*）①

公元前 81－前 72 年　塞尔托里乌斯在西班牙的暴动

公元前 80 年　编年史作家夸德里伽里乌斯和安提亚斯

公元前 80 年　西塞罗的第一篇重要的政治演讲辞《为阿墨里努斯辩护》取得巨大成功

自从大约前 80 年以来 绘画的第二种庞贝风格：《神秘别墅》。博斯科雷阿莱（Boscoreale）别墅。帕拉丁山上（奥古斯都的?）李维娅住房

公元前 79－前 77 年　西塞罗的希腊和小亚细亚大学学习之旅；在罗得岛修辞学老师摩隆那里逗留和学习期

公元前 78 年　苏拉死亡。《艾米利粮食供给法》（*Lex Aemilia Frumen-taria*）②

公元前 78－前 63 年　《普劳提乌斯法》

公元前 77 年　最后一个长袍剧诗人阿塔逝世

公元前 77－前 72 年　庞培反对塞尔托里乌斯的斗争

公元前 75 年　西塞罗任西西里岛的财政官。《奥勒留法》（*Lex Aure-lia*）③

公元前 74 年　俾斯尼亚落入罗马

公元前 74－前 63 年　第三次米特拉达梯战争：卢库卢斯同米特拉达梯斗争，前 67 年进行海盗战争，直到公元前 66 年庞培获得与米特拉达梯战争的最高指挥权［《曼利乌斯法案》（*Lex Manlia*）］；庞培取得最终的胜利，公元前 64 年他在东部地中海地区组建古罗马的行政机构（叙利亚省）

公元前 73－前 71 年　斯巴达克奴隶起义

公元前 70 年　维吉尔生于曼徒阿。西塞罗《控维勒斯》。通过《关于保民官权力的庞培和利基利乌斯法》（*Lex Pompeia Licinia de Tribunicia Potes-tate*）和由裁判官奥勒留·科塔（Aurelius Cotta）提出的《奥勒留审判员法》（*Lex Aurelia Iudiciaria*）④

公元前 70 年　在镇压斯巴达克起义以后，庞培和克拉苏结盟，投向平民派；他俩成为执政官

公元前 70－前 69 年　《贝加苏元老院决议》

---

①　参格罗索，《罗马法史》，页 208。
②　参格罗索，《罗马法史》，页 226。
③　参格罗索，《罗马法史》，页 226。
④　参格罗索，《罗马法史》，页 226。

公元前 69-前 26 年　伽卢斯

公元前 67 年　在庞培的指挥下，罗马人肃清了整个地中海的海盗。由保民官奥卢斯·加比尼乌斯提出的《关于任命一名镇压强盗的加比尼乌斯法》（*Lex Gabinia de uno Imperatore contra Praedones Constituendo*）①

公元前 66 年　由保民官盖·曼尼利乌斯提出的《曼尼利乌斯法》（*Lex Manilia*）。西塞罗任副执政；他的演说辞《为曼尼利乌斯法辩护》。第一次喀提林阴谋

公元前 66-公元 24 年　地理学家斯特拉波

公元前 65-前 8 年　贺拉斯生于维努栖亚

公元前 64-公元 8 年　墨萨拉

公元前 63 年　西塞罗任执政官，演说辞中有《控喀提林》和《为穆瑞纳辩护》

公元前 63 年　西塞罗和希普里达的协同政治：执政官。第二次喀提林阴谋：在没有挑衅的情况下，西塞罗处死运送到罗马的喀提林追随者；恺撒和平民派对此反抗。《儒鲁斯土地法》

公元前 63-公元 14 年　屋大维（后来的别名奥古斯都）出生

公元前 62 年　喀提林的军队在伊特拉里亚被消灭。喀提林死

约公元前 60-前 19 年　提布卢斯

公元前 60 年前三头执政（triumviratus）：恺撒、庞培和克拉苏结盟

公元前 59 年　恺撒第一次当执政官。《瓦提尼乌斯法》（*Lex Vatinia de Provincia Caesaris*）

公元前 59-公元 17 年　李维（或公元前 64-公元 12 年？）

公元前 58-前 52 年　恺撒征服高卢，以前执政官的身份任高卢行省总督；撰写《高卢战记》。庞培在罗马

公元前 58 年　根据保民官克洛狄乌斯的动议，西塞罗遭遇放逐

公元前 57 年　克洛狄乌斯与弥洛在罗马的骚乱。西塞罗结束流放

公元前 56 年　前三头（triumviri）在卢卡会晤。西塞罗的演讲辞《为塞斯提乌斯辩护》

公元前 55 年　庞培在罗马建立第一个用石头修建的剧院。西塞罗的《论演说家》。卡图卢斯的抒情诗

约前 55-公元 40 年　演说家老塞涅卡

公元前 54 年　恺撒把他的作品《论类比》献给西塞罗

公元前 54-前 51 年　西塞罗《论共和国》和《论法律》。卢克莱修发

---

① 参格罗索，《罗马法史》，页 226。

表教诲诗

公元前 53 年　在和帕提亚人的战争中，克拉苏失利，并且在卡雷被谋杀。罗马更加陷入无政府状态

公元前 52 年　庞培"独任执政官"。庞培提出《庞培法》(Lex Pompeia de Parricidiis)。① 保民官克洛狄乌斯被弥洛谋杀。西塞罗《为弥洛辩护》

公元前 51-前 50 年　恺撒发表他的《高卢战记》

公元前 49-前 46 年　内战（恺撒与元老党的庞培及其追随者）；恺撒率领他的军团，渡过卢比孔河，进攻罗马，开始内战；公元前 48 年法尔萨洛斯战役，庞培失败，逃亡埃及，被杀；恺撒任命克里奥佩特拉当埃及女王；公元前 46 年在塔普苏斯（小加图在乌提卡自杀）和公元前 45 年在蒙达战胜元老党的军队；恺撒出任终身独裁官和帝国元首

公元前 48 年　在元老党的军队失败以后，西塞罗返回罗马，得到恺撒赦免

公元前 47 年　瓦罗把他的《人神制度稽古录》献给恺撒。阿提库斯发表他的《编年史》(Liber Annalis)

约公元前 47-前 2 年　普罗佩提乌斯（或约公元前 47-前 16 年？）

公元前 46 年　历法改革。拟剧诗人西鲁斯战胜拉贝里乌斯；从此拟剧统治罗马的文学舞台

公元前 46-前 45 年　西塞罗的恺撒式演讲辞：为当时的庞贝人（Pompejaner）辩护，谢谢恺撒的"宽仁"

公元前 46-前 44 年　西塞罗撰写他的大多数哲学论文。恺撒任独裁官：重组行政机构；依据平民派的意思采取社会措施；历法改革（实行尤里安历法）；大赦。颁布《尤利乌斯自治市法》(Lex Iulia Municipalis)②

公元前 45 年　西塞罗的女儿图利娅死亡；西塞罗的《论安慰》

公元前 44 年 3 月 15 日　恺撒被布鲁图斯、卡西乌斯等人谋杀

公元前 44 年　地理学家斯特拉波的活动（直至公元 21 年）

公元前 44-前 43 年　穆提纳战争（屋大维在穆提纳战役击败安东尼，获得公元前 43 年的执政官）。西塞罗针对安东尼的《反腓力辞》和《论义务》

公元前 43 年　瓦罗把他的《论拉丁语》献给西塞罗

公元前 43 年 9 月　屋大维、安东尼和雷必达（即勒皮杜斯）结盟，形成"后三头（secundi triumviri）"；《关于设立国家三个首脑的提提法》(Lex

---

① 参格罗索，《罗马法史》，页 168。
② 参格罗索，《罗马法史》，页 156。

Titia de III Viris Reipublicae Constituendae）；流放

公元前 43 年 12 月 西塞罗被杀

公元前 43 年 奥维德生于苏尔莫

公元前 43-前 42 年 撒路斯特《喀提林阴谋》和《朱古达战争》

公元前 42 年 腓力皮战役，安东尼击败以布鲁图斯和卡西乌斯为首的共和派；布鲁图斯和卡西乌斯自杀。后来的皇帝提比略出生

约公元前 42-前 39 年（也许几年以后）维吉尔《牧歌》（迈克纳斯圈子）

公元前 42-前 31 年 安东尼前往东部地区，受到埃及女王克里奥佩特拉的影响，表现为东部地区的统治者；脱离屋大维接管恺撒工作的意大利

公元前 40 年 波利奥任执政官

公元前 40 年以后 贺拉斯开始写作《讽刺诗集》和《长短句集》

公元前 39 年 波利奥在罗马建立第一个公共图书馆

公元前 38 年 在维吉尔和瓦里乌斯的推荐下，贺拉斯被吸纳进迈克纳斯圈子

约公元前 37 年 瓦罗《论农业》

公元前 37-前 30 年 维吉尔《农事诗》

公元前 36 年 安东尼远征帕提亚；阿格里帕在瑙洛科斯取得海战胜利

公元前 36-前 35 年 远征塞克斯图斯·庞培

公元前 35 年 贺拉斯《讽刺诗集》第一卷完稿

公元前 35 年 撒路斯特在弥留之际留下未竟之作《历史》

公元前 35-前 30 年 奈波斯的传记作品，其中有《阿提库斯传》

公元前 32 年 阿提库斯逝世。迈克纳斯把萨宾地区的地产送给贺拉斯

公元前 31 年 阿克提乌姆海战，屋大维击败安东尼和克里奥佩特拉的舰队

公元前 30 年 屋大维占领亚历山大里亚，安东尼和埃及女王克里奥佩特拉双双自杀；埃及成为行省。第三种庞贝风格（自从约公元前 30 年以后）。卢克莱修·弗隆托（Lucretius Fronto）的房子。古琴演奏者的房子

公元前 30-前 29 年 贺拉斯《讽刺诗集》第二卷和《长短句集》完稿

公元前 30-前 23 年 贺拉斯《歌集》1-3 卷

约公元前 29-前 19 年 维吉尔《埃涅阿斯纪》

公元前 29 年 神化恺撒，尤利乌斯神庙的落成典礼

公元前 28 年 阿波罗神庙落成典礼。开始修建屋大维的陵墓

公元前 28-前 23 年 维特鲁威《论建筑》（或《建筑十书》）

公元前 27 年 元老院正式承认屋大维为王储；作为奥古斯都，屋大维

建立第一古罗马帝国。瓦罗逝世。墨萨拉的胜利

公元前 27 年 9 月以后　提布卢斯《诉歌集》第一卷

公元前 27 年及以后　主要法学家有拉贝奥（Marcus Antistio Labeo，普罗库尔派法学创始人）和卡皮托（Ateius Capito，萨宾派法学创始人）①

公元前 27-前 25 年　奥古斯都在西班牙北部的坎塔布里亚和西北部的阿斯图里亚斯（Asturias）

公元前 27-前 19 年　阿格里帕占领西班牙西北地区

公元前 27-公元 14 年　屋大维·奥古斯都的元首政治

公元前 26 年　尊崇奥古斯都的阿尔勒大理石圆盾（复制公元前 27 年的黄金古罗马荣誉牌）

约公元前 25 年　奈波斯逝世。李维开始写作《建城以来史》

公元前 25 年　吞并加拉西亚

公元前 23 年　奥古斯都终身接管保民官的权力。马尔克卢斯死亡

约公元前 23-前 8 年　贺拉斯《诗艺》

公元前 22 年　奥古斯都成为终身执政官

公元前 22-前 19 年　奥古斯都理顺古罗马西亚的关系

公元前 20 年　提比略从帕提亚收回在卡雷丢失的部队旗帜。奥古斯都开始修建战神庙：复仇者马尔斯（Mars Ultor）② 神庙。贺拉斯《书札》第一卷。奥维德《恋歌》第一版（失传），《女杰书简》I-XV，肃剧《美狄亚》（失传）

公元前 20-前 1 年　奥维德《恋歌》第二版

公元前 19 年以前　贺拉斯《致弗洛尔》

公元前 19 年　维吉尔逝世。提布卢斯逝世（或公元前 17 年?）

公元前 18 年　《关于各阶层成员结婚的尤利乌斯法》。颁布《关于惩治通奸罪的尤利乌斯法》（Lex Iulia de Adulteries Coercendis）

公元前 17 年　奥古斯都举行世纪庆典，贺拉斯受托写《世纪颂歌》。《关于审判的尤利乌斯法》

公元前 16-前 13 年　奥古斯古在高卢。提比略和德鲁苏斯占领诺里库姆（Noricum）、雷提亚（Rätien）和文德利基恩（Vindelicien）

自从公元前 14-前 12 年以来　奥古斯都守护神（Genius Augusti）在拉

---

① 参格罗索，《罗马法史》，页357。

② 复仇者（Ultor）源自古罗马女神乌尔提奥（Ultio，意为"复仇"），其崇拜与马尔斯有关。公元前 2 年奥古斯都为在复仇者马尔斯神庙修建的马尔斯的祭坛和金色塑像举行落成典礼，使之成为复仇者马尔斯的祭拜中心。

尔神岔路神节（Lares compitales）期间受到尊崇

公元前 14 年以后　贺拉斯《致奥古斯都》

公元前 13 年　贺拉斯《歌集》卷四

公元前 13－前 11 年　马尔克卢斯剧院

公元前 13－前 9 年　奥古斯都和平祭坛（Ara Pacis Augustae）

公元前 12 年　阿格里帕死亡。德鲁苏斯远征日尔曼尼亚

公元前 12－前 9 年　提比略远征潘诺尼亚

公元前 9 年　德鲁苏斯死亡。李维的纪事书完稿。苏萨（Susa）的奥古斯都拱门

公元前 8 年　迈克纳斯死亡。贺拉斯逝世

公元前 6 年-公元 2 年　提比略在罗得岛

公元前 6－前 4（？）年　耶稣降生

公元前 5 年　《关于 1/20 税的尤利乌斯法》

公元前 2 年　奥古斯都广场的落成典礼。奥古斯都加封"国父"。《富菲乌斯和卡尼尼乌斯法》

公元前 1－公元 1 年　奥维德《爱经》

2 年　L.恺撒死亡

4 年　C.恺撒死亡。奥古斯都收养提比略和阿格里帕·波斯图穆斯。限制释放奴隶法颁布。《艾里乌斯和森提乌斯法》

4－6 年　提比略征服日尔曼，直至易北河

约 4－8 年　奥维德的超重邮件《女杰书简》XVI 以下

约 4－65 年　哲学家和肃剧诗人塞涅卡（小塞涅卡）

6－9 年　提比略战胜达尔马提亚人和潘诺尼亚人

8 年　奥维德《变形记》，（几乎同时）《岁时记》I－VI（第一稿）。放逐尤利娅和奥维德

9 年　瓦鲁斯战役；莱茵河界。《帕皮乌斯和波培乌斯法》

9－12 年　奥维德《诉歌集》

9 年以后　奥维德《伊比斯》，改写《岁时记》I－VI

10 年　奥古斯都宝石（Gemma Augustea）

13 年 4 月以前　奥古斯都《业绩》

13 年　奥维德《黑海书简》前 3 卷

13 年以后　奥维德《黑海书简》卷四

14 年　奥古斯都死亡和神化

14－37 年　皇帝提比略在位（自从 27 年以后到卡普里；直至 31 年近卫军长官西亚努斯的独裁统治）。皇侄日耳曼尼库斯（公元前 15－公元 19 年）

撰写《星空》（*Aratea*）。诗人曼尼利乌斯和斐德若斯（约公元前15-约公元50年），历史学家维勒伊乌斯·帕特尔库卢斯（约公元前20-公元30年以后），瓦勒里乌斯·马克西姆斯，百科全书作家克尔苏斯

14年以后　罗马近郊第一门（Primaporta）的奥古斯都雕像

14-68年　尤利乌斯—克劳狄乌斯王朝

约15-68年后　斐德若斯

16年　日耳曼尼库斯远征日耳曼；乘船通过埃姆斯河，抵达北海

约17年　李维逝世

约18年　奥维德逝世

19年　《尤尼亚法》；日耳曼尼库斯之死

23/24-79　老普林尼

28年？　《尤尼亚和韦莱亚法》

30年代至1世纪末　昆体良

约30或33年　耶稣被钉死在十字架上

37-41年　皇帝卡利古拉在位。老塞涅卡（约公元前55-公元39年）撰写《劝说辞》和《反驳辞》

41-54年　皇帝克劳狄乌斯在位（巨大地影响皇帝的女人和释奴）。史学家库尔提乌斯·鲁孚斯

41-49年　放逐贤哲塞涅卡（约公元前4-公元65年）到科尔西嘉岛

42年　《拉尔勾元老院决议》

43年　占领南部不列颠岛

44年　克劳迪亚法

约45-58年　保罗的布道旅行

约46-约120年　普鲁塔克

52年　《克劳迪亚元老院决议》

约54/57年-约120年　塔西佗

54-68年　皇帝尼禄在位（直至62年受到贤哲塞涅卡和近卫军长官布鲁斯的有益影响，然后加强独裁统治）。讽刺作家佩尔西乌斯（34-62年），叙事诗作家卢卡努斯（39-65年），农业作家克卢米拉。彼特罗尼乌斯撰写他的《萨蒂利孔》

56年　《特雷贝里安元老院决议》

59年　在儿子的授意下，谋杀皇帝遗孀阿格里皮娜。

60年　设立五年节（Quinquennalia，每隔4年举行1次）。在第一次庆典时，卢卡努斯朗诵对尼禄的《颂词》

61年？　《尼禄元老院决议》；鲍狄卡在不列颠起义

62 年　小塞涅卡退出皇宫

62－113 年之后　小普林尼

63－66 年　亚美尼亚同波斯的问题解决

64 年　罗马大火。迫害基督徒

65 年　反尼禄的皮索阴谋败露，小塞涅卡和讽刺诗人卢卡努斯等被处死

66 年　佩特罗尼乌斯被迫自杀

66－70 年　第一次犹太暴动或第一次罗马战争

66－67 年　尼禄在希腊进行演艺旅行

66－73 年　犹太战争

68 年　伊塔利库斯的执政官任期

68－69 年　内战。随着尼禄自杀，尤利乌斯—克劳狄乌斯王朝灭亡。三皇年：伽尔巴、奥托和维特利乌斯

69－79 年　维斯帕西安建立弗拉维王朝。叙事诗作家弗拉库斯。自然科学家老普林尼（23/24－79 年）

69 年　昆体良开立修辞学学校

69－96 年　弗拉维王朝。主要法学家有克利乌斯·萨比努斯（Celius Sabinus）、贝加苏（Pegasus Fulcidius Priscus）、富菲狄乌斯（Fufidius）、普劳提乌斯（Plautius）、米尼基乌斯·纳塔利斯（Minicius Natalis）和费罗克斯（Urseius Ferox）①

70 年　占领耶路撒冷

约 70－121 年之后　苏维托尼乌斯

74 年　征服内卡河（Neckar）流域

78 年　塔西佗娶阿古利可拉的女儿

79 年　维苏威火山爆发；庞贝和赫尔库拉涅乌姆贝火山灰淹没。老普林尼死亡

79－81 年　提图斯在位

80 年　弗拉维圆形露天剧场（罗马竞技场）的落成典礼；马尔提阿尔的铭辞

81－96 年　专制君主多弥提安在位。演说家昆体良（约 35－96 年），叙事诗作家伊塔利库斯（约 25－101 年）和斯塔提乌斯（约 45－96 年），铭辞诗人马尔提阿尔（约 40－103 年）

从 83 年起　修建古罗马帝国的界墙

---

① 参格罗索，《罗马法史》，页358。

86 年　创办卡皮托尔竞赛

96-98 年　涅尔瓦在位。在弗拉维王朝垮台以后，王朝的原则变为养子帝制

96-138 年　主要法学家有雅沃勒努斯·普里斯库斯（Iavolenus Priscus）、尤文提乌斯·克尔苏斯（父）（Iuventius Celsus pater）、尼拉提乌斯·普里斯库斯（Neratius Priscus）、维维阿努斯（Vivianus）、奥菲狄乌斯·基乌斯（Auphidius Chius）、奥克塔维努斯（Octavinus）、提·阿里斯托（Titus Aristo）、坎帕努斯（Campanus）、帕科尼乌斯（Paconius）、普特奥拉努斯（Puteolanus）、塞尔维利乌斯（Servilius）、瓦里乌斯·卢库卢斯（Varius Lucullus）、瓦勒里乌斯·塞维鲁斯（Valerius Severus）、莱利乌斯·费利克斯（Laelius Felix）、塞·佩狄乌斯（Sextus Pedius）、尤文提乌斯·克尔苏斯（子）（Iuventius Celsus filius）和尤利安（Salvius Iulianus）①

97 年　塔西佗任执政官

97-192 年　安东尼王朝

98-117 年　图拉真（第一个来自行省的皇帝）在位。历史学家塔西佗（约 60-117 年以后），讽刺作家尤文纳尔（约 60-130 年以后）。小普林尼（约 61-113 年）撰写《书信集》

98 年　马尔提阿尔返回家乡西班牙

100 年　小普林尼作为执政官，发表《图拉真颂》

101-102 年　第一次达基亚战争

105-106 年　第二次达基亚战争，106 年吞并达基亚

约 112/113 年　小普林尼任俾斯尼亚总督

114-117 年　帕提亚战争。占领亚美尼亚和美索不达米亚；帝国疆界达到最大

117-138 年　皇帝阿德里安在位（撤退至幼发拉底河；加固帝国的界墙，尤其是莱茵河与多瑙河之间的）。苏维托尼乌斯的《罗马十二帝王传》，尤文纳尔最后的讽刺作品

122 年　不列颠的阿德里安长城

124-170 年之后　阿普列尤斯

132-135 年　巴高巴（Bar Kochba）领导的犹太人起义，或称第二次犹太暴动、第二次罗马战争。毁灭耶路撒冷

---

①　尤文提乌斯·克尔苏斯（父）曾任执政官，著有《市民法、长官法合论》等 39 卷；尤利安著有《市民法长官法合论》90 卷。参格罗索，《罗马法史》，页 358 及下。

138-161 年　皇帝皮乌斯在位。法学家盖尤斯，阿普列尤斯的长篇小说（约 125 年）

139-193 年　主要法学家有塞斯图斯·庞波尼乌斯（Sestus Pomponius）、① 阿布尔尼乌斯·瓦伦斯（L. Flavius Aburnius Valens）、毛里加努斯（Mauricianus）、克莱门斯（Terentius Clemens）、凯基利乌斯·阿非利加努斯（Sextus Caecilius Africanus）、维勒乌斯·萨图尔尼努斯（Veleus Saturninus）、盖尤斯（Gaius）、麦加努斯（Volusius Maecianus）、乌尔皮乌斯·马尔克卢斯（Ulpius Marcellus）、② 塔伦特努斯·帕特尔努斯（Tarruntenus Paternus）、弗罗伦提努斯（Florentinus）、帕皮里乌斯·尤斯图斯（Papirius Iustus）和克尔维狄乌斯·斯凯沃拉（Cervidius Scaevola）③

142 年　不列颠的皮乌斯长城

143 年　弗隆托的执政官任期

约 160-220 年以后 德尔图良

161-180 年　皇帝奥勒留和维鲁斯（†169 年）

162-165 年　帕提亚战争；鼠疫带来的和平

167-175 年　玛阔曼人（Markomannen）战争

176-180 年　玛阔曼人战争

约 170 年 革利乌斯撰写《阿提卡之夜》

180 年以前 第一个圣经译本

180 年　西利乌姆圣徒殉道

180-192　皇帝康茂德（奥勒留之子）在位

193-235 年　塞维鲁斯王朝

193-235 年　塞维鲁斯王朝。主要法学家有帕比尼安（Aemilius Papinianus，罗马法学家之王）、卡利斯特拉图斯（Callistratus）、阿里乌斯·米兰德（Arrius Menander）、德尔图良（Tertullianus）、特里佛宁（Claudius Tryphoninus）、保罗（Iulius Paulus）、乌尔比安（Domitius Ulpianus）、马尔齐安（Aelius Marcianus）、埃米利乌斯·马克尔（Aemilius Macer）、莫德斯丁（Herennius Modestinus）、阿奎拉（Iulius Aquila）、鲁菲努斯（Licinius Rufinus）、鲁提利乌斯·马克西姆斯（Rutilius Maximus）和安提阿努斯（Furius Anthianus）④

---

① 誉为"著有等身"，著有《法学提要》等 300 卷。
② 著有《市民法、长官法合论》31 卷。
③ 参格罗索，《罗马法史》，页 360。
④ 参格罗索，《罗马法史》，页 360 及下。

193-211 年　皇帝塞普提米乌斯·塞维鲁斯在位

194 年　尼格尔在伊苏斯的失败

197 年　克洛狄乌斯·阿尔比努斯（Clodius Albinus）在卢格杜努姆的失败

197-199 年　帕提亚战争

约 200 年　费利克斯

约 200-258 年　西普里安，迦太基的主教（248 年）

208-211 年　不列颠战争

212-217 年　皇帝卡拉卡拉在位；格拉塔

212 年　卡拉卡拉皇帝发布给予行省居民罗马公民权赦令；法学家帕皮尼阿努斯逝世

217-218 年　马克里努斯（Macrinus）在位

218-222 年　赫利奥伽巴卢斯（Heliogabalus）或埃拉伽巴路斯（Elagabalus）在位

222-235 年　亚历山大·塞维鲁斯（Alexander Severus）。尤利娅·马美娅（Julia Mamaea）的统治

223 年　尤利娅·美萨（Julia Maesa）和法学家乌尔比安逝世

226 年　波斯人（萨珊王朝）推翻帕提亚人的统治

235-284 年　军人皇帝

235-238 年　马克西米努斯一世（Maximinus I）或马克西米努斯·特拉克斯（Maximinus Thrax）在位

238 年　六皇帝。戈迪亚努斯一世（Gordianus I）及其儿子戈迪亚努斯二世（Gordianus II）在非洲称帝（3 月 22 日-4 月 12 日）；联合皇帝巴尔比努斯（Balbinus）和普皮恩努斯（Pupienus Maximus）

238-244 年　戈迪亚努斯三世（Gordianus III, 225-244 年）在位；提迈西特乌斯（Timesitheus, 死于 243 年）的统治

241-272 年　波斯萨珊王朝国王萨波尔一世（Sapor I）

244-249 年　阿拉伯人腓力（Philippus Arabs 或 Philippus Arabus）在位

248 年　罗马举行千禧年赛会

249-251 年　皇帝德基乌斯在位

251 年　哥特人在阿布里图斯（Abrittus）打败并杀死德基乌斯

249-250 年　第一次普遍地迫害基督徒

251-253 年　特列波尼亚努斯·伽卢斯（Trebonianus Gallus）在位。疫病爆发

253 年　皇帝埃米利安（Aemilianus）

253-260 年　皇帝瓦勒里安在位；伽里恩努斯（Gallienus）。日耳曼人

与波斯人的入侵

257-259 年　瓦勒里安迫害基督徒

259-273 年　波斯图姆斯（Postumus）僭位和西部行省的继位者

260 年　波斯人俘虏瓦勒里安

260-268 年　伽里恩努斯在位

约 260-317 年以后　拉克坦提乌斯

261-267 年　奥德那图斯（Odenathus）的东方胜利

267 年　芝诺比娅（Zenobia）在东方独立

268 年　哥特人败于纳伊苏斯（Naissus）

268-270 年　哥特人的克星克劳狄乌斯二世在位

约 270 年　新柏拉图主义者普洛丁逝世

270 年　放弃达基亚

270-275 年　奥勒利安（Aurelian 或 Lucius Domitius Aurelianus Augustus）在位

271 年　罗马开始修建奥勒利安城墙（Muralla Aureliana）

273 年　芝诺比娅的失败。夺取帕尔米拉（Palmyra）

274 年　高卢皇帝特提里库斯（Tetricus）败于卡塔隆尼平原。罗马的太阳神神庙

275 年　皇帝塔西佗在位

276-282 年　皇帝普洛布斯（Probus）在位

277-279 年　对莱茵河和多瑙河的胜利

277 年　摩尼之死

282-283 年　卡鲁斯（Carus）在位

283-284 年　卡里努斯（Carinus）和努墨里安在位

284-476　晚期帝国

284-305 年　皇帝戴克里先在位，建立完全的君主制，设两个"奥古斯都"，分管东西部分

286 年　马克西米安

286-296 年　卡劳西乌斯（Carausius）僭位（293 年死亡）和不列颠的阿莱克图斯（Allectus）

293 年　君士坦丁一世（306 年死亡）和伽列里乌斯（311 年死亡）指定恺撒

297-278 年　波斯战争

3 世纪末　主要法学家有格雷戈里安（Gregorianus）、赫尔墨里安（Hermogenianus）和阿尔卡狄乌斯·查理西乌斯（Aurelius Arcadius Charisius）①

---

① 参格罗索，《罗马法史》，页 362。

301 年　限价赦令

303—311 年　对基督徒的大迫害

306—337 年　皇帝君士坦丁在位

约 310—394 年　奥索尼乌斯

311 年　《塞尔迪卡赦令》（Serdica）或《索菲亚赦令》

312 年　君士坦丁在米尔维安（Milvian）桥取得胜利

313 年《米兰赦令》或《梅迪奥拉努姆赦令》，基督教合法（信仰自由）

313 年以后拉克坦提乌斯在特里尔

313—324 年　君士坦丁成为西部的皇帝

324—330 年　君士坦丁堡建立

324—337 年　君士坦丁当专制君主

325 年　君士坦丁召集尼西亚基督教主教会议，制定统一教条

326 年　处死马克西米安之女法乌斯塔（Fausta）和君士坦丁之子克里斯普斯（Crispus）

330 年　君士坦丁迁都拜占庭，改名君士坦丁堡（今伊斯坦布尔）

约 333—391 年以后　马尔克利努斯

334/339—397 年　安布罗西乌斯，米兰的主教（374—397 年）

335—431 年　保利努斯，诺拉的主教（410 年）

337 年　君士坦丁二世即位（340 年死亡），康斯坦提乌斯二世（Constantius II，361 年死亡）。康斯坦斯（Constans，350 年死亡）

约 345—420 年　哲罗姆

约 345—402 年以后　叙马库斯

348—405 年以后　普鲁登提乌斯

4 世纪中期　马克罗比乌斯

350—353 年　马格南提乌斯（Magnentius）在西部的僭位

350—361 年　君士坦丁二世，专制君主

353 年　基督教定为国教

354—430 年　奥古斯丁，受洗（387 年），希波的主教（395—430 年）

357 年　朱利安在阿尔根托拉特（Argentorate）附近打败日耳曼人

361/362—363 年　叛教者朱利安在位。异教复辟

363—364 年　约维安在位

364—375 年　西罗马帝国皇帝瓦伦提尼安一世在位

364—378 年　东罗马帝国皇帝瓦伦斯在位

约 370—404 年以后　克劳狄乌斯·克劳狄安

375-383 年　西罗马帝国皇帝格拉提安一世在位

375-392 年　西罗马帝国皇帝瓦伦提尼安二世在位（先和格拉提安并列皇帝）

378-395 年　东罗马皇帝特奥多西乌斯一世在位

382 年　胜利祭坛迁出元老院宫

383-388 年　马格努斯·马克西姆斯在西部僭位

389 年　哲罗姆在伯利恒建圣殿

392 年　基督教成为国教

392-394 年　尤金在西部僭位

从 394 年起　专制君主

395 年　帝国分裂

395-423 年　西罗马帝国皇帝霍诺里乌斯在位（395-408 年斯提利科）

395-408 年　东罗马帝国皇帝阿尔卡狄乌斯在位

约 400-约 480 年　萨尔维安

404 年　拉文纳成为西部帝国的首都

408-450 年　东部皇帝特奥多西乌斯二世

410 年　亚拉里克领导的西哥特人占领和洗劫罗马

414 年纳马提安任罗马市长

424 年　约阿尼斯（Joannes）在位

425-455 年　西罗马帝国皇帝瓦伦提尼安三世在位；普拉奇迪娅（Galla Placidia）的统治（约至 432 年）

428-477 年　汪达尔人的国王盖塞里克

429-438 年　主要法学家有安条库斯（Antiocus）、阿佩勒斯、埃罗提乌斯（Erotius）、基里路斯（Cirillus）、多姆宁（Domninus）、德谟斯特涅斯（Demostenes）和帕特里基乌斯（Patricius）①

430 年　马克罗比乌斯任意大利的军政长官

433 至 480 年以后西多尼乌斯，克莱蒙费朗的主教（470 年）

439 年　盖塞里克夺取迦太基，宣布汪达尔王国独立

439 年以前　加比拉

450 年　匈奴人侵入西罗马帝国

450-457 年　东罗马帝国皇帝马尔齐安（Flavius Marcianus Augustus）

455 年　汪达尔人洗劫罗马；彼特洛尼乌斯·马克西姆斯（Petronius Maximus）在位

---

① 参格罗索，《罗马法史》，页 365 及下。

455—456 年　阿维图斯在位

456—472 年　李奇梅尔任西部总司令，拥立和废黜皇帝

457—461 年　西罗马帝国皇帝马约里安（Majorian）在位，赢得了一些胜利，但被汪达尔人打败

457—474 年　东罗马帝国皇帝列奥一世（Leo I）

461—465 年　利比乌斯·塞维鲁斯（Libius Severus）在位

465—467 年　皇帝空位

467—472 年　安特弥乌斯在位

472 年　奥利布里乌斯在位

473 年　格莱塞鲁斯（Glycerius）在位

473—475 年　尤利乌斯·奈波斯（Julius Nepos）在位

475—476 年　罗慕路斯·奥古斯都在位

474—491 年　东罗马帝国皇帝芝诺

475 年　西哥特国王尤里克的法典，尤里克宣布独立

476 年　奥多阿克（Odoaker）废黜皇帝罗慕路斯·奥古斯都，西罗马帝国灭亡

476—493 年　意大利（赫路里人）的国王奥多阿克

约 480—524 年　波爱修斯，执政官（510 年）

481—511 年　法兰克人的国王克洛维

约 485—580 年　卡西奥多尔

491—518 年　东罗马帝国皇帝阿纳斯塔西乌斯（Anastasius）

493—526 年　西哥特人特奥德里克统治意大利

5 世纪末　出现《勃艮第罗马法》（*Lex Romana Burgundionum*）

506 年　颁布《西哥特罗马法》（*Lex Wisigothorum*）

507—711 年　西班牙的西哥特王国

518—527 年　拜占庭皇帝优士丁尼一世

527—565 年　君士坦丁堡的皇帝优士丁尼。普里斯基安

528—534 年　主要法学家有特里波尼安（Tribonianus）、特奥菲卢斯（Theophilus）、格拉丁（Gratinus）、君士坦丁（Costantinus）、多罗特乌斯（Dorotheus）、阿那托利乌斯（Anatolius）和史蒂芬（Stephanus）①

528—539 年　优士丁尼的《法律汇纂》或《学说汇纂》（533 年颁布）

529 年　颁布《法典》

533 年　颁布《法学阶梯》

---

①　参格罗索，《罗马法史》，页 366。

534 年　修订《法典》

534－565 年　编辑《优士丁尼新律》

547 年　圣本笃死亡

568 年　伦巴底人入侵北意大利

约 583 年　卡西奥多尔死亡

590－604 年　教皇格列高利一世

632 年　穆哈默德（Mohammed）死亡

636 年　塞维利亚的伊西多死亡

751 年　伦巴底人占领拉文纳

800 年　列奥三世为查理大帝皇帝加冕

962 年　教皇约翰十二世为奥托一世（Otho I）皇帝加冕

1204－1261 年　十字军东征，占领君士坦丁堡

1453 年　奥斯曼（Osman）帝国穆哈默德二世攻陷君士坦丁堡

1806 年　神圣罗马帝国灭亡

附录四　人、地译名对照表

A

阿庇安 Appian

阿伯拉尔 Peter Abelard

阿波加斯特 Arbogast

阿波罗 Apollo（太阳神）

阿波罗尼俄斯 Apollonius（演说家，摩隆之子）

阿波罗尼俄斯 Apollonius（哈尔基斯的廊下派哲人）

阿波罗尼亚 Apollonia（地名）

阿布德拉 Abdera（地名）

阿布里图斯 Abrittus（地名）

阿得奥达图斯 Adeodatus（奥古斯丁之子）

阿德尔尼 Aulus Aternius Varus

阿德里安 Hadrian（亦译"哈德良"）

阿德里安堡 Hadrianopolis（地名）

阿杜亚都卡 Aduatuca（地名）

阿杜亚都契 Aduatuci（地名）

阿多尔巴尔 Adherbal（王子）

阿尔巴 Alba（地名）

阿尔贝蒂 L. Alberti

阿尔贝里奇 Alberich

克洛狄乌斯·阿尔比努斯 Clodius Albinus（197 年在卢格杜努姆失败）

凯基纳·阿尔比努斯 Caecina Albinus（贵族）

鲁菲乌斯·阿尔比努斯 Rufius Albinus（贵族）

奥·阿尔比努斯 Aulus（A.）Postumius Albinus（前古典时期年代记作家）

奥卢斯·阿尔比努斯 Aulus Postumius Albinus（斯普里乌斯·阿尔比努斯的兄弟）

斯普里乌斯·阿尔比努斯 Spurius Postumius Albinus（奥卢斯·阿尔比努斯的兄弟，执政官）

普·图利乌斯·阿尔比诺瓦努斯 Publius Tullius Albinovanus

提·克劳狄乌斯·阿尔比诺瓦努斯 Titus Claudius Albinovanus

阿尔比乌斯 Sextus Albius

多弥提乌斯·阿非尔 Domitius Afer

阿尔菲乌斯 Alfius

阿尔菲耶里 Vittorio Alfieri 或 Vittorio Amedeo Alfieri

阿尔根托拉特 Argentorate（地名）

阿尔及利亚 Algerien（地名）

阿尔基比亚德 Alcibiades

阿尔基洛科斯 Archilochos

阿尔基亚 Archia 或 A. Licinio Archia

阿尔卡狄乌斯 Arcadius（皇帝）

阿尔昆 Alkuin 或 Alcuin，Flaccus Albinus Alcuinus

阿尔凯奥斯 Alkaios

阿尔克劳 Archelaus（诗人）

阿尔克迈翁 Alcmaeon

阿尔勒 Arles（地名）

阿尔诺 Arnault

阿尔皮诺 Arpino（地名）

阿尔皮努姆 Arpinum（地名）

阿尔契塔斯 Archytas

阿尔萨凯斯 Arsaces

阿尔特曼 William H. F. Altman

阿尔西多 Andrea Alciato

阿凡历古姆 Avaricum（地名）

阿非利加 Afrika 或 Africa（行省名）

新阿非利加 Africa Nova（行省名）

阿弗拉尼乌斯 Lucius Afranius 或 L. Afranius

阿弗诺狄西乌斯 Scribonius Aphrodisius

阿浮尔尼人 Arverni

鲁道夫·阿格里可拉 Rudolf Agricola

阿格里帕 Agrippa 或 Marcus（M.）Vipsanius Agrippa（历史人物）

阿格里皮娜 Vipsania Agrippina（阿格里帕的孙女、日耳曼尼库斯之妻）

小阿格里皮娜 Julia Vipsania Agrippina（尼禄之母）

阿格里真托 Agrigento（地名）

阿格西劳斯 Αγησιλαοσ 或 Agesilaus

阿古利可拉 Cnaeus Iulius Agricola

阿赫诺巴布斯 Lucius Domitius Ahenobarbus

阿伽尔 Aggar（地名）

阿伽门农 Agamenmnon

阿基拉斯 Achillas（庞培的军官）

阿基琉斯 Achilles

穆米娅·阿卡伊卡 Mummia Achaica

阿开亚 Achaea（地名）

阿开亚人 Achäern

阿克洛伊德 Peter Ackroyd

阿克果 Acco

阿克基乌斯 Lucius Accius

阿克罗塞劳尼亚 Acroceraunia（地名）

阿克松奈 Axona（河名）

阿克提乌姆 Actium（地名）

阿奎丹尼人 Aquitani

阿奎拉 Iulius Aquila（法学家）

阿奎利努斯 Aquilinus

阿奎利乌斯 Aquilius（保民官）

阿奎利亚 Aquileia（地名）

阿库西乌斯 Accursius

阿拉 Arar（河名）

阿拉里克 Alarich 或 Alaricus

阿拉曼尼人 Alamannen 或 Alamanni

阿拉托斯 Arat 或 Aratos

阿莱克图斯 Allectus（篡位皇帝）

阿来西亚 Alesia（地名）

阿兰人 Alans

阿雷塔斯 Arethas

阿里阿德涅 Ariadne

阿里弥努姆 Ariminum（地名）

阿里门图斯 L. Cincius Alimentus

阿里奥维司都斯 Ariovistus

阿里斯 Aris

阿里斯蒂德 Ἀριστείδης 或 Aristides（雅典政治家）

阿里斯蒂德 Aristides（希腊米利都的作家）

阿里斯通 Aristo

提·阿里斯托 Titus Aristo（法学家）

阿里斯托芬 Aristophanes

阿里斯托先诺斯 Aristoxenos

阿里斯塔科斯 Aristarch 或 Aristarchus

阿里斯提波斯 Aristippus 或 Aristippos（昔勒尼学派哲学家）

阿里乌 Arius

阿利比乌斯 Alypius（奥古斯丁之友）

阿洛布罗吉斯人 Allobroges

阿伦提乌斯 Lucius Arruntius

阿米达 Amida（地名）

阿墨里亚 Ameria（地名）

阿墨里努斯 Sex. Roscius Amerinus 或 Sextus Roscius Amerinus

阿那克西曼德 Anaximander

阿那克萨戈拉 Anaxagoras

阿那克西美尼 Anaximenes

阿弥特尔努姆 Amiternum（地名）

阿姆比安尼人 Ambiani

阿纳斯塔西乌斯 Anastasius（皇帝）

阿那托利乌斯 Anatolius（法学家）

阿诺比乌斯 Arnobius

（布雷西亚的）阿诺德 Arnold

阿诺德 Matthew Arnold

阿佩尔 Marcus Aper

阿佩勒斯 Apelles（法学家）

阿皮亚大道 Via Appia（地名）

阿普利亚 Apulia（地名）

阿普苏斯 Apsus（河名）

阿普列尤斯 Lucius Apuleius

阿茹西亚努斯 Arusianus，即 Arusianus Messius 或 Messus（法学家）

阿塞利乌斯 Marcus Asellius

阿塞利奥 Sempronius Asellio

阿什比 Ashby（地名）

阿斯卡隆 Ascalon（地名）

阿斯库卢姆 Asculum（地名）

阿斯帕拉吉乌姆 Asparagium（地名）

阿斯佩尔 Aemilius Asper

阿斯图拉 Astura（地名）

阿塔 Quinctius Atta（剧作家）

阿塔洛斯 Attalus

阿塔那修 Athanasius

盖·阿泰乌斯 Gaius Ateius（法学家）

阿特瓜 Ategua（地名）

阿特拉 Atella（地名，坎佩尼亚的小村）

阿特拉提努斯 Lucius Sempronius Atratinus

阿特纳奥斯 Athenaios

阿特柔斯 Atreus

阿提利乌斯 Atilius（剧作家）

普·阿提利乌斯 Publius Atilius（法学家）

阿提库斯 Atticus

赫罗得斯·阿提库斯 Herodes Atticus

阿提娅 Atia（屋大维之妻）

阿维安 Avian 或 Avianus（寓言诗人）

阿维恩 Avien 或 Avienus（教谕诗人）

阿维图斯 Avitus

阿文丁山 Aventin 或 Aventinum（山名）

阿西阿托 Alaciatus

阿西利乌斯 C. Acilius

阿佐 Azo 或 Azolenus

安布拉基亚 Ambracia（地名）

安布罗西乌斯 Ambrosius 或 Aurelius Ambrosius（米兰大主教）

安德罗尼库斯 Livius Andronicus

马·庞皮利乌斯·安德罗尼库斯 Marcus Pompilius Andronicus

安德烈 Jacques André（医生）

圣安德鲁 Andrew

安东尼 Antonius 或 Antony（古基督教隐修士）

安东尼 Marcus（M.）Antonius（三头之一）

盖·安东尼 Gaius Antonius（执政官）

马·安东尼 M. Antonius（演说家）

马·安东尼 Marcus Antonius（恺撒的财务官）

安格罗娜 Angerona

安基塞斯 Anchises

安卡利得斯人 Ancalites

安库斯 Ancus Marcius（罗马王政时期的第四个国王）

安皮奥列克斯 Ambiorix

安奇拉 Ancyra（今安卡拉）

圣安瑟伦 St. Anselmus

安塔乌斯 Antaeus

安特弥乌斯 Anthemius（皇帝）

安提阿努斯 Furius Anthianus（法学家）

安提马科斯 Antimachus

安提帕特 L. Coelius Antipater

安提奥科 Antiochos 或 Antiochus（亦译"安条克"，斐隆的接班人）

帕库维乌斯·拉贝奥·安提斯提乌斯（父）Pacuvius Labeo Antistius pater（法学家）

安条克 Antioch、Antiochos 或 Antiochia（地名，亦译"安提奥科斯"）

安条库斯 Antiocus（法学家）

安提斯泰尼 Antisthenes

安提乌姆 Antium（地名）

安提亚斯 Valerius Antias

埃阿科斯 Aecus

埃庇卡都斯 Cornelius Epicadus

埃布罗河 Ebro（地名）

奥多阿克 Odoaker（国王）

奥尔拜斯 Orbais（地名）

奥卢斯·奥菲利乌斯 Aulus Ofilius（法学家）

奥古斯丁 Aurelius Augustinus

安东尼奥·奥古斯丁 Antonio Augustine

奥古斯都 Augustus

罗慕路斯·奥古斯都 Romulus Augustus 或 Augustulus（罗马皇帝）

李维娅·奥古斯塔 Livia Augusta

奥凯拉 Ocella（皇帝卡里古拉的别号）

奥克多杜勒斯 Octodurus

奥克塔维努斯 Octavinus（法学家）

奥克塔维娅 Octavia 或 Octavia Minor（屋大维之姐）

奥克西穆姆 Auximum（地名）

奥拉托利会 Oratory（教派）

奥勒留 Marcus Aurelius（皇帝、哲学家）

马·奥勒留·安东尼努斯 Marcus Aurelius Antoninus（哲人王奥勒留的全名）

马·奥勒留·安东尼努斯 Marcus Aurelius Antoninus（哲人王奥勒留之父）

马·奥勒留·安东尼努斯 Marcus Aurelius Antoninus（哲人王奥勒留之祖父）

奥龙特斯河 Orontes（地名）

奥罗修斯 Paulus Orosius

奥罗修斯 Orosius

老奥皮阿尼库斯 Statius Albius Oppianicus

小奥皮阿尼库斯 Oppianicus

奥利布里乌斯 Olybrius 或 Flavius Anicius Hermogenianus Olybrius

奥皮利乌斯 Aurelius Opilius（文法家）

奥勒留·奥皮路斯 Aurelius Opillus（即奥皮利乌斯）

奥普斯 Ops 或 Ops Consivia

奥森蒂乌 Auxentius

奥斯曼 Osman（国名）

奥斯提亚 Ostia（地名）

奥索尼乌斯 Decimus（D.）Magnus Ausonius

奥托 Otho（皇帝）

奥托一世 Otho I（皇帝）

卢·奥托 Lucius Otho（皇帝奥托之父）

奥维德 Publius Ovidius Naso（Ovid）

奥西尼 Fulvio Orsini

B

巴埃比乌斯 Gaius Baebius

巴比伦 Babylon（地名）

巴恩斯 Michel Rene Barnes

巴尔巴罗 Daniele Barbaro

巴尔布斯 Quintus Lucilius Balbus（廊下派哲学家，全盛时期公元前 100 年）

卢·巴尔布斯 Lucius（L.）Cornelius Balbus（财政官，西塞罗辩护的当事人）

小卢·巴尔布斯 Lucius（L.）Cornelius Balbus（卢·巴尔布斯之侄，公元前 40 年执政官，公元前 13 年修马尔克卢斯剧场）

巴高巴 Bar Kochba

巴科斯 Baccus（酒神）

巴勒斯坦 Palästina（地名）

巴里西人 Parisii

巴门尼德 Parmenides

巴奇扎 Gasparino Barzizza

巴钦尼斯 Bacenis（地名）

尤利乌斯·巴苏斯 Julius Bassus（医学家）

巴特 Karl Bart

巴特利西乌斯 Patricius（奥古斯丁之父）

巴特斯通 William W. Batstone

巴伊乌斯 Baèulus

西格纳的邦孔帕尼 Boncompagno 或 Boncompagno da Signa

保拉 Paula

保利努斯 Paulinus（诺拉的）

保利努斯 Paulinus（执政官）

保罗 Paulus（新约人名、使徒）

（忒拜的）圣保罗 Saint Paul（of Thebes）

（教会）执事保罗 Paulus Diaconus 或 Paulus Warnefrid（史学家）

保罗 Julius Paulus 或 Giuliu Paolo（法学家）

鲍琳娜 Pompeia Paullina

鲍威尔 J. G. F. Powell

贝尔维多 Belvedere

贝加苏 Pegasus Fulcidius Priscus（法学家）

贝拉 R. Bellah

贝拉基 Pelagius

贝列皮奇 Pierre de Belleperche

贝里 D. H. Berry

贝鲁特 Beirut（地名）

贝罗阿尔多 Filippo Beroaldo

贝罗苏斯 Βήρωσσος、Berossus 或 Berosus

贝尼尼 GiovanniLorenzoBernini

贝斯提亚 Lucius Calpurnius Bestia（裁判官）

贝特里亚库姆 Bedriacum（地名）

贝西埃 Jean Bessière

本笃 Benoît 或 Benedict

彼得 Peter（长老）

A. 彼得斯曼 A. Petersmann

H. 彼得斯曼 H. Petersmann

彼拉多 Pontius Pilatus

彼特拉克 Petrarca 或 Francesco Petrarca

毕布拉克德 Bibracte（地名）

毕达戈拉斯 Pythagoras

比昂多 Flavio Biondo 或 Flavius Blondus

比勃拉克斯 Bibrax（地名）

圣比德 Bede 或 Bède

比尔及人 Belgae

比利时 Belgica（地名）

庇护二世 Pius II（教皇）

庇护十一世 Pius XI（教皇）

庇护十二世 Pius XII（教皇）

庇鲁斯坦人 Pirustae

俾洛瓦契人 Bellovaci

宾德尼苏斯 Pindenissum（地名）

玻勒谟 Polemo（色诺克拉底的学生）

波爱修斯 Anicius Manlius Severinus Boethius

波尔多 Bordeaux（地名）

波尔菲里奥 Πορφύριος 或 Porphyrios 或 Porphyry（新柏拉图主义者）

波库斯 Bocchus

波吕比奥斯 Πολύβιος、Polybius 或 Polybios（史学家）

波吕克斯 Pollux

波伦亚 Bononia（地名）

波利艾努斯 Polyaenus

波利卡普 Polykarp 或 Polycarp

波利奥 Gaius Asinius Pollio（执政官、史学家）

格·波利奥 Gnaeus Asinius Pollio（波利奥之父）

特瑞贝利乌斯·波利奥 Trebellius Pollio（史学家）

波里齐亚诺 Angelo Poliziano

波里提安 Politian，即 Angelo Poliziano 或 Angelo Ambrogini

波米尔卡 Bomilcar

波拿文都拉 Bonaventura

波普利科拉 Lucius Gellius Poplicola（证人）

波塞冬 Poseidon

波斯 Persis（国名）

波斯奈 Rebecca Posner

波斯塔尔 Bostar

波斯图姆斯 Postumus（皇帝）

盖·波斯图姆斯 Gaius Postumus（《为穆雷那辩护》）

波舒哀 Bossuet，即 Jacqurs-Benigne Bossuet

波塔利 Eugene Portalie

波腾提亚 Potentia（地名）

波提努斯 Pothinus

伯克 Edmund Burke

伯利恒 Bethlehem（地名）

伯罗奔尼撒 Peloponneso（地名）

柏柏尔人 Berber

柏拉图 Plato

珀西多尼乌斯 Posidonius 或 Poseidonios（廊下派哲学家）

博丹 Jean Bodin

博福尔 de Beaufort

薄伽丘 Boccaccio 或 Giovanni Boccaccio

博洛尼亚 Bologna（地名）

博斯科雷阿莱 Boscoreale（地名）

勃兰卡利恩 Brancaleone

布尔达鲁 Louis Bourdaloue

布尔克 E. Burck

布尔加鲁斯 Bulgarus

布尔日 Bourges（地名）

布尔维 John Bulwe

布克哈特 Jacob Burckhardt

布拉加 Braga（地名）

布拉乔利尼 Poggio Bracciolini 或 Bracciolini，即 Gian Francesco Poggio Bracciolini

布莱尔 Hugh Blair

布赖斯子爵 Lord Bryce 或 Viscount Bryce

布莱苏 Blaesus（法学家）

布莱希拉 Blaesilla

布雷西亚 Brescia（地名）

布洛克 R. Bloch

法兰西斯·布龙德尔 François Blundell

雅克·法兰西斯·布龙德尔 Jacques François Blundell

布鲁图斯 L. Iunius Brutus（第一届执政官）

马·布鲁图斯 Iunius Brutus、Marcus Junius Brutus，曾用名 Quintus Servilius Caepio Brutus

德基姆斯·布鲁图斯 Decimus Brutus、Decimus Iunius Brutus 或 Decimus Junius Brutus Albinus

小马·布鲁图斯 M. Brutus（西塞罗《布鲁图斯》）

马·吉乌尼乌斯·布鲁图斯 Marcus Giunius Brutus

布鲁斯 Sextus Afranius Burrus

布伦狄西乌姆 Brundisium（地名）

布隆代尔 Maurice Blondel

卜德 Guillaume Bude

卜尼法斯 Boniface，即 Pope Saint Boniface I

C

查布哈 Thomas Chabham 或 Chobham

查理西乌斯 Flavius Sosipater Charisius（文法家）

阿尔卡狄乌斯·查理西乌斯 Aurelius Arcadius Charisius（法学家）

查理大帝 Charlemagne（皇帝）

查士丁 Justin（殉道士）

查士丁 Flavius Justinus（哲学家与殉道士）

查特里斯 Chartres（地名）

D

达尔马提亚 Dalmatien（地名）

达·芬奇 Leonardo da Vinci

达基亚 Dakien 或 Dacia（地名）

达马苏斯一世 Damasus I

圣达米安 Saint Peter Damian，即 Petrus Damiani、Pietro Damiani 或 Pier Damiani

达米娅 Damia

达内 Daneau

达塔墨斯 Datames

大卫 David（旧约人名）

代达罗斯 Daedalus 或 Dädalus

戴奥格奈特斯 Diognetus

戴克里先 Diocletianus

戴维斯 Charles Davis

得尔斐 Delphi 或 Delphos（地名）

得伊奥塔罗斯 Rege Deiotaro 或 Déjotarus

德尔墨 Thermus（地名）

德尔图良 Q. Septimius Florens Tertullianus［Tertullian］

德尔图良 Tertullianus（法学家）

德基乌斯 Gaius Messius Decius（皇帝）

德基乌斯 Decius 或 Publius Decius Mus

老德基乌斯 P. Decius Mus

德鲁苏斯 Drusus 或 Nero Claudius Drusus

马·德鲁苏斯 Marcus Drusus（保民官）

盖·德鲁苏斯 Gaius Livius Drusus（法学家）

德来维里人 Treveri

德里诺旁得斯人 Trinobantes

德梅特里奥斯 Demetrios（演说家）

德谟克里特 Δημόκριτος、Dēmokritos 或 Democritus

德谟斯提尼 Δημοσθενησ 或 Demosthenes（希腊演说家）

德谟斯特涅斯 Demostenes（法学家）

德萨士 Gérard Desargues

德塞维涅夫人 Madame de Sévigné

丹尼斯 John Dennis

登克德里人 Tencteri

笛卡尔 Rene Descartes

第伯河 Tiber（河名）

狄安娜 Diana（月亮女神，相对应于希腊神话的阿尔忒弥斯 Artemis）

狄德罗 Denis Diderot

狄杜谟斯 Didymus

狄俄墨得斯 Diomedes（文法家）

狄俄珀特斯 Diopeithes

狄尔泰 Wilhelm Dilthey

狄更斯 Charles Dickens

狄南特 Jacques de Dinant

狄诺马科斯 Dinomachus

狄奥 Dio（使者）

狄奥 Dio（称奥勒留为哲学家）

狄奥·卡西乌斯 Dio Cassius

狄奥多罗斯 Diodorus 或 Diodoros

狄奥多瑞特 Theodoret

狄奥尼西奥斯 Dionysios（叙拉古的僭主）

狄奥尼修斯 Dionysius 或 Dionys（马格尼西亚的演说家）

狄奥尼修斯 Dionysius（哈利卡纳苏斯的史学家）

狄奥尼修斯·塔拉克斯 Dionysios Thrax（文法家）

狄维果 Divico

狄维契阿古斯 Diviciacus

狄娅 Dea/Dia

善德女神狄娅 Bona Dea

狄亚德斯 Diades

迪克提斯 Dictys Cretensis

迪萨里乌斯 Disarius

迪斯累里 Benjamin Disraeli

蒂尔舍 Paul Thielscher

蒂利希 Paul Tillich，即 Paul Johannes Tillich

蒂罗 Tiro 或 Tullius Tiro

蒂迈欧 Timaeus（希腊史学家）

阿波罗尼俄斯·底斯可罗斯 Apollonios Dyskolos

杜埃 Casey Dué

杜诺列克斯 Dumnorix

多拉贝拉 Publius Cornelius Dolabella（西塞罗之女婿、恺撒分子）

科·多拉贝拉 Cornelius Dolabella

普·多拉贝拉 Publius Dolabella（裁判官）

多弥提安 Dimitianus 或 Domitian

弗拉维娅·多米提拉 Flavia Domitilla（皇帝维斯帕西安的外孙女，与母亲小多米提拉与外祖母大多米提拉同名）

多弥提乌斯 Gnaeus Domitius Calvinus

多米提乌斯 Gnaeus Domitius Ahenobartus（尼禄之父）

多罗特乌斯 Dorotheus（法学家）

多姆宁 Domninus（法学家）

多那图斯 Aelius Donatus（Donat）

提贝里乌斯·多那图斯 Tiberius Claudius Donatus

多纳特 Donatus（教派领袖）

多纳塔 Donata

多塞努斯 Dossennus

E

恩科尔皮乌斯 Encolpius

恩尼乌斯 Quintus Ennius 或 Q. Ennius

俄多克斯 Eudoxus

俄狄浦斯 Oedipus

俄里根 Origen 或 Origenes

厄比迪乌斯 Marcus Epidius

厄勃隆尼斯人 Eborones

厄尔 Er

厄尔辛尼亚 Hercynia（地名）

厄洛斯 Erôs 或 Eros

厄朴理陶列克斯 Eporederix

F

法比阿努斯 Papirius Fabianus（修辞学家、哲学家）

法比乌斯 Fabius

盖·法比乌斯 Gaius Fabius

卢·法比乌斯 Lucius Fabius

鲁提利乌斯·马克西姆斯 Rutilius Maximus（法学家）

法尔萨洛斯 Φάρσαλος、Pharsalos 或 Pharsalus；Φάρσαλα 或 Farsala

法兰克人 Franks

法兰西亚 Francia（地名）

法温提努斯 M. Cetius Faventinus

法齐尔 Michel Le Faucer

法沃里努斯 Favorinus（哲学家）

法乌斯蒂努斯 Faustinus

法乌斯塔 Fausta（苏拉之女）

法乌斯塔 Fausta（皇帝马克西米安之女）

范尼乌斯 GaiusFannius 或 C. Fannius

范瑟姆 Elaine Fantham

腓力 Philippos（国王）

阿拉伯人腓力 Philippus Arabs 或 Philippus Arabus（皇帝）

腓洛洛古斯 Lucius Ateius Praetextatus Philologus

斐德若 Phaedrus

斐德若斯 Gaius Iulius Phaedrus（寓言作家）

斐隆 Philon（怀疑主义哲学家）

斐斯图斯 Sextus Pompeius Festus 或 Festus Grammaticus（辞疏家）

菲布瑞努斯 Fibrenus（地名）

菲狄亚斯 Phidias

菲莱塞德斯 Pherecydes

菲勒塔斯 Philetas

菲利乌斯 Philius

菲罗德姆斯 Philodemus（属于伊比鸠鲁学派）

菲洛洛古斯 Philologus（获释奴）

菲洛梅利乌 Philomelium（地名）

费埃苏莱 Faesulae（地名）

费尔默爵士 Sir Robert Filmer

费古鲁斯 Nigidius Figulus 或 Publius Nigidius Figulus

费拉里 Giuseppe Ferrari

费利克斯 Marcus Minucius Felix

莱利乌斯·费利克斯 Laelius Felix（法学家）

菲利克斯 Felix

费罗克斯 Urseius Ferox（法学家）

费洛洛古斯 Lucius Ateius Philologus（文法家）

费里埃 Francis Ferrier

费里尼 Federico Fellini

费奈隆 Francois Fenelon

费西特 Guillaume Fichet

芬利 F. I. Finley

芬斯特拉 Robert Feenstra

封特伊乌斯 Marcus Fonteius（高卢总督）

格·弗拉维 Cnaeus Flavius 或 Gneo Flavio（法学家阿皮乌斯·克劳狄乌斯的秘书）

昆·弗拉维 Quintus Flavius

弗拉维新城 Flavia Neapolis（地名）

弗拉维阿努斯 Nicomachus Flavianus

弗拉库斯 Valerius Flaccus，全名 Gaius Valerius Flaccus（叙事诗人）

卢·弗拉库斯 Lucius Valerius Flaccus（公元前 63 年裁判官）

维里乌斯·弗拉库斯 Marcus Verrius Flaccus（术书作家）

弗拉米尼乌斯 Flaminius（前 232 年）

提·弗拉米尼努斯 Titus（T.）Quinctius Flamininus（约公元前 230 左右-前 174 年）

弗拉齐阿努斯 Flaccianus

弗洛鲁斯 Lucius Annaeus Florus 或 Iulius Florus

弗洛伊德 Sigmund Freud

弗罗伦提努斯 Florentinus（法学家）

弗雷德里克大帝 Frederick the Great

弗律基亚 Phrygia（地名）

弗龙蒂努斯 Sextus（S.）Iulius Frontinus 或 Frontin

弗隆托 Marcus（M.）Cornelius Fronto

卢克莱修·弗隆托 Lucretius Fronto

弗莱士尔 Esprit Fléchier

弗纳尼 Fra Guido Vernani

弗齐 Dario Faucci

福尔米亚 Formiae（地名）

福尔图娜 Fortuna（幸运女神）

福尔图纳图斯（Fortunatus

福尔维娅 Fulvia

福斯泰娜 Faustina Iunior

福斯图斯 Faustus（摩尼教的主要人物）

福提阿斯 Photius（主教）

福提斯 Photis

福廷 Ernest L. Fortin

富尔尼乌斯 Furnius

富尔曼 M. Fuhrmann

富菲狄乌斯 Fufidius（法学家）

孚尔维乌斯 Marcus Fulvius Nobilior

孚里乌斯 Furius

伏尔泰 Voltaire

傅正修 Fulgentius、Fabius Claudius Gordianus Fulgentius 或 Fabius Planciades Fulgentius

G

嘎纳 Cannes（地名）

该撒利亚 Caesarea（地名）

盖伦 Galen

盖塞里克 Geiseric 或 Gaisericus（国王）

盖斯奈尔 Gesner

盖土勒人 Gaetuli

盖尤斯 Gaius（缩写"盖"）

盖尤斯 Gaius（法学家）

高茨 George Goetz

高德利斯 Thomas Godless

高尔吉亚 Gorgias（哲学家、修辞学家，亦译"高尔吉亚斯"）

圣·高卢 San Gallo（地名）

高乃依 Pierre Corneille

革利乌斯 Aulus Gellius

格·革利乌斯 Cn. Gellius

普·革利乌斯 Publius Gellius（法学家）

歌德 Johann Wolfgang von Goethe

哥林多 Korinth（地名）

葛福德 Quodvultdeus

葛恭 Olof Gigon

戈登 Thomas Gordon

戈迪亚努斯一世 Gordianus I

戈迪亚努斯二世 Gordianus II

戈迪亚努斯三世 Gordianus III

戈蒂埃 Théophile Gautier

戈姆菲 Gomphi（地名）

戈特沙尔克 Gottschalk

格拉布里奥 Manius Glabrio（法官）

格拉布里奥 Manius Glabrio（统帅）

格拉丁 Gratinus（法学家）

格拉夫顿 A. T. Grafton

格拉古兄弟 Graccen

盖·格拉古 C. Sempronius Gracchus

提比略·格拉古 Tiberius Sempronius Gracchus

格拉提安 Gratianus（皇帝）

格拉提安一世 Gratianus I（即格拉提安）

格拉提乌斯 Grattius

格拉提娅 Gratia

格莱切尔 Jules Gleicher

格莱塞鲁斯 Glycerius（皇帝）

格劳修斯 Hugo Grotius

格兰特 Michael Grant

格雷戈里安 Gregorianus（法学家）

格里利乌斯 Grillius

格里美豪森 Hans Jakob Christoffel von Grimmelshausen

格罗索 Guiseppe Grosso

格 Cn.（即格奈乌斯）

格奈乌斯 Gnaeus 或 Cnaeus（缩写"格"）

格内洛萨 Generosa

格尼佛 MarcusAntoniusGnipho

格塔 Geta

格特讷 Hans Armin Gärtner

瓜内利乌斯 Guarnerius

H

哈比内克 Thomas N. Habinek

哈尔基斯 Chalkis 或 Chalcis（地名）

哈尔萨 Gaius Terentilius Harsa（保民官）

哈里森 Stephen Harrison

哈林顿 James Harrington

哈米尔卡尔 Hamilcar Barcas（巴卡斯）

哈维 Gabriel（G.）Harvey

汉尼拔 Hannibal

海德格尔 Heidegger

海恩斯 C. R. Haines

海格立斯 Hercules 或 Herkules

海伦 Helena

赫尔墨里安 Hermogenianus（法学家）

赫尔摩格尼斯 Hermagoras of Temnos

赫尔皮狄乌斯 Helpidius

赫尔维狄乌斯 Helvidi

赫尔维齐人 Helvetier

赫尔维娅 Helvia（西塞罗之母）

赫尔维娅 Helvia（小塞涅卡之母）

赫吉西普斯 Hegesippus（基督教编年史家）

赫卡柏 Hekabe

赫卡塔伊奥斯 Hekataios

赫库兰尼姆 Herculaneum（地名）

赫拉班 Hrabanus、Rhabanus 或 Rabanus Maurus

赫拉克利德斯 Ἡρακλείδης ὁ Ποντικός 或 Heraclides Ponticus（柏拉图的弟子、亚里士多德密友）

赫拉克利特 Ἡρακλείδης ὁ Ποντικός 或 Heraclitus

赫拉克勒亚 Heraclea（地名）

圣何那瑞岛 St. Honorat（地名）

赫利孔 Helicon 或 Helikon（地名）

赫利奥伽巴卢斯 Heliogabalus 或 Elagabalus

赫路里人 Heruli

赫罗狄亚诺斯 Herodianos

盖·赫伦尼乌斯 Caius Herennius

赫伦尼乌斯 Herennius（杀害西塞罗的百夫长）

赫马库斯 Hermarchus（开俄斯人）

赫米那 Lucius Cassius Hemina 或 L. Cassius Hemina

赫西俄德 Hesiod

何林塞 Ralph Holinshed

荷马 Homer

贺拉斯 Quintus（Q.）Horatius Flaccus（Horaz）

贺拉提乌斯 Marcus Horatius Pulvillus

黑格尔 George Wilhelm Hegel 或 Georg Wilhelm Friedrich Hegel

霍布斯 Thomas Hobbes

霍布逊 J. A. Hobson

霍顿 John T. Horton

霍尔茨曼 Wilhelm Holtzman 或 Wilhelm Xylander

霍尔滕西乌斯 Quintus Hortensius Hortalus（演说家）

昆·霍尔滕西乌斯 Quintus Hortensius（马其顿总督）

霍金斯 Peter S. Hawkins

霍鲁斯 Horus

霍诺拉图斯 Honoratus

霍诺里乌斯 Honorius（皇帝）

华明顿 E. H. Warmington

华盛顿 George Washington

惠斯曼 Joris-Karl Huysmans

J

伽达拉 Gadara（地名）

伽尔巴 Galba 或 Servius Sulpicius Galba（皇帝）

盖·苏尔皮基乌斯·伽尔巴 Gaius Sulpicius Galba（皇帝伽尔巴之父）

塞维乌斯·伽尔巴 Servius Sulpicius Galba

伽勒里乌斯 Galerius（罗马皇帝）

伽利卡努斯 Vulcacius Gallicanus

伽里恩努斯 Gallienus

伽里奥 Gallio

伽卢斯 Gaius（C.）CorneliusGallus（诉歌诗人）

阿奎利乌斯·伽卢斯 Gaius（C.）Aquilius Gallus（法学家）

阿西尼乌斯·伽卢斯 Asinius Gallus（被告）

艾利乌斯·伽卢斯 Lucius（L.）Aelius Gallus（法学家）

普罗提乌斯·伽卢斯 Lucius（L.）Plotius Gallus（修辞学家）

特列波尼亚努斯·伽卢斯 Trebonianus Gallus（皇帝）

伽乌达 Gauda

加比拉 Martianus Capella 或 Martianus Min［n］eus Felix Capella

加比尼乌斯 Aulus Gabinius（执政官）

加比尼乌斯 Aulus Gabinius（保民官）

加德斯 Gades（地名）

加埃塔 Caieta（地名）

加尔文 John Calvin

加拉太 Galatae（新约地名）

加兰 Garland（地名）

加洛林 Karoling

老加图 Cato Maior、Marcus Porcius Cato 或 M. Porcius Cato、MarcusPorcius Cato Priscus

监察官加图 Cato Censorius（＝老加图）

小加图 Cato Minor 或 Valerius Cato Uticensis

卢基尼安·加图 Lucinianus Cato（老加图之子，法学家）

塞·加图 Sextus Aelius Petus Cato（法学家）

瓦勒里乌斯·加图 Valerius Cato 或 Publius Valerius Cato（诗人、文法家）

加西齐亚根 Cassiciacum（地名）

迦太基 Carthago（地名）

基尔克 Circe 或 Kirke（海中仙女）

基尔克山岬 Circaeum 或 Monte Circeo（地名）

基尔克果 Kierkegaard

基尔塔 Cirta（地名）

基弗 Otto Kiefer

基里基亚 Kilikien（地名）

基里路斯 Cirillus（法学家）

基努斯 Cinus

基提努斯 Cittinus

基佐 F. P. G. Guizot

基乌斯 Auphidius Chius（法学家）

吉本 Edward Gibbon

吉尔松 Étienne Gilson

吉莱斯 Giles

吉罗拉米 Remigio Girolami

吉奥弗里 Geoffrey

吉彤 Giton

及尔哥维亚 Gergovia（地名）

杰斐逊 Thomas Jefferson

金斯利 Charles Kingsley

居鲁士 Kyros

大居鲁士 Cyrus the older

居伊昂夫人 Madame Guyon 或 Jeanne-Marie Bouvier de la Motte-Guyon

君士坦丁 Costantinus（法学家）

君士坦丁 Konstantin（皇帝）

君士坦丁二世 Constantinus II

君士坦丁堡 Konstantinopel（地名）

K

喀提林 Catilina 或 Lucius Sergius Catilina

卡都瓦尔克斯 Catuvolcus

卡恩 Victoria Kahn

卡尔波 Carbo

卡尔加库斯 Calgacus

卡尔涅阿德斯 Karneades

卡尔弩德斯人 Carnutes

卡尔普尔尼娅 Calpurnia

卡尔提利乌斯 Cartilius（法学家）

卡尔维西乌斯 Gaius Caluisius Sabinus

卡尔伍斯 Gaius Licinius Calvus

J. 卡科皮诺 J. Carcopino

卡拉布里亚 Kalabrien（地名）

卡拉古里斯 Calaggurris（古代地名）

卡拉霍拉 Calahorra（地名）

卡莱阿刻忒 Καλὴ Ἀκτή 或 Kale Akte（地名）

卡劳西乌斯 Carausius（皇帝）

卡勒梅拉 Santino Caramella

卡勒努斯 Quintus Fufius Calenus（恺撒的副将、执政官潘莎的岳父）

卡雷 Thomas Carew

卡里努斯 Carinus（皇帝）

卡里亚人 Carian

卡利弗 Callipho

卡利古拉 Caligula（皇帝）

卡利马科斯 Kallimachos

卡利俄珀 Καλλιόπη 或 Calliope

卡利斯特拉图斯 Callistratus（法学家）

卡鲁斯 Carus（皇帝）

卡米卢斯 Camillus 或 Marcus Furius Camillus

卡诺 Melchior Cano

卡诺瓦 Antonio Canova

卡皮托尔 Kapitol（地名）

卡皮托 Titus Roscius Capito（阿墨里乌斯的堂兄）

阿泰乌斯·卡皮托 Ateius Capito（法学家）

卡皮托利努斯 Iulius Capitolinus

卡普里 Capri（地名）

卡普撒 Capsaicin（地名）

卡普亚 Capua（地名）

卡其良努 Caicilian

卡瑞斯 Chares

卡珊德拉 Cassandra

奥卢斯·卡斯克利乌斯 Aulus Cascellius（法学家）

卡斯托尔 Κάστωρ 或 Kastor

卡斯托尔 Castor（得伊奥塔罗斯的外孙）

卡图卢斯（卡图尔）Caius（C.）Valerius Catullus（Catull）

卡图路斯 Catulus（廊下派苦修者）

昆·卡图路斯 Quintus Lutatius Catulus（公元前 102 年执政官）

昆·卢塔提乌斯·卡图路斯 Quintus Lutatius Catulus（公元前 241 年执政官）

卡萨哥-布里安萨 Cassago-Brianza（地名）

卡西奥多尔 Cassiodor（即卡西奥多罗斯）

卡西奥多罗斯（迦修多儒）Cassiodorus 或 Flavius Magnus Aurelius Cassiodorus Senator

卡西乌斯 Quintus Cassius（保民官）

狄昂·卡西乌斯 Dio Cassius

阿维狄乌斯·卡西乌斯 Avidius Cassius（奥勒留副将）

斯普里乌斯·卡西乌斯 Spurius Cassius Vecellinus

卡西维隆弩斯 Cassivelaunus

凯尔 Heinrich Keil

凯尔特人 Celtae 或 Celt

凯夫الكاف、El Kef 或 Le Kef（地名）

凯基那 Aulus Caecina

凯基利乌斯 Caecilius Statius（剧作家）

凯基利乌斯 Caecilius（演说家）

昆·凯基利乌斯 Quintus Caecilius Niger（财政官）

凯基利乌斯·阿非利加努斯 Sextus Caecilius Africanus（法学家）

凯利撒士 Caelestius

凯利乌斯 Caelius、Marcus Caelius 或 Marcus Caelius Rufus（裁判官，西塞罗之友）

凯朋豪森 Hans von Campenhausen

凯瑞亚 Gaius Fannius Chaerea

凯塞尼娅 Caesennia

凯特尔 Elizabeth Keitel

提·凯西乌斯 Titus Caesius（法学家）

凯西利娅 Caecilia

恺撒 Gaius Iulius Caesar 或 C. Iulius Caesar（恺撒大帝）

奥古斯都·恺撒 August Caesar

盖·恺撒 Gaius Caesar（屋大维或奥古斯都的曾用名）

盖·恺撒 Gaius Caesar（卡里古拉的原名）

盖·尤利乌斯·恺撒 C. Julius Caesar（公元前 88 年成功竞选执政官）

盖·尤利乌斯·恺撒·斯特拉波·沃皮斯库斯 Gaius Julius Caesar Strabo Vopiscus（公元前 88 年成功竞选执政官）

卢·尤利乌斯·恺撒 L. Julius Caesar 或 L. Giulio Cesare（公元前 90 年执政官、法学家）

坎贝尔 Goerge Campbell

科伦·坎贝尔 Colen Campbell

坎奈 Cannae（地名）

坎帕努斯 Campanus（法学家）

坎佩尼亚 Kampanien（地名）

坎塔布里亚 Cantabrico（地名）

康德 Immanuel Kant

康蒂阿努斯 Sextus Quintilius Condianus

康茂德（Commodus：被收养以前的全名 Lucius Ceionius Commodus；收养以后、当皇帝以前的全名 Lucius Aelius Aurelius Commodus，罗马皇帝维鲁斯的曾用名）

康茂德 Commodus（奥勒留之子，罗马皇帝）

康宁 Hermann Conring

康斯坦斯 Constans

康斯坦提乌斯二世 Constantius II

迪·康森特 Di consentes（地名）

康森提乌 Consentius

考克斯 Leonard Cox

克尔苏斯 Aulus Cornelius Celsus

尤文提乌斯·克尔苏斯（父）Iuventius Celsus pater（法学家）

尤文提乌斯·克尔苏斯（子）Iuventius Celsus filius（法学家）

克尔提贝里亚 Celtiberia（地名）

克尔图斯 Certus

克拉底鲁 Kratylos

克拉朗登 Clarendon，即 Edward Hyde Earl of Clarendon

克拉苏 M. Crassus 或 Marcus Licinius Crassus（前三头之一、演说家和首富）

克拉苏 M. Crassus 或 Marcus Licinius Crassus（公元前 126 年裁判官、克拉苏的祖父）

盖·克拉苏 C. Crassus（公元前 168 年执政官、克拉苏曾祖父的兄弟）

卢·克拉苏 L. Crassus（公元前 95 年执政官、演说家）

马·克拉苏 Marcus Crassus（喀提林同党）

普·克拉苏 Publius Crassus（恺撒手下）

普·克拉苏 P. Crassus（克拉苏的父亲、公元前 97 年执政官）

普·克拉苏 P. Crassus（克拉苏的曾祖父、公元前 171 年执政官）

克拉斯提狄乌姆 Clastidium（地名）

克拉提波 Cratippus

克拉提诺斯 Κρᾰτῖνος、Cratinus 或 Kratinos

克拉特斯 Crates

克拉西基乌斯 Lucius Crassicius

克拉西普斯 Furius Crassipes（西塞罗之女婿）

克莱门 Clemens 或 Titus Flavius Clemens

克莱门斯 Terentius Clemens（法学家）

克莱蒙费朗 Clermont-Ferrand（地名）

克兰麦勋爵 Evelyn Baring Cromer，即 Evelyn Baring, 1st Earl of Cromer

克劳狄安 Claudian、Claudianus 或 Claudius Claudianus（诗人）

克劳狄乌斯 Claudius，本名 Tiberius Claudius Drusus（皇帝）

阿皮乌斯·克劳狄乌斯 Appius Claudius（公元前 4 世纪末的法学家）

阿皮乌斯·克劳狄乌斯 Appius Claudius Caecus（监察官、演说家，外号克库斯）

鲍卢斯·克劳狄乌斯 Paulus Claudius

克劳狄娅 Claudia

克劳加西乌斯 Craugasius

克劳斯 Christina Shuttleworth Kraus

克雷蒙纳 Cremona（地名）

克洛狄乌斯 Clodius Pulcher 或 P. Clodius Pulcher（保民官）

塞尔维乌斯·克洛狄乌斯 Servius Clodius（斯提洛之女婿）

塞克斯图斯·克洛狄乌斯 Sextus Clodius（文法家）

克洛维 Clovis

克卢米拉 Lucius Iunius Moderatus Columella

克利什 Marcia Colish 或 M. L. Colish

克伦卡里乌斯 Titus Coruncarius（大祭司）

提比略·克伦卡尼乌斯 Tiberius Coruncanius（法学家）

克尼多斯 Knidos（地名）

克勒斯忒涅斯 Cleisthenes

克勒安特斯 Cleanthes 或 Kleanthes

克利塔尔克 Klitarch

克里奥佩特拉 Cleopatra

克里斯 Douglas Kries

克里斯蒂娜 Christina

克里斯普斯 Crispus（君士坦丁之子）

克里苏勒 Louis de Cressoles

克里托克那图斯 Critognatus

克里托劳斯 Kritolaos（逍遥派哲人）

克里同 Creton（地名）

克里索格努斯 Chrysogonus（获释奴）

克林顿 Bill Clinton

克卢恩提乌斯 Aulus Cluentius Habitus

克鲁斯图麦里亚 Crustumerina（地名）

克鲁维里乌斯 Philippus Cluverius 或 Philippi Cluverii

克律西波斯 Chrysippus（廊下派哲学家）

盖·克特古斯 Gaius Cornelius Cethegus（《控喀提林》）

克特西比乌斯 Ktesibios

克特西丰 Ctesiphone

克特西亚斯 Ctesias

科埃勒斯提斯 Coelestis

科尔杜巴 Corduba

科尔杜斯 Cremutius Cordue，即 Aulus Cremutius Cordus

科尔涅利娅 Cornelia（秦纳之女、恺撒之妻）

科尔涅利乌斯 Cornelius（缩写"科"）

科尔尼菲基乌斯 Cornificius（修辞学家）

科尔尼菲基乌斯 Cornificius 或 Quintus Cornificius（演说家、诗人）

科尔西嘉 Corsica 或 Korsika（地名）

科菲尼乌姆 Corfinium（地名）

科加西乌斯 Cujacius

科拉克斯 Corax

科勒曼 Robert Coleman

科里奥利 Corioli（地名，沃尔斯基人的乡镇）

科隆 Köln（地名）

科罗封 Kolophon

科摩 Como（地名）

科摩姆 Comum（地名，即科摩）

科尼亚 Konya（地名）

科苏提娅 Cossutia

科塔 Gaius Cotta（公元前 75 年执政官、大祭司）

盖·科塔 C. Cotta（保民官）

奥勒留·科塔 Aurelius Cotta（裁判官）

卢·奥卢库勒乌斯·科塔 Lucius Aurunculeius Cotta（副将）

科特斯 Paolo Cortes

科提拉 Varius Cotyla（安东尼的使者）

科瓦略夫 С. И. Ковалев（史学家）

肯几姆 Cantium（地名）

肯尼迪 George A. Kennedy

肯宁顿 Richard H. Kennington

肯特 William Kent

盖·库尔提乌斯 Gaius Curtius

库加斯 Jacques Cujas

库迈 Cumae（地名）

库里奥 Caius Scribonius Curio（保民官）

库里乌斯 Quintus Curius

库赛勒 Pierre Courcelle

夸德里伽里乌斯 Claudius Quadrigarius

夸地人 Quadi

奎里纳尔 Quirinal（地名）

汉斯·昆 Hans Küng

昆克提乌斯 Publius Quinctius

盖·昆克提乌斯 Caius Quinctius

昆体良（昆提利安）Marcus Fabius Quintilianus（Quintilian）

昆图斯·西塞罗 Quintus Cicero（西塞罗之弟）

昆 Q. =昆图斯 Quintus

昆提拉 Quintilla

L

拉比里乌斯 Gaius Rabirius 或 C. Rabirius

拉贝里乌斯 Decimus Laberius

拉贝奥 Marcus Antistio Labeo（法学家）

拉比努斯 Titus Labienus（保民官）

拉丁姆 Latium

拉德克 G. Radke

拉尔提迪安 Lartidianus

拉克坦提乌斯（拉克坦茨）L. Caelius Firmianus Lactantius（Laktanz）

拉里努姆 Larinum（地名）

拉努维乌姆 Lanuvium（地名）

拉罗什富科 La Rochefoucauld

拉米亚 Lucius Annius Lamia（骑士）

拉莫斯 Petrus Ramus

拉斯蒂克斯 Junius Rusticus

拉特兰 Lateran（地名）

拉特罗 M. Porcius Latro（演说家）

拉特伦西斯 Marcus Juventius Laterensis

彭波尼乌斯·拉图斯 Pomponius Laetus

拉文纳 Ravenna（地名）

拉辛 Racine

腊丁 C. M. Radding

来山得 Lysander

莱卡 Marcus Laeca

莱兰 Lerinum（岛名）

莱利乌斯 Gaius Laelius

德基姆斯·莱利乌斯 Decimus Laelius

莱那图 Renatus

莱奥 Friedrich（F.）F. Leo（弗兰克尔之师）

莱坦提乌斯 Laetantius

莱特 J. Wright

莱翁蒂尼 Leontini（地名）

莱辛 Lessing

红衣主教莱兹 Le Cardinal de Retz

兰德里亚尼 Gerardo Landriani

兰普里狄乌斯 Aelius Lampridius

兰斯 Reims（地名）

卡西乌斯·朗吉努斯 Lucius Cassius Longinus（公元前 107 年执政官）

猎园寺 Vivarium（地名）

列克斯 Quintus Marcius Rex

列奈乌斯 Lenaeus（获释奴）

列奥尼达斯 Leonidas（斯巴达国王）

列司古斯 Liscus

圣列亚尔 Saint-Réal，即 César Vichard de Saint-Réal

勒俄斯特涅斯 Leosthenes

勒萨日 Alain-Rene Lesage

勒娅 Lea

雷阿特 Reate（地名）

雷阿提努斯 Reatinus（＝雷阿特人）

雷必达 Marcus Aemilius Lepidus（亦译：勒皮杜斯）

鲍卢斯·雷必达 Lucius Aemilius Paullus Lepidus

雷顿 Edward G. E. Lytton

雷古里亚 Liguriae（地名）

雷吉奥 Raffaelo Reggio

雷焦卡拉布里亚 Reggio Calabria（地名）

雷克辛 John E. Rexine

雷米人 Remi

里米尼 Rimini（地名）

里普阿尔法兰克人 ripuarian franks

里瓦洛尔 Rivarol

里维尼 Jacques de Révigny

李曼 Anton D. Leeman

李普思 D. Liebs

李普西乌斯 Justus Lipsius

李维 Titus Livius 或 Livy

利贝拉利斯 Aebutius Liberalis

利贝里乌斯 Liberius（教皇）

利比亚人 Libyes

斯克里博尼乌斯·利博 Scribonius Libo

利加里乌斯 Q. Ligario 或 Quintus Ligarius

利基努斯 Gaius Clodius Licinus

利基尼乌斯·奥古斯都 Licinius，全名 Gaius Valerius Licinianus Licinius

Augustus（皇帝）

利基尼乌斯 Licinius Imbrex 或 Gaius Licinius Imbrex（剧作家）

利基尼乌斯·施托洛 C. Licinius Stolo

提·利加里乌斯 Titus Ligarius（财政官）

利克 James Chart Leake

利里斯 Liris（河名）

利利巴厄姆 Lilybaeum（地名）

利森提乌斯 Licentius

立贝尔 Liber（酒神）

琉善 Lucian 或 Lukian

洛克 John Locke

洛科雷拉 Leucoptra（地名）

洛塔里乌斯三世 Lotharius III

罗伯斯庇尔 Maximilien F. M. I. de Robespierre

罗伯逊 J. M. Robertson

罗得岛 Rhodos（地名）

罗格 Rogatian（教派）

罗格拉 Bernardo Rogora

罗马 Roma（地名）

罗马尼安 Romanianus（奥古斯丁之友）

罗马努斯 Aquila Romanus

罗曼 J. Roman

罗慕路斯 Romulus（王政时期第一王）

罗姆 Rum（地名）

罗森梅耶 Thomas（T.）G. Rosenmeyer

罗斯基乌斯 Roscius（演员）

罗斯 J. M. Ross

罗斯基乌斯 Quintus Roscius

罗斯托夫采夫 M. Rostovtzeff

罗文克拉维乌斯 Johannes Lowenclavius

罗西 Antonio Loschi

卢德几亚 Lutetia（地名）

卢格杜努姆 Lugdunum（地名）

卢基乌斯 Lucius（缩写"卢"）

卢基乌斯 Lucius（《金驴记》）

路易十四 Louis XIV

吕底亚 Lydia（地名）

吕库尔戈斯 Lycurgus

吕西阿斯 Lysias（阿提卡辩才）

伦图卢斯 Lentulus（或为西塞罗女婿）

小伦图卢斯 Lentulus（西塞罗之外孙，夭折）

伦图卢斯·苏拉 Publius Cornelius Lentulus Sura（公元前 75 年裁判官、喀提林阴谋分子）

伦图卢斯·斯平特尔 Publius Lentulus 或 P. Cornelius Lentulus Spinther（公元前 57 年执政官）

伦图卢斯·克鲁斯 Lucius Cornelius Lentulus Crus（公元前 49 年执政官）

M

马道拉 Madauras 或 Madaura（地名）

马蒂尔德 Matilda

（特罗泡普的）马丁 Martin

小马丁 Jr. Hubert Martin

马丁努斯 Martinus

马 M.（即马尔库斯）

马尔库斯 Marcus（缩写"马"）

马尔库斯 Marcus（老加图之子）

马尔克拉 Marcella

马尔克利努斯 Ammianus Marcellinus

弗拉维·马尔克利努斯 Flavius Marcellinus

马尔克卢斯 Marcus（M.）Claudius Marcellus（公元前 42−前 23 年）

老马尔克卢斯 Marcus（M.）Claudius Marcellus，（约公元前 268−前 208 年）

马·马尔克卢斯 Marcus（M.）Claudius Marcellus（公元前 51 年执政官）

小盖·马尔克卢斯 Gaius Claudius Marcellus Minor（公元前 50 年执政官）

大盖·马尔克卢斯 Gaius Claudius Marcellus Maior（公元前 49 年执政官）

马·庞博尼乌斯·马尔克卢斯 Marcus Pomponius Marcellus（文法家）

乌尔皮乌斯·马尔克卢斯 Ulpius Marcellus（法学家）

马尔克马奈人 Marcomanni

马尔马拉 Marmara（地名）

马尔齐安 Marcianus（古代文献的抄本名称）

马尔齐安 Flavius Marcianus Augustus（皇帝）

埃利乌斯·马尔齐安 Aelius Marcianus（法学家）

马尔斯 Mars、Marmar 或 Marmor

复仇者马尔斯 Mars Ultor

马尔提阿尔 Martial、Martialis 或 Marcus Valerius Martialis

马·瓦勒里乌斯·马尔提阿尔 Marcus Valerius Martialis（即马尔提阿尔）

加吉琉斯·马尔提阿尔 Q. Gargilius Martialis

马格南提乌斯 Magnentius（僭位皇帝）

马格努斯 Titus Roscius Magnus（阿墨里乌斯的堂兄）

马基雅维里 Nicolo Machiavelli 或 Niccolò Machiavelli

圣马可 St. Mark

马克安 Markion

埃米利乌斯·马克尔 Aemilius Macer（法学家）

利基尼乌斯·马克尔 Licinius Macer（史学家）

庞培·马克尔 Pompeius Macer（图书馆总监）

马克里努斯 Macrinus（皇帝）

马克罗比乌斯 Ambrosius Theodosius Macrobius

马克西米安 Maximian（皇帝）

马克西米拉 Maximilla

马克西米努斯 Maximinus

马克西米努斯一世 Maximinus I

马克西米努斯·特拉克斯 Maximinus Thrax

马格努斯·马克西姆斯 Magnus Maximus（罗马皇帝、篡位者）

彼特洛尼乌斯·马克西姆斯 Petronius Maximus（皇帝）

法比乌斯·马克西姆斯 Fabius Maximus

马克西姆斯 M. Maximus（《沉思录》）

马里乌斯·马克西姆斯 Marius Maximus

瓦勒里乌斯·马克西姆斯 Valerius Maximus

马拉拉斯 Johannes Malalas

马勒伯朗士 Nicolas Malebranche

马利坦 Jacques Maritain

盖·马里乌斯四世 Gaius Marius IV

马略 Caius（C.）Marius

尤利娅·马美娅 Julia Mamaea

马涅托 Μανέθων 或 Manetho

马努提 Paulus Manutius

马其顿 Macedonia（地名）

马赛 Marseille（地名）

马特努斯 Curiatius Maternus（诗人）

马西利亚 Massilia（地名）

马西尼萨 Masinissa

马西翁 Jean-Baptiste Massillon

马修 Matthew

马约里安 Majorian（皇帝）

马约里努 Majorinus

玛阔曼人 Markomannen

玛穆拉 L. Mamurra

玛乌里人 Mauri

玛西瓦 Massiva

安基罗·迈 Angelo Mai

迈尔 Conrad Ferdinand Meyer（瑞士诗人、历史小说家）

迈克纳斯 Maecenas

麦格拉思 Alister McGrath

麦加拉 Megara

麦基安 Volusius Maecianus（法学家）

麦克科马可 John R. Maccormack

麦克奎因 Bruce D. MacQueen

麦考莱 Thomas Babington Macaulay

麦提利乌斯 Metilius

曼杜库斯 Manducus

曼弗雷德 Manfred

盖·曼利乌斯 Gaius Manlius

曼尼利乌斯 Manilius（天文学家）

盖·曼尼利乌斯 Gaius Manilius（保民官）

马·曼尼利乌斯 Marcus Manilius（法学家、执政官）

曼特农夫人 Madame de Maintenon 或 Françoise d'Aubigné, marquise de Maintenon

曼廷邦德 James H. Mantinband

曼徒阿 Mantua（地名）

特伦提阿努斯·毛鲁斯 Terentianus Maurus

毛里齐安 Mauricianus（法学家）

毛里塔尼亚 Mauretania（地名）

蒙 Mon（神名）

蒙达 Mundane（地名）

蒙高 Nicolas-Hubert de Mongault

蒙纳西 E. Monaci

蒙森 Theodor Mommsen

蒙索里乌斯 Mensurius

蒙特卡西诺 Montecassino（地名）

蒙田 Montaigne

孟德斯鸠 Montesquieu

孟他努 Montanus

美狄亚 Medea

尤利娅·美萨 Julia Maesa

美索不达米亚 Mesopotamien（地名）

米底人 Medi

米底亚 Media（地名）

米开朗基罗 Michelangelo

米拉 Myrrha（神话人物）

法比乌斯·米拉 Fabius Mela（法学家）

米兰 Milan（地名）

米南德 Menander（戏剧家）

阿里乌斯·米南德 Arrius Menander（法学家）

米利都 Milet 或 Miletus（地名）

米利苏斯 Gaius Milissus

米利域城 Milevis（地名）

米塞努姆 Misenum（地名）

米特里达梯 Mithridates（国王）

米诺斯 Minos

米奇普撒 Micipsa（国王）

密尔 John Stuart Mill

弥尔顿 John Milton

弥尔提阿得斯 Miltiades

弥洛 Titus Annius Milo 或 Titus Annius Papianus Milo（保民官）

弥洛 Milo（《金驴记》）

弥涅尔瓦 Minerva（智慧女神）

明谷（克勒福）Clairvaux（修道院名称）

墨尔波墨涅 Μελπομένη 或 Melpomene

盖·墨弥乌斯 C. Memmius

墨尼波斯 Menippos（诗人）

墨尼波斯 Menippos（演说家，卡里亚人）

墨丘利 Merkur 或 Mercury

墨萨拉 Marcus Valerius Messalla Corvinus

维普斯塔努斯·墨萨拉 Vipstanus Messalla

墨萨利娜 Messalina

墨索里尼 Benito Mussolini

墨特卢斯 Metellus

墨特卢斯·努米迪库斯 Quintus Caecilius Metellus Numidicus（公元前
160－前 91 年，墨特卢斯·皮乌斯之父，公元前 109 年执政官）

墨特卢斯·皮乌斯 Quintus Metellus Pius（公元前 130－前 63 年，墨特卢
斯·努米迪库斯之子，墨特卢斯·斯基皮奥的养父，公元前 80 年执政官）

凯基利乌斯·墨特卢斯 Caecilius Metellus（保民官）

昆·墨特卢斯 Quintus Metellus（行政长官，公元前 131 年提出反对不生
育孩子的法案）

昆·墨特卢斯 Quintus Metellus（指墨特卢斯·努米迪库斯或墨特卢
斯·皮乌斯）

马·墨特卢斯 M. Metellus（维勒斯之友）

末达乌路赫 Mdaourouch（地名，即马道拉）

莫德斯丁 Herennius Modestinus

莫里尼人 Morini

莫里森 James Morrison

莫尼加 Monica 或 Monnica（奥古斯丁之母）

莫塞拉努斯 Petrus Mosellanus

摩德纳 Modena（地名）

摩德斯图斯 Modestus 或 Julius Modestus

摩隆 Molon

摩尼 Mani（摩尼教创始人）

摩尼教徒 Manichaei

摩西 Moises（旧约人名）

门奈比人 Menapii

穆阿提 Claude Moatti

穆尔维斯 Mulvis（桥名）

穆哈默德 Mohammed

昆·穆基乌斯 Quintus Mucius（法学家）

穆雷那 Lucius Licinius Murena

穆启乐 F. -H. Mutschler

穆提纳 Mutina（城名）

穆图尔 Muthul（河名）

缪斯 Musa（艺术女神）

默雷 Gilbert Murray

梅尔莫斯 William Melmoth the Younger

梅兰西顿 Philip Melanchthon

梅利托 Melito

N

那西狄乌斯 Lucius Nasidius

纳布达尔撒 Nabdalsa

纳尔邦 Narbonne（地名）

纳尔维人 Nervii

纳尔查卢斯 Nartzalus

纳马提安 Rutilius Namatianus、Rutilius Claudius Namatinus 或 Claudius Rutilius Namatinus

普·奥菲狄乌斯·纳姆萨 Publius Aufidius Namusa（法学家）

纳索 Nassau（地名）

米尼基乌斯·纳塔利斯 Minicius Natalis（法学家）

纳西盎 Nazianzus（地名）

纳伊苏斯 Naissus（地名）

拿破仑 Napoleon Bonaparte

奈波斯 Cornelius Nepos

尤利乌斯·奈波斯 Julius Nepos（皇帝）

奈维乌斯 Cn. Naevius

塞克斯图斯·奈维乌斯 Sextus Naevius

南都阿得斯人 Nantustes

瑙洛科斯 Naulochos（地名）

尼布尔 Niebuhr 或 H. R. Niebuhr（荷兰史学家）

尼布里迪乌斯 Nebridius

尼格尔 Ralph Niger

尼古拉 Nicola（大马士革人）

尼古拉 Nicola（特里尔）

尼古拉三世 Nicholas III

尼古拉五世 Nicholas V，本名 Tomaso Parentucelli

尼古拉斯 Barry Nicholas

尼坎诺 Saevius Nicanon

尼科哥斯基 Walter Nicgorski

尼科弥底亚 Nikomedeia（地名）

尼禄 Nero，本名 Lucius Domitius Ahenobarbus，曾用名 Lucius Domitius Claudius Nero

提比略·尼禄 Tiberius Nero（皇帝）

尼奥柏 Niobe

尼热尔 Q. Sextius Niger

尼西亚 Nicaea 或 Nicäa（城名）

尼西亚斯 Nicias（雅典政治家、将军）

库尔提乌斯·尼西亚斯 Curtius Nicias（文法家）

尼佐利奥 Mario Nizolio

宁尼乌斯 Lucius Ninnius Quadratus（保民官）

涅奥普托勒摩斯 Neoptolemus

诺登 Eduard（E.）Norden

诺拉 Nola（地名）

诺雷斯 Andrew Knowles

诺玛德人 Numidae

诺尼乌斯 Nonius Marcellus 或 Noni Marcelli

诺瓦图斯 Novatus

诺维奥洞纳姆 Noviodunum（地名）

诺维乌斯 Novius

努玛 Numa Pompilius

努米底亚 Numidia（国名）

努曼提亚 Numantia（地名）

努墨里安 Numerian 或 Marcus Aurelius Numerius Numerianus（皇帝）

涅尔瓦 Nerva（皇帝）

涅奥普托勒摩斯 Neoptolemus（皮如斯）

纽曼 Newman，即 John Henry Newman

内布利提乌斯 Nebridins（奥古斯丁之友）

内卡河 Neckar（地名）

O

沃波尔 Horace Walpole

沃尔斯克 Volsci（地名）

沃卡德斯人 Vocates

沃拉太雷 Volaterrae（地名）

沃皮斯库斯 Flavius Vopiscus

欧里庇得斯 Euripides

欧迈尼斯 Eumenes 或 Eumenes of Cardia

欧摩尔波斯 Eumolpos

欧墨尼乌斯 Eumenius

欧斯塔西乌斯 Eustathius 或 Eustathios，即 Flavius Macrobius Plotinus Eustathius

P

帕比尼安 Emilio Papiniano（法学家）

帕多瓦 Padua 或 Padova

帕尔米拉 Palmyra（地名）

帕伽马 Pergamon（地名）

帕科尼乌斯 Paconius（法学家）

帕库维乌斯 Marcus Pacuvius 或 M. Pacuvius

帕拉底欧 A. Palladio

帕拉狄乌斯 Rutilius Taurus Aemilianus Palladius 或 Palladius Rutilius Taurus Aemilianus

帕麦斯顿 Lord Palmerston

帕奈提奥斯 Panaitios

帕尼阿西斯 Panyasis

帕努尔古斯 Panurgus（奴隶）

帕皮里乌斯 Publius（Sextus）Papirius（前 6 世纪法学家）

塞·帕皮里乌斯 Sextus Papirius（法学家）

L. 帕皮里乌斯 L. Papirio

帕普斯 Pappus

帕斯卡尔 Pascal，即 Blaise Pascal

帕塔维乌姆 Patevinus（地名）

维勒伊乌斯·帕特尔库卢斯 Velleius Paterculus

塔伦特努斯·帕特尔努斯 Tarruntenus Paternus（法学家）

帕特里基乌斯 Patricius（法学家）

帕特雷 Patras 或 Patrai（地名）

帕提亚 Parther（另译安息）

帕维亚 Pavia（地名）

帕修斯 Perseus（国王）

派西奥斯 Pytheos

潘多拉 Pandora

潘戈 Thomas L. Pangle

潘菲勒 Pamphile（《金驴记》）

潘克特 Pachomios Penkett

潘玛基 Pammachius

潘诺尼亚 Pannonien（地名）

潘萨 Pansa（执政官）

潘维尼奥 Onofrio Panvinio

庞贝人 Pompejaner

庞贝城 Pompeji（地名）

塞斯图斯·庞波尼乌斯 Sestus Pomponius（法学家）

提·庞波尼乌斯 Titus Pomponius（＝阿提库斯）

庞培 Gnaeus（Cn.）Pompeius Magnus

马格努斯·庞培 Magnus Pompeius

格·庞培 Gnaeus（Cn.）Pompeius（庞培之长子）

塞克斯图斯·庞培 Sextus Pompeius（庞培之幼子）

庞培娅 Pompeia Magna（庞培之女，恺撒之妻）

庞托斯 Pontos（地名）

培尔赛俄斯 Persaeus

培根 Francis Bacon

佩波 Pepo

佩狄乌斯 Sextus Pedius（法学家）

佩尔西乌斯 Aules Persius Flaccus

佩勒格里诺斯 Peregrinus Proteus

佩卢西乌姆 Pelusium（地名）

克劳德·佩罗 Claude（C.）Perrault（建筑师，诗人佩罗的兄弟）

佩皮斯 Pepys，即 Samuel Pepys

佩特 Walter Horatio Pater

佩特雷Πάτρα或 Patrai（地名）

佩特罗尼乌斯 Petronius（Petron）Arbiter

盖尤斯·佩特罗尼乌斯 Gaius Petronius（即佩特罗尼乌斯）

提图斯·佩特罗尼乌斯 Titus Petronius（可能与佩特罗尼乌斯同一）

皮得那 Pydna（地名）

埃涅阿斯·西尔维乌斯·皮克罗米尼 Aeneas Silvius Piccolomini

皮克托尔 Q. Fabius Pictor（史学家）

皮罗斯 Pyrrhos 或 Pyrrhus

皮切诺 Picenum（地名）

皮斯托亚 Pistoia（地名）

皮索 Gaius Calpurnius Piso（尼禄时代，皮索阴谋）

皮索·凯索尼努斯 Lucius Calpurnius Piso Caesoninus（政治家、执政官，《控皮索》）

卡尔普尔尼乌斯·皮索 Calpurnius Piso（立法者）

卢·卡尔普尔尼乌斯·皮索 L. Carpurnio Pisone（保民官）

皮索·福鲁吉 L. Calpurnius Piso Frugi（编年史家）

格·皮索 Cn. Piso（《喀提林阴谋》）

盖·皮索 C. Piso（律师，《为凯基那辩护》）

盖·皮索·福鲁吉 Caius Piso 或 Gaius Calpurnius Piso Frugi（西塞罗之女婿）

马·皮索 Marcus Piso 或 Marcus Pupius Piso Frugi Calpurnianus（《论至善和至恶》）

皮乌斯 Antoninus Pius（第四位贤帝）

品达 Pindar 或 Pindarus

蓬波尼乌斯 L. Pomponius

蓬提齐安 Ponticianus（奥古斯丁之友）

普 P.（即"普布利乌斯"）

普布利利亚 Publilia（西塞罗之妻）

普布利乌斯 Publius（缩写"普"）

普尔策 Appius Claudius Pulcher（执政官，《为阿墨里努斯辩护》）

阿皮乌斯·普尔策 Appius Claudius Pulcher（公元前 97－前 49 年，公元前 54 年执政官，公元前 50 年监察官，盖·普尔策的兄弟）

普拉埃森斯 Gaius Bruttius Praesens

普拉奇迪娅 Galla Placidia（女皇）

普拉托尔 Plator（马其顿使者）

普莱特克斯塔图斯 Vettius Agorius Praetextatus

普莱托里乌斯 Marcus Plaetorius

普兰基乌斯 Gnaeus Plancius（财政官）

普劳提乌斯 Plautius（谐剧家）

普劳提乌斯 Plautius（法学家）

普劳图斯 T. Maccius Plautus 或 Titus Maccius Plautus（著名谐剧家）

普里阿普 Priap 或 Priapus（神名）

普里斯佳 Prisca

普里斯基安 Priscian 或 Priscianus（别名 Caesariensis）

普里西利安 Priscillian

弗拉维·普里斯库斯 Flavius Priscus（法学家）

尼拉提乌斯·普里斯库斯 Neratius Priscus（法学家）

雅沃勒努斯·普里斯库斯 Iavolenus Priscus（法学家）

老普林尼 Gaius Plinius Caecilius Maior（Plinius der Ältere）

小普林尼 Gaius Plinius Caecilius Secundus（Plinius der Jüngere）

普鲁登提乌斯 Aurelius Prudentius Clemens

普鲁塔克 Πλούταρχος、Plutarchus 或 Plutach、LuciusMestriusPlutarch

普罗狄科 Prodicus 或 Prodikos

普罗佩提乌斯 Sextus Propertius（Properz）

普罗塔戈拉 Protagoras

普罗图斯 Lucius Voltacilius Plotus

普洛布斯 Probus（皇帝）

瓦勒里乌斯·普洛布斯 Valerius Probus 或 Marcus Valerius Probus（文法家、批评家）

普洛丁 Πλωτῖνος 或 Plotinus

普奈内斯特 Praeneste（地名）

普皮路斯 Lucius Orbilius Pupillus

普桑 Nicolas Poussin

萨宾娜 Sabina

萨宾弩斯 Quintus Titurius Sabinus

克利乌斯·萨宾弩斯 Celius Sabinus（法学家）

萨丁尼亚 Sardinia（地名）

萨尔维安 Salvianus

萨夫茨伯里 Anthony Ashley Cooper

萨克尔多斯 Sacerdos 或 Marius Plotius Claudius Sacerdos

萨克索菲腊托 Bartolus de Saxoferrato

萨拉米斯 Salamis（地名）

萨拉赞 Sarazin 或 Jean François Sarrazin

萨洛那 Salonae（地名）

S. D. F. 萨蒙德 S. D. F. Salmond

萨摩尼库斯 Serenus Sammonicus

萨姆尼乌姆 Samnium（地名）

萨普拉 Saburra

萨乔奇 Marjorie Suchochi

萨塞尔纳 Saserna

萨图尔尼努斯 Publius Vigellius Saturninus

克劳狄乌斯·萨图尔尼努斯 Claudius Saturninus

卢·萨图尔尼努斯 Lucius Saturninus（乱党头目）

维勒乌斯·萨图尔尼努斯 Veleus Saturninus（法学家）

萨图尔努斯 Saturnus 或 Saturn

萨图里奥 Saturio

萨维尼 Friedrich Carl von Savigny

萨西娅 Sassia

三乐 Trimalchio

桑伽 Quintus Fabius Sanga

商茨 M. Schanz

塞奥菲鲁 Theophilus（法学家）

塞奥菲鲁 Theophilus（护教士）

塞奥弗拉斯图斯 Theophrastus

塞邓尼人 Seduni

塞狄吉图斯 Volcacius Sedigitus

塞尔迪卡 Serdica（地名）

塞尔托里乌斯 Sertorius 或 Quintus Sertorius（马略的将军）

塞尔维利乌斯 Servilius（法学家）

塞尔维利乌斯 Publius Servilius（执政官）

塞尔维乌斯 Marcus Servius Honoratus（注疏家）

塞尔维乌斯·图利乌斯 Servius Tullius（罗马王政时期的第六个国王）

塞恭几亚契人 Segontiaci

塞广尼人 Seguani

塞克斯图斯 Sextus（廊下派哲学家）

塞克斯图斯 Sextus（塔克文之子）

塞克斯提乌斯 L. Sextius Lateranus

塞昆达 Secunda

尤利乌斯·塞昆都斯 Julius Secundus

塞雷努斯 Serenus 或 Annaeus Serenus（小塞涅卡之友）

塞利奥 Serlio

（小）塞涅卡 Lucius Annaeus Seneca（哲学家，亦译"塞内加"）

（老）塞涅卡 Lucius Annaeus Seneca Maior（修辞学家）

塞浦路斯 Zypern 或 Cyprus（地名）

塞壬努斯 Sammonicus Serenus

塞萨利 Thessaly（地名）

塞萨洛尼基 Thessalonike（地名）

塞斯提利娅 Sestilia

塞斯提乌斯 Sestius、Sesti 或 Sestio

塞斯提乌斯 Publius Sestius（保民官）

塞万提斯 Miguel de Cervantes Saavedra，乳名 Miguel de Cervantes Cortinas

塞维里阿努斯 Julius Severianus（修辞学家）

普·塞维利乌斯 Publius Servelius

塞维利亚 Sevilla（地名）

塞维鲁斯王朝 Severer

塞维鲁斯 Severus（奥勒留的兄弟）

利比乌斯·塞维鲁斯 Libius Severus（皇帝）

苏尔皮基乌斯·塞维鲁斯 Sulpicius Severus（基督教编年史家）

塞普提米乌斯·塞维鲁斯 Septimius Severus（皇帝）

瓦勒里乌斯·塞维鲁斯 Valerius Severus（法学家）

亚历山大·塞维鲁斯 Alexander Severus

塞维尼夫人 Madame de Sévigné

塞乌斯 Quintus Seius（骑士）

塞叶尼人 Segni

赛里斯 Seres（地名，即中国）

扫罗 Saulus（新约人名）

舍尼耶 Chénier

色雷斯 Thrakien 或 Thrace（地名）

色诺芬 Xenophon

色诺芬尼 Xenophanes

色诺克勒斯 Xenokles（演说家）

森布罗尼 L. Sempronio

森提努姆 Sentinum（地名）

圣埃弗勒蒙 Saint-Evremond

圣山 Monte Sacro（地名）

斯彪西波 Speusippus

斯杜德 Basil Studer

斯居德里 Georges de Scudéry

老斯基皮奥 Scipio Maior、Scipio Africanus Major 或 Publius Cornelius Scipio Africanus（执政官）

小斯基皮奥 Scipio Aemilianus 或 Publius Cornelius Scipio Aemilianus

斯基皮奥·纳西卡 Scipio Nasica（格·斯基皮奥之子，老斯基皮奥的堂兄）

盖·斯基皮奥·纳西卡 Gaius Scipio Nasica（法学家）

卢·斯基皮奥 Lucius Scipio（老斯基皮奥的兄弟）

普·科·斯基皮奥 Publius Cornelius Scipio

斯基泰 Scythia（地名）

斯卡利泽 Scaliger（约瑟夫·斯卡利泽）

约瑟夫·斯卡利泽 Joseph Scaliger（斯卡利泽）

尤利乌斯·斯卡利泽 Julius Caesar Scaliger（斯卡利泽之父）

斯卡曼德尔 Scamander

占卜官斯凯沃拉 Quintus（Q.）Mucius Scaevola（公元前 159－前 88 年，普·斯凯沃拉的堂兄，公元前 117 年执政官、莱利乌斯的女婿，卢·克拉苏的岳父，西塞罗的老师，法学家）

普·斯凯沃拉 Publius Mucius Scaevola（公元前 150－前 100 年，占卜官斯凯沃拉的堂弟，公元前 136 年裁判官，公元前 133 年执政官，公元前 130 年大祭司，法学家）

大祭司斯凯沃拉 Quintus（Q.）Mucius Scaevola（?－前 82 年，普·斯凯

沃拉之子，公元前95年执政官，法学家）

　　克尔维狄乌斯·斯凯沃拉 Cervidius Scaevola（法学家）

　　维尔维狄乌斯·斯凯沃拉 Vervidius Sacaevola（法学家保罗之师）

　　斯考鲁斯 Marcus Aemilius Scaurus

　　斯库拉克乌姆 Scylaceum（地名）

　　斯奎拉瑟 Squillace（地名）

　　斯雷姆斯卡-米特罗维察 Sremska Mitrovica（地名）

　　亚当·斯密 Adam Smith

　　斯帕尔提安 Aelius Spartianus

　　斯佩拉图斯 Speratus

　　斯塔提乌斯 Statius

　　斯特西科罗斯 Stesichorus

　　斯特拉波 Strabo

　　斯特拉托 Strato

　　斯特拉托尼基 Stratonikeia（地名）

　　斯特里同 Stridon（地名）

　　斯提利科 Stilicho 或 Flavius Stilicho

　　斯提洛 L. Aelius Stilo 或 Lucius Aelius Stilo Praeconinus

　　斯泰尼乌斯 Sthenius

　　施密特 E. A. Schmidt

　　史帝芬 Stephanus（殉道者）

　　史蒂芬 Stephanus（法学家）

　　士每拿 Smyrna（地名）

　　苏达 Σουίδας 或 Souidas

　　苏尔摩 Sulmo（地名）

　　苏尔皮基乌斯 P. Sulpicius（保民官，死于利剑）

　　塞尔维乌斯·苏尔皮基乌斯 Servius Sulpicius（法学家）

　　苏刚布里人 Sugambri

　　苏格拉底 Socrates

　　苏克-阿赫腊斯 Souk Ahras（地名）

　　苏拉 Sulla 或 Lucius Cornelius Sulla Felix（独裁者）

　　普·苏拉 P. Sulla（公元前65年执政官）

　　普·科·苏拉 Publius Cornelius Sulla（财务官，《朱古达战争》）

　　苏萨 Susa（地名）

　　苏森布鲁图斯 Joannes Susenbrotus

苏维托尼乌斯 Gaius Suetonius Tranquillus（Sueton）

苏维托尼乌斯·拉图斯 Suetonius Laetus（苏维托尼乌斯之父）

苏威皮人 Suebi

苏威西翁内斯人 Suessiones

苏亚雷斯 Cypreano Soarez

梭伦 Solon

索尔 Sol（太阳神）

索尔仁尼琴 Aleksandr I. Solzhenitsyn

索尔兹伯里 Salisbury（地名）

索菲亚 Sofia（地名）

索佛 Sempronius Sofo

索福克勒斯 Sophocles 或 Sophokles

索哈努斯 Soranos

索几亚德斯人 Sotiates

索利努斯 C. Iulius Solinus

索佐墨诺斯 Σωζομενός 或 Sozomenos

T

塔尔奎尼亚 Tarquinii（城名）

塔尔培 Spurius Tarpeius Montanus Capitolinus

塔加斯特 Thagaste（地名）

塔科夫 Nathan Tarcov

塔克文 L. Tarquinius Superbus（傲王）

塔拉 Thala（地名）

塔拉科 Tarraco（地名）

塔拉其那 Tarracina（地名）

塔龙 Omer Talon

塔鲁萨得斯人 Tarusates

塔伦图姆 Tarent 或 Tarentum（地名）

塔司及久斯 Tasgetius

塔普苏斯 Thapsus（地名）

塔西佗 Publius Cornelius Tacitus 或 Gaius Cornelius Tacitus

台吉提乌斯 Trygetius

泰拉莫 Teramo（地名）

泰伦提乌斯（泰伦茨）Publius Terentius Afer 或 P. Terentius Afer（Terenz）

坦波拉里乌斯 Joannes Temporaries

陶洛斯 Taurus（哲学家）

忒拜 Thebe（地名）

曼利乌斯·特奥多罗斯 Manlius Theodorus（执政官，曾是基督徒，哲学家）

特奥多西乌斯 Theodosius（大帝）

特奥多西乌斯 Theodosius（亚历山大里亚使者）

特奥克里托斯 Theokrit、Theocritos 或 Theocritus

特巴提乌斯 Trebatius（律师）

特里波尼安 Tribonianus（法学家）

特里布松 Tribizond（地名）

特里尔 Trier 或 Treveres（地名）

特里佛宁 Claudius Tryphoninus（法学家）

特里沃尼安努士 Trivonianus

特里亚里乌斯 Gaius Triarius

特拉贝亚 Trabea

特拉菲萨格尼 Lorenzo Traversagni，即 Lorenzo Guglielmo Traversagni

特拉马拉 Terremara

特拉西美努斯湖畔 Trasimenischer See（地名）

特拉叙马库斯 Thrasymachus

特勒斯 Tellus（节庆中的地母）

特雷波尼乌斯 Gaius Trebonius（亚细亚总督）

特雷维斯 Treveris（地名）　见特里尔

特鲁斯 Tellus（神庙名）

特伦提娅 Terentia（西塞罗之妻）

阿尔比娅·特伦提娅 Albia Terentia

特罗吉尔 Trogir（地名）

特洛古斯 Pompeius Trogus

特洛伊人 Teroi

特米斯提奥斯 Θεμίστιος 或 Themistios

特弥斯托克勒斯 Themistocles

特萨洛尼克 Thessaloniki（地名）

特斯塔 Gaius Trebatius Testa（法学家）

特提里库斯 Tetricus（皇帝）

梯叶里 Thierry

提比略 Tiberius（皇帝）

提比乌卡 Thibiuca（地名）

提布卢斯 Albius Tibullus（Tibull）

提埃斯特斯 Thyestes

提革利努斯 Ofonius Tigellinus

提康尼乌 Ticonius 或 Tichonius（多纳特派神学家）

提莱努斯 Tyrrhenus

提马格奈斯 Timagenes

提迈西特乌斯 Timesitheus（皇帝）

提提尼乌斯 Titinius（剧作家）

提提乌斯 C. Titius

提沃利 Tivoli

提西亚斯 Tisias

提亚纳 Tyana（地名）

贴撒罗尼迦 Thessalonica（地名）

图贝罗 Tubero（廊下派）

昆·图贝罗 Quintus Tubero（西塞罗的亲戚）

昆·埃利乌斯·图贝罗 Quintus Aelius Tubero（年代记作家）

昆·埃利乌斯·图贝罗 Q. Aelius Tubero（法学家）

图尔皮利乌斯 Turpilius（披衫剧作家）

奥菲狄乌斯·图卡 Aufidius Tucca（法学家）

图拉真 Trajan

图里努斯 Gaius Octavius Thurinus（屋大维或奥古斯都的小名）

图里娅 Turia

图利乌斯 Tullius

马·图利乌斯 M. Tulli

图利娅 Tullia（西塞罗之女）

图卢斯 Tullus Hostilius（罗马王政时期的第三个国王）

图卢斯·阿提乌斯 Tullus Attius（沃尔斯克王）

图斯库卢姆 Tusculum（地名）

托尔夸图斯 Lucius Manlius Torquatus（公元前 65 年执政官）

卢·托尔夸图斯 Lucius Torquatus（公元前 62 年普·苏拉的控诉人，信奉伊壁鸠鲁学说）

提·曼利乌斯·托尔夸图斯 Titus Manlius Torquatus（卢·托尔夸图斯之

父）

托尔斯泰 Lev Tolstoy

托勒密 Ptolemaeus

托勒密 Ptolemy（学院名称）

托勒米奥 Tolomeo

（阿什比的）托马斯 Thomas

W

瓦伽 Vaga（城名）

瓦拉 Lorenzo Valla

吉奥吉奥·瓦拉 Giorgio Valla

瓦鲁斯 Lucius Alfenus Varus

普·阿提乌斯·瓦鲁斯 PubliusAttiusVarus（裁判官）

瓦伦斯 Valens（皇帝）

阿布尔尼乌斯·瓦伦斯 L. Flavius Aburnius Valens（法学家）

瓦伦提尼安 Valentinian 或 Valentinianus（罗马皇帝）

瓦伦提尼安一世 Valentinianus I（罗马皇帝）

瓦伦提尼安二世 Valentinianus II（罗马皇帝）

瓦伦提尼安三世 Valentinianus III（罗马皇帝）

瓦勒里安 Publius Licinius Valerianus（罗马皇帝）

瓦勒里乌斯 Valerius（恺撒的副将）

瓦勒里乌斯 Valerius（阿非利加主教）

瓦勒里乌斯 Valerio Publicola

卢·瓦勒里乌斯 L. Valerius

瓦里乌斯 Varius 或 Lucius Varius Rufus（剧作家）

瓦罗 M. Terentius Varro 或 Marcus Terentius Varro Reatinus（雷阿特的瓦罗）

普·阿尔费努斯·瓦罗 Publius Alfenus Varo（法学家）

瓦特金 David Watkin

瓦特莱 Richard Whately

普·瓦提尼乌斯 Publius Vatinius（证人）

汪达尔人 Vandals

乌尔比安 Ulpian 或 Ulpianus，即 Gnaeus Domitius Annius Ulpianus 或 Domizio Ulpiano（法学家）

乌格 Ugo

乌库比 Ucubi（地名）

乌拉尼亚 Οὐρανία 或 Urania

乌提卡 Utica（地名）

乌西奇努斯 Ursicinus

乌兹塔 Uzitta（地名）

武德 John Wood

维博瓦伦蒂亚 Vibo Valentia（地名）

维布利乌斯 Lucius Vibullius Rufus

保罗·维尔吉尼乌斯 Paulus Verginius（法学家）

维格提乌斯 Vegetius

维吉尔 Publius（P.）Vergilius Maro（Vergil）

维柯 Giovanni Battista Vico 或 Giambattista Vico

维克多 Vincentius Victor

奥勒留·维克多 Aurelius Victor

维克托 Julius Victor，即 Gaius Julius Victor

维克托里努斯 Victorinus 或 Gaius Marius Victorinus（奥勒留之友）　见维
克托里努斯·阿非尔

维克托里努斯·阿非尔 Victorinus Afer（奥古斯丁之友）　见维克托里
努斯

马尔克卢斯·维克托里乌斯 Marcellus Victorius

佩特鲁斯·维克托里乌斯 Petrus Victorius

维克托里亚 Victoria（胜利女神）

维拉格里人 Veragri

维兰德 Christoph Martin Wieland

维莱乌斯 Gaius Velleius

维勒斯 G. Verres 或 Gaius Verres

维里度维克斯 Viridovix

维隆诺邓纳姆 Vellaunodunum（地名）

维罗纳 Verona（地名）

维鲁斯 Lucius Verus 或 Lucius Aurelius Verus Augustus（与奥勒留搭档执
政的皇帝）

安尼乌斯·维鲁斯 Marcus Annius Verus（哲人王奥勒留之祖父）

安尼乌斯·维鲁斯 Marcus Annius Verus（哲人王奥勒留之父）

马·安尼乌斯·维鲁斯 Marcus Annius Verus（哲人王奥勒留的本名）

维鲁斯·恺撒 Lucius Aelius Verus Caesar（维鲁斯之父）

维纳斯 Venus

维尼基乌斯 Vinicius

马·维尼基乌斯 Marcus Vinicius（维尼基乌斯之子）

维努栖亚 Venusia（地名）

维斯帕西安 Vespasian（皇帝）

提·弗拉维·维斯帕西安 Titus Flavius Vespasianus（皇帝提图斯）

维斯皮罗 Q. Lucretius Vespillo

维斯提娅 Vestia

维苏威 Vesuv（火山名）

维特根斯坦 Wittgenstein，即 Ludwig Josef Johann Wittgenstein

维特利乌斯 Vitellius（西塞罗《论神性》里的伊壁鸠鲁主义者）

维特利乌斯 Vitellius 或 Aulus Vitellius（皇帝）

卢·维特利乌斯 Lucius Vitellius（皇帝维特利乌斯之父）

维特鲁威 Vitruv、Vitruvius 或 Marcus Vitruvius Pollio

维提尔波 Viterbo（地名）

维图里乌斯 Veturius

维维阿努斯 Vivianus（法学家）

维伊 Veji（地名）

威尔逊 Thomas Wilson

威尔金森 Wilkinson

威兰诺瓦 Villanovan（地名）

威瑟斯邦 John Witherspoon

韦维尔 Geoffrey Waywell

文迪基安 Vindicianus 或 Helvius Vindicianus（奥古斯丁之友）

文多 Vendôme（地名）

文内几人 Veneti

文内里人 Venelli

文萨弗 Vinsauf（地名）

文提狄乌斯 Publius Ventidius，即 Publius Ventidius Bassus

凡莱公都斯 Verecundus（奥古斯丁之友）

屋大维（奥古斯都）Octavius 或 Octavian，全名 Gaius（C.）Octavius
[Augustus]

马·屋大维 Marcus Ocatavius

盖·屋大维 Gaius Octavius（屋大维之父）

温泉关 Thermopylae（地名）

翁布里亚 Umbrien（地名）

X

昔勒尼 Kyrene（地名）

近西班牙 Gallia Transpadana（行省名）

远西班牙 Hispania ulterior（行省名）

西庇尔 Sibylla

西多尼乌斯 Sidonius 或 Gaius Sollius Modestus Apollinaris Sidonius

西尔米乌姆 Sirmium（地名）

西尔瓦努斯 Silvanus（伪皇帝）

西格纳 Signa（地名）

西卡 Sicca（西塞罗之友）

西卡 Sicca 或 Sicca Veneria（地名）

西科里斯 Sicoris（河名）

西拉德 George Stillman Hillard

西拉努斯 Decimus Junius Silanus（公元前 62 年执政官，《控喀提林》）

西利 J. R. Seeley

西利乌姆 Scilli（地名）

西鲁斯 Publilius Syrus

盖·阿尔布契乌斯·西卢斯 Gaius Albucius Silus

西门 Simon Magus（术士）

西门 Cimon（希腊将领）

西普里安 Cyprian 或 Cyprianus，全名 Thascius Caecilius Cyprianius

西塞罗 Marcus Tullius Cicero 或 M. Tullius Cicero

小西塞罗 Cicero Minor（西塞罗之子）

卢·西塞罗 Lucius Cicero（西塞罗的大堂兄）

马·西塞罗 Marcus Cicero（西塞罗之子）

西塞那 Lucius（L.）Cornelius Sisenna

西西里 Sizilien（岛名）

西亚努斯 Sejan 或 L·Aelius Seianus

西延普撒尔 Hiempsal（王子）

希波 Hippo 或 Hippo Regius（地名）

希庇亚 Hippias

希埃利乌斯 Hierius

希埃罗尼姆斯 Hieronymus（罗得岛的哲学家）

希厄拉斯 Hieras

希尔 Edmond Hill

希尔提乌斯 Aulus Hirtius

希尔瓦努斯 Silvanus

希吉努斯 Gaius Iulius Hyginus 或 Hygin（亦译"海金努斯"）

希罗多德 Herodot

希律 Herodian（史学家）

希诺佩 Sinope

希普里达 Gaius Antonius Hybrida（演说家安东尼之子）

夏娃 Eva（旧约人名）

萧伯纳 George Bernard Shaw

谢德 John Scheid

谢里登 Thomas Sheridan

辛内索 Synesios

辛普里丘 Simplicianus

辛辛那提 L. Quinctius Cincinnatus

辛西亚 M. Cincius Alimentus

修昔底德 Thucydides

叙拉古 Syracuse（地名）

叙利亚 Syrien（地名）

叙马库斯 Symmachus 或 Symmachi，全名 Quintus（Q.）Aurelius Symma-chus（罗马市长）

许佩里德斯 Hyperides

雪莱 Shelley

Y

亚伯拉罕 Abraham（旧约人名）

亚当斯 John Quincy Adams

亚基帕 Agrippas（市政官）

亚里士多德 Ἀριστοτέλης 或 Aristotélēs 或 Aristoteles

亚历山大 Alexander（马其顿国王）

科·亚历山大 Cornelius Alexander（文法家）

亚历山大里亚 Alexandria（地名）

亚美尼亚 Armenia

亚美尼亚人 Armenii

亚努 Roger Hanoune

亚述 Assyria（地名，古代帝国）

雅典 Athen（地名）

雅典娜 Athena 或 Athene

雅各 Jacob（旧约人名）

雅各布斯 Jacobus

雅利安人 Arianer

雅努斯 Janus 或 Ianus（神名）

扬布利科斯 Jamblichos

耶利米 Jeremiah

意大利 Italia（地名）

以撒 Isaac（旧约人名）

以赛亚 Isaias（旧约人名）

以色列 Israel（地名）

伊庇鲁斯 Epirus（国名）

伊壁鸠鲁 Epicurus 或 Epikur

伊尔内利乌斯 Irnerius

伊菲革涅娅 Iphigenie

伊古维乌姆 Iguvium（地名）

伊康 Iconium（地名）

伊莱尔达 Ilerda（地名）

伊里奈乌 Irenaeus

伊利里库姆 Illyricum（地名）

伊利里亚 Illyria（地名）

伊利帕 Ilipa（地名）

伊皮凡尼乌斯 Epiphanios

伊斯特雷克夫人 Lady Eastlake

伊索 Äsop（寓言作家）

伊索克拉底 Isocrates

伊塔利库斯 Silius Italicus 或 Titus Catius Asconius Silius Italicus

伊西多 Isidor

伊希斯 Isis

伊兹米尔 Izmir（士每拿，地名）

英度鞠马勒斯 Indutiomarus

英苏布里人 Insubrer

英特拉弥亚 Interamnia（地名）

尤巴 Juba

尤金 Eugenius

尤里克 Eurich（国王）

尤利阿努斯 Antonius Julianus（修辞学家）

尤利安 Josue Julianus（古罗马皇帝）

萨尔维乌斯·尤利安 Salvius Julianus（法学家）

尤利娅 Julia

小尤利娅 Iulia（奥古斯都之外孙女）

尤利娅·李维拉 Iulia Livilla（卡里古拉之妹）

尤利乌斯 Iulius

普林尼·尤尼奥尔 Plinius Iunior

尤诺 Juno

尤皮特 Juppiter 或 Jupiter Optimus Maximus

尤斯提努斯 Marcus Junianus Justinus

帕皮里乌斯·尤斯图斯 Papirius Iustus（法学家）

尤斯托基乌姆 Eustochium 或 Eustochium Julia

尤特罗比乌 Eutropius

尤文纳尔 Justina Decimus Iunius Iuvenalis（Juvenal）

盖·尤文提乌斯 Gaius Iuventius（法学家）

尤西庇乌 Eusebius（该撒利亚的主教）

尤西庇乌 Eusebius（克雷蒙纳的主教）

优士丁尼 Iustinian（法学家，亦译"查士丁尼"）

优士丁尼 Justinian（皇帝）

约阿尼斯 Joannes（皇帝）

约尔丹内斯 Jordanes

约翰 Joannes（新约人名）

约翰 Johannes（耶路撒冷主教）

加兰的约翰 Johannes de Garlandia

约翰 Johannes Lydus、Joannes Laurentius Lydus 或 Ἰωάννης Λαυρέντιος ὁ Λυδός（拜占庭作家）

约克 York（地名）

约瑟 Joseph（旧约人名）

约瑟夫 Flavius Josephus

约维安 Jovianus（皇帝）

Z

扎马 Zama（地名）

詹金斯 R. Jenkyns

詹姆士 Henry James

詹森 C. Jansénius

哲罗姆 Jerome、Sophronius Eusebius Hieronymus 或 Εὐσέβιος Σωφρόνιος Ἱερώνυμος

泽拉 Zela（地名）

宙斯 Zeus

芝诺 Zeno

芝诺比娅 Zenobia

芝诺比乌斯 Zenobius

朱巴一世 Juba I

朱古达 Iugurtha

朱利安 Julian（亦译尤利安）

佐西莫斯 Ζώσιμος、Zosimus 或 Zosimus Historicus

附录五　作品译名对照表

A

《阿非利加战记》Bellum Africum 或 De Bello Africo（恺撒）

《阿古利可拉传》De Vita Iulii Agricolae 或 Agricola（塔西佗）

《阿格西劳斯传》Αγησιλαοσ 或 Agesilaus（普鲁塔克）

《阿格西劳斯传》Αγησιλαοσ 或 Agesilaus（奈波斯）

《阿库西乌斯注释》Glossa Ordinaria（阿库西乌斯）

《阿奎利乌斯法》Lex Aquilia

《阿拉里克法提要》Breviarium Alaricianum（阿拉里克二世）　见《西哥特王国境内罗马人的法律》

《阿里斯蒂德传》Αριστειδησ 或 Aristides（普鲁塔克）

《阿里斯蒂德传》Aristides（奈波斯）

《阿摩尔和普叙赫》Amor und Psyche（阿普列尤斯）

《阿摩司书》Amos（阿摩司）

《阿普勒伊乌斯法》Lex Appuleia

《阿斯克勒庇乌斯》Asclepius（伪阿普列尤斯）

《阿提卡之夜》Nactes Atticae（革利乌斯）

《阿提库斯传》Atticus-Vita（奈波斯）

《阿提利亚法》Lex Atilia

《埃布提乌斯法》Lex Aebutia

《埃及古代史》Αἰγυπτιακά 或 Aegyptiaca（马涅托）

《埃涅阿斯的后代》Aeneaden（阿克基乌斯）

《埃涅阿斯纪》Aeneis（维吉尔）

《埃特鲁里亚史》Tyrrhenicon 或 On Tuscan Affairs（克劳狄乌斯）

《埃特鲁里亚史纪》Res Etruscae 或 Disciplinarum vel Rerum Etruscarum Libri（维里乌斯·弗拉库斯）

《艾利乌斯和森提乌斯法》Lege Aelia Sentia

《爱国主义与帝国》Patriotism and Empire（罗伯逊）

《爱情神话》Satyricon（佩特罗尼乌斯著，费里尼改编）

《安排材料的艺术》Ars Arengandi（狄南特）　见《演说的艺术》

《安奇拉铭文》Monumentum Ancyranum（奥古斯都）

《安布罗西乌斯传》Life of St. Ambrosius（巴乌里努斯）

《安布罗西乌斯的〈论神父的义务〉》Ambrose De Officiis（Ivor J. Davidson）

《安布罗西乌斯注经集》Ambrosiaster（伪安布罗西乌斯）

《奥古斯丁笔下的时间与历史》Zeit und Geschichte bei Augustin（E. A. Schmidt／施密特）

《奥古斯丁论》Études Augustiniennes（詹森）

《奥古斯丁图传》Augustine and his World（诺雷斯、潘克特）

《奥古斯都传记汇编》Scriptores Historiae Augustae 或 Historia Augusta（斯帕尔提安、伽利卡努斯、兰普里狄乌斯、卡皮托利努斯、特瑞贝利乌斯·波利奥和沃皮斯库斯）　见《由不同作家撰写的自神圣的阿德里安至努墨里安不同的君主和暴君传记》

《奥古斯都传记汇编》Historia Augusta（奥勒留·维克多）

《奥利尼乌斯法》Lex Ollinia

《奥克塔维乌斯》Octavius（费利克斯）

《奥塔维亚》Ottavia（阿尔菲耶里）

《奥托》Othon（高乃依）

《奥托传》Vita Othonis（苏维托尼乌斯）

B

《巴比伦古代史》Babyloniaca 或 History of Babylonia（贝罗苏斯）

《保罗传》Vita Pauli Monachi（哲罗姆）

《贝加苏元老院决议》Senatus Consultum Pegasianum

《本性》Nature（贝拉基）

《比萨文件》Littera Pisana 或 Vulgata

《编年纪》Annalen（恩尼乌斯）

《编年史》Annalen 或 Annales（塔西佗） 见《自圣奥古斯都驾崩以来编年纪事》

《编年史》Annales（皮克托尔）

《编年史》Chronica（卡西奥多尔）

《编年史》Liber Annalis（阿提库斯）

《变瓜记》Apocolocyntosis（小塞涅卡）

《变形记》Metamorphosen（奥维德）

《变形记》Metamorphosen 或 Metamorphoses（阿普列尤斯） 见《金驴记》

《辩护辞》Apologia 或 Apologia sive pro se de Magia Liber（阿普列尤斯）

《辨驳辞》Controversien（老塞涅卡）

《兵法》On Military Science（弗龙蒂努斯）

《兵法简述》Digesta Artis Mulomedicinae（韦格蒂乌斯） 见《罗马兵制》

《柏拉图与政治现实》Studien zur Antiken Philosophie（葛恭）

《波利卡普殉道纪》Acts of Martyrdom

《波奥提亚女子》Boeotia（普劳图斯）

《波伦亚手抄本》Littera Bononiensis

《柏拉图注疏集》Platonis Opera Omnia cum Commentariis（刘小枫、甘阳主编）

《柏拉图哲学》De Dogmata Platonis（阿普列尤斯）

《勃里塔尼古斯》Britannicus（拉辛）

《驳阿里乌》Contra Arianos（傅正修）

《驳阿里乌的布道》Contra Sermonem Arianorum 或 Against an Arian Sermon（奥古斯丁）

《驳阿里乌信徒马克西米努斯》Contra Maximinum Arianum（奥古斯丁）

《驳但丁的〈君主论〉》Censure of Dante's Monarchia（弗纳尼）

《驳反对律法书和先知书的人》Contra Adversarium Legis et Prophetarum（奥古斯丁）

《驳基督徒》Adversus Christianos 或 Against the Christians（波尔菲里奥）

《驳马克安》Adversus Marcionem（德尔图良）

《驳帕尔梅尼亚》Contra epistulam Parmeniani（奥古斯丁）

《驳瓦伦提尼派》Adversus Valentianos（德尔图良）

《驳朱利安》Against Julian（奥古斯丁）

《布道书》Homilies（俄里根）

《布拉旦》Prata（苏维托尼乌斯）

《布鲁图斯》Brutus（西塞罗）

《布匿战纪》Bellum Poenicum（奈维乌斯）

《布匿战纪》Punica（伊塔利库斯）

《布匿战争》Punic War（阿伦提乌斯）

C

《差别》Diferentiae（莫德斯丁）

《查理大帝传》Vita Caroli Magni（艾因哈德）

《阐释〈诗篇〉》Expositio Psalmorum（卡西奥多尔）

《忏悔录》Confessions（奥古斯丁）

《忏悔录》Confessions（卢梭）

《忏悔录》Исповедь（托尔斯泰）

《长短句集》Epoden（贺拉斯）

《沉思录》Meditation 或 The Meditations（奥勒留）

《痴儿西木传》Simplicius Simplicissimus（格里美豪森）

《斥西塞罗》Invectiva in Ciceronem（撒路斯特）

《斥叙马库斯》Contra Symmachum（普鲁登提乌斯）

《次要的练习演说辞》The Lesser Declamations（昆体良？）　见《归于昆体良名下的次要练习演说辞》（昆体良？）

《辞疏》Sexti Pompei Festi De Verborum Significatu（斐斯图斯）　见《论词语的意义》

《辞疏》Sexti Pompei Festi De Verborum Significatu quae supersunt（斐斯图斯）

《从奥勒留驾崩开始的帝国史》τῆς μετὰ Μάρκον βασιλείας ἱστορία 或 History of the Empire from the Death of Marcus（希律）　见《罗马史》（希律）

《传道书》Ecclesiastes（所罗门）

《创世记》Genesis（摩西）

《〈创世记〉的希伯来文问题》Quaestiones Hebraicae in Genesim（哲罗姆）　见《关于〈创世纪〉的种种问题》（哲罗姆）

D

《大祭司年代记》Annales Pontificum 或 Libri Pontificum（大祭司）

《大罗马和大不列颠》Greater Rome and Greater Britain（卢卡斯）

《大学的理念》The Idea of A University（纽曼）

《大洋国》Oceana，即 The Commonwealth of Oceana（哈林顿）

《达塔墨斯传》Datames（奈波斯）

《但以理书》Daniel（但以理）

《道德论集》Moral Treatises（奥古斯丁）

《道德书简》Epistulae Morales ad Lucilium（小塞涅卡）

《德国法律的起源》De Origine Iuris Germanici（康宁）

《狄摩西尼、西塞罗合论》Δημοσθενουσ και Κικερωνοσ συγκρισισ 或 Comparison of Demosthenes and Cicero（普鲁塔克）

《狄安娜》Diana（普·瓦勒里乌斯·加图）

《帝国主义》Imperialism（霍布逊）

《第二修辞学》Rhetorica Secunda（西塞罗?） 见《新修辞学》（西塞罗?）

第五篇《控喀提林》Fifth Catilinarian（昆体良） 见练习演说辞《控喀提林》

《第一位隐修者保罗传》Vita Pauli Primi Eremitae（哲罗姆） 见《教父传》（哲罗姆）

《定义》Definitiones（帕比尼安）

《订正》或《订正录》Retractationes 或 Retractations（奥古斯丁） 见《回顾》

《独语录》Soliloquia、Soliloquies 或 Soliloquiorum Libri Duo（奥古斯丁）

《对话录》Dialogus（塔西佗） 见《关于演说家的对话》（塔西佗）

《对话录》Dialogi（小塞涅卡）

《对哲学的劝勉》Hortationes ad Philosophiam（奥古斯都）

《对贞洁者的劝慰》Exhortation Viriginitatis（安布罗西乌斯）

《多弥提安传》Vita Domitiani（苏维托尼乌斯）

E

《俄狄浦斯》Oedipus（恺撒）

《俄国革命》Révolution de Russie（卢利耶尔）

《恩尼乌斯〈编年史〉评注》Criticisms of the Annals of Ennius（马·庞皮利乌斯·安德罗尼库斯）

《恩典与自由》Augustine's Treatises on Doctrine of Man（奥古斯丁）

《儿童教育论》De Liberis Educandis（老加图）

F

《法尔其第乌斯法》Lex Falcidia

《法尔萨利亚》Pharsalia 或 Farsalia（卢卡努斯）

《法律大全》Corpus Iuris（优士丁尼）　见《民法大全》

《法学汇纂》Pandectae　见《学说汇纂》

《法律篇》Les Lois（柏拉图）

《法学阶梯》Institutiones　见《优士丁尼法学阶梯》

《法学阶梯》Institutiones（法学家保罗）

《法学阶梯综述》Apparatus ad Codicim（阿佐）

《法哲学的基本原理或自然法与国家学纲要》Grundlinien der Philosophie des Rechts oder Naturrecht und Staatswissenschaft im Grundrisse（黑格尔）

《反贝拉基：论本性与恩典》De Natura et Gratia（Contra Pelagium）（奥古斯丁）

《反贝拉基主义者》Dialogus Contra Pelagianos（哲罗姆）

《反驳异教徒的历史》Historiae Adversus Paganos（奥罗修斯）

《反多纳特教派：论洗礼》De Baptismo（contra Donatistas）（奥古斯丁）见《论洗礼》

《反赫尔维迪乌》Adversus Helvidium 或 De Perpetua Uirginitate Beatae Mariae Adversus Heluidium（哲罗姆）

《反路西法书》Liber Contra Luciferianos 或 Dialogue with a Luciferian（哲罗姆）

《反犹太人》Adversus Judaeos（德尔图良）

《反马克安》Adversus Marcionem（德尔图良）

《反赫尔摩根尼》Adversus Hermogenem（德尔图良）

《反腓力辞》Philippicae 或 In M. Antonium Oratio Philippica（西塞罗）

《反昆·凯基利乌斯》Divinatio in Caecilium 或 In Q. Caecilium（Nigrum），quae Divinatio Dicitur（西塞罗）

《反摩尼教：论创世记》De Genesi Contra Manichaeos（奥古斯丁）

《反摩尼教：论灵魂二元》De Duabus Animabus（Contra Manichaeos）（奥古斯丁）

《反摩尼教：论善的本性》De Natura Boni Contra Manichaeos（奥古斯丁）

《反摩尼教的基本教义》Contra Epistulam Manichaei quam Vocant Fundamenti 或 Contra Epistulam quam Vocant Fundamenti（奥古斯丁）

《反佛利科的摩尼教》Contra Felicem（Manichaeum）（奥古斯丁）

《反福斯图的摩尼教》Contra Faustum（Manichaeum）（奥古斯丁）

《反福图纳图斯的摩尼教》（Acta）Contra Fortunatum（Manichaeum）（奥古斯丁）

《反普拉克塞亚》Adversus Praxeam（德尔图良）

《反小加图》Anticatones 或 Anti-Cato（恺撒）

《反克特西丰演说辞》Oration Against Ctesiphon（埃斯基涅斯）

《反鲁菲努斯书》Apologiae Contra Rufinum 或 Apology Against Rufinus（哲罗姆）

《反鲁菲努斯的书信》Liber Tertius seu ultima responsio adversus scripta Rufini（哲罗姆）

《反维吉兰修》Contra Vigilantium（哲罗姆）

《反学园派》Contra Academicos（奥古斯丁） 见《加西齐亚根的对话录》

《反耶路撒冷的约翰》Contra Joannem Hierosolymitanum 或 Against John of Jerusalem（哲罗姆）

《反约维尼亚》Contra Jovinianum 或 Against Jovinianus（哲罗姆）

《范畴篇》Kategorien 或 Categories（亚里士多德）

《范例》Exempla（奈波斯）

《范例》Exempla（希吉努斯）

《菲斯克的阴谋》Conjuration de Fiesque（红衣主教雷斯）

《斐斯图斯〈辞疏〉的节略》Sexti Pompei Festi De Verborum Significatu quae supersunt cum Pauli Epitome（保罗）

《斐德若篇》Phaidros（柏拉图）

《斐德若斯补集》Phaedr. App.（斐德若斯）

《斐东篇》Phaidon（柏拉图）

《腓力史》Historiae Philippicae（特洛古斯）

《腓利门书》Philemon（保罗）

《废话集》Trifles（米利苏斯）

《愤怒》Indignation（普·瓦勒里乌斯·加图）

《凤凰鸟之颂歌》De Ave Phoenice（拉克坦提乌斯？）

《讽刺诗集》Saturae（尤文纳尔）

《讽刺诗集》Satiren（贺拉斯）

《佛罗伦萨法典》Codex Florentinus

《佛罗伦萨文件》Littera Florentina

《复乐园》Paradise Regained（弥尔顿）

《妇科》Gynaecia（索哈努斯）

《护教篇》Apologeticum（德尔图良）

《富里乌斯法》Lex Furia

《富菲乌斯和卡尼尼乌斯法》Lex Fufia Caninia

G

《盖尤斯法学阶梯》Institutiones 或 Gai Institutiones（盖尤斯）

《高卢战记》Commentarii de Bello Gallico（恺撒）

《高卢战记》第八卷 De Bello Gallico Liber VIII（希尔提乌斯）

《歌集》Oden（贺拉斯）

《歌集》Carmina（卡图卢斯）

《歌德谈话录》Gespräche mit Goethe（爱克曼辑录）

《哥林多前书》1. Kor.（保罗）

《哥特人的历史》Gothic History（卡西奥多尔）

《格言》Epitome Troporum（苏森布鲁图斯）

《公教会之路与摩尼教之路》De Moribus Ecclesiae Catholicae et de Moribus Manichaeorum（奥古斯丁）

《公职》Offices of State（苏维托尼乌斯）

《古代帝国主义和现代帝国主义》Ancient and Modern Imperialism（克兰麦勋爵）

《古代拉丁典籍残篇集成》Remains of Old Latin（E. H. Warmington）

《古代罗马》Ancient Rome（阿克洛伊德）

《古风时期的拉丁语》Archaisches Latein（G. Radke）

《古罗马史书残段》Historicorum Romanorum Fragmenta（H. Peter 编）

《古罗马的医生》Être Médecín à Rome（安德烈）

《古罗马文学史》Römische Literaturgeschichte（K. Büchner）

《古罗马文学史》Geschichte der Römischen Literatur（阿尔布雷希特）

《古罗马散文大师：从老加图到阿普列尤斯》Meister Römischer Prosa von Cato bis Apuleius（阿尔布雷希特）

《古罗马文选》Die Römische Literatur in Text und Darstellung（阿尔布雷希特）

《古罗马叙事诗》Das Römische Epos（E. Burck）

《古罗马思想界》Römische Geisteswelt（F. Klingner）

《古希腊文选》Die Griechische Literatur in Text und Darstellung（Herwig

Görgemanns）

《古代近东、埃及、罗马与希腊早期学者的写作》Writings of Early Scholars in the Ancient Near East，Egypt，Rome and Greece（Anntte Imhausen、Tanja Pommerening 编）

《关于〈创世纪〉的种种问题》Questions on Genesis（哲罗姆）　见《〈创世记〉的希伯来文问题》（哲罗姆）

《关于通奸》De Adulteriis（帕比尼安）

《关于 1/20 税的尤利乌斯法》Lex Iulia de Vicesima Hereditaium

《关于普劳图斯的喜剧》De Comoediis Plautinis（瓦罗）

《关于恺撒行省的利基尼乌斯和庞培法案》Lex Liciniae Pompeiae de Provincia Caesaris（庞培、克拉苏）

《关于子的判决》Sententiae ad Filius（法学家保罗）

《关于住宅——致大祭司》De Domo Sua ad Pontifices（西塞罗）

《关于占卜者的反应》De Haruspicum Responsis（西塞罗）

《关于执政官的行省》De Provinciis Consularibus（西塞罗）

《关于美德的探讨》An Inquiry Concerning Virtue or Merit（萨夫茨伯里）

《关于赫尔维乌斯·秦纳的评注》Commentaries on Helvius Cinna（希吉努斯）

《关于演说家的对话》Dialogus de Oratoribus（塔西佗）　见《对话》（塔西佗）

《关于各阶层成员结婚的尤利乌斯法》Lex Iulia de Maritandis Ordinibus

《关于审判的尤利乌斯法》Lex Iulia Iudiciaria

《关于私审的尤利乌斯法》Lex Iulia Iudiciorum Privatorum

《关于公审的尤利乌斯法》Lex Iulia Iudiciorum Publicorum

《关于灵意与字句》De Genesi ad Litteram（奥古斯丁）

《关于遗嘱的富里乌斯法》Lex Furia Testamentaria

《关于应保人的富里乌斯法》Lex Furia de Sponsu

《关于十人》De Decem Hominibus（老加图）

《关于给士兵分配战利品》De Praeda Militibus Dividenda（老加图）

《关于军事的问题》Epitoma Rei Militaris（维格提乌斯）　见《论军事》De Re Militari

《关于假战斗》De Falsis Pugnis（老加图）

《关于修辞学和美德之间的争论》Disputatio de Rhetorica et de Virtutibus Sapientissimi Regis Carli et Albini Magistri（阿尔昆）

《关于贞洁的劝诫》De Exhortatione Castitatis（德尔图良）

《关于忠诚的说明》Expositio Fidei（安布罗西乌斯）

《归于昆体良名下的主要练习演说辞》Major Declamations ascribed to Quintilian（昆体良?）

《归于昆体良名下的次要练习演说辞》Minor Declamations ascribed to Quintilian（昆体良?）

《规则》Regulae（法学家保罗）

《规则》Regulae（莫德斯丁）

《国富论》The Wealth of Nations，全名 An Inquiry into the Nature and Causes of the Wealth of Nations（亚当·斯密）

《国家统治者》Policraticus（索尔兹伯里的约翰）

《国王詹姆士钦定版圣经》King James Version of the Bible

《流亡前一日》Pridie quam in Exilium Iret（帝政时期练习演说辞）

H

《海布多玛底》Hebdomades（瓦罗）　见《图像集》（瓦罗）

《汉尼拔传》Hannibal（奈波斯）

《荷兰法学导论》Inleidinge tot de Hollandsche Rechtsgeleerdheid（格劳修斯）

《赫库利斯的功勋》Laudes Herculis（恺撒）

《赫尔马戈拉斯》Hermagoras（阿普列尤斯）

《合一诏书》Edict of Unity（罗马政府）

《后柏拉图学园》Posterior Academics（西塞罗）

《侯帕提亚》Hypatia（金斯利）

《护教篇》Apologeticum（德尔图良）

《回顾》Retractationum Libri Duo（奥古斯丁）　见《订正》

《回忆录》Memorabilia（色诺芬）

《欢宴的智者》Deipnosophistai（阿特纳奥斯）

《霍尔滕西乌斯》Hortensius（西塞罗）　见《哲学的劝勉》（西塞罗）

《霍尔滕西乌斯法》Lex Hortensia

J

《纪事书作家传》De Historicis（苏维托尼乌斯）

《基督教文学经典选读》Christian Literature：An Anthology（麦格拉思）

《基督教教义》Institutes of Christian Religion（加尔文）

《加拉太书》Galatians（保罗）

《加图词语疏释》De Obscuris Catonis（维里乌斯·弗拉库斯）

《老加图传》Μαρκοσ Κατων 或 Cato Major（普鲁塔克）

《加西齐亚根的对话录》Cassiciacum Dialogues（奥古斯丁）　见《反学园派》

《伽尔巴传》Vita Galbae（苏维托尼乌斯）

《吉尔·布拉斯》Gil Blas（勒萨日）

《记事》Chronicle，即 Παντοδαπὴ Ἱστορία（Pantodape Historia）（尤西庇乌）

《时间记录法》Χρονογραφία、Chronographia 或 Chronography（尤西庇乌）　见《记事》

《年代记经典》ΧρονικοὶΚανόνες、Chronikoi kanones 或 Canons（尤西庇乌）　见《记事》

《计时的方法》Methods of Reckoning Time（苏维托尼乌斯）

《小加图传》Κατων 或 Cato Minor（普鲁塔克）

《小加图颂》Cato（西塞罗）

《迦太基史》Carchedoniacon 或 On the Carthaginian（克劳狄乌斯）

《家政论》Oeconomicus 或 Economics（色诺芬）

《家庭、私有制和国家的起源》Der Ursprung der Familie, des Privateigentums und des Staats 或 The Origin of the Family, Private Property and the State（恩格斯）

《建城以来史》Ab Urbe Condita（李维）

《建筑四书》Quattro Libri dell'Architettura（巴尔巴罗）

《建筑十书》De Architectura（维特鲁威）

《建筑学十书》De Re Aedificatoria（阿尔贝蒂）

《简明程序手册》Ordines Judiciarii

《讲座》Lectura in Codicem（基努斯）

《交换法》Antidosis（伊索克拉底）

《教父传》Vitae Patrum（哲罗姆）　见《第一位隐修者保罗传》（哲罗姆）

《教会史》Church History 或 Ecclesiastical History（尤西庇乌）

《教会与世俗的科学入门》Institutiones 或 Institutiones Divinarum et Saecularium Litterarum（卡西奥多尔）

《教牧书》Paschal Letters（塞奥菲鲁）

《教养之书》Disciplinae（瓦罗）见《教育九书》

《教育九书》Disciplinarum Libri Novem 或 IX（瓦罗）　见《教养之书》

《杰出人物传》De Viris Illustribus（哲罗姆）　见《名人传集》（哲罗姆）

《九章集》Ἐννεάδες 或 Enneads 或 The Enneads（普洛丁）

《旧约中本名的注释》A Glossary of Proper Names in the Old Testament（哲罗姆）

《角斗士》Gladiator（电影）

《金冠辞》De Corona（德谟斯提尼）　见《为克特西丰辩护》

《金驴记》Lucius、Goldener Esel 或 Golden Ass　见《变形记》（阿普列尤斯）

《金碗》The Golden Bowl（詹姆士）

《解答》Responsorum（法学家保罗）

《解答》Responsa（帕比尼安）

《解答》Responsa（莫德斯丁）

《君士坦丁颂》Panegyricus ad Constantinum（欧墨尼乌斯）

《君主论》The Prince（马基雅维里）

《君主论》DeMonarchia（但丁）

K

《喀提林阴谋》Bellum Catilianae（撒路斯特）

《喀提林暴乱记》De Coniuratione Catilinae（撒路斯特）　见《喀提林阴谋》

《卡努莱乌斯法》Lex Canuleia（卡努莱乌斯）

《卡皮托尔职官表》Capitolini　见《执政官表》

《卡尔普尔尼乌斯法》Lex Calpurnia

《卡利古拉传》Vita Gai（苏维托尼乌斯）

《卡利斯塔》Callista（纽曼）

《开学典礼演讲、意大利智慧、论战集》Le Orazioni Inaugurali, il de Italorum Sapientia, le Polemiche（维柯）

《恺撒传》De Vita Caesaris（苏维托尼乌斯）　见《神圣的尤利乌斯传》

《恺撒传》Γ. Καισαρ 或 Caesar（普鲁塔克）

《凯旋表》Fasti Triumphales 或 Acta Triumphorum

《可疑的表达方式》Dubii Sermonis（老普林尼）

《帕西安努斯·克里斯普斯传》Passianus Crispus（普鲁塔克）

《克拉底鲁》Kratylos（柏拉图）

《克拉苏传》 Κρασσοσ 或 Crassus （普鲁塔克）

《克里奥拉努斯传》 Ταιοσ Μαρκιοσ 或 Gaius Marcius Coriolanus （普鲁塔克）

《克劳狄乌斯法》 Lex Claudia

《克劳狄乌斯元老院决议》 Senatus Consultum Claudianum

《克雷贝勒伊乌斯法》 Lex Crepereia

《科尔涅利乌斯法》 Lex Cornelia （前 54－前 27 年?）

《科尔涅利乌斯法》 Lex Cornelia （前 82－前 67 年）

《控伽尔巴》 Ad Milites Contra Galbam （老加图）

《控弥努基乌斯》 In Minucium （老加图）

《控喀提林》 Catilinaria 或 In Catilinam （西塞罗）

《控喀提林》 Declamatio in Catilinam （帝政时期练习演说辞） 见第五篇《控喀提林》

《控维勒斯》 In Verrem （西塞罗）

《控维勒斯———一审控词》 In C. Verrem Actio Prima （西塞罗）

《控维勒斯———二审控词》 Actio Secunda in C. Verrem Liber Primus （西塞罗）

《控皮索》 In L. Calpurnium Pisonem （西塞罗）

《苦难情史》 History of Calamities （阿伯拉尔）

《苦人》 Perialogos （普皮路斯）

L

《拉丁文学手册》 A Companion to Latin Literature （哈里森编）

《拉丁文学词典》 Dictionary of Latin Literature （曼廷邦德）

《拉丁文法》 Grammatici Latini （狄奥墨得斯）

《拉丁文法》 Grammatici Latini （＝GL）（H. Keil）

《拉丁修辞学著作集》 Rhetores Latini Minores （C. Halm 编）

《拉丁语词源词典》 Lateinisches Etymologisches Wörterbuch （A. Walde, J. B. Hofmann）

《拉尔勾元老院决议》 Senatus Consultum Largianum

《莱利乌斯论友谊》 Laelius de Amicitia （西塞罗） 见《论友谊》

《来山得传》 Λυσανδροσ 或 Lysander （普鲁塔克）

《廊下派的反论》 Paradoxa Stoicorum （西塞罗）

《浪潮》 Fretum （普劳图斯）

《老加图论老年》 Cato Maior de Senectute （西塞罗） 见《论老年》

《勒伯古典书丛》Loeb Classical Library（Jeffrey Henderson 主编）

《李维摘要》Epitoma de Tito Livio（弗洛鲁斯）

《李维七百年战争摘要》Epitome de T. Livio Bellorum Omnium Annorum DCC Libri Duo（弗洛鲁斯）

《理解历史的简易方法》Methodus ad Facilem Historiarum Cognitionem（博丹）

《历史》Historiae（塔西佗）

《历史》Historiae（西塞那）

《历史》A Fine Aufidii Bassi（老普林尼）

《历史》The Histories（波吕比奥斯）

《历史》Historiae（撒路斯特）

《历史》Histories（Aufidius Bassus）

《历史文库》Ἱστορικὴ Βιβλιοθήκη 或 Bibliotheca Historica（狄奥多罗斯）

《历史原理》Principia Historiae（弗隆托）

《利维坦》Leviathan（霍布斯）

《恋歌》Amores（奥维德）

《灵魂的证言》De Testimonio Animae（德尔图良）

《六经合璧》Hexapla（俄里根）

《卢基乌斯》或《驴》Λούκιομς ἢ ὄνος（琉善）

《路加福音诠注》Commentary on St. Luke's Gospel（安布罗西乌斯）

《路加福音》St. Luke 或 Gospel of Luke（路加）

《吕底亚》Lydia（普·瓦勒里乌斯·加图）

《吕底亚人约翰》Joannes Lydus（Johannes Laurentius Lydus、Immanuel Bekker）

《论卢基利乌斯》De Lucilius（尼西亚斯）

《论安慰》De Consulatu Suo 或 Consolatio（西塞罗）

《论奥秘》De Mysteriis（安布罗西乌斯）

《论八十三个不同的问题》De Diversis Quaestionibus LXXXIII（奥古斯丁）　见《论异议》

《论贝拉基行动》De Gestis Pelagii（奥古斯丁）

《论背教者》De Lapsis（西普利安）

《论柏拉图及其教义》De Platone et Eius Dogmate（阿普列尤斯）

《论阐释》Peri Hermeneiash 或 On Interpretation（伪阿普列尤斯）

《论忏悔》De Paenitentia（德尔图良）

《论诚实》De Veritate（傅正修）

《论词的相似性》De Similitudine Verborum（瓦罗）

《论词语的意义》De Verborum Significatu（斐斯图斯）　见《辞疏》（斐斯图斯）

《论词义》De Verborum Significatione vel Significatu（维里乌斯·弗拉库斯）

《论崇高》Peri Hypsous 或 De Sublimitate（朗吉努斯？）

《论崇高》Peri Hypsous 或 De Sublimitate（瓦拉）

《论妒忌》De Zelo et Livore（西普利安）

《论对死者的料理》De Cura pro Mortuis Gerenda（奥古斯丁）

《论多纳特教徒的改正》De Correctione Donatistarum（奥古斯丁）

《论恩典与自由意志》De Gratia et Libero Arbitrio（奥古斯丁）

《论恩惠》De Beneficiis（小塞涅卡）

《论法律》De Legibus（西塞罗）

《论法律的颁布》De Legibus Promulgatis（盖·格拉古）

《论愤怒》De Ira（小塞涅卡）

《论妇女的服饰》De Cultu Feminarum（德尔图良）

《论风俗》Carmen de Moribus（老加图）

《论该隐和亚伯》De Cain et Abel（安布罗西乌斯）

《论高雅》De Elegantiis（瓦拉）　见《论拉丁语的高雅》（瓦拉）

《论告示》Ad Edictum（法学家保罗）

《论告示》Ad Edictm（乌尔比安）

《论共和国》De Re Publica（西塞罗）

《论公教会的统一》De Catholicae Ecclesiae Unitate（西普利安）

《论工作与济贫》De Opere et Ellemosynis（西普利安）

《论贵族营造司告示》Ad Edictum Aedilium Curulium（乌尔比安）

《论寡居的益处》De Bono Viduitatis（奥古斯丁）

《论海滨》De Ora Maritima（瓦罗）

《论贺拉斯的文字、音律和韵脚》De Litteris, Syllabis et Metris Horatii（特伦提阿努斯·毛鲁斯）

《论河口》De Aestuariis（瓦罗）

《论花环》De Corona（德尔图良）

《论花园》De Hortis（加吉琉斯·马尔提阿尔）

《论谎言》De Mendacio（奥古斯丁）

《论婚姻的益处》De Bono Coniugali 或 On the Good of Marriage（奥古斯丁）

《论基督导师》（或《师说》）De Magistro（奥古斯丁、阿德奥达图斯）

《论基督的肉体》De Carne Christi（德尔图良）

《论基督的恩典与论原罪》De Gratia Christi et de Peccato Originali（奥古斯丁）

《论基督教教义》De Doctrin Christina（奥古斯丁）

《论家神》Über Penaten（希吉努斯）

《论建筑》De Architectura（维特鲁威） 见《建筑十书》（维特鲁威）

《论军事》De Re Militari（老加图）

《论军事》De Re Militari（维格提乌斯） 见《关于军事的问题》

《论君主政体》De Regimine Principum（吉莱斯）

《论口才》De Eloquentia（弗隆托）

《论口才——致奥勒留》Ad Antoninum de Eloquentia（弗隆托） 见《论口才》（弗隆托）

《论拉丁语》De Lingua Laitna 或 On the Latin Language（瓦罗）

《论拉丁语的高雅》De Elegantiis Latinae Linguae（瓦拉）

《论拉丁语言》De Sermone Latino（瓦罗）

《论拉丁语渊源》De Origine Linguae Latinae（瓦罗）

《论老年》De Senectute 或 Cato（西塞罗）

《论类比》De Analogia（恺撒）

《论李维历史的前十卷》Discourses on Livy（马基雅维里）

《论灵魂》De Anima（德尔图良）

《论灵魂不朽》De Immortalitate Animae（奥古斯丁）

《论灵魂的量》De Quantitate Animae（奥古斯丁）

《论灵魂激情的诊断与治疗》On the Diagnosis and Cure of the Soul's Passion（盖伦）

《论灵魂及其起源》De Anima et Eins Orgine（奥古斯丁）

《论罗马城的供水问题》De Aquaeductu Urbis Romae（弗龙蒂努斯）

《论美德》De Virtutibus（布鲁图斯）

《论美的特性》De Bonis Pulchrae（老加图）

《论美和适宜》De Pulchro et Apto（奥古斯丁）

《论命运》De Fato（西塞罗）

《论农业》De Re Rustica（瓦罗）

《论农业》On Agriculture（希吉努斯）

《论农业》De Re Rustica（克卢米拉）

《论奴役意志》De Servo Arbitrio（路德）

《论诺亚与方舟》De Noe et Arca（安布罗西乌斯）

《论帕提亚战争》De Bello Parthico（弗隆托）

《论庞培的最高权威——致罗马人民》De Imperio Cn. Pompei ad Quirites Oratio（西塞罗）

《论庞培的最高权威》De Imperio Cn. Pompei（西塞罗）　见《为曼尼利乌斯法案辩护》（西塞罗）

《论披衫》De Pallio（德尔图良）

《论潜能》De Paenitentia（安布罗西乌斯）

《论人》Essay on Man（蒲伯）

《论忍耐》De Patientia 或 De Pat.（德尔图良）

《论忍耐》De Patientia（奥古斯丁）

《论忍耐的好处》De Bono Patientiae（西普利安）

《论仁慈》De Clementia（小塞涅卡）

《论日耳曼人的古代历史》Zur Urgeschichte der Deutschen（恩格斯）

《论日耳曼人的起源和住宅》De Origine et Situ Germanorum（塔西佗）

《论荣誉》De Gloria（西塞罗）

《论容饰》De Medicamine Faciei 或 De Medicamine Faciei Feminae（奥维德）

《论肉体的复活》De Resurrectione Carnis（德尔图良）

《论偶像崇拜》De Idololatria（德尔图良）

《论偶像的空洞》Quod Idola Dii Non Sint（西普利安）

《论祈祷》De Oratione（德尔图良）

《论骑兵的投掷长矛》De Jaculatione Equestri（老普林尼）

《论取材》De Inventione 或 Qui Vocantur de Inventione（西塞罗）　见《修辞学》（西塞罗）

《论萨宾》Ad Sabinum（法学家保罗）

《论萨宾》Ad Sabinum（乌尔比安）

《论三位一体》De Trinitate（奥古斯丁）

《论三位一体》De Trinitate（阿尔昆）

《论三位一体》De Trinitate（傅正修）

《论三位一体》De Trinitate（诺瓦廷）

《论神性》De Natura Deorum（西塞罗）

《论神性》On the Nature of the Gods（克律西波斯）

《论神的愤怒》De Ira Dei（拉克坦提乌斯）

《论神父的义务》De Officiis Ministrorum（安布罗西乌斯）

《论神统治世界》De Gubernatione Dei（萨尔维安）

《论神职人员的义务》De Officiis Ministrorum（安布罗西乌斯）　见《论义务》（安布罗西乌斯）

《论神职人员的教育》De Institutione Clericorum（赫拉班）

《论圣洁的规则与永久的神婚》De Institutione Virginis et Sanctae Mariae Virginitate Perpetua（安布罗西乌斯）

《论圣洁的童贞》De Sancta Virginitate（奥古斯丁）

《论圣餐与道成肉身》De Incarnationis Dominicae Sacramento（安布罗西乌斯）

《论圣灵》De Spiritu Sancto（安布罗西乌斯）

《论圣灵》De Spiritu Sancto 或 On the Holy Spirit（狄杜谟斯）

《论生命的短暂》De Brevitate Vitae（小塞涅卡）　见《致鲍里努斯》

《论死亡》De Mortalitate（西普利安）

《论适宜（干）什么》Περὶ τοῦ καθήκοντος（帕奈提奥斯）

《论四福音的和谐》De Consensu Evangelistarum（奥古斯丁）

《论诗人》De Poetis（瓦罗）

《论诗人》De Poetis（塞狄吉图斯）

《论诗人》De Poetis（苏维托尼乌斯）

《论他的美德》Über seine Tugenden（老加图）

《论他的费用》De Sumptu Suo（老加图）

《论天意》De Providentia（小塞涅卡）

《论天堂》De Paradiso（安布罗西乌斯）

《论题》Topica（西塞罗）

《论通奸》De Poenitentia（德尔图良）

《论托比亚》De Tobia（安布罗西乌斯）

《论测量的艺术》De Arte Mensoria（弗龙蒂努斯）

《论地主置地》De Agrorum Qualitate（弗龙蒂努斯）

《论地界》De Limitibus（弗龙蒂努斯）

《论土地法案》De Lege Agraria（西塞罗）

《论土地的测量》Opuscula Rerum Rusticarum（弗龙蒂努斯）

《论土地争端》De Controversiis（弗龙蒂努斯）

《论文字的渊源》De Antiquitate Litterarum（瓦罗）

《论文法学》De Grammatica（瓦罗）

《论戏剧》De Spectaculis（德尔图良）

《论洗礼》De Baptismo（德尔图良）

《论希伯来地方的地点和名称》On the Sites and Names of Hebrew Places（尤西庇乌）

《论希波克拉底和柏拉图的学说》On the Doctrines of Hippocrates and Plato（盖伦）

《论向初学者传授教义》De Catechizandis Rudibus（奥古斯丁）

《论修辞与比喻》De Schematibus et Tropis（圣比德）

《论选材的差异》De Differentiis Topicis（波爱修斯）

《论友谊》De Amicitia（西塞罗）　见《莱利乌斯论友谊》

《论友谊》Of Friendship（培根）

《论犹太人的肉食》De Cibis Judaicis（诺瓦廷）

《论宇宙》De Mundo（阿普列尤斯）

《论宇宙》περὶκόσμου（伪亚里士多德）

《论预言》De Divinatione（西塞罗）

《论语法》De Grammatica（奥古斯丁）

《论韵律艺术》De Arte Metrica（圣比德）

《论占有中断》De Usurpationibus（阿皮乌斯·克劳狄乌斯）

《论遭受迫害时的逃跑》De Fuga in Persecutione（德尔图良）

《论贞洁》De Pudicitia（德尔图良）

《论贞洁》De Virginitate（安布罗西乌斯）

《论贞女》De Virginibus（安布罗西乌斯）

《论贞女的面纱》De Virginibus Velandis（德尔图良）

《论贞女的服饰》De Habitu Virginum（西普利安）

《论秩序》De Ordine（奥古斯丁）

《论自然哲学家》The Natural Philosopher（安提斯泰尼）

《论自由》On Liberty（密尔）

《论自由意志》De Libero Arbitrio（奥古斯丁）

《论自制》De Continentia（奥古斯丁）

《论自然》An Essay on Nature（苏维托尼乌斯）

《论智慧和幽默的自由》An Essay on the Freedom of Wit and Humor（萨夫茨伯里）

《论至善和至恶》De Finibus Bonorum et Malorum（西塞罗）

《论忠诚》De Fide（安布罗西乌斯）

《论主祷词》De Dominica Oratione（西普利安）

《论族祖》De Patriarchis（安布罗西乌斯）

《论族祖约瑟》De Joseph Patriarcha（安布罗西乌斯）

《论最好的演说家》De Optimo Genere Oratorum（西塞罗）

《伦巴底人的历史》History of the Lombards（保罗）

《旅行》Iter（恺撒）

《罗马兵制》Epitoma Rei Militaris 或 De Re Militari（韦格蒂乌斯）　见《兵法简述》

《罗马人传奇》Gesta Romanorum

《罗马人民的业绩》Res Gestae Populi Romani

《罗马的鼎盛：古代世界的最终成就，161－337 年》The Climax of Rome：The Final Achievements of the Ancient World，AD 161－337（格兰特）

《罗马的起源》The Origins of Rome（布洛克）

《罗马帝国社会经济史》The Social and Economic History of Roman Empire（罗斯托夫采夫）

《罗马帝国的衰亡》The Fall Of The Roman Empire（电影）

《罗马帝国衰落的几十年历史》Historiarum ab Inclinatione Romanorum Imperii（比昂多）

《罗马帝国衰亡史》The History of The Decline and Fall of the Roman Empire（吉本）

《罗马盛衰原因论》Considérations sur les causes de la grandeur des Romains et de leur décadence（孟德斯鸠）

《罗马史》Ἰστωρία Ῥωμαῖα、Römische Geschichte 或 Roman History（希律）　见《从奥勒留驾崩开始的帝国史》

《罗马史》Historia Romana 或 Roman History（阿庇安）

《罗马史》Historia Romana（执事保罗）

《罗马史》History of Rome（格兰特）

《罗马史》Römische Geschichte（蒙森）

《罗马史》Historia Romana（维勒伊乌斯·帕特尔库卢斯）

《〈罗马史〉纲要》Compendium of Roman History（维勒伊乌斯·帕特尔库卢斯）　见《罗马史》

《罗马战纪》Bella Romana（弗洛鲁斯）　见《李维摘要》（弗洛鲁斯）

《罗马志》The Roman Year（苏维托尼乌斯）

《罗马风俗和习惯》Roman Manners and Customs（苏维托尼乌斯）

《罗马节日》The Roman Festivals（苏维托尼乌斯）

《罗马服装》Roman Dress（苏维托尼乌斯）

《罗马古事纪》Antiquitates Romanae（狄奥尼修斯）

《罗马十二帝王传》De Vita XII Caesarum 或 The Lives of the Caesars（苏

维托尼乌斯）

M

《马尔基乌斯法》 Lex Marcia

《马尔克》 Die Mark（恩格斯）

《老马尔克卢斯传》 Μαρκελλοσ 或 Marcellus（普鲁塔克）

《马耳库斯传》 Vita Malchi 或 Vita Malchi Monachi Captivi（哲罗姆）

《马其顿亚历山大大帝史》 Historia Alexandri Magni Regis Macedonum（库尔提乌斯·鲁孚斯）　见《亚历山大传》

《法比乌斯·马克西姆斯传》 Φαβιοσ Μαξιμοσ 或 Fabius Maximus（普鲁塔克）

《马略》 Marivs（西塞罗）

《马略传》 Γαιοσ Μαριοσ 或 Gaius Marius（普鲁塔克）

《马太福音》 St. Matthew（马太）

《墨尼波斯杂咏》 Saturae Menippeae（瓦罗）

《莫塞拉》 Mosella（奥索尼乌斯）

《每日纪闻》 Acta Diurna（维斯帕西安）

《玫瑰》 De Rosis（弗洛鲁斯）

《谋略》 Strategemata（弗龙蒂努斯）

《弥涅尔瓦》 Minerva（第欧根尼）

《米利都的故事》 Μιλησιακά（阿里斯蒂德）

《米尼基乌斯法》 Lex Minicia

《名妓传》 Lives of Famous Whores（苏维托尼乌斯）

《名人传》 De Viris Illustribus（苏维托尼乌斯）

《名人传集》 De Illustribus Viris（奈波斯）

《名人传集》 De Viris Illustribus（哲罗姆）　见《杰出人物传》（哲罗姆）

《名人传略》 De Illustribus（希吉努斯）

《名事名言录》（或《善言懿行录》）Facta Ac Dicta Memorabilia（瓦勒里乌斯·马克西姆斯）

《民法大全》 Corpus Iuris Civilis（优士丁尼）　见《法律大全》

《铭辞》 Epigrammata（马尔提阿尔）

《名言集》 Dicta Collectanea（恺撒）

《牧歌》 Eklogen（维吉尔）

《母狼》 Lupa（青铜像）

N

《纳西迪恩尼宴客》Cena Nasidieni（贺拉斯）

《尼禄传》Vita Neronis（苏维托尼乌斯）

《尼禄法典》Institutum Neronianum

《尼禄元老院决议》Senatus Consultum Neronianum

《年代记》Chronica（奈波斯）

《年代记》Chronicle 或 Temporum liber（哲罗姆）

《女杰书简》或《女子书简》Heroides 或 Epistulae Heroidum（奥维德）

《农事诗》Georgica（维吉尔）

《农业志》De Agricultura（老加图）

《农业》Opus Agriculturae（帕拉第乌斯）

《农业作家》Sciptores Rei Rusticae（盖斯奈尔）

《内战记》Commentarii de Bello Civili 或 De Bello Civili（恺撒）

O

《奥德修纪》Odusia（荷马）

《奥德修纪》Odusia（安德罗尼库斯译本）

《欧迈尼斯传》Ευμενησ（普鲁塔克）

P

《帕皮里乌斯法》Lex Papiria 或 Lex Papiria de dedicationibus（以帕皮里乌斯之名出版）

《帕皮乌斯法》Lex Papia

《帕皮乌斯和波培乌斯法》Lex Papia Poppaea

《庞贝城的末日》The Last Days of Pompeii（雷顿）

《庞培传》Πομπηιοσ 或 Pompeius（普鲁塔克）

《佩洛皮达斯传》Pelopidas（普鲁塔克）

《佩皮斯日记》The Dairy of Samuel Pepys（佩皮斯）

《皮罗斯传》Pyrrhus（普鲁塔克）

《皮纳里乌斯法》Lex Pinaria

《迫害者之死》De Mortibus Persecutorum（拉克坦提乌斯）

《普布利利乌斯法》Lex Publilia

《普林尼医学》Medicina Plinii（伪普林尼）

《普世法权论》Diritto Universale（维柯）

《普莱内斯特岁时记》Fasti Praenestini（维里乌斯·弗拉库斯）

《普劳提乌斯法》Lex Plautia

《普劳图斯研究》5 卷 Quaestionum Plautinarum Libri Quinque（瓦罗）

Q

《启示录》Offenbarungen（使徒约翰）

《齐家》Oeconomicus（色诺芬）

《奇迹》Mirabilia　见《金色罗马纪行》

《奇闻趣事集》Collectanea Rerum Memorabilium（索利努斯）

《前柏拉图学园》Prior Academics（西塞罗）

《前执政官公报》Acta Proconsularia

《秋日的祷告》Vacationes Autumnales（克里苏勒）

《群书摘要》Bibliotheca 或 Myriobiblon（福提阿斯）

《劝慰辞》Suasoriae（老塞涅卡）

《劝慰辞——致波吕比奥斯》或《劝慰辞》Consolatio ad Polybium（小塞涅卡）

《致母亲赫尔维娅的劝慰辞》Ad Helviam Matrem de Consolatione 或 Consolatio ad Helviam（小塞涅卡）

《致玛西娅的劝慰辞》Ad Marciam de Consolatione（小塞涅卡）

《劝诱篇》Protreptique（亚里士多德）

R

《人神制度稽古录》Antiquitates Rerum Humanarum et Divinarum（瓦罗）见《人和神的古代史》

《人和神的古代史》Antiquities（瓦罗）　见《人神制度稽古录》

《人类的身体缺陷》Physical Defects of Mankind（苏维托尼乌斯）

《日尔曼尼库斯》Germanicus（阿尔诺）

《日耳曼尼亚志》De Germania（塔西佗）

《日尔曼战纪》Bella Germaniae（老普林尼）

《日耳曼战纪》Bellum Germanicum（Aufidius Bassus）

《辱骂的希腊术语》Peri Blasphemion 或 Greek Terms of Abuse（苏维托尼乌斯）

S

《神学大全》Summa Theologica（阿奎那）

《圣奥古斯丁》Saint Augustin（费里埃）

《圣恺撒传》Divus Iulius（苏维托尼乌斯）　见《恺撒传》

《生活的质量》De Qualitate Vitae（弗洛鲁斯?）

《思想录》Pensées（帕斯卡尔）

《诗草集》Silvae（斯塔提乌斯）

《〈诗篇〉释义》Enarrationes in Psalmosh 或 Enarrations, or Expositions, on the Psalms（奥古斯丁）

《诗人传》De Poetis（苏维托尼乌斯）

《诗学》Περὶ ποιητικῆς 或 Poetik（亚里士多德）

《诗艺》Ars Poetica（贺拉斯）

《史记》Res Gestae 或 Rerum Gestarum Libri XXXI（马尔克利努斯）

《史事举要》Rerum Memoria Dignarum Libri（维里乌斯·弗拉库斯）

《史源》Origines（老加图）

《使徒信经》The Apostles'Creed（作者不详）

《使徒行传》Apg.，即 Πράξεις Ἀποστόλων 或 Práxeis Apostólōn（希腊语）；Actus Apostolorum 或 Acta Apostolorum（拉丁语）（史蒂芬）

《失乐园》Paradise Lost（弥尔顿）

《失职颂》Laudes Negligentiae（弗隆托）

《十日谈》Decamerone（薄迦丘）

《十一音节诗》Hendecasyllabi（小普林尼）

《十二铜表法》XII Tabulae sive Lex XII Tabularum（十人委员会）

《四福音合参》Hexaemeron（安布罗西乌斯）

《世纪颂歌》Carmen Saeculare（贺拉斯）

《首要原则》De Principiis（俄里根）

《颂辞》Panegyricus（小普林尼）

《颂辞》Panegyricus（叙马库斯）

《苏达辞书》Suidae Lexicon（苏达）

《苏格拉底的心声》De Deo Socratis（阿普列尤斯）

《苏拉或失败的君主制》Sylla ou la Monarchie Manquée（卡科皮诺）

《书信集》Epistulae（小普林尼）

《书信集》Epistulae（安布罗西乌斯）

《书信集》Epistulae（奥古斯丁）

《书信集》Epistulae 或 Epistles（哲罗姆）

《书信集》Epistulae（叙马库斯）

《书信集》Epistulae（维里乌斯·弗拉库斯）

《书札》Epistulae 或 Epistles（贺拉斯）

《书卷中使用的批判符号》Critical Signs Used in Books（苏维托尼乌斯）

《诉歌集》Elegiae（提布卢斯）

《诉歌集》Tristia（奥维德）

《诉讼编》Liber Actionum（阿皮乌斯·克劳狄乌斯）

《岁时记》Fasti（奥维德）

T

《塔西佗著作集》The Works of Tacitus: Containing the Annals to Which Are Prefixed Political Discourses Upon That Author（Thomas Gorden）

《唐吉诃德》Don Quixote（塞万提斯）

《特雷贝里安元老院决议》Senatus Consultum Trebellianum

《特洛伊人的家庭》The Trojan Family（希吉努斯）

《特洛伊与罗马通史》Multe Historie et Troiane et Romane，亦称 Liber Historiarum Romanarum（蒙纳西编）

《提埃斯特斯》Thyestes（恩尼乌斯）

《提比略》Tibère（舍尼耶）

《提多书》Titus（保罗）

《天文学》Astronautica（希吉努斯/Gaius Julius Hyginus）

《天文指南》Astronomica，De Astronomia 或 Poeticon Astronomicon（希吉努斯?）

《图拉真颂》Panegyrque（小普林尼）

《图里的公职》Marcus Tullius Ciceronis De Officiis（西塞罗）　见《论义务》（西塞罗）

《图里娅颂》Laodatio Turiae

《图斯库卢姆谈话录》Tusculanae Disputationes 或 Tusculan Disputations（西塞罗）

《图像集》De Imaginibus 或 Imagines（瓦罗）　见《海布多玛底》（瓦罗）

《痛斥撒路斯特》Invectiva in Sallustium（帝政时期练习演说辞）

《痛斥西塞罗》Invectiva in Ciceronem（帝政时期练习演说辞）

《通俗拉丁文本圣经》Vulgata（哲罗姆译）

《托比特书》Book of Tobit（外经）

《特洛伊战记》Ephemeridos Belli Troja（迪克提斯）

W

《瓦尔斯兰的阴谋》La Conspiration de Valslein（萨拉赞）

《瓦利乌斯法》Lex Vallia

《王者篇》Reges（奈波斯）

《外族名将传》Liber de Excellentibus Ducibus Exterarum Gentium（奈波斯）

《维吉尔传》Virgil（希吉努斯）

《维吉尔〈埃涅阿斯纪〉笺注》Ad Virgilii Aeneiedem Commentarii 或 Commentary on Virgil's Aeneid（塞尔维乌斯）

《维吉尔诗歌注疏》Vergilkommentar 或 Commentaries on the Poems of Virgil（希吉努斯）

《维吉尔是演说家还是诗人?》Vergilius Orator an Poeta?（弗洛鲁斯?）

《维柯的思想》La mente di G. . B. Vico（费拉里）

《维特利乌斯传》Vita Vitellii（苏维托尼乌斯）

《为阿尔基亚辩护》Pro Archia（西塞罗）

《为诗人阿·利基尼乌斯·阿尔基亚辩护》Pro A. Licinio Archia Poeta（西塞罗）　见《为阿尔基亚辩护》

《为阿墨里努斯辩护》Pro Sex. Roscio Amerino（西塞罗）

《为巴尔布斯辩护》Pro L. Cornelio Balbo（西塞罗）

《为不朽的帝国辩护》Pro Aeternitate Imperii（尼禄）

《为封特伊乌斯辩护》Pro M. Fonteio（西塞罗）

《为得伊奥塔罗斯辩护》Pro Rege Deiotaro ad C. Caesarem（西塞罗）

《为加比尼乌斯辩护》Pro Gabinio（西塞罗）

《为凯基那辩护》Pro A. Caecina（西塞罗）

《为凯利乌斯辩护》Pro Caelio（西塞罗）

《为马·凯利乌斯辩护》Pro M. Caelio（西塞罗）　见《为凯利乌斯辩护》

《为克卢恩提乌斯辩护》Pro A. Cluentio Oratio（西塞罗）

《为克特西丰辩护》Pro Ctesiphone（德谟斯提尼）

《为昆克提乌斯辩护》Pro Publio Quinctio（西塞罗）

《为拉比里乌斯辩护》Pro C. Rabirio（西塞罗）

《为卢·弗拉库斯辩护》Pro L. Flacco（西塞罗）

《为被控重度叛国罪的盖·拉比里乌斯辩护——致人民》Pro C. Rabirio Perduellionis Reo Ad Quirites（西塞罗）　见《为拉比里乌斯辩护》

《为了自由：洛克的教育思想》Locke's Education for Liberty（塔科夫）

《为利加里乌斯辩护》Pro Q. Ligario（西塞罗）

《为罗德岛人辩护》Oratio pro Rhodiensibus（老加图）

《为马·马尔克卢斯辩护》Pro M. Marcello（西塞罗）

《为曼尼利乌斯法案辩护》Pro Lege Manilia（西塞罗）　见《论庞培的最高权威》（西塞罗）

《为弥洛辩护》Pro T. Annio Milone（西塞罗）

《为穆雷那辩护》Pro L. Murena 或 Pro Murena（西塞罗）

《为普兰基乌斯辩护》Pro Cnaeo Plancio（西塞罗）

《为塞斯提乌斯辩护》Pro Publio Sestio 或 Pro Sestio（西塞罗）

《为斯考鲁斯辩护》Pro M. Aemilio Scauro（西塞罗）

《为普·苏拉辩护》Pro P. Sulla（西塞罗）

《为喜剧演员罗斯基乌斯辩护》Pro Q. Roscio Comoedo（西塞罗）

《为西塞罗反对阿西尼乌斯·盖路斯之辩护辞》Ciceronis Defensionem Adversus Asini Galli Libros 或 A Defence of Cicero Against the Books of Asinius Gallus（克劳狄乌斯）

《为西塞罗辩护》Oratio Pro Cicerone Contra Erasmum（尤利乌斯·斯卡利泽）

《为遗腹子拉比里乌斯辩护》Pro C. Rabrio Postumo（西塞罗）

《文法》Ars Grammatica（查理西乌斯）

《文法》Ars Grammatica（多那图斯）

《文法技艺》τέχνη γραμματική（狄奥尼修斯·塔拉克斯）

《文法原理》Institutio de Arte Grammatical，引用为 Institutiones Grammaticae（普里斯基安）

《文法家传》De Grammaticis（苏维托尼乌斯）

《文法家和修辞学家传》De Grammaticis et Rhetoribus（苏维托尼乌斯）

《问题》Quaestionum（法学家保罗）

《问题》Quaestiones（帕比尼安）

《沃科尼乌斯法》Lex Voconia

《物性论》De Rerum Natura（卢克莱修）

X

《西班牙战记》De Bello Hispaniensi 或 Bellum Hispaniense（恺撒）

《西利乌姆圣徒殉道纪》Passio Sanctorum Scillitanorum

《西利乌斯法》Lex Silia

《西门传》Κιμων 或 Cimon（普鲁塔克）

《西普利安》Cypriani

《西亚努斯的覆灭》Sejanus His Fall（琼森）

《西塞罗法》Lex Cicereia

《西塞罗传》Κικερων（普鲁塔克）

《西塞罗风格》Ciceronianus（埃拉斯谟）

《西塞罗词典》Thesaurus Ciceronianus（尼佐利奥）

《西塞罗派》Ciceronianus（哈维）

《西塞罗〈斯基皮奥的梦〉的评注》Commentarii in Somnium Scipionis（马克罗比乌斯）

《西塞罗书简》M. Tullius Cicero's Sämtliche Briefe（维兰德译注）

《西塞罗书信集》Letters of Cicero（Wilkinson/威尔金森）

《西塞罗与帕奈提奥斯——对西塞罗〈论责任〉的考察》Cicero und Panaitios. Beobachtungen zu Ciceros "De Officiis"（H. A. Gärtner）

《希伯来书诠注》Liber de Nominibus Hebraicis（哲罗姆）

《希腊罗马名人传》Lives of the Noble Grecians and Romans（普鲁塔克）见《传记集》（普鲁塔克）

《希腊史》Hellenica（色诺芬）

《希腊赛事》Peri Ton Par' Hellesi Paidion 或 Greek Games（苏维托尼乌斯）

《希拉里翁传》Vita Hilarionis 或 Hilarion（哲罗姆）

《乡间书信》Provincial Letters（帕斯卡尔）

《小先知》Minor Prophets

《论语句的修辞与演说术》De Figuris Sententiarum et Elocutionis（罗马努斯）

《写作》Tabulae，即 De Schematibus et Tropis Tabulae（莫塞拉努斯）

《蝎毒的解药》Scorpiace（德尔图良）

《信之功用》De Utilitate Credendi（奥古斯丁）

《信札》Epistulae（保利努斯）

《信札》Epistles（西普利安）

《新科学》Scienza Nuova（维柯）

《新历史》Historia Nova（佐西莫斯）

《新律》Novellae Constitutions　见《优士丁尼新律》

《新诗学》Poetria Nova（吉奥弗里）

《新修辞学》Rhetorica Nova（西塞罗?）　见《新修辞学》（西塞罗?）

《新修辞学》Rhetorica Novissima（邦孔克尼）

《新修辞学》Nova Rhetorica（特拉菲萨格尼）

《星象》Phainomena（阿拉托斯）

《形而上学的沉思》Metaphysical Meditations，即 Meditationes de Prima Philosophia（笛卡尔）

《行为》L'Action（布隆代尔）

《笑话》Jests（米利苏斯） 见《废话集》（米利苏斯）

《雄辩术原理》Institutio Oratoria（昆体良）

《修辞学》Rhetorica（亚里士多德）

《修辞学》2 卷 Rhetorici Libri Duo（西塞罗）

《修辞学》3 卷 Rhetoricorum Libri III（费西特）

《修辞学——致赫伦尼乌斯》Rhetorica ad Herennium（西塞罗？） 见《致赫伦尼乌斯》（西塞罗？）

《修辞学家传》De Rhetoribus（苏维托尼乌斯）

《修辞学方法导论》Praecepta Artis Rhetorciae（塞维里阿努斯）

《修辞学五书》Rhetoricorum Libri V（特里布松的乔治）

《修辞艺术》The Art or Crafte of Rhetoryke（考克斯）

《修辞艺术》The Arte of Rhetorique（威尔逊）

《修辞艺术手册》Chironomia：or，the Art of Manuall Rhetoricke（布尔维）

《修辞学原理》Elements of Rhetoric（瓦特莱）

《训子篇》Ad Filium（老加图） 见《致儿子马尔库斯》（老加图）

《训解》Didascalica（阿克基乌斯）

《学园派哲学》Academica（西塞罗）

《学说汇纂》Digesta 见《法学汇纂》

《学说汇纂》Pandectae（莫德斯丁）

Y

《亚历山大传》Αλεξανδροσ 或 Alexander（普鲁塔克）

《亚历山大传》De Rebus Gesti Alexandri（库尔提乌斯·鲁孚斯） 见《马其顿亚历山大大帝史》

《亚历山大里亚战记》De Bello Alexandrino 或 Bellum Alexandrinum（恺撒）

《亚里士多德、西塞罗和昆体良论修辞艺术》De Arte Rhetorica（苏亚雷斯）

《雅歌》Canticles（所罗门）

《演讲风格讲义》Lectures on Elocution（谢里登）

《演说的艺术》Art of Pleading（狄南特）

《演说家》Orator（西塞罗）

《演说家传》De Claris Rhetoribus（苏维托尼乌斯）

《演说家的行为特征及其与声音、姿态的关系》Traité de l'action de l'orateur, ou de la pronunciation et du geste（法齐尔）

《演说术初阶》Studiosus（老普林尼）

《烟尘颂》Laudes Fumi et Pulveris（弗隆托）

《业绩》Res Gestae（奥古斯都）　见《神圣奥古斯都的业绩》

《耶利米书》Jeremiah（耶利米）

《伊安篇》Ion（柏拉图）

《伊巴密农达传》Epaminondas（奈波斯）

《伊壁鸠鲁派的马略》Marius the Epicurean（佩特）

《伊利亚特》Ilias（荷马）

《伊索寓言》Aesop（伊索）

《轶事集》Logistorici（瓦罗）

《意大利文艺复兴时期的文化》Die Kultur der Renaissance in Italien: Ein Versuch（布克哈特）

《意大利城市地理》Über die italienische Topographie（希吉努斯）

《意大利绘本》Italia Illustrata（比昂多）

《异端的传统》De Praescriptione Haereticorum（德尔图良）

《医书》Liber Medicinalis（萨摩尼库斯）

《以弗所书》Ephesians（保罗）

《以弗所的寡妇》Witwe von Ephesos（阿里斯蒂德著，西塞那译）

《以七部纪事书驳斥异教徒》Historiarum Adversum Paganos Libri VII（奥罗修斯）

《以赛亚书》Isaiah（以赛亚）

《以西结书》Ezekiel（以西结）

《隐藏的东西》Verborgenen Dinge（塞壬努斯）

《隐修者传记集》Lives of Eremites 或 Lives of Hermits（哲罗姆）

《英国的扩张》The Expansion of England（西利）

《英华集》Florida（阿普列尤斯）

《犹太古代史》Jüdischen Altertümern（约瑟夫）

《尤迪思书》Book of Judith（外经）

《尤利安摘要》Epitome Iuliani（尤利安）

《尤利乌斯年历》Fasti Anni Iuliani

《尤利乌斯法》Lex Iulia

《尤利乌斯和提提乌斯法》Lex Iulia et Titia

《尤尼亚和韦莱亚法》Lex Iunia Velleia

《尤尼亚法》Lex Iunia 或 Lex Iunia Norbana

《优士丁尼法学阶梯》Iustiniani Institutiones　见《法学阶梯》

《优士丁尼法典综述》Summa Codicis（阿佐）

《优士丁尼法典》Codex Iustinianus Repetitae Praelectionis

《优士丁尼新律》Novellae Constitutions 见《新律》

《由不同作家撰写的自神圣的阿德里安至努墨里安不同的君主和暴君传记》（Vitae Diversorum Principum et Tyrannorum a Divo Hadriano Usque ad Numerianum Diversis Compositae）　见《皇史六家》

《愚人的发迹》Moron Epanastasis 或 The Resurrection of Fools（克劳狄乌斯）

《欲念的论著》Traité de la Concupiscence（波舒哀）

《与阿里乌主教马克西米努斯的辩论》Conlatio cum Maximino Arianorum Episcopo（奥古斯丁）

《与奥勒留的鸿雁往来》Ad M. Caesarem et Invicem（弗隆托）

《与犹太人推芬对话》Dialog mit dem Juden Tryphon（查士丁）

《语言的用处》De Utilitate Sermonis（瓦罗）

《语法问题》Grammatical Problems（苏维托尼乌斯）

《语文学与墨丘利的婚礼》De Nuptiis Philologiae et Mercurii（加比拉）

《元逻辑》Metalogicon（索尔兹伯里的约翰）

《约伯记》Book of Job（不详，可能是约伯）

《约翰福音》Johannes（使徒约翰）

Z

《札记》Libellus　见《金色罗马纪行》

《杂信集》Variae Epistulae（卡西奥多尔）

《战争与和平法》De Jure Belli Ac Pacis（格劳修斯）

《早期语言研究文集》Grove of Observations on Our Early Language（马·瓦勒里乌斯·普洛布斯）

《债奴》Addictus（普劳图斯）

《哲学的本质》The Essence of Philosophy（狄尔泰）

《哲学的慰藉》Consolatio Philosophiae 或 Consolation of Philosophy（波爱修斯）

《哲学的劝勉》On Philosophy（西塞罗）　见《霍尔滕西乌斯》（西塞罗）

《怎样向普通人讲授教理》De Catechizandis Rudibus（奥古斯丁）

《正字法》De Orthographia（维里乌斯·弗拉库斯）

《正字法》De Orthographia（卡西奥多尔）

《政府论》Civil Government（洛克）

《政治的平衡》La Bilancia Politica：Osservazioni Sopra Gli Annai di Cornelio Tacito（Traiano Boccalini）

《政治家篇》Politeia（柏拉图）

《自圣奥古斯都驾崩以来编年纪事》Annalium ab Excessu Divi Augusti libri（塔西佗）　见《编年史》

《自传》L'Autobiografia（维科）

《自传》Autobiography（苏拉）

《自传》Autobiography（埃皮卡都斯）

《自传》De Vita Sua（克劳狄乌斯）

《自由艺术》Artes（克尔苏斯）

《自然科学的问题》Naturales Quaestiones（小塞涅卡）

《自然权利与历史》Natural Right and History（施特劳斯）

《自然史》（或《博物志》）Naturalis Historia（老普林尼）

《质问瓦提尼乌斯》In P. Vatinium Testem Interrogatio（西塞罗）

《致阿提库斯》Epistulae ad Atticum（西塞罗）

《致奥古斯都》Augustusbrief（贺拉斯）

《致奥勒留》Ad Antoninum Imp.（弗隆托）

《致奥勒留》Ad M. Caes.（弗隆托）

《致奥勒留——论演说术（下）》Ad Marcum Antoninum de Orationibus（弗隆托）

《致奥勒留》Ad Aurelium（弗隆托）

《致鲍里努斯》Ad Paulinus（小塞涅卡）　见《论生命的短暂》

《致胞弟昆图斯》Ad Quintum Fratum（西塞罗）

《致波吕比奥斯的劝慰辞》Ad Polybium de Consonlatione（小塞涅卡）

《致布鲁图斯》Ad M. Brutum（西塞罗）

《致德墨特里阿努斯》Ad Demetrianum（西普利安）

《致多纳特》Ad Donatum（西普利安）

《致儿子马尔库斯》Ad Marcum Filium（老加图）　见《训子篇》（老加图）

《致腓力比人信》Epistle to the Philippians（波利卡普）

《致福图那图》Ad Fortunatum（西普利安）

《致弗洛尔》Florusbrief（贺拉斯）

《致弗隆托》Ad Frontonem（奥勒留）

《致盖·斯克利伯尼乌斯·库里奥》Ad C. Curionem（西塞罗）

《致赫伦尼乌斯》Rhetorica ad Herennium（西塞罗？）

《致盖·赫伦尼乌斯（论公共演讲的理论）》Ad C. Herennium（De Ratione Dicendi）（西塞罗？）　见《致赫伦尼乌斯》

《致教会》Ad Ecclesiam（萨尔维安）

《致恺撒》Ad Caesarem Senem de Republica（撒路斯特）

《致康森提乌：驳谎言》Contra Mendacium［ad Consentium］（奥古斯丁）

《致卢基利乌斯的道德书简》Epistulae Morales ad Lucilium（小塞涅卡）

《致鲁西乌斯·穆纳提乌斯·帕兰库斯》Ad L. Plancum（西塞罗）

《致罗马人民》Ad Populum Romanum（雷必达）

《致罗马人民》Ad Populum Romanum（盖·科塔）

《致民众》Ad Plebem（马凯尔）

《致玛西娅的劝慰辞》Ad Marciam de Consolatione（小塞涅卡）

《致马·特伦提乌斯·瓦罗》Ad M. Varronem（西塞罗）

《致母亲赫尔维娅的劝慰辞》Ad Helviam Matrem de Consolatione 或 Consolatio ad Helviam（小塞涅卡）

《致亲友》Epistulae ad Familiares（西塞罗）

《致妻子特伦提亚及儿女书》Ad Terentiam Uxorem（西塞罗）

《致奎利努斯》Ad Quirinum vel Testimoniorum Libri（西普利安）

《致斯卡普拉》Ad Scapulam（德尔图良）

《西塞罗和胞弟昆图斯以及他们的儿子们致蒂罗》Ad Tironem（西塞罗）

《致皮乌斯》Ad Pium（弗隆托）

《致维鲁斯》Ad Verum（弗隆托）

《致友人》2卷 Epistularum ad Amicos libri II（弗隆托）

《致万民书》Ad Nationes（德尔图良）

《致殉教者》Ad Martyras（德尔图良）

《致异邦人》Disputationes Adversus Gentes 或 Adversus Nationes（阿诺比乌斯）

《致元老院》Ad Senatum（腓力）

《致元老院》Ad Senatum（庞培）

《执政官表》Fasti Consularis　见《卡皮托尔职官表》

《宗教法律一览表》La Tabula Pontificis（由克伦卡里乌斯公开）

《朱古达战争》De Bello Iugurthino 或 Bellum Iugurthinum（撒路斯特）

《诸王传》Royal Biographies（苏维托尼乌斯）

《诸神的品性》Die Eigenschaften der Götter（希吉努斯）

《著名宗教作家》De Viris Illustribus（圣哲罗姆）

《传记集》Lives（普鲁塔克）见《希腊罗马名人传》

《追求真理》The Search After Truth（马勒伯朗士）

《最好的医生也是哲学家》That the Best Physician Is also a Philosopher（盖伦）

《作诗的艺术》Ars Versificatoria（文多的马修）

图书在版编目（CIP）数据

古罗马散文史/江澜著. --上海：
华东师范大学出版社，2019

ISBN 978-7-5675-8695-6

Ⅰ.①古… Ⅱ.①江… Ⅲ.①古典散文—文学史—古罗马
Ⅳ.①I546.076

中国版本图书馆 CIP 数据核字（2019）第 034145 号

华东师范大学出版社六点分社

企划人 倪为国

本书著作权、版式和装帧设计受世界版权公约和中华人民共和国著作权法保护

古罗马散文史

著　　者　江　澜
责任编辑　倪为国
封面设计　姚　荣

出版发行　华东师范大学出版社
社　　址　上海市中山北路 3663 号　邮编　200062
网　　址　www.ecnupress.com.cn
电　　话　021－60821666　行政传真　021－62572105
客服电话　021－62865537　门市（邮购）电话　021－62869887
地　　址　上海市中山北路 3663 号华东师范大学校内先锋路口
网　　店　http://hdsdcbs.tmall.com

印刷者　上海盛隆印务有限公司
开　　本　890×1240　1/32
插　　页　4
印　　张　32
字　　数　610 千字
版　　次　2019 年 8 月第 1 版
印　　次　2019 年 8 月第 1 次
书　　号　ISBN 978-7-5675-8695-6/I·1996
定　　价　148.00 元

出 版 人　王　焰

（如发现本版图书有印订质量问题,请寄回本社客服中心调换或电话 021－62865537 联系）